I0689545

ବିଦେଶ ଓ ଅନ୍ୟାନ୍ୟ ଗଳ୍ପ

Bidesha O Anyanya Galpa

ବିଦେଶ ଓ ଅନ୍ୟାନ୍ୟ ଗଳ୍ପ

Bidesha O Anyanya Galpa

ଗୌରହରି ଦାସ

BLACK EAGLE BOOKS
2019

BLACK EAGLE BOOKS

7464 Wisdom Lane
Dublin, OH 43016
E-mail: info@blackeaglebooks.org
Website: www.blackeaglebooks.org

First International Edition published by
BLACK EAGLE BOOKS, 2019

Bidesha O Anyanya Galpa
by Gourahari Das

Copyright © **Gourahari Das**

All rights reserved. No part of this publication may be reproduced, stored in a retrieval system, or transmitted, in any form or by any means, electronic, mechanical, photocopying, recording or otherwise without the prior permission of the publisher.

Cover : Tanuj Mallick

Interior Design: Ezy's Publication

ISBN- 978-1-64560-017-6

Printed in United States of America

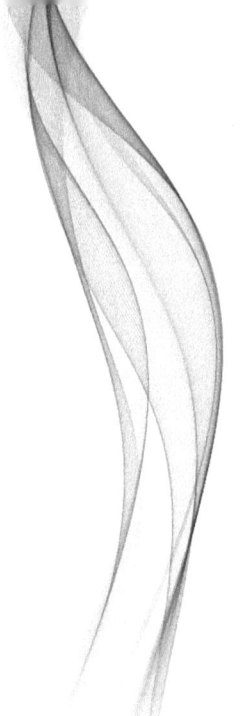

ଓଡ଼ିଶାକୁ ଝୁରୁଥିବା ପ୍ରବାସୀର ଅଦୃଶ୍ୟ ହାତରେ

ନ କହିଥିଲେ ଚଳିଥାନ୍ତା

ସ୍ମୃତି ତ କଦାପି ନୁହେଁ ଫିଙ୍ଗିବାର,
ପାରିଲେ ଫିଙ୍ଗି ସେ ଲଭନ୍ତା ନିସ୍ତାର।
– 'ନନ୍ଦିକେଶ୍ୱରୀ', **ରାଧାନାଥ ରାୟ**

ମଣିଷର ଅନେକ ଅସାମର୍ଥ୍ୟ ଅଛି। ତାହା ଭିତରୁ ଗୋଟିଏ ହେଲା ପଛରେ ଛାଡ଼ିଆସିଥିବା ଜୀବନ ପାଖକୁ ଆଉ ଫେରି ନ ପାରିବା। ଦିନେ ହୁଏତ ମଣିଷ ଦୂର ଆଉ କୋଉ ଗ୍ରହରେ ଯାଇ ଘର କରିବ, ମାତ୍ର ଗତକାଲି ପାଖକୁ ସେ କେବେ ବି ଫେରିପାରିବ ନାହିଁ, ଶତଚେଷ୍ଟା ସତ୍ତ୍ୱେ। ସେଇଥିପାଇଁ ମଣିଷ ଅତୀତକୁ ଝୁରେ, ବେଶି ବେଶି ମନେପଡ଼େ ସେଇ ସମୟ ଯାହା ତା' ପାଖକୁ ଫେରି ଆସିବ ନାହିଁ କୌଣସି ଦିନ। ତେଣିକି ସ୍ମୃତିକୁ ସମ୍ବଳ କରି ବଞ୍ଚିବା ତା' ପାଇଁ ଅବଧାରିତ। ସ୍ମୃତି ନ ଥାଇ ମଣିଷ ନାହିଁ।

ଅନେକ ବର୍ଷ ତଳର କଥା ମନେ ପଡୁଛି। ବଙ୍ଗୋପସାଗର

କୂଳ, ଭଦ୍ରକ ଜିଲ୍ଲାରେ ମୋ ଗାଁ, ଷଣ୍ଢଗଡ଼ା। ଖୁବ୍ କମ୍ ବୟସରୁ ମୋତେ ମୋ ଗାଁ ଛାଡ଼ିବାକୁ ପଡ଼ିଛି, ସେତେବେଳେ ହୋଇଥିଲା ମୋତେ ଜମା ଆଠ ବର୍ଷ ବୟସ। ତା' ପରଠାରୁ ମୁଁ ଗାଁକୁ ଫେରିପାରିନାହିଁ, ପ୍ରଥମେ ବାପାମାଆଙ୍କ ମାନସିକ ଲାଗି ଓ ତା'ପରେ ପାଠପଢ଼ା ଓ ଚାକିରି ଦାୟରେ। ଦୂର ଗାଁରେ ରହି ଅପରିଚିତ ପରିବେଶରେ ବଢ଼ିବାବେଳେ ସବୁବେଳେ ମନେପଡ଼ିଛି ମନ୍ତେଇ ନଈକୂଳର ମୋ ଗାଁ, ତା'ର ଶାନ୍ତ ମଧୁର ପରିବେଶ ଏବଂ ପରିବାର ଲୋକଙ୍କର ସ୍ନେହଶ୍ରଦ୍ଧା। ସେହିଦିନୁ ବୁଝିଛି, ମଣିଷ ଯାହା ପାଏ ନାହିଁ ତାକୁ ହିଁ ବେଶି ବେଶି ଝୁରେ, ବେଶି ବେଶି ମନେପକାଏ।

ମନେପଡୁଛି ଛୋଟିଆ କଥାଟିଏ। ସେତେବେଳକୁ ମୁଁ ଭୁବନେଶ୍ୱରରେ ଆସି ରହିଲିଣି। ଗାଁରୁ ବାପା ଆସିଥାଆନ୍ତି, ସାଙ୍ଗରେ ମୁଠିଶାଗ। ଏ ମୁଠିଶାଗ ଆମ ଗାଁ ଧାନବିଲରେ ହୁଏ। ଧାନ କଟାକଟି ସରିଗଲା ପରେ କାର୍ତ୍ତିକ-ମାର୍ଗଶିର କାକର ଆଶ୍ରାରେ ବଢ଼ିଥାଏ ଫୁଙ୍ଗୁଳା କ୍ଷେତରେ। ବାପା ପହଞ୍ଚିବା ବେଳକୁ ସଞ୍ଜ ଗଡ଼ିଯାଇଥିଲା। ଆମ ଘରେ ରାତିରେ ଶାଗ ରନ୍ଧାଯାଏ ନାହିଁ। ପତ୍ନୀ ସେ ମୁଠିଶାଗ କେରାକୁ ଫ୍ରିଜ୍ ଭିତରେ ରଖିଦେବାକୁ ଚାହିଲେ। ତାଙ୍କ କଥା ଶୁଣି ମୋ ଭିତରୁ ମୋର ଶୈଶବ ପ୍ରତିବାଦ କରିଉଠିଲା। ମୁଁ କହିଲି, ସେ ଶାଗକେରାକୁ କୁଲାରେ ନେଇ ଛାତ ଉପରେ ରଖିଦିଅ। ମୁଠିଶାଗର ସ୍ଥାନ ମୁକ୍ତ ଆକାଶତଳେ; ବନ୍ଦ ଫ୍ରିଜ୍ ଭିତରେ ରହିଲେ ତା'ର ଶ୍ୱାସରୁଦ୍ଧ ହେଇଯିବ, ଅପମାନିତ ହେବ ମୋର ଶୈଶବ।

ଏ କଥାଟି ପତ୍ନୀଙ୍କୁ ଏତେ ଉଭଟ ଲାଗିଥିଲା ଯେ ସେ ଗୋଟାଏ ମୁହୂର୍ତ୍ତ ମୋ ମୁହଁକୁ ଚାହିଁଥିଲେ। ମୁଁ କିନ୍ତୁ ସେତେବେଳକୁ ମନ ଭିତରେ ଭୁବନେଶ୍ୱରଠୁ ବେଶ୍ ଦୂର ମୋ ଗାଁରେ ପହଞ୍ଚି ସାରିଥିଲି। ସେଇଠି କଳ୍ପନାରେ ମନେପକଉଥିଲି ମୋର ପିଲାଦିନକୁ - ଗାଁର ସାନ ସାନ ପୁଅଝିଅ କେମିତି କ୍ଷେତରୁ ମୁଠିଶାଗ ତୋଳି ଆଣନ୍ତି, ସେସବୁ ତୋଳିଲାବେଳେ କେମିତି ହସଖୁସିରେ କମ୍ପିଉଠୁଥାଏ ନିଛାଟିଆ ଧାନକ୍ଷେତ। ଧୂଳି ବାଲୁବାଲୁ ହେଇ ଘରକୁ ଫେରିବାବେଳକୁ ମାଣ କି ଗଉଣିରେ ପଡ଼ିଥାଏ ମୁଠାଏ ଦି'ମୁଠା ମୁଠିଶାଗ।

କେତେ ବା ମୂଲ୍ୟ କଷା କଷା ଲାଗୁଥିବା ସେଇ ଶାଗ କେରାକର? ମାତ୍ର ତା' ଭିତରେ ଖୁନ୍ଦି ହୋଇଥାଏ ପିଲାଦିନର ସହସ୍ର ସ୍ମୃତି।

କେହି ଜଣେ କହିଥିଲେ, ମୋର ବର୍ତ୍ତମାନର ସବୁଯାକ ଉପାର୍ଜନ ବିନିମୟରେ କେହି ଯଦି ମୋ ଅତୀତର ଗୋଟିଏ ଦିନ ଫେରାଇ ଆଣିଦିଅନ୍ତେ ମୁଁ ତାଙ୍କ ପ୍ରତି କୃତଜ୍ଞ ରହନ୍ତି। ଅନ୍ୟମାନଙ୍କର ପ୍ରତିକ୍ରିୟା କ'ଣ ମୁଁ ଜାଣିନାହିଁ, କିନ୍ତୁ ମୋତେ ଏକଥାଟି ଆଦୌ ଅତିରଂଜନ ମନେହୁଏନାହିଁ। ମୋର ମନେହୁଏ, ବାସ୍ତବରେ ଅତୀତ ହେଉଛି ଅମୃତ।

ଏହି ଅତୀତ ଖାଲି ଧୂଳିଘେର ଅଭିଜ୍ଞତାର ସମାବେଶ ନୁହେଁ, ତାହା ଆମେ ପାଇପାରି ନ ଥିବା ଅଯୁତ ଅପ୍ରାପ୍ତିର କୋଳାହଳ। କାହା ପାଇଁ ତାହା ହଜିଲା ସମ୍ପର୍କ ହୋଇପାରେ, କାହା ପାଇଁ ପଛରେ ଛାଡ଼ିଆସିଥିବା ଦେଶ ହେଇପାରେ, କାହା ପାଇଁ ହୋଇପାରେ ଅପୂର୍ଣ୍ଣ ଆଗ୍ରହ। ଇଏ ସବୁ ମିଶିମାଶି ମଣିଷର ସ୍ମୃତି। କିଛି ସ୍ମୃତିକୁ ସେ ଚାହିଲେ ବି ଫିଙ୍ଗିଦେଇ ପାରେ ନାହିଁ, ଆଉ କିଛି ସ୍ମୃତିକୁ ସେ ଆଦୌ ଭୁଲିବାକୁ ଚାହେଁ ନାହିଁ। ତାକୁ ଗଣ୍ଠିଧନ ପରି ପାଖରେ ରଖେ। ତାକୁ ନେଇ ଗପ ଲେଖେ, ଗୀତ ଗାଏ କିମ୍ବା ଚିତ୍ର ଆଙ୍କେ।

ଯେଉଁ ରଙ୍ଗରେ ହେଉ କି ଯେଉଁ ଢଙ୍ଗରେ ହେଉ, ଅତୀତ ସ୍ମୃତିହୋଇ ଆମ ପାଖେ ପାଖେ ରହେ।

ସ୍ମୃତି ହିଁ ଜୀବନ, ସ୍ମୃତିହୀନତା ହେଉଛି ମୃତ୍ୟୁ!

●

୨୦୧୯ ମଇ ମାସ।

କିଛିଦିନ ଆଗରୁ ଭୟଙ୍କର ବୈଶାଖୀ ବାତ୍ୟା ଓଡ଼ିଶାର ଉପକୂଳକୁ ବିପର୍ଯ୍ୟସ୍ତ କରିଦେଇଥାଏ। ଆଗରୁ ଓଡ଼ିଶାର ଲୋକେ ବର୍ଷା କି ଶରତ ଋତୁର ବାତ୍ୟା ସହ ପରିଚିତ ଥିଲେ; ମାତ୍ର ଶୁଖିଲା ବୈଶାଖଟାରେ ଏମିତି ବାତ୍ୟା ବୋହିବ ବୋଲି କିଏ ଭାବିଥିଲା ?

ଓଡ଼ିଶାର ସବୁଠୁ ପରିଚିତ ତିନି ସହର ଭୁବନେଶ୍ୱର, ପୁରୀ ଓ କଟକରେ ସପ୍ତାହ ବ୍ୟାପୀ ବିଜୁଳି ନାହିଁ, ପାଣି ନାହିଁ କି ପବନ ନାହିଁ। ଦିନଗୁଡ଼ିକ ଭୟଙ୍କର ଓ ରାତି ଉତ୍ପୀଡ଼କ। ଏମିତି ଦିନେ, ଗୋଟେ ଜଖମ ମଧ୍ୟାହ୍ନରେ ଚୁପ୍‌ଚାପ୍ ବସିଥିବାବେଳେ, ଆମେରିକାରେ ରହୁଥିବା ଅତ୍ୟୁତ୍ସାହୀ ସାହିତ୍ୟିକ ବନ୍ଧୁ ଶ୍ରୀ ସତ୍ୟ ପଟ୍ଟନାୟକଙ୍କ ପାଖରୁ ଅନୁରୋଧଟେ ପହଞ୍ଚିଲା। ଜୁଲାଇ ପ୍ରଥମ ସପ୍ତାହରେ 'ଓସା' (ଓଡ଼ିଶା ସୋସାଇଟି ଅଫ୍ ଆମେରିକାଜ୍)ର ବାର୍ଷିକ ଅଧିବେଶନ ହେବ ଆଟ୍‌ଲାଣ୍ଟିକ୍ ସିଟିରେ। ସେହି ଅବସରରେ ସେ ଅନ୍ୟାନ୍ୟ ବହି ସହିତ, ଅତୀତର ସ୍ମୃତି ବିଜଡ଼ିତ ପଚିଶଟି ଗଳ୍ପକୁ ନେଇ ଗୋଟିଏ ସଂକଳନ ପ୍ରକାଶ କରିବାକୁ ଆଗ୍ରହୀ। ମୁଁ ପାଣ୍ଡୁଲିପି ପ୍ରସ୍ତୁତ କରିପାରିବି କି ?

ଶ୍ରୀ ସତ୍ୟ ପଟ୍ଟନାୟକଙ୍କୁ ଆଗରୁ ଦୁଇଥର ଭେଟିଥିଲି, ସେ ଓଡ଼ିଶା ଆସିଥିବା ବେଳେ। ତା' ଭିତରେ ତାଙ୍କ ସମ୍ପାଦିତ 'ପ୍ରତିଶ୍ରୁତି'ର ଏକ ସଂଗ୍ରହଣୀୟ ସଂଖ୍ୟା ପଢ଼ିଥିଲି। ମୁଁ ନିଜେ ଏକ ପତ୍ରିକାର ସଂପାଦକ। ତାଙ୍କ ପତ୍ରିକା ପଢ଼ି ଭାବିଥିଲି, ଭଦ୍ରଲୋକ ଓଡ଼ିଶାଠାରୁ ଏତେ ଦୂରରେ ରହି ଏଭଳି ପତ୍ରିକାଟିଏ ପ୍ରକାଶ କରିପାରିଲେ କିପରି ? ସାହିତ୍ୟ ପ୍ରତି ପ୍ରଚୁର ଅନୁରାଗ ଓ କଠିନ ପରିଶ୍ରମ ଲାଗି କୁଣ୍ଠାହୀନ ଆଗ୍ରହ ନ

ଥିଲେ କେହି ଜଣେ ଏଭଳି କାମଟିଏ କରିପାରନ୍ତେ ନାହିଁ। ଏହା ସତ୍ତ୍ୱେ, ମୁଁ ତାଙ୍କର ମୋ ବହି ପ୍ରକାଶନ ପ୍ରସ୍ତାବଟିକୁ ଏଡ଼ାଇ ଯିବାକୁ ଚାହିଁଥିଲି, ମାତ୍ର 'ଓସା'ର ବାର୍ଷିକ ଉତ୍ସବରେ ବହିଟି ଉନ୍ମୋଚିତ ହେବ, ଏହି କଥାପଦକ ମୋତେ ଭାବପ୍ରବଣ କରିଦେଲା, ମୁଁ ଫେରିଗଲି ତେଇଶ ବର୍ଷ ତଳକୁ, ଅତୀତକୁ।

ତେଇଶ ବର୍ଷ ତଳେ, ୧୯୯୬ରେ ମୁଁ ପ୍ରଥମ ଥର ପାଇଁ ଆମେରିକା ଯାଇଥିଲି, 'ଓସା'ର ଉତ୍ସବର ଗୋଟାଏ ଅଧିବେଶନରେ ଦି'ପଦ କହିବାଲାଗି। ସେଦିନ, ଆଲବାମାରେ ରହୁଥିବା ପ୍ରଫେସର ଦିଗମ୍ବର ମିଶ୍ରଙ୍କ ଭିନ୍ନ ମୋର ସେଠାରେ ଆଉ କେହି ପରିଚିତ ନ ଥିଲେ। ପ୍ରଫେସର ମିଶ୍ରଙ୍କ ସହ ପରିଚୟ ବି ସେତେ ନିବିଡ଼ ହୋଇ ନ ଥିଲା। 'ସମ୍ବାଦ' ଖବରକାଗଜରେ ମୁଁ ଲେଖୁଥିବା 'ଜୀବନର ଜଳଛବି' ସ୍ତମ୍ଭର ସେ ଥିଲେ ଜଣେ ଅନୁରାଗୀ ପାଠକ। ସେଇ ପରିଚୟରେ ସିଏ ମୋତେ ଆମନ୍ତ୍ରଣ ପଠାଇଥିଲେ। ସେତେବେଳେ ବୋଧହୁଏ 'ଓସା'ର ସଭାପତି ଥିଲେ ଡାକ୍ତର ହେମନ୍ତ ସେନାପତି। ମୋର ଆମେରିକା ଯିବାର ଖର୍ଚ୍ଚ ବହନ କରିଥିଲେ, ସେଦିନଯାଏଁ ଅପରିଚିତ ଥିବା ଶ୍ରୀ ଯୋଗେଶ୍ୱର ରଥ। 'ପରଂପରା ଓ ସାହିତ୍ୟ' ଶୀର୍ଷକ ଯେଉଁ ଅଧିବେଶନରେ ମୋତେ ବକ୍ତୃତା ଦେବାଲାଗି କୁହାଯାଇଥିଲା ସେହି ଅଧିବେଶନର ଅନ୍ୟ ବକ୍ତାମାନେ ଥିଲେ ସଭିଏଁ ପ୍ରସିଦ୍ଧ ବ୍ୟକ୍ତି- ଯେମିତି ବିଖ୍ୟାତ ଦାର୍ଶନିକ ପ୍ରଫେସର ଜିତେନ୍ଦ୍ରନାଥ ମହାନ୍ତି, କୁଳପତି ପ୍ରଫେସର ଗୌର କିଶୋର ଦାସ, ଲଣ୍ଡନରେ ଅବସ୍ଥାପିତ ପ୍ରସିଦ୍ଧ ଚିତ୍ରଶିଳ୍ପୀ-ଲେଖକ ଡକ୍ଟର ପ୍ରଫୁଲ୍ଲ କୁମାର ମହାନ୍ତି ପ୍ରମୁଖ। ସେଇ ଅଧିବେଶନର ସଂଚାଳକ ଥିଲେ ଇଂରାଜୀ ପ୍ରଫେସର ଡକ୍ଟର ସୁର ପ୍ରସାଦ ରଥ। ମୋର ଏବେ ବି ମନେପଡୁଛି, କିଭଳି ଭୀରୁ ଶଙ୍କିତ ପାଦ ନେଇ ମୁଁ ମଞ୍ଚ ଉପରକୁ ଉଠିଥିଲି, ଅସହାୟ ଭାବରେ ଚାହିଁଥିଲି ଏପଟସେପଟ। ମନ ଭିତରେ ସାହସ ବାନ୍ଧି ମୋର ଅଙ୍ଗେନିଭା ଅନୁଭୂତିକୁ ନେଇ ସେଦିନ ମୁଁ କହିଥିଲି ମୋ କଥା। ଆଶ୍ଚର୍ଯ୍ୟ ହୋଇଥିଲି, ପ୍ରବାସରେ ଥିବା ଓଡ଼ିଆ ଭାଇ-ଭଉଣୀମାନେ କେତେ ଆଦର ଦେଇ ନିଜ ରାଜ୍ୟରୁ ଆସିଥିବା ଏହି ଯୁବ ଲେଖକର କଥାକୁ ଶୁଣିଥିଲେ ପ୍ରାୟ ଅଧଘଣ୍ଟାରୁ ଊର୍ଦ୍ଧ୍ୱକାଳ ଧରି।

'ଓସା' ଅଧିବେଶନରେ ମୋର ଭାଷଣଟି ସେଇ ମଞ୍ଚ ଲାଗି କେତେ ଉପଯୋଗୀ ହୋଇଥିଲା ମୁଁ ତାହା କହିପାରିବି ନାହିଁ, ମାତ୍ର ମୋ ପାଇଁ ସେହି ଅନୁଭବ ଥିଲା ଅବିସ୍ମରଣୀୟ। ସେକଥା ମୁଁ ମୋର ଆମେରିକା ଅନୁଭୂତି 'ପ୍ରଥମ ପ୍ରବାସ' ବହିରେ ବିସ୍ତୃତ ଭାବେ ଲେଖିଛି। ପରେ, ଓଡ଼ିଶାକୁ ଫେରିଆସିଲା ପରେ ଜାଣିଥିଲି ଯେ 'ଓସା'ର ୧୯୯୬ର ହେମନ୍ତ ସଂଖ୍ୟା ମୁଖପତ୍ରରେ ଡକ୍ଟର ପୂର୍ଣ୍ଣ ପଟ୍ଟନାୟକ ମୋ

ସଂପର୍କରେ ଦିଇଟି ଉତ୍ସାହଜନକ ମନ୍ତବ୍ୟ ଲେଖିଥିଲେ। ସେକଥା ଜାଣି ମୋ ଆଖି ଆନନ୍ଦାଶ୍ରୁରେ ଭରିଯାଇଥିଲା। ତେଣୁ ହାତରେ ସମୟ କମ୍ ଥିଲେ ମଧ୍ୟ 'ଓସା' କଥା ଶୁଣି ମୁଁ ସତ୍ୟ ପଟ୍ଟନାୟକଙ୍କୁ ପ୍ରତିଶ୍ରୁତି ଦେଇଥିଲି - ଯାହାର ଫଳଶ୍ରୁତି ଏଇ ସଂକଳନ 'ବିଦେଶ ଓ ଅନ୍ୟାନ୍ୟ ଗଳ୍ପ'। ତାଙ୍କର ପ୍ରସ୍ତାବ ଅନୁସାରେ, ମୁଁ ଗ୍ରାମ୍ୟ ଜୀବନ ଏବଂ ଅତୀତଆମୁଖତାକୁ ନେଇ ଲେଖାଯାଇଥିବା ପଚିଶଟି ଗଳ୍ପ ଏଥିରେ ସନ୍ନିବେଶିତ କରିଛି, ଯଦିଓ ସବୁଯାକ ଗଳ୍ପର ଆବେଦନ ସମାନ ନୁହେଁ।

•

ଏହା ଭିତରେ ଗପ, ଉପନ୍ୟାସ, ଶବ୍ଦଚିତ୍ର ଏବଂ ଭ୍ରମଣ କାହାଣୀ ଆଦି ମିଶେଇ ମୋର ପ୍ରାୟ ସତୁରିରୁ ଊର୍ଦ୍ଧ୍ୱ ବହି ପ୍ରକାଶ ପାଇଚି, ମାତ୍ର ପ୍ରଥମ ଥର ଲାଗି ମୋର କୌଣସି ବହି ବିଦେଶରେ ଉନ୍ମୋଚିତ ହେଉଅଛି। ଏହା ମୋ ପାଇଁ ଆଉ ଏକ ଉଲ୍ଲେଖନୀୟ ଘଟଣା। ୧୯୯୬ ପରେ ୨୦୦୦ ମସିହାରେ ଆଉ ଥରେ 'ଓସା'ର ବାର୍ଷିକ ଉତ୍ସବରେ ଯୋଗ ଦେବାଲାଗି ଯାଇଥିଲି। ସେତିକିବେଳେ ଆମେରିକାରେ ରହୁଥିବା କିଛି ସାହିତ୍ୟ ଅନୁରାଗୀ ବନ୍ଧୁଙ୍କ ସହ ପରିଚୟ ଗଢ଼ିଉଠିଥିଲା, ଯେମିତି ଶ୍ରୀ ଧୀରେନ୍ଦ୍ର କର, ଡକ୍ଟର ଆଦିତ୍ୟ ସାମଲ ଏବଂ ଶ୍ରୀ ପ୍ରିୟଦର୍ଶନ ବିଶ୍ୱାଳ। ଏହି ବର୍ଷଗୁଡ଼ିକରେ ସେମାନେ 'ଓସା'କୁ ଯିବାଲାଗି କେତେଥର ସସ୍ନେହ ଆମନ୍ତ୍ରଣ ଜଣାଇଛନ୍ତି, ମାତ୍ର ଭିନ୍ନ ଭିନ୍ନ କାରଣରୁ ତାହା ସମ୍ଭବ ହୋଇନାହିଁ। ଏଥର, 'ବିଦେଶ ଓ ଅନ୍ୟାନ୍ୟ ଗଳ୍ପ'ର ଉନ୍ମୋଚନ ମାଧ୍ୟମରେ, ଦୂରରେ ରହି ମଧ୍ୟ ମୁଁ 'ଓସା' ଉତ୍ସବରେ ଉପସ୍ଥିତ ରହିବାର ଅଭିଜ୍ଞତା ଅନୁଭବ କରିବି। ଏଥିପାଇଁ ମୁଁ ଆଉ ଥରେ ସତ୍ୟ ପଟ୍ଟନାୟକଙ୍କୁ ଧନ୍ୟବାଦ ଜଣାଉଛି ଏବଂ ତାଙ୍କ ଦ୍ୱାରା ପ୍ରତିଷ୍ଠିତ 'ବ୍ଲାକ୍ ଇଗଲ୍ ପବ୍ଲିକେଶନ୍ସ'ର ସଫଳତା କାମନା କରୁଅଛି।

•

ମୋର ଅନେକ ବନ୍ଧୁ ମୋତେ ପଚାରନ୍ତି, ତୁମେ ଗପ ଲେଖ କାହିଁକି ? ସେମାନଙ୍କୁ ଏଣୁତେଣୁ କହି ମୁଁ ବାଟକାଟି ଚାଲିଯାଏ। ଆଜି କିନ୍ତୁ ଏ ପ୍ରଶ୍ନର ଉତ୍ତର ଦେବାକୁ ମନ ହେଉଛି। ବାସ୍ତବରେ ମୁଁ ଗପ ସହ ଜନ୍ମ ହୋଇଥିଲି ! ଏ ସଂକଳନର 'ଛୁଆ ବାଆଜି' ଗପର ମୁଖ୍ୟ ଚରିତ୍ର ଟୁଟୁଲ୍ ମୁଁ ନିଜେ। ମୋ ବାପାମାଆଙ୍କର ଅନେକ ଦିନ ପର୍ଯ୍ୟନ୍ତ ପିଲାପିଲି ହେଉ ନ ଥିବାରୁ ସେମାନେ ପୁଅଟେ ହେଲେ ଜଗନ୍ନାଥଙ୍କ ପାଖେ ତାକୁ ବାବାଜି କରିଦେବେ ବୋଲି ମାନସିକ କରିଥିଲେ। ତା'ପରେ ମୋର ଜନ୍ମ। ଆଠ ବର୍ଷ ବୟସ ପର୍ଯ୍ୟନ୍ତ ମୁଁ ଆମ ଗାଁରେ ଥିଲି। ସେତିକିବେଳେ, ଲୋକଙ୍କ ମୁହଁରୁ ବାପାମାଆଙ୍କ ମାନସିକ କଥା ଶୁଣି ମୁଁ ଭାବୁଥିଲି ଜଗନ୍ନାଥ ଜଣେ ନିର୍ଦ୍ଦୟ ବ୍ୟକ୍ତି, ଯିଏ

ମୋତେ ଧରିନେବାଲାଗି ପଘାଟିଏ ଧରି ଆମ ଗାଁର କୋଉ ଗଛ ପଛରେ ଛକି ବସିଛନ୍ତି, ମୁଁ ପଦାକୁ ବାହାରିବା କ୍ଷଣି ମୋତେ ବାନ୍ଧି ନେଇଯିବେ। ତେବେ ଜଗନ୍ନାଥଙ୍କୁ ଏତେ କଷ୍ଟ କରି ଆସିବାକୁ ପଡ଼ି ନ ଥିଲା! ମୋ ବାପା ମୋତେ ନେଇ ଦୂର ଗାଁର ଗୋଟେ ବୈଷ୍ଣବ ମଠରେ ଛାଡ଼ିଦେଇଆସିଥିଲେ। ଅନେକ ସମୟରେ ମୁଁ ସେ ମଠରୁ ପଳେଇ ଆସିବାଲାଗି ଛାଟିପିଟି ହୁଏ, ଆମ ଗାଁ ଦିଗରେ ଲମ୍ବିଯାଇଥିବା ହିଡ଼ମାଳ ଭିତରେ ସଂକୀର୍ଣ୍ଣ ରାସ୍ତାକୁ ଚାହେଁ। କିନ୍ତୁ ଆସିପାରେନାହିଁ।

ଏହା ପରେ ପରେ ଜୀବନରେ ଆହୁରି ଏମିତି କିଛି ଘଟଣା ଘଟିଛି ଯାହା ବାସ୍ତବତାର ଅଦ୍ଭୁତ ଚେହେରା ସହ ମୋତେ ସାମ୍ନାସାମ୍ନି କରାଇଦେଇଛି। ବନ୍ଧୁହୀନ, ସମ୍ପର୍କୀୟହୀନ ଅଚିହ୍ନା ପରିବେଶରେ ମୋ ଜୀବନର ବହୁ ବର୍ଷ ବିତେଇବାକୁ ପଡ଼ିଛି ମୋତେ। ସେତେବେଳେ ବହି ଓ କାଗଜ କଲମ ହୋଇ ପଡ଼ିଛନ୍ତି ମୋର ସାଥୀ, ସହଚର। ଆଉ କାହା ଆଗରେ ଯୋଉ କଥା କହିବି ଭାବି କହିପାରିନାହିଁ ସେହିସବୁକୁ ମୁଁ କାଗଜ କଲମରେ ଲେଖି ବସିଛି। କ୍ରମେ ତାହା ହିଁ ହୋଇପଡ଼ିଛି ମୋର ମୁଖ୍ୟ କାମ, ମୋର ସ୍ୱଧର୍ମ।

ମୋର ଅଧିକାଂଶ ଗଳ୍ପରେ ଓଡ଼ିଶାର ଭଦ୍ରକ ଜିଲ୍ଲାର ଭୂଗୋଳକୁ ପାଠକେ ଖୋଜି ପାଇବେ। ଖୋଜି ପାଇବେ ସେହି ଅଞ୍ଚଳର ଗାଁମାଳରେ ଆତଯାତ ଚରିତ୍ର, ସେମାନଙ୍କର ନିତିଦିନିଆ ଜୀବନ, ପୁଣି ସେଇ ସାଧାରଣ ମଣିଷଙ୍କ ଭିତରେ ଥିବା ଅସାଧାରଣପଣିଆ। ସେମାନଙ୍କର କଥାକୁ ମୋ ଭାଷାରେ ଲେଖିପାରି ମୁଁ ଆତ୍ମସନ୍ତୋଷ ଲାଭ କରିଛି, ପାଠକମାନେ ପଢ଼ି ଯଦି ସନ୍ତୋଷ ପାଆନ୍ତି, ତାହା ମୋ ପାଇଁ ଗୌରବର କଥା ହେବ।

'ନ କହିଥିଲେ ଚଳିଥାନ୍ତା' ଶିରୋନାମାରେ ଲେଖୁଥିବା ଏହି ଲେଖକୀୟରେ ମୁଁ ଅନେକ କଥା କହିଗଲିଣି। ଭାବୁଛି, ଏଇଠି ଅଟକିବା ଠିକ୍ ହେବ। ଏହି ଅବସରରେ ସମସ୍ତଙ୍କୁ ପହିଲି ରଜର ଅଭିନନ୍ଦନ ଜଣାଉଛି ଏବଂ ଯେଉଁମାନେ ମୋତେ, ଏହି ସଂକଳନ ପ୍ରସ୍ତୁତିରେ ସାହାଯ୍ୟ, ସହଯୋଗ କରିଛନ୍ତି ସେମାନଙ୍କୁ ପ୍ରତ୍ୟେକଙ୍କୁ ମୋର କୃତଜ୍ଞତା ଜ୍ଞାପନ କରୁଛି।

ଗୌରହରି ଦାସ

୧୪ ଜୁନ୍ ୨୦୧୯
ପହିଲି ରଜ
ଭୁବନେଶ୍ୱର

ସୂଚିପତ୍ର

ଘର

ସାନ ଭାଇ ବ୍ୟସ୍ତ ହୋଇପଡ଼ି ଫୋନ୍‌ରେ କହୁଥିଲା, "ବାପାଙ୍କର ପୁଣି ସେଇ ବେମାର ବାହାରିଛି। ସେ ଘର ଭିତରୁ ବାହାରକୁ ବାହାରୁ ନାହାନ୍ତି। ଆପଣ ଟିକିଏ ଡାକ୍ତର ରାୟଙ୍କ ସାଙ୍ଗେ କଥାବାର୍ତ୍ତା କରନ୍ତୁ। ମୋତେ ଖୁବ୍ ଭୟ ଲାଗୁଛି।"

ମୁଁ ଚମକି ପଡ଼ିଲି। ମନ ଭିତରେ ନାନା ପ୍ରକାର ଆଶଙ୍କା ଖେଳିଗଲା। କିନ୍ତୁ ସେ କଥା ଲିଟୁକୁ କହିଲି ନାହିଁ। ସେ ଯେମିତିକା ଡରକୁଳା ପିଲା, ମୋ ଆଶଙ୍କା କଥା ଜାଣିଲେ ଆହୁରି ଡରିଯିବ। ମୁଁ କହିଲି, ତୁ ବ୍ୟସ୍ତ ହଅନା। ମୁଁ ଡାକ୍ତରଙ୍କ ସାଙ୍ଗେ ଏବେ ଯାଇ କଥାବାର୍ତ୍ତା କରୁଛି।

ମୁଁ ଟେଲିଫୋନ୍ ରଖିସାରି ଚାହିଁବା ବେଳକୁ ରଞ୍ଜୁ ଛିଡ଼ା ହୋଇଛି। ମୋ କପାଳରେ ଝାଳ ବୁନ୍ଦାମାନ ଦେଖି ସେ ପଚାରିଲା, "କାହାର ଫୋନ୍! କ'ଣ ହେଲା ?"

ଯଥାସମ୍ଭବ ଶାନ୍ତ ଗଳାରେ କହିଲି, "ଲିଟୁର। ରାଉରକେଲାରୁ ଫୋନ୍ କରିଥିଲା।"

ମଝିଆଁର ଆକ୍‌ସିଡେଣ୍ଟ ହୋଇଯିବା ଦିନୁ ଆମ ଘରେ ସମସ୍ତେ ଭୋର୍ ସମୟର ଟ୍ରଙ୍କ୍‌କଲ୍‌କୁ ଡରନ୍ତି । ଅତି ଅସୁବିଧାରେ ନ ପଡ଼ିଥିଲେ କେହି ଭୋର୍ ଚାରିଟା, ପାଞ୍ଚଟା ବେଳେ ପ୍ରାୟ ଫୋନ୍ କରନ୍ତି ନାହିଁ । ମୋ ଶାଶୂଙ୍କ ଆକ୍‌ସିଡେଣ୍ଟ ଖବରର ଫୋନ୍ ବି ଆସିଥିଲା ଏଇ ସମୟରେ । ବାଲୁଗାଁରୁ ଫେରିବା ବାଟରେ ଖୋର୍ଦ୍ଧା ବାଇପାସ୍‌ରେ ତାଙ୍କ ଗାଡ଼ିଟି ଗୋଟେ ଟ୍ରକ୍ ପଛରେ ପିଟି ହୋଇଯାଇଥିଲା ।

ଭୋର୍ ବେଳାର ନିରବ ନିଥର ପରିବେଶରେ ଟେଲିଫୋନ୍‌ର ଘଣ୍ଟି ବିପଦକାଳୀନ ଶବ୍ଦ ପରି ଶୁଭିଥାଏ । ସେଥିପାଇଁ ମୋତେ ସେଇ ସମୟରେ ଫୋନ୍ ଉଠେଇବାକୁ ଭୟ ଲାଗେ । ମୋ ନିଜର ନିରାପତ୍ତାଶୂନ୍ୟ ଜୀବନ ମୋତେ ପିଲାଦିନୁ ଡରକୁଳା କରିଦେଇଛି । ମଝିଆଁ ଭାଇର ମୃତ୍ୟୁ ପରେ ସେ ଡର ବଢ଼ିଛି ସିନା, କମି ନାହିଁ ।

ରାଜୁବାବୁ ସେଇକଥା କହନ୍ତି । ମଣିଷ ସବୁବେଳେ ମରଣ, ବାର୍ଦ୍ଧକ୍ୟ ଓ ବ୍ୟାଧିର ଆଶଙ୍କାରେ ଜିଉଁଥାଏ । ତା' ସାଙ୍ଗକୁ ଏମିତି ଗୋଟେ ଦୁର୍ଘଟଣା ଆସି ପହଞ୍ଚେ, ଯାହା ତା'ର ସମଗ୍ର ଯୋଜନାକୁ ଧୂଳିସାତ୍ କରିଦିଏ ।

ଲିଟୁ କହିଛି, ଡାକ୍ତର ରାୟଙ୍କ ସାଙ୍ଗେ ପରାମର୍ଶ କଲାପରେ ତାକୁ ଜଣେଇବି । ବେଶି ଡେରି ହେଲେ ସେ ହଡ଼ବଡ଼େଇ ଯିବ । କିନ୍ତୁ ଏତେ ସକାଳୁ ସକାଳୁ ଡାକ୍ତର ରାୟଙ୍କୁ ଫୋନ୍ କରି ଉଠେଇବା ଠିକ୍ ହେବ ନାହିଁ; ବରଂ ତାଙ୍କ ଘରକୁ ଚାଲିଗଲେ ଭଲ ହେବ ।

ଗଲାଥର, ପ୍ରାୟ ପାଞ୍ଚବର୍ଷ ତଳେ, ବାପାଙ୍କର ଏଇ ରୋଗ ବାହାରିଥିଲା । ଦିନେ ସକାଳୁ ଆମେ ଉଠି ଦେଖିଲାବେଳକୁ ବାପା କାହାକୁ କିଛି ନ ଜଣାଇ କୁଆଡ଼େ ପଳେଇ ଯାଇଥିଲେ । ଗଲାବେଳେ ସେ ତାଙ୍କର ଛତା କି ଚପଲ ନେଇ ନ ଥିଲେ, ଏପରିକି ତାଙ୍କ ବାଡ଼ି ଖଣ୍ଡିକ ବି ସାଙ୍ଗରେ ନେଇ ନଥିଲେ ।

"ଆପଣ ବୁଢ଼ାଙ୍କ ଉପରେ କିଛି ପାଟିତୁଣ୍ଡ କରିଥିଲେ କି ?" ଏଇ କଥା ପଦକ ମୋତେ ଅଫିସ୍ ବାହାରେ ଓ ବସ୍‌ଷ୍ଟାଣ୍ଡରେ ସମସ୍ତେ ସେତେବେଳେ ପଚାରିଥିଲେ । ପ୍ରଶ୍ନଟା ବାରମ୍ବାର ଶୁଣି ଶୁଣି ମୁଁ ଯେତିକି ଚିଡ଼ି ଯାଇଥିଲି, ସେତିକି ସଙ୍କୁଚିତ ହୋଇଯାଇଥିଲି ।

ଠିକ୍ ଏହିପରି ଉପସର୍ଗ ସେତେବେଳେ ବି ବାହାରିଥିଲା । ଧୀରେ ଧୀରେ ବାପାଙ୍କର ବାହାରକୁ ବୁଲିଯିବା ବନ୍ଦ ହୋଇଯାଇଥିଲା । କାହାରି ସାଙ୍ଗରେ ଗପସପ କରୁ ନଥିଲେ କି ମହାଦେବ ମନ୍ଦିରକୁ ଫୁଲ ନେଇ ଯାଉ ନ ଥିଲେ । ନାତୁଣୀ ସାଙ୍ଗରେ ଲଗେଇ ଜୁଟେଇ ଲାଗୁ ନ ଥିଲେ କି ଗାଁର ଛୋଟ ବଡ଼ ସମସ୍ୟା ନେଇ ମୋତେ କିଛି

କହୁ ନଥିଲେ। ଚୁପ୍‌ଚାପ୍, କାହାକୁ ଡରି ଲୁଚିଲା ପରି ସେ ଘର କୋଣରେ ବସି ରହୁଥିଲେ ଓ ଖରାବେଳେ ସୁଦ୍ଧା ଚାଦର କି କମ୍ବଳଟାଏ ଘୋଡ଼ି ହେଉଥିଲେ। ଘରେ କେହି ଟି.ଭି. ସ୍ୱିଚ୍ ଅନ୍ କଲେ ସେ ଚୁପ୍‌କିନା ଆସି ଅଫ୍ କରିଦେଇ ଯାଉଥିଲେ, ରେଡିଓର ତାର ଭିଡ଼ି ବାହାର କରି ଦେଉଥିଲେ ଓ କେହି କଲିଂବେଲ୍ ଟିପିଲେ ସେ ଥରିଥରି ଗାଧୁଆ ଘର କୋଣରେ ଲୁଚି ଯାଉଥିଲେ। ସତୁରି ଏକସ୍ତରି ବର୍ଷର ପାକଳ ମଣିଷଟିଏର ଏ ଦୁର୍ଦ୍ଦଶା ଦେଖି ଆମେ ଡରି ଯାଇଥିଲୁ।

ରଞ୍ଜୁ କହିଥିଲା, "ତୁମେ ଅଫିସ୍ ଗଲାପରେ 'କେତେବେଳେ ପୁଅ ଫେରିବ, ଫେରିବ' ପଚାରି ବ୍ୟସ୍ତ କରିପକାନ୍ତି। ବିରକ୍ତ ହେଲେ ଘର ଭିତରେ ଲୁଚିଯାଇ ନିଜ ହାତ ପାଦରୁ ରୁମ ଉପାଡ଼ନ୍ତି। ସାନ ପିଲା ପରି ଖଟତଳେ ପଶି ଯାଆନ୍ତି।"

ଡାକ୍ତର ରାୟ କହିଥିଲେ, "ସନ୍ଦେହ ଓ ପରିଚୟ ସଙ୍କଟରୁ ତାଙ୍କର ଏ ବିକୃତି ଆସିଛି। ଆପଣ ତାଙ୍କୁ ଗାଁରେ ଛାଡ଼ି ଦିଅନ୍ତୁ, ସେ ଭଲ ହୋଇଯିବେ।" ମୁଁ ପ୍ରେସ୍‌କ୍ରିପ୍‌ସନ୍ ନେଇ ବାହାରି ଆସୁଥିଲି। ସେ ପୁଣି ଡାକି କହିଥିଲେ, "ଆଉ ଶୁଣନ୍ତୁ, ଏ ଔଷଧପତ୍ର ତ ଦେବେ। ମାତ୍ର ସକାଳେ ଆପଣ ଅଫିସ୍ ଯିବା ଆଗରୁ ଓ ସଞ୍ଜରେ ଅଫିସ୍‌ରୁ ଫେରିବା ପରେ ପନ୍ଦର କୋଡ଼ିଏ ମିନିଟ୍ ତାଙ୍କ ପାଖରେ ବସିବେ। ଗପସପ କରିବେ।"

ଡାକ୍ତର ରାୟଙ୍କ ଏଇ ଶେଷ ପରାମର୍ଶ ମୋ ପିଠିରେ ଯେମିତି ଶକ୍ତ ପାହାରଟିଏ କଷି ଦେଇଥିଲା। ମୁଁ ମନକୁ ମନ ଚିନ୍ତା କରିଥିଲି, 'ସତ କଥା ତ ! ଆଜିକାଲି ଆଉ ବାପାଙ୍କ ପାଖରେ ବସିବା ପାଇଁ ସମୟ ବାହାର କରିପାରୁ ନାହିଁ। ସକାଳୁ ଉଠୁ ଉଠୁ କାମ ଲାଗିଯାଉଛି। ଝିଅକୁ ସ୍କୁଲରେ ଛାଡ଼ିବା, ବଜାର ସଉଦା କଥା ବୁଝିବା, ଯିବା ଆସିବା ଲୋକଙ୍କୁ ପଦେ ଦି' ପଦ କହି ବିଦା କରିଦେବାରେ ସକାଳ ଓଲିଟି ଚାଲିଯାଉଛି। ଏହାରି ଭିତରେ ଭୁବନେଶ୍ୱରରେ ତିନି ତିନିଥର ଭଡ଼ାଘର ବଦଳ ଓ ସ୍ତ୍ରୀ, ପିଲାଙ୍କ ଭଲମନ୍ଦ। ଅଫିସ୍‌ର ଉପର ହାକିମ ଘର ସମସ୍ୟା କଥା ବୁଝନ୍ତି ନାହିଁ। ଆଖୁ ପେଡ଼ିବା ପରି ମଣିଷ ଦେହରୁ ରସତକ ନିଗାଡ଼ି ନେବାକୁ ଚାହାନ୍ତି। ତା' ଭିତରେ ବାପାଙ୍କ ପାଖେ ଘଡ଼ିଏ ଦି' ଘଡ଼ି ବସିବା ପାଇଁ ସମୟ ବା କୋଉଠୁ ମୁଁ ପାଇଥାନ୍ତି !

ଏସବୁ ସାଙ୍ଗକୁ ବାପାଙ୍କର ପରିଚୟ ସଙ୍କଟ। ସହରରେ ସେ ପରିଚିତ ହୁଅନ୍ତି ନାତୁଣୀର ଜେଜେ, ମୋର ବାପା ନଚେତ୍ ଅଙ୍କଲ୍ କି ମଉସା ସମ୍ବୋଧନରେ। ଯିବା ଆସିବା ଲୋକମାନେ ତାଙ୍କୁ ଉପରଠାଉରିଆ ନମସ୍କାରଟେ କରି ଘର ଭିତରକୁ ପଶି ଆସନ୍ତି। ତାଙ୍କ ହାତରେ କିଛି କ୍ଷମତା ନ ଥାଏ, କିଛି ଅଧିକାର ନ ଥାଏ। ସେ ଯେମିତି ରାସ୍ତା ଧାରର ଅଦରକାରୀ ଚାକୁଣ୍ଡା ଗଛ। ଥିଲେ ଭଲ, ନଥିଲେ କାହାର କ୍ଷତି ହୁଅନ୍ତା ନାହିଁ।

ଅଥଚ ଭୁବନେଶ୍ୱରଠୁ ଦିଇଶ ମାଇଲ୍ ଦୂରରେ ଗୋଟିଏ ଗାଁ ଅଛି, ଯୋଉଠି ଏ ଘରର ମଣିଷମାନେ ମାନଗୋବିନ୍ଦ ମହାପାତ୍ରଙ୍କ ନାଁରେ ପରିଚିତ ହୁଅନ୍ତି। ତାଙ୍କରି ଛାଇରେ ଏମାନେ ବଢ଼ନ୍ତି ଓ ଖେଳନ୍ତି।

ଡାକ୍ତର ରାୟ ବିଛଣାରୁ ଉଠି ସାରିଥିଲେ। ମୁଁ ଯାଇ ଯଥାସମ୍ଭବ ଶାନ୍ତ ଗଳାରେ କହିଲି, "ସାନଭାଇ ଫୋନ୍ କରିଥିଲା। ପୁଣି ଥରେ ସେଇ ବେମାର ବାପାଙ୍କର ବାହାରିଛି। କ'ଣ କରିବୁ?"

ଡାକ୍ତର ତାରାପଦ ରାୟ ଖୁବ୍ ଭଦ୍ରଲୋକ। ତାଙ୍କର ବ୍ୟବହାର ରୋଗୀକୁ ଅଧା ଭଲ କରିଦିଏ। ପାଗଳ ରୋଗୀଙ୍କ ଗହଣରେ ଦିନ ବିତେଇ ସେ ଦାର୍ଶନିକ ପାଲଟି ସାରିଲେଣି। ତାଙ୍କ କଥାବାର୍ତ୍ତାରୁ ସେମିତି ଜଣାପଡ଼େ।

ସେ ପଚାରିଲେ, "ଏହା ଭିତରେ ଆପଣଙ୍କ ଘରେ ଆଉ କିଛି ସେମିତି ଘଟିଥିଲା, ଯାହା ପାଇଁ ଏମିତି ହେଲା ବୋଲି କହିପାରିବେ?"

ମୁଁ କହିଲି, "ମଝିଆଁର ଆକ୍‌ସିଡେଣ୍ଟ୍...।"

: ସେ ତ ବହୁତ ପଛର କଥା। ତା'ପରେ...?

: ମୁଁ ମନେପକେଇ ପାରୁ ନାହିଁ - ଧୀର ଗଳାରେ କହିଲି।

ଡାକ୍ତର ରାୟ କିନ୍ତୁ ଛାଡ଼ିବା ଲୋକ ନୁହନ୍ତି। ସେ କହିଲେ, "ଆପଣଙ୍କୁ ମନେ ପକେଇବାକୁ ହେବ। ତାହା ନ ହେଲେ ରୋଗୀକୁ ନ ଦେଖି ଔଷଧ ଲେଖିଦେବା ବିପଦଜନକ। କାଳେ ଯଦି କିଛି ହୋଇଯିବ!"

ମୁଁ ଆଉ ଗୋଟେ କଥା କହି ଆସୁଥିଲି। ମାତ୍ର କେହି ଜଣେ ଭିତରୁ ମୋର ଗଳା ଚିପି ଧରିଲା। ମୁଁ କହିପାରିଲି ନାହିଁ।

: ଆପଣ ତାଙ୍କ ପାଖେ ସକାଳେ, ସନ୍ଧ୍ୟାରେ ବସନ୍ତି?

: ବସୁଥିଲି। କିନ୍ତୁ ସେ ରାଉରକେଲା ଯିବା ପରଠାରୁ...। ମୁଁ ଜାଣି ଜାଣି ଡାକ୍ତରଙ୍କୁ ମିଛ କହିଲି। ନିଜ ପାଖରେ ମିଥ୍ୟାବାଦୀ ପଛକେ ମୁଁ ହୁଏ, ପର ଲୋକ ପାଖେ ଗୋଟେ ଦାୟିତ୍ୱହୀନ ପୁଅର ବଦନାମ ମୁଁ ନ ମୁଣ୍ଡାଏ।

ସେ ଟିକିଏ ଗମ୍ଭୀର ଦିଶିଲେ। କହିଲେ, "ଆପଣ ତାଙ୍କୁ ଭୁବନେଶ୍ୱର ନେଇ ଆସନ୍ତୁ। ଏବେ ସହସା ଚିକିତ୍ସା ପାଇଁ ମୁଁ ରାଉରକେଲାରେ ଡାକ୍ତର ନନ୍ଦଙ୍କ ଠିକଣା ଦେଉଛି। ତାଙ୍କୁ ଟିକିଏ ଦେଖେଇ ଦିଅନ୍ତୁ।"

ମୁଁ ଫେରି ଆସୁଥିଲି। ସେ ପଚାରିଲେ, "ପୁରୁଣା ପ୍ରେସ୍‌କ୍ରିପ୍‌ସନଗୁଡ଼ିକ ଆଣିଛନ୍ତି କି?"

ମୁଁ ଆଉ ଗୋଟେ ମିଛ କହିଲି। "ଘରେ ରଖିଛି। ସାଙ୍ଗରେ ଆଣିନାହିଁ।"

କିନ୍ତୁ ପ୍ରକୃତପକ୍ଷେ ବାପାଙ୍କ ପ୍ରେସ୍‌କ୍ରିପ୍‌ସନ କୋଉଠି ରଖିଥିଲି ତାହା ମୁଁ ନିଜେ ଜାଣି ନ ଥିଲି। ସତ କହିବାକୁ ଗଲେ ବାପା ଭଲ ହୋଇଯିବା ପରେ ଆଉ ଥରେ ସେଗୁଡ଼ିକର ପ୍ରୟୋଜନ ପଡ଼ିବ ବୋଲି ମୁଁ ଭାବି ନ ଥିଲି। ତା'ଛଡ଼ା ଗ୍ୟାସ୍‌କାର୍ଡ, ପାସ୍‌ବୁକ୍ ଓ ଜମିଜମା କାଗଜପତ୍ରକୁ ଗୁରୁତ୍ୱ ଦେବା ପରି ବାପାଙ୍କ ପ୍ରେସ୍‌କ୍ରିପ୍‌ସନକୁ ମୁଁ କେବେ ସେତିକି ଗୁରୁତ୍ୱ ଦେଇ ନ ଥିଲି।

ବୁଢ଼ା ହେଲେଣି। ଆଉ କେତେଦିନର କୁଣିଆ। ତାଙ୍କ ପାଇଁ କ'ଣ କିଏ ଏତେ ମୁଣ୍ଡ ଖେଳାଏ ?

ମୁଁ ବୁଲି ପଡ଼ିଲି। କେହି ଜଣେ ମୋ କାନ ପାଖରେ ଅବା ଏ ତିନି ପଦ କହି ଚାଲି ଯାଇଥିଲା। ମୁଁ ତୁଚ୍ଛାଟାରେ ମୁଣ୍ଡ ହଲେଇଲି। ନା, ନା, ନିଜ ବାପାଙ୍କ ସମ୍ପର୍କରେ କ'ଣ କେହି ଏମିତି କହେ !

ହଠାତ୍ ବାପା ଲେଖିଥିବା ତାଙ୍କର ଛୋଟ ଛୋଟ ବରାଦ ଗୁଡ଼ିକ ମୋର ମନେପଡ଼ିଗଲା। କାମ ଜଞ୍ଜାଳରେ ତାଙ୍କର ସେ ଚାହିଦା ଗୁଡ଼ିକ କଥା ମୁଁ ଏକ ପ୍ରକାର ଭୁଲି ଯାଇଥିଲି। ବାପା ଗୋଟେ ପଥୁରି କଥା ଲେଖିଥିଲେ। ଠାକୁର ପୂଜା ପାଇଁ ଭଲ ପଥର ତିଆରି ଗିନାଟେ ତାଙ୍କର ଦରକାର। ମୁଁ ସେଦିନ କହିଥିଲି, ଏବେ ତ ସବୁଠି ଷ୍ଟେନ୍‌ଲେସ୍ ଷ୍ଟିଲ୍ ବାସନ ଚଳିଲାଣି, ପଥର ବାସନ କିଏ ଖୋଜୁଛି ! ଓଲଟି ଏଗୁଡ଼ା ହାତରୁ ପଡ଼ିଲେ ଭାଙ୍ଗିଯିବ। ସେମିତି ମଝିଆଁ ଭାଇର ବାହାଘର ପରେ ପରେ ସେ ଗୋଟେ ପିତଳ ଗୁଆକାତି କଥା ଲେଖିଥିଲେ। ସାନଭାଇ ବାହା ହେବା ପାଇଁ ଗଲାବେଳେ ତା' ହାତରେ ନଡ଼ିଆ ଓ ଗୁଆକାତି ନେଇ ଯାଇଥିଲା। ଅଥଚ ଆସିଲା ବେଳକୁ ବରର ଗୁଆକାତିଟା କୁଆଡ଼େ ହଜି ଯାଇଥିଲା, ଖୋଜି ଖୋଜି କେହି ପାଇ ନ ଥିଲେ। ଘରକୁ ଫେରିବା ପରେ ବାପା ସାନ ପିଲାଙ୍କ ପରି ଜିଦ୍ କରିଥିଲେ, ତାଙ୍କୁ ତାଙ୍କର ଗୁଆକାତି ଫେରେଇ ଦିଆଯିବା ଜରୁରି।

ସେଦିନ ରଞ୍ଜୁ କହିଥିଲା, ବୁଢ଼ା ହେଲେ ଲୋକମାନେ ଏମିତି ଲୋଭୀ ଓ ସ୍ୱାର୍ଥପର ହୋଇଯାଆନ୍ତି। ଗୁଆକାତିଟା ତ ଘରେ ତୁଚ୍ଛାଟାରେ ପଡ଼ିଥିଲା। ପଛକୁ କ'ଣ ଆମେ ଆଉ ଗୋଟେ କିଣି ଦିଅନ୍ତେ ନାହିଁ !

ମାତ୍ର ପଛ ପଛ ହୋଇ ସେଇ ଗୁଆକାତିଟା ଆଉ କିଣା ହୋଇପାରି ନାହିଁ। ଏହା ଭିତରେ ଘରକୁ ଶହେ ଜିନିଷ ଆସିଥିବ - ଫ୍ରିଜ୍, ଗ୍ରାଇଣ୍ଡର ଓ ୱାସିଂମେସିନ୍‌ଠୁ ନେଇ ବାର ପ୍ରକାର ଆସବାବପତ୍ର; ମାତ୍ର ତା' ଭିତରେ ବାପାଙ୍କ ଗୁଆକାତିଟି କିଣା ହୋଇନାହିଁ।

ମୁଁ ହାଟ ଭିତରେ ପଶି ଏ ଦିଇଟି ଜିନିଷ କିଣିନେବା ପାଇଁ ବାହାରିଲି । ଯାହା ହେଉ ପଛେ ବାପା ନୂଆ ଗୁଆକାତି ଓ ପଥୁରି ଗିନା ଦେଖିଦେଲେ ଖୁସି ହେବେ ।

ମୋର ନିଜର ପିଲାଦିନ କଥା ମନେ ପଡୁଥିଲା । ମୋର ଛୋଟଛୋଟ ଅଳି ଅର୍ଦ୍ଦଳିକୁ ବାପା ସାଙ୍ଗେ ସାଙ୍ଗେ ପୂରଣ କରୁଥିଲେ । ତାହା ନ ହେଲେ ମୁଁ କାନ୍ଦି କାନ୍ଦି ଘରଟାକୁ ଉଠାପକା କରୁଥିଲି । ମୋ ଫରମାସି ପୂରଣରେ ଡେରି ହେଲେ ବାପାଙ୍କ ସାଙ୍ଗେ କଥାବାର୍ତ୍ତା ବନ୍ଦ କରି ଦେଉଥିଲି ।

ଛଅ ମାସ ହେଲା ବାପାଙ୍କ ସାଙ୍ଗେ ମୋର ଦେଖା ହୋଇନାହିଁ । ସବା ସାନର ବାହାଘର ପରେ ଆଉ ରାଉରକେଲା ଯିବା ପ୍ରୟୋଜନ ପଡ଼ିନାହିଁ । ବାପାଙ୍କୁ ଭେଟିବା ପାଇଁ ଯିବା କଥା ମନକୁ ଆସିଲେ ନିଜ ସାଙ୍ଗେ ନିଜେ ଯୁକ୍ତି କରିଛି, "ସବୁ ଅଡୁଆ ତ ତୁଟେଇଲି । ପୁଣି ବାରମ୍ବାର ରାଉରକେଲା ଯାଇ କାହିଁକି ଗାଡ଼ିଭଡ଼ା ଗଣିବି ?"

ସେତେବେଳେ ମୋ ପିଲାଦିନ କଥା ମନେପଡ଼ିନାହିଁ । କିଛି କାରଣ ନ ଥାଇ ପ୍ରତି ପନ୍ଦର ଦିନରେ ବାପା ଆସି ହଷ୍ଟେଲ୍‌ରୁ ବୁଲିଯିବା କଥା ମଧ୍ୟ ସ୍ମରଣକୁ ଆସିନାହିଁ । ବାରମ୍ବାର ସାର୍‌ମାନଙ୍କୁ ଦେଖା କରି ମୋ ଉପରେ ଦୃଷ୍ଟି ରଖିବା ପାଇଁ କାକୁସ୍ଥ ଖାତକଟେ ପରି ଅନୁରୋଧ କରିବା ପ୍ରସଙ୍ଗ ଆଦୌ ମୋ ମନକୁ ଆସି ନାହିଁ ।

ବାପା ସେଦିନ କ'ଣ ଦେଖିବା ପାଇଁ ବାରମ୍ବାର ହଷ୍ଟେଲ୍‌କୁ ଆସୁଥିଲେ ? କାହିଁକି ଗାଁର ଚାଷବାସ, ବନ୍ଧୁବାନ୍ଧବ ଓ ରୋଗିଣା ସ୍ତ୍ରୀର ଜଞ୍ଜାଳକୁ ପଛରେ ରଖି, ଝୁଲାଟାରେ ମୁଢ଼ି ଛତୁଆ, ନଡ଼ିଆ ଓ ପିଜୁଳି ପୁଞ୍ଜାଏ ଧରି ଦଉଡ଼ି ଆସୁଥିଲେ ଦଶ କିଲୋମିଟର ରାସ୍ତା ?

ମୁଁ ଭାବପ୍ରବଣ ହୋଇପଡୁଥିଲି । ନିଜ ସାଙ୍ଗେ ନିଜେ ଯୁକ୍ତି କରୁଥିଲି, "ସବୁକଥା ବୁଝିବା କ'ଣ ଖାଲି ମୋର ଦାୟିତ୍ୱ ! ଲିଟୁର ବି ତ କିଛି ଦାୟିତ୍ୱ ଅଛି !"

ବାପାଙ୍କୁ ଭୁବନେଶ୍ୱର ଭଲ ଲାଗେ । ଏଠି ଆମ ଘରେ ନାନା ପ୍ରକାର ବହିପତ୍ର ଓ ଖବରକାଗଜ ସେ ପାଇଯାଆନ୍ତି । ରାଜନୀତିଠୁଁ ନେଇ ଧର୍ମଚର୍ଚ୍ଚା ପାଇଁ ତାଙ୍କ ବୟସର ବୁଢ଼ା ସାଙ୍ଗମାନେ ମଧ୍ୟ କୋଉଠୁ ଆସି ପହଞ୍ଚନ୍ତି । କିନ୍ତୁ ବାପାଙ୍କ କଥା ମାନି ସେମାନଙ୍କୁ ତୁହାକୁ ତୁହା ଚା' ଜଳଖିଆ ଯୋଗେଇ ଦେବା ସମ୍ଭବ ହୁଏ ନାହିଁ । ଏସବୁ ସାଙ୍ଗକୁ ସବୁଦିନେ ସାନପିଲା ପରି ତାଙ୍କର ନୂଆ ନୂଆ ଫରମାସି । ସବୁ ଉପରେ ଗାଁରେ ଘର ତୋଳିବାର ସେଇ ପୁରୁଣା ଦାବି ।

ଜାଣି ଜାଣି ଡାକ୍ତର ରାୟ 'ଯା' ଭିତରେ ଆଉ କିଛି ଘଟିଛି କି' ବୋଲି ପଚାରିଲାବେଳେ ମୁଁ ନିରବ ରହିଥିଲି । ନା, ନିରବ ନୁହେଁ, ଜାଣି ଜାଣି କଥାଟିକୁ ବାଆଁରେଇ ଯାଇଥିଲି । କାରଣ ଆମେ ଦି' ଭାଇ ମିଳିମିଶି ବାପାଙ୍କୁ ଗୋଟେ ମିଛ କହିଥିବା କଥା ଡାକ୍ତରଙ୍କ ଆଗେ କହିବା ପାଇଁ ମୁଁ ଚାହୁଁ ନ ଥିଲି ।

।। ଦୁଇ ।।

ଗାଁରେ ଘରଟିଏ ତୋଳେଇବା ଥିଲା ବାପାଙ୍କର ସବୁଠୁ ବଡ଼ ଓ ପୁରୁଣା ଇଚ୍ଛା। ମୋ ବି.ଏ. ପଢ଼ିବା ପରଠାରୁ ସେ ସେଇ କଥାଟି ବାରମ୍ବାର କହି ଆସୁଥିଲେ। ବେଳେବେଳେ ଆମେ ଭାଇମାନେ ତାଙ୍କ କଥାକୁ କାନ ନ ଦେଲେ ସେ ବୋଉକୁ ସେ କାମରେ ଲଗେଇ ଦେଉଥିଲେ। ମାତ୍ର ଛେଳି ପରି ନିରୀହ ଓ ଶଶା ପରି ଡରୁଆ ମୋ ବୋଉ, ଆମକୁ ସେକଥା କେବେ ବି କହୁ ନ ଥିଲା। ଓଲଟି ଆମ ତରଫରୁ ସେ ବାପାଙ୍କ ସାଙ୍ଗେ ଯୁକ୍ତି କରୁଥିଲା।

ବାପାଙ୍କ ମନ ଭିତରେ ଗାଁ ଘରର ନକ୍ସାଟାଏ ସବୁବେଳେ ଝୁଲି ରହୁଥିଲା। ସାମନା ଦରଜାରେ ଶାଳକାଠର ବନ୍ଧ, କରମଙ୍ଗା ଚିତ୍ରର ପଣସକାଠ ଦରଜା, ଝରକାରେ କୁମ୍ଭ ଡିଜାଇନ୍‌ର ଖିଲାଣ, ଦାଣ୍ଡଘରକୁ ଲାଗି ଠାକୁର ଘର, ଅଗଣାରେ ତୁଳସୀ ଚଉରା ଏବଂ ଠାକୁର ଘରକୁ ଲାଗି ତାଙ୍କର ଶୋଇବା ଘର। ସାମ୍ନାରେ ଆଉ ତିନି ବଖରା ଘର - ତିନି ପୁଅଙ୍କର ଓ ଶେଷକୁ କୁଣିଆ ମଇତ୍ରଙ୍କ ଚଳାଚଳ ପାଇଁ ଆଉ ବଖରେ ଘର। ବାପା ଏତକ ଯାଏ କହି ରହିଯାଆନ୍ତି। ତା'ପରେ ବୋଉର ପାଳି। ସେ ତା'ର ରୋଷେଇ ଘର କଥାଟି ବନେଇ ଚୁନେଇ କହେ। ବାପା କହନ୍ତି, "ଯାହା କରିବ ଥରେ କରିବ, ମିସ୍ତ୍ରି ମଜୁରିକୁ ଡରି କାମ ଖଇଚା କରିବା ଠିକ୍ ନୁହେଁ।"

ଆମେ ତିନିଜଣ ତାଙ୍କ କଥା ଶୁଣୁ। ମୁଣ୍ଡ ଟୁଙ୍ଗାରୁ। କିନ୍ତୁ ସେଇଠି ତାଙ୍କର ଘରର ପ୍ରସ୍ତାବ ତାଙ୍କରି ପାଖରେ ରଖିଦେଇ ନିଜ ନିଜ କାମରେ ଉଠିଆସୁ।

ବୋଉ କହେ, "ତୋ ସାନଦାଦା ବାହା ହୋଇ ଆସିଲା ବେଳକୁ ଅଧିକା ଘର ନଥିଲା। ବାପା ନିଜଆଡୁ ତାଙ୍କ ଶୋଇବା ଘରଟି ଦାଦାଙ୍କ ପାଇଁ ଛାଡ଼ି ଦେଇଥିଲେ। ସେତେବେଳେ ଚାକିରି ବାକିରି କରୁଥିଲେ ବୋଲି ସିନା ବାହାରକୁ ଚାଲି ଆସିଥିଲେ; କିନ୍ତୁ ଭାବିଥିଲେ, ସାନ ତା'ର ଘର ତିଆରି କରି ଉଠିଯିବ। ମାତ୍ର ସେ ଘରକୁ ଆଉ ବାପା ଫେରିଯାଇ ପାରିଲେ ନାହିଁ। ବାପା ଅଭିମାନ କରି ସହରରେ ରହିଗଲେ।"

ବୋଉ କଥା ମିଛ ନୁହେଁ। କାରଣ, ବାପା ସବୁବେଳେ ତାଙ୍କ ଘରଟିକୁ ଝୁରିହେବା କଥା ପିଲାଦିନେ ଆମେ ଶୁଣିଛୁ। ସେଇ ଘରର ଆଟୁ, ତା'ର ନଡ଼ା ଛାଉଣି ଛପର, ଦକ୍ଷିଣ ଦରଜା ପବନ, ଘର ଆଗରେ ମଧୁମାଳତୀର ଲଟା - ଏସବୁ କଥା ବାପା କହନ୍ତି। ସେତେବେଳେ ମୁଁ ହଳପ କଲାପରି ବାପାଙ୍କୁ କହେ, "ବ୍ୟସ୍ତ ହୁଅନାହିଁ। ଆମେ ଚାକିରି କଲା ପରେ ଆଗେ ଗାଁରେ ଘରଟେ ତୋଳିଦେବୁ। ଆପଣ ଓ ବୋଉ ଯାଇ ଗାଁରେ ରହିବେ।"

କିନ୍ତୁ ସେ ହଳପ ହଳପରେ ରହିଯାଇଛି। ପାଠପଢ଼ା ଓ ଚାକିରି ସାଙ୍ଗରେ ତାଳ

ଦେଲା ପରି ଗାଁଠୁ ଆମର ଦୂରତ୍ୱ ବଢ଼ିବଢ଼ି ଯାଇଛି ସିନା, କମିନାହିଁ। ତେଣିକି ଗାଁରେ ଚାଳିଶ ପଚାଶ ହଜାର ଖର୍ଚ୍ଚ କରି ଘର ତିଆରି କରିବାର ଯୋଜନାଟା ମନେ ହୋଇଛି ନିରୋଳା ଭାବପ୍ରବଣତା, ଅଦରକାରୀ ଅପବ୍ୟୟ।

ଆମ ଭିତରର ଏ ପରିବର୍ତ୍ତନକୁ ବୁଝିପାରିଲା ପରି ବାପା ମଝିରେ ମଝିରେ କହନ୍ତି, "ହେଉ, ତୁମେମାନେ ଗାଁରେ ନ ରହିଲ ନାହିଁ, ତା' ବୋଲି କ'ଣ ଉଠାକୁଳିଆ ହୋଇ ପଳେଇ ଆସିବ। ସାତ ପୁରୁଷର ଭିଟାମାଟିରେ ଆମର କ'ଣ କିଛି ବୋଲି ଚିହ୍ନ ରହିବ ନାହିଁ?"

ବାପାଙ୍କ କଥା ମୋ ଦେହରେ ତୀର ପରି ବିନ୍ଧିଯାଏ। ଏ ଧରଣର ମହଙ୍ଗା ବେଳାରେ ଭଡ଼ାଘରଟାଏ ଖୋଜି ପାଇବା କଷ୍ଟକର ହୋଇପଡ଼ୁଛି। କଟକ କି ଭୁବନେଶ୍ୱରରେ ଦି' ବଖରା ଘର କଲେ ବରଂ ଭବିଷ୍ୟତରେ କାମରେ ଆସିବ। ସହରଠୁ ଶହେ ମାଇଲ୍ ଦୂରରେ ଘର କରି ଲାଭ କ'ଣ? କ'ଣ ଅଛି ସେ ଗାଁରେ? ବିଜୁଳି ନା ଟେଲିଫୋନ୍? କଲେଜ ନା ଡାକ୍ତରଖାନା? ଭୁବନେଶ୍ୱରରୁ ବଡ଼ି ଭୋର୍‌ରୁ ବାହାରିଲେ ଗାଁରେ ଯାଇ ପହଞ୍ଚିଲା ବେଳକୁ ଅଧରାତି। କାଲି ଭଲରେ ମନ୍ଦରେ କିଛି ହୋଇଗଲେ ବୁଢ଼ାବୁଢ଼ୀଙ୍କୁ ଦେଖିବା ପାଇଁ ଯିବା ମୁସ୍କିଲ୍ ହୋଇପଡ଼ିବ। ସେପରି ଗାଁରେ କ'ଣ କେହି ଘର କରେ?

ବାପା ଉପରକୁ ସବୁ ବୁଝିଲା ପରି ତୁନି ପଡ଼ନ୍ତି। କିନ୍ତୁ ଆମେ ଜାଣୁ, ସେ ବୁଝି ନାହାନ୍ତି। ସେ କଥାଟି ସାତ ଆଠ ଦିନ ପରେ ଜଣାପଡ଼ିଯାଏ। ଦିନେ ସକାଳୁ ସକାଳୁ କହନ୍ତି, "ଗୋବିନ୍ଦ ଚିଠି ଲେଖିଥିଲା। ତମ ଦାଦା ତା'ର ପୁରୁଣା ଘର ଭାଙ୍ଗି ନୂଆ ଘର କରୁଛି। ଘର ଭାଙ୍ଗିଲାବେଳେ ମଝିକାନ୍ଥ ଭାଙ୍ଗିଯାଇଛି। ଗୋଟିଏ ଶେଣିର ଘର। ଗୋଟିଏ ଭାଙ୍ଗିଗଲେ ଆରଟା କ'ଣ ରହିବ? ଏବେ ଝଡ଼ବର୍ଷା ହୋଇ ଆମ ଘରଟା ଭୂତକୋଠି ପରି ଦିଶୁଛି। କିଛି ଗୋଟିଏ ତ କରିବାକୁ ହେବ।"

"ଗାଁ ସ୍କୁଲକୁ ଦାନ କରି ଦେଉ ନାହାନ୍ତି!" - ଲିଟୁ ଚିଡ଼ି ଉଠି କହେ। ''ଗାଁର ଯେଉଁଗୁଡ଼ାକୁ ଆପଣ ସମ୍ପତ୍ତି କହୁଛନ୍ତି, ପ୍ରକୃତରେ ସେଗୁଡ଼ା ବିପତ୍ତି। ଆୟଠୁ ତା' ପାଇଁ ବ୍ୟୟ ଅଧିକା। ଆପଣ ନିଜେ ଯାଇ ସେଗୁଡ଼ା ବିକା ଭଙ୍ଗା କରିଦେଇ ଆସନ୍ତୁ। ମୋର ବେଳ ନାହିଁ।'' - ଲିଟୁ କହିଦେଇ ଉଠି ପଳାଏ।

ବାପା ଆଉ କିଛି କହନ୍ତି ନାହିଁ। ଲିଟୁର କଥା ଶୁଣି ମୁଁ ବି ଆଶ୍ଚର୍ଯ୍ୟ ହୁଏ। ଏଇ ସେଇ ଲିଟୁ - ଯିଏ ଛାଇ ଦେଖିଲେ ଡରୁଥିଲା ବୋଲି ବୋଉ ତା' ହାତରେ ଚାରି ଚାରିଟା ତେଉଁରିଆ ବାନ୍ଧି ଦେଇଥିଲା। ଘରୁ ବାହାରକୁ ବାହାରିଲେ ଝାଡ୍ରୁ ଟିକିଏ ଛିଣ୍ଡେଇ ଝାଡ଼ି ଦେଉଥିଲା ଓ କଳା ଟିକିଏ ତା' ଗାଲରେ ନେସି ଦେଉଥିଲା। ସେଇ ଲିଟୁ ଏବେ କେତେ ଟାଣ ଟାଣ କଥା କହିପାରୁଛି!

ମୁଁ ମୋର ସମସ୍ୟାମାନ ବାପାଙ୍କୁ ବୁଝଉଥିଲି। ଦି' ଦିଇଟା ଛୁଆଙ୍କ ପଢ଼ାଖର୍ଚ୍ଚ, ସ୍ତ୍ରୀର ଦେହ ଭଲ ରହୁନାହିଁ, ତା' ସାଙ୍ଗକୁ ଗଲା ଆଇଲା ଭାର ବେଭାର ବ୍ୟୟ। ମୋର ଗାଁ ଜମିବାଡ଼ି ପ୍ରତି ଲୋଭ ନାହିଁ। ତିନିଜଣଙ୍କ ଭିତରୁ ଜଣେ ତ ଗଲାଣି। ଲିଟୁ ତା'ର ଗାଁ କଥା ସମ୍ଭାଳୁ, ସେଇ ଭୋଗ କରୁ।

ବାପାଙ୍କ ମୁହଁ ଗୋଟେ ଅସହାୟ ଛେଉଣ୍ଡ ପିଲାର ମୁହଁ ପରି ଦିଶେ। ମୁଁ ପୁଣି କଥା ବଦଳାଏ, "ହଉ ହଉ, ଆର ବର୍ଷକୁ ଦେଖିବା।"

ଲିଟୁ ଏସବୁ ବିଷୟରେ ପ୍ରାକ୍ଟିକାଲ୍। ସେ ପରାମର୍ଶ ଦିଏ, ବାପାଙ୍କର ତ ଘରଟେ ଦରକାର। ଘରଟେ କରିଦେବା।

ଘର ତିଆରି ହେଲା। କିନ୍ତୁ ଗାଁରେ ନୁହେଁ, ଭୁବନେଶ୍ୱରରେ। ବାପା ରାଉରକେଲାରେ ରହିଲେ। ଆମେ ଦି' ଭାଇ କଥାବାର୍ତ୍ତା କରି ଭୁବନେଶ୍ୱର ଘର କାମ ଆରମ୍ଭ କଲୁ।

ବାପା ଲେଖନ୍ତି, ଇଟା କାନ୍ଥ କରୁଛ ତ! ଆଜବେଷ୍ଟସ୍ ଛପର କର ପଛକେ, ମାଟି କାନ୍ଥ କି କଞ୍ଚା ଇଟାର କାନ୍ଥ କରିବ ନହିଁ।

ଶାଳ କାଠର ବନ୍ଧ ଗଢୁଛ ତ?

ଲିଟୁ ବୁଝେଇ ଦିଏ। ସବୁ ଠିକ୍ ଠାକ୍ ଚାଲିଛି। ଘର ତିଆରି ସରିଗଲେ ବଳେ ଯାଇ ଦେଖିବ ନାହିଁ କି!

ବାପା ମୁଣ୍ଡ ଟୁଙ୍ଗାରନ୍ତି। କହନ୍ତି, "କିଏ ଜାଣେ, ସେତେଦିନ ମୁଁ ବଞ୍ଚି ରହିଥିଲେ ତ!"

ମୁଁ ଏପରି ଅଶୁଭ କଥା ନ କହିବା ପାଇଁ ତାଙ୍କୁ ବୁଝାଏ। ବାପା କଥା ବାଆଁରେଇବା ପାଇଁ ନାତୁଣୀକୁ ଡାକନ୍ତି, "ଝୁନା, ତୋର ସେ ବହିଟା ଆଣିଲୁ, ଯୋଉଥିରେ ସାହେବମାନଙ୍କ କୋଠାବାଡ଼ି ଚିତ୍ର ତୁ ସେଦିନ ଦେଖଉଥିଲୁ।"

ଝୁନା ରାମାୟଣର ହନୁମାନ ପରି ପୁଲାଏ ବହିପତ୍ର ଆଣି ଜେଜେଙ୍କ ସାମ୍ନାରେ ରଖିଦିଏ। କହେ, "ନିଜେ ଦେଖୁଥାଅ, ମୋର ହୋମ୍ୱାର୍କ ସରିଗଲେ ମୁଁ ଆସିବି।"

ଗଲାଥର ଲିଟୁ ଆସିଲାବେଳେ ଅଧା ତିଆରି ଘର ଦେଖି କହିଥିଲା, "କେତେଦିନ ବାପାଙ୍କୁ ଡରି ଘରକାମ ଅଧା ପକେଇଥିବ?"

ମୁଁ କହିଥିଲି, ଉପାୟ ନାହିଁ। ଘରକାମ ସରିଗଲେ ବାପା ଦେଖିବାକୁ ଆସିବେ। ହୁଏତ ସେ ଦୃଶ୍ୟ ସେ ସମ୍ଭାଳି ପାରିବେ ନାହିଁ।

ଲିଟୁ ଗୋଟେ ଷଡ଼ଯନ୍ତ୍ରର ସମଭାଗୀ ପରି ଚୁପ୍ ରହିଥିଲା। କିନ୍ତୁ ଆମେ ବା କ'ଣ କରିପାରିଥାନ୍ତୁ! ଗାଁରେ ଘର ତିଆରି କରିବା ତ ଏତେ ସହଜ କଥା ନୁହେଁ।

କିଏ ଯାଇ ଗାଁରେ ରହିବ, କାହିଁକି ବା ରହିବ! କେବଳ ବାପା ବଞ୍ଚିଥିବା ଯାଏ ଗାଁ ସହ ସମ୍ପର୍କ। ତା'ପରେ ଆଉ ଗାଁରେ ଆମର ରହିବ ବା କ'ଣ? ଆମେ ଦି' ଭାଇ ଆମର ଜମି କୋଉଠି ଚିହ୍ନୁନା, ଆମକୁ ମଧ୍ୟ ଗାଁରେ କେହି ଚିହ୍ନନ୍ତି ନାହିଁ। ସେଠି ଘର ତୋଳେଇବାରେ ଟଙ୍କା ଖର୍ଚ୍ଚ କରିବା ଯାହା, ସେ ଟଙ୍କାତକ ବାନ୍ଧିବୁନ୍ଧି ପାଣିରେ ପକେଇଦେବା ସେଇଆ। ନା ସେଠିକା ଘରବାଡ଼ି ଭଡ଼ା ଲାଗିପାରିବ ନା କିଛି କାମରେ ଆସିବ। ଠକମାନେ ଭୋଗ କରିବେ।

ରଞ୍ଜୁ କହିଲା, "ଡାକ୍ତର କ'ଣ କହିଲେ?"

ମୁଁ ଉତ୍ତର ଦେଲି, "ବାପାଙ୍କୁ ନେଇ ଆସିବାକୁ ହେବ। ତାଙ୍କୁ ନ ଦେଖିଲେ ସେ କିଛି କହିପାରିବେ ନାହିଁ।"

ରଞ୍ଜୁର ମୁହଁ ବିକଳ ଦିଶିଲା। ବାପା ଭୁବନେଶ୍ୱର ଆସିଲେ ତା'ରି ଉପରେ ସବୁ ଦାୟିତ୍ୱ ପଡ଼ିବ। ଘର କାମ କରିବାକୁ ଲୋକବାକ କେହି ନାହିଁ। ବୁଢ଼ା ମଣିଷ। ବିଛଣାରେ ଝାଡ଼ା, ପରିସ୍ରା କରି ଦେଉଛନ୍ତି। ତା' ଉପରକୁ ପୁଣି ଏଇ ପାଗଳାମି।

ମୁଁ ତା' ମନକଥା ବୁଝିପାରିଲି। ବଡ଼ ପାଟିରେ କହିଲି, "ତୁମ ବାପା ହୋଇଥିଲେ ତୁମେ କ'ଣ ଏମିତି ଭାବନ୍ତ?"

ସେ ହାରିଗଲା ସ୍ୱରରେ କହିଲା, "ମୁଁ କ'ଣ କରିବି କୁହ। ଝୁନାର ପରୀକ୍ଷା ସତର ତାରିଖରୁ ଆରମ୍ଭ ହେବ। ସାନଟା ତ ଘଡ଼ିଏ ଥୟ ଧରୁ ନାହିଁ। ମୋର କେତେଟା ହାତ, ମୁଁ କାହାକୁ ସମ୍ଭାଳିବି?"

ରାଗ, ଅଭିମାନ ଓ ଅସହାୟତାରେ ମୋ ମୁଣ୍ଡର ଶିରାଗୁଡ଼ାକ ଟିଣ୍ଟିଣ୍ ହୋଇ ଉଠୁଥିଲା। ରଞ୍ଜୁକୁ ମୁଁ କ'ଣ କହିବି ସ୍ଥିର କରିପାରୁ ନ ଥିଲି। ମଣିଷ ପୁଣି ଏତେ ଅସହାୟ ହୋଇଯାଏ!

ମୁଁ କହିଲି, "ତମେ ଯାହା ଯେମିତି ଚଳେଇଲେ ଚଳାଅ, କିନ୍ତୁ ବାପା ଆସିବେ। ସବୁଦିନ କ'ଣ ଏମିତି ଖାଇପିଇ ନିଶ୍ଚିନ୍ତ ହୋଇ ବୁଲନ୍ତ!"

ମୋର ଏଇ ଶେଷକଥା ପଦକ ଓଟ ପିଠିର ଶେଷ ନଡ଼ାଖିଅ ପରି ରଞ୍ଜୁକୁ ଜଖମ କରିଦେଇଥିଲା। ସେ ନାକ ଫୁଲେଇ ଚଉଦ ବର୍ଷର ଘରକରଣା ଭିତରେ କି କି ସୁଖ ପାଇଛି, ତା'ର ଜବାବ ଲୋଡୁଥିଲା।

: ମୁଁ କ'ଣ ଏଠି ଝୁଲଣରେ ବସି ଝୁଲୁଛି? ଚାକରାଣୀ ପରି ଖଟିଖଟି ହାତ ପାଦରୁ ଚମ ଛିଡ଼ିଗଲାଣି। ଅଣ୍ଟାପିଠି ଦରଜ କରୁଛି। କେହି ଟିକିଏ 'ଉଃ' ବୋଲି କହିବାର ନାଁ ନାହିଁ, ଅଥଚ ମୋରି ଉପରେ ସମସ୍ତଙ୍କର ଅହନ୍ତା। କାହିଁକି, ବାପା ଯଦି ଏଠିକି ଆସିବେ, ଲିଟୁ ତା' ସ୍ତ୍ରୀକୁ କିଛି ଦିନ ପାଇଁ ପଠେଇ ଦେଉନାହିଁ?

ରଞ୍ଜୁର ରାଗ କଥା ମୁଁ ଜାଣେ। ଥରେ ତା' ମୁଣ୍ଡକୁ ପିତ୍ତ ଚଢ଼ିଗଲେ ସେ ଆଉ ଭଲମନ୍ଦ ଶୁଣେ ନାହିଁ। ଜିନିଷପତ୍ର ଫିଙ୍ଗା ଫୋପଡ଼ାରୁ ତା'ର ପ୍ରତିକ୍ରିୟା ଆରମ୍ଭ ହୁଏ, ପିଲାମାନଙ୍କୁ ବିଧା ଚାପୁଡ଼ା ମାରିବା ଓ ଉପାସ ଶୋଇବାରେ ତାହା ଶେଷ ହୁଏ।

ମୁଁ କାହାକୁ କିଛି ନ କହି ବସ୍‌ଷ୍ଟାଣ୍ଡକୁ ଆଡ୍‌ଭାନ୍‌ସ ଟିକେଟ୍ କାଟିବା ପାଇଁ ବାହାରିଗଲି। ବାପାଙ୍କୁ ଥରେ ଆଣି ଡାକ୍ତରଙ୍କୁ ଦେଖେଇ ନ ଦେଲେ ମୁଁ ନିଜକୁ କ୍ଷମା କରିପାରିବି ନାହିଁ। ଲୋକମାନେ କ'ଣ କହିବେ? କହିବେ, ମାଆର ଚିକିତ୍ସା ତ କରି ନ ଥିଲେ, ଏବେ ବାପାକୁ ବି...

।। ତିନି ।।

ରାଉରକେଲା ବସ୍‌ରେ ବସି ମୁଁ ଆମ ଗାଁ କଥା ଭାବି ହେଉଥିଲି। ବଙ୍ଗୋପସାଗର କୂଳରେ ଛୋଟିଆ ଗାଁ। ଗୋଟେ ପଟେ ବନିମାଳ, ମନ୍ତେଇ ନଈ, ଆରପଟେ ତିନି ଚାରିଟା ଦ୍ୱୀପ ପରି ଦୂରଛଡ଼ା ଗାଁ କେତୋଟି। ତିନି ମାଇଲ୍ ଦୂରରେ ଛୋଟିଆ ବଜାର।

ଖୁବ୍ ସାନ ଥିଲାବେଳେ ଥରେ ବାପା ଆମ ତିନିଭାଇଙ୍କୁ ନେଇ କାଦୁଅନାସି ଯାଇଥିଲେ। ସେଇଠି ଆମର ସେପାରି ଘର। ଧାନ ଅମଳ ବେଳେ ମୂଲିଆମାନେ ସେପଟେ ରହନ୍ତି। ତାଙ୍କ ପାଇଁ ନୁଆଁଣିଆ ଚାଳିଆମାନ ତିଆରି ହୋଇଥାଏ। ଘର ପଛପଟେ କଦଳୀ ବାଡ଼ି, କଦଳୀ ବାଡ଼ି ତଳକୁ ପୋଖରୀ ଓ ପୋଖରୀ ଚାରିକଡ଼େ ନଡ଼ିଆ ଗଛ।

ବାପାଙ୍କର ବିଶ୍ୱସ୍ତ ଲୋକ ଥିଲା ଭ୍ରମରବର। ହରିଜନ ଲୋକ ହେଲେ ବି ଖୁବ୍ ସଫା ସୁତୁରା। ବାପା ପହଞ୍ଚିଲା କ୍ଷଣି ସବୁ କାମଧନ୍ଦା ଛାଡ଼ି ତାଙ୍କ ସେବା କରିବା ପାଇଁ ସେ ଦଉଡ଼ି ଆସେ।

ସେଇ ଭ୍ରମରବର ସେଦିନ ଆମ ପାଇଁ ରୋଷେଇ କରିଥିଲା ଉଷୁନା ଭାତ, ଚୂନାମାଛ ଚୁଡୁଚୁଡ଼ା, ଛତୁପୋଡ଼ା ଓ ବଡ଼ିଆମ୍ବିଳ। ଭୋକରେ ବାପପୁଅ ସମସ୍ତଙ୍କ କରଡ଼ି ଜଳୁଥିଲା। ଖାଉ ଖାଉ କେତେବେଳେ ହାଣ୍ଡିକଯାକ ଭାତ ସରିଥିଲା, ଆମେ ଜାଣିପାରି ନ ଥିଲୁ।

ଖରାବେଳଟା ଆମେ ସେଇଠି କଟେଇଥିଲୁ। ବାପା ବତେଇ ଦେଇଥିଲେ, ଏଇ ଖାଲୁଆଜମିରେ ଲୀଳାବତୀ ଧାନଚାଷ ହୁଏ, କାହିଁକି ନା ଗରୁ ଧାନ। ବହୁତ ଡେରିରେ ଏ ଧାନ ପାଚେ। ଏପଟ ଜମିରେ ଜଟିଆଧାନ, ଏ ଧାନ ଭାଦ୍ରବ ବେଳକୁ ପାଚିଯାଏ। ସେପଟେ ସୋଲା, ପାଟିଣି। ସୋଲା ଧାନରେ ଭଲ ମୁଢ଼ି ହୁଏ।

ଏ ପାଠରେ ମହିଆଁ ଟିକେ ଆଗୁଆ। ସେ ତା' ହାତ ଆଙ୍ଗୁଳିରେ ମୋତେ ବତେଇ ଦେଇଥିଲା, "ଟିକିଟିକି ଧାନ, ଚିହ୍ନିଛୁ?"

ମୁଁ ହଁ ଭରିଥିଲି।

ଛାଇ କଅଁଳ ହେଲା ପରେ ବାପା ଆମକୁ ନେଇ ଯାଇଥିଲେ ବିଜୟପାଟଣା। ବାସୁଦେବପୁର ଧାମରା ରାସ୍ତାକଡ଼ରେ ଶାନ୍ତ ସବୁଜ ଗାଁଟିଏ। ସେଇଠି ଆମର ଡିହଟେ ଥିଲା, ଯୋଉଥିରେ ଦୂର ସମ୍ପର୍କୀୟ ନରେନ୍ଦ୍ର ପରିବା ଚାଷ କରୁଥିଲା।

ବାପା ଡଗଡଗ ପାଦରେ ଆଗେଇ ଯାଇ ବାଲି ଉପରେ ଲୋଟୁଥିବା କଖାରୁ କଷିମାନଙ୍କୁ ଆଉଁଶି ଦେଇଥିଲେ। ବାଡ଼ି ସାରା କାକୁଡ଼ି, ଲାଉ ଓ ଲଙ୍କା ଭର୍ତ୍ତି ହୋଇଯାଇଥିଲା। ବାପା କହିଥିଲେ, "ଇଏ ମାଟି ନୁହେଁ ସୁନା, ଏଠି ମଞ୍ଜିଟେ ପକେଇଲେ ଭରଣେ ଫଳେ।"

ନରେନ୍ଦ୍ର ଆମକୁ କଷି କାକୁଡ଼ି ତୋଳି ଆଣି ଦେଇଥିଲା। ତା' ଝିଅ ଗୋଟେ ଗିନାରେ ଆଣି ଦେଇଥିଲା ଲୁଣ ଓ କଞ୍ଚା ଲଙ୍କା। ଆମେ ତିନିହେଁ ସେଇଠି ଘାସ ଉପରେ ବସି କାକୁଡ଼ି ଖାଇଥିଲୁ।

ଫେରିବାବେଳେ ବାପା କହିଥିଲେ, "ମୋର ଇଚ୍ଛା, ଜଣେ ରହିବ ଗାଁରେ, ଜଣେ କାଦୁଅନାସିରେ ଓ ଆଉ ଜଣେ ବିଜୟପାଟଣାରେ। ଗାଁରେ ଧାନ, କାଦୁଅନାସିରେ ମାଛ ଓ ବିଜୟପାଟଣାରେ ପରିବା।"

ବାପାଙ୍କ ଉପରେ ସେଦିନ ସମ୍ପୂର୍ଣ୍ଣ ନିର୍ଭରଶୀଳ ଆମେ ପଚାରିଥିଲୁ, "ତୁମେ କୋଉଠି ରହିବ! ଆଉ ବୋଉ?"

ତା'ପରେ ଆମ ଭିତରେ ବାପାବୋଉଙ୍କ ଉପରେ ଆମର ଅଧିକାରକୁ ନେଇ ଭିଡ଼ା ଓଟରା ଲାଗିଥିଲା। ବାପା ମୀମାଂସାର ସୂତ୍ର ବାହାର କରିଥିଲେ, ଆମେ ଦି' ଜଣ ଚାରି ଚାରି ମାସ ପାଳି କରି ତିନି ଜାଗାରେ ରହିବୁ।

ଆମେ ଚୁପ୍ ହୋଇଯାଇଥିଲୁ।

ସେଦିନ ଫେରିବାବେଳେ ଆମେ ବାପପୁଅ ଚାରିଜଣ ଚାରିଟି ଝୁଲାରେ ପନିପରିବା ଧରି ଫେରିଥିଲୁ। ମନ୍ତେଇରେ ଜୁଆର ଆସିଥିଲା ଜହ୍ନ ଦେଖି। ବାପା କହିଥିଲେ, "ଛାଡ଼ ବଅର ହୋଇଥିଲେ ତୁମେମାନେ ଆଣ୍ଠୁଏ କାଦୁଅରେ ପଶିଥାଆନ୍ତ।"

ମୁଁ ପଚାରିଲି, "ଏଇ ନଈର ଭଅଁରାବାଙ୍କରେ ବହୁତ ଲୋକ ମରିଛନ୍ତି ନା?"

ବାପା କହିଥିଲେ, ହଁ।

ତା'ପରେ ସେ ବୁଝେଇଥିଲେ, ଭଅଁରା ବାଙ୍କରେ ପାଣିସୁଅ କେମିତି ଗାଈଗୋରୁ ଓ ମଣିଷକୁ ମୋଡ଼ି କଚି ବୁଡ଼େଇ ଦିଏ।

ଲିଟୁ ସେତେବେଳେ ସାନ ଥିଲା। କାହାଠୁ ଶୁଣିଥିଲା ପରି ପଚାରିଥିଲା, ଆମ ଅଜା ଏଇ ନଈରେ ମଇଁଷି ଲାଞ୍ଜ ଧରି ପାର ହେଉ ନ ଥିଲେ?

ବାପା କହିଲେ, "ହଁ, ହଁ। କେତେ ବଡ଼ ନଈ କି! ଛାଡ଼ବେଳେ ତୁ ତ ପହଁରିଯିବୁ।"

ଆମେ ସବୁ ହୋ-ହୋ ହେଇ ହସିଥିଲୁ। ଡରୁଆ ଲିଟୁର ମନ୍ତେଇ ପହଁରିବା ଉପାଖ୍ୟାନଠୁଁ ବଳି ଆଉ ଭଲ ହସିବା କଥା କିଛି ହୋଇ ପାରି ନଥାନ୍ତା।

ବାପା ବୁଝେଇଥିଲେ, "ହସ ନାହିଁ। ସାନପିଲା, ତାକୁ ଲାଜ ମାଡ଼ିବ ଓ ସେ କାନ୍ଦି ପକେଇବ। ସାଙ୍ଗରେ ତମ ବୋଉ ଆସି ନାହିଁ ଯେ ଲିଟୁକୁ ବୁଝେଇବ।"

ବାପା ସତ କହୁଥିଲେ। ଲିଟୁଟା ନାକକାନ୍ଦୁରା। ଥରେ ସୁଁ ସୁଁ ଆରମ୍ଭ କଲେ ବୁଝେଇବାକୁ ଓଳିଏ ଲାଗିଯାଏ।

ଡଙ୍ଗା ଏପଟରେ ଆସି ଲାଗିଲାବେଳକୁ ଜହ୍ନ ଆମ ତେନ୍ତୁଳିଗଛ ମୁଣ୍ଡ ଉପରେ ପହଞ୍ଚି ସାରିଥିଲା। ବଣିଆ ସାହି ପାଖରୁ କାଦୁଅନାସି ଦିଶୁଥିଲା ପରୀ କାହାଣୀର ସ୍ୱପ୍ନରାଜ୍ୟ ଭଳି। ତା'ର ଡେଙ୍ଗା ନଡ଼ିଆଗଛ ଉପରେ ଜହ୍ନ କିରଣ ଝଲସି ଉଠୁଥିଲା। ମନ୍ତେଇର ପିଠି ମାଛକାତି ପରି ଚିକ୍‌ଚିକ୍ କରୁଥିଲା।

ମୁଁ ମନେ ମନେ ମୋର ପିଲାଦିନ ସାମ୍ନାରେ ଆଣ୍ଠୁ ମାଡ଼ି ଭୁଲ୍ ମାଗୁଥିଲି। କ'ଣ ବା କରିଥାନ୍ତି ମୁଁ! ବାପାଙ୍କର ଚାଳିଶ ବର୍ଷ ବେଳେ ମୋର ଜନ୍ମ। ଅବସର ନେଲାବେଳକୁ ତାଙ୍କର ସଞ୍ଚୟ ବୋଲି କାଣି କଉଡ଼ିଟିଏ ନାହିଁ। ତା'ପରେ ଦି' ଭାଇଙ୍କ ପାଠପଢ଼ା, ମୋ ବାହାଘର, ପଛକୁ ଆଉ ଦି' ଜଣଙ୍କର। ଏହା ଭିତରେ ବାପାଙ୍କର ସ୍ୱପ୍ନ ପଛରେ ରହିଯାଇଛି, ଅଣ୍ଟା ସଳଖି ଗାଁ ଆଡ଼େ ଚାହିଁବାକୁ ସାହସ କୁଳେଇ ନାହିଁ।

ଜାଣିଛି, ବାପା ବେଳେ ବେଳେ ଅଭିମାନ କରନ୍ତି। ଆମେମାନେ କେହି ଗାଁକୁ ଯାଉନାହୁଁ ବୋଲି ତାଙ୍କର ସେ ଅଭିମାନ। କିନ୍ତୁ କଟକରୁ ବସ୍, ଭଦ୍ରକରୁ ଟ୍ରେକର ଓ ଶେଷକୁ ଚାଲିଚାଲି ଯାଇ ଗାଁରେ ପହଞ୍ଚିଲାବେଳକୁ ଭଲ ଲୋକ ବି ବେମାର ହୋଇଯାଏ। ସେମିତି ଗାଁକୁ ସବୁବେଳେ ଯା ଆସ କରିବା କ'ଣ ସମ୍ଭବ?

ବାପା କୁହନ୍ତି, ଚୁଙ୍ଗା ଚିଠି ଲେଖିଥିଲା - ଗାଁରେ ସମସ୍ତେ ତାଙ୍କୁ ଉଠାକୁଳିଆ କହୁଛନ୍ତି। ତିନି ତିନିଟା ପୁଅ ବାହାଘର କଲେ, ଗାଁ ଲୋକଙ୍କୁ ମାନଗୋବିନ୍ଦ ବାବୁ ଭୋଜିଟାଏ ବି ଦେଲେ ନାହିଁ।

ମୁଁ ବୁଝାଏ, "ଏଥର ଖରାଦିନେ ଆମେ ସମସ୍ତେ ଗୋଟେ ଗାଡ଼ି କରି ଗାଁକୁ ଯିବା। ଅଷ୍ଟପ୍ରହରୀ କୀର୍ତ୍ତନ କରାଇବା। ଆମିଷ ନିରାମିଷ କରି ଦି' ବେଳା ଭୋଜି ଦେଇ ଫେରିଆସିବା।"

ବାପାଙ୍କ ମୁହଁ ଉଜ୍ଜ୍ୱଳି ଉଠେ। ବୋଉ କେତେବେଳେ ପଛରୁ ଆସି ମୋ ମୁଣ୍ଡବାଳ ସାଉଁଳଉଥାଏ।

କିନ୍ତୁ ଖରାଦିନ ପରେ ଖରାଦିନ ଆସି ଚାଲିଯାଇଛି। ଆମେମାନେ ଗାଁରେ ଭୋଜି ଦେଇ ପାରିନାହୁଁ। ଆମ ଭୋଜିକୁ ଅପେକ୍ଷା କରି କରି ବୋଉ ଚାଲିଯାଇଛି। ମୁଣ୍ଡରୁ ଦାୟିତ୍ୱ ଖସେଇ ମଝିଆଁ ବି ଫେରିଯାଇଛି ଅଧାବାଟରୁ। ବୋଉର ଚିକିତ୍ସା ଓ ମଝିଆଁର ଶୁଦ୍ଧିକାମ ତୁଟେଇବାରେ ଆମେ ଦୁହେଁ ଦୁହିଁ ହୋଇଯାଇଛୁ।

ମଧ୍ୟବିତ୍ତ ପରିବାର ଦଶା ଗରିବର କସ୍ତାଲୁଗା ପରି। ପିନ୍ଧିଲେ ଘୋଡ଼ି ହେବାକୁ ନଥାଏ, ଘୋଡ଼େଇ ହେଲେ ପିନ୍ଧିବାକୁ ପାଏନା।

ବସ୍‌ଟା ତାଳଚେର ଟପି ଆସିଲାଣି। ଝରକା ଦେଇ ଥଣ୍ଡା ପବନ ଆଞ୍ଜୁଳା ଆଞ୍ଜୁଳା ବୋହି ଆସୁଛି।

ମୁଁ ପୁଣି ଥରେ ମନେ ମନେ ହିସାବ କଲି। ଦୁଇ ତିନି ବଖରା ଘର ତୋଳିବାକୁ କେତେ ଖର୍ଚ୍ଚ ହେବ। ଟଙ୍କା ପଚିଶ ତିରିଶ ହଜାର ହୁଏତ ଲାଗିଯିବ। ଜି.ପି.ଏଫ୍.ରୁ ମୋର ଅବଶିଷ୍ଟ ସଞ୍ଚୟତକ ଆଣିଲେ ତାହା ପନ୍ଦର ହଜାରରୁ ବେଶି ହେବ ନାହିଁ। ଲିଟୁ କ'ଣ ଅବଶିଷ୍ଟ ଟଙ୍କା ଦେବ!

ଭୁବନେଶ୍ୱର ଘର ତିଆରି କାମ ଆରମ୍ଭ କରି ନଥିଲେ ଭଲ ହୋଇଥାଆନ୍ତା। ମାତ୍ର ଶସ୍ତାରେ ଜମି ଖଣ୍ଡକ ମିଳିଥିଲା। ସେଇଟିକୁ ହାତଛଡ଼ା କରିଥିଲେ ହୁଏତ ପଛକୁ ପସ୍ତେଇବାକୁ ପଡ଼ିଥାଆନ୍ତା।

ମୁଁ ତ୍ରିଶଙ୍କୁ ପରି ମଧ୍ୟସ୍ୱର୍ଗରେ ଝୁଲି ରହୁଥିଲି। କ'ଣ କରିବି, କ'ଣ ନ କରିବି ତାହା ସ୍ଥିର କରିପାରୁ ନଥିଲି। ଘଟଣାଗୁଡ଼ିକ ମୋ ଆୟତ୍ତ ବାହାରକୁ ଚାଲିଯାଉଥିଲେ।

॥ ଚାରି ॥

ଲିଟୁ ଘର ସାମ୍ନାରେ ପାଞ୍ଚ ଛଅ ଜଣ ଲୋକ ଠିଆ ହୋଇଥିଲେ। ମୋ ମନର ଆଶଙ୍କା ବଢ଼ିଗଲା। ବାପାଙ୍କ ଦେହ କ'ଣ ବେଶି ଖରାପ ହୋଇପଡ଼ିଲା କି!

ଲିଟୁ ଘର ବାହାର ହେଉଥିଲା। ମୋତେ ଦେଖୁ ଦେଖୁ କହିଲା, "କାଲି ରାତିରୁ ବାପା କୁଆଡ଼େ ପଳେଇ ଯାଇଛନ୍ତି।"

ମୁଁ ଲଥ୍ କରି ଚଉକିଟା ଉପରେ ବସିପଡ଼ିଲି। ପଚାରିଲି, "କିନ୍ତୁ କୁଆଡ଼େ ଗଲେ?"

ଲିଟୁର ସ୍ତ୍ରୀ କହିଲା, ''ସଞ୍ଜ ବେଳଟାରେ ଘୋଡ଼ିଘାଡ଼ି ହୋଇ ଶୋଇଥିଲେ। ଖାଇବା ପାଇଁ ଡାକି ଆସିଲାବେଳକୁ ଗେଟ୍ ମୁକୁଳା। ବାପା ନାହାନ୍ତି।''

ମୁଁ ବିରକ୍ତ ହେଲି, "ଜାଣୁଛ ପାଗଳା ଲୋକ, ଟିକିଏ ହୁସିଆର ରହିବା ଉଚିତ ଥିଲା। ଦୁର୍ବଳିଆ ରୋଗିଣା ଲୋକ, ଗଲେ କୁଆଡ଼େ?"

ଲିଟୁ ସ୍କୁଟରର ଷ୍ଟାର୍ଟ କରି କଲୋନିର ଚିହ୍ନା ପରିଚୟ ସମସ୍ତଙ୍କ ଘର ଖୋଜି ଆସିଲା। ଅତୀତର ଅଭିଜ୍ଞତା କଥା ମନେ ପକେଇ ମୁଁ କହିଲି, ଏଆଡ଼େ ଖୋଜି ଲାଭ ନାହିଁ। ମୁଁ ଭାବୁଛି, ବାପା ନିଶ୍ଚୟ ଗାଁକୁ ପଳେଇଥିବେ।

: ରାତିରେ ଫୋନ୍ କଲାବେଳକୁ ନୂଆବୋଉ କହିଲେ ତମେ ବାହାରି ଆସିଲଣି। ନହେଲେ ମୁଁ ତମକୁ ସେ ବାଟେ ଗାଁକୁ ଯିବାଲାଗି କହିଥାଆନ୍ତି। - ଲିଟୁ କହୁଥିଲା।

: ତାଙ୍କ ପାଖରେ କିଛି ଟଙ୍କା ପଇସା ଥିଲା ? - ମୁଁ ପଚାରିଲି।

: ଜାଣେ ନାହିଁ। ତମେ ଯେଉଁ ଟଙ୍କା ମନିଅର୍ଡର କରିଥିଲ ସେସବୁ ସେ ମୋତେ ଦେଇ ଦେଇଥିଲେ। ହୁଏତ ଅଳ୍ପ କିଛି ଥିବ। କିନ୍ତୁ...

ଆଗରୁ ଥରେ ଭୁବନେଶ୍ୱରରେ ଥିବାବେଳେ ଏମିତି କାହାକୁ କିଛି ନ କହି ବାପା ଗାଁକୁ ପଳେଇଥିଲେ। ତା'ପରେ ଥରେ, ଏଇ ରାଉରକେଲାରେ ଦି' ପହରବେଳେ କାହାକୁ କିଛି ନ କହି ତାରିଣୀ ମନ୍ଦିରକୁ ଯାଇ ସେଇଠି ବସିଥିଲେ। ଏଥର ହୁଏତ ଗାଁକୁ ଚାଲିଯାଇଥିବେ।

ଲିଟୁ କହିଲା, "ବାପା କିଛି କରି ବସି ନ ଥିବେ ତ!"

ମୁଁ ତା' ପିଠିରେ ହାତ ରଖିଲି। ସେମିତି ଅଶୁଭ କଥା ମନକୁ ଆଣନା। ଦିନରେ ତ ଗାଡ଼ି ଘୋଡ଼ା ନାହିଁ। ତୁ ଯା, ଗୋଟେ ଟ୍ୟାକ୍ସି ଡାକି ଆଣ। ଆମେ ସାଙ୍ଗେ ସାଙ୍ଗେ ବାହାରି ପଡ଼ିବା।

ଲିଟୁ ଟ୍ୟାକ୍ସି ଖୋଜିବା ପାଇଁ ବାହାରିଗଲା।

ତା' ସ୍ତ୍ରୀ ମୋ ଲାଗି ଚା' ତିଆରି କରିବା ପାଇଁ ବାହାରୁଥିଲା। ମୁଁ ମନା କଲି। ତାକୁ ପଚାରିଲି, 'ବାପା କିଛି କହୁଥିଲେ କି?' ସେ କହିଲା - "ମନକୁ ମନ କ'ଣ ଇଆଡୁ ସିଆଡୁ କହୁଥିଲେ। ମୁଁ ନିଦ ଔଷଧ ଦେବା ପାଇଁ ଗଲାରୁ ମୋ ଉପରେ ଚିଡ଼ି ଉଠିଲେ। ତା'ପରେ କାହିଁ କିଛି ମୁଁ ଶୁଣି ନାହିଁ।"

ମୋ ମୁଣ୍ଡ ଭିତରେ ଝଡ଼ ପରେ ଝଡ଼ ଉଠୁଥିଲା। ଅଶି ବର୍ଷର ବୁଢ଼ାଲୋକ। ଅଣ୍ଟା ନୋଇଁଗଲାଣି, ଦେହ ଖରାପ ହେବାଦିନରୁ ଭଲକରି କିଛି ଖିଆପିଆ କରୁନାହାନ୍ତି। ଏଥିରେ ସେ କେମିତି ଏତେ ବାଟ ଯାଇଥିବେ?

ବାଟ ସାରା ଲିଟୁ ଓ ମୁଁ ଚୁପ୍‌ଚାପ୍ ବସିଥିଲୁ। ମୋ ଆଖିରେ ନିଦ ନଥିଲା କି ପେଟରେ ଭୋକ। ଲିଟୁ ଆଖି ସାଙ୍ଗରେ ମୋର ଆଖି ମିଶିଗଲାବେଳକୁ ମୁଁ ଦୁର୍ବଳ ହୋଇ ପଡୁଥିଲି। ମଝିରେ ମଝିରେ ଲିଟୁ ସାନଛୁଆ ପରି ପଚାରୁଥିଲା, 'ବାପା କ'ଣ ଗାଁକୁ ଯାଇଥିବେ?'

ଘଣ୍ଟେଶ୍ୱରରେ ପହଞ୍ଚିଲାବେଳକୁ ମୁହଁସଞ୍ଜ ହେଲାଣି। ବାଟରେ ଗାଁ ଆଡ଼କୁ

ଯାଉଥିବା ହାଟ ଫେରନ୍ତା ଲୋକମାନେ ଦେଖା ହେଉଥିଲେ। କିନ୍ତୁ ସେମାନେ କେହି କିଛି କହିପାରୁ ନ ଥିଲେ। ଓଲଟି ଆମକୁ ପଚାରୁଥିଲେ, "ମାନଗୋବିନ୍ଦବାବୁ ଗାଁକୁ କାହିଁକି ଆସିବେ ? ତାଙ୍କର ବା ଏ ଗାଁ ସାଙ୍ଗେ ସମ୍ପର୍କ କ'ଣ ?"

ଆମେ ଦି' ଜଣଙ୍କୁ କେହି ଅବା ଲଙ୍ଗଳା ମୁକୁଳା କରି ତେନ୍ତୁଳି ଛାଟରେ ପାହାର ପରେ ପାହାର କଷି ଦେଇ ଯାଉଥିଲା। ଆମେ ଲାଜରେ କଇଁଛ ତା' ମୁହଁ ଖୋଳପା ଭିତରକୁ ଟାଣିନେଲା ପରି, ଗାଡ଼ି ଭିତରକୁ ଆମ ମୁହଁ ଫେରାଇ ଆଣୁଥିଲୁ।

ଗାଁ ଦାଣ୍ଡରେ ପହଞ୍ଚିବାବେଳକୁ ରାତି ଆଠଟା। ଶୁକ୍ଳପକ୍ଷର ଜହ୍ନ ଆଲୁଅରେ ଭଙ୍ଗା ଘରଡିହଟା ଗୋଟେ ପ୍ରାଗୈତିହାସିକ ଜାନୁଆର ପରି ଦିଶୁଥାଏ। ଘର ଭିତରୁ ଖୁଡ଼ୀ ବାହାରି ଆସୁଥିଲେ। ଆମେ ଦୁହେଁ ତାଙ୍କୁ ଜୁହାର ହୋଇ ଏକା ସମୟରେ ପଚାରିଲୁ, 'ବାପା ?'

ଖୁଡ଼ୀ କହିଲେ, "ଏବେ ତ ତମ ଡିହ ଉପରେ ଚଲାବୁଲା କରୁଥିଲେ। ସଞ୍ଜ ଦେଇସାରି 'ଚା' ବସେଇଦବି କି' ବୋଲି ପଚାରିଲାରୁ ନାହିଁ କଲେ।

ଆମ ଦିହିଁଙ୍କ ପିଣ୍ଡରେ ଏତେବେଳେ ଯାଇ ପ୍ରାଣ ପଶିଲା। କିନ୍ତୁ ବାପାଙ୍କ ପରି ରୋଗିଣା ମଣିଷ ଏତେଗୁଡ଼ାଏ ବାଟ ଆସିଲେ କେମିତି ? ଗାଁକୁ ବା କାହିଁକି ହଠାତ୍ ଚାଲି ଆସିଲେ ?

ଲିଟୁ ଆଗତୁରା ଆମ ଡିହଯାଏ ଚାଲି ଯାଇଥିଲା। ସେଇଠୁ ସେ ଡାକ ପକଉଥିଲା, "କାହିଁ, ବାପା ତ କେଉଁଠି ଦିଶୁ ନାହାନ୍ତି।"

ଆମ୍ବାସାଡର କାର୍‌ଟାକୁ ଘେରି ଆମ ଗାଁର ସାନସାନ ପିଲାଏ ରୁଣ୍ଡ ହୋଇଥିଲେ। ଡ୍ରାଇଭର ବିଚରା ତା'ର କ୍ଳାନ୍ତି ଓ ଭୋକଶୋଷ ଭୁଲି ସେମାନଙ୍କୁ ଘଉଡ଼ଉ ଥିଲା। ତା'ର ଆଶଙ୍କା ବୃଥା ନୁହେଁ। କେହି ଦୁଷ୍ଟ ପିଲା କ'ଣ କିଛି ଭାଙ୍ଗିରୁଜି ଦେଲେ ତା'ର ଲାଭଠୁଁ କ୍ଷତି ବଳି ପଡ଼ିବ।

ମୁଁ ଚାଲିଲା ଚାଲିଲା ହୋଇ ଆମ ଡିହଯାଏ ଗଲି।

ଦାଦା ତାଙ୍କ ଅଂଶତକ ଭାଙ୍ଗି ନେଲା ପରେ ଘରଟା ଛାଆଁକୁ ଛାଆଁ ଭୁଶୁଡ଼ି ପଡ଼ିଛି। ଦିନେ ଏଇଠି ଆମର ଘର ଥିଲା। ଏଇଠି ଥିଲା ରୋଷେଇ ଘର। ଏଇ ରୋଷେଇ ଘରେ ବୋଉ ମାଛ ଭାଜୁଥିଲା, ପିଠା ତିଆରୁଥିଲା। ବାପା ଏଇଠି ପିଣ୍ଡା ଉପରେ ବସି ବହି ପଢୁଥିଲେ। ଆମେମାନେ ଏଇଠି ମେଲାଘରେ ପଡ଼ିଥିବା ଖଟ ଉପରେ ଡିଆଁକୁଦା କରୁଥିଲୁ।

ଚାଦର ଘୋଡ଼ି କେହି ଜଣେ ଅଧକାନ୍ଥିକୁ ଆଉଜି ବସିଥିଲା। କିଏ ?

ମୁଁ ଲିଟୁକୁ କହିଲି, 'ଗଲୁ, ଟର୍ଚ୍ଚଟା ଆଣିଲୁ।'

କିନ୍ତୁ ଟର୍ଚ୍ଚ ଆଣିବା ପ୍ରୟୋଜନ ନ ଥିଲା । ଚାଦର ଘୋଡ଼ି କାନ୍ଥକୁ ଆଉଜି ବସିଥିବା ବାପାଙ୍କୁ ଚିହ୍ନିବାରେ ମୋର କୌଣସି ଅସୁବିଧା ହୋଇ ନଥିଲା ।

ବାପାଙ୍କ ଦେହ ବରଫ ପରି ଶୀତଳ ଲାଗୁଥିଲା, କାହିଁକି ? ଆମେ ଦି' ଭାଇ ଚିତ୍କାର କରି ଉଠିଲୁ, "ବାପା ! ବାପା !"

କିନ୍ତୁ ସେତେବେଳକୁ ବହୁତ ଡେରି ହୋଇଯାଇଥିଲା । ବାପା ସେଇ ଅଧକାନ୍ଥିକୁ ଆଉଜି ଆଖି ବୁଜି ଦେଇଥିଲେ । ସେଇଠି, ସେଇ ଜାଗାରେ - ଯୋଉଠି ଆମର ଘର ଥିଲାବେଳେ ବାପା ଖାଇସାରି ପ୍ରାୟତଃ ବସୁଥିଲେ ।

ବାପାଙ୍କ ପକେଟରୁ କାଗଜ ମେଞ୍ଚାଏ ବାହାରି ତାଙ୍କ ଫଟେଇ ଉପରେ ଖେଳେଇ ପଡ଼ିଥିଲା । ମୁଁ ସେ କାଗଜଗୁଡ଼ାକୁ ଗୋଟିଏ ପରେ ଗୋଟିଏ ଖେଳେଇ ଯାଉଥିଲି । କିନ୍ତୁ କୌଣସି କାଗଜରେ କିଛି କଥା ଲେଖା ନ ଥିଲା । ସବୁଯାକ କାଗଜ କେବଳ ବଙ୍କା ତେଢ଼ା ନକ୍‌ସାରେ ଭର୍ତ୍ତି ହୋଇଥିଲା - ପ୍ରସ୍ତାବିତ ଗାଁ ଘରର ନକ୍ସା ।

ବଙ୍କା ଦେଢ଼ିଆ ଅକ୍ଷରରେ ବାପା ସେ ନକ୍ସାରେ ଠାଏ ଠାଏ ଲେଖିଥିଲେ - ବୁଢ଼ା ଘର, ଲିଟୁ ଘର, ମଝିଆଁ ବୋହୂ ଘର, ଠାକୁର ଘର; ବୁଢ଼ା ଘର, ଲିଟୁ ଘର, ମଝିଆଁ ବୋହୂ ଘର, ଠାକୁର ଘର; ବୁଢ଼ା ଘର...

ସବୁ କାଗଜରେ ସେଇ ଏକା କଥା ।

ଘର କଥା ।

■

ବାପା

ନିଜ ଘର ଭିତରକୁ ପଶିଆସିଲେ ସଂଜୟର ବାନ୍ତି ଉଠେଇଆସେ। ଯେତେଥର ସେ ଶ୍ରଦ୍ଧା ଓ ଭଲପାଇବାର ଆଖିରେ ନିଜ ପରିବାରକୁ ଦେଖିବାକୁ ଚେଷ୍ଟାକରେ, ସେତେଥର ଗୁଡ଼ାଏ ମଇଳା, ଆବର୍ଜନା ଓ ପଚାଗନ୍ଧରେ ତା'ର ଆଖି ନାକ ବୁଜି ହୋଇଯାଏ। ସବୁଠି ଅଭାବ, ଅସାମର୍ଥ୍ୟ ଓ ଅସହାୟତା। ଏସବୁ ଭିତରେ ତା'ର ଉପସ୍ଥିତି ସଂକୁଚିତ ହୋଇଯାଏ। ସେ ମନେ ମନେ ଚିତ୍କାର କରି ଉଠେ।

ଏବଂ ଏସବୁ ପାଇଁ ସେ ତା'ର ବାପାଙ୍କୁ ହିଁ ଦାୟୀ କରେ। ପିଲାଛୁଆଙ୍କୁ ଯଦି ପୋଷିପାରିବ ନାହିଁ, ତାହାହେଲେ ଜନ୍ମ ଦେଉଥିଲ କାହିଁକି ? କାହିଁକି ଘରକରଣା ମେଲଉଥିଲ ? କ'ଣ ଦରକାର ଥିଲା ଚାରି ଚାରିଟା ପିଲା ଜନ୍ମ କରିବା ? - ତା'ର ବାପା ଉଦ୍ଦେଶ୍ୟରେ ସେ ଏମିତି ପ୍ରଶ୍ନସବୁ ଫିଙ୍ଗିଦିଏ।

ସଂଜୟ ଗ୍ରାଜୁଏଟ୍। କଲେଜ ହତା ଛାଡ଼ିବାର ଚାରିବର୍ଷ ବିତିଗଲାଣି, କିନ୍ତୁ କୋଉଠି କିଛି ଚାକିରି ବାକିରି ମିଳିନାହିଁ।

ମିଳିବାର ଆଶା ମଧ୍ୟ ନାହିଁ। ସବୁଠି ଚିହ୍ନା ପରିଚୟ ନ ହେଲେ ଲାଞ୍ଚ ରିସ୍‌ପତ୍। ତା'ଠାରୁ କମ୍ ନମ୍ବର ରଖିଥିବା ବିଶ୍ୱକଲ୍ୟାଣ ଆଡ଼ହକ ଅଧ୍ୟାପକ ଚାକିରି ପାଇଗଲା, ତା' ବାପା ଥିଲେ ଶିକ୍ଷା ବିଭାଗର ଡେପୁଟି ସେକ୍ରେଟେରି। ନରେଶ ତ ଚାକିରିଟା ପାଇଲା ଯୌତୁକରେ। ଅଥଚ ତା' ବାପାର ନା ଅଛି କାହା ସାଙ୍ଗେ ସେଭଳି ପରିଚୟ ନା ପଚାଶ ଷାଠିଏ ହଜାର ଦେଇପାରିବାର ସାମର୍ଥ୍ୟ।

ପ୍ରତିଦିନ ସକାଳ ଆସି ଚାଲିଯାଏ। ଆସେ ସଞ୍ଜ ଓ ରାତି। ଆକାଶର ତାରାମାନଙ୍କୁ ଚାହିଁ ଚାହିଁ ସଂଜୟ ରାତି ପୁହାଇଦିଏ। ଇଆରି ନାଁ ଜୀବନ, ଯେଉଁଠି ବଞ୍ଚି ରହିବା ପାଇଁ ସାମାନ୍ୟ ସ୍ୱପ୍ନଟିଏ ନାହିଁ, ଅବଲମ୍ବନ ନାହିଁ।

କିଛି ମାସ ତଳେ ଗୋପୀନାଥ ତାକୁ ବିଧାୟକଙ୍କ ପାଖକୁ ଯିବା ଲାଗି ପ୍ରସ୍ତାବ ଦେଇଥିଲା। ସଂଜୟ ଯିବାଲାଗି ମନସ୍ଥିର କରିଥିଲା ବି। କିନ୍ତୁ ଦିନେ ଗୋପୀନାଥ ଆସି ତା' ଆଡ଼ୁ କହିଦେଲା, ବିଧାୟକଙ୍କୁ ଭେଟି ଲାଭ ନାହିଁ, କାରଣ ସଂଜୟର ବାପା ବିରୋଧୀ ଦଳର ସମର୍ଥକ।

ସେଦିନ ତା'ର ନିଜ ବାପା ଉପରେ ରାଗ ହୋଇଥିଲା। ରୋଗ ବିଛଣାରୁ ବାପା ଆତ୍ମପକ୍ଷ ସମର୍ଥନ କରି କହିଥିଲେ, 'ଗାନ୍ଧୀ ମହାତ୍ମାଙ୍କ ଦଳ କଂଗ୍ରେସକୁ କ'ଣ ଆମେ ଛାଡ଼ି ପାରିଥାନ୍ତେ।'

: କାହିଁକି ନୁହେଁ? ଯୋଉ ଦଳରେ ମିଶିଲେ ମଣିଷର ଉନ୍ନତି ହେବ, ସେହି ଦଳରେ ଆମେ ମିଶିବା ଉଚିତ। ଆଦର୍ଶ, ମୂଲ୍ୟବୋଧକୁ ଧରି ପଡ଼ିଥିଲେ ଉପାସରେ ମରିବାକୁ ପଡ଼ିବ। ପବନ ଯୁଆଡ଼େ, ଛତା ସିଆଡ଼େ - ଏଇ ହେଉଛି ବୁଦ୍ଧିମାନ ମଣିଷର ଧର୍ମ।

ବାପା ବୁଝି ନ ଥିଲେ। କିନ୍ତୁ ସଂଜୟ ପାଇଁ ସେଇଟା ବଡ଼ କଥା ନ ଥିଲା। କଥା ହେଲା, ବିଧାୟକଙ୍କ ସାଙ୍ଗେ ଭେଟ ହେବାର ଆଉ ଅବକାଶ ଆସି ନ ଥିଲା।

ସେ ବାହାରକୁ ଅନେଇଲା। ଖରା ମଉଳିଲାଣି। ହସ୍‌ପିଟାଲ ଯିବାକୁ ହେବ। ରାତି ବେଳାର ଖାଇବା ଦେଇ ଆସିବାକୁ ହେବ ବାପାଙ୍କ ପାଇଁ। ହାତପାତାଳରେ ରୋଗ ବିଛଣାରେ ପଡ଼ିଥିବା ବାପାଙ୍କୁ ଦେଖି ଦେଖି ସଂଜୟର ବେଳେ ବେଳେ ଦୟା ହୁଏ, କିନ୍ତୁ ଅଧିକାଂଶ ସମୟରେ କ୍ରୋଧ। ସେତେବେଳେ ସେ ଭାବେ, ଏମିତି ମଣିଷମାନେ କାହିଁକି ପୃଥିବୀକୁ ଆସନ୍ତି?

ବାପା, ମା' ଓ ଭଉଣୀ ଦି'ଜଣ ମିଶି ସଂଜୟ ଗୋଡ଼ରେ ବେଡ଼ି ବାନ୍ଧି ଦେଇଛନ୍ତି। ବାପାଙ୍କର ବ୍ୟାଧିଠୁଁ ବଳି ବଡ଼ ଭଉଣୀର କୀର୍ତ୍ତି ସଂଜୟର କାଳ ହୋଇଛି। ସେ ଘଟଣା ପରେ ରାସ୍ତାରେ ମୁହଁ ଟେକି ଚାଲିବା ସୁଦ୍ଧା ତା' ପକ୍ଷେ ଅସମ୍ଭବ ହୋଇପଡ଼ିଛି।

ଯାହାର ଭଉଣୀ କୋଳଛୁଆକୁ ଧରି ଅବିଶ୍ୱସ୍ତ ପ୍ରେମିକ ଦୁଆରେ ଧାରଣା ଦିଏ, ସେ ଭାଇର ଆଉ କିଛି ମାନ ସମ୍ମାନ ଅବଶେଷ ରହିପାରେ କି ?

ସୁଶୀଳା ସେଇଆ କରିଥିଲା । ନିଜ ଭୁଲ୍‌ର ଗଭୀରତା ବୁଝିବା ଆଗରୁ ସେ ଗର୍ଭବତୀ ହୋଇସାରିଥିଲା । ସେତେବେଳେ ତାକୁ ଗର୍ଭନଷ୍ଟ କରିବା ପାଇଁ ମା' ପ୍ରରୋଚନା ଦେଇଥିଲା । କିନ୍ତୁ କୁଳରେ କଳଙ୍କ ଲଗେଇବା ପାଇଁ ମନ ସ୍ଥିର କରି ସାରିଥିବା ସୁଶୀଳା ତହିଁରେ ରାଜି ହୋଇ ନ ଥିଲା ।

ଏ ଘଟଣା ପରେ ସାନ ଭଉଣୀର ବାହାଘର ସଂଜୟକୁ ଅସମ୍ଭବ ମନେ ହେଉଥିଲା, ଏବଂ ଏସବୁ ଦୁର୍ଭାଗ୍ୟ ପାଇଁ ସେ ତା' ବାପାଙ୍କୁ ଦାୟୀ କରୁଥିଲା ।

ସଂଜୟର ନିଜ ଘରେ ରହିବା ପାଇଁ ଆଦୌ ଆତ୍ମା ଡାକେ ନାହିଁ । ସେ ଘରର ଚାରିପଟେ ଅଭାବ, ଅପମାନ ଓ ଅସହାୟତା । ଅଥଚ ଘରକୁ ଛାଡ଼ି କୁଆଡ଼କୁ ଯାଇପାରେ ନାହିଁ । ଗୋଟେ ଓଜନିଆ ବେଡ଼ି ପରି ଏସବୁ ଜଞ୍ଜାଳ ତା' ଗୋଡ଼କୁ ଅଟକେଇ ରଖେ ।

ଘରେ ଚାରି ପ୍ରାଣୀ କୁଟୁମ୍ବ । ଡାକ୍ତରଖାନା ବିଛଣା ଉପରେ ଦୁରାରୋଗ୍ୟ ବ୍ୟାଧିର ଶିକାର ଦୁର୍ବଳ ବାପା । ଏମାନଙ୍କୁ ଛାଡ଼ି ସେ କୁଆଡ଼େ ଯିବ ? ଲୋକମାନେ କ'ଣ କହିବେ ? କହିବେ, ଅସମର୍ଥ ପୁଅଟା ବାପା, ମା' ଓ ବାହାଯୋଗ୍ୟା ଭଉଣୀକୁ ଛାଡ଼ିଦେଇ ନିଜ ସ୍ୱାର୍ଥରେ ପଳେଇଗଲା ।

ସବୁ କଥାର ସମାଧାନ ହୋଇପାରନ୍ତା, ଯଦି ସଂଜୟ କେଉଁଠି ଲାଖି ଯାଇପାରନ୍ତା । କଲେଜରେ ପଢୁଥିବାବେଳେ ତା'ର ମନେ ହୋଇଥିଲା, ପଢ଼ା ସରିଲେ ନିଶ୍ଚୟ କୋଉଠି ନା କୋଉଠି ଗୋଟେ ଚାକିରି ଜୁଟିଯିବ । କିନ୍ତୁ ଆଜି ସେ ଆଶାଟା ଗୋଟେ ସ୍ୱପ୍ନ ଭିନ୍ନ ଆଉ କିଛି ମନେ ହୁଏ ନାହିଁ । ସକାଳୁ ରାତିଯାଏ କେବଳ ବେକାର ହୋଇ ବସିବା ଏବେ ତା'ର କାମ । କାହାରି ଆଗେ ପରିଚୟ ଦେବା ଭଳି କୌଣସି ଜୀବିକା ତା'ର ନାହିଁ । ଏମିତି ଗୋଟେ ଜୀବନ ଜିଇବାର ଅର୍ଥ କ'ଣ ?

ଯେଉଁଦିନ ତା' ବାପାଙ୍କୁ କ୍ୟାନ୍‌ସର ହୋଇଛି ବୋଲି ସଂଜୟ ଶୁଣିଲା ସେଦିନ ତା'ର ମୁଣ୍ଡ ଘୂରେଇଗଲା । ସେ ଜାଣିଥିଲା ଯେ, ତା' ବାପାଙ୍କର ଆଉ ବେଶିଦିନ ନାହିଁ । ଏତେ ବର୍ଷ ଧରି ଯେଉଁ ମଥାନଟା ତାଙ୍କ ମୁଣ୍ଡ ଉପରେ ରହି ସେମାନଙ୍କୁ ଖରାବର୍ଷାରୁ ନିରାପତ୍ତା ଯୋଗେଇ ଆସୁଥିଲା ଏବେ ସେଇ ମଥାନ ପୌଷର ଖରା ପରି ଘୁଞ୍ଚିବାକୁ ଆରମ୍ଭ କରିଛି । ସେ ଧାଇଁଯାଇ ତା' ବାପାର ମୁହଁକୁ ଚାହିଁଥିଲା । ଅନ୍ୟଦିନମାନଙ୍କରେ ତାକୁ ଅସୁନ୍ଦର ଓ ଅଦରକାରୀ ମନେ ହେଉଥିବା ତା' ବାପାଙ୍କ ମୁହଁଟି ଭାରି କରୁଣ ଓ ନିରୀହ ଦିଶିଥିଲା । କିନ୍ତୁ ବାପା ସଂଜୟର ହାତ ଚାପିଧରି

କହିଥିଲେ, ''ରୋଗ ନାଁଟା ତୋ ବୋଉ କି ଭଉଣୀମାନଙ୍କୁ କହିବୁ ନାହିଁ।'' ସଂଜୟ ବାପାଙ୍କ ପ୍ରସ୍ତାବରେ ହଁ ଭରିଥିଲା।

ଡାକ୍ତର କହିଥିଲେ, 'ବହୁତ ଡେରି ହୋଇଯାଇଛି। ଏବେ ଆଉ କିଛି କରିହେବ ନାହିଁ। କେବଳ ଈଶ୍ୱରଙ୍କ ଉପରେ ଦାୟିତ୍ୱ ଛାଡ଼ିଦେବା କଥା। ଆଉ ତିନି ଚାରି ମାସର କଥା।'

କର୍କଟ ରୋଗର ଜୀବାଣୁଗୁଡ଼ିକ ତା' ବାପାଙ୍କ ଦେହ ଭିତରେ ବହୁଦିନୁ ଖେଳିବାକୁ ଆରମ୍ଭ କରିଦେଇଥିଲେ। ସେଗୁଡ଼ିକ ମିଶି ତା' ବାପାର ରକ୍ତରେ ଥିବା ପ୍ରତିରୋଧକାରୀ ଶକ୍ତିକୁ ଦୁର୍ବଳ କରି ଦେଉଥିଲେ। ତା' ବାପା ପ୍ରତିଦିନ ତିଳ ତିଳ କରି ମୃତ୍ୟୁ ଆଡ଼କୁ ଆଗଉଥିଲେ।

ସଂଜୟ ସକାଳରୁ ରାତି ଓ ରାତିରୁ ସକାଳ ଯାଏ ବାପାଙ୍କ ପାଖେ ରହୁଥିଲା। ତା'ର କର୍ମହୀନ ଜୀବନ ବାପାଙ୍କ ଚିକିତ୍ସାରେ ଚଞ୍ଚଳ ହୋଇପଡ଼ିଥିଲା। ସେ ଜାଣିଥିଲା ଯେ ତା' ବାପା ଆଉ ତିନି ଚାରି ମାସର କୁଣିଆଁ। ତା'ପରେ ବାପା ରହିବେ ନାହିଁ।

ସେତେବେଳେ ପ୍ରବୋଧନା ଦେବା ପାଇଁ କମ୍ପାନି ଡାକ୍ତରଖାନାର ଡାକ୍ତର କହିଥିବା ପଦେ କଥା ତା'ର ସବୁଠୁଁ ବେଶି ମନେପଡ଼ିଥିଲା। କାରଖାନା ନିୟମ ଅନୁସାରେ, ଏଭଳି ରୋଗରେ ମରିଯାଉଥିବା ଲୋକ ଯଦି ଅବସର ନେଇ ନ ଥାଏ ତାହାହେଲେ ତା'ର ମୃତ୍ୟୁ ପରେ ତା' ପୁଅକୁ ଅନୁକମ୍ପାମୂଳକ ନିଯୁକ୍ତି ମିଳିବ। ସେଇ ଚାକିରିର ଅବଲମ୍ବନରେ ସଂଜୟ ତା' ମା' ଓ ଦି' ଭଉଣୀଙ୍କ ଦାୟିତ୍ୱ ସମ୍ଭାଳିବ। ବାପା ପାଇଁ କାତର ନ ହୋଇ ସେହି ସମୟ ପାଇଁ ବରଂ ସଂଜୟ ନିଜକୁ ପ୍ରସ୍ତୁତ କରୁ।

ଏତେ ଦୁଃଖ ଭିତରେ ବି ସଂଜୟ ସେଦିନ ଆଶାର କ୍ଷୀଣ ରେଖାଟିଏ ଦେଖିଥିଲା। ସେଦିନ ତା' ବାପା ଉପରେ ତା'ର ମାୟା ଆହୁରି ବଢ଼ିଯାଇଥିଲା। ତା'ର ମନେ ହୋଇଥିଲା ତା' ଭିତରେ ବାପା ପାଇଁ ସଞ୍ଚିତ ଘୃଣା, ଅନାଦରର କଥା ଯେମିତି ତା'ର ବାପା ଜାଣିସାରିଥିଲେ। ସେଇଥିପାଇଁ ବାପା ତାକୁ ଜୀବିକା ଯୋଗାଇ ଦେବାପାଇଁ ଦୁରାରୋଗ୍ୟ ବ୍ୟାଧିକୁ ବରି ନେଇଥିଲେ। ବାପାଙ୍କ ବୟସ ଏବେ ସତାବନ ପୂରି ଅଠାବନ ଚାଲିଛି। ଅନଉ ଅନଉ ଷାଠିଏ ପୂରିଯିବ।

ମହଲଣ ଆଲୁଅ ଭିତରେ ବାପା ସଂଜୟକୁ ଡାକି କହନ୍ତି, ଭଉଣୀ ଦି'ଜଣଙ୍କୁ ଅବହେଳା କରିବୁ ନାହିଁ। ସୁଶୀଳା ଭଲ ଝିଅ ଓ ଭଲ ଝିଅମାନେ ଏ ଦୁନିଆରେ ଠକି ଯାଆନ୍ତି। ବୁଢ଼ୀ ବୋଉକୁ ଛାଡ଼ି କୁଆଡ଼େ ଯିବୁ ନାହିଁ। ତୋ ଛଡ଼ା ସେମାନଙ୍କର ଏ ଦୁନିଆରେ ଆଉ କିଏ ଅଛି ?

ବାପାଙ୍କ ମୁହଁ ଜାଲୁଜାଲୁଆ ଦିଶେ। ବତୁରା ଆଖିପତା ପୃଥିବୀକୁ ଅସ୍ପଷ୍ଟ କରିଦିଏ। ପ୍ରସଙ୍ଗ ବଦଳେଇବା ପାଇଁ ସଂଜୟ କହେ, ''ସେ ପାଇଁ ବ୍ୟସ୍ତ ହୁଅନା ବାପା। ମୁଁ ଅଛି।''

କିନ୍ତୁ ଏସବୁ କଥାବାର୍ତ୍ତା ହେବାର ଦୁଇବର୍ଷ ହୋଇଗଲାଣି। ଡାକ୍ତର କହୁଛନ୍ତି, ତମ ବାପାଙ୍କର ବଞ୍ଚିବା ପାଇଁ ଇଚ୍ଛାଟା ଅତି ପ୍ରବଳ। ଔଷଧ କି ଚିକିତ୍ସା ନୁହେଁ, ସେହି ଇଚ୍ଛାଟା ତାଙ୍କୁ ଏତେଦିନ ବଞ୍ଚେଇ ରଖିଛି। ତା' ନ ହେଲେ ଏଭଳି ଅବସ୍ଥାରେ କୌଣସି ରୋଗୀ ଏତେଦିନ ବଞ୍ଚି ରହିବା ସହଜ ନୁହେଁ।

କଥାଟା ପ୍ରଥମେ ପ୍ରଥମେ ସଂଜୟକୁ ଭଲ ଲାଗିଥିଲା। ବାପାଙ୍କ ସାମର୍ଥ୍ୟକୁ ନେଇ ତା' ଭିତରେ ସନ୍ତୋଷ ସୃଷ୍ଟି ହୋଇଥିଲା। ମାତ୍ର କମ୍ପାନି ଚାକିରିର ସର୍ତ୍ତାବଳୀ ମନେପଡ଼ିଗଲେ ସେ ବିଷାଦଗ୍ରସ୍ତ ହୋଇପଡୁଥିଲା। କିଛିଦିନ ହେଲା ତା' ମନ ଭିତରେ ଦେଖା ଦେଇଥିବା ଆଶାର କ୍ଷୀଣରେଖାଟି ପୁଣି ଅନ୍ଧାର ଭିତରେ ମିଳେଇ ଯାଉଥିଲା। ମନେ ହେଉଥିଲା ତା' ଜୀବନଟା ଗୋଟେ ସୁଡ଼ଙ୍ଗ ଭିତରର ଜୀବନ, ଯୋଉଥିରୁ ମୁକ୍ତି ପାଇବାର କୌଣସି ଉପାୟ ନାହିଁ।

ଯଦି ଏମିତି ବିଛଣାରେ ପଡ଼ି ପଡ଼ି ତା' ବାପା ଆଉ କିଛିଦିନ ଜିଇ ରହନ୍ତି, ତାହାହେଲେ ସେ ଆଉ ଅନୁକମ୍ପାମୂଳକ ଚାକିରି ପାଇପାରିବ ନାହିଁ। ସେଇ କମ୍ପାନିର ସର୍ତ୍ତ, ମୃତ୍ୟୁ ପୂର୍ବରୁ ଅନ୍ତତଃ ଚାକିରିର କିଛିଦିନ ବାକି ରହିଥିବା ଦରକାର। ଅବସର ପରେ କର୍ମଚାରୀ ମରିଗଲେ ସେ ନିୟମ ଲାଗୁ ହେବନାହିଁ।

ସେ ତା' ବାପାଙ୍କୁ ଅନାଏ, ଜରାଜୀର୍ଣ୍ଣ ଚେହେରା। ଉଠାବସା କରିବାକୁ କଷ୍ଟ ହେଉଛି। ଶରୀରର କୌଣସି ଅଙ୍ଗରେ ପ୍ରାଣ ଥିଲା ପରି ମନେ ହେଉନାହିଁ। ନା କୌଣସି କାମ କରିପାରୁଛନ୍ତି ନା କାରଖାନା ଯାଇପାରୁଛନ୍ତି; ବରଂ ବିଛଣାରେ ପଡ଼ି ରହିବା ଯୋଗୁଁ ଯାହାକିଛି ସଞ୍ଚୟ ଥିଲା ସେସବୁ ଚିକିତ୍ସା ପାଇଁ ଖର୍ଚ୍ଚ ହେଇଛି। ଭବିଷ୍ୟନିଧି ପାଣ୍ଠି ସରିଛି, ବୋଉର ସୁନାରୁପା ଗହଣା ମଧ୍ୟ ସବୁ ବିକା ସରିଲାଣି। ହାତଉଧାରି ଖର୍ଚ୍ଚ ଦେଢ଼ ଲକ୍ଷକୁ ଟପିଗଲାଣି, ଏମିତି ଅବସ୍ଥାରେ ବାପା ଯଦି ଆଉ ମାସ ଦୁଇଟା ବଞ୍ଚି ରହନ୍ତି ତାହାହେଲେ ସେ ମଲାବେଳକୁ ସଂଜୟ ଓ ଘରଲୋକମାନେ ମଧ୍ୟ ଦରମରା ହୋଇ ସାରିଥିବେ। ଦେଣାକରଜ ଭିତରେ କଣ୍ଠାଗ୍ରତ ହୋଇ ସାରିଥିବ ତାଙ୍କର ଜୀବନ।

ସିଆଡ଼େ ଅନୁକମ୍ପାମୂଳକ ଚାକିରି ଯିବ, ଇଆଡ଼େ ବିକ୍ରି ହୋଇଯିବ ଘରର ସ୍ଥାବର ଅସ୍ଥାବର ସମ୍ପତ୍ତି। ବାପାଙ୍କର ବିଳମ୍ବିତ ମୃତ୍ୟୁର ପରିଣତି ସଂଜୟ ଆଗରେ ଗୋଟେ ଭୟଙ୍କର ଭୂତ ପରି ଛିଡ଼ା ହେଉଥିଲା।

ଅନେକ ଦହଗଞ୍ଜ ହେଲେଣି ସମସ୍ତେ। ଗଲା ଅଢ଼େଇ ବର୍ଷ ଧରି ସେମାନଙ୍କ ଘରର ଖାଇବା, ପିନ୍ଧିବା ସବୁ ବଦଳିଯାଇଛି। ନା ପୂନେଇଁ ପର୍ବରେ ହସଖୁସି ଅଛି ନା ମେଳା ମଉଛବ ପାଇଁ ଉତ୍ସାହ ଅଛି। ଗୋଟେ ମଶାଣିର କରୁଣ ନିର୍ଜନତା ସେମାନଙ୍କ ଘରକୁ ଘୋଡ଼େଇ ରଖିଛି ଅଢ଼େଇ ବର୍ଷ ହେଲା। ସେ ଘରେ ଖୁସି ନାହିଁ, ସୁଖ ନାହିଁ, ଉତ୍ସାହ ନାହିଁ, ଅଛି କେବଳ କ୍ୟାନ୍‌ସର ପୀଡ଼ିତ ରୋଗୀର ଜୀବନ ପରି ମୁହୁର୍ମୁହୁଃ ମରଣର ଅନୁଭୂତି।

ବର୍ତ୍ତମାନ ଅପେକ୍ଷା ଭବିଷ୍ୟତଟା ଆହୁରି ଭୟଙ୍କର ହୋଇ ସଂଜୟ ଆଖି ସାମ୍ନାରେ ଉଭା ହୁଏ। କ'ଣ କରିବ ସେ? କୁଆଡ଼େ ପଳେଇ ଯିବ? ଆତ୍ମହତ୍ୟା କରି ଏ ପରିସ୍ଥିତିରୁ ନିସ୍ତାର ପାଇବ? ଘର ଓ ପରିବାର କଥା ଭୁଲି ନିଜେ ଯାଇ କେଉଁଠି ମୂଲ ଲାଗି ଜୀବନ ବଞ୍ଚିଯିବ।

ଏସବୁ ଚିନ୍ତା କଲେ ତା' ଛାତି ଭିତରୁ ଉଷୁମ ଦୀର୍ଘଶ୍ୱାସ ବାହାରି ଆସେ। ତା'ର ରୁଢ଼ଭର୍ତ୍ତି ମୁହଁ, ଛିଣ୍ଡା ପୋଷାକ ଓ ବିଷଣ୍ଣ ଚେହେରା ତା' ଛାତିର ଅନ୍ଦିକନ୍ଦିରେ ପୁଳାଏ ହୀନମଣ୍ୟତା ଭରିଦିଏ। କଲେଜ ଦିନର ସ୍ୱପ୍ନ ମନେପଡ଼େ। ମନେପଡ଼େ କଲ୍ୟାଣୀର ପ୍ରେମ। ଏବେ କଲ୍ୟାଣୀ ଟେଲିଫୋନ୍ ଏସ୍‌ଡିଓର ପତ୍ନୀ। ସେଥିପାଇଁ ସେ କଲ୍ୟାଣୀକୁ ଦୋଷ ଦିଏ ନାହିଁ। ସେ ପ୍ରାକ୍ଟିକାଲ୍ ଝିଅ, ସ୍ୱପ୍ନକୁ ନେଇ ବଞ୍ଚିବା ତା' ପାଇଁ ଅର୍ଥହୀନ।

କିନ୍ତୁ ବାପା ଯଦି ଶୀଘ୍ର ମରିଯାଆନ୍ତେ! ମାନେ ଏହି ସପ୍ତାହେ ଦି' ସପ୍ତାହ ଭିତରେ ଯଦି ସେ ଆଖି ବୁଜି ଦିଅନ୍ତେ! ତାହାହେଲେ ସଂଜୟର କମ୍ପାନି ଚାକିରି ପାଇବାଟା ପକ୍କା ହୋଇଯାଆନ୍ତା। ଥରେ ଚାକିରିଟା ପାଇଗଲେ ଧାର କରଜ କରି ସେ ବାପାଙ୍କ ଶୁଦ୍ଧିଘର କାମ ସାରିଦିଅନ୍ତା। ତାଙ୍କର ଅସ୍ଥି ବିସର୍ଜନ କରନ୍ତା ପ୍ରୟାଗରେ। ମାଆକୁ ତୀର୍ଥ ଯାତ୍ରା ସ୍ପେଶାଲ୍ ଟ୍ରେନ୍‌ରେ ପଠାନ୍ତା। ସୁଶୀଳାର ବର ନାଁରେ ମୋକଦ୍ଦମା ଦାୟର କରନ୍ତା ମହିଳା କମିସନ୍‌ରେ। ସାନ ଭଉଣୀକୁ ଭଲ ଘର ଦେଖି ବାହା ଦିଅନ୍ତା। ବାପାଙ୍କର ବାକିଥା କାମ ସବୁ ତୁଲେଇ ସାରିବା ପରେ ସେ ନିଜ ପାଇଁ ସ୍ୱପ୍ନଟେ ଦେଖନ୍ତା, ଯୋଉ ସ୍ୱପ୍ନଟାକୁ ସେ ବର୍ଷ ବର୍ଷ ଧରି ନିଜ ଛାତି ଭିତରେ ଲୁଚେଇ ରଖିଛି।

କିନ୍ତୁ ବାପା ମରନ୍ତି ନାହିଁ। ଡାକ୍ତର ତାଙ୍କୁ ମରିବା ପାଇଁ ଦିଅନ୍ତି ନାହିଁ। ସଂଜୟ ଓ ଡାକ୍ତର ତା' ବାପାର ଦୁଇକଡ଼େ ଛିଡ଼ାହୋଇ ନିଜ ନିଜର ସାମର୍ଥ୍ୟ ଦେଖାନ୍ତି। ଡାକ୍ତର ଚାହାନ୍ତି ଦିନ ପରେ ଦିନେ ହୋଇ ଅଧିକ ଦିନ ସେ ବଞ୍ଚି ରହନ୍ତୁ। ସଂଜୟ ଚାହେ, କେତେ ଶୀଘ୍ର ତା' ବାପା ମରିଯାଆନ୍ତୁ। ଉଭୟେ ଭିଡ଼ାଓଟରା ହେଉଥାନ୍ତି ଭିତରେ ଭିତରେ।

ଏହା ଭିତରେ ସଂଜୟ ଦୁର୍ବଳରୁ ଦୁର୍ବଳ ହେଉଥାଏ। କ୍ୟାନ୍‌ସର ରୋଗୀକୁ ଏତେଦିନ ବଞ୍ଚେଇ ରଖି ପାରିବାର ସଫଳତାରେ ଡାକ୍ତର ପ୍ରସନ୍ନ ହେଉଥାଆନ୍ତି।

କିନ୍ତୁ ଦୁହିଁଙ୍କ ଉଦ୍ଦେଶ୍ୟ ଯଦି ଏକାଠି ହୋଇଯାଆନ୍ତା ! କଥାଟା ଚିନ୍ତା କରି ସଂଜୟ ଚମକି ଉଠିଲା । ସେ କ'ଣ ତା' ବାପାଙ୍କୁ ମାରିଦେବା ଲାଗି ଷଡ଼ଯନ୍ତ୍ର କରୁଛି ? ସେ ନିଜକୁ ବୁଝେଇଲା । ନା, ସେ ତା' ବାପାଙ୍କୁ ମାରିଦେବା ପାଇଁ ଚାହେନାହିଁ। କିନ୍ତୁ ସେ ତ ତାଙ୍କୁ ବଞ୍ଚେଇ ରଖିପାରିବ ନାହିଁ। ଏଭଳି ଅବସ୍ଥାରେ ସମସ୍ତଙ୍କ ପାଇଁ ଯେଉଁଟା ଭଲ, ସେ ସେଇକଥା କେବଳ ଚିନ୍ତା କରୁଛି ।

ପୁରାଣରେ ପିତା ଯଯାତି ପୁଅ ପୁରୁଠୁଁ ଜୀବନ ଓ ଯୌବନ ମାଗିଥିଲେ । ପରିଣତ ବୟସରେ ପିତା ଯଦି ପୁଅକୁ ଆୟୁଷ ମାଗିବା ପାପ ନୁହେଁ, ଜୀବନ ଆରମ୍ଭ କରି ନ ଥିବା ପୁଅ ମୁମୂର୍ଷୁ ପିତାଙ୍କୁ କେଇ ମାସର ଆୟୁଷ ମାଗିବା କାହିଁକି ପାପ ହେବ ?

ସଂଜୟ ଦିନରେ ଦୁଇଥର ଡାକ୍ତରଙ୍କୁ ଭେଟେ । ଡାକ୍ତର ସବୁବେଳେ ବ୍ୟସ୍ତ ଥାଆନ୍ତି । ପୁଣି ସବୁଦିନ ସେଇ ଏକା ପ୍ରଶ୍ନ ଓ ଏକା ଉତ୍ତରକୁ ଦୋହରାଇବାରେ ଉଭୟ ପକ୍ଷର ସ୍ପୃହା ନ ଥାଏ । ସଂଜୟ କ'ଣ କହିବ କହିବ ବୋଲି ଭାବେ, କିନ୍ତୁ କହି ନ ପାରି ଫେରିଆସେ ।

ଯେଉଁଦିନ ଔଷଧ କିଣିବାକୁ ପଇସା ରହେ ନାହିଁ, ଘରେ ରେସନ କିଣିବାଲାଗି ଟଙ୍କା ନ ଥାଏ, ସେଦିନ ସେ ହିତାହିତ ଜ୍ଞାନ ଭୁଲିଯାଏ । 'ଅଦ୍ଭୁତ ମଣିଷ ତା'ର ଏ ବାପା, ନିଜେ ମରୁନାହାନ୍ତି କି ଅନ୍ୟମାନଙ୍କୁ ବଞ୍ଚିବା ପାଇଁ ଦେଉନାହାନ୍ତି ।' ସେତେବେଳେ ରାଗରେ ତା' ହାତ ମୁଠା ମୁଠା ହୋଇଯାଏ । ଇଚ୍ଛା ହୁଏ ଡାକ୍ତରଖାନା ବିଛଣା ଉପରୁ ବାପାଙ୍କୁ ଠେଲିଦେବ, ନ ହେଲେ...

ନା, ଆଉ ଆଗକୁ ସେ ଚିନ୍ତା କରିପାରେ ନାହିଁ। ସେ ନିଜେ ସେମିତି କିଛି କରିପାରିବ ନାହିଁ। ଏ କାମରେ କେବଳ ସାହାଯ୍ୟ କରିପାରନ୍ତେ ଡାକ୍ତର । ସେ ଯଦି କୌଣସି ଉପାୟରେ ବାପାଙ୍କୁ ଇଞ୍ଜେକ୍‌ସନ୍‌ଟିଏ ଦେଇ ସବୁଦିନ ଲାଗି ବିଦାୟ ଦିଅନ୍ତେ ତାହାହେଲେ କାହାରି କିଛି କ୍ଷତି ହୁଅନ୍ତା ନାହିଁ। ଏମିତି ଛଟପଟ ହୋଇ ବଞ୍ଚିବାରୁ ମୁକ୍ତି ପାଇଯାଆନ୍ତେ ବାପା । ପ୍ରତିଦିନ ପର ଆଗରେ ଗୋଡ଼ଭାଙ୍ଗି, ହାତ ପତେଇ ଚିକିତ୍ସା ଖର୍ଚ୍ଚ ଯୋଗାଡ଼ରୁ ମୁକ୍ତି ପାଆନ୍ତା ସଂଜୟ ।

କିନ୍ତୁ ଏକଥା ସଂଜୟ ଡାକ୍ତରଙ୍କୁ କହିପାରେ ନାହିଁ। କେବଳ ଯାଇ ବେଞ୍ଚ ଉପରେ ବସେ । ଜଣକ ପରେ ଜଣେ ରୋଗୀ ଓ ନର୍ସ ଚାଲିଯିବା ପର୍ଯ୍ୟନ୍ତ ଅପେକ୍ଷା କରେ । ତା'ପରେ ଫେରିଆସେ ।

ତାକୁ ଦେଖି ଡାକ୍ତର ଚିନ୍ତିତ ହୁଅନ୍ତି । ହୁଏତ ଭାବନ୍ତି, ବାପା ପାଇଁ ପୁଅ ବ୍ୟସ୍ତ ହେଉଛି । କହନ୍ତି, 'ମୁଁ ସବୁପ୍ରକାର ଚେଷ୍ଟା କରୁଛି । ବାକି କଥା ଈଶ୍ୱରଙ୍କ ଉପରେ ।'

ସଂଜୟ ରହିଯାଏ । କାହିଁକି କଥା ପଦକ ସେ ସଫା ସଫା କହିପାରେ ନାହିଁ?

କାହିଁକି କହିପାରେ ନାହିଁ ଯେ, 'ବହୁତ ହେଲାଣି ଡାକ୍ତର ! ଏବେ ଆଉ ତାଙ୍କୁ ବଞ୍ଚେଇ ରଖିବାର ଚେଷ୍ଟା କରନ୍ତୁ ନାହିଁ। ଏଣିକି ସେ ବଞ୍ଚି ରହିଲେ ଆମେ ସମସ୍ତେ ମରିଯିବୁ।'

ହସ୍ପିଟାଲ୍ ଚାରିପଟେ ସଞ୍ଜ ଘୋଟିଆସୁଛି। ଏବେ ଡାକ୍ତରଙ୍କ ଆସିବା ପାଳି। ସଂଜୟ ସାଇକେଲ୍‌ଟାକୁ ଡାକ୍ତରଖାନା ପାଚେରି କଡ଼ରେ ଡେରିଦେଇ ଭିତରକୁ ଆସିଲା ଓ ବେଞ୍ଚ ଉପରେ ବସିଲା।

ଲମ୍ବା ଲମ୍ବା ପାହୁଣ୍ଡ ପକେଇ ଡାକ୍ତର ତାଙ୍କ ଚେମ୍ବରକୁ ଗଲେ। ତାଙ୍କ ପଛେ ପଛେ କବାଟଟା ବନ୍ଦ ହୋଇଗଲା। ଓଜନିଆ ନୀଳ ପରଦାଟା କିଛି ସମୟ ଦୋହଲି ସ୍ଥିର ହୋଇଗଲା।

ସଂଜୟ ପ୍ରଥମେ ତାଙ୍କ ପାଖକୁ ଯିବାପାଇଁ ବାହାରୁଥିଲା। କିନ୍ତୁ ଯାଇପାରିଲା ନାହିଁ। ସେ ଡାକ୍ତରଙ୍କୁ ନିରୋଳାରେ ଭେଟିବାକୁ ଚାହିଁଥିଲା। ଅପେକ୍ଷା କଲା ଶେଷ ପର୍ଯ୍ୟନ୍ତ। ବାରମ୍ବାର ବେଞ୍ଚରୁ ଉଠି ପାଆଚାରି କଲା ଓ ମଶା ଘଉଡ଼େଇଲା। ରାତି ଆଠଟା ବେଳକୁ ଡାକ୍ତରଙ୍କ ଚେମ୍ବର ଫାଙ୍କା ହେଲା।

ସେ ଯାଇ ଡାକ୍ତରଙ୍କ ଆଗରେ ଛିଡ଼ା ହେଲା। ତା' ଛାଇ ପଡ଼ିଲା ଡାକ୍ତରଙ୍କ ଟେବୁଲ ଉପରେ। ସେ ମୁହଁଟେକି ଚାହିଁଲେ ଓ ବସିବାକୁ ଇସାରା ଦେଲେ।

: କିଛି କହିବ ? ଡାକ୍ତର ପଚାରିଲେ।

: ବାପା – ବହୁତ କଷ୍ଟ କରି ଶବ୍ଦଟି ଯେମିତି ସଂଜୟ କହିଲା।

: ମୁଁ ସବୁ ପ୍ରକାର ଚେଷ୍ଟା କରୁଛି। କାଲି ଅପେକ୍ଷା ଆଜି ଟିକିଏ ସୁସ୍ଥ ଦିଶୁଛନ୍ତି। ଡାକ୍ତର ତାକୁ ଉତ୍ସାହିତ କରିବା ପାଇଁ କହିଲେ।

: ନା ସେକଥା କହୁନାହିଁ। ଆପଣ ସବୁ ପ୍ରକାର ଚେଷ୍ଟା କରୁଛନ୍ତି, କିନ୍ତୁ ବାପା କ'ଣ ପୂରା ଭଲ ହୋଇଯିବେ ?

: ଡାକ୍ତର ବିମର୍ଷ ଦିଶିଲେ। 'ନା, ସେଇଟା ବିଲକୁଲ ଅସମ୍ଭବ।'

: ତା'ହେଲେ କେତେଦିନ ?

: କେମିତି କହିବି ? ମୁଁ ତ ଭାବିଥିଲି ତିନି ଚାରି ମାସର କଥା। ଅଢ଼େଇ ବର୍ଷ ହୋଇଗଲାଣି। ତେବେ ଏ ରୋଗର ରୋଗୀ ସବୁଠୁଁ ବେଶି ହଜାରେ ଦିନ ବଞ୍ଚିବ। ସେଇ ହିସାବରେ ଆଉ ଛ' ମାସ...

: କିନ୍ତୁ ସେତେବେଳକୁ ବହୁତ ଡେରି ହୋଇଯିବ।

: ଡେରି ? କ'ଣ ଡେରି ହୋଇଯିବ ? – ଡାକ୍ତର ବଡ଼ ପାଟିରେ ପଚାରିଲେ।

ସଂଜୟ କ'ଣ କହିବ ବୋଲି ଚିନ୍ତା କଲା। କିନ୍ତୁ କିଛି କହିପାରିଲା ନାହିଁ।

ଡାକ୍ତର ଉଠିଆସି ତା' କାନ୍ଧରେ ହାତ ରଖିଲେ। କହିଲେ, 'ମୁଁ ତୁମ ପରିବାରର

ଅବସ୍ଥା ସବୁ ଜାଣିଛି। କିନ୍ତୁ ଏଥିରେ ଦୁଃଖ କରିବାର କିଛି ନାହିଁ। ମଣିଷ ପରିସ୍ଥିତିର ଦାସ। ତମେ ତମ ବାପା ପାଇଁ ଯେତିକି କରୁଛ, ବହୁତ କରୁଛ। ତମର ବା ଆଉ ସାଧ୍ୟ କ'ଣ ?'

ସଂଜୟ ଆଉ କିଛି କହିପାରିଲା ନାହିଁ। ଫେରିଆସିଲା। ଘରକୁ ଫେରିବା ବେଳକୁ ବୋଉ ଶୋଇପଡ଼ିଥିଲା। ସୁଶୀଳା ତା' ପୁଅକୁ ଶୁଆଉଥିଲା। ସାନ ଭଉଣୀ ତାକୁ ଅପେକ୍ଷା କରିଥିଲା। କହିଲା, 'ରୁଟି ସନ୍ତୁଳା ରଖି ଦେଇଛି। ଖାଇଦେବୁ। ମୋତେ ନିଦ ଲାଗିଲାଣି, ମୁଁ ଯାଉଛି, ଶୋଇବି।'

ସଂଜୟ ବିରକ୍ତିରେ ମୁଣ୍ଡବାଳ ଝିଙ୍କିହେଲା। ଖାଇବା ପାଇଁ ତା'ର କୌଣସି ଆଗ୍ରହ ନ ଥିଲା। ସବୁଦିନେ ଏଇ ଶୁଖିଲା ରୁଟି ଓ ଆଉ ଶୀତଳ ସନ୍ତୁଳା। ଏହା ଭିନ୍ନ ଆଉ କିଛି ଭଲ ଜିନିଷର ସ୍ୱାଦ ଚାଖିବା ଲାଗି ସତେକି ତା' ଜିଭର ଅଧିକାର ନାହିଁ!

ରାତିର ବୟସ ବଢୁଥିଲା। ଆକାଶର ଜହ୍ନକୁ ଢାଙ୍କିଦେଇଥିଲା ଖଣ୍ଡେ କଳା ବଉଦ। ପାଚିରି ସେପଟ ନଳାରୁ ଦୁର୍ଗନ୍ଧ ଭାସି ଆସୁଥିଲା। ଘର ଭିତରଟା ସନ୍ତସନ୍ତିଆ। ଚାରିଆଡ଼େ ମଇଳା ଲୋଚାକୋଚା ଲୁଗାପଟା, ଭଙ୍ଗା ଚଉକି, ଛିଣ୍ଡା ଚାଦର ଓ ଅନ୍ଧାରିଆ ପରିବେଶ। ଏଇ ତା'ର ଘର, ଯାହାକୁ କବିମାନେ 'ସୁଇଟ୍ ହୋମ୍' କହିଥାନ୍ତି!

ସେ ସ୍ଥିର କଲା, କାଲି ଯେମିତି ହେଲେ ଡାକ୍ତରଙ୍କୁ ତା' ଦୁଃଖତକ କହିବ। ପ୍ରସ୍ତାବ ଦେବ, ସେ ତା' ବାପାଙ୍କୁ ମୁକ୍ତି ଦିଅନ୍ତୁ। ଏତେ କଷ୍ଟ ସହି ବଞ୍ଚିବାର କିଛି ଅର୍ଥ ନାହିଁ। ବିଦେଶରେ ବହୁ ଲୋକ ଇଚ୍ଛାମୃତ୍ୟୁ ବରଣ କରୁଛନ୍ତି। ତା' ବାପା ବି ତ ସବୁବେଳେ ମରିଯିବାକୁ ଚାହୁଛନ୍ତି। ସେ ଓ ପରିବାରର ଅନ୍ୟମାନେ ମଧ୍ୟ ଏଥିରୁ ମୁକୁଳିବାକୁ ଚାହୁଁଛନ୍ତି। ଡାକ୍ତର କାହିଁକି ଏଥିରେ ତାକୁ ସାହାଯ୍ୟ କରିବେ ନାହିଁ ?

ଭାବୁ ଭାବୁ ସଂଜୟ ଶୋଇପଡ଼ିଛି।

ସେ ଦେଖୁଛି, ଡାକ୍ତର ତା' କଥା ଶୁଣି ପ୍ରଥମେ ଟିକିଏ ଚିନ୍ତିତ ଦିଶୁଛନ୍ତି। ତା'ପରେ ଆଶ୍ୱସ୍ତ। କହୁଛନ୍ତି, 'ମୁଁ ବି କିଛିଦିନ ହେଲା ଏଇକଥା କହିବି ବୋଲି ଭାବୁଥିଲି। କିନ୍ତୁ କାଳେ ତୁମେ ଅନୁମୋଦନ କରିବ ନାହିଁ, ସେହି ଭୟରେ ଏକଥା ମୁଁ କହିପାରୁ ନ ଥିଲି। ବାସ୍ତବରେ, ତମ ବାପା ବହୁତ କଷ୍ଟ ପାଉଛନ୍ତି। ଠିକ୍ ଭାବେ ଶୋଇପାରୁନାହାନ୍ତି, ଠିକ୍ ଭାବେ କଥା କହିପାରୁନାହାନ୍ତି। ଏଣେ, ଆଉ କିଛି ମାସ ଏମିତି ସେ ବଞ୍ଚି ରହିଲେ, ତୁମର ଚାକିରି ପାଇବାର ଆଶା ସବୁଦିନ ପାଇଁ ମିଳେଇଯିବ।'

ତା'ପରେ ସେ ଦୁହେଁ ସାଙ୍ଗହୋଇ ବାପାଙ୍କ ପାଖକୁ ଯାଉଛନ୍ତି। ବାପା ଶୋଇରହିଛନ୍ତି ନିଦରେ। ଡାକ୍ତର ଇଞ୍ଜେକ୍‌ସନ୍ ସିରିଞ୍ଜ ବାହାର କରୁଛନ୍ତି। ତା'ପରେ ବାପାଙ୍କ ଡାହାଣ ବାହାରେ ଛୁଞ୍ଚି ଫୋଡ଼ି ଦେଉଛନ୍ତି।

ଧୀରେ ଧୀରେ ବାପା ନିସ୍ତେଜ ହୋଇଯାଉଛନ୍ତି। ତା'ପରେ ଦୁହେଁ ମିଶି ତାଙ୍କ ମୁହଁ ଉପରେ ଧଳା ଚାଦର ଘୋଡ଼େଇ ଦେଉଛନ୍ତି।

ତୀକ୍ଷ୍ଣ ଆଲୁଅର ଧାରେ ଆସି ସଂଜୟ ମୁହଁରେ ପଡ଼ିଲା। ସେ ଉଠିପଡ଼ି ଦେଖିଲା, ଅଧାମେଲା କବାଟ ଦେଇ ସକାଳର ଖରା ତା' ଉପରେ ପଡ଼ିଛି। ସେ ଏପଟ ସେପଟ ଚାହିଁଲା। ଡାକ୍ତର କୁଆଡ଼େ ଗଲେ? ବାପା? ଡାକ୍ତରଖାନା? ନା କେହି ନାହାନ୍ତି। ସିଏ କେବଳ ଶୋଇ ଶୋଇ ସ୍ୱପ୍ନ ଦେଖୁଥିଲା।

ସେ ଉଠିପଡ଼ି କୂଅ ମୂଳକୁ ଗଲା। ବୋଉ ଗୋଟେ ଦୁର୍ବଳିଆ ଲଟାକୁ ଟେକି ମଞ୍ଚା ଉପରକୁ ଉଠଉଥିଲା।

ସଂଜୟ ପଚାରିଲା, 'ଆଉ କ'ଣ ସେଥିରେ ଫଳ ହେବ ଯେ ତାକୁ ଟେକୁଛୁ!'

ବୋଉ ଉତ୍ତର ଦେଲା, 'ନ ହେଉ, ଆଗେ ତ ଫଳୁଥିଲା। ତୋତେ କଲରା ଭଜା ଭଲ ଲାଗେ ବୋଲି ବାପା ଫି ବର୍ଷ ଏଇଠି କଲରା ଗଛ ଲଗଉଥିଲେ। ଡାକ୍ତରଖାନାରୁ ଫେରି ଯଦି ଏଥର ଗଛଗୁଡ଼ା ନ ଦେଖନ୍ତି, ସେ ମୋ ଉପରେ ବିଗିଡ଼ିବେ।'

ସଂଜୟ ମୁଣ୍ଡ ଉପରେ ପଥରଟେ ଅବା ଖସିପଡ଼ିଲା!

ତା'ର ମନେପଡ଼ିଲା ପିଲାଦିନେ ତାକୁ ଟାଇଫଏଡ୍ ହୋଇଥିଲା। ବାପା ତାକୁ କାନ୍ଧରେ କାନ୍ଧେଇ ଆରଡ଼ି ନେଇଥିଲେ। ଅଧିଆ ପଡ଼ିଥିବା ବୋଉ ଗୋବର ଭିତରୁ ଆଖିବୁଜି ପୋକଟେ ଖାଇନେଇଥିଲା। ଗୁପ୍ତେଶ୍ୱର ମହାଦେବ ମନ୍ଦିର ଗୁମ୍ଫାକୁ ଯାଇ ଅଧିଆ ପଡ଼ିଥିଲେ ବାପା ଓ ଚାଳିଶଟା ପାହାଚ ଉପରୁ ଗଡ଼ି ଗଡ଼ି ପଡ଼ିଥିଲେ ତଳେ। ଦେହ ହାତ ଖଣ୍ଡିଆଖାବରା ହୋଇଯାଇଥିଲା। ସେହି ତପବଳରେ କାଳେ ସଂଜୟ ଭଲ ହୋଇଯାଇଥିଲା।

ସଂଜୟର ହାତ ପାଦ ଝାଳେଇଗଲା। ବାପାଙ୍କର ସବୁ ଭଲକଥା ତା'ର ଗୋଟିଗୋଟି ମନେପଡୁଥିଲା। ମରିଯାଇଥିବା ଲୋକର ସ୍ମୃତିଚାରଣ କଲା ପରି ସେ ସେହିସବୁ କଥା ମନେପକଉଥିଲା।

ବି.ଏ. ଫର୍ମ ପୂରଣ ବେଳକୁ ବାପାଙ୍କର ଚେହେରା ତା'ର ମନେପଡୁଥିଲା। ସେଦିନ ଘରକୁ ଫେରିବାବେଳକୁ ବାହାଘର ବେଳେ ଯୌତୁକରେ ପାଇଥିବା ମୁଦିଟି ବାପାଙ୍କ ହାତରେ ନ ଥିଲା। ଅନେକ ଦିନ ପରେ ଜାଣିଥିଲା, ତା'ର ଫର୍ମ ପୂରଣ ଟଙ୍କା ପାଇଁ ବାପା ସେଇଟା ବିକି ଦେଇଥିଲେ।

ବୋଉ କହିଥିଲା, ''ଜନ୍ମ ହେଲାଦିନୁ ତୋ ବାପାକୁ ଦୁଃଖ ଛାଡ଼ିନି। ତାଙ୍କ ବାପା ବୋଉ ଏମିତି ବର୍ଷ ବର୍ଷ ଡାକ୍ତରଖାନାରେ ପଡ଼ି ଆଖି ବୁଜିଲେ। ସେମାନଙ୍କ

ଔଷଧ ପାଣିରେ ଆମେ ତଳିତଳାନ୍ତ ହୋଇଗଲୁ। ତା'ପରେ ତିନି ଭଉଣୀଙ୍କ ବାହାଘର। ଶେଷରେ ତମେ ତିନି ଜଣ। କିରାଣି ଚାକିରିରେ ବା କେତେ ପଇସା!'' ବାପା କହିଥିଲେ, ''ଦଇବ ଯାହାକୁ ଯେମିତି ଜନ୍ମ ଦେବା କଥା ଦେଇଛି। ତାଆରି ଭିତରେ ଲଢ଼ି ମୁଣ୍ଡ ଟେକିବା ବଡ଼ କଥା। ଅସଲରେ କିଏ କେତେ ସଫଳ ହେଇଛି କି ବିଫଳ ହେଇଛି ସେକଥା ସେଇ ଦଇବ ବିଚାର କରିବ। ମଣିଷର କେବଳ କର୍ମ ଉପରେ ଅଧିକାର। ଫଳ ତ ଉପରବାଲା ହାତରେ।''

ସଂଜୟ ଏଥର ଧାଇଁଲା। ଏ ଚିନ୍ତା ଭିତରେ ସେ ସାଇକେଲ୍‌ଟା ନେବାକୁ ବି ଭୁଲିଯାଇଥିଲା। ସେ ଡାକ୍ତରଖାନା ମୁହାଁ ଧାଇଁଥିଲା। ତା' ଆଖି ଆଗରେ ବାପାଙ୍କର ପୁରୁଣାଦିନର ମୁହଁଟା ନାଚି ଉଠୁଥିଲା। ପିଲାଦିନେ ବାପା କାନ୍ଧରେ ବସେଇ ତାକୁ ମେଳାକୁ ନେଇ ଯାଆନ୍ତି। ତା' ପାଟିରୁ ବାହାରିବାକ୍ଷଣି ବରାଦ ମୁତାବକ କିଣିଦିଅନ୍ତି ଖେଳଣା ଓ ମିଠେଇ। ସେଇ ବାପାଙ୍କୁ ସେ ମାରିଦେବା କଥା କେମିତି ଭାବିପାରିଲା?

ଏବଂ ତା' ଆଖି ଆଗରେ ନାଚି ଯାଉଥିଲା ମୁମୂର୍ଷୁ କଲରା ଗଛଟାକୁ ବୋଉ ମଞ୍ଚାକୁ ଉଠେଇବାର ଦୃଶ୍ୟ। ମାମୁଲି ଗଛଟା ପାଇଁ ବୋଉ ମନରେ ଏତିକି ଦରଦ, ଅଥଚ ତା' ବାପା ବେଳକୁ ସେ ଏତେ ନିଷ୍ଠୁର ହୋଇପାରିଲା କେମିତି? ନା, ସେ ତା' ବାପାଙ୍କୁ ବଞ୍ଚେଇବା ଲାଗି ଲଢ଼େଇ କରିବ। ଯେତିକି ଦିନ ସେ ବଞ୍ଚିବେ, ସମସ୍ତଙ୍କର ସ୍ନେହ ଆଦର ନେଇ ସେ ବଞ୍ଚିବେ। ତା' ଚାକିରି ନ ହେଲେ ନ ହେଉ ପଛକେ।

ସେ ଧାଉଁଥିଲା। ପଛରେ ରହିଯାଉଥିଲା ଘର, ରାସ୍ତା, ବିଜୁଳି ଖୁଣ୍ଟ। ଡାକ୍ତରଖାନାରେ ପହଞ୍ଚିଲା ବେଳକୁ ବାପାଙ୍କ ବିଛଣା ପାଖରେ ଡାକ୍ତର ଓ ନର୍ସ ଛିଡ଼ା ହୋଇଥିଲେ।

ଡାକ୍ତର ସଂଜୟକୁ ଚାହିଁଲେ। ତା' ପାଖକୁ ଆସି ତା'ର ପିଠି ଆଉଁଶି ଦେଇ କହିଲେ, ''ମୁଁ ଦୁଃଖିତ। ଆଉ କିଛି କରିପାରିଲି ନାହିଁ।''

ଏବଂ ପଛରେ ଖଟିଆ ଉପରେ ବାପା ଶୋଇଥିଲେ। ସଂଜୟର ମନେହେଲା, ବାପା ମରିଯାଇ ନାହାନ୍ତି, ତାଙ୍କୁ ସେ ମାରିଦେଇଛି। ତାଙ୍କ ଦେହ ଓ ମୁହଁ ଉପରେ ଧଳା ଚାଦରଟାଏ ଢଙ୍କାଯାଇଥିଲା। ବାପା ଦିଶୁଥିଲେ ସେ ସ୍ୱପ୍ନରେ ଦେଖିଥିବା ଶବ ପରି।

■

ପାପ

ଲିଟୁ କହିଲା, 'ତୁମେମାନେ ଡର ନାହିଁ। ମୁଁ ହଷ୍ଟେଲ୍‌ରୁ ବାହାରି ଆସିବାବେଳେ ବାଟରେ ଶଙ୍ଖଚିଲ ଦେଖିଚି। ଏଇଟା ଶୁଭ। ପୁଣି ସବୁ କଥାରେ ଡରିଲେ ତମେ ଜୀବନରେ କିଛି କରିପାରିବ ନାହିଁ, ଜାଣିଲ ?'

ଲିଟୁର କଥା ଶୁଭୁଥିଲା ନେତାଙ୍କ ଭାଷଣ ପରି। ନଣ୍ଡା, ବଗୁଲି ଓ ଆଳୁଆ ତିନିହେଁ ଲିଟୁ ମୁହଁକୁ ଅନେଇଥିଲେ। କେବଳ ଗଛଚଢ଼ା ଓ କଙ୍କିଧରା କାମ ବ୍ୟତୀତ ଅନ୍ୟ ସବୁଥିରେ ପଛୁଆ ଆଳୁଆ କିନ୍ତୁ ଲିଟୁର କଥା ମାନିବାକୁ ପ୍ରସ୍ତୁତ ନ ଥିଲା। ସେ କନକନ କରି ଏଆଡ଼େ ସେଆଡ଼େ ଚାହିଁ କହିଲା, 'ମୋତେ ଡର ମାଡୁଛି।'

ବଗୁଲି ଉହୁଙ୍କି ଆସିଲା। 'ତୁ'ଟା ମାଇଚିଆ, ଖାଲି କଙ୍କିଧରା ଜାଣିଛୁ। ସେଇଟା ଝିଅପିଲାଙ୍କ କାମ, ଜାଣିଲୁ ? ମୁଁ କହୁଛି ଲିଟୁର ଯାହା ମତ ସେଇଆ ହେଉ।'

ନଣ୍ଡା ଓ ଆଳୁଆ ଗୁଁ ଗୁଁ ହେଇ ରହିଲେ।

ଲିଟୁ ତା' ପକେଟରୁ ବାହାର କଲା ଖଣ୍ଡିଏ ପାଞ୍ଚଟଙ୍କିଆ ନୋଟ୍। 'ଏଇଟା ଆଡ୍‌ଭାନ୍‌ସ୍। ଜିନିଷ ଆଣିଲାବେଳେ ବାକି ପଇସା ଦେବା, ହେଲା ?'

ନଣ୍ଡା କହିଲା, 'ରାନ୍ଧିବା କୋଉଠି ?'

ଲିଟୁ ଉପରକୁ ଚାହିଁଲା। ଏଇଟା ପ୍ରକୃତରେ ଗୋଟିଏ ସମସ୍ୟା। ଏ ପର୍ଯ୍ୟନ୍ତ ସେମାନେ ଯୋଉ ଭୋଜି କରୁଥିଲେ ସେ ଭୋଜିରେ ଅସୁବିଧା କିଛି ନ ଥିଲା। ଭାତ, ଡାଲମା ନ ହେଲେ ପୁରି, ଆଳୁଦମ୍। ଅଣ୍ଡା କି ମାଛ ରାନ୍ଧିଲେ ସେମାନେ ଖୁବ୍ ହୁସିଆରିରେ ସେ କାମ କରନ୍ତି। କିନ୍ତୁ ଏକାଥରକେ ଯାଇ କୁକୁଡ଼ାରେ ପହଞ୍ଚିବା ପ୍ରକୃତରେ ଥିଲା ଦୁଃସାଧ କାର୍ଯ୍ୟ।

ବଗୁଲି କହିଲା, 'ଲିଟୁ, ତୁ ତୋ ବୋଉକୁ କହି ଢିଙ୍କିଶାଳ କୁଞ୍ଚିଟା ନେଇ ଆସୁନୁ ! ଲଣ୍ଠନ ଓ କୁଞ୍ଚି ନେଇଆ। ଆମେ ରାତିସାରା ଏଇଠି ପାଠ ପଢ଼ିବା।'

ଲିଟୁ ବଗୁଲିକୁ ଚାହିଁ ତା' ବୁଦ୍ଧିକୁ ତାରିଫ କଲା। ପାଠ କଥା କହିଲେ ବୋଉ ଢିଙ୍କିଶାଳ କ'ଣ ଠାକୁର ଘର ଚାବି ବି ଦେଇଦେବ।

ବଗୁଲି କହିଲା, ''ଡାଲମା ଖାଇ ଖାଇ ଅରୁଚି ଲାଗିଲାଣି। ଚିକେନ୍ ରାନ୍ଧିବା ସେମିତି କିଛି କଷ୍ଟ କାମ ନୁହେଁ। ମୁଁ ମୋ ବାପାଙ୍କ ସାଙ୍ଗରେ ଯାଇ କଟକରେ ଚିକେନ୍ ରନ୍ଧା ଦେଖିଛି। ଭାରି ସହଜ।''

'ବଗୁଲିଙ୍କର ବୈଷ୍ଣବ ଘର ନୁହେଁ। ସେ ଚିକେନ୍ ରନ୍ଧା ଦେଖିଥିବ, ଖାଇଥିଲେ ବି ତା'ର ଦୋଷ ନାହିଁ। ଆମର ଗୁରୁ ଗୋସେଇଁ ରାଗିବେ। ପାପ ହେବ। ତୁ କୁକୁଡ଼ା କଥା ଛାଡ଼ିଦେ, ଆମେ ମାଛ ତରକାରି କରିଦେବା।' ଲିଟୁର ପ୍ରସ୍ତାବକୁ ଯେନତେନ ପ୍ରକାରେଣ କାଟିବା ପାଇଁ ଆଳୁଆ କହିଲା।

ଲିଟୁ କହିଲା, 'ଆରେ କେହି ବି ଟେର୍ ପାଇବେ ନାହିଁ।' ତା'ପରେ ସେ ନିଜ ମୁଣ୍ଡକୁ ଦେଖେଇ ଦେଇ କହିଲା, 'ଭେଜା ଥିଲେ ସିନା ହେବ ! ଦେଖିବ ମୁଁ କେମିତି ସବୁ ଫିଟ୍ କରିଦେବି।'

ସେ ଦିନସାରା ଉତ୍ତେଜନା ଭିତରେ ବିତିଲା। ଆଳୁଆ ଉପରେ ଦାୟିତ୍ୱ ଥିଲା ବେହେରାଘର ବୁଢ଼ୀ ପାଖରୁ କୁକୁଡ଼ା ଆଣିବ। ସକାଳେ ସେ ରାଜି ହୋଇଥିଲା, ଉପରଓଳି ମନା କରିଦେଲା। ସେ କହିଲା ଲିଟୁ ହଷ୍ଟେଲକୁ ପଳେଇବ। ବଗୁଲି ତ ଚାରି ଦଉଡ଼ି କଟା। ଶେଷକୁ ଯଦି ସେ ଧରା ପଡ଼ିଯାଏ ! ନଣ୍ଡା ଥିଲା ଆଳୁଆଠୁ ଆହୁରି ଡରକୁଳା। ସେ ମୂଳରୁ ମନା କରିଦେଲା। କୁକୁଡ଼ା କ'ଣ ମାଛ ପରି ନିରୀହ ପ୍ରାଣୀ ହେଇଛି ଯେ ତୁନି ପଡ଼ି ରହିବ। ସେଇଟା ଖାଲି କକ୍ କକ୍ ହେବ। ଛାଟିପିଟି ହେବ। ମୁଁ ପାରିବି ନାହିଁ। ସେ କହିଲା ଓ ଶେଷକୁ ରୁଷିଲା, 'ମୋତେ ଭୋଜିରେ ନ ମିଶେଇଲେ ପଛେ ନ ମିଶାଅ।'

ବଗୁଲି ଦୁହିଁଙ୍କୁ ଗାଳିମନ୍ଦ କଲା ଓ ନିଜେ ସେ ଦାୟିତ୍ୱ ନେଲା। ଖରାବେଳେ ବୁଲିଲା ବୁଲିଲା ହୋଇ ସେ ବେହେରା ଘର ବୁଢ଼ୀ ସାଙ୍ଗେ କୁକୁଡ଼ାର ଦର ଛିଣ୍ଡେଇ ଆସିଥିଲା। ସଞ୍ଜବୁଡ଼େ ନେଇଆସି ସିଧା ନଈକୂଳ କିଆବୁଦା ତଳକୁ ଚାଲିଗଲା। ସେଇଠୁ ସେ କାମ ବଢ଼େଇ ଫେରିଲା। ସଞ୍ଜବେଳଟାରେ ନଈକୂଳ ନିଛାଟିଆ। କାହାରି ଜାଣିବାର ଉପାୟ ନାହିଁ।

ଲିଟୁ ଆଖିମିଟିକା ମାରି କହିଲା, ''ବୋଉ ତା' କାନିରୁ କୁଞ୍ଚିକାଠି ଖୋଲି ଦେବାବେଳେ ବାରମ୍ବାର କରି କହିଛି, ସେଇଠି ପୂନେଇଁ ଅମିସାରେ ଚୂନା କୁଟା ହଉଛି। ବଡ଼ବଡୁଆଙ୍କ ପାଇଁ ସେ ଭୋଗ ବାଢୁଛି। ଭାତ ଡାଲମା କଲେ ବି ଗୋଟେ କୋଣକୁ ରାନ୍ଧିବ। ଘରଟା ସଙ୍କୁଡ଼ି କରିବ ନାହିଁ। ବୁଝି ଖବରଦାର! ଆଇଁଷ ଯେମିତି ସେଠିକି ନ ପଶେ।''

ବଗୁଲି କହିଲା, 'ତୁ ଦେଖିବୁ ନେଇଁ। କେହି ଜାଣିପାରିବେ ନାହିଁ ବା! ମୁଁ ସବୁ ଧୋଇଧାଇ ସଫା କରିଦେବି। ତୋ ବୋଉ କେମିତି ଜାଣିବ? ଲଣ୍ଠନ ଆଲୁଅରେ ନଣ୍ଡା ଉଠାଚୁଲା ତିଆରି କରିଦେଲା ତିନିଟା ଢିମା ପଥର ପକେଇ। କୁକୁଡ଼ା ତରକାରି ସିଝିଲାଣି କି ନାହିଁ ଦେଖିବା ପାଇଁ ସେ ଆଉ ଥରେ ଲଣ୍ଠନ ଟେକି ଧରିବା ବେଳକୁ ଲିଟୁ ଉହୁଙ୍କି ଆସିଲା, 'ବେକୁବ୍, ଟୋପେ କିରାସିନି ପଡ଼ିଗଲେ ଆଉ ସୁଆଦ ରହିବଟି?' ବଗୁଲି ତା' ଓଠ ଉପରେ ଆଙ୍ଗୁଳି ରଖି ଲିଟୁକୁ ତୁନି ପଡ଼ିବାକୁ ଇସାରା ଦେଲା, 'ଚୁପ୍, କିଏ ଶୁଣିବ ତ...!'

ଆଲୁଆ କଦଳୀପତ୍ର କାଟି ଆଣିଲା। ହାତମୁହଁ ଧୋଇ ଲିଟୁ, ନଣ୍ଡା, ବଗୁଲି ଓ ଆଲୁଆ ଚାରିହେଁ ବସିଗଲେ। ମଝିରେ କୁକୁଡ଼ା ତରକାରି ଭର୍ତ୍ତି କଡ଼େଇ। ଖାଇସାରିବା ବେଳକୁ ବଗୁଲି କହିଲା, 'ଦେଖିଲୁ? କେହି ବି ଟେର୍ ପାଇଲେ ନାହିଁ। ଏଣିକି ମଝିରେ ମଝିରେ ଚିକେନ୍ କରିବା।'

ରାତିର ଏତେସବୁ ସତର୍କତା ସତ୍ତ୍ୱେ ସକାଳକୁ ସେମାନେ ଧରାପଡ଼ିଯିବେ ବୋଲି ଲିଟୁ କଦାପି ଆଶଙ୍କା କରି ନ ଥିଲା। ସେ ପୋଖରୀ ହୁଡ଼ାରୁ ଫେରିବାବେଳ ବାଟ ଆଗୁଳିଲା ପରି ସାମ୍ନାରେ ଠିଆହାଇ ଯିଏ ତାକୁ ଏକଥା ପଚାରିଲେ, ସିଏ ଥିଲେ ନଟ ଦାଦି।

: କ'ଣ, କେତେ ରାତିରେ କାମ ବଢ଼ିଲା? ନଟଦାଦି ପଚାରୁଥିଲେ।

ଲିଟୁର ଛାତି ଉପରେ କିଏ ଯେମିତି ହାତୁଡ଼ିରେ ପାହାରେ କଷିଦେଲା। ସେ ଛେପଢୋକି ପଚାରିଲା, 'କୋଉ କାମ?'

: କୁ-କୁ-ଡ଼ା। ହେଁ। ହେଁ। ଆଉ କୋଉ କାମ!

: କୋଉ କୁକୁଡ଼ା?

: ସେଇ କୁକୁଡ଼ା। ଯୋଉଟା ବଗୁଲି ବେହେରା ଘର ବୁଢ଼ୀଠୁ ଯାଇ ଆଣିଥିଲା।

ତମେ ଭାବିଛ ମୁଁ କିଛି ଜାଣି ନାହିଁ। ସବୁ ଜାଣିଛି ମୁଁ। ଦଶ ଟଙ୍କା ଦେଇ କୁକୁଡ଼ା ଆଣିଲ। କାଶିଆ ଦୋକାନରୁ ଆଳୁ, ତେଲ, ମସଲା। ବଗୁଲି କିଆବୁଦା ମୂଳେ କୁକୁଡ଼ା ମାରି ପର ଛଡ଼େଇ ନେଇ ଆସିଲା। ଆଳୁଆ ମସଲା ବାଟିଲା। ନଣ୍ଡା ତା' ପକେଟରେ ତାଙ୍କ ଘରୁ ଗରମ ମସଲା ଲୁଚେଇ ଆଣିଥିଲା। କ'ଣ ଠିକ୍ ନା ନୁହେଁ? ପରୀକ୍ଷା ପାଇଁ ପାଠ ପଢ଼ିବୁ ବୋଲି କହି ପରା ଢିଙ୍କିଶାଳ କୁଞ୍ଚିକାଠି ନେଇଥିଲୁ? ରୁହ, ରୁହ, ଏକଥା ଗାଁରେ ନିଶାପ ନ କରେଇ ମୁଁ ଛାଡୁନାହିଁ। ଧର୍ମକର୍ମ ବୋଲି କିଛି ଏ ବୈଷ୍ଣବ-ସାହିରେ ଅଛି ନା ନାହିଁ?

ହେ ଭଗବାନ! ଏ ଲୋକଟି କ'ଣ ସର୍ବଜାଣ! ତା' ଆଖିରେ କ'ଣ ଆଲୁଅ ଅଛି? ସେ ଅନ୍ଧାରରେ ବି କ'ଣ ଘୂରି ଘୂରି ସବୁ ଦେଖିପାରେ? ନ ହେଲେ କିଏ କହିଲା ଏତେ ସବୁ କଥା? ଲିଟୁ ଖାଲି ଏପଟ ସେପଟ ଚାହୁଁଥାଏ। ଅନ୍ୟ କେହି ଦିହିଙ୍କ କଥା ଶୁଣୁ ନାହିଁ ତ? ଭିତରେ ଭିତରେ ଲଜ୍ଜା ଓ ଅପମାନରେ ସେ କାନ୍ଦ କାନ୍ଦ ହୋଇଯାଇଥିଲା, ତା' ଗୋଡ଼ ହାତ ଥରୁଥିଲା। ହାତମୁଠା ଝାଳେଇ ଯାଉଥିଲା। ସେ ତରବରରେ ନଟ ଦାଦିଙ୍କୁ ପିଠି କରି ପଳାଇ ଆସିଲା। ଡର ଓ ଗାଳିମାଡ଼ ଆଶଙ୍କାରେ ସେ ଏତେ ଟିକେ ହୋଇ ଯାଇଥିଲା।

ବଗୁଲି, ନଣ୍ଡା କି ଆଳୁଆ କାହାକୁ କିଛି ନ କହି ସେ ସକାଳ ଦଶଟା ବେଳକୁ ହଷ୍ଟେଲକୁ ଚାଲିଗଲା। 'ହଠାତ୍ କାହିଁକି ସ୍କୁଲ୍ ବାହାରିଲୁ, ଛୁଟି ତ ସରିନାହିଁ', ବୋଲି ବୋଉ ପଚାରୁଥିଲା। କିନ୍ତୁ ଏସବୁ କଥାରେ ବୋଉକୁ ବୁଝେଇବା ଲିଟୁ ପକ୍ଷେ ମାନସାଙ୍କ କଷିବା ପରି ସହଜ। ବାପା ଘରକୁ ଫେରିବା ଆଗରୁ ଲିଟୁ ଚାଲିଯାଇଥିଲା ହଷ୍ଟେଲକୁ। ସେ ଜାଣିଥିଲା ଯେ ତାଙ୍କ ବୈଷ୍ଣବ ଘରେ କୁକୁଡ଼ା ରାନ୍ଧି ଖାଇବା ମହାପାପ। ଏକଥା ଜାଣିବା କ୍ଷଣି ବାପା ତା' ପିଠିରୁ ଚମଡ଼ା ଉତାରି ଦେବେ।

ଏଥର ପୂଜା ଛୁଟିକୁ ନେଇ ଲିଟୁ ମନରେ ଆଗ୍ରହ ନ ଥିଲା। ଏହି କେତେ ମାସ ସେ କେବଳ ନଟ ଦାଦିଙ୍କ ଚିନ୍ତାରେ ହିଁ କଟେଇଛି। ସବୁବେଳେ ଗୋଟାଏ ଆଶଙ୍କା, ନଟଦାଦି ସେମାନଙ୍କ ଲୁଚାଛପା କୁକୁଡ଼ା ଭୋଜି କଥା ଗାଁରେ ପ୍ରଘଟ କରିଦେଇଥିବେ। ତା'ପରେ ସେଠି କି ଅବସ୍ଥା ସୃଷ୍ଟି ହୋଇଥିବ! ଗାଁରେ କେତେ ସୁନାମ ଥିଲା ଲିଟୁର। ଭଲ ପଢ଼େ, ଭଲ ଖେଳେ, ସ୍ୱର ଧରି ପୁରାଣ ବୋଲେ। ଅଥଚ ନଟଦାଦିଙ୍କଠୁଁ ଏସବୁ କଥା ଶୁଣିବା ପରେ ପ୍ରଶଂସାଗୁଡ଼ିକ ନିନ୍ଦାରେ ବଦଳି ଯିବ। ସମସ୍ତେ ଛି, ଛି କହିବେ। ବାପା ବୋଉଙ୍କ ମୁହଁ ତଳକୁ ହୋଇଯିବ। ବାପା

କହିବେ, 'କୁଳାଙ୍ଗାର। ବୈଷ୍ଣବ ଘରର ବଡ଼ ପୁଅ ହୋଇ କୁକୁଡ଼ା ଖାଉଛି। ଆଉ କ'ଣ କ'ଣ କରୁଥିବ କିଏ ଜାଣେ ?'

ଦିନେ ଯୋଉ ପାଦ ଯୋଡ଼ିକ ଘଣ୍ଟେଶ୍ୱର ହାଟ ଡେଇଁଲେ ଚକ ପରି ଚଞ୍ଚଳ ହେଇଯାଉଥିଲେ ଆଜି ସେ ଦୁଇଟି ନିଦା ପଥର ପାଲଟି ଗଲା ପରି ଲିଟୁ ଅନୁଭବ କରୁଛି। ବାପାଙ୍କ ରାଗ ବିଷୟ ତାକୁ ଅଜଣା ନୁହେଁ। ପୁଣି ସବୁଠୁ ଦୁଃଖ ଲିଟୁର ଯେ, ତା' ବାପା ତା' ବିରୋଧରେ ଯୋଉଠୁ ଯାହା ଶୁଣିଲେ ବି ବିଶ୍ୱାସ କରିପକାନ୍ତି। ବଗୁଲିର ବାପା କେତେ ଭଲ ! ତାକୁ ସେ ହାତ ଉଠେଇ ମାରନ୍ତି ନାହିଁ, ଗାଳି ଦିଅନ୍ତି ଯାହା କେବଳ।

ଲିଟୁ ଉପରକୁ ଅନେଇ ଦେଖିଲା ମାଟିଆ ଚିଲଟେ ନୂଆ ପୋଖରୀ ଉପରେ ଚକ୍କର କାଟୁଛି। ଅମଙ୍ଗଳ ସୂଚନା ଦେଖି ତା'ର ପାଦର ଗତି ଆଉରି ଧିମେଇ ଗଲା। ସେ ଡରିଗଲା।

ନଟଦାଦି, ନଟଦାଦି। ଲିଟୁ ନିଜ ଉପରେ ନିଜେ ଚିଡ଼ିଗଲା। କାହିଁକି ସେ ବରାବର ନଟଦାଦି କଥା ଖାଲି ଚିନ୍ତା କରୁଛି ! କାହିଁକି ସମସ୍ତେ ନଟବାଦି କଥାକୁ ବିଶ୍ୱାସ କରିବେ ? ନଟଦାଦି କୋଉ ଭଲ ଲୋକ କି ? ତାଙ୍କ ନାଁରେ ତ କିଏ କେତେ ପ୍ରକାର କଥା କହନ୍ତି। ସେ କାହିଁକି ରାତି ଅନିଦ୍ରା ରହି ଲିଟୁ ହେରିକାଙ୍କ ଭୋଜି ଉଣ୍ଡୁଥିଲେ ? ଯଦି କଥା ପଡ଼େ, ସିଏ ବି ଛାଡ଼ିବ ନାହିଁ। ତା'ର ବଦନାମ ହେଲେ ହେବ, ନଟଦାଦିଙ୍କ ମୁହଁରେ ବି ଚୂନକାଳି ବୋଳାଯିବ।

'ନଟଦାଦି ଗଞ୍ଜୋଡ଼', ଲିଟୁ ନଟଦାଦିଙ୍କ ସବୁ ଦୋଷ ଦୁର୍ଗୁଣକୁ ମନେ ମନେ ଟିପିବାକୁ ଲାଗିଲା। 'ସେ ସବୁବେଳେ ଗଞ୍ଜେଇ ଭିଡ଼ନ୍ତି। ତାଙ୍କର ମା ବାପା, ସ୍ତ୍ରୀ ପିଲା କେହି ବୋଲି କେହି ନାହାନ୍ତି। ତଥାପି ସେ ଅନେକ ସମୟରେ କବାଟ କିଳି ଘର ଭିତରେ ପଶିଥାଆନ୍ତି କାହିଁକି ?'

ନଟବର ଦାସ ଓରଫ ନଟଦାଦି ପରମ ବୈଷ୍ଣବ ଭାବେ ଆଖପାଖ ଗାଁମାନଙ୍କରେ ପରିଚିତ। ମଝିରେ ମଝିରେ ବିଭିନ୍ନ ଜାଗାରୁ ଅଷ୍ଟପ୍ରହରୀ ସଂକୀର୍ତ୍ତନ ପାଇଁ ତାଙ୍କୁ ଡାକରା ଆସେ। ତାଙ୍କ ସ୍ୱରଟି ମିଠା। ତା'ଛଡ଼ା ସେ କୁଆଡ଼େ '(ଭଜ) ନିତାଇ ଗୌର ରାଧେଶ୍ୟାମ, (ଜପ) ହରେକୃଷ୍ଣ ହରେ ରାମ' ଏହି ପଦଟିକୁ ଶହେ ଆଠ ଭଙ୍ଗୀରେ ବୋଲି ପାରନ୍ତି। ସେଇଥିପାଇଁ ନଟଦାଦିଙ୍କର ବେଶ୍ ଡାକ। ବେଳେବେଳେ ନଟଦାଦି ଭଜନ ବୋଲୁ ବୋଲୁ ପାଗଳାଙ୍କ ପରି ହୋଇଯିବା ଲିଟୁ ଦେଖିଛି। ଆଖିରୁ ଦି'ଧାର ଲୁହ ବୋହୁଥିବ, ଗଳା ଶୁଭୁଥିବ ଭାରୀ ଭାରୀ। ନାମ ଧରୁ ଧରୁ ମଝିରେ ପାଟି ଆଁ ଥାଇ ସେ ତୁନି ପଡ଼ିଯିବେ। ଆକାଶକୁ କୋଳ କରିବା ଭଙ୍ଗୀରେ ହାତ ଦିଇଟି ଟେକି ହୋଇ ରହିଥିବ। ଲୁହ ଜୁଡୁସୁଡୁ ଆଖି ଯୋଡ଼ିକ ଚଉଁରା କୋଳର କେଉଁ ମୂର୍ତ୍ତି ଉପରେ ଅଟକି ରହିଥିବ। ଏଭଳି ଅବସ୍ଥା ଦେଖି ଲିଟୁ ହେରିକାଙ୍କୁ ହସ ଲାଗେ। ବଗୁଲି

କହେ, 'ନଟଦାଦି ଡ୍ରାମା କରୁଛନ୍ତି ହୋ! ସେ ଏଭଳି ଅନେକ 'ଆକ୍‌ସନ' କଟକ ସିନେମା ଘରେ ଦେଖିଛି। ଗାଁ ଲୋକଙ୍କୁ ନଟଦାଦି ଭଣ୍ଡଉଛି।'

ଦରବୁଢ଼ା ମଣିଷଟେ ଭଜନ ବୋଲୁ ବୋଲୁ ଏମିତି ସୁଆଙ୍ଗ କରିବା ଲିଟୁର ବି ପସନ୍ଦ ହୁଏ ନାହିଁ। ତାକୁ ନଟଦାଦିର ଭଜନ ବେଶି କାଳ ଅଟକେଇ ରଖେ ନାହିଁ। ତା'ର ମନ ଥାଏ ଦହିହାଣ୍ଡି ଭଙ୍ଗା ନଗର କୀର୍ତ୍ତନରେ। ନଗର କୀର୍ତ୍ତନରେ ସେମାନେ ଗାଁଟା ସାରା ବୁଲନ୍ତି। ନଟଦାଦି ଥାଆନ୍ତି ସବୁରି ଆଗରେ। ଧାଉଁଥାନ୍ତି ସେ। ତାଙ୍କ ପଛେ ପଛେ ପାଳି ଧରି ଅନ୍ୟ କୀର୍ତ୍ତନିଆ। ସବା ପଛରେ ଲିଟୁ, ବଗୁଲି, ନଣ୍ଡା ଓ ଆଲୁଆମାନେ। ନଗର କୀର୍ତ୍ତନରୁ ଫେରିଲେ ଦହିହାଣ୍ଡି ଭଙ୍ଗାଯାଏ। ସାଙ୍ଗେ ସାଙ୍ଗେ ପୋଖରୀରୁ ଗରା ଗରା ପାଣି ଆସି ଢଳାଯାଏ। ଗାଁ ଦାଣ୍ଡର ଧୂଳିମାଟି ପଙ୍କ କାଦୁଅ ହେଇଯାଏ। ସଂକୀର୍ତ୍ତନିଆମାନେ ସେଇ ପାଣିରେ ଗଡ଼ନ୍ତି, ଲଟରପଟର ହୋଇ କୀର୍ତ୍ତନମଣ୍ଡପ ଚାରିପଟେ ଘୂରି ଆସନ୍ତି। ଲିଟୁକୁ ସଂକୀର୍ତ୍ତନର ଏହି ଭାଗଟା ମଜା ଲାଗେ। ତା'ପରେ ସମସ୍ତେ ଗାଧୋଇବା ପାଇଁ ପୋଖରୀରେ ଯାଇ ପଡ଼ନ୍ତି ଦୁଲ୍‌ଦାଲ୍ ହୋଇ।

ଗାଁ ଦିଶିଲାଣି। ଲିଟୁ ମନକୁ ଦମ୍ଭ କଲା। ସେ ନଟଦାଦିଙ୍କୁ ଡରିବ ନାହିଁ। ସେ ଜଣେ ହେଲେ ଏମାନେ ଚାରି ଜଣ। କୁକୁଡ଼ା ଭୋଜି କଥା ତ କୋଉ କେତେଦିନ ତଳର କଥା ହେଲାଣି। ପାପ ହୋଇଥିଲେ ତ ତାଙ୍କ ସାହିର କିଏ ମରିଥାନ୍ତା, ନ ହେଲେ ପଘାରେ ଗାଈ କି ବାଛୁରୀ ମାରା ପଡ଼ିଥାନ୍ତେ। କିଛି ସେମିତି ଦୁର୍ଘଟଣା ଘଟିନାହିଁ। ନଟଦାଦି ବେଶି ହଇରାଣ କଲେ ସେ ସିଧା ପଚାରିବ, ''ତୁମେ କ'ଣ କରୁଥିଲ ଏତେ ରାତିରେ ? ସବୁଦିନ ରାତିରେ ତମେ କାହିଁକି ଗାଁ ଦାଣ୍ଡରେ ଟହଲ ମାର ?''

ନିଜର ବୁଦ୍ଧିକୁ ଲିଟୁ ନିଜେ ଟିକେ ପ୍ରଶଂସା କଲା। ଟିକିଏ ହାଲୁକା ଲାଗିଲା ତା' ଛାତି ଭିତରଟା। ଚାରିଆଡ଼କୁ ବେକ ଟେକି ଚାହିଁଲା। ନୂଆ ପୋଖରୀ ଆଡ଼ିରେ ଗାଈ ଗୋରୁ ଚରୁଛନ୍ତି। ଚାରିଆଡ଼େ ଧାନ ବିଲ। ଧାନ ବିଲ ଉପରେ ଶାଗୁଆ ଢେଉ। ଆଗ ରୁଆ ଧାନଗଛଗୁଡ଼ାକ କଳା ବୁଲି ଆସିଲାଣି। ଯୋର ଧାରରେ ବଗଟାଏ ଗୋଡ଼ ଟେକି ଏକ ଧ୍ୟାନରେ ପାଣିକୁ ଅନେଇଛି। ହେଇ, ଚନ୍ଦ୍ରଶେଖର ମହାଦେବ ମନ୍ଦିରର ଚୂଡ଼ା ଦିଶିଲାଣି।

ପୁଣି ମନେପଡ଼ିଲେ ନଟଦାଦି। କେମିତି କଉଶଳ କରି ନଟଦାଦିଙ୍କୁ ମନେଇ ହୁଅନ୍ତା ନାହିଁ! ଲୋକଟି ତ ଏତେ ରାଗୀ ନୁହେଁ। ବେଳେବେଳେ ଭାରି ହସ କଥା କୁହେ। ଲିଟୁର ମନେପଡ଼ିଲା, ପଞ୍ଚମ ଶ୍ରେଣୀ ବୃତ୍ତି ପରୀକ୍ଷା ଫଳ ବାହାରିଲା ପରେ ନଟଦାଦି ତାକୁ ଗୋଟେ କଲମ ଦେଇଥିଲେ। ସ୍କୁଲ୍‌ରୁ ଫେରିବା ବାଟରେ ପୋଖରୀ ହୁଡ଼ାରେ ନଟଦାଦି ଲିଟୁକୁ ଡାକି ତା' ମୁଣ୍ଡବାଳ ଆଉଁଶି ଦେଇଥିଲେ। ତା' ମୁଣ୍ଡରେ ହାତରଖି କହିଥିଲେ, ତୁ ଆହୁରି ଭଲ ପଢ଼ିବୁ। ଲିଟୁ କଲମଟାକୁ ପ୍ୟାଣ୍ଟ ପକେଟ୍‌ରେ

ପୂରେଇ ଦଉଡ଼ି ଦଉଡ଼ି ଘରକୁ ପଳେଇ ଆସିଥିଲା। ନଟଦାଦି କଲମ ଦେଇଥିବା କଥାଟା ଶୁଣି ଲିଟୁର ବୋଉ କିନ୍ତୁ ଖୁସି ହୋଇ ନ ଥିଲା। ଓଲଟି ମୁହଁ ମୋଡ଼ି ଚାଲି ଯାଇଥିଲା।

ଲୋକଟିକୁ ସମସ୍ତେ ଏମିତି ଘୃଣା କରନ୍ତି କାହିଁକି? ସେ କ'ଣ ଖୁବ୍ ଗୋଟେ ଖରାପ ଲୋକ? ନଟଦାଦି କ'ଣ ଗୋଟେ ଛୁଆଧରା? ସାନ ସାନ ପିଲାଙ୍କୁ ନେଇ ବିକି ଦିଅନ୍ତି? ବଳି ପକେଇ ଦିଅନ୍ତି ମଶାଣିରେ? ସେମିତି ଟାଣ ତ ଜଣାପଡ଼େ ନାହିଁ ଲୋକଟି। ଦେହସାରା ଚିତା ଚଇତନ। ବେକରେ ତୁଳସୀମାଳ ଓ ତା' ତଳକୁ ଆଉ ଗୋଟେ ରୁଦ୍ରାକ୍ଷମାଳ। ହାଡୁଆ ଛାତି ସାରା ବୋଳା ହୋଇଥାଏ ଚିତା। ଲଣ୍ଡାମୁଣ୍ଡ ପଛକୁ ଝୋଟ ପୁଳାଏ ପରି ଗଣ୍ଠି ପଡ଼ିଥିବା ଚୁଟି। ସେ କାହିଁକି ଛୁଆଧରା ହେବେ?

ତା'ହେଲେ ସମସ୍ତେ ନଟଦାଦି ବାବଦରେ ଏତେ ଉଦାସୀନ କାହିଁକି? ସେ ଗରିବ ବୋଲି? ନା ତାଙ୍କର ଚରିତ୍ର ଖରାପ?

ସବୁଥର ପରି ଏଥର ଲିଟୁ ଦାଣ୍ଡଦରଜା ବାଟେ ଘରକୁ ପଶିଲା ନାହିଁ। ବାଡ଼ି ଦୁଆର ଦେଇ ଘରକୁ ଯିବାବେଳେ ପିଜୁଳି ଗଛ ଡାଳ ଉପରୁ ଆଳୁଆ କୁହାଟ ଛାଡ଼ିଲା, 'ହେଇ! ଲିଟୁ ଆସିଲାଣି!'

ଲିଟୁ ନିଜ ଓଠ ଉପରେ ଆଙ୍ଗୁଳି ରଖି ଇସାରା କଲା, 'ଚୁଉପ୍।'

ଆଳୁଆ ମାଙ୍କଡ଼ ପରି ଖପ୍‌ଖାପ୍ ଡେଇଁ ଗଛରୁ ତଳକୁ ଓହ୍ଲେଇ ଆସିଲା ଓ ମୁହୂର୍ତ୍ତକ ଭିତରେ ଲିଟୁ ପାଖରେ ପହଞ୍ଚିଗଲା।

ଲିଟୁ କହିଲା, 'ନଟଦାଦିଙ୍କ ଖବର କ'ଣ? ସେ କ'ଣ ଆମ କଥା ଗାଁରେ କହି ଦେଇଛନ୍ତି କି?'

ଆଳୁଆ ସବୁ କଥା ଭୁଲିସାରିଥିଲା। ସେ ଓଲଟି ପଚାରିଲା, ''କୋଉ କଥା?''

'ଆଚ୍ଛା, ନଟଦାଦି ଆଜି ଗାଁରେ ଅଛନ୍ତି ନା ନାହାନ୍ତି ତୁ ଜାଣିଛୁ?'

ଆଳୁଆ ଏଥର ଟିକେ ବିଷଣ୍ଣ ଦିଶିଲା। କହିଲା- ତୁ ଜାଣିନଉଁ ପରା, ତାଙ୍କ ଦେହ ଭାରି ଖରାପ। ସେ ସାତଦିନ ହେବ ଭଦ୍ରକ ଡାକ୍ତରଖାନାରେ...।

ନଟଦାଦିଙ୍କ ଅସୁସ୍ଥତା ସମ୍ବାଦ ଲିଟୁକୁ ଲାଗିଲା ସ୍କୁଲ ଛୁଟି ହୋଇଯିବା ଖବର ପରି ଖୁସି ଖବର। ସେ ତା' ମୁହଁକୁ ଆଳୁଆ କାନ ପାଖକୁ ନେଇ ପଚାରିଲା, 'ଆମ ଭୋଜି କଥା ନଟଦାଦି ଗାଁରେ କହିନାହାନ୍ତି ତ?'

ଲିଟୁର ଛାତି ପକେଟରେ ଚକ୍‌ଚକ୍ କରୁଥିବା କଲମଟାକୁ ଝାମ୍ପିନେଇ ନିଜ ହାତ ଚକିରେ ଗାରାଗାରି କରୁ କରୁ ଆଳୁଆ ବଡ଼ ନିର୍ଲିପ୍ତ କଣ୍ଠରେ କହିଲା, 'ନା।'

ଏ ଘଟଣାର ପାଞ୍ଚମାସ ପରର ମାର୍ଚ୍ଚ ମାସ ସନ୍ଧ୍ୟା। ଦିନସାରା ଗୁଲୁଗୁଲି ଯୋଗୁଁ ଲିଟୁ କିଛି ପଢ଼ାପଢ଼ି କରି ପାରି ନ ଥିଲା। ଶପଟେ ପାରି ସ୍କୁଲ ହଷ୍ଟେଲ ବାରନ୍ଦାରେ

ବସି ସେ ଇଂରାଜୀ କବିତାର ସାରାଂଶ ମୁଖସ୍ଥ କରୁଥିଲା । ଆର ସୋମବାରଠୁ ମାଟ୍ରିକ ପରୀକ୍ଷା ଆରମ୍ଭ । ଏଇ ପରୀକ୍ଷାଟି ସବୁଠୁ ଉଚ୍ଚା ହିଡ଼ ବୋଲି ସବୁ ସାର୍ କହୁଛନ୍ତି । ତା'ପରେ ଆଉ ଚିନ୍ତା ନାହିଁ । ଆଗରେ ଲଣ୍ଠନଟିଏ ଥରି ଥରି ଜଳୁଛି । ରବିବାର ବୋଲି ପାଖ ଗାଁର ପିଲାମାନେ ନିଜ ନିଜ ଘରକୁ ଯାଇଛନ୍ତି । ହଷ୍ଟେଲ ଟିକେ ଶୂନ୍‌ଶାନ ଜଣାପଡୁଛି ।

ଜୋର୍‌ରେ ପବନ ବୋହିଲେ ଲଣ୍ଠନର ଆଲୁଅ ଥରି ଯାଉଥାଏ । କାଚର ଉପରପଟ କଳା ପଡ଼ିଆସିଲାଣି । ରୁମ୍‌ରେ ଲିଟୁ ଏକା । ସାଙ୍ଗ ଅକ୍ଷୟ ଗାଁରୁ ଫେରିନି । ପୋଖରୀ ପାଖ ଘରଟା ଯୋଗୁଁ ପବନ ଥଣ୍ଡା ଲାଗୁଛି । ଉଶ୍ୱାସ ଲାଗୁଛି ଫଗୁଣ ସଞ୍ଜ ।

ଚେଁ ଚେଇଁଆ ଗଳାରେ କିଏ ଜଣେ ପାହାଚ ତଳୁ ଡାକୁଥିଲା, 'ଲିଟୁ ଅଛୁ କିରେ !'

ଲିଟୁ ଚମକିପଡ଼ିଲା । ଇଏ ତ ନଟଦାଦିଙ୍କ ସ୍ୱର ! କିନ୍ତୁ ସେ ଏଠି ଏ ସଞ୍ଜବେଳେ କାହିଁକି ?

''ଏପଟେ ରାମପୁର କୀର୍ତ୍ତନକୁ ଆସିଥିଲି । ଚାରିଦିନ ହେଲା ସେଇଠି ଥିଲି । ଭାବିଲି ଲିଟୁର ସ୍କୁଲ ତ ଏଇ ପାଖରେ । ଟିକେ ବୁଲି ଦେଇ ଯାଏ ।''

ଲିଟୁ ଛାତି ଭିତରେ ସେଇ ପୁରୁଣା ଧଡ଼ପଡ଼ । ନଟଦାଦି ପ୍ରକୃତରେ ଜଣେ ଖରାପ ଲୋକ । ନ ହେଲେ କ'ଣ ଏତେ ବାଟ ଚାଲି ଚାଲି କେହି ଆସେ ଗାଁ ପିଲାଟିକୁ ଡରେଇବାକୁ ? ଲିଟୁର ମନ ଖରାପ ହୋଇଗଲା ।

ନଟଦାଦି ତାଙ୍କ ଝୁଲାମୁଣାଟା କାନ୍ଧରୁ କାଢ଼ି ଖଟ ଉପରେ ଥୋଇଲେ । ଲିଟୁ ତାଙ୍କୁ ପୋଖରୀ ଯାଏ ବାଟ କଢ଼େଇନେଲା । ନଟଦାଦି ଗୋଡ଼ହାତ ଧୋଇସାରି କାନ୍ଧ ଗାମୁଛାରେ ପୋଛାପୋଛି ହେଲେ । ଲଣ୍ଡା ମୁଣ୍ଡରେ ପାଣି ଥାପିଲେ ଓ ଖଟ ଉପରେ ବସିପଡ଼ି କହିଲେ, 'ଭାରି ଗୁଳୁଗୁଳି ।'

ଲିଟୁ ଛିଡ଼ା ହୋଇଥାଏ ।

: ଛିଡ଼ା ହେଇଛୁ କାହିଁକି, ବସୁନୁ ।

: ନାଇଁ ବସିବି ଯେ ! ତମ ପାଇଁ ମିଲ୍ ପକେଇବାକୁ କହି ଆସେ ।

: ଶୁଣ୍ ଲିଟୁ ! ନଟଦାଦି ଲିଟୁକୁ ପାଖକୁ ଡାକିଲେ । ତା' କାନ ପାଖକୁ ତାଙ୍କ ମୁହଁ ଘୁଞ୍ଚେଇ ଆଣି ଫିସ୍‌ଫିସ୍ ଗଳାରେ କହିଲେ, 'ମୋ ଆତ୍ମା ଡାକୁଛି, ଟିକେ କୁକୁଡ଼ା ଝୋଳ ଖାଆନ୍ତି...।'

ମୁଣ୍ଡ ଉପରେ ଚଡ଼ଚଡ଼ିଟେ ପଡ଼ିଗଲା ଅବା ! ଲିଟୁ ସ୍ତବ୍ଧ ହୋଇଗଲା । ଇଏ ସେ କ'ଣ ଶୁଣୁଛି ? ପରମ ବୈଷ୍ଣବ ନଟଦାଦି ଖାଇବେ କୁକୁଡ଼ା ଝୋଳ ? ପିଆଜ, ରସୁଣ

ଛୁଉଁ ନ ଥିବା ମଣିଷଟେ କୁକୁଡ଼ା ଖାଇବାକୁ ମାଗୁଛି ? ଇଏ ନଟଦାଦି ନା ତାଙ୍କର ପ୍ରେତ ! ଆରଥର ଗାଁକୁ ଯାଇଥିବାବେଳେ ନଟଦାଦିଙ୍କ ଦେହ ଖରାପ ବୋଲି ଆଲୁଆ ତାକୁ କହିଥିଲା। ତା'ହେଲେ କ'ଣ ନଟଦାଦି ମରିଯାଇଛନ୍ତି ଓ ତାଙ୍କର ପ୍ରେତ ଆସିଛି ସଞ୍ଜ ପହରଟାରେ ତାକୁ ଡରେଇବା ପାଇଁ ?

ସେତିକିବେଳେ ଜୋର୍ ଦଲକାଏ ପବନ ପଶି ଲଣ୍ଠନଟାକୁ ନିଭେଇ ଦେଲା। ବାରନ୍ଦା, ଘର ଓ ବାହାର ସବୁଠି ଅନ୍ଧାର।

ଲିଟୁ ଡରିଗଲା।

ନଟଦାଦି ଗଳାଝାଡ଼ି କହିଲେ, 'ଏଇ ବଜାର ଛକରେ ଗୋଟେ ହୋଟେଲ ଅଛି। ସେଇଠୁ ଦି' ପ୍ଲେଟ୍ କୁକୁଡ଼ା ତରକାରି ଆଣୁନୁ। ସେ ଭାରି ବଢ଼ିଆ ରାନ୍ଧେ। ମୁଁ ପଇସା ଦେଉଛି, ନେ।'

: କିନ୍ତୁ ତମେ ପରା ବୈଷ୍ଣବ ? ଏ ଘୋର ପାପ କଥା କେମିତି କହୁଛ ? ମୁଁ ତମ ପାପରେ ଭାଗୀ ହୋଇପାରିବି ନାହିଁ।

ନଟଦାଦି ଟିକେ ଗୁମ୍ ହୋଇଗଲେ। ତା'ପରେ ସେ ବିଳିବିଳେଇଲା ପରି କହିଲେ, ''ମୁଁ ବଇଷିମ ଫଇଷିମ କିଛି ନୁହେଁରେ, ଡାଆଣା କୋଢ଼ିଆଟାଏ। ଛାଡ୍ ତୁ ପିଲାଲୋକ। ସେ ଭେଦ ତୁ ବୁଝିବୁ ନେଇଁ। ତମ କୁକୁଡ଼ା ଭୋଜି ଦିନ ମୁଁ କମ୍ ଆଉଟୁପାଉଟୁ ହୋଇଛି ? ସାରା ରାତି ଚେଇଁଥିଲି, କାଳେ ମୋତେ ଡାକିବ। ଛାଡ଼୍, ଡାକିଲ ତ ନାହିଁ, ମୋର ଆଶା ରହିଗଲା। କିନ୍ତୁ ତୋତେ ମାନିବାକୁ ହେବ ଲିଟୁ, ତୋର ସାହସ ଅଛି। ସେଇଯୋଗୁ ତୋତେ ମୋ ମନ କଥା ଖୋଲି କହିଲି।''

ଲିଟୁ ଟ୍ରଙ୍କ ସନ୍ଧିରୁ ଦିଆଶିଲି ବାହାର କରି ଲଣ୍ଠନ ଲଗଉ ଲଗଉ କହିଲା, ''ନା, ନଟଦାଦି, ଘୋର ପାପ ହେବ।''

ନଟଦାଦି ହସିଲେ। ସେ ହସ ଖୋଲା ଝରକା ସେପଟ ପୋଖରୀର କୁନି କୁନି ଢେଉମାନଙ୍କ ସାଙ୍ଗରେ କିଛି ବେଳ ରହି ପୁଣି କଇଥ ଗଛ ସନ୍ଧିରେ ଉଭେଇଗଲା। ନଟଦାଦି ତାଙ୍କ ଗାଞ୍ଜିଆରୁ ଟଙ୍କା ବାହାର କରି ଦେଉ ଦେଉ କହିଲେ, 'ରିପୁ ଦମନ ଭାରି କଷ୍ଟ କଥା। ବହୁତ ରୋକିଲି ଲିଟୁ। କିନ୍ତୁ ଏ କୂଳର ହେଲି ନା ସେ କୂଳର ହେଲି ? ମଣିଷ ପ୍ରକୃତି ତ ! ମଶାଣି ଯାଏ ଗୋଡ଼େଇ ଗୋଡ଼େଇ ଯିବ। ଯଦି କିଛି ପାପ ହେବ ମୋର ହେବ। ତୁ ତ ସାନ ପିଲାଟା। ଶୁଣ୍, ଏକଥା ଗାଁରେ କେବେ କାହାକୁ କହିବୁ ନାହିଁ। ମୁଁ କ'ଣ ତମ ଭୋଜି କଥା କାହାକୁ କହିଛି କି ?'

ବଜାର ଛକ 'ନିଉ ଇଣ୍ଡିଆ ହୋଟେଲ'ରୁ ଚାରି ପ୍ଲେଟ୍ ଭାତ ଓ ଦି' ପ୍ଲେଟ୍ କୁକୁଡ଼ା ଝୋଳ ନେଇ ଆସିଲା ଲିଟୁ। ନଟଦାଦି ପରମ ଆଗ୍ରହରେ ଖାଇଲେ ଓ

ଖାଇସାରି ପୋଖରୀକୁ ଯାଇ ଗାଧୋଇ ଆସିଲେ। ତାଙ୍କ କୋଥଳିରୁ ତୁଳସୀମାଳ ବାହାର କରି ପୁଣି ବେକରେ ପିନ୍ଧିଲେ।

ପରଦିନ ସକାଳୁ ଲିଟୁ ଉଠିବାବେଳକୁ ନଟଦାଦି ଚାଲି ଯାଇଥିଲେ। ଘର ଚଟାଣରେ ଅଇଁଠା ଦାଗର ଅବଶେଷ ଦେଖି ନ ଥିଲେ ଲିଟୁ ଗତ ରାତିରେ ଘଟଣାକୁ ସ୍ୱପ୍ନ ବୋଲି ଧରି ନେଇ ଥାଆନ୍ତା। ଏବେ ସେ କିନ୍ତୁ ନିଜକୁ ବେଶ୍ ହାଲୁକା ମଣୁଥିଲା। ଭଲ ହେଲା, ତା' ଛାତି ଉପରୁ ଗୋଟେ ପଥର ହଟିଗଲା। ଆଉ ନଟଦାଦିଙ୍କୁ ଡର ନାହିଁ।

ପୋଷ୍ଟକାର୍ଡଟି ଦେଖୁ ଦେଖୁ ଲିଟୁ ଚିହ୍ନିପାରିଲା ଏଇଟା ଆଲୁଆର ହସ୍ତାକ୍ଷର। ଚିଠିଟା ପଢ଼ିସାରି ସେ ଦୁଲ୍‌କରି ଖଟ ଉପରେ ବସିପଡ଼ିଲା।

ଆଲୁଆ ଲେଖିଥିଲା, 'ରାମପୁର କୀର୍ତ୍ତନରୁ ଫେରିବା ପରଦିନ ନଟଦାଦି ମରିଗଲେ। ରାତିରେ କୁଆଡ଼େ ବାଉଳି ଚାଉଳି ହେଉଥିଲେ। ସଞ୍ଜବୁଡ଼େ ଭଲ ଥିଲେ। ସକାଳୁ କିନ୍ତୁ ବଗୁଲି ବାପା କୀର୍ତ୍ତନ ପାଇଁ କଥାବାର୍ତ୍ତା କରିବାକୁ ଯାଇ ଦେଖିଲେ, ନଟଦାଦି ମରି ପଡ଼ିଛନ୍ତି। ଆଉ ସବୁ ସେଇପରି। ତୁ ଜଲ୍‌ଦି ଆସିବୁ।'

ଲିଟୁର ସବୁଯାକ ଭାବନା ଏପଟ ସେପଟ ହୋଇଗଲା। ସେ ଜାଣିଥିଲା, ନଟଦାଦି ରାମପୁର କୀର୍ତ୍ତନରୁ ନୁହେଁ, ତାଆରି ପାଖରୁ ଫେରିଗଲା ପରେ ମରିଯାଇଥିଲେ। ତାକୁ ଲାଗୁଥିଲା ସେ ହୁଏତ ଜାଣିଛି ନଟଦାଦିଙ୍କର କ'ଣ ହେଇଥିଲା। ସେ ଜାଣିଛି ନଟଦାଦି କି ପାପ କରିଥିଲେ। ଏଭଳି ଘୋର ପାପ କରି କେହି କ'ଣ ବଞ୍ଚି ପାରିଥାନ୍ତା ? କିନ୍ତୁ ନଟଦାଦିଙ୍କୁ ପାପ କରିବାରେ ସିଏ ତ ସାହାଯ୍ୟ କରିଥିଲା ! ସିଏ ହିଁ ପ୍ରଥମେ ବୈଷ୍ଣବ ସାହିରେ କୁକୁଡ଼ା ରାନ୍ଧି ଅନର୍ଥକୁ ଗାଁ ଭିତରକୁ ଡାକି ଆଣିଥିଲା। ତାହାହେଲେ ନଟଦାଦିଙ୍କ ମରଣ ପାଇଁ କ'ଣ ନିଜେ ସେ ଦାୟୀ ?

ଯୋଉ ଦୁଶ୍ଚିନ୍ତା ଓ ଆଶଙ୍କାର ପଥରକୁ ନିଜେ ନଟଦାଦି ଆସି ତା' ଛାତି ଉପରୁ କାଢ଼ିଦେଇ ଯାଇଥିଲେ ଏବେ ସେଇଟି ଆହୁରି ଓଜନିଆ ହୋଇ ତାକୁ ମାଡ଼ି ବସିଥିଲା। ସେ ଜାଣିପାରୁ ନ ଥିଲା, ଏବେ ତା'ର କ'ଣ କରିବା ଉଚିତ। ସବୁ କଥା ତା'ର ଗାଁରେ କହିଦେବା ଉଚିତ କି ? ମାତ୍ର ଏକଥା ଭାବିଲାବେଳକୁ ତାକୁ ଭୟ ଲାଗୁଥିଲା। ନା, ସେକଥା ସେ କାହାକୁ କହିବ ନାହିଁ, ସେ କହିପାରିବ ନାହିଁ। କାରଣ ନଟଦାଦିଙ୍କୁ ସେ କଥା ଦେଇଛି।

କାହାର ବାର୍ତ୍ତା ହୁଡ଼ିବା ପାପ। ପୁଣି ମଲାଲୋକର ବାର୍ତ୍ତା ହୁଡ଼ିବା ତ ମହା ପାପ !!

■

କାଗଜଡଙ୍ଗା

ପିଲାଦିନେ ବାବୁଲି ସମସ୍ତଙ୍କଠାରୁ ଭଲ କାଗଜଡଙ୍ଗା ତିଆରି କରୁଥିଲା। ଆମେ ତା'ର ଡଉଲଡାଉଲ କାଗଜଡଙ୍ଗାକୁ ଦେଖି ଖୁସି ହେଉଥିଲୁ, ଈର୍ଷା ବି କରୁଥିଲୁ। କିନ୍ତୁ ବାବୁଲି ସବୁଦିନେ ଗାଁରେ ରହୁ ନ ଥିବାରୁ ଆମେ ଆମର ପତିଆରା ହ୍ରାସ ନ ହେବା ନେଇ ଆଶ୍ୱସ୍ତ ଥିଲୁ। ସେ ଆମ ପାଖରେ ନ ଥିଲାବେଳେ ମୁଁ, ନଣ୍ଡା ଓ ବଗୁଲି ଆମ ଆମ ଭିତରେ ବାବୁଲିର କାଗଜଡଙ୍ଗା ତିଆରିରେ ଦକ୍ଷତା ନେଇ କଥାବାର୍ତ୍ତା କରୁଥିଲୁ ଏବଂ ବର୍ଷକରେ ଏଗାର ମାସ ପନ୍ଦର ଦିନ ସହରରେ ରହୁଥିବା ବାବୁଲି ଆମଠୁଁ ଭଲ ଡଙ୍ଗା କେମିତି ତିଆରି କରିପାରୁଛି ବିଚାରି ଆଶ୍ଚର୍ଯ୍ୟ ହେଉଥିଲୁ।

ଭଲ କାଗଜଡଙ୍ଗା ତିଆରି ପାଇଁ ଯୋଉ ଯୋଉ ଉପାଦାନ ଓ ପରିବେଶ ଦରକାର ସେସବୁ ଆମ ପାଖରେ ଥିଲା। ପ୍ରଥମ କଥା ହେଲା କାଗଜ। ସେ ଦାୟିତ୍ୱ ବଗୁଲି ନିଷ୍ଠାର ସହ ବୁଝୁଥିଲା। ତା'ର ବାପା କଟକର ଖବରକାଗଜ

ଅଫିସ୍‌ରେ ଚାକିରି କରୁଥିଲେ ଓ ସେଇ ସୁବିଧା ଯୋଗୁଁ ତାଙ୍କ ଘରକୁ ଖଣ୍ଡେ ମାଗଣା ଖବରକାଗଜ ଡାକରେ ଆସୁଥିଲା। ସେ କାଗଜଖଣ୍ଡିକ ପଢ଼ିବା ପାଇଁ ଆମ ଗାଁରେ ବହୁ ଉତ୍ସାହୀ ପାଠକ ଥିଲେ ମଧ୍ୟ ତା'ର ସୁବିଧା କେବଳ ଦି'ଜଣଙ୍କୁ ହିଁ ମିଳୁଥିଲା - ଜଣେ ସେ କାଗଜର ଅସଲ ପ୍ରାପକ ଅର୍ଥାତ୍ ବଗୁଲିର ଜେଜେ ଓ ଆଉ ଜଣେ ଚନ୍ଦ୍ରଶେଖର ଉଚ୍ଚ ପ୍ରାଥମିକ ବିଦ୍ୟାଳୟର ପ୍ରଧାନ ଶିକ୍ଷକ ଧନେଶ୍ୱର ମହାନ୍ତି। କଟକରୁ ରାଇପୁର ପୋଷ୍ଟଅଫିସ୍ ଦେଇ ଏକ ତାରିଖର ଖବରକାଗଜ ଆମ ଗାଁରେ ଚାରି ତାରିଖରେ ପହଞ୍ଚେ। କାଗଜ ପହଞ୍ଚିବା ଦିନଟି ତାହା ବଗୁଲିର ଜେଜେଙ୍କ ହାତରେ ଶୋଭାପାଏ। ତା' ପରଦିନ ବଗୁଲି ମାଧ୍ୟମରେ କାଗଜଟି ଯାଏ ହେଡ଼ମାଷ୍ଟ୍ରଙ୍କ ପାଖକୁ। ହେଡ଼ମାଷ୍ଟ୍ରେ କାଗଜଟି ଉପରେ କେବଳ ଆଖି ବୁଲାନ୍ତି ନାହିଁ, ପାଞ୍ଚଦିନର ପୁରୁଣା ସେଇ ଖବରକାଗଜଟିକୁ ସେ ତନ୍ନତନ୍ନ କରି ପଢ଼ନ୍ତି। ସ୍କୁଲ୍ ଛୁଟି ଘଣ୍ଟି ବାଜିବା ପୂର୍ବରୁ ସେ ସେଇଟିକୁ ଭାଙ୍ଗିଭୁଙ୍ଗି ବଗୁଲି ହାତରେ ଫେରେଇ ଦିଅନ୍ତି। ସେତିକିବେଳେ ବଗୁଲି ଖବରକାଗଜ ଭିତରୁ କ୍ରୋଡ଼ପତ୍ରଟି ବାହାର କରି ତା' ବ୍ୟାଗ୍‌ରେ ଅଲଗା ରଖିଦିଏ। ସେ ହେଲା ଆମ କାଗଜଡଙ୍ଗା ତିଆରି ପାଇଁ କଞ୍ଚାମାଲ୍। ଏ କାର୍ଯ୍ୟ ପାଇଁ ଦ୍ୱିତୀୟ ପ୍ରୟୋଜନ ହେଲା ଜଳଧାର। ସେ ଦାୟିତ୍ୱ ବଣିଆସାହି ପଦା ଦେଇ ବେହେରା ଘରଠୁଁ ମଣ୍ଡେଇ ପର୍ଯ୍ୟନ୍ତ ଯାଇଥିବା ଗୋହିରିଟି ନିଷ୍ଠାର ସହ ତୁଲଉଥିଲା। ଅବଶ୍ୟ ବର୍ଷା ଦିନମାନଙ୍କରେ ଆମେ ସେ ଗୋହିରିକୁ, ମାଛ ତରକାରି ରନ୍ଧା ଦିନ ନିରାମିଷ ତରକାରିକୁ ଭୁଲିଲା ପରି, ଭୁଲିଯାଉଥିଲୁ। କାରଣ, ସେତେବେଳେ ଆମ ଘର ଅଗଣା ବି କାଗଜଡଙ୍ଗା ଭସେଇବା ଲାଗି କ୍ଷେତ୍ର ପ୍ରସ୍ତୁତ କରିପାରୁଥିଲା। ତୃତୀୟ ପ୍ରୟୋଜନ ହେଲା ଅବସର। ସ୍କୁଲ୍‌କୁ ଯିବା ଆଗରୁ ଓ ସ୍କୁଲ୍‌ରୁ ଆସିବା ପରେ ଆମ ହାତରେ ଯେଉଁ ସମୟ ମିଳୁଥିଲା, ଆମେ ସେଥିରୁ ଅଧିକ ଭାଗ ସମୟ ଏ କାଗଜଡଙ୍ଗା ପାଇଁ ଦେଉଥିଲୁ। ଯୋଉଦିନ ହେଡ଼ମାଷ୍ଟ୍ରେ କୌଣସି କାରଣରୁ ସ୍କୁଲ୍‌କୁ ଆସୁ ନ ଥିଲେ, ସେଦିନ ପୂରା ସମୟ ଆମେ ଗୋହିରିଦଣ୍ଡାରେ ବିତେଇ ଦେଉଥିଲୁ।

ଏହିସବୁ ଅଭିଜ୍ଞତା ଓ ଅଭ୍ୟାସ ହେତୁ କାଗଜଡଙ୍ଗା ନିର୍ମାଣ କାମରେ ଆମେ ନିଜ ନିଜକୁ ଅଧିକ ଯୋଗ୍ୟ ବୋଲି ବିଚାରୁଥିଲୁ ଏବଂ ବାବୁଲିର ଦକ୍ଷତା ନିଜ ଆଖିରେ ଦେଖି ନ ଥିଲେ ସେହି ଧାରଣାରେ ଶେଷ ପର୍ଯ୍ୟନ୍ତ ରହିଥାଆନ୍ତୁ।

ବାବୁଲିର ବାପା କଟକରେ ଚାକିରି କରୁଥିଲେ। ବାବୁଲି ତା' ଭାଇଭଉଣୀଙ୍କ ସାଙ୍ଗେ କଟକରେ ରହୁଥିଲା, ପ୍ୟାରୀମୋହନ ଏକାଡେମୀରେ ପାଠ ପଢୁଥିଲା। ସେମାନେ ବର୍ଷରେ ଥରେ ଗାଁକୁ ବୁଲି ଆସୁଥିଲେ। ତାଙ୍କ ଗାଡ଼ି (ପରେ ବୁଝିଲୁ ଯେ ସେଇଟା ବାବୁଲି ବାପା କାମ କରୁଥିବା କମ୍ପାନିର ଗାଡ଼ି) ଘଣ୍ଟେଶ୍ୱର ଡେଇଁ ନୂଆ

ପୋଖରୀ ପାଖରେ ପହଞ୍ଚିବା କ୍ଷଣି ସତେ କି ଆମ ଗାଁରେ ନିଆଁ ଲାଗିଯାଉଥିଲା। ଆମେମାନେ ନିଜ ନିଜର ବୋତାମହୀନ ପ୍ୟାଣ୍ଟକୁ ଗୋଟିଏ ହାତରେ ଓ ଅନ୍ୟ ହାତକୁ ଡେଣାପରି ଲମ୍ବେଇ ସେଇ ଗାଡ଼ି ପାଖକୁ ଧାଉଁଥିଲୁ ଏବଂ ଗାଡ଼ିକାଚ ସେପଟେ ବସିଥିବା ବାବୁଲି ଓ ତା'ର କଣ୍ଢେଇ ପରି ଗୁଲୁଗୁଲୁ ସାନ ଭଉଣୀକୁ ହାତ ହଲେଇ, ତା' ବାପାବୋଉଙ୍କୁ ଆମର ବାବୁଲି ସାଙ୍ଗେ ଆଗରୁ ପରିଚୟ ଥିବାର ଖବର ଦେବା ପାଇଁ ଚାହୁଁଥିଲୁ। ଗାଡ଼ି ନୂଆପୋଖରୀ ପାଖେ ଅଟକୁଥିଲା ଓ ବାବୁଲିର ବାପା ଆମ ଭିତରୁ ବଗୁଲିକୁ ଖୋଜି ଖୋଜି ଗାଡ଼ି ଭିତରକୁ ଡାକି ନେଇ ବସଉଥିଲେ। ଚାହୁଁ ଚାହୁଁ ବଗୁଲି ଓ ଆମ ଭିତରେ ବ୍ୟବଧାନ ଲମ୍ବି ଲମ୍ବି ଯାଉଥିଲା। ଗାଡ଼ିରେ ବସି ବଗୁଲି ଗାଁ ଯାଏ ଆସିବାବେଳେ, ଆମକୁ ହାତ ହଲେଇ ଟା ଟା କରୁଥିଲା ଏବଂ ସତେ କି ସେ ଆମଠାରୁ ସ୍ୱତନ୍ତ୍ର- ଏହି କଥା ଜଣେଇବା ଲାଗି ଚେଷ୍ଟା କରୁଥିଲା।

ସେଦିନ ଆମେ ବାବୁଲି ବାପାଙ୍କୁ ଠିକ୍ ଭାବେ ବୁଝିପାରୁ ନ ଥିଲୁ। କେବଳ ଜାଣୁଥିଲୁ, ବଗୁଲି ଓ ବାବୁଲି ଦୁହେଁ ଦାଦା-ବଡ଼ବାପା ପୁଅ ଭାଇ। ସେଇଥିପାଇଁ ବାବୁଲିର ବାପା ବଗୁଲିକୁ ଗାଡ଼ିରେ ବସେଇଲେ, ଆମକୁ ବସେଇଲେ ନାହିଁ।

ତା' ଦାଦା, ଦାଦାଙ୍କ ପୁଅ ବାବୁଲି ଓ ବାବୁଲିର ଭଉଣୀ ମୀନା ଗାଁରେ ଥିବା ପର୍ଯ୍ୟନ୍ତ ବଗୁଲି ଆମ ସାଙ୍ଗେ ଭଲ ଭାବେ ମିଶୁ ନ ଥିଲା। ସତେ କି ହଠାତ୍ ବହୁତ ଜରୁରୀ କାମ ଆସି ପହଞ୍ଚି ଯାଉଥିଲା ଓ ସେହି କାରଣରୁ ସେ ଆମ ପାଇଁ ସମୟ ବାହାର କରି ପାରୁ ନ ଥିଲା। ମୁଁ ବଗୁଲିର ଏଇ ହାବଭାବ ଦେଖି ଏତେ ରାଗିଯାଉଥିଲି ଯେ ତା' ସାଙ୍ଗେ ଭବିଷ୍ୟତରେ ଆଉ କେବେ ବି କଥାବାର୍ତ୍ତା ନ ହେବା ପାଇଁ ଆଖଣ୍ଡଳମଣିଙ୍କ ରାଣ ପକେଇ ହଲପ କରୁଥିଲି। କିନ୍ତୁ ଶେଷ ପର୍ଯ୍ୟନ୍ତ ମୋ ସଂକଳ୍ପ ମୁଁ ରକ୍ଷା କରିପାରୁ ନ ଥିଲି। ମୋର ଏହି ହଲପ ବିଷୟରେ ସମ୍ପୂର୍ଣ୍ଣ ନିସ୍ପୃହ ବଗୁଲି ତା'ଆଡୁ କଥାବାର୍ତ୍ତା କରିବାର ସାମାନ୍ୟତମ ଉଦ୍ୟମ ନ କରିବାର ଦେଖି ମୁଁ ଭିତରେ ଭିତରେ ଏତେ ଟିକେ ହୋଇ ଯାଉଥିଲି ଓ ଏଭଳି ଜିଦ୍ ଜାରି ରଖିଲେ ବଗୁଲି ଦାଦାଙ୍କ ଗାଡ଼ି, ବାବୁଲି ଓ ମୀନାଙ୍କ ସାନ୍ନିଧ ଏବଂ ସର୍ବୋପରି କଟକରୁ ଆସିଥିବା ନୂଆ ନୂଆ ଜିନିଷମାନ ଦେଖିବାର ସୁଯୋଗରୁ ବଞ୍ଚିତ ହେବା ଆଶଙ୍କା କରୁଥିଲି। ଏକଥା ଅନୁଭବ କରିବା ପରେ ମୁଁ ସଂକୋଚ ଓ ଅଭିମାନକୁ ମନ୍ତେଇ ପାଣିରେ ଉଜେଇଁ ଆତ୍ମସମର୍ପଣ କଲା ପରି ବଗୁଲି ସହ ଉପରେ ପଡ଼ି କଥାବାର୍ତ୍ତା କରୁଥିଲି। ବଗୁଲି ଅବଶ୍ୟ କଟକରୁ ଆସିଥିବା ଚକୋଲେଟ୍, ସନ୍ଦେଶ ଓ ଅଙ୍ଗୁରକୋଳି ଦେଇ ନିଜର ସାମ୍ରାଜ୍ୟ ଓ ଦାତାପଣର ପରିଚୟ ପେସ୍ କରୁଥିଲା। ତେଣୁ ବଗୁଲି ସହ ସମ୍ପର୍କ ଯୋଡ଼ିବା ନ ଯୋଡ଼ିବା ନେଇ ମୋ ପରି ଆମ ଗାଁ ପିଲାଙ୍କ ପାଖେ କିଛି ବିକଳ୍ପ ନ

ଥିଲା । ଗୋଟିଏ ପଟେ ଚରମ ପ୍ରାପ୍ତି ଓ ଅନ୍ୟପଟେ ଚରମ ବିଫଳତା- ତା' ମଝିରେ ବଗୁଲି ଏକ ଈର୍ଷଣୀୟ ଜାଗାରେ ବସି ରହିଥିଲା ।

ଆମେମାନେ ବଗୁଲି ଜରିଆରେ ବାବୁଲି ପାଖକୁ ବନ୍ଧୁତାର ହାତ ବଢ଼ଉଥିଲୁ । ତା' ପାଖରେ ବସିବା ପାଇଁ, ତା'ର ହାଲୁକା, ଝାମ୍ପୁରା ବାଳକେରାକୁ ଛୁଇଁ ଦେବାଲାଗି ଆମର ବ୍ୟସ୍ତତା ପ୍ରକଟ କରୁଥିଲୁ । ତା'ର କୁକୁର କାନ ଚେକ୍ ସାର୍ଟ ଓ ଢିଲା ଫୁଲ୍ ପ୍ୟାଣ୍ଟ୍ ପିନ୍ଧା ଚେହେରା ପାଖରେ ଆମର ଅସନା, ମଳିଛିଆ ଜାମା, ଗେଞ୍ଜି ପିନ୍ଧା ଚେହେରା ବେଖାପ ଦିଶୁଥିଲା । ମାତ୍ର ଆମେ ସେ ଦୁଃଖକୁ ନିଜ ଭିତରେ ଛପେଇ ରଖୁଥିଲୁ । ବାବୁଲି ଆମକୁ ଆଉରି ନୂଆ ନୂଆ ଜିନିଷ ଦେଖଉଥିଲା, ନୂଆ ଜିନିଷ ଖାଇବାକୁ ଦେଉଥିଲା । ବାବୁଲି ମୋତେ ଦେଇଥିବା ଏମିତି ଗୋଟେ ନୂଆ ଜିନିଷ ଭିତରେ ଥିଲା, ତା'ର ଜନ୍ମଦିନ ଉପଲକ୍ଷେ ତା' ବାପା ଆଣିଥିବା ବାର୍ଥଡେ କେକ୍‌ର ଚେନାଏ । ସେପରି ସୁଆଦିଆ ଜିନିଷ ସେପର୍ଯ୍ୟନ୍ତ ମୁଁ କେବେ ଖାଇ ନ ଥିଲି ।

କିନ୍ତୁ ବାବୁଲି ପାଖେ ଥିବା ବିସ୍ମୟ ସାମଗ୍ରୀର ସିଏ ଥିଲା ଗୋଟାଏ କ୍ଷୁଦ୍ର ଅଂଶ । ଆମେମାନେ ଖରାବେଳେ ନିଜ ନିଜ ଘରୁ ପଳେଇ ଆସି ତା' ପାଖରେ ପହଞ୍ଚୁଥିଲୁ । ତା' ସାନଭଉଣୀ ମୀନା ଧରିଥିବା ଡଉଲଡାଉଲ କଣ୍ଢେଇ (ନିଜେ ମୀନା ବି ସେତେବେଳେ ଗୋଟେ କଣ୍ଢେଇ ପରି ଦିଶୁଥିଲା)ର ରେଶମୀ ବାଳ କେରାକୁ ଛୁଇଁଦେବା ଲାଗି ହାଇଁପାଇଁ ହେଉଥିଲୁ । ବାବୁଲି ଆମ ସାଙ୍ଗରେ ଅର୍ଜୁନ ବାଆଜୀ ପୋଖରୀ ଆଡ଼ିକି ଆସୁଥିଲା । ସେଇଠି ସେ ଆମକୁ ତା'ର ବିସ୍ମୟ ସାମଗ୍ରୀମାନ ଗୋଟିକ ପରେ ଗୋଟିଏ ଦେଖଉଥିଲା; ବିସ୍କୁଟ୍ ହାତୀ, ଚକୋଲେଟ୍ କଙ୍ଗାରୁ, ଠେକୁଆ-ପେନ୍‌ସିଲ୍‌ଠୁଁ ନେଇ ଟିକି ବାଇସ୍କୋପ୍, ଚାବି ରିଙ୍ଗ୍, ନାନା ପ୍ରକାର ଜଳଛବି, ସିନେମା ହିରୋଇନ୍‌ଙ୍କ ଚିତ୍ର, ଠେକୁଆ ଲୋମରେ ତିଆରି ଟିକି ମନିପର୍ସ- କେତେ ଯେ ଅଦ୍ଭୁତ ଜିନିଷ ସେ ଆଣୁଥିଲା, ସେସବୁର ଟେର୍ ଆମେ ପାଉ ନ ଥିଲୁ । ଏସବୁ ଦେଖି ଆମେ ବାବୁଲି ସହ ଆମ ଭାଗ୍ୟର ତୁଳନା କରୁଥିଲୁ ଏବଂ ବାବୁଲିକୁ ଆମ ଗାଁ ଉପର ଦେଇ ଦିନରେ ଜମା ଥରୁଟାଏ ଉଡ଼ିଯାଉଥିବା ଉଡ଼ାଜାହାଜ ଓ ଆମ ନିଜକୁ କାଉ ବୋଲି ବିବେଚନା କରୁଥିଲୁ ।

ବାବୁଲି ତା'ପରେ ଆମକୁ କାଗଜଡଙ୍ଗା ତିଆରି ବିଷୟରେ ଜେରା କରୁଥିଲା । ଆମେ ନିଜ ନିଜର ଦକ୍ଷତାର ପ୍ରମାଣ ଦେବା ପାଇଁ ଛୋଟ, ବଡ଼ ଓ ମଝିଆଁ କାଗଜଡଙ୍ଗା ମାନ ଆଣି ତାକୁ ଦେଖଉଥିଲୁ । ଡଙ୍ଗା ତିଆରି କାରଖାନାର ସୁପରଭାଇଜର ପରି ବାବୁଲି ସେସବୁ ନିଜ ହାତରେ ଧରି ତଳ, ଉପର ଚାହୁଁଥିଲା ଓ ଅଧିକାଂଶ ସମୟରେ ସେଗୁଡ଼ିକ ଭଲ ଭାବେ ତିଆରି ହୋଇନାହିଁ କହି ନାକଚ କରି ଦେଉଥିଲା । ଆମେ

ଭିତରେ ଭିତରେ ଈର୍ଷା ଓ ଅଭିମାନରେ ରାଗିପାଚି ଉଠୁଥିଲେ ବି ଉପରକୁ କିଛି କହୁ ନ ଥିଲୁ ଏବଂ ସେହି ସୁଯୋଗରେ ବାବୁଲି ତା' ସାଙ୍ଗରେ ଆଣିଥିବା ବିସ୍ମୟ କାଗଜଡଙ୍ଗାଟି ତା' ସାର୍ଟ ତଳୁ ବାହାର କରି ସାମ୍ନାରେ ଥୋଇ ଦେଉଥିଲା।

କି ଅପୂର୍ବ ସେ ଡଙ୍ଗା! ଡଙ୍ଗା ନୁହେଁ ତ ବୋଇତ। ରୁପା କାଗଜରେ ତିଆରି ସେ ବୋଇତ। ତା' ଉପସ୍ଥିତି ଅର୍ଜୁନ ବାଆଜୀ ପାଖରେ ଅପନ୍ତରା ଭୂଇଁକୁ ଗୋଟେ ସମୁଦ୍ର ବେଳାଭୂମିରେ ପରିଣତ କରି ଦେଉଥିଲା। ତହିଁରେ କେତେ ପ୍ରକାର ଚିତ୍ର ଖଞ୍ଜିଥିଲା ବାବୁଲି। ମୋଟା କାଗଜରେ ତିଆରି ହୋଇଥିଲା ସେ ବୋଇତର ପାଲଟଣା ଖୁଣ୍ଟି। ବୋଇତଟି ଯେକୌଣସି ମୁହୂର୍ତ୍ତରେ ସାତ ସମୁଦ୍ର ତେର ନଈ ପାରିହୋଇ ସ୍ୱପ୍ନର ବାଲିଦ୍ୱୀପକୁ ଛୁଟିଯିବା ପାଇଁ ଅବା ପ୍ରସ୍ତୁତ ଥିଲା!

ମୁଁ ଆଖିବୁଜି ଦେଇ ସେଇ କାଗଜଡଙ୍ଗାର ସ୍ୱପ୍ନ ଦେଖୁଥିଲି। ବାବୁଲିର ସେ ଡଙ୍ଗା କ୍ରମେ ଆମ ଗୋହିରିରୁ ମନ୍ତେଇ ଦେଇ ବଙ୍ଗୋପସାଗରରେ ପହଞ୍ଚି ଯାଉଥିଲା। ତା'ପରେ ବଙ୍ଗୋପସାଗରର ନୀଳ ଜଳରାଶି ଉପରେ ତା'ର ସୁନେଲି ପାଲ ଉଡ଼େଇ ସେ ଛୁଟିଚାଲୁଥିଲା ଆଗକୁ ଆଗକୁ। ପଛରେ ରହିଯାଉଥିଲା କେତେ ଗାଁ, କେତେ ସହର। କୂଳରେ ରହିଯାଉଥିଲା କେତେ ବଣ, କେତେ ଜଙ୍ଗଲ। ସେ ଜଙ୍ଗଲରେ ଅସୁମାରି ପଶୁପକ୍ଷୀ, ଦ୍ୱିପ୍ରହର ସବୁ ପଶୁଙ୍କ ହେଣ୍ଟାଳ ଓ ସଞ୍ଜଗୁଡ଼ିକ ଚଢ଼େଇମାନଙ୍କର କିଚିରିମିଚିରି ଶବ୍ଦରେ ମୂର୍ଚ୍ଛିତ ହୋଇଉଠୁଥିଲା। ବାବୁଲିର କାଗଜଡଙ୍ଗା ରୁପାର ବୋଇତ ସାଜି ଗୋଟିଏ ପରେ ଗୋଟିଏ ବନ୍ଦର ଅତିକ୍ରମ କରି ଆଗକୁ ଭାସି ଚାଲିଥିଲା। ଉପରେ ନୀଳ ଆକାଶ, ଚାରିପଟେ ନୀଳ ଜଳରାଶି। ମଝିରେ ବାବୁଲିର ଦିଗ୍‌ବିଜୟୀ ବୋଇତ ଓ ସେ ବୋଇତ ଉପରେ ରାଜାପୁଅ ପରି ଚିକ୍‌ମିକ୍ ପୋଷାକ ପିନ୍ଧିଥିବା ବାବୁଲି।

ଅନେକ ସମୟ ପର୍ଯ୍ୟନ୍ତ ମୁଁ ସେ ସ୍ୱପ୍ନରାଇଜରୁ ଫେରି ଆସିବାକୁ ଚାହୁଁ ନ ଥିଲି। କଳ୍ପନାର ମାନଚିତ୍ରରେ ମୁଁ ଦେଖୁଥିଲି ସମୁଦ୍ର, ଆକାଶ ଓ ଘନ ଅରଣ୍ୟ। ମୋ ଭୂଗୋଳ ବହିର ଶବ୍ଦମାନ ସବୁ ବହି ଭିତରୁ ବାହାରି ଆସି ମୋ କଳ୍ପନାର ଶାଖାପ୍ରଶାଖା ସାଜି ବସୁଥିଲେ। ମୁଁ ଆଖିବୁଜି ସମୁଦ୍ରକୂଳର ପବନର ବାସ୍ନା ଆଘ୍ରାଣ କରୁଥିଲି।

ବାବୁଲି ମୋତେ ହଲେଇ ଦେଇ କହୁଥିଲା, ''ଏ..ଇ, ଶୋଇପଡ଼ିଲ କି?''

ମୋ ସ୍ୱପ୍ନ ଭାଙ୍ଗିଯାଉଥିଲା।

ତା'ପରେ ଆମେ ନିଜ ନିଜର ଡଙ୍ଗାଟିମାନ ଧରି ଗୋହିରି ଯାଏ ଯାଉଥିଲୁ। ଡଙ୍ଗାଗୁଡ଼ିକୁ ପାଣିରେ ଭସେଇ ଦେଇ ଢେଉଟିଏ ଚହଲେଇ ଦେଉଥିଲୁ। ବାବୁଲି ସବା ପଛରେ ତା' ଡଙ୍ଗାକୁ ଭସଉଥିଲା। ଆମେ ତା'ର ସେ ଚିକିମିକିଆ ଡଙ୍ଗାଟି ଆମ

ଗାଁର ଗୋଳିଆ ଗୋହିରି ପାଣିର କୁନି କୁନି ଲହଡ଼ି ଡେଇଁ ଆଗକୁ ଭାସିଯିବାର ଦୃଶ୍ୟ ଦେଖି ବିହ୍ୱଳ ହୋଇଯାଉଥିଲୁ। ଡଙ୍ଗାଗୁଡ଼ିକର ଗତି ସାଙ୍ଗରେ ସମନ୍ୱୟ ରକ୍ଷା କରି ଗୋହିରି ଦଣ୍ଡାରେ କେତେଗୁଡ଼ିଏ ବାଟ ଯାଉଥିଲୁ। ସେତେବେଳେ ଆମକୁ ଭୋକ, ଶୋଷ, ନିଦ କିଛି ଲାଗୁ ନ ଥିଲା। କ୍ରମେ ଆମର କାଗଜ ଡଙ୍ଗାଗୁଡ଼ିକ ଗୋଟିକ ପରେ ଗୋଟିଏ ହୋଇ ଓଲଟି ପଡୁଥିଲେ, ପାଣିରେ ଓଦାହୋଇ ବୁଡ଼ିଯାଉଥିଲେ ଗୋହିରି ମଝିରେ। କିନ୍ତୁ ବାବୁଲିର କାଗଜଡଙ୍ଗା ସେମିତି ବୀରଦର୍ପରେ ଆଗକୁ ଭାସିଯାଉଥିଲା, ଏତେ ଆଗକୁ ଯେ ଆମର ଆଖି ପାଉ ନ ଥିଲା।

ବାବୁଲି ଆମ ସାମ୍ନାରେ ବେଳକୁ ବେଳ ମହୀୟାନ୍ ହୋଇଉଠୁଥିଲା। ତା'ର ଠାଣି, ବାଣୀ, ତା'ର କଥାବାର୍ତ୍ତା, ତା'ର ଚାଲି ଓ ଦଉଡ଼ - ସବୁଥିରେ ଗୋଟେ ଅଲଗା ଛାପ ବାରିହୋଇ ପଡୁଥିଲା। ଆମେମାନେ ତା'ର ଆହୁରି ନିକଟକୁ ପାଖେଇ ଆସୁଥିଲୁ। ସେ ଥିଲା ଆମ ସ୍ୱପ୍ନର ରାଜକୁମାର।

କ୍ରମେ ବାବୁଲିର ସହରକୁ ଫେରିବା ଦିନ ପାଖେଇ ଆସୁଥିଲା। ଆଉ ଥରେ ସହରରୁ ଗାଡ଼ିଟିଏ ଆସୁଥିଲା ସେମାନଙ୍କୁ ନେଇଯିବା ପାଇଁ। ଏ ଗାଡ଼ି ଆଗର ଗାଡ଼ି ପରି ଚକଚକିଆ ନ ଥିଲେ ବି ଆମ ପାଇଁ ଅପୂର୍ବ ଥିଲା। ସେ ଗାଡ଼ି ପଛରେ ବାବୁଲିର ବଡ଼ବାପା ଚାଉଳ, ମୁଗ, ବିରି, କଞ୍ଚା କଦଳୀ କାନ୍ଧି ଓ ଆଉରି କେତେ କ'ଣ ବୋଝେଇ କରୁଥିଲେ। ବାବୁଲିର ବାପା ଗାଁ ଲୋକମାନଙ୍କ ସାଙ୍ଗରେ ହସି ହସି କଥାବାର୍ତ୍ତା କରୁଥିଲେ ଓ ସେମାନେ ତାଙ୍କୁ ନିଜ ନିଜର ଦୁଃଖ ସବୁ ଜଣାଉଥିଲେ। ମୁଁ ସେତେବେଳେ ଆମ ଗାଁ ଲୋକମାନଙ୍କ ଉପରେ ମନେ ମନେ ବିରକ୍ତ ହେଉଥିଲି ଓ ବିନା କାରଣରେ ବାବୁଲି ବାପାଙ୍କୁ ସେମାନେ ହଇରାଣ କରୁଥିବା ଯୋଗୁଁ କ୍ଷୁବ୍ଧ ହେଉଥିଲି। ବାବୁଲିର ବାପା ଆମକୁ ଗୋଟିଏ ଗୋଟିଏ ନୂଆ ଚାରଣି ଦେଉଥିଲେ ଓ କାଳେ ସେସବୁ ଆମେ କିପରି ଖର୍ଚ୍ଚ କରିବୁ ଭାବି ହଇରାଣ ହେବୁ ବୋଲି ସେ ଆମକୁ ଚକୋଲେଟ୍ କିଣି ଖାଇବା ପାଇଁ ଆଶୁ ପରାମର୍ଶ ଦେଉଥିଲେ। ଆମେ ବାବୁଲିକୁ ଘେରି ସେ ପୁଣି କେବେ ଆସିବ ଏବଂ ଆରଥର ଆସିଲାବେଳକୁ ଆମ ବରାଦ ମୁତାବକ ଜିନିଷ ସବୁ ଆଣିବ ନା ନାହିଁ, ସେସବୁ ପଚାରୁଥିଲୁ ଓ ବାବୁଲି ମଧ୍ୟ ତା' ବାପାଙ୍କ ପରି ଆମକୁ ହସି ହସି ପ୍ରବୋଧନା ଦେଉଥିଲା। ଏହାପରେ ବାବୁଲି, ତା' ଭଉଣୀ, ତା' ମାଆ ଓ ତା' ବାପାଙ୍କୁ ଧରି ଗାଡ଼ିଟି ଗଡ଼ିବାକୁ ଲାଗୁଥିଲା ଓ ଆମେ ସେ ଗାଡ଼ିର ତିନି ପଟୁ ଧରି ଗାଡ଼ି ସାଙ୍ଗରେ ଆଗକୁ ଧାଉଁଥିଲୁ। ଏହିପରି ଧାଇଁବା ଭିତରେ ଗାଡ଼ିର ଡ୍ରାଇଭର ସାଙ୍ଗରେ ଆମର ପରିଚୟ ହେଇଯାଉଥିଲା ଓ ସେ ଆମକୁ ହରେଇବା ଲାଗି ହଠାତ୍ ଗାଡ଼ିର ବେଗ ବଢ଼େଇ ଆଗକୁ ଗାଡ଼ି ନେଇ ଯାଉଥିଲା। ଆମେ ଶେଷକୁ

ଗାଡ଼ି ଆମଠୁଁ ଅଧିକ ଜୋର୍‌ରେ ଦଉଡ଼ିପାରେ- ଏଇ ସତ୍ୟରେ ପହଞ୍ଚି ଆଉ ଆଗକୁ ଧାଇଁବାରୁ ନିବୃତ୍ତ ହେଉଥିଲୁ। କ୍ରମେ ସେ ଗାଡ଼ିଟି ବାବୁଲିକୁ ସାଙ୍ଗରେ ଧରି ନୂଆ ପୋଖରୀ ପଦା ଡେଇଁ ଯାଇଥିଲା। ତେଣିକି ବାବୁଲିର ଗୋରା ତକତକ ହାତ ଓ ଟା ଟା କରିବା ଦୃଶ୍ୟ ଆଉ ଦେଖାଯାଉ ନ ଥିଲା।

ବାବୁଲି ଗାଁରେ ଥିବା ପର୍ଯ୍ୟନ୍ତ ଆମେମାନେ ବଗୁଲିକୁ କେବଳ କାର୍ଯ୍ୟଘେନା ପ୍ରୀତି ନାଆଁରେ ଲୋଡ଼ି ବସୁଥିଲୁ। ମାତ୍ର ବାବୁଲି କଟକ ଫେରିଯିବା ପରେ ବଗୁଲି ହିଁ ଆମ ପାଖେ ସ୍ୱପ୍ନ ଓ ସତ୍ୟ ଭିତରର ନିକଟତମ ଯୋଗସୂତ୍ର ପାଲଟିଯାଉଥିଲା। ତେଣିକି ବର୍ଷର ଅବଶିଷ୍ଟ ଦିନ ପାଇଁ ବାବୁଲି ଓ ଆମ ଭିତରେ ସେ ହିଁ ପାଲଟୁଥିଲା ସମ୍ପର୍କର ସୂତା। ଆମେ ସେ ପାଇଥିବା ନୂଆ ନୂଆ ଜିନିଷଗୁଡ଼ିକ ଦେଖିବାର ଆଗ୍ରହ ତାକୁ ଜଣାଉଥିଲୁ ଓ ମନ ଭଲ ଥିଲେ ସେ ଆମକୁ ସେସବୁ ଆଣି ଦେଖଉଥିଲା।

ବାବୁଲି ପରି ବଗୁଲିଙ୍କ ଘରର ମଧ୍ୟ ଗୋଟିଏ ସ୍ୱତନ୍ତ୍ର ସ୍ଥାନ ଥିଲା ଆମ ଗାଁରେ। ଆମ ଗାଁରୁ କେବେ କେବେ କଟକ ଯାଉଥିବା ବେହେରା ଘର ବୁଢ଼ା ଯାଇ ବଗୁଲି ଦାଦାଙ୍କ ବସାରେ ରହୁଥିଲେ ଏବଂ ବାବୁଲିର ମାଆ ତାଙ୍କର ଖୁବ୍ ଯତ୍ନ ନେଉଥିଲେ। ନିଜ ଖୁଡ଼ୀ ସମ୍ପର୍କରେ ବଗୁଲିର ଅଭିଜ୍ଞତା ଓ ବେହେରା ଘର ବୁଢ଼ାଙ୍କ ଅନୁଭୂତି ଭିତରେ ସମୟେ ସମୟେ ଯଥେଷ୍ଟ ବ୍ୟବଧାନ ରହିଯାଉଥିଲା। ଆମେ ଏ ନେଇ ବଗୁଲିକୁ କେବେ କିଛି ପଚାରି ବସିଲେ, ସେ ରାତାରାତି ଅଭିଜ୍ଞ ମଣିଷ ପାଲଟିଥିବା ଲୋକଟେ ପରି କହୁଥିଲା ଯେ ଗାଁରେ ଆସି ତାଙ୍କ ବିଷୟରେ ଭଲ ପ୍ରଚାର କରିବେ ବୋଲି ଖୁଡ଼ୀ ବେହେରା ଘର ବୁଢ଼ାର ବିଶେଷ ଯତ୍ନ ନେଇଥିବେ। ଆମେ ସେତେବେଳେ ଏ କଥାର ମଞ୍ଜି ଧରିପାରି ନ ଥିଲେ ବି ଏତିକି ଜାଣୁଥିଲୁ ଯେ ବଗୁଲି ତା' ଖୁଡ଼ୀଙ୍କୁ ଆଦର କରେ ନାହିଁ। କ୍ରମେ ଏକଥା ମଧ୍ୟ ଆମେ ଜାଣିଗଲୁ ଯେ ବଗୁଲିର ବାପା ଓ ତା' ଦାଦାଙ୍କ ଭିତରେ ସମ୍ପର୍କ ଆମେ ଆଶା କରୁଥିବା ସମ୍ପର୍କ ପରି ମଧୁର ନୁହେଁ। ସେଇଥିପାଇଁ ବଗୁଲିର ଇଚ୍ଛା ଥିଲେ ବି ବାବୁଲି ପରି ସେ କଟକ ଯାଇପାରିଲା ନାହିଁ କି କଟକରେ ପାଠପଢ଼ି ବାବୁଲି ପରି ସିଦ୍ଧି ଓ ସମ୍ଭାବନାର କୈଶୋର ଉପଭୋଗ କରିପାରିଲା ନାହିଁ।

ଆମେ ଏସବୁ ପ୍ରସଙ୍ଗକୁ କଷ୍ଟ ଗଣିତର ପୃଷ୍ଠା ପରି ସାଙ୍ଗେ ସାଙ୍ଗେ ବଦଳେଇ ଦେଉଥିଲୁ ଓ ବାବୁଲି ବିଷୟରେ ବଗୁଲିକୁ ଢେର୍ ଢେର୍ କଥା ପଚାରୁଥିଲୁ। ବଗୁଲି ସେସବୁ ସମ୍ପର୍କରେ ଆମକୁ ଟିକିନିଖି କରି କହୁଥିଲା ଏବଂ ବାବୁଲି ଆମ ସମସ୍ତଙ୍କ ପାଇଁ ଗୋଟେ ଗୋଟେ ଜରିଦିଆ କାଗଜଡଙ୍ଗା ପଠେଇବ ବୋଲି କହୁଥିବା କହି ଆମକୁ ଆଶାର ଗୋଟେ ଗୋଟେ ବାଲିଯାତ୍ରା ଉପହାର ଦେଉଥିଲା।

ତା' ପରଦିନଠାରୁ ଆମେ ବାବୁଲିର ଆସିବା ବାଟକୁ ଅପେକ୍ଷା କରି ରହୁଥିଲୁ। ଆମ ଗାଁ ମଥାନ ଦେଇ ଉଡ଼ିଯାଉଥିବା ଚଢ଼େଇ ଓ ଉଡ଼ାଜାହାଜକୁ ସାକ୍ଷୀ କରି ଆମେ ଆମର ଇଚ୍ଛାମାନ ପବନ ହାତରେ ପଠଉଥିଲୁ ଏବଂ ବିଶ୍ୱାସ କରୁଥିଲୁ ଯେ ସେସବୁ କଥା ବାବୁଲି ପାଖେ ପହଞ୍ଚିପାରିବ। ପାହାନ୍ତା ସ୍ୱପ୍ନ ସତ ହୁଏ ବୋଲି ନଣ୍ଡାର ଦାଦି କହିଥିବା ତତ୍ତ୍ୱ ସାଙ୍ଗରେ 'ସେତିକିବେଳେ ଯାହାକୁ ସ୍ୱପ୍ନରେ ଦେଖିଥିବ, ତୁମେ ତୁମର ତକିଆ ଓଲଟେଇ ଦେଲେ, ସେ ମଧ୍ୟ ତୁମକୁ ସ୍ୱପ୍ନ ଦେଖିବ' ବୋଲି ସୂତ୍ରର ପ୍ରୟୋଗ କରି ମୁଁ ବେଳେବେଳେ ତକିଆ ଓଲଟେଇ ଦେଉଥିଲି ଏବଂ ମୋର ମନକଥା ବାବୁଲି ପାଖେ ପହଞ୍ଚିବ ବୋଲି ନିଶ୍ଚିନ୍ତ ହୋଇ ଯାଉଥିଲି।

କ୍ରମେ ସମୟ ଆଗକୁ ଗଡ଼ି ଚାଲୁଥିଲା।

ଆମ ଗାଁର ତେନ୍ତୁଳି ଗଛରୁ ଫୁଲ ଝରୁଥିଲା। ପାକଲା ତେନ୍ତୁଳି ତୋଳା ଯାଉଥିଲା।

ଆମେ ପ୍ରାଇମେରି ସ୍କୁଲ୍ ପାଠ ସାରି ଘଣ୍ଟେଶ୍ୱର ମାଇନର ସ୍କୁଲ୍‌ରେ ନାଆଁ ଲେଖେଇଲୁ ଏବଂ ପ୍ରତ୍ୟହ ବ୍ୟାଗ୍ ବସ୍ତାନି ଧରି ପାଞ୍ଚ ମାଇଲ ଯିବା ଓ ଆସିବା କଷ୍ଟକୁ ଜଳଖିଆ ଖର୍ଚ୍ଚ ଦଶପଇସାଟିଏ ପାଇବାର ପ୍ରାପ୍ତି ଭିତରେ ଭୁଲିବାର ଚେଷ୍ଟା କରୁଥିଲୁ। ଘଣ୍ଟେଶ୍ୱରର ବିସ୍ମୟମାନ କ୍ରମେ ଆମ ହାତପାହାନ୍ତାରେ ପହଞ୍ଚୁଥିଲା ଓ ନାଲିନେଳୀ ରଙ୍ଗର ବିଚିତ୍ର ପୋଷାକ ପିନ୍ଧିଥିବା ଚଟପଟିବାଲା ଆମର ଅବସର ମୁହୂର୍ତ୍ତକୁ ରୋମାଞ୍ଚରେ ଭରି ଦେଉଥିଲା।

ତା' ପରବର୍ଷ ବାବୁଲି ଆମ ଗାଁକୁ ଆସିଲା ନାହିଁ।

ଆମେମାନେ ବଗୁଲିକୁ ଆମର କାଗଜ ଡଙ୍ଗାଗୁଡ଼ିକର ଭାଗ୍ୟ ବିଷୟରେ ପଚାରିଲୁ। ବଗୁଲି ଆମର ଆଶାକୁ ଗୁଡ଼ିପରି ଆକାଶରେ ଉଡ଼େଇଦେଇ କହିଲା, 'ଦାଦା ଓ ବାପାଙ୍କ ଭିତରେ ଝଗଡ଼ା ସରିଗଲେ ବାବୁଲି ଆସିବ ଓ ଆସିବା ବେଳେ ତୁମମାନଙ୍କ ପାଇଁ ଡଙ୍ଗା ନିଶ୍ଚୟ ସାଙ୍ଗରେ ନେଇ ଆସିବ।'

ଏହା ଭିତରେ ଅନେକ ବର୍ଷ ବିତିଯାଇଛି।

ବାଣୀବିହାରରୁ ଏମ୍.ଏ. ପାସ୍ କରିବା ପୂର୍ବରୁ ଥରେ ବଗୁଲି ସାଙ୍ଗରେ ଦେଖା ହୋଇଥିଲା। ସେ ତା' ସାଙ୍ଗମାନଙ୍କ ସାଙ୍ଗରେ କୁଆଡ଼େ ଯାଉଥିଲା। ପ୍ରଥମେ ସେ ମୋତେ ଚିହ୍ନିପାରିଲା ନାହିଁ। ମୁଁ ବି ତାକୁ ଚିହ୍ନିପାରି ନ ଥିଲି। ଚିହ୍ନା ହେବା ପରେ ମୁଁ ବାବୁଲି କଥା ପଚାରିଲି ଓ ଉତ୍ତରରେ ସେ 'ବାବୁଲି କେମିତି ଅଛି' ବୋଲି ଓଲଟି ମୋତେ ପଚାରିଥିଲା। ମୁଁ ସେଇ କଥାରୁ ଜାଣିଥିଲି ଯେ ତା' ବାପା ଓ ଦାଦାଙ୍କ ଭିତରେ ଆଗର ଭଲ ସମ୍ପର୍କ ନାହିଁ। ଆମେମାନେ କିଛି ସମୟ ଗପସପ କରିଥିଲୁ ଓ ବଗୁଲି ''ତୁମେ ତ ଆଉ ଗାଁକୁ ଯାଉନାହଁ'' କହି ଅଭିମାନ କରିଥିଲା। ମୁଁ ତା'

ଅଭିମାନର ଓଜନ କଳି ପାରିଥିଲେ ବି ମୋର ଅସହାୟତା କଥା କହିବାକୁ ଚାହିଁ ନ ଥିଲି। ତାକୁ କହି ନ ଥିଲି ଯେ ଆମେ ଗାଁରୁ ଏକପ୍ରକାର ଉଦ୍‌ବାସ୍ତୁ ହୋଇଯାଇଛୁ।

ବଗୁଲି ଚାଲିଯାଇଥିଲା। ପରେ ଶୁଣିଲି, ସେ ବମ୍ବେରେ ଯାଇ କୋଉ କମ୍ପାନିର ଡ୍ରାଇଭର ହୋଇଛି। ଖବରଟା ଶୁଣିବା ଦିନ ଦୁଃଖ ଲାଗିଥିଲା। ବଗୁଲି ଶେଷକୁ ଡ୍ରାଇଭର ହେବ ବୋଲି ମୁଁ କଳ୍ପନା କରି ନ ଥିଲି। ଗାଁରେ ଥିବା ଦିନଗୁଡ଼ିକରେ, ବଗୁଲିକୁ ଆମ ସମସ୍ତଙ୍କଠାରୁ ଅଧିକ ଭାଗ୍ୟବାନ ବୋଲି ଆମେ ଭାବୁଥିଲୁ। ତା'ର ପୁରୁଣା ବହି ପଢ଼ି ମୁଁ ମୋ ପାଠପଢ଼ା କାମ ଚଳଉଥିଲି। ବଗୁଲି ମଧ୍ୟ ଖୁବ୍ ଚାଲାକ ଥିଲା ଏବଂ ତା' ପାଖରେ ବଣିକୁ ଢେଲା ଫୋପାଡ଼ିବାଠୁଁ ନେଇ ସ୍କୁଲ୍ ନଡ଼ିଆ ଗଛରୁ ନଡ଼ିଆ ଚୋରେଇବା ପର୍ଯ୍ୟନ୍ତ କୌଣସି କଠିନ କାମ ଅସମ୍ଭବ ନ ଥିଲା। ଏସବୁ ସତ୍ତ୍ୱେ ସେ ବେଶି ପାଠ ନ ପଢ଼ିବା ମୋତେ ଆଶ୍ଚର୍ଯ୍ୟ କରିଥିଲା। ଶୁଣିଥିଲି, ମାଟ୍ରିକ୍ ପରୀକ୍ଷା ଆଗଦିନ ରାତିରେ ସେ ସ୍କୁଲ୍ ବଗିଚାରୁ ସାଙ୍ଗମାନଙ୍କୁ ଧରି ନଡ଼ିଆ ଚୋରଉଥିଲା। ହଠାତ୍ ସ୍କୁଲ୍‌ର ମାଳୀ ଉଠିପଡ଼ିବାରୁ ସାଙ୍ଗମାନେ ବଗୁଲିକୁ ଛାଡ଼ି କିଏ କୁଆଡ଼େ ପଳେଇଗଲେ। ଗଛରୁ ଖସିପଡ଼ି ବଗୁଲି ଛୋଟା ହୋଇଗଲା ଓ ସେ ଆଉ ପରୀକ୍ଷା ଦେଇପାରିଲା ନାହିଁ। କ୍ରମେ ସାଙ୍ଗମାନଙ୍କଠାରୁ ପଛରେ ରହିଯିବାର ନ୍ୟୂନମନ୍ୟତା ତାକୁ ଏଭଳି ଗ୍ରାସ କରିଦେଲା ଯେ ସେ ଆଉ ଆଦୌ ପରୀକ୍ଷା ଦେଲା ନାହିଁ। ତା' ପାଠପଢ଼ା ସେତିକିରେ ସେ ସାରିଦେଲା।

ତା'ରି ପାଖରୁ ଶୁଣିଥିଲି, ବାବୁଲି ତା' ବାପାଙ୍କ ଇଚ୍ଛା ବିରୋଧରେ ଗୋଟେ ଖ୍ରୀଷ୍ଟିଆନ ଝିଅକୁ କାଳେ ଭଲପାଉଛି। ସେ ଝିଅର ଜଣେ ସମ୍ପର୍କୀୟ ଅଛନ୍ତି ଆମେରିକାରେ। ବାବୁଲି ହୁଏତ ସେ ଝିଅକୁ ସାଙ୍ଗରେ ନେଇ ଆମେରିକା ପଳେଇ ଯାଇପାରେ।

ମୁଁ ଆଶ୍ଚର୍ଯ୍ୟ ହୋଇ ନ ଥିଲି। ବାବୁଲି ପରି ପିଲା ପାଇଁ ଓଡ଼ିଶା କି ଭାରତ ଠିକଣା ଜାଗା ନୁହେଁ। ଉଡ଼ାଜାହାଜକୁ ରେଳଧାରଣା ଉପରେ ଗଡ଼ିବାକୁ କହିବା ଯାହା, ବାବୁଲିକୁ ଓଡ଼ିଶାରେ ରହିବାକୁ କହିବା ସେଇଆ। ମୁଁ ବାବୁଲିର ଦୁଃସାହସକୁ ମନେ ମନେ ତାରିଫ କରିଥିଲି ଓ ତା'ର ନିଷିଦ୍ଧ ଅଭିସାର ସମ୍ପର୍କରେ ଚିନ୍ତାକରି ମନେ ମନେ ରୋମାଞ୍ଚିତ ହୋଇଥିଲି।

ମୋ ମନ ଭିତରେ ଶୈଶବର କାଗଜଡଙ୍ଗା ଆଉ ଥରେ ନାଚିବାକୁ ଲାଗିଥିଲା। ସେଇ ଜରିଦିଆ କାଗଜଡଙ୍ଗା - ଯାହାର ପବନ ଭର୍ତ୍ତି ସୁନେଲି ପାଲ ଆଗକୁ ପେଟେଇ ପଡ଼ିଛି ଓ ଡଙ୍ଗାଟିକୁ ଆଗକୁ ଆଗକୁ ଠେଲି ନେଉଛି। ମୁଁ ସ୍ଥିର କରିଥିଲି, ଯେମିତି ହେଉ ଥରେ ବାବୁଲିକୁ ଭେଟିବି। ତା'ର ପ୍ରେମ ଓ ସ୍ୱପ୍ନ ବାବଦରେ ତା'ଠୁଁ ସବୁକଥା ଶୁଣିବି।

ମାତ୍ର ମୋର କେବେ ବି ସରୁ ନ ଥିବା ଜଞ୍ଜାଳ ଓ ସବୁବେଳେ ପାଖେ ପାଖେ ରହୁଥିବା ଆର୍ଥିକ ଦୁଃସ୍ଥିତି ମୋତେ ଆଦୌ ସେ ଅବକାଶ ଦେଉ ନ ଥିଲା । ସବୁବେଳେ କିଛି ନା କିଛି ସମସ୍ୟା ଲାଗି ରହୁଥିଲା ଓ ପ୍ରତିଟି ମାସ କେମିତି ସୁରୁଖୁରୁରେ ବିତିବ ସେ ନେଇ ମୁଁ ସର୍ବଦା ଦୁଶ୍ଚିନ୍ତାରେ ବୁଡ଼ି ରହୁଥିଲି । ଟିଉସନ୍, ପାର୍ଟଟାଇମ୍ ଚାକିରି ଓ ପାଠପଢ଼ା ଭିତରେ ମୋ ଜୀବନ ଗୋଟେ ବିରକ୍ତିକର ଶୃଙ୍ଖଳାରେ ଛନ୍ଦି ହୋଇଥିଲା ଓ ସେ ଶୃଙ୍ଖଳାର ଶୃଙ୍ଖଳ ଭିତରୁ ମୁକୁଳି ଖୁସିବାସିରେ ଅବସର କାଟିବା ମୋ ପାଇଁ ସ୍ୱପ୍ନ ଥିଲା । ଏସବୁ ସାଙ୍ଗକୁ ବାପାଙ୍କର ନୂଆ ନୂଆ ସମସ୍ୟାର ଜଟିଳ ଖବରମାନ ମୋ ପାଖେ ଆସି ପହଞ୍ଚୁଥିଲା ଓ ମୋ ପାଦରେ ପ୍ରତିଦିନ ନୂଆ ନୂଆ ବେଡ଼ି ବନ୍ଧା ହୋଇଯାଉଥିଲା । ଜବରଦସ୍ତି ପାଣିରେ ବୁଡ଼େଇ ମାରି ଦିଆଯାଉଥିବା ଗୋଟେ ଘୁଷୁରି ପରି ମୁଁ ଆଲ୍ଲାମାଲ୍ଲା ହୋଇ ପଡୁଥିଲି ।

ଏହା ଭିତରେ ଯେତେବେଳେ ଟିକିଏ ସମୟ ମିଳୁଥିଲା, ମୁଁ ସେ ସମୟକୁ ବାବୁଲି ଓ ତା'ର କାଗଜଡଙ୍ଗା ସମ୍ପର୍କରେ ଚିନ୍ତା କରିବାରେ ବ୍ୟୟ କରୁଥିଲି । ଗୋଟିଏ ପଟେ ମୁଁ ଓ ମୋର ଉଲ୍ଲେଖହୀନ ଜୀବନ ଏବଂ ଆଉ ଗୋଟେ ପଟେ ବାବୁଲି ଓ ତା'ର ରୁପା ବୋଇତର ସୁନାର ଭବିଷ୍ୟତ କଥା ଭାବି ମୁଁ ପରିସ୍ଥିତିର ବିଚିତ୍ର ଗତି ସମ୍ବନ୍ଧରେ ଚିନ୍ତା କରୁଥିଲି ।

ଆଖିବୁଜି ଦେଇ ମୁଁ ଶୈଶବର କାଗଜଡଙ୍ଗା କଥା ଭାବୁଥିଲି । ସେଇ କାଗଜଡଙ୍ଗା, ଯାହା ଆମ ଗାଁ ଗୋହିରିର ଗୋଳିଆ ପାଣିକୁ ବି ସୁନା ଆଉଟା ରଙ୍ଗରେ ରଙ୍ଗେଇ ଦେଉଥିଲା । ସେଇ କାଗଜଡଙ୍ଗା, ଯାହା ଆମର ମାମୁଲି, ଲୋଚାକୋଚା ଖବରକାଗଜ ତିଆରି କୁନି କୁନି ଡଙ୍ଗାଗୁଡ଼ିକୁ ପଛରେ ପକେଇ ଆଗକୁ ଆଗକୁ ମାଡ଼ିଯାଉଥିଲା ।

ଏହାପରେ ଦିନେ ଖବର ପାଇଲି, ବାବୁଲି ଆମେରିକା ଚାଲିଗଲା । ସେଦିନ ମୁଁ ମୋ ଭଡ଼ାଘରର ମେଲାରୁ ବାହାରକୁ ବାହାରି ଆସି ମଥା ଉପରର ନୀଳ ଆକାଶକୁ ଚାହିଁଥିଲି । ଆକାଶରେ ଉଡ଼ାଜାହାଜଟିଏ ଡେଣାକାଟି ଉଡ଼ି ଯାଉଥିଲା; କେତେବେଳେ ବଉଦ ଭିତରେ ତ କେତେବେଳେ ବଉଦ ବାହାରେ ତା'ର ମସୃଣ ରୁପେଲି ଚେହେରା ଭାସିଯାଉଥିଲା । ସତେ କି ବାବୁଲି ସେଇ ଉଡ଼ାଜାହାଜ ପେଟରେ ବସିଥିବ, ଏମିତି ବିଚାରି ମୁଁ ଉପରକୁ ହାତ ଉଠେଇ ଟା ଟା କରିଥିଲି । ''ଯା, ବାବୁଲି ଯା- ମୁଁ ଜାଣିଥିଲି ତୁ ବହୁତ ଉପରକୁ ଉଠିବୁ । ତୋ ପାଇଁ ମାଟି ନୁହେଁ, ଆକାଶ ହିଁ ଠିକଣା ଜାଗା । ଆମ ପରି ମାମୁଲି ମଣିଷଙ୍କ ପାଇଁ ସିନା ଏ ମାଟି ଓ ଗୋହିରି, ଏ ଅରମା ସଡ଼କ ! କିନ୍ତୁ ତୁ ତ ନଭଚାରୀ, ସ୍ୱପ୍ନର ଉପତ୍ୟକା ତୋର ଅସଲ ଠିକଣା । ତୁ ଲଣ୍ଡନ,

ଫ୍ରାନ୍‌ସ, ଜର୍ମାନ ସବୁଆଡ଼େ ବୁଲିବୁ। ତୁ ଆମ ପୁରାଣର ବାମନ ଅବତାର, ଯାହାର ତୃତୀୟ ପାଦ ପାଇଁ ଅକୁଳାଣ ପଡ଼ିବ ଏ ପୃଥିବୀ।''

ଏହାପରେ ସାଙ୍ଗମହଲରେ ଯେତେବେଳେ ଯେଉଁଠି କିଛି ଚର୍ଚ୍ଚା ହେଉଥିଲା, ପ୍ରୟୋଜନ ଥାଉ ବା ନ ଥାଉ, ମୁଁ ବାବୁଲିର ଆମେରିକା ରହଣି କଥା କହୁଥିଲି। ସାଙ୍ଗମାନେ ଆମେରିକା କଥା ଶୁଣି ବାବୁଲି ବିଷୟରେ ଅଧିକା ଜାଣିବାଲାଗି ଆଗ୍ରହ ପ୍ରକଟ କରୁଥିଲେ। ସେମାନଙ୍କ ଆଗରେ ମୋର ସ୍ଥାନ ଗୁରୁତ୍ୱପୂର୍ଣ୍ଣ ହୋଇଯାଉଥିଲା। ଆମେରିକା ସମ୍ପର୍କରେ ସବୁଯାକ କଥା ସେମାନେ ମୋ'ଠାରୁ ଆଦାୟ କରି ନେବା ପାଇଁ ବ୍ୟସ୍ତ ହେଉଥିଲେ। ସତେ କି, ମୋ ପାଖେ ଆମେରିକା ଭ୍ରମଣର ଗୋଟେ ସରଳ ସୂତ୍ର ଅଛି ଓ ମୁଁ ଚାହିଲେ ସେମାନଙ୍କୁ ସୂତ୍ରଟି ଦେଇପାରିବି- ଏହି ପ୍ରକାରର ଗୋଟେ ଆଶା ସେମାନଙ୍କ ମୁହଁରେ ଝୁଲି ରହୁଥିଲା। ମୁଁ ବୁଝିପାରୁଥିଲି ଯେ ଓଡ଼ିଶା ପରି ଗୋଟେ ଗରିବ ରାଜ୍ୟର ବେକାର ଶିକ୍ଷିତମାନଙ୍କ ନିମନ୍ତେ ଆମେରିକା ଥିଲା ସ୍ୱପ୍ନ ଓ ସମ୍ଭାବନାର ସୁବର୍ଣ୍ଣ ଦ୍ୱୀପ। ଥରେ ସେଠିକି ଚାଲିଗଲେ ତା'ପରେ ଆଉ ଦୁଃଖ ନାହିଁ, ଅଭାବ ନାହିଁ କି ଚିନ୍ତା ନାହିଁ! ମାତ୍ର ବାବୁଲି ସମ୍ପର୍କରେ ଅଧିକ କିଛି ଜାଣି ନ ଥିବାରୁ ମୁଁ ମୋ ସାଙ୍ଗମାନଙ୍କ ପ୍ରଶ୍ନଗୁଡ଼ିକର ଯଥାଯଥ ଉତ୍ତର ଦେଇପାରୁ ନ ଥିଲି। 'ବାବୁଲି' ଓ 'ଆମେରିକା' ଶବ୍ଦର ପ୍ରୟୋଗକୁ ମୁଁ ମୋର 'ଷ୍ଟାଟସ୍ ସିମ୍ବଲ୍' ଭାବରେ ବ୍ୟବହାର କରୁଥିଲି ଓ ସେ ଦିଗରେ କେତେକାଂଶରେ ସଫଳ ମଧ୍ୟ ହେଉଥିଲି।

କିନ୍ତୁ ସାଙ୍ଗମାନଙ୍କ ପାଖରୁ ଉଠିଆସିବା ପରେ ମୁଁ ଏକପ୍ରକାର ଅହେତୁକ ଅଭିମାନରେ ଭାଙ୍ଗିପଡୁଥିଲି। ଆମେରିକାର ସ୍ୱଚ୍ଛଳ ଜୀବନ ଉପଭୋଗ କରିବା ସତ୍ତ୍ୱେ ବାବୁଲି ମୋ ପରି ଗୋଟେ ପିଲାଦିନର ସାଙ୍ଗକୁ ଥରୁଟେ ପାଇଁ ମନେ ନ ପକେଇବା କଥାଟାକୁ ମୁଁ ଆଦୌ ସହଜ ଭାବରେ ଗ୍ରହଣ କରିପାରୁ ନ ଥିଲି। ଶୈଶବର ସମର୍ପଣ ଭାବ ଯୌବନର ଅହଙ୍କାରରେ ପରିଣତ ହେଉଥିଲା ଏବଂ ମୁଁ ଧୀରେ ଧୀରେ ନିଜକୁ ବାବୁଲିଠାରୁ ଦୂରକୁ ଚାଲିଯାଇଥିବା ଆବିଷ୍କାର କରି ଦୁଃଖିତ ହେଉଥିଲି।

ଏଭଳି ଏକ ସମୟରେ ଆମେରିକା ଭ୍ରମଣର ସୁଯୋଗ ମୋ ପାଇଁ ପ୍ରକୃତରେ ରୋମାଞ୍ଚକର ଅନୁଭୂତି ଥିଲା। ଗୋଟିଏ ଅନ୍ତର୍ଜାତୀୟ ସେମିନାରରେ ଯୋଗଦେବା ପାଇଁ ମୁଁ ଆବେଦନ କରିଥିଲି ଓ ମୋତେ ସେଠିକୁ ଯିବାଲାଗି ନିମନ୍ତ୍ରଣ ମିଳିଯାଇଥିଲା। ସେତିକିବେଳେ ବାବୁଲିକୁ ଭେଟିବାର ଇଚ୍ଛା ଆଉ ଥରେ ମୋ ଭିତରେ ମୁଣ୍ଡ ଟେକିଥିଲା ଓ ଆମେରିକା ଗସ୍ତର ସକଳ ଆୟୋଜନ ଭିତରେ ବାବୁଲି ସହ ଦେଖାସାକ୍ଷାତ ପ୍ରସଙ୍ଗଟିକୁ ମୁଁ ଆଗ୍ରହର ସହ ଲାଳନପାଳନ କରିଥିଲି।

ମ୍ୟାରିଲ୍ୟାଣ୍ଡରେ ରହୁଥିବା ପ୍ରବାସୀ ଭାରତୀୟ ଶ୍ରୀଯୁକ୍ତ ଗୁପ୍ତା ଆମ ୱାଶିଂଟନ୍

ଡି.ସି. ଭ୍ରମଣର ଦାୟିତ୍ୱ ନେଇଥିଲେ। ମୋ ସାଙ୍ଗରେ ଯାଇଥିବା ଅନ୍ୟ ବନ୍ଧୁମାନେ ମଧ୍ୟ ଆଗରୁ ଆମେରିକାରେ ଥିବା ନିଜ ନିଜର ବନ୍ଧୁ ଓ ସମ୍ପର୍କୀୟଙ୍କ ଫୋନ୍ ନମ୍ବର, ଫ୍ୟାକ୍ସ ଓ ଇ-ମେଲ୍ ଠିକଣା ନେଇ ଯାଇଥିଲେ। ମାତ୍ର ମୋର ସେଭଳି କେହି ନିଜର ଲୋକ ଆମେରିକାରେ ନ ଥିଲେ, କେବଳ ବାବୁଲି ଛଡ଼ା। କିନ୍ତୁ ବାବୁଲିର ଫୋନ୍ ନମ୍ବର ମୋ ପାଖରେ ନ ଥିଲା। ଶ୍ରୀଯୁକ୍ତ ଗୁପ୍ତା ପଚାରିଲେ, ''ସେ କେଉଁ ଷ୍ଟେଟ୍‌ରେ ରହନ୍ତି, ଆପଣ କହିପାରିବେ ?''

ମୁଁ କହିଲି, ''ଶୁଣିଥିଲି ସେ ନ୍ୟୁୟର୍କରେ ରହୁଥିଲା। ତା'ର ଭଲ ନାଁ ଅରବିନ୍ଦ ମହାନ୍ତି। ଡାକ ନାଁ ବାବୁଲି। ସେ ଭଲ ଗିଟାର୍ ବଜାଏ। ତା' ବାପା କଟକରେ ରହନ୍ତି।''

ଶ୍ରୀଯୁକ୍ତ ଗୁପ୍ତା କହିଥିଲେ, ''ବ୍ୟସ୍ତ ହୁଅନ୍ତୁ ନାହିଁ। ପ୍ରବାସୀ ଓଡ଼ିଆମାନଙ୍କର ଏଠି ଗୋଟେ ଆସୋସିଏସନ୍ ଅଛି। ସେ ଆସୋସିଏସନ୍‌ରେ ଉତ୍ତର ଆମେରିକା, ଦକ୍ଷିଣ ଆମେରିକା ଓ କାନାଡାରେ ରହିଥିବା ଅଧିକାଂଶ ପରିବାର ସଭ୍ୟ। ଅରବିନ୍ଦ ମହାନ୍ତି ଯଦି ଦଶ ବାର ବର୍ଷ ହେଲା ଏଠି ରହିଲେଣି, ତା'ହେଲେ ସେ ଆସୋସିଏସନ୍‌ର ସଭ୍ୟ ହୋଇଥିବେ। ନ ହେଲେ ମଧ୍ୟ ତାଙ୍କୁ ଅନ୍ୟ କେହି ନିଶ୍ଚୟ ଜାଣିଥିବେ। ଆପଣଙ୍କୁ ମୁଁ କାଲି ତାଙ୍କ ବିଷୟରେ ସୂଚନା ଦେବି।''

ପରଦିନ ଆମେ ୱାଶିଂଟନ୍ ଡି.ସି. ବୁଲିଗଲୁ। ଓଡ଼ିଶାରୁ କାହିଁକି, ଭାରତରୁ ଯାଇଥିବା ନୂଆ ଲୋକ ପାଇଁ ଆମେରିକା ଗୋଟିଏ ବିସ୍ମୟକର ଅନୁଭବ। ସବୁଆଡ଼ ପରିଷ୍କାର ପରିଚ୍ଛନ୍ନ, ରାସ୍ତାଘାଟ, କୋଠାବାଡ଼ି, ଦୋକାନ ବଜାର। ଚାରିପଟେ ସବୁଜ ବଳୟ, ଧୂଳି କି ଧୂଆଁ ନାହିଁ। ପ୍ରାଚୁର୍ଯ୍ୟ ଓ ସମ୍ଭାବନାର ରାଜଧାନୀ।

ରାତିରେ ହୋଟେଲ୍‌କୁ ଫେରି ମୁଁ ଶ୍ରୀଯୁକ୍ତ ଗୁପ୍ତାଙ୍କୁ ବାବୁଲି ବିଷୟରେ ପଚାରିଲି। ଶ୍ରୀଯୁକ୍ତ ଗୁପ୍ତା ମୋତେ ବାବୁଲିର ଟେଲିଫୋନ୍ ନମ୍ବର ଦେଲେ। ସେ ଟେଲିଫୋନ୍ ନମ୍ବରଟି ମୋତେ ମିଳିଯିବା କ୍ଷଣି ମୁଁ ଖୁସିରେ ଅଧୀର ହୋଇଗଲି। ତେଣିକି, ମନେ ମନେ ଆସନ୍ତାକାଲିର ଯୋଜନା ବିଷୟରେ ମୁଁ ଅନେକ ଯୋଜନା କରିବସିଲି। କେତେ ବର୍ଷ ପରେ ବାବୁଲି ସାଙ୍ଗରେ ଦେଖାହେବ ! ସେ ମୋତେ ଚିହ୍ନିପାରିବ କି ନାହିଁ, ଚିହ୍ନିଥିଲେ ବି ପିଲାଦିନର ଖେଳକୁଦ କଥା ମନେ ରଖିଥିବ କି ନାହିଁ, ସେ ବିଷୟରେ ବହୁତ କଥା ଭାବିଗଲି।

ସାଙ୍ଗେ ସାଙ୍ଗେ ଟେଲିଫୋନ୍ ଲଗେଇଲି। ସେପଟୁ ଜଣେ ଭଦ୍ରମହିଳା ଫୋନ୍ ଉଠେଇଲେ। ମୁଁ ମୋର ଓଡ଼ିଆ-ଇଂରାଜୀରେ ଅରବିନ୍ଦ ମହାନ୍ତିଙ୍କ ସହ କଥା ହେବାକୁ ଚାହେ ବୋଲି କହିଲି। ଭଦ୍ରମହିଳା, 'ଜଷ୍ଟ୍ ଏ ମିନିଟ୍' କହି ଚାଲିଗଲେ ଓ ମୁଁ

ଏପଟେ ବାବୁଲିକୁ ପ୍ରଥମେ କ'ଣ କହିବି ତା'ର ଏକ ଶବ୍ଦ-ତାଲିକା ପ୍ରସ୍ତୁତ କରିନେଲି। ପ୍ରାୟ ଦୁଇ ମିନିଟ୍ ପରେ ସେଇ ଭଦ୍ରମହିଳା ଫୋନ୍ ପାଖକୁ ଆସିଲେ ଓ ମୋ ନାଁ, ଘର, ଜିଲ୍ଲା ଓ ଚାକିରି ବିଷୟରେ ଜେରା କଲେ। ମୁଁ ଧୈର୍ଯ୍ୟର ସହ ସେସବୁ ବତେଇଲି ଓ କହିଲି, 'ଅରବିନ୍ଦ ମୋର ପିଲାଦିନର ସାଙ୍ଗ। କୁହନ୍ତୁ 'ନିଲୁ ତା' ସହ କଥା ହେବାକୁ ଚାହେ।'

ଏଥର ଆଉ ଗୋଟିଏ ମିନିଟ୍‌ର ଅପେକ୍ଷା।

ମୁଁ ଅଧୈର୍ଯ୍ୟ ହୋଇପଡୁଥାଏ। ବାବୁଲି ସହ କଥା ହେବା ପାଇଁ ମୁଁ ଆତୁର ହୋଇସାରିଥାଏ। ଏଥର ସେହି ଭଦ୍ରମହିଳା ପୁଣିଥରେ ଫୋନ୍ ଧରିଲେ ଓ କହିଲେ, ''ସୋ ସରି। ହି ଇଜ୍ ନଟ୍ ହିଅର ରାଇଟ୍ ନାଓ। ପ୍ଲିଜ୍ ଗିଭ୍ ମି ୟୁଓର ଫୋନ୍ ନମ୍ବର।''

ମୁଁ ଟିକିଏ ଆଶ୍ଚର୍ଯ୍ୟ ହେଲି। ଏଇ ସାଙ୍ଗେ ସାଙ୍ଗେ ଡାକୁଛି କଥାଟି କେମିତି 'ସେ ଘରେ ନାହାନ୍ତି'ରେ ପରିବର୍ତ୍ତିତ ହୋଇଗଲା ? ମୁଁ ମୁହଁ ଶୁଖେଇ ମୋର ଫୋନ୍ ନମ୍ବର ଦେଲି ଓ ଭଦ୍ରମହିଳାଙ୍କୁ ବିନୟ ଭାବରେ କହିଲି, ''ମୁଁ କାଲି ଦିନଟି ଏଇଠି ଅଛି। ଦୟାକରି ତାଙ୍କୁ କଲ୍ କରିବା ପାଇଁ କହିବେ। ମୋର ବିଶେଷ କିଛି କାମ ନାହିଁ। ମୁଁ ପଅରିଦିନ ଏଠୁ ଫେରିଯିବି।''

ସେ ରାତିଟା ବଡ଼ ଦୁଶ୍ଚିନ୍ତାରେ ମୋର ବିତିଲା। ମୁଁ ବାବୁଲିର ଆଶ୍ଚର୍ଯ୍ୟଜନକ ବ୍ୟବହାର କଥା ଚିନ୍ତା କରି ବିବ୍ରତ ହେଉଥିଲି। ବାବୁଲି କ'ଣ ଭାବିଲା କି ମୁଁ ତା'ର ସାହାଯ୍ୟ ଲୋଡ଼ିବି ? ଭାବିଲା କି ମୁଁ ଅନ୍ୟମାନଙ୍କ ପରି ଆମେରିକାରେ କିଛି ଗୋଟେ ବାହାନା କରି ରହିଯିବାକୁ ଚାହୁଛି। ମୋ ସାଙ୍ଗରେ କଥା ହୋଇସାରିଲା ପରେ ବି ତ ସେ ଆଡ଼େଇ ଯାଇପାରିଥାଆନ୍ତା।

ତା' ପରଦିନ ବିତିଗଲା। ବାବୁଲିର ଫୋନ୍ ଆସିଲା ନାହିଁ। ମୁଁ ହୋଟେଲ୍‌ରେ ନ ଥିବା ବେଳେ କାଳେ ଫୋନ୍ ଆସିଥିବ ଭାବି ଆନ୍‌ସରିଙ୍ଗ୍ ମେସିନ୍ ଅନ୍ କଲି। ନା, ବାବୁଲିର ଫୋନ୍ ଆସି ନ ଥିଲା। ମୋର ମନ ଭାଙ୍ଗିଯାଇଥିଲା। ମୋ ମନ ଭାଙ୍ଗିଯିବାର ଖବର ମୋର ସାଙ୍ଗମାନେ ଓ ଶ୍ରୀଯୁକ୍ତ ଗୁପ୍ତା ଜାଣିପାରୁଥିଲେ। କିନ୍ତୁ ସେମାନେ ବା ଏ ବାବଦରେ କ'ଣ କରି ପାରିଥାଆନ୍ତେ!

ମୁଁ ମୋ କାମରୁ ଟିକିଏ ଫୁରୁସତ ପାଉଥିଲେ ବାବୁଲିର ଘର ନମ୍ବରରେ ଫୋନ୍ କରୁଥିଲି, ମାତ୍ର ତାକୁ ଆଦୌ ଫୋନ୍‌ରେ ପାଉ ନ ଥିଲି। ମୁଁ ନିଶ୍ଚିତ ହୋଇ ଯାଇଥିଲି ଯେ ବାବୁଲି ମୋତେ ଉପେକ୍ଷା କରୁଛି। ଆମେରିକା ଆସିବା ପରେ ସେ ଖୁବ୍ ଧନୀ ଓ ପ୍ରତିଷ୍ଠିତ ହୋଇଯାଇଛି। ଏ ଦେଶ ତ ଡଲାର୍‌ର ଦେଶ, ଏଠି ଆବେଗ ବା

ଭାବପ୍ରବଣତାର ବେଶି କିଛି ଗୁରୁତ୍ୱ ନାହିଁ। ବାବୁଲି ମଧ୍ୟ ସେଥିରୁ ବାଦ୍ ଯାଆନ୍ତା କିପରି ?

ପରଦିନ ଆମକୁ ଏୟାରପୋର୍ଟରେ ବିଦାୟ ଜଣାଇବା ବେଳେ କିଛି ଗୋଟେ ଗୁରୁତ୍ୱପୂର୍ଣ୍ଣ କଥା କହିବା ପାଇଁ ମୋତେ ଶ୍ରୀଯୁକ୍ତ ଗୁପ୍ତା ପଛରୁ ଡାକିଲେ। ମୁଁ ତାଙ୍କ ପାଖକୁ ଗଲି। ସେ କହିଲେ, ''କ୍ଷମା କରିବେ, ମୁଁ ଅରବିନ୍ଦ ମହାନ୍ତିଙ୍କ ବିଷୟରେ କିଛି କହିବାକୁ ଚାହୁଁଛି।''

''ଆରେ, କୁହନ୍ତୁ, କୁହନ୍ତୁ। ସେ ଫୋନ୍ କରିଥିଲା କି ?''

''ନାଇଁ, ସେ ଡ୍ରଗ୍ ଆଡିକ୍ଟ ହୋଇଯାଇଛନ୍ତି...।''

ଏୟାରପୋର୍ଟରୁ ଉଡ଼ାଜାହାଜଟିଏ ଅବତରଣ କରୁଥିଲା। ମୁଁ ସେହି ଶବ୍ଦରେ ନା ଶ୍ରୀଯୁକ୍ତ ଗୁପ୍ତାଙ୍କ କଥାରେ କେଜାଣି ଏକଦମ୍ ଚମକିପଡ଼ିଲି !

ଆପଣ ଇଣ୍ଡିଆ ଫେରିଯିବା ପରେ ତାଙ୍କ ପ୍ୟାରେଣ୍ଟ୍‌ସଙ୍କୁ କହିବେ। ତାଙ୍କ ମିସେସ୍ ଏବେ ଗୋଟିଏ ମଲ୍‌ରେ କାମ କରୁଛନ୍ତି। ନିଜେ ମହାନ୍ତି ଆଉ ଏକ କ୍ରେଚରେ କାମ କରୁଥିଲେ, ତିନି ମାସ ହେବ ସେ କାମ ତାଙ୍କ ପାଖେ ନାହିଁ। ଗୋଟାଏ କିଛି ଗୁରୁତର ବୁଝାମଣା ଅଭାବରୁ ଇଣ୍ଡିଆର ତାଙ୍କ ପରିବାର ଯା'ଙ୍କୁ ଲୋଡୁନାହାନ୍ତି, ଇଏ ବି ଏଠୁ ଫେରିଯାଇ ପାରୁ ନାହାନ୍ତି।

ମୋ ମୁଣ୍ଡ ଚକ୍କର କାଟିଦେଉଥିଲା। ମୁଁ ଧୈର୍ଯ୍ୟ ରଖି ପଚାରିଲି, ''ଏକଥା ଆପଣଙ୍କୁ କିଏ କହିଲା ?''

''ଆପଣଙ୍କ କମ୍ୟୁନିଟି ଆସୋସିଏସନ୍‌ର ସେକ୍ରେଟାରି। ଏକଥା ଆପଣଙ୍କୁ ଦୁଃଖ ଦେଇଥିଲେ ଦୟାକରି କିଛି ଭୁଲ୍ ବୁଝିବେ ନାହିଁ।''

ମୋର ବନ୍ଧୁମାନେ ଚେକ୍-ଇନ୍ ପାଇଁ ଲାଇନ୍‌ରେ ଛିଡ଼ା ହୋଇଥିଲେ। ଆମ ଯାତ୍ରାର ସମୟ ପାଖେଇ ଆସୁଥିଲା। ମୁଁ କ'ଣ କରିବି, ନ କରିବି ସ୍ଥିର କରି ପାରୁ ନ ଥିଲି। ନ୍ୟୁୟର୍କ ସହର ୱାଶିଂଟନ୍ ଡି.ସି. ପାଖରୁ ବେଶ୍ ଦୂର। ଏଇଠି କୋଉଠି ପାଖରେ ହୋଇଛି ଯେ ମୁଁ ଯାଇ ବାବୁଲିକୁ ଭେଟିପାରିବି।

ବାବୁଲି ଡ୍ରଗ୍ ଆଡିକ୍ଟ ହୋଇଥିବା କଥା ମୁଁ କଳ୍ପନା କରିପାରୁ ନ ଥିଲି। ଡ୍ରଗ୍ ଆଡିକ୍ଟମାନଙ୍କର ଚେହେରା ମୁଁ ଟି.ଭି. ଓ ଖବରକାଗଜରେ ଦେଖିଥିଲି। ଡ୍ରଗ୍ ଖାଇବା ବେଳ ହୋଇଗଲେ ସେମାନଙ୍କ ଚେହେରା ବଦଳିଯାଏ। ମୁହଁ ଆଖି ନାଲି ଦିଶେ, ଦେହ ହାତ ଥରେ। ସେତେବେଳେ ଡ୍ରଗ୍‌ସ ଛଡ଼ା ଆଉ କିଛି କଥା ମନେ ପଡ଼େନାହିଁ। ଏତେ ଟିପେ ଚରସ୍, କୋକେନ୍ ପାଇଁ ସେମାନେ ମଣିଷ ମାରିଦେବାକୁ ପଛାନ୍ତି ନାହିଁ।

ମୋ ଆଖି ସାମ୍ନାରେ ଶୈଶବର ସ୍ମୃତିସବୁ ନାଚିଯାଉଥିଲା। ନୀଳ ସମୁଦ୍ରର ଢେଉ କାଟି ଗୋଟିଏ ରୁପାର ବୋଇତ ଆଗକୁ ଆଗକୁ ଭାସିଯାଉଛି। ତା'ର ପାଲ ଦିଶୁଛି ରାଜହଂସର ମସୃଣ ପକ୍ଷ ପରି। ସେଇ ବୋଇତର ଖମ୍ବ ପାଖରେ ସୁନାର ପୋଷାକ ପିନ୍ଧି ଛିଡ଼ା ହୋଇଛି ବାବୁଲି, ଗୋଟେ ଦିଗ୍‌ବିଜୟୀର ମୁଦ୍ରାରେ।

କ୍ରମେ ସେ ରୁପାର ବୋଇତ ସଂକୁଚିତ ହୋଇଯାଉଛି ଗୋଟେ ଲୋଚାକୋଚା କାଗଜ ଡଙ୍ଗାରେ। ସମୁଦ୍ରର ନୀଳ ଜଳ ବଦଳିଯାଉଛି ଗୋହିରିର ଗୋଳିଆ ପାଣିରେ। କାଗଜ ଡଙ୍ଗାଟି କିଛିବାଟ ଆଗେଇ ଯାଇ ଚହଲି ଉଠୁଛି। ବତୁରି ଯାଉଛି ତା'ର ସମଗ୍ର ଅସ୍ତିତ୍ୱ। ତା'ପରେ ଧୀରେ ଧୀରେ ସେ କାଗଜ ଡଙ୍ଗାଟି ଗୋହିରିର ବାଙ୍କ ବୁଲାଣିରେ ବୁଡ଼ିଯାଉଛି। ଜଳସମାଧି ନେଇଯାଉଛି ସ୍ୱପ୍ନର ବୋଇତ।

ମୁଁ ଭୟରେ ଦୁଇ ଆଖି ବୁଜି ପକେଇଲି।

■

କାଚ କଣ୍ଢେଇ

ଯେତେବେଳେ ପାଚିଲା ଆମ୍ବ ଓ ପଣସର ମିଠା ବାସ୍ନାରେ ଘଣ୍ଟେଶ୍ୱର ହାଟପଟିର ନୁଖୁରା ମଳିଛିଆ ଓ ଧୂଳିଆ ଚେହେରା ମହ ମହ ବାସିଉଠେ, ସେତିକିବେଳେ ପହିଲି ରଜ ଆସେ ଆମ ଗାଁକୁ। ଲଙ୍କାଆମ୍ବ ବଣରେ ମହୁମାଛିଙ୍କର ମେଳଣ ସରି ନ ଥାଏ, ତେନ୍ତୁଳି ଗଛ ଡାଳରେ କାଉଗୋଠ ପରି ମନ୍ତେଇ ମଥା ଉପରେ ଓହଳିପଡ଼େ କଳା ବଉଦ। ପହିଲି ରଜର ଆସିବା ରାସ୍ତାରେ ଆମ ଗାଁ ପବନ ବିଛେଇ ଦିଏ ଚୁନି ଚୁନି କରଞ୍ଜ ଫୁଲ। ବଡ଼ ପୋଖରୀର ଗୋଳିଆ ପାଣିରେ ଝିଅମାନେ ନିଜ ନିଜର ତୋଫା ଦେହ ଘଷିମାଜି ହୁଅନ୍ତି, ରୋଷେଇ ଘରେ ପୋଡ଼ପିଠାର ବାସ୍ନା ଛୁଟେ, ସ୍କୁଲ୍ ପଡ଼ିଆରେ ଘାସ ଗଛଗୁଡ଼ିକ କେନା ମେଲେଇ ବଢ଼ିଚାଲନ୍ତି ଓ ଆମ ଗାଁ ରାସ୍ତାରେ କାଚ, ଅଳତା ଆଉ ରିବନ ବିକାଳିଙ୍କର ଭିଡ଼ ବଢ଼ିଯାଏ।

ଏବଂ ସେତିକିବେଳେ ଆସନ୍ତି ବଟଦାଦି। ତାଙ୍କର

ବଗପରି ଧୋବଫରଫର କୁର୍ତ୍ତା ଦିଶିଯାଏ ନୂଆ ପୋଖରୀ ଆଡ଼ିରୁ; କାନ୍ଧ ଉପରେ ନାଲି ଗାମୁଛା, ପାଦରେ ନେଳି ଚପଲ ଓ ଦୁଇ ହାତରେ ଦିଇଟି କୁହୁକ ଝୁଲା। ଆଉ ଜଣେ କେହି ବଟଦାଦିଙ୍କର ବଡ଼ ଗଣ୍ଠୁଲିଟିକୁ କେତେବେଳେ ହାତରେ ଓହଳେଇ ତ କେତେବେଳେ କାନ୍ଧରେ କାନ୍ଧେଇ ତାଙ୍କ ପଛେ ପଛେ ଚାଲୁଥାଏ - ଯେଉଁଥିରେ ଥାଏ ଗୋଛା ଗୋଛା ସ୍ୱପ୍ନ, ବିଡ଼ା ବିଡ଼ା ବିସ୍ମୟ।

ଆମର ଘଟଣାହୀନ କୈଶୋରର ଶାଖାରେ, ଆମ୍ବଗଛ ଶାଖାରେ ବଉଳ ଖୁନ୍ଦିହେଲା ପରି ଘଟଣାମାନ ଖୁନ୍ଦି ହୋଇଯାଏ। ଆମେମାନେ ବଟଦାଦିଙ୍କର ପାଖାପାଖି ହେବା ପାଇଁ ପରସ୍ପର ଭିତରେ ପ୍ରତିଯୋଗିତା ଆରମ୍ଭ କରିଦେଉ। ଚଢ଼େଇର ଡେଣା ପରି ଆମେ ଆମର ଦୁଇ ହାତ ମେଲେଇ ଚକାଚକା ଭଉଁରି ଖେଳୁ। ସେଇ ନୂଆ ପୋଖରୀ ଆଡ଼ି ପାଖରୁ ହିଁ ଆମେ ବଟଦାଦିଙ୍କୁ ଶଙ୍ଖୋଳି ଆଣୁ।

ମୁଁ ଚଟ୍‌କରି ବଟଦାଦିଙ୍କ ହାତରୁ ଗୋଟାଏ ଝୁଲା ଆଣିବା ପାଇଁ ହାତ ବଢ଼େଇ ଦିଏ। ମୋ ମନର ରହସ୍ୟ ଭେଦ ପାଇଁ ଅସମର୍ଥ ବଟଦାଦି ମୋର ଆଜ୍ଞାବହତା ଓ ଭକ୍ତିରେ ମୁଗ୍ଧ ହୁଅନ୍ତି। ବାଁ ହାତର ଝୁଲାଟି ମୋ ହାତକୁ ବଢ଼େଇ ଦେଉ ଦେଉ କହନ୍ତି, 'ହୁସିଆରିରେ ଧରିବୁ, ପଡ଼ିଯିବ।'

ବଟଦାଦିଙ୍କର ସେଇ ଓଜନିଆ ଝୁଲାଟି ମୋତେ ଫୁଲଭର୍ତ୍ତି ଚାଙ୍ଗୁଡ଼ି ପରି ହାଲୁକା ଲାଗେ। ମୁଁ ଡଗଡଗ ପାହୁଣ୍ଡ ପକେଇ ବଟଦାଦିଙ୍କୁ ଆଗେ ଆଗେ ବାଟ କଢ଼େଇ ଆଣେ। ବଟଦାଦି ପଚାରନ୍ତି, ''ସ୍କୁଲ ଛୁଟି ହୋଇଗଲାଣି କିରେ?'' ଆଉ କେହି କିଛି ଉତ୍ତର ଦେବା ଆଗରୁ ମୁଁ କହେ, ''ହଁ। କୋଉଦିନୁ।''

ବଟଦାଦି ବଡ଼ ପୋଖରୀର ପଥର ପାହାଚରେ ଗୋଡ଼ହାତ ଧୁଅନ୍ତି। ତା'ପରେ ସିଧା ଯାଇ ଚନ୍ଦ୍ରଶେଖର ମହାଦେବଙ୍କୁ ମୁଣ୍ଡିଆ ମାରନ୍ତି। ସେଇଠୁ ଆଉ ଝୁଲାଟି ଆଉ ଜଣେ କାହା ହାତକୁ ବଢ଼େଇ ଦେଇ ସେ ଗୁରୁଜନମାନଙ୍କୁ ଓଳଗି-ଦଣ୍ଡବତ ଜଣାଇ ଜଣାଇ ଘରକୁ ଆସନ୍ତି।

ଘର ଅଗଣାରେ ତାଙ୍କୁ ଅପେକ୍ଷା କରି ରହିଥାଏ ଗୋଟେ କୁନି ମଙ୍ଗଳା ଯାତ୍ରା। ବୋଉ ଯାଇ ଚଟିଆଟିଏ ପାରିଦିଏ ପିଣ୍ଡା ଉପରେ, ଗେହ୍ଲାଦେଈ ପାଣି ଢାଳଟିଏ ଆଣି ଥୋଇଦିଏ। ଖୁଡ଼ୀ ଗୋଟେ ବିଞ୍ଚଣା ଆଣି ବଟଦାଦିଙ୍କ ହାତକୁ ବଢ଼େଇ ଦିଅନ୍ତି। ବାପା ବଟଦାଦିଙ୍କୁ କଲ୍ୟାଣ କରୁ କରୁ ଆମମାନଙ୍କୁ ତାଗିଦ୍ କରନ୍ତି, ''ଲୋକଟାକୁ ଟିକିଏ ପବନ ଖାଇବାକୁ ଦିଅ। ଚାରିପଟୁ ଘେରି କ'ଣ ଦେଖୁଛ?''

ମାତ୍ର ଆମେମାନେ ବାପାଙ୍କର ସେ ତାଗିଦାକୁ ଦେହର ମଳିପରି ଝାଡ଼ିଝୁଡ଼ି ଦେଉ। ଆମର ଆଖିଗୁଡ଼ିକ ବଟଦାଦିଙ୍କ ବ୍ୟାଗ୍ ଓ ବଡ଼ ଗଣ୍ଠିଲିଟି ଉପରେ ଥାଏ। ବଟଦାଦି ଘର ଭିତରକୁ ଚାହିଁ କହନ୍ତି, ''ଆଗେ ପିଲାଙ୍କ କଥା ଟିକିଏ ବୁଝିଦେଲ।''

ତା'ପରେ ଖୁଡ଼ୀ ଆମକୁ ଖଇ ଉଖୁଡ଼ା ବାଣ୍ଟିଲା ପରି ଚଉଠେ ଚଉଠେ ସନ୍ଦେଶ ଦିଅନ୍ତି। ପାଟିରେ ଦେଉ ଦେଉ ସେତକ କୁଆପଥର ପରି କୁଆଡ଼େ ମିଳେଇ ଯାଏ। ବଟଦାଦିଙ୍କର ଅନ୍ୟ ଜିନିଷ ଉପରେ ଡାଆଣା ସାଙ୍ଗମାନଙ୍କର ନଜର ପଡ଼ିବା ଆଶଙ୍କାରେ ମୁଁ ନିଜକୁ ସ୍ୱେଚ୍ଛାସେବୀ ଭୂମିକାରେ ବସେଇ ପାଟିକରେ, ''ଚାଲ ଚାଲ। ସନ୍ଦେଶ ତ ଖାଇଲ, ଆଉ କ'ଣ? ସଞ୍ଜବେଳକୁ ଆସିଲେ କଲିକତା ଗପ ଶୁଣିବ।''

ସାଙ୍ଗମାନେ ମୋର ସୌଭାଗ୍ୟକୁ ଈର୍ଷା କରି ଓ ମନେ ମନେ ମୋର ଦୁର୍ବ୍ୟବହାରକୁ ଗାଳିଦେଇ ଫେରିଯାଆନ୍ତି। ତା'ପରେ ମୁଁ ସିଧା ଯାଇ ବସିଯାଏ ବଟଦାଦିଙ୍କ ଗଣ୍ଠୁଲି ପାଖରେ, ମାଛଧରା ହେଉଥିବା ପୋଖରୀ ଆଡ଼ିରେ ବଗ ବସିବା ପରି।

ବଟଦାଦି ଥକି ପଡ଼ିଥାଆନ୍ତି। କହନ୍ତି, ''ଉପରଓଳିକୁ ବ୍ୟାଗ୍‌ପତ୍ର ଖୋଲିବା।'' ତାଙ୍କର ଏ ପ୍ରସ୍ତାବରେ ରାଜିହେବା ଭିନ୍ନ ମୋର କିଛି ଚାରା ନ ଥାଏ।

କିନ୍ତୁ ମୁଁ ତାଙ୍କ ପାଖ ଛାଡ଼େ ନାହିଁ। କାୟା ପାଖରେ ଛାୟା ପରି ମୁଁ ତାଙ୍କରି ପାଖେ ପାଖେ ରହିଥାଏ।

ବଟଦାଦି ତାଙ୍କ ହାତବ୍ୟାଗ୍‌ରୁ ଚକଚକିଆ ଖୋଳ ଭିତରେ ପଶିଥିବା ଟୁଥ୍‌ପେଷ୍ଟ୍ ବାହାର କରନ୍ତି। ବ୍ରସ୍ ପିଠିରେ ପେଷ୍ଟ୍ ବୋଳି ବାଡ଼ିଘର ପିଣ୍ଡା ଉପରେ ଦାନ୍ତ ଘଷନ୍ତି। ମୁଁ ତାଙ୍କ ପାଟିକୁ ଚାହିଁରହେ। ସାବୁନ ଫେଣ ପରି ବାଲୁବାଲୁ ତାଙ୍କ ମୁହଁଟିକୁ ଦେଖି ମୋର ସାହାଡ଼ା, ନିମ୍ବ, କରଞ୍ଜ ଦାନ୍ତକାଠିଗୁଡ଼ାକ ଉପରେ ଦୟା ହୁଏ। ବାପା ବ୍ୟବହାର କରୁଥିବା ଗୁଡ଼ାଖୁ ପ୍ରତି ଘୃଣା ଆସେ। ମୁଁ ମନେ ମନେ ଭାବିଚାଲେ, ବଡ଼ହେଲା ପରେ ବଟଦାଦିଙ୍କ ପରି ମୁଁ ବି ବ୍ରସ୍‌ରେ ଟୁଥ୍‌ପେଷ୍ଟ୍ ଧରି ଦାନ୍ତ ଘଷିବି। ସେତେବେଳେ ବାଡ଼ିପିଣ୍ଡାରେ ଦାନ୍ତ ନ ଘଷି ମୁଁ ବଡ଼ପୋଖରୀ ଯାଏଁ ଯିବି। ଲିଟୁ, ଚୁଇଁ, ବଗୁଲି ଓ ନଣ୍ଡା ସମସ୍ତଙ୍କୁ ଦେଖେଇ ଦେଖେଇ ଦାନ୍ତ ଘଷିବି।

କିନ୍ତୁ ବଟଦାଦିଙ୍କର କୋଉ କୋଉ ଚିଜ ବା ମୁଁ ନିଜେ ସଂଗ୍ରହ କରିପାରିବି! ତାଙ୍କର କୁହୁକ ପେଡ଼ିରେ ଅଦ୍ଭୁତ ଅଦ୍ଭୁତ ଜିନିଷମାନଙ୍କର ଭିଡ଼। ବଟଦାଦି ଦାନ୍ତ ଘଷିସାରି ଗାଧୋଇବା ଲାଗି ବାହାରନ୍ତି। ବ୍ୟାଗ୍‌ରୁ ବାହାରେ ଚକଚକିଆ ଖୋଳ ଭିତରେ ଯତ୍ନରେ ପଶିଥିବା ଡଉଲଡାଉଲ ସାବୁନ। ବଟଦାଦି ସେ ଖୋଳଟାକୁ ଫିଙ୍ଗିଦେବା କ୍ଷଣି ମୁଁ ଚଟ୍‌କରି ସେଇଟିକୁ ଗୋଟେଇ ଆଣି ପକେଟ୍‌ରେ ଲୁଚେଇ ଦିଏ। ପାଖଆଖରେ କେହି ନ ଥିଲାବେଳେ ସେଇଟିକୁ ମୁଁ ନାକ ପାଖରେ ଧରି ଶୁଙ୍ଘେ- ବାପ୍‌ରେ, କି ବାସ୍ନା ସେଇ ଖୋଳଟାର!

ବଟଦାଦି ତା'ପରେ ଛୋଟ ତେଲ ଶିଶିଟିଏ ବାହାର କରନ୍ତି। ସେଇ ଶିଶିଟାର

ଠିପି ଖୋଲିବାକ୍ଷଣି ତା'ର ମହମହ ବାସ୍ନାରେ ଆମ ଘରର ସନ୍ତସନ୍ତିଆ, ଗମୁରା ଗନ୍ଧ କୁଆଡ଼େ ପଳେଇଯାଏ। ମୁଁ ଆଉ ବେଶିକାଳ ମୋର ବିସ୍ମୟକୁ ଧରି ରଖି ନ ପାରି ବଟଦାଦିଙ୍କୁ ପଚାରେ, 'ଏଇଟା କ'ଣ ବାସ୍ନା ତେଲ !'

: ହଁ, ୟା' ନାଁ କେଓକାର୍ପିନ୍। ତୁ ୟାକୁ ଧରି ଚାଲ୍। ମୁଣ୍ଡ ଧୋଇଲା ପରେ ଲଗେଇବା।

ମୁଁ ଟ୍ୟୁବ୍‌ୱେଲ୍‌ର ହ୍ୟାଣ୍ଡଲ ଚାପିବା ପାଇଁ କୋଉକାଳୁ ନିଜକୁ ସଜ କରି ରଖିଥାଏ। ମୋର ବୋତାମ ଛିଣ୍ଡି ଯାଇଥିବା ପ୍ୟାଣ୍ଟ୍‌ଟା କାଳେ ଅସହଯୋଗ କରିବ, ସେଇ ଆଶଙ୍କା କରି ତା' ଉପରେ ବାପାଙ୍କ ନାଲି ଗାମୁଛାକୁ କମରପଟି ପରି କଷି ଦେଇଥାଏ।

ବଟଦାଦି ଟ୍ୟୁବ୍‌ୱେଲ୍ ପାଖରେ ପହଞ୍ଚି ପଚାରନ୍ତି, 'ଆଉ କେହି ଏଠି ନାହାନ୍ତି ତ ରେ ?'

ମୁଁ ଏଣୁଅ ପରି ଏପଟ ସେପଟ ଚାହିଁ କହେ, 'ନା, ତମେ ଗାଧୋଇପଡ଼।'

ବଟଦାଦି ତାଙ୍କ ଅଣ୍ଟାରୁ ଗୋଟେ ସିଗ୍ରେଟ୍ ପ୍ୟାକେଟ୍ ବାହାର କରନ୍ତି। କିଆବୁଦା ପାଖକୁ ଯାଇ ପବନ ନ ବାଜିବା ପରି ଜାଗାରେ ସେ ପ୍ୟାକେଟ୍‌ଟି ଖୋଲନ୍ତି ଓ ତା' ଭିତରୁ ଜରି ଖଣ୍ଡେ ବାହାର କରି ପକେଇଦିଅନ୍ତି। ଆମ ଗାଁର ଡାଆଣା ପବନ ସେ ଜରିକୁ ଉଡ଼େଇ ନେବା ଆଗରୁ ମୁଁ ଖପ୍‌କିନା ଧାଇଁଯାଇ ତାକୁ ଧରିଆଣେ ଓ ପକେଟ୍‌ରେ ପୂରେଇ ଦିଏ। ବଟଦାଦି କଳ ଦିଆଶିଲି ଚାପି ସିଗ୍ରେଟ୍‌ରେ ନିଆଁ ଲଗେଇ ପାଟିର ଧୂଆଁସବୁ ଗୋଲ୍ ଗୋଲ୍ ମୁଣ୍ଡୁଳା ବନେଇ ଉପରକୁ ଛାଡ଼ନ୍ତି। ସେତେବେଳେ ବଟଦାଦି ଦିଶନ୍ତି ଆଈ କହିଥିବା ଗପର ରଜାପୁଅ ପରି।

ମୁଁ ପରମ ଉତ୍ସାହରେ ଟ୍ୟୁବ୍‌ୱେଲ୍‌ର ହ୍ୟାଣ୍ଡଲ୍ ଚାପେ। ବଟଦାଦି ମହମହ ବାସୁଥିବା ସାବୁନରେ ଗାଧୁଅନ୍ତି। ପୋଛାପୋଛି ହୋଇସାରି ମୁଣ୍ଡରେ ବାସନା ତେଲ ଲଗାନ୍ତି। ତା'ପରେ ମୋତେ କହନ୍ତି, ''ବସ୍, ମୁଁ ଚାପିଦେଉଛି। ତୁ ବି ଗାଧୋଇପଡ଼।''

ଓଦା ଗାମୁଛା ପାଲଟି ବଟଦାଦିଙ୍କ ଆଗେ ଆଗେ ଗାଁ ଦାଣ୍ଡରେ ଚାଲିଲାବେଳେ ମୋ ଦୁଇ ଗୋଡ଼ର ବ୍ୟବଧାନ ଅଜାଣତରେ ବଢ଼ିଯାଏ। ମୋ ଦେହ ମୁଣ୍ଡରୁ ମହମହ ବାସ୍ନା ବାହାରି ଦାଣ୍ଡସାରା ଖେଳି ଯାଉଥାଏ। ମୁଁ ସେତେବେଳେ ମନକୁ ମନ ଭାବୁଥାଏ, ''ବଟଦାଦି ସବୁଦିନେ ଗାଁରେ ରହନ୍ତେ କି !''

ବଟଦାଦି ଖାଇସାରି ଟିକିଏ ଶୋଇପଡ଼ନ୍ତି। ଖୁଡ଼ୀ ମୋତେ ବଟଦାଦିଙ୍କ ପାଖରୁ ଉଠେଇ ଦେଇ କବାଟ ଆଉଜେଇ ନିଅନ୍ତି। କହନ୍ତି, ''ରେଳଗାଡ଼ି ବାଧା କଥା ତୁ ଜାଣିନୁ। କଲିକତା କ'ଣ କମି ବାଟ ? ପୁଣି ଦମ୍‌ଦମ୍ ପାଖରୁ ହାଓ୍ୱଡା - ବାପ୍‌ରେ, ସେ ବହୁତ ବାଟ। ତୁ ଯାଇ ଛାଇ ଲେଉଟିଲେ ଆସିବୁ।''

କଲିକତା, ହାଓ୍ୱଡା, ଦମ୍‌ଦମ୍ - ଏଗୁଡ଼ିକ କୁଆଡ଼େ ମୁଁ ଜାଣି ନ ଥାଏ। ସେତେବେଳକୁ ମୁଁ ଯାଇ ଯାଇ ଘଣ୍ଟେଶ୍ୱର ଯାଏ ଯାଇଥାଏ। ଘଣ୍ଟେଶ୍ୱରର ଦୁର୍ଗାପୂଜା

ଆଉ କାଳୀପୂଜା ଆମ ଅଞ୍ଚଳରେ ବିଖ୍ୟାତ। ବାପା ବେଳେବେଳେ ଚାନ୍ଦବାଲି ଯାଆନ୍ତି ଓ ଶ୍ରୀଧର ଭାଇ କଟକରେ ରହନ୍ତି। କିନ୍ତୁ ବଟଦାଦି ରହନ୍ତି ଦମ୍‌ଦମ୍‌ରେ !

ବଗୁଲି ପଚାରେ, ''ତୋ ବଟଦାଦି କୁଆଡ଼େ ଆଲୁଦମ୍‌ରେ ରହନ୍ତି ?''

ମୁଁ ତାକୁ ଜବାବ ଦିଏ, ''ତୋ ଦାଦି ପୋଟଳରସାରେ ରହୁଥିବେ।''

ବଗୁଲି କିଛି କହିପାରେ ନାହିଁ। ବଟଦାଦି ଆଣିଥିବା ସନ୍ଦେଶର ମିଠା ସୁଆଦ ତା' ମୁହଁ ବାନ୍ଧି ଦେଇଥାଏ। ତା' ସାଙ୍ଗକୁ ମୁଁ ମୋର ଦୁଇ ପକେଟରେ ଥିବା ସିଗ୍ରେଟ୍‌, ସାବୁନ ଓ ଟୁଥ୍‌ପେଷ୍ଟ୍‌ର ଚିକିଚିକିଆ ଖୋଳଗୁଡ଼ିକ ଦେଖେଇ ଭବିଷ୍ୟତରେ ସେଥିରୁ ଗୋଟିଏ ଯୋଡ଼ିଏ ତାକୁ ଦେଇପାରେ, ଏଇ ପ୍ରତିଶ୍ରୁତି ତା' ଆଗରେ ଝୁଲେଇ ରଖିଥାଏ। ବଗୁଲି ସେପରି ଅମୂଲ୍ୟ ଜିନିଷର ଲୋଭ ଛାଡ଼ି ମୋ ସାଙ୍ଗେ ଶତ୍ରୁତା କରିବାକୁ କଦାପି ସାହସ କରନ୍ତା ନାହିଁ।

ଦ୍ୱିପ୍ରହର ସାରା ମୁଁ ଏକଲା ଡାହୁକ ପରି ଏପଟ ସେପଟ ହୋଇ ବଟଦାଦିଙ୍କ କବାଟ ଖୋଲିବାକୁ ଅପେକ୍ଷା କରେ। ଗୋଟିଏ ଗୋଟିଏ ମୁହୂର୍ତ୍ତ ମୋତେ ଗୋଟିଏ ଗୋଟିଏ ଦିନ ପରି ଲାଗେ। ସେତେବେଳେ ଖୁଡ଼ୀଙ୍କ ଉପରେ ମୋର ରାଗ ହୁଏ। ବୋଉ ଆଉ ଖୁଡ଼ୀ ରୋଷେଇ ଘରେ ବାସନକୁସନ ସଜାଡ଼ି ରଖୁଥାଆନ୍ତି। ମୁଁ ଯାଇ ବଟଦାଦିଙ୍କ ଦରଆଉଜା କବାଟଟାକୁ ଟିକିଏ ଖୋଲିଦେଇ ଡାକେ, ''ଦାଦି, ଏବେ ଗଣ୍ଠିଲି ଖୋଲିବା।''

ବଟଦାଦି ଶେଷକୁ ମୋ କଥାରେ ରାଜି ହୋଇଯାଆନ୍ତି।

ମୁଁ ତାଙ୍କ ପାଖରେ ଚକାମାଡ଼ି ବସେ।

ବଟଦାଦି ଗୋଟିଏ ପରେ ଗୋଟିଏ ପୁଡ଼ିଆ ଖୋଲନ୍ତି। ଓଃ, ବାପ୍‌ରେ, କେତେ ଜିନିଷ ଥାଏ ସେ ଗଣ୍ଠିଲିଟାରେ !

ବାପାଙ୍କ ପାଇଁ ଧୋତି, ବୋଉ ଏବଂ ଖୁଡ଼ୀ ପାଇଁ ଶାଢ଼ି, ସାନ ପାଇଁ ୱାସ୍‌ ଏନ୍‌.ୱେୟାର କନାର ଜଗଦୀଶ ଡ୍ରେସ୍‌, ବଡ଼ ଭଉଣୀ ପାଇଁ ଲମ୍ବା ଫ୍ରକ୍‌, ଘର ପାଇଁ ପ୍ଲାଷ୍ଟିକ୍‌ ଗ୍ଲାସ୍‌, କପ୍‌ ଓ ପ୍ଲେଟ୍‌, ଠାକୁରଙ୍କ ପାଇଁ ଚନ୍ଦନପେଡ଼ି, ଧୂପକାଠି, ଆଈ ପାଇଁ ଭୁଟ୍‌କମ୍ବଳ। ଆଉ ବ୍ୟାଗ୍‌ଟାରେ ଜିରା, ସୋରିଷ, ଗରମ ମସଲା, ବାସ୍ନା ତେଲ, କାଚ, ରିବନ, କୁଙ୍କୁମ ଓ ଆଉରି କେତେ କ'ଣ। ହାତ ବ୍ୟାଗ୍‌ ଭିତରେ ରଜ ଖେଳ ପାଇଁ ନୂଆ ତାସ୍‌ ମୁଠା, ମୋହନ ସିରିଜ୍‌ର ଗୁଇନ୍ଦା ଉପନ୍ୟାସ, ଲୁଗାଧୁଆ ଓ ଦେହଲଗା ସବୁନ। ତା' ସାଙ୍ଗକୁ ବାପାଙ୍କ ଅଣ୍ଟାବିନ୍ଧା ଔଷଧ, ପାଉଡର ଡବା ଓ କଳ ଦିଆଶିଲି - ଯାହାକୁ ଚିପିଦେଲେ ନିଆଁ ବାହାରେ।

ମୁଁ ତଥାପି ଅପେକ୍ଷା କରେ। ଏଗୁଡ଼ା ତ ସବୁ ଘର ପାଇଁ। ମୋ ପାଇଁ ବଟଦାଦି କ'ଣ କିଛି ଆଣିନାହାନ୍ତି !

ବଟଦାଦି ମୋ ମୁହଁକୁ ଚାହିଁଦେଇ ସବୁକଥା ଜାଣିଯାଆନ୍ତି। ସେ ଉଠିଯାଇ ଘର କୋଣରୁ ଗୋଟେ ନାଲିଖୋଳଗୁଡ଼ା ଚିଜ ଆଣି ମୋ ହାତକୁ ବଢ଼େଇ ଦିଅନ୍ତି। ମୁଁ ତରବରରେ ଖୋଲିବସେ - କେଉଁଥର ରବର ଜୋକର, କେଉଁଥର ମଟର କାର୍ କି ଉଡ଼ାଜାହାଜ। ଶେଷଥର ଥିଲା ଅଦ୍ଭୁତ କାଚ କଣ୍ଢେଇ। କଣ୍ଢେଇଟି ଗୋଟେ ମହାପରାକ୍ରମୀ ରାଜାର। ମୋର ନୁଖୁରା ଶାବନା ହାତରେ କାଚର ସେ କଣ୍ଢେଇଟି ମାଙ୍କଡ଼ ହାତରେ ହୀରାମୁଦି ପରି ଚମକି ଉଠିଥିଲା। ମୁଁ ଆମ ଘରର ଅନ୍ଧାରିଆ କୋଣକୁ କଣ୍ଢେଇଟିକୁ ନେଇଯାଇ ବୋଉକୁ ପଚାରିଥିଲି, 'ଅନ୍ଧାରରେ ବି ମୋ କଣ୍ଢେଇ ଦିଶୁଚି ନା ? ଦିଶୁନି !'

ବୋଉର ଆଖି ଖରାପ। ସେ କହେ, 'ଟିକିଏ ଟିକିଏ ଦିଶୁଛି।'

ମୁଁ ତା' ଉପରେ ଚିଡ଼ିଯାଏ। କହେ, ମୋତେ ତ ସଫା ଦିଶୁଛି।

ବଟଦାଦି ତା'ପରେ ମୋତେ କାଚ ଗୋଲି ଓ ଲଜେନ୍ସ ଦିଅନ୍ତି। ମୁଁ ମନେ ମନେ ବଟଦାଦିଙ୍କୁ ଶହ ଶହ ବାର ପ୍ରଶଂସା କରେ। ଆମ ବଟଦାଦିଙ୍କ ପରି ଭଲ ଲୋକ ଏ ଖଣ୍ଡମଣ୍ଡଳରେ କେହି ନ ଥିବେ।

ବଟଦାଦିଙ୍କ ପରି ଲୋକ ସତରେ ଆମ ଗାଁରେ କେହି ନ ଥିଲେ। ସେଥିପାଇଁ ସେ ଗାଁରେ ପାଦଦେବା କ୍ଷଣି ଆମେମାନେ ଚଞ୍ଚଳ ହୋଇ ଉଠୁଥିଲୁ। ସାଙ୍ଗେ ସାଙ୍ଗେ ନୂଆ ନୂଆ ଯୋଜନା ତିଆରି ହୋଇଯାଉଥିଲା। ବଡ଼ ପୋଖରୀରୁ ମାଛଧରା, ରଜର ବାଗୁଡ଼ି ପ୍ରତିଯୋଗିତା, ସାହିପିଲାଙ୍କୁ ନେଇ ଅପେରା ଓ ଅପେରା ପରଦିନ ଭୋଜି। ଏସବୁ ମଝିରେ କେହି କେହି ଅଷ୍ଟପ୍ରହରୀ କୀର୍ତ୍ତନର ପ୍ରସ୍ତାବ ରଖୁଥିଲେ। ମାତ୍ର ସବୁଯାକ ଏକ ସମୟରେ ହୋଇପାରିବ ନାହିଁ କହି ବଟଦାଦି ସେ ପ୍ରସ୍ତାବକୁ ଟାଳି ଦେଉଥିଲେ।

ଦିନରାତି ମଉଛବ ଲାଗି ରହୁଥିଲା ଆମ ଗାଁରେ। ଆମର ପାଦ କଙ୍କିର ଡେଣା ପରି ଅସ୍ଥିର ଓ ମନ ତୁଳା ପରି ହାଲୁକା ହୋଇଯାଉଥିଲା। ଆମେମାନେ ବଟଦାଦିଙ୍କ ହୁକୁମ ତାମିଲ କରିବା ଲାଗି ପରସ୍ପର ଭିତରେ ପ୍ରତିଯୋଗିତା କରୁଥିଲୁ। ବଟଦାଦିଙ୍କ ପାଇଁ କିଛି କାମଟେ କରିଦେବା ଥିଲା ଆମ ପାଇଁ ସୌଭାଗ୍ୟ।

ଚାହୁଁ ଚାହୁଁ ବଟଦାଦିଙ୍କର ଛୁଟି ସରିଯାଏ। ବଟଦାଦି କଲିକତା ଯିବା ପାଇଁ ବାହାରନ୍ତି। ସେତେବେଳକୁ ହାଓ୍ୱଡାର ଝୁଲନ୍ତା ପୋଲ, ଭିକ୍ଟୋରିଆ ମ୍ୟୁଜିୟମ୍‌ର ଅଦ୍ଭୁତ ଦୃଶ୍ୟ, ଦମ୍‌ଦମ୍‌ରେ ପ୍ରତି ସେକେଣ୍ଡରେ ଯା-ଆସ କରୁଥିବା ବିରାଟ ବିରାଟ ଉଡ଼ାଜାହାଜମାନଙ୍କ କଥା ସମ୍ପୂର୍ଣ୍ଣ ହୋଇ ନ ଥାଏ। ଅଥଚ ବଟଦାଦିଙ୍କ ଯିବା ସମୟ ଆସିଯାଏ। ମୁଁ ଉଦାସ ହୋଇପଡ଼େ। ବଟଦାଦି ଚାଲିଗଲା ପରେ ପୁଣି ମୋର ଦିନଗୁଡ଼ିକ ସେଇ ଘଷରା, ପୋଚରା ଓ ବିରକ୍ତିକର ପାଲଟିଯିବ। ସେଥିରେ ଏ ଉତ୍ତେଜନା, ବିସ୍ମୟ ଓ ରୋମାଞ୍ଚ ଆସିବ କୋଉଠୁ !

ଯେମିତି ଦିନେ ନୂଆ ପୋଖରୀ ରାସ୍ତା ଦେଇ ବଟଦାଦି ଆସିଥାଆନ୍ତି, ସେମିତି ଦିନେ ସେ ଚାଲିଯାଆନ୍ତି। ମୁଁ ବୋଉର କାନିତଳେ ମୋର ଲୁହକୁ ଲୁଚେଇ ବଟଦାଦିଙ୍କର ଯିବା ରାସ୍ତାକୁ ଚାହିଁ ରହେ। କ୍ରମେ କ୍ରମେ ତାଙ୍କର ବଗ ପର ପରି ତୋଫା କୁର୍ତ୍ତା ଓ ନାଲି ଗାମୁଛା ବିଲମାଳରେ ହଜିଯାଏ। ତେଣିକି ଯାହା ରହିଯାଏ, ସେସବୁ ବଟଦାଦିଙ୍କୁ ନେଇ ଯେତେସବୁ ଉଷୁମ ସ୍ମୃତି- ମାଛଧରା, ବାଗୁଡ଼ିଡିଆଁ, ରଜଝୁଲଣ, ତାସ୍‌ପିଟା ଓ ଅପେରା ଆୟୋଜନର ରୋମାଞ୍ଚକର ଅନୁଭବ। ସେଇ ସ୍ମୃତିମାନଙ୍କୁ ମନେ ମନେ ଝୁରି ଆମେ ସମୟ ବିତଉ।

ବଟଦାଦି କଲିକତା ଫେରିଯିବାର ଅନେକ ଦିନ ପର୍ଯ୍ୟନ୍ତ କିନ୍ତୁ ଆମ ଘରର ଅଗଣାରେ ବାସ୍ନା ତେଲ ଓ ସାବୁନର ସୁଗନ୍ଧ ଖେଳି ବୁଲୁଥାଏ। ଅନ୍ୟମାନଙ୍କ ଘର ତୁଳନାରେ ଆମ ଘର ଯେ ଅଧିକ ସମ୍ଭ୍ରାନ୍ତ ଓ ଆଧୁନିକ, ଏଇ କଥାଟି ପ୍ରଚାର କରୁଥାଏ ସେ ମହମହ ବାସ୍ନା। କ୍ରମେ ସେ ବାସ୍ନା ବି ପାତଳ ହୋଇ ଆସେ ଏବଂ ଦିନେ ସକାଳୁ ଉଠିଲାବେଳକୁ ସେ ବାସ୍ନା ଜାଗାରେ ଆମ ଘରର ଅଗଣାକୁ ପୁରୁଣା ପରିଚିତ ଗୋବରଲିପା ସନ୍ତସନ୍ତିଆ ଗନ୍ଧ ଫେରିଆସିଥାଏ।

ସେତିକିବେଳେ ମୁଁ ଘର କୋଣରେ ମୋ ସ୍କୁଲ୍ ବ୍ୟାଗ୍ ଭିତରେ ସାଇତିଥିବା ସେଇ ଅପୂର୍ବ କଣ୍ଢେଇଟିକୁ ଖୋଲି ଦେଖେ। କାଚର ମହାରାଜା ବଡ଼ ବଡ଼ ନିଶ ଫୁଲେଇ ମୋତେ ଚାହାନ୍ତି। ମୁଁ ତାକୁ ସିନ୍ଦୁକ ଉପରେ ଥୋଇ ଟିକେ ଦୂରଛଡ଼ା ହୋଇ ଚାହେଁ। ତା'ପରେ ତାକୁ ବୁଲେଇ ଧରେ। ଆଶ୍ଚର୍ଯ୍ୟ ଭାବେ ମହାରାଜାଙ୍କ ଚେହେରା ଏଥର ବଦଳିଯାଏ। ଚାହୁଁ ଚାହୁଁ ଖୋଦ୍ ମହାରାଜା ପାଲଟିଯାଆନ୍ତି ଗୋଟେ କାନ୍ଦୁରା ବଣମଣିଷ। ମୁଁ ମୋର ନୂଆ ଆବିଷ୍କାରରେ ପାଗଳ ହୋଇଯାଏ। କିନ୍ତୁ କଣ୍ଢେଇଟିକୁ ସ୍କୁଲ୍‌କୁ ନେବାର ବୋକାମି କରେ ନାହିଁ। ନଣ୍ଡା ଓ ବଗୁଲିଙ୍କ ଉପରେ ଭରସା ନାହିଁ - ହିଂସୁକ ଗୁଡ଼ାକ, ତଳେ ପକେଇ ଭାଙ୍ଗିଦେବେ।

ଯେତେ ଚେଷ୍ଟା କଲେ ମଧ୍ୟ ନିଜ ଭିତରେ ଏ ଅଦ୍ଭୁତ ଆବିଷ୍କାରର ପୁଲକ ମୁଁ ବେଶି କାଳ ଛପେଇ ରଖିପାରେ ନାହିଁ। ଦିନେ ଏମିତି ସାଙ୍ଗମେଳରେ ଗପୁ ଗପୁ ଆଉ କେହି ପଚାରିବା ଆଗରୁ ମୁଁ ନିଜେ ହିଁ ଅଦ୍ଭୁତ କଣ୍ଢେଇର କଥା କହିଦିଏ। ତା'ପରଠୁ ବଗୁଲି, ନଣ୍ଡା ଓ ଯେତେସବୁ ସାଙ୍ଗ ମୋ ପିଛା ଲାଗିଯାଆନ୍ତି। ଆଚାର, କାଚଗୋଲି, ସିଗ୍ରେଟ୍ ଖୋଳ, ଗୋଲ ଖଡ଼ିପଥର ଓ କାଗଜ ତିଆରି 'ଦିନରାତି' ଖେଳସବୁ ମୋତେ ଯାଚନ୍ତି। ମୁଁ ସେମାନଙ୍କୁ ସମୟ ଦିଏ, ଛୁଟିଦିନ ଖରାବେଳେ ଆସିବ। ମୁଁ ତୁମମାନଙ୍କୁ ମୋ କଣ୍ଢେଇ ଦେଖେଇବି।

ଘରକୁ ଫେରିଆସି କିନ୍ତୁ ମୁଁ ଖୁବ୍ ପସ୍ତାଏ। କାହିଁକି ଏମାନଙ୍କୁ ମୋ କଣ୍ଢେଇ କଥା

କହିଲି ! ମନେ ମନେ ପୁଣି ନାନା ପ୍ରକାର ଯୋଜନା କରେ। କହିଦେବି, ମୋ ବୋଉ କୋଉଠି ଲୁଚେଇ ଦେଇଛି, ମୁଁ ପାଉନାହିଁ। ନ ହେଲେ କହିଦେବି, ଗେହ୍ଲାଦେଈ ହାତରୁ ପଡ଼ି ମୋ କଣ୍ଢେଇ ଭାଙ୍ଗିଯାଇଛି।

କିନ୍ତୁ ଭାଙ୍ଗିଯିବା କଥାଟା ମନକୁ ଆସିଲାକ୍ଷଣି ମୁଁ ଦୁଃଖରେ ଭାଙ୍ଗିପଡ଼େ। ନା, ନା, ସ୍ୱପ୍ନରେ ସୁଦ୍ଧା ମୁଁ ସେକଥା ଭାବିପାରିବି ନାହିଁ।

ସେତେବେଳକୁ ଏଇ କାଚକଣ୍ଢେଇ ଭିନ୍ନ ବଟଦାଦି ଛାଡ଼ିଯାଇଥିବା ଆଉ କୌଣସି ଚିଜ ମୋ ପାଖରେ ନ ଥାଏ। ଅତି ଯତ୍ନରେ ସାଇତିଥିବା ଅରଖ ନୂଆ ଟଙ୍କିକିଆ ନୋଟ୍‌ଟି ସୁଦ୍ଧା କେତେବେଳେ ମିଶ୍ରି ମୁଣ୍ଡାଏ ବିନିମୟରେ କାଶୀନନା ଦୋକାନର ତହବିଲ୍‌କୁ ଚାଲିଯାଇଥାଏ।

ଯାହା ରହିଥାଏ, ତାହା କେବଳ ଚକ୍‌ଚକ୍ କରୁଥିବା ମୋର କାଚ କଣ୍ଢେଇ - ଏପଟୁ ମହାରାଜା, ସେପଟୁ ବଣମଣିଷ।

॥ ଦୁଇ ॥

ଅଳକା ଡାକିଲା, କ'ଣ ସେତିକିବେଳୁ ବସି ଭାବି ହେଉଛ ? ପିଲାଲୋକ, ସେ କ'ଣ ଜାଣିଶୁଣି ଏ କାମ କରିଛି ?

ଅଳକା ଲୁନାର ଅଣହୁସିଆରି କଥା କହୁଥିଲା। ପଚାରୁଥିଲା, ରଜକୁ ତୁମେ ଗାଁକୁ ଯିବ ନା ନାହିଁ ?

ମୁଁ କାଚ କଣ୍ଢେଇର ଟୁକୁଡ଼ାମାନଙ୍କୁ ଚାହିଁଥିଲି।

ପ୍ରତିଟି ଟୁକୁଡ଼ା ଭିତରେ ମୋତେ ଦିଶିଯାଉଥିଲା ଦି' ଦିଇଟି ମୁହଁ - ରାଜା ଓ ବଣମଣିଷ, ବଣମଣିଷ ଓ ରାଜା।

ଏବଂ ବଟଦାଦିଙ୍କ ସହ ଶେଷ ସାକ୍ଷାତର ସ୍ମୃତି।

ମାଟ୍ରିକ୍ ପରୀକ୍ଷା ସରିଯାଇଥିଲା। ଭଲ ହେଉ କି ଖରାପ ହେଉ, ମାଟ୍ରିକ୍‌ଟା ଯେ ପାସ୍ କରିଯିବି, ସେ ନେଇ ବେଶ୍ ନିଶ୍ଚିତ ଥାଏ ମୁଁ। ସେଥିପାଇଁ ଫୁଲ୍‌ପ୍ୟାଣ୍ଟ୍ ଓ ସାର୍ଟ ପାଇଁ ମୋର ଦାବିଟିକୁ ମୁଁ ବାରମ୍ବାର ଦୋହରାଉଥାଏ, ମାତ୍ର ବାପା ଏବଂ ବୋଉ 'ବଟଦାଦି ଆଣିବେ' କହି କଥାଟାକୁ ଟାଳି ଦେଉଥାନ୍ତି।

ସେତିକିବେଳେ ସନାତନ ସାର୍ କଲିକତା ବାହାରିଲେ। ବୋଉକୁ କହିଲି, ମୁଁ ବି ସାର୍‌ଙ୍କ ସାଙ୍ଗରେ କଲିକତା ବୁଲିଆସିବି। ବଟଦାଦିଙ୍କଠୁଁ ମୋର ପ୍ୟାଣ୍ଟ୍ ସାର୍ଟ ନେଇ ଆସିବି।

ବହୁ ଯୁକ୍ତିତର୍କ, ରାଗରୁଷା ଓ ଶେଷକୁ ସନାତନ ସାର୍‌ଙ୍କ ହସ୍ତକ୍ଷେପ ପରେ ବୋଉ ମୋ କଥାରେ ରାଜି ହୋଇଥିଲା। ବଟଦାଦିଙ୍କ ଠିକଣା ଲେଖାଥିବା ଗୋଟିଏ ପୋଷ୍ଟକାର୍ଡ ସେ ସାର୍‌ଙ୍କ ହାତରେ ଧରେଇଥିଲା, ଯେଉଁଟାର ପ୍ରଥମ ବାକ୍ୟ ଥିଲା 'ଆମ କୁଶଳକୁ ମା' ଦକ୍ଷିଣକାଳୀ ସାହା, ତୁମ ଭଲମନ୍ଦକୁ ବାବା ଚନ୍ଦ୍ରଶେଖର ମହାଦେବ ସାହା ହୋଇଥାଆନ୍ତୁ।'

ସନାତନ ସାରଙ୍କ ସହ ହାଓ୍ୱଡାରେ ଓହ୍ଲେଇଲା ବେଳକୁ ସେଇ ମାତ୍ର ସକାଳ ସିନ୍ଦୂରା ଫାଟି ଆସୁଥାଏ। ସନାତନ ସାର୍ କହିଲେ, ପ୍ରଥମେ ଆମେ ଶ୍ୟାମବଜାର ଯିବା ଓ ତା'ପରେ ଉପରଓଳିକି ବାରାସତ୍।

କଲିକତା ବିଷୟରେ ସବୁକିଛି ଜାଣିଥିଲା ପରି ମୁଁ କହିଲି, 'ଦମ୍‌ଦମ୍ ଦେଇ ଯିବା ତ?'

: ହଁ, ହଁ। ତେବେ ଦମ୍‌ଦମ୍ ବାଁ ପଟକୁ ରହିଯିବ।

ଉପରଓଳି ଆମେ ଦୁହେଁ ଯାତ୍ରୀ ଖୁନ୍ଦାଖୁନ୍ଦି ଗୋଟାଏ ବସ୍‌ରେ ଯାଇ ବଟଦାଦିଙ୍କ କମ୍ପାନି ପାଖରେ ପହଞ୍ଚିଲା ବେଳକୁ ବେଳ ଗଡ଼ିଗଲାଣି। ଡାଆଣିଆ ଖରା ରାସ୍ତା ଉପରେ ବିଛେଇ ହୋଇ ପଡ଼ିଥାଏ। ସନାତନ ସାର୍ ମୋତେ ହୁସିଆର କରିଦେଲେ, ''ଓହ୍ଲେଇଲା ବେଳେ ହୁସିଆରିରେ ଓହ୍ଲେଇବୁ। ଏମାନଙ୍କର ଦୟା ମାୟା ନାହିଁ।''

ବାରାସତ୍ ଆସିବାର ପନ୍ଦର ମିନିଟ୍ ଆଗରୁ ମୁଁ ନିଜକୁ ବସ୍‌ରୁ ଓହ୍ଲେଇବା ନିମନ୍ତେ ସଜିଲ କରି ରଖିଥିଲି। ସନାତନ ସାର୍ କହିଲେ, ''ସାବାସ୍, ଏତେ ଦିନେ ତୋର ଡିଆଁକୁଦା କାମରେ ଆସିଲା।''

ବଟଦାଦିଙ୍କ ହାତଲେଖା ପୋଷ୍ଟକାର୍ଡରୁ ଠିକଣା ପଢ଼ି ତାଙ୍କ କମ୍ପାନି ଖୋଜି ପାଇବା ପାଇଁ ଆମକୁ ବେଶ୍ ସମୟ ଲାଗିଥିଲା। ରାସ୍ତାସାରା ଗାଡ଼ିମଟର ହାଉଯାଉ। ଘଡ଼ିକି ଘଡ଼ି ଗୋଟାଏ ପରେ ଗୋଟାଏ ଉଡ଼ାଜାହାଜ ଗଛ ଅଠାରେ ଘଷିହେଲା ପରି ମୁଣ୍ଡ ଉପରେ ଉଡ଼ିଯାଉଥାଆନ୍ତି। ଏତେ ପାଖରୁ କୌଣସି ଦିନ ଉଡ଼ାଜାହାଜକୁ ଦେଖି ନ ଥିବାରୁ ମୁଁ ବାରମ୍ବାର ତଳକୁ ନ ଚାହିଁ ଉପରକୁ ଚାହୁଁଥାଏ। ବଟଦାଦି ସତ କହିଥିଲେ, ଆମ ଗାଁର ଶଗଡ଼ ସଂଖ୍ୟାଠୁ ଦମ୍‌ଦମ୍‌ର ଉଡ଼ାଜାହାଜ ସଂଖ୍ୟା ବେଶି।

ସନାତନ ସାର୍ ମୋତେ ଆକଟ କରିଥିଲେ, ''ତଳକୁ ଚାହିଁ ଚାଲ୍। ନ ହେଲେ ପଡ଼ିଯିବୁ। ଏଠିକାର ଗାଡ଼ି ମଟର କଥା ଦେଖୁଛୁ ତ!''

ସାର୍ ଠିକ୍ କହୁଥିଲେ। ସେତେବେଳକୁ ଆମ ଘଣ୍ଟେଶ୍ୱର ଅଞ୍ଚଳକୁ ବସ୍‌ଟେ ଯିବା ଥିଲା ଦୁରୂହ ସ୍ୱପ୍ନ। ଭଦ୍ରକ-ଚାନ୍ଦବାଲି ରାସ୍ତାରେ ଯା-ଆସ କରୁଥିବା ବସ୍‌ଗୁଡ଼ିକ ଗଦି ଛକ ପାଖରେ ହିଁ ଆମ ଗାଁ ଲୋକଙ୍କୁ ଓହ୍ଲେଇ ଦେଉଥିଲେ। ସେଇଠୁ ଲୋକମାନେ ଚାଲି ଚାଲି ନ ହେଲେ ସାଇକେଲ୍ ରିକ୍‌ସାରେ ବସି ଆଠ ମାଇଲ୍ ବାଟ ଯାଉଥିଲେ।

ଅବଶେଷରେ ଆମେ 'ଟି.କେ.ପାଲ୍, ଏମ୍.ଏଫ୍.କୋ.', ଅଫିସ୍‌ଟି ପାଇଗଲୁ। ସନାତନ ସାର୍ ବୁଝେଇଥିଲେ 'ଏମ୍.ଏଫ୍. ... ମାନେ ମାନୁଫାକ୍‌ଚରିଂ... ମାନେ ତିଆରି', ବୁଝୁଛୁ ତ? ସାରଙ୍କ ବୁଝେଇବା ଭଙ୍ଗୀଟି ସବୁଦିନେ ଏମିତି। ସେଭଳି ଆଗ୍ରହ ଆଗରେ ସ୍ଥାନ, କାଳ, ପାତ୍ର ବିବେଚନା ଅପ୍ରାସଙ୍ଗିକ।

ମାତ୍ର କମ୍ପାନି ଅଫିସ୍‌ରେ ବଟଦାଦି ନ ଥିଲେ।

: ଓଇ କାଜେର୍ ଜାଗାଏ ଥାକ୍‌ବେ। ଜଣେ ବୁଢ଼ାଲୋକ ଚେଁଚେଇଁଆ ସ୍ୱରରେ ଓ ବଙ୍ଗାଳୀ ଭାଷାରେ ଆମକୁ ବତେଇଥିଲା।

: ଆମି ନତୁନ୍ ମାନୁଷ...।

ସନାତନ ସାର୍‌ଙ୍କ ସ୍ୱର ଶୁଣି ମୁଁ ବିସ୍ମିତ ହୋଇଥିଲି ଓ ସେଇଠି ହିଁ ମୁଁ ଆମ ସାର୍‌ଙ୍କର ବଙ୍ଗଳା କହିପାରିବାର ଦକ୍ଷତାର ଚାକ୍ଷୁଷ ପରିଚୟ ପାଇଥିଲି।

ଭଦ୍ରଲୋକ କହିଥିଲେ, ''ଏଇ ଯେ ପାଶେଇ। ଏକ୍‌ଟୁ ଆଗେ ବାଏଁର ଦିକେ ଯାବେନ୍। ତାର୍‌ପର୍ ଡାନ୍ ଦିକେ ଖୁବ୍ ବଡ଼ ଏକଟା ଲୋହାର୍ ଗେଟ୍। ସେଟାଇ ଆମାର ଫାକ୍ଟରୀ।''

: ବାଁ ଡାହାଣ, ଡାହାଣ ବାଁ ହୋଇ ବଟଦାଦିଙ୍କ ଫ୍ୟାକ୍ଟରୀ ପାଖରେ ପହଞ୍ଚିଲା ବେଳକୁ ସଞ୍ଜ ହୋଇ ଆସୁଥାଏ। କିନ୍ତୁ ରାସ୍ତାଘାଟ ତଥାପି ପରିଷ୍କାର ଦିଶୁଥାଏ। ଭଦ୍ରଲୋକ ଠିକ୍ କଥା କହିଥିଲେ। ଟି.କେ. ପାଲ୍. ବ୍ରିକ୍.ଏମ୍.ଏଫ୍.କୋ.ର କାରଖାନା ସାମ୍‌ନାରେ ଦିଶୁଥିଲା ଗୋଟେ ପ୍ରକାଣ୍ଡ ଲୁହାର ଫାଟକ।

କିନ୍ତୁ ଏତେ ବଡ଼ ହତା ଭିତରେ ବଟଦାଦି କୋଉଠି ଥିବେ? ମୁଁ ସତେ ଅବା ସେଇ ନୂଆ ଜାଗାଟାରେ ହଜିଯାଉଥିଲି। ସେତେବେଳେ ମୋ ବୋଉର ଆଶଙ୍କା ମୋର ମନେପଡୁଥିଲା- କଲିକତା ଏତେ ବଡ଼ ଜାଗା, ଯୋଉଠି ହାତୀ ବି ହଜିଯିବ। ମୋ କଥା କିଏ ପଚାରେ!

ବଟଦାଦିଙ୍କୁ ଠାବ କରିବା ପାଇଁ ବେଶ୍ ସମୟ ଲାଗିଥିଲା। ସମୟ ଯେତିକି ବିଳମ୍ବ ହେଉଥାଏ ମୋ ମନର ଉଦ୍‌ବେଗ ଓ ଉତ୍ତେଜନା ସେତିକି ସେତିକି ବଢ଼ି ଚାଲିଥାଏ। ବଟଦାଦି ମୋତେ ଦେଖି କେମିତି ଆଶ୍ଚର୍ଯ୍ୟରେ ଚାହିଁବେ, ତା'ପରେ ମୋତେ କୁଣ୍ଢେଇ ପକେଇବେ ଏବଂ ସେଇ ସୁଯୋଗ ଦେଖି ମୁଁ ମୋର ସୁଟ୍ ଓ ବୁଟ୍ କଥା କହିବି, ସେ କଥା ଚିନ୍ତା କରି କରି ମୁଁ ବ୍ୟସ୍ତ ହୋଇପଡୁଥାଏ।

ବଟଦାଦି ହୁଏତ ମୋତେ ରେଡିମେଡ୍ ପୋଷାକ କିଣିନେବା ପାଇଁ କହିବେ। କିନ୍ତୁ ମୁଁ ସେଥିରେ ରାଜି ହେବି ନାହିଁ। ମୁଁ ନିଜ ମାପରେ କଲିକତା ଟେଲରିଂ ମାଷ୍ଟର୍ ଦୋକାନରେ ସୁଟ୍ ବନେଇବି। ତାହା ନ ହେଲେ ମୁଁ କଲିକତା ଆସିଛି କାହିଁକି?

ଏବଂ ସମ୍ଭବ ହେଲେ ଗେହ୍ଲାଦେଈର ମାଗୁଣି କଥା ବି ବଟଦାଦିଙ୍କୁ କହିବି। ତା'ର ବି ମୋ ପରି ଗୋଟେ କାଚ କଣ୍ଢେଇ ଦରକାର। କିନ୍ତୁ ସେ ରାଜା ଆଉ ବଣମଣିଷବାଲା କଣ୍ଢେଇ ନେବ ନାହିଁ। ରାଣୀ ଓ ଠେକୁଆବାଲା କଣ୍ଢେଇ ନେବ। କାହିଁକି ନା ତାକୁ ନିଶୁଆ ରାଜା ଓ ବଣମଣିଷ ଯୋଡ଼ିକ ଯାକ ଡରେଇ ଦିଅନ୍ତି।

ଗେହ୍ଲାଦେଈର ପ୍ରସ୍ତାବ ଶୁଣିବା ବେଳେ ମୁଁ ତା' ଉପରେ ଚିଡ଼ିଥିଲି - ହ୍ୟାପ୍, ଡରକୁଳୀ। କଣ୍ଢେଇ କ'ଣ କାହାକୁ କାମୁଡ଼ି ପକାଏ ?

କିନ୍ତୁ ସେ କଥାଟି ପଛକୁ କହିବି। ହେଲେ ଭଲ, ନ ହେଲେ ଭଲ। ଗେହ୍ଲାଦେଈର କଣ୍ଢେଇ କଥା ଆଗ କହି ମୁଁ ମୋ ନିଜର ସୁଟ୍ ଓ ବୁଟ୍ କଥାଟାକୁ ହାଲୁକା କରିଦେବା ପାଇଁ ଚାହୁଁ ନ ଥିଲି।

: ଏଇ ଯେ ବଟକୃଷ୍ଣ! ବଙ୍ଗଳାରେ ଏତକ କହି ସାମ୍‌ନାର ଗୋଟେ ଅଦ୍ଭୁତ ଜନ୍ତୁକୁ ସନାତନ ସାର୍ ଚିହ୍ନେଇ ଦେଲେ। ମୁଁ ଆବା କାବା ହୋଇ ଚାରିଆଡ଼କୁ ଚାହିଁ ଖୋଜିହେଲି; କାହାନ୍ତି, ବଟଦାଦି କାହାନ୍ତି ?

ଦେହ ହାତ କାଦୁଅ ବଲବଲ, ମୁହଁସାରା ଧୂଳି, ମୁଣ୍ଡ ଉପରେ ମଳିଛିଆ ଠେକା, ଦେହରେ ଆଣ୍ଠୁ ଲୁଚୁ ନ ଥିବା ଗୋଟେ ପଟାରିଆ ଗାମୁଛା, ପାଦରେ କୋଉକାଳର ଛିଣ୍ଡା ଚପଲ ଓ ହାତରେ ଝୁଡ଼ିଟାଏ ଧରି ଏ କିଏ ଠିଆ ହୋଇଛି ? ମୁଁ ଯୁଗପତ୍ ବିସ୍ମୟ ଓ ଅପ୍ରସ୍ତୁତ ଭାବ ନେଇ ଲୋକଟାକୁ ବଲବଲ କରି ଚାହିଁଥିଲି। ଜାଣିନି, ସେମିତି କେତେ ସମୟ ବିତିଯାଇଥିଲା। ସନାତନ ସାର୍ ମୋ ମୁଣ୍ଡ ହଲେଇ ଦେଇ କହିଥିଲେ, ''କିରେ, ତୋ ବଟଦାଦିଙ୍କୁ ଚିହ୍ନିପାରୁନାହୁଁ କି ? ନମସ୍କାର କରୁନୁ!''

ତଥାପି ମୁଁ ବଟଦାଦିଙ୍କୁ ଚିହ୍ନିପାରୁ ନ ଥିଲି। ମୋ ଆଖିରେ ଗୋଟେ ଧୋବଫରଫର ଧୋତି, କୁର୍ତ୍ତା ପିନ୍ଧା ଯୁବକର ଚେହେରା ନାଚିଯାଉଥିଲା, ଯାହା କାନ୍ଧରେ ପଡ଼ିଥାଏ ନାଲିଗାମୁଛା। ତା' ମଥାରୁ ବାସ୍ନା ତେଲର ଭୁରୁଭୁରୁ ଗନ୍ଧ ଭାସିଆସୁଥାଏ। ସାର୍ଟ ପକେଟ୍‌ରେ ଚକଚକିଆ ସିଗ୍ରେଟ୍ ଖୋଳ, ବାଁ ପକେଟ୍‌ରେ କଳ ଦିଆଶିଳି। ଯିଏ ରାସ୍ତାରେ ଚାଲିଗଲେ ଫୁଲ ଛାଡ଼ି ଆମ ଗାଁର ବୋକା ପ୍ରଜାପତିମାନେ ତାଙ୍କ ପଛରେ ଧାଆଁନ୍ତି। ଇଏ କ'ଣ ସେହି କୁହୁକ ମଣିଷ ବଟଦାଦି!

ବଟଦାଦି ପାଖ ପାଣିକଳରେ ଗୋଡ଼ ହାତ ଧୋଇବା ଲାଗି ଯାଉଥିଲେ। ତାଙ୍କ ଆଗରେ ଓ ପଛରେ ତାଙ୍କରି ପରି ମାଟି ସାଲୁବାଲୁ ଇଟାଖୁଲାର ମଣିଷମାନେ ଛିଡ଼ା ହୋଇଥିଲେ। ବଟଦାଦି ମୁଣ୍ଡରୁ ଠେକାଟା ଖୋଲିଦେଇ ଓଦା ସରସର, ରୁମ ସାଲୁବାଲୁ ମୁହଁହାତ ପୋଛି ହେଉଥିଲେ। ଦେହସାରା ତାଙ୍କର ଧୂଳି ଓ କାଦୁଅ। କୋଉକାଳୁ ଖିଅର ହୋଇ ନ ଥିବା ରୂଢ଼ ସାଲୁବାଲୁ। ସେହି ବେଶରେ ବଟଦାଦି ଦିଶୁଥିଲେ ଅପେରା ପ୍ୟାଣ୍ଡେଲ୍‌ର ରାଜା ନୁହେଁ, ଛବି ବହିର ବଣମଣିଷ ପରି।

ପରଦିନ ସକାଳୁ ତାଙ୍କର ନୁଆଁଣିଆ ବସାଘରୁ ବିଦା ହୋଇ ଆସିବା ବେଳେ ବଟଦାଦି ମୋତେ କେତେ କ'ଣ ପଚାରିଥିଲେ। ମାତ୍ର ବହୁ ଚେଷ୍ଟା କରି ସୁଦ୍ଧା ମୁଁ ତାଙ୍କ ଆଗରେ ମୋ ପ୍ୟାଣ୍ଟ୍ ସାର୍ଟ କଥା କହିପାରି ନ ଥିଲି। ତାଙ୍କର ସବୁଯାକ ପ୍ରଶ୍ନର

ଉତ୍ତର କେବଳ ହଁ ଓ ନା'ରେ ଦେଇ ମୁଁ ଫେରି ଆସିଥିଲି। ସନାତନ ସାର୍ ଶ୍ୟାମବଜାରରେ ଓହ୍ଲାଇ ନିଜକୁ ନିଜେ ଉତ୍ତର ଦେବା ପରି କହୁଥିଲେ, 'ଏଇ ତ ସୁବାଷ ଚୌକ୍। ହାଓ୍ୱଡା ପଟକୁ ବସ୍ ସେପଟେ ମିଳିବ।'

ମୁଁ କିନ୍ତୁ ଚୁପ୍‌ଚାପ୍ ଥିଲି। ମୋ ମୁଣ୍ଡ ଭିତରେ ମୋର କାଚ କଣ୍ଢେଇକୁ କିଏ ବାରମ୍ବାର ଏପଟ ସେପଟ, ଏପଟ ସେପଟ କରି ଘୂରଉଥିଲା। ଲାଗ୍ ଲାଗ୍ ହୋଇ ଗୋଟେ ରାଜା ଓ ବଣମଣିଷର ମୁହଁ ମୋ ଆଖି ସାମ୍‌ନାରେ ନାଚି ଯାଉଥିଲା।

ସନାତନ ସାର୍ ପଚାରିଥିଲେ, ''ଦେହ ଭଲ ନାହିଁ କିରେ, ଏମିତି ଚୁପ୍‌ଚାପ୍ ରହିଛୁ ଯେ!''

ମାତ୍ର ମୁଁ କିଛି କହି ନ ଥିଲି। ପକେଟ୍‌ରେ ହାତ ପୂରେଇ ମୁଁ ଘରୁ ଆଣିଥିବା ମୋ ଚାହିଦାର ଚିଠାଟାକୁ ମୋଡ଼ି ମକଚି ଦେଲା ପରି କେହି ଜଣେ ମୋର ସ୍ୱପ୍ନ ଏବଂ କଳ୍ପନାକୁ ଭିତରେ ମୋଡ଼ିମକଚି ଦେଉଥିଲା।

ଘରକୁ ଆସିବା ବାଟରେ ସନାତନ ସାର୍ ତାଙ୍କ ଗାଁରେ ରହିଯାଇଥିଲେ। ମୁଁ ଫେରିଆସିଥିଲି ଆମ ଘରକୁ। ବୋଉ ଦଉଡ଼ି ଆସି ମୋତେ କୁଣ୍ଢେଇ ପକେଇଥିଲା; କାହିଁକି ନା, ଯା' ଆଗରୁ କେବେ ତାକୁ ଛାଡ଼ି ମୁଁ ଏତେ ଦୂର ଯାଇ ନ ଥିଲି। ଖୁଡ଼ୀ ଧାଇଁଆସି ମୋ ପଛରେ ଛିଡ଼ା ହୋଇଥିଲେ। ଗେହ୍ଲାଦେଈ ତରବର ହୋଇ ମୋର ବ୍ୟାଗ୍ ଦରାଣ୍ଡୁଥିଲା।

ମାତ୍ର ମୋ ଭିତରେ କୌଣସି ଉତ୍ତେଜନା ନ ଥିଲା।

ବୋଉ ପଚାରିଥିଲା, 'କିରେ ବଟଦାଦି ଦେଖା ହେଲେ ନାହିଁ କି? କ'ଣ କହୁଥିଲେ? କେବେ ଆସିବେ?'

ମୁଁ ଚିଡ଼ିଉଠିଲି, 'ତୁ ତ ଶୀଘ୍ର ଫେରି ଆସିବାକୁ କହିଥିଲୁ। ମତେ କାହିଁକି ପଚାରୁଛୁ? ସନାତନ ସାର୍‌ଙ୍କୁ ପଚାରି ବୁଝିବୁ।'

ଅଳକା କାଚ କଣ୍ଢେଇର ଟୁକୁଡ଼ାମାନଙ୍କୁ ଅଳିଆଗଦାରେ ପକେଇ ଦେବା ଲାଗି ଗୋଟେଇ ନେଉଥିଲା। ମୋତେ ଚାହିଁ ପଚାରିଲା, ''କଣ୍ଢେଇଟା ଭାଙ୍ଗିଗଲା ବୋଲି ବିରକ୍ତ ହେଉଛ, ନୁହେଁ? ପୁରୁଣା ଜିନିଷ ଭାଙ୍ଗିଗଲେ ମନ ସତରେ କଷ୍ଟ ହୁଏ।''

ମୁଁ ତାକୁ କିଛି କହିଲି ନାହିଁ। ମୋ କଣ୍ଢେଇ ତ ସେଇଦିନ ସେଇ ବାରାସତ୍‌ରେ ଭାଙ୍ଗିଯାଇଥିଲା। ଅଳକାକୁ ସେ କଥା କହି ଲାଭ କ'ଣ?

■

ଆକାଶ ଦିନେ ନୀଳ ଥିଲା

ଏତେଦିନ ପରେ ସିରାଜ୍‌କୁ ଦେଖି ଟୁଟୁଲ ଖୁସି ହେଲା। ସିଏ ତା ବାପା ପଛରେ ଛିଡ଼ା ହୋଇଥିଲା। ସିରାଜ୍ ବେଶ୍ ଡେଙ୍ଗା ହୋଇଯାଇଥିଲା ଓ ତା' ନାକତଳେ ନିଶ ଗଜୁରି ଆସିଥିଲା। ସିରାଜ୍‌ର ବାପା 'ବଟରଫ୍ଲାଇ' ମଲ୍‌ର ଦରଓ୍ୱାନ୍ ଆଗରେ ହାତଯୋଡ଼ି କ'ଣ କହୁଥିଲେ। ଟୁଟୁଲ୍ କାନ ଡେରିଲା। ସିରାଜ୍‌ର ବାପା କହୁଥିଲେ, 'ମୋତେ ଖାଲି ଟିକିଏ ବାବୁଙ୍କ ସାଙ୍ଗରେ ଦେଖା କରେଇଦିଅ। ମୁଁ ତାଙ୍କୁ ମୋ କଥା କହିବି। ତେଣିକି ସିଏ ଶୁଣିଲେ ଭଲ କଥା, ନହେଲେ ମୋ ଭାଗ୍ୟ ନେଇ ଯୁଆଡ଼େ ଯିବାର ଯିବି।''

ଗାଢ଼ ବାଇଗଣୀ ରଙ୍ଗର ଜାମା, କଳା ରଙ୍ଗର ପ୍ୟାଣ୍ଟ, କଳା ଜୋତା ଓ କଳା ଟୋପି ପିନ୍ଧା ଦରଓ୍ୱାନ୍‌ଟି ସିରାଜ୍ ବାପାଙ୍କ କଥା ଶୁଣିବା ଲାଗି ପ୍ରସ୍ତୁତ ନଥିଲା। ସେ କହୁଥିଲା, ''ଏମିତି ଜି.ଏମ୍‌ଙ୍କ ସହ ଦେଖାହୁଏ ନାହିଁ। ଆପଏଣ୍ଟମେଣ୍ଟ୍ ଦରକାର। ଏବେ ଯାଅ, ମୋତେ ମୋ କାମ କରିବାକୁ ଦିଅ।''

ସିରାଜ୍ ତା ବାପା ପଛରେ ଛିଡ଼ା ହୋଇ ଇଆଡ଼େ ସିଆଡ଼େ ଅନଉଥିଲା। ସେ ଡେଙ୍ଗା ଦିଶୁଥିଲେ ବି ପୂର୍ବ ଅପେକ୍ଷା ଅଧିକ ଦୁର୍ବଳ ଦିଶୁଥିଲା। ସେ ଗୋଟେ ନାଲିଜାମା ଓ କଳା ଟ୍ରାଉଜର ପିନ୍ଧିଥିଲା। ଟୁଟୁଲ ତା ପାଖକୁ ଯାଇ ତାକୁ ଟିକିଏ ଠେଲିଦେଲା ଓ ପଚାରିଲା, ''ହେ ସିରାଜ୍, ଏଠି କ'ଣ କରୁଛୁ?''

ସିରାଜ୍ ତାକୁ ଅନେଇ ଆଶ୍ଚର୍ଯ୍ୟ ହେଲା ଓ ହସିଲା। କିନ୍ତୁ ସେ ହସରେ ଜୀବନ ନଥିଲା। ସେ ବୋଧହୁଏ ଚାହୁଁ ନଥିଲା ଯେ ଟୁଟୁଲ୍ ତାକୁ ଏଭଳି ପରିସ୍ଥିତିରେ ଦେଖୁ। ଖାଲି କହିଲା, ''ବାପା ସାଙ୍ଗରେ ଆସିଥିଲି। ଏବେ ଚାଲିଯିବି। ତୁମେ କେମିତି ଅଛ?''

: ଭଲ। ମୁଁ ହାଇଦ୍ରାବାଦରେ ପଢୁଛି। - ଟୁଟୁଲ କହିଲା।

ସିରାଜ୍ ଟୁଟୁଲ୍ ସାଙ୍ଗରେ ପଢୁଥିଲା। ଅବଶ୍ୟ ସେଇଟା ଚାରିବର୍ଷ ତଳେ। ସପ୍ତମ ଶ୍ରେଣୀ ପରେ ସିରାଜ୍ ଆଉ ସ୍କୁଲ୍‌କୁ ଆସିଲା ନାହିଁ। ଆଗରୁ ସେ ରବିବାର ଓ ଛୁଟିଦିନମାନଙ୍କରେ ତା ବାପାର ଜୋତା ତିଆରି ଦୋକାନରେ ଯାଇ ବସୁଥିଲା। କିନ୍ତୁ ସ୍କୁଲ୍‌କୁ ଆସିବା ବନ୍ଦ ହେଲା ପରେ ସେ ସେଇଠି ନିୟମିତ ଭାବେ ବସିଲା। ତା'ପରେ ସ୍କୁଲ୍‌କୁ ଯିବା ଓ ଫେରିବା ବାଟରେ ସିରାଜ୍ ସହ ଦେଖା ହେଉଥିଲେ ସୁଦ୍ଧା ଟୁଟୁଲ୍ ଏହାର କାରଣ ବିଷୟରେ ପଚାରି ନଥିଲା। ସେ ଜାଣିପାରୁଥିଲା, ସିରାଜ୍‌ର ପାଠପଢ଼ା ବନ୍ଦ ହେବା ଲାଗି କେଉଁ କେଉଁ କାରଣଗୁଡ଼ିକ ଦାୟୀ। ଏହାପରେ ଟୁଟୁଲ୍ ହାଇଦ୍ରାବାଦ ଚାଲିଗଲା। ଏବେ ସେ ଦଶମ ଷ୍ଟାଣ୍ଡାର୍ଡ଼ ପରୀକ୍ଷା ଦେଇସାରି ଘରକୁ ଆସିଛି।

ଚାରିବର୍ଷ ତଳେ ଏଇଠି ଏ 'ବଟରଫ୍ଲାଇ' ମଲ୍ ନଥିଲା। ଏଇଟା ଗୋଟେ ଖାଲି ପଡ଼ିଆ ଥିଲା ଯେଉଁଠି ହାଟ ବସୁଥିଲା। ସବୁଦିନ ଉପରଓଳି, ଧାଡ଼ି ଧାଡ଼ି ତିଆରି ପିଣ୍ଡି ଉପରେ ପରିବା, ଶାଗ, ଚାଉଳଠୁଁ ନେଇ ଅଣ୍ଡା ଓ ମାଛ ପର୍ଯ୍ୟନ୍ତ ନାନା ଜିନିଷ ଏଇଠି ବିକ୍ରି ହେଉଥିଲା। ଦୋକାନୀମାନେ ନିଜ ନିଜ ପିଣ୍ଡାର ଚାରିକୋଣରେ ଚାରିଟି ବାଉଁଶ ଡାଙ୍ଗ ପୋତି ପାଲଟେ ଲେଖାଏଁ ଭିଡ଼ି ଦେଉଥିଲେ। ତା ତଳେ ସେମାନଙ୍କ ଦୋକାନ ବସୁଥିଲା। ଟୁଟୁଲଙ୍କ ଘର ଓ ତା ସ୍କୁଲ୍ ମଝିରେ ଏଇ ହାଟଟା ପଡୁଥିବାରୁ ପ୍ରତି ସପ୍ତାହରେ ବାପା ଓ ସେ ସ୍କୁଲ୍‌ରୁ ହାଟ ଦେଇ ଘରକୁ ଫେରୁଥିଲେ। ସେତେବେଳେ ଟୁଟୁଲ୍ ଆଣ୍ଟୋନି ଆଇସକ୍ରିମ୍ ଅଙ୍କଲ୍‌ଠାରୁ ଆଇସକ୍ରିମ୍, ବୈକୁଣ୍ଠଦାଦା ଠାରୁ ଗୁପଚୁପ୍ ଖାଉଥିଲା। ତେବେ ତା'ର ସବୁଠୁ ପ୍ରିୟ ଥିଲା ସିରାଜ୍। ତାକୁ ଦେଖିବାକ୍ଷଣି ସିରାଜ୍ ଧାଇଁ ଯାଇ ଚକୋଲେଟ୍ କି ଚନାଚୁର ପୁଡ଼ିଆଟେ ଆଣି ଦେଇଥିଲା।

ଟୁଟୁଲ୍ ସିରାଜ୍‌କୁ ଭଲ ପାଇବାର ଗୋଟିଏ ନୁହେଁ, ଦିଇଟି କାରଣ ଥିଲା। ଦିନେ ତା'ର ତିନିହଳ ଯାକ ଜୋତା ଛିଣ୍ଡି ଯାଇଥିଲା। ସେଇଟା ଯେତେ ବଡ଼ କଥା

ନଥିଲା, ତାଠୁ ବଡ଼ କଥା ଥିଲା ଯେ ଖେଳ ନଅସରେ ସେକଥା ପୂର୍ବଦିନ ବାପା କି ମାଆ କାହାରିକୁ ସେ ଜଣେଇ ନଥିଲା। ସକାଳେ ସ୍କୁଲ୍ ବାହାରିବା ବେଳକୁ ହିଁ ଦେଖାଯାଇଥିଲା, ଗୋଟିଏ ବୋଲି ଜୋତା ଠିକ୍ ନଥିଲା। ବାପା ବିରକ୍ତ ହୋଇଥିଲେ। ରାଗରେ କହିଥିଲେ, ଟୁଟୁଲ ଆଜି ଖାଲି ପାଦରେ ସ୍କୁଲ୍‌କୁ ଯିବ। ତେବେ ସେ ଟୁଟୁଲ୍‌ର ତିନିହଳ ଯାକ ଜୋତା ସାଙ୍ଗରେ ନେଇ ସିରାଜ୍ ବାପାର ଦୋକାନରେ ଦେଇଥିଲେ। ଘରୁ ଗଲାବେଳେ ବାଟସାରା ସେ ଟୁଟୁଲ ଉପରେ ଗରଗର ହେଉଥିଲେ। କିନ୍ତୁ ସିରାଜ୍ ପନ୍ଦର ମିନିଟ୍ ଭିତରେ ତା'ର ଜଖମ ଜୋତାଗୁଡ଼ିକୁ ପୁଣି ନୂଆ କରିଦେଇଥିଲା ଓ ସେଥିରୁ ହଳେ ପିନ୍ଧି ଟୁଟୁଲ୍ ସ୍କୁଲ୍‌କୁ ଯାଇଥିଲା। ବାପାଙ୍କର ଗରଗର କମିଥିଲା।

ଟୁଟୁଲ୍ ସେଦିନ ସିରାଜ୍ ଉପରେ ଖୁବ୍ ଖୁସି ହୋଇଥିଲା। ତା' ହାତର କରାମତି ତାକୁ ତା'ଠାରୁ ବହୁତ ଉପରକୁ ନେଇଯାଇଥିଲା। ଦ୍ୱିତୀୟ କାରଣଟି ନିଜେ ସିରାଜ୍ ବତେଇଥିଲା। ସେ କହିଥିଲା ଯେ ତା'ର ବି 'ଟୁଟୁଲ୍' ବୋଲି ଗୋଟେ ଡାକ ନାମ ଥିଲା ଓ ତା' ଅମ୍ମି ତାକୁ ସେଇ ନାଁରେ ଡାକୁଥିଲା। ମାତ୍ର ଅମ୍ମି ମରିଗଲା ପରେ ତାକୁ ଆଉ ସେଇ ନାଁରେ କେହି ଡାକୁ ନଥିଲେ। ସିରାଜ୍ ଦ୍ୱିତୀୟ ଶ୍ରେଣୀରେ ପଢୁଥିବାବେଳ ହିଁ ତା ଅମ୍ମି ମରିଯାଇଥିଲେ। ଦୋକାନରେ ସେମାନଙ୍କୁ ରୁଟି ତରକାରି ଦେଇସାରି ସିରାଜ୍‌ର ଅମ୍ମି ତାଙ୍କ ଘରକୁ ଫେରିବା ବେଳେ ଗୋଟେ ଟ୍ରକ୍ ତାଙ୍କୁ ରାସ୍ତା ଉପରେ ଚାପି ଦେଇଥିଲା। ସେତେବେଳେ ସିରାଜ୍‌ର ବୟସ ଥିଲା ଛଅ ବର୍ଷ।

ଟୁଟୁଲର ଚାରିପଟେ ମଲ୍‌କୁ ଆସିଥିବା ଗ୍ରାହକମାନଙ୍କ ଗାଡ଼ି ହାଉଜାଉ। ଅନେକ ଲୋକଙ୍କ କୋଳାହଳ। ପାର୍କିଂ ଏରିଆରେ ଶହ ଶହ ଗାଡ଼ିର ଧାଡ଼ି। ଲୋକମାନେ ହାତରେ ଓ ଟ୍ରଲିରେ 'ବଟରଫ୍ଲାଇ' ଭିତରୁ ବିରାଟ ବିରାଟ ପ୍ୟାକେଟ୍ ଧରି ବାହାରୁଛନ୍ତି। ନିଜ ଗାଡ଼ି ଭିତରେ ସେସବୁ ଲଦି ଘରକୁ ନେଇଯାଉଛନ୍ତି। ଇଏ ତ ଗୋଟେ 'ମଲ୍' ନୁହେଁ, ଗୋଟେ ବଜାର। ବାପା କହୁଥିଲେ 'ବଟରଫ୍ଲାଇ' ମଲ୍‌ରେ କେଉଁ ଜିନିଷ ମିଳିବ ନାହିଁ, ଏମିତି କଥା ନାହିଁ। ଛୁଞ୍ଚି ସୂତାଠାରୁ ଆରମ୍ଭ କରି ମୋଟର କାର, ସୁନାଗହଣା ଏବଂ ଶାଗ ଓ ପନିପରିବା ପର୍ଯ୍ୟନ୍ତ ସବୁ ଏଠି ମିଳେ। ଏ ମଲ୍‌ର ଗ୍ରାହକମାନେ ପ୍ରଜାପତି ପରି ଏ ମହଲାରୁ ସେ ମହଲା ଏବଂ ଏ କାଉଣ୍ଟରରୁ ସେ କାଉଣ୍ଟର୍ ଡେଉଁଥାଆନ୍ତି। ମନହେଲେ ଜିନିଷ କିଣ, କିଣି କିଣି ଥକିଗଲେ କଫି କାଉଣ୍ଟରରେ ବସି ଚା' କି କଫି ପିଅ, ତା'ପରେ ଥକ୍କା ମେଣ୍ଟିଗଲେ ପୁଣି ଜିନିଷ କିଣ। ଏହି ଚାରିମହଲା ମଲ୍‌ରେ ଦେଶ ବିଦେଶର ସବୁ ନାମୀଦାମୀ କଂପାନି ତାଙ୍କର ସୋ-ରୁମ୍ ଖୋଲିଛନ୍ତି। ଅଷ୍ଟ୍ରେଲିଆର ଆପଲଠାରୁ ବେଜିଂର ଅର୍କିଡ୍ ଫୁଲ ଏବଂ ଥାଇଲାଣ୍ଡର ତେନ୍ତୁଳିଠାରୁ ଆମେରିକାର 'ଲାପଟପ୍' ସବୁ ଏଠି ମିଳୁଛି।

'ବଟରଫ୍ଲାଇ' ମଲ୍ ଚାରିପଟେ ବିସ୍ତୀର୍ଣ୍ଣ କଂକ୍ରିଟ୍ ଅଗଣା। ଚାରିବର୍ଷ ତଳେ ସେଠି ପୋଖରୀଟିଏ ଥିଲା ଏବଂ ସେଥିରେ କଇଁଫୁଲ ଫୁଟୁଥିଲା। ଏବେ ଏଠି ଧାଡ଼ି ଧାଡ଼ି ପ୍ଲାଷ୍ଟିକର ତାଳ ଗଛ। ଗଛ ଦେହରେ ଗୁଡ଼ାହେଇଛି ପ୍ଲାଷ୍ଟିକର ଅପରାଜିତା ଲତା। ଫୁଲ ଜାଗାରେ ଛୋଟ ଛୋଟ ବଲ୍‌ବ, ରାତିରେ ଜଳେ। ପ୍ରଜାପତି ଆକୃତିର ଗୋଟେ ବିରାଟ ବେଲୁନ୍ ମଲ୍ ଛାତ ଉପରେ ଉଡୁଥାଏ। ତହିଁରେ ବଡ଼ ବଡ଼ ଇଂରାଜି ଅକ୍ଷରରେ ଲେଖାଥାଏ 'ବଟରଫ୍ଲାଇ'। ଅନେକ ଦୂରରୁ ସେଇ ରଂଗିନ ବେଲୁନ୍‌ଟା ଦିଶେ।

ଟୁଟୁଲ୍ ଚାହୁଁଥିଲା ସିରାଜ୍ ସାଂଗେ ଆଉ ଦି' ଚାରିପଦ କଥା ହୁଅନ୍ତା। ମାତ୍ର ସିରାଜ୍ ଯେମିତି ଭାବରେ ତା' ପାଖରୁ ମୁହଁ ଫେରେଇ ନେଇଥିଲା ସେଥିରେ ସେ ନିଜ ଆଡୁ ଅଧିକ କିଛି କଥା ଯୋଡ଼ିବା ଲାଗି ଉତ୍ସାହ ଅନୁଭବ କରୁ ନଥିଲା। ତା'ର ମନେହେଲା ସିରାଜ୍‌ର ବାପା କିଛି ଅସୁବିଧାରେ ପଡ଼ିଛନ୍ତି। ସିଏ ଚାରିଆଡକୁ ଚାହିଁଲା। ରାସ୍ତା ପର୍ଯ୍ୟନ୍ତ ଲମ୍ବିଛି ପାର୍କିଂ ଏରିଆ। ଦେଖିଲେ ମନେ ହେଉନାହିଁ ଯେ ମାତ୍ର ଚାରିବର୍ଷ ତଳେ ଏଇଠି ଖରାବେଳଟାରେ ସୁଦ୍ଧା ଛିଡ଼ା ହେବାଲାଗି ଭୟ ଲାଗୁଥିଲା।

ଟୁଟୁଲ୍‌ଙ୍କ କଲୋନି ଏବଂ ସ୍କୁଲ୍ ମଝାମଝି ଏଇ ଜାଗାଟା ଢେର ଦିନ ହେଲା ଅପନ୍ତରା ହୋଇ ପଡ଼ିଥିଲା। ଅଳ୍ପ କିଛି ଅଂଶରେ ଉପରଓଳି ହାଟ ବସୁଥିଲା ନହେଲେ ମଝିରେ ମଝିରେ ଏଠି ଗଛ ଛାଇରେ ଫୁଟ୍‌ବଲ୍ ଖେଳା ଯାଉଥିଲା। ତେବେ ସବୁଠାରୁ ବଡ଼କଥା ଦଶହରା ସମୟରେ ସାତଦିନିଆ ମେଳା ବସୁଥିଲା, ଯେଉଁଠିକି ଦିଇଟା ଚକ୍ରିଦୋଳି ଆସୁଥିଲା। ଅନ୍ୟ ଦିନମାନଙ୍କରେ ଏ ପଡ଼ିଆରେ ଗାଈଗୋରୁ, ଛେଳିମେଣ୍ଢା ଚରୁଥିଲେ। ପଡ଼ିଆ ମଝିରେ ଥିଲା ଦିଇଟା ବଡ଼ ବଡ଼ ବରଗଛ। ସେଇଠି ଟୁଟୁଲ୍ ଓ ତା'ର ସାଙ୍ଗମାନେ ଗୋଡ଼ିଆଗୋଡ଼ି ଖେଳୁଥିଲେ। ଘାସଫୁଲ ଉପରୁ କଙ୍କି ଓ ପ୍ରଜାପତିଙ୍କୁ ଗୋଡ଼ଉଥିଲେ। ଖେଳି ଖେଳି ଥକିଗଲେ ବରଗଛ ମୂଳେ ବସି ଥକ୍କା ମେଣ୍ଟଉଥିଲେ। ବର୍ଷାଦିନେ ଏଇ ପଡ଼ିଆ ଘାସ ଭର୍ତି ହୋଇ ସବୁଜ ଦିଶୁଥିଲା। ତା' ଉପରେ ସାଧବ ବୋହୂମାନେ ବୁଲୁଥିଲେ। ଶିଶିର ଋତୁରେ ଘାସ ଉପରେ ଟୋପା ଟୋପା କାକର ଉପରେ ଖରା ପଡ଼ି ସୁନ୍ଦର ଦିଶୁଥିଲା।

ପ୍ରତିଦିନ ସ୍କୁଲ୍ ଗେଟ୍‌କୁ ଆଣ୍ଟୋନି ଆଇସ୍‌କ୍ରିମ୍‌ବାଲା ଏବଂ ବୈକୁଣ୍ଠ ଗୁପ୍‌ଚୁପ୍‌ବାଲା ଦିହେଁ ଯାଉଥିଲେ। ସିରାଜ୍‌ର ଗୋଟେ ସୁବିଧା ଥିଲା। ସ୍କୁଲ୍ ପାଖରେ ହିଁ ତାଙ୍କର ଦୋକାନ ଥିଲା ଓ ସେ ଯେତେବେଳେ ଚାହୁଁଥିଲା ଦୋକାନକୁ ଯାଇ ତା' ବାପାଙ୍କୁ ସାହାଯ୍ୟ କରୁଥିଲା। ଟୁଟୁଲ୍‌ଠାରୁ ମାତ୍ର ତିନିଚାରି ବର୍ଷ ବଡ଼ ହୋଇ ସୁଦ୍ଧା ସିରାଜ୍ ଜୋତା ମରାମତି କାରବାରର ସବୁ କଥା ଜାଣି ସାରିଥିଲା। କେଉଁ ଗ୍ରାହକ ସାଙ୍ଗରେ କେମିତି କଥାବାର୍ତା କରିବାକୁ ହୁଏ ତାହା ମଧ୍ୟ ସେ ଜାଣିଥିଲା ଏବଂ ନିଜେ ଟଙ୍କା

ପଇସା କାରବାର କରିପାରୁଥିଲା। ଥରେ ଦ୍ୱିତୀୟରେ ଏବଂ ଥରେ ତୃତୀୟ ଶ୍ରେଣୀରେ ବର୍ଷେ ବର୍ଷେ ଅଧିକ ରହିଥିଲା ସିରାଜ୍। ତା'ର କାରଣ ହେଲା ଦ୍ୱିତୀୟ ଶ୍ରେଣୀରେ ପଢ଼ିଲାବେଳେ ତା' ଅମ୍ମି ମରିଗଲା ଏବଂ ତୃତୀୟ ଶ୍ରେଣୀରେ ସେ ପରୀକ୍ଷା ଦେଇ ପାରିଲା ନାହିଁ।

ସିରାଜ୍ କହେ ସେମାନେ ବାଂଲାଦେଶୀ। ଏହାର ଅର୍ଥ ଟୁଟୁଲ୍ ବୁଝିପାରେ ନାହିଁ। ସିରାଜ୍‌ର କହିବା କଥା, ବହୁତ ଯୁଗ ତଳେ ସେମାନେ ଭାରତରେ ଥିଲେ। ତା'ପରେ ସେମାନେ ବାଂଲାଦେଶରେ ରହିଲେ। ପୁଣି ଯୁଦ୍ଧ ପରେ ସେମାନେ ଭାରତ ପଳେଇ ଆସିଲେ। ସେମାନେ ପ୍ରଥମେ ଆସି କଲିକତା ଓ ତା'ପରେ କେନ୍ଦ୍ରାପଡ଼ା ଜିଲ୍ଲାର ସମୁଦ୍ର କୂଳରେ ରହୁଥିଲେ। ସେଠୁ ସରକାର ତଡ଼ିଦେଲା ପରେ କେନ୍ଦ୍ରାପଡ଼ା ଛାଡ଼ି ଖୋର୍ଧାକୁ ଆସିଲେ। ଟୁଟୁଲ୍ ସିରାଜ୍ ମୁହଁକୁ ଚାହେଁ, ଏତେ ନୂଆ ନୂଆ ଜାଗା ବୁଲିବାକୁ ତାକୁ ନିଶ୍ଚୟ ମଜ୍ଜା ଲାଗୁଥିବ ବୋଲି ଭାବେ। ମାତ୍ର ସିରାଜ୍ ମୁହଁକୁ ଚାହିଁଲେ ସେମିତି କିଛି ସେ ଅନୁଭବ କରିପାରେ ନାହିଁ। ସିରାଜ୍ ବିଷୟରେ ତା'ର ଆହୁରି ଅନେକ କଥା ଜାଣିବାକୁ ଇଚ୍ଛା ହୁଏ। ମାତ୍ର ସେଥିପାଇଁ ସେ ସମୟ ପାଏନାହିଁ। ତାକୁ ତା'ର ବାପା ଓ ମାଆ ଗୋଡ଼େ ଗୋଡ଼େ ଜଗି ରହୁଥିଲେ। ସିରାଜ୍ ଭଳି ତା'ର ସ୍ୱାଧୀନତା ନଥିଲା।

ପଛରୁ ତା ମା' ଡାକ ପକେଇଲେ, ''ଟୁଟୁଲ୍, ଆ।''

ଟୁଟୁଲ୍ ପଛକୁ ମୁହଁ ବୁଲେଇ ଦେଖିଲା, ''ମାଆ ମୁହଁରେ ବିରକ୍ତି। ସେ ହୁଏତ ସିରାଜ୍ ପାଖକୁ ଯାଇ ତାକୁ ଆଉ କିଛି ପଚାରିଥାଆନ୍ତା, ମାତ୍ର ମାଆକୁ ଦେଖି କହି ପାରିଲା ନାହିଁ। ମାଆ କହୁଥିଲେ, ''ଏଠି ଯାଙ୍କର ଗୋଟେ ଏକଚାଟିଆ ଶାସନ ଚାଲିଛି। ପ୍ରତ୍ୟେକ ଜିନିଷର ଗୁଣ କମୁଛି, ଦାମ୍ ବଢ଼ୁଛି।''

ସେମାନେ ଗାଡ଼ିରେ ବସିଲେ।

ବାପା କହିଲେ, ''ଆଗରୁ ଏଠି ହାଟ ଥିବାବେଳେ ପରିବା ଦୋକାନୀ କି ମାଛ ଦୋକାନୀ କହିବୋଲି ଟଙ୍କେ ଆଠଣା ନେଉଥିଲେ। ମାତ୍ର ଏ 'ମଲ୍'ରେ ତ ଦିନ ଦିପହରେ, ତୁମ ଆଖିରେ ଆଙ୍ଗୁଳି ଗେଞ୍ଜି ଟଙ୍କା ଭିଡ଼ି ନେଉଛନ୍ତି।''

ଅଷ୍ଟ୍ରେଲିଆ ଆପଲ, ମାଲୟେସିଆ ତରଭୁଜ, ଚାଇନା କଖାରୁ - ଏଠି କିଏ ଏତେ ପୃଥିବୀର ଭୂଗୋଳ ପଢ଼ିବ? ଏଗୁଡ଼ା ସବୁ ମାର୍କେଟିଂ କୌଶଳ। -ମାଆ କହୁଥିଲେ।

ଟୁଟୁଲ୍‌ର ମନେ ପଡୁଥିଲା। ଯେଉଁଦିନ ମା' ପ୍ରଥମେ 'ବଟରଫ୍ଲାଇ' ମଲ୍ ଖୋଲୁଥିବା କଥା ତାକୁ କହିଥିଲେ ସେଦିନ ସେ ଖୁସି ଜଣାପଡୁଥିଲେ। ମାଆ କହିଥିଲେ,

''ଏତେ ଦିନେ ଆମେ ଜିନିଷପତ୍ର କିଣିବାର ମଜା ପାଇବା। ମଲ୍‌ର ଏୟାରକଣ୍ଡିସନ୍‌ଡ ସପିଙ୍ଗ୍ ତୁଳନାରେ ଏ ଧୂଳିମାଟି ହାଟ କେତେ ତୁଚ୍ଛ!''

ଟୁଟୁଲ୍ ତାଙ୍କ କାର୍‌ର ଦରଜା ବନ୍ଦ କରିବାକୁ ଯାଉଥିଲା। ବୁଲିପଡ଼ି ଚାହିଁବା ବେଳକୁ ଦେଖିଲା, ସେଇ ଦରଓ୍ୱାନ୍‌ଟି ସିରାଜ୍‌ର ବାପାଙ୍କୁ ଜୋର୍‌ରେ ଠେଲି ଦେଇଛି ଓ ସିରାଜ୍ ତଳେ ପଡ଼ିଯାଇଥିବା ତା' ବାପାଙ୍କୁ ତଳୁ ଉଠଉଛି। ଏଥିରେ ବ୍ୟସ୍ତ ନହୋଇ ଦରଓ୍ୱାନ ଓଲଟି ଚିତ୍କାର କରୁଛି। ସିଏ ବଡ଼ ପାଟିରେ ଡାକିଲା, ''ବାପା!''

ଟୁଟୁଲର ବାପା ଚମକିପଡ଼ି କହିଲେ, ''କ'ଣ ହେଲା?''

: ସେ ଲୋକଟା ସିରାଜ୍ ବାପାଙ୍କୁ ଠେଲି ଦେଉଛି।

: କୋଉ ସିରାଜ୍? - ମା' ପଚାରିଲେ।

: ମୋ ସାଙ୍ଗ ମାଆ, ସେ ମୋ ସାଙ୍ଗରେ ପଢୁଥିଲା। ଜୋତା ଦୋକାନୀ।

ଟୁଟୁଲ୍‌ର ବାପା ପୁଅର କଥାକୁ ଏଡ଼ିଯିବାକୁ ଚାହୁଁଥିଲେ। ମାତ୍ର ଟୁଟୁଲ୍ ମୁହଁରେ ଅସମ୍ଭବ ଦୃଢ଼ତା। ହୁଏତ ଡେରି କଲେ ଟୁଟୁଲ୍ ଦୁଆର ଖୋଲି ନିଜେ ପଳେଇବ। ସେ ଗାଡ଼ିକୁ ରାସ୍ତାର ଗୋଟେ ପାଖକୁ ନେଇ ରଖିଦେଲେ। ଦରଓ୍ୱାନ୍ ପାଖକୁ ଯାଇ ପଚାରିଲେ, ''ତୁମେ ତାଙ୍କୁ ଠେଲୁଛ କାହିଁକି? ଏମିତି ଚିତ୍କାର କରିବାର କାରଣ କ'ଣ?''

ଦରଓ୍ୱାନ୍ କହିଲା, ''ଦୁଇମାସ ହେବ ଏ ଲୋକଟି ବରାବର ଏଠିକି ଆସୁଛି। ବାବୁ ମନା କରୁଛନ୍ତି, ତାଙ୍କ ସାଂଗେ ଦେଖା ହୋଇ ପାରିବ ନାହିଁ, ଅଥଚ ଲୋକଟି ଶୁଣୁନାହିଁ।''

: ବାବୁ, କୋଉ ବାବୁ? ତାଙ୍କ ନାଁ କ'ଣ?

: ଜେନେରାଲ ମ୍ୟାନେଜର। ରାଜନ୍ ସାର୍।

: ମୁଁ ତାଙ୍କୁ ଦେଖା କରିପାରିବି? ଏଇ ନିଅ ମୋ କାର୍ଡ଼।

ଦରଓ୍ୱାନଟି କାର୍ଡ଼ ନେଇ ଭିତରକୁ ଗଲା। ଟୁଟୁଲର ବାପା ସିରାଜ୍‌ର ବାପାଙ୍କୁ ପଚାରିଲେ, 'ତୁମର ସମସ୍ୟାଟି କ'ଣ?'

ସିରାଜ୍‌ର ବାପା କହିଲେ, ''ଏଇଠି ମୋର ଜୋତା ମରାମତି କ୍ୟାବିନ୍‌ଟା ଦଶବର୍ଷ ହେଲା ପକେଇଛି। ଏବେ ଏ ମଲ୍‌ବାଲାଏ କହୁଛନ୍ତି, ସେଇଠି ଗୋଟେ ଜୋତା କଂପାନିର ହୋର୍ଡ଼ିଂ ଲାଗିବ। ମୁଁ ଆଜ୍ଞା ଯିବି କୁଆଡ଼େ?''

ଟୁଟୁଲ୍‌ର ବାପା କହିଲେ, ''ସେଇଟା ଏବେ ତାଙ୍କ ଜାଗା। ତୁମେ କିପରି ସେଠି ଦୋକାନ କରିବ?''

ସିରାଜ୍‌ର ବାପା କହିଲେ, ''ନାଇଁ ଆଜ୍ଞା, ସେଇଟା ହାଇଓ୍ୱେ ଜାଗା।

ବଡ଼ବଡ଼ିଆମାନେ ନିଜ ଜାଗାକୁ ଦଖଲ କରିସାରି ସରକାରୀ ଜାଗାରେ ତାଙ୍କ ଗାଡ଼ି ରଖିବା ବ୍ୟବସ୍ଥା କରୁଛନ୍ତି । ଆମେ ଛଅଫୁଟ୍ ଜାଗାରେ ବସିଲେ ଆମକୁ ତଡ଼ି ଦେଉଛନ୍ତି । ଚିଟାଗଙ୍ଗରୁ କଲିକତା, ସେଠୁ କେନ୍ଦ୍ରାପଡ଼ା, ପୁଣି କେନ୍ଦ୍ରାପଡ଼ାରୁ ଖୋର୍ଧା - କେତେଆଡ଼େ ମୁଁ ଦଉଡୁଥିବି ?

ଟୁଟୁଲ୍ ଲକ୍ଷ୍ୟ କରୁଥିଲା, ସିରାଜ୍ ତା' ଆଖିରୁ ନିଜ ଆଖି ଲୁଚଉଛି । ଏଭଳି ଗୋଟେ ପରିସ୍ଥିତିରେ ସେମାନଙ୍କର ଦେଖାହେବ, ସେଇଟା ସିରାଜ୍ ଚାହୁଁନାହିଁ ।

ସିରାଜ୍ ତାଙ୍କ ଶ୍ରେଣୀର ହିରୋ ଥିଲା । ପାଠପଢ଼ାକୁ ଛାଡ଼ିଦେଲେ ତା ପକ୍ଷେ ଅନ୍ୟ କୌଣସି କାମ ଅସମ୍ଭବ ନଥିଲା । ସେ କହୁଥିଲା, ବଡ଼ହେଲେ ସେ ଗୋଟାଏ ଖେଳ ଜିନିଷର ଦୋକାନ କରିବ । ସେଇଠି ସାନ ପିଲାଙ୍କ ଠାରୁ ଆରମ୍ଭ କରି ବଡ଼ ମଣିଷଙ୍କ ପର୍ଯ୍ୟନ୍ତ ସମସ୍ତଙ୍କର ଖେଳ ଓ ବ୍ୟାୟାମ ଲାଗି ଖେଳଣା-ଉପକରଣ ବିକିବ । ବଡ଼ ବଡ଼ ଜିମ୍‌କୁ ସେ ଜିନିଷପତ୍ର ଯୋଗେଇବ । ସେ ବଡ଼ ଓ ଧନୀ ବ୍ୟବସାୟୀ ହେବ ।

'ବଟରଫ୍ଲାଇ' ମଲ୍‌ର ଜେନେରାଲ ମ୍ୟାନେଜର କହିଲେ, "ଦେଖନ୍ତୁ, ଆମେ ଏଠୁ କାହାକୁ ବଳ ପ୍ରୟୋଗ କରି ବାହାର କରିନାହୁଁ । ସମସ୍ତଙ୍କୁ କ୍ଷତିପୂରଣ ଦେଇଛୁ । ଆମେ ବ୍ୟବସାୟୀ, ଆତଙ୍କବାଦୀ ନୋହୁଁ । ଯେ ଭଦ୍ରଲୋକଙ୍କୁ କହିଲୁ - ତୁମ ପାଖେ ଦିଇଟା ବିକଳ୍ପ । ଗୋଟାଏ ହେଲା ତମେ ତମ ପୁଅକୁ ସେଲ୍‌ସ ମ୍ୟାନ୍ ଭାବେ ରଖିଦିଅ ଓ ଏ ଜାଗା ଛାଡ଼ି ଚାଲିଯାଅ । ନହେଲେ ଏଇ ଜାଗାଟିକୁ ଲିଜ୍‌ରେ ନିଅ । ବର୍ଷକର ଟଙ୍କା ଆଗତୁରା ଦେଇଦିଅ । ତେବେ ସେଥିରେ ଗୋଟେ ସର୍ତ୍ତ ରହିବ । ଦୋକାନଟାକୁ ଆମ ମଡେଲ୍‌ରେ ତିଆରି କରିବାକୁ ପଡ଼ିବ ।

: ବର୍ଷକୁ କେତେ ଦେବାକୁ ପଡ଼ିବ ତାଙ୍କୁ ?

: ବାର ଲକ୍ଷ ଟଙ୍କା, ପ୍ରଥମ ବର୍ଷ ପାଇଁ ଦଶ ଲକ୍ଷ ଟଙ୍କା ।

ଟୁଟୁଲ୍‌ର ବାପା ଚମକି ପଡ଼ିଲେ । ଏଇ ଫୁଟ୍‌ପାଥ୍ ଜୋତା ମରାମତିବାଲା କେଉଁଠୁ ଆଣି ଦେବ ବର୍ଷକୁ ଦଶ ଲକ୍ଷ ଟଙ୍କା !

ଜେଜେରାଲ ମ୍ୟାନେଜର ଟୁଟୁଲ୍‌ର ବାପାଙ୍କୁ ବସିବାଲାଗି କହିଲେ । ତାଙ୍କ ପାଇଁ କଫି ମଗେଇଲେ, ଟୁଟୁଲ୍ ଓ ତା' ମାଆ ଲାଗି ଫଳରସ । ସେ ଖୁବ୍ ଧୀର ଓ ମଧୁର ଗଳାରେ କଥା କହୁଥିଲେ । ସବୁବେଳେ ହସୁଥିଲେ ସେ ଭଦ୍ରଲୋକ ।

ସେ କହିଲେ, "ଏୟାରପୋର୍ଟ ପାଖରେ ଆମର ଯେଉଁ ସାଇନବୋର୍ଡ଼ଟି ଲାଗିଛି ତାହାର ଭଡ଼ା କେତେ ଜାଣନ୍ତି ? ମାସକୁ ଦି' ଲକ୍ଷ ଟଙ୍କା । ଯେସ୍ । ଆମେ ଆମର ଏହି ଜାଗାଟିକୁ 'ଲିଦରଫ୍ଲାଇ' କଂପାନିକୁ ଦେଉଛୁ । ଉପରେ ତା'ର ସାଇନବୋର୍ଡ । ଜୋତା

ଛାଞ୍ଚରେ ହେବ କ୍ୟାବିନ୍। ତା' ଭିତରେ ପ୍ଲାଷ୍ଟିକ୍ ତିଆରି ବଡ଼ ଜୋତା ହଲେ ରହିବ। ଏଇଥିପାଇଁ ସେ କଂପାନି ଆମକୁ ମାସକୁ ଲକ୍ଷେ ଟଙ୍କା ଦେବ। ଦେଖନ୍ତୁ, ଦିଇଟା ଯାକ କେତେ ସୁନ୍ଦର ପ୍ରସ୍ତାବ। ମାତ୍ର ଲୋକଟି କେଉଁଥିରେ ରାଜି ନୁହେଁ। ସେ ଯେମିତି ଥିଲେ ସେମିତି ରହିବେ ବୋଲି କହୁଛନ୍ତି ତାଙ୍କର ସେ ଟିଣପିଟା କ୍ୟାବିନ୍ ସହ। ଆପଣ ଭାବନ୍ତୁ, 'ବଟରଫ୍ଲାଇ' ମଲ୍‌ର ନୂଆ ଗେଟ୍ ପାଖେ ଏମିତି ଗୋଟେ ଟିଣ କ୍ୟାବିନ୍ - ନାଁ, ଅସମ୍ଭବ।

ଟୁଟୁଲ୍ ବାପା କହିଲେ, ''ଏ ଦିଇଟା ବିକଳ୍ପ ଭିତରୁ ପ୍ରଥମଟି ବରଂ ସହଜ। ମୁଁ ଯାଇ ସେ ଲୋକଟି ସାଂଗେ କଥା ହୁଏ।''

: ନିଶ୍ଚୟ, ନିଶ୍ଚୟ। ତେବେ ଆପଣ କେମିତି ସେ ଲୋକଟିକୁ ଜାଣିଲେ? ଆପଣ କ'ଣ କୌଣସି ଏନ୍‌ଜିଓ ସହ ସଂପୃକ୍ତ?

ଟୁଟୁଲ୍‌ର ବାପା ହସିଲେ। ଭାବିଲେ, ଭଦ୍ରଲୋକଙ୍କର କିଛି ଦୋଷ ନାହିଁ। ଆଜି କେହି ଅନ୍ୟର କୌଣସି ସମସ୍ୟା ବାବଦରେ ପ୍ରଶ୍ନଟିଏ ଉଠେଇଲେ ତାକୁ ସ୍ୱେଚ୍ଛାସେବୀ ବୋଲି କୁହାଯାଉଛି। ଏ ଦେଶ ବର୍ତ୍ତମାନ ଦି' ଭାଗରେ ବିଭକ୍ତ। ସରକାର ଏବଂ ସ୍ୱେଚ୍ଛାସେବୀ। ମଝିରେ ନାଗରିକ ବୋଲି ଗୋଟିଏ ବର୍ଗ ରହିବା କଥା। ତାହାର ସ୍ଥିତି ଅଛି, ବିସ୍ଥିତି ନାହିଁ।

ସିରାଜ୍‌ର ବାପା କହିଲା, ''ଆପଣ ବୁଝିବେ ନାହିଁ, ଏ କ୍ୟାବିନ୍‌ଟି ମୋ ଲାଗି କେତେ ନିଜର। ଏହାକୁ ବୁଲ୍‌ଡୋଜରରେ ଠେଲିଠେଲି ନେଇ ଫୋପାଡ଼ି ଦେବ, ସେ ଦୃଶ୍ୟ ମୁଁ ଦେଖିପାରିବି ନାହିଁ।''

ଟୁଟୁଲ୍ ବାପା ଭାବିଲେ, ଏସବୁ ତୁଚ୍ଛା ଭାବପ୍ରବଣତା। ଏହାର ମୂଲ୍ୟ କିଛି ନାହିଁ। ପ୍ରତିଦିନ ଏ ସହରରେ ଶହ ଶହ କ୍ୟାବିନ୍ ତିଆରି ହେଉଛି ପୁଣି ଭଙ୍ଗା ଯାଉଛି। ସେ ଫେରି ଆସୁଥିଲେ।

ଟୁଟୁଲ୍ ପଚାରିଲା, ''ଅଙ୍କଲ୍, ଏହାର ସମସ୍ୟା କ'ଣ?''

ସିରାଜ୍‌ର ବାପା କିଛି କହିବାକୁ ଚାହୁଁ ନଥିଲେ। ଖୁବ୍ ବାଧ୍ୟ କରିବାରୁ ସିରାଜ୍ ଆଗକୁ ଆସି କହିଲା, ''ଏଇ କ୍ୟାବିନ୍‌ଟା ମୋ ଅମ୍ମି ତା' ଉପାର୍ଜନରେ ତିଆରି କରି ବାପାଙ୍କୁ ଦେଇଥିଲା।''

ଟୁଟୁଲ୍‌ର ବାପା ମୁହଁ ବୁଲେଇଲେ। ପଛରେ ଟୁଟୁଲର ମାଆ ଠିଆ ହୋଇଥିଲେ। 'ବଟରଫ୍ଲାଇ' ମଲ୍‌ର ଜେନେରାଲ ମ୍ୟାନେଜର ଜଣେ ଦୟାଳୁ ଲୋକ। ସେ କହିଲେ, ''ସିରାଜ୍‌କୁ ଅଠରବର୍ଷ ହୋଇନାହିଁ। ତଥାପି ତାକୁ ଆମେ ଗୋଟେ ସୁଯୋଗ ଦେବୁ। ଆମେ ଗୋଟେ ନୂଆ 'କିଡ୍‌ସ କର୍ଣ୍ଣର' ଖୋଲିଛୁ। ଆମ

ଗ୍ରାହକମାନେ ସାନ ସାନ ପିଲାଙ୍କୁ ସେଇଠି ଛାଡ଼ିଦେଇ ଜିନିଷପତ୍ର କିଣିବାକୁ ଯାଉଛନ୍ତି। ସେମାନଙ୍କ ଦାୟିତ୍ୱ ବୁଝିବା ଆମର କାମ। ସିରାଜ୍ ଏବେ ସେଇ ବିଭାଗରେ କାମ କରିବ।''

ଏ ଘଟଣା ମାସେ ତଳର ଘଟଣା। ମାସେ ଭିତରେ ଟୁଟୁଲ୍ ଆଉ 'ବଟରଫ୍ଲାଇ' ମଲ୍ ଭିତରକୁ ଯାଇନାହିଁ। ଥରେ ସ୍ୱପ୍ନରେ ସେ ସିରାଜ୍‌କୁ ଦେଖିଥିଲା। ସିରାଜ୍ ପୁରୁଣା ପଡ଼ିଆର ବରଗଛ ମୂଳେ ବସିଥିଲା। ମଝିରେ ମଝିରେ ଘାସଫୁଲ ଉପରେ ଚକ୍କର କାଟୁଥିବା ପ୍ରଜାପତିମାନଙ୍କୁ ଧରିବା ଲାଗି ଯାଉଥିଲା ଏବଂ ନିରାଶ ହୋଇ ଫେରୁଥିଲା। କାରଣ ପ୍ରଜାପତିମାନେ ନୀଳ ଆକାଶକୁ ଉଡ଼ିଯାଉଥିଲେ।

ଟୁଟୁଲ୍‌ର ମାଆ କହୁଥିଲେ, ''ସେତେବେଳେ ସିନା ଆମେ ମଫସଲିଆ ହାଟ ବୋଲି କହୁଥିଲେ, କିନ୍ତୁ କେତେ କେତେ ଜିନିଷ ମିଳୁଥିଲା। ଓଲୁଅ, ସାରୁ, କରମଙ୍ଗା, ପିତାଶାଗ, ଖଇ ଉଖୁଡ଼ାଠାରୁ ନେଇ ଚିଙ୍ଗୁଡ଼ି ଶୁଖୁଆ ପର୍ଯ୍ୟନ୍ତ ସବୁ। ଏ 'ବଟରଫ୍ଲାଇ' ମଲ୍‌ର ଗନ୍ଧ ମୋତେ ଅପରିଚିତ ଦେଶର ଗନ୍ଧ ପରି ଲାଗେ।

ଟୁଟୁଲ୍‌ର ବାପା କହୁଥିଲେ, ''ସବୁଠୁ ବଡ଼ କଥା ହେଉଛି, ଆମର ଖାଦ୍ୟ, ପାନୀୟ, ପୋଷାକ ଏବଂ ଜୀବନ ବଂଚିବା ଶୈଳୀ ଆଜି ଅନ୍ୟମାନଙ୍କ ଦ୍ୱାରା ନିୟନ୍ତ୍ରିତ। ବ୍ୟକ୍ତି ସ୍ୱାତନ୍ତ୍ର୍ୟ ବୋଲି ଆଉ ରହିଲା କ'ଣ ?''

ଟୁଟୁଲ୍ ଏସବୁ ବୁଝିପାରୁ ନଥିଲା। ସେ ତା ସ୍ୱପ୍ନ କଥା ଭାବୁଥିଲା। ସେଇକଥା ଭାବି ଭାବି ସେ ମଝିରେ ମଝିରେ ଅନ୍ୟମନସ୍କ ହୋଇପଡୁଥିଲା। ତାକୁ ସେମିତି ଅବସ୍ଥାରେ ଦେଖି ମାଆ ପଚାରୁଥିଲେ, ''ତୋର କ'ଣ ହୋଇଛି ? ପରୀକ୍ଷାରେ ଭଲ କରିନାହୁଁ କି ?''

ଟୁଟୁଲ୍ ଉତ୍ତର ଦେଲା ନାହିଁ।

ହାଇଦ୍ରାବାଦ ଫେରିଯିବା ଦିନ ତା'ର ଘରୁ ସେ ସିଧା ରେଳ ଷ୍ଟେସନ୍ ଯିବା କଥା। 'ବଟରଫ୍ଲାଇ' ମଲ୍‌ଟା ବିପରୀତ ଦିଗରେ। ସିଏ କିନ୍ତୁ କହିଲା, ''ଥରେ ସିରାଜ୍‌କୁ ଭେଟିଦେଇ ଯିବା।''

କିଡ୍‌ସ କର୍ଣ୍ଣରରେ ତିଆରି ହୋଇଥିଲା ଗୋଟେ ପ୍ଲାଷ୍ଟିକ୍ ବଗିଚା। ମଝିରେ ଗୋଟେ ବୋନସାଇ ବରଗଛ। ତା' ତଳେ ପ୍ଲାଷ୍ଟିକ୍‌ର ମାଙ୍କଡ଼ା ପଥର ଓ ଇଟା। ସେଇ ପଥର ସନ୍ଧିରେ ଘାସବୁଦା ଓ ଘାସବୁଦା ଉପରେ ଉଡୁଥିଲେ ପ୍ଲାଷ୍ଟିକ୍ ପ୍ରଜାପତି। ଦୂରରେ ଥିବା ଗୋଟେ ପଙ୍ଖା ପବନ ସେମାନଙ୍କର ଉଡ୍ଡାଣକୁ ନିୟନ୍ତ୍ରିତ କରୁଥିଲା। ସାନ ସାନ ପିଲାମାନେ ସେଇ ପ୍ରଜାପତିମାନଙ୍କୁ ଦେଖି ଠୋ ଠୋ ହସୁଥିଲେ।

ସିରାଜ୍ ଗୋଟେ ନାଲି ଟି-ସାର୍ଟ ପିନ୍ଧିଥିଲା। ତା'ର ଛାତିର ବାଁପଟେ ଗୋଟେ

ହଳଦିଆ ପ୍ରଜାପତିର ଛବି - ତା' କଂପାନିର ଟ୍ରେଡ୍‌ମାର୍କ। ସେ ମୁହଁରେ ଗୋଟେ ଠେକୁଆର ମୁଖା ପିନ୍ଧି ପିଲାମାନଙ୍କୁ ହସଉଥିଲା।

ଟୁଟୁଲ୍ ଛାତ ଉପରକୁ ଅନେଇଲା। ପ୍ଲାଷ୍ଟିକ୍ ବଗିଚାର କଙ୍କ୍ରିଟ୍ ଆକାଶ ନେଳୀ ଦିଶୁ ନଥିଲା, ଗୋଲାପୀ ଦିଶୁଥିଲା। ତାକୁ ଦେଖି ସିରାଜ୍ ତା' ମୁଖାଟିକୁ ଟିକେ କାଢ଼ିଦେଲା ଓ ତା'ପରେ ଚଟ୍‌କିନା ସେଇଟାକୁ ପିନ୍ଧି ପକେଇଲା। ଟୁଟୁଲ୍‌କୁ ଲାଗିଲା ସିରାଜ୍ ଆଖିକୋଣରେ ଦି' ଟୋପା ଲୁହ ଲାଖି ରହିଥିଲା।

ବାଟରେ ଟୁଟୁଲ୍‌କୁ ତା' ବାପା ପଚାରୁଥିଲେ, ''ତୁମେ ଦି' ଜଣ ଭଲ ସାଙ୍ଗ ଥିଲ, ନୁହେଁ?''

ମାତ୍ର ଟୁଟୁଲ୍ ଚାରିବର୍ଷ ତଳର ପୃଥିବୀରେ ଥିଲା। ଯେଉଁ ପୃଥିବୀର ଆକାଶ ଗୋଲାପୀ ନୁହେଁ, ନୀଳ ଥିଲା।

■

ଛୁଆ ବାଆଜି

ତାକୁ ସମସ୍ତେ ବାଆଜି ବୋଲି ଡାକୁଥିଲେ, ଯଦିଓ 'ବାଆଜି' ଶବ୍ଦଟି ହିଁ ତାକୁ ସବୁଠୁ ବିରକ୍ତିକର ଲାଗୁଥିଲା। କାହିଁକି କେଜାଣି ଏଇ ନାଆଁରେ ତାକୁ କେହି ଡାକିଲେ ସେ ଡାକିଲାବାଲା ଉପରକୁ ଚିଡ଼ି ଯାଉଥିଲା। ଡାକିବାବାଲା ତା'ଠୁ ବୟସରେ ସାନ ଓ ଚେହେରାରେ ଦୁର୍ବଳ ହୋଇଥିଲେ, ଧାଇଁଯାଇ ତାକୁ ଚାପୁଡ଼ାଟାଏ କି ଧକ୍କାଟାଏ ଦେଉଥିଲା; ଲୋକଟି ବୟସରେ ବଡ଼ ଓ ହୃଷ୍ଟପୁଷ୍ଟ ହୋଇଥିଲେ ତା' ଆଗରୁ ଚାଲିଯିବା ଯାଏ ଅପେକ୍ଷା କରୁଥିଲା ଏବଂ ତାକୁ ଜିଭକାଢ଼ି ଖତେଇ ହେଉଥିଲା। ତାକୁ ତା'ର 'ବାଆଜି' ନାଆଁଟି ଆଦୌ ଭଲ ଲାଗୁ ନ ଥିଲା।

କିନ୍ତୁ ସମସ୍ତେ ତାକୁ ସେଇ ନାଆଁରେ ଡାକୁଥିଲେ। କ୍ରମେ ମଠ, ମଠ ପଛର ବଗିଚା, ବଗିଚାର ଗଛପତ୍ର, ଘାସ ପଡ଼ିଆ, ପଡ଼ିଆର ଗାଈବାଛୁରୀ, ପୋଖରୀ, ପୋଖରୀ ତୁଠର ଲଙ୍ଗଳା ପିଲା ଓ ରାସ୍ତାଧାରର ବାବୁଲା ଗଛ ସମସ୍ତେ ତା'ର

ସେଇ ନାଆଁ ସହ ଅଭ୍ୟସ୍ତ ହୋଇ ଯାଉଥିଲେ। ତା' ଭିତରୁ ତା'ର ବୋଉ ଡାକୁଥିଲା 'ଟୁଟୁଲ' ନାଆଁଟି କୁଆଡ଼େ ହଜିଯାଉଥିଲା। ଆକାଶରୁ ଇନ୍ଦ୍ରଧନୁଟେ ଲିଭିଯିବା ପରି ଲିଭିଯାଉଥିଲା, ପାଣି ଫୋଟକା ପରି ମିଳେଇ ଯାଉଥିଲା, ମଉଳା କନିଅର ପରି ଡେମ୍ଫରୁ ଖସି ପଡୁଥିଲା ସେ ନାଁ।

ବାଆଜିକୁ ଏଗାର ବର୍ଷ ଚାଲିଥିଲା। ତା' ଜନ୍ମ ଆଗରୁ ତା' ବାପା ବୋଉଙ୍କର ପିଲାପିଲି ହେଉ ନ ଥିଲେ ବୋଲି ସେମାନେ ଜଗନ୍ନାଥଙ୍କ ପାଖେ ଶରଣ ପଶିଥିଲେ। ବାଆଜି ଶୁଣିଥିଲା, ପ୍ରଥମେ ତା' ବୋଉ ଗାଁ ଠାକୁରାଣୀ, ଚନ୍ଦ୍ରଶେଖର ମହାଦେବ, ନରେନ୍ଦ୍ରପୁରର ପାଟଣ ମଙ୍ଗଳା, ଭଦ୍ରକର ଭଦ୍ରକାଳୀ ଓ ଆରଡ଼ିର ଆଖଣ୍ଡଳମଣିଙ୍କ ପାଖରେ ଅଧିଆ ପଡ଼ିବା ପରେ ସିଧା ରେଳଗାଡ଼ିରେ ବସି ବାପା ସାଙ୍ଗରେ ପୁରୀ ଯାଇଥିଲା ଓ ପୁଅ ହେଲେ ତାକୁ ସେ ବାଆଜି କରିଦେବ ବୋଲି ଜଗନ୍ନାଥଙ୍କ ପାଖେ ମାନସିକ କରି ଫେରିଆସିଥିଲା। ପୁରୀରୁ ଫେରିବାର ବର୍ଷକ ପରେ କୁଆଡ଼େ ସେ ଜନ୍ମ ହୋଇଥିଲା।

ଟୁଟୁଲ୍ ତା' ବାପା ପଛରେ ଥୁକୁଲ ଥୁକୁଲ ହୋଇ ଧାଉଁଥିବାବେଳେ ତା' ବାପା ତାକୁ ବହୁତ ଗେଲ କରୁଥିଲେ। ତା' ବୋଉ ତାକୁ ଖୁବ୍ ଆଦର କରୁଥିଲା ଓ ତାକୁ ଧରି ଯେଉଁମାନେ ଆଗରୁ ତାକୁ ଆଣ୍ଟୁକୁଡ଼ୀ, ବାଞ୍ଝ ଓ ଅଲକ୍ଷଣୀ ବୋଲି ଗାଳିମନ୍ଦ କରୁଥିଲେ ସେମାନଙ୍କ ଘରକୁ ବୁଲେଇ ନେଉଥିଲା। ତା' ଉପରେ କାଳେ କାହାରି ଦୃଷ୍ଟି ପଡ଼ିଯିବ ସେଇ ଆଶଙ୍କାରେ ବୋଉ ତା' କହୁଣିରେ ଗୋଟେ ମନ୍ତୁରା ଡେଉଁରିଆ ବାନ୍ଧୁଥିଲା ଓ ପଡ଼ିଶା ଘରକୁ ସାଙ୍ଗରେ ନେଇ ଗଲାବେଳେ ତା'ର ଗୋରା ଗାଲରେ ଟିକିଏ କଳା ନେସି ଦେଉଥିଲା।

ଟୁଟୁଲ୍‌କୁ କଅଁଳା ବାଛୁରୀର କାନ, ପ୍ରଜାପତିର ଡେଣା ଓ କୁକୁଡ଼ାର ଲାଞ୍ଜ ଟାଣିବାକୁ ଖୁବ୍ ଭଲ ଲାଗୁଥିଲା। ସେ ସ୍କୁଲ୍‌କୁ ଯିବା ବାଟରେ ଅନେକ ସମୟ ପୋଖରୀ ହୁଡ଼ା ବରଗଛ ମୂଳେ ଛିଡ଼ା ହୋଇ ଗୁଣ୍ଡୁଚି ମୂଷାକୁ ଉପରୁ ତଳ ଓ ତଳୁ ଉପର ହେବାର ଦୃଶ୍ୟ ଦେଖୁଥିଲା। ଗୁଣ୍ଡୁଚି ମୂଷା ତା'ର କୁନି କୁନି ହାତରେ ବରଫଳ ଗୋଟେଇ ନେଇ କୁଟୁର କୁଟୁର କରି ଖାଇବାର ଦୃଶ୍ୟ ତାକୁ ଏତେ ଭଲ ଲାଗୁଥିଲା ଯେ ଟୁଟୁଲ୍ ସମୟେ ସମୟେ ସ୍କୁଲ୍ ଯିବା କଥା ଭୁଲି ଯାଉଥିଲା। କିନ୍ତୁ ବେଶି ସମୟ ସେ ଗୁଣ୍ଡୁଚି ମୂଷା ପାଖରେ ଅଟକି ରହିପାରୁ ନ ଥିଲା। କେତେବେଳେ ସ୍କୁଲ୍‌ର ଘଣ୍ଟା, କେତେବେଳେ ତା'ର ସାର୍ ଓ କେତେବେଳେ ତା' ବାପା ତାକୁ ବରଗଛ ପାଖରୁ ଟାଣି ଟାଣି ନେଇ ସ୍କୁଲ୍‌ଘରେ ପହଞ୍ଚେଇ ଦେଉଥିଲେ। ଟୁଟୁଲ୍ ସ୍କୁଲ୍‌ଘରେ ବସି ପଢ଼ିଆର ଛେଳିମାନଙ୍କୁ ଚାହୁଁଥିଲା ଓ ଛେଳି ପଛେ ପଛେ ଛକି

ଛକି ଚାଲୁଥିବା ବଗକୁ ଦେଖି ଗୁଣ୍ଡୁଚି ମୂଷାକୁ ବେଶି ସମୟ ଦେଖି ପାରି ନ ଥିବାର ଦୁଃଖକୁ ଭୁଲି ଯାଉଥିଲା।

ଟୁଟୁଲ୍‌କୁ ସମସ୍ତେ ଦୁଷ୍ଟ ବୋଲି କହୁଥିଲେ।

ଏଥିରେ ଟୁଟୁଲ୍ ଅପେକ୍ଷା ତା' ବୋଉକୁ ବେଶି କଷ୍ଟ ହେଉଥିଲା। ସେ ଟୁଟୁଲ୍‌କୁ ଘୋଷାଡ଼ି ଘୋଷାଡ଼ି ନେଇ ଘର ଭିତରେ ପୂରେଇ ଦେଉଥିଲା। ଅନେକ ସମୟ ପର୍ଯ୍ୟନ୍ତ ତା' ସାଙ୍ଗରେ କଥାବାର୍ତ୍ତା କରୁ ନ ଥିଲା। କିନ୍ତୁ ଖାଇବା ସମୟ ହେଲେ ନିଜେ ଆସି ତାକୁ ବୁଝାଉଥିଲା ଓ ଜଗନ୍ନାଥଙ୍କ ଫଟୋକୁ ଚାହିଁ ଟୁଟୁଲ୍ ନିଶ୍ଚେ ଦିନେ ଭଲ ପିଲା ହୋଇଯିବ ବୋଲି ଆଶା କରୁଥିଲା।

ଜଗନ୍ନାଥ ତାକୁ କେମିତି ଭଲପିଲା କରିଦେବେ, ସେକଥା ଟୁଟୁଲ୍ ବୁଝିପାରୁ ନ ଥିଲା, ଯଦିଓ ସେ ବୋଉର ଆଖି ଲୁହ, ବାପାଙ୍କ ନାଲି ଆଖି ଓ ମାଷ୍ଟରଙ୍କ ବେତର ଭାଷା ସାଙ୍ଗେ ସାଙ୍ଗେ ବୁଝି ପାରୁଥିଲା। ବେଳେବେଳେ ସେ ଡରିଯାଇ ପ୍ୟାଣ୍ଟରେ ମୂତି ପକାଉଥିଲା।

ସେଇ ଟୁଟୁଲ୍ ଏବେ ପାଟପୁର ମଠରେ ରହୁଥିଲା। ତାକୁ ଦଶ ବର୍ଷ ପୂରିବା କ୍ଷଣି ତା' ବୋଉର କନ୍ଦାକଟା, ଗାଁ ଲୋକଙ୍କ ବୁଝାସୁଝା ଓ ତା'ର ସାଙ୍ଗମାନଙ୍କ ନିରବ ଧର୍ମଘଟ ସତ୍ତ୍ୱେ ତା' ବାପା ତାକୁ ଏଠିକି ନେଇ ଆସିଥିଲେ। ଟୁଟୁଲ୍‌କୁ ଦଶ ବର୍ଷ ପୂରିଲା ପରେ ପୁଅକୁ ଘରେ ରଖି ଜଗନ୍ନାଥଙ୍କ ସାଙ୍ଗେ ସେ ଆଉ ଦ୍ରୋହ କରିପାରିବେ ନାହିଁ ବୋଲି ସମସ୍ତଙ୍କୁ ବଡ଼ ପାଟିରେ କହିଥିଲେ।

ଟୁଟୁଲ୍‌ର ସେଦିନ କଥା ମନେ ଅଛି।

ସକାଳୁ ସକାଳୁ ତା' ବୋଉ ତାକୁ ହଳଦୀ ଲଗେଇ ଗାଧୋଇ ଦେଇଥିଲା। ତା'ର ମୁଣ୍ଡ କୁଣ୍ଡେଇ ଦେଇ ତା' ଗାଲରେ କଳାଟୋପାଟେ ଆଙ୍କି ଦେଇଥିଲା। ତାକୁ ନୂଆ ସାର୍ଟପ୍ୟାଣ୍ଟ ପିନ୍ଧେଇ ଦେଇଥିଲା। ବହୁତ ବଳେଇ ବଳେଇ ତାକୁ ଆରିସା, ଚକୁଳି ପିଠା ଓ ଛେନା ଖାଇବାକୁ ଦେଇଥିଲା।

ଟୁଟୁଲ୍ ସେଦିନ ତାଙ୍କ କଅଁଳା ବାଛୁରୀର କାନ ଭିଡ଼ିବା ପାଇଁ ଆଦୌ ସମୟ ପାଇ ନ ଥିଲା। ତାକୁ ଗାଁର ଅନେକ ଲୋକ ଆସି ଦେଖି ଯାଉଥିଲେ ଓ ତା'ର ନୂଆ ସାର୍ଟପ୍ୟାଣ୍ଟ ଲୋଚାକୋଚା ହୋଇଯାଉଥିବା ସତ୍ତ୍ୱେ କେହି କେହି ତାକୁ ଭିଡ଼ିନେଇ ଗେଲ କରି ପକଉଥିଲେ। ସେ ନିଜକୁ ସେମାନଙ୍କ କବଳରୁ ମୁକୁଳେଇ ଆଣି ତା' ବୋଉ ପାଖକୁ ଦଉଡ଼ି ପଳଉଥିଲା। ତା' ବୋଉ ତାକୁ କୋଳରେ ପୂରେଇ ଗେଲ କରି ଦେଉଥିଲା ଓ ଶାଢ଼ି କାନିରେ ନିଜ ଆଖି ପୋଛୁଥିଲା।

ଶେଷ ପର୍ଯ୍ୟନ୍ତ ସେ ଗୋଟେ ଆରିସା ପିଠା ଖାଇସାରି ନ ଥିଲା। ସେଇଟିକୁ ସେ ତା' ନୂଆ ପ୍ୟାଣ୍ଟର ପକେଟରେ ପୂରେଇ ଖେରଙ୍ଗ ଯାଏ ଚାଲି ଆସିଥିଲା। ବାଟ

ଚାଲି ଚାଲି ଟୁଟୁଲ୍ ଏତେ ଥକି ପଡ଼ିଥିଲା ଯେ ମନେ ମନେ ତା' ବାପା ଉପରେ ରାଗିଯାଇଥିଲା। ବାଟସାରା ଖାଲି ତା'ର ତା' ବୋଉ କଥା ମନେ ପଡୁଥିଲା।

ତା' ବୋଉ, ତା' ସୁନା ବୋଉ। ତା' ନାକ କାନ୍ଦୁରୀ ବୋଉ। ତା'ର ଉଷୁମ ବୋଉ। ଟୁଟୁଲ୍ ବୋଉ କଥା ମନେପକେଇ ତା' ବାପାକୁ ଲୁଚେଇ କାନ୍ଦି ପକଉଥିଲା। କିନ୍ତୁ ସେତେବେଳେ ସେ ଆଦୌ ଭାବି ନ ଥିଲା ଯେ ତା' ବାପା ତାକୁ ସତକୁ ସତ ପାଟପୁର ମଠରେ ଛାଡ଼ିଦେଇ ଗାଁକୁ ପଳେଇ ଆସିବେ ଓ ସେ ତା' ବୋଉଠୁ ଅଲଗା ହୋଇଯିବ।

ପାଟପୁରକୁ ଆସିଲାବେଳକୁ ଟୁଟୁଲ୍‌ର ବହୁତ କାମ ଗାଁରେ ବାକି ପଡ଼ିଥିଲା। ତା'ର ଦାଦାପୁଅ ନଣ୍ଡାଭାଇ ଗୋଟେ ନୂଆ ବନ୍‌ଶୀ ତିଆରି କରିଥିଲା ଓ ସେଦିନ ସକାଳେ ଟୁଟୁଲ୍ ନଣ୍ଡାଭାଇ ସାଙ୍ଗେ ଜିଅଳ ଶଡ଼େଇ ଧରି ଯିବ ବୋଲି କଥା ଦେଇଥିଲା। ପିଣ୍ଟୁ ଗୋଟେ ଗୁଡ଼ି ତିଆରି କରିଥିଲା ଓ ଟୁଟୁଲ୍‌କୁ ଠିକ୍ ସେହିପରି ଗୁଡ଼ିଟେ ତିଆରି କରିଦେବ ବୋଲି କହିଥିଲା। ଟୁଟୁଲ୍ ଖାଲି ତାଙ୍କ ଘରୁ ତା'ର ପୁରୁଣା ଖାତାଟେ ନେଇ ପିଣ୍ଟୁକୁ ଦେବାର ଥିଲା। ତା' ସାଙ୍ଗ ସୋନୁ ତା'ଠୁ ଛଅଟା କାଚଗୁଲି ନେଇ ତା' ବଦଳରେ ଦଶଟା ସିଗାରେଟ୍ ଖୋଳ ଦେବ ବୋଲି କଥା ଦେଇଥିଲା। ତା'ର ଗଗନ ପିଇସା ତାକୁ ଗୋଟେ ଦିଆଶିଲି ଖୋଳ ଭିତରେ ଭଅଁର ପୂରେଇ ଦେବ ବୋଲି କହିଥିଲା ଓ ସେ ଗଗନ ପିଇସାର ଗୋଟେ ଚିଠି ନେଇ ରମିଦେଈକୁ ଦେଇଦେବ ବୋଲି କଥା ଦେଇଥିଲା। ଟୁଟୁଲ୍‌ର ଆଉରି ଅନେକ କାମ ବି ବାକି ରହିଥିଲା, ଯାହା ସେ ତା' ଗାଁରୁ ପାଟପୁର ପର୍ଯ୍ୟନ୍ତ ପାଞ୍ଚମାଇଲ ବାଟ ଚାଲି ଚାଲି ଆସିବା ଭିତରେ ଭୁଲି ଯାଇଥିଲା।

ଟୁଟୁଲ୍ ପାଟପୁରକୁ ଆସି ଚୁଡ଼ାଚିନି ଖାଇ ଶୋଇ ପଡ଼ିଥିଲା। ସକାଳୁ ଉଠିଲା ବେଳକୁ ତା' ପାଖରେ ତା' ବାପା ନ ଥିଲେ କି ବାପାଙ୍କର ଝୁଲା, ଚପଲ, ଛତା କିଛି ନ ଥିଲା। ସେ ବିଛଣାରୁ ଉଠିପଡ଼ି ମୁହଁ ନ ଧୋଇ, ଆଖିରୁ ଲେଞ୍ଜରା ନ ପୋଛି ସେଇଠି ବସି କାନ୍ଦିଥିଲା। କିନ୍ତୁ ତା' କାନ୍ଦ ଶୁଣି ତା' ବାପା କି ବୋଉ କେହି ନ ଆସିବା ଦେଖି ସେ ମନକୁ ମନ ତୁନି ହୋଇଯାଇଥିଲା।

ସେଇଦିନ ସକାଳୁ ଟୁଟୁଲ୍ ବାଆଜି ହୋଇଗଲା।

ଟୁଟୁଲ୍‌ର କୁଞ୍ଚୁକୁଞ୍ଚିଆ ମୁଣ୍ଡବାଳ ସବୁ କାଟି ଦିଆଗଲା ଓ ପଛପଟେ ଚୁଟି ଛାଡ଼ି ଦିଆଗଲା। ତା' ବାଳ କାଟୁଥିବା ବାରିକ 'ବାପ ତ ଅଛି, ଚୁଟିଟା ଥାଉ' କହି ସେତକ ଛାଡ଼ି ଦେଇଥିଲା। ବାଳ କାଟିବାବେଳେ ବାରିକର ଜଙ୍ଘ ମଝିରେ ତା' ମୁଣ୍ଡଟା ଏମିତି ଚାପିହୋଇ ଯାଇଥିଲା ଯେ ମୁଣ୍ଡଟା ତା' ପାଖକୁ ଫେରି ଆସିଲା କ୍ଷଣି

ସେ ଦୁଇ ହାତରେ ନିଜ ମୁଣ୍ଡକୁ କିଛିକ୍ଷଣ ଆଉଁଶି ହେଇଥିଲା। ମୁଣ୍ଡଟା ତା'ର ସ୍ଲେଟ ପରି ପାଲିସ୍ ଓ ଚିକ୍କଣ ଲାଗୁଥିଲା।

ସେ ଆଉ ଥରେ କାନ୍ଦିଥିଲା। ବାରିକର ଖୁର ବାଜି ତା'ର ମୁଣ୍ଡର ତିନି ଜାଗାରୁ ରକ୍ତ ବାହାରିଥିଲା ଓ ସେଇ ପ୍ରଥମଥର ତା' ମୁଣ୍ଡର ରଙ୍ଗ ମଧ୍ୟ ତା' ଆଙ୍ଗୁଳିର ରକ୍ତ ପରି ଲାଲ ବୋଲି ସେ ଜାଣିଥିଲା।

ଟୁଟୁଲ୍ ଏବେ ପାଟପୁର ମଠରେ ଛୁଆ ବାଆଜି। ସକାଳୁ ଉଠି ସେ ଗାମୁଛାଟିଏ କଛାମାରି ପିନ୍ଧେ ଓ ବଡି ସକାଳୁ ତୋଳିଥିବା ଫୁଲକୁ ଛୁଞ୍ଚିସୂତା ଧରି ମାଳ ଗୁନ୍ଥେ। ଛୁଞ୍ଚିର ମୁନିଆଁ ଅଗ ବାଜି ତା'ର ଅଙ୍ଗୁଳି ଫୋଡ଼ି ହୋଇଯାଏ ଓ ସେ ତା' ରକ୍ତକୁ ପାଟିରେ ଶୋଷିଦିଏ। ଏମିତି କରିବାକୁ ତା' ବୋଉ ତାକୁ ଶିଖେଇଥିଲା – ନଉ ଖାଇଲେ ବଳ ବଢ଼େ। ତା'ପରେ ସେ ଗାଈ ଚରେଇ ଯାଏ। ଗାଈ ଚରେଇ ଫେରିବାପରେ ସେ ସ୍କୁଲ୍‌କୁ ଯାଏ। ସ୍କୁଲ୍‌ରୁ ଫେରି ଗାଈ ପାଇଁ ଘାସ ଉପାଡ଼ି ଆଣେ। ପୁଣି ଥରେ ଠାକୁରଙ୍କ ଆଗରେ ବସି ସେ ଗୋସେଇଁଙ୍କ ପୂଜାଥାଳି ସଜିଲ କରିଦିଏ। ଗୋସେଇଁ ଆଳତି କଲାବେଳେ ସେ ଘଣ୍ଟା ପିଟେ ଓ ଆଳତି ସରିବା ପରେ ଭୋଗ ଖାଏ।

ତାକୁ ତା' ସ୍କୁଲ୍‌ର ସାଙ୍ଗମାନେ ବାଆଜି ବାଆଜି କହି ଡାକନ୍ତି। ତା'ର ଚୁଟିକୁ ଭିଡ଼ନ୍ତି ଓ ତା' ବହିଖାତା ନେଇ ଯାଆନ୍ତି। ବାଆଜି କାନ୍ଦେ ଓ ବେଳେବେଳେ ଉଠିପଡ଼ି ତା' ସାର୍‌ଙ୍କୁ ଏକଥା କହିଦିଏ। ସେଦିନ ଆଉ କେହି ତା' ଚୁଟି ଭିଡ଼ନ୍ତି ନାହିଁ ବୋଲି ବାଆଜି ଖୁସି ହୁଏ। ମାତ୍ର ତା' ପରଦିନ ସେଇକଥା ହୁଏ। ସେ ଆଉ କାହାକୁ କିଛି କହେ ନାହିଁ, ସହିଯାଏ।

ବାଆଜି ଗାଈ ଚରାଉଥିବାବେଳେ ରାସ୍ତାକୁ ଅନାଏ। ଅନେକ ଦୂର ପର୍ଯ୍ୟନ୍ତ ଧାନବିଲ, ଗୋହିରି ଦିଶେ କିନ୍ତୁ କେବେ ବି ତା' ବାପା କି ବୋଉକୁ ସେ ଦେଖେ ନାହିଁ। ଚାହିଁ ଚାହିଁ ତା'ର ଆଖିପତା ବଥେଇ ଯାଏ। ସେ ଚୁପ୍‌ଚାପ୍ କାନ୍ଦେ ଓ ଗୋସେଇଁ ଦେଖିଲେ ରାଗିବେ ବୋଲି ଲୁହକୁ ତା' ଗାମୁଛା କାନିରେ ପୋଛିଦିଏ।

ବାପା ଆସନ୍ତି ନାହିଁ।

ବୋଉ ଆସେ ନାହିଁ।

ଗଗନ ପିଇସା, ନଣ୍ଡା ଭାଇ, ଟୁଟୁ କି ପିଣ୍ଟୁ କେହି ଆସନ୍ତି ନାହିଁ। ବାଆଜି ପାଟପୁର ଗାଁକୁ ତା' ଗାଁର ଚିତ୍ର ସାଙ୍ଗେ ତୁଳନା କରେ। ତାକୁ ପାଟପୁରର ମଠ, ସ୍କୁଲ୍ ଓ ସ୍କୁଲ୍‌ର ସାଙ୍ଗପିଲା କେହି ଭଲ ଲାଗନ୍ତି ନାହିଁ। ତା'ର ଖାଲି କାନ୍ଦିବାକୁ ଇଚ୍ଛା ହୁଏ।

ଗୋସେଇଁ ତାକୁ ବରାବର ବୁଝାନ୍ତି। ଛୁଆ ବାଆଜି ସବୁ ବୁଝେ, କିନ୍ତୁ ଗୋସେଇଁ

ଉଠିଗଲାକ୍ଷଣି ସବୁ ଭୁଲିଯାଏ। ଗୋସେଇଁ ଫେରି ଆସି ତାକୁ ନାଲି ଆଖି ଦେଖାନ୍ତି। ଛୁଆ ବାଆଜି କାନ୍ଦିପକାଏ। ଗୋସେଇଁ ପୁଣି ନରମ ହୋଇ ବାଆଜିକୁ ଖଇ ଉଖୁଡ଼ା ଓ ନଡ଼ିଆ ଦିଅନ୍ତି। ବାଆଜି ସେତକ ଖାଇ ସାରିବା ପର୍ଯ୍ୟନ୍ତ ଗାଁ କଥା ଭୁଲିଯାଏ। କିନ୍ତୁ ଖିଆ ସରିଲେ ପୁଣି ତା'ର ତା' ଗାଁ ଓ ବୋଉ କଥା ମନେପଡ଼େ।

ବାଆଜି ପାଟପୁର ମଠକୁ ଆସିଲାବେଳେ ତାକୁ ଫୁଲମାଳ ଗୁନ୍ଥିବା, ଗାଈ ଚରେଇବା, ଘଣ୍ଟ ପିଟିବା ଏପରିକି ଭଲକରି ଶୌଚ ହେବା ଜଣା ନ ଥିଲା। ଗୋସେଇଁ ଓ ଗୋସେଇଁଙ୍କ ଚେଲା ଆଲୁଆ ବାବା ତାକୁ ଗାଳିମନ୍ଦ କରୁଥିଲେ ଓ ଏଇଟା ଗୋଟେ ଗଜମୂର୍ଖ ବୋଲି କହୁଥିଲେ। ବାଆଜିର ଆଲୁଆ ବାବା ଉପରେ ବେଶି ରାଗ ହେଉଥିଲା ଓ ବେଳେବେଳେ ଆଲୁଆ ବାବା ତାକୁ ଯେତେ ଡାକିଲେ ବି ସେ ତା' ଡାକ ଶୁଣୁ ନ ଥିଲା, ଖୁଣ୍ଟଟା ପରି ଛିଡ଼ାହୋଇ ରହୁଥିଲା।

ସେ ଅନ୍ଧାରରେ ସ୍ୱପ୍ନ ଦେଖି ବିଛଣାରୁ ଉଠି ବସୁଥିଲା ଓ ତା' ବୋଉ ତାକୁ କେମିତି ଏକଲା ଛାଡ଼ି ରହୁଛି ବୋଲି ମନେ ମନେ ଭାବୁଥିଲା। ସେ ସବୁଦିନ ଭାବୁଥିଲା ଯେ, କାଲିକି ନିଶ୍ଚେ ତା' ବାପା ଆସି ତାକୁ ଏଠୁ ନେଇଯିବେ ଓ ସେ ପୁଣି ଯେମିତି ଆସିଥିଲା ସେମିତି ବଡ଼ ବଡ଼ ପାହୁଣ୍ଡ ପକେଇ ତାଙ୍କ ଗାଆଁକୁ ପଳେଇଯିବ। ମାତ୍ର ତା' ବାପା ଆସୁ ନ ଥିଲେ, ତା' ଗାଁରୁ କେହି ଜଣେ ହେଲେ ପାଟପୁର ଆସୁ ନ ଥିଲେ।

ବାଆଜି ମନେ ମନେ ତାଙ୍କ ଗାଆଁକୁ ପଳେଇ ଯିବା ପାଇଁ ବହୁତ ଚେଷ୍ଟା କରୁଥିଲା। ଥରେ ସେ ମଠରୁ ଦଉଡ଼ି ପାଟପୁର ଓ ଖେରଙ୍ଗ ମଝିରେ ଥିବା ନୂଆନଈ ପର୍ଯ୍ୟନ୍ତ ଚାଲିଯାଇଥିଲା। ମାତ୍ର ନଈ ପାଖରୁ ସେ ଫେରି ଆସିଥିଲା। ତାକୁ ନଈ ପହଁରା ଜଣା ନ ଥିଲା କି ଡଙ୍ଗାବାଲା ତାକୁ ପାରି କରିଦେବ ବୋଲି ଭରସା ନ ଥିଲା। ନଈକୂଳଟା ଏତେ ଖାଁ ଖାଁ ଓ ନିଛାଟିଆ ଲାଗିଥିଲା ଯେ, ଆଉ ବେଶି ସମୟ ରହିଲେ ତାକୁ ଭୂତ ଗୋଡ଼େଇ ଆସିବ ବୋଲି ବାଆଜି ଭାବିଥିଲା। ସେ ନଈପାଖରୁ ଦେଖା ଯାଉ ନ ଥିବା ତା'ର ଗାଁ ଆଡ଼କୁ ଚାହିଁ ଚୁପ୍‌ଚାପ୍ କାନ୍ଦିଥିଲା। ନିଜ ହାତ ପାପୁଲିରେ ଆଖିର ଲୁହ ପୋଛି ମଠକୁ ପଳେଇ ଆସିଥିଲା।

ତାକୁ ପାଟପୁର ମଠ ଆଦୌ ଭଲ ଲାଗୁ ନ ଥିଲା। ଏଠି ତାକୁ କେହି ମାଛ କି ଶୁଖୁଆ ଖାଇବାକୁ ଦେଉ ନ ଥିଲେ। ସବୁଦିନେ ଚୁଡ଼ା ଗୁଡ଼, ଅରୁଆ ଭାତ ଓ ଡାଲମା ଖାଇ ଖାଇ ତାକୁ ବିରକ୍ତ ଲାଗୁଥିଲା। ତାକୁ ଘିଅ, ଦହି ଦେଖିଲାବେଳକୁ ବାନ୍ତି ମାଡୁଥିଲା ଓ ତା' ବୋଉ ତାକୁ ଯେମିତି ପଖାଳ ଓ ଇଲିଶି ଶୁଖୁଆ ଖାଇବାକୁ ଦିଏ ସେ କଥା ସେ ବଡ଼ ପାଟିରେ କହି ଅଧା ଖିଆରୁ ବାସନକୁସନ ଗୋଟେଇ ନଳକୂଅ ପାଖକୁ

ପଳେଇ ଯାଉଥିଲା। ତାକୁ କେହି ଇଲିଶି ଶୁଖୁଆ ଦେଉ ନ ଥିଲେ କି ଖାଇବା ପାଖରୁ ଉଠିଗଲେ କେହି ତାକୁ ବଳେଇ ବଳେଇ ଖୁଆଉ ନ ଥିଲେ। ତାକୁ ଭୋକ ଲାଗିଲେ ସେ ସୁରେଇରୁ ପାଣି ପିଇ ଶୋଇଯାଉଥିଲା।

ଆଳୁଆ ବାବା ତାକୁ ବେଳେବେଳେ ଗୋଡ଼ ଘଷିଦେବା ପାଇଁ ଡାକୁଥିଲା। ଆଳୁଆ ବାବାର ଥନ୍ତଲପେଟ ଦେଖି ତାକୁ ହସ ମାଡୁଥିଲେ ବି ସେ ହସ ଚାପି ତା' ଗୋଡ଼ ଘଷି ଦେଉଥିଲା। କାରଣ ଆଳୁଆ ବାବା ତା' ଉପରେ ସବୁବେଳେ ରାଗୁଥିଲା।

ବାଆଜିର ତା' ବୋଉ କଥା ମନେ ପଡୁଥିଲା। ସବୁଦିନେ ଶୋଇବାବେଳେ ତା' ବୋଉ ତା' ଗୋଡ଼ରେ ସୋରିଷ ତେଲ ଲଗେଇ ଆଉଁଶି ଦିଏ। ବୋଉ ଆଉଁଶି ଦେଉଥିଲାବେଳେ ଟୁଟୁଲ୍ ଆଖିବୁଜି ଓ ଓଠଚାପି ଶୋଇ ରହେ। ତା' ବୋଉ ଯେତେ ଜୋର୍‌ରେ ତା' ଗୋଡ଼ ଘଷିଦେଲେ ବି ତାକୁ ସରସର ଲାଗେ ଓ ହସ ମାଡ଼େ। ଘରେ ଥିଲାବେଳେ ସେ କେବେ ତା' ବାପା କି ବୋଉର ଗୋଡ଼ ଘଷି ନ ଥିଲା, ତା' ବୋଉ ତାକୁ କୌଣସି ଟାଣ କାମ କରିବାକୁ କେବେ ଦେଉ ନ ଥିଲା।

ଟୁଟୁଲ୍ ମନେ ମନେ ତା' ବାପା, ମଠ ଗୋସେଇଁ ଓ ସବାଶେଷକୁ ଠାକୁରଙ୍କୁ ଗାଳି ଦେଉଥିଲା। ତା'ର ଦୃଢ଼ ଧାରଣା ହୋଇଥିଲା ଯେ ସେ ଗାଁରେ ଖୁବ୍ ଦୁଷ୍ଟାମି କରିଥିବାରୁ ତା' ବାପା ତାକୁ ଆଣି ଏ ମଠରେ ଛାଡ଼ିଦେଇ ଯାଇଥିଲେ। ସେ ମନେ ମନେ ଆଖିଛୁଇଁ, ବିଦ୍ୟାଛୁଇଁ ଓ ପରୀକ୍ଷା ରାଣ ପକେଇ ହଲପ କରୁଥିଲା, ଏଥର ଯଦି ସେ ଗାଁକୁ ଯାଏ ତାହାହେଲେ ଆଦୌ ଦୁଷ୍ଟାମି କରିବ ନାହିଁ। ସେ ଠିକ୍ ସମୟରେ ସ୍କୁଲ୍‌କୁ ଯିବ ଓ ସ୍କୁଲ୍‌ରୁ ଫେରି ଘରେ ବସି ପାଠ ପଢ଼ିବ। ସେ ଗୁଡ଼ି ଉଡ଼େଇବାକୁ ଯିବ ନାହିଁ କି ପୋଖରୀରେ ପହଁରିବ ନାହିଁ। ଗଛ ଚଢ଼ିବ ନାହିଁ କି କଙ୍କି ଧରିବ ନାହିଁ। ତା' ବାପା ତାକୁ ଯାହା ଯାହା କହିବେ, ସେ ସେୟା ସେୟା କରିବ।

ବାପା ଯଦିବା ତାକୁ ଏଠି ଛାଡ଼ି ଦେଇଥିଲେ, ମଠ ଗୋସେଇଁ ତାକୁ କାହିଁକି ରଖିଲେ ବୋଲି ସେ ମନେ ମନେ ଗୋସେଇଁଙ୍କୁ ପଚାରୁଥିଲା। ମାତ୍ର ଏକଥା ଗୋସେଇଁଙ୍କୁ ସେ ସିଧା ପଚାରି ପାରୁ ନ ଥିଲା। ତାଙ୍କର ଚିତା ଚଇତନ ଚେହେରା ଓ ରାଗିଲା ରାଗିଲା ମୁହଁ ଦେଖିଲା କ୍ଷଣି ତା' ପାଟି ଖନି ବାଜି ଯାଉଥିଲା। ସବା ଶେଷରେ ଟୁଟୁଲ୍ ଠାକୁରଙ୍କୁ ହିଁ ତା'ର ଏ ଦୁର୍ଦ୍ଦଶା ପାଇଁ ଦାୟୀ କରୁଥିଲା। ତା'ର ଭରସା ଥିଲା ଯେ ଠାକୁର ଚାହିଲେ ତାକୁ ତା' ବୋଉ ପାଖକୁ ପଠେଇ ଦେଇ ପାରନ୍ତେ। ମାତ୍ର ଠାକୁର କାହିଁକି ସେ କଥା କରୁ ନ ଥିଲେ ତାହା ସେ ବୁଝିପାରୁ ନ ଥିଲା। ଫୁଲମାଳ ଗୁନ୍ଥିବାବେଳେ ଅନ୍ୟମନସ୍କ ଟୁଟୁଲ୍‌ର ଆଙ୍ଗୁଳିରେ ଛୁଞ୍ଚି ଫୋଡ଼ିହୋଇ ରକ୍ତ ବୋହୁଥିଲା। ତା' ହାତରେ ରକ୍ତଲାଗି ଟଗର ଫୁଲର ପାଖୁଡ଼ା ଲାଲ ହୋଇଯାଉଥିଲା। ସେ ରକ୍ତଲଗା

ଫୁଲମାଳକୁ ଠାକୁରଙ୍କୁ ଦେଖେଇ କହୁଥିଲା - ସାନ ପିଲାର ଏ ଦଶା ତୁମକୁ ଦେଖିବାକୁ କ'ଣ ଭଲ ଲାଗୁଛି ? କିନ୍ତୁ ଠାକୁର ତା' କଥା ଶୁଣୁ ନ ଥିଲେ।

ଟୁଟୁଲ୍ ଗୋସେଇଁଙ୍କ ଠାରୁ ଶୁଣିଥିଲା, ଠାକୁର ମୁହଁରେ କାହାକୁ କିଛି କହନ୍ତି ନାହିଁ। ସେ ଯାହା କହିବାର କଥା ତାଙ୍କ ଢଙ୍ଗରେ କହିଦିଅନ୍ତି। ମାନସିକ କଲା ଲୋକ ତା' ମନ ଭିତରେ ସେଇ କଥାଟି କହି ଠାକୁରଙ୍କ ଗାଦି ଉପରେ ଫୁଲଟିଏ ଥୋଇଦିଏ। ଠାକୁରଙ୍କ ଗାଦିରୁ ଯଦି ଫୁଲଟିଏ ଖସିପଡ଼େ, ତାହାହେଲେ ଭକ୍ତର 'ମନୋବାଞ୍ଛା' ପୂରଣ ହେଲା ବୋଲି ଜଣାପଡ଼ିଥାଏ। ମନୋବାଞ୍ଛା କ'ଣ ତାହା ଟୁଟୁଲ୍ ବୁଝେ ନାହିଁ; ମାତ୍ର ସେ ଠାକୁରଙ୍କ ପାଖରେ କେହି ନ ଥିଲାବେଳେ ଡଲୁ ଗୋଟେଇ ଗୋଟିଏ ପରେ ଗୋଟିଏ ଫୁଲ ଠାକୁରଙ୍କ ଗାଦି ଉପରେ ରଖେ। ଫୁଲଗୁଡ଼ାକ ଅଠାରେ ଲାଗିଗଲା ପରି ସେଠି ଲାଗିଯାଆନ୍ତି, ଖସନ୍ତି ନାହିଁ। ଟୁଟୁଲ୍‌ର ମନ ଖରାପ ହୋଇଯାଏ। ସେ ବୁଝିଯାଏ, ଠାକୁରେ ତା'ର ଗାଁକୁ ଫେରିଯିବା ଚାହାନ୍ତି ନାହିଁ। ସେ ଠାକୁରଙ୍କ ଉପରେ ଆହୁରି ରାଗିଯାଏ।

କିନ୍ତୁ ଆଜି ଟୁଟୁଲ୍‌ର ମନ ଖୁସି ଥିଲା।

ଗୋସେଇଁ ବାରଣ କରିଥିବା ପଞ୍ଚମ ଭୁଲ୍‌ଟି ବି ସେ କରିସାରିଥିଲା। ସେ ତା' ଭୁଲ୍ ପାଇଁ ଅନୁତାପ କରୁ ନ ଥିଲା, ବରଂ ମୁକ୍ତିର ଆଶାରେ ତା' ପାଦଯୋଡ଼ିକ କଅଁଳା ବାଛୁରୀ ଖୁରା ପରି ଧାଉଁଥିଲା। ତା'ର ହାତଯୋଡ଼ିକ ପ୍ରଜାପତିର ଡେଣା ପରି ଅସ୍ଥିର ହେଉଥିଲା। ତା'ର ମନ ପିଣ୍ଟୁର ଗୁଡ଼ିପରି ଆକାଶକୁ ଉଠି ଯାଉଥିଲା।

ଗୋସେଇଁ ବାରମ୍ବାର ତାକୁ ଧମକ ଦେଇଥିଲେ, ଯଦି ବାଆଜି ଏମିତିକା ଭୁଲ୍ ଆଉ ଥରେ କରେ ତାହାହେଲେ ସେ ତାକୁ ତାଙ୍କ ମଠରୁ ନିକାଲି ଦେବେ। ଆଉଥରେ ଆଉଥରେ ହୋଇ ବାବାଜି ଚାରିଟା ଭୁଲ୍ କରିସାରିବା ପରେ ଗୋସେଇଁ ରାଗିପାଚି ଲାଲ ହୋଇଯାଇଥିଲେ। ସେଦିନ ତାଙ୍କର ରାଗ ଦେଖି ଟୁଟୁଲ୍ ମୂତି ପକେଇଥାଆନ୍ତା, କିନ୍ତୁ ପରଶୁର ମଦତ୍ ତାକୁ ସେଥିରୁ ବଞ୍ଚେଇ ଦେଇଥିଲା। ଗୋସେଇଁ ସମସ୍ତଙ୍କୁ ଶୁଣେଇ ଶୁଣେଇ କହିଥିଲେ ଏ ଟୋକା ଯଦି ଏମିତିକା କାମ ଆଉ ଥରେ କରେ ତାହାହେଲେ ସେ ତା' ବାପାକୁ ଡକେଇ ଏଇଟାକୁ ବିଦା କରିଦେବେ। ଏଭଳି ପାପାଚାର ସେ ତାଙ୍କ ମଠରେ ଆଉ ବରଦାସ୍ତ କରିପାରିବେ ନାହିଁ।

ସେଦିନ ଟୁଟୁଲ୍ ମନରେ ଯେତିକି ଦୁଃଖ ହୋଇଥିଲା, ତାହାଠାରୁ ବେଶି ଆନନ୍ଦ ହୋଇଥିଲା। ମନକୁ ମନ ନିଜର ସାହସ ପାଇଁ ସେ ନିଜକୁ ସାବାସି ଦେଇଥିଲା ଏବଂ ପରଶୁକୁ ଅନେକ କୃତଜ୍ଞତା ଜଣେଇଥିଲା। ସେ କହିଥିଲା, ''ମୁଁ ଗାଁକୁ ଗଲେ ବୋଉକୁ ତମ କଥା କହିବି।''

ପରଶୁ ତା'ର ଗାଲକୁ ଚିପି ଦେଇ କହିଥିଲା, ''ମୋ ମଗଜର କମାଲ୍ ଦେଖିଲୁ ତ !''

ଶିଷ୍ୟ ତା' ଗୁରୁଙ୍କୁ ଚାହିଁଲା ପରି ଭକ୍ତି ଓ କୃତଜ୍ଞତାପୂର୍ଣ୍ଣ ଆଖିରେ ଟୁଟୁଲ୍ ପରଶୁକୁ ଚାହିଁଥିଲା ।

ପରଶୁର ବୟସ ତା'ଠାରୁ ତିନି ବର୍ଷ ମାତ୍ର ବେଶି । ସେ ପାଟପୁର ସ୍କୁଲ୍‌ରେ ପଢ଼େ, କିନ୍ତୁ ହାଇସ୍କୁଲ୍‌ରେ । ହାଇସ୍କୁଲ୍‌ର ପିଲାମାନେ ଅଲଗା ଅଲଗା ଚଉକି ଓ ଟେବୁଲ୍‌ରେ ବସନ୍ତି, ଟୁଟୁଲ୍ ପରି ଛଅ ସାତଜଣ ଗୁଞ୍ଜିହୋଇ ବେଞ୍ଚରେ ବସନ୍ତି ନାହିଁ ।

ପରଶୁ ସାଙ୍ଗେ ଟୁଟୁଲ୍‌ର ବନ୍ଧୁତା ଗୋଟେ କାହାଣୀ ।

ଟୁଟୁଲ୍ ସେ କଥା ମନେପକେଇ ବହୁତ ସାନ୍ତ୍ୱନା ପାଏ । ଯେତେବେଳେ ସେ ତା'ର ବାପା, ବୋଉ, ଗାଁ, ପାଟପୁର ମଠ, ଗୁରୁ ଗୋସେଇଁ, ଆଲୁଆ ବାବା ଓ ସ୍କୁଲ୍ ସାଙ୍ଗ... ଏ ସମସ୍ତଙ୍କ ଉପରେ ଚିଡ଼ିଯାଏ, ସେତିକିବେଳେ ପରଶୁ ତା'ର ବନ୍ଧୁ ହୋଇ ଉଭା ହୁଏ । ପରଶୁ ତା' କାନ୍ଧରେ ହାତ ପକାଏ, କିନ୍ତୁ ତା'ର ଚୁଟି ଭିଡ଼େ ନାହିଁ । ତା' ହାତ ଧରେ, କିନ୍ତୁ ତା'ର ଲଣ୍ଡା ମୁଣ୍ଡକୁ ଢୋଲ ଭାବି ତାକ୍ ଧିନାଧିନ୍, ତାକ୍ ଧିନାଧିନ୍ ବାଜା ବଜାଏ ନାହିଁ । ଟୁଟୁଲ୍‌କୁ କେହି ଥଟ୍ଟା କଲେ, ବାଆଜି ବାଆଜି କହି ଚିଡ଼େଇଲେ, ପରଶୁ ସେମାନଙ୍କୁ ମାରିବା ପରି ଦଉଡ଼ିଯାଏ, ଢେଲା ଉଠେଇ ଫିଙ୍ଗିବା ପାଇଁ ବାହାରେ ।

ସେଇ ପରଶୁ ତାକୁ ଏସବୁ ଭୁଲ୍ କରିବାକୁ ବୁଦ୍ଧି ବତେଇ ଦେଇଥିଲା । ପରଶୁ କହିଥିଲା, ''ଗୋସେଇଁ ଯେଉଁଥିପାଇଁ ଚିଡୁଛି, ତୁ ସେଇ କାମ କରିଯା । ଆପେ ତୋତେ ତୋ ଗାଁକୁ ପଠେଇଦେବ ।''

ଟୁଟୁଲ୍‌ର ଆଖିରେ ଲୁହ ଦୁଇଟୋପା ଚକ୍‌ଚକ୍ କରି ଉଠିଥିଲା । ସତରେ ସେ ପୁଣି ତା' ଗାଁକୁ ଫେରିଯାଇ ପାରିବ ! ସେଇ ମନ୍ତେଇ ଧାରରେ ତା'ର କୁନି ଗାଁ, ଚାରିପଟେ ସାବ୍‌ଜା ଧାନବିଲ, ଧାନବିଲ ମଝିରେ ଅଙ୍କାବଙ୍କା ହିଡ଼, ତା' ଉପରକୁ ଧାନକେଣ୍ଡାଗୁଡ଼ିକ ପେଟେଇ ପଡ଼ିଥିବେ, ହିଡ଼କଟା ନାଳିରେ ଖଇଁଚି ବସିଥିବ, ଖଇଁଚି ଉପରେ ଏକଗୋଡ଼ିଆ ବଗ... ଟୁଟୁଲ୍ ମନେ ମନେ ତା' ଗାଁକୁ ଫେରିଯାଏ । ଯେଉଁଦିନ ସେ ଗାଁରୁ ଆସିଥିଲା ସେଦିନ ସେ ଯାହା ଯେମିତି ଦେଖିଥିଲା ତା' ଗାଁ ସବୁଦିନେ ସେମିତି ଦିଶୁଥିବ ବୋଲି ସେ ଭାବେ । ପରଶୁ ତା'ର ପିଠି ଆପୁଡ଼େଇ ଦେଇ କହେ, ''ହିମ୍ମତ ଦରକାର । ମାଇଚିଆଙ୍କ ପରି କାନ୍ଦିଲେ ଫାଇଦା ନାହିଁ ।''

ଟୁଟୁଲ୍ ସାହସ ସଞ୍ଚୟ କରେ । ଯେମିତି ସେ ଗାଁରେ ଥିଲାବେଳେ କାଚଗୁଲି, ଖପରା, ସିଗାରେଟ୍ ଖୋଳ ଓ କଳା କାଗଜ ସବୁ ଖୋଜିଲୋଡ଼ି ସଞ୍ଚୟ କରୁଥିଲା ସେମିତି ତା' ମନ ଭିତରେ ଖେଳେଇ ଖାଳେଇ ପଡ଼ିଥିବା ସାହସତକ

ଗୋଟାଗୋଟି କରି ସେ ଏକାଠି କରେ। ପରଶୁ ସାହସ ଦେଇଛି, ସେ ନିଶ୍ଚୟ ତା' ଗାଁକୁ ଫେରିଯାଇ ପାରିବ।

ଗତକାଲି ସେ ପଞ୍ଚମ ଭୁଲ୍‌ଟି କରିଥିଲା। ଟୁଟୁଲ୍ ମନେ ମନେ ହିସାବ କଲା, ମଠକୁ ଆସିଥିବା ଭକ୍ତ ବୁଢ଼ାଟିର କଛା ଟାଣିବା ଥିଲା ପ୍ରଥମ ଭୁଲ୍। ଦ୍ୱିତୀୟ ଥିଲା ଗୋଡ଼ହାତ ନ ଧୋଇ କି ଗାଧୁଆ ପାଧୁଆ ନ କରି ଠାକୁରଙ୍କ ବେକରେ ଫୁଲମାଳ ପିନ୍ଧେଇବା। ସେଇ ଭୁଲ୍‌ଟି ପାଇଁ ଟୁଟୁଲ୍ ବହୁତ ଡରି ଯାଇଥିଲା। ତା'ର ଧାରଣା ହୋଇଥିଲା ଯେ, ହୁଏତ ଠାକୁର ତା' କାମରେ ଆଉ ସହଯୋଗ କରିବେ ନାହିଁ ଓ ସବୁ ଯୋଜନା ତା'ର ଫସରଫାଟି ଯିବ। ମାତ୍ର ପରଶୁ କହିଥିଲା, ''ଠାକୁର ସବୁ ଜାଣନ୍ତି। ତୁ ଚିନ୍ତା କରନା।'' ଟୁଟୁଲ୍ ନ ଗାଧୋଇ ସେମିତି ସେଦିନ ବାସି ଲୁଗାପଟାରେ ଠାକୁରଙ୍କୁ ମାଳ ପିନ୍ଧେଇ ଦେଇଥିଲା, ଗୋସେଇଁ ଦେଖୁ ଦେଖୁ।

କିନ୍ତୁ ସବୁଠୁ ଦୁଃସାହସୀ କାମଟି ହିଁ ଟୁଟୁଲ୍ ଗତକାଲି କରିଥିଲା। ପରଶୁ ଗୋଟେ କାଗଜରେ ଦିଇଟା ବଡ଼ ବଡ଼ ଚିଙ୍ଗୁଡ଼ି ଶୁଖୁଆ ପୋଡ଼ି ଟୁଟୁଲ୍‌କୁ ଦେଇଥିଲା। କହିଥିଲା, ଏ ଶୁଖୁଆ ଦି'ଟା ତୁ ଆଳୁଆ ବାଆଜି ସାମ୍ନାରେ ହିଁ ତାକୁ ଦେଖେଇ ଦେଖେଇ ଖାଇବୁ। ଦେଖିବୁ, ତା'ର ପାଞ୍ଚ ଘଣ୍ଟା ପରେ ତୁ ଯାଇ ଥିବୁ ତୋ ଗାଁରେ।''

ଗାଁ! ପୁଣି ଟୁଟୁଲ୍‌ର ମନ ଆନନ୍ଦରେ ନାଚି ଉଠିଥିଲା।

ଗାଁକୁ ଫେରିଯିବା ପାଇଁ ଗୋଟେ କ'ଣ, ପାଞ୍ଚଟା କ'ଣ ସେ ଗଣି ଗଣି ପାଞ୍ଚ ଶହ ଭୁଲ୍ ବି କରିପାରେ। ସେକଥା ପରଶୁକୁ ସେ କହିଥିଲା।

କାଲି ଦି'ପହରେ ସ୍କୁଲ୍‌ରୁ ଫେରିବା ବାଟରେ ସେ ପରଶୁଙ୍କ ଘର ଦେଇ ଆସିଥିଲା। ତାକୁ ଦେଖି ପରଶୁର ଭଉଣୀ ପଚାରିଥିଲା, ''କିରେ ବାଆଜି, ଆମ ଘରକୁ କେମିତି ଆସିଗଲୁ?''

ତାକୁ 'ବାଆଜି' ବୋଲି ଡାକିଥିବାରୁ ଟୁଟୁଲ୍ ପରଶୁର ବଡ଼ ଭଉଣୀ ଉପରେ ଚିଡ଼ି ଯାଇଥିଲା। କିନ୍ତୁ ଗୋଟେ ଦୁଃସାହସୀ କାମ କରିବାକୁ ଗଲାବେଳେ କାହା ଉପରେ ଚିଡ଼ି ଧୈର୍ଯ୍ୟ ହରେଇବା ତା' ପକ୍ଷେ ଉଚିତ ହୋଇ ନ ଥାନ୍ତା - ପରଶୁ କହିଥିଲା। ସେ କିଛି କହି ନ ଥିଲା। ପରଶୁର ବଡ଼ ଭଉଣୀ ତାକୁ ଝିଙ୍କିନେଇ ତା' କୋଳରେ ତାକୁ ଚାପି ଧରିଥିଲା, ତା' ଗାଲକୁ ଚିପି ଦେଇଥିଲା, ତା' ଓଠକୁ ଟାଣି ଦେଇଥିଲା ଠିକ୍ ତା' ବୋଉ ପରି ଏବଂ ଟୁଟୁଲ୍ ମନେ ମନେ ପରଶୁର ଭଉଣୀକୁ କ୍ଷମା କରି ଦେଇଥିଲା।

ପରଶୁ କହିଥିଲା, ''ସେ ମୋ ମାମୁ ଝିଅ ଭଉଣୀ, ଭାରି ଚାଲାକ। ତୋତେ କିଛି ପଚାରୁଥିଲା କି?''

ଟୁଟୁଲ୍ କିଛି ନ କହି ପରଶୁର ମୁହଁକୁ ଚାହିଁଲା। ପରଶୁ ବି କ'ଣ ତା' ପରି ଅନ୍ୟମାନଙ୍କୁ ଡରେ!

ପରଶୁ ତା' ଜାମା ଓ ପ୍ୟାଣ୍ଟ ଟେକି ତା'ର ଛାତି, ଜଙ୍ଘ ଓ କହୁଣିରେ ଥିବା ଆଞ୍ଚୁଡ଼ା ଘା' ଓ କଟାଦାଗ ସବୁ ଟୁଟୁଲ୍‌କୁ ଦେଖେଇଥିଲା। କହିଥିଲା, "ପଚିଶ ଥର ଗଛରୁ ଖସି ପଡ଼ିଥିବି, ସାଇକେଲରୁ ପଡ଼ିଥିବି ନଅ ଦଶ ଥର। ତୁ ମୋତେ ଡରିବା କଥା କହୁଛୁ? ଛାଡ୍, ନେ ଏଇ ପୁଡ଼ିଆରେ ରଖିଛି। ଆଲୁଆ ବାଆଜି ସାମ୍ନାରେ ହିଁ ତୁ ଚକ୍‌ଲେଟ୍ କି ଲଜେନ୍‌ସ୍ ଖାଇଲା ଭଳିଆ ଖାଇବୁ। ଦେଖ୍, ଏମିତି...।"

ନିଜ ବିଶି ଅଙ୍ଗୁଳିକୁ ପାଟିରେ ପୂରେଇ ପରଶୁ ଚିଙ୍ଗୁଡ଼ି ଶୁଖୁଆ କାମୁଡ଼ି ଖାଇବାର ଢଙ୍ଗ ଦେଖେଇ ଦେଉଥିଲା। ଟୁଟୁଲ୍ କହିଲା, "ମୋତେ ଚିଙ୍ଗୁଡ଼ି ଶୁଖୁଆ ଭାରି ଭଲ ଲାଗେ। ତୁ ମୋତେ ଆଉ ଦେବୁ?"

: ଦେବି। ଆଗେ ତୁ ଯା। ତୋତେ ବାଆଜି ଖୋଜୁଥିବ।

ପରଶୁ କହିବାମତେ, ଆଲୁଆ ବାଆଜି ମଠରୁ ଠାକୁରଗାଦିକୁ ଆସୁଥିବାବେଳେ ଟୁଟୁଲ୍ ଚିଙ୍ଗୁଡ଼ି ଶୁଖୁଆ ଖାଇଥିଲା।

ଆଲୁଆ ବାଆଜି ଚିତ୍କାର କରିଥିଲା, ଯେମିତି ଚିତ୍କାର ଟୁଟୁଲ୍ ଆଶଙ୍କା କରୁଥିଲା।

ତାକୁ ସେ ଜୋର୍‌ରେ ଗୋଟାଏ ଧକ୍କା ମାରିଥିଲା, ଯୋଉଟା ସେ ଆଶଙ୍କା କରି ନ ଥିଲା କି ପରଶୁ ତାକୁ କହି ନ ଥିଲା।

ମଠ ଭିତରେ ହଇଚଇ ଉଠିଥିଲା। ଯିବାଆସିବା ଲୋକ କହିଥିଲେ, ''ଘୋର ପାପାଚାର। ମନ୍ଦିର ଆଉ ଥରେ ପ୍ରତିଷ୍ଠା ନ ହେଲେ ଏଠୁ ଠାକୁର ପଳେଇଯିବେ।''

ଠାକୁରଙ୍କ ପଳେଇଯିବା କି ରହିବା ନେଇ ଟୁଟୁଲ୍‌ର ଚିନ୍ତା ନ ଥିଲା। ସେ ଖାଲି ତା' ନିଜ ପଳେଇଯିବାର ରାସ୍ତା ଖୋଜୁଥିଲା। ସେହି ଚିନ୍ତା ଭିତରେ ତା' ପିଠି ଓ ଗାଲର ଆଘାତ ସେ ଭୁଲିଯାଉଥିଲା।

ରାତିଟା ସାରା ତାକୁ ନିଦ ହୋଇ ନ ଥିଲା। ସମସ୍ତେ ତାକୁ କୁଳାଙ୍ଗାର ଏବଂ ଘୋର ପାପୀ ବୋଲି କହୁଥିଲେ। ତାକୁ, ତା'ର ବାପାକୁ, ତା'ର ମାଆକୁ, ତା'ର ବଂଶ ଏବଂ ଗୋତ୍ର ବୋଲି ଗୋଟେ କ'ଣ ତାକୁ ମଧ୍ୟ ତା' ସାଙ୍ଗରେ ଗାଳିମନ୍ଦ କରୁଥିଲେ। ସେତେବେଳେ ଟୁଟୁଲ୍‌ର ଥରେ ଇଚ୍ଛା ହୋଇଥିଲା, ସେ ଯାଇ ଆଲୁଆ ବାଆଜି ପାଖରେ ସବୁକଥା ମାନିଯିବ। କହିବ, ଯାହା ଯାହା ସେ କରିଛି ସବୁ ପରଶୁ ବୁଦ୍ଧିରେ କରିଛି। ଏଥିରେ ତା'ର କିଛି ଦୋଷ ନାହିଁ।

କିନ୍ତୁ ପରଶୁର ଧମକ ବି ଟୁଟୁଲ୍‌ର ମନେ ଥିଲା। ସେ ତା'ଠୁ ବିଦ୍ୟାରାଣ, ଆଖିଛୁଇଁ ରାଣ ଓ ମା' ରାଣ ପରି ତିନି ତିନିଟି ରାଣ ନେଲା ପରେ ଯାଇ ତାକୁ ଏ ବୁଦ୍ଧି

ଦେଇଥିଲା। ଯଦି ସେ କାହା ଆଗେ ପରଶୁ ନାଆଁ କହିଦିଏ, ତାହାହେଲେ ତା'ର ଆଉ ପାଠ ହେବ ନାହିଁ, ତା'ର ଆଖି ଫୁଟିଯିବ ଓ ତା'ର ବୋଉ ମରିଯିବ!

ବୋଉ! ଟୁଟୁଲ୍‌ର ପାଠ ନ ହେଉ ପଛକେ, ଆଖି ଫୁଟିଯାଉ ପଛକେ ତା' ବୋଉର କିଛି ନ ହେଉ। ଟୁଟୁଲ୍ ବୋଉ କଥା ମନେପକେଇ ଦାନ୍ତ ଚିପି ସବୁ ସହି ଯାଇଥିଲା।

ସକାଳୁ ସକାଳୁ ହିଁ ନିଜେ ମଠ ଗୋସେଇଁ ତାକୁ ଡାକିଥିଲେ। ତୁ ଆଉ ଏ ମଠରେ ରହିପାରିବୁ ନାହିଁ - ତାକୁ କହିଦେଲେ।

ଟୁଟୁଲ୍ କିଛି କହି ନ ଥିଲା।

: ତୋ ବାପକୁ ଖବର ଦେଇଛି। ସେ ଆସି ତୋତେ ନେଇଯାଉ। ତାହା ନ ହେଲେ ଏ ମଠରେ ଧର୍ମ କର୍ମ କିଛି ରହିବ ନାହିଁ।

ଏମିତି ଅପମାନିଆ କଥା ଆଗରୁ କେବେ ଏତେ ଭଲ ଲାଗି ନ ଥିଲା ଟୁଟୁଲ୍‌କୁ। ସେ ମଠ ଗୋସେଇଁଙ୍କ ପାଖରୁ ପାଦ ଚିପି ଚିପି କିଛି ବାଟ ଆସିଲା ପରେ ଭେଣ୍ଡି ଓ ମକା ଗଛ ଉହାଡ଼ରେ ଗୋଟେ କୁଦା ମାରିଥିଲା ଓ ଖୁସି ହୋଇଥିଲା। ନଳ ପାଖକୁ ଯାଇ ମୁହଁହାତ ଧୋଇ ପରଶୁକୁ ମନେ ମନେ ଧନ୍ୟବାଦ ଦେଇଥିଲା। ତା' ମଗଜର କମାଲ୍ ଅଛି, ନ ହେଲେ କ'ଣ ଠିକ୍ ପାଞ୍ଚଟା ଭୁଲ୍ କରିସାରିବା ବେଳକୁ ତାକୁ ଗାଁକୁ ନେବାପାଇଁ ତା' ବାପା ଆସୁଥାଆନ୍ତେ!

ଦୁର୍ଗାପୂଜା ବାସିଦିନ ଟୁଟୁଲ୍ ପାଟପୁର ଆସିଥିଲା, ଏବେ ସରସ୍ୱତୀ ପୂଜା ସରିଗଲା। କେତେଦିନ ଯେ ଏହା ଭିତରେ ବିତିଗଲାଣି ଟୁଟୁଲ୍ ତା'ର ହିସାବ ରଖିପାରି ନାହିଁ।

ବାପାକୁ ଦେଖିଲାକ୍ଷଣି ଟୁଟୁଲ୍ ତାଙ୍କ ପାଖକୁ ଦଉଡ଼ିଗଲା। କାହିଁକି କେଜାଣି ତା' ବାପା ତାକୁ ଅଲଗା ଦିଶୁଥିଲେ। ଏତିକି ଦିନ ଭିତରେ ତା' ବାପା ବହୁତ ବୁଢ଼ା ହୋଇଗଲା ପରି ତା'ର ମନେ ହେଉଥିଲା। ଟୁଟୁଲ୍ ଯାଇ ତା' ବାପାଙ୍କ ପେଟକୁ କୁଣ୍ଢେଇ ପକେଇଲା। ଲାଉ ହୋଇପଡ଼ିଲା କାନ୍ଧରେ। କାନ୍ଦି ପକେଇଲା ସେ। ଗେରୁଆ ଗାମୁଛା, ଲଣ୍ଡା ମୁଣ୍ଡ, ଗୁଣ୍ଡୁଚି ମୂଷା ଲାଞ୍ଜ ପରି ଚୁଟି ଓ ତିଳକ ଚିତା ପିନ୍ଧା ଛୁଆ ବାଆଜି ପୁଣି ଟୁଟୁଲ୍ ହୋଇଯିବା ଲାଗି ଛାଟିପିଟି ହେଉଥିଲା।

ଟୁଟୁଲ୍ ମନରେ ଅସୁମାରି ଯୋଜନା। ଗାଁରେ ପହଞ୍ଚିବାକ୍ଷଣି କ'ଣ କ'ଣ କରିବ ତା'ର ଗୋଟେ ତାଲିକା ସେ ତା' ମନ ଭିତରେ ତିଆରି କରୁଥିଲା। ଆଉ କିଛିଦିନ ଆଗରୁ, ଗାଁକୁ ଗଲେ ଦୁଷ୍ଟାମି କରିବ ନାହିଁ ବୋଲି ସେ କରିଥିବା ନିୟମ ଏବେ ଭୁଲି ଯାଇଥିଲା। ତା'ର ରହି ରହି ବଣିଆସାହି ପଦା, ମନ୍ତେଇ ନଈ କୂଳ, ବଡ଼ପୋଖରୀ

ହୁଡ଼ା, ଅର୍ଜୁନ ବାଆଜି ମଠରେ ପିଜୁଳି ଗଛ, ପିଣ୍ଟୁଙ୍କର କୁକୁଡ଼ା ପଲା, ଗଗନ ପିଇସାର ଛୋଟ କୁକୁର ଛୁଆ ଓ ତାଙ୍କର କଅଁଳା ବାଛୁରୀ କଥା ମନେ ପଡୁଥିଲା। କେତେ ଯେ କାମ! ଟୁଟୁଲ୍ ମନେ ମନେ ବ୍ୟସ୍ତ ହୋଇ ପଡୁଥିଲା। ମନପବନ କଠଉ ଭଳି ଦି'ଯୋଡ଼ା କଠଉ ଥିଲେ ସେ ଓ ତା' ବାପା ଗୋଟାଏ ମୁହୂର୍ତ୍ତରେ ଯାଇ ଗାଁରେ ପହଞ୍ଚିଯାଆନ୍ତେ। ସାଙ୍ଗେ ସାଙ୍ଗେ ମହାଦେବ ପୋଖରୀ ତୁଠରେ ଗୋଡ଼ହାତ ଧୋଇ ସେ ତା' ବୋଉ ସାମ୍ନାରେ ହାଜର ହୋଇ ଡାକନ୍ତା, ''ବୋ-ଉ!''

ତା' ବାପା ତାକୁ ଝିଙ୍କିଦେଲେ, ''ଓହ୍ଲା, ଓହ୍ଲା କହୁଛି।''

ଟୁଟୁଲ୍ କିଛି ବୁଝି ପାରିଲା ନାହିଁ।

ତା' ବାପା କହିଲେ, ''ତୁ ଯା। ମୁଁ ଆଗେ ଗୋସେଇଁଙ୍କ ସାଙ୍ଗେ କଥା ହୋଇସାରେ।''

ଟୁଟୁଲ୍ ଧାଇଁ ଧାଇଁ ପଳେଇଗଲା। ମଠ ଭିତରେ ଆଲୁଆ ବାଆଜି ବସାଘରର ଗୋଟିଏ କୋଣରେ ଟୁଟୁଲ୍‌ର ବାସ। ସେଇଠି ଥିଲା ତା'ର ଶପ, ବହିଖାତା, କଲମ, ପେନ୍‌ସିଲ୍ ଓ ତା'ର ଜାମାପ୍ୟାଣ୍ଟ। ଟୁଟୁଲ୍ ସବୁଗୁଡ଼ିକୁ ଗୋଟିଆ ଗୋଟି କରି ତା' ସ୍କୁଲ୍ ବ୍ୟାଗ୍ ଭିତରେ ଭର୍ତ୍ତି କରିଦେଲା। 'ଗାମୁଛାଟା ଓଦା ଅଛି, ବାଟରେ ଶୁଖିଯିବ' କହି ଭିତରେ ପୂରେଇଦେଲା। 'ମଗ ଓ ଲୋଟା ମୋର କ'ଣ ହବ' ବୋଲି ଭାବିଲା ଓ ସେଗୁଡ଼ାକୁ ଦୂରକୁ ଠେଲିଦେଲା। ଏସବୁ ସଜଡ଼ା ସଜଡ଼ି କରିବାରେ ସେ ଏତେ ତରତର ହେଉଥିଲା ଯେ, ତା' କପାଳରୁ ଝାଳ ବୋହି ଆସୁଥିଲା। ହର୍ଲିକ୍ସ ବୋତଲ ଭିତରେ କିଛି ଉଖୁଡ଼ା ଥିଲା ଓ ତହିଁରେ ପିମ୍ପୁଡ଼ି ଲାଗି ଯାଇଥିଲେ। ଟୁଟୁଲ୍ ପିମ୍ପୁଡ଼ିମାନଙ୍କୁ ଆଡ଼େଇଲା ନାହିଁ, ଆଙ୍ଗୁଳିରେ ଚିପି ମାରିଲା ନାହିଁ। କ'ଣ ଭାବି କେଜାଣି ତା'ର ଠିପିଟାକୁ ଖୋଲି ଆଲୁଆ ବାଆଜି ଖଟିଆର ଗୋଡ଼ ପାଖରେ ଥୋଇଦେଇ ମନକୁମନ କହିଲା, ''ପାଉ ମଜା ବାଆଜି!''

ଏବେ ସେ ତା'ର ଝୁଲା ଧରି ବାହାରି ଆସିଲା।

ତା'ର ବାପା ଗୋସେଇଁଙ୍କୁ କ'ଣ ସବୁ କହୁଥିଲେ। ଟୁଟୁଲ୍ ସେ ଆଡ଼କୁ କାନ ଦେଲା ନାହିଁ।

ବାପା ତାଙ୍କ ଜାଗାରୁ ଉଠିଆସି ଗୋସେଇଁଙ୍କ ହାତକୁ କିଛି ଟଙ୍କା ବଢ଼େଇଦେଲେ। ଟୁଟୁଲ୍ କାନରେ ପଡ଼ିଲା, ''ପିଲା ଲୋକ, ଭୁଲ୍ କରିଦେଇଛି। କିଛି ଭାବିବେ ନାହିଁ।''

ଟୁଟୁଲ୍ ଅନେଇଲା। ଯିବା ଆସିବାବେଳେ ତା' ମାମୁ ତାକୁ ଏମିତି କିଛି ଟଙ୍କା ଦେଇଯାଆନ୍ତି। ଥରେ ତା'ର ପିଇସା ଆସିଥିଲେ, ସେ ବି ତା' ହାତରେ କିଛି ଟଙ୍କା ଗୁଞ୍ଜି ଦେଇଥିଲେ। ବାପା ବି ଗୋସେଇଁଙ୍କୁ ଦେଉଛନ୍ତି, ଦିଅନ୍ତୁ।

ବାପା ଆସି ଧୀର ଗଳାରେ ଟୁଟୁଲ୍‌କୁ କହିଲେ, ''ଗୋସେଇଁଙ୍କ ହାତ ଗୋଡ଼ ଧରିଛି। କାଇଲି ହୋଇଛି। ସେ ତୋର ଦୋଷ କ୍ଷମା କରିଦେଇଛନ୍ତି। ଏବେ ତୁ ସୁନାପିଲା ପରି ହେବୁ। ବାରବର୍ଷ ହୋଇଗଲେ ତୋତେ ପୁରୀ ଠାକୁରଙ୍କ ପାଖକୁ ନେବି।''

ଟୁଟୁଲ୍ ଆକାଶରୁ ଖସିପଡ଼ିଲା। ସେ ତା' କାନକୁ ବିଶ୍ୱାସ କରିପାରୁ ନ ଥିଲା।

ଟୁଟୁଲ୍ ଆଲୁଆ ବାଆଜିର ମଜଭୁତ ହାତ ଦିଇଟା ଭିତରେ ଛାଟିପିଟି ହେଉଥିଲା, ବାପା, ବାପା ବୋଲି ରଡ଼ି ଛାଡୁଥିଲା। ତା' ବାପା ଠାକୁରଙ୍କ ସାମ୍ନାରେ ମୁଣ୍ଡିଆ ମାରି 'ସବୁ ତୁମରି ଦୟା' କହି ରାସ୍ତା ଉପରକୁ ବାହାରି ଯାଇଥିଲେ ଏବଂ କ୍ରମେ ଦୂରରୁ ଦୂରକୁ ଚାଲିଯାଉଥିଲେ।

ଛୁଆ ବାଆଜିର କାନ୍ଦ ନା ତା' ବାପା, ନା ଗୋସେଇଁ ନା ଠାକୁର କାହାରିକୁ ଶୁଭୁ ନ ଥିଲା।

ତା' କାନ୍ଧରୁ ଝୁଲା ବ୍ୟାଗ୍‌ଟା ଖସିପଡ଼ି ଚଟାଣରେ ଲୋଟୁଥିଲା। ବ୍ୟାଗ୍ ଭିତରୁ ତା'ର ବହିଖାତା, କଲମ ଓ ପେନ୍‌ସିଲ୍ ବାହାରି ବିକଳ ଢଙ୍ଗରେ ଖେଳେଇ ଯାଇଥିଲେ।

■

ପାହାଡ଼

ଅଶିଣର ଦିଗ୍‌ବଳୟରେ ରଣକୁହୁଡ଼ିର ଭେଳା । ମାଟିର ସବୁଜିମା କେଉଁଠି ଆକାଶର ନୀଳିମା ସାଙ୍ଗରେ ମିଶିଯାଇଛି ଜାଣିହୁଏ ନାହିଁ । ଚାରିଆଡ଼େ ଫୁଲଉଡ଼ା ଧାନଗଛ ଆଉ ଧାନଗଛ । ତାଆରି ଭିତରେ ବୁଦାଏ ବୁଦାଏ କାଶତଣ୍ଡୀ ଚଅଁର ଉଡ଼େଇଛନ୍ତି । ଉତିଆଣି ଖରାପିଠିରେ ଦୁଇ ଚାରିଟା ବଗ ଉଡ଼ିଯାଉଛନ୍ତି ।

ଗାଡ଼ିର ଝରକା ଦେଇ ଏସବୁ ଦୃଶ୍ୟ ଦେଖିବାକୁ ଖୁବ୍ ଭଲ ଲାଗୁଥିଲା । ଓଦା ପବନରେ ଭାସି ଆସୁଥିଲା କ୍ଷୀର ଭର୍ତ୍ତି ଧାନ ଫୁଲର ବାସ୍ନା । ଏମିତିକା ଦୃଶ୍ୟ ସହରରେ ମିଳେ ନାହିଁ । ସେଇଥିପାଇଁ ଗାଁ ସହରଠୁ ନିଆରା, ଶତ ଦାରିଦ୍ର୍ୟ ଓ ଅଭାବବୋଧ ସତ୍ତ୍ୱେ ।

ହଠାତ୍ ଗାଡ଼ିଟା ଗୋଟାଏ ଅସ୍ୱାଭାବିକ ଶବ୍ଦ କରି ଉଠିଲା । କ'ଣ ହେଲା ବୋଲି ପଚାରିବା ଭିତରେ ସେଇଟା ଆଉ କିଛିବାଟ ଗଡ଼ିଯାଇ ବନ୍ଦ ହୋଇଗଲା । ଡ୍ରାଇଭର କହିଲା, ଆପଣ ବସିଥାନ୍ତୁ । ମୁଁ ଟିକିଏ ଇଞ୍ଜିନ୍ ଦେଖିନିଏ ।

ସିଦ୍ଧାନ୍ତ କିନ୍ତୁ ଓହ୍ଲେଇ ପଡ଼ିଲା। ତାକୁ ଅଟୋମୋବାଇଲ୍ କୌଶଳ ବାବଦରେ ବିଶେଷ କିଛି ଜଣାନାହିଁ। ସେ ଗାଡ଼ିକୁ ଆଉଜି ଖଣ୍ଡିଏ ସିଗ୍ରେଟ୍ ଲଗେଇଲା। କଳେ ଧୂଆଁ ପାଟିରେ ପୂରେଇ ତାକୁ ପୁଣି ଧୀରେ ଧୀରେ ଶୂନ୍ୟକୁ ଛାଡ଼ିଲା। ଧଳା ଧୂଆଁ ଧୀରେ ଉପରକୁ ଉଠି ପବନରେ ହଜିଗଲା।

: ଆଉ କେତେ ସମୟ ଲାଗିବ ?

: ସବୁ ତ ଠିକ୍ ଅଛି, କାହିଁକି ବନ୍ଦ ହେଲା ଜାଣିପାରୁନି। – ଡ୍ରାଇଭରର ସରଳ ଅଥଚ ଅସହାୟ ଉତ୍ତର।

ସିଦ୍ଧାନ୍ତ ବ୍ୟସ୍ତ ହୋଇପଡ଼ିଲା। ସଞ୍ଜ ନଇଁ ଆସୁଛି। ବେଶି ରାତି ହେଲେ ଫେରିବା ସପକ୍ଷରେ ଯୁକ୍ତି କରିହେବ ନାହିଁ।

ଡ୍ରାଇଭର ପ୍ରସ୍ତାବ ଦେଲା, ‘‘ଯଦି କେଉଁ ଗାଡ଼ିକୁ ଲିଫ୍ଟ ମାଗି ଆଗ ବଜାର ଯାଏ ଆପଣ ଯାଇପାରନ୍ତେ, ତାହାହେଲେ ଅସୁବିଧା ହୁଅନ୍ତା ନାହିଁ। ସେଇଠୁ ରିକ୍ସାଟିଏ ଧରି ନିଅନ୍ତେ। ମୁଁ ଗାଡ଼ି ସଜାଡ଼ି ପଛେ ପଛେ ପହଞ୍ଚିବି।’’

– କିନ୍ତୁ ଗାଡ଼ି ଯଦି ଠିକ୍ ନ ହୁଏ ?

ଏହାର ଉତ୍ତର ଡ୍ରାଇଭର ପାଖରେ ନାହିଁ।

ଏଇଟା କେଉଁ ଜାଗା କହିପାରିବୁ କିରେ ? – ଡ୍ରାଇଭର ଉଦ୍ଦେଶ୍ୟରେ ପ୍ରଶ୍ନଟେ ପଚାରି ରାସ୍ତା ପାଖ ସିମେଣ୍ଟ ଫଳକକୁ ଚାହିଁଲା ସିଦ୍ଧାନ୍ତ।

ସିମେଣ୍ଟ ଫଳକରୁ ସଫା କିଛି ଦିଶୁନାହିଁ। ପୁଣି ଖରା ବି ମଉଳି ଗଲାଣି। ପାଖକୁ ଯାଇ ଶିଉଳିବସା ଫଳକଟି ପଢ଼ିବାକୁ ଚେଷ୍ଟା କଲା ସିଦ୍ଧାନ୍ତ- ମଧୁପୁର ୧୪ କିଲୋମିଟର।

ଏପଟେ ନୂଆଗାଁକୁ ଆଉ କିଛି ରାସ୍ତା ନାହିଁ ?

: ଅଛି। ଆଉ ଟିକିଏ ଆଗେଇ ଗଲେ ବାଟଚଲା ରାସ୍ତାଟେ ପଡ଼ିବ। ମଝିରେ ନଈ। ଡ୍ରାଇଭର କହିଲା।

ସିଦ୍ଧାନ୍ତ ଥରେ ଗାଡ଼ିକୁ ଓ ଆଉ ଥରେ ପିଚୁରାସ୍ତାରୁ ବାହାରି କିଆବୁଦା ମଝିରେ ସରୁ ପାଣିଧାରଟିଏ ପରି ଗଡ଼ି ଯାଇଥିବା ନାଲିଗୋଡ଼ିଆ ରାସ୍ତାକୁ ଚାହିଁ ଦୀର୍ଘଶ୍ୱାସଟିଏ ନେଲା। ଗାଡ଼ିକୁ ଅପେକ୍ଷା କରି ରହିଲେ ଆଜି ଆଉ ଫେରି ହେବ ନାହିଁ। ଅନେକ ଡେରି ହେଲାଣି।

: ଆଚ୍ଛା, ଏଇ ନୂଆଗାଁ ଉପରସାହିରେ ବିରଜା ସାମନ୍ତରାଙ୍କ ଘର ତ ?

ଡ୍ରାଇଭର ସିଦ୍ଧାନ୍ତ ଆଡ଼କୁ ଚାହିଁଲା। ପାସେଞ୍ଜର ଆଗରୁ ରାସ୍ତାଘାଟ ଜାଣିଥିଲେ ଟ୍ୟାକ୍ସି ଡ୍ରାଇଭରର ସ୍ୱାଧୀନତା ସଙ୍କୁଚିତ ହୋଇଯାଏ। ନିଶ୍ଚିତ ହୋଇଯିବା ପାଇଁ କହିଲା, ‘‘ଆପଣ ଆଗରୁ ଇଆଡ଼େ ଆସିଥିଲେ କି ବାବୁ ?’’

: ହଁ, ହଁ। ଏ ଗାଁକୁ ମୁଁ ଥରେ ଆସିଥିଲି। ସେଇଟା କିନ୍ତୁ ଅନେକ ଦିନ ତଳର କଥା। ଆଚ୍ଛା, ତମେ ତମ ଗାଡ଼ି ଠିକ୍ କରି ଆସ। ମୁଁ ଏଇବାଟେ ଯାଉଛି।

ସିଦ୍ଧାନ୍ତ ଅନ୍ୟମନସ୍କ ଭାବରେ ଏତକ କହିବା ଭିତରେ ପିଚୁରାସ୍ତାରୁ ଗଡ଼ି ନାଲିଗୋଡ଼ି ରାସ୍ତା ଧରି ସାରିଥିଲା। ଡ୍ରାଇଭର ପଛରୁ କହିଲା, ''ସା'ନ୍ତରା ତ ଗାଁରେ ନ ଥିବେ ବୋଧହୁଏ...।''

- ମୁଁ ଜାଣେ। ଏତକ କହି ସିଦ୍ଧାନ୍ତ ଚାଲିବାକୁ ଲାଗିଲା। ନୂଆଗାଁକୁ ବାହାରିବା ବେଳଠାରୁ ମନ ଭିତରେ ଦ୍ୱନ୍ଦ୍ୱ ବଢ଼ିଚାଲିଛି। ବତିଶ ତେତିଶ ବର୍ଷ ହୋଇଗଲାଣି ପାରଅପା ଏ ଗାଁକୁ ବାହାହୋଇ ଆସିବା। ଅଥଚ ସେ ସେହି ଯାହା ପ୍ରଥମ ଥର ଆସିଥିଲା, ତା'ପରେ ଆଉ ଆସି ନାହିଁ। ସେଦିନ ଏ ରାସ୍ତାଘାଟ ଏପରି ନ ଥିଲା। କିଛିବାଟ ରେଳରେ ଓ ଆଉ କିଛିବାଟ ପାଲିଙ୍କିରେ ଆସିବା ପରେ ସେ ପହଞ୍ଚିଥିଲା ନୂଆଗାଁରେ। ସେଦିନର ସବୁ ସ୍ମୃତି ଆଜିଯାଏ ସତେଜ ଅଛି।

ଚଢ଼େଇଟିଏ କିଚିରିମିଚିରି କରି ଉଡ଼ି ଚାଲିଗଲା। ନାଲିଗୋଡ଼ି ରାସ୍ତା ଉପରକୁ ଦୁଇପଟରୁ ଅମରୀବଣ ଓ କିଆବୁଦା ମାଡ଼ି ଆସିଛନ୍ତି। ରାସ୍ତାସାରା ବଡ଼ ବଡ଼ ଖାଲ ଓ ସେ ଖାଲ ଭିତରେ ଗୋଳିଆ ବର୍ଷାପାଣି।

ପାରଅପା ବାହାଘରରେ ବରଧରା ହୋଇଯିବା ପାଇଁ ଏତେ ଗୁଡ଼ାଏ ପିଲାଙ୍କ ଭିତରୁ ଯେତେବେଳେ ସିଦ୍ଧାନ୍ତକୁ ବଛାଗଲା, ସେତେବେଳେ ସେ ଖୁସି ହୋଇଥିଲା। 'ମୁଁ ବରଧରା ହୋଇ ଯିବିରେ, ମୁଁ ବରଧରା ହୋଇ ଯିବିରେ' କହି କହି ନାଚି ଯାଇଥିଲା। ଘରର ସବା ସାନପିଲା ହେବା ମଧ୍ୟ ଗୋଟାଏ ଗୁରୁତ୍ୱପୂର୍ଣ୍ଣ କାର୍ଯ୍ୟ, ସେଇଟା ସେଥର ସେ ପ୍ରଥମ ଥର ଅନୁଭବ କରିଥିଲା।

ପାରଅପାକୁ ଗାଁ ସାରା ଡାକୁଥିଲେ ଓଲୀ। ସେଥିରେ ପାରଅପାର ରାଗ ରୋଷ ନ ଥିଲା। ତାକୁ ବା ରାଗିବା ପାଇଁ ବେଳ କାହିଁ? ସକାଳୁ ସଞ୍ଜଯାଏ ଗାଁ ଯାକର ଅଣ୍ଡା-ବଚ୍ଚାମାନଙ୍କୁ ନେଇ ତା'ର ଆମ୍ବତୋଟା, ବାଗୁଡ଼ି ଓ ପୋଖରୀ ପହଁରା ଏସବୁ ଚାଲିଥାଏ।

ପାରଅପାର ବୁଦ୍ଧିବୃତ୍ତି ସମ୍ପର୍କରେ ବରାବର ସିଦ୍ଧାନ୍ତଙ୍କ ଘରେ ଚର୍ଚ୍ଚା ହେଉଥିଲା। ତା'ର ଓଲୀପଣ ଯୋଗୁ ବୋଉ, ଖୁଡ଼ୀ, ସାନଖୁଡ଼ୀ ସମସ୍ତେ ପାରଅପା ଉପରେ ବିରକ୍ତ ହେଉଥିଲେ। 'ସଣ୍ଢୁଣା ବୋଲି କିଛି ଟିକିଏ ଶିଖିଲା ନାହିଁ। ପରଘରକୁ ଗଲେ ଏ ଘରର ଇଜ୍ଜତ ଟିକକ ତଳେ ପକେଇବେ,' ଏଇ ଚିନ୍ତାରେ ଘରେ ସମସ୍ତେ ଚିନ୍ତିତ ରହୁଥିଲେ।

ବାପା ଓ ଦାଦାମାନେ ପାରଅପା ଉପରେ ଯେ ବିରକ୍ତ ନ ହୁଅନ୍ତି ନୁହେଁ,

ତେବେ ଏତେ ବଡ଼ ପରିବାରର ଗୋଟିଏ ବୋଲି ଝିଅ ହିସାବରେ ସେମାନେ ପାରଅପାଙ୍କୁ ଆଦର କରନ୍ତି। ସିଦ୍ଧାନ୍ତ ପରି ସାନପିଲାମାନଙ୍କୁ ଲାଗେ ପାରଅପା ମାଡ଼ଗାଳିଠୁ ଆଦର ବେଶି ପାଉଛି।

ପାରଅପା ଥିଲା ନିର୍ଘାତ ବୋକୀ। ଥରେ ସେ ସିଦ୍ଧୁ ବାପାଙ୍କୁ ଖାଇବାକୁ ଦେଉଥିଲା। ଦେଢ଼ଶୁର ଭାଇବୋହୂ ପରିବାରରେ କିଏ କାହା ଶଙ୍ଖୁଡ଼ି ଛୁଇଁଦେଲେ ଅପରାଧ। ପାରଅପା ପରଶୁଛି। ତରକାରି ବେଶି ଦେଇଦେଲା। ବାପା କହିଲେ, 'ଏତେଗୁଡ଼ା କାହିଁକି ଦେଲୁ?' ପାରଅପା ଚଟ୍‌କରି କହିଲା, 'ହଉ ହଉ ପାଟିକରନା। ନେଇଯାଉଛି।' ବାସ୍ କହିଲା ଓ ଅଇଁଠାଗିନାରୁ ତରକାରିତକ ନେଇ ହାଣ୍ଡିଶାଳ କଡ଼େଇରେ ଢାଳିଦେଲା।

ସେଦିନ ସେ ତରକାରିତକ ସାନପିଲାଏ କେବଳ ଖାଇଲେ। ସିଦ୍ଧୁର ଖୁଡ଼ୀ, ସାନବୋଉ କି ବୋଉ କେହି ଖାଇଲେ ନାହିଁ। ତା'ପରେ ପାରଅପା ଉପରେ ସେ ଯେ କି ମାଡ଼ଗାଳି! ସିଦ୍ଧୁ ଆଖିରୁ ତାରା ଖସିପଡ଼ିଥିଲା। ପାରଅପାର ବେଣୀକୁ ଝିଙ୍କି ତା' ବୋଉ ଦୁଲ୍‌ଦାଲ୍ ବିଧା ଚାପୁଡ଼ା ଥୋଇଦେଇ ଯାଇଥିଲେ। ଯାଆମାନେ ଯିଏ ଯାହା କହୁଥିଲେ ବି ସେକଥା କିଛି ସେ ଶୁଣି ନ ଥିଲେ। ପାରଅପାର ଆଖିରେ କିନ୍ତୁ ଟୋପାଏ ବି ଲୁହ ନ ଥିଲା।

ନା, ପାରଅପା ଆଖିରୁ ଲୁହ ବହି ନ ଥିଲା ସେଦିନ।

ଖୁବ୍ କମ୍ ବୟସରୁ ପାରଅପା ଶିଖିଥିଲା ଏସବୁ ମାଡ଼ଗାଳି, ଗଞ୍ଜଣା ଓ କଷଣ କିପରି ସହିଯିବାକୁ ହୁଏ।

ଆଗରେ ସେଇ ନଈଟା। ଖରାଦିନେ ସାପଟେ ପରି ଶୀର୍ଣ୍ଣ ଦିଶୁଥିବା ନଈଟି ବର୍ଷାର ପୃଷ୍ଟପୋଷତାରେ ଫୁଲି ଉଠିଛି। ଛୋଟ ହୁଲି ଡଙ୍ଗାଟିଏ ବନ୍ଧାଯାଇଛି ଏମୁଣ୍ଡରୁ ସେମୁଣ୍ଡ ଆଡୁଆ ବାଗରେ। ନାଉରୀ ଲୋଡ଼ା ନାହିଁ। ଗୋଟେ ଭାସମାନ ପୋଲର କାମ ତୁଲାଉଛି ଡଙ୍ଗାଟି।

ସିଦ୍ଧାନ୍ତ ନୌକା ଉପରେ ପାଦ ଦେଲାକ୍ଷଣି ଡଙ୍ଗାଟି ଟିକେ ଚହଲିଗଲା। ତା' ସାଙ୍ଗରେ ମନ ଭିତରେ ଚହଲିଗଲା ଗୋଟା ଅତୀତ। ପାରଅପାର ଘର ପ୍ରତି ଏପର୍ଯ୍ୟନ୍ତ ତା' ମନରେ ଥିବା ରାଗ, ରୋଷ, ଅଭିମାନ ସବୁ କେମିତି ଚହଲା ପାଣିର ଢେଉ ପରି ଘୁଞ୍ଚିଗଲା।

ସେଦିନ ବରଧରା ହୋଇ ଆସିଥିବାବେଳେ ମାର୍କଣ୍ଡ ବାରିକ ତାକୁ କାନ୍ଧରେ ବସେଇ ନଈପାରି କରିଥିଲା।

ବରଧରା ହୋଇଯିବାରେ ଯେଉଁ ରୋମାଞ୍ଚକର ଅନୁଭୂତି ସେ ଅନୁଭୂତି ବର

ହୋଇଯିବା ବେଳରେ ବି ନ ଥିଲା - ଏପରି ଏକ କଥାଟା ଭାବିନେଇ ସିଦ୍ଧାନ୍ତ ମନେ ମନେ ଲାଜେଇଗଲା। ଏଆଡ଼େ ସେଆଡ଼େ ଚାହିଁଲା, କାଳେ କିଏ ଶୁଣିଲା କି? ନା ନଈ ପଠାଟାରେ କେହି ନାହିଁ। ପାଣି ଭିତରକୁ ଲଟେଇ ପଡ଼ିଛି ଅନ୍ତଃସତ୍ତ୍ୱା ମାଆଟେ ପରି କାଶତଣ୍ଡୀ ଚଅଁର ପୁଞ୍ଜାଏ, ଆଉ କଣ୍ଟାଳିଆ କିଆପତ୍ର। ସେଦିନର ସେଇ ମଫସଲୀ ଚେହେରା ସମୁଦାୟ ଉଭେଇ ଯାଇନି ନୂଆଗାଁରୁ।

ବରଧରାର ବି ଥାଏ କିଛି ସମସ୍ୟା। ଅନ୍ତତଃ ସିଦ୍ଧୁର ଥିଲା। ସେ ଘିଅ ଖାଏ ନାହିଁ। ଅଥଚ ପାରଅପାର ଶାଶୂଘରେ ଭାତରୁ ନେଇ ଆଳୁ ବଘରାଯାଏ ସବୁଠି ଘିଅର ପ୍ରାଦୁର୍ଭାବ। ପେଟ କାଟୁଛି କହି ସିଦ୍ଧୁ ତାଙ୍କ ଘରେ ଖାଇବା ପ୍ରସଙ୍ଗଟିକୁ ବଡ଼ କଷ୍ଟରେ ଏଡ଼ି ଯାଇଥିଲା ଓ ତା'ପରି ଗୋଟେ ସାନପିଲା ମିଛ କହି ଏତେଗୁଡ଼ିଏ ମଣିଷଙ୍କୁ ଭୁଲାଇ ଦେଇପାରିଲା ଭାବି ଖୁସି ହୋଇଥିଲା।

ସଞ୍ଜବୁଡ଼େ ବରଧରା ଫେରି ଯାଇଥିଲା ନିଜ ଘରକୁ। ପାରଅପାର ସାଙ୍ଗମାନେ ସିଦ୍ଧୁକୁ ବେଢ଼ିଯାଇଥିଲେ। 'ଅପା ପାଇଁ କିମିତି ବର ଆଣିଛୁରେ' କହି ତାକୁ ଏଆଡୁ ସେଆଡୁ ନାନା କଥା ପଚାରିଥିଲେ। ସିଦ୍ଧୁ ଚିଡ଼ିଯାଇ ସେଠୁ ପଳାଇ ଯାଇଥିଲା। ହାୟ, ବରଧରାର କ'ଣ ବର ନିର୍ବାଚନର ସ୍ୱାଧୀନତା ଅଛି ଯେ ସେ ବର ବାଛି ବସି ଥାଆନ୍ତା! ସିଦ୍ଧୁର ମନ ସେଠି ନ ଥିଲା, ବରଂ ଦାଣ୍ଡକୁ ଯାଇ ବାହାଘରର ସାଜସଜ୍ଜା ଦେଖିବା ଓ ସଦ୍ୟଲବ୍ଧ ଅଭିଜ୍ଞତାଗୁଡ଼ିକ ବଖାଣି ବସିବାରେ ଥିଲା ତା'ର ବେଶି ଆଗ୍ରହ।

ସେଇ ଯେ ଆସିଥିଲା ନୂଆଗାଁ, ତା' ଭିତରେ ଆଉ ଆସିପାରି ନାହିଁ। ବୈତରଣୀରେ କେତେ ଯେ ବନ୍ୟା ବୋହିଗଲାଣି ଏହା ଭିତରେ!

ପାରଅପା ବାହାଘରର ବର୍ଷଟେ ପରେ ସିଦ୍ଧୁର ବାପା, ଦାଦା ଓ ସାନଦାଦା ସମସ୍ତେ ଅଲଗା ହୋଇଗଲେ। 'ଯେତେ ଭାଇ ସେତେ ଘର' ନ୍ୟାୟରେ ଅଲଗା ଅଲଗା ହେଇଯିବା ସପକ୍ଷରେ ସେମାନେ ଯୁକ୍ତି ବାଢୁଥିଲାବେଳେ ସିଦ୍ଧୁ ଓ ରିକୁମାନେ କାନ୍ଦି ପକେଇଥିଲେ। ସେମାନେ ଯେ ଏଣିକି ଅଲଗା ଅଲଗା ଘରେ ରହିବେ, ଅଲଗା ଜାଗାରେ ଭାତ-ତରକାରି ଖାଇବେ - ଏପରି ଚିନ୍ତା କରିପାରୁ ନ ଥିଲେ। ଜେଜିମା କୋଳରେ ସାଇଟାଯାକର ପିଲାଏ ମୁଣ୍ଡଗୁଞ୍ଜି ଆବାକାବା ଭଙ୍ଗୀରେ ଚାହୁଁଥିଲେ, କ'ଣ ସବୁ ହଜାଇ ଦେଇଥିବା ପରି।

ମହାପାତ୍ର ସାହିର ବୁନିଆଦି ତିନି ଭାଗ ହୋଇଗଲା। ଜେଜିମାକୁ ସାକ୍ଷୀ ରଖି ଗାଆଁର ମୁରବିମାନେ ସବୁ ଘରୁ କଂସାବାସନ ମଗେଇ ଭାଗ ଭାଗ କଲା ଦିନ ସିଦ୍ଧୁକୁ ଲାଗିଥିଲା ଯେମିତି ଏପର୍ଯ୍ୟନ୍ତ ଅବଶେଷ ରହିଯାଇଥିବା ବଂଶମର୍ଯ୍ୟାଦା ସେହିଦିନ ନିଲାମ ହେଇଗଲା। ଅଥଚ ଏ ବ୍ୟାପାରରେ ତା' ପରି ସାନପିଲାମାନଙ୍କର କିଛି

କରିବାର ନ ଥିଲା। ସେମାନେ କେବଳ ଅସହାୟ ଭାବରେ ନିଜ ନିଜ ମାଆମାନଙ୍କ କୋଳରୁ ଥାଇ ବଡ଼ମାନଙ୍କ କାର୍ଯ୍ୟକଳାପକୁ ଚାହିଁ ଦେଖୁଥିଲେ।

ପୁଅମାନଙ୍କୁ ମିଳେଇ ମିଶେଇ ରଖିବା ପାଇଁ ଜେଜିମା ଢେର୍ ଚେଷ୍ଟା କରିଥିଲା। ରାତି ରାତି କାନ୍ଦିଥିଲା, ଦିନ ଦିନ ଉପବାସ ରହିଥିଲା। 'ମୋ ଅନ୍ତେ ଯାହା କରିବ' ବୋଲି ରାଣ ନିୟମ ଦେଇଥିଲା। କିନ୍ତୁ ବନ୍ଧ ଯେତେ ଦୃଢ଼ ହେଲେ ବି ବନ୍ୟା ତା'ଠୁ ଟାଣ ଆସେ, ବନ୍ଧ ଭାଙ୍ଗିଯାଏ। ଜେଜିମାର ଅଭିମାନ ତା' ପୁଅମାନଙ୍କ ଭିନ୍ନେ ହେଇଯିବାର ଇଚ୍ଛା ଆଗରେ ଟେକିପାରି ନ ଥିଲା।

ଘରେ ଦାଦା ଥିଲେ ଏକଜିଦିଆ। ତାଙ୍କରି ଉପରେ ସିଦ୍ଧୁର ବେଶି ରାଗ। ସେଇହେତୁ ଅନୁପସ୍ଥିତ ପାରଅପା ଉପରେ ବି ସିଦ୍ଧୁ ରାଗୁଥିଲା। ପାରଅପାର ବାପା ଖରାପ, ତେଣୁ ପାରଅପା ଖରାପ ଏହି ନ୍ୟାୟରେ। ଭାଇ-ଭାଇ ଭିନ୍ନ ହୋଇଯିବା ବ୍ୟାପାରଟା ଗାଆଁ ମୁରବିଙ୍କ ମଧ୍ୟସ୍ଥତାରେ ସରିଲା ନାହିଁ। ଦାଦା ତାକୁ କଚେରି ପର୍ଯ୍ୟନ୍ତ ନେଲେ। କଥା କଥାକେ ସେ ନାଲିକୋଠା ଦେଖାଇଦେବେ ବୋଲି ଧମକ ଦିଅନ୍ତି। ଶେଷକୁ ସେ ତାଙ୍କର ଧମକକୁ କାର୍ଯ୍ୟରେ ପରିଣତ କଲେ। ସେଦିନ ସିଦ୍ଧୁଙ୍କ ଗାଁର ସମସ୍ତେ ତା' ଦାଦାକୁ ମାମଲାବାଜ କହି ମୁଣ୍ଡରେ ହାତ ଦେଇଥିଲେ। ଗୋଟିଏ ଏକାନ୍ନବର୍ତ୍ତୀ ଯୌଥ ପରିବାରର ସଦା କୋଳାହଳ ମୁଖରିତ ପରିବେଶ କାହିଁ କୁଆଡ଼େ ହଜିଗଲା। ଖଞ୍ଜା ଭିତରେ ତିନି ତିନିଟା ରୋଷେଇଘରୁ ଧୂଆଁ ଉଠିଲା। ତିନି ତିନିଟା ଢିଙ୍କିଶାଳ ଓ ତିନି ତିନିଟା ଠାକୁରଘର। ଏକା ନାହି ତିନି ଖଣ୍ଡ ହୋଇଗଲା। ଜେଜିମା ଏସବୁ ଦେଖି ଦେଖି ବାୟାଣୀ ହୋଇଯାଇଥିଲା, ଶେଷକୁ ଦିନେ ଆଖି ବୁଜିଦେଲା।

ଏହାପରେ ଆଉ ପାରଅପା ଶାଶୂଘର ସଙ୍ଗେ କିଛି ସମ୍ପର୍କ ରହିନାହିଁ ସିଦ୍ଧୁର। ଅନେକ ବର୍ଷ ହୋଇଗଲାଣି। ହଷ୍ଟେଲ ଓ ହଷ୍ଟେଲରୁ କଟକ, ତା'ପରେ ଚାକିରି ଜାଗାକୁ ଘୂରାଘୂରିରେ ସିଦ୍ଧାର୍ଥ କୋଉକାଳୁ ଭୁଲିସାରିଲାଣି ଗାଆଁର ମଣିଷମାନଙ୍କୁ। ଗାଆଁ କହିଲେ ଏବେ ତାକୁ ଦିଶିଯାଏ ମାମଲାବାଜ କିଛି ସ୍ୱାର୍ଥପର ଲୋକଙ୍କ ମୁହଁ। କଙ୍କାଳସାର ସେହି ମଣିଷମାନଙ୍କ ଭିତରେ ବିଶ୍ୱାସ ନାହିଁ, ଭଲପାଇବା ନାହିଁ କି ଆବେଗ ନାହିଁ। ସେପରି ଗାଁଠାରୁ ସହର ବରଂ ଭଲ।

ସାନ ସାନ ପିଲାମାନେ ନୂଆଗାଁ ଦାଣ୍ଡରେ ବାଗୁଡ଼ି ଖେଳୁଥିଲେ। ଗୋଠରୁ ଫେରୁଥିଲେ ଗାଈ ବଳଦମାନେ। ତାଙ୍କର ଖୁରା ଶବ୍ଦରେ ନୂଆଗାଁ ଦାଣ୍ଡ କମ୍ପି ଉଠୁଥିଲା। ସିଦ୍ଧାନ୍ତ ଗାଈଆଳ ପିଲାଟିକୁ ଡାକି ପଚାରିଲା, 'ବିରଜା ସାମନ୍ତରାଙ୍କ ଘରଟା କେଉଁଠି ?'

ପିଲାଟି ଖୁବ୍ ବ୍ୟସ୍ତ ଥିଲା। ପାଞ୍ଚଣ ଅଗରେ ସେ ଅଦୂରବର୍ତ୍ତୀ ଘରଟିଏକୁ ଦେଖେଇ ଦେଇ ତା' ରାସ୍ତାରେ ଚାଲିଗଲା।

ପାରଅପା ଘର ସାମ୍ନାରେ ହିଁ ସଞ୍ଜ ଆସିଗଲା। ସିଦ୍ଧାନ୍ତ କିଛି ସମୟ ଚୁପ୍‌ଚାପ୍ ଛିଡ଼ା ହେଲା। ଘରର ଚାଳ ଆଟୁ, ଉଚ୍ଚା ପିଣ୍ଡା, ପଥରବସା ଚଉଁରା ଓ ଚାରିକଡ଼ର ନଡ଼ିଆଗଛମାନଙ୍କୁ ଚାହିଁଲା। ନା, ସେଦିନ ଏସବୁ କିଛି ନ ଥିଲା, ସବୁକିଛି ବଦଳି ଯାଇଛି ଏହା ଭିତରେ।

ସ୍ତ୍ରୀଲୋକଟିଏ ପଣତ ଉହାଡ଼ରେ ଡିବିରିଟିଏ ଲଗେଇ ଘର ଭିତରୁ ବାହାରୁଥିଲା। ସିଦ୍ଧାନ୍ତ ପଚାରିଲା, 'ପାରଅପା ଅଛି ?'

ସ୍ତ୍ରୀଲୋକଟି ଭିତରକୁ ମୁହଁକରି ଡାକିଲା 'ମା'ପାତ୍ର ଝିଅ! ତମକୁ କିଏ ଖୋଜୁଛନ୍ତି' ଏବଂ ତା' ରାସ୍ତାରେ ଚାଲିଗଲା।

– 'କିଏ କିଲୋ' ବୋଲି ଭିତରୁ ପାଟି ଶୁଭିଲା। ପାରଅପାର କଣ୍ଠସ୍ୱର ବାରିବା ମାତ୍ରେ ସିଦ୍ଧାନ୍ତ ଭିତରେ ସାନଭାଇ ପଣ ସାମ୍ନାକୁ ବାହାରି ଆସିଲା। ବଡ଼ପାଟିରେ କହିଲା, 'ମୁଁ ସିଦ୍ଧୁ, ପାରଅପା।'

: ସିଦ୍ଧୁ!

: ହଁ, ମୁଁ ସିଦ୍ଧୁ – ସିଦ୍ଧାନ୍ତ ନୋଇଁ ପଡ଼ିଲା ଓ ପାରଅପାର ପାଦଛୁଇଁ ପ୍ରଣାମ କଲା।

ଏ ପ୍ରକାର ଅପ୍ରତ୍ୟାଶିତ ଘଟଣାକୁ ବିଶ୍ୱାସ କରିପାରୁ ନ ଥିବା ପାରଅପା ଆଶ୍ଚର୍ଯ୍ୟ ହୋଇ ଚାହିଁ ରହିଥିଲା। ତା' ହାତର ପାଣିକାଚ ଝୁମ୍‌ଝୁମ୍ ହେଉଥିଲା। ସିଦ୍ଧାନ୍ତ ଚାହିଁଲା– ପାରଅପା ଢେର୍ ମୋଟୀ ହୋଇଯାଇଛି। ଦିଶୁଛି ଜମିଦାର ଘରର ମାଲିକାଣୀ ପରି।

ପାରଅପା କାହିଁକି କିଛି କହୁନି ବୋଲି ଭାବି ତା' ମୁହଁକୁ ଅନେଇ ସିଦ୍ଧାନ୍ତ ଥମ୍ ହୋଇ ରହିଗଲା। ପାରଅପାର ଦୁଇ ଆଖିରୁ ବୋହିଯାଉଥିଲା ଗଙ୍ଗା, ଯମୁନାର ଧାର। କ୍ରମେ ସେ ଲୁହ ସାଙ୍ଗରେ ମିଶିଗଲା କୋହ। ସେ କୋହ ସବୁକୁ ଛାତିତଳେ ପଥର ଚାପି ଢେର୍ ଦିନ ରଖିଥିଲା ପାରଅପା।

ସିଦ୍ଧାନ୍ତ ଆଗେଇ ଯାଇ ପାରଅପାର ହାତ ଧରିଲା। ଏଇ ସେଇ ପାରଅପା, ଯିଏ ବର୍ଷ ବର୍ଷ ଧରି ସିଦ୍ଧୁକୁ କୋଳରେ ପୂରେଇ ଖେଳେଇଛି, ତାକୁ ପହଁରା ଶିଖେଇଛି, ଶିଖେଇଛି ଗଛଚଢ଼ା, ଗୁଡ଼ିଉଡ଼ା ଓ ମାଛଧରା। ଏଇ ସେ ପାରଅପା ଯିଏ ନିଜେ ନ ଖାଇ ତାକୁ ଖୁଆଇଛି କୋଳି ଓ ଆଚାର। ମାଡ଼ ଗାଳି ଖାଇ ଟୋ ଟୋ ଖରାରେ ବୁଲୁଥିବାବେଳେ ପାଖକୁ ଡାକି ଲୁହ ପୋଛି ଦେଇଛି। ନିଦ ଆସୁ ନ ଥିଲେ ଘଣ୍ଟା ଘଣ୍ଟା ଧରି କହିଛି ବୁଢ଼ା ଅସୁରୁଣୀ ଓ କଲୁରିବେଣ୍ଟ କଥା।

: କେତେ ଯୁଗ ପରେ ଏ ପୋଡ଼ା କପାଳୀ ଅପାଟା କଥା ମନେ ପଡ଼ିଲାରେ! ସମସ୍ତେ ଭୁଲିଗଲ ଏ ଯମପୁରୀକୁ ପଠେଇ ଦେଇ ? କେହି ଜଣେ ବି ଟିକିଏ ଅକାଳେ

ସକାଳେ ବୁଝିଲ ନାହିଁ, ପାର ମଲାଣି କି ବଞ୍ଚିଛି। ଏଡ଼ିକି ନିର୍ଦ୍ଦୟ ସବୁ ତମେମାନେ ?

: ପାରଅପା, ସେ କଥା ତୁ ଆଉ କିଛି କହନା। ତୋର ସବୁ ଅଭିଯୋଗ, ସବୁ ଗାଳିମନ୍ଦ ମୁଁ ଶୁଣିବାକୁ ପ୍ରସ୍ତୁତ। ତୁ କାନ୍ଦନା ପାରଅପା।

: ନା'ରେ କାନ୍ଦିବି କାହିଁକି ? ଯାହାର ସିନା କେହି ଥାଏ ସେ କାନ୍ଦେ। ଯାହାର କେହି ନାହିଁ, ସେ ହୀନିକପାଳୀ କାନ୍ଦିବ କାହିଁକି ?

ପାରଅପାକୁ ଥୟ କରିବା ପାଇଁ ଲାଗିଗଲା ଢେର୍ ସମୟ। ସେ ସବୁଦିନେ ଏମିତି।

କେତେ ସମୟ ପରେ ପାରଅପା ପଚାରିଲା- ମାଳତୀ ଓ ପିଲାମାନଙ୍କୁ କାହିଁକି ସାଙ୍ଗରେ ଆଣିଲୁ ନାହିଁ ? ଯେତେ କହିଲେ ବି ସେ ବିଶ୍ୱାସ କରିପାରୁ ନ ଥିଲା ଯେ ସିଦ୍ଧାନ୍ତ ଖାସ୍ ତା'ରି ଘରକୁ ଆସିଛି। ତା'ର ଦୃଢ଼ ଧାରଣା ଥିଲା, ସିଦ୍ଧୁର ଇଆଡ଼େ କିଛି ସରକାରୀ କାମ ଥିବ, ସେଇଥିପାଇଁ ସେ ଆସିଥିବ। ନ ହେଲେ ଏତେବର୍ଷ ଭିତରେ କ'ଣ ଥରୁଟେ ସେ ତା' ଘରକୁ ଆସି ନ ଥାନ୍ତା ?

ପାରଅପା ଶେଷକୁ କହିଲା, ''ହଉ ଏତେଦିନ ପରେ ହେଉ ପଛେ, ତୁ ଯେ ମନେପକେଇ ଆସିଲୁ ଏଇ ଢେର୍। କେତେ ଲୋକଙ୍କୁ ପଚାରେ ତୋ କଥା। ତୋ ଝିଅ ଜନମ ଖବର ପାଇ ସଜବାଜ ହେଇ ବସିଥିଲି। ସିଦ୍ଧୁ ଖବର ପଠେଇବ, ଲୋକ ପଠେଇବ। ମୋ ସଜବାଜ ଦେଖି ଭଗାରି ହସିଲେ ସିନା, ଭାଇର ଖବର ପହଞ୍ଚିଲା ନାହିଁ।''

ସିଦ୍ଧାନ୍ତ ତଳକୁ ମୁହଁପୋତି ବସିଥିଲା। ପାରଅପାର ଅଭିଯୋଗ ସବୁ ସତ। ଦାଦାଙ୍କ ସଙ୍ଗେ ମାଲିମୋକଦ୍ଦମା ଭିତରେ ସେ ଯେଉଁ ନିରପରାଧ ଭଉଣୀଟିକୁ ଅବହେଳା କରି ଆସିଛି ସେ ଏଇ ପାରଅପା। ଅଥଚ ପାରଅପା ଭଳି ଭଉଣୀକୁ କ'ଣ କେହି ଅବହେଳା କରିପାରେ ? ସତରେ ଯଦି ସେ ଗୋଟିଏ ମା' ପେଟର ଭଉଣୀ ହୋଇଥାଆନ୍ତା, ତାହାହେଲେ କ'ଣ ସେ ଏତେବର୍ଷ ଧରି ତା' ପାଖକୁ ନ ଆସି ଏହିପରି ଥା'ନ୍ତା !

ପାରଅପା ସରୁଚକୁଳି ଓ ସନ୍ତୁଳା ବାଢ଼ି ଦେଉ ଦେଉ କହିଲା, 'ସିଦ୍ଧୁରେ, ତୁ ସିନା ଖବର ପଠାଇଲୁ ନାହିଁ, ମୁଁ କିନ୍ତୁ ସଜହୋଇ ବସିଥିଲି। ଦେଖିବୁ...' ଏତିକି କହି ପାରଅପା ସେଇ ଅଇଁଠା ହାତରେ ଭିତରକୁ ଚାଲିଗଲା କ'ଣ ଖୋଜିବା ପାଇଁ। ସିଦ୍ଧାନ୍ତ ଖାଇସାରି ହାତ ଧୋଇବା ପାଇଁ ଉଠିଗଲା।

ଏତେବଡ଼ ଘର। କୁଟାଛାଉଣିରେ ଚିକ୍କଣ ସୁନ୍ଦର ଦିଶୁଛି। ଗାଈଗୋରୁ ପଲେ। ଚାକରବାକର ମଧ୍ୟ ତିନି ଚାରିଜଣ ଅଛନ୍ତି। ପାରଅପାକୁ ଅପେକ୍ଷା ନ କରି ସେମାନେ

କାମ ଆଗେଇ ନେଇ ଯାଉଛନ୍ତି। ସେପଟକୁ ଧାନ ଅମାର। ଅମାର ତଳେ ଗୁଡ଼, ଆଚାରହାଣ୍ଡି ଓ କଖାରୁ, ବୋଇତାଳୁ ଗଡୁଛନ୍ତି। ବାଲି ଉପରେ ବିଛା ହୋଇଛି ସାରୁ ଓ ମାଟିଆଳୁ ବିହନ।

କେତେ ସମୟ ପରେ ପାରଅପା ଧୂଳି ଝାଡ଼ିଝୁଡ଼ି ଗୋଟାଏ ପୁଡ଼ିଆ ଆଣିଲା। ସିନ୍ଦୁକ ଭିତରେ ମୁହଁ ଭର୍ତ୍ତି କରି ଖୋଜୁଥିଲା ବିଚାରୀ। ମୁହଁରେ ନାକରେ ଅଳନ୍ଧୁ ଲାଗିଯାଇଛି। ଲଣ୍ଠନଟା ତେଜିଦେଇ ସେଇ ପୁଡ଼ିଆଟି ଖୋଲିଲା। ଡୋର ପରେ ଡୋର, ଗଣ୍ଠି ପରେ ଗଣ୍ଠି ଫିଟେଇ ଅବଶେଷରେ ସେ ବାହାର କଲା ଗୋଟେ ସାନପିଲାର ଫ୍ରକ୍ ସେଇ ପୁଡ଼ିଆ ଭିତରୁ। ଆଉ ଗୋଟିଏ ଛୋଟ ଡବା ଭିତରେ ଲୁଡୁ ଦାନା ପରି ଛୋଟ ମୁଦିଟାଏ !

ସିଦ୍ଧାନ୍ତ ଆଶ୍ଚର୍ଯ୍ୟ ହୋଇ ଚାହିଁ ରହିଥିଲା। ପାରଅପା କହିଲା, 'ସେ ପୁଡ଼ିଆ ସେଇମିତି ବାନ୍ଧି ରଖିଥିଲି ତୋ ଝିଅ ପାଇଁ। ମୋତେ ତ ଖୋଜିଲ ନାହିଁ କି ଲୋଡ଼ିଲ ନାହିଁ, କେଉଁ ମୁହଁରେ ମୁଁ ଆପେ ଆପେ ଯାଇଥାଆନ୍ତି ?'

ଆଉ ନୁହେଁ, ଲୁହସବୁ ଆଉ ଅଟକିବାର ନୁହେଁ। ସିଦ୍ଧାନ୍ତ ପରି ପ୍ରୌଢ଼ ଆଖିରେ ଲୁହବୁନ୍ଦା ଉକୁଟି ଆସୁଥିଲା। ସେ ପାରଅପାର ହାତକୁ ଜାବୁଡ଼ି ଧରି କହିଲା- ଅପା ତୁ ମୋତେ ଯାହା କହୁଛୁ ପଛେ କହ, ତୁ କାନ୍ଦନା। ମୋର ସବୁ ଭୁଲ୍। ମୁଁ ଆସିଛି ତୋତେ ନେବା ପାଇଁ। ତୁ ଯେଉଁ ଝିଅ ଜନ୍ମଦିନକୁ ଯାଇପାରିଲୁନି ତାଆରି ବାହାଘର ହେଉଛି। ମୁଁ ଆସିଛି ତୋତେ ନିମନ୍ତ୍ରଣ କରିବା ପାଇଁ।

ପାରଅପାର ଆଖିଯୋଡ଼ିକ ଆହୁରି ବଡ଼ ବଡ଼ ହେଇଗଲା। 'ଆଁ, ତୋ ଝିଅ ବାହାଯୋଗ୍ୟା ହେଲାଣି ? ମୁଁ କେଡ଼େ ଓଲୀଟା କିରେ ? ଝିଅ ବାହାଯୋଗ୍ୟା ହେଲାଣି, ମୁଁ ତା'ର ଏକୋଇଶିଆ ପୁଟୁଳା ଦେଖଉଛି। କ'ଣ ନାଁ ରଖିଛ ଝିଅର ? କେଉଁଠି ବାହା ଦେଉଛ ? ପୁଅ କ'ଣ କରୁଛି ? ପିଲାଟିର ଆଉ ଭାଇଭଉଣୀ କେତେ ? ଝିଅଜନମ ତ ସେଇଆ। ତାକୁ କ'ଣ ପାରଅପା ପରି ବିଦା କରିଦେଇ ଭୁଲିଯିବୁ ? ମୁଁ ଦେଖିବା ପାଇଁ ବଞ୍ଚିଥିବି ରେ।'

ପାରଅପାର କଥା ସରିବାର ନୁହେଁ। ପଇଁତିରିଶ ବର୍ଷର ପ୍ରଶ୍ନ ଏକାବେଳେ ସରନ୍ତା ନାହିଁ। କେତେ ପ୍ରଶ୍ନ ଏମିତି ଅଶିଣର ମେଘରେ, ବୈଶାଖର ଝାଞ୍ଜିରେ ମିଶି ମିଳେଇ ଯାଇଥିବ, ତା'ର ହିସାବ ପାରଅପା ଛଡ଼ା ଆଉ କିଏ ରଖିଛି ?

ପାରଅପା ଦାଣ୍ଡଦୁଆରେ ନ ହେଲେ ବାଡ଼ିପଟେ ଗାଲରେ ହାତଦେଇ ଦୂର ଆକାଶ ଆଡ଼େ ଚାହିଁ ବସିଥିବ। ବାପଘର ଗାଆଁରୁ କେହି ଜଣେ ଆସନ୍ତା ! କେହି ଜଣେ ଲୋଡ଼ି ବସନ୍ତା ଏ ପାରଟାକୁ ପୂନେଇଁ ପର୍ବରେ ! କିନ୍ତୁ କେହି ଆସନ୍ତି ନାହିଁ।

ସିଦ୍ଧାନ୍ତ ଶୁଣିଥିଲା, ତା'ର ଭିଣୋଇ ବିଜୟ ସାମନ୍ତରା ଏ ଅଞ୍ଚଳର ଗୋଟେ କିମ୍ବଦନ୍ତୀ ! କଲିକତାରେ ରହନ୍ତି । ଇଚ୍ଛାହେଲେ ଗାଁକୁ ଆସନ୍ତି । ବାହାଘର ପୂର୍ବରୁ ମଧ୍ୟ ସେ କଲିକତାରେ କାହାକୁ ବାହାହେଇ ରହୁଥିଲେ । ତାଙ୍କ ବାପା ଜିଦ୍‌ରେ ଆଣି ଏଠି ବାହାଘର କରେଇ ଦେଇଥିଲେ କାଳେ ମନ ବୁଝିଯିବ ବୋଲି । ସିଦ୍ଧାନ୍ତ ସେକଥା ପାରଅପାକୁ ପଚାରିବାକୁ ଚାହୁଁ ନ ଥିଲା, କାଳେ ପଚାରିଦେବା କ୍ଷଣି ପାରଅପା ଚିହିଁକି ଉଠିବ । ରୁଦ୍ରମୂର୍ତ୍ତି ଧରି ଏଆଡୁ ସେଆଡୁ ହଜାର କଥା ବକିଯିବ ।

ସିଦ୍ଧାନ୍ତ ସାନ ପିଲାଟେ ପରି ପାରଅପାର ପାଖକୁ ଲାଗିଯାଇଥିଲା । ପାରଅପା ସିଦ୍ଧାନ୍ତ ପିଠିରେ ହାତ ବୁଲେଇ ଆଣୁ ଆଣୁ କହିଲା, "ବୁଢ଼ାଟେ ହେଇଥା । ମୋର ଆୟୁଷ ଝାଡ଼ିଝୁଡ଼ି ନେ'ରେ ସିଦ୍ଧୁ, ଯାହାହେଲେ ବି ମନେ ପକେଇଲୁ । ଗୋଠରେ ଗୋଠେ ମଣିଷ ତ ସେ ଘରେ ଥିଲେ । ଥରୁଟେ ବି କ'ଣ କାହାରି ମନେପଡ଼ିଲା ନାହିଁ । ସବୁ ମୋଅରି ଭାଗ୍ୟ ! ନିଆଶ୍ରୀ କପାଳ । ଝିଅ ଜନମ ପାଇ କାହିଁକି ବା ବାପଘର ସୁଖ ଖୋଜି ହେଉଥିବି ?''

ସିଦ୍ଧାନ୍ତର ଏବେ ଫେରିଯିବାର କଥା । ପାରଅପା ଆଗରେ ନିମନ୍ତ୍ରଣପତ୍ର ଓ ଗୁଆ ରଖିଲା । କହିଲା, 'ଭାଇ ତ ଏହା ଭିତରେ ଆସି... ।'

ପାରଅପା ଅତି ସତର୍କ ଅଥଚ ସହଜ କଣ୍ଠରେ କହିଲା, 'ହଁ, ହଁ, ଏବେ ପରା ଆସିଥିଲେ ।'

ସିଦ୍ଧାନ୍ତ ଜାଣିଲା, ପାରଅପା ମିଛ କହୁଛି । ସେ ଯେ ଏଇ ଖଞ୍ଜାଟାରେ ଅନେକ ବର୍ଷ ହେଲା ନିଃସଙ୍ଗ ଜୀବନ ବିତଉଛି ଏକଥାଟି ଜଣେଇବାକୁ ଦେବ ନାହିଁ । ସେଇଥିପାଇଁ ସେ ଭାଇଙ୍କ ବିଷୟରେ ସତକଥାଟା ପ୍ରକାଶ କରୁନାହିଁ ।

ସିଦ୍ଧାନ୍ତ ପ୍ରଶ୍ନିଳ ଆଖିରେ ଚାହିଁ ରହିଲା ।

ପାରଅପା କହିଲା, ସାବିତ୍ରୀ ବାସିରେ ଆସିଥିଲେ ପରା । ଗାଡ଼ି ନ ମିଳିବାରୁ ଆଗଦିନ ଆସିପାରିଲେ ନାହିଁ । କଲିକତା କ'ଣ କମ୍ ଦୂର ହେଲାଣି ?

ସିଦ୍ଧାନ୍ତ ମନେ ମନେ ହିସାବ କଲା । ସାବିତ୍ରୀ ଯାଇଥିବ ଜ୍ୟେଷ୍ଠ ମାସରେ । ଏବେ ଆଶ୍ୱିନ ସରିବାକୁ ବସିଲାଣି ।

ପାରଅପା ଦୁଆରମୁହଁ ଯାଏ ବାଟେଇ ଦେବା ପାଇଁ ଆସୁଥିଲା । ଲଣ୍ଠନ ଆଲୁଅରେ ପାରଅପାର ଛାଇଟେ ପଡ଼ିଥିଲା କାନ୍ଥ ଉପରେ । ଛାଇରେ ସେ ଦିଶୁଥିଲା ଗୋଟେ ପାହାଡ଼ ପରି ।

ପାରଅପା କହିଲା- ମୋର ତ କପାଳ ମନ୍ଦ । କୋଳ ଖାଲି ଯୋଗୁଁ ସଭିଏଁ ଉଲୁଗୁଣା ଦେଲେ । ଭଲରେ କି ମନ୍ଦରେ ଲୋଡ଼ିଲେ ନାହିଁ । ବାପଘର ମୋ ପାଇଁ

ସାତସପନ ହେଲା। କାହାକୁ କହିବିରେ ? ତୋ ଝିଅ ବାହାଘରକୁ ଯାଆନ୍ତି। କିନ୍ତୁ ମୁଁ ବା କେଉଁ ଶୁଭକାମରେ ଆସିବି ? ତୋରି ମନ ଶେଷରେ କଷ୍ଟ ହେବ।

: ଭାଇ ଚିଠିପତ୍ର କି ଟଙ୍କା ପଇସା କିଛି ଯା' ଭିତରେ ପଠେଇ ନାହାନ୍ତି ? ସିଦ୍ଧୁ ପାରଅପାକୁ ସାନ୍ତ୍ୱନା ଦେବାକୁ ଚାହୁଁଥିଲା।

ସିଦ୍ଧାନ୍ତ ପାଟିର କଥା ସରିବା ଯାଏ ଅପେକ୍ଷା ନ କରି ପାରଅପା କହିଲା, 'ପିଲାଲୋକ କାହିଁକି ସେସବୁ ପଚାରୁଛୁ! ଦି' ହାତରେ ଶଙ୍ଖା ପାଣିକାଚ ପିନ୍ଧିଛି। ସିନ୍ଥାରେ ସିନ୍ଦୂର। ମାଇପି ଜନମ ପାଇଁ ଏଇ କ'ଣ କମ୍ ହେଲାଣି ? ଯା'ଠୁଁ ଆଉ ବେଶି କାହିଁକି ମୁଁ ଲୋଡ଼ନ୍ତି ?'

ସିଦ୍ଧାନ୍ତ କେଉଁ ମୁହୂର୍ତ୍ତ ପାଇଁ ସ୍ତବ୍ଧ ହୋଇଯାଇଥିଲା। ଆଖପାଖରେ କୋଉଠି ଶୁଖିଲା ଚଡ଼ଚଡ଼ିଟାଏ ପଡ଼ିଲା କି ?

ସେ ନୋଇଁପଡ଼ି ପାରଅପାର ପାଦ ଛୁଇଁଲା। ତାକୁ ଲାଗୁଥାଏ ପାରଅପା ଯେମିତି ସତକୁ ସତ ପାହାଡ଼ଟେ ହୋଇଯାଇଛି।

ପାରଅପା କହୁଥିଲା, 'ଯଦି ଗାଁକୁ ଯାଇ ବୋଉକୁ ଟିକେ ଭେଟିବୁ। କହିବୁ, ତା' ପାର ବାପଘର ମାନମହତ ତଳେ ପକେଇ ନାହିଁ।'

■

ବାଲିଘର

ଟିକେଟ ପାଇଁ ପଇସା ବଢ଼ଉଥିବା ବେଳେ ଟାଉନ୍ ବସ୍ କଣ୍ଡକ୍ଟରଟି ତା' ହାତରୁ ପଇସା ନ ନେବା କଥାରୁ ଉଷାର ଟିକେ ସନ୍ଦେହ ହୋଇଥିଲା। ତା' ସତ୍ତ୍ୱେ ନିଶିକାନ୍ତ ଯଦି ନିଜଆଡୁ ନିଜର ପରିଚୟ ଦେଇ ନ ଥାନ୍ତା, ଉଷା ତାକୁ ଚିହ୍ନିପାରି ନ ଥାନ୍ତା। କାହିଁ କେତେ ବର୍ଷ ତଳେ, ନାଉଗାଁ ସ୍କୁଲରେ ପଢୁଥିବାବେଳେ ନିଶିକାନ୍ତ ତା'ର ଶ୍ରେଣୀସାଙ୍ଗ ଥିଲା। ଏହା ଭିତରେ ଗୋଟାଏ ଯୁଗ ବିତିଗଲାଣି। ନିଶିକାନ୍ତର ଚେହେରା ଓ ସ୍ୱର ସମ୍ପୂର୍ଣ୍ଣ ବଦଳିଯାଇଛି। ଏକଦା ସାଙ୍ଗ ହୋଇ ପଢୁଥିବା ନିଜ ଗାଁ ପାଖ ପିଲାଟିକୁ ଚିହ୍ନିପାରି ନ ଥିବା ନେଇ ଉଷା ପ୍ରଥମେ ଲାଜେଇ ଯାଇଥିଲେ ମଧ୍ୟ ଚେହେରା ଓ ସ୍ୱରରେ ଏତେ ଅସାମଞ୍ଜସ୍ୟ ଯେ କାହାର ଆଖିରେ ଧରାପଡ଼ିବ ନାହିଁ, ଏ ବାବଦରେ ସେ ନିଶ୍ଚିତ ଥିଲା।

ଗାଡ଼ିଟା ତା' ରହିବା ଜାଗାରେ ଠିଆ ହୋଇଥିଲା।

ବାଟ ମୁହଁଟାରେ ଛିଡ଼ା ହୋଇଥିଲା ଉଷା । ଡ୍ରାଇଭର ସିଟ୍‌କୁ ପିଠି ଆଉଜେଇ ନିଶିକାନ୍ତ ତା' ବ୍ୟାଗ୍‌ରୁ ଲୋଚାକୋଚା ନୋଟ୍‌ଗୁଡ଼ିକ ସଜାଡ଼ି ରଖୁଥିଲା । ଉଷା ନିଶିକାନ୍ତକୁ କଥା ପଦେ କହିବାକୁ ମୁହଁ ଖୋଲିଚି, ଠିକ୍ ସେତିକିବେଳେ ଉଭୟଙ୍କ ମଝି ଦେଇ ଯାତ୍ରୀ ଜଣେ ଓହ୍ଲେଇଗଲା । ସେ ନିଶିକାନ୍ତକୁ ଦେଖିପାରିଲା ନାହିଁ, କଥା ବନ୍ଦ ରଖିଲା । ଆଉ କିଛି ସମୟ ଛାଡ଼ି ପୁଣି ମୁହଁ ଖୋଲି ଆସୁଥିଲା, ଏଥର ଆଉ ଜଣେ ଯାତ୍ରୀ ନିଜକୁ ଚଳନ୍ତା କାନ୍ଥୁଟେ କରିଦେଇ ଦୁହିଁଙ୍କ ମଝିରେ ଏପଟ ସେପଟ ହେଲା । ଲୋକଟି ସିଟ୍ ତଳେ ରଖିଥିବା ଏକ ଛୋଟକାଟର ଦୋକାନକୁ ନେଇ କିସ୍ତିଓ୍ୱାରୀ ତଳେ ରଖିଦେଇ ଆସୁଥିଲା ଓ ସେଇଥିପାଇଁ ତାକୁ ବାରମ୍ବାର ତଳ ଉପର ହେବାକୁ ପଡୁଥିଲା । ଦୁଇ ଦୁଇ ଥର କଥା କହିବାକୁ ପାଟି ଖୋଲି କିଛି କହିପାରି ନ ଥିବାରୁ ଉଷା ଲାଜେଇଗଲା ଓ ତା'ର ଏ ଅପ୍ରସ୍ତୁତ ଭାବ ନିଶିକାନ୍ତ ଜାଣିପାରି ହସିଦେଲା ।

ଆଉ ଦିନେ । ମାସର ଦ୍ୱିତୀୟ ଶନିବାର । ସରକାରୀ ଦପ୍ତର ସବୁ ଛୁଟି । ଉଷାର ବ୍ୟାଙ୍କ କାମ ଦିନ ଦୁଇଟାରେ ସରିଲା । ଟିକିଏ ଡେରି ହୋଇଥିଲେ ସେ ନିଶିକାନ୍ତର ବସ୍‌ଟାକୁ ହରେଇଥାଆନ୍ତା । ବସ୍‌କୁ ଉଠିପଡ଼ି ଉଷା ନିଶିକାନ୍ତକୁ ଖୋଜିହେଲା । କିନ୍ତୁ ନିଶିକାନ୍ତ ସେଦିନ ଗାଡ଼ିରେ ନ ଥିଲା । ତା' ବଦଳରେ ଆଉ ଜଣେ ଯୁବକ ଟିକେଟ୍ କାଟୁଥିଲା । ଉଷା ତାକୁ ପଇସା ବଢ଼େଇଦେଲା ଓ ନୂଆ କଣ୍ଡକ୍ଟର ତାକୁ ଟିକେଟ୍ ଦେଲା । ନିଶିକାନ୍ତ ଥିଲେ ତାକୁ ବସିବା ପାଇଁ କହିଥାଆନ୍ତା । ତାକୁ ଦେଖି ଟିକିଏ ହସିଥାଆନ୍ତା । ଉଷା ନିଜେ ପଛକୁ ଯାଇ ଗୋଟେ ଝର୍କା ପାଖ ସିଟ୍ ଦେଖି ବସିପଡ଼ିଲା ।

ନିଶିକାନ୍ତ ଏଇ ଗାଡ଼ିର କଣ୍ଡକ୍ଟର ତ ! ଉଷା ଆଉ ଥରେ ବସ୍ ଭିତରଟାରେ ନଜର ବୁଲେଇ ଆଣିଲା । ହଁ, ତାରିଣୀ, ଜଗନ୍ନାଥ ଓ ଶାରଳା ଫଟୋ ଏକାଠି ସେହି ଜାଗାରେ ଅଛନ୍ତି ଓ ତଳକୁ 'ଧୂମ୍ରପାନ ନିଷେଧ'ରୁ ପାନ ଶବ୍ଦଟି ଲିଭିଯାଇଛି । ସେଇ ବସ୍ । କିନ୍ତୁ ନିଶିକାନ୍ତ ନାହିଁ କାହିଁକି ? ତା'ର ଇଚ୍ଛା ହେଲା, ନୂଆ କଣ୍ଡକ୍ଟରକୁ ଡାକି ସେକଥା ପଚାରିବ । କିନ୍ତୁ ସଙ୍କୋଚ ଯୋଗୁଁ ପଚାରି ପାରିଲା ନାହିଁ । ଥାଉ, କାଳେ କିଏ କ'ଣ ଭାବିବ ?

ନିଶିକାନ୍ତ ଥାଉ ବା ନ ଥାଉ, ଏହି ବସ୍‌ଟା ପ୍ରତି ଉଷାର କେମିତି ଆଦର ଭାବଟେ ସୃଷ୍ଟି ହୋଇଯାଇଥିଲା । ଗାଁ ପିଲାଟି ଅଛି, ସୁବିଧା ଅସୁବିଧାରେ ସାହାଯ୍ୟ କରିବ, ଏମିତି ଆଶାଟେ ତା' ଭିତରେ ଗଢ଼ି ହୋଇ ଯାଇଥିଲା ।

ସେଦିନ ପୁଣି ଦେଖାହେଲା ନିଶିକାନ୍ତ । ଉଷା କିଛି ପଚାରିବା ଆଗରୁ ନିଶିକାନ୍ତ କହିଲା, ''ନାଁକୁ ସିନା ଚାକିରି କରିଛି; ନ ହେଲେ ମାଲିକ ମୋତେ ତା' ଭାଇଠାରୁ ଅଧିକ ସ୍ନେହ କରେ । ମୋ ଉପରେ ସବୁ ଦାୟିତ୍ୱ । ଯୁଆଡ଼େ ନ ଯିବି ସିଆଡ଼େ କାମ ଅଚଳ । ତାଙ୍କର ଚାରି ଖଣ୍ଡ ବସ୍ । ମୁଁ ରାଉରକେଲା ଟ୍ରିପ୍‌ରେ ଚାଲି ଯାଇଥିଲି ।''

ଉଷା ନିଶିକାନ୍ତକୁ ଦେଖୁଥିଲା। କଳା ହୋଇ ନହକା ପିଲାଟିଏ। କେତେ ଡଗଡଗ କରି କଥାଗୁଡ଼ା କହିଯାଉଛି! କୁଆଡ଼େ ଯାଇ ବୁଲି ଆସୁଛି। ତରବରରେ ଟିକେଟ୍ କାଟି ଯାଉଛି। ଚଳନ୍ତା ଗାଡ଼ିରେ ବି ଦେହର ଭାରସାମ୍ୟ ରଖି ଛିଡ଼ା ଛିଡ଼ା ପଇସା ଗଣୁଛି, ନେଉଛି, ଫେରଉଛି। ଅନେକ ବର୍ଷ ପରେ ସମ୍ପର୍କହୀନ ଏଇ ସହରରେ ତା'ର ଆଉ ଜଣେ ପରିଚିତ ଲୋକ ଦେଖା ହୋଇଥିଲା। ପ୍ରଥମ ଦିନ ସେ ଟିକେଟ୍ ପଇସା ଯାଚିଥିଲା, ତା'ପରେ ଯାଚିନାହିଁ। କେତେ ବା ପଇସା! ନିଶିକାନ୍ତର ଶ୍ରଦ୍ଧାକୁ ଆଡ଼େଇ ଦେଇ ତାକୁ କଷ୍ଟ ଦେବାକୁ ସେ ଚାହୁ ନ ଥିଲା।

ବେଳେବେଳେ ଉଷା ଭାବେ, ନିଶିକାନ୍ତକୁ ପଚାରନ୍ତା ତା' ବାପାବୋଉଙ୍କ କଥା। ତା' ଘର ସଂସାର କଥା। ତା' ପିଲାପିଲିଙ୍କ କଥା। କେତେ ଦରମା ପାଏ, କୋଉଠି ରହେ। ଏଇ ଚାକିରିଟାର ଭବିଷ୍ୟତ କ'ଣ? ପଚାରନ୍ତା ସ୍କୁଲଦିନ ଗୁଡ଼ିକର କଥା ତା'ର ମନେପଡ଼େ କି ନାହିଁ। ଯୋଉ ସ୍କୁଲର ନୁଆଁଣିଆ ଆଜବେଷ୍ଟସ୍ ଘରେ ବସୁଥିବା ଓ ଘରୁ ପଖାଳ ପିଆଜ ଖାଇ ଆସିଥିବା ପୁଅପିଲାମାନେ ବଡ଼ ହେଲେ ଭାରତର ପ୍ରଧାନମନ୍ତ୍ରୀ ହେବେ ବୋଲି ତର୍କ ପ୍ରତିଯୋଗିତାରେ ଭାଷଣ ଦିଅନ୍ତି। କୋଳି, କମଳାଲେମ୍ବୁ ଓ ଯାବତୀୟ ଆଚାରର ଦୋକାନ ସାଜିଥିବା ଝିଅମାନେ ବଡ଼ ହୋଇ ଫ୍ଲୋରେନ୍ସ ନାଇଟିଙ୍ଗେଲ ନ ହେଲେ ଇନ୍ଦିରାଗାନ୍ଧୀ ହେବେ ବୋଲି ଲାଜେଇ ଲାଜେଇ କହନ୍ତି। ସେ ପଚାରନ୍ତା ନିଶିକାନ୍ତକୁ, ଝିଅମାନଙ୍କର ଭାଗ୍ୟ ସିନା ପରଘରେ ଚୁଲି ଜାଳିବେ ବୋଲି ଗାଁ ଛାଡ଼ି ଚାଲିଆସନ୍ତି, କିନ୍ତୁ ତୁମେ ପୁଅପିଲାଗୁଡ଼ାକ କାହିଁକି ଅଳ୍ପ କିଛି ଟଙ୍କା ମୋହରେ ନିଜ ଗାଁଗଣ୍ଡା ଛାଡ଼ି ଶହ ଶହ ମାଇଲ ଦୂରରୁ ପଳେଇ ଆସ? ଏତେ ଦୂରରୁ ତ ଗାଁ କଥା ମନେପକେଇବାକୁ ଚେଷ୍ଟା କଲେ ମଧ୍ୟ ମନେପଡ଼େ ନାହିଁ ଗାଁର ଭୂଗୋଳ; ଡେଙ୍ଗା ଡେଙ୍ଗା ଗଛମାନଙ୍କ କୋଳରେ ସବୁବେଳେ ଉଦାସ ଓ ଗମ୍ଭୀର ଦିଶୁଥିବା ଗାଁ ସ୍କୁଲ୍। ତମର ମନେପଡ଼େ ଗାଁ? ପିଲାଦିନ କଥା ମନେପଡ଼େ?

ନିଶିକାନ୍ତ ପାଖେ କଥାହେବାକୁ ସମୟ ନ ଥାଏ। ଥରେ ଉଷା ଭାବିଥିଲା, ନିଶିକାନ୍ତକୁ ତା' ଘରକୁ ଡାକିବ। ଗାଁ ପିଲାଟା, ଟିକେ ଚା-ଜଳଖିଆ ଖାଇ ଆସିବ। କିନ୍ତୁ ନିଜର ଅସହାୟତା ତାକୁ ସେତିକି କରେଇ ଦିଏ ନାହିଁ। କାଳେ ଶାଶୂ କ'ଣ ଭାବିବେ? ଇଏ ବି ଭାରି ସନ୍ଦେହୀ। ଟଙ୍କାପଇସାର ହିସାବ ମାଗିଲାବେଳେ ପାହି ପାହି ହିସାବ ବୁଝନ୍ତି। ଶାଶୂଙ୍କର ସହଜେ ଧାରଣା, ସବୁ ଟଙ୍କାପଇସା ଉଷା ତା' ବାପଘରକୁ ପଠେଇ ଦେଉଛି। କିମିଆଁ କରି ରଖିଛି ତାଙ୍କ ପୁଅକୁ। ଏମିତି ଅବସ୍ଥାରେ ଗାଁ ପିଲା ନିଶିକାନ୍ତକୁ ତା' ଘରକୁ ଡାକିନେଲେ ସେମାନେ ଆହୁରି ସନ୍ଦେହ କରିବେ।

ମଝିରେ ମଝିରେ ନିଶିକାନ୍ତ ଉଭାନ ହୋଇଯାଏ। ତା'ପରେ ଯେତେବେଳେ

ଦେଖାହୁଏ, ସେତେବେଳେ ନିଶିକାନ୍ତର ବାଁ କାନ୍ଧରେ କଣ୍ଡକ୍ଟର ବ୍ୟାଗ୍ ସାଙ୍ଗକୁ ଡାହାଣ କାନ୍ଧରେ ବି ଝୁଲିଥାଏ ଗୋଟେ ଅଦୃଶ୍ୟ କାହାଣୀର ମୁଣା। ସେଇ ମୁଣାରୁ ସେ ଗୋଟେ ଗୋଟେ କାହାଣୀ ବାହାର କରି ଉଷା ଆଗରେ ଥୁଏ। ଉଷାର ଓହ୍ଲେଇବା ଜାଗା ଶୀଘ୍ର ଆସିଯାଏ। କାହାଣୀ ସରେ।

ସ୍କୁଲ ପଢ଼ାଦିନ ମାନଙ୍କରେ ନିଶିକାନ୍ତ ସାଙ୍ଗରେ ବେଶି ପରିଚୟ ନ ଥିଲା। କ୍ଲାସ୍ ଭିତରେ ପୁଅ ପିଲା, ଝିଅ ପିଲା ଅଲଗା ଅଲଗା ବସୁଥିଲେ। ସେମାନଙ୍କର ମିଳାମିଶା ଉପରେ ଭୟଙ୍କର ବାରଣ ସବୁ ଥିଲା। କ୍ଲାସ୍ ସରିବା ଘଣ୍ଟା ବାଜିବାକ୍ଷଣି ଦୂର ଗାଁର ପିଲାମାନେ ଯେ ଯାହା ଘରକୁ ଯିବା ପାଇଁ ଏତେ ବ୍ୟସ୍ତ ହୋଇପଡୁଥିଲେ ଯେ, ସାତ ଆଠ ମିନିଟ୍ ପରେ ସେମାନେ ଶାଗୁଆ ଧାନବିଲ ମଝିରେ ବିକ୍ଷିପ୍ତ ଭାବେ ବସିଥିବା ଗୋଟେ ଗୋଟେ ବଗ ପରି ଦିଶୁଥିଲେ। ନିଶିକାନ୍ତ ଗରିବ ଥିଲା, କିନ୍ତୁ ଭଲ ପଢୁଥିଲା। ଉଷା ସେତେବେଳେ ଭାବୁଥିଲା ନିଶିକାନ୍ତ ବଡ଼ ହେଲେ ଭାରତର ପ୍ରଧାନମନ୍ତ୍ରୀ ନ ହେଉ ପଛେ ଭଲ ଅଫିସର, ଅଧ୍ୟାପକ କିମ୍ବା ଡାକ୍ତରଟେ ନିଶ୍ଚୟ ହେବ।

ନିଶିକାନ୍ତ ଦିନେ କହିଲା, ତା' ମାଲିକ କୁଆଡ଼େ ତାକୁ ଗୋଟେ ବସ୍ କିଣି ଦେବାକୁ ଚାହୁଁଛନ୍ତି। ତା' ଉପରେ ସେ ଭାରି ଖୁସି, ତେଣୁ ସେ ତାକୁ ବସ୍‌ଟେ କିଣିଦେବେ। ଏକଥା କହିବାବେଳେ ତା' ଆଖିରେ ଆନନ୍ଦ ଚିକ୍‌ମିକ୍ କରି ଉଠୁଥିଲା। କିନ୍ତୁ ଉଷାର ବ୍ୟାଙ୍କ୍ ଚାକିରି ଅଭିଜ୍ଞତା ନିଶିକାନ୍ତର କଥାକୁ ଗ୍ରହଣ କରିପାରୁ ନ ଥିଲା। ଏସବୁ କାରବାରରେ ସେ ଖୁବ୍ ସନ୍ଦେହୀ। ସେ କହିବାକୁ ଚାହୁଁଥିଲା ଯେ, କାହା ନାଁରେ ବସ୍ କିଣି ଚଳେଇବା ଓ ତାକୁ ବସ୍‌ଟେ ଦେଇଦେବା ଏ ଦି'ଟା ଯାକ କଥା ଏକା ନୁହେଁ। ଅନେକ ଲୋକ ପର ନାଁରେ ଗାଡ଼ି-ମଟର, ଘର-ବଗିଚା ଓ ସେୟାର ସାର୍ଟିଫିକେଟ୍ କିଣି ରଖୁଛନ୍ତି। ତା' ଅର୍ଥ ସେମାନେ ସେସବୁ ପରକୁ ଦେଇଦେବାକୁ ଚାହୁଁଛନ୍ତି, ନୁହେଁ। ଏସବୁ ବେନାମୀ ସମ୍ପତ୍ତି। କଳା ଟଙ୍କାକୁ ଧଳା ଟଙ୍କା କରିବାର ମଧୁର କୌଶଳ। ନିଶିକାନ୍ତ ନାଁକୁ ମାତ୍ର ବସ୍‌ର ମାଲିକ ହୋଇ ରହିବ। ତା' ପାଖେ କାଗଜପତ୍ର ନ ଥିବ କି ନ ଥିବ ବସ୍‌ର ଉପାର୍ଜନ ଟଙ୍କାପଇସା। ସେସବୁ ତା' ମାଲିକ ଅକ୍ତିଆର କରି ରଖିବ। ନିଶିକାନ୍ତ କେବଳ ଗୋଟେ ଆଳ, ବାହାନା। ଓଲଟି ସେ ବସ୍‌କୁ ନେଇ ଯେତେ ଋଣଖିଲାପି କେସ୍, ଆକ୍ସିଡେଣ୍ଟ୍ ମୋକଦ୍ଦମା ବା ଗଣ୍ଡଗୋଳ ହେବ ସେସବୁ ଭିତରକୁ ନିଶିକାନ୍ତ ହିଁ ଭିଡ଼ାଯିବ। ବସ୍‌ର ଋଣ ଶୁଝା ନ ଗଲେ ହୁଏତ ନିଶିକାନ୍ତ ହିଁ ବନ୍ଧାଯିବ। ଏଠୁ ଚାକିରି ଛାଡ଼ିବାକୁ ଚାହିଲେ ସେ ଯାଇପାରିବ ନାହିଁ କି ଆଉ କୌଣସି ବ୍ୟାଙ୍କରୁ ଋଣ ନେଇପାରିବ ନାହିଁ। ଉଷା ଏସବୁ କଥା ନିଶିକାନ୍ତକୁ

କିନ୍ତୁ କହିପାରିଲା ନାହିଁ। ହୋଇପାରେ, ନିଶିକାନ୍ତର ମାଲିକ ଅସାଧାରଣ ଭାବେ ଉଦାର ହୋଇଥିବେ। ସେ ହୁଏତ ସତକୁ ସତ ସାହାଯ୍ୟ କରିବାକୁ ଚାହୁଁଥିବେ ନିଶିକାନ୍ତକୁ।

ଉଷା ପାଦର ଗତି ବଢ଼େଇଲା। ଆଜି ସବୁଯାକ ଅଫିସ୍ ଖୋଲିଛି, ବସ୍‌ରେ ଖୁବ୍ ଭିଡ଼ ହୋଇଥିବ। ନିଶିକାନ୍ତର ବସ୍ ଚାଲିଯାଇଥିଲେ ସେ ଛିଡ଼ା ହୋଇ ହୋଇ ଯିବ। ଟାଉନ୍‌ବସ୍ ଗୁଡ଼ିକର ଅବସ୍ଥା ପୁଣି ଏତେ ଦୟନୀୟ ଯେ ସେକଥା ନ କହିଲେ ଭଲ। ପୁଳାଏ ବିକୃତ ଓ ରୁଗ୍‌ଣ ମସ୍ତିଷ୍କର ଲୋକ ସବୁବେଳେ ବାଟମୁହଁଟାକୁ ଘେରି ଛିଡ଼ା ହୋଇଥିବେ। ଝିଅଟିଏ କି ସ୍ତ୍ରୀ ଲୋକଟିଏ ଦେଖିଲେ ତାଙ୍କର ବିକୃତି ବାହାରିବ। ଅଶ୍ଳୀଳ କଥାବାର୍ତ୍ତା କରିବାକୁ ଜିଭ ଖଲଖଲ ହେବ। ହାତ, କହୁଣି ଓ ଆଣ୍ଠୁଗୁଡ଼ିକ ଆଉ ନିୟନ୍ତ୍ରଣରେ ରହିବେ ନାହିଁ। ବସ୍‌ର କ୍ଲିନର ଓ କଣ୍ଡକ୍ଟରମାନେ ବି ଊଣା ବଦ୍‌ମାସ୍ ନୁହନ୍ତି। ପଇସା ମାଗୁ ମାଗୁ ପିଠି କେଞ୍ଚିଦେବେ, ହାତସୁଖ ସାଧିବେ। ଏମିତି ଦୃଶ୍ୟ ଦେଖିଲେ ଉଷାର ଦେହ ଜଳିଗଲା ପରି ଲାଗେ। ଗୋଛାଏ ଅସଭ୍ୟ ମଣିଷଙ୍କର ଭିଡ଼ ତାକୁ ବିରକ୍ତ କରିଦିଏ। କେତେ ଥର ଭାବିଲାଣି ଆଉ ଟାଉନ୍ ବସ୍‌ରେ ଯା'ଆସ କରିବ ନାହିଁ। ମହଙ୍ଗା ପଡୁ ପଛକେ ରିକ୍ସାରେ ଯିବା ଆସିବା କରିବ। କିନ୍ତୁ ମନର ନିଷ୍ପତ୍ତି କାର୍ଯ୍ୟକାରୀ କରିପାରେ ନାହିଁ। ଥରେ ଘରୁ ବ୍ୟାଙ୍କ୍ ଯାଏ ଗଲେ ରିକ୍ସାବାଲା ଦଶ ବାର ଟଙ୍କା ନେବ। ତା'ର ହିସାବୀ ସ୍ୱାମୀ ଏ ଧରଣର ବଦ୍‌ଖର୍ଚ୍ଚକୁ ଅନୁମୋଦନ କରିବେ ନାହିଁ। ସନ୍ଦେହୀ ଶାଶୂ ବିଚାରିବେ, ସେ ପଇସାତକ ବାପଘରକୁ ପଠେଇ ଦେଉଛି। ସବୁ କଣ୍ଡକ୍ଟର ନିଶିକାନ୍ତ ପରି ଭଦ୍ର ଓ ଅମାୟିକ ହୋଇପାରନ୍ତେ ନାହିଁ!

ନିଶିକାନ୍ତର ବସ୍ ଆସିଗଲା। ଝରକାବାଟେ ମୁଣ୍ଡ ଗଳେଇ ନିଶିକାନ୍ତ କହିଲା, 'ଶୀଘ୍ର ଉଠି ଆସ।' ଉଷା କଷ୍ଟେମଷ୍ଟେ ବସ୍ ଭିତରକୁ ଚାଲିଆସିଲା। ଭିତରେ ଖୁବ୍ ଭିଡ଼। ଖୁନ୍ଦାଖୁନ୍ଦି ମଣିଷ। କ'ଣ ଗୋଟାଏ ର୍‍ୟାଲି ଥିଲା ରାଜଧାନୀରେ। ନିଶିକାନ୍ତ ଆଗରୁ ଆବୋରିଥିଲା ଗୋଟେ ସିଟ୍। ଉଷାକୁ ଦେଖିବା ପରେ ସେ ସିଟ୍‌ରୁ ଉଠିଲା ଓ ସେଇଠି ବସିବା ପାଇଁ ଡାକିଲା। ଉଷା ସିଟ୍‌ଟେ ପାଇଲା ନାହିଁ ତ ଯେମିତି ରାଜ୍ୟ ଖଣ୍ଡେ। ପାଖ ଯାତ୍ରୀମାନେ ଈର୍ଷାରେ ତା' ଆଡ଼କୁ ଚାହୁଁଥିଲେ। କିଏ କ'ଣ ଟୁପୁରଟାପର ହେଉଥିଲେ। ଉଷା ସେ ଆଡ଼କୁ କାନ ଦେଲା ନାହିଁ। ଏସବୁ ଏବେ ଅଭ୍ୟାସରେ ପରିଣତ ହୋଇଗଲାଣି।

ସେଇ ଭିଡ଼ ଭିତରେ ନିଶିକାନ୍ତ ଟିକେଟ କାଟୁଥିଲା। ଗୋଡ଼, ଜଙ୍ଘ, କହୁଣି, ପିଠି, ଝାଳ ଓ ତମାଖୁର ଗନ୍ଧ ସବୁକୁ ଡେଇଁଡାଇଁ ସେ ଯାତ୍ରୀଙ୍କଠାରୁ ପଇସା ସଂଗ୍ରହ କରୁଥିଲା। କୋଉଠି କାହାର ବଡ଼ ବ୍ୟାଗ୍‌ଟାକୁ ଡେଇଁଯିବାବେଳେ ତା'ର ଗୋଡ଼

ଫରକଟା ହୋଇଯାଉଥିଲା ଓ ହଠାତ୍ ଗାଡ଼ି ବ୍ରେକ୍ ଦେଲେ ସେ ପଡ଼ି ଯାଉ ଯାଉ ବସ୍‌ର ରେଲିଂ ଧରି ଠିଆ ହୋଇପଡୁଥିଲା। ତା'ର ସାର୍ଟ, ପ୍ୟାଣ୍ଟ୍ ମାଲଗୋଦାମ୍ ଟ୍ରଲିବାଲାଙ୍କ ପୋଷାକ ପରି ଲୋଚାକୋଚା ଓ ମଇଳା ଦିଶୁଥିଲା। ତା'ର ଝାମ୍ପୁରା ବାଳରେ ଅନେକ ଦିନୁ ସେ ତେଲ ଲଗେଇ ନ ଥିଲା ଓ ସେହିହେତୁ ତାହା ରୁକ୍ଷ ଓ ଟାଆଁଶା ଦିଶୁଥିଲା। ତା' କପାଳରେ କିଏ ଲଗେଇ ଦେଇଥିଲା ଲମ୍ବା ସିନ୍ଦୂରକଲି। ତା'ର ହାଡୁଆ ଛାତି, ନୁଖୁରା ମୁଣ୍ଡ ଓ ସିନ୍ଦୂରକଲି ଭିତରେ ସେ ଗୋଟେ ହାଡ଼ଗିଲା ତାନ୍ତ୍ରିକ ପରି ଦିଶୁଥିଲା।

ଏହି ଷ୍ଟପ୍‌ରେ ଉଷା ଓହ୍ଲେଇବ। ବସ୍‌ଷ୍ଟାଣ୍ଡ୍ ପାଖ ଷ୍ଟପେଜ୍‌ଟା ହୋଇଥିବାରୁ ଏଇଠି ନିଶିକାନ୍ତର ବସ୍ ଦଶ ମିନିଟ୍ ରହେ। ଅଧିକ ଲୋକ ଓହ୍ଲାନ୍ତି ଏଇଠି। ବସ୍ ଛିଡ଼ାହେବା କ୍ଷଣି ପ୍ରଥମେ କ୍ଲିନର ଓ ତା' ପରେ ପରେ ନିଶିକାନ୍ତ ଓହ୍ଲେଇ ଗଲା। ନିଶିକାନ୍ତକୁ ସେଇଠି ଅପେକ୍ଷା କରି ରହିଥିଲା ଗୋଟେ କଳା ଓ ମୋଟା ମଣିଷ। ପିନ୍ଧିଥିଲା ସିଲ୍‌କ୍ ପଞ୍ଜାବି ଓ ଟ୍ରାଉଜର। ନିଶିକାନ୍ତକୁ ଦେଖିବାକ୍ଷଣି ସେ ଲୋକଟା ଚଦି ଆସିଲା ଓ ତା'ର ଗୋଟାଏ ହାତ ଧରି ଘୋଷାରି ନେଲା ରାସ୍ତାଧାରକୁ।

ଉଷା ପଛେ ପଛେ ଆସୁଥିଲା। ଏ ଘଟଣା ଦେଖି ସେ ସ୍ତବ୍ଧ ହୋଇଗଲା।

ଲୋକଟା ଚିତ୍କାର କରି ଉଠିଲା, 'ହଇରେ ଶଳା, ଭୋଷଡ଼ି, ତୋ ମାଆ..., ଶଳା ତୋର ଏତେ ସାହସ! କଲେଜଛକରୁ ସେ ଝିଅ ଦିଇଟାକୁ କାହିଁକି ଉଠେଇଲୁ ନାହିଁ ବେ? ଜାଣିଛୁ ନା ନାଇଁ, ସେମାନେ ସବୁବେଳେ ଏଇ ବସ୍‌ରେ ଆସନ୍ତି...।'

ଉଷା କାନରେ ହାତ ଦେଇଦେଲା। ତା' ହାତରୁ ମନିପର୍ସ ଓ ମନିପର୍ସରୁ ଖୁଚୁରା ପଇସା ଗୁଡ଼ା ଝଣଝଣ କରି ବିଛାଡ଼ି ହୋଇଗଲା ରାସ୍ତା ଉପରେ। ତା' ଆଖି ସାମ୍ନାରେ ଗୋଟେ ସୁନ୍ଦର ପୃଥିବୀ ଭାଙ୍ଗିରୁଜି ଖଣ୍ଡ ଖଣ୍ଡ ହୋଇ ଖସିପଡୁଥିଲା।

ଲୋକଟାର ପାଟି ବନ୍ଦ ହୋଇ ନ ଥିଲା। ସେ ଏବେ ଆହୁରି ଜୋର୍‌ରେ ଚିତ୍କାର କରୁଥିଲା, ''ଶଳା, ତୋ'ଠି ରଡ୍ ପୂରେଇ ପଇସା ଆଦାୟ କରିବି। ସତିଆ ଦେଖଉଛୁ। ଚୋର! ଶଳା ସେଇଥିପାଇଁ ତୋତେ ଦଶଥର ବାହାର କରିସାରିଲିଣି। ପୁଣି ଆସି ମାମଲତିକାରୀ ଦେଖଉଛୁ?''

ନିଶିକାନ୍ତ ମୁଣ୍ଡ ତଳକୁ କରି, ରାସ୍ତାଦେହରେ ଆଖି ମିଶେଇ ଦେଇ କ'ଣ ସବୁ ଭଙ୍ଗା ଭଙ୍ଗା ଗଳାରେ କହୁଥିଲା। ସେଥିରୁ କିଛି କିଛି ଶବ୍ଦ ଯାହା ଶୁଣିପାରୁଥିଲା ଉଷା। ''ଭିଡ଼... ଟିକେଟ୍ ପଇସା ଆଦାୟ କରୁଥିଲି... ଭୁଲ୍ ହୋଇଛି...।''

ଉଷା ତା' ଚାରିପଟେ ଅପେକ୍ଷାରତ ବସ୍‌ଗୁଡ଼ିକର ଘରଘର ଇଞ୍ଜିନ୍ ଶବ୍ଦ, ରିକ୍ସାମାନଙ୍କର ଟିଣ୍‌ଟାଣ୍ ଓ ଲୋକଙ୍କ ହୋହଲ୍ଲା କିଛି ଶୁଣିପାରୁ ନ ଥିଲା। ସେ ଦାରୁଭୂତ

ପରି ଛିଡ଼ାହୋଇ ସେଇ ଦୁର୍ଦ୍ଦାନ୍ତ ଲୋକଟାକୁ କେବଳ ଦେଖୁଥିଲା। ସେଇ ଲୋକଟା ତୁଣ୍ଡରୁ ଖଇ ଫୁଟିଲା ପରି ଅଶ୍ଳୀଳ କଞ୍ଚା ଶବ୍ଦଗୁଡ଼ାକ ଖେଳେଇ ହୋଇପଡୁଥିଲା। ତା'ର ହାତମୁଠା ବରାବର ଉଠିଯାଉଥିଲା ନିଶିକାନ୍ତର ମୁହଁ ପର୍ଯ୍ୟନ୍ତ। ନିଶିକାନ୍ତ ମୁହଁ ପଛକୁ ଘୁଞ୍ଚେଇ ଆଣି ଅଳ୍ପକେ ନିଜକୁ ବଞ୍ଚେଇ ନେଉଥିଲା। ନିଶିକାନ୍ତର ଅସହାୟତା ସେଇ ଲୋକଟାକୁ କିନ୍ତୁ ଅଧିକରୁ ଅଧିକ ଉତ୍ସାହିତ କରୁଥିଲା।

ଏହା ଭିତରେ ଅନେକ ଦିନ ହେଲା ନିଶିକାନ୍ତ ସାଙ୍ଗରେ ଦେଖା ହୋଇ ନାହିଁ ଉଷାର। ଜାଣି ଜାଣି ସାଢ଼େ ପାଞ୍ଚଟା ବେଳର ସେହି ବସ୍‌ଟାକୁ ଆଡ଼େଇ ଆସିଛି ଉଷା। ସେ ବସ୍‌ର ମାଲିକ ଶାସକ ଦଳର ନେତା। ତା'ର ଚାରିଟା ବସ୍ ଓ ତିନିଟା ସ୍ତ୍ରୀ। ତା' ହାତରେ ସାତଟା ମଦଭାଟି ଓ ସହରର ଅନେକ ନାମୀ ଗୁଣ୍ଡା। ସେ ଯାହା ଇଚ୍ଛା ତାହା କରିପାରିବ। ନିଶିକାନ୍ତକୁ ସେ ଗାଳିଦେବ, ମାରିବ ଏପରିକି ମାରି ଦେଇପାରିବ। ଉଷା ସେସବୁକୁ ସାମ୍ନା କରିପାରିବ ନାହିଁ।

ହଠାତ୍ ଦେଖା ହୋଇଗଲା ନିଶିକାନ୍ତ ସାଙ୍ଗରେ। ଉଷା କିଛି ଭାବିବା ଆଗରୁ ବସ୍ ଭିତରକୁ ଉଠିଯାଇଥିଲା। ବସ୍‌ଟା ଫାଙ୍କା ଥିଲା। ନିଶିକାନ୍ତ ଆଡ଼କୁ ଆଗେଇଯାଇ ଦି' ଟଙ୍କିଆ ନୋଟ୍‌ଟେ ବଢ଼େଇଦେଲା। କହିଲା, ''ନିଅ, ଟିକେଟ୍ ପଇସା।''

ନିଶିକାନ୍ତ ନିରବ ରହିଲା।

ଉଷା ମୁହଁ ଖୋଲିଲା, ''କାହିଁକି ସେ ଲୋକଟା କଥା ମାନି ଚଳୁନାହଁ ନିଶିକାନ୍ତ ? କାହିଁକି ତମେ ଏତେ ହଇରାଣ ହଉଛ ? ନିଅ, ପଇସା। ମୋ'ଠୁ ନ ନେଲେ ତମେ କୁଆଡୁ ଆଣି ଭରଣା କରିବ ?''

ନିଶିକାନ୍ତର ଆଖି ଛଳଛଳ ହୋଇଯାଇଥିଲା। ତା'ର ଝାମ୍ପୁରା ବାଳ, ସିନ୍ଦୂରକଳି ଓ ରୁଢ଼ିଆ ମୁହଁର ଚେହେରା ଭିତରେ ଓଦା ଆଖି ବେଖାପ ଦିଶୁଥିଲା। ସେ ଉଷା ପାଖକୁ ଟିକିଏ ଘୁଞ୍ଚିଆସି କହିଲା, ''ଇଏ ଗାଳିମନ୍ଦ ଏବେ ଅଭ୍ୟାସରେ ପଡ଼ିଗଲାଣି, ଆଉ କିଛି ଲାଗୁ ନାହିଁ। ତମଠୁ ଦି'ଟଙ୍କା ନେଇଗଲେ ବି ଏ କଥାସବୁ ଶୁଣିବାକୁ ପଡ଼ିବ। ତମେ ବଡ଼ ଚାକିରି କରିଛ, ଭଲରେ ଅଛ। ତମକୁ ମୁଁ କ'ଣ ବା ଦେଇପାରିବି ? ମାଲିକ ଗାଳିଦେଲା ବୋଲି କ'ଣ ଗାଁ ଝିଅଟାଠାରୁ ବି ମୁଁ ଟଙ୍କେ ଦି'ଟଙ୍କା ହାତ ବଢ଼େଇ ନେବି ? ସେଦିନ କଥା ମୁଁ ଭୁଲିଗଲିଣି। ପାରିବ ଯଦି, ତମେ ବି ଭୁଲିଯାଅ।''

କ୍ଲିନର ପିଲାଟି ହ୍ୱିସିଲ୍ ବଜଉଥିଲା। ଏଇଠୁ ନିଶିକାନ୍ତର ବସ୍ ମୋଡ଼ ବୁଲି ପୁଣି ସହର ଭିତରକୁ ଯିବ।

■

ଊର୍ମିଳା

ସେଦିନ ଯଦି କେବେ କେତେବେଳେ ଈଶ୍ୱରଙ୍କୁ ପ୍ରାର୍ଥନା କରିବାର ସୁଯୋଗ ମୁଁ ପାଉଥିଲି, ତାହାହେଲେ ସେ ପ୍ରାର୍ଥନାର ଲକ୍ଷ୍ୟ ଥିଲା ଊର୍ମିଳାର ଆଶୁ ମୃତ୍ୟୁ କାମନା। କିଛି ଗୋଟାଏ ଅଘଟଣ ଘଟୁ ଏବଂ ସେ ଆଉ ଆମ ସ୍କୁଲକୁ କେବେ ବି ନ ଆସୁ, ଏ କଥା ମୁଁ ସବୁବେଳେ ଚାହୁଥିଲି।

ଊର୍ମିଳା ପ୍ରତି ମୋର ଏ ଅସହିଷ୍ଣୁ ଭାବ ନେଇ ମୋ ମନରେ କୌଣସି ଦିନ ତିଳେ ହେଲେ ଅନୁଶୋଚନା ନ ଥିଲା, ବରଂ ମୋର ଏତେ ସବୁ ପ୍ରାର୍ଥନା ଓ ଅମଙ୍ଗଳ କାମନା ସତ୍ତ୍ୱେ ତା'ର କୋଉଠି କିଛି ଅସୁବିଧା ଘଟୁ ନ ଥିବାରୁ ମୁଁ ଅସହାୟ ବୋଧ କରୁଥିଲି। ସେଭଳି ପରିସ୍ଥିତିରେ, ଥରେ ଥରେ, ମୁଁ ପଦ୍ମଲୋଚନର କଥା ମାନି ପାଖ ଗାଁର ଗୁଣିଆ ସାଙ୍ଗେ ପରାମର୍ଶ କରିବା କଥା ଗୁରୁତ୍ୱର ସହ ଚିନ୍ତା କରୁଥିଲି। ପଦ୍ମଲୋଚନ କହୁଥିଲା, ମହାଳିକ ଗୁଣିଆଠୁଁ ଡେଉଁରିଆଟେ କିଣି ଆଣିଲେ ଚକ୍ଷୁ ବନ୍ଧନଠୁଁ ବଶୀକରଣ ପର୍ଯ୍ୟନ୍ତ ସବୁକଥା

ମୁଁ ହାସଲ କରି ପାରିବି। ତାହିଲେ ମୁଁ ଊର୍ମିଳାକୁ ସବୁଦିନ ପାଇଁ ମୋର ବଶ କରି ରଖିପାରିବି।

ପଦ୍ମଲୋଚନର ପ୍ରସ୍ତାବ ଖୁବ୍ ଲୋଭନୀୟ ଥିଲା। ମାତ୍ର ତା'ର ସର୍ତ୍ତ ବି ଥିଲା ସେହିପରି ଭୟଙ୍କର। ଅମାବାସ୍ୟାର ଅନ୍ଧାର ରାତିରେ ଗାଁ ମୁଣ୍ଡ ମଶାଣି ପାଖରେ ଥିବା ମହାଳିକ ଗୁଣିଆର ମଠ ଯାଏ ଯିବାଲାଗି ତା'ର ପ୍ରସ୍ତାବକୁ ମୁଁ ଭୀଷଣ ଡରୁଥିଲି। ତାହାଠୁଁ ଭଲ, ନିରୋଳାରେ ବସିଥିବା ବେଳେ, ନ ହେଲେ ସବୁଦିନ ସକାଳେ ସ୍କୁଲ୍‌ର ପ୍ରାର୍ଥନା ସଭାରେ 'ହେ ଆନନ୍ଦମୟ କୋଟି ଭୁବନ ପାଳକ' ପ୍ରାର୍ଥନା ବୋଲିସାରିଲା ପରେ ମୁଁ ଦୁଇ ସେକେଣ୍ଡ ଊର୍ମିଳାକୁ ପାନେ ଦେବା ପାଇଁ ଠାକୁରଙ୍କୁ ନିରବରେ ଅନୁରୋଧ କରିବି। ଏ ବ୍ୟବସ୍ଥାରେ ଈଶ୍ୱର ଓ ମୋ ଭିନ୍ନ ଆଉ କେହି ମୋ ଉଦ୍ଦେଶ୍ୟ ଜାଣି ପାରିବେ ନାହିଁ କି ମୋତେ କୌଣସି ଭୟଙ୍କର ପରିସ୍ଥିତି ଦେଇ ଯିବାକୁ ପଡ଼ିବ ନାହିଁ।

ଊର୍ମିଳା ଓ ମୋ ଭିତରେ ଏଇ ଘୃଣା ଓ ଶତ୍ରୁତା, ପ୍ରଥମ ଦେଖାରୁ ପ୍ରେମ ପରି, ପ୍ରଥମ ସାକ୍ଷାତରୁ ହିଁ ଆରମ୍ଭ ହୋଇଯାଇଥିଲା।

ସେଦିନ ବର୍ଷାଯୋଗୁ କ୍ଲାସ୍‌କୁ ବେଶି ପିଲା ଆସି ନ ଥାନ୍ତି। ମୁଁ ଡେସ୍କକୁ ତବଲା ବିଚାରି ଠକ୍ ଠକ୍ କରୁଥାଏ ଓ ଗୀତ ଗାଉଥାଏ। ସାଙ୍ଗମାନେ ମୋର ଗୀତକୁ ଉପଭୋଗ କରୁଥାଆନ୍ତି। ହଠାତ୍ କେତେବେଳେ ହେଡ୍‌ମାଷ୍ଟ୍ରେ ଆସି ଦୁଆର ବନ୍ଧ ପାଖରେ ଛିଡ଼ା ହୋଇଛନ୍ତି, ଜାଣିପାରିନାହିଁ।

ହେଡ୍‌ମାଷ୍ଟ୍ରେ କ୍ଲାସ୍ ଭିତରକୁ ପଶି ଆସି 'କିଏ ଏଠି ଗୀତ ଗାଉଥିଲା' ବୋଲି ବଡ଼ ପାଟିରେ ପଚାରିଲେ। ମୁଁ ଜାଣିଥିଲି ଯେ ହେଡ୍‌ମାଷ୍ଟ୍ରେ ମୋ ଗୀତ ଗାଇବା ନିଜ ଆଖିରେ ଦେଖିଥିଲେ ବି ସେ ସାକ୍ଷୀଟିଏ ଖୋଜୁଥିଲେ। ମନେ ମନେ ଏମିତି ସାକ୍ଷୀ ନ ମିଳନ୍ତୁ ବୋଲି ହୁଏତ ଥଣ୍ଡା ମିଜାଜ୍‌ର ହେଡ୍‌ମାଷ୍ଟ୍ରେ ଚାହୁଥିଲେ। ହେଡ୍‌ମାଷ୍ଟ୍ରଙ୍କ ରାଗ ଦେଖି ଆମେ ସମସ୍ତେ ଚୁପ୍ ହୋଇଯାଇଥିଲୁ। କିନ୍ତୁ ହଠାତ୍ ଊର୍ମିଳା ଉଠିପଡ଼ି କହିଥିଲା, 'ବିକାଶ ଗୀତ ଗାଉଥିଲା ସାର୍।'

ହେଡ୍‌ମାଷ୍ଟ୍ରଙ୍କ କାନମୋଡ଼ା ଅପେକ୍ଷା ଊର୍ମିଳାର ବିଶ୍ୱାସଘାତକତା ସେଦିନ ମୋତେ ଅଧିକ କଷ୍ଟ ଦେଇଥିଲା। ସେଇଠି, ସେଇ ମୁହୂର୍ତ୍ତରେ ମୁଁ ଈଶ୍ୱରଙ୍କୁ ପ୍ରାର୍ଥନା କରିଥିଲି, 'ଏଇ ବଦ୍‌ମାସ୍ ଝିଅଟା ସ୍କୁଲକୁ ନ ଆସନ୍ତା କି!'

ମାତ୍ର ଊର୍ମିଳା ଆସୁଥିଲା। ନିୟମିତ ଭାବେ ସ୍କୁଲକୁ ଆସୁଥିଲା ଏବଂ ମୋର ସାମାନ୍ୟ ସାମାନ୍ୟ ଭୁଲ୍ ଲାଗି ମୋତେ ସମାଲୋଚନା କରି ସେ ଖୁସି ହେଉଥିଲା। ମୋ ପ୍ରତି ତା'ର ଏ ଅହେତୁ ଭାବର କାରଣ କ'ଣ, ସେକଥା ମୁଁ ଆଦୌ ବୁଝିପାରୁ ନ

ଥିଲି। ଦୂର ଗାଁରୁ ଯାଇ ତାଙ୍କ ଗାଁ ପାଖ ସ୍କୁଲରେ ପଢୁଥିବାରୁ ସେ ମୋତେ ହଟହଟା କରୁଥିଲା କି! - ଏମିତି ଚିନ୍ତାଟେ ବାରମ୍ବାର ମୋ ମନକୁ ଆସୁଥିଲା ଓ ମୁଁ ମୋର ବିଶ୍ୱସ୍ତ ପଦ୍ମଲୋଚନକୁ ତାହା ପଚାରୁଥିଲି।

ପଦ୍ମଲୋଚନ ମୋତେ ସାହସ ଦେବା ପାଇଁ ହେଉ କିମ୍ବା ଊର୍ମିଳା ଉପରେ ପୁରୁଣା ରାଗ ଶୁଝେଇବା ପାଇଁ ହେଉ, ଇସାରାରେ ତା' ମୁଣ୍ଡ ପାଖେ ଆଙ୍ଗୁଳି ଗେଞ୍ଜି କହୁଥିଲା, 'ସେଇଟାର ସ୍କ୍ରୁ ଢିଲା, ତା' କଥା ତୁ କାହିଁକି ଭାବୁଛୁ? ଭାଇ ତା'ର ପୁଲିସି ଏସ୍.ଆଇ. ବୋଲି ତା' ଗୋଡ଼ ଭୂଇଁରେ ଲାଗୁନି। ହେଲେ ଡରିବାର କାରଣ ନାହିଁ। ଆମେ ସମସ୍ତେ ଅଛୁ ପରା!'

ପଦ୍ମଲୋଚନ କଥାରେ ମୁଁ ସାହସ ପାଉଥିଲି।

ସେଇଟା ଥିଲା ମୋର ନବମ ଶ୍ରେଣୀ ବର୍ଷ। ଆମ ଗାଁ ସ୍କୁଲ ଛାଡ଼ି ମୁଁ ପାଟପୁର ହାଇସ୍କୁଲରେ ନାଁ ଲେଖେଇଥାଏ। ପାଟପୁର ହାଇସ୍କୁଲଟି ଗୋଟେ ଛୋଟିଆ ସ୍କୁଲ। ଆମ କ୍ଲାସ୍‌ରେ ସେତେବେଳେ ପଢୁଥାଆନ୍ତି ମାତ୍ର ଚଉଦ ଜଣ ପିଲା, ବାରଜଣ ପୁଅ ଓ ଦି'ଜଣ ଝିଅ। ସ୍କୁଲର ଚାଳଛପର ଘର, ଇଟା କାନ୍ଥ, ସାମ୍ନାରେ ଗୋଟେ ବଡ଼ ଆୟତକ୍ଷେତ୍ର ପରି ବଗିଚା ଏବଂ ସ୍କୁଲ୍ ପଛପଟେ ଗୋଟେ ପ୍ରକାଣ୍ଡ ପୋଖରୀ।

ମୋତେ ସେ ସ୍କୁଲଟା ପ୍ରଥମେ ପ୍ରଥମେ ଭଲ ଲାଗି ନ ଥିଲା। ହାଇସ୍କୁଲ କହିଲେ ଯେଉଁ ପ୍ରକାର କୋଠାବାଡ଼ିର ଚିତ୍ର ସହ ମୁଁ ମାନସିକ ସ୍ତରରେ ପରିଚିତ ଥିଲି, ସେ ପରିଚୟ ସହ ପାଟପୁର ଉଚ୍ଚ ଇଂରାଜୀ ବିଦ୍ୟାଳୟର ଚେହେରା ଆଦୌ ଖାପ ଖାଉ ନ ଥିଲା। କିନ୍ତୁ ମୋତେ ଭଲ ଲାଗୁ ବା ନ ଲାଗୁ ସେଇଠି ହିଁ ମୋର ନାମ ଲେଖାଗଲା ଓ ପାଖ ତଳବନ୍ଧ ଗାଁରେ ଜଣେ ଦୂର ସମ୍ପର୍କୀୟଙ୍କ ଘରେ ମୋର ରହିବାର ବ୍ୟବସ୍ଥା କରିଦିଆଗଲା।

କ୍ରମେ ମୁଁ ବାଧ୍ୟ ହୋଇ ପାଟପୁର ଉଚ୍ଚ ଇଂରାଜୀ ବିଦ୍ୟାଳୟର ପରିବେଶ ଓ ତଳବନ୍ଧ ଗାଁ ସାଙ୍ଗେ ସନ୍ଧି ସ୍ଥାପନ କରି ଆସୁଥିଲି। ଧୀରେ ଧୀରେ ତଳବନ୍ଧର ଗୋହିରି ଓ ପାଟ ମୋତେ ଆରେଇ ଆସୁଥିଲା। ବର୍ଷାଦିନ ଘାସ ପଡ଼ିଆରେ ନାଲି ନାଲି ସାଧବବୋହୂ, ବରଗଛ ଉପରେ ବଗମାନଙ୍କର ସଭା, ପୋଖରୀ ହୁଡ଼ାରେ କଅଁଳା ବାଛୁରୀ ଏବଂ ଛେଳି ଛୁଆମାନଙ୍କର ଦୌଡ଼ ପ୍ରତିଯୋଗିତା ମୋର ସ୍କୁଲ ଯିବା, ଆସିବା ମୁହୂର୍ତ୍ତମାନଙ୍କୁ ଭିନ୍ନ ଭିନ୍ନ ରଙ୍ଗରେ ସଜେଇ ଦେଉଥିଲା। ମୁଁ ଆକାଶର ନୀଳ ସାମିଆନା ତଳେ ନାନା ରଙ୍ଗ ଓ ନାନା ଆକୃତିର ବଉଦମାନଙ୍କ ଗୋଡ଼ିଆଗୋଡ଼ି ଖେଳ ଦେଖି ତଳବନ୍ଧକୁ ଭଲପାଇ ଆସୁଥିଲି।

ଆସ୍ତେ ଆସ୍ତେ ଆମ ଗାଁ, ଘର ଓ ଗାଁର ସାଙ୍ଗସାଥୀମାନେ ଦୂରେଇ ଦୂରେଇ

ଯାଉଥିଲେ। ଛୁଟି ହେଲେ ପଦ୍ମଲୋଚନ ତାଙ୍କ ଗାଁକୁ ମୋତେ ବରାବର ଡାକି ନେଉଥିଲା। ସେଇଠି ସେ ମୋର ମନ ଜାଣି ସିଝା ଅଣ୍ଡା ଓ କୁକୁଡ଼ା ମାଉଁସ ଝୋଳର ବ୍ୟବସ୍ଥା କରୁଥିଲା ଓ ମୁଁ ମୋର ରକ୍ଷଣଶୀଳ ପରିବାରର ସବୁଯାକ ନିଷେଧାଦେଶକୁ କୁକୁଡ଼ା ଝୋଳରେ ବିସର୍ଜି ଦେଉଥିଲି।

ସବୁ କିଛି ମୋତେ ଧୀରେ ଧୀରେ ଭଲ ଲାଗି ଆସୁଥିଲା। ସ୍କୁଲର ପ୍ରାର୍ଥନା ବେଳେ ମୁଁ ଆଗେ ଗୀତ ଗାଇ ଶିକ୍ଷକମାନଙ୍କ ଦୃଷ୍ଟି ଆକର୍ଷଣ କରୁଥିଲି। ଫୁଟ୍‌ବଲ ଖେଳରେ ସର୍ବଦା ଗୋଲ୍‌କିପର ଭୂମିକାରେ ରହି ଭବିଷ୍ୟତରେ ଜଣେ ଦକ୍ଷ ଗୋଲ୍‌କିପର ହେବାର ଶୁଭେଚ୍ଛାମାନ ସଂଗ୍ରହ କରୁଥିଲି। ବେଳ ଅବେଳେ ସ୍କୁଲ ପୋଖରୀରୁ ମଶାରି ସହାୟତାରେ ଛୋଟ ଛୋଟ ମାଛ ଧରିବା ପାଇଁ ସାଙ୍ଗମାନେ ମୋ ଦ୍ୱାରା ଉତ୍ସାହିତ ହେଉଥିଲେ ଏବଂ ମାଛ ଧରି ଆଣିବା ପରେ ସେସବୁ ରାନ୍ଧିବା ପାଇଁ ବିକଳ୍ପ ବ୍ୟବସ୍ଥା ନ ଥିବାରୁ ସ୍କୁଲ ବଗିଚାର ଶୁଖିଲା ବାଡ଼ବତା ଭାଙ୍ଗି ଆଣିବା ପାଇଁ ପରାମର୍ଶ ଦେବାରେ ମୁଁ କୁଣ୍ଠାବୋଧ କରୁ ନ ଥିଲି। ଏସବୁ କାର୍ଯ୍ୟରେ ମୋର ବ୍ୟୁତ୍ପତ୍ତି ଦେଖି ତଳମାଳର ଡରୁଆ ସାଙ୍ଗମାନେ ମୋତେ ମନେ ମନେ ସେମାନଙ୍କର ନେତାପଣରେ ଅଭିଷିକ୍ତ କରୁଥିଲେ ଓ ମୁଁ ସେତେବେଳେ ଭୁଲ୍‌ରେ ସୁଦ୍ଧା ମୋର ଏହି ଅସାଧାରଣ ଦକ୍ଷତା ପଛରେ ମୋ ଗାଁ ସାଙ୍ଗ ବଗୁଲିର ପ୍ରେରଣା କିମ୍ବା ଉତ୍ସାହ ଥିବା କଥା କାହାକୁ କହୁ ନ ଥିଲି। ଅବଲୀଳା କ୍ରମେ ମୁଁ ଆମ କ୍ଲାସ୍‌ରେ ମନିଟର ହୋଇଗଲି। ସ୍କୁଲ୍‌ରେ ଘଟୁଥିବା ସମସ୍ତ ଘଟଣା ପଛରେ ମୋର ସଂପୃକ୍ତି ଅଥବା ପୃଷ୍ଠପୋଷକତା ରହିଥିବା କଥା ସମସ୍ତେ ଜାଣୁଥିଲେ ମଧ୍ୟ କୌଣସି ଥର ମୁଁ ଧରା ପଡୁ ନ ଥିବା ଦେଖି ସାଙ୍ଗମାନେ ମୋ ମଗଜକୁ ତାରିଫ୍ କରୁଥିଲେ। କେବଳ ଉର୍ମିଳା ହିଁ ମୋତେ ଖାତିର କରୁ ନ ଥିଲା।

ମୋର ସବୁ ପ୍ରକାର ଦକ୍ଷତା, ଅଧିକାର ଓ ବୁଦ୍ଧିବୃତ୍ତିକୁ ସେ ଗୋଟାଏ ଚୁଟ୍‌କିରେ ଫୁଃ କରି ଉଡ଼େଇ ଦେଉଥିଲା ଏବଂ ମୋତେ ଆଦୌ ଗୁରୁତ୍ୱ ଦେଉ ନ ଥିଲା। ସାମାନ୍ୟ ସୁଯୋଗରେ ସେ ମୋର ମର୍ମସ୍ଥଳରେ ଆଘାତ କରୁଥିଲା ଏବଂ ତା'ର ସେ ଆଘାତରେ ମୁଁ ଭୂତଳଶାୟୀ ହେଉଥିଲି।

ସେଇ ନବମ ଶ୍ରେଣୀର କଥା। ଶ୍ରେଣୀର ମନିଟର ହେବା ପାଇଁ ସହପାଠୀ ବିକ୍ରମ ଆଉ ଦୁଇ ତିନିଜଣ ପିଲାଙ୍କୁ ମେଳେଇ ମୋର ନେତୃତ୍ୱକୁ ଚ୍ୟାଲେଞ୍ଜ୍ କରିଥିଲା। ମୁଁ ହିତାହିତ ଜ୍ଞାନ ଭୁଲିଯାଇ ବିକ୍ରମକୁ ଗାଳି ଦେଇଥିଲି, ''ତୁ 'ହରିଜନ' ପିଲାଟା, କି ମନିଟର ହେବୁ ବା!''

ମୋ କଥା ମୋ ପାଟିରୁ ସରିନାହିଁ। କେହି ଜଣେ ମୋର ଗାଲକୁ ଜୋର୍‌ରେ ଚିପି ଧରିଥିଲା। ସାମ୍ନାକୁ ଚାହିଁ ଦେଖିଲାବେଳକୁ ଉର୍ମିଳା ଦାନ୍ତ କଡ଼ମଡ଼ କରି ମୋ

ସାମ୍ନାରେ ଛିଡ଼ା ହୋଇଥିଲା। ମୁଁ ତା'ର ସେ ରଣଚଣ୍ଡୀ ମୂର୍ତ୍ତି ଦେଖି ଡରି ଯାଇଥିଲି। କଷ୍ଟେମଷ୍ଟେ ତା' ସଣ୍ଡୁଆଶି ପରି ଟାଣ ଅଙ୍ଗୁଳିରୁ ମୋ ଗାଲଟିକୁ ଖସେଇ ଆଣିଲି ସିନା, ଊର୍ମିଳାର ଭର୍ତ୍ସନାରୁ ଦୂରେଇ ଯାଇ ପାରିଲି ନାହିଁ।

: ଖବରଦାର୍ ଯଦି ଏ କ୍ଲାସ୍‌ରେ ତୁ କାହାକୁ ଏମିତି କହିଛୁ ! ହରିଜନ, ବ୍ରାହ୍ମଣ କ'ଣ ! ସମସ୍ତେ ଆମ ସାଙ୍ଗ। ତୁ ବୈଷ୍ଣବ ହୋଇ ପଦ୍ମଲୋଚନ ଘରେ କୁକୁଡ଼ା ଝୋଳ ହାପୁଡୁଥିବା କଥା କାହିଁ ସେ ତ କାହାକୁ କହୁନାହିଁ ?

ମୁଁ ଗଛ ଉପରୁ ଖସିପଡ଼ିଥିଲି। ଲଜ୍ଜା ଏବଂ ଅପମାନରେ ମୋ ଦେହ ଜଳି ଉଠିଥିଲା। ସେଇ ମୁହୂର୍ତ୍ତରେ ମୁଁ କ୍ଲାସ୍ ଛାଡ଼ି ପଳେଇ ଯାଇଥିଲି।

ସେଦିନ ମୋ ରୁମ୍‌କୁ ଫେରିଗଲା ପରେ ବହୁ ସମୟ ଊର୍ମିଳାର କଥା ଭାବିଥିଲି। ଝିଅପିଲାଟେ ହୋଇ ତା'ର ଏତେ ସାହସ ! ସମସ୍ତଙ୍କ ଆଗରେ ମୋ ଗାଲ ଚିପି ଦେଉଛି ! ତାକୁ ନିଶ୍ଚୟ ଦିନେ ନା ଦିନେ ଦେଖିନେବି।

ସେତେବେଳେ ମୋତେ ମୋର ଖର୍ବକାୟ ଚେହେରା, ଦୁଇ ହଳ ବ୍ଲେଡ୍‌ର ଉପଯୋଗ ସତ୍ତ୍ୱେ ନିଶ ଗଜରୁ ନ ଥିବାର ଦୁଃଖ ଏବଂ ମୋର ନାଲିଚିଆ ଓଠ ମୋତେ କ୍ଷୁବ୍ଧ – ବିଷଣ୍ଣ କରି ଦେଉଥିଲା। ଧ୍ରୁବ କି ନକୁଳ ପରି ମୋର ଯଦି ଡେଙ୍ଗା ଚେହେରା, ହଳେ କଳା ମଚମଚ ନିଶ ଓ ଆଉ ଟିକିଏ ରୁକ୍ଷ ଚେହେରା ଥାଆନ୍ତା, ତାହାହେଲେ ମୁଁ ଗୋଟାଏ ମିନିଟ୍‌ରେ ଊର୍ମିଳାକୁ ସାବାଡ଼ କରି ଦିଅନ୍ତି ବୋଲି ମନେ ମନେ ଭାବୁଥିଲି।

ଊର୍ମିଳା ଆମ ସାଙ୍ଗରେ ପଢୁଥିଲେ ବି ବୟସରେ ମୋ'ଠୁଁ ଦି' ବର୍ଷ ବଡ଼ ଥିଲା। ଝିଅମାନେ ସଚରାଚର ନିଜ ନିଜ ବୟସ ଲୁଚେଇ ରଖିବା କଥା ମୁଁ ଶୁଣିଥିଲି, ମାତ୍ର ଊର୍ମିଳା ତା'ର ବ୍ୟତିକ୍ରମ ଥିଲା। ସେ ବାରମ୍ବାର 'ତୋ'ଠୁଁ ମୁଁ ଦି' ବର୍ଷ ବଡ଼' କହି ନିଜର ଆଧିପତ୍ୟ ଜାହିର୍ କରିବାକୁ ଚେଷ୍ଟା କରୁଥିଲା। ଊର୍ମିଳାର ଚେହେରା ଡେଙ୍ଗା ଓ ଚଉଡ଼ା। ସେ ମୋ ସାମ୍ନାରେ ଛିଡ଼ାହୋଇ ପଡ଼ିଲେ ମୁଁ ସାଙ୍କୁଡ଼ି ଯାଏ। ଚଉଡ଼ା ଛାତି, ଗୋଲ ମୁହଁ, ଅଣ୍ଟା ତଳ ଯାଏ ଲମ୍ବା ବେଣୀ, କପାଳରେ କୁଙ୍କୁମ, ଆଖିରେ ସରୁ କଜ୍ଜ୍ୱଳ ରେଖା, ଛାତି ଉପରେ ଧଳା ପତଳା ଓଢ଼ଣି; ସେଇ ଚେହେରା ଓ ପୋଷାକରେ ଊର୍ମିଳା ଦିଶେ ମୋ'ଠୁଁ ଗୁରୁତ୍ୱପୂର୍ଣ୍ଣ ଓ ଅଧିକ କ୍ଷମତା ସମ୍ପନ୍ନ। ତା' ତୁଳନାରେ ଆର ଝିଅଟି କମ୍ ସୁନ୍ଦରୀ ଏବଂ ଚୁପ୍‌ଚାପ୍। ଆମେ ତାକୁ ପରିହାସରେ ଊର୍ମିଳାର ସଖୀ ବୋଲି କହୁ।

ଊର୍ମିଳାକୁ ଅନେକେ ସୁନ୍ଦରୀ ବୋଲି କହୁଥିଲେ, ଯଦିଓ ତା'ର ଏ ସୁନ୍ଦରୀପଣ ସେଦିନ କେବେ ବି ମୋ ଆଖିରେ ପଡୁ ନ ଥିଲା। ପ୍ରାୟତଃ ସବୁଦିନେ ମୁଁ ତାକୁ ଶତ୍ରୁପଣରେ ଦେଖୁଥିଲି ଏବଂ ଶତ୍ରୁ ଆଉ ଯାହା ଦିଶୁ ନ ଦିଶୁ ପ୍ରତିପକ୍ଷକୁ ଅନ୍ତତଃ ସୁନ୍ଦର ଦିଶେ ନାହିଁ।

ପୁଲିସ ଏସ୍.ଆଇ.ର ଫୁଲେଇ ଭଉଣୀ, ଦରବୁଢ଼ୀ, ଫୁଟାଣିଆ, ଗର୍ବୀ, ଅଣ୍ଡିରାଚଣ୍ଡୀ... ଏସବୁ ଊର୍ମିଳା ଉଦ୍ଦେଶ୍ୟରେ ଥିଲା ମୋର ଅନୁଚ୍ଚାରିତ ସମ୍ବୋଧନ। ମାତ୍ର ପ୍ରକାଶ୍ୟରେ ଏଥିରୁ ଗୋଟିଏ ବି ଶବ୍ଦ ମୁଁ ତାକୁ କହିପାରୁ ନ ଥିଲି।

ଊର୍ମିଳା ମୋତେ ପ୍ରତି କ୍ଷେତ୍ରରେ ଆହତ କରୁଥିଲା। ଦଶମ ଶ୍ରେଣୀରେ ପଢୁଥିବା ବେଳେ ବାପା ବୋଉଙ୍କୁ ଝିଙ୍କାପିଟା କରି ମୁଁ ଗୋଟିଏ ଛିଟ ସାର୍ଟ ଯୋଗାଡ଼ କରିଥିଲି। ପୀରହାଟ ଅପେରାର ଡୁଏଟ୍ ସିନ୍‌ରେ ଗୀତ ଗାଉଥିବା ପୁଅଟି ସେମିତି ଗୋଟେ ସାର୍ଟ ପିନ୍ଧିଥିବା ମୁଁ ଦେଖିଥିଲି। ସାର୍ଟଟା ମୋତେ ଜବରଦସ୍ତ ମାନୁଥିଲା ଏବଂ ସେଭଳି ଆଧୁନିକ ସାର୍ଟ ଆମ ସ୍କୁଲ୍‌ର ଆଉ କାହାରି ପାଖରେ ନ ଥିଲା। ଏ ବ୍ୟାପାରରେ ମୁଁ ଥିଲି ସ୍କୁଲରେ ପ୍ରଥମ!

ୟୁନିଫର୍ମ ବ୍ୟବସ୍ଥା ନ ଥିବା ଆମ ସ୍କୁଲକୁ ସେଦିନ ମୁଁ ମୋର ଆଧୁନିକ ସାର୍ଟଟି ପିନ୍ଧି ଯାଇଥିଲି। ସାଙ୍ଗମାନେ ସମସ୍ତେ ମୋ ସାର୍ଟକୁ ପସନ୍ଦ କରିଥିଲେ, ଊର୍ମିଳାକୁ ଛାଡ଼ି। ଊର୍ମିଳା କେବଳ କହିଥିଲା, 'ଯୋଉମାନଙ୍କର ଭିତରେ କିଛି ନ ଥାଏ ସେଇମାନେ ଉପରକୁ ଛିଟ ସାର୍ଟ ପିନ୍ଧି ପାରଡ଼ା ପୋକ ସାଜନ୍ତି।'

ତା' କଥା ଶୁଣୁ ଶୁଣୁ ସାଙ୍ଗମାନେ ବନ୍ଧୁତା ଭୁଲି ହସିଉଠିଥିଲେ। ମୁଁ ସେଦିନ ଲଜ୍ଜା ଓ ଅପମାନରେ ମୁହଁ ଲୁଚେଇ ଫେରିଆସି ଶପଥ କରିଥିଲି, ଆଉ କେବେ ସେ ସାର୍ଟ ପିନ୍ଧିବି ନାହିଁ।

ଏତେ ଶତ୍ରୁତା ସତ୍ତ୍ୱେ ମୁଁ ଊର୍ମିଳାର କଥାକୁ କାହିଁକି ଯେ ଗୁରୁତ୍ୱ ଦେଉଥିଲି ତାହା ବୁଝିପାରୁ ନ ଥିଲି। ମୋର କୌଣସି ଗୋଟେ କଥା ଶୁଣୁ ନ ଥିବା ଊର୍ମିଳା ମୋ'ଠୁଁ ଯେତେବେଳେ ଯୋଉ କାମ ଇଚ୍ଛା, ଅନାୟାସରେ ଆଦାୟ କରି ନେଉଥିଲା। ତା' ସ୍ୱରରେ ଥିଲା ଗୋଟେ ଆଦେଶ ଦେବାର ଭଙ୍ଗୀ, ଯାହାକୁ ଏଡ଼ାଇଯିବା ମୋ ପକ୍ଷେ ସମ୍ଭବ ହେଉ ନ ଥିଲା। ଏଭଳି ଗୋଟେ ଅଧିକାରପଣର ସ୍ୱର ହୁଏତ ସେ ତା'ର ପୁଲିସ ଭାଇଠୁଁ ପାଇପାରିଥାଏ ବୋଲି ଭାବିନେଇ ମୁଁ ତା' କଥା ଶୁଣୁଥିଲି।

ଥରେ ସ୍କୁଲରୁ ତଳବନ୍ଧ ଫେରିବା ବାଟରେ ଅଚାନକ ବର୍ଷା ଆସିଗଲା। ଆଖପାଖରେ ଗଛ ନ ଥିଲା କି ମୋ ପାଖରେ ଛତା ନ ଥିଲା। ମୁଁ ପ୍ରଥମେ ମୋ ହାତର ବହି ଖାତାଗୁଡ଼ିକୁ ଛତା ଭାବେ ମୋ ମୁଣ୍ଡ ଉପରେ ଟେକି ଧରିଥିଲି; ମାତ୍ର ପରେ ବହି କିମ୍ବା ମୁଣ୍ଡ ଉଭୟ ଭିତରୁ ବହିଗୁଡ଼ିକ ସୁରକ୍ଷିତ ରହିବା ଅଧିକ ଜରୁରୀ ଉପଲବ୍ଧି କରି ସେଗୁଡ଼ିକୁ ଜାମାତଳେ ଲୁଚେଇ ରଖିବାର ଚେଷ୍ଟା କରୁଥିଲି। ଟପ୍‌ଟପ୍ ବର୍ଷାରେ ମୋ ଦେହ ହାତ ତିନ୍ତି ଯାଉଥିଲା। ସେତିକିବେଳେ ମୁଁ ଊର୍ମିଳାର ସ୍ୱର ଶୁଣୁଥିଲି, 'ବେଶି ପୁରୁଷପଣିଆ ଦେଖେଇ ଓଦା ହେଉଛୁ କାହିଁକି? ମୋ ଛତା ତଳକୁ ଆସୁନୁ!'

ଓଦା ଆଖିପତା ଟେକି ମୁଁ ଊର୍ମିଳାକୁ ଚାହିଁଥିଲି। ସେ ମୋ ପଛେ ପଛେ ଆସୁଥିଲା। ମୁଣ୍ଡ ଉପରେ ତା'ର ଫୁଲପକା ଛୋଟିଆ ଛତା। ମୁଁ କ'ଣ କରିବି, ନ କରିବି ଚିନ୍ତା କରିବା ପୂର୍ବରୁ ଊର୍ମିଳାର ଛତା ତଳେ ଯାଇ ଶରଣ ପଶି ସାରିଥିଲି।

ଗୋଟିଏ ଛତା ତଳେ ବଢ଼ିଲା ପୂରିଲା କିଶୋରୀ ଊର୍ମିଳା ଓ ମୁଁ। ମୋତେ ତା'ର ପାଖାପାଖି ଛିଡ଼ା ହେବାଲାଗି ସଙ୍କୋଚ ଓ ତା'ଠୁଁ ବେଶି ଭୟ ଲାଗୁଥାଏ। ତା' ଆଡ଼କୁ ଚାହିଁଲାବେଳକୁ ମୋ ଗାଲର ଦରଜ କଥା ମନେ ପଡ଼ିଯାଉଥାଏ ଓ ମୁଁ ଭୟରେ ଦି'ପାଦ ଦୂରକୁ ଘୁଞ୍ଚି ଆସୁଥାଏ। କିନ୍ତୁ ଊର୍ମିଳା ମୋତେ ବର୍ଷା ଦାଉରୁ ରକ୍ଷା କରିବା ପାଇଁ ନିଜେ ଓଦାହୋଇ ମୋ ମୁଣ୍ଡ ଉପରେ ଛତା ଟେକି ଧରୁଥାଏ। ବାରମ୍ବାର କହୁଥାଏ ''ପାଖକୁ ଘୁଞ୍ଚି ଆସୁନ୍ତୁ, ମୁଁ କ'ଣ ତୋତେ ମାରିପକଉଛି!''

ମୁଁ ଚୁପ୍‌ଚାପ୍ ତା' କଥା ମାନି ବାଟ ଚାଲୁଥାଏ। ତା'ର ଉଷୁମ ନିଃଶ୍ୱାସ ପ୍ରଶ୍ୱାସ ଓ ଛାତିର ଉଠାପକା ସବୁ ମୁଁ ନିରେଖି ଅନୁଭବୁଥାଏ। ମୋତେ ସେମିତି ନିରେଖି ଦେଖିବାକୁ ବେଶ୍ ଭଲ ଲାଗୁଥାଏ, ଯଦିଓ ତା' ଆଖିସାଙ୍ଗରେ ମୋ ଆଖି ମିଶିଗଲା କ୍ଷଣି ମୁଁ ଚଟ୍‌କରି ମୋ ଆଖି ଫେରେଇ ଆଣୁଥାଏ।

ତଳବନ୍ଧ ଗାଁ ପୋଖରୀ ହୁଡ଼ା ପାଖରେ ପହଞ୍ଚି ମୁଁ ଊର୍ମିଳାଠୁଁ ମେଲାଣି ନେଇଥିଲି। ଊର୍ମିଳା ଚାଲିଗଲା ପରେ ମୁଁ ଏଣେତେଣେ ଚାହିଁ ଲକ୍ଷ୍ୟ କରିଥିଲି, ଆମର ଏମିତି ସାଙ୍ଗ ହୋଇ ଆସିବା କଥାକୁ କେହି ଦେଖିନାହିଁ ତ!

ଏହାର କିଛିଦିନ ପରେ ଊର୍ମିଳା ତାଙ୍କ ବାଡ଼ିରୁ କାକୁଡ଼ି ଓ ପିଜୁଳି ଆଣି କ୍ଲାସ୍‌ର ସବୁ ପିଲାଙ୍କୁ ବାଣ୍ଟିଥିଲା। ମୁଁ ତା' ହାତରୁ କିଛି ଖାଇବି ନାହିଁ ବୋଲି ଶପଥ କରିଥିବାରୁ କାକୁଡ଼ି ଓ ପିଜୁଳି ପ୍ରତି ମୋର ଲୋଭକୁ କଷ୍ଟେମଷ୍ଟେ ସମ୍ବରଣ କରିଥିଲି। ମୋର ଅନୁଗତ ସାଙ୍ଗମାନେ କିନ୍ତୁ ଊର୍ମିଳା ପାଖରେ ତାଙ୍କର ଲୋଭକୁ ଲୁଚେଇ ପାରି ନ ଥିଲେ। ସେଦିନ ମୁଁ ରାଗରେ ଦାନ୍ତ କଡ଼ମଡ଼ କରି ଊର୍ମିଳାକୁ ଆଉ ଥରେ ଗାଳି ଦେଇଥିଲି ମନେ ମନେ - ଏଇଟା କୁଆଡ଼େ କାହା ସାଙ୍ଗେ ପଳାନ୍ତା କି ଏବଂ ତା'ପରେ କେହି ଶୁଣି ନ ପାରିଲା ପରି ଧୀର ସ୍ୱରରେ 'ନ ହେଲେ ପୋଖରୀରେ ବୁଡ଼ିଯାଆନ୍ତା କି' କହିଥିଲି।

କିନ୍ତୁ ଊର୍ମିଳାର କିଛି ବୋଲି କିଛି ହେଉ ନ ଥିଲା। ବରଂ ପଦ୍ମଲୋଚନ କଥାନୁସାରେ ସେ ଦିନକୁ ଦିନ ଅଧିକ ସୁନ୍ଦରୀ ଦିଶୁଥିଲା ଓ ସାର୍‌ମାନେ ପୂର୍ବାପେକ୍ଷା ତାକୁ ଅଧିକ ଆଦର କରୁଥିଲେ। ସବୁ ବିଷୟରେ ଶୋଚନୀୟ ଫଳାଫଳ ସତ୍ତ୍ୱେ ମ୍ୟାଥ୍ ଟିଚର୍ ଚିନ୍ତାମଣି ସାର୍ ମଧ୍ୟ ଊର୍ମିଳାକୁ କିଛି କହୁ ନ ଥିଲେ। ଖୋଦ୍ ହେଡ଼ମାଷ୍ଟ୍ରେ ବି ବେଳେବେଳେ ବିନା କାରଣରେ ତାକୁ ଡାକି ତା' ସହ କଥା ହେଉଥିଲେ।

ଊର୍ମିଳାର ଏଇ କ୍ରମବର୍ଦ୍ଧିଷ୍ଣୁ ଲୋକପ୍ରିୟତା ମୋତେ ଅହରହ ବ୍ୟସ୍ତ କରୁଥିଲା। ମୁଁ ଶାନ୍ତିରେ ବସି ପାରୁ ନ ଥିଲି କି ସାଙ୍ଗମେଳରେ ଖୁସି ଗପ କରିପାରୁ ନ ଥିଲି। ସାଙ୍ଗମାନଙ୍କୁ ପିଜୁଳି ଏବଂ ସାର୍‌ମାନଙ୍କୁ ହସ ଦେଇ ସେ ବଶ କରି ରଖିଥିଲା।

ସ୍କୁଲର ସରସ୍ୱତୀ ପୂଜା ଓ ଗଣେଶ ପୂଜା କାମରେ ଊର୍ମିଳା ବିନା କାରଣରେ ସମସ୍ତଙ୍କଠାରୁ ପ୍ରଶଂସା ପାଉଥିଲା। ଆମେମାନେ ସକାଳୁ ଉଠି ଫୁଲ ତୋଳିବା, ଗେଟ୍ ସଜାଡ଼ିବା, ରଙ୍ଗ କାଗଜ କାଟିବା ଏବଂ ପଡ଼ିଆରୁ ଘାସଥିବା ଚକଡ଼ା ଚକଡ଼ା ମାଟି ଆଣି ପୂଜା ଘରଟିର ପୃଷ୍ଠଭୂମିରେ ଜଙ୍ଗଲ ଥିବାର ଭ୍ରମ ସୃଷ୍ଟି କଲା ଭଳି ଶ୍ରମସାପେକ୍ଷ କାମ କରି ସୁଦ୍ଧା ଯେତିକି ପ୍ରଶଂସା ପାଉ ନ ଥିଲୁ, ଊର୍ମିଳା ଓ ତା'ର ସଖୀ କେବଳ ଦି'ଖଣ୍ଡ ଶାଢ଼ି ଟାଙ୍ଗିଦେଇ ତାହାଠୁ ଅଧିକ ପ୍ରଶଂସା ପାଉଥିଲେ। ସାର୍‌ମାନଙ୍କର ଏ ଧରଣର ପକ୍ଷାଘାତ ନୀତିକୁ ଆମେ ଆମ ମହଲରେ କଠୋର ସମାଲୋଚନା କରୁଥିଲୁ; କିନ୍ତୁ ତଦ୍ଦ୍ୱାରା ଊର୍ମିଳାର କିଛି କ୍ଷତି ହେଉ ନ ଥିଲା।

କଥାରେ ଅଛି, କାହାରି ଦିନ ସବୁବେଳେ ସମାନ ଯାଏ ନାହିଁ। ଊର୍ମିଳାର ଦିନ ମଧ୍ୟ ସମାନ ଯାଇ ନ ଥିଲା। ମୁଁ ଯେ ପ୍ରତିଦିନ ତା'ର ଅମଙ୍ଗଳ ପାଞ୍ଚି ଠାକୁରଙ୍କୁ ସ୍ମରଣ କରୁଥିଲି, ସେକଥା ତ ମିଛ ନୁହେଁ!

ଏକାଦଶ ଶ୍ରେଣୀର ଟେଷ୍ଟ ପରୀକ୍ଷାରେ ଊର୍ମିଳା ଫେଲ୍ ହୋଇଗଲା। ମାଟ୍ରିକ୍ ପରୀକ୍ଷା ଦେବା ପାଇଁ ତା'ର ସମସ୍ତ ଯୋଜନା ଗୋଟିଏ ମୁହୂର୍ତ୍ତରେ ବିଫଳ ହୋଇଗଲା। ଟେଷ୍ଟ ପରୀକ୍ଷା ପରେ ସେ ଆଉ ସ୍କୁଲ ଆସିବା ପ୍ରୟୋଜନ ପଡ଼ିଲା ନାହିଁ ଓ ତା'ର ଏଇ ବିଫଳତା ମୋତେ ଆନନ୍ଦରେ ଆତ୍ମହରା କରିଦେଲା।

ମୁଁ କାରଣ ନ ଦର୍ଶାଇ ସାଙ୍ଗମାନଙ୍କୁ ଲଜେନ୍ସ ବାଣ୍ଟିଲି। ଅକାରଣଟାରେ ସେଦିନ ବହୁତ ସମୟ ଏକା ଏକା ଖେଳିଲି ଏବଂ ମାଘ ମାସର ଶୀତ ସତ୍ତ୍ୱେ ହଷ୍ଟେଲର ବାରନ୍ଦାରେ ଗୀତ ଗାଇ ବୁଲିଲି। ଗୀତ ଗାଇ ଗାଇ 'ଈଶ୍ୱରଙ୍କ ଦରବାରରେ ବିଳମ୍ବ ଥାଇପାରେ, କିନ୍ତୁ ଅନ୍ଧାର ନାହିଁ' ବୋଲି ମନକୁ ମନ କହିହେଲି।

ପାଟପୁର ହାଇସ୍କୁଲରେ ଆମ ରହଣି ସଂକ୍ଷିପ୍ତ ହୋଇ ଆସୁଥିଲା। ମାର୍ଚ୍ଚ ପ୍ରଥମ ସପ୍ତାହରେ ପରୀକ୍ଷା ଓ ତା'ପରେ ସ୍କୁଲ ସହ ସମ୍ପର୍କ ଶେଷ। ଆମମାନଙ୍କ ସେଣ୍ଟର୍ ତିହିଡ଼ି ହାଇସ୍କୁଲ୍‌ରେ ପଡ଼ିଥାଏ ଓ ଆମେମାନେ ସେଇଠୁ ପରୀକ୍ଷା ଦେଇସାରି ଯେ ଯାହାର ଘରକୁ ଚାଲିଯିବୁ - ଏଇ ବ୍ୟବସ୍ଥା ସ୍ଥିର କରାଯାଇଥାଏ।

ପରୀକ୍ଷା ପାଇଁ ପ୍ରସ୍ତୁତି ମଝିରେ ଆମେମାନେ ବେଳେବେଳେ ମୁଣ୍ଡଟେକି ପାଟପୁର ହାଇସ୍କୁଲର ବଗିଚା ଓ ପୋଖରୀକୁ ଚାହୁଁଥାଉ। ପୋଖରୀ ଜଳର କୁନି କୁନି ଢେଉ ପରି କୁନି କୁନି ସ୍ମୃତି ସବୁ ଆମ ଭିତରେ ନାଚି ନାଚି ଯାଉଥାଏ। ଆମ ତଳ

ଶ୍ରେଣୀର ପିଲାମାନେ ଆମକୁ ବିଦାୟ ସମ୍ବର୍ଦ୍ଧନା ଜଣେଇବା ଲାଗି ପ୍ରସ୍ତୁତ ହେଉଥାଆନ୍ତି। ମୋ ସାଙ୍ଗମାନେ ଟେବୁଲ, ଚୌକି, କାନ୍ଥ, ବାଡ଼ ଓ ଆଜବେଷ୍ଟସ୍ ଛପର ସ୍କୁଲ ଘରର କାଠ ଶେଣିମାନଙ୍କରେ 'ବିଦାୟ ବନ୍ଧୁ, ବିଦାୟ' ବୋଲି ଉଭୟ ଚିତ୍ର ଲିପି ଓ ଶବ୍ଦ ଲିପିରେ ଲେଖି ଚାଲୁଥାଆନ୍ତି। 'ବି' ଲେଖିସାରି ଗୋଟେ ଦାଆର ଚିତ୍ର ଅଙ୍କାଯାଏ ଓ ତା'ପରେ 'ୟ' ଲେଖିବା ପରେ ଗୋଟିଏ ବନ୍ଧୁକର ଚିତ୍ର ଅଙ୍କାଯିବା ଉତ୍ତାରୁ ବିଯୁକ୍ତ ଚିହ୍ନ ଦେଇ 'କ' ଲେଖାଯାଏ – ଏଇହା ହିଁ ଚିତ୍ରଲିପିରେ 'ବିଦାୟ ବନ୍ଧୁ'। ସେହିପରି ଠାଏ ଠାଏ 'ଭୁଲିବ ନାହିଁ' 'ବିଦାୟ ବିଦାୟ' ଓ 'ଚିର ବିଦାୟ ବନ୍ଧୁ' ପରି ଅତ୍ୟନ୍ତ ବିୟୋଗାତ୍ମକ ଏବଂ କରୁଣ ରସମିଶ୍ରିତ ବାକ୍ୟଗୁଡ଼ିକର ସମାହାରରେ ନୁଖୁରା ସ୍କୁଲର କାନ୍ଥବାଡ଼ ପୂରି ଉଠୁଥାଏ।

ଆମେମାନେ ମାନସିକ ସ୍ତରରେ ପାଟପୁର ଛାଡ଼ି ଦୂରକୁ ଚାଲିଯିବା ପାଇଁ ପ୍ରସ୍ତୁତ ହେଉଥାଉ। ଦଶମ ଶ୍ରେଣୀ ପିଲାମାନେ ଆମ ପାଇଁ ବିଦାୟ ଭୋଜିର ଆୟୋଜନ କରୁଥାଆନ୍ତି। ଭୋଜି ଖାଇସାରିବା ପରେ ମଙ୍ଗଳ ରାତି ବୁଧ ପାହାନ୍ତି ଦେଖି ଆମେ ତିହିଡ଼ି ବାହାରିଯିବୁ। ତା' ଆଗରୁ ଗୋଟେ ଶଗଡ଼ରେ ଆମମାନଙ୍କ ଟ୍ରଙ୍କ, ସୁଟ୍‌କେସ୍ ଓ ବିଛଣାପତ୍ର ଚାଲିଯାଇଥାଏ। ସକାଳୁ ସକାଳୁ ଯାଇ ଆମେ ତିହିଡ଼ିର ଅସ୍ଥାୟୀ ଭଡ଼ାଘରେ ପହଞ୍ଚିଯିବୁ।

ଭୋଜି ଆଗଦିନର ଅପରାହ୍ଣ। ମୁଁ ପୋଖରୀ ଆଡ଼କୁ ମୁହଁ କରି ଖଟିଆ ଉପରେ ପଡୁଥାଏ। ହଠାତ୍ ଊର୍ମିଳା ଓ ତା'ର ସଖୀ ଦୁହେଁ ଆସି ମୋର ହଷ୍ଟେଲ୍ ରୁମ୍‌ରେ ହାଜର। ଊର୍ମିଳାକୁ ଦେଖି ଭୟ ପାଇଗଲି। ଶେଷ ମୁହୂର୍ତ୍ତରେ ମୋତେ ଆଉ କିଛିଟିଏ ଅପମାନ ଦେବାଲାଗି ଯେ ସେ ଆସିଥିବ, ଏ ନେଇ ମୁଁ ପ୍ରାୟ ନିଶ୍ଚିତ ଥିଲି।

ଊର୍ମିଳା କିନ୍ତୁ କିଛି କହୁ ନ ଥାଏ। ଚୁପ୍‌ଚାପ୍ ମୋର ପଢ଼ା ବହି, ଖାତା, ଟେଷ୍ଟପେପର୍ ଓ ଘରସାରା ବିପର୍ଯ୍ୟସ୍ତ ହୋଇ ପଡ଼ିଥିବା ଲୁଗାପଟାକୁ ତା'ର ବଡ଼ ବଡ଼ ଆଖିରେ ଦେଖୁଥାଏ। ତା'ର ଆଖି ଯେଉଁ ଯେଉଁ ଜାଗା ଉପରେ ପଡୁଥାଏ, ସେଇ ସେଇ ଜାଗାର ଜିନିଷଗୁଡ଼ାକ ମୋତେ ପୂର୍ବାପେକ୍ଷା ଅଧିକ ବିକଳ ଓ ଅସୁନ୍ଦର ଦିଶୁଥାଆନ୍ତି। ମୁଁ ତା' ଆଖି ଯୋଡ଼ିକୁ ମୋ ଆଖି ଯୋଡ଼ିକ ଜରିଆରେ ଅନୁସରଣ କରୁଥାଏ।

ଊର୍ମିଳା ହଠାତ୍ ଚଞ୍ଚଳ ହୋଇ ପଡ଼ିଲା। ହାତରୁ ତା'ର ଘଣ୍ଟାଟି ଖୋଲି ମୋ ଆଡ଼କୁ ବଢ଼େଇ ଦେଲା। ମୁଁ ଟିକିଏ ଅପ୍ରସ୍ତୁତ ବୋଧ କରୁଥିଲି। ଊର୍ମିଳା କହିଲା, "ତୋର ଘଣ୍ଟା ନାହିଁ ବୋଲି ମନ ଦୁଃଖ କରୁଥିଲୁ ପରା ! ନେ, ମୁଁ ତ ପରୀକ୍ଷା ଦେଇ ପାରିଲି ନାହିଁ, ମୋ ଘଣ୍ଟାଟି ହେଲେ ତୋ ସାଙ୍ଗରେ ଯାଇ ପରୀକ୍ଷା ଦେଇ ଆସୁ।"

ମୁଁ କିଛି କହିବା ପୂର୍ବରୁ ଊର୍ମିଳା ମୋ କୋଠରିରୁ ଚାଲି ଯାଇଥିଲା। ମୁଁ ମୋ ଖଟିଆ ପାଖରେ ଛିଡ଼ାହୋଇ ସେ ଦିହିଁଙ୍କର ଚାଲିଯିବା ରାସ୍ତାକୁ ଚାହୁଁଥିଲି।

ମୋ ନିଜର ଘଣ୍ଟାଟିଏ ନ ଥିବା ହେତୁ ମୁଁ ସବୁବେଳେ ଗୋଟେ ହୀନମନ୍ୟତା ଭିତରେ ଶଢୁଥିଲି । ମାଟ୍ରିକ୍ ପରୀକ୍ଷା ପୂର୍ବରୁ ଯୋଉଁ ଦୁଇଟା ଜିନିଷ ମୋ ମତରେ ଅତ୍ୟନ୍ତ ଆବଶ୍ୟକ ଥିଲା, ତା' ଭିତରେ ଘଣ୍ଟାଟିଏ ଥିଲା ମୁଖ୍ୟ ଜିନିଷ ଓ ଅନ୍ୟଟି ଟେଷ୍ଟ ପେପର । ମାତ୍ର ଘଣ୍ଟା କଥାଟି ମୁଁ ମୋର ଜଣେ ଦି'ଜଣ ସାଙ୍ଗଙ୍କୁ କହିଥିଲେ ମଧ୍ୟ ଉର୍ମିଳାକୁ କୌଣସି ଦିନ କଦାପି କହି ନ ଥିଲି । ମୋର ଏଇ ଅଭାବ କଥାଟି ସେ କେମିତି ଜାଣିଲା, ସେକଥା ଚିନ୍ତା କରି ମୁଁ ଆଶ୍ଚର୍ଯ୍ୟ ହେଉଥିଲି ।

କିନ୍ତୁ ଏହାଠୁଁ ଆହୁରି ଆଶ୍ଚର୍ଯ୍ୟର ବିଷୟ ଥିଲା ଉର୍ମିଳାର ପରିବର୍ତ୍ତିତ ବ୍ୟବହାର । ଏହା ପୂର୍ବରୁ କୌଣସି ଦିନ ଉର୍ମିଳା ମୋତେ ଏତେ ଗମ୍ଭୀର ଓ ଦାୟିତ୍ୱସମ୍ପନ୍ନ ମନେ ହୋଇ ନ ଥିଲା । ଆମ ଦିହିଁଙ୍କ ଭିତରେ ବରାବର ଶତ୍ରୁତା ଥିଲା ଓ ସେ ଚାହିଥିଲେ ମୋର ଘଣ୍ଟାଟିଏ ନ ଥିବା କଥା କହି ସମସ୍ତଙ୍କ ଆଗରେ ମୋତେ ଲଜ୍ଜିତ କରି ପାରିଥାନ୍ତା । ତାହା ନ କରି ସେ ଓଲଟି ମୋତେ ତା' ନିଜର ହାତ ଘଣ୍ଟାଟି ଦେଇଯିବ, ଏକଥା ମୋର ବିଶ୍ୱାସ ହେଉ ନ ଥିଲା ।

ସୁନେଲି ରଙ୍ଗର ଟିକି ଘଣ୍ଟାଟି ଟୁଲ୍ ଉପରେ ଥୁଆ ହୋଇଥିଲା । ତହିଁରେ ଗୋଟିଏ କଳା ବ୍ୟାଣ୍ଡ୍ ଲାଗିଥିଲା । ଝିଅମାନଙ୍କ ଘଣ୍ଟା ସାଧାରଣତଃ ଛୋଟ ହୋଇଥିଲେ ମଧ୍ୟ ମୋର ବାଙ୍ଗରା ଓ ଦୁର୍ବଳ ଚେହେରା ପାଇଁ ତାହା ଏତେ ଛୋଟ ନ ଥିଲା । ଉର୍ମିଳା ଚାଲିଗଲା ପରେ ମୁଁ ସେ ଘଣ୍ଟାଟିକୁ ଆଣି ନିଜ ହାତରେ ପିନ୍ଧି ପକେଇଲି । ମୋର ଫୁଙ୍ଗୁଳା ହାତର କଚଟି ହଠାତ୍ ଅବା ଗୁରୁତ୍ୱପୂର୍ଣ୍ଣ ଏବଂ ଅସାଧାରଣ ହୋଇ ପଡ଼ିଲା । ମୁଁ ଗୋଟେ ଅଦ୍ଭୁତ ଶିହରଣରେ ଶିହରି ଉଠିଲି ।

॥ ଦୁଇ ॥

ପାଟପୁର ଛାଡ଼ିବାର ଅନେକଦିନ ହୋଇଗଲାଣି । ଏହା ଭିତରେ ତଳମାଳ ଗାଁ ସ୍କୁଲର ସ୍ମୃତି ଶିଥିଳ ଓ ଚିତ୍ରମାନେ ଫିକା ପଡ଼ି ଆସିଲେଣି । ପଚିଶ ବର୍ଷର ବ୍ୟବଧାନ ଭିତରେ ଅନେକ କିଛି ଅଦଳ ବଦଳ ହୋଇଗଲାଣି । ଯୋଉ ସବୁ ମଣିଷଙ୍କୁ କୌଣସି ଦିନ ଭୁଲିହେବ ନାହିଁ ବୋଲି ଦାବି କରୁଥିଲି, ସେମାନେ ଅବଲୀଳାକ୍ରମେ ଭୁଲି ହୋଇଗଲେଣି । ଯୋଉମାନେ ମୋତେ ଭୁଲିବେ ନାହିଁ ବୋଲି ବାରମ୍ବାର କହୁଥିଲେ ସେମାନେ ମଧ୍ୟ ମୋତେ ଭୁଲି ସାରିଲେଣି ।

ବିସ୍ମୃତିର ବାଲିଝଡ଼ ଭିତରେ ଉର୍ମିଳାର ସ୍ମୃତି ମଧ୍ୟ ଭୁଲି ହୋଇଯାଇଥିଲା । ଅକସ୍ମାତ୍ ତା' ପରି ଦିଶୁଥିବା ଏକ ଆୟା ସହ ନର୍ସିଂହୋମ୍ ବାରନ୍ଦାରେ ଦେଖାହୋଇ ନ ଥିଲେ ହୁଏତ କଦାପି ତା'ର ସ୍ମୃତି ମୋର ମନକୁ ଆସି ନ ଥାନ୍ତା ।

ବୋଉର ଅପରେସନ୍ ପାଇଁ ମୁଁ ନର୍ସିଂହୋମ୍‌ରେ ଭର୍ତ୍ତି କରିଥିଲି ।

ଡାକ୍ତର କହିଥିଲେ, ''ଅପରେସନ୍ ପୂର୍ବଦିନ ସନ୍ଧ୍ୟାରୁ ଆଣି ରୋଗୀକୁ ଭର୍ତ୍ତି କରିଦେବ। ସେଇଠୁ ଖାଇବା ପିଇବା ଉପରେ କଟକଣା, ପରଦିନ ସକାଳ ଦଶଟାବେଳକୁ ଡାକ୍ତର ମିଶ୍ର ଅପରେସନ୍ କରିବେ।''

ବିଛଣା ଉପରର ଚାଦର ଓ ତକିଆ ଖୋଳ ବଦଳେଇଦେବା ପାଇଁ ମୁଁ ଜଣେ ସିଷ୍ଟରଙ୍କୁ ଡାକିବା ପାଇଁ ଯାଉଥିଲି। ମୋର ଡାକ ଶୁଣି ଯେଉଁ ଆୟାଟି କୋଠରିକୁ ପଶି ଆସିଥିଲା, ତାକୁ ଦେଖି ମୁଁ ବିସ୍ମିତ ହୋଇଥିଲି।

ଊର୍ମିଳା ! ମୋ ପାଟିରୁ ଏଇ ନାଁଟି ଅଜାଣତରେ ବାହାରିଯାଇଥିଲା। ଚାହୁଁ ଚାହୁଁ ମୋ ଭିତରେ ମୁଁ ପଚିଶ ବର୍ଷ ତଳକୁ ଫେରି ଯାଉଥିଲି।

ପାଟପୁର ହାଇସ୍କୁଲ ଛାଡ଼ିବା ପରବର୍ଷ, ଭଦ୍ରକରୁ କଟକ ଆସୁଥିବା ବେଳେ ସହପାଠୀ ସନାତନ ଊର୍ମିଳା ସମ୍ପର୍କରେ ଯୋଉ ସମ୍ବାଦଟି ଦେଇଥିଲା ତାହା ହିଁ ଥିଲା ତା' ସମ୍ପର୍କରେ ମୁଁ ଶୁଣିଥିବା ସର୍ବଶେଷ ସମ୍ବାଦ। ସେ ସମ୍ବାଦଟି ଶୁଣି ମୁଁ ଯେତିକି ବ୍ୟସ୍ତ ହୋଇଥିଲି ସେତିକି ଲଜ୍ଜିତ। ଊର୍ମିଳା ପରି ଝିଅମାନେ ଏମିତି ଶାସ୍ତି ପାଇବା ଉଚିତ ବୋଲି ସୁଦ୍ଧା ମନେ ମନେ ସେଦିନ ଗୁଣି ହୋଇଥିଲି।

''ଊର୍ମିଳାର ବାପା ଯକ୍ଷ ପୂଜା ପାଇଁ ବାହାରୁ ଗୋଟିଏ ଗୁଣିଆ ଡକେଇଥିଲେ। ସେ ଗୁଣିଆ ଜଣକ ପୂଜା ହୋମ ଦ୍ୱାରା ଊର୍ମିଳାଙ୍କ ଘର ଭିତରୁ ସୁନାଭର୍ତ୍ତି ଗରା ବାହାର କରିଥାଆନ୍ତା। ପୂଜା ବିଧିର ଅନ୍ୟତମ ଉପଚାର ସ୍ୱରୂପ ଜଣେ ଅନୂଢ଼ା କିଶୋରୀର ଉପସ୍ଥିତି ପ୍ରୟୋଜନ ବୋଲି ଗୁଣିଆ ଜଣକ ଊର୍ମିଳାର ବାପାଙ୍କୁ କହିଥିଲା। ତା'ପରେ ଊର୍ମିଳା ଗାଧୋଇ ପାଧୋଇ ହଳଦିଆ ଶାଢ଼ି ପିନ୍ଧି ହୋମ ପାଖରେ ସାତଦିନ ସାତରାତି ବସିଥିଲା।

ଅଷ୍ଟମ ଦିନ ପ୍ରଭାତରେ ସୁନା ଗରାର ସନ୍ଧାନ ମିଳିବା କଥା। ଗାଁ ଯାକର ବୁଢ଼ା-ବୁଢ଼ୀ, ଟୋକା-ଟୋକୀ, ପିଲା କବିଲା ସଭିଏଁ ରୁଣ୍ଡ ହୋଇ ଏ ପ୍ରକାର ଅଭାବିତ ଦୃଶ୍ୟକୁ ଅପେକ୍ଷା କରିଥାନ୍ତି। ପୂଜା ଘରର ଝରକା ଓ କବାଟ ରନ୍ଧ୍ର ଦେଇ କିଛି କିଛି ଧୂଆଁ କେବଳ ବାହାରି ଆସୁଥାଏ, ଅଥଚ କବାଟ ଫିଟୁ ନ ଥାଏ।''

ସନାତନ ଏକଥା କହିବାବେଳେ ଉତ୍ତେଜନାରେ କମ୍ପି ଉଠୁଥିଲା ଓ ମୁଁ ଦୁଇକାନ ଡେରି ତା'ର ପ୍ରତିଟି ଶବ୍ଦ ଶୁଣିବା ଲାଗି ସତର୍କ ହୋଇ ରହିଥିଲି। ସନାତନ କହିଥିଲା, ''କ୍ରମେ ସକାଳ ଗଡ଼ି ମଧ୍ୟାହ୍ନ ହେଲା, ଅଥଚ ଦୁଆର ଖୋଲିଲା ନାହିଁ। ଦେଖଣାହାରିଙ୍କ ଧୈର୍ଯ୍ୟ ସୀମା ଲଂଘନ କରିଥିଲା। ଊର୍ମିଳା ବାପାର ପରାମର୍ଶ କ୍ରମେ ଜୋର ଜବରଦସ୍ତି କବାଟ ଫିଟାଗଲା। ଭିତରେ ପୋଡ଼ା ହୋମକାଠରୁ ଧୂଆଁ ବାହାରୁଛି। ଚାରିଆଡ଼େ ଦୂବ, ବରକୋଳି ପତ୍ର, ସିନ୍ଦୂର, ହଳଦୀ, ଅରୁଆ ଚାଉଳ, ଘିଅ ଓ ପୂଜା ସାମଗ୍ରୀ

ବିପର୍ଯ୍ୟସ୍ତ ହୋଇ ପଡ଼ିଛି। ଅଥଚ ଘର ଭିତରେ ନା ଗୁଣିଆ ଅଛି ନା ଊର୍ମିଳା! ଉଭୟେ ଝରକା ଡେଇଁ ରାତି ଅନ୍ଧାରରେ ଫେରାର୍ ହୋଇ ଯାଇଥାଆନ୍ତି।

"ଊର୍ମିଳାର ପୋଲିସ୍ ଭାଇ ପ୍ରତି ଏ ଘଟଣା ଥିଲା ଚରମ ଅପମାନ। ତା' ବାପା ଲାଗି ଚରମ ମୁଖଲଜ୍ଜା। ସାହି ଭାଇରେ ଘଟଣାଟି ବଣ ନିଆଁ ପରି ଖେଳିଗଲା। ଊର୍ମିଳା ଓ ଗୁଣିଆ ଟୋକାର ସମ୍ବନ୍ଧ ନେଇ ନାନା ପ୍ରକାର ଅଶ୍ଳୀଳ ଚର୍ଚ୍ଚା ଗୋହିରି କୂଳ, ପୋଖରୀ ଆଡ଼ି ଓ ବିଲମାଳରେ ଖେଳିବୁଲିଲା।"

: ତା'ପରେ ?

ସନାତନ ମୋର ଏ ପ୍ରଶ୍ନର ଉତ୍ତର ଦେଇ ନ ଥିଲା। କିନ୍ତୁ ତା' କଥାରୁ ଜାଣିଥିଲି, ଊର୍ମିଳା ଅନ୍ତଃସତ୍ତ୍ୱା ହୋଇଥିବାରୁ ଗୁଣିଆ ସାଙ୍ଗରେ ଚାଲିଯାଇଥିଲା।

ଆଜି ଅନେକ ବର୍ଷ ପରେ ଏଇ ଆୟାଟିକୁ ଦେଖି ଊର୍ମିଳା କଥା ହଠାତ୍ ମନେପଡ଼ିଗଲା। ମୁଁ ବୋଉର ବିଛଣା ବଦଳ ପ୍ରସଙ୍ଗ ଭୁଲି ସେଇ ଆୟାଟିକୁ ପଚାରିଲି, "ତୁମେ ଊର୍ମିଳା ନା ?"

ଆୟା ଜଣକ ଗୋଟାଏ ଅଦ୍ଭୁତ ସମ୍ବୋଧନ ଶୁଣିଲା ପରି ବିରକ୍ତି ପ୍ରକାଶ କରି କହିଲା, "ଊର୍ମିଳା କିଏ ? ମୁଁ ବନଲତା। ବନଲତା ପରିଡ଼ା।"

ମୁଁ ଲାଜରେ ତଳକୁ ମୁହଁ ପୋତିଦେଲି। ଅପ୍ରସ୍ତୁତ ହେଲା ପରି କହିଲି, "କିଛି ଭୁଲ୍ ବୁଝିବେ ନାହିଁ। ଆପଣଙ୍କ ଚେହେରା ମୋର ଜଣେ ସାଙ୍ଗ ଝିଅର ଚେହେରା ସାଙ୍ଗେ ଏକଦମ୍ ମିଶିଯାଉଛି। କେବଳ ତା' ଦେହର ରଙ୍ଗ ଆପଣଙ୍କଠୁଁ ଟିକିଏ..."

ମୋ କଥା ସରି ନ ଥିଲା। ଆୟା ଜଣକ ବିଛଣା ଚାଦର ବଦଳେଇ ସାରି ଯେମିତି ଆସିଥିଲା ସେମିତି, ଉଁ ଚୁଁ କିଛି ନ କହି ଘର ଭିତରୁ ବାହାରି ଚାଲିଗଲା।

ବୋଉ ତା' ବିଛଣାରେ ଶୋଇଥିଲା।

ମୁଁ ତା' କଡ଼ରେ ବସି ଆୟାଟିର କଥା ଭାବୁଥିଲି। ଦି'ଜଣ ଅଲଗା ଅଲଗା ମଣିଷଙ୍କ ଭିତରେ କ'ଣ ଏତେ ସାଦୃଶ୍ୟ ରହିପାରେ ? ପଚିଶ ବର୍ଷ ତଳେ ଊର୍ମିଳା ଥିଲା ଗୋଟିଏ ଗ୍ରାମ୍ୟ କିଶୋରୀ। ଚାଳିଶ ବର୍ଷ ବୟସର ଏଇ ଆୟାପାଖେ ଊର୍ମିଳା ଚେହେରାର ସେ ଲାବଣ୍ୟ, ସେ ଚମକ ଓ ସବୁଠୁ ଗୁରୁତ୍ୱପୂର୍ଣ୍ଣ ସେହି ଆଖି ଯୋଡ଼ିକର ଦୀପ୍ତି ଆଦୌ ନ ଥିଲା। ଅଥଚ ଲାଗୁଥିଲା ଠିକ୍ ଊର୍ମିଳା ପରି।

ମୁଁ ଆଉ ଥରେ ସେଇ ଆୟାକୁ ଭେଟିବା ପାଇଁ ବ୍ୟସ୍ତ ହୋଇ ପଡୁଥିଲି। ହୁଏତ ମୋତେ ଲୁଚେଇବା ପାଇଁ ସେ ମିଛ କହୁଥାଇପାରେ। ମୋ ଆଖି କେବେ ଏତେ ବଡ଼ ଭୁଲ୍ କରିବ ନାହିଁ। କିନ୍ତୁ ତା' ସାଙ୍ଗେ ଆଉ ଦେଖାହେଲା ନାହିଁ। ପରଦିନ ନୁହେଁ କି ତା' ପରଦିନ ବି ନୁହେଁ। ଏହା ଭିତରେ ବୋଉର ଅପରେସନ୍ ସରିଯାଇଥିଲା ଓ

ସାତଦିନ ବିଶ୍ରାମର ଅବଧି ପୂରିଥିଲା। ମୁଁ ନର୍ସିଂହୋମ୍‌ର ପାଉଣା ପରିଶୋଧ କରି ଘରକୁ ଚାଲି ଆସିଲି।

ଊର୍ମିଳାର ସ୍ମୃତି କିନ୍ତୁ ବାରମ୍ବାର ମନେପଡୁଥିଲା ଏବଂ ତା' ସାଙ୍ଗରେ ସେଇ ଟିକି ହାତଘଣ୍ଟାଟିର ସ୍ମୃତି। ମନେପଡୁଥିଲା, ମାଟ୍ରିକ୍ ପରୀକ୍ଷାରୁ ଫେରିବା ପରେ ଘଣ୍ଟାଟିକୁ ଫେରେଇ ଦେଇ ଆସିବା ଲାଗି ବୋଉ ମତେ କହିଥିଲା। ମାତ୍ର କାହିଁକି କେଜାଣି ଘଣ୍ଟାଟି ଫେରେଇ ପାରି ନ ଥିଲା। ତା'ପରେ ଯେତେବେଳେ ସେଇଟିକୁ ଫେରେଇବାକୁ ଚାହିଲି ସେତେବେଳେ ଊର୍ମିଳା ସାଙ୍ଗେ ଆଉ ଦେଖା ହେଲା ନାହିଁ।

ସେଦିନ ଥିଲା ରବିବାର। ମୁଁ ନର୍ସିଂହୋମ୍ ଦିଗରେ ବାହାରିପଡ଼ିଲି। ସନ୍ଧ୍ୟା ହୋଇ ନ ଥାଏ। ନର୍ସିଂହୋମ୍ ରିସେପ୍‌ସନ୍ କାଉଣ୍ଟରରେ ଚିହ୍ନା ସିଷ୍ଟର ଜଣେ ବସିଥାନ୍ତି। ତାଙ୍କୁ ପଚାରିଲି, ''ବନଲତା ପରିଡ଼ା ଆଜି ଆସିଥିଲେ କି?''

ସେ ସିଷ୍ଟର ଜଣକ ତାଙ୍କ ପାଖରେ ବସିଥିବା ଆଉ ଜଣେ ସିଷ୍ଟରଙ୍କୁ ମୋରି ପ୍ରଶ୍ନ ତାଙ୍କ ସ୍ୱରରେ ଦୋହରାଇଥିଲେ, ''ବନଲତା ପରିଡ଼ା ଆଜି ଆସିଥିଲା କି?''

ତା'ପରେ ଦି'ଜଣ ଯାକ ଏକ ସାଙ୍ଗରେ ଉତ୍ତର ଦେଲେ, ''ନା, ସେ ଆଠ ଦଶଦିନ ହେଲା ଆସୁନାହିଁ।''

: କୋଉଠି ରହେ, କହିପାରିବେ?

: ଏଇ ତିନି ନମ୍ବର ମନ୍ଦିର ସାଇଡ୍‌ରେ ରହେ। ତା' ଘର ସାମ୍ନାରେ ଗୋଟେ ଟ୍ୟୁବ୍‌ୱେଲ୍ ଅଛି।

ଆଠ ଦଶ ଦିନ ହେଲା ବନଲତା ପରିଡ଼ା ଆସିନାହିଁ! କିନ୍ତୁ କାହିଁକି? ମୋ ଭିତରେ ବନଲତା ପରିଡ଼ାକୁ ନେଇ ସୃଷ୍ଟି ହୋଇଥିବା କୌତୂହଳ ବଢ଼ି ବଢ଼ି ଚାଲିଥିଲା।

ସ୍ଥିର କଲି, ଯେମିତି ହେଲେ ବନଲତା ପରିଡ଼ା ସାଙ୍ଗେ ଦେଖା କରିବି। ଊର୍ମିଳା ଚେହେରା ସାଙ୍ଗେ ତା'ର ଚେହେରା ଏମିତି ମିଶିବାର କାରଣ ନିଶ୍ଚୟ କିଛି ଥିବ।

ତିନି ନମ୍ବର ସେକ୍ଟରର ମନ୍ଦିର ପାଖରୁ ବାଁ ହାତି କିଛି ଦୂର ଗଲାପରେ ପଡ଼ିଲା ସେଇ ଟ୍ୟୁବ୍‌ୱେଲ୍। ଟ୍ୟୁବ୍‌ୱେଲ୍‌ଟି ଯେ ଅଚଳ, ସେକଥା ଅନ୍ଧାରରେ ସୁଦ୍ଧା ଜଣାପଡୁଥିଲା। ଚାରିପଟେ ଶୁଖିଲା ପତ୍ର ଓ ଘାସଗଛ। ସାମ୍ନାରେ ଦୂରକୁ ଆଉଟ୍ ହାଉସ୍ ପରି ଦିଶୁଥିବା ଗୋଟେ ଆଜବେଷ୍ଟସ୍ ଘର।

ସେ ଘରର ଦରଜା ଭିତରପଟୁ ବନ୍ଦ ଥିଲା। ଅଥଚ ଘର ଭିତରର ଚିତ୍କାର ଓ ଚାପା କଣ୍ଠର କାନ୍ଦଣା ଝରକା ଓ ଜଳାବାଟ ଦେଇ ରାସ୍ତାସାରା ଖେଳିଯାଉଥିଲା।

ମୁଁ ଡରିଗଲି।

ଘର ଭିତରେ ପୁରୁଷ ଲୋକଟିଏ ଜଣେ ସ୍ତ୍ରୀ ଲୋକକୁ ବାଡ଼ଉଥିଲା। ଅଶ୍ଳୀଳ

ଭାଷାରେ ଯାହା ମନ ତାହା ଗାଳି ଦେଉଥିଲା। ଘର ଭିତରେ ଡେକ୍‌ଚି, ଥାଳି ଖସି ପଡ଼ିବାର ଓ ଆଉ କ'ଣ ସବୁ ଭାଙ୍ଗିରୁଜି ଯିବାର ଶବ୍ଦ ଶୁଭୁଥିଲା। ମଝିରେ ମଝିରେ ସ୍ତ୍ରୀ ଲୋକଟିର କାତର ଦଇନି।

ଏଇଟା ବନଲତା ପରିଡ଼ାର ଘର ତ? - କାହାକୁ ଜଣକୁ ଏ ପ୍ରଶ୍ନ ପଚାରିବାକୁ ଚାହୁଁଥିଲି। ମାତ୍ର ଆଖପାଖରେ କେହି ଦେଖାଯାଉ ନ ଥିଲେ।

ମୋତେ ଏ ପରିବେଶ ଅସ୍ୱସ୍ତିକର ଲାଗୁଥିଲା। ଭାବୁଥିଲି, ଫେରି ଆସିବି। ପୁଣି ଦିନେ ସମୟ ଦେଖି କେବେ ଆସିବି।

ଠିକ୍ ସେତିକିବେଳେ ଧଡ଼୍‌କରି କବାଟଟା ଖୋଲିଗଲା। ଘର ଭିତରୁ ଗୋଟେ କଙ୍କାଳସାର ଲୋକ ବାହାରି ଆସୁ ଆସୁ ମୋତେ ଦେଖି ଛିଡ଼ା ହୋଇଗଲା। ତା'ର ଆଖି ଯୋଡ଼ାକ ଲାଲ ଲାଲ ଦିଶୁଥାଏ ଓ ତା' ମୁହଁରୁ ଭଣଭଣ ଗନ୍ଧ ବାହାରୁଥାଏ। ଲୋକଟା ପଚାରିଲା, ''ଆଏଁ, କୁଆଡ଼େ? କାହାର କ'ଣ ଖଲାସ୍ କରିବାର ଅଛି ନା କ'ଣ? ଦିଅ, ପକାଅ ପଚାଶ।''

ମୁଁ ଲୋକଟାର ହାବଭାବ ଦେଖି ଡରିଗଲି। ଖଲାସ୍! ପଚାଶ ଟଙ୍କା। କିନ୍ତୁ କାହିଁକି? କହିଲି, ''ନା, ମୋର ସେଭଳି କିଛି ପ୍ରୟୋଜନ ନାହିଁ। ମୁଁ ବନଲତା ପରିଡ଼ା ପାଖରୁ ଗୋଟେ ଖବର ବୁଝିବାକୁ ଆସିଛି।''

ଲୋକଟା ଚିଡ଼ିଗଲା ପରି ଭିତରକୁ ଅନେଇ କହିଲା, ''ପୁଣି ଗୋଟେ ନୂଆ ନାଗର ଆସିଲାଣି। କେତେ ଘାଟରେ ପାଣି ପିଉଛୁ କେଜାଣି!''

କ୍ରୋଧ ଏବଂ ଘୃଣାରେ ମୋ ହାତ ମୁଠା ମୁଠା ହୋଇ ଆସୁଥିଲା। ଲୋକଟାର ଗାଲରେ ଜୋ'କିନା ଗୋଟେ ଚଟକଣା ବସେଇଦେବାକୁ ଇଚ୍ଛା ହେଉଥିଲା। ମାତ୍ର ମୁଁ ଚୁପ୍‌ଚାପ୍ ଛିଡ଼ା ହୋଇ ରହିଲି। ଲୋକଟା ଏପଟ ସେପଟ ଚାହିଁ ଗୋଟାଏ ପାତି ମାଙ୍କଡ଼ ପରି ପିଣ୍ଡା ତଳକୁ କୁଦା ମାରିଲା ଓ ଅନ୍ଧାର ରାସ୍ତାରେ ହଜିଗଲା।

ମୋ ସାମ୍ନାରେ ବନଲତା ପରିଡ଼ାର ଘରକରଣା ଗୋଟେ ଲଙ୍ଗଳା ଓ ଛେଉଣ୍ଡ ଛୁଆ ପରି ପେଟ ମାଡ଼ି ପଡ଼ିଥିଲା। ଚାରିପଟେ ବିକଳ ଦାରିଦ୍ର୍ୟ। ବନଲତା ଆଖିରୁ ଲୁହ ପୋଛି ମୋ ଆଡ଼େ ଚାହିଁଥିଲା। ତା'ର ମୁହଁ ଫଣଫଣ ଦିଶୁଥିଲା।

ବୋଧହୁଏ ଜ୍ୱରରେ କମ୍ପୁଥିଲା ବନଲତା। କୁଙ୍କୁରି କାଙ୍କୁରି ଛିଡ଼ା ହେବା ମୁଦ୍ରାରୁ ଏତିକି ମୁଁ ଅନୁମାନ କରିପାରୁଥିଲି।

ମୁଁ ଚାହିଁଲି। ଉପରେ ଗୋଟିଏ ଷାଠିଏ ୱାଟ୍‌ର ବଲ୍‌ବ ଜଳୁଛି। ତା'ର ନାଲିଚିଆ ଆଲୁଅରେ ଘର ଭିତରର ଜିନିଷପତ୍ର କିଛି ପରିଷ୍କାର ଦିଶୁ ନ ଥାଏ! କାନ୍ଥକୁ ଲାଗି ଗୋଟେ ଖଟିଆ। ତାକୁ ଭରାଦେଇ ବନଲତା ଛିଡ଼ା ହୋଇଥିଲା।

ମୁଁ କହିଲି, ''ନର୍ସିଂ ହୋମ୍‌କୁ ଯାଇଥିଲି, ଶୁଣିଲି ତୁମେ କିଛିଦିନ ହେଲା ଯାଇନାହଁ। ସେଥିପାଇଁ ଏଠିକି ଆସିଲି।''

: କ'ଣ କାମ ଥିଲା ? - ବନଲତାର ସିଧାସଳଖ ପ୍ରଶ୍ନ।

: କାମ ? କାମ କିଛି ନ ଥିଲା। କିନ୍ତୁ ଊର୍ମିଳା...

: ଊର୍ମିଳା କିଏ ? - ସେ ବିରକ୍ତ ସ୍ୱରରେ ପଚାରିଲା।

: ସେ ମୋର ସାଙ୍ଗ ଥିଲା- ମୁଁ ଧୀର ଗଳାରେ ତାକୁ ବୁଝେଇବାର ଚେଷ୍ଟା କରୁଥିଲି।

: ମୁଁ ତାକୁ ଚିହ୍ନେ ନାହିଁ। ଆଉ କିଛି କାମ ଅଛି ?

: ନା ଅସଲରେ ଆପଣଙ୍କ ଚେହେରା ମୋତେ ଊର୍ମିଳାର ଚେହେରା ପରି ଦିଶୁଛି। ତା'ର ଗୋଟେ ଋଣ ମୋ ପାଖେ ରହିଯାଇଛି। ତା'ର ହାତ ଘଣ୍ଟାଟି...।

ମୋତେ କଥା ସାରିବାକୁ ନ ଦେଇ ବନଲତା କହିଲା, ''ଥାଉ। କିଛି ହେଲେ ତ ବିଚାରୀର ଅଛି !''

ମୁଁ ଚମକିପଡ଼ିଲି। ମୋତେ ହଠାତ୍ ଲାଗିଲା ଇଏ ବନଲତା ନୁହେଁ ଊର୍ମିଳା। ନ ହେଲେ ବନଲତା ପରିଡ଼ା ଅଚିହ୍ନା ଊର୍ମିଳାକୁ 'ବିଚାରୀ' ବୋଲି କହନ୍ତା କାହିଁକି ?

ମୋର ପାଟପୁର ହାଇସ୍କୁଲ କଥା ମନେ ପଡୁଥିଲା। ମନେ ପଡୁଥିଲା ଊର୍ମିଳାର ଗାଳିମନ୍ଦ, ଚିତ୍କାର, ରୋଜ୍ ରୋଜ୍ ଉପଦେଶ। ମନେ ପଡୁଥିଲା ତଳବନ୍ଧ ଫେରନ୍ତା ରାସ୍ତାରେ, ଊର୍ମିଳାର କୁନି ଛତା ତଳେ ସାଥୀ ହୋଇ ରାସ୍ତା ଚାଲିବାର ଅନୁଭବ। ଅଭିଭାବକ ପରି ତା'ର ଢଙ୍ଗରଙ୍ଗ। ଉପରକୁ ମଥା ଟେକି ବାଟ ଚାଲିବାର ସ୍ପର୍ଦ୍ଧା। ସେଇ ଝିଅଟିର ଆଜି ପୁଣି ଏ ଦୁର୍ଦ୍ଦଶା !

ମୁଁ ମୁହଁ ଟେକି ଆଉ ଥରେ ତାକୁ ଚାହିଁଲି। ମଦୁଆ ଲୋକଟା ତାକୁ କାହିଁକି ବାଡ଼ାପିଟା କରୁଥିଲା- ସେକଥା ଜାଣିବାକୁ ମୋର ଇଚ୍ଛା ହେଉଥିଲା। ମାତ୍ର ମୁଁ ଭରସି ପଚାରିପାରୁ ନ ଥିଲି।

ଶେଷଥର ପାଇଁ କହିଲି, 'ତୁମେ ବନଲତା ନୁହଁ, ଊର୍ମିଳା। କିନ୍ତୁ ମୋତେ ଏମିତି ମିଛ କହି କାହିଁକି ଫେରେଇ ଦେଉଛ ତାହା ମୁଁ ବୁଝିପାରୁନାହିଁ ଊର୍ମିଳା !'

: କେତେଥର କହିବି ମୁଁ ଊର୍ମିଳା ନୁହେଁ ବନଲତା। ଊର୍ମିଳା ଫୁର୍ମିଳା ଏଠି କେହି ନାହାନ୍ତି। ସେ ପାପଗର୍ଭା, ବଜାତ୍ ମାଇକିନା କୋଉକାଳୁ ମଲାଣି। ଆପଣ ଦୟାକରି ଏଠୁ ଯାଆନ୍ତୁ।

ବେଶ୍ ବଡ଼ ପାଟିରେ ଏତକ କହି ସେ ଧଡ଼୍‌କରି କବାଟ ବନ୍ଦ କରି ନେଲା। ମୁଁ ଚମକିପଡ଼ିଲି। ଫେରି ଆସୁ ଆସୁ ଶୁଣିଲି, ସେ ମୁହଁରେ ଲୁଗା ଚାପି ଦରଜା ସେପଟେ କାନ୍ଦୁଛି। ତା'ର ସେ କାନ୍ଦଣାର ଶବ୍ଦ ଦୁଆରମୁହଁକୁ ପରିଷ୍କାର ଶୁଭୁଥାଏ।

ପାଟପୁର ସ୍କୁଲ୍‌ରେ ପଢ଼ିବାବେଳେ ମୁଁ ପ୍ରାୟତଃ ସବୁଦିନେ ଊର୍ମିଳାର ସର୍ବନାଶ କାମନା କରୁଥିଲି। ଆଜି ସେଇ ଊର୍ମିଳାର ସର୍ବନାଶ ମୁଁ ନିଜ ଆଖିରେ ଦେଖୁଥିବା ବେଳେ ଆନନ୍ଦରେ ନାଚି ଉଠିବା କଥା। ତା'ର ମଦ୍ୟପ ସ୍ୱାମୀର ଅତ୍ୟାଚାର, କାଙ୍ଗାଳ ଘରକରଣା ଓ ତା'ର ବିକଳ ପରିସ୍ଥିତି ପ୍ରତ୍ୟକ୍ଷ କରିବା ପରେ ମୋର ଖୁସି ହେବା କଥା। ଅଥଚ ମୁଁ ଖୁସି ହୋଇ ପାରୁ ନ ଥିଲି। ମୁଁ ମୁହଁ ଖୋଲି କିଛି କହିପାରୁ ନ ଥିଲି କି କାହାରିକୁ ଆଖି ଉଠେଇ ଚାହିଁ ପାରୁ ନ ଥିଲି।

■

ନିଷ୍ପତ୍ତି

ମୁଖସ୍ଥ କରିଥିବା ଗୀତ ଓ ଆଙ୍କି ଶିଖିଥିବା ଚିତ୍ରଗୁଡ଼ିକୁ ଅନ୍ୟ ଆଗରେ ଦେଖେଇବାର କୌଣସି ସୁଯୋଗ ହାତଛଡ଼ା କରେ ନାହିଁ ସୋନୁ। ତେବେ ଭୁବନେଶ୍ୱରରୁ କଟକ ଭିତରେ ହିଁ ତା'ର ଗୀତଗୁଡ଼ିକ ସରିଯାଇଥିଲା, ଅଥଚ ସେ ଭଦ୍ରକ ପର୍ଯ୍ୟନ୍ତ ଯିବ। ତେଣୁ ସେ କହିଲା, ''ମୋ ବହିଗୁଡ଼ା ସାଙ୍ଗରେ ନେଇଆସିଥିଲେ ଭଲ ହୋଇଥାଆନ୍ତା ମା!''

ତା' କଥା ଶୁଣି ଜେଜେମା ସୁଲୋଚନା ହସିଲେ। ଆଖପାଖର ଯାତ୍ରୀମାନେ ମଧ୍ୟ ପାଞ୍ଚବର୍ଷର ସୋନୁର କଥା ଶୁଣି ଆମୋଦିତ ହେଲେ। ସୋନୁର ମା' କହିଲେ, ''ହଉ, ତୋ' ଗୀତ ସେତିକି ଥାଉ। ବାହାରକୁ ଅନା, କେତେ ସୁନ୍ଦର ଗଛ ଆଉ ଧାନକ୍ଷେତ!''

: ମୁଁ ଚିତ୍ର ଆଙ୍କିବି ? - ସୋନୁ ପଚାରିଲା।

ନୀଳିମାଙ୍କୁ ହସ ମାଡ଼ିଲା। ସୋନୁର ଡ୍ରଇଂଖାତା ବଡ଼ ବ୍ୟାଗ୍ ଭିତରେ ଅଛି। ସେ କହିଲେ, ''ଗାଁରେ ପହଞ୍ଚିଲେ

ଚିତ୍ର ଆଙ୍କିବୁ। ତୋ ଖାତା ଆଉ ପେନ୍‌ସିଲ୍ ସବୁ ଉପର ବ୍ୟାଗ୍ ଭିତରେ ଅଛି। ଏବେ ତୁ ବାହାରକୁ ଦେଖ୍।''

ସୋନୁ ନିରୁତ୍ସାହିତ ଦିଶିଲା।

ପାଖ ସିଟ୍‌ରେ ବସିଥିବା ବୟସ୍କ ଭଦ୍ରଲୋକ ଜଣକ ତାକୁ ଡାକିଲେ, ''ଏଠିକି ଆସିଲ ବାବୁ। କହିଲ, ତୁମ ନାଁ କ'ଣ?''

ସୋନୁର ଏହି ପ୍ରକାର ଧ୍ୟାନ ଦରକାର ଥିଲା। ସେ ଚାହୁଁଥିଲା, ବଗି ଭିତରେ ବସିଥିବା ଲୋକମାନେ ସବୁ ତା' ଗୀତ-ଗପ ଶୁଣନ୍ତୁ କିମ୍ବା ତା' ସାଙ୍ଗେ କଥାବାର୍ତ୍ତା କରନ୍ତୁ। ସେ ଉତ୍ସାହିତ ହୋଇ ଉତ୍ତର ଦେଲା, ''ସୀମାନ୍ତ ମହାପାତ୍ର। ଆପଣ ମୋତେ 'ସୋନୁ' ଡାକିପାରିବେ।''

ଭଦ୍ରଲୋକ ତା'ର ଛୋଟ ଛୋଟ ବାଳଗୁଡ଼ିକୁ ଆଉଁସିଦେଲେ। ଦି' ଦିନ ତଳେ ବାଳ କାଟିଥିବା ସୋନୁର ମୁଣ୍ଡ ନୂଆ ଗଜୁରିଥିବା ଘାସପଡ଼ିଆ ପରି ଟାଆଁସା ଦିଶୁଥିଲା। ସୁଲୋଚନା ଗାଁକୁ ଯାଉଥିଲେ। ସାଙ୍ଗରେ ବଡ଼ପୁଅ ସିଦ୍ଧାର୍ଥ, ବୋହୂ ନୀଳିମା ଏବଂ ନାତି ସୋନୁ। ପାଖାପାଖି କୋଡ଼ିଏ ବର୍ଷ ହେଲାଣି, ଗାଁରୁ ଚାଲିଆସିବା। ସିଧୁର ବାପା ଥିବାବେଳେ ମଝିରେ ମଝିରେ ଗାଁକୁ ଯାଉଥିଲେ। ତା'ପରେ ଗାଁ ସହିତ ଆଉ ସମ୍ପର୍କ ନାହିଁ। ଗାଁର ଜମିବାଡ଼ି ଗୁଡ଼ାକ ଖଣ୍ଡ ଖାଇବା ପରି ଦିଅର ବନମାଳୀ ଓ ତା' ପିଲାଏ ଭୋଗ କରୁଛନ୍ତି। କୋଉ ଅକାଳେ ସକାଳେ ଚାଉଳ ଗଣ୍ଡେ କି ନଡ଼ିଆ ଦି' ପୁଞ୍ଜା ନେଇ ଯାଉଥିଲା ଯେ ଦି' ବର୍ଷ ହେଲା ସେତକର ବି ଦେଖା ନାହିଁ। ସିଧୁ ବାପା ଥିବାବେଳେ କେତେଥର ସୁଲୋଚନା କହିଛନ୍ତି, 'କାହିଁକି ବାପ-ଗୋସବାପାର ସଂପତ୍ତିଗୁଡ଼ାକୁ ଏମିତି ଖଣ୍ଡ ହାତରେ ଟେକିଦେଉଛ? ମୋ ପିଲାଙ୍କର ଏଠି କେତେ ଅସୁବିଧା! ଜମିଗୁଡ଼ାକ ବିକିଦେଇ ଟଙ୍କା ଆଣିଦେଲେ ପିଲାଙ୍କ କାମରେ ଆସନ୍ତା।''

ସିଧୁର ବାପା ସବୁ ଶୁଣି 'ହୁଁ' 'ହାଁ' କହନ୍ତି। କିଛି ଗୋଟାଏ ନିଷ୍ପତ୍ତି ନେଲା ପରି ଗମ୍ଭୀର ମୁଦ୍ରାରେ ବସନ୍ତି। ତା'ପରେ ଦିନେ ଗାଁକୁ ଯାଆନ୍ତି। ସେଠି ଦିନେ କି ଓଳିଏ ରହି ଯେମିତି ଯାଇଥିଲେ ସେମିତି ଫେରି ଆସନ୍ତି। ସୁଲୋଚନା ପଚାରନ୍ତି, ''ଜମି ବିକିବା କଥା କ'ଣ ସ୍ଥିର କଲ?''

: ଗାଁରୁ ଆଣିଥିବା ଅଖା ବ୍ୟାଗ୍‌ରୁ ନଡ଼ିଆ ପୁଞ୍ଜାଏ, ଓଉ ଚାରିଛଅଟା କି ପୋଇ, କଖାରୁ, ବାଇଗଣ ପୁଳାଏ ବାହାର କରୁ କରୁ ସିଧୁର ବାପା କହନ୍ତି, ''ପିଲାଏ ଯାହା ଠିକ୍ କରିବେ ସେଇଆ ହେବ। ମୁଁ କହିଦେଇ ଆସିଛି। ଏବେ ଧାନ କଟାକଟି ସରିନି। ମାଘବେଳକୁ ବିକିଦେବା।'' ଏମିତି ଏମିତିରେ କୋଡ଼ିଏ ମାଘ ଚାଲିଗଲା, କିନ୍ତୁ ପାଟପୁରର ଜମି ବିକା ହୋଇପାରିଲା ନାହିଁ। ସେ ମଣିଷ ତାଙ୍କ ବାଟରେ

ଚାଲିଗଲେ। ସୁଲୋଚନା ଭାବନ୍ତି, ସେତେବେଳେ କେତେ ଭଲ ଭଲ ଗରାଖ ଆସିଥିଲେ। ରାଘବ ପରିଡ଼ା ତ କହୁଥିଲେ, ଜମି ବାବଦକୁ ଟଙ୍କା ଦେଇସାରିବା ପରେ ବି ପ୍ରତିବର୍ଷ ମାଣ ବସେଇବା ପାଇଁ କିଛି ଧାନ ଓ ଚାଉଳ ସେ ଭୁବନେଶ୍ୱର ପଠେଇବ। କିନ୍ତୁ ଏ ମଣିଷ ସିନା କିଛି ଶୁଣିଲେ!

ଏସବୁ ପାଇଁ ସୁଲୋଚନା ତାଙ୍କ ସାନ ଯାଆ ପ୍ରତିମାଙ୍କୁ ଦାୟୀ କରନ୍ତି। ମଉନମୁହାଁ କମ୍ ଖଣ୍ଡେ ନୁହେଁ! 'ଭାଇ-ଭାଇ' କହି ପଖାଳ କଂସାଏ, ଇଲିଶି ମାଛ ଭଜା ଦି'ଖଣ୍ଡ କି ପରଟା, ଦୁଧଛେନା ସାଙ୍ଗରେ ଖିରି ଗିନାଏ ବାଢ଼ି ଦେଇଥିବ ଯେ ଇଏ ଦେଢ଼ଶୁର ସେଇଥିରେ ଭୋଳ ହୋଇଯାଇଥିବେ। ଆଉ ଜମି ବିକା କଥା କୋଉ ମନେ ଥିବ ଯେ କାହା ସାଙ୍ଗେ ଆଲୋଚନା କରିଥିବେ! ସେ ପ୍ରତିମା ଯେମିତି, ତା' ବର ବି ସେମିତି। ପନିପରିବା କିଛି ଓ ଚିଙ୍ଗୁଡ଼ି କିଲେ ଅଧକିଲେ ଧରେଇଦେଲେ ଭାଇ ତ ଖୁସି!

ସୁଲୋଚନାଙ୍କର ଏ ପ୍ରକାର ଆକ୍ଷେପ ସହ ତାଙ୍କ ପରିବାରର ସମସ୍ତେ ଅଭ୍ୟସ୍ତ। ସିଧୁବାପା କହନ୍ତି, ''ଈର୍ଷା ଆଉ ନାରୀ ଇଏ ତ ଗୋଟିଏ ମୁଦ୍ରାର ଦିଇଟି ପାର୍ଶ୍ୱ ବୋଲି ବଡ଼ ବଡ଼ କବିମାନେ କହିଯାଇଛନ୍ତି। ତୁମେ ଆଉ ଅଲଗା ହେବ କେମିତି ?''

ସିଦ୍ଧାର୍ଥ କହେ, ''ତୁ ଯଦି ଏତେ କଥା ଜାଣିଛୁ, ତାହାହେଲେ ବାପାଙ୍କ ସାଙ୍ଗରେ ଯାଉନୁ ବୋଉ। ବାପାଙ୍କୁ ଗୋଡ଼େ ଗୋଡ଼େ ଜଗନ୍ତୁ।''

ସୁଲୋଚନା ମୁହଁ ମୋଡ଼ନ୍ତି। କହନ୍ତି, ''ମୋ'ର ଦିନ ସରୁନାହିଁ। ସୋନୁର ନାନା ଜଞ୍ଜାଳ। ବୁନା କହିଥିଲା ରାଉରକେଲାରୁ ଆସିବ। ପୂର୍ଣମୀ ଦି'ଦିନ ବାସୀ ପିତୃପକ୍ଷ ଶ୍ରାଦ୍ଧ। ମୋ'ର କେଉଁଠି ବେଳ ଅଛି, ସେ ଅପାଣ୍ଡବା ଗାଁକୁ ଯିବି ? ତାଙ୍କରି ଜମିବାଡ଼ି, ସେଇ ଯାଇ ବୁଝନ୍ତୁ।''

ସୁଲୋଚନାଙ୍କ ବ୍ୟସ୍ତତାର ବିବରଣୀ ଶୁଣି ସମସ୍ତେ ହସନ୍ତି। ସୁଲୋଚନା ଚିଡ଼ିଯାଇ ରୋଷେଇଘରକୁ ଚାଲିଯାଆନ୍ତି।

ଭଦ୍ରକରୁ ପାଟପୁର ଯିବାଲାଗି ଅଜୟ ସୂତାର ଗୋଟେ ଟ୍ୟାକ୍ସି ଠିକ୍ କରିଥିଲା। ସେମାନେ ଚରମ୍ପା ଷ୍ଟେସନ୍‌ରୁ ଓହ୍ଲେଇ ଟ୍ୟାକ୍ସିରେ ବସିଲେ। ମାସକ ଆଗରୁ ଗାଁକୁ ଆସିବା ପାଇଁ ସୁଲୋଚନା ଲଗେଇଥିଲେ। କିନ୍ତୁ ଗଦି-ପାଟପୁର ରାସ୍ତା ମରାମତି ହୋଇ ନ ଥିଲା। ଶାଶୂଭୁଆସୁଣୀ ଓ ହଳଦିଆ ପାଖରେ ଦିଇଟା ଯୋର, ଲୋକମାନେ ଗାମୁଛା ପାଲଟି ରାସ୍ତା ପାର ହେଉଥିଲେ। ଏଇ ପନ୍ଦରଦିନ ହେଲା ସେ ରାସ୍ତା ଖୋଲିଛି। ସୁଲୋଚନା ଦେଖିଲେ, ବକର ବକର ହୋଇ ସୋନୁ ଥକି ପଡ଼ିଲାଣି। ଏବେ ସେ ଶୋଇବ। ସିଏ ଟ୍ୟାକ୍ସିର ଝରକା ପାଖକୁ ଘୁଞ୍ଚିଯାଇ ସୋନୁକୁ କୋଳରେ ଶୁଆଇ

ଦେଲେ। ମନେ ମନେ ଠାକୁରଙ୍କୁ ଡାକିଲେ, ''ଜଗନ୍ନାଥେ, ମୋ ପିଲାମାନଙ୍କୁ ଶଙ୍ଖେ ପୂରାଇ ଚକ୍ର ଉହାଡ଼ି ଭଲରେ ରଖିଥାଅ।''

ସିଧୁବାପା ଚାଲିଯିବାର ପାଞ୍ଚବର୍ଷ ପୂରିଗଲା। ଗଲା ବୈଶାଖରେ ସିଧୁ ଯାଇ ତ୍ରିବେଣୀ ସଂଗମରେ ତାଙ୍କ ଅସ୍ଥି ବିସର୍ଜନ କରି ଫେରିଲା। ଆଲାହାବାଦରୁ ଗୟା ଓ ଗୟାରୁ ବନାରସ ଯାଇ କାଶୀବିଶ୍ୱନାଥଙ୍କ ଦର୍ଶନ ସାରି ଯାଜପୁରରେ ଆସି ଆଉ ଥରେ ଶ୍ରାଦ୍ଧ ଦେଲା। ସେଠୁ ପୁରୀ ଆସି ଶ୍ରୀଜଗନ୍ନାଥ ଦର୍ଶନ ସାରିଲା। ସୁଲୋଚନା ବଡ଼ପୁଅର ମୁହଁକୁ ଚାହିଁଲେ। ଠିକ୍ ତା' ବାପା ପରି। କାହାକୁ କିଛି କହିବ ନାହିଁ, କିନ୍ତୁ ସବୁ ଦାୟିତ୍ୱ ତୁଲେଇନେବ। କେତେଦିନରୁ ମନ, ଭୁବନେଶ୍ୱରରେ ଘର ଖଣ୍ଡେ ତୋଳନ୍ତା। କିନ୍ତୁ ସବୁ ପଇସା ତ ତେଲଲୁଣ ଖର୍ଚ୍ଚରେ ପଳଉଛି, କରିବ କ'ଣ? ଗାଁ ଜମିତକ ବିକ୍ରି ହୋଇଗଲେ ସେଥିରୁ ବାରଣା ଭାଗ ତାକୁ ଘର ତୋଳିବାକୁ ସେ ଦେଇଦେବେ।

ସୁଲୋଚନା ଟ୍ୟାକ୍ସିର ଝରକା ଦେଇ ବାହାରକୁ ଅନେଇଥିଲେ। ଅନେକ ଦିନ ହେଲା ସେ ଗାଁକୁ ଆସି ନାହାନ୍ତି। ଭଦ୍ରକରୁ ଗଦି ପର୍ଯ୍ୟନ୍ତ ରାସ୍ତାର ଦି'ପଟର ଦୃଶ୍ୟ କେତେ ବଦଳି ଗଲାଣି। ଯେଉଁଠି ନିଛାଟିଆ ଗୋଚର ଜମି ଥିଲା ସେଇଠି ଘରତୋଳା ସରିଲାଣି। ଦିନେ ଭଦ୍ରକ ଓ ଚାନ୍ଦବାଲି ପରସ୍ପର ସାଙ୍ଗରେ ମିଶିଯିବେ ବୋଧହୁଏ!

ଆଗ ସିଟ୍‌ରେ ସିଦ୍ଧାର୍ଥ ବସିଥିଲା। ତା' ମନ ଆଜି ଖୁସି ଥିଲା। ଏତେଦିନ ପରେ ପାଟପୁରର ପୁରୁଣା ଜଞ୍ଜାଳ ତୁଟିବ। ବାପା ଥିଲେ ବୋଲି ଗାଁ ଜମିବାଡ଼ି ବିକ୍ରି ହୋଇପାରୁ ନଥିଲା। ମାତ୍ର ସେ ତା' ବୋଉକୁ ଜାଣେ। ବୋଉ କଟକ ସହର ଝିଅ। ତା'ର ଏ ପାଣି ପଚର ପଚର ଗାଁ ପ୍ରତି ଜମା ମାୟା ନାହିଁ। ସବୁବେଳେ ବାପାଙ୍କୁ ଥଟ୍ଟା କରେ। କୁହେ, ''ଯୋଉ ଝିଅକୁ କଷ୍ଟ ଦେବାର ଥିବ ତାକୁ ପାଟପୁର ପରି ଗାଁରେ ବାହା ଦେଇଦେବ। ବିଚାରୀ ବର୍ଷାଦିନେ ଚୁଲି ଫୁଙ୍କୁ ଫୁଙ୍କୁ ଓ ଖରାଦିନେ ପାଣି ବୋହୁ ବୋହୁ ଦରମରା ହୋଇଯିବ।''

ସିଧୁର ବାପା ଏଣୁତେଣୁ କହି ବୋଉକୁ ଚୁପ୍ କରାଇଦିଅନ୍ତି। କହନ୍ତି ''ତୁମେ ତ ପର୍ଯ୍ୟଟକ ଲୋକ। ତୁମର ସେଥିରେ ମୁଣ୍ଡ ବିନ୍ଧୁଛି କାହିଁକି? ଯେଉଁମାନେ ଗାଁରେ ରହୁଛନ୍ତି ସେମାନେ ତାଙ୍କ କଥା ବଳେ ବୁଝିବେ ନାହିଁ?''

ସିଦ୍ଧାର୍ଥ କହିଲା, ''ବୋଉ, ମୁଁ ତିନିଜଣ ଗରାଖଙ୍କୁ ଅଲଗା ଅଲଗା ସମୟ ଦେଇଛି। ତୁ ସମସ୍ତଙ୍କ ସାଙ୍ଗେ କଥାବାର୍ତ୍ତା କରିବୁ, କିନ୍ତୁ ଶେଷ ଜବାବ ଦେବୁ ନାହିଁ। ଗୋଟେ ଦିନ ପଛେ ଅଧିକା ରହିବାକୁ ପଡୁ ଅଗ୍ରୀମ ଟଙ୍କା ହାତରେ ଧରି ଫେରିବା। ତା'ଛଡ଼ା ସେମାନଙ୍କୁ ତ ଦଖଲ ଦେବାକୁ ହେବ। ତୁ କ'ଣ ଆମ ବିଲବାଡ଼ି ସବୁ ଦେଖିଛୁ?''

: ମଲା, ଇଏ କ'ଣ ସହର ହେଇଛି ଯେ ଜଣକ ଜମି ଆର ଜଣକ ଜାଣିବ ନାହିଁ। ମହାପାତ୍ର ଘର ଜମି କୋଉଠି ପଚାରିଲେ ପରା ସାଇପଡ଼ିଶା ଲୋକ ଦେଖେଇଦେବେ। ପୁଣି ତମ ଦାଦା ନାହିଁ କି ? ସେଇ ତ ସବୁ ଚଷୁଛି, ସବୁ ଖାଉଛି !

ସିଦ୍ଧାର୍ଥ ମୁଣ୍ଡ ହଲେଇଲା- ଠିକ୍ କଥା।

ସେମାନେ ଯାଇ ଘଣ୍ଟେଶ୍ୱରରେ ପହଞ୍ଚିଲାବେଳକୁ ଉପରଓଳି ସାଢ଼େ ଚାରିଟା ହେଲାଣି। ବନମାଳୀ ଆସି ହାଟ ଉପରେ ଅପେକ୍ଷା କରିଥିଲେ। ସିଦ୍ଧାର୍ଥ ଟ୍ୟାକ୍ସିରୁ ଓହ୍ଲେଇ ଯାଇ ତା' ଦାଦାଙ୍କୁ ନମସ୍କାର କଲା। ନୀଳିମା ବି ମୁଣ୍ଡଉପର ଓଢ଼ଣା ଦେଇ ଖୁଡୁତାଶୁରଙ୍କୁ ପ୍ରଣାମ କଲା। ବନମାଳୀ ଆସି ଭାଉଜ ସୁଲୋଚନାଙ୍କୁ ଜୁହାର ହେଲେ ଓ ସୋନୁକୁ ନେଇ କାଖେଇ ଧରିଲେ। ଆଗରୁ ଲକ୍ଷ୍ମୀଧର ସାହୁ ଦୋକାନରେ ଛେନାମୁଡୁକି ଓ ରସଗୋଲା ବରାଦ ଦିଆଯାଇଥିଲା। ଗରମ ଗରମ ବରା ବି ଛଣାଯାଉଥିଲା। ସମସ୍ତେ ସେଥିରୁ ତିନି ଚାରିଟା ଲେଖାଏଁ ଖାଇ ସାଙ୍ଗରେ ନେଇଥିବା ବୋତଲରୁ ପାଣି ପିଇଲେ। ତା'ପରେ ଚା' ପିଆ ହେଲା। ବନମାଳୀ ପାଖ ଦୋକାନରୁ ମିଠାକଡ଼ା ପାନ ଭଙ୍ଗେଇ ଆଣି ଭାଉଜଙ୍କୁ ଦେଲେ। ସିଦ୍ଧାର୍ଥ ଓ ନୀଳିମା କେବଳ ଗୋଟେ ଗୋଟେ ଲବଙ୍ଗ ପାଟିରେ ପକେଇଲେ। ସୋନୁ କହିଲା, ତା'ର ଆମ୍ବ ସୁଆଦର ଚକୋଲେଟ୍ ଦରକାର।

ସେଇ ଟ୍ୟାକ୍ସି ଭିତରେ ବନମାଳୀ ବସିଲେ। ସିଦ୍ଧାର୍ଥ ପଛ ସିଟ୍‌କୁ ଚାଲିଗଲା। ଘଣ୍ଟେଶ୍ୱର- ପାଟପୁର ରାସ୍ତାରେ ମୋଟର ଗାଡ଼ି ବିରଳ। ଚିହ୍ନା ପରିଚିତ ଲୋକେ କେହି ବନମାଳୀଙ୍କୁ ଅନେଇଲେ ସେ ହସି ହସି କହୁଥାଆନ୍ତି, ''ନୂଆବୋଉ ଆସିଛନ୍ତି, ଗାଁକୁ ଯାଉଛୁ।'' ସେଇ ଲୋକମାନେ ସୁଲୋଚନାଙ୍କୁ ନମସ୍କାର କରୁଥାଆନ୍ତି। ନିଜ ଭିତରେ କୁହାକୁହି ହେଉଥାଆନ୍ତି, ''ମାନଭାଇଙ୍କ ସ୍ତ୍ରୀ ପରା ! ଏବେ ପିଲାମାନଙ୍କ ସାଙ୍ଗରେ କ୍ୟାପିଟାଲ୍‌ରେ ରହୁଛନ୍ତି।''

ପଛ ସିଟ୍‌ରେ ସୁଲୋଚନା ବସିଥାଆନ୍ତି ଗୋଟେ ମାଲିକାଣୀ ପରି। ତାଙ୍କ ପାଖେ ତାଙ୍କ ପରିବାର। ଚାରିପଟେ ପରିଚିତ ପରିବେଶ। ସେ ନୀଳିମାକୁ ଦେଖାଇ ଦେଉଥାଆନ୍ତି, ''ଏଇଟା ଦୁର୍ଗା ମଣ୍ଡପ, ଏଇଟା ଘଣ୍ଟେଶ୍ୱର ହାଇସ୍କୁଲ୍। ସିଧୁ ଓ ବୁନୁ ଦିହେଁ ଏଇଠି ପଢ଼ିଛନ୍ତି। ଏଇଟା ମହାଦେବ ମନ୍ଦିର। ଏଇଟା ବଡ଼ ପୋଖରୀ। ଏଠୁ ମାଛଧରା ହେଲା ଦିନ ଗାଁରେ ଯାତରା ବସେ। ଇଏ ଅର୍ଜୁନ ବାଆଜୀ ପୋଖରୀ, ସେପଟ ବଣିଆପଦା। ଆଉ ସେ ଯେଉଁ ନଈ ଦିଶୁଛି ସେଇଟା ...

: ମନ୍ତେଇ। କଥା ଛଡ଼େଇ ନେଇ ସୋନୁ କହିଲା।

ତା'ର ଭୂଗୋଳ ଜ୍ଞାନ ଶୁଣି ସମସ୍ତେ ହସି ପକେଇଲେ।

ବନମାଳୀ ନାତିକୁ ପାଖକୁ ନେଇ କୋଳରେ ବସେଇଲେ। କହିଲେ, ''ମାଟିକୁ ମାଟି ଟାଣେ। ପାଞ୍ଚବର୍ଷର ଛୁଆ ନଈ ନାଁ ମନେ ରଖିଛି।''

ଆଗରେ ପାଟପୁର ଚନ୍ଦ୍ରଶେଖର ମହାଦେବ ମନ୍ଦିର।

ବନମାଳୀଙ୍କ ନାତୁଣୀ ସୋନୁଠାରୁ ଦି'ବର୍ଷ ବଡ଼। ସିଏ ସୋନୁର ହାତ ଧରି ତାକୁ ସାହି ବୁଲଉଥିଲା। ରଙ୍ଗିନ ଜାମା ପ୍ୟାଣ୍ଟ ପିନ୍ଧିଥିବା ସୋନୁ ଗାଁର ଅଧଲଙ୍ଗଳା ପିଲାମାନଙ୍କ ପାଇଁ ଗୋଟେ ଦର୍ଶନୀୟ ବସ୍ତୁ ପାଲଟିଥିଲା। ସେମାନେ ଦଳ ଦଳ ହୋଇ ତା' ସାଙ୍ଗରେ ଚାଲୁଥିଲେ। ମିଲି ତାକୁ ଗାଁର ଗଛଲତା ଚିହ୍ନେଇ ଦେଉଥିଲା- ଇଏ ବାବୁଲାଗଛ, ଏହାର କଣ୍ଟା ଗୋଡ଼ରେ ପଶିଗଲେ ଭାରି ବିନ୍ଧେ। ଇଏ ତେନ୍ତୁଳି ଗଛ, ଭାରି ଖଟା। ଏଇଟା କନିଅର ଗଛ, ଏଇଟା କରମଙ୍ଗା ଗଛ, ସେଇଟା ଟୁବି ଗଡ଼ିଆ, ସେଥିରେ ଅନେକ କଉ, ସିଙ୍ଗି ଓ ମାଗୁର ମାଛ।

ସୋନୁ ଡବ ଡବ ଆଖି କରି ସବୁଗୁଡ଼ାକ କଥା ପିଇଯାଉଥିଲା। ଦାଣ୍ଡପିଣ୍ଡାରେ ବସି ବନମାଳୀ ସିଦ୍ଧାର୍ଥକୁ କହୁଥିଲେ, ''ତିନି ତିନି ଥର ଟେଣ୍ଡର ହେଲାଣି, ନୂଆ ପୋଖରୀ ପାଖରୁ ଗାଁ ପର୍ଯ୍ୟନ୍ତ ରାସ୍ତା ପିଚୁ ହୋଇପାରୁ ନାହିଁ। ଗାଁରେ ବିଜୁଳି ଥାଇ ନଥିଲା ପରି। ଅଧାଦିନ ଅନ୍ଧାର। ଚୋରଗୁଡ଼ାକ ତାର କାଟିକି ନେଇ ପଳଉଛନ୍ତି। ସର୍ବସାଧାରଣ କାମ ପାଇଁ କାହାର ଆଗ୍ରହ ନାହିଁ। ଗୋଟେ ଜ୍ୱର ବଟିକା ପାଇଁ ଦଉଡ଼ ଘଣ୍ଟେଶ୍ୱରକୁ। ଏଥିରେ କୁଆଡ଼େ କେତେବେଳେ ଯିବି? ଏବେ ଘଣ୍ଟେଶ୍ୱର - ଗଦି ରାସ୍ତା ଖୋଲିଲା ସିନା, ନହେଲେ କି ଯେ ହଇରାଣ! କାହାକୁ ଟିକେ କହନ୍ତୁ ନାହିଁ?''

ସିଦ୍ଧାର୍ଥର ଏସବୁ ଶୁଣିବା ଲାଗି ଆଗ୍ରହ ନଥିଲା। ସେ ମନେ ମନେ କହୁଥିଲା, ''ଗାଁରେ ଯଦି ଏତେ ଅସୁବିଧା ତାହାହେଲେ ଘଣ୍ଟେଶ୍ୱରକୁ ଉଠି ପଳାଅ। ତୁମ ପୁଅ ତ ତେଜରାତି ଦୋକାନରୁ ଭଲ ଉପାର୍ଜନ କରୁଛି। ଅସୁବିଧା କ'ଣ?'' ସିଏ ବନମାଳୀଙ୍କ କଥା ଗୋଟିଏ କାନରେ ଶୁଣି ଆର କାନରେ ବାହାର କରି ଦେଉଥିଲା। ମନେ ମନେ ଅପେକ୍ଷା କରୁଥିଲା, କେତେବେଳେ ଶ୍ରୀଧର ମହାନ୍ତି ଟଙ୍କା ନେଇ ଆସିଲେ ସିଏ ସେତକ ନେଇ ଫେରିଯିବ। ସେଇ ଟଙ୍କା ପାଖରେ ତା'ର ମନ ଅଟକିଥିଲା।

ସକାଳ ଆଠଟା ହେଲାଣି। ସେମାନଙ୍କୁ ବାହାରିବାକୁ ପଡ଼ିବ। ନ ହେଲେ ଖରାଟାରେ ପଡ଼ିବେ। ଅଣିଣ ମାସର ପାଣିଚିଆ ଖରା ବଡ଼ ଟାଣ।

ସିଦ୍ଧାର୍ଥ ପିଣ୍ଡାରୁ ଉଠିପଡ଼ି ଘର ଭିତରକୁ ଗଲା। ଭିତରେ ଯାଇ ଯାହା ଦେଖିଲା ସେଥିରେ ସେ ହସିବ କି କାନ୍ଦିବ ଜାଣିପାରିଲା ନାହିଁ। ଗୋଟେ ପୁରୁଣା ଖଟ ଉପରେ ନୀଳିମା ବସିଥିଲା ଓ ବାରିକଘର ବୋହୂ ତା' ପାଦରେ ଅଳତା ପିନ୍ଧେଇ ଦେଉଥିଲା।

ପାଖରେ ତା' ବୋଉ ବସି କହୁଥିଲେ, ''ଅଳତାଲାଗି ବର୍ତନ ଭୋଗ କରୁଛ, ଭଲ କରି ମୋ ବୋହୂ ପାଦରେ ଅଳତା ପିନ୍ଧେଇ ଦେ। ଜାଣିଲୁ ନୀଳିମା, ମୁଁ ବାହାହୋଇ ଆସିବା ବେଳେ ଏଇ ରମାର ଶାଶୂ ମୋତେ ଅଳତା ପିନ୍ଧଉଥିଲା। ସବୁ ପର୍ବପର୍ବାଣିରେ ତ ସେଇ ପିନ୍ଧେଇଦିଏ।''

ମହାପାତ୍ର ଘରର ଖଞ୍ଜାଟା ଗୋଲାକାର। ଚାରିପଟେ ଘର, ମଝିରେ ରୋଷେଇଘର। ରୋଷେଇଘରଟି ବଡ଼ ଅଗଣାକୁ ଦି' ଭାଗ କରିଛି। ଦାଣ୍ଡପଟ ଅଗଣାରେ ପୁରୁଷ ଲୋକଙ୍କ କାରବାର। ସେପଟେ ସ୍ତ୍ରୀଲୋକଙ୍କ ଘରକରଣା। ସୁଲୋଚନା ପଛକଥା ଭାବୁଥିଲେ - ଏଇଠି ବଡ଼ି ଶୁଖାଯାଏ, ପୁନିଅଁ ପରବରେ ପରିବା କଟାଯାଏ। ସଞ୍ଜ ଅନ୍ଧାରରେ ଆକାଶର ତାରାମାନଙ୍କୁ ଚାହିଁ ଏଇଠି ସେ ଶାଶୂଙ୍କଠାରୁ ଘରକରଣା ପାଠ ଶିଖିଥିଲେ। ଏଇଠି ଖେଳେଇଥିଲେ ବଡ଼ ପୁଅକୁ। ଏଇ ଅଗଣାରେ ସିଧୁ ଚାଲି ଶିଖିଥିଲା।

ପ୍ରତିମା ଜିନିଷପତ୍ର ସଜ କରୁଥିଲେ। କହୁଥିଲେ, ''ଅପା, ଦେଖିନିଅ, ଏଇଟା ତୁମ ବାରମାଣିଆ ଚକର ଲୀଳାବତୀ ଚାଉଳ। ଏଇ ଚାଉଳର ଭାତ ଭଲକି ରାନ୍ଧ ବୋଲି ବୋଉ ତମକୁ ପ୍ରଶଂସା କରୁଥିଲେ। ମୋ ଭାତ ତ ସବୁବେଳେ ନକେଇ ହୋଇଯାଏ। ଇଏ ତମ ବାଡ଼ି ଗଛର ନଡ଼ିଆ, ଆଗରୁ କ'ଣ ଏ ଗାଁରେ କେହି ନଡ଼ିଆଗଛ ଲଗଉଥିଲେ ? ଇଏ ଗାଁର ପ୍ରଥମ ଗଛ। ଭାଇ ଲଗେଇ ଥିଲେ। ଏଇଟା ଆମ ଗଛର ଓଉ। ତୁମକୁ ଓଉଖଟା ଭଲ ଲାଗେ ବୋଲି ତୁମ ବାପା କୁଆଡ଼େ ଏହାର ଗଛ କଟକରୁ ଧରି ଆସିଥିଲେ। ପୋଇଶାଗ ଓ ସାରୁ ପୁଳାଏ ଦେଇଛି। ସେ ଡବା ଭିତରେ ଚିଙ୍ଗୁଡ଼ିତକ ଭାଜିକି ରଖିଦେଇଛି। କାଲି ତ ଗୁରୁବାର ଗଲା, ତୁମେ ଆଇଁଷ ଖାଇଲ ନାହିଁ।''

ତା'ପରେ ସେ ତାଙ୍କ ନାତୁଣୀକୁ ଡାକିଲେ, 'ମିଲି, କଦଳୀ କାନ୍ଦିଟା କୋଉଠି ରହିଲା ?'

ବନମାଳୀ ଧାଇଁଯାଇ କଞ୍ଚା କଦଳୀ କାନ୍ଦିଟା ନେଇକି ଆସିଲେ। ହସି ହସି କହିଲେ, ''ନୂଆବୋଉ, ତୁମ ମେଣ୍ଢୀ ବନ୍ତଳ। ମୁଁ ସମସ୍ତଙ୍କୁ କହେ, ଆମ ନୂଆବୋଉ ଜିରା-ଲଙ୍କାଗୁଣ୍ଡ ଛିଞ୍ଚିଦେଇ ଯେମିତି କଦଳୀ ଭଜା ଭାଜିପାରିବେ, ସେମିତି ଏ ଗାଁର ଆଉ କେହି ରାନ୍ଧି ପାରିବେ ନାହିଁ। କି ସୁଆଦ ତା'ର !''

ବନମାଳୀଙ୍କ ଦେହରୁ ସରସର ଝାଳ ବୋହି ଯାଉଥିଲା। ମଝିରେ ମଝିରେ ସିଏ ତଉଲିଆରେ ତାଙ୍କ ଗୋରା ମୁହଁଟିକୁ ପୋଛି ଦେଉଥିଲେ।

ସିଦ୍ଧାର୍ଥ ପଚାରିଲା, ''ଏଗୁଡ଼ା ଏତେ କ'ଣ ହେବ ?''

ବନମାଳୀ ଉତ୍ତର ଦେଲେ, ‘‘କିରେ ଏଠି ସିନା ଆମର ଫ୍ରିଜ୍ ନାହିଁ ବୋଲି ରଖିପାରୁନୁ, ତମର କି ଅସୁବିଧା ? ନୂଆବୋଉଙ୍କୁ ଏହି କଦଳୀଭଜା ଭଲ ଲାଗେ। ତାଙ୍କର ଦହିକଡ଼ି ଆଉ ଆଳୁ କଦଳୀ ଭଜା ହେଲେ ଖାଇବା ଉଠିଗଲା।’’

ପ୍ରତିମା କହୁଥାଆନ୍ତି, ‘‘ଅପା ଦେଖିନିଅ; ଇଏ ସୁନୁସୁନିଆ ଶାଗ, ଏଇଟା କଳମ, ଆଉ ଏଇଟା ଲେଉଟିଆ। ଲେଉଟିଆ ଶାଗ ତୁମ ବାଡ଼ିର। ପୁଞ୍ଜାଏ ବଡ଼ି ଦେଇଛି। ଖରା ହେଲାନାହିଁ। କ’ଣ ଭଲ ହେଇଛି କି ନାହିଁ କହିବ। ଆଉ ଏ ହର୍ଲିକ୍ସ ବୋତଲରେ ଗୁଆ ଘିଅ।’’

ବନମାଳୀ କହିଲେ, ‘‘ଗାଡ଼ି ଡିକିରେ ଲୀଳାବତୀ ଚାଉଳ ଦିଇଟା ବସ୍ତା ଓ ପାଟିଣି ଦି’ ବସ୍ତା ରଖିଦେଇଛି। ତୁମେମାନେ ତ ସରୁ ଚାଉଳ ଖାଉଥିବ। ବଳକା ଧାନଚାଉଳର ଟଙ୍କା ବରଂ ପଠେଇଦେବି।’’

ସେତିକିବେଳେ ବନମାଳୀଙ୍କ ପୁଅ ରାଜୁ ଗୋଟେ ବାଲ୍‌ଟିରେ କ’ଣ ଧରି ଆସିଲା। ବାଲ୍‌ଟିଟିକୁ ସମସ୍ତଙ୍କ ସାମ୍ନାରେ ରଖିଦେଇ କହିଲା, ‘‘ଏଇ ଚାରିଟା ପାଇଲି। ମାଗୁର ମାଛ।’’

ଜିଅନ୍ତା ମାଗୁର ମାଛ ଲାଞ୍ଜ ପିଟୁଥାଆନ୍ତି। ସେ ପାଣିର ଛିଟା ସିଦ୍ଧାର୍ଥ ମୁହଁରେ ଆସି ପଡ଼ିଲା। ପିଲାଦିନେ ତାକୁ ମାଗୁର ମାଛ ଖାଇବାକୁ ଭଲ ଲାଗୁଥିଲା। ବୋଉ ସେଥିରେ ଆମ୍ବୁଲ ପକେଇ ଝୋଳ କରେ। ବାପା କହନ୍ତି, ମାଗୁର ଖାଇଲେ ଦେହରେ ରକ୍ତ ହେବ। ଅନେକ ଦିନ ହେଲା ସେ ଜିଅନ୍ତା ମାଗୁର ମାଛ ଦେଖି ନ ଥିଲା। ତାକୁ ଦେଖି ତା’ର ପିଲାଦିନର ସ୍ମୃତି ଜୀବନ୍ତ ହୋଇ ଉଠୁଥିଲା।

ରାଜୁ କହିଲା, ‘‘ଶ୍ରୀଧର ମହାନ୍ତି ଦାଣ୍ଡପିଣ୍ଡାରେ ବସିଛନ୍ତି।’’

ନୀଳିମାର ପାଦରେ ଅଳତା ଲାଗି ସାରିଥିଲା। ସିଦ୍ଧାର୍ଥ ଦେଖିଲା, ପାଟିରେ ତା’ର ବିଡ଼ିଆ ପାନ। ସେଇ ପାନପିକ ଲାଗି ଓଠ ଯୋଡ଼ିକ ସାଧବବୋହୂ ପରି ଲାଲ ଟୁକୁଟୁକୁ ଦିଶୁଛି। ସେ କହିଲା, ‘‘ଏଠି ଆସି ଭଲ ବୋହୂଗିରି କରୁଛ ତ ?’’

ନୀଳିମା ହସିଦେଲା। ତା’ ହସରେ ଅନ୍ଧାରିଆ ଘର ଉଜ୍ଜ୍ୱଳି ଉଠିଲା।

ଶ୍ରୀଧର ଗୋଟେ ଖବରକାଗଜ ଗୁଡ଼ା ଟଙ୍କା ବିଡ଼ାଟି ସୁଲୋଚନାଙ୍କ ହାତକୁ ବଢ଼େଇଦେଲେ। କହିଲେ, ‘‘ଭାଉଜ, ମୁଁ ଦଶହରା ପରେ ପରେ ଯାଇ ଅବଶିଷ୍ଟ ଦେଇଆସିବି। ତା’ପରେ ତୁମେ ଯେଉଁଦିନ ସୁବିଧା କରି ଆସି କବଲା କରିଦେବ।’’

ସୁଲୋଚନା ଲକ୍ଷ୍ୟ କଲା, ‘କବଲା’ ଶବ୍ଦଟି ଶୁଣି ବନମାଳୀର ମୁହଁ କେମିତି ଝାଉଁଳି ପଡ଼ିଲା। ସେ ଶ୍ରୀଧରକୁ କହିଲେ, ‘ହଉ।’

ସେମାନେ ସମସ୍ତେ ବାହାରି ସାରିଥିଲେ। ଗାଡ଼ି ପାଖରେ ଠିଆ ହୋଇଥିଲେ

ବନମାଳୀ, ପ୍ରତିମା, ରାଜୁ, ମିଲି ଏବଂ ଶ୍ରୀଧର ମହାନ୍ତି। ସିଦ୍ଧାର୍ଥ ଦେଖିଲା ସୁଲୋଚନା କି ସୋନୁ ଦି'ଜଣ ଆସିନାହାନ୍ତି।

ସିଏ ଘର ଭିତରକୁ ଯାଇ ଡାକିଲା – 'ବୋଉ।'

ସୁଲୋଚନା ଭିତର ଘରର ଗୋଟେ ପୁରୁଣା ପଲଙ୍କ ପାଖରେ ଠିଆ ହୋଇଥିଲେ। କହୁଥିଲେ, ''ଜାଣିଲୁ ସିଧୁ, ମୁଁ ଯୋଉଦିନ ଯାଙ୍କ ଘରକୁ ପ୍ରଥମେ ଆସିଥିଲି, ଏଇ ପଲଙ୍କରେ ଆସି ବସିଥିଲି। ପଚାଶ ବର୍ଷ କି କେତେ ହେଲାଣି, ପଲଙ୍କଟା ସେମିତି ଅଛି।''

ସିଦ୍ଧାର୍ଥ କିଛି କହିଲା ନାହିଁ। ସିଏ ସୋନୁକୁ ଖୋଜିବା ଲାଗି ବାହାରକୁ ଗଲା। ସେ ଯିବାପରେ କିଏ କାଳେ ଦେଖୁଥିବ ବୋଲି ଏପଟ ସେପଟ ଚାହିଁ ସୁଲୋଚନା ସେଇ ପଲଙ୍କ ଉପରେ ଯାଇ ବସିପଡ଼ିଲେ। ମଥା ଉପରେ ସ୍ୱାମୀଙ୍କ ପୁରୁଣା ଫଟୋ। ତାଙ୍କୁ ଲାଗିଲା ସେ ଯେମିତି ଫଟୋରୁ ଓହ୍ଲେଇ ଆସି ତାଙ୍କ ପାଖରେ ବସିଛନ୍ତି। ଘର କୋଣରେ ଛୋଟ ବତିଟିଏ ଜଳୁଛି।

ସୁଲୋଚନା ଆଖି ବୁଜିଦେଲେ।

ଏଇ ଘରର କାନ୍ଥରେ ନେସି ହୋଇ ରହିଛି ପଚାଶ ବର୍ଷର ସ୍ମୃତି। ଏଇଠି ବଡ଼ପୁଅର ଜନ୍ମ। ଏଇଠି ତାଙ୍କର ଘରକରଣା। ଏଇଠି ମତ ମତାନ୍ତର, ରାଗ-ଆଡ଼ରୁଷା। ପୁଣି ଏଇଠି ସ୍ୱାମୀ ସୋହାଗ। ସୁଲୋଚନା ଯୁଆଡ଼େ ଯୁଆଡ଼େ ଅନଉଥିଲେ ସିଆଡ଼େ ସିଆଡ଼େ ତାଙ୍କ ଜୀବନର ଗୋଟିଏ ଗୋଟିଏ ଘଟଣା ଚିତ୍ର ପରି ଦିଶି ଯାଉଥିଲା।

ସୁଲୋଚନା ଆଖିର ଲୁହ ପୋଛି ମୌରସୀ ଘରଟାର ଛାତକୁ ଚାହିଁଲେ। କାଠ ଆଟୁ ଛାତରେ ଅଳନ୍ଧୁ ଓ ବୁଢ଼ିଆଣୀ ବସା, କାନ୍ଥରେ ସିନ୍ଦୂର ଓ କଜଳର ଦାଗ। ରହଣିଆ ଗନ୍ଧଉଥିଲା ଘରଟା। କିନ୍ତୁ ସୁଲୋଚନାଙ୍କୁ ସେସବୁ ଅଦ୍ଭୁତ ଲାଗୁଥିଲା। ଲାଗୁଥିଲା ଯେମିତି କିଏ କର୍ପୂର ଓ ଚନ୍ଦନ ବୋଳି ଦେଇଛି ଘରଟାର କାନ୍ଥ ସାରା।

ମନଭିତରେ ପ୍ରଶ୍ନ ଲହଡ଼ି ଖେଳୁଥିଲା, ଏସବୁ ବିକିଦେବାକୁ ନିଷ୍ପତ୍ତି ନେଇ ସେ କ'ଣ ଭୁଲ୍ କରୁଛନ୍ତି ?

ମନେ ପଡୁଥିଲା, ଯେତେଥର ସେ ଗାଁର ଜମିବାଡ଼ିତକ ବିକିଦେବା କଥା କହନ୍ତି, ସିଧୁର ବାପା କହନ୍ତି, ''ଏଇଥର ଯାଇ ନିଷ୍ପତ୍ତି ନେବି।'' କିନ୍ତୁ ସବୁଥର କୌଣସି ନିଷ୍ପତ୍ତି ନ ନେଇ ଫେରନ୍ତି। ପଚାରିଲେ କହନ୍ତି, 'ପିଲାଏ ଯାହା କହିବେ।'

କିନ୍ତୁ ସେଇ ପିଲାଏ ତ ଏବେ ଏସବୁ ବିକିଦେବାକୁ ସ୍ଥିର କଲେ। ସୁଲୋଚନାଙ୍କର ଏଥିରେ ଦୋଷ କ'ଣ ? ପୁଣି ମନକୁ ଆସିଲା, ସିଏ କ'ଣ ବରାବର ବନମାଳୀ ଓ ପ୍ରତିମାଙ୍କ ବିଷୟରେ ଏଣୁତେଣୁ କହି କହି ପିଲାଙ୍କୁ ତାଙ୍କ ଦାଦା ଖୁଡ଼ୀଙ୍କ ବାବଦରେ ଚିଡ଼େଇ ଦେଇନାହାନ୍ତି ? କିନ୍ତୁ ଏଠି ବନମାଳୀ ବା କି ସୁଖରେ ଅଛି ? ମଝିରେ

ମଝିରେ ତାଙ୍କୁ ଧାନ ଚାଉଳ ଦେଇପାରିନାହିଁ ସତ; ମାତ୍ର ସେସବୁ ସେ ଖାଇଯାଇ ନାହିଁ, ବିଚରା ବହୁକୁଟୁମ୍ବୀ, ଖାଇଦେଇଛି।

ସେ ପୁରୁଣା ପଲଙ୍କଟାକୁ ଆଉଁଶି ଦେଲେ।

ନିଷ୍ପ୍ରାଣ କାଠର ପଲଙ୍କଟା ବୀଣାର ତାର ପରି ଝଙ୍କାର ଖେଳେଇଦେଲା ତାଙ୍କର ସ୍ମୃତିକୋଷରେ।

ସିଧୁ ଡାକ ପକଉଥିଲା, ''ବୋଉ, ଆସିକି ୟାକୁ ଦେଖ୍।''

ସୁଲୋଚନା ଆଖିରୁ ଲୁହ ପୋଛି ବାହାରକୁ ଆସିଲେ। ବନମାଳୀ ସମସ୍ତଙ୍କ ପାଇଁ ନୂଆଲୁଗା ଆଣି ଦେଇଥିଲେ। ସେ ଲୁଗା କାନିପାଖରୁ ଛପା କାଗଜଟା କାଢୁ କାଢୁ ଦାଣ୍ଡକୁ ଆସି ପଚାରିଲେ, ''କ'ଣ ହେଲା ?''

: ୟାକୁ ଦେଖ୍ - ସିଦ୍ଧାର୍ଥ ସୋନୁକୁ ଦେଖେଇ ଦେଉଥିଲା।

ସୁଲୋଚନା ଦେଖିଲେ, ସୋନୁର ପ୍ୟାଣ୍ଟରେ ଗୁଗୁଚିଆ ଓ କାକର ଲାଗିଛି। କୋଉଠି ବସି ପଡ଼ିଥିଲା ବୋଧହୁଏ ! ଜଙ୍ଘ ଓ ଗୋଇଠିରେ କାଦୁଅ। ତା' ହାତରେ ତା' ଡ୍ରଇଂଖାତା।

: କ'ଣ ସେଇଟା ?

ସୁଲୋଚନା ଦେଖିଲେ, ନାତି ତାଙ୍କର ମନ୍ତେଇକୁ ଚାହିଁ ଗୋଟେ ଚିତ୍ର ଆଙ୍କିଚି। ଗଛ, ଆକାଶ ଓ ଚଢ଼େଇଙ୍କ ଚିତ୍ର। ତା' ତଳେ ବଙ୍କାତେଢ଼ା ଅକ୍ଷରରେ ଲେଖିଛି ''ପାଟପୁର - ଆମ ଗାଁ।''

ସୁଲୋଚନାଙ୍କ ଦେହରେ ବିଜୁଳି ଖେଳିଗଲା। ସେ ସୋନୁକୁ କୋଳେଇନେଇ ତା' ପ୍ୟାଣ୍ଟରୁ ଗୁଗୁଚିଆ ଶିଙ୍ଗଗୁଡ଼ାକ କାଢୁ କାଢୁ ସିଧୁକୁ କହିଲେ, ''ଗାଡ଼ିରେ ବସ୍। ମୁଁ ଆସୁଛି।'' ତା'ପରେ ଶ୍ରୀଧରଙ୍କୁ ପିଣ୍ଡା ପାଖକୁ ଡାକିଲେ, ''ଟିକିଏ ଶୁଣିଲ, ଶ୍ରୀଧର।''

ଶ୍ରୀଧର ପାଖକୁ ଗଲେ।

ସୁଲୋଚନା ଲୁଗା କାନିରୁ ଟଙ୍କା ବିଡ଼ାଟି ବାହାର କରି ଶ୍ରୀଧରଙ୍କୁ ଫେରେଇଦେଲେ।

ଶ୍ରୀଧର ପଚାରିଲେ, ''ଇଏ କ'ଣ ଖୁଡ଼ୀ ?''

ସୁଲୋଚନା କହିଲେ, ''ବହୁତ ଭାବିଲି ଶ୍ରୀଧର। ମହାପାତ୍ର ଘରର ଜମିବାଡ଼ି ବିଷୟରେ ନିଷ୍ପତ୍ତି ନେବାଲୋକ ମୁଁ କିଏ ? ସେ ନିଷ୍ପତ୍ତି ନେବାଲୋକର ଚିତ୍ର ତ ଦେଖିଲ। ଏତେ ବର୍ଷ ଧରି ଏମିତି ରହିଛି, ଥାଉ। ମୁଁ ସିନା ସବୁବେଳେ ସିଧୁବାପାଙ୍କୁ କହୁଥିଲି, କାହିଁକି ନିଷ୍ପତ୍ତି ନେଉନାହାଁ। କିନ୍ତୁ କିଛି ନିଷ୍ପତ୍ତି ନ ନେଇ ଯେ ସେ ଠିକଣା ନିଷ୍ପତ୍ତି ନେଉଥିଲେ ସେକଥା ମୁଁ ବୁଝିପାରି ନ ଥିଲି।

ଶ୍ରୀଧରଙ୍କ ପାଟିରେ କଥା ନ ଥିଲା।

■

ଗଣନା

ଶଶକ ଜାତି ପୁରୁଷକୁ ପଦ୍ମିନୀ ନାରୀ।

ଶଶଧର ପ୍ରହରାଜ ଏକଥା ଜାଣିଥିଲେ। ସେଥିପାଇଁ ଝିଅ ଲାଗି ଜ୍ୱାଇଁ ବାଛିବାବେଳେ ଜ୍ୱାଇଁ ଶଶକ ଜାତିର ପୁରୁଷ କି ନୁହଁ ତାହା ଦେଖିଥିଲେ। କିନ୍ତୁ ଯେଉଁଟା ଦେଖି ନ ଥିଲେ ସେଇଟି ଝିଅ ମାଳବିକା ଜାତକର ପଞ୍ଚମ ସ୍ଥାନ। ସେଇଥିପାଇଁ ଆଜି ସେ ପତ୍ନୀଙ୍କ ପାଖରୁ ମୁହଁ ଲୁଚେଇ ରଖୁଥିଲେ।

ଗ୍ରହାଚାର୍ଯ୍ୟ ଶଶଧରଙ୍କୁ ପାଟପୁର ଅଞ୍ଚଳର ସମସ୍ତେ ସମ୍ମାନ ଦିଅନ୍ତି। ତାଙ୍କର ଗଣନା ନିର୍ଭୁଲ। ଏଇ ଅଞ୍ଚଳର ଯେତେ ଯେଉଁଠି ଜାତକ ମେଳ, ଗୃହକର୍ମ ଆରମ୍ଭ, ଜଳାଶୟ ପ୍ରତିଷ୍ଠା କିମ୍ବା ଦେବବିଗ୍ରହ ସ୍ଥାପନା କାର୍ଯ୍ୟ ଆରମ୍ଭ ହୁଏ ସବୁ ଶଶଧର ପ୍ରହରାଜଙ୍କ ଗଣନା ମୁତାବକ। ଲୋକଙ୍କର ଦୃଢ଼ ବିଶ୍ୱାସ, ଶଶଧର ଗଣନା କରି ମାହେନ୍ଦ୍ର, ଅମୃତ କି ମଙ୍ଗଳବେଳା ନିର୍ଣ୍ଣୟ କରିଥିଲେ ଆଗକୁ ଆଉ କୌଣସି ସମସ୍ୟା ହେବ ନାହିଁ। ସେ ଅଙ୍କ କଷି ନିର୍ଭୁଲ ଗଣନା କରିଥିବେ।

ଶଶଧର ପ୍ରହରାଜ ବିଖ୍ୟାତ ଗଣକ। ଆଗେ ଖଡ଼ି ଗୋଟାଳିରେ ଘର କାଟି ଗ୍ରହ ବିଚାର କରୁଥିଲେ। ଏବେ ତାହା କାଗଜ ପେନ୍‌ସିଲ୍‌ରେ କରୁଛନ୍ତି। ନିବିଷ୍ଟ ଚିତ୍ତରେ ସେ ଗ୍ରହଚଳଣ ବିଚାର କଲାବେଳେ ଚିତ୍ରର ଚିତ୍ରଗୁପ୍ତ ପରି ଦିଶନ୍ତି। ଫରକ ଏତିକି, ପ୍ରହରାଜଙ୍କ ନାକ ଉପରକୁ ଚଷମାଟି ଓହଳି ପଡ଼ିଥାଏ, ଯାହା ଚିତ୍ରର ଚିତ୍ରଗୁପ୍ତଙ୍କ ପାଖେ ଦିଶେ ନାହିଁ। ପିଲାଦିନୁ ସେ ଏହି ଜ୍ୟୋତିଷୀ ବିଦ୍ୟାର ସମସ୍ତ ଦିଗ ଶିକ୍ଷା କରିଛନ୍ତି। ତା' ସାଙ୍ଗକୁ ବେଦ, ବେଦାନ୍ତ ଓ ଉପନିଷଦରେ ସେ ବିଚକ୍ଷଣ। ପ୍ରହରାଜ ଚଉଡ଼ା ଧଡ଼ିର ଧୋତି ପିନ୍ଧନ୍ତି। ଦେହରେ ଧଳା ପଞ୍ଜାବି। ବାମ କାନ୍ଧରେ ଖଣ୍ଡେ ଘିଅରଙ୍ଗର କୁମ୍ଭପକା ସମ୍ବଲପୁରୀ ଉତ୍ତରୀୟ। ବେକରେ ରୁଦ୍ରାକ୍ଷମାଳ, ମଥାରେ ଚନ୍ଦନ ଟୋପା ଓ ତା' ଉପରେ ଚନ୍ଦ୍ର ଉପରେ ଚନ୍ଦ୍ରରେଖା ପରି ଚିତା। ପ୍ରହରାଜଙ୍କର ଲମ୍ବା, ଗୋରା ଚେହେରା। କାନ୍ଧବ୍ୟାଗ୍ ଝୁଲେଇ ଓ ଧଳାକନା ଢଙ୍କା ଛତା ମୁଣ୍ଡେଇ ଗାଁ ରାସ୍ତାରେ ଚାଲୁଥିବାବେଳେ ସେ ଧଳାବଗଟିଏ ପରି ଦିଶନ୍ତି।

ଏହି ଧଳା ଛତାଟି ପ୍ରହରାଜଙ୍କର ଗୋଟେ ବିଶେଷ ଚିହ୍ନଟ। ସମ୍ଭବତଃ ଛତାର କନାଟି ଦୁର୍ବଳ ହୋଇଥିବାରୁ କିମ୍ବା ଅନ୍ୟ କିଛି କାରଣରୁ ସେ ଛତା ଉପରେ ଆଉ ଗୋଟେ ଧଳାକନା ସିଲେଇ କରିଦେଇଛନ୍ତି। ରାତି ପାହିଲେ ଦଶବାର ଜଣ ଆସି ଘରମୁହଁରେ ପହଞ୍ଚନ୍ତି। କାହାର ଘରକାମ ଆରମ୍ଭ ହେବ, କିଏ କୂଅ ଖୋଳିବ, କାହାର ପୁଅଝିଅ ବାହାଘର, ଆଉ କାହାର ପିଲାଛୁଆ ନ ହେଉଥିବା ସମସ୍ୟା। ପ୍ରହରାଜ ତାଳପତ୍ରପୋଥି, ଭୃଗୁସଂହିତା, ପର୍ଶୁରାମ ସଂହିତା, ସିଦ୍ଧାନ୍ତ ଦର୍ପଣ ସାର, ବାସ୍ତୁଶାସ୍ତ୍ର, କୋହେନୁର- ବିରଜା ପାଞ୍ଜି ଏବଂ ଜାତକପତ୍ର ଗଣନା କରି ଲୋକମାନଙ୍କୁ ତିଥି, ବାର ଓ ସମାଧାନ ବତାନ୍ତି। ସେମାନେ ବିଦା ହେଲାପରେ ପ୍ରହରାଜେ ଜଳଖିଆ ଖାଇ ବିଶିଷ୍ଟ ଯଜମାନଙ୍କ ଘରକୁ ଯାଇଥାଆନ୍ତି। ସେମାନଙ୍କ ଭିତରେ ବ୍ୟବସାୟୀ, ବଡ଼ଚାଷୀ, ରାଜନୈତିକ ନେତା ଏବଂ ପଦସ୍ଥ ଅଧିକାରୀ ଥାଆନ୍ତି। ସେମାନେ ପ୍ରହରାଜଙ୍କୁ ଖୁବ୍ ଭଲ ଦକ୍ଷିଣା ଦିଅନ୍ତି। ପ୍ରହରାଜ କାହାକୁ ମୁହଁ ଖୋଲି କିଛି ମାଗନ୍ତି ନାହିଁ। ବାହାରେ ରହୁଥିବାବେଳେ, ହାଟ ବଜାରରେ ନିଜ ପ୍ରଶଂସକମାନଙ୍କ ମେଳରେ ଜ୍ୟୋତିଷୀଶାସ୍ତ୍ର ଚର୍ଚ୍ଚା କରୁଥିବା ସମୟରେ ପ୍ରହରାଜ ଖୁବ୍ ଖୁସି ଥାଆନ୍ତି। ତାଙ୍କର ସମସ୍ୟା ଆରମ୍ଭ ହୁଏ ନିଜ ଘରକୁ ଫେରିଲେ। ମୁହଁ ଉପରେ ନିଜର ସାମର୍ଥ୍ୟ ଓ ଲୋକପ୍ରିୟତା ଯୋଗୁଁ ଯେଉଁ ଆନନ୍ଦର ପତଳା ଆସ୍ତରଣଟିଏ ଥାଏ ତାହା ଝାଳ ଯୋଗୁଁ ପାଉଡରର ପ୍ରଲେପ ଧୋଇଯିବା ପରି, ଧୋଇଯାଏ। ସିଏ ନିଜ ସ୍ତ୍ରୀଙ୍କ ମୁହଁକୁ ଅନେଇ ପାରନ୍ତି ନାହିଁ। ଚୁପ୍‌ଚାପ୍, ଚଗଲା ପିଲାଟିଏ ଅଭିଭାବକ ଭୟରେ ମୁହଁପୋତି ବସିବା ପରି ଚଉକି ଉପରେ ବସନ୍ତି। ସେଇଠି ବସି ସ୍ତ୍ରୀଙ୍କ ମୁହଁକୁ କଣେଇ କଣେଇ ଚାହାନ୍ତି। ସ୍ତ୍ରୀଙ୍କ ମୁହଁ

ଦୁଃଖୀ ଦିଶୁଥାଏ। ପ୍ରହରାଜ କିଛି କହିବା ପାଇଁ ସାହସ କରିପାରନ୍ତି ନାହିଁ। ଯନ୍ତ୍ରଟିଏ ପରି ଯାହା ବାଢ଼ିଦିଆଗଲା ତାହା ଖାଇଦେଇ ସେ ବିଛଣା ଉପରେ ଲୋଟିଯାଆନ୍ତି।

ଆଜି ସଞ୍ଜଠାରୁ କାଲିର ସକାଳ ପର୍ଯ୍ୟନ୍ତ ବାରଘଣ୍ଟା ସମୟ ଖୁବ୍ ଅସ୍ୱସ୍ତିରେ ବିତେ।

ଆଖିକୁ ନିଦ ଆସେ ନାହିଁ। ବିଛଣାରେ ବାରମ୍ବାର କଡ଼ ଲେଉଟାନ୍ତି। ଜାଣି ପାରନ୍ତି, ପତ୍ନୀ ମଧ୍ୟ ଶୋଇପାରୁ ନାହାନ୍ତି। ତାଙ୍କ ପରି ସିଏ ଛଟପଟ ହେଉଛନ୍ତି। ରାତି ପାହିବାକୁ ଅପେକ୍ଷା କରୁଛନ୍ତି ଆଖି ବୁଜି ବୁଜି।

ଝିଅର ତୃତୀୟ ଗର୍ଭ ସୁଦ୍ଧା ଆଗ ଦିଇଟି ଗର୍ଭ ପରି ନଷ୍ଟ ହୋଇଯିବା ଘଟଣା ପରଠାରୁ ବାପ-ମାଆ ଦୁହେଁ ବିଚଳିତ ହୋଇପଡ଼ିଛନ୍ତି। ପ୍ରହରାଜ ନିଜ ଝିଅ ମାଳବିକାକୁ ଖୁବ୍ ଭଲ ପାଆନ୍ତି। ମାଳବିକା ଖୁବ୍ ଗୁଣବତୀ। ସେ ପୁଣି ତାଙ୍କର ଏକମାତ୍ର ସନ୍ତାନ। ତାଙ୍କର ଅବସୋସ, ଏହିଭଳି ଅଘଟଣ ଘଟିଚାଲିଲେ ଭବିଷ୍ୟତରେ ତାଙ୍କ ବଂଶରେ ଦୀପଟିଏ ଜାଳିବାଲାଗି କେହି ରହିବେ ନାହିଁ। ପ୍ରହରାଜ ପରିବାରର ଗଛ ଏଇଠି ସରିଯିବ, ମରିଯିବ। ତାଙ୍କ ସ୍ତ୍ରୀ ସମସ୍ୟାଟିକୁ ଅନ୍ୟ ଦିଗରୁ ବିଚାର କରନ୍ତି। ତାଙ୍କ ପାଇଁ ଭବିଷ୍ୟତ ଅପେକ୍ଷା ବର୍ତ୍ତମାନ ବେଶି ଗୁରୁତ୍ୱପୂର୍ଣ୍ଣ। ସିଏ ମା'। ଗର୍ଭଧାରଣର କଷ୍ଟ ସେ ବୁଝିଛନ୍ତି। ନିଜ ପେଟରୁ ଜନ୍ମ ହେଇଥିବା ଝିଅଟି ତିନି ତିନିଥର ସେଇ କଷ୍ଟ ଭୋଗିଲାଣି। ମାତ୍ର କଷ୍ଟ ଶେଷରେ ସୁଖ ଟିକକ ଦେଖିବା ତା' ଭାଗ୍ୟରେ ଜୁଟି ନାହିଁ। ବରଂ ଓଲଟା ହେଇଛି। ମଲା ଛୁଆର ମୁହଁ ଦେଖି କାନ୍ଥରେ ମୁଣ୍ଡ ବାଡ଼େଇବା ସାର ହୋଇଛି ତା'ର।

ଏସବୁ କଥା ଚିନ୍ତା କଲାବେଳେ ମାଳବୋଉ ପାଗଳୀ ପରି ହୋଇଯାଆନ୍ତି। ମନେ ମନେ ଚିନ୍ତା କରନ୍ତି, ଦିନ ଦିନ ଧରି ଝିଅ ତାଙ୍କର ଗର୍ଭ ଯନ୍ତ୍ରଣା ଭୋଗୁଛି, ଅସହ୍ୟ କଷ୍ଟକୁ ଦାନ୍ତଚାପି ସହୁଛି। ସକାଳୁ ସଞ୍ଜଯାଏ ଜଗିରଖି, ପାଦ ଚିପି ଚିପି ଘର କାମ ତୁଲଉଛି, କାଳେ ତା'ର କୌଣସି ଅସାବଧାନତା ଯୋଗୁଁ ପିଲାଟାର କ୍ଷତି ହେବ। ଶାଶୂଘର ଲୋକଙ୍କଠାରୁ ନାନା ପ୍ରକାର ଟୀକା ଟିପ୍ପଣୀ ଶୁଣୁଛି। କାହାକୁ କିଛି ଉତ୍ତର ଦେଇପାରୁ ନାହିଁ ବିଚାରୀ। ଖାଲି ଗୋଟିଏ ଆଶା, ଗୋଟିଏ ଆକାଙ୍କ୍ଷା - ଏଇଥର ଈଶ୍ୱର ତା' ପିଲାକୁ ଆୟୁଷ ଦିଅନ୍ତୁ। ସିଏ ତାକୁ ଏ କଷ୍ଟ ଓ ଅପମାନରୁ ରକ୍ଷା କରନ୍ତୁ। ମାତ୍ର ଝିଅର ସେ ଆଶା ସଫଳ ହେଉ ନାହିଁ। ତିନି ତିନି ଥର ଗର୍ଭ ନଷ୍ଟ ହେଲାଣି, ଥରୁଟେ ମଲାପିଲା ଜନ୍ମ ହୋଇଛି।

ମାଳବିକା ରୂପରେ ସୁନ୍ଦର, ସ୍ୱଭାବରେ ଆହୁରି ଭଲ। ପ୍ରହରାଜେ ତା'ର ଗୁଣବିଚାର କରି କହିଥିଲେ, ସେ ପଦ୍ମିନୀ ନାରୀ। ଏଭଳି ନାରୀକୁ ଜଗତର ଶ୍ରେଷ୍ଠ ନାରୀ କୁହାଯାଏ। ଏମାନଙ୍କର ଆଖିଯୋଡ଼ିକ ପଦ୍ମପତ୍ର ପରି ଆୟତ ଓ ସୁନ୍ଦର, ନାସାରନ୍ଧ୍ର କ୍ଷୁଦ୍ର, ଦେହ କ୍ଷୀଣ, ବାକ୍ୟ କୋମଳ, କେଶ ଦୀର୍ଘ, ଅଙ୍ଗପ୍ରତ୍ୟଙ୍ଗ ମନୋହର ଓ ଉଚ୍ଚ

ବକ୍ଷ। ଏମାନଙ୍କର ମନ ସବୁବେଳେ ପରର ହିତ କରିବାଲାଗି ଆଗ୍ରହୀ ଥାଏ। ପଦ୍ମିନୀ ନାରୀର ଦେହରୁ ପଦ୍ମପୁଷ୍ପରୁ ନିର୍ଗତ ସୁବାସ ପରି ସର୍ବଦା ସୁଗନ୍ଧ ବାହାରୁଥାଏ। ମାଳ ଯୁଆଡ଼େ ଯିବ, ସିଆଡ଼େ ତା'ର ସୁବାସ ଚରିଯିବ।

ସେଦିନ ନିଜ ଝିଅର ଏସବୁ ଗୁଣ ଶୁଣି ମାଳବୋଉ ଖୁବ୍ ଖୁସି ହେଉଥିଲେ। ତାଙ୍କ ପାଦଯୋଡ଼ିକ ତଳେ ଲାଗୁ ନ ଥିଲା। ସାଇପଡ଼ିଶାର ସମସ୍ତଙ୍କଠାରୁ ମାଳବିକାର ସ୍ୱଭାବ ନେଇ ସେ ପ୍ରଶଂସା ହିଁ ଶୁଣୁଥିଲେ। ସେଥିପାଇଁ ସେ ପୁଅ ନ ଥିବାର ଦୁଃଖ ଅକ୍ଲେଶରେ ଭୁଲି ଯାଇଥିଲେ। ସେଇ ଝିଅ ଲାଗି ଦିନେ ତାଙ୍କୁ ଏଭଳି ମନସ୍ତାପରେ ଦିନ କାଟିବାକୁ ପଡ଼ିବ, ଏକଥା ସେ କେବେ କୌଣସି ଦିନ କଳ୍ପନା କରି ନ ଥିଲେ।

ମାଳବୋଉ ନିଜକୁ ମାଳବିକା ଜାଗାରେ ରଖି ବିଚାର କରନ୍ତି। ତା' ପାଇଁ ତାଙ୍କର ମାଆମନ ହାହାକାର କରି ଉଠେ। କେମିତି ସେ ଏତେ କଷ୍ଟ, ଅପମାନ ଓ ଦୁଃଖକୁ ସହି ପଡ଼ିରହିଛି ?

ଝିଅ ତାଙ୍କର ଚାଲିଗଲାବେଳେ ରାଜହଂସୀ ପରି ଦିଶେ। ଯିଏ ଯାହା କହିଗଲେ ବି ପାଣିପରି ଶୀତଳ ଥାଏ ମାଳବିକା। ଅଳ୍ପ ଦିଇଟା କ'ଣ ଖାଇଦେଲେ ତା'ର କାମ ସରେ, କେବେ ତାଙ୍କୁ ହଇରାଣ କରି ନାହିଁ। ବାପା କହନ୍ତି, 'ଏପରି ଝିଅ ଯାହା ଘରେ ଜନ୍ମ ହୋଇଥାଏ ତାହା ସ୍ୱର୍ଗ, ପୁଣି ଯାହା ଘରକୁ ବୋହୂ ହୋଇଯାଏ ସିଏ ବି ସ୍ୱର୍ଗ ପାଲଟି ଯାଏ। କିନ୍ତୁ ମାଳବିକାର ବାପଘର ଓ ଶାଶୂଘର ଉଭୟ ଘରେ ଆଜି ଦୁଃଖ, ଅଶାନ୍ତି ଆଉ ଅସନ୍ତୋଷ।

ଜଗତରେ କେତେ କେତେ ଘଟଣା ଘଟିଯାଉଛି। କେତେ କଳକାରଖାନା ଗଢ଼ି ଉଠୁଛି। ମଣିଷ ଈଶ୍ୱରଙ୍କୁ ସୁଦ୍ଧା ଜୟ କରିସାରିଲାଣି ବୋଲି ପଣ୍ଡିତମାନେ କହୁଛନ୍ତି। ଝିଅପିଲାମାନେ ଏଭେରେଷ୍ଟ ଚଢ଼ିଲେଣି, ଚନ୍ଦ୍ରମଣ୍ଡଳକୁ ଗଲେଣି। ପାଟପୁର ପରି ଅପାଣ୍ଠବା ଗାଁରେ ବିଜୁଳି ଜଳିଲାଣି। ନାଳିଗୋଡ଼ି ରାସ୍ତା ପକ୍କା ହେଲାଣି। ଝିଅମାନେ ସାଇକେଲ୍ ଚଢ଼ି ସ୍କୁଲ୍ ଗଲେଣି। ଗାଁର ଅଧା ତ ହାଟପରି ଦିଶିଲାଣି। ମାତ୍ର ଏସବୁ ଦୃଶ୍ୟ, ପରିବର୍ତ୍ତନ କି ଖବର ତାଙ୍କୁ କାହିଁକି ଆନମନା କରିପାରୁ ନାହିଁ ? ସବୁବେଳେ ସେ ଘୂରିଫେରି ନିଜର ଦୁର୍ଭାଗ୍ୟ ପାଖକୁ ଫେରି ଆସୁଛନ୍ତି କାହିଁକି ? ନିଜ ଘରର ଏଇ ଟିକକ ଅଭାବ, ଅକୁଳାଣପଣ ତାଙ୍କର ସମୁଦାୟ ଚିନ୍ତାକୁ ଚବିଶଘଣ୍ଟା ଗ୍ରାସ କରି ରଖୁଛି। ସମୟେ ସମୟେ ସେ ଭାବୁଛନ୍ତି, କାହିଁକି ମାଳର ପିଲାପିଲି ହେବା ଘଟଣାକୁ ନେଇ ସେ ଏତେ ଘାଣ୍ଟିଚକଟି ହେଉଛନ୍ତି। ଯଦି ଦଇବ ବିଧାତା ତା' କପାଳରେ ପିଲାଟିଏ ଦେଇ ନ ଥିବେ, ତାହାହେଲେ ସେ କାନ୍ଦିକୁନ୍ଦି ଯେତେ ବାଡ଼େଇ କଚାଡ଼ି ହେଲେ ବି କିଛି ଉପକାର ହେବ ନାହିଁ।

ମଣିଷ କେତେ ସମର୍ଥ, ପୁଣି କେତେ ଅସମର୍ଥ !

ଦୂର ଅପରିଚିତ କେଉଁ ମଣିଷର କିଛି ଅଦ୍ଭୁତ କାମକୁ ନେଇ ସାରା ମଣିଷ ଜାତି ଯଶ ଓ ଖ୍ୟାତି ପାଏ। କିନ୍ତୁ ଆପଣାର ଦୁର୍ବଳତା, ଅଭାବ, ଅପ୍ରାପ୍ତି ଓ ଅବସୋସକୁ ଅତିକ୍ରମ କରିବା କଥା ଭାବିଲାବେଳେ ସାରା ମଣିଷ ସମାଜର କୀର୍ତି ତା' ପାଇଁ ନିଅଣ୍ଟ ପଡ଼େ!

ପ୍ରହରାଜ ଯେମିତି କଣେଇ କଣେଇ ପତ୍ନୀଙ୍କୁ ଚାହାନ୍ତି, ମାଳବୋଉ ମଧ୍ୟ ସେମିତି କଣେଇ କଣେଇ ନିଜ ସ୍ୱାମୀଙ୍କୁ ଅନାନ୍ତି। ଦେଖନ୍ତି, କେମିତି ଦିନକୁ ଦିନ ସଳଖ ସୁନ୍ଦର ମଣିଷଟି ଚିନ୍ତାରେ ବଙ୍କେଇ ଯାଉଛନ୍ତି। ଶିରାଗୁଡ଼ିକ ଫୁଟି ଦିଶୁଛନ୍ତି ହାତ, ପାଦରେ। ମୁହଁରେ ସେ ଜ୍ୟୋତି ନାହିଁ। ଆଜିକାଲି ଖାଇବା ପିଇବାରେ ଆଗ୍ରହ ନାହିଁ। ସମୟେ ସମୟେ ମିଛରେ 'ଭୋକ ନାହିଁ' କହି ଶୋଇ ପଡୁଛନ୍ତି।

ତେରଷ୍ଠା ବର୍ଷ ଚଇତ୍ର ମାସରେ, ମାଳବିକାର ତୃତୀୟଥର ଗର୍ଭସଞ୍ଚାର ଖବର ପାଇ ପ୍ରହରାଜ ଏବଂ ତାଙ୍କ ସ୍ତ୍ରୀ ଖୁବ୍ ଖୁସି ହୋଇଥିଲେ। ପ୍ରଥମ ଗର୍ଭ ଲେଉଟିଯିବାବେଳେ ମାଳବୋଉ ଦୁଃଖ କରିଥିଲେ। ମାତ୍ର କିଛିଦିନ ପରେ 'ପ୍ରଥମ ବାଜି ଭୀମ ହାରେ' ବୋଲି ନିଜର ସମ୍ଭାବ୍ୟ ନାତି କି ନାତୁଣୀ ତରଫରୁ ଯୁକ୍ତି ବାଢ଼ି ଦ୍ୱିତୀୟଟି ପାଇଁ ମନରେ ଆଶା ବାନ୍ଧିଥିଲେ। ଦ୍ୱିତୀୟଟି ଜନ୍ମହେଲା, ମଲା ଛୁଆ।। ମାଳବୋଉ ଓ ପ୍ରହରାଜେ ଯଥେଷ୍ଟ ଭାଙ୍ଗିପଡ଼ିଲେ। ମାସକ ପର୍ଯ୍ୟନ୍ତ ପରସ୍ପରର ମୁହଁକୁ ଅନେଇ ପାରିଲେ ନାହିଁ। କିନ୍ତୁ ତା'ପରେ ମାଳବୋଉ ଯୁକ୍ତି କଲେ, "ସେ ଲଢୁଛି। ଲଢ଼ି ଲଢ଼ି ଆସୁଛି। ପ୍ରଥମ ଥର ଗର୍ଭ ଭିତରେ ହାରିଯାଇଥିଲା। ଦ୍ୱିତୀୟଥର ମାଆର ଗର୍ଭ ଭିତରୁ ମୁକୁଳି ଆସିଥିଲା ବିଚରା, କିନ୍ତୁ ବଞ୍ଚି ପାରିଲା ନାହିଁ। ଦେଖିବ, ଏଥର ସେ ହସିଖେଳି, ହାତଗୋଡ଼ ଛାଟି ମୋ କୋଳକୁ ଡେଇଁ ପଡ଼ିବ।"

ପ୍ରହରାଜେ ନିଜ ପତ୍ନୀଙ୍କ ସେଇ ଚେହେରାଟିକୁ କଦାପି ଭୁଲିପାରନ୍ତି ନାହିଁ। ଆଖିରୁ ଲୁହଧାର ଗଡୁଥିବ, ବାରମ୍ବାର ଲୁହ ପୋଛି ପୋଛି ଗାଲ ଦି'ପଟ ନାଲି ପଡ଼ିଯାଇଥିବ, ଅଥଚ ଓଠରେ ଥିବ ପ୍ରଚୁର ଆଶା ଆଉ ବିଶ୍ୱାସର ଆତ୍ମସାନ୍ତ୍ୱନା। ମଣିଷକୁ କି ଉପାଦାନରେ ଗଢ଼ିଥାନ୍ତି ଈଶ୍ୱର ! କେମିତି ପଛକୁ ପଛ ତା' ମନ ଭିତରେ, ସବୁ ପରିସ୍ଥିତି ଓ ସମୟ ଉପଯୋଗୀ ଯୁକ୍ତିମାନ ଖଞ୍ଜି ଦେଇଥାଆନ୍ତି ସେ ! କିନ୍ତୁ ତୃତୀୟଟି ମଧ୍ୟ ମାଳବିକାର ଗର୍ଭ ଭିତରୁ ଲେଉଟିଗଲା। ଏଥର ମାଳବୋଉ କୌଣସି ଯୁକ୍ତି ପାଇଲେ ନାହିଁ। ତାଙ୍କର ସବୁ ସାହସ, ଆଶା ଓ କଳ୍ପନା ଗୋଟେ ମୂଳଛିଣ୍ଡା କଖାରୁଲଟାର ପତ୍ର, ଫୁଲ ଓ କଷି ପରି ମଉଳି ଶୁଖି ଝଡ଼ି ପଡ଼ିଥିଲା।

ସେଦିନ ରାତିରେ ମାଳବୋଉ, କାଠଗଡ଼ ପରି ନିଶ୍ଚଳ ପ୍ରହରାଜଙ୍କୁ ହଲେଇ ପଚାରିଥିଲେ, "ଜ୍ୱାଇଁଙ୍କର କିଛି ସମସ୍ୟା ନାହିଁ ତ ? କଟକ ଯାଇ ବଡ଼ ଡାକ୍ତରଙ୍କୁ

ଦେଖାଇବା ଲାଗି କହୁନା କାହିଁକି ? ମୋ ଝିଅର ଅବସ୍ଥା କ'ଣ ଚିନ୍ତା କର। ଯାହାର ଗର୍ଭ ତିନି ତିନିଥର ଏଭଳି ଅବସ୍ଥା ଭୋଗିଲାଣି, ସେ ଆଉ ଥରେ ଛୁଆ ଧରି ପାରିବ ତ ?"

ଶଶଧର ପ୍ରହରାଜେ କହିଥିଲେ, "ଜ୍ୱାଇଁ ଶଶକ ଜାତିର ପୁରୁଷ। ପଦ୍ମିନୀ, ଚିତ୍ରିଣୀ, ଶଙ୍ଖିନୀ ଓ ହସ୍ତିନୀଙ୍କ ମଧ୍ୟରେ ପଦ୍ମିନୀ ଯେପରି ଶ୍ରେଷ୍ଠ, ଶଶକ-ମୃଗ, ବୃଷ ଓ ଅଶ୍ୱ ଏପରି ଚାରି ଜାତିର ପୁରୁଷଙ୍କ ମଧ୍ୟରେ ଶଶକ ଶ୍ରେଷ୍ଠ। ତୁମେ ତାଙ୍କର ସ୍ୱଭାବ ଦେଖୁଛ। ପୁଣି ଏପରି ପ୍ରଶ୍ନ ପଚାରୁଛ କିପରି ? ତା'ଛଡ଼ା ଶ୍ୱଶୁର ହୋଇ ମୁଁ ଏପରି ପ୍ରସ୍ତାବ ଦେବା ଠିକ୍ ନୁହେଁ। ତୁମେ ବରଂ ଝିଅକୁ କୁହ, ସେ ଜ୍ୱାଇଁଙ୍କୁ କହୁ।"

ଖଟ ଉପରୁ ଥାଇ ପ୍ରହରାଜ ଡାକ ପକେଇଲେ, "ମାଳବୋଉ, ମୋ ଗଳା କାହିଁକି ଶୁଖିଯାଉଛି। ପାଣି ଗିଲାସେ ଦିଅ।"

ମାଳବୋଉ ହାତରୁ କରଚୁଲିଟା ତଳେ ପକେଇ ଦେଇ ଧାଇଁ ଆସିଲେ। ସାତ ଦିନ ହୋଇଗଲାଣି, ପ୍ରହରାଜଙ୍କୁ ଜ୍ୱର ଛାଡୁ ନାହିଁ କି କଫ ଛିଡୁ ନାହିଁ। କାଶି କାଶି ନୟାନ୍ତ ହୋଇଯାଉଛନ୍ତି। ସେଥିପାଇଁ ମାଳବୋଉ ତେଜପତ୍ର, ଅଦା, ମିଶ୍ରି ଓ ଗୋଲମରିଚ ପକେଇ ଅଧଡେକ୍‌ଚିଏ ପାଚନ ପାଣି ତିଆରି କରି ରଖିଛନ୍ତି। ସେଇଥିରୁ ଗିଲାସେ ଗିଲାସେ ସ୍ୱାମୀଙ୍କୁ ଦେଉଛନ୍ତି। ଏସବୁ ପିଇଲେ କଫ ଛିଣ୍ଡିବ।

ପ୍ରହରାଜେ ପଚାରିଲେ, "କିଏ କିଏ ଆସିଥିଲେ ?"

ମାଳବୋଉ ଉତ୍ତର ଦେଲେ, "ସେ ଯଜମାନମାନଙ୍କ କଥା ଛାଡ଼। ଆଗେ ନିଜ ଦେହ ଖବର ବୁଝ। ସକାଳୁ ସଂଜଯାଏ ଏଣେତେଣେ ବୁଲିଲେ ଦେହ ଖରାପ ହେବନି ତ କ'ଣ ହେବ ? କାହିଁକି ଏତେ ବୁଲୁଛ ? ଆମର କ'ଣ ଖାଇବା ପିନ୍ଧିବାର ଅଭାବ ହେଇଛି ? ନିଜ ଦେହକୁ ଜଗ। ଆମର ଆଉ କିଏ ଅଛି ଯେ ... !"

ଏ ପଦଟା ମାଳବୋଉ ସାରିପାରିଲେ ନାହିଁ। ନିଜକୁ ନିଜେ ଅଟକିଗଲେ। ବହୁବାର ସ୍ୱାମୀଙ୍କୁ ସେ ଏହି ଉଲୁଗୁଣା ଦେଇଛନ୍ତି। ନୀଳକଣ୍ଠ ପରି ସେସବୁ ଆକ୍ଷେପକୁ ଗିଳିପକେଇ ପ୍ରହରାଜେ ନିରବ ରହିଛନ୍ତି। ଏ ବେଳେ ସେ ଆଉ ସ୍ୱାମୀଙ୍କୁ କଷ୍ଟ ଦେବାକୁ ଚାହାନ୍ତି ନାହିଁ। ନିଜ କହିବା କଥା ପାଇଁ ନିଜେ ସାଙ୍କୁଡ଼ି ଗଲେ।

ପ୍ରହରାଜ କିଛି କହିବା ପାଇଁ ଚାହୁଁଥିଲେ। ମାତ୍ର କାଶ ଉଠିବାରୁ ନିରବ ହୋଇଗଲେ। ମାଳବୋଉ ସ୍ୱାମୀଙ୍କ ଛାତିକୁ ଆଉଁଶିଦେଲେ। କହିଲେ, "ଏବେ କିଛି କୁହ ନାହିଁ। କାଶ ଭଲ ହୋଇଯାଉ।"

ପ୍ରହରାଜ ତକିଆ ତଳେ ଥିବା ଛୋଟ ତଉଲିଆରେ କଳରୁ ନିଗିଡ଼ି ଆସୁଥିବା ଛେପଖଙ୍କାର ପୋଛିଦେଲେ। ବଡ଼ ବଡ଼ ପ୍ରଶ୍ୱାସ ନେଇ କହିଲେ, "ପଚସ୍ତରି ହେଇଗଲା। ଆଉ କେବେ କହିବି ?"

ମାଳବୋଉ ସ୍ୱାମୀଙ୍କ ଅଣ୍ଟାଧରି ତାଙ୍କୁ କଡ଼ବାଗିଆ ଶୁଆଇ ଦେଲେ। ସବୁବେଳେ ଚିତ୍ ହେଇ ଶୋଇ ଶୋଇ, ଅଣ୍ଟା ପିଠି ଦରଜ ହୋଇଯିବଣି।

ମାଳକୁ କୁହ, 'ପୋଷ୍ୟପୁତ୍ରଟିଏ ନେବ।' – ପ୍ରହରାଜେ ଗୁଣୁଗୁଣେଇଲା ଭଳି କହିଲେ।

ମାଳବୋଉ ଚମକି ପଡ଼ିଲେ। ଏମିତି କଥା ଇଏ କାହିଁକି କହୁଛନ୍ତି? କିଛି ନ ଭାବିଚିନ୍ତି କୌଣସି କଥା କହିବା ଲୋକ ଇଏ ନୁହନ୍ତି। କ'ଣ ଚତୁର୍ଥ ଗର୍ଭ ବି ଲେଉଟି ଯିବ ନା କ'ଣ?

ମାଳବୋଉ ଟିକିଏ ଉଚ୍ଚ ପାଟିରେ କହିଲେ, 'କ'ଣ କହିଲ? ଆଉ ଥରେ କୁହ।"

ଶଶଧର ପ୍ରହରାଜ କଥା ବୁଲେଇଲେ। ପଚାରିଲେ, 'ଝିଅ ଘରକୁ ଏଥର କ'ଣ ସଜ ପଠେଇଥିଲ?'

: ସାତ ମାସର ନା ନଅ ମାସର? କେଉଁ ସଜ କଥା ପଚାରୁଛନ୍ତି ପ୍ରହରାଜେ? – ମାଳବୋଉ ବୁଝି ପାରୁ ନ ଥିଲେ।

ଶଶଧର ପ୍ରହରାଜ ଦୀର୍ଘଶ୍ୱାସ ନେଲେ। ପ୍ରଥମ ଥର ଝିଅ ଘରକୁ ସାଦଭାର ପଠେଇବାବେଳେ ସିଏ ଓ ମାଳବୋଉ ଗୋଟି ଗୋଟି କରି ଜିନିଷର ଚିଠା ତିଆରି କରିଥିଲେ। ଆଠ ନଅବର୍ଷ ହେଲାଣି, ଏବେ ବି ସେ ଚିଠା କଥା ମନେ ଅଛି। ସାତ ମାସରେ ପୁରି, କାକରା, ଦହିବରା, ଓଦାବୁଟ ଭଜା, ଲୁଣି ନିମିକି, ରସଗୋଲା, ଗୋଲାପଜାମୁ, ଛେନାଗଜା ପରି କେତେ ଜିନିଷ ପଠେଇଥିଲେ। ମାଳବିକାକୁ ପୋଡ଼ପିଠା ଭଲ ଲାଗେ। ଗୋଟେ ପୋଡ଼ପିଠା ପଠେଇବା କଥା ମନେ ପକେଇଦେବାରୁ ମାଳବୋଉ ସେଦିନ କେମିତି ବାଘୁଣୀ ପରି ତାଙ୍କ ଉପରକୁ ମାଡ଼ି ଆସିଥିଲେ। ଜେରା କରିଥିଲେ, 'ଏତେ ଶାସ୍ତ୍ର ପୁରାଣ ପଢ଼ିଚ, ଏକପାଖିଆ। ପିଠା ଝିଅର ସାଦଭାରରେ ପଠାନ୍ତି ନାହିଁ ବୋଲି କ'ଣ ଜାଣିନ? ଚିତୋଉ ପୋଡ଼ପିଠା ଗୁଡ଼ାକ ଏକପାଖିଆ। ପିଠା। ଏସବୁ ମା' ଖାଇଲେ, କୋଳ ଛୁଆ। ବାହୁଡ଼ି ଯାଏ।"

ସେଦିନ ମାଳବୋଉଙ୍କର ସେ ରୁଦ୍ରଚେହେରା ଦେଖି ସ୍ୱାମୀ ପ୍ରହରାଜ ଡରିଥିଲେ କମ୍, ଖୁସି ହୋଇଥିଲେ ବେଶି। ଦଶହରା ମେଢ଼ର ଦୁର୍ଗାମୂର୍ତ୍ତି ପରି ମାଳବୋଉ ଝଟକୁ ଥିଲେ। ସିଏ କହିଥିଲେ, "ଜାଣିଛି, ଜାଣିଛି। ବେଳେ ବେଳେ ବାତ୍ସଲ୍ୟମମତା ପଣ୍ଡିତିଆ ଜ୍ଞାନକୁ ଘୋଡ଼େଇ ପକାଏ।"

ସାତମାସରେ ଥରେ ଓ ନଅମାସରେ ଆଉ ଥରେ ବାପଘରୁ ସାଦଭାର ଯିବା ବିଧି। ସେଥିରେ ଯାଇଥିବା ଭଲ ଭଲ ଖାଇବା ଜିନିଷ କେବଳ ଝିଅ ଖାଏ ନାହିଁ, ଝିଅ

ଘରର ସାହିପଡ଼ିଶା ଓ ବନ୍ଧୁବାନ୍ଧବଙ୍କ ଘରେ ବଣ୍ଟାଯାଏ। ସେହି ମିଠା ଓ ପିଠା ପଠାଗଲେ ସେମାନେ ଜାଣନ୍ତି, ବୋହୂଟି ଗର୍ଭବତୀ ହୋଇଛି। ତା'ପରେ ସେମାନେ ଭଲ ଭଲ ଜିନିଷ ରାନ୍ଧି ସନ୍ତାନସମ୍ଭବା ମା'ର ଖାଇବା ପାଇଁ ପଠାନ୍ତି। ସେ ଭାରଥୋରର ଗତି ଧୀର ହେଇଆସିଲାବେଳକୁ ନଅମାସର ଭାର ପୁଣି ଯାଏ ବାପଘରୁ। ଆଉ ପରସ୍ତେ ଦିଆନିଆ ଚାଲେ। ମାଆ ମୁଣ୍ଡରେ ଆଶୀର୍ବାଦ ବରଷେ, ତା' ପେଟର ଛୁଆ ପାଇଁ କଲ୍ୟାଣ।

ପ୍ରହରାଜେ ପୁଣି ଚିତ୍ ହୋଇ ଶୋଇପଡ଼ିଲେ।

ଦ୍ୱିତୀୟ ଗର୍ଭବେଳକୁ ସେ ଘିଅ, କଞ୍ଚାକଦଳୀ, ବାଡ଼ି ବିଲାତି ଓ ଅମୃତଭଣ୍ଡା ସବୁ ଯୋଗାଡ଼ କରି ରଖିଥିଲେ। ପିଲା ଜନ୍ମ ପରେ ପରେ ମାଆ ପାଇଁ ଏସବୁ ଖୁବ୍ ପ୍ରୟୋଜନ। ସିଏ ଏପଟୁ ଭାରୁଆ ଡାକି ଜିନିଷପତ୍ର ସଜ କରୁଛନ୍ତି, ସେପଟୁ ଖବର ଆସିଲା, ମାଳବିକାର ଛୁଆଟା ମଲାଛୁଆ।।"

କ'ଣ ଗୋଟାଏ ଝଣ୍ କରି ଶବ୍ଦ ହେଲା।

ଶଶଧର ପ୍ରହରାଜ ଆଖି ଖୋଲି ଚାହିଁଲେ। ତାଙ୍କ ଆଡ଼କୁ ପିଠିକରି ମାଳବୋଉ ଆଲମାରି ଭିତରୁ କ'ଣ ଖୋଜୁଛନ୍ତି। ସେଇ ଜିନିଷ ଭିତରୁ କିଛି ଗୋଟାଏ ଖସି ପଡ଼ିଥିଲା। ତାକୁ ଇ ଖୋଜି ହେଉଥିଲେ ସେ। ଶଶଧର ଆଖି ବୁଜିଦେଲେ। ସାହସ ସଞ୍ଚୟ କରି କହିଲେ, 'ମୋ କଥାର ଉତ୍ତର ଦେଲ ନାହିଁ?"

: କହିଲି ପରା, ମୋତେ ଶୁଭିଲା ନାହିଁ। ଆଉ ଥରେ କୁହ। ମାଳବୋଉ ତଳୁ ଉଠୁ ଉଠୁ ଜବାବ ଦେଲେ। ତାଙ୍କର ଅଣ୍ଟାବାତ। ନୋଇଁ ପଡ଼ିଲେ, ଉଠିବାକୁ ଖୁବ୍ କଷ୍ଟ ହୁଏ।

ଶଶଧର ପ୍ରହରାଜ ପୁଣି କାଶିଲେ। କାଶି କାଶି ନୟାନ୍ତ ହୋଇଗଲେ। ମିନିଟ୍ଏ ପର୍ଯ୍ୟନ୍ତ ସେ କାଶ। କାଶି ସାରିବାବେଳକୁ ଲାଲ୍ ଲାଲ୍ ଆଖିରେ ପାଣି ଜୁଡୁସୁଡୁ। ସେ ଧଇଁସଇଁ ହୋଇପଡୁଥିଲେ।

ମାଳବୋଉଙ୍କୁ ଡର ଲାଗିଲା। ଇଏ ଲୋକ କେବେ ଏତେ ଦିନ ବିଛଣାରେ ପଡ଼ନ୍ତି ନାହିଁ। ଶୃଙ୍ଖଳା ମାନି ଚଳିବା ମଣିଷ। ସୂର୍ଯ୍ୟ, ଚନ୍ଦ୍ରଙ୍କ ଆତଯାତ ପରି ଏହାଙ୍କର ବ୍ୟବହାର। ସାତଦିନ ହେଲା ଖଟିଆରେ ପଡ଼ିଲେଣି। ପ୍ରଥମ ଦି' ଦିନ କବିରାଜୀ ଔଷଧ ଖାଉଥିଲେ, ଏବେ ଡାକ୍ତରୀ ଔଷଧ ଖାଉଛନ୍ତି। ତଥାପି କାଶ ଭଲ ହେଉ ନାହିଁ, ଜ୍ୱର ବି ଓହ୍ଲଉ ନାହିଁ। ସେ ମନ ସ୍ଥିର କଲେ, ଗାଡ଼ିଟେ ଡକେଇ ପ୍ରହରାଜଙ୍କୁ ଡାକ୍ତରଖାନା ନେଇଯିବେ।"

ଶଶଧର ପତ୍ନୀଙ୍କର ମନକଥା ଜାଣିବା ଭଳି କହିଲେ, "ତୁମେ ମୋ ପାଇଁ ବିଲକୁଲ ବ୍ୟସ୍ତ ହୁଅ ନାହିଁ ମାଳବୋଉ। ଆସ, ମୋ ପାଖରେ ଟିକିଏ ବସ।"

ମାଳବୋଉ କାଠ ଟୁଲ୍‌ଟିଏ ଘୋଷାରି ନେଇ ସ୍ୱାମୀଙ୍କ ପାଖରେ ବସିଲେ।

ତାଙ୍କ ମୁଣ୍ଡବାଳ, କପାଳ ଓ ଛାତି ଆଉଁଶି ଦେଲେ। ଚଦରଟା ଅଣ୍ଟା ତଳକୁ ଖସି ଆସିଥିଲା। ତାକୁ ଭିଡ଼ିନେଇ ଗଳା ପର୍ଯ୍ୟନ୍ତ ଢାଙ୍କିଦେଲେ।

ସାହସ ଗୋଟେଇ ଶଶଧର କହିଲେ, "ମାଳକୁ କୁହ, ପୋଷ୍ୟ ପୁତ୍ରଟିଏ ନେବ। ମୋର ବା ଆଉ କେତେ ଦିନ? ଆଖି ବୁଜିବା ଆଗରୁ ନାତିଟାକୁ ଟିକେ ଦେଖିଯିବି।"

ମାଳବୋଉ ଉଠିପଡ଼ିଲେ। କହିଲେ, "ଏମିତି କଥା କାହିଁକି କହୁଛ? ମାଳର ପରା ଆଜିକାଲି ଭିତରେ ପିଲାହେବ। ଡାକ୍ତର ତାରିଖ ଦେଇଛନ୍ତି। ଜ୍ୱାଇଁ କହିଛନ୍ତି, ଏଥର ସେ କଟକ ଯାଇ ଡାକ୍ତରଙ୍କୁ ଦେଖେଇ ଆସିଥିଲେ, ପିଲାଟାର ଅବସ୍ଥା ଭଲ ଅଛି।"

ପ୍ରହରାଜେ କ'ଣ ବିଳିବିଳେଇଲେ।

ମାଳବୋଉ ଜାଣିଲେ, ସ୍ୱାମୀ କିଛି କହିବାକୁ ଚାହୁଛନ୍ତି। ସେ ତାଙ୍କ ଅଣ୍ଟାତଳେ ହାତରଖି ଟିକିଏ ଉପରକୁ ଉଠେଇଦେଲେ। ପଲଙ୍କର ମୁଣ୍ଡକୁ ଆଉଜି ବସିଲେ ପ୍ରହରାଜ। ମାଳବୋଉ ଦିଇଟା ତକିଆକୁ ଉଚ୍ଚାକରି ତାଙ୍କ ଅଣ୍ଟାତଳେ ସଜାଡ଼ିଦେଲେ। ଉଠିଯାଇ ଆଉ ଗିଲାସେ ପାଚନପାଣି ଆଣି ପିଇବାକୁ ଦେଲେ। ନିଜ ପଣତକାନିରେ ସ୍ୱାମୀଙ୍କର ମୁହଁକୁ ପୋଛି ଦେଲେ।

ପ୍ରହରାଜେ କହିଲେ, "ତମ ପାଣି ଢେର୍ ପିଇଲିଣି। କାଶ ଔଷଧରୁ ଦି' ଚାମୁଚ ଦିଅ।"

: ଏ ଔଷଧ ଗୁଡ଼ାକ ଖାଇ ଖାଲି ଶୋଇ ରହୁଛ। ମନରେ କ'ଣ ଅଛି କହିଦିଅ। ଏମିତି ମଝିରେ ମୋତେ ଝୁଲେଇ ରଖ ନାହିଁ। - ମାଳବୋଉ କହିଲେ।

: କନ୍ୟାର କୋଷ୍ଠୀର ପଞ୍ଚମ ସ୍ଥାନ ସନ୍ତାନ ବିଚାର ସ୍ଥାନ। ସେଠି ଧ୍ୱଂସସୂଚକ କଟାମୁଣ୍ଡ ରାହୁ ସହିତ କ୍ରୂର ଗ୍ରହ ମଙ୍ଗଳ ଏକାଧାଡ଼ିରେ ରହିଲେ ଅସୁବିଧା ହୁଏ। ପୁଣି ଏହାକୁ ପାପଗ୍ରହ ଶନିଙ୍କର ତୃତୀୟ ଦୃଷ୍ଟି ରହିଛି। ରୋଗ ଅଧିପତି ସୂର୍ଯ୍ୟ ଏକାଦଶ ସ୍ଥାନରେ ରହି ଏହି ଭାବକୁ ସିଧା ଦୃଷ୍ଟିରେ ଅନେଇଛନ୍ତି। ପଞ୍ଚମ ଅଧିପତି ଚନ୍ଦ୍ର ନୀଚ ସ୍ଥାନରେ। ପାପଗ୍ରହ ଶନିର ସିଧା ଦୃଷ୍ଟି ଓ ରାହୁର ନବମ ଦୃଷ୍ଟି ରହିଲେ କନ୍ୟାର ବାରମ୍ବାର ଗର୍ଭପାତ ଆଶଙ୍କା। - ବଡ଼ କଷ୍ଟରେ ଏତକ କହିସାରି ନିଃଶ୍ୱାସ ନେଲେ ପ୍ରହରାଜ।

କଟା କଦଳୀ ଗଛ ପରି ମାଳବୋଉ ତଳେ ପଡ଼ିଗଲେ। ତାଙ୍କ ମୁଣ୍ଡଟା ଶଶଧରଙ୍କ ପଲଙ୍କ ଦେହରେ ପିଟି ହୋଇଗଲା।

ଶଶଧର ଡାକପକେଇଲେ, "ଦାମ, ସେବତୀ। ମା' ପଡ଼ିଗଲେରେ। ଆସି ଉଠାଅ।"

ଦାମ ବାଡ଼ିରେ ଓ ସେବତୀ ରୋଷେଇଘରେ କାମ କରୁଥିଲେ। ସେମାନେ ଧାଇଁ

ଆସିଲେ। ନିଜେ ଶଶଧର ବି ପଲଙ୍କ ଉପରୁ ଉଠି ମାଲବୋଉଙ୍କୁ ଉଠେଇବାକୁ ଚେଷ୍ଟା କଲେ। କିନ୍ତୁ ସେ ଅନୁଭବ କଲେ, ତାଙ୍କର ମୁଣ୍ଡଟା ଘୂରେଇ ଦେଉଛି। ସେ କାନ୍ଥରେ ଢେରାଦେଇ ପଲଙ୍କ ଉପରକୁ ଗଲେ। ଭାବିଲେ, ଏତେବର୍ଷ ଧରି ଏଗୁଡ଼ାକ ମାଲବୋଉଙ୍କୁ କହି ନ ଥିଲେ। ଆଉ କିଛି ବର୍ଷ ନିଜ ଭିତରେ ଛପେଇ ରଖିଥିଲେ ବୋଧହୁଏ ଭଲ ହୋଇଥାଆନ୍ତା। କିନ୍ତୁ ପ୍ରହରାଜ ନିଜର ଗ୍ଳାନିବୋଧରୁ ମୁକ୍ତି ଖୋଜୁଥିଲେ। ସେଥିପାଇଁ ଏକଥା ଲୁଚେଇ ରଖିବା ତାଙ୍କର ସାଧ୍ୟାତୀତ ଥିଲା।

ମାଲବୋଉ ଠିକଣା ସମୟରେ ହାତଭରା ଦେଇ ମୁଣ୍ଡଟାକୁ ବଞ୍ଚେଇ ଦେଇଥିଲେ। ହାତଟା କଚି ହୋଇଗଲେ ବି ମୁଣ୍ଡରେ ଆଘାତ ଲାଗି ନ ଥିଲା। ମୁହଁରେ ପାଣି ଛଟାଯିବା ପରେ ସେ ହୋସ୍ ଫେରିପାଇଲେ। ଦେହର ଆଘାତ ଅପେକ୍ଷା ମନର ଆଘାତ ତାଙ୍କୁ ଅଧିକ ନିସ୍ତେଜ କରିଦେଇଥିଲା।

ସେ ଦାମ ଓ ସେବତୀଙ୍କୁ କହିଲେ, 'ତୁମେ ଯାଅ। ନିଜ ନିଜ କାମ କର। ମୁଁ ନିଜେ ହାତରେ ପଞ୍ଚଗୁଣା ଲଗେଇଦେବି।

ଦାମ ଓ ସେବତୀ ଫେରିଗଲେ। ମାଲବୋଉ ଚାହିଁଲେ, ଗୋଟେ ନିର୍ଦ୍ଦୟ ଗ୍ରହ ପରି ତାଙ୍କ ସ୍ୱାମୀ ପଲଙ୍କ ଉପରେ ପଡ଼ିରହି ଡବଡବ ଆଖିରେ ଛାତକୁ ଅନେଇଛନ୍ତି। ସେ ଲୁହ ସମ୍ଭରଣ କରି ପଚାରିଲେ, "ଯଦି ସବୁ କଥା ଜାଣିଥିଲ, ତାହାହେଲେ ମୋ ଛୁଆଟାକୁ କାହିଁକି ବାହା କରେଇଲ ? କାହିଁକି ସେ ଥରକୁ ଥର ଏତେ କଷ୍ଟ ଭୋଗୁଛି ? ଏତେ ଅପମାନ ଭୋଗୁଛି। ତୁମକୁ କ'ଣ ଏସବୁ ପିଲାଖେଳ ଲାଗୁଛି ! କି ନିଷ୍ଠୁର, କଂସେଇ ତୁମେ ?"

ପ୍ରହରାଜେ କଡ଼ ଲେଉଟେଇ ଅଧାମେଲା ଝରକାର କବାଟଟାକୁ ଡାହାଣ ହାତରେ ଠେଲିଦେଲେ। ଆଜି ବଉଳ ଅମାବାସ୍ୟା।

ମାଲବୋଉ, ଆସାମୀକୁ ଓକିଲ ଜେରା କଲାପରି ଜେରା କରୁଥିଲେ, "ମୋ କଥା କ'ଣ ଶୁଭୁ ନାହିଁ ? ସବୁକଥା ଜାଣିଥିଲ, ମୋତେ କହି ନ ଥିଲ କାହିଁକି ? ଚାଳିଶ ବର୍ଷର ଘରକରଣାର ଏଇ ମୂଲ୍ୟ ? ମୋ ସାଙ୍ଗରେ ବି ଛଳନା ? କାହିଁକି ଝିଅକୁ ବାହା କରଉଥିଲ ? କାହିଁକି ତା' ପରିବାରକୁ ଏତେ ହଟହଟା ହବାକୁ ପଡୁଛି। କାହିଁକି ବିନା ଦୋଷରେ ଜ୍ୱାଇଁ ଆଣ୍ଠୁକୁଡ଼ା ଦୋଷ ମୁଣ୍ଡେଇ ବୁଲୁଛନ୍ତି ?"

ମାଲବୋଉଙ୍କ ପ୍ରଶ୍ନର ଶେଷ ନ ଥିଲା। ଆଖିରୁ ଧାର ଧାର ଲୁହ ଓ ଛାତି ଭିତରୁ ମାଳ ମାଳ ପ୍ରଶ୍ନ, ନଈବଢ଼ିର ସୁଅ ପରି ମାଡ଼ି ଆସୁଥିଲା। ଏତେ ବର୍ଷ ଧରି ମନ ଭିତରେ ଯେଉଁ ଆଶା ଟିକକ ସେ ପଣତକାନିର ବନ୍ଧା ଚାବିନେଣ୍ଟା ପରି ସାଇତି ରଖିଥିଲେ, ସେଇଟା ଯେମିତି ତାଙ୍କ ପାଖରୁ ସବୁଦିନ ଲାଗି ହଜି ଯାଉଥିଲା।

ସିଏ ଏଥର ବଡ଼ ଜୋର୍‌ରେ ପ୍ରହରାଜଙ୍କୁ ହଲେଇ ଦେଲେ। ପ୍ରହରାଜେ ଗୁଣୁଗୁଣେଇଲା ପରି କହିଲେ, "କୋଉ ବାପ କ'ଣ ତା ଝିଅକୁ ଅଭିଆଡ଼ୀ କରି ଘରେ ବସେଇ ପାରିଥାନ୍ତା ମାଳବୋଉ ? ପୁଣି ମୁଁ ତ ବ୍ରହ୍ମା ନୁହେଁ ଯେ ମୋ ମୁହଁର କଥା କି ଖଡ଼ିର ଗଣନା ବେଦ ପରି ଅକାଟ୍ୟ। ଜୀବନସାରା ମୁଁ ଅନେକ ନିର୍ଭୁଲ ଗଣନା କରିଛି ସତ, କିନ୍ତୁ ମାଳର କୋଷ୍ଠୀ ଗଣନା କୋଉଦିନ ଭୁଲ ପ୍ରମାଣ ହେବ, ସେଇ ଆଶା ଟିକକ ରଖି ମୁଁ ବଞ୍ଚିଥିଲି।

: ତାହାହେଲେ ପୋଷ୍ୟପୁଅ କଥା କାହିଁକି ଉଠଉଛ ? କାହିଁକି ?

ମାଳବୋଉ ଦୁର୍ବଳ, ରୋଗିଣା ସ୍ୱାମୀଙ୍କ ସହ କଳି କରୁଥିଲେ।

ଚୋରି ଧରାପଡ଼ିଥିବା ସାନ ପିଲା ମୁହଁ ଲୁଚେଇବା ପରି ପ୍ରହରାଜ ମାଳବୋଉଙ୍କ ଆଗରୁ ନିଜ ମୁହଁ ଲୁଚଉଥିଲେ। ମାଳବୋଉଙ୍କ ଆଖି ଆଗରେ ପୃଥିବୀଟା ଅନ୍ଧାର ହୋଇ ଆସୁଥିଲା। ଏବେ ଶଶଧର ପ୍ରହରାଜ ତାଙ୍କ ସ୍ୱାମୀ ନୁହେଁ କି ମାଳର ବାପା ନୁହେଁ, ଗୋଟେ ନୃଶଂସ ଗ୍ରହ ପରି ମନେ ହେଉଥିଲେ। ଶନି, ରାହୁ, କେତୁଙ୍କ ସହ ନିଜ ସ୍ୱାମୀଙ୍କୁ ମିଶେଇ ତାଙ୍କର ଅଭିଶାପ ଦେବାକୁ ଇଚ୍ଛା ହେଉଥିଲା। ସେ ଜାଣିଛନ୍ତି ସ୍ୱାମୀଙ୍କର ଗଣନା ଭୁଲ୍ ହୁଏ ନାହିଁ।

ପ୍ରହରାଜେ ପତ୍ନୀଙ୍କୁ ପିଠି କରି ଶୋଇଥିଲେ, ପୃଥିବୀକୁ ପିଠିକରି ଶୋଇଥିବା ମଣିଷଟିଏ ପରି।

ଦୁଆର ମୁହଁରୁ ଦାମ ଚିତ୍କାର କରୁଥିଲା।

ପୁଣି କ'ଣ ଅଘଟଣ ଘଟିଲା ? ଆଉ କ'ଣ ଶୁଣିବାକୁ ବାକି ରହିଲା ? – ଦରଜ ହାତଟାକୁ ଟେକି ଟେକି ମାଳବୋଉ ଦୁଆର ଆଡ଼କୁ ଯାଉ ଯାଉ ପଚାରିଲେ, "କ'ଣ ହେଲା ?"

: କୋଳିଆଡ଼ିଆରୁ ଖବର ଆଣି ଏ ବାବୁ ଆସିଛନ୍ତି। ମାଳ ଅପାଙ୍କର ପୁଅ ହେଇଛି।

: ସତରେ ? ମାଳବୋଉ ନିଜ କାନକୁ ବିଶ୍ୱାସ କରିପାରୁ ନ ଥିଲେ।

କୋଳିଆଡ଼ିଆରୁ ଆସିଥିବା ଝିଅଘର ଲୋକ ହସି ହସି କହୁଥିଲା, 'ପୁଅର ନାକ, କପାଳ, ଓଠ ସବୁ ଗ୍ରହାଚାର୍ଯ୍ୟଙ୍କ ପରି ହୋଇଛି।'

ମାଳବୋଉ ଭିତର ଖଞ୍ଜାକୁ ଖବର ଦେବାଲାଗି ଧାଇଁଲେ। ଆଜି ଗ୍ରହମାନେ ହାରିଛନ୍ତି, ଜୀବନ ଜିତିଛି।

■

ବନଲତାର ଦୁଃଖ

ପାଟପୁର ଘାଟରେ ମନ୍ତେଇ ନଈ ଅବା ଏକଥା ଶୁଣିବାଲାଗି ମୁହୂର୍ତ୍ତକ ପାଇଁ ଅଟକି ଯାଇଥିଲା। କିଆବଣରୁ ବାହାରି ଯାଉଥିବା ବିଲୁଆଟି ଆଶ୍ଚର୍ଯ୍ୟ ହୋଇ ଚାହୁଁଥିଲା ଘାଟ ଆଡ଼େ। ସୂର୍ଯ୍ୟ ସତେ କି ଉଦୟ ହେବା ପାଇଁ କୁଣ୍ଠା କରୁଥିଲେ ପାଟପୁର ଆକାଶରେ। ବରଗଛ ଡାଳରେ ତଳକୁ ଚାହୁଁଥିବା ଗୁଣ୍ଡୁଚିଟି ବି ଦୁଃଖୀ ପାଲଟି ଯାଇଥିଲା କ୍ଷଣକ ପାଇଁ।

ନଈକୁ କୁହୁଡ଼ି ଢାଙ୍କିଥିଲା ଶୋଇବା ଲୋକକୁ କେହି ଚାଦରରେ ଢାଙ୍କିଲା ପରି। ବରଗଛ ପାଖ ଘାଟରେ ସେଇ ସେଇ ଡଙ୍ଗା ଆସି ପହଞ୍ଚିଥିଲା। ଡଙ୍ଗା ଉପରେ ମାତ୍ର ଚାରିଜଣ ଯାତ୍ରୀ। ସେମାନେ ତରତର ହୋଇ ଓହ୍ଲଉଥିଲେ।

ତାଙ୍କରି ଭିତରେ ଥିଲା ଭାଗବତ ବେହେରା। ସେଇ ପ୍ରଥମେ ଖବର ଦେଇଥିଲା– ଜଗନ୍ନାଥ ଦାଦିର ଝିଅକୁ ଜେଲ୍ ହେଇଗଲା, ମର୍ଡର ଅଭିଯୋଗରେ।

ସାଂଗେ ସାଂଗେ ବଣନିଆଁ ପରି ଖବରଟା ଖେଳିଗଲା

ପାଟପୁର ଗାଁରେ- ତା'ର ଘାଟ, ତୁଠ, ବେଙ୍ଗଲାଖଲା ଓ ଗାଁମୁଣ୍ଡ ମଠରେ- ବନଲତା ମଣିଷ ମାରିଥିଲା, ଜେଲ୍ ହୋଇଯାଇଛି। ଗାଁସାରା ଲୋକ କାମଧନ୍ଦା ଛାଡ଼ି ଏକଥାର ଆଲୋଚନା କଲେ। କେହି କେହି ଆଶ୍ଚର୍ଯ୍ୟ ହୋଇ କହିଲେ, ଏସବୁ ଗୁଜବ ହୋଇଥିବ। ମାତ୍ର ଭାଗବତ ବେହେରା ନିଜେ କଟକରୁ ଏକଥା ଶୁଣି ଆସିଥିବା ଜାଣିବା ପରେ ସେମାନେ ଆଉ ଅବିଶ୍ୱାସ କରିପାରୁ ନ ଥିଲେ।

ଏକଥା ବି ଶୁଣିଲା ବିନୋଦ ମହାନ୍ତି, ପାଟପୁର ହାଇସ୍କୁଲ୍‌ର ଦ୍ୱିତୀୟ ଶିକ୍ଷକ। ଶୁଣୁଶୁଣୁ ସେ 'ଥ' ହୋଇ ରହିଗଲା। କିଛି ସମୟ ପରେ, ସମ୍ବିତ୍ ଫେରିପାଇବା ଉତ୍ତାରୁ ସେ ପିଲାଙ୍କୁ କହିଲା, 'ଆଜି ଆଉ ପଢ଼ା ହେବ ନାହିଁ। ଯାଅ।''

ବିନୋଦ ସ୍କୁଲ୍ ହତାର ଗୋଟେ ନିଛାଟିଆ ଗଛମୂଳେ ଯାଇ ଠିଆ ହେଲା। ତା' ମୁଣ୍ଡଟା ଚକ୍ରପରି ଘୂରୁଥାଏ। କାନ ପାଖରେ ଖାଲି ଶୁଭୁଥାଏ ସେଇ ଗୋଟିଏ କଥା- ବନଲତାକୁ ଜେଲ୍ ହୋଇଗଲା। ସେ ମର୍ଡର କରିଥିଲା। ବିନୋଦ ନିଜ ମୁଣ୍ଡଟାକୁ ଦୁଇ ହାତରେ ଚାପି ବସିପଡ଼ିଲା। ତା'ର ବିଶ୍ୱାସ ହେଉ ନ ଥିଲା, ବନଲତା ପରି ଡରକୁଳୀ ଝିଅଟେ ସତରେ ଗୋଟେ ମଣିଷ ମାରିଥିବ!

ଗଡ଼ିଶା ମାଛଟେକୁ ସୁଦ୍ଧା ନିଜ ହାତରେ ଧରିବା ପାଇଁ ଡରୁଥିଲା ବନଲତା। ଅଘିରା ପୂନେଇଁ ବାସିଦିନ, ଶୀତଳ କୁଣ୍ଡରେ ପାଣି ପୂରାଇ ଗାଁର ଝିଅମାନେ ଗଡ଼ିଶା ମାଛ ଖେଳାନ୍ତି। ଅଗି ଗାତର ଚାରିପଟେ, ଚାରି କୋଣରେ ଚାରିଟି ଛୋଟ ଛୋଟ ଗାତ ଖୋଳା ହୋଇଥାଏ। ସେଇ ଗାତରେ ଗଡ଼ିଶାଟିକୁ ଛାଡ଼ିଦେଲେ ସେ ପାଣିଥିବା ମଝିକୁଣ୍ଡକୁ ଚାଲିଆସେ। ବିନୋଦ ଜାଣି ନ ଥିଲା, ଝିଅମାନେ ଏମିତି ମାଛ ଖେଳାନ୍ତି କାହିଁକି। ଏହା ପଛର କାରଣ କ'ଣ? ସେଥର ବନଲତା କହିଥିଲା, 'ତୁ ମୋ ପାଇଁ ଗଡ଼ିଶା ଧରି ଆଣି ଦେ, ମୁଁ ତୋତେ କାରଣ ବତେଇଦେବି।'

ବିନୋଦ ଢେର୍ ପରିଶ୍ରମ କରି ଗଡ଼ିଶା ମାଛ ଧରିଥିଲା। ବନଲତାର ବରାଦ ଥିଲା, 'ମାଛଟିର ଯେମିତି କିଛି ଖଣ୍ଡିଆ ଖାବରା ହେଇ ନ ଥିବ; ବନିଶୀ ପକେଇ ଧରିଥିବା ମାଛ ତ କଦାପି ଚଳିବ ନାହିଁ, ତା' ଗାଲିରେ ବନିଶୀ କଣ୍ଟା ଲାଗି ଯାଇଥିବ। ମନେ ରଖିଥା'।''

କଥା କହିଲାବେଳେ ବନଲତାର ଆଖି ଯୋଡ଼ିକ ବଡ଼ ବଡ଼ ହୋଇଯାଏ। କାମ ବରାଦ କଲାବେଳେ ସେ ପୁଣି ଏତେ ବଡ଼ ପାଟିରେ କହେ ଯେମିତି କାମ ବରାଦ କରୁନାହିଁ, ଭାଷଣ ଦେଉଛି। ବିନୋଦ କହେ, 'ପରିବାରର ସାନ ପିଲାଙ୍କର ଏଇ ଗୁଣ। କେହି ସେମାନଙ୍କ କଥା ଶୁଣନ୍ତି ନାହିଁ ବୋଲି ସେମାନେ ବଡ଼ ପାଟିରେ ସବୁ କଥା କହନ୍ତି।'

ସେଇ ଥିଲା ବନଲତାର ଶେଷ ଅଘିରା ପୂନେଇଁ, ପାଟପୁରରେ। ଗଡ଼ିଶା ଖେଳେଇବାର ରହସ୍ୟ ବତେଇ ବିନୋଦର କାନ ପାଖରେ ଚୁପିଚୁପି କହିଥିଲା, ''ଯୋଉ ଝିଅ ଯେତେ ହୃଷ୍ଟପୁଷ୍ଟ ଗଡ଼ିଶା ଖେଳେଇବ, ତା' କୋଳକୁ ସେତେ ହୃଷ୍ଟପୁଷ୍ଟ ପିଲା ଆସିବ। ବୁଝିଲୁ?''

ବିନୋଦ ଉତ୍ତର ଫେରେଇଲାବେଳକୁ ବନଲତା ଆଉ ପାଖରେ ନ ଥିଲା। ଖୁବ୍ ଗୋଟିଏ ଲାଜ କଥା କହିଥିବା ପରି ସେ ଚାଲିଯାଇଥିଲା ଢେର୍ ଦୂରକୁ।

ସେଇ ବନଲତା ମଣିଷ ମାରିଲା! ଅସମ୍ଭବ। ବିନୋଦର ମନ ଆଦୌ ବୁଝୁ ନ ଥିଲା।

କିନ୍ତୁ ପାଟପୁର ସାରା ଦିନତମାମ ଚର୍ଚ୍ଚା, ଜଗନ୍ନାଥ ବେହେରାର ସାନଝିଅ ମର୍ଡର କରିଥିଲା, ତାକୁ ହେଇଛି ଜେଲ୍।

ବିନୋଦର ସହପାଠୀ ବନଲତା। ଦିହେଁ ସେଇବର୍ଷ ସପ୍ତମ ବୋର୍ଡ ପରୀକ୍ଷା ଦେଇଥାଆନ୍ତେ, ଯୋଉ ବର୍ଷ ବନଲତାର ବାପା ତାଙ୍କ ଦି' ଝିଅ ଓ ସ୍ତ୍ରୀକୁ ନେଇ କଟକ ଚାଲିଗଲେ। ଆଗରୁ ସିଏ କଟକରେ ରହୁଥିଲେ। ମଝିରେ ମଝିରେ ଆସୁଥିଲେ ଗାଁକୁ। ବନଲତାର ବଡ଼ଭଉଣୀ ଚାରୁଲତାର ପଢ଼ିବା ପାଇଁ ଗାଁ ପାଖେ କଲେଜ ନ ଥିଲା। ତା' ପାଠପଢ଼ା ପାଇଁ ସମସ୍ତେ ଚାଲିଗଲେ କଟକ।

ଯେଉଁଦିନ ସକାଳୁ ବନଲତା ତା' ଘରଲୋକଙ୍କ ସାଙ୍ଗରେ ସହରକୁ ଗଲା, ତା' ପୂର୍ବଦିନ ସଞ୍ଜବେଳେ ସ୍କୁଲ୍ ପୋଖରୀ ହୁଡ଼ାରେ ଭେଟିଥିଲା ବିନୋଦକୁ। ବିନୋଦ ଘଣ୍ଟେଶ୍ୱର ହାଟକୁ ଯାଉଥିଲା। ବନଲତା କହିଥିଲା, 'ମୋ ନାନୀକୁ ଟିକେ ବୁଝାନ୍ତୁନି! ତା'ର ଆଖି ସବୁବେଳେ ସରଗର ଚାନ୍ଦ ଉପରେ। ବାପା ଖୁବ୍ ବ୍ୟସ୍ତ। ଅଥଚ ମୋ ମାଆ ତା' ଝିଅକୁ ମୁଣ୍ଡରେ ମୁଣ୍ଡେଇ ବସିଛି। ଏଇ କଥାକୁ ନେଇ ଆମ ଘରେ ଅଧାଦିନ କଳି। ମୋତେ ବି ଡର ମାଡୁଛି।'

ବିନୋଦ ଚାରୁଲତାକୁ ଜାଣିଥିଲା। ରୂପଟି ଯେତିକି ସୁନ୍ଦର, ସ୍ୱଭାବଟି ସେତିକି ଉଗ୍ର। ବାଟ ଚାଲିଲା ବେଳେ ଚାରୁଲତା ଏମିତି ଚାଲୁଥିଲା, ଯେମିତି ସେ ପାଟପୁରରେ ଜନ୍ମହୋଇ ଏ ଗାଁକୁ ଧନ୍ୟ କରିଥିଲା, ତାହା ନ ହେଲେ ସେ କୌଣସି ବଡ଼ ଓ ବିଶିଷ୍ଟ ଜାଗାରେ ଜନ୍ମହେବା କଥା। ସ୍କୁଲ୍‌ର ହେଡ୍‌ମାଷ୍ଟର୍ ଚାରୁଲତା ସମ୍ପର୍କରେ ମନ୍ତବ୍ୟ ଦେଉଥିଲେ, 'ଫାଜିଲ୍'। ଚାରୁଲତାର କୌଣସି ଝିଅ ସାଙ୍ଗ ନ ଥିଲେ। ତା' ସାଙ୍ଗମାନେ ଥିଲେ ଦି' ତିନିଟି ପୁଅ। ଚାରୁଲତା ସେମାନଙ୍କ ମେଳରେ ଚିପା ଜାମାପ୍ୟାଣ୍ଟ୍ ପିନ୍ଧି ଯେମିତି ବୁଲୁଥିଲା ସେଇଟା ରକ୍ଷଣଶୀଳ ପ୍ରଧାନଶିକ୍ଷକ ରାଧାମାଧବ ମିଶ୍ରଙ୍କୁ ଆଦୌ ବରଦାସ୍ତ ହେଉ ନ ଥିଲା; ମାତ୍ର ଅନ୍ୟ ଶିକ୍ଷକମାନେ ଚାରୁଲତାକୁ କିଛି କହୁ ନ

ଥିବାରୁ ପ୍ରଧାନ ଶିକ୍ଷକ ମଧ୍ୟ କିଛି କହୁ ନ ଥିଲେ। ପାଠରେ ଭଲ ପଢୁ ନ ଥିଲେ ବି ଗୀତ ଓ ନାଚରେ ଚାରୁଲତା ଥିଲା ସମସ୍ତଙ୍କଠାରୁ ଆଗରେ। ସ୍କୁଲ୍ ଉତ୍ସବରେ ଚାରୁଲତା ନାଚିଲାବେଳେ, ଅନାମନ୍ତ୍ରିତ ଲୋକ ବି ନାଚ ଦେଖିବା ପାଇଁ ଚାଲି ଆସୁଥିଲେ।

ବିନୋଦ କହିଥିଲା, ''ଏଇଟା ତୁମ ଘରକଥା। ମୋର କହିବା ଠିକ୍ ହେବ ନାହିଁ। ପୁଣି ତୋ ବଡ଼ଭଉଣୀ ଯେଉଁ ଝିଅ, ସେ ଓଲଟି ମୋ ମୁହଁରେ ଏଣୁତେଣୁ ଗପିଯିବ।''

ବନଲତା ଦୀର୍ଘଶ୍ୱାସ ନେଇଥିଲା। କହିଥିଲା, 'ମୋର ଗାଁ ଛାଡ଼ି ଯିବାକୁ ଆଦୌ ମନ ନାହିଁ। ନାନୀ ପାଇଁ ମୋତେ ଯିବାକୁ ପଡୁଛି। ସେ ନାଚ ଶିଖିବ। ତା'ର ମନ ସିନେମାରେ ପାର୍ଟ କରନ୍ତା।''

ବିନୋଦ ଚମକି ପଡ଼ିଥିଲା, 'ଏକାଥରେ ସି-ନେ-ମା ?''

ବନଲତା କହିଥିଲା, 'ପୁଣି କେବେ ଆସିବି ଜାଣିନି। ତୁ ଯଦି କଟକ ଆସିବୁ, ନିଶ୍ଚୟ ଆସିବୁ। ମୁଁ ଅପେକ୍ଷା କରିବି।'

ମୁଁ ଅପେକ୍ଷା କରିବି- ଏଇ ସାତଟା ଅକ୍ଷରକୁ କେତେ ମାସ ଯାଏ ଯେ ମନେ ମନେ ବିନୋଦ ଗୁଣି ହେଉଥିଲା ସେକଥା ମନେପଡ଼ିଲେ ଆଶ୍ଚର୍ଯ୍ୟ ଲାଗେ। କିଶୋର ବୟସର ଯେତେ ସବୁ ପାଗଳାମି !

ବିନୋଦ ଅଥୟ ହୋଇପଡୁଥିଲା। ଗଲା ପନ୍ଦର ବର୍ଷ ଭିତରେ ଥରୁଟେ ବି ଭେଟିବାକୁ ଯାଇପାରିନି ବନଲତାକୁ। ଏବେ କିନ୍ତୁ ସମୟ ଆସିଛି, ଯିବାକୁ ହେବ।

●

ବନଲତାର ବାପା ଜଗନ୍ନାଥ ବେହେରା ଥିଲେ ପାଟପୁରର ଗୀତ ମାଷ୍ଟର୍। ତାଙ୍କ ସ୍ୱରଟି ଚମତ୍କାର। ଲୋକେ କହନ୍ତି, ଜଗନ୍ନାଥ ମାଷ୍ଟ୍ରେ ଗୀତ ଗାଇଲେ ପଶୁପକ୍ଷୀ ବି ଆସି ଠିଆହୋଇ ଶୁଣନ୍ତି। ତାଙ୍କର ଦି' ଝିଅ ଚାରୁଲତା ଓ ବନଲତା। ଦି' ଭଉଣୀଙ୍କ ଭିତରେ ଚାରି ବର୍ଷର ବ୍ୟବଧାନ। ୧୯୮୦ ମସିହାରେ ଭଦ୍ରକର କମଳ ପଟ୍ଟନାୟକ ଥିଲେ ରାଜ୍ୟର ସଂସ୍କୃତି ମନ୍ତ୍ରୀ। ଜଗନ୍ନାଥ ବେହେରା କୌଣସି ସଭାରେ ତାଙ୍କୁ ଦେଖାକରି ନିଜ ଦୁଃଖ କହିଥିଲେ। ମନ୍ତ୍ରୀ କହିଥିଲେ, "ତୁମେ ଭୁବନେଶ୍ୱରକୁ ଆସ, କିଛି ଗୋଟାଏ ବ୍ୟବସ୍ଥା କରିବା।''

ମନ୍ତ୍ରୀ କିନ୍ତୁ କିଛି ବ୍ୟବସ୍ଥା କରିପାରିଲେ ନାହିଁ। ଜଗନ୍ନାଥ ବେହେରା ଆସି ଭୁବନେଶ୍ୱରର ସାଲିଆସାହିରେ ଘରଟିଏ ଭଡ଼ା ନେଇ ରହିଲେ। ଚାରୁଲତା ପଢ଼ିଲା ରାଜଧାନୀ କଲେଜରେ। ସପ୍ତାହରେ ତିନିଦିନ ନାଚ ଶିଖିବାକୁ ଗଲା କଳାଶ୍ରୀ କେନ୍ଦ୍ର। ବନଲତା ନୂଆପଲ୍ଲୀ ହାଇସ୍କୁଲ୍‌ରେ ନାମ ଲେଖାଇଲା।

ଜଗନ୍ନାଥ ବେହେରାଙ୍କର ପ୍ରଚଣ୍ଡ ପ୍ରତିଭା ଥିଲା। ଆଉ କେହି ଏକଥା ଜାଣିବା ପୂର୍ବରୁ ‘‘ବୁଲବୁଲ ବ୍ୟାଣ୍ଡ୍ ପାର୍ଟି’’ର ମାଲିକ ରାକେଶ ରାଓ ଜାଣିଗଲା। ତା’ପରେ ସେ ଜଗନ୍ନାଥ ବେହେରାଙ୍କୁ ତା’ ବ୍ୟାଣ୍ଡ୍ ପାର୍ଟିର ଓସ୍ତାଦ ଭାବେ ମାସକୁ ତିନି ହଜାର ଟଙ୍କା ଦରମାରେ ନିଯୁକ୍ତ କଲା। ସେତେବେଳର ତିନି ହଜାର ଏବର ତିରିଶ ହଜାରରୁ ବି ବେଶି ହେବ।

ଜଗନ୍ନାଥ ଚନ୍ଦ୍ରଶେଖର ମହାଦେବଙ୍କୁ ଜୁହାର ହେଲେ- ସବୁ ତାଙ୍କରି ଲୀଳା। ନ ହେଲେ ପୁରୁଣାକାଳିଆ ହାର୍ମୋନିୟମ୍ ଓ ଡୁବି-ତବଲା ନେଇ ଗାଇବା ଲୋକ ସିଏ, ଭୁବନେଶ୍ୱରର ଆଧୁନିକ ଫେସନ୍‌ରେ ସେ କ’ଣ ନିଜକୁ ମିଶେଇ ପାରିଥାନ୍ତେ! କ୍ରମେ ଧାରଉଧାର କରି ସେଇ ସାଲିଆସାହି ପାଖ ନୂଆପଲ୍ଲୀରେ ଛୋଟିଆ ଜମିଟିଏ କିଣି ତହିଁରେ ଘରଖଣ୍ଡେ ତୋଳିଦେଲେ ଜଗନ୍ନାଥ ବେହେରା।

ଜଗନ୍ନାଥ ବେହେରାଙ୍କର ଏକମାତ୍ର ସମସ୍ୟା ଥିଲା- ବଡ଼ ଝିଅ ଚାରୁଲତା। ବାପ ହିସାବରେ ସେ ଜାଣିପାରୁଥିଲେ, କୌଣସି କଥାରେ ଆଦୌ ସନ୍ତୁଷ୍ଟ ନୁହେଁ ଝିଅ। ସବୁବେଳେ ଅଶାନ୍ତ। ଝିଅପିଲାଟା ସବୁଦିନେ ଅଶାନ୍ତ ରହିଲେ ଦୁଇ କୁଳକୁ କ୍ଷତି ବୋଲି ସେ ଆଶଙ୍କା କରୁଥିଲେ।

ଚାରୁଲତା ଅଭିନେତ୍ରୀ ହେବାର ସ୍ୱପ୍ନ ଦେଖୁଥିଲା। ସେ ସେମିତିକା ଜୀବନଟେ ଚାହୁଁଥିଲା ଯେମିତିକା ଜୀବନ ସେ ଗପ ବହିରେ ପଢ଼ିଥିଲା। ସେ ହାତ ବଢ଼େଇଲେ ଗହଣା, ପାଦ ବଢ଼େଇଲେ ଗାଡ଼ି ଓ ପାଟି ଖୋଲିଲେ ଚାକର ଚାକରାଣୀ ଆସିଯାଆନ୍ତେ! ସାରା ଦୁନିଆ ତାକୁ ଅନେଇ ଦେଖନ୍ତା। ସହରର ପୁଅମାନେ ତାକୁ ନେଇ ସ୍ୱପ୍ନ ଦେଖନ୍ତେ ରାତିସାରା। ସିଏ ଷ୍ଟାର୍ ପାଲଟି ଯାଆନ୍ତା। ତା’ ଚିତ୍ର ଛପାଯାଆନ୍ତା ଖବରକାଗଜ ଓ ପତ୍ରପତ୍ରିକାରେ।

ଚାରୁଲତାର ଏସବୁ ସ୍ୱପ୍ନର ଗଛମୂଳେ ନିୟମିତ ଭାବେ ସାର ଓ ପାଣି ଦେଉଥିଲା ତା’ର ମା’। ସେ କହୁଥିଲା, ମଣିଷ ଚାହିଁଲେ ସବୁ କିଛି କରିପାରିବ। ମୋ ଝିଅ ରୂପ ଗୁଣ କୋଉଥିରେ କମ୍ କି?

ଚାରୁଲତାର ପରିଚୟ ହେଲା ବାଦଲ ସହିତ। ବାଦଲ ଗୋଟେ ନାଟକରେ ଚାରୁଲତାର ନାୟକ ହୋଇଥିଲା। ତା’ର ଠାଣିବାଣୀ ଥିଲା ଚାରୁଲତା ଦୃଷ୍ଟିରେ ଆକର୍ଷଣୀୟ। ବାଦଲକୁ ଚାରୁଲତା ଡାକି ଆଣିଲା ତା’ ଘରକୁ। ହସି ହସି ପରିଚୟ ଦେଲା- ମୋ ବୟଫ୍ରେଣ୍ଡ୍। ଏ ଶବ୍ଦର ଅର୍ଥ ତା’ ମା’ ବୁଝିପାରିଲା ନାହିଁ।

ବାଦଲ ଆସିଥିଲା ଭଞ୍ଜନଗରରୁ। ସବୁବେଳେ ନୂଆ ନୂଆ ପୋଷାକ ପିନ୍ଧେ। ନୂଆ ଷ୍ଟାଇଲ୍‌ର ଚଷମା, ଜୋତା ଓ ହାତଘଣ୍ଟା। ଟ୍ୟାକ୍ସି ଭିନ୍ନ ସେ ଟାଉନ୍‌ବସ୍‌ରେ

କେବେ ବି କୋଉଠିକୁ ଯାଏ ନାହିଁ। ସେ ଚାରୁଲତାକୁ କହିଲା, "ସାରା ଭୁବନେଶ୍ୱରରେ ତୁମ ପରି ସୁନ୍ଦରୀ କେହି ନାହିଁ। ଯେଉଁମାନେ ଓଡ଼ିଆ ସିନେମାରେ ଅଭିନୟ କରୁଛନ୍ତି ତାଙ୍କ ଭିତରୁ ଅଧିକାଂଶ ପ୍ରଯୋଜକ କି ନିର୍ଦ୍ଦେଶକଙ୍କ ମନୋରଂଜନ କରି ଏ ଚାନ୍ସ ପାଇଛନ୍ତି।" ଚାରୁଲତା କହିଲା, "ତୁମେ ବୁଝ। ମୋତେ ତୁମେ ଷ୍ଟାର୍ ବନେଇଦିଅ।"

ବାଦଲ ପାଇଁ ଚାରୁଲତାର ଇସାରା ଆବଶ୍ୟକଠାରୁ ଯଥେଷ୍ଟ ଥିଲା। ସେଇଦିନ ସେ ତାକୁ ଘରୁ ଡାକିନେଇ କୁଆଡ଼େ ଚାଲିଗଲା, ଫେରିଲା ପରଦିନ ଉପରଓଳି। ଚାରୁଲତା କହିଲା, "ଆମେ ପୁରୀ ଯାଇଥିଲୁ। ପୁରୀ ସମୁଦ୍ର କୂଳର ପବନ କି ମିଠା !"

ବନଲତା ତା' ଘରେ ଶୋଇ ଶୋଇ ମନକୁ କହିଥିଲା, ଯେତେବେଳେ ସମୁଦ୍ର କୂଳର ଲୁଣିଆ ପବନ ମିଠା ଲାଗିବାକୁ ଆରମ୍ଭ କରେ, ସେତେବେଳେ ଭାବିବାକୁ ହେବ, ବିପଦ ଆସି ଦୁଆର ମୁହଁରେ।

ଚାରୁଲତା ମନରେ ଇଚ୍ଛା, ଷ୍ଟାର୍ ହେବ। ଏଥିପାଇଁ ଲୋଡ଼ା ଟଙ୍କା। ବାପା ଜଗନ୍ନାଥ ବେହେରାଙ୍କର ଉପାର୍ଜନତକ ସବୁ ସେ ହାତଖର୍ଚ୍ଚ ପାଇଁ ନେଇଯାଉଥିଲା। କେଉଁଦିନ ପ୍ରଡ୍ୟୁସରଙ୍କ ସହ ଭେଟ, କେଉଁଦିନ ଡାଇରେକ୍ଟରଙ୍କ ସହ ଆଲୋଚନା, ଆଉ କେଉଁଦିନ କୋରିଓଗ୍ରାଫରଙ୍କ ସହ ଡିନର୍ ତ ପୁଣି କୋଉଦିନ ଆଉ କାହା ସହ ଲଞ୍ଚ୍।

ତିନିଟା ବର୍ଷ ଭିତରେ ଜଗନ୍ନାଥ ବେହେରାଙ୍କର ସବୁ ପୁଞ୍ଜି ଶେଷ ହୋଇ ଘରଟା ବନ୍ଧା ପଡ଼ିଗଲା। ଅଥଚ ଚାରୁଲତାକୁ କୌଣସି ଜାଗାରୁ ତା' ଭାଷାରେ 'ଅଫର୍' ଆସୁ ନ ଥିଲା।

ଏମିତି ଦିନେ, ଛାତ ଉପରେ ବସି ନିଜ ପରିବାରର ଭବିଷ୍ୟତ ଚିନ୍ତା କରୁଥିଲେ ଜଗନ୍ନାଥ ବେହେରା। ବନଲତା କହିଲା, "ବାପା, ଏ କଲୋନିସାରା ନାନୀ ଓ ବାଦଲକୁ ନେଇ ଟୁପୁରଟାପର ହେଉଛନ୍ତି। କୌଣସି ପଡ଼ିଶା ଆଉ ଆମ ଘରକୁ ଆସୁନାହାନ୍ତି। ମୋତେ ଲାଜ ମାଡୁଛି। ତୁମେ ମୋତେ ବି.ଏଡ୍ ଟ୍ରେନିଂ ପାଇଁ ପଠେଇଦିଅ। ମୋ କଥା ଯଦି ତମକୁ ଖରାପ ନ ଲାଗେ, ତାହାହେଲେ ନାନୀର ବାହାଘର କରିଦିଅ। ନ ହେଲେ ନେଡ଼ିଗୁଡ଼ କହୁଣିକୁ ବୋହିଯିବ।"

ଜଗନ୍ନାଥ ବେହେରା ସାନଝିଅକୁ ଭଲ ପାଉଥିଲେ। ସେ ଜାଣିଥିଲେ, ସାନ ହେଲେ ବି ଏଣୁତେଣୁ କିଛି କହେନାହିଁ ବନଲତା। ବଡ଼ର ସମ୍ପୂର୍ଣ୍ଣ ବିପରୀତ ସେ। ଦଶଟି ଟଙ୍କା ଯାନିଯାତ୍ରାରେ ଖର୍ଚ୍ଚ ପାଇଁ ନେଇଥିଲେ ତାହାକୁ ଫେରେଇ ଆଣେ। ସେ ତା' କଥାକୁ ମନଦେଇ ଶୁଣିଥିଲେ।

ମାତ୍ର ବାହାଘର ପ୍ରସ୍ତାବକୁ ସଂପୂର୍ଣ୍ଣ ନାକଚ କରିଦେଇଥିଲା ଚାରୁଲତା। ତା'ର ଯୁକ୍ତି, ଅଭିନେତ୍ରୀ 'ବିବାହିତା' ବୋଲି ଜାଣିଲେ କୌଣସି ପ୍ରଡ୍ୟୁସର୍ ତାକୁ ସିନେମାରେ ନେବେ ନାହିଁ। ତା'ର 'ଗ୍ଲାମର୍' କମିଯିବ। ତା' ସାଙ୍ଗରେ ମାର୍କେଟ୍ 'ଡିମାଣ୍ଡ୍'।

ବଡ଼ ଝିଅ କଥା ଭାବି ଭାବି ଜଗନ୍ନାଥ ବେହେରାଙ୍କୁ ହୃଦ୍‌ଘାତ ହେଲା। ସେ ଆଉ ଗୀତ ଗାଇପାରିଲେ ନାହିଁ। ବାହାରକୁ ମଧ୍ୟ ବୁଲାଚଲା କରିବାକୁ ଡାକ୍ତର ମନାକଲେ। ଦିନସାରା ଘରଟା ଭିତରେ ବସି ରହିଲେ।

ଚାରୁଲତା ରବୀନ୍ଦ୍ର ମଣ୍ଡପ ଓ ଭଞ୍ଜକଳାମଣ୍ଡପରେ ନାଟକ କରୁଥାଏ। ଯାହା ପାଉଥାଏ, ସେସବୁ ବାଦଲ ପାଇଁ ନୂଆ ନୂଆ ପୋଷାକ କିଣିବାରେ ଖର୍ଚ୍ଚ ହୋଇଯାଉଥାଏ। ଦିନେ ଚାରୁଲତାର ମା' କହିଲେ, 'ତୋର ବୟସ ଛବିଶ ପୂରିଲାଣି। ତୋ ପଛକୁ ଆଉ ଗୋଟିଏ। ଯଦି ବାହା ନ ହେବା କଥା ସେକଥା କହ। ମାତ୍ର ଆଉ ଅପେକ୍ଷା କରିବା ଠିକ୍ ହେବ ନାହିଁ।'

ବନଲତା ସେଦିନ ପ୍ରସ୍ତାବ ଦେବା ଭଳି କହିଥିଲା, 'ବାଦଲ ବାବୁ, ବାପା କହୁଥିଲେ ଥରେ ଆପଣଙ୍କ ଘର ଦେଖିବାକୁ ଯାଇଥାଆନ୍ତେ। ମୁରବିମାନଙ୍କୁ ଭେଟି ଆସିଥାଆନ୍ତେ ଟିକିଏ।''

ଏହାପରେ ସାତଦିନ ପର୍ଯ୍ୟନ୍ତ ବାଦଲ ଆଉ ଚାରୁଲତାକୁ ଦେଖା କରିବାକୁ ଆସି ନ ଥିଲା। ଖବର ପଠେଇଥିଲା, ଯୋଉ ଘରେ ମୋତେ ଏ ଧରଣର ଅପମାନ ଦିଆଯାଇଛି ସେ ଘରକୁ ସେ ଆଉ କେବେ ଆସିବ ନାହିଁ। ଚାରୁଲତା ତାକୁ ଭଲ ପାଉଥିଲେ ସିଏ ତା' ପାଖକୁ ଯାଇପାରେ।

ସାତଦିନ କାଳ ଚାରୁଲତା ଝିଙ୍ଗାସିଥିଲା ବନଲତାକୁ। ସିଏ ଥକିପଡୁଥିଲା ବେଳେ ମାଆ ଆସି ମିଶିଯାଉଥିଲା ତା' ସାଙ୍ଗରେ-- ବନଲତା ହିଂସୁକୀ, ଈର୍ଷାରେ ତା' ଛାତି ଫାଟିଯାଉଛି। ତା' ଆଡ଼କୁ କେହି ତ ଜଣେ ଅନାନ୍ତି ନାହିଁ, ସେଥିଲାଗି ତା'ର ଏତେ ଈର୍ଷା। ବଡ଼ଭଉଣୀର ଶିରୀ ସେ ଦେଖିପାରୁନାହିଁ।

ବନଲତା ତକିଆରେ ମୁହଁପୋତି କାନ୍ଦିଥିଲା।

କାନ୍ଦି କାନ୍ଦି ଥକିପଡ଼ିଥିଲା ସେ।

•

ଜେଲ୍‌ରେ ଥିବା କଏଦୀମାନଙ୍କୁ ଭେଟିବା ଯେ ଏତେ କଷ୍ଟ ସେକଥା ବିନୋଦ ଜାଣି ନ ଥିଲା। ଶେଷ ପର୍ଯ୍ୟନ୍ତ ସେ ହୁଏତ ବନଲତାକୁ ନ ଭେଟିପାରି ପାଟପୁର ଫେରିଯାଇଥାଆନ୍ତା। ଯୋଗକୁ ବନ୍ଧୁ ନରହରିର ପରିଚିତ ପ୍ରଦୀପ୍ତ ସ୍ୱାଇଁ ସହ

ଯୋଗାଯୋଗ ହୋଇଗଲା। ପ୍ରଦୀପ୍ତ ସ୍ୱାଇଁ ଭାରତ ଟେଲିଭିଜନ୍ ସଂସ୍ଥାର କ୍ରାଇମ୍ ରିପୋର୍ଟର। ତା' ମଧ୍ୟସ୍ଥତାରେ ବିନୋଦ ଭେଟିଲା ବନଲତାକୁ।

ବନଲତା ବେଶ୍ ଶାନ୍ତ ଦିଶୁଥିଲା। ତା' ମୁହଁରେ ଉଦ୍‌ବେଗର ସାମାନ୍ୟ ଚିହ୍ନ ନ ଥିଲା।

ତାକୁ ଚିହ୍ନିପାରି କହିଲା, "ବିନୋଦ ନା! ଏତେ ଦିନେ ତୋର ମୋ କଥା ମନେପଡ଼ିଲା! ହଉ, କିଏ ତୋତେ ମୋ ଖବର ଦେଲା?"

ବିନୋଦ ପଚାରିଲା, "ଏସବୁ କେମିତି...?"

ବନଲତା ନିଜ ମୁଣ୍ଡବାଳ ସାଉଁଳେଇ ହେଲା। କହିଲା, "ଏତେ ସବୁ କଥା ପାଇଁ ବେଳ ନାହିଁ ରେ ବିନୋଦ। ବେଳ ନାହିଁ।"

ବିନୋଦ ଜିଦ୍ କଲା। କୁହ, ମୋତେ କୁହ ସେସବୁ। ବେଳ ଅଛି।

ବନଲତା ଶୁଖିଲା ହସ ହସି କହିଲା, "ତୁମେମାନେ ଜେଲ୍‌କୁ ଏତେ ଘୃଣା କର କାହିଁକି? ଏତେ ଭୟ କାହିଁକି କର? ଏହାଠାରୁ ନିରାପଦ ଓ ଶାନ୍ତ ଜାଗା ଆଉ କୋଉଠି ନାହିଁ। ଜାଣିଛୁ, ଅନେକ ବର୍ଷ ପରେ ଏଇ ଦି' ରାତି ହେଲା ମୁଁ ଖୁବ୍ ଶାନ୍ତିରେ ଶୋଇଛି। କାଲି ରାତିରେ ପ୍ରବଳ ବର୍ଷା ହେଲା। ଗଛବୃଛ ଭାଙ୍ଗିପଡ଼ିଲା। ଲାଇନ୍ ବି ନ ଥିଲା ଢେର୍ ସମୟ; ମାତ୍ର ମୋର କୌଣସି ଚିନ୍ତା ନ ଥିଲା। ଖୁବ୍ ଆନନ୍ଦରେ ଶୋଇଥିଲି ସକାଳ ପର୍ଯ୍ୟନ୍ତ। ଅନେକ ଦିନ ହେଲା ମୁଁ ଏମିତି ଶାନ୍ତିରେ ଶୋଇ ନ ଥିଲି।"

ବିନୋଦ ଜାଣୁଥିଲା, ବନଲତା ମିଛ କହୁଥିଲା। ସିଏ ସବୁଦିନେ ସେମିତି। ନିଜର ଦୁଃଖ କଥା କାହାକୁ କହେ ନାହିଁ, କେବେ ବି।

ବନଲତା ଦିଶୁଥିଲା ମନ୍ଦେଇ ନଈରେ ବିସର୍ଜନ ଦିଆଯାଇଥିବା ଦେବୀ ମୂର୍ତ୍ତି ପରି। ରଙ୍ଗଛଡ଼ା, ଶେତା ଓ ବିବର୍ଣ୍ଣ। ସତେଇଶ ବର୍ଷର ଯୁବତୀ ଦିଶୁଥିଲା ଷାଠିଏ ବର୍ଷର ବୁଢ଼ୀଟେ ଭଳି।

ବନଲତା କହିଲା, ''ବାପା 'ହାର୍ଟ ଆଟାକ୍'ରେ ମରିଗଲେ। ଘରେ ସଞ୍ଚୟ ବୋଲି କିଛି ନ ଥିଲା। ସେଇ ସୁଯୋଗରେ ବାଦଲ ମାଆର ମନ କିଣିନେଲା। ନାନୀ ତ ଆଗରୁ ତା' ପ୍ରେମରେ ପାଗଳୀ ଥିଲା। ବାଦଲ ବାହା ହେଲା ନାନୀକୁ। ଦୁଆରବନ୍ଧ ସେପଟରେ ଛିଡ଼ା ହେଉଥିବା ମଣିଷଟା ହଠାତ୍ ଘରର ମାଲିକ ହୋଇଗଲା।

''ସେତେବେଳେ ମୁଁ ବି.ଏ ପାସ୍ କରି ଘରେ ବସିଥିଲି। ବାପା ବଞ୍ଚିଥିଲେ ବି.ଏଡ୍ ଟ୍ରେନିଂ ପାଇଁ ମୋତେ ପଠେଇ ଥାଆନ୍ତେ। ସେକଥା ଆଉ ହେଲା ନାହିଁ।

‘‘ମାଆ ଭାବିଥିଲା, ବାହାଘର ପରେ ବାଦଲ ନାନୀକୁ ତାଙ୍କ ଘରକୁ ନେଇକି ଯିବ। ନାନୀ ସେଇଠି ଆରମ୍ଭ କରିବ ତା’ ଘରସଂସାର। କିନ୍ତୁ ବାରମ୍ବାର ସେକଥା କହିବା ସତ୍ତ୍ୱେ ବାଦଲ ତା’ ଘର କି ଗାଁ କଥା କହୁ ନ ଥିଲା। ଦିନେ ମାଆ ଖବର ନେଇ ବୁଝିଲା, ବାଦଲର ଘରଦ୍ୱାର କହିଲେ କିଛି ନାହିଁ। ଆଠ ନଅ ବର୍ଷ ହେଲା ସେ ଗାଁରୁ ଆସି ବ୍ରହ୍ମପୁରରେ ଥିଲା। ସେଠି ଗୋଟେ ଝିଅକୁ ଷ୍ଟାର୍ କରିଦେବ କହି ପଚାଶ ହଜାର ଟଙ୍କା ନେଇ ଧରାପଡ଼ିବା ପରେ ପଳେଇ ଆସିଥିଲା ଭୁବନେଶ୍ୱର। ଗରିବ ଘରେ ଜନ୍ମ ହୋଇ ବଡ଼ ସ୍ୱପ୍ନ ଦେଖୁଥିବା ଝିଅମାନେ ସବୁବେଳେ ତା’ର ଶିକାର। ସେଇ ତାଲିକାରେ ନାନୀର ନାଁ ଯୋଡ଼ିହେଇଯାଇଥିଲା।

‘‘ଘରେ ଟଙ୍କାଟିଏ ଉପାର୍ଜନ ନ ଥିଲା, ଅଥଚ ଖାଇବାକୁ ଥିଲୁ ଆମେ ଚାରିପ୍ରାଣୀ। କଲୋନି ପିଲାଙ୍କୁ ଟିଉସନ୍ କରି ମୁଁ କିଛି ଟଙ୍କା ଆଣୁଥିଲି। ସେସବୁ ନାନୀର ଶାଢ଼ି ଓ ଫେସନ୍‌ରେ ଖର୍ଚ୍ଚ ହେଉଥିଲା। ବଳିଲେ ବାଦଲର ସିଗାରେଟ୍ ନ ହେଲେ ମଦପିଆ। ମଝିରେ ମଝିରେ ସେ କାହାକୁ ଠକାଠକି କରି କିଛି ପଇସା ଆଣୁଥିଲେ ବି ସେଥିରୁ ଟଙ୍କାଟିଏ ଦେଉ ନ ଥିଲା ମାଆକୁ। ଆମେ ଘରର ପରଦା ପଛପଟେ ଲୁଚି ଲୁଚି କାନ୍ଦୁଥିଲୁ। ମାଆ ଧୀରେ ଧୀରେ ବୁଝୁଥିଲା, ସିଏ ଅସଲରେ ଗୋଟେ ଠକ ହାତରେ ତା’ର ଝିଅକୁ ଟେକି ଦେଇଛି। ମାତ୍ର ନାନୀ ତଥାପି ନିଜ ଭୁଲ୍ ବୁଝି ନ ଥିଲା। ସେଇମିତି ସକାଳୁ ସଞ୍ଜଯାଏ ସାଜିସୁଜି ହୋଇ ବୁଲୁଥିଲା ବାଦଲ ସାଙ୍ଗରେ। ଘରେ ରହିବାକୁ କି ରୋଷେଇବାସ କାମ କରିବାକୁ ସେ ପାପ ବୋଲି ବିଚାରୁଥିଲା।

‘ମୋର ବୟସ ବଢୁଥାଏ। ବୋଉ ନାନୀକୁ କହିଲା, ‘ବନଲତାର ବାହାଘର କରିବାକୁ ହେବ। ତୁମେମାନେ ଭଉଣୀ ଭିଣୋଇ। ଏକଥା ତୁମେ ନ ବୁଝିଲେ କିଏ ବୁଝିବ ?’

‘‘ଏହାର ଦି’ ମାସ ଆଗରୁ ବାଦଲ, ବରମୁଣ୍ଡା କଲୋନି ପାଖରେ ଗୋଟେ ବାଲି, ପଥର ଓ ଚିପ୍‌ସ ବେପାର ଆରମ୍ଭ କରିଥାଏ। ନାନୀର ସବୁଯାକ ଗହଣା ବିକିଦେଇ ଖୋଲିଥାଏ ଏଇ ଦୋକାନ। ସେଇ ଦୋକାନରେ କାମ କରୁଥାଏ ତୁଷାର।

: ତୁଷାର ?

: ତାଙ୍କ ଗାଁ ବାଲିପାଟଣା। ପିଲାଦିନୁ ବାପ-ମାଆ ମରିଯାଇଥିଲେ। ଅନାଥାଶ୍ରମରେ ବଢ଼ିଥିଲେ। ହାଇସ୍କୁଲ୍‌ରେ ପଢ଼ିବା ପରେ କେଉଁ ଗୋଟେ ହୋଟେଲ୍‌ରେ ରହି କାମ କରୁଥିଲେ। ଖୁବ୍ ସରଳ। ତାଙ୍କୁ ଯିଏ ନାହିଁ ସିଏ ଠକିଦେବା ସହଜ - ବନଲତା କହିଲା।

ବିନୋଦ ପଚାରିଲା, 'ତୁମେ ଯେଉଁ ତୁଷାରକୁ ବାହା ହେଇଥିଲ, ଇଏ ସେହି ନୁହେଁ ତ ? ନା ଇଏ ଅଲଗା।''

: ସେଇ, ସେଇ। ମଝିରେ ମଝିରେ ବୋଲହାକ କରିଦେବାକୁ ସେ ଘରକୁ ଆସୁଥିଲେ। ମୋ ସହ ପଦେ ଦି'ପଦ କଥାବାର୍ତ୍ତା କରି ଚାଲିଯାଆନ୍ତି। ଅନେକ ଦିନ ପରେ ଜାଣିଲି ସେ ମୋତେ ମନେ ମନେ ଭଲ ପାଉଛନ୍ତି।

''ଏହା ଭିତରେ ଆପକୁ ଆପେ ଦିଇଟା ବାହାଘର ପ୍ରସ୍ତାବ ଆସିଥିଲା ମୋ ପାଇଁ। ମାଆ ଖୁବ୍ ଉତ୍ସାହିତ ହୋଇଥିଲା। ମାତ୍ର ସେମାନେ ଥରେ ଥରେ ମୋତେ ଦେଖିକି ଗଲା ପରେ ଆଉ ଆସିଲେ ନାହିଁ। ଏହାର କାରଣ ମୁଁ ବୁଝିପାରୁ ନ ଥାଏ। ପରେ ବୁଝିଲି, ଏସବୁ ବାଦଲର କାମ। ସିଏ ହିଁ ଏରିଆ ସାରା ପ୍ରଚାର କରିଥିଲା, ମୁଁ ଗୋଟେ ଚରିତ୍ରହୀନା ଝିଅ। ବେନାମୀ ଚିଠି ଲେଖି ଭଦ୍ରଲୋକମାନଙ୍କ ଘରକୁ ଚିଠି ପଠେଇଥିଲା ସେ।''

କିଏ ଜଣେ ପଛରୁ କହୁଥିଲା, 'କଏଦୀଙ୍କ ମୁଲାକାତ୍ ସମୟ ସରିଲାଣି। ଚାଲ, ଚାଲ।''

ବିନୋଦ ମୁଣ୍ଡ ଟେକି ଅନେଇଲା। ଜଣେ ମହିଳା ଗାର୍ଡ, ଗାଈଗୁଡ଼ିକୁ ଗାଈଆଳ ଆଡ଼େଇଲା ଭଳି କଏଦୀମାନଙ୍କୁ ଗେଟ୍ ପାଖ ଜଳାକବାଟ ପାଖରୁ ଆଡ଼େଇ ନେଉଥିଲେ। ବନଲତା ଆଖିରୁ ଲୁହ ବୋହି ଆସିଥାଏ। ସେ ଲୁହତକ ଲୁଗା କାନିରେ ପୋଛିନେଇ କହିଲା, 'ବେଳ ହୋଇଗଲାଣି। ତୁ ଯା। ପାରିବୁ ଯଦି ମାଆକୁ ଭେଟିବୁ। ସିଏ ତତେ ବାକି କଥା କହିବ। ତୁ ମୋ ପାଇଁ ଚିନ୍ତା କରିବୁ ନାହିଁ। ମୁଁ ଭଲରେ ଅଛି।''

ଭଲରେ ଅଛି ବନଲତା ? ଏଇ ଉଚ୍ଚା ପାଚେରିଘେରା ଜେଲ୍ ଭିତରେ ଭଲରେ ଅଛି ବନଲତା ? ନା, ବନଲତା ମିଛ କହୁଥିଲା। ସବୁଦିନେ ସେ ଏହିପରି ମିଛେଇ।

●

ବାଦଲର ଘର ଖୋଜି ପାଇବାଲାଗି ବିନୋଦକୁ କଷ୍ଟ ହେଲା ନାହିଁ। କାରଣ ପ୍ରଥମ ଅଟୋବାଲାଟି ହିଁ କହିଦେଲା, ବାଦଲ ଦାଦାର ଘର ହାଇସ୍କୁଲ୍ ପଛପଟକୁ, କୃଷ୍ଣଚୂଡ଼ା ଗଛତଳେ। ଏକଥା କହି ବି ମନଦୁଃଖ କଲା – ଦାଦା ଆଉ ନାହିଁ।

: ବାଦଲ ଦାଦା ? – ବିନୋଦ ଟିକେ ଏପଟ ସେପଟ ଚାହିଁଲା। ମନକୁ ମନ ପଚାରିଲା, ବାଦଲ କେବେଠାରୁ ପୁଣି ଦାଦା ହୋଇଥିଲା ? ସେ ନୂଆପଲ୍ଲୀ ଦୁର୍ଗାମଣ୍ଡପ ପାଖ ଚା' ଦୋକାନକୁ ଯାଇ ଗିଲାସେ ଚା' ପାଇଁ ବରାଦ ଦେଲା। ପଚାରିଲା, 'ବାଦଲ ଦାଦାର କ'ଣ ହୋଇଥିଲା ?''

ଚା' ଦୋକାନୀ କହିଲା, 'ବାଦଲ ଥିଲା ଗୋଟେ ବାଘ। ଛାତି ଯେମିତି, ନିଶ ସେମିତି। ବେଶ ଯେମିତି କଥା ସେମିତି। ଚାରି ବର୍ଷରେ ସେ ଯାହା କରିଥିଲା, ଏ ସହରରେ ଚାଳିଶ ବର୍ଷ ରହିଥିବା ଦାଦାମାନେ ବି ସେକଥା କରିପାରି ନ ଥିଲେ। କିନ୍ତୁ ମାଇକିନା ନିଶା ତ ସବୁ ସାରିଦେଲା।

ଏହାପରେ ବନଲତାର ମାଆକୁ ଭେଟିଥିଲା ବିନୋଦ। ତା' ମା' କହିଲା, ଇଟା-ବାଲି କାରବାରରେ ବିଫଳ ହେବା ପରେ ଜମି ଦଲାଲିରେ ପଶିଯାଇଥିଲା ବାଦଲ। ଏଥିରେ ପୁଞ୍ଜି ଦରକାର ନ ଥିଲା, ଦରକାର ଥିଲା ବୁଦ୍ଧି ଓ ସାହସ। ଆଗରୁ ବାଦଲ ହାତରେ ଦଳେ ଟୋକା ଥିଲେ। ସେମାନେ ତା'ର ଅଂଶୀଦାର ହୋଇଗଲେ। ଲକ୍ଷ ଲକ୍ଷ ଟଙ୍କାରେ ଜମି କିଣି ସୁଦ୍ଧା କିଛି ଲୋକ ହାତକୁ ଦଖଲ ନେଇପାରନ୍ତି ନାହିଁ। ସେତିକିବେଳେ ବାଦଲର ଲୋଡ଼ା ପଡ଼େ। ଗୋଟାଏ ବର୍ଷ ଭିତରେ ସେ କିଣିପକେଇଲା ଗୋଟାଏ କାର୍। ତା' ବେଶପୋଷାକ ବଦଳିଗଲା। ଗଳାରେ ଚାରି ଚାରିଟା ସୁନା ଚେନ୍, ହାତରେ ବଳା, ହାତ ଅଙ୍ଗୁଳିରେ ଚାରି ଚାରି ହୋଇ ଆଠଟା ମୁଦି। ଜିନ୍ ପ୍ୟାଣ୍ଟ୍ ପଛ ପକେଟ୍‌ରେ ରିଭଲ୍‌ଭର୍। ଚାରୁଲତା ପାଇଁ ମଧ୍ୟ କିଣିଥିଲା ଗୁଡ଼ାଏ ଗହଣା।

ବନଲତାର ମା' କହିଲା, ''ବାଦଲ ଆଗରେ ଲୋକ ଯିବାକୁ ଶଙ୍କୁଥିଲେ। ଗୋଟାଏ ଫୋନ୍ କଲେ ବଡ଼ ବଡ଼ ଲୋକ ଡରିଯାଉଥିଲେ।''

: କିନ୍ତୁ ହେଲା କ'ଣ ତା'ର? - ବିନୋଦ ପଚାରିଲା।

ବନଲତା ମାଆ ବୁଲେଇ ବଙ୍କେଇ କହିଲା, 'ସେସବୁ ବିଷୟରେ ଆଲୋଚନା କରିବାକୁ ଆତ୍ମା ଡାକୁନାହିଁ। ସବୁ ମୋଅରି କର୍ମଦୋଷ। ବଡ଼ ଝିଅକୁ ମୁଣ୍ଡରେ ବସେଇ ରାକ୍ଷସକୁ ଘରକୁ ଡାକିଥିଲି। ମୋର ସର୍ବନାଶ ହେଇଗଲା।' ସେ ଆଉ କିଛି କହିଲା ନାହିଁ।

ବିନୋଦ ଫେରିଆସିଲା।

ସଞ୍ଜବୁଡ଼େ ସେଇ କ୍ରାଇମ୍ ରିପୋର୍ଟର ପ୍ରଦୀପ୍ତ ସ୍ୱାଇଁଙ୍କ ସାଙ୍ଗରେ ତା'ର ଦେଖା ହେଲା। ବିନୋଦ କହିଲା, 'କ'ଣ କେମିତି ବ୍ୟବସ୍ଥା କରନ୍ତ, ଆଉ ଥରେ ଟିକିଏ ଜେଲ୍‌କୁ ଯାଇ ବନଲତାକୁ ଭେଟନ୍ତି। ସେ ମୋର ପିଲାଦିନର ସାଙ୍ଗ। ମୁଁ ତା'ର ଏ ଅବସ୍ଥା ଦେଖିପାରୁନାହିଁ। ମୋତେ କିଛି କରିବା ପାଇଁ ପଡ଼ିବ।''

ପ୍ରଦୀପ୍ତ ସ୍ୱାଇଁ କହିଲା, 'ତା' ପାଇଁ ମାନବିକ ଅଧିକାର ବାଲାଏ ଲାଗିଛନ୍ତି। ହେଉ, ଉପର ଓଳିକୁ ଯିବା।''

ବନଲତା ତାକୁ ଦେଖି ପଚାରିଲା, 'ପୁଣି ଆସିଲୁ? ଗାଁକୁ ଯିବୁ ନାହିଁ କି? ଏବେ ଆମ ଗାଁରେ ଇଲିଶି ମାଛ ମିଳୁଛନ୍ତି ନା ରେ?''

ବିନୋଦ ସିଧା ସିଧା ପଚାରିଲା, ''ତୁ ବାଦଲକୁ ମାରିଲୁ କାହିଁକି ?''

ବନଲତା ଶାନ୍ତ ସ୍ୱରରେ କହିଲା, 'ଆଉ କିଛି ଉପାୟ ନ ଥିଲା। ତୁଷାର ସାଙ୍ଗରେ ମୁଁ କଥାବାର୍ତ୍ତା ହେବାଟାକୁ ସେ ପସନ୍ଦ କଲା ନାହିଁ। ଥରେ ଏଇ କଥା କହି ମୋତେ ଗାଳି ଦେଲା। ତା' ପରଦିନ ମାଆ ଓ ନାନୀ ସଞ୍ଜବେଳେ ମନ୍ଦିରକୁ ଯାଇଥିଲେ। ମୋ ପେଟ କାଟି କାଟି ହେଉଥିବାରୁ ମୁଁ ସେମାନଙ୍କ ସାଙ୍ଗରେ ମନ୍ଦିରକୁ ନ ଯାଇ ଘରେ ଥିଲି। ବାଦଲ ଆସି ପହଞ୍ଚିଥିଲା ଭୂତ ପରି। ସଞ୍ଜବେଳେ ସେ କେବେ ବି ଘରକୁ ଆସେ ନାହିଁ। କିନ୍ତୁ ସେଦିନ ଆସି ପହଞ୍ଚିଗଲା। ସିଧା ସିଧା ପଶିଆସିଲା ମୋ ଶୋଇବା ଘରକୁ। ତା' ପାଟିରୁ ଭଣଭଣ ମଦ ଗନ୍ଧ ବାହାରୁଥାଏ। ମୋ ପାଟିରେ କନାବିଣ୍ଡା ଦେଇ ଖଟ ଉପରେ ଶୁଆଇ ଦେଲା। ତା'ପରେ...।

ବନଲତା କଥା ସାରିପାରିଲା ନାହିଁ। ସେ କାନ୍ଦି ପକେଇଲା।

ତା' କଥା ଶୁଣି ବିନୋଦର ହାତ ମୁଠା ମୁଠା ହୋଇଗଲା। ସତେ କି ସେ ବାଦଲକୁ ଭେଟିଲେ ତା' ବେକ ମୋଡ଼ି ଦିଅନ୍ତା।

ବନଲତା କହିଲା, ''ଏକଥା ମୁଁ ନାନୀକୁ କହିଲି। ମାତ୍ର ନାନୀ ଓଲଟି ମୋର ଦୋଷ ଦେଲା। କହିଲା, ଏକା ମା' ଗର୍ଭରୁ ଜନ୍ମ ହେଇଛି ମୁଁ ସଉତୁଣୀ।

''ମାଆ ଜାଣିଲା। ମୁଣ୍ଡରେ ହାତ ଦେଲା। ବାଦଲ ପାଖରେ ନେହୁରା ହେଲା ସେ। ମାତ୍ର ବାଦଲ ଏସବୁ କଥା ଶୁଣି ନ ଶୁଣିଲା ପରି ମୁହଁ ବୁଲେଇ ଦେଲା।

''ମୁଁ ତୁଷାରଙ୍କୁ କହିଲି, 'ଚାଲ, ପଳେଇବା। ଆଖି ଯୁଆଡ଼କୁ ପାଇବ ସେ ଆଡ଼କୁ। ଏଠି ମୁଁ ଗୋଟାଏ ମୁହୂର୍ତ୍ତ ରହିପାରିବି ନାହିଁ।' ତୁଷାର ଡବଡବ ହୋଇ ମୋ ଆଖିକୁ ଅନେଇଲେ। ସେ ମୋ କଥାକୁ ବିଶ୍ୱାସ କରିପାରୁ ନ ଥିଲେ।

ଏହାପରେ ବାରମ୍ବାର ସେଇ ଏକା କଥାର ପୁନରାବୃତ୍ତି କଲା ବାଦଲ। ଧମକ ଦେଲା ମାଆକୁ, ସେ ମୋତେ ରଖିବ। ଆଉ କାହା ସାଙ୍ଗେ ମୋର ବାହାଘର କଲେ ସେ ସେଇ ଟୋକାକୁ ମର୍ଡର୍ କରିଦେବ। ତା'ପରେ ସେ ଯିବ ଜେଲ୍, ମା' ଝିଅ ତିନିହେଁ ରାମନାମ ଭଜିହେବେ।

ଦେଢ଼ବର୍ଷ ତଳେ ହଠାତ୍ ଦିନେ ଆବିଷ୍କାର କଲି ମୁଁ ଗର୍ଭବତୀ ହେଇଯାଇଛି। ବିନା ବାହାଘରରେ ମାଆ ପାଲଟି ଯାଇଛି ମୁଁ। ସେଦିନ ମୋର ଆତ୍ମହତ୍ୟା କରିଦେବାକୁ ଇଚ୍ଛା ହେଲା। ବାଧହୋଇ ମୁଁ ବାଦଲକୁ ନେହୁରା ହେଲି, ମୋତେ ବାହା ହେଇଯାଅ, ନ ହେଲେ ମାରିଦିଅ। ମୋ ବାପାଙ୍କର ଯାହା ଟିକେ ଇଜ୍ଜତ ଥିଲା ସବୁ ମାଟିରେ ମିଶିଯିବ। ମାଆ ଆତ୍ମହତ୍ୟା କରିଦେବ।

ବାଦଲ ହସିଲା। ବୀଭତ୍ସ ସେ ହସ। କହିଲା, 'ତୋ ଭଉଣୀ ବୁଢ଼ୀ ହେଲାଣି।

ବାହାଘର ଆଗରୁ ତା' କାମ ମୁଁ ବଢ଼େଇ ସାରିଥିଲି। ଏଇନେ ତୋ'ଠାରେ ମୋ ମନ। କିନ୍ତୁ ମୁଁ ତୋତେ ବାହା ହେଇପାରିବି ନାହିଁ। ମୁଁ ନେତା ହେବାକୁ ଚାହୁଁଛି। ମୋର ପଲିଟିକ୍ସ ମାଡ଼ ଖାଇଯିବ। ତୁ ତୁଷାରକୁ ଭଲ ପାଉଥିଲୁ। ସେଇ ତୋତେ ବାହା ହେବ।'

ମୁଁ ପଚାରିଲି, ସେ ବାହାହେବେ? ସବୁ କଥା ଜାଣିଲା ପରେ ବି?

: କ'ଣ ହେଲା ସେଇଠୁ? ଶଳା ମାଇଚିଆ ମୋ କଥାରେ ରାଜି ନ ହେଲେ ତା' ତୋଟି କଣା କରି ରକ୍ତ ପିଇଯିବି।

ବିନୋଦର ମୁଣ୍ଡ କ'ଣ ହୋଇଯାଉଥିଲା। ଏମିତିକା ଚରିତ୍ରର ଗୋଟେ ମଣିଷ ଯେ ପୃଥିବୀରେ ଥିବ ସେକଥା ସେ କଳ୍ପନା କରିପାରୁ ନ ଥିଲା।

ବନଲତା କହିଲା, 'ମୁଁ ବାହା ହେଲି। ସବୁ କଥା ଜାଣି ମଧ୍ୟ ତୁଷାର ମୋତେ ଗ୍ରହଣ କଲେ। ସାରା ଦୁନିଆ ତାଙ୍କୁ ବୋକା, ବୁଦ୍ଧୁ ଓ ମାଇଚିଆ କହେ। କିନ୍ତୁ ତାଙ୍କ ପରି ମଣିଷ ଆଉ ଦ୍ୱିତୀୟ ଦେଖିନାହିଁ ଜୀବନରେ। ମୋର ଘରକରଣା ଆରମ୍ଭ ହେଲା ଲୁହରୁ। ତାଙ୍କ ଆଗରେ ମୁହଁ ଦେଖାଇବାକୁ ମୋତେ ଲାଜ ମାଡୁଥାଏ। ସିଏ କିନ୍ତୁ ମୋତେ କିଛି କହୁ ନ ଥାନ୍ତି। ଭାବୁଥାଏ, ଝିଅ ଜନ୍ମରେ ବାହାଘରକୁ ନେଇ କେତେ ସ୍ୱପ୍ନ। ସ୍ୱାମୀ ଆଉ ପିଲାପିଲିଙ୍କୁ ନେଇ କେତେ ଆଶା। ମାତ୍ର ରାକ୍ଷସଟା ମୋତେ ସବୁଆଡୁ ମାରିଦେଲା। ମୋ ଜୀବନର କିଛି ହେଲେ ସୁଖ ରହିଲା ନାହିଁ।

''ମାଆ ଭଉଣୀଙ୍କଠାରୁ ଦୂରରେ, ଓମ୍‌ଏପି ଛକରେ ଭଡ଼ା ଘରଟିଏ ନେଇ ରହିଲୁ ଆମେ। ମୁଁ ପାଖ ଅଙ୍ଗନୱାଡ଼ିରେ କାମ କଲି। ପୁଅ ଜନ୍ମ ହେଲା। ତାକୁ ଚାରିମାସ ହେବା ପର୍ଯ୍ୟନ୍ତ ଆମେ ଭଲରେ ବଞ୍ଚିଥିଲୁ। ତା'ପରେ ପୁଣି ଦିନେ ସେଇ କାଳଗ୍ରହ ଆସି ପହଞ୍ଚିଗଲା ମୋର ସର୍ବନାଶ କରିବା ପାଇଁ।

ବିନୋଦ କାଠଟେ ପରି ସ୍ଥିର ହୋଇ ଶୁଣୁଥିଲା।

ବନଲତା କହିଲା, 'ଛାଡ୍ ସେକଥା। ଏତିକି ଜାଣ୍, ଆଉଥରେ ସେ ଆସିଲା ମୋ ପାଖକୁ। ମୋ ବରକୁ ଘର ଭିତରେ ଚାବିଦେଇ, ମୋ ଛୁଆକୁ ଫିଙ୍ଗି ଫୋପାଡ଼ି ମୋ ଇଜ୍ଜତ ଲୁଟିଲା। ପିଲାଟା ତଳେ ପଡ଼ି ରାହା ଧରି କାନ୍ଦୁଥାଏ, ସେପଟରେ ତୁଷାର କବାଟ ବାଡ଼ଉଥାଏ। ଚଣ୍ଡାଳ କିଛି ଶୁଣିଲା ନାହିଁ। ଗଲାବେଳକୁ କିଛି ନୋଟ୍ ଚଟାଣରେ ଫିଙ୍ଗିଦେଇ ଚାଲିଗଲା। ସତେ କି ମୁଁ ଗୋଟାଏ ବେଶ୍ୟା !

ସେଇଦିନ ମୁଁ ସ୍ଥିର କଲି, ମୁଁ ମରିବି ନ ହେଲେ ମାରିବି।

''ଗଲା ଦୁର୍ଗାପୂଜା ଭସାଣି ଦିନ ନିଜେ ଭଲ କରି ଆଇଁଷ ରାନ୍ଧିଲି। ମଦ ବୋତଲ କିଣି ଆଣି ରଖିଲି। ବାଦଲ ଆସିଲା। ମନ ଫୂର୍ତ୍ତିରେ ଖାଇଲା, ପିଇଲା। ମୁଁ

ନିଜେ ଆଲୁଅ ଲିଭେଇ ଦେଇ ତା' ଛାତି ଉପରେ ଆଉଜି ପଡ଼ିଲି। ସେ ଘଣ୍ଟାଏ କାଳ ମୋତେ ଚାଟିଚୁଟି ହେଲା। ଅଥୟ ଅଧୈର୍ଯ୍ୟ ହୋଇ ବାଉଳି ଚାଉଳି ହେଲା ମଦ ନିଶାରେ। ମୋ ଇଜ୍ଜତ ଲୁଟିସାରି ଉଠିଲା ବେଳକୁ ଥକି ପଡ଼ିଥିଲା ରାକ୍ଷସ।

''ମୁଁ ଆଗରୁ ସିନ୍ଦୂର ଦେଇ ପୂଜା କରି ରଖିଥିଲି ଘରର ଧାରୁଆ ପନିକି। ସେଇ ଅନ୍ଧାରରେ ଠିକ୍ ତା' ବେକ ଉପରେ ଚୋଟ ପରେ ଚୋଟ ହାଣି ଚାଲିଲି। ବର୍ଷ ବର୍ଷର ସବୁ ରାଗ, ଅପମାନ ସୁଝେଇ ଦେଲି ତା'ର ଗଳା ଉପରେ। ତା'ପରେ ଦଉଡ଼ି ଦଉଡ଼ି ଗଲି ନଈକୂଳକୁ। ପନିକିଟା ଫିଙ୍ଗିଦେଇ ନଈ ପାଣିରେ ଗାଧୋଇ ପଡ଼ିଲି।''

ବିନୋଦ ସ୍ତବ୍ଧ ହୋଇ ଶୁଣୁଥିଲା। ସେ ବିଶ୍ୱାସ କରିପାରୁ ନ ଥିଲା ଯେ ପିଲାଦିନେ ଅସରପା ଦେଖିଲେ ଅଧ ମାଇଲିଏ ଦୂରକୁ ଧାଇଁ ପଳଉଥିବା ବନଲତା ତା' ସାମ୍ନାରେ କହିଯାଉଛି ଏତେ ସବୁ କଠୋର କଥା।

ବନଲତା କହିଲା, 'ମୁଁ ଶୁଣୁଛି ମୋତେ ଆଜୀବନ କାରାଦଣ୍ଡ ହେବ। ମାନବିକ ଅଧିକାର ପାଇଁ ଲଢୁଥିବା ଓକିଲ ମାନବ ଦାସ ମୋ ତରଫରୁ ଲଢୁଛନ୍ତି। ମୋତେ ଫାଶୀ ହେଇଗଲେ ବି ଚିନ୍ତା ନାହିଁ। ଗୋଟିଏ ଦୁଃଖ ରହିଗଲା, ତୁଷାରଙ୍କ ପାଇଁ କିଛି କରିପାରିଲି ନାହିଁ। ସାରା ଜୀବନ ତାଙ୍କ ସିନ୍ଦୂର ଟୋପା ପାଖରେ ମୁଁ ଋଣୀ ହେଇ ରହିଗଲି। ନ ହେଲେ କୋଉ ମଣିଷ ସବୁଦିନ ଲାଗି ବଞ୍ଚି ରହିଛି ଯେ ମୁଁ ବଞ୍ଚି ଥାଆନ୍ତି ! ଏ ଅଇଁଠା ଜୀବନରେ ଆଉ କି ସୁଆଦ !''

ବିନୋଦ କହିଲା, ''ସେକଥା କହନା। ମୋତେ ଲାଗୁଛି, ତୋ ଜୀବନର ସବୁ ସରିଯାଇନାହିଁ। କୋର୍ଟ ନିଶ୍ଚେ ତୋ କଥା ବୁଝିବେ। ଆଉ ଥରେ ତୁ ତୋ ସଂସାର କରିବୁ। ତୁ ଧୈର୍ଯ୍ୟ ହରାନା।''

ବନଲତାର ସାକ୍ଷାତ ସମୟ ସରିଆସୁଥିଲା। ସେ କ୍ଷୀଣ ହସ ହସି କହିଲା, ''ଗୋଟେ କାମ କରିବୁ ବିନୋଦ। ଥରେ ମୋ ପୁଅକୁ ପାଟପୁର ବୁଲେଇ ନେଇଯିବୁ। ତାକୁ ଦେଖେଇବୁ ମନ୍ତେଇ ନଈ, ବଣିଆ ସାହି ପଦା, ଅର୍ଜୁନ ବାଆଜୀ ପୋଖରୀ। ତାକୁ ଦେଖେଇବୁ କୋଉଠି ତା' ମାଆ ପାଠ ପଢୁଥିଲା, ମାଷ୍ଟରାଣୀ ହେବ ବୋଲି ସ୍ୱପ୍ନ ଦେଖୁଥିଲା। ତାକୁ ତୋ ପରି ମଣିଷ ହେବାକୁ ଶିଖେଇବୁ।''

ବିନୋଦ ପାଟିରେ କଥା ନ ଥିଲା। ତା' ସ୍ୱର ବାଷ୍ପରୁଦ୍ଧ ହୋଇ ଯାଇଥିଲା। ବନଲତା ମୁହଁ ବୁଲେଇ ଭିତରକୁ ପଳେଇଲା। ଦେଖୁ ଦେଖୁ ଉଚ୍ଚା ପାଚେରି ସେପଟରେ ଅଦୃଶ୍ୟ ହୋଇଗଲା ତା' ପିଲାଦିନର ସାଙ୍ଗ।

ପାଟପୁର ଫେରିବା ଆଗରୁ ବିନୋଦ ପୁଣି ଥରେ ବନଲତାର ଘରକୁ ଯାଇଥିଲା।

ଦାଣ୍ଡ ଦୁଆର ପାଖରେ ବନଲତାର ମାଆ ମୁହଁରେ ଲୁଗା ଢାଙ୍କି କାନ୍ଦୁଥିଲା। ବନଲତାର ପୁଅ ଚଟାଣରେ ଗୋଟେ ଝୁମୁକା ଧରି ଖେଳୁଥିଲା।

ବିନୋଦ କହିଲା, 'ଯାଉଛି ମାଉସୀ, ଗାଁରେ ସମସ୍ତେ ବନଲତା ବିଷୟରେ ବାରକଥା କହୁଥିଲେ। ସେଇଥିପାଇଁ ସତ ମିଛ ବୁଝିବା ପାଇଁ ଚାଲିଆସିଥିଲି।''

ବନଲତାର ମା' କହିଲା, 'କହିବୁ, ମୋ ଝିଅ ଖୁନୀ ଆସାମୀ ନୁହଁ, ସେ ଦୁର୍ଗା ଠାକୁରାଣୀ। ଦେଖିବୁ, ତା'ର କିଛି ହେବ ନାହିଁ। ଦୁନିଆରେ ଯଦି ସତ୍ୟ ଥିବ, ଧର୍ମ ଥିବ, ଦେଖିବୁ ସେ ପୁଣି ଦିନେ ମୋ ପାଖକୁ ଫେରିଆସିବ। ସେ ନ ଫେରିଲା ଯାଏ ମୁଁ ଆଖି ବୁଜିବି ନାହିଁ। ଏଇଠି ଏଇ ଦୁଆର ମୁହଁରେ ବସି ତାକୁ ଅନିସା କରିଥିବି।''

ବିନୋଦ ଆଖିର ଅବଶେଷ ଲୁହ ଟିକକ ନିଗିଡ଼ି ଆସିଲା। ତା' ଆଖି ସାମ୍ନାରେ ନାଚି ଯାଉଥିଲା ଚଉଦ ପନ୍ଦର ବର୍ଷର ଗୋଟେ କିଶୋରୀର ଚେହେରା, ଯିଏ ଦେହରେ ହଳଦୀ ଲଗେଇଥିଲେ ସତକୁ ସତ ବନଦୁର୍ଗା ମୂର୍ତ୍ତି ପରି ଦିଶିଥାଏ।

ଆମେ ଅଛୁ

ଆଜି ସତେ କି ଜୁଆରିଆ ନଈଟିଏ 'ଆଶ୍ରୟ' ସୁଧାରଗୃହର ଗମ୍ଭୁରାଗନ୍ଧ ଭର୍ତ୍ତି ଆଜ୍‌ବେଷ୍ଟସ୍ ଘରକୁ ବାଟଭୁଲି ପଶିଆସିଥିଲା । ତା'ର ଦୁଇ କୂଳରେ ଗୁଣୁଗୁଣେଇ ଉଠୁଥିଲା ଗୋଟିଏ ଉଚ୍ଚାଟ ଗୀତ, ମଧୁର କଣ୍ଠରେ । ପ୍ରତିମାର ଏ ରୂପ ସହ କୌଣସି ଦିନ ପରିଚିତ ନ ଥିଲା ଶାରଦା । ସେ ଟିଣ ଚଉକି ଉପରେ ଦେହ ଅଜାଡ଼ି ପ୍ରତିମାକୁ ଲକ୍ଷ୍ୟ କରୁଥିଲା କେବଳ । ଯେତେ ଦେଖୁଥିଲା ସେତେ ନୂଆ ଦିଶୁଥିଲା ସେ । ଲାଗୁଥିଲା, ପଇଁତିରିଶ ନୁହେଁ ସତେ କି ଚବିଶ ପଚିଶ ବର୍ଷର ଯୁବତୀଟିଏ ପ୍ରତିମା ।

ବାହାରେ ଦିନ ମଜୁରିଆର କ୍ଲାନ୍ତି ନେଇ ରାତି ଶୋଇଥିଲା । ତା' ଦେହ ଦରଜର ପୀଡ଼ା କେବେକେବେ ପ୍ରକାଶ ପାଉଥିଲା ନାଁ ଅଜଣା ରାତି ଚଢ଼େଇଙ୍କ ଡେଣା ଫଡ଼ଫଡ଼ରେ । ଚାରିଆଡ଼ ନିରବ ନିଶବ୍ଦ । ମଝିରେ ଶେଷ ବଖରା ଘରୁ ବନିତାର ପାଟି ଶୁଭୁଥିଲା । ସବୁଦିନ ପରି ଅଦୃଶ୍ୟ

ଅଜଣା ଲୋକକୁ ବଡ଼ ବିକଳ ହୋଇ ସେ କହୁଥିଲା- ମୋ ବୋଉ ପାଖକୁ ଟିକିଏ ଫୋନ୍ ଲଗେଇ ଦେଲେ ! ନିଅନ୍ତୁ ନମ୍ବର- ନଅ ଚାରି ତିନି ସାତ ଶୂନ ...। ବନିତା ଏ ସୁଧାରଗୃହର ଆଉ ଜଣେ ଅନ୍ତେବାସିନୀ। ସାତବର୍ଷ ତଳେ ସିଏ ପୁରୀରୁ ଉଦ୍ଧାର ହୋଇ ଏଠିକି ଆସିଥିଲା - ମୁଣ୍ଡବାଳ ବିପର୍ଯ୍ୟସ୍ତ, ଚେହେରା ରୁଦ୍ର ଭୈରବୀ ପରି ଭୟଙ୍କର ଏବଂ ମୁହଁରେ ଅଶ୍ରାବ୍ୟ ଗାଳି। ସେଦିନ ତାକୁ ନିୟନ୍ତ୍ରଣ କରିବା ସୁଧାରଗୃହ ସ୍ୱେଚ୍ଛାସେବୀଙ୍କ ପାଇଁ କାଠିକର ପାଠ ହୋଇପଡ଼ିଥିଲା। ତୁହାକୁ ତୁହା ସେ ଦେହରୁ ଲୁଗାପଟା କାଢ଼ି ଲଙ୍ଗଳା ହୋଇପଡୁଥାଏ ଓ ରାସ୍ତା ଉପରକୁ ଧାଇଁଯାଇ ଚିତ୍କାର କରୁଥାଏ। ସେଦିନର ଅବସ୍ଥା ତୁଳନାରେ ଦେଖିଲେ ଆଜି ସେ ବାରଣା ଭଲ ବୋଲି ଭାବିବାକୁ ହେବ। ଖାଲି ଯାହା ଗୋଟିଏ ସମସ୍ୟା - ଯାହାକୁ ଦେଖେ ତାହାକୁ କହେ, ମୋ ବୋଉ ପାଖକୁ ଫୋନ୍ ଲଗେଇ ଦିଅ। ସେ ଆସିଲେ ମୁଁ ତା' ସାଙ୍ଗରେ ଚାଲିଯିବି।

ପ୍ରତିମା ପୁଣି ଗୋଟେ ଗୀତ ଗାଉଥିଲା- ବାଟ ଛାଡ଼ ସୁହଟ ନାଗର, ଯମୁନାକୁ ଯିବି ନୀର ଆଣିକି ..। ଗୀତ ଗାଉ ଗାଉ ସେ ତା' ବ୍ୟାଗ୍‌ରେ ଲୁଗାପଟାତକ ସଜାଡୁଥିଲା। କେତେ ବା ଜିନିଷ, ଅଥଚ ସଞ୍ଜପହରୁ ତା'ର ସଜଡ଼ା ସରୁନାହିଁ। ବ୍ୟାଗ୍‌ରେ ଭର୍ତ୍ତି କରୁଛି, ପୁଣି ବାହାର କରୁଛି। ପୁଣି ଭର୍ତ୍ତି କରୁଛି, ପୁଣି ବାହାର କରୁଛି।

ଶାରଦା କାନ ଡେରିଲା। ନା, ବନିତା ଶୋଇନାହିଁ। ତା' ପାଟି ଶୁଭୁଛି। ସବୁଦିନ ରାତିରେ ସେ ଡେରିରେ ଶୁଏ। ରାତିସାରା ଝରକା ପାଖରେ ବସି ଆକାଶର ତାରାମାନଙ୍କ ସାଙ୍ଗେ ଗପେ, ବାଡ଼ିପଟ ଜହ୍ନି ଓ କାକୁଡ଼ିଗଛର ଫୁଲଗୁଡ଼ିକୁ ତା' ପାଖକୁ ଡାକେ ଏବଂ ମଝିରେ ମଝିରେ କାହାକୁ ଡାକି ଅନୁନୟ ବିନୟ କରେ - ଟିକେ ଫୋନ୍ ଲଗେଇଲେ। ସଦାବେଳେ ହାତରେ ସେ ଛୋଟିଆ କାଗଜ ଖଣ୍ଡିଏ ଧରିଥାଏ - ଯହିଁରେ ତା' ମାଆର ଫୋନ୍ ନମ୍ବର ଲେଖାଥାଏ।

ବନିତାକୁ ଦେଖିଲେ ଜଣାପଡ଼େ ନାହିଁ ଯେ ଏଇ ଝିଅଟି ଦିନେ ଉତ୍କଳ ବିଶ୍ୱବିଦ୍ୟାଳୟରୁ ପଦାର୍ଥ ବିଜ୍ଞାନରେ ସର୍ବାଧିକ ନମ୍ବର ରଖି ପାସ୍ କରିଥିଲା। ସିଭିଲ୍ ସର୍ଭିସ୍ ପରୀକ୍ଷା ଦେବାଲାଗି ଫର୍ମ ପୂରଣ କରିଥିଲା ବି। ଭଲ ପାଉଥିଲା ତାହାର ମେଧାବୀ ସହପାଠୀକୁ।

ଭାଦ୍ରବର ମେଘଖଣ୍ଡିଏ ଆକାଶର ଜହ୍ନକୁ ଢାଙ୍କି ଦେଇଥିଲା। କିଛି ସମୟ ପାଇଁ ଅନ୍ଧାରିଆ ଦିଶିଲା ସୁଧାରଗୃହ 'ଆଶ୍ରୟ'ର ଅଗଣା। ପାଖ ଗଛ ଉହାଡ଼ରୁ ପେଚାଟିଏ ରାବି ଉଠୁଥିଲା ରହି ରହି।

ଶାରଦା ଶୁଣିଛି, ବନିତାର ବାପା ସଡ଼କ ଦୁର୍ଘଟଣାରେ ମରିଗଲେ। ବନିତା

ସିଭିଲ୍ ସର୍ଭିସ୍ ପରୀକ୍ଷାରେ କୃତକାର୍ଯ୍ୟ ହେଇପାରିଲା ନାହିଁ। ତାହାର ବିଫଳତା ଦେଖି ସାରାଜୀବନ ସାଙ୍ଗରେ ଚାଲିବ ବୋଲି ପ୍ରତିଶ୍ରୁତି ଦେଇଥିବା ତାହାର ପ୍ରେମିକ ତା' ହାତଛାଡ଼ି ଚାଲିଗଲା। ସେଇ ବନ୍ଧୁଟି ଏବେ ଜଣେ ଜିଲ୍ଲା ଜଜ୍। ଖବରଟା ଶୁଣିବା ଦିନ ପ୍ରତିମା ଘଟଣାଚକ୍ରର ନାଟକୀୟତାକୁ ଉପଲବ୍ଧି କରି ଆଶ୍ଚର୍ଯ୍ୟ ହୋଇଥିଲା- ଗୋଟିଏ ଝିଅକୁ ନ୍ୟାୟ ଦେଇପାରି ନ ଥିବା ଲୋକଟି ଶହ ଶହ ଲୋକଙ୍କୁ ନ୍ୟାୟ ଦେବାର ଆସନରେ ଆଜି ବସିଛି। କି ବିଡ଼ମ୍ବନା !

ଏହାପରେ ବନିତା ପାଗଳୀ ହୋଇଗଲା। ତାହାର ପ୍ରେମିକକୁ ସେ ଏତେ ପରିମାଣରେ ଭଲ ପାଉଥିଲା ଯେ ବିଚ୍ଛେଦକୁ ସେ ସହିପାରିଲା ନାହିଁ। ପଢ଼ାପଢ଼ି ବନ୍ଦ ହୋଇଗଲା ଏବଂ ଘରର ଗୋଟିଏ କୋଣରେ ବସି ସେ କେବଳ କାନ୍ଦିଲା। ଝିଅର ଏ ଦୁର୍ଦ୍ଦଶା ଦେଖି ବିଧବା ମାଆ ଆହୁରି ରୋଗିଣା ପାଲଟିଗଲା। ଶେଷକୁ ଯେଉଁଦିନ ତା'ର ପ୍ରେମିକ ଯୁବକଟି ଅନ୍ୟତ୍ର ବାହାହୋଇଯିବାର ଖବର ଶୁଣିଲା, ସେଦିନ ବନିତା କାହାକୁ ନ କହି ଘରୁ ପଳେଇଆସିଲା। କେମିତି ତା' ଘରୁ ଆସି ପୁରୀରେ ପହଞ୍ଚିଲା ସେକଥା ବନିତା କହେ ନାହିଁ। ସୁଧାରଗୃହ ବାଲାଏ ତାକୁ ପୁରୀରୁ ଉଦ୍ଧାର କରି ଏଠିକି ଆଣିଥିଲେ।

ସାତବର୍ଷ ହୋଇଗଲାଣି। ଏବେ ବି ସେ ଆଶା ରଖିଛି, ରାଗ ଭୁଲି ତା' ମାଆ ତା' ପାଖକୁ ଦିନେ ଆସିବ ଏବଂ ତାକୁ ସାଙ୍ଗରେ ନେଇ ଘରକୁ ଫେରିବ। ସେଥିପାଇଁ ସେ ଯାହାକୁ ଦେଖେ କହେ, ''ମୋ ମାଆକୁ ଟିକେ ଫୋନ୍ ଲଗେଇଦିଅ, ତା' ସହ ମୁଁ କଥାହେବି। ସେ ଆସି ମୋତେ ଏଠୁ ନେଇଯିବ।'' ଆଜିକାଲି ଅବଶ୍ୟ ସମସ୍ତେ ଜାଣିଗଲେଣି, ଏଇଟା ବନିତାର ପାଗଳାମି। ସେଥିପାଇଁ ସେମାନେ ବାଟଭାଙ୍ଗି ଚାଲିଯାଆନ୍ତି। କିଏ କହେ, ତା' ଫୋନ୍‌ରେ ବାଲାନ୍‌ସ ନାହିଁ। ଆଉ କେହି ପାଦେ ଆଗକୁ ଯାଇ ଫୋନ୍ ଲଗାଏ ମିଛମିଛରେ ଏବଂ କହେ ସେପଟୁ କେହି ଉଠଉନାହାନ୍ତି। ସମୟେ ସମୟେ ଜଣେ ଜଣେ ସତକୁ ସତ ଫୋନ୍ ଲଗାଇଦିଅନ୍ତି, ମାତ୍ର ସେପଟରୁ ବନିତାର ମାଆ ନୁହଁ, ଆଉ ଜଣେ କିଏ ଧରି କହନ୍ତି, ରଙ୍ଗ୍ ନମ୍ବର୍।

ପାଗଳୀଠାରୁ ସମସ୍ତେ ମୁକ୍ତି ଲୋଡ଼ନ୍ତି।

ଅଥଚ ସେତେବେଳେ ବନିତାର ଯେ କି ଆନନ୍ଦ ! ସ୍କୁଲ୍ ଯାଉଥିବା ଝିଅଟିର ଆଖି ପରି ତା'ର ଦୁଇ ଆଖିରେ ଆନନ୍ଦ ଚକ୍‌ଚକ୍ କରିଉଠେ। ସତେ କି ଫୋନ୍ ପାଇ କାଲି ସକାଳକୁ ତା' ମାଆ ଏଠି ଆସି ପହଞ୍ଚିଯିବ ଓ ତାକୁ ସାଙ୍ଗରେ ନେଇଯିବ ଘରକୁ।

ବନିତା ଭିନ୍ନ, 'ଆଶ୍ରୟ'ର ସଭିଏଁ ଜାଣନ୍ତି, ବନିତାର ମାଆ ତିନିବର୍ଷ ତଳୁ

ମରିଗଲେଣି। କେହି କେହି ସେକଥା ବନିତାକୁ କହିଛନ୍ତି ବି; କିନ୍ତୁ ବନିତା ସେକଥା ବିଶ୍ୱାସ କରିପାରିନାହିଁ।

ତା' ପାଇଁ ସତଟି ମିଛ, ମିଛଟି ସତ।

ଶାରଦା ହାତ ପାପୁଲିରେ ନିଜ ଆଖିର ଲୁହ ପୋଛିଦେଲା। ବନିତାର ଦୁଃଖ କଥା ଭାବୁ ଭାବୁ ତା' ଆଖିକୁ କେତେବେଳେ ଲୁହ ଆସିଯାଇଥିଲା। ସେଇ ବନିତା ଏବେ ରାତି ଅନ୍ଧାରରେ କାହା ସହ କଥା ହେଉଛି। କାହା ସହ? ଅନ୍ଧାର ସହ ନା ଜହ୍ନ ଆଲୁଅ ସହ? ନା ନିଜର ଭାଗ୍ୟ ସହ!

ସେ ଆଉ କିଛି ସମୟ ବନିତା କଥା ଭାବିଥାଆନ୍ତା। ପ୍ରତିମା ତାକୁ ଡାକି ଚମକେଇ ଦେଲା। ସେ ପଚାରୁଥିଲା, ''ଦେଖିଲ, ଏଇ ଶାଢ଼ିଟା ମୋତେ ଭଲ ଦିଶିବ ନା ନାହିଁ?''

ଗୋଟେ ଘନ ନୀଳରଙ୍ଗର ଶାଢ଼ି ଧରିଥିଲା ପ୍ରତିମା। ତାହାର ଚଉଡ଼ା ଧଡ଼ିର ରଙ୍ଗ ଉଜ୍ଜ୍ୱଳ ନାଲିରଙ୍ଗର। ପ୍ରତିମାର ଗୋରା ଦେହକୁ ଶାଢ଼ିଟା ସୁନ୍ଦର ମାନିବ। ଶାରଦା ସେଇକଥା କହିଲା।

କାଲି ସକାଳେ ପ୍ରତିମା ତା' ସ୍ୱାମୀ ପାଖକୁ ଫେରିଯିବ। ମହେନ୍ଦ୍ରତନୟା କୂଳ ପାରଳାଖେମୁଣ୍ଡିରେ ତାକୁ ଅପେକ୍ଷା କରିଛି ତା' ସଂସାର, ତା' ଘରକରଣା। ମାନସିକ ଭାବେ ସେ ସୁସ୍ଥ ହୋଇଗଲାଣି କେଉଦିନରୁ, ଘରୁ ଖବର ଆସି ନ ଥିଲା ବୋଲି ସିଏ ଏଇ ସୁଧାରଗୃହରେ ପଡ଼ିରହିଥିଲା। ବନମାଳୀ ଯାଇ ତା' ସ୍ୱାମୀ ସହ ଦେଖାକରି ଆସିଛନ୍ତି, ସେ ପ୍ରତିମାକୁ ଫେରାଇ ନେବାକୁ ରାଜି। ନିଜେ ନେବାଲାଗି ଆସିଥାଆନ୍ତେ, କୋର୍ଟ କଚେରି କାମ ଥିଲା ବୋଲି ଆସିପାରିଲେ ନାହିଁ।

'ଆଶ୍ରୟ' ସୁଧାରଗୃହର ସମସ୍ତେ ଖୁସି। ଆଉ ଗୋଟେ ଭଙ୍ଗା ଜୀବନ ଯୋଡ଼ିହେଇଯିବ। ଏମିତିକା ଅନୁଭବ ବାରମ୍ବାର ଆସେ ନାହିଁ। ପ୍ରତିମା ପରି ଭାଗ୍ୟବତୀମାନଙ୍କ ପାଇଁ ହିଁ ଏମିତି ସୁଯୋଗ ଆସେ।

ଶାରଦାର ଏଠି ଦଶ ବର୍ଷ ହେଇଗଲାଣି ସ୍ୱେଚ୍ଛାସେବୀ ଭାବେ କାମ କରିବା। ସିଏ ବି ଏମିତି ଏକ ହତଭାଗିନୀର ଜୀବନ ନେଇ ଏଠିକି ଆସିଥିଲା; ମାତ୍ର ସେସବୁ କେଉ ଯୁଗର କାହାଣୀ। ଡାକ୍ତର ରାଧାକୃଷ୍ଣ କୁଅଁରଙ୍କ ଚିକିତ୍ସା ପରେ ସେ ଭଲ ହୋଇଯାଇଥିଲା। ସୁଧାରଗୃହର ପରିଚାଳକ ପଚାରିଥିଲେ- ତୁମେ କୁଆଡ଼େ ଯିବ? ଉତ୍ତରରେ ଶାରଦା କହିଥିଲା, ''କୁଆଡ଼କୁ ନୁହେଁ। ମୁଁ ଏଇଠି ରହିବି।'' ସେଇଦିନୁ ସେ ଏଇଠି ଅଛି।

ନିଜ କଥାରୁ ସୁମିତ୍ରାର କଥା ତାହାର ମନେପଡ଼ିଲା। କି ମର୍ମନ୍ତୁଦ ସେ ଝିଅଟାର

କାହାଣୀ ! ଏବେ ସିଏ ବି ଏଇଠି ଅଛି । ମଝିରେ ତା' ଦେହ ଭଲ ହୋଇଗଲା ପରେ ତାକୁ ସୁଧାରଗୃହବାଲା ପିପିଲି ପାଖ ତା' ଗାଁକୁ ନେଇକି ଯାଇଥିଲେ । ସାତଟା ଦିନ ପରେ କିନ୍ତୁ ସେ ଏଠିକି ପଳେଇ ଆସିଲା । ତା' ଘରଲୋକେ ତାକୁ ବାର ପ୍ରକାର କଥା କହିଲେ ଏବଂ ତା' ଭାଉଜ ତ ଲଗାତାର ଭାବେ ତାକୁ କହିଲେ ଯେ, ସେ ଆତ୍ମହତ୍ୟା କରିଦେବା ଦରକାର । ଧର୍ଷିତାର ହୀନିମାନିଆ ଜୀବନ ନେଇ କୌଣସି ଝିଅ ବଞ୍ଚିରହିବା ଉଚିତ ନୁହେଁ । ତହିଁରେ ତା' ନିଜର ଅପମାନ, ତା' ବାପ-ମାଆ, ପରିବାର, ସାହିଭାଇ ଓ ଗାଁର ଅପମାନ । ସୁମିତ୍ରାର ଘର ଲୋକଙ୍କ ପାଇଁ ତାହାର ବଞ୍ଚିବା ଅପେକ୍ଷା ମରିବାଟି ବେଶି ଲୋଭନୀୟ ଥିଲା । ସେ ମରିଯାଇଥିଲେ ସେମାନେ ସରକାରଙ୍କଠାରୁ କ୍ଷତିପୂରଣ ଦାବି କରିଥାଆନ୍ତେ ଦଶଲକ୍ଷ ଟଙ୍କା ।

ଦଶଲକ୍ଷ ଟଙ୍କାର ଆକର୍ଷଣ ପାଖରେ ଗୋଟେ ଝିଅର ଜୀବନ ମୂଲ୍ୟ କେତେ ତୁଚ୍ଛ ! ସୁମିତ୍ରା ଏକଥା ବୁଝିପାରି ନିଜ ଗାଁରୁ ପଳେଇଆସିଥିଲା ।

ପ୍ରତିମା ଆଉ କଅଣ ପଚାରୁଥିଲା । ଶାରଦା କହିଲା, ''ତୁ ଆଜି ଶୋଇବୁ ନାହିଁ କି ? ରାତି କେତେ ହେଲାଣି, ଖିଆଲ ଅଛି ତ ?''

ପ୍ରତିମା ହସିଲା । ଶାରଦା ପାଖକୁ ଲାଗିଆସି କହିଲା, ''ଆଜି ମୋତେ ଜମାରୁ ନିଦ ଆସୁନାହିଁ । ଚେଇଁ ଚେଇଁ ରାତିଟା ପୁହାଇଦେବି । ଯେତେ ଜଲ୍‌ଦି ସକାଳ ହେଇଯିବ ସେତେ ଜଲ୍‌ଦି ଭଲ, ଘରକୁ ପଳେଇବି । ମୋତେ ଯେ ଅକ୍ଷୟ ଅପେକ୍ଷା କରି ରହିଛନ୍ତି । ଅନେକ ଦିନ ହେଲା ମୁଁ ଆସିଲିଣି । ମୋ ଘରବାଡ଼ି ଗୁହାଳ ହେଇ ପଡ଼ିରହିଥିବ । ସେ କଅଣ କିଛି ଯତ୍ନ ନେଉଥିବେ ! ପୁଅପିଲା, ଯେତେ ଚେଷ୍ଟା କଲେ ବି ଘରଜଞ୍ଜାଳ ସମ୍ଭାଳି ପାରନ୍ତି ନାହିଁ ।''

ପ୍ରତିମା ସାନପିଲାଟିଏ ପରି ଉଲ୍ଲସିତ ଦିଶୁଥିଲା । ମଝିରେ ସେ ଚଟାଣରୁ ଉଠି ଶାରଦା ପାଖକୁ ଖଟ ଉପରକୁ ଉଠିଆସୁଥିଲା ତ ପୁଣି ତା' ପାଖରୁ ଉଠିଯାଇ ନିଜ ବ୍ୟାଗ୍ ସଜାଡ଼ି ବସୁଥିଲା । ସତେ ଯେମିତି ଚଇତ୍ରର ଦମକାଏ ଚଇତାଳି ସେ । ତା'ର ଆନନ୍ଦ ଦେଖି ଶାରଦାର ମନ ବି ଖୁସିରେ ଭର୍ତ୍ତି ହୋଇଯାଉଥିଲା ।

ପ୍ରତିମା କହିଲା, ''ଜାଣିଛୁ, ଆମ ଘର ପଛପଟେ ବିରାଟ ଗୋଟେ ପଦ୍ମପୋଖରୀ । ସେ ପୋଖରୀକୁ ଲାଗି ଆମର ଆମ୍ବବଗିଚା । ସଦର ପଟେ ଫୁଲଗଛ, ପଛ ପଟକୁ ପନିପରିବା ବାଡ଼ି । ଅକ୍ଷୟ ତାଙ୍କର ଦୋକାନକୁ ଗଲାପରେ ମୁଁ ବାଡ଼ିବଗିଚା କାମରେ ଲାଗିଯାଏ । ଆମ ଗାଁରେ ଆଉ କାହାର ଏତେ ବଡ଼ ବାଡ଼ି ନାହିଁ କି ପୋଖରୀ ନାହିଁ । ରୋଷେଇବାସ କାମ ସାରି ମୁଁ ମୋର ରେଡିଓ ଶୁଣେ । ଟେଲିଭିଜନ୍ ଦେଖିବାକୁ ମୋତେ ଜମାରୁ ଭଲ ଲାଗେ ନାହିଁ । ସଞ୍ଜ ଗଡ଼ିଗଲେ ଚଉଁରା ମୂଳେ ସଞ୍ଜଦୀପ

ଜାଳିଦେଇ ରୋଷେଇ ଆରମ୍ଭ କରେ। ଅକ୍ଷୟ କୁହନ୍ତି, 'ତମକୁ ଯେଉଁଟା ପସନ୍ଦ ମୋତେ ବି ସେଇଟା ପସନ୍ଦ।' ଏଇଟା କି ରକମର କଥା କହିଲ? ତାହାପରେ ମୋର ସମସ୍ୟା ବଢ଼ିଯାଏ। ମଣିଷଟା ସିନା ଭଲମନ୍ଦ କିଛି ଗୋଟେ ବରାଦ କଲେ ମୁଁ ତା' ସାଙ୍ଗରେ ଆଉ କିଛି ଯୋଡ଼ନ୍ତି। ଛାଡ଼ ସେକଥା। ତାଙ୍କୁ ନିରାମିଷ ଭଲ ଲାଗେ, ଆଉ ମୋତେ ଆମିଷ। ମୁଁ ସେକଥା ସଫା ସଫା କହିଦିଏ।

''ମୁଁ ତେଇଶ ବର୍ଷର ହୋଇଥିଲି, ତାଙ୍କ ଘରକୁ ଆସିଲି। ସେତେବେଳେ ଘରେ ଶାଶୂ ଶ୍ୱଶୁର, ବଢ଼ିଲା ନଣନ୍ଦ। ସମସ୍ତେ ମୋତେ ଆଦର କରନ୍ତି, ଖାଲି ଶାଶୂଙ୍କ ଛଡ଼ା। ମୁଁ ବି ପୁଲିସ ବାପାର ଝିଅ, କାହାରି କଥା ଶୁଣିବା ଲୋକ ନୁହେଁ-।''

ପ୍ରତିମାର କଥା ଆଜି ଶେଷ ହେବ ନାହିଁ। ତା'ର ଏଇ କଥାଗୁଡ଼ିକୁ ଶହେଥର ଶୁଣି ସାରିଲାଣି ଶାରଦା। ଶୁଣି ଶୁଣି ସେ କ୍ଳାନ୍ତ ହୋଇପଡ଼ିଲାଣି; ମାତ୍ର କହି କହି ପ୍ରତିମା କ୍ଳାନ୍ତ ହୋଇପଡ଼ିନାହିଁ। ସେ ପ୍ରସଙ୍ଗ ବଦଳେଇବାକୁ ଚାହୁଁଥିଲା। ନ ହେଲେ, ଏଇନେ ପ୍ରତିମା ତା' ବରର ତେନ୍ତୁଳି ବେପାରଠୁଁ ନେଇ ବ୍ରହ୍ମପୁରରେ ଟ୍ରକ୍ ବ୍ୟବସାୟ କଥା କହିବସିବ।

ବେଳେବେଳେ ଶାରଦା ଭାବେ, ଏତେ ଖୁସିବାସର ସଂସାର ଭିତରେ ଥାଇ ସୁଦ୍ଧା ପ୍ରତିମା ପାଗଳୀ ହୋଇଯାଇଥିଲା କାହିଁକି? କଥାଟା ପ୍ରତିମାକୁ ପଚାରିବ ବୋଲି ଭାବେ, ମାତ୍ର ପଚାରିପାରେ ନାହିଁ। ଦୁଃଖ କଥାକୁ ଘାଣ୍ଟି କିଛି ଲାଭ ନାହିଁ। ସବୁ ମଣିଷର ଭାଗ୍ୟ।

ଚଢ଼େଇଟିଏ ଡେଣା ଫଡ଼ଫଡ଼ କରି ଉଡ଼ିଗଲା। ଝରକାର ପରଦା ଟେକି ଶାରଦା ଦେଖିଲା, ଓଢ଼ଣା ଟାଣି ବସିଥିବା ବୋହୂଟିଏ ପରି ଦିଶୁଛି ମଧୁମାଳତୀ ଲଟା ମାଡ଼ିଥିବା 'ଆଶ୍ରୟ'ର ଫାଟକ। ସକାଳ ହେଉ ନ ହେଉଣୁ କୋଳାହଳ ଲାଗିଯିବ। ପାଣି ପାଇପ୍ ପାଖରେ ଭିଡ଼ ଲାଗିବ, ଶୌଚାଳୟ ପାଖରେ କଳିକଜିଆ। କେହି କାହାରି ପାଇଁ ଟିକିଏ ଅପେକ୍ଷା କରିବାଲାଗି ପ୍ରସ୍ତୁତ ନୁହନ୍ତି।

'ଆଶ୍ରୟ'ର ସବୁ ଅନ୍ତେବାସିନୀ ଝିଅ ନୁହନ୍ତି। ପଚିଶ ଛବିଶ ଜଣ ବୟସ୍କା ଓ ବୁଢ଼ୀ ବି ଅଛନ୍ତି। ତାଙ୍କ ଭିତରୁ ଅନେକଙ୍କର ପୁଅଝିଅ ସମାଜରେ ପ୍ରତିଷ୍ଠିତ; ମାତ୍ର ସେମାନେ ଆସି ନିଜ ମାଆଙ୍କୁ ଏଠାରୁ ନିଅନ୍ତି ନାହିଁ। କାହିଁକି ବା ନେବେ? ପାଗଳୀ ମାଆ କି ଭଉଣୀ ପାଇଁ କାହାର ସମୟ ଅଛି? ସେମାନେ ଘର କାମ କରିପାରିବେ ନାହିଁ, ବାଡ଼ିବଗିଚାର କି ପିଲାଝିଲାଙ୍କର ଯତ୍ନ ନେଇପାରିବେ ନାହିଁ। ଅଥଚ ଏଇ ପାଗଳୀ ମାଆମାନେ କେଡ଼େ ପିଲାରଙ୍କୁଣା? ଯେଉଁମାନେ ତାଙ୍କୁ ମନରୁ ପୋଛିଦେଇସାରିଲେଣି, ସେଇମାନଙ୍କ କଥା କହି କହି ଏମାନେ ଲୁହ ଗଡ଼ାନ୍ତି। ଓଷାବ୍ରତ ସୁଦ୍ଧା ପାଳନ୍ତି ତିଥିବାର ଦେଖି।

ଉପର ମହଲାରେ ସାନ ସାନ ପିଲା। ସେମାନେ ପାଗଳୀମାନଙ୍କର ପୁଅଝିଅ। ଅଧିକାଂଶ ଏଇଠି ଜନ୍ମ ହୋଇଛନ୍ତି। 'ଆଶ୍ରୟ'କୁ ଆସିଲାବେଳେ ତାଙ୍କ ମାଆମାନେ ଗର୍ଭବତୀ ହୋଇ ଆସିଥିଲେ।

ଗେଟ୍ ପାଖ ଘରଟାରେ ରହନ୍ତି କିଛି ସୁସ୍ଥ ହେଇଥିବା ଝିଅ ଓ ସ୍ତ୍ରୀଲୋକ। ସେମାନେ ସମ୍ପୂର୍ଣ୍ଣ ସୁସ୍ଥ ହେଇଗଲେଣି; ମାତ୍ର ତାଙ୍କ ଘରଲୋକ ତାଙ୍କୁ ନେବା ପାଇଁ ଆସି ନାହାନ୍ତି କି 'ଆଶ୍ରୟ' ସେମାନଙ୍କର ଠିକଣା ଖୋଜି ପାଇନାହିଁ। ସେମାନେ 'ଆଶ୍ରୟ'ର କାରଖାନାରେ କାମ କରନ୍ତି। ବାଉଁଶ ପାତିଆରେ ପାଛିଆ ଓ ଭୋଗେଇ, କାଗଜର ଠୁଙ୍ଗା, ମହମବତି ଓ ଖେଳଣା ଗଢ଼ନ୍ତି।

ଭୁବନେଶ୍ୱରଠାରୁ ଚାଳିଶ କିଲୋମିଟର ଦୂରରେ ଏଇ 'ଆଶ୍ରୟ'। ଚାରି ଏକର ଜମିରେ ସୁଧାରଗୃହଟି ଠିଆ ହୋଇଛି। ଗଲା କୋଡ଼ିଏ ବର୍ଷ ଧରି ଏଇ ସୁଧାରଗୃହ ପାଗଳୀମାନଙ୍କର ଯତ୍ନନେଇ ଚାଲିଛି। ଶାରଦା ଭାବେ, ଯୋଉ ସମାଜରେ ଜନ୍ମକଲା ପିଲାଏ ମାଆଙ୍କୁ ପଚାରୁ ନାହାନ୍ତି, ସେଇଠି 'ଆଶ୍ରୟ' ପରି ସଂସ୍ଥା ସେମାନଙ୍କର ଯତ୍ନ ନେବା କିଛି କମ୍ କଥା ନୁହେଁ।

ପାଗଳୀମାନଙ୍କର ଯତ୍ନନେବା କାଠିକର ପାଠ। ସେମାନଙ୍କୁ ବୁଝେଇଶୁଝେଇ ଔଷଧ ଖୁଆଇବା, ଲୁଗାପଟା ପିନ୍ଧେଇବା ଓ ଖାଇବା ପିଇବାକୁ ଦେବା ଲାଗି ଶାରଦା ଓ ତା'ର ସ୍ୱେଚ୍ଛାସେବୀ ଭଉଣୀଙ୍କୁ ବହୁତ ପରିଶ୍ରମ କରିବାକୁ ପଡ଼େ। ଟିକିଏ ଆଖି ବୁଲେଇ ନେଲେ ପାଗଳୀମାନେ ନିଜ ନିଜ ଭିତରେ କାମୁଡ଼ାକାମୁଡ଼ି ହୁଅନ୍ତି, କଳିଝଗଡ଼ା ଲାଗନ୍ତି। କେହି କାହା କଥା ଶୁଣନ୍ତି ନାହିଁ। ସେମାନଙ୍କର ଢଙ୍ଗରଙ୍ଗ ଦେଖି ବେଳେବେଳେ ଶାରଦା ରାଗିଯାଏ। ମାତ୍ର ପର ମୁହୂର୍ତ୍ତରେ ନିଜକୁ ବୁଝାଏ – ହତଭାଗୁନୀ ଗୁଡ଼ାକ। ପଶୁ ପରି ଗଣ୍ଡିଏ ଖାଇବେ ଓ ଶୋଇବେ, ଏତକ ତ ତାଙ୍କର ଜୀବନ। ରାଗିକି ଲାଭ କ'ଣ ? ସିଏ ତ ଦିନେ ଏହିପରି ଥିଲା !

ନିଜ ଅଭିଜ୍ଞତାରୁ ଶାରଦା ଜାଣିଗଲାଣି, ଏ ପାଗଳୀମାନେ ଦି' ପ୍ରକାରର। ଗୋଟେ ପ୍ରକାର ପାଗଳୀ ପାଟିତୁଣ୍ଡ କରନ୍ତି, ଦେହହାତ ଖଣ୍ଡିଆ କରିପକାନ୍ତି ଓ କଳିଝଗଡ଼ା କରି ଆନନ୍ଦ ପାଆନ୍ତି। ଆଉ ପ୍ରକାରେ ପାଗଳୀ ନିଜ ଭିତରେ ସବୁ ମରିଗଲା ପରି ଚୁପ୍‌ଚାପ୍ ରହନ୍ତି, କାହାକୁ କିଛି କହନ୍ତି ନାହିଁ, ସମୟେ ସମୟେ ନିଜ ସାଙ୍ଗେ ଚୁପୁରଟାପର କଥା ହୁଅନ୍ତି।

ପ୍ରତିମା ଏଥର ବ୍ୟାଗ୍‌ର ଚେନ୍ ବନ୍ଦ କରୁଥିଲା। ଶାରଦା ଡାକିଲା, 'ଯା ପ୍ରତିମା, ଘଡ଼ିଏ ଶୋଇପଡ଼। ନ ହେଲେ ରାତି ଅନିଦ୍ରାକୁ ଦିନର ବାଟଚଲା କଷ୍ଟ ହେବ। ମୋତେ ବି ନିଦ ମାଡ଼ିଲାଣି।'

ପ୍ରତିମା ତାକୁ ଚାହିଁଲା। କହିଲା, 'ହଁ, ସତକଥା, ନ ହେଲେ ଖରାରେ ମୋ ଚେହେରା କଳା ପଡ଼ିଯିବ। ଅକ୍ଷୟ ଦେଖିଲେ କଅଣ କହିବେ? ତୁମେ ଲାଇଟ୍ ଲିଭେଇ ଦିଅ।

ଶାରଦା ଉଠିଯାଇ ଲାଇଟ୍ ଲିଭେଇ ଦେଲା।

ବନିତାର ପାଟି ତଥାପି ଶୁଭୁଥିଲା। ସେ କିଛି ଗୋଟାଏ ପଢ଼ିବସିଥିଲା କି କଅଣ! ଆଉ ଦିନ ହୋଇଥିଲେ ଶାରଦା ଉଠିକି ତା' ପାଖକୁ ଯାଇଥାଆନ୍ତା। ଆଜି କିନ୍ତୁ ଭାରି ଥକା ଲାଗୁଥିଲା। ପ୍ରତିମା ଯାଇସାରୁ। ସେ ବନିତାକୁ ଏଇଠି ତା' ପାଖ ବେଡ୍‌କୁ ନେଇ ଆସିବ।

●

ପରଦିନ ଅପରାହ୍ଣ ଚାରିଟା। ଶାରଦା ଓ ବନିତା ବସି ପ୍ରତିମାର କଥା ଚିନ୍ତା କରୁଥାଆନ୍ତି। ପ୍ରତିମା ଏତେବେଳକୁ ତା' ଘରେ ପହଞ୍ଚି ସାରିବଣି। ତା' ବର ତାକୁ ଦେଖି ଖୁସି ହୋଇଥିବ! ତାଙ୍କ ଘରେ ଗୋଟେ ଉତ୍ସବ ଲାଗିଥିବ ଆଜି।

ସୁଧାରଗୃହର ଅଧିକାଂଶ ଅନ୍ତେବାସିନୀ ପୁରୀରୁ ଧରାହୋଇ ଆସନ୍ତି। ପୁରୀ ସହ ପାଗଳାମିର କଅଣ ସମ୍ପର୍କ ଶାରଦା ବୁଝିପାରି ନ ଥିଲା। ଥରେ ବନମାଳୀ ବାବୁ କହିଲେ, ଏମାନଙ୍କ ଭିତରୁ ପ୍ରାୟ ସମସ୍ତେ କୁଆଡ଼େ ଯିବେ, କୁଆଡ଼େ ନ ଯିବେ ସ୍ଥିର କରି ନ ପାରି ରେଳଗାଡ଼ିରେ ବସିପଡ଼ିଥାଆନ୍ତି। ବସ୍‌ରେ ବସିଲେ କଣ୍ଡକ୍ଟର୍ ଓହ୍ଲେଇ ଦେବ; ମାତ୍ର ରେଳଗାଡ଼ିରେ ଏ ଡବାରୁ କିଏ ଘଉଡ଼େଇ ଦେଲେ ଜଣେ ଆର ଡବାକୁ ପଳେଇ ଚାଲିଆସିବ। ଏମିତି ଏମିତି ହୋଇ ସେମାନେ ପୁରୀଯାଏ ଚାଲିଆସନ୍ତି। ସମୁଦ୍ରକୂଳ ପୁରୀ ପାଖରେ ରେଳରାସ୍ତା ସରିଯାଏ। ସେଇ ପ୍ଲାଟ୍‌ଫର୍ମରେ ଓହ୍ଲାଇପଡ଼ନ୍ତି। ଆଉ କେତେକ ବୋଧହୁଏ ଭାବନ୍ତି, ପୁରୀର ଜଗନ୍ନାଥଙ୍କ ପାଖେ ଯାଇ କାଳକ କାଟିଦେବେ। କିଛିଦିନ ଏଣେତେଣେ ବୁଲନ୍ତି। ପ୍ଲାଟ୍‌ଫର୍ମର ବୁଲାବିକାଳି, ଦଲାଲ କି ଅଭଦ୍ର ମଣିଷଙ୍କ ଅତ୍ୟାଚାରର ଶିକାର ହୁଅନ୍ତି ସେମାନେ। ଶେଷକୁ ଯେତେବେଳେ ରେଳବାଇ ପୁଲିସ୍ ସେମାନଙ୍କୁ ଷ୍ଟେସନ ପ୍ଲାଟ୍‌ଫର୍ମରୁ ଘଉଡ଼େଇ ଦିଏ, ସେତେବେଳେ ସେମାନେ ଏଣେତେଣେ ବୁଲନ୍ତି। 'ଆଶ୍ରୟ'ର ଗାଡ଼ି ସେମାନଙ୍କୁ ଠାବ କରି ନେଇଆସେ, ବେଳେବେଳେ ପ୍ରଶାସନ ସେମାନଙ୍କୁ ଉଦ୍ଧାର କରି 'ଆଶ୍ରୟ'କୁ ପଠେଇଦିଏ। ଏଠି ରହିଥିବା ଅଧାରୁ ଅଧିକ ଝିଅ ପୁରୁଷମାନଙ୍କ ଯୌନ ନିର୍ଯାତନାର ଶିକାର ହୋଇଥାଆନ୍ତି। ଶାରଦା କହିଲା, ''ରମା ବୋଲି ଗୋଟେ ଝିଅ ଏଠିକି ଆସିଥିଲା, ତାହାର ଅବସ୍ଥା ଦେଖିହେବ ନାହିଁ। ଏକାଧିକ ଥର ଧର୍ଷଣର ଶିକାର

ହୋଇ ସେ ଅସୁସ୍ଥ ହୋଇପଡ଼ିଥିଲା। ତାକୁ ବଞ୍ଚେଇ ରଖିବାଲାଗି ଏଠିକାର ଡାକ୍ତର ବହୁତ ଚେଷ୍ଟା କଲେ, ମାତ୍ର ପାରିଲେ ନାହିଁ। ଗଲା ବର୍ଷ କୁମାର ପୁନେଇଁ ଦିନ ବିଚାରୀ ମରିଗଲା। ସମସ୍ତେ ମିଶି ତାକୁ ପାଖ ମଶାଣିରେ ପୋତିଦେଇ ଆସିଲୁ। ତା' ପାଇଁ ଶୁଦ୍ଧି ହେଲୁ ସମସ୍ତେ।''

ଆଉ ଟିକକରେ ସବୁ ପାଗଳୀମାନେ ଚଉଁରା ପାଖରେ ଏକାଠି ହେବେ। ପ୍ରାର୍ଥନା ବୋଲିବେ ଓ ପଙ୍ଗତରେ ଖାଇବେ। 'ଆଶ୍ରୟ'ର ଦିନଗୁଡ଼ାକ ଯେତିକି ସଂକ୍ଷିପ୍ତ, ରାତିଗୁଡ଼ାକ ସେତିକି ଦୀର୍ଘ। ଯେତେଥର କଡ଼ ଲେଉଟାଇଲେ ବି ସେ ରାତି ସରେ ନାହିଁ। ଶାରଦା ଭାବେ, ଜମା ରାତି ନ ହୁଅନ୍ତା କି? ସେ ମନେ ମନେ ପ୍ରତିମା ସାଙ୍ଗରେ ଯାଇଥିବା ବନମାଳୀଙ୍କୁ ଅପେକ୍ଷା କରୁଥିଲା। ପ୍ରତିମାର ଖବର ଜାଣିବାଲାଗି ସେ ମନେ ମନେ କୌତୂହଳୀ ହୋଇପଡୁଥିଲା। ଭାବୁଥିଲା, ପ୍ରତିମା ତାକୁ ମନରେ ରଖିବ ତ? କିଏ ଜାଣେ? ନିଜର ଘର ଓ ବର ଫେରି ପାଇବା ପରେ ସେ ତାକୁ ଭୁଲିଯାଇପାରେ।

ପ୍ରତିମାକୁ ସେ ଭୁଲିପାରିବ ନାହିଁ। ବର୍ଷ ବର୍ଷ ଧରି ଗୋଟିଏ ଘରେ ସେମାନେ ସମୟ କାଟିଛନ୍ତି, ସୁଖଦୁଃଖ ହୋଇଛନ୍ତି, କେତେ କେତେ କଥା ଗପିଛନ୍ତି, କେତେ ଗୀତ ବୋଲିଛନ୍ତି। ପ୍ରତିମା ପଛେ ତାକୁ ଭୁଲିଯାଉ, ସେ କଦାପି ତାକୁ ଭୁଲିପାରିବ ନାହିଁ। ମନେ ମନେ ଈଶ୍ୱରଙ୍କୁ ଡାକିଲା - ବିଚାରୀ ସୁଖରେ ରହୁ, ଶାନ୍ତିରେ ରହୁ।

ଘଣ୍ଟା ବାଜିଲାଣି। ସମସ୍ତେ ଚଉଁରା ପାଖକୁ ଯିବେ। ସିଏ ବି ଯିବାଲାଗି ତରତର ହେଲା। ଡାକିଲା, 'ଆ ବନିତା, ପ୍ରାର୍ଥନାକୁ ଯିବା।'

ରାସ୍ତାପଟୁ ଭାଦ୍ରବର ଓଦା ପବନ ବୋହି ଆସୁଥିଲା। ଆକାଶରେ ବିଳମ୍ବିତ ବର୍ଷାର ସଜବାଜ। କାଲି ଆଡ଼କୁ ପୁଣି ବର୍ଷା ବର୍ଷିପାରେ।

ପରଦିନ ସକାଳ ଏଗାରଟା ବେଳକୁ ବନମାଳୀ ଆସି ପହଞ୍ଚିଲେ। ସେ 'ଆଶ୍ରୟ'ରେ ପାଦଦେବା କ୍ଷଣି ସମସ୍ତେ ଯାଇ ତାଙ୍କ ପାଖେ ପହଞ୍ଚିଗଲେ। ଶାରଦା ବି।

ପ୍ରତିମାକୁ ସେ ପାରଳାଖେମୁଣ୍ଡି ନେବା ଦରକାର ପଡ଼ି ନ ଥିଲା। ତା' ବର ତାକୁ ନେବାଲାଗି ବ୍ରହ୍ମପୁରରେ ଆସି ଅପେକ୍ଷା କରିଥିଲେ। ସେଇଠି ସେ ତାଙ୍କ ଜିମାରେ ପ୍ରତିମାକୁ ଛାଡ଼ି ଚାଲିଆସିଲେ। - ବନମାଳୀ କହିଲେ।

ଆମ କଥା ପ୍ରତିମା କଅଣ କହୁଥିଲା - ଉତ୍ସୁକତାର ସହ ପଚାରିଲା ଶାରଦା।

ବନମାଳୀ କହିଲେ, 'ବାଟସାରା ସେ ତୁମ କଥା କହୁଥିଲା। ତେବେ ତା' ସ୍ୱାମୀକୁ ଦେଖିବା ପରେ ସେସବୁ କଥା ସେ ଭୁଲିଗଲା। ସେମାନେ ଗୋଟେ ଗାଡ଼ିରେ

ଗୋସାଣି ନୂଆଗାଁ ଗଲେ। ମୁଁ ସେଇଠୁ ଫେରି ଆସିଲି। କହିଛି, ଘରେ ଯାଇ ସାଷ୍ଟମ ହେଲା ପରେ ଫୋନ୍ କରିବ।'

ଶାରଦା ସ୍ୱସ୍ତିର ନିଃଶ୍ୱାସ ମାରି ଫେରିଆସିଲା।

ବନିତା ତା' ଖଟରେ ଶୋଇଥିଲା। ବିଛଣାରେ ଏକା ଟେଲିଫୋନ୍ ନମ୍ବର ଲେଖା ଥିବା ଚାରି ପାଞ୍ଚଟା କାଗଜ ଟୁକୁଡ଼ା ପଡ଼ିଥିଲା। ଆଗରୁ ପ୍ରତିମା ଶୋଉଥିବା ବେଳେ ଏଇ ବିଛଣାଟି ଝରକା ପାଖରେ ପଡ଼ିଥିଲା, ବନିତା କିନ୍ତୁ ଦରଜା ଆଡ଼କୁ ଭିଡ଼ି ଆଣିଛି। ଶାରଦା ଚୁପ୍‌ଚାପ୍ ନିଜ ବିଛଣାରେ ବସି ଝରକା ବାଟେ ବାହାରକୁ ଚାହିଁଥିଲା।

ଝରକା ସେପାଖର ପୃଥିବୀରେ କେତେ କେତେ ଘଟଣା ଘଟୁଥିବା ଶାରଦା ଦେଖେ। ଏଇବାଟ ଦେଇ ଗାଡ଼ିମୋଟର ସହରକୁ ଯାଏ, ଲୋକମାନେ ନିଜ ନିଜ କାମଧନ୍ଦାରେ ଯାଆନ୍ତି। ସେମାନଙ୍କ ଭିତରୁ କେହି କେହି 'ଆଶ୍ରୟ' ଆଡ଼େ ଥରେ ଅନେଇଦେଇ ପୁଣି ମୁହଁ ଫେରେଇ ନିଅନ୍ତି। ଏଠିକାର ପାଗଳୀମାନଙ୍କ ବିଷୟରେ ସେମାନେ ମନେମନେ କଅଣ ଭାବୁଥିବେ ?

ଦୂରରେ ମାଙ୍କଡ଼ାପଥରର ଘେରା ଖାଲି ଜାଗାଟିଏ ପଡ଼ିଛି। ପାଚେରି କଡ଼େ କଡ଼େ କାଶତଣ୍ଡୀ ଫୁଲର ଯାତ୍ରା। ତାହାର ଧଳା ଧଳା ଚଅଁର ପବନରେ ପୁଚି ଖେଳୁଛନ୍ତି। ସାନ ସାନ ପିଲାମାନେ ତିନିଟା କାଠି ପୋତିଦେଇ କ୍ରିକେଟ୍ ଖେଳୁଛନ୍ତି। ଶାରଦାର ନିଜ ଗାଁ କଥା ମନେ ପଡ଼ିଗଲା। ମନ୍ତେଇ ପାଖ ପାଟପୁର ତା'ର ଗାଁ। ନଈକୂଳେ ମାଇଲ ମାଇଲ ବ୍ୟାପୀ କାଶତଣ୍ଡୀ ବଣ ଓ କିଆବୁଦା। ସେଇ କିଆବୁଦାରେ ଯେତେବେଳେ କେତକୀ ଫୁଲଗୁଡ଼ାକ ଫୁଟନ୍ତି, ସେତେବେଳେ ସାରା ପାଟପୁର ଗାଁ ତା'ର ବାସ୍ନାରେ ଗାଧୋଇପଡ଼େ। ବଡ଼ ଚମତ୍କାର ତାହାର ବାସ୍ନା।

ଗୋଟେ ତତଲା ଦୀର୍ଘଶ୍ୱାସ ତା' ଛାତି ଥରେଇ ବାହାରି ଆସିଲା।

ଦୂରରେ ଥାଆ ପାଟପୁର, ଭଲରେ ଥା। ତୋ ପୁଅଝିଅମାନେ ଭଲରେ ଥାଆନ୍ତୁ। ତୋର ପାଗଳୀ ଝିଅ ଶାରଦା ଦୂରରୁ ଥାଇ ତୋତେ ମନେ ପକଉଛି, ତୁ ପଛକେ ତାକୁ ମନରୁ ପୋଛି ଦେଇଥାଆ।

ଆଖି କୋଣରୁ ଦି'ଟୋପା ଲୁହ ନିଗିଡ଼ି ଆସୁଥିଲା। ଶାରଦା ତା' ଶାଢ଼ି କାନିରେ ସେ ଲୁହକୁ ପୋଛିଦେଲା। ଆଜି କାହିଁକି ତା'ର ମନେ ହେଉଥିଲା, ସେ ଅସୁସ୍ଥ ଥିଲାବେଳେ ବରଂ ଭଲରେ ଥିଲା। ସୁସ୍ଥ ହେଲା ପରଠାରୁ ଅଧିକାଂଶ ଦିନ ତା' ମନ ଉଦାସ ହୋଇପଡୁଛି। ମନ ଲୋଡୁଛି, ତାହାର ବି ପ୍ରତିମା ପରି କେହି ଜଣେ ଥାଆନ୍ତା, ଯାହା ପାଖକୁ ଫେରିଯାଇ ସେ ତା' ଛାତିରେ ମୁଣ୍ଡରଖି ଶୋଇଯାଆନ୍ତା। କିନ୍ତୁ ତାହାର ତ କେହି ନାହିଁ, ଖାଲି ଲୁହ ଆଉ ଦୀର୍ଘଶ୍ୱାସ ଛଡ଼ା।

'ଆଶ୍ରୟ'ର ମୁଖ୍ୟ ଅରବିନ୍ଦ ପଟ୍ଟନାୟକ ସମୟେ ସମୟେ ଏଠିକି ଆସନ୍ତି। ସମସ୍ତଙ୍କୁ ଡାକି ବୁଝାନ୍ତି, ଯେତେବେଳେ ତୁମର ଧାରଣା ହେବ ଯେ ତୁମଠାରୁ ଆଉ ବେଶି ହତଭାଗିନୀ କେହି ନାହାନ୍ତି, ସେତେବେଳେ ଭାବିବ ଏବେ ବି ଅନେକ ଭାଗ୍ୟହୀନା ରାସ୍ତାକଡ଼ରେ ଅଇଁଠାପତରରୁ ଭାତ ସାଉଣ୍ଟୁଛନ୍ତି, ସେମାନଙ୍କୁ ଆହା କହିବାକୁ କେହି ନାହାନ୍ତି। ତାଙ୍କ ତୁଳନାରେ ତୁମେମାନେ ଭଲରେ ଅଛ। ତମଠାରୁ ଭଲରେ ଥିବା ଲୋକଙ୍କ କଥା ଭାବିଲେ ତୁମର କିଛି ଲାଭ ତ ହେବ ନାହିଁ, ବରଂ ମନର ଦୁଃଖ ଭାର ବଢ଼ିବ।

ଅରବିନ୍ଦ ପଟ୍ଟନାୟକ ବ୍ୟାଙ୍କ ଚାକିରି କରିଥିଲେ। ଦିନେ ସେ ଚାକିରି ଛାଡ଼ିଦେଇ ପଳାଇ ଆସିଲେ। ତାହାପରେ ଏଇ 'ଆଶ୍ରୟ' ସୁଧାରଗୃହ ପ୍ରତିଷ୍ଠା କଲେ ସେ। ସେ ବାହାଚୁରା ହେଇନାହାନ୍ତି। ପଚାରିଲେ କହନ୍ତି, ସେସବୁ ପାଇଁ ସେ ସମୟ ବାହାର କରିପାରିଲେ ନାହିଁ।

ଶାରଦାକୁ ଟିକିଏ ଭଲ ଲାଗିଲା। ଭାବିଲା, ସତକଥା। ତା'ଠାରୁ ଆହୁରି ଅନେକ ଦୁଃଖୀ ମଣିଷ ପୃଥିବୀରେ ଅଛନ୍ତି। ସେ ନିଜକୁ ସବୁଠୁ ଦୁଃଖୀ ବୋଲି କାହିଁକି ଭାବି ବସିବ?

ରାତି ନଅଟା ପାଖାପାଖି।

ଶାରଦା ଆଖିକୁ ନିଦ ଲାଗି ଆସୁଥିଲା। ବନିତା ତା' ଖଟ ଉପରେ ବସି ନିଜ ସାଙ୍ଗେ ଟୁପୁଟୁପୁ ହେଉଥିଲା। ସେତିକିବେଳେ ତାକୁ ଶୁଭିଲା, କିଏ ଜଣେ 'ଆଶ୍ରୟ'ର ଲୁହା ଗେଟ୍‌କୁ ଖୁବ୍ ଜୋର୍‌ରେ ଖଡ଼ଖଡ଼ କରୁଛି।

ପ୍ରଥମ ଥର ସେ ସେଇ ଶବ୍ଦକୁ ଆଡ଼େଇଗଲା। ଜଗୁଆଳି ଅଛି, ସେ ଯାଇ ଦେଖିବ। ମାତ୍ର କିଛି ସମୟ ପରେ ପୁଣି ସେଇ ଶବ୍ଦ। ଶାରଦା ଉଠିପଡ଼ି ବାରନ୍ଦାର ଆଲୁଅ ଜଳେଇଲା। ଗେଟ୍ ପାଖ ଘରେ ବନମାଳୀ ବାବୁ ରହନ୍ତି। ସେ ମଧ୍ୟ ଖଡ଼ଖଡ଼ ଶବ୍ଦ ଶୁଣି ବାରନ୍ଦାକୁ ଚାଲିଆସିଥିଲେ।

: କିଏ? ଏତେ ରାତିରେ କିଏ ଫାଟକ ବାଡ଼ଉଛି? - ଜଗୁଆଳି ଜବାବ ମାଗୁଥିଲା। ସେ ଭାବିଥିଲା, କେହି ମାତାଲ ସମ୍ଭବତଃ ମଦ ନିଶାରେ ଏମିତି ଆସି ରାତିଅଧିଆ ଗେଟ୍ ବାଡ଼ଉଛି। ବେଳେବେଳେ ସେମିତି ହୁଏ। ପାଗଳୀ ହେଲେ ବି ସୁଧାରଗୃହରେ ରହୁଥିବା ଅନ୍ତେବାସିନୀମାନେ ଝିଅ। ଝିଅମାନଙ୍କୁ ଦେଖି ବାଇଆ ହେବା ଲୋକଙ୍କର ଅଭାବ ନାହିଁ ଏ ପୃଥିବୀରେ।

: କବାଟ ଖୋଲ। ମୁଁ ପ୍ର-ତି-ମା।

ବନମାଳୀ ବାବୁ ଚମକି ପଡ଼ିଲେ। ଶାରଦା ବି। ତରତର ହୋଇ କବାଟ ଖୋଲିଦେଲା ଜଗୁଆଳି।

ଗେଟ୍ ପାଖେ ଜଳୁଥିବା ବିଜୁଳି ବଲ୍‌ବର ଧିମା ଆଲୁଅରେ ସେମାନେ ଇଏ କଅଣ ଦେଖୁଛନ୍ତି ? କ୍ଲାନ୍ତ ଓ ଅବସନ୍ନ ଶରୀର ଧରି ତଳେ ଲୋଟୁଛି ପ୍ରତିମା !

ବନମାଳୀ ଓ ଶାରଦା ପ୍ରତିମାକୁ ଧରି ବାରନ୍ଦାକୁ ନେଇଗଲେ । ଶାରଦା ଗିଲାସରେ ପାଣି ଆଣି ପ୍ରତିମା ମୁହଁରେ ଛାଟିଲା । କେତେ ସମୟ ପରେ ପ୍ରତିମା ଓଠ ଖୋଲି କହିଲା – ପାଣି ।

ଶାରଦା ତାକୁ ପାଣି ପିଇବାକୁ ଦେଲା । କେତେ ସମୟ ପରେ ସାଷ୍ଟମ ହୋଇ ପ୍ରତିମା ଡବଡବ ଆଖିରେ ଏପଟ ସେପଟ ଚାହିଁଲା । ବନମାଳୀ କଅଣ ପଚାରିବାକୁ ଯାଉଥିଲେ; ମାତ୍ର ବାରଣ କଲା ଶାରଦା । କହିଲା, 'ସେ ଘଡ଼ିଏ ଶୋଇଯାଉ । ତାହାପରେ ଯାଇ କଥାବାର୍ତ୍ତା ।'

ଶାରଦା ଦେଖିଲା, ପ୍ରତିମାର ପାଦ ଓ ଗୋଇଠି ଧୂଳି ବାଲୁବାଲୁ । ଏଠୁ ଗଲାବେଳେ ସେ ଚପଲ ପିନ୍ଧି ଯାଇଥିଲା । ଏବେ କିନ୍ତୁ ତା'ର ପାଦ ଯୋଡ଼ିକ ଖାଲି । ବଡ଼ ସରାଗରେ ଦୁଇ ପାଦରେ ଅଳତା ପିନ୍ଧିଥିଲା ପ୍ରତିମା । ଧୂଳିବାଲି ଲାଗି ସେସବୁ ଅଦୃଶ୍ୟ ହୋଇଯାଇଛି । ତା'ର ଶାଢ଼ିଟା ଚିରିଯାଇଛି ଦି' ଜାଗାରେ । ସାଙ୍ଗରେ ନେଇଥିବା ବ୍ୟାଗ୍ କି ଜିନିଷପତ୍ର ନାହିଁ ।

ପ୍ରତିମାକୁ ଗୋଟେ ଖଟ ଉପରେ ଶୁଆଇଦେଲେ ସେମାନେ । ବନମାଳୀ ନିଜ ଚାଦରଟି ଢାଙ୍କିଦେଇ କହିଲେ, 'ଶାରଦା, ତା' ପାଖରେ ରୁହ । ମୁଁ ଯାଇ ଟିକେ ଶୋଇପଡ଼େ । ସକାଳକୁ ବୁଝିବା ।'

ବନମାଳୀ ଚାଲିଗଲେ । ଶାରଦାକୁ କିନ୍ତୁ ନିଦ ମାଡୁ ନ ଥିଲା । ସେ ଭାବୁଥିଲା- ଦିନ ଦିଇଟା ତଳେ ନାଚିନାଚି ଏଠୁ ଯାଇଥିବା ପ୍ରତିମା ବାୟାଣୀ ହୋଇ ଫେରିଆସିଲା କାହିଁକି ?

●

''ଅକ୍ଷୟବାବୁ ବ୍ରହ୍ମପୁରରେ ଆମକୁ ଅପେକ୍ଷା କରିଥିଲେ । ବାଟରୁ ବନମାଳୀ ବାବୁ ଫୋନ୍ କଲାରୁ କହିଲେ, ପାରଳାଖେମୁଣ୍ଡି ଯାଏ ଯିବା ଦରକାର ନାହିଁ । ସେ ପ୍ରତିମାକୁ ବ୍ରହ୍ମପୁରରୁ ନେଇଯିବେ । ବନମାଳୀ ବାବୁ ଫେରିଆସିଲେ । ମୁଁ ଖୁସି ଖୁସିରେ ବ୍ରହ୍ମପୁର ଘରକୁ ଗଲି । ଘରେ ପହଞ୍ଚୁ ପହଞ୍ଚୁ ମେଲାଘରେ ଦେଖିଲି ମୋ ଫଟୋଟିଏ ଟଙ୍ଗା ଯାଇଛି । ତା' ଉପରେ ଗୋଟେ ବଡ଼ ଚନ୍ଦନମାଳ ଲମ୍ବିଛି । ମୋ ଦେହରେ ସତେ କି 'କରେଣ୍ଟ' ଲାଗିଲା । ମୁଁ ତ ନିଜେ ବଞ୍ଚିଛି, ମୋ ଫଟୋ ଏଠି ମାଳ ପିନ୍ଧିଛି କାହିଁକି ?

ଅକ୍ଷୟ କହିଲେ, 'ତୁମେ ଯଦି ଏଠୁ ପାରଳାଖେମୁଣ୍ଡି ଘରକୁ ଯିବ, ତାହାହେଲେ

ମୋତେ ଜେଲ୍ ଯିବାକୁ ପଡ଼ିବ। ତିନିବର୍ଷ ତଳୁ କାଗଜପତ୍ରରେ ତୁମେ ମରିସାରିଛ। ହରିଦ୍ୱାରରେ ତମର ଶବସଂସ୍କାର ହୋଇସାରିଛି। ଏବେ ତୁମେ କୁହ, ମୋତେ ମୁକ୍ତି ଦେବ ନା ଜେଲ୍‌କୁ ପଠେଇବ।'

''ସତ କହୁଛି ଶାରଦା, ମୁଁ ତାଙ୍କ କଥା କିଛି ବୁଝିପାରିଲି ନାହିଁ। ମୋ ପାଦତଳୁ ମାଟି ଧସିଗଲା। ଦିନ ଦିନ ଧରି ମୁଁ କେତେ କେତେ କଥା ଭାବିଥିଲି। କେତେ ଆଶା ନେଇ ଯାଇଥିଲି, ମୋ ପୁରୁଣା ସଂସାର ଗଢ଼ିବାକୁ। ଯେଉଁଠୁ ଛାଡ଼ି ଆସିଥିଲି ସେଇଠୁ ଯୋଡ଼ିବା ପାଇଁ ମୁଁ କେତେ ପ୍ରାର୍ଥନା କରିଥିଲି ଠାକୁରଙ୍କ ପାଖରେ। ଅଥଚ ଏସବୁ ମୁଁ କଅଣ ଶୁଣୁଥିଲି! ଗୋଟି ଗୋଟି କରି ସବୁ କଥା ତାଙ୍କ ପେଟରୁ ବାହାର କଲି। ମୋତେ ମରିଯାଇଥିବା ଦେଖାଇ ସେ ବୀମା କଂପାନିରୁ ଦଶଲକ୍ଷ ଟଙ୍କା ଉଠେଇ ନେଇଥିଲେ। ସେଇ ଟଙ୍କାରେ ସେ ଆଉ ଥରେ ବାହାହୋଇ ନୂଆ ସଂସାର କରୁଥିଲେ ପାରଳାଖେମୁଣ୍ଡି ଘରେ, ଯେଉଁ ଘରକୁ ଦିନେ ମୁଁ ମୋ ହାତରେ ସଜେଇଥିଲି।'' - ପ୍ରତିମା କହୁଥିଲା।

ଶାରଦା ନିଜ କାନକୁ ବିଶ୍ୱାସ କରିପାରୁ ନ ଥିଲା। ଟଙ୍କା ପାଇଁ ଗୋଟେ ସ୍ୱାମୀ ବଞ୍ଚିଥିବା ସ୍ତ୍ରୀକୁ କେମିତି କାଗଜ କଲମରେ ମାରିଦେଇପାରିଲା ?

ବନମାଳୀ ବାବୁ ଯୋଡ଼ିଲେ, 'ଲୋକଟା ପାରଳାଖେମୁଣ୍ଡିରୁ ବ୍ରହ୍ମପୁର ଆସି ଆମକୁ ଅପେକ୍ଷା କରୁଥିବା କଥାରୁ କିଛି ମୁଁ ସନ୍ଦେହ କରୁଥିଲି। ତୁମେ ବ୍ୟସ୍ତ ହୁଅନା ପ୍ରତିମା। ଆମେ ଏକଥା ପୁଲିସ୍‌ରେ ଅଭିଯୋଗ କରିବା। ତାକୁ ଛାଡ଼ିବା ନାହିଁ।'

: କଅଣ ଲାଭ ହେବ ବନମାଳୀ ବାବୁ! ପୁଲିସ କାଗଜପତ୍ର, ହରିଦ୍ୱାର ମଶାଣି ଏବଂ ବୀମା କମ୍ପାନି ଫାଇଲ୍‌ରେ ମୁଁ ମରିସାରିଛି। ଯାହାର ହାତ ଧରି ବାହା ହୋଇଥିଲି, ତା' ଦୃଷ୍ଟିରେ ମୁଁ ମରିଯାଇଥିବା ଗୋଟେ ପାଗଳୀ। ମୋ ଘର ସଂସାରକୁ ଦଖଲ କରିଛି ଆଉ ଗୋଟେ ସ୍ତ୍ରୀଲୋକ। ମୁଁ କାହା ପାଖରେ ଓ କାହିଁକି ଗୁଞ୍ଜିହେଇ ରହିବି ? ଶୁଣିଲେ ତ, ସିଏ କହିଦେଲେ ମୁଁ ସେଠି ଯାଇ ରହିଲେ ପୁଲିସ ତାଙ୍କୁ ଠକେଇ ଅପରାଧରେ ଜେଲ୍ ପଠେଇ ଦେବ। ମଣିଷଟା ଯଦି ଜେଲ୍‌ରେ ଯାଇ ରହିବ, ତାହାହେଲେ ଏତେ ବର୍ଷର ଅପେକ୍ଷା ପରେ ମୁଁ କଅଣ କେବଳ ଇଟା ସିମେଣ୍ଟ୍ ଘରଟାକୁ ଦଖଲ କରି ରହିବି ?''

ଶାରଦା କଅଣ ଉତ୍ତର ଦେବ ବୁଝିପାରୁ ନ ଥିଲା। କିଛି ସମୟ ରହି ସେ କହିଲା, 'ତା' ବୋଲି ଗୋଟେ ସୁସ୍ଥ ମଣିଷଟିଏ ଅବଶିଷ୍ଟ ଜୀବନ ଏଇ ପାଗଳୀ ଖାନାରେ ବିତେଇବାକୁ ବାଧ୍ୟ ହେବ ?'

ଢାଏକିନା ଗିଲାସଟାକୁ ଟେବୁଲ୍ ଉପରକୁ ଫିଙ୍ଗିଦେଲା ପ୍ରତିମା। ସେଇଟା ଆଉ

ଟିକକରେ ବନମାଳୀଙ୍କ ଉପରେ ବାଜି ଥାଆନ୍ତା। ପ୍ରତିମା ନିଜ ଜାଗାରୁ ଉଠିପଡ଼ି ତା' ଶାଢ଼ି କାନିକୁ ଫଡ଼୍‌କରି ଚିରିଦେଲା। ମୁଣ୍ଡବାଳ ଖୋଲିଦେଇ ଧାଇଁଗଲା ବାରନ୍ଦାକୁ ଏବଂ ତାହାପରେ ଗଛ ମୂଳରୁ ଟେକାପଥର ଗୋଟେଇ ଏଣେତେଣେ ଫିଙ୍ଗି ଚାଲିଲା।

ବନମାଳୀ ଡରିଗଲେ। ସେ ଡାକୁଥିଲେ, 'ପ୍ରତିମା ଶୁଣ, ପ୍ରତିମା ଶୁଣ। ଇଏ କଅଣ ହେଉଛି ?'

ପ୍ରତିମା ତାଙ୍କ କଥା ଶୁଣୁ ନ ଥିଲା। ସେ ଉଧୁନଙ୍ଗଳା ହୋଇପଡୁଥିଲା ଏବଂ କିରିକିରି ହୋଇ ହସୁଥିଲା। ଏଣେତେଣେ ଦଉଡ଼ିଯାଇ ସେ ଟେକା ଫିଙ୍ଗୁଥିଲା ଏବଂ କୂଅ ଭିତରକୁ ଡେଇଁ ପଡ଼ିବ ବୋଲି ଉଦ୍ୟତ ହେଉଥିଲା।

ବାରନ୍ଦାରୁ ଦଉଡ଼ି ଆସିଲା ଶାରଦା। ଡାକ ପକେଇଲା, "ଗୋଟେ ଦଉଡ଼ି ନେଇ ଆସନ୍ତୁ ବନମାଳୀ ବାବୁ, ତାକୁ ବାନ୍ଧି ପକେଇବା। ଆପଣ ଫୋନ୍ କରନ୍ତୁ, ଡାକ୍ତର କୁଆଁର ଆସି ୟାକୁ ଇଞ୍ଜେକ୍‌ସନ୍‌ଟେ ଦେଇ ଶୁଆଇ ପକାନ୍ତୁ। ନ ହେଲେ ଆମେ ୟାକୁ ସମ୍ଭାଳି ପାରିବା ନାହିଁ।''

ପାଟିତୁଣ୍ଡ ଶୁଣି ବନିତା ବି ସେଠିକି ଚାଲିଆସିଥିଲା। ତା' ସାମ୍ନାରେ ଉଧୁନଙ୍ଗଳା ପ୍ରତିମା। ତାହାର ସେ ବେଶ ଦେଖି ଶାରଦାକୁ ଭୟ ଲାଗୁଥିଲା, ମାତ୍ର ବନିତା ମୁହଁରେ ଭୟର ସାମାନ୍ୟ ଚିହ୍ନବର୍ଣ୍ଣ ନ ଥିଲା। ସେ ଧୀରେ ଧୀରେ ତା' ପାଖକୁ ଆସିଲା ଏବଂ ତା' କାନ୍ଧରେ ହାତରଖି ଡାକିଲା, ''ହଉ, ମୋ ବୋଉ ପାଖକୁ ଫୋନ୍ ନ କରିବୁ ନାହିଁ, ଆ ପୁଚି ଖେଳିବା। ଆ, ମୋ ସାଙ୍ଗରେ ଆ।''

ପ୍ରତିମା ବନିତାକୁ କୁଣ୍ଢେଇ ଧରି ଭୋ ଭୋ କାନ୍ଦିବାକୁ ଲାଗିଲା। ସାନପିଲାଙ୍କ ପରି ଚିତ୍କାର କଲା, ''କେହି ନାହିଁ, ମୋର କେହି ନାହିଁ। ସବୁ ମରିଗଲେଣି କୋଉଦିନୁ। ମରିଗଲେଣି।''

ଶାରଦା ଏ ଦୃଶ୍ୟ ଦେଖି ନିଜ ଆଖିର ଲୁହକୁ ଅଟକେଇ ପାରିଲା ନାହିଁ। ସେ ଯାଇ ପ୍ରତିମାକୁ ଜଡ଼େଇ ଧରିଲା। ବଡ଼ ଭଉଣୀଟିଏ ସାନ ଭଉଣୀକୁ ଧରିବା ପରି ତାକୁ ଭିଡ଼ିଧରି କହିଲା, "କିଏ କହୁଛି, ତୋଅର କେହି ନାହିଁ। ଆମେ ସମସ୍ତେ ଅଛୁ। ଯେଉଁମାନେ ତୁ ବଞ୍ଚି ଥାଉ ଥାଉ ତୋତେ ମାରିଦେଲେ, ତୁ ସେମାନଙ୍କୁ ଭୁଲିଯାଆ। ଭୁଲିଗଲେ କଷ୍ଟ ପାଇବୁ ନାହିଁ। ମନେରଖୁଥିବା ଲୋକ ଯେ କଷ୍ଟ ପାଏ, ଏତକ କଅଣ ଆଜିଯାଏଁ ତୁ ବୁଝିପାରିଲୁ ନାହିଁ ?''

■

ଚେର

ଝରକାର ପରଦା ହଟେଇଦେବା କ୍ଷଣି ବାହାରେ ଅପେକ୍ଷା କରି ରହିଥିବା ଜହ୍ନଆଲୁଅ ପଶିଆସି ବିଛଣା ଉପରେ ଲୋଟିପଡ଼ିଲା। ସିଦ୍ଧାର୍ଥ ବିଛଣାକୁ ଚାହିଁ ଦେଖିଲା, କାର୍ତ୍ତିକ ପୂନେଇଁର ଜହ୍ନଆଲୁଅ ତା' ଆଡ଼କୁ ଅନେଇ ହସୁଛି। ତା'ର ଆଉ ଥରେ ତା' ବୋଉ କଥା ମନେପଡ଼ିଗଲା।

ମନ୍ତେଇ ନଈକୂଳ ପାଟପୁର ଘରର ଝରକାଦେଇ ଏମିତି ଜହ୍ନଆଲୁଅ ପଶିଆସେ। କୁହା ନାହିଁ, ବୋଲା ନାହିଁ, ବିନା ଆମନ୍ତ୍ରଣରେ ଆସି ପହଞ୍ଚୁଥିବା କୁଣିଆଁ ପରି ସିଏ ଆସି ସିଦ୍ଧାର୍ଥକୁ ଚମକେଇ ଦିଏ, ଚମକେଇ ଦିଏ ତା'ର ସାନ ଭଉଣୀ ସୁଲଗ୍ନାକୁ। ବୋଉ ଶୋଇଥାଏ ଝରକା ପାଖ ଖଟ ଉପରେ। ସିଦ୍ଧାର୍ଥ ଓ ସୁଲଗ୍ନା ବୋଉ ଉପରେ ଅଜାଡ଼ି ପଡ଼ି ଦାବି କରନ୍ତି - ଆମକୁ ଗୋଟେ ଗପ କହ। ଜହ୍ନ ଗପ। ବହୁତ ଲମ୍ବା ଗପ।

ସେତେବେଳେ ସିଦ୍ଧାର୍ଥକୁ ଛଅବର୍ଷ, ସୁଲଗ୍ନାକୁ ଚାରି।

ବୋଉ କହେ, ଗୋଟେ ଶଶା ଥିଲା। ଥରେ ତା'କୁ ଏତେ ଶୋଷ ଲାଗିଲା ଯେ ପାଣି ପାଇଁ ସେ ଚାରିଆଡ଼େ ତହଲବିକଳ ହେଇ ବୁଲିଲା। ଶେଷକୁ ଶୋଷରେ ବିଚରା ଆଉଟୁପାଉଟୁ ହୋଇ ମରିଗଲା। ସେଇ ପରା ଯାଇ ଜହ୍ନରେ ବଇଛି। ଦେଖୁନା ତାଆରି ଛବି ଜହ୍ନରେ ଦେଖିପାରୁନ?

ଶଶା କଅଣ? - ସୁଲଗ୍ନା ପଚାରେ।

ଠେକୁଆ। ଏତିକି ଜାଣିନୁ? - ସିଦ୍ଧାର୍ଥ ସାନ ଭଉଣୀର ମୁଣ୍ଡରେ ଗୋଟେ ଛୋଟିଆ ଥୋପି ଲଗେଇଦେଇ କହେ।

ସୁଲଗ୍ନା ମୁଣ୍ଡ ଆଉଁଶୁ ଆଉଁଶୁ କହେ, ଏଇଟା ଦୁଃଖ ଗପ, ତୁ ଆମକୁ ଗୋଟେ ସୁଖ ଗପ କହ। ଲମ୍ବା ଗପ।

ଗାଁରେ ଥିବାଯାଏ ସବୁଦିନେ ରାତିରେ ବୋଉ ଗପ କହୁଥିଲା। ଜହ୍ନଗପ, ରଜାପୁଅ ରଜାଝିଅ ଗପ, ସାଧବ ସାଧବାଣୀ ଗପ, କଲୁରେଇ ବେଣ୍ଟ ଗପ, ଅବୋଲକରା ଗପ।

ସେଦିନ କିନ୍ତୁ ବୋଉ ଗପ କହିଲା ନାହିଁ।

ପୁଅ ଓ ଝିଅ ଦି ଜଣ ତା' ଦି'ପଟେ ଶୋଇଥିଲେ। ବୋଉ ପଚାରିଲା, ମୋ ଝିଅ ବଡ଼ ହେଲେ ମୋତେ କଅଣ ଦେବ?

ପ୍ରଶ୍ନଟା ଶୁଣି ଚାରିବର୍ଷର ସୁଲଗ୍ନା ଝରକା ଆଡ଼େ ଅନେଇଥିଲା, ସତେ କି ଝରକା ସେପଟେ ଥିଲା ବୋଉ ପ୍ରଶ୍ନର ଉତ୍ତର। ତା'ପରେ ବୋଉ ମୁହଁକୁ ବଲବଲ କରି ଅନେଇ କହିଥିଲା, ମୁଁ ମୋ ବୋଉ ଲାଗି ଏ... ତେ ସୁନାଗହଣା ଗଢ଼େଇଦେବି। ଏକଥା କହିଲାବେଳେ ସୁଲଗ୍ନା ତାହାର ଛୋଟ ଛୋଟ ଦି' ହାତ ଯେତେଦୂର ଲମ୍ବିପାରେ ସେତେଦୂର ଲମ୍ବେଇ ଦେଇଥିଲା। ବୋଉକୁ ଗହଣା ପିନ୍ଧିବାକୁ ଭଲ ଲାଗେ, ମାତ୍ର ତାହାର କେବଳ ଦି' ତିନି ଖଣ୍ଡ ଗହଣା ଥିଲା। ତାକୁ ସେ ସବୁ ପର୍ବପର୍ବାଣି ଓ ଯାନିଯାତ୍ରାରେ ପିନ୍ଧୁଥିଲା।

ବୋଉ ଖୁସିରେ ସୁଲଗ୍ନାକୁ ତା' ଛାତି ଉପରକୁ ଟାଣି ନେଇଥିଲା। ଏଥର ସିଦ୍ଧାର୍ଥର ପାଳି। ବୋଉ ପଚାରିଥିଲା, ମୋ ପୁଅ ବଡ଼ ହେଲେ ମୋତେ କଅଣ ଦେବ? ସିଦ୍ଧାର୍ଥ ଝରକା ଆଡ଼େ ଅନେଇ ନ ଥିଲା। ନିଜକୁ ପୂର୍ବଦିନ ଗପର ଯୁବରାଜ ଭାବି ସେ ଚଟାପଟ୍ ଉତ୍ତର ଦେଇଥିଲା, ମୁଁ ମୋ ବୋଉ ପାଇଁ ଗୋଟେ ରାଜ୍ୟ କିଣିଦେବି। ମୋ ବୋଉ ସେଇଠି ରାଣୀ ହୋଇ ରହିବ।

କବାଟଟା କିଏ ଠକ୍‌ଠକ୍ କରୁଥିଲା।

ବିଛଣା ଉପରୁ ଉଠିପଡ଼ିଲା ସିଦ୍ଧାର୍ଥ। ଆଖି କୋଣରେ ଉକୁଟି ଉଠିଥିବା ଲୁହ

ଟୋପାକୁ ହାତ ଚକିରେ ପୋଛିଦେଲା। ଏବେ ବି ଜହ୍ନଆଲୁଅ ଖଟ ଉପରେ ବସିଥିଲା। ସେ ଯାଇ ଦୁଆର ଖୋଲିଦେଲା।

ଦରଜା ସେପଟେ ଶ୍ୟାମାକାନ୍ତ ଠିଆ ହୋଇଥିଲା।

ସିଦ୍ଧାର୍ଥ ଘୁଞ୍ଚିଆସି ଶ୍ୟାମାକାନ୍ତକୁ ଭିତରକୁ ଆସିବା ଲାଗି ବାଟ ଛାଡ଼ିଦେଲା। ଚଉକିରେ ବସି ଶ୍ୟାମାକାନ୍ତ ପଚାରିଲା, ''ତୁ ରଜନୀ କଥାରେ ଖରାପ ଭାବିଲୁ କି ? ସେ ଟିକେ ଅଧିକ ରକ୍ଷଣଶୀଳ। ତୁ ବ୍ୟସ୍ତ ହଅନା, ମୁଁ ତାକୁ ବୁଝେଇ ସେଇଟିକୁ ଅଲଗା ଜାଗାରେ ଥୋଇଦେଇଛି। ତୁ ସକାଳେ ଗଲାବେଳେ ମୋତେ କହିବୁ, ମୁଁ ଆଣିଦେବି। ଏବେ ମୁହଁହାତ ଧୁଆଧୋଇ କରିନେ, ଖାଇବା।''

ବୋଉର ଅସ୍ଥି କଳସଟିକୁ ଦେଖି ଶ୍ୟାମାକାନ୍ତର ସ୍ତ୍ରୀ ରଜନୀ ଯେମିତି ଚିତ୍କାର କରିଥିଲା, ତାହା ସିଦ୍ଧାର୍ଥକୁ ଭଲ ଲାଗି ନ ଥିଲା। ତାକୁ ଲାଗିଥିଲା କେହି ଯେମିତି ସେ ଅସ୍ଥିଥିବା କଳସଟିକୁ ନୁହେଁ ତା' ବୋଉକୁ ସେଠୁ ଉଠିଯିବାକୁ କହୁଛି। ଠିକ୍ ସମୟରେ ଶଶିକାନ୍ତ ପହଞ୍ଚି ରଜନୀକୁ ଅବଶ୍ୟ ଚୁପ୍ କରେଇ ଦେଇଥିଲା; ମାତ୍ର ସେତିକି ସମୟ ଭିତରେ ସିଦ୍ଧାର୍ଥ ଜାଣିସାରିଥିଲା ଯେ ତାହାର ଏ ପ୍ରକାର ଉପସ୍ଥିତି ରଜନୀ ପକ୍ଷେ ଆଦୌ ଅନୁମୋଦିତ ନୁହେଁ। ସିଏ ଶ୍ୟାମାକାନ୍ତର ଆପାର୍ଟମେଣ୍ଟକୁ ନ ଆସି ବରଂ କୌଣସି ହୋଟେଲ୍‌ରେ ରହିଯାଇଥିଲେ ଭଲ ହୋଇଥାଆନ୍ତା। କାହିଁକି କେଜାଣି, ବୋଉର ଅସ୍ଥି କଳସକୁ ଧରି ହୋଟେଲ୍‌କୁ ଯିବାଲାଗି ତା'ର ମନ ହୋଇ ନ ଥିଲା।

ଖାଇବା ଟେବୁଲ୍ ପାଖରେ ତା'ର ମନ ବହଲେଇବା ପାଇଁ ଶ୍ୟାମାକାନ୍ତ ନାନା ପ୍ରକାର କଥା କହିଥିଲା। କଲେଜ ଦିନ ସହପାଠୀ ଓ ସହପାଠିନୀ ମାନଙ୍କ ବିଷୟରେ ସିଏ ଜାଣିଥିବା ତଥ୍ୟ ତାକୁ ବତଉଥିଲା। ମାତ୍ର ସେସବୁ ଶୁଣିବା ପାଇଁ ସିଦ୍ଧାର୍ଥର ମନ ନ ଥିଲା। ତାହାର ମନ ପିଲାଦିନର ସେଇ ଜହ୍ନରାତି ଓ ତା' ବୋଉ ପାଖରେ ଅଟକି ଯାଇଥିଲା।

ତା' ସାଙ୍ଗକୁ ବୋଉର ସେହି ଦି'ପଦ କଥା।

ସିଦ୍ଧାର୍ଥର ବାପା ସ୍କୁଲ୍ ଶିକ୍ଷକ ଥିଲେ ଏବଂ ସାରାଜୀବନ ମଫସଲୀ ସ୍କୁଲମାନଙ୍କରେ ଘୂରି ଘୂରି ବିତେଇ ଦେଇଥିଲେ। ବୋଉ ରହୁଥିଲା ଗାଁରେ। କହୁଥିଲା, ସାତପୁରୁଷର ଦେଇପିଣ୍ଡ ଛାଡ଼ି ସେ ବାହାରକୁ କେମିତି ପଳେଇବ? ଗାଁରେ ଶ୍ରାଦ୍ଧ ଦିବସା ଦେବ କିଏ? ଚଉଁରା ପାଖରେ ସବୁଦିନ ସଞ୍ଜବତି ଜାଳିବ କିଏ? ବାପାଙ୍କ ଉଦ୍ଦେଶ୍ୟରେ ବୋଉ କୁହେ, ସିଏ ତାଙ୍କର ପିଲାଙ୍କ ସାଙ୍ଗରେ ଦିନରାତି କଟର କଟର ହେଉଥିବେ, ମୁଁ ଯାଇ କଅଣ କରିବି? ମୋ ପିଲାଏ ତ ମୋ ପାଖରେ ଅଛନ୍ତି।

ଏକଥା କହୁ କହୁ ବୋଉ ତା' ଦୁଇ ହାତରେ ସିଦ୍ଧାର୍ଥ ଓ ସୁଲଗ୍ନାକୁ କୋଳେଇ ଧରେ, ମାଆ-ଚଢ଼େଇ ତା'ର ଦୁଇ ଡେଣାରେ ଦୁଇ ଶାବକଙ୍କୁ କୋଳେଇ ଧରିବା ପରି।

ବୋଉର ପ୍ରଥମ କଥାଟି ସିଦ୍ଧାର୍ଥ ରଖିପାରି ନାହିଁ। ବୋଉ କହିଥିଲା, ମୋତେ ନେଇ ପୁରୀ ସ୍ୱର୍ଗଦ୍ୱାରରେ ଦାହ କରିବୁ। ସେକଥା କରିପାରିଲା ନାହିଁ ସିଦ୍ଧାର୍ଥ। ତା' ପୁଅବୋହୂ ତାକୁ ବୁଝେଇବାକୁ ଚେଷ୍ଟା କଲେ, ''ସ୍ୱର୍ଗଦ୍ୱାରରେ ଦାହ ହେବା ଜିନିଷଟା ତୁଚ୍ଛା ଭାବପ୍ରବଣତା ଭିନ୍ନ ଅନ୍ୟ କିଛି ନୁହେଁ। ତୁମେ ପରା ଥରେ ଆମକୁ ନେଇ ସେଠାକୁ ଯାଇଥିଲ ? ଛି, ଛି କି ଅପରିଷ୍କାର ଜାଗା ! ମଡ଼ାପୋଡ଼ା ପାଉଁଶ ଗୋଳେଇ ହେଇ ତାହାର ବାଲି କଳା ପଡ଼ିଗଲାଣି। ଚାରିଆଡ଼େ ଆବର୍ଜନା। ସେଇ ଜାଗାଟିକୁ ତୁମେମାନେ କିମିତି ନର୍କଦ୍ୱାର ନ କହି ସ୍ୱର୍ଗଦ୍ୱାର ବୋଲି କୁହ ମୁଁ ଜାଣିପାରୁନାହିଁ। ତାହା ତୁଳନାରେ ବାଙ୍ଗାଲୋରର ବିଦ୍ୟୁତ୍ ଚୁଲା କେତେ ସହଜ। ପରିବେଶଟାକୁ କେତେ ସୁନ୍ଦର ସଜେଇଛନ୍ତି ଏଠିକା ପ୍ରଶାସନ। ତେଣୁ, ପୁରୀର ସ୍ୱର୍ଗଦ୍ୱାରକୁ ଜେଜେମାଆଙ୍କୁ ନେଇ ପାରିଲ ନାହିଁ ବୋଲି ଅବସୋସ କରିବା ଆଦୌ ଉଚିତ ନୁହେଁ।''

ସିଦ୍ଧାର୍ଥ କିଛି କହିପାରି ନ ଥିଲା। ପୁଅ ଅରୁଣାଭ ଟିକିଏ ଟିକିଏ କଥାରେ ଚିଡ଼ି ଉଠେ। ସେ ଚିଡ଼ିଉଠିବା କ୍ଷଣି ତା' ସ୍ତ୍ରୀ ମଧ୍ୟ ରାଗିଯାଏ। ଅଯଥାରେ ପାରିବାରିକ ଶାନ୍ତି ନଷ୍ଟ ହୋଇଥାଆନ୍ତା।

ସେତେବେଳେ ତା'ର ସୁଲଗ୍ନା କଥା ମନେପଡ଼ିଥିଲା। ସାନ ହେଲେ ବି ସୁଲଗ୍ନା ତା' ଆଗରୁ ଚାଲିଗଲାଣି। ଯିବା ଆଗରୁ ସତକୁ ସତ ଗହଣାରେ ମଣ୍ଡିଦେଇ ଯାଇଥିଲା ବୋଉକୁ। ତା' ପାଇଁ ସୁନାହାର, ସୁନା କଙ୍କଣ, ସୁନାଚୁଡ଼ି, ସୁନାମୁଦି ଓ ସୁନାର କାନଫୁଲ ସବୁ ଗଢ଼େଇ ଆଣିଥିଲା। ନିଜ ହାତରେ ଗୋଟି ଗୋଟି କରି ପିନ୍ଧେଇ ଦେଉ ଦେଉ କହିଥିଲା, ନିଜେ ଏସବୁ ରଖିବୁ, ତୋ' ବୋହୂ କି ନାତୁଣୀ ବୋହୂଙ୍କ ପାଇଁ ସିନ୍ଦୁକ ଭିତରେ ଥୋଇଦେବୁ ନାହିଁ।

ସୁଲଗ୍ନା ନାହିଁ। ଦଶବର୍ଷ ହେଇଗଲାଣି, ସଡ଼କ ଦୁର୍ଘଟଣାରେ ସିଏ ଓ ତା' ବର ଉଭୟେ ଚାଲିଯିବା। ତାହାର ଗୋଟିଏ ପୁଅ ଏବେ ଅଷ୍ଟ୍ରେଲିଆରେ। ସିଏ ଆଉ ଗାଁ ଭୂଇଁ ସହ ସମ୍ପର୍କ ରଖିନି। ଥରେ ଭଣଜାକୁ ସିଦ୍ଧାର୍ଥ ପଚାରିଥିଲା। ଭଣଜା କହିଥିଲା, ''ଗାଁକୁ ଗଲେ ବାପା-ବୋଉଙ୍କ କଥା ଗୁଡ଼େଇ ତୁଡ଼େଇ ମନେପଡ଼େ। ସେଥିପାଇଁ ମୁଁ ଗାଁଠାରୁ ଦୂରରେ ରହିବାକୁ ଚାହେ। ବାପା ବୋଉ ଚାହିଥିଲେ, ଗାଁର ଘରବାଡ଼ି ଗାଁ ଲୋକଙ୍କ ଉପକାରରେ ଆସୁ - ମୁଁ ଗାଁ ସ୍କୁଲ୍‌କୁ ଜମିବାଡ଼ି ସବୁ ଦାନ କରିଦେଇଛି।''

ସୁଲଗ୍ନାର ଚାଲିଯିବା ଖବର ବାପାଙ୍କୁ ବଡ଼ କଷ୍ଟ ଦେଇଥିଲା। ନିଜ ଆଖି ଆଗରେ

ନିଜ ଆଦରର ଝିଅର ଏମିତି ଆକସ୍ମିକ ମୃତ୍ୟୁ ତାଙ୍କୁ ମୂକ କରିଦେଇଥିଲା। ଝିଅ ଯିବାର ଦି'ବର୍ଷ ପରେ ସିଏ ଚାଲିଯାଇଥିଲେ।

ସେଇଦିନ ନିର୍ମମ ମୃତ୍ୟୁ ସାଙ୍ଗରେ ଭଲ ଭାବେ ପରିଚୟ ହେଇଥିଲା ସିଦ୍ଧାର୍ଥର। ସିଏ ବୁଝିଥିଲା, ଯାହାର ଡାକରା ପାଇଲେ ମଣିଷ ଭଲ ପାଇବାର ଏହି ପୃଥିବୀକୁ ମୁହଁ ଆଡ଼େଇ ଦୂରେଇ ଯାଏ ସେଇ ମୃତ୍ୟୁ। ଯାହାର ପ୍ରେମରେ ପଡ଼ିଲେ, ମୁହୂର୍ତ୍ତକ ପାଇଁ ଅଲଗା ହୋଇପାରୁ ନ ଥିବା ସମ୍ପର୍କକୁ ମଣିଷ ତୁଚ୍ଛ କରିଦିଏ, ସେଇ ମୃତ୍ୟୁ। ତାହାର ନୀଳ ଆମନ୍ତ୍ରଣକୁ ଏଡ଼ାଇଯିବା କାହାରି ପକ୍ଷେ ସମ୍ଭବ ନୁହେଁ।

ସିଦ୍ଧାର୍ଥ ନିଜେ ବାଙ୍ଗାଲୋରରେ ଚାକିରି କରିଥିଲା। ଚାକିରିରେ ଥିବା ସମୟରେ ସେଇଠି, ଯଶୱନ୍ତପୁର ଷ୍ଟେସନ୍ ପାଖରେ ଗୋଟେ ଆପାର୍ଟମେଣ୍ଟ୍ କିଣିଥିଲା। ବାଙ୍ଗାଲୋରରେ ଘରଟେ କିଣିବା ସପକ୍ଷରେ ସବୁଠୁ ବଡ଼ ଯୁକ୍ତି ଥିଲା ପୁଅ ଅରୁଣାଭର ପାଠପଢ଼ା ଏବଂ ବାଙ୍ଗାଲୋରର ନାତିଶୀତୋଷ୍ଣ ପାଣିପାଗ। ଉତ୍ତର ଭାରତର ଉଗ୍ର ଓ ଅସହିଷ୍ଣୁ ପରିବେଶ ତୁଳନାରେ ଦକ୍ଷିଣ ଭାରତର ରକ୍ଷଣଶୀଳ ପରିବେଶ ତାକୁ ଭଲ ଲାଗିଥିଲା।

ବିମାନଟିଏ ଭୁବନେଶ୍ୱର ଏୟାର୍‌ପୋର୍ଟରୁ ଟେକ୍‌ଅଫ୍ ନେଉଥିଲା। ତାହାର କର୍କଶ ଶବ୍ଦରେ ସିଦ୍ଧାର୍ଥ ସଚେତନ ହୋଇପଡ଼ିଲା। ସେ କାନ୍ଥଘଣ୍ଟାକୁ ଚାହିଁ ଦେଖିଲା, ରାତି ବାରଟା ବାଜିବ। ଏବେ ତାହାର କିଛି ସମୟ ଶୋଇଯିବା ଦରକାର। କାଲି ଦିନସାରା ନାନା ପ୍ରକାର କାମ ଅଛି। ବୋଉର ଏହି ଅସ୍ଥିଗୁଡ଼ିକୁ ବାପାଙ୍କ ସମାଧି ପାଖରେ ପୋତି, ସେଇଠି ଛୋଟ ସମାଧିଟିଏ ତୋଳିଦେବାକୁ ପଡ଼ିବ। ସନାତନ ମହାନ୍ତି ପ୍ରତିଶ୍ରୁତି ଦେଇଛନ୍ତି, ସବୁ ସାହାଯ୍ୟ କରିବେ। ଗାଁ କାମସାରି ସେ ଶୀଘ୍ର ବାଙ୍ଗାଲୋର ଫେରିଯିବ। ଚାରିଟା ଦିନ ପରେ ଦି' ପ୍ରାଣୀ ଅରୁଣାଭର ସାନଝିଅକୁ ନେଇ ଚାଲିଯିବେ ଆମେରିକା।

ସିଦ୍ଧାର୍ଥ କଡ଼ ଲେଉଟାଇ ଶୋଇବା ପାଇଁ ଚେଷ୍ଟା କଲା। ଏଥର ଗଙ୍ଗଶିଉଳି ଫୁଲର ବାସ୍ନା କୋଉଠୁ ଭାସିଆସି ତାକୁ ଚିଆଁଇ ଦେଲା। ଏଠି ଗଙ୍ଗଶଉଳି ଗଛ କେଉଁଠି ଅଛି କି? ନା, ଗଙ୍ଗଶିଉଳି ବାସ୍ନା ଥିବା ରୁମ୍‌ଫ୍ରେସ୍‌ନର୍‌ର ଗନ୍ଧ ଇଏ! ସେ ବିଛଣାରୁ ଉଠି ଆଉ ଥରେ ଝରକା ପାଖକୁ ଗଲା ଓ ଝରକାବାଟେ ମୁହଁ ଗଳାଇ ଏପଟ ସେପଟ ଅନେଇଲା। ନା, ଫୁଲ ତାକୁ ଦିଶିଲେ ନାହିଁ, ଫୁଲର ବାସ୍ନାରେ ଯାହା ଚଉଦିଗ ଚହଟି ଯାଉଥିଲା।

ସିଦ୍ଧାର୍ଥର ବାପା ତାଙ୍କ ଗାଁ ଘରର ଦକ୍ଷିଣପଟେ ଦୁଇଟି ଫୁଲଗଛ ଲଗେଇଥିଲେ। ଗୋଟେ ଚମ୍ପାଗଛ ଏବଂ ଆଉ ଗୋଟେ ଗଙ୍ଗଶିଉଳି ଗଛ। ଯୋଡ଼ିକଯାକ ଗଛରେ

ଋତୁ ଅନୁଯାୟୀ ମହଣେ ମହଣେ ଫୁଲ ଫୁଟେ। ଚମ୍ପା ଗଛରେ ଫୁଲକୁ ବୋଉ ମହାଦେବ ମନ୍ଦିରକୁ ପଠେଇ ଦେଉଥିଲା, ମାତ୍ର ଗଙ୍ଗଶିଉଳି ଫୁଲକୁ କୋଉଠିକୁ ପଠଉ ନ ଥିଲା। ରାତିରେ ଫୁଟିଥିବା ଫୁଲଗୁଡ଼ିକ ସକାଳକୁ ଝଡ଼ି ଗଛମୂଳେ ଗଦା ହୋଇଯାଏ। ବୋଉ ସେସବୁ ତୋଳିଆଣି ଗୋଟେ ପିତ୍ତଳ ଥାଳିରେ ସଜେଇ ରଖୁଥିଲା ଘର ଅଗଣାରେ।

ବୋଉ ଥରେ ସିଦ୍ଧାର୍ଥକୁ କହିଥିଲା, ପାରିବୁ ଯଦି ବାପାଙ୍କ ସମାଧି ପାଖରେ ଗଙ୍ଗଶିଉଳି ଗଛଟିଏ ଲଗେଇଦେବୁ। ସିଏ ତ ସଂସାର ଭୋଳା ମଣିଷ ଥିଲେ, କିନ୍ତୁ ଏ ଫୁଲଟାରେ ତାଙ୍କର ଖୁବ୍ ଶ୍ରଦ୍ଧା ଥିଲା।

ସିଦ୍ଧାର୍ଥ ଜାଣେ, ତା' ବାପା ଗଙ୍ଗଶିଉଳି ଫୁଲକୁ ଭଲ ପାଉଥିଲେ। କହୁଥିଲେ, ଗଙ୍ଗଶିଉଳି ଫୁଲ କୌଣସି ସ୍ୱୀକୃତି କି ସମ୍ମାନ ଲୋଡ଼ୁ ନ ଥିବା ଫୁଲଟିଏ। ଦେବତାର ପୂଜାରେ ସେ ଲାଗିପାରେ ନାହିଁ, ସୁରଭୀତକ ବିଞ୍ଚିଦେଇ ସେ ଯେମିତି ନିଃଶବ୍ଦରେ ଆସିଥାଏ ସେମିତି ଚାଲିଯାଏ। ଧନ୍ୟବାଦ ପଦକ ଶୁଣିବାଲାଗି ସୁଦ୍ଧା ସେ ଅପେକ୍ଷା କରେନାହିଁ।

ବାପା ଅବସର ନେବା ପରେ ତାଙ୍କୁ ନିଜ ପାଖକୁ ନେବା ପାଇଁ ଉଭୟ ସିଦ୍ଧାର୍ଥ ଓ ସୁଲଗ୍ନା ଟଣାଟଣି ହେଇଥିଲେ। ବୋଉ କହିଥିଲା, ବାପା ତ ଇଞ୍ଜିନ୍, ସିଏ ଯୁଆଡ଼େ ଯିବେ ମୁଁ ତାଙ୍କ ପଛେ ଡବା ପରି ଘୋଷରା ହେଇଯିବି। କଥା କଟାକଟିରେ ଶେଷରେ ସୁଲଗ୍ନା ଜିଣିଥିଲା। ସିଏ ବାପା ବୋଉଙ୍କୁ ନେଇଯାଇଥିଲା କଲିକତା। ସେଦିନ ତା' ଆଖିରେ କି ଗଡ଼ ଜିଣିବାର ଆନନ୍ଦ! ସୁଲଗ୍ନା ବଞ୍ଚିଥିଲେ ବାପା ବୋଉଙ୍କୁ ହୁଏତ ବାଙ୍ଗାଲୋର ଯିବାକୁ ପଡ଼ି ନ ଥାନ୍ତା।

ସିଦ୍ଧାର୍ଥ ଆଉ ଥରେ ଆଖିରୁ ଲୁହ ପୋଛିଲା। ଭାବିଲା, ସୁଲଗ୍ନା କଅଣ ଜାଣିପାରିଥିଲା କି ସେ ଆଗେ ଆଗେ ଏ ସଂସାରରୁ ଚାଲିଯିବ! ଅଥବା ଝିଅମାନେ ବାପାମାଆଙ୍କୁ ବେଶି ଭଲ ପାଆନ୍ତି ପୁଅମାନଙ୍କଠାରୁ? କିଏ ଜାଣେ!

ପୁଅ ଅରୁଣାଭର ଆମେରିକାରେ ଚାକିରି ହୋଇଯାଇଛି। ସିଏ ତା' ସ୍ତ୍ରୀକୁ ନେଇ ଚାଲିଗଲାଣି। ଆସନ୍ତା ବୁଧବାର ଦିନ ସିଦ୍ଧାର୍ଥ ଓ ତାହାର ସ୍ତ୍ରୀ ଅରୁଣାଭର ସାନ ଝିଅକୁ ଧରି ନ୍ୟୁୟର୍କ ଯିବେ। ଟିକେଟ୍, ଭିସା ଓ ଇନ୍‌ସ୍ୟୁରାନ୍‌ସ୍ କାଗଜପତ୍ର ସବୁ ଠିକ୍ କରି ଅରୁଣାଭ ପଠେଇ ଦେଇଛି। ଗତମାସରୁ ଜେଜେମା'ର ନାତୁଣୀକୁ ନେଇ ଆମେରିକା ଚାଲିଯିବାର ଥିଲା, ମାତ୍ର ବୋଉର ପରଲୋକ ସେ କାର୍ଯ୍ୟକ୍ରମକୁ ବଦଳେଇ ଦେଲା। ବାପା ଚାଲିଯିବା ଆଗରୁ କିଛିଦିନ ବିଛଣାରେ ପଡ଼ିଥିଲେ। ମାତ୍ର ବୋଉ ଚଟ୍‌କରି ଚାଲିଗଲା।

ସିଦ୍ଧାର୍ଥ ଭଲ ଭାବେ ଲକ୍ଷ୍ୟ କରିଛି, ଶେଷବେଳକୁ ବାପା କିଭଳି ତା'

ଉପରେ ବୀତସ୍ପୃହ ହୋଇପଡ଼ିଥିଲେ। ତାଙ୍କ ପାଖକୁ ଗଲେ, ବାପା ମୁହଁ ବୁଲେଇ ନେଉଥିଲେ।

ଥରେ ବୋଉ କହିଥିଲା, ବାପାଙ୍କର ମନ ଗାଆଁରେ ଘରଟେ କରିଥାଆନ୍ତେ। ତୁ ସେକଥା କଲୁନାହିଁ। ଯେତେ ଯାହା ବାଙ୍ଗାଲୋରରେ କୋଠାବାଡ଼ି କଲେ ବି ଗାଆଁରେ ଲୋକେ ଆମକୁ ଉଠାକୁଳିଆ କହୁଛନ୍ତି। ସେଇଠି ଆମ ସାତପୁରୁଷର ଘର, ଠାକୁରଗାଦି, ପୂର୍ବପୁରୁଷଙ୍କ ସମାଧି। ଆମ ଚେର ଅଛି ସେଇଠି। ଗଛର ଡାଳପତ୍ର ଯେତେ ଯୁଆଡ଼େ ମେଲିଲେ ବି ଚେରଟା ତା' ଜାଗାରେ ନ ଥିଲେ ସେ ଗଛ କଅଣ ବେଶିଦିନ ବଞ୍ଚିବ?

ସୁଲଗ୍ନା ମରିଯିବାର କ୍ଷତ ସେତେବେଳେ ତାଜା ଥିଲା। ବାପା ଝିଅକୁ ଝୁରିଝୁରି ଗମ୍ଭୀର ହୋଇଯାଇଥିଲେ, ବୋଉ ବି। ସେମାନଙ୍କୁ ବହଲେଇବା ପାଇଁ ସେଦିନ ସିଦ୍ଧାର୍ଥ ମିଛ କହିଥିଲା। କହିଥିଲା, ସନାତନ ମହାନ୍ତିଙ୍କୁ ତ ମୁଁ ଆଡ୍‌ଭାନ୍‌ସ୍ ଦେଇ ଆସିଛି। ସେ ଚାରି ବଖରା ଘରଟିଏ ଆମ ପାଇଁ ତୋଳୁଛନ୍ତି।

ବୋଉ ଜେରା କରିଥିଲା, ''ତୁ ତ ସନାତନ ମହାନ୍ତିଙ୍କୁ ଜମି ବିକିଲୁ। ସିଏ ତୋ' ପାଇଁ ଘର ତୋଳିଦେବେ କାହିଁକି?''

ସିଦ୍ଧାର୍ଥ ବୁଝେଇଥିଲା, ''ତୁ ବୁଝିପାରିବୁ ନାହିଁ। ଆଜିକାଲି ସବୁ ପ୍ୟାକେଜ୍ ଡିଲ୍ ହେଲାଣି। ଯିଏ ଜାଗା ନେବ, ସିଏ ଜମି ମାଲିକକୁ ଚୁକ୍ତି ଅନୁସାରେ ଗୋଟେ କି ଯୋଡ଼ିଏ ଆପାର୍ଟମେଣ୍ଟ୍ ଦେବ। ପାଟପୁର କଅଣ ଆଉ ଆଗର ମଫସଲ ଗାଁ ହେଇକି ରହିଛି? ଧାମରାରେ ବନ୍ଦର ହେବା ପରେ ପାଟପୁର ଏବେ ଗୋଟେ ଛୋଟ ସହର। ରାସ୍ତା ଦି'କଡ଼ର ଥିବା ଜମିରେ ବଡ଼ ବଡ଼ କୋଠାଘର ମୁଣ୍ଡ ଟେକିଲାଣି। ବାପା ମୋ କଥାକୁ ବିଶ୍ୱାସ କରିବେ ନାହିଁ, ତୁ ତାଙ୍କୁ ବୁଝେଇଦେବୁ। ଗାଁରେ ଆମର ଘର ତୋଳା ହେଉଛି।''

: ଆଉ ପୁରୁଣା ମୌରସୀ ଘର?

: ସେଇଟା ତ ରିମଡେଲିଙ୍ଗ୍ ହଉଛି। ନ ହେଲେ ସେ ହାତୀଶାଳ ପରି ନଡ଼ାଛାଉଣି ଘରଟା କଅଣ ସେମିତି ଥାଆନ୍ତା? ଭାଙ୍ଗି ଗଳିପଡ଼ିଥାଆନ୍ତା।

ଆଉ ଥରେ କଡ଼ ଲେଉଟାଇଲା ସିଦ୍ଧାର୍ଥ। ମନ ଭିତରୁ କିଏ ଯେମିତି କହୁଥିଲା, ତାହାର ସରଳମନା ବୋଉକୁ ସେଦିନ ଏମିତି ମିଛକଥା କହିବା ଉଚିତ ନ ଥିଲା।

ସିଦ୍ଧାର୍ଥ ନିଜକୁ ବୁଝେଇଲା, ସିଏ ତ ସମ୍ପୂର୍ଣ୍ଣ ମିଛକଥା କହି ନ ଥିଲା! ପାଟପୁର ନିଜେ ବଦଳିଗଲା। ସିଏ ଆଉ ପୁରୁଣା ଘରବାଡ଼ିକୁ ସେମିତି କିଭଳି ରଖିପାରିଥାଆନ୍ତା? ସମୟ ସାଙ୍ଗରେ ତାଳଦେଇ ତାକୁ ବି ବଦଳିବାକୁ ପଡ଼ିଲା। ନ ହେଲେ ଦିନେ ସେ ଜମିବାଡ଼ିତକ ସେମିତି କିଏ ନେଇ ଯାଇଥାଆନ୍ତା।

ଠିକାଦାର ସନାତନ ମହାନ୍ତି ରିଏଲ୍ ଇଷ୍ଟେଟ୍ କାରବାର କରୁଛନ୍ତି, କୋଠାଘର ତୋଳେଇ ବିକୁଛନ୍ତି। ସିଏ ତାଙ୍କ ଜମି ପାଇଁ ତାକୁ ଯୋଉ ଦରରେ ଟଙ୍କା ଦେଲେ, ଆଉ କେହି ସେମିତି ଦେଇପାରି ନ ଥାନ୍ତେ! ବାପା ତ ବାଙ୍ଗାଲୋରରେ ଥିଲେ, ସିଏ କେଉଁ ଗାଁକୁ ଯାଇଥାଆନ୍ତେ ନା ଗାଁର ଘର ଦେଖିଥାଆନ୍ତେ! ଏସବୁ ଖାଲି ମନ ବୁଝେଇବା କଥା ଯେ ଗାଁରେ ଘର ଅଛି!

ସନାତନ ମହାନ୍ତି ପୁଣି ପ୍ରତିଶ୍ରୁତି ଦେଇଛନ୍ତି, ''ତୁମ ପୁରୁଣାଘର ଓ ବାଡ଼ିଖଣ୍ଡକ ସବୁଦିନ ସେମିତି ରହିବ। ସେଇଠି ତୁମ ପରିବାରର ସମାଧି ଅଛି ବୋଲି ମୁଁ କଅଣ ଜାଣିନି ? ଦାଦା ଖୁଡ଼ୀଙ୍କୁ ବୁଝେଇଦେବ। ସିଏ ଯେତେବେଳେ ଆସିବେ ସେତେବେଳେ ଏଠି ରହିବେ। ତାଙ୍କ ଘର ମୁଁ ଛବି ପକେଇ ରଖିଥିବି।''

ନଈକୂଳିଆ ମଫସଲୀ ଗାଁ ପାଟପୁର କେତେ ଶୀଘ୍ର ବଦଳିଗଲା! ବାପାଙ୍କ ସମାଧି ତୋଳିବା ବର୍ଷ ସେ ଗାଁକୁ ଯାଇଥିଲା। ସେଦିନ ପରିବର୍ତ୍ତନର ଝଲକ ଦେଖି ସେ ବିସ୍ମିତ ହୋଇଥିଲା। ଯେଉଁଠି କିଆକେତକୀ, ବାବୁଲା ଓ ଗୋକୁଣ୍ଡା ଗଛଗୁଡ଼ିକ ଥିଲା ସେଇ ଜାଗା ପଦାଟିଏ ପରି ଦିଶୁଥିଲା। ଗାଁ ମଝିର କଇଁଆଗଛଟା ବି ଦିଶି ନ ଥିଲା ତାକୁ। ସେଇ ଗଛରେ ଦିଇଶହ ତିନିଶହ ସରିକି ବଗ ସବୁଦିନେ ବସାବାନ୍ଧି ଥାଆନ୍ତି। ସେମାନେ ବି କୁଆଡ଼େ ଚାଲିଯାଇଥିଲେ।

ପଡ଼ିଆ ପଡ଼ିଥିବା ପାଞ୍ଚ ଏକର ଧାନ ଜମି ବଦଳରେ ପଚିଶ ଲକ୍ଷ ଟଙ୍କା ପାଇବାବେଳେ ସିଦ୍ଧାର୍ଥ ବହୁତ ଖୁସି ହେଇଥିଲା। ମନେ ମନେ ସନାତନ ମହାନ୍ତିଙ୍କର ସାଧୁତାକୁ ପ୍ରଶଂସା କରିଥିଲା। ତାହା ଆଗରୁ କୌଣସିଦିନ ସେ ଭାବିପାରି ନ ଥିଲା ଯେ ପାଟପୁର ପରି ଗୋଟେ ଗୁରୁତ୍ୱହୀନ ଗାଁର ଜାଗାବାଡ଼ି ଦାମ୍ ଦିନେ ଏତେ ବଢ଼ିଯିବ। ସେ ସବୁଦିନେ ଭାବୁଥିଲା ଯେ ତାଙ୍କର ଗାଁରେ ଥିବା ସବୁତକ ଜାଗାବାଡ଼ିର ମୂଲ୍ୟ ଲକ୍ଷେ ଟଙ୍କାରୁ ବେଶି ହେବ ନାହିଁ। ଅବଶ୍ୟ ସନାତନ ମହାନ୍ତି ତାଙ୍କ ଚିଠିରେ ଲେଖିଥିଲେ, ''ବଜାର ଦର ଏତେ ଚଢ଼ିନାହିଁ। କିନ୍ତୁ ତୁମ ସହ ଦୀର୍ଘଦିନର ସମ୍ପର୍କ ଏବଂ ନିଜର ପ୍ରୟୋଜନ ଦୃଷ୍ଟେ ଏହି ଟଙ୍କା ପଠେଇଲି। ଦାଦା ଖୁଡ଼ୀଙ୍କୁ ଜଣାଇଦେବ।''

ବାପା କି ବୋଉଙ୍କୁ ଟଙ୍କାର ପରିମାଣ କଥା ଜଣେଇ ନ ଥିଲା ସିଦ୍ଧାର୍ଥ। ସେମାନେ ଜାଣିଥିଲେ ପୁଣି ପରସ୍ତେ ଫରମାଇସ କରିଥାଆନ୍ତେ। ସେସବୁ କଥା ଶୁଣି ଶୁଣି ସିଦ୍ଧାର୍ଥର କାନ ପାଚିଯାଇଥିଲା।

କିନ୍ତୁ ଆଜି ସେଇସବୁ କଥା ଗୁଡ଼େଇ ତୁଡ଼େଇ କାହିଁକି ମନେପଡୁଛି ? ସିଏ ଚାରିଦିନ ପରେ ଆମେରିକା ଚାଲିଯିବ। ପୁଣି ଯେତେବେଳେ ଫେରିବ, ସିଏ ଆସିବ ବାଙ୍ଗାଲୋରକୁ, ପାଟପୁରକୁ ନୁହେଁ। ପାଟପୁର ସହ ସମ୍ପର୍କ ବୋଉର ଏଇ ସମାଧି

ତିଆରି ସାଙ୍ଗରେ ଏକରକମ ଶେଷ ହୋଇଯିବ। ତାକୁ ତ ଆସି ପଞ୍ଚଷଠି ହେଲାଣି, ସିଏ କଅଣ ଆଉ ଆସିପାରିବ ପାଟପୁର !

ସିଦ୍ଧାର୍ଥ ଭାବୁଥିଲା, ଏସବୁ ଯାଆ-ଆସ ଜୀବନର ଚାହିଦା। ଏଇ ମଣିଷ ପାହାଡ଼, ନଈ ଓ ଜଙ୍ଗଲ ଦେଇ କେତେ କେତେ ରାସ୍ତାରେ ଘୂରିଛି; କେବେ ଖାଦ୍ୟ ପାଇଁ, କେବେ ଆଶ୍ରୟ ପାଇଁ, ପୁଣି କେତେବେଳେ ଜୀବିକା ପାଇଁ। ଜୀବନର ଏହି କଠୋର ସତ୍ୟକୁ ଆବେଗ ଆଉ ଭାବପ୍ରବଣତା ଅଟକେଇ ପାରି ନାହିଁ। ଏଥିରେ ତାଆର ଭୁଲ୍ କେଉଁଠି ?

ପାଠପଢ଼ା ଦିନରେ ସିଦ୍ଧାର୍ଥ କଟକରୁ ଛୁଟିରେ ଆସିଲେ, ପାଟପୁରରେ ଉତ୍ସବ ଲାଗିଯାଉଥିଲା। ବାପା ପୋଖରୀରୁ ମାଛ ଧରଉଥିଲେ, ନଡ଼ିଆ ତୋଳଉଥିଲେ ଗଛରୁ। ମହାଦେବ ମନ୍ଦିରରେ ଜଳାଭିଷେକ ହେଉଥିଲା। ସାହି ପଡ଼ିଶାରେ ମିଠେଇ ବାଣ୍ଟୁଥିଲା ବୋଉ। ସେଇ ପୁରୁଣା ମୌରସିଘରର ତେଲ ଚିକିଟା ଖଟ ଉପରେ ବସି ବୋଉ କୋଉ ପୁରୁଣା କାଳର କଥା କହୁଥିଲା। ଆକାଶର ତାରାମାନଙ୍କୁ ଦେଖେଇ ମନେପକେଇ ଦେଉଥିଲା ସେମାନେ ଆମର ପୂର୍ବପୁରୁଷ, ମୁନିଋଷି।

ସେଇ ସିଦ୍ଧାର୍ଥର ଗାଁ, ସେଇଠି ସେ ଜନ୍ମହେଇଛି, ତା' ବାପା ଜନ୍ମ ହେଇଥିଲେ, ତା' ବାପାଙ୍କର ବାପା, ବାପାଙ୍କ ବାପାଙ୍କର ବାପା ବି। ସେଇ ମାଟିରେ ଅଛି ତାଙ୍କ ବଂଶ ବୃକ୍ଷର ଚେର। ଖାଲି ଆଖିକୁ ଦିଶେ ନାଇଁ ସେହି ଚେର, ଖମ୍ୱଆଳୁ ଲଟାର ଚେର ପରି। ଅସରାଏ ବର୍ଷା ବର୍ଷିଲେ ପୁଣି କେନେଇ ଉଠେ, ମାଡ଼ିଯାଏ ବାଡ଼ିସାରା।

ସିଦ୍ଧାର୍ଥ ମନକୁ ଦୃଢ଼କଲା। ଦରକାର ହେଉ କି ନ ହେଉ, ସେ ସନାତନ ମହାନ୍ତିଙ୍କୁ କହି ପାଟପୁରରେ ଘରଟିଏ ରଖିବ। ତାଙ୍କ ବାଡ଼ିପଟ ଜାଗାରେ ସେ ଘରଟା ରହିବ, ଯାହା ପାଖରେ ତା' ପୂର୍ବପୁରୁଷଙ୍କ ସମାଧି ଅଛି। ସେଇଠି ଗଙ୍ଗଶିଉଳି ଗଛଟିଏ ଲଗେଇଦେବ, ଚାରିପଟେ ଲଗେଇଦେବ ସବୁଜ ଘାସ। ତା' ବାପା ବୋଉଙ୍କ ସମାଧି ଉପରେ ଗଙ୍ଗଶିଉଳି ଫୁଲ ଝଡ଼ି ଖସିପଡ଼ିବ, ସେମାନେ ସ୍ୱର୍ଗରୁ ଥାଇ ତାକୁ ଆଶୀର୍ବାଦ କରିବେ। ଏହାରି ଜରିଆରେ ସେ ବାପାଙ୍କ ଆଗେ କହିଥିବା ମିଛର ପ୍ରାୟଶ୍ଚିତ୍ତ କରିବ। ଏଥିରେ ସେ ହେଳା କରିବ ନାହିଁ।

ନିଷ୍ପତ୍ତିଟା ନେଇସାରି ସିଦ୍ଧାର୍ଥ ଅନୁଭବ କଲା, ତାକୁ ଖୁବ୍ ହାଲୁକା ଲାଗୁଛି। ସେ ଶୋଇବାକୁ ଚେଷ୍ଟା କଲା।

॥ ଦୁଇ ॥

ପାଟପୁରରେ ପହଞ୍ଚି ସିଦ୍ଧାର୍ଥ ଆଶ୍ଚର୍ଯ୍ୟ ହେଲା ଯେ ବାରମ୍ବାର ଖବର ଦେଇଥିବା

ସତ୍ତ୍ୱେ ଗାଁରେ ସନାତନ ମହାନ୍ତି ନ ଥିଲେ କି ସମାଧିଟେ ତିଆରି କରିବା ଲାଗି କୌଣସି ଲୋକ ଯୋଗାଡ଼ ହୋଇ ନ ଥିଲେ। ନିଜକୁ 'ମହାନ୍ତି ରିଏଲ୍ ଇଷ୍ଟେଟ୍'ର ଜେନେରାଲ୍ ମ୍ୟାନେଜର୍ ବୋଲି ଦାବି କରୁଥିବା ଯୁବକ ଜଣକ ଖବର ଦେଲା, 'ଜରୁରି କାମରେ ସନାତନ ମହାନ୍ତି ମୁମ୍ବାଇ ଯାଇଛନ୍ତି। ଆର ସପ୍ତାହକୁ ଫେରିବେ।'

ସିଦ୍ଧାର୍ଥ କଅଣ କହିବ କିଛି ଚିନ୍ତା କରିପାରିଲା ନାହିଁ। ଭାବିଲା, ଏଇକଥା ତ ସନାତନ ମହାନ୍ତି ତାକୁ ମୋବାଇଲ୍ ଫୋନ୍‌ରେ ଖବର ଦେଇପାରିଥାଆନ୍ତେ!

ତାହାର ମନକଥା ବୁଝିପାରିଲା ଭଳି ଯୁବକଟି କହିଲା, 'ପାଟପୁରରେ ନେଟ୍‌ୱାର୍କ ଭୀଷଣ ଦୁର୍ବଳ। ଆମେ ବାରମ୍ବାର ଅଭିଯୋଗ କଲେ ବି କେହି ଶୁଣୁନାହାନ୍ତି। ମିଷ୍ଟର୍ ମହାନ୍ତି ଆପଣଙ୍କ ସହ କଥାହେବାକୁ ଚେଷ୍ଟା କରୁଥିଲେ, ମାତ୍ର ହେଇପାରିଲେ କି ନାହିଁ ଜାଣିନି। ଏଇ ଦେଖନ୍ତୁ, ଆଜି ବି ନେଟ୍‌ୱାର୍କ ନାହିଁ। ଆପଣ ଯାହା କୁହନ୍ତୁ, ବିଏସ୍‌ଏନ୍‌ଏଲ୍ ସଂସ୍ଥା ଚଳିପାରିବ ନାହିଁ। ଏତେ କଦର୍ଯ୍ୟ ସେବାରେ କେମିତି ଏ କମ୍ପାନି ଗ୍ରାହକଙ୍କ ମନ ଜିଣିବ?' ଯୁବକ ଜଣକ ନିଜ ପକେଟ୍‌ରୁ ମୋବାଇଲ୍ ସେଟ୍‌ଟି କାଢ଼ି ପ୍ରମାଣ ସ୍ୱରୂପ ସିଦ୍ଧାର୍ଥକୁ ଦେଖେଇଲା।

ସିଦ୍ଧାର୍ଥ କହିଲା, 'ଛାଡ଼ନ୍ତୁ, ସେକଥା, ଆଗେ ଚାଲନ୍ତୁ, ମୋତେ ଜାଗାଟା ଦେଖେଇଦେବେ। 'ଏତକ କହି ସେ ତା' କାନ୍ଧଝୁଲାରୁ ତା' ବୋଉର ଅସ୍ଥି ଥିବା କଳସଟି ବାହାର କରି ଧରିଲା। କହିଲା, ବାଙ୍ଗାଲୋରରେ ଶବସତ୍କାର କରିବା ପରଠାରୁ ମୁଁ ଏହାକୁ ସାଙ୍ଗରେ ଧରି ବୁଲୁଛି। ଏବେ ତାହାର ବିଶ୍ରାମ ଦରକାର।'

ସାମ୍ନାରେ ସାପଟିଏ ଦେଖିଥିଲେ ବି ଜଣେ ସେତିକି ଆଶ୍ଚର୍ଯ୍ୟ ହୋଇ ନ ଥାନ୍ତା, ଯେତିକି ଆଶ୍ଚର୍ଯ୍ୟ ହେଲା ଯୁବକଟି। ପଚାରିଲା, 'ସାର୍, ଇଏ କଅଣ?'

ସିଦ୍ଧାର୍ଥ ମଧ୍ୟ ଆଶ୍ଚର୍ଯ୍ୟ ହେଲା। ଠିକ୍ ଏଇପ୍ରକାର ପ୍ରଶ୍ନ ପଚାରିଥିଲା ଶ୍ୟାମାକାନ୍ତର ସ୍ତ୍ରୀ ରଜନୀ, ଗତକାଲି। ସେତେବେଳେ ସେ ଜବାବ ଦେଇ ପାରି ନ ଥିଲା। ମାତ୍ର ଆଜି ସେ ନିରବ ରହିବାକୁ ପ୍ରସ୍ତୁତ ନ ଥିଲା। ବଡ଼ ପାଟିରେ କହିଲା, 'ଇଏ ମୋ ବୋଉ ପୁଷ୍ପଲତା ମହାପାତ୍ରର ଅସ୍ଥି। ମହାପାତ୍ର ପରିବାରର ମାଲିକାଣୀ ଥିଲା ସେ। ସନାତନ ମହାନ୍ତି କଅଣ ମୋ ଆସିବାର ଉଦ୍ଦେଶ୍ୟ ଆପଣଙ୍କୁ କହିଯାଇନାହାନ୍ତି?'

ସିଦ୍ଧାର୍ଥ ଯେତିକି ଉତ୍ତ୍ୟକ୍ତ ମୁଦ୍ରାରେ କଥା କହୁଥିଲା, ଯୁବକଟି ସେତିକି ଶୀତଳ ମୁଦ୍ରାରେ ସେସବୁ ଶୁଣୁଥିଲା। ବରଫଶାନ୍ତ ଗଳାରେ ପଚାରିଲା, 'ସାର୍, ମୁଁ ବୁଝିପାରିଲି ନାହିଁ।'

: ଇଏ ମୋ ବୋଉର ଅସ୍ଥି। ଆମ ପରିବାର ସମାଧି ଜାଗାରେ ଏହାକୁ ସମାଧି ଦେବି। ତା'ପରେ ସେଇ ଜାଗାରେ ଗୋଟେ ସମାଧି ତୋଳେଇ ମୁଁ ଫେରିଯିବି।

ମୋତେ ସେ ଜାଗାକୁ ନେଇଚାଲନ୍ତୁ। ସାତଆଠ ବର୍ଷ ଭିତରେ ଆପଣ ତ ଏ ଅଞ୍ଚଳର ନକ୍ସା ବଦଳେଇ ଦେଇଛନ୍ତି। ସିଦ୍ଧାର୍ଥ ତାହାପରେ ଯୋଡ଼ିଲା, 'ଆମ ବାଡ଼ିର ବାଉଁଶବୁଦା ଡାହାଣ ପାଖକୁ ଆମ ପରିବାରର ସମାଧି ଜାଗା।'

ଯୁବକଟି ତଥାପି ଚଳ୍କୁ ନ ଥିଲା। କହିଲା, 'ଆପଣ ଏଇ ଗଛମୂଳେ ଟିକେ ବସନ୍ତୁ। ମୋର ଆପଣଙ୍କୁ କିଛି କହିବାର ଅଛି।'

ଗୋଟିକିଆ ବରଗଛମୂଳେ ସିଦ୍ଧାର୍ଥ ବସିଲା। ବୋଉର ଅସ୍ଥିଥିବା କଳସଟିକୁ ଆଉ ଥରେ ବ୍ୟାଗ୍ ଭିତରେ ରଖିଦେଲା।

ସେତେବେଳକୁ ଆଉ ଚାରି ପାଞ୍ଚଜଣ ଯୁବକ ସେଇଠି ପହଞ୍ଚିଯାଇଥିଲେ। ସେମାନେ ସମସ୍ତେ ସନାତନ ମହାନ୍ତିଙ୍କ କର୍ମଚାରୀ। ଯୁବକଟି ତାହାର ଜଣେ ସହକର୍ମୀଙ୍କୁ ଡାକି କହିଲା, 'ସାର୍ ସାଇଟ୍ ଉପରକୁ ଯିବେ। ଗୋଟେ ମଟର ସାଇକେଲ୍ ଡାକିଆଣ। ଆଉ ଶୁଣ, ଆସିବାବେଳକୁ ଦିଇଟା କୋଲ୍ଡ୍ ଡ୍ରିଙ୍କ୍ ନେଇ ଆସିବ।'

: ସାର୍ କୋଲ୍ଡ୍ ଡ୍ରିଙ୍କ୍ ଚଳିବ ? ପଇଡ ହେଇଥିଲେ ଭଲ ହୋଇଥାନ୍ତା। ମାତ୍ର ବାତ୍ୟା ପରଠାରୁ ଗାଁରେ ଆଉ ନଡ଼ିଆ ଗଛ କାହିଁ ? – ଯୁବକଟି ସିଦ୍ଧାର୍ଥକୁ ପଚାରୁଥିଲା।

ସିଦ୍ଧାର୍ଥକୁ ଯୁବକଟିର କଥା ଶୁଭୁ ନ ଥିଲା। ସେ ବିସ୍ମୟଚକିତ ଚାହାଣିରେ ଚାରିଆଡ଼କୁ ଅନଉଥିଲା। ତାକୁ ସବୁକିଛି ଅଚିହ୍ନା ଅଚିହ୍ନା ଲାଗୁଥିଲା। ମନ୍ତେଇ ନଈକୂଳରୁ ନୂଆପୋଖରୀ ପର୍ଯ୍ୟନ୍ତ ବିରାଟ ଅଞ୍ଚଳଟା ଗୋଟେ ପାଚେରିଘେରା କଲୋନି ପାଲଟି ଯାଇଥିଲା। ତା' ଭିତରେ ଥିବା ତାଙ୍କ ଘର, ଖଳାବାଡ଼ି, ପଦ୍ମପୋଖରୀ, ଘରପାଖ ଖେଳପଡ଼ିଆ ଏବଂ ଆମ୍ବତୋଟା କୌଣସିଟି ତାକୁ ଦିଶୁ ନ ଥିଲା। ଦୁଇଟା ଜେସିବି ମେସିନ୍ ଦୁଇଟି ବ୍ରହ୍ମଦୈତ୍ୟ ପରି ଘରଘର ନାଦ କରି ପୂର୍ବପଟକୁ ମାଟି ଖୋଳୁଥିଲେ। ନଈପଟୁ ଘରମାନ ତୋଳାହୋଇ ଆସୁଥିଲା। ସେ ଜାଣିପାରୁଥିଲା, ବଡ଼ କଲୋନିଟିଏ ଏଠି ଗଢ଼ି ଉଠୁଥିଲା।

ଯୁବକଟି କହିଲା, 'କ୍ଷମା କରିବେ, କିନ୍ତୁ ମୋତେ ବାସ୍ତବକଥା କହିବାକୁ ପଡ଼ିବ। ଆପଣ ସନାତନବାବୁଙ୍କୁ ପାୱାର୍ ଅଫ୍ ଆଟର୍ଣ୍ଣି ଦେଇଥିଲେ। ସେଇଥିପାଇଁ ସେ ଆପଣଙ୍କ ବାପାମାଆଙ୍କୁ କିଛି ଜଣେଇବା ପ୍ରୟୋଜନ ମଣି ନ ଥିଲେ। ସବୁକଥା ଆପଣଙ୍କ ସହ ହିଁ ସେ ଆଲୋଚନା କରିଥିଲେ। ଆଜି ଆପଣ ଆପଣଙ୍କ ବାଡ଼ିବଗିଚା ଖୋଜୁଥିବା ମୋତେ ବିସ୍ମିତ କରୁଛି।'

ସିଦ୍ଧାର୍ଥକୁ ଯୁବକଟିର କଥା ପ୍ରହେଳିକାପୂର୍ଣ୍ଣ ଲାଗୁଥିଲା। ସେ ଉଷ୍ମ ଗଳାରେ ପଚାରିଲା, 'ମୁଁ ଆପଣଙ୍କ କଥା କିଛି ବୁଝିପାରିଲି ନାହିଁ।'

: ଗୋଟାଏ ସାତଦିନିଆ ଯଜ୍ଞ ଏବଂ ତାହାପରେ ଅଷ୍ଟପ୍ରହରୀ କୀର୍ତ୍ତନ – ଉଭୟ

ଆମକୁ ଆୟୋଜନ କରିବାକୁ ପଡ଼ିଲା । ଆପଣ ଚେକ୍ ପାଇଲେ ଏବଂ ଆରାମରେ ବାଙ୍ଗାଲୋରରେ ରହିଲେ । ମାତ୍ର ଏଠି ମଶାଣି ଜାଗା କହି ଆମର ଆପାର୍ଟମେଣ୍ଟ୍ ଯୋଜନାକୁ ଭଣ୍ଡୁର କରିବସିଲେ ଆମର ଶତ୍ରୁପକ୍ଷ । ସେଥିପାଇଁ ଏସବୁ ପୂଜାପାଠ କରି ସମାଧି ତଳର ଭୂତପ୍ରେତମାନଙ୍କୁ ତଡ଼ିଦେବାକୁ ପଡ଼ିଲା । ଲୋକମାନଙ୍କର ଯେ କି ଉଦ୍ଭଟ ଅଭିଯୋଗ !

: କିନ୍ତୁ ଆମ ବାଡ଼ି । ଆମ ପରିବାରର ସମାଧି ?

: ସେ ସମାଧିଗୁଡ଼ାକ ସେହିପରି ଥିଲେ ଆମେ ଆମ ପ୍ରୋଜେ କାମ ଏଠି କିଭଳି କରିପାରିଥାଆନ୍ତୁ ? ଆପଣ କୁହନ୍ତୁ ସାର୍ !

ସିଦ୍ଧାର୍ଥର ମୁଣ୍ଡ ବୁଲେଇଦେଉଥିଲା । ଏକଥା ସତ ଯେ ବାପାଙ୍କୁ ସେ ଟଙ୍କାପଇସା କଥା କିଛି ଜଣାଇ ନ ଥିଲା । ବାଙ୍ଗାଲୋରରେ ଆପାର୍ଟମେଣ୍ଟଟା କିଣିବାଲାଗି ତାହାର ଟଙ୍କା ଦରକାର ଥିଲା । ତେବେ ସେତେବେଳେ ସିଏ ସନାତନ ମହାନ୍ତିଙ୍କୁ ପରିଷ୍କାର ଭାବେ ଜଣାଇଥିଲା ଯେ ବାଉଁଶବଣ ପାଖ ସମାଧି ଓ ବାଡ଼ିକୁ ଲଗେଇ ଘରଟିଏ ତାଙ୍କ ପରିବାର ରଖିବ । ସେତକ ଜାଗା ଛାଡ଼ି ସିଏ ତାଙ୍କର ଆପାର୍ଟମେଣ୍ଟ୍ ତୋଳେଇ ଥାଆନ୍ତେ !

ସିଦ୍ଧାର୍ଥ ଯୁବକକୁ କହିଲା, 'ମାତ୍ର, ଆମର ଜବାବ ତ... ?'

: ଏଇ ଦେଖନ୍ତୁ, ଆମ ଆପାର୍ଟମେଣ୍ଟ୍ ଯୋଜନାର ବ୍ରୋସ୍ୟର, ଦେଖନ୍ତୁ । ଆପଣ ଜାଣନ୍ତି, ଧାମରାଠାରୁ ନେଇ ଭଦ୍ରକ ପର୍ଯ୍ୟନ୍ତ ଏହି ଅଞ୍ଚଳରେ ଆମର ଏହା ସବୁଠୁ ସମ୍ମାନଜନକ ହାଉସିଂ ପ୍ରୋଜେକ୍ଟ ।

: କିନ୍ତୁ ?

: କିନ୍ତୁ କଥା ଭାବନ୍ତୁ ନାହିଁ । ଆପଣଙ୍କର ପରିବାରର ସମାଧିଗୁଡ଼ାକ ପ୍ରୋଜେକ୍ଟର ମଝାମଝି ଜାଗାରେ ପଡୁଥିଲା । ତାହାର କାରଣ ଆପଣଙ୍କ ଘରଟା ଗାଁମୁଣ୍ଡକୁ । ବାଡ଼ିରେ ଥିବା ସମାଧିଗୁଡ଼ାକ ଗୋଟାଏ ପାଖକୁ ଅବା ପଡ଼ିଥିଲେ ଆମେ ପାଚେରିଟା ସେଇଠି ଟିକିଏ ବଙ୍କେଇ ଦେଇଥାଆନ୍ତୁ । ଆମର ପକ୍ଷେ କିଛି କ୍ଷତି ହୋଇଥାଆନ୍ତା, ମାତ୍ର ଆପଣଙ୍କ ଆବେଗକୁ ସମ୍ମାନ ଜଣାଇଥାଆନ୍ତୁ । ମାତ୍ର ମଝାମଝି ସମାଧିଗୁଡ଼ାକ ସମସ୍ୟା ସୃଷ୍ଟି କରିଥିଲା । ତେଣୁ ସେଗୁଡ଼ିକୁ –

: ସେଗୁଡ଼ିକୁ ... ?

: ଉଠାଇଦେବାକୁ ପଡ଼ିଲା । ଏବେ ସବୁ ସମାନ । ଦେଖୁନାହାନ୍ତି, ଆପଣ ନିଜେ ଜାଣିପାରୁଛନ୍ତି କି, ସେ ସମାଧିଗୁଡ଼ିକ କୋଉଠି ଥିଲା ? କହିଲେ, ଆପଣଙ୍କ ବାପାଙ୍କ ସମାଧି କୋଉ ଜାଗାରେ ଥିଲା ?

ସିଦ୍ଧାର୍ଥ ସେ ଯୁବକ ସାଙ୍ଗରେ ଗୁଡ଼ିଏ ଧଳାରଙ୍ଗବୋଳା ଖୁଣ୍ଟ ପୋତା ହୋଇଥିବା ପଡ଼ିଆରେ ଚାଲୁଥିଲା। ସେ ବାରମ୍ବାର ଏପଟସେପଟକୁ ବିସ୍ମିତ ଚାହାଣିରେ ଚାହୁଁଥିଲା। ସତରେ ସିଏ ପୁରୁଣା ଜାଗାଗୁଡ଼ିକୁ ଚିହ୍ନିପାରୁ ନ ଥିଲା। ଗଛ ଓ ପୋଖରୀ ପୋତା ହୋଇ ଜାଗାଟାର ଲ୍ୟାଣ୍ଡସ୍କେପ୍ ସମ୍ପୂର୍ଣ୍ଣ ବଦଳି ଯାଇଥିଲା।

: ସେଇଠି। ପାଖାପାଖି ସେଇଠି, ଯୋଉଠି ଆପଣଙ୍କ ପାଦ ଅଛି। କହିବାକୁ ଗଲେ ଆପଣ ଆପଣଙ୍କ ପରିବାରର ସମାଧି ଉପରେ ହିଁ ଠିଆ ହୋଇଛନ୍ତି - ଯୁବକଟି କହିଲା।

ସିଦ୍ଧାର୍ଥ ଚମକି ପଡ଼ିଲା। ସତେ କି ଗୋଟେ ସାପର ମୁଣ୍ଡ ଉପରେ ସେ ଭୁଲ୍‌ରେ ପାଦ ପକେଇ ଦେଇଥିଲା। ଡେଇଁପଡ଼ି ଗୋଟେ ପଟକୁ ଘୁଞ୍ଚିଗଲା ସେ। ଏବେ ସେ ବୁଝିପାରୁଥିଲା ଯେ ଯୁବକଟି ପ୍ରଥମେ ଯେତିକି ସରଳ ଓ ନିରୀହ ମନେହେଉଥିଲା ବାସ୍ତବରେ ସେ ସେତିକି ନୁହେଁ। ବରଂ ଗୋଟେ ଆବେଗହୀନ ରୋବଟ୍।

ଏଥର ଯୁବକଟି ହସିହସି କହିଲା, ''ମୁଁ ପରିହାସ କରୁଥିଲି। ମାତ୍ର ଥରେ ଭାବନ୍ତୁ, ଆମେ ଯିଏ ଯେଉଁଠି ଛିଡ଼ା ହେଇଛନ୍ତି, ସେଇଠି, ସେଇ ଜାଗା ତଳେ କେବେ କାହାର ଶବ ସମାଧି ନେଇ ନ ଥିବ, ଏକଥା କଅଣ ଆପଣ କହିପାରିବେ? ସେ ଦୃଷ୍ଟିରୁ ଦେଖିଲେ ଏ ସାରା ପୃଥିବୀ ଗୋଟେ ଶ୍ମଶାନ - ଶବ ଶୋଇଥିବା ସ୍ଥାନ। ଏମିତି, ଗୋଟାଏ ସଭ୍ୟତା ଉପରେ ଆଉ ଗୋଟେ ସଭ୍ୟତା ଗଢ଼ିଉଠିଛି। ଛାଡ଼ନ୍ତୁ, ଆପଣଙ୍କ ଭଳି ଜଣେ ଜ୍ଞାନୀ ଲୋକଙ୍କୁ ମୋର ଏସବୁ କହିବା ଅବଶ୍ୟ ଅନାବଶ୍ୟକ।''

ସିଦ୍ଧାର୍ଥ ଅସହାୟ ଅନୁଭବ କରୁଥିଲା। ଯୁବକଟିର ପରିହାସ ତାକୁ ଅଧିକ ଅସହାୟ କରିଦେଉଥିଲା। ଏଥର ସେ ଧୀର ଗଳାରେ କହିଲା, ''ମୋତେ କୁହନ୍ତୁ, ମୁଁ ମୋ ବୋଉର ଏ ଅସ୍ଥିତକ ନେଇ କୋଉଠି ପୋତିବି? ବୋଉକୁ ମୁଁ କଥା ଦେଇଥିଲି, ବାପାଙ୍କ ପାଖରେ ତାହାର ସମାଧିଟି ତୋଳେଇବି। ସେ ଆଉ କିଛି ଲୋଡ଼ିନାହିଁ, ଏତକ ଛଡ଼ା। ମୁଁ ତା' କଥାକୁ କେମିତି ପାଳିବି, କୁହନ୍ତୁ। ଆପଣ ଯେଉଁଠି କହିବେ, ମୁଁ ସେଇ ଜାଗାକୁ ବାପାଙ୍କ ସମାଧି ଜାଗା ବୋଲି ମାନି ସେଇଠି ଏହି କଳସକୁ ପୋତିଦେବି।''

ଯୁବକଟି ଏଥର କହିଲା, ''ଆମର ଏହା ଶହେ କୋଟି ଟଙ୍କାର ହାଉସିଂ ପ୍ରୋଜେକ୍ଟ। ଆପଣ ଏହି ଜାଗାରେ ଜଣେ ମଲାଲୋକଙ୍କ ଅସ୍ଥି ଆଣି ପୋତିଛନ୍ତି, ଏଇ କଥାଟା ପ୍ରଚାର ହେଇଗଲେ ଆମର ପ୍ରକଳ୍ପର ବାରଟା ବାଜିଯିବ। ନୂଆଲୋକ ତ କେହି ଆଉ ଘର କିଣିବେ ନାହିଁ, ଯେଉଁମାନେ କିଣିଛନ୍ତି ସେମାନେ ତାଙ୍କ ଟଙ୍କା ଫେରେଇନେବାକୁ ଦାବି କରିବେ। ଆମେ ବରବାଦ ହେଇଯିବୁ।''

: ମାତ୍ର ଆପଣଙ୍କର ଏହି ପ୍ରକାଣ୍ଡ ଆପାର୍ଟମେଣ୍ଟ୍ ପ୍ରକଳ୍ପର ବିଶାଳ ପରିସରରେ ଖୋଦ୍ ଜମି ମାଲିକାଣୀଙ୍କ ସମାଧି ଲାଗି ଛଅ ଫୁଟ୍‌ର ଖଣ୍ଡେ ଜାଗା ନାହିଁ?

: ଏଇ, ଆପଣ ଭାବପ୍ରବଣ ହୋଇପଡ଼ିଲେ। ରୁହନ୍ତୁ, ମୋର ଆପଣଙ୍କୁ ଆଉ ଗୋଟେ ଜିନିଷ ଦେବାର ଥିଲା।

ଯୁବକଟି ତା' ପକେଟ୍‌ରୁ ଗୋଟେ ଲଫାପା ବାହାର କରି ସିଦ୍ଧାର୍ଥ ହାତକୁ ବଢ଼େଇଦେଲା।

ସିଦ୍ଧାର୍ଥ ପଚାରିଲା, 'ଏଇଟା କଅଣ?'

: ଦେଖନ୍ତୁ, ଆପଣ ନିଜେ ଖୋଲିକି ଦେଖନ୍ତୁ।

ସିଦ୍ଧାର୍ଥ ଲଫାପାଟି ଖୋଲି ଦେଖିଲା। ତା' ଭିତରେ ପାଞ୍ଚଲକ୍ଷ ଟଙ୍କାର ଗୋଟିଏ ଚେକ୍। ସେ ପଚାରିଲା, 'ଇଏ କଅଣ?'

: ମିଷ୍ଟର୍ ମହାନ୍ତି ପ୍ରଥମେ ଭାବିଥିଲେ, ଏଇ ଯୋଜନାରେ ଆପଣଙ୍କ ପାଇଁ ଗୋଟେ ଫ୍ଲାଟ୍ ରଖିବେ। ମାତ୍ର ଆପଣଙ୍କ ପୁଅ ଆମେରିକାରେ ଚାକିରି ପାଇବା କଥା ଶୁଣିଲା ପରେ ସେ କହିଲେ, ଆଉ ସିଦ୍ଧାର୍ଥବାବୁ ଏଠାକୁ ଆସିପାରିବେ ନାହିଁ। ସେଇ ବାବଦକୁ ଏ ଟଙ୍କା।

: ମାତ୍ର ପାଞ୍ଚଲକ୍ଷ?

: ନା, ଏଇଟା ମାତ୍ର ଆଡ୍‌ଭାନ୍‌ସ୍। ଅବଶିଷ୍ଟ ଟଙ୍କା ଆମେ ପଠେଇଦେବୁ। ଆପଣ ବ୍ଲାକ୍‌ରେ ଚାହିଁଲେ, ମାନେ ଗଲାଥର ପରି ଆମେ ଆପଣଙ୍କୁ ନଗଦ ଟଙ୍କା ମଧ୍ୟ ଦେବା ବ୍ୟବସ୍ଥା କରିଦେବୁ କିମ୍ବା ଆପଣଙ୍କ ଆକାଉଣ୍ଟ୍‌ରେ ଜମା କରିଦେବୁ।

: ହଁ, ସେଇଟା ଭଲ ହେବ- କଥାଟା କହିସାରି ସିଦ୍ଧାର୍ଥ ସଚେତନ ହେଲା। ହଠାତ୍ ସେ ବୁଝିପାରିଲା ନାହିଁ ଯେ ଏଭଳି ପରିବେଶରେ ସୁଦ୍ଧା ତାହାର ହିସାବୀ ମୂଳଚାଲ ବୁଦ୍ଧିଟା କିପରି ଚଟ୍‌କରି ପଦାକୁ ବାହାରିଆସିଲା। ସେ ସ୍ୱର ବଦଳେଇ କହିଲା, 'ମାତ୍ର ବର୍ତ୍ତମାନର ସମସ୍ୟା ହେଲା ମୁଁ ମୋ ବୋଉର ଅସ୍ଥି କେଉଁଠି ସମାଧି ଦେବି, ମୋତେ ସେଇଟି ପ୍ରଥମେ ବତାନ୍ତୁ। ଟଙ୍କା ପଇସା କଥା ଅପେକ୍ଷା କରିପାରିବ।'

: ସାର୍, ସିଏ ଆପଣଙ୍କ ମାଆ। ତାଙ୍କ ବିଷୟରେ ଆପଣ ନିଷ୍ପତ୍ତି ନେବେ। କିନ୍ତୁ, ମୋ ବାପା ତାଙ୍କ ମାଆଙ୍କର ଅସ୍ଥି ଗଙ୍ଗାରେ ଭସେଇ ଦେଇଥିଲେ। ଗଙ୍ଗା ହେଉ କି ଗୋଦାବରୀ କିମ୍ବା ଆମର ଏଇ ମନ୍ତେଇ ସବୁ ନଦୀ ସମାନ। ସବୁ ସମୁଦ୍ରରେ ଯାଇ ମିଶିଛନ୍ତି। ଆପଣଙ୍କ ମାଆଙ୍କ ସମ୍ପର୍କରେ ଅବଶ୍ୟ ଆପଣ ନିଷ୍ପତ୍ତି ନେବା ଦରକାର। ଏଇଟା ସମ୍ପୂର୍ଣ୍ଣ ଭାବେ ଆପଣଙ୍କର ବ୍ୟକ୍ତିଗତ ଅଧିକାର।

ସିଦ୍ଧାର୍ଥର ମୁଣ୍ଡ ଘୂରିଯାଉଥିଲା। ତା' କାନ୍ଧରେ ଝୁଲାବ୍ୟାଗ୍, ତାହା ଭିତରେ

ବୋଉର ଘରିଖଣ୍ଡ ଛୋଟ ଛୋଟ ଅସ୍ଥି, ଯାହାକୁ ଧରି ସେ ବାଙ୍ଗାଲୋରରୁ ଭୁବନେଶ୍ୱର ଓ ଭୁବନେଶ୍ୱରରୁ ପାଟପୁର ବୁଲୁଛି। ସେଇତକ ରଖିବାଲାଗି ଏଡ଼େବଡ଼ ପୃଥିବୀରେ ଜାଗାଟିକେ ନାହିଁ। ଅଥଚ ସିଏ ଦିନେ କହିଥିଲା ତା' ବୋଉ ପାଇଁ ରାଜ୍ୟଟିଏ କିଣିଦେବ, ଯେଉଁଠି ତା' ବୋଉ ରାଣୀ ହେଇ ରହିବ।

ସିଏ ଅସହାୟ ଭାବରେ ଘରିଆଡ଼କୁ ଚାହୁଁଥିଲା। ସନାତନ ମହାନ୍ତିଙ୍କର ଜେସିବି ମେସିନ୍ ଯୋଡ଼ିକ ହିଡ଼ମାଟି, ବଣୁଆ ଗଛ ଓ ଭଙ୍ଗା ପଥର ସାଙ୍ଗରେ ଘାସବୁଦାଗୁଡ଼ିକୁ ଓପାଡ଼ି ଦୂରକୁ ଫିଙ୍ଗି ଦେଉଥିଲେ। ତାକୁ ଲାଗିଲା ତାଆରି ଭିତରେ ସେଇ ମେସିନ୍ ଯେମିତି ତା' ପରିବାରର ସାତପୁରୁଷର ଚେରକୁ ଭିଡ଼ିଓଟାରି ଟାଣିଆଣୁଥିଲା ଏବଂ ଗୋଟାଏ ଫୁତ୍କାରରେ ଶୁଖିଲା ଘାସପରି ଅଳିଆକୁଢ଼ ଉପରକୁ ଫିଙ୍ଗିଦେଉଥିଲା। ହୁଏତ ଅଧିକ ସମୟ ଠିଆହୋଇ ରହିଲେ ତାକୁ ବି ଉଠେଇନେଇ ସେହି ମେସିନ୍ ଅଳିଆଗଦାକୁ ଫିଙ୍ଗିଦେବ !

■

ଇଟା

କିଛିଦିନ ହେଲା ଅନୁପମ ଯୁଆଡ଼କୁ ଚାହୁଁଛି ତା' ଦୃଷ୍ଟିରେ ପ୍ରଥମେ ଇଟାଗୁଡ଼ିକ ପଡୁଛି। ଗଦା ଗଦା ଇଟା, କୁଢ଼ କୁଢ଼ ଇଟା। ନାନା ରଙ୍ଗର କୋଠାବାଡ଼ି, କାନ୍ଥ-ପାଚେରି ଓ ଲୋକବାକ ସବୁ ତାକୁ ସାନବଡ଼ ଇଟା କାନ୍ଥ ପରି ଦିଶୁଛନ୍ତି। ତାହାଠାରୁ ଆଶ୍ଚର୍ଯ୍ୟର କଥା ହେଉଛି ତାକୁ ଏହି ଦୃଶ୍ୟ ବିରକ୍ତ ନୁହେଁ ବରଂ ଏକପ୍ରକାର ବିହ୍ୱଳ କରୁଛି। ଅନୁପମ ବୁଝିଛି, ଇଟା ଆଧୁନିକତାର ପ୍ରଥମ ପରିଚୟ। କର୍ଦ୍ଦମାକ୍ତ ଗ୍ରାମୀଣ ଅପରିଚ୍ଛନ୍ନତାରୁ ଉତ୍ତରଣର ମୂଳଦୁଆ। ଯେଉଁ ଦେଶର ଇଟା ଯେତେ ପୁରୁଣା ସେ ଦେଶର ବୁନିଆଦି ସେତେ ମଜଭୁତ, ସେ ଦେଶର ସଭ୍ୟତା ସେତିକି ଅଭିଜାତ। ସେ ଜାଣିପାରୁଛି, ସେ ଉପରକୁ ଉପରକୁ ଉଠୁଛି। ଦୁର୍ଗପରି ଅଭେଦ୍ୟ ଓ ଅଟ୍ଟାଳିକା ପରି ଉଚ୍ଚ ହୋଇଯାଉଛି ତା'ର ବ୍ୟକ୍ତିତ୍ୱ।

ନିଜ ଦପ୍ତରର କାଚ ଝରକା ଦେଇ ଅନୁପମ ବାହାରକୁ ଚାହିଁଥିଲା। ସଚିବାଳୟର ଲନ୍, ବଗିଚା, ନଡ଼ିଆ,

ଦେବଦାରୁ ଓ ଆମ୍ବଗଛ ଡେଇଁ ତା' ଦୃଷ୍ଟି କେବେ ଜନପଥ ତ କେବେ ଇନ୍ଦିରାପାର୍କ ଆଡ଼େ ପହଁରି ଯାଉଥିଲା। ସେଇଠୁ ସେ ତା'ର ଆଖି ଅନୁମତି ଦେଉଥିବା ଉଚ୍ଚତାକୁ ଚାହିଁ ପୁଣି ପରିଚ୍ଛନ୍ନ, ଶୀତଳ ଓ ସୁନ୍ଦର କୋଠରିକୁ ଫେରିଆସୁଥିଲା। ତା' କୋଠରିରୁ ଚାହିଁଲେ ବାହାରର ସବୁ ଦୃଶ୍ୟ ବାତାନୁକୂଳିତ ମ୍ୟୁଜିୟମ୍‌ରେ ଝୁଲା ହୋଇଥିବା ଚିତ୍ର ପରି ଶୀତଳ- ସୁନ୍ଦର ଦିଶନ୍ତି। ରିକ୍ସାବାଲାର ଝାଳ ସରସର ଚେହେରା, ବ୍ୟସ୍ତ କିରାଣିର ବ୍ୟତିବ୍ୟସ୍ତ ମୁଦ୍ରା, ପୃଥୁଳକାୟ ନେତାଙ୍କର ପହଣ୍ଡି, କ୍ଷମତାଶାଳୀ ହାକିମଙ୍କ ଯୁଦ୍ଧଂଦେହି ଠାଣି, ଗାର୍ଡମାନଙ୍କର କପଟ ଗମ୍ଭୀର ସତର୍କତା ସବୁ ନୂଆ ପ୍ରକାରେ ଦିଶେ। ବାହାରର ବୟାଳିଶ ଡିଗ୍ରି ଗରମ, ବୈଶାଖର ନିଷ୍କରୁଣ ଦୁର୍ବ୍ୟବହାର କି ଝାଞ୍ଜିର ହଲାପଟା ଭିତରକୁ କିଛି ଜଣାପଡ଼େ ନାହିଁ।

ଅନୁପମ ଶିକ୍ଷା ବିଭାଗର ଜଏଣ୍ଟ୍ ସେକ୍ରେଟେରୀ। ଜଣେ ପ୍ରଭାବଶାଳୀ ହାକିମ ଭାବରେ ତା'ର ପ୍ରତିଷ୍ଠା ଏ ରାଜ୍ୟରେ ଜଣାଶୁଣା। ସହପାଠୀ ମାନଗୋବିନ୍ଦ ଦାସ ଉଚ୍ଚଶିକ୍ଷା ରାଷ୍ଟ୍ରମନ୍ତ୍ରୀ ହେବା ଦିନଠାରୁ ଅନୁପମର ପତିଆରା ବିଭାଗୀୟ ଶାସନ ସଚିବଙ୍କଠାରୁ ସୁଦ୍ଧା ମହତ୍ତ୍ୱପୂର୍ଣ୍ଣ ହୋଇଯାଇଛି। ସମୟେ ସମୟେ ବିଭାଗୀୟ ଶାସନ ସଚିବ ତାକୁ ଈର୍ଷା କରୁଥିବା ଖବର ଅନୁପମ ପାଖରେ ପହଞ୍ଚେ। ଏଥିରେ ସେ ଦୁଃଖ ପାଏ ନାହିଁ ବରଂ ଉଲ୍ଲାସ ଅନୁଭବ କରେ। ଉଚ୍ଚତା ଥିବା ବସ୍ତୁର ଛାଇ ପଡ଼େ, ତଳେ ଲୋଟୁଥିବା ସରୀସୃପର ନୁହେଁ। ତେଣୁ ପ୍ରଭାବଶାଳୀ ଲୋକକୁ ଅନ୍ୟମାନେ ଈର୍ଷା କରନ୍ତି ଓ ଏଇଟି ସ୍ୱାଭାବିକ।

ଅନୁପମ ଚାହିଁଥିଲା ଗଲାବର୍ଷ ଆରମ୍ଭରେ କେନ୍ଦୁଝର କି ଅନୁଗୁଳର ଜିଲ୍ଲାପାଳ ହୋଇ ଯାଇଥାନ୍ତା। କିନ୍ତୁ ଶେଷ ପର୍ଯ୍ୟନ୍ତ ସେଇଟା ହୋଇପାରିଲା ନାହିଁ। ମୁଖ୍ୟମନ୍ତ୍ରୀଙ୍କ ସଚିବାଳୟ କଳ ମୋଡ଼ିଦେଲା। ବଲାଙ୍ଗୀର ଜିଲ୍ଲାପାଳ ହେବା ପାଇଁ ତା'ର ଆଗ୍ରହ ନ ଥିଲା। ସେଠି ଟିଟିଲାଗଡ଼ର ଜଳ ସମସ୍ୟା ସମାଧାନ କରୁ କରୁ ତା'ର ଭୋକଶୋଷ ହଜିଯାଇଥାନ୍ତା। କିଛିଦିନ ମନକଷ୍ଟରେ ଥିଲା। ଜିଲ୍ଲାପାଳ ପଦବିରେ ଯେଉଁ କ୍ଷମତା ଓ ଗ୍ଲାମର, ଜଏଣ୍ଟ୍ ସେକ୍ରେଟେରୀ ପଦରେ ନାହିଁ। ଏବେ ଅବଶ୍ୟ ପରିସ୍ଥିତି ଟିକିଏ ସୁଧୁରିଛି।

ଅନୁପମ ଜୀବନକୁ ଉପଭୋଗ କରିବାକୁ ଭଲପାଏ। ତା'ର ଉପସ୍ଥିତି ସମ୍ପର୍କରେ ଯଦି ଅନ୍ୟମାନେ ନ ଜାଣିଲେ ତାହାହେଲେ ସେ ବଞ୍ଚି ରହି ଲାଭ କ'ଣ ହେଲା? ସେଥିପାଇଁ ସେକ୍ରେଟେରିଏଟ, କ୍ଲବ୍, ଆସୋସିଏସନ୍ ସବୁଠି ସେ ପ୍ରଭାବ ବିସ୍ତାର କରିବାକୁ ଚାହେ। ଏ ଦିଗରେ ତା'ର ସମ୍ପର୍କଗୁଡ଼ିକ ଖୁବ୍ କାମ ଦିଅନ୍ତି। ତା'ର ପ୍ରୟୋଜନ ଅନୁସାରେ ସେ ସମ୍ପର୍କ ତିଆରି କରିଥାଏ କହିଲେ ବରଂ ଅଧିକ ଠିକ୍ ହେବ। ଶ୍ୱଶୁର ଘର ପକ୍ଷରୁ ଏ ଦିଗରେ ସେ ଭଲ ସହଯୋଗ ପାଇଛି। ତା'ର ସମ୍ପର୍କୀୟମାନେ ଓଡ଼ିଶାର ବିଚାର ବିଭାଗ, ବାଣିଜ୍ୟ ବ୍ୟବସାୟ, ପ୍ରଶାସନ ଓ ରାଜନୀତି ସବୁଠି ଖେଳେଇ

ହୋଇ ରହିଛନ୍ତି। ସେଥିରେ ସେ ନିଜେ ଆଉ କିଛି କିଛି ଯୋଡ଼ିଛି। ତେଣୁ ଅନୁପମ ଚାହୁଁଥିବା କାମ ସହଜରେ ହୋଇଯାଏ। ସମାଜ ବ୍ୟବସ୍ଥାର ଭିନ୍ନ ଭିନ୍ନ ଥାକରେ ଥିବା ସମ୍ପର୍କଗୁଡ଼ିକ ତାକୁ ପ୍ରତିଷ୍ଠାର ନିଶୁଣି ଚଢ଼ିବାରେ ସାହାଯ୍ୟ କରନ୍ତି।

ଅନୁପମର ଗୋଟିଏ ଦୁଃଖ, ତା'ର ବାପା କେବଳ ତା'ର ଦୃଷ୍ଟିଭଙ୍ଗୀକୁ ପସନ୍ଦ କରନ୍ତି ନାହିଁ। ଏହା ପଛରେ କେତୋଟି କାରଣ ଅଛି। ଅନେକ ଦିନ ତଳେ ଅନୁପମ ନିଜ ଇଚ୍ଛା ଅନୁସାରେ ନିଜ ପତ୍ନୀ ବାଛିଥିଲା। ତା'ର ରକ୍ଷଣଶୀଳ ବାପା ତାହା ପସନ୍ଦ କରି ନ ଥିଲେ। ସେଇଟା ଗୋଟିଏ କାରଣ। ଆଗରୁ ଅନୁପମର ଯୋଉଠି ବାହାଘର ହେବାର ଥିଲା, ସେଇଟି ମଧ୍ୟ ଅନୁପମ ସ୍ଥିର କରିଥିଲା। କିନ୍ତୁ ସାଢ଼େ ଚାରିବର୍ଷ ସେଇ ପରିବାରଟି ସହ ବନ୍ଧୁବାନ୍ଧବ ସମ୍ପର୍କ ଯୋଡ଼ିସାରିବା ପରେ ଦିନେ ହଠାତ୍ ଅନୁପମ ସେଇ ସମ୍ପର୍କକୁ କାଟିଦେଇ ମିତାଲିକୁ ବିବାହ କରିବା କଥା ଘୋଷଣା କରିଥିଲା। ଏଇଥିରେ ପ୍ରତିବାଦ କରିଥିଲେ ତା'ର ବାପା। ମେଧାବୀ ଛାତ୍ର ଅନୁପମ ଉତ୍ତର ଦେଇଥିଲା, 'ଯେଉଁ ସମ୍ପର୍କରେ ମଣିଷ ଉପରକୁ ଉଠିବା ବଦଳରେ ତଳକୁ ଖସିବାର ଆଶଙ୍କା ଥାଏ, ସେ ସମ୍ପର୍କକୁ କାଟିଦେବା ଭଲ।'

ତା'ର ବାପା ସେଦିନ ଆଶ୍ଚର୍ଯ୍ୟ ହୋଇଥିଲେ ତା' କଥା ଶୁଣି। ଅନୁପମର କଥା ତାଙ୍କର ପସନ୍ଦ ହୋଇ ନ ଥିଲା।

ତା' ପରଠାରୁ ଅନୁପମ ଅନୁଭବ କରିଥିଲା ତା' ବାପା ଆଉ ତା' ଭିତରେ ସମ୍ପର୍କ ଶିଥିଳ ହେବାକୁ ଆରମ୍ଭ କରିଥିଲା। ଉଭୟେ ଉଭୟଙ୍କଠାରୁ ଦୂରେଇ ଯାଉଥିଲେ। ଛୋଟ ଛୋଟ କଥାରେ ଫାଟ ସୃଷ୍ଟି ହେଉଥିଲା। ଆଗଭଳି ବାପା ତାକୁ ତା'ର ଦୋଷ ଦେଖେଇ ସମାଲୋଚନା କରୁ ନ ଥିଲେ, ବରଂ ନିରବ ରହୁଥିଲେ। ଅନୁପମ ମଧ୍ୟ ନିଜଆଡୁ ଦୋଷ ସ୍ୱୀକାର କରିବାର ପ୍ରୟୋଜନ ଅନୁଭବ କରୁ ନ ଥିଲା। ବାପା ଭୁବନେଶ୍ୱରକୁ ଆସୁ ନ ଥିଲେ କି ସିଏ ମଧ୍ୟ ଗାଁକୁ ଯାଉ ନ ଥିଲା। ବିଶେଷ ପ୍ରୟୋଜନ ପାଇଁ ଟେଲିଫୋନ୍ ହିଁ ଥିଲା ଯୋଗସୂତ୍ର।

କିନ୍ତୁ ଅନୁପମ ସୁଖୀ ଥିଲା।

ସେ ଜାଣିଥିଲା ନିଜର ମତ, ଦୃଷ୍ଟିଭଙ୍ଗୀ ଓ ପୁରୁଷାକାରକୁ ନେଇ ବଞ୍ଚିବା ବଡ଼ କଥା। ତେଣୁ ସେ କାହାରି ପାଖରେ ମୁଣ୍ଡ ନୁଆଁଏ ନାହିଁ। ସିଏ ବାପା ହୁଅନ୍ତୁ କି ସ୍ତ୍ରୀ ମିତାଲି କିମ୍ବା ଆଉ କେହି। ଶେଷ କଥାଟି ତା'ର, ଏକଥା ପ୍ରତି ସେ ବରାବର ଦୃଷ୍ଟି ଦିଏ। ଲକ୍ଷ୍ୟ ସହ ଆଭିମୁଖ୍ୟ ବି ଯଥାର୍ଥ ହେବା ଦରକାର- ଏଥିରେ ସେ ବିଶ୍ୱାସ କରେ ନାହିଁ। ଏସବୁ ଦୁର୍ବଳ ଲୋକଙ୍କ ମନୋଭାବ ବୋଲି ତା'ର ଧାରଣା, ଗୋଟିଏ ପ୍ରକାର ଭୀରୁ ମାନସିକତା।

କବାଟ ଠେଲି ପିଅନ ଆସିଲା। ତା' ହାତରେ ଗୋଟେ ସ୍ଲିପ୍। କେହି ଜଣେ ଭେଟିବାକୁ ଆସିଥିବା ଅନୁମାନ କରି ଅନୁପମ ଟିକିଏ ବିରକ୍ତ ହୋଇଉଠିଲା। ଆଜି ସେ ଆର୍କିଟେକ୍ଟଙ୍କୁ ଡକେଇ ନୂଆଘରର ପ୍ଲାନ୍ ସ୍ଥିର କରିବା ଲାଗି ଚାହୁଁଥିଲା। କିଞ୍ଚିତ୍ ଉଷ୍ମ ଗଳାରେ ସେ ପଚାରିଲା, ''ସକାଳୁ ସକାଳୁ କିଏ ଆସିଲାଣି ?'' ସେ ଆଉ କ'ଣ କହିବାକୁ ଯାଉଥିଲା, ମାତ୍ର ସେତିକିବେଳେ ତା'ର ନଜର କାନ୍ଥଘଣ୍ଟା ଉପରେ ପଡ଼ିଲା। ଘଣ୍ଟାର କଣ୍ଟା ବାରଟା ତିରିଶ ବାଜିଥିବା ଘୋଷଣା କରୁଥିଲା। ସେ ପିଅନକୁ କହିଲା, 'ହଉ ଡାକ।'

ସବୁଦିନ ଅଫିସ୍‌ର 'ଫାଷ୍ଟ୍ ଆୱାର'କୁ ଅନୁପମ ନିଜ ବ୍ୟକ୍ତିଗତ କାମ ପାଇଁ ରଖିଥାଏ। ମନ୍ତ୍ରୀ କିମ୍ବା ସେକ୍ରେଟେରୀ ଡକେଇ ନ ପଠେଇଲେ ସେ ଘରୁ ଲେଖି ଆଣିଥିବା ଚିରୁକୁଟିଟି ଦେଖି ନିଜର କାମତକ ଆଗେ ସାରେ। ଘରର ଟେଲିଫୋନ୍, ପି.ଏଚ୍.ଡି. ଓ ବିଜୁଳି ସମସ୍ୟାରୁ ନେଇ ନିଜର ବିଲ୍, ବ୍ୟାଙ୍କ୍, ଟୁର୍ ଓ ରିଜର୍ଭେସନ୍ କାମ ତୁଟାଏ। ଘରେ ଥିବାବେଳେ ଏସବୁ କାମ କରିବା ପାଇଁ ତା'ର ମନ ହୁଏ ନାହିଁ। ତା'ଛଡ଼ା ଖର୍ଚ୍ଚକାଟ ନାଁରେ ଏଇ ସରକାର ଘରୋଇ ଟେଲିଫୋନ୍ ଓ କାର୍ ବ୍ୟବହାର ଉପରେ ଅଙ୍କୁଶ ଜାରି କରିଛନ୍ତି। ତେଣୁ ଅଫିସ୍ ଫୋନ୍, ଗାଡ଼ି ଓ ସମୟତକ ସେ ବ୍ୟକ୍ତିଗତ କାମରେ ବ୍ୟବହାର କରେ। ପିଅନ ଥୋଇଦେଇ ଯାଇଥିବା କାଗଜ ସ୍ଲିପ୍ ଉପରେ ଲେଖାଥିଲା, ''ଅରବିନ୍ଦ ମହାନ୍ତି ମାର୍ଫତ୍ ପୁଷ୍ପାଞ୍ଜଳି।'' ଅନୁପମ ହସିଲା। କିଏ ଏ ଭାଗ୍ୟବତୀ ପୁଷ୍ପାଞ୍ଜଳି, ଯାହା ନାଆଁରେ ଅରବିନ୍ଦ ମହାନ୍ତି ନାମକ ପୁରୁଷଟି ପରିଚିତ ହେଉଛି। କିନ୍ତୁ ପୁଷ୍ପାଞ୍ଜଳି ନାଁ ତଳକୁ ଲେଖା ଶବ୍ଦଟି ପାଖରେ ସେ ଅଟକିଗଲା। ଗୋଟାଏ ମୁହୂର୍ତ୍ତ ପାଇଁ ସେ ମୂକ ପାଲଟିଗଲା କହିଲେ ଠିକ୍ ହେବ। ସେ ଶବ୍ଦଟି ଥିଲା ପୁଷ୍ପାଞ୍ଜଳିର ଗାଁ ନାଁ – ତଳବନ୍ଧ।

ତଳବନ୍ଧ ! ପୁଷ୍ପାଞ୍ଜଳି ! ହଠାତ୍, ଏତେ ବର୍ଷ ପରେ ପୁଷ୍ପାଞ୍ଜଳିର କି ପ୍ରକାର ପ୍ରୟୋଜନ ତା' ପାଖରେ ପଡ଼ିଲା ? ସେ କଲିଂବେଲ୍ ଟିପି ପିଅନକୁ ଡାକିଲା ଏବଂ କହିଲା, 'ଭଦ୍ରଲୋକଙ୍କୁ ଡାକ।'

'ମୁଁ ଭିତରକୁ ଆସିପାରେ କି' ବୋଲି ପଚାରି ଛଅଫୁଟ ଉଚ୍ଚତାର ଡେଙ୍ଗା, ଶାବନା ଓ ପତଳା ଚେହେରାର ଅରବିନ୍ଦ ମହାନ୍ତି ତା' ରୁମ୍‌କୁ ପଶିଆସିଲା। ତା' ଚେହେରାରେ ଦାରିଦ୍ର୍ୟର ଚିହ୍ନ ଥିଲେ ବି ନୋଇଁ ନ ପଡ଼ିବାର ଠାଣି ଥିଲା। ସେ ଆସି ଅନୁପମକୁ ନମସ୍କାର ଜଣେଇ ଟେବୁଲ କଡ଼ରେ ଠିଆହୋଇ ରହିଲା।

: ବସନ୍ତୁ। ଅନୁପମ ନିର୍ଦ୍ଦେଶ ଦେଲା। ସେ ଜାଣିପାରିଲା, ଏଇ ଲୋକଟି ପୁଷ୍ପାଞ୍ଜଳିର ସ୍ୱାମୀ।

ଅରବିନ୍ଦ ବସିଲା।

: ପୁଷ୍ପାଞ୍ଜଳି ? - ଅନୁପମ ନିଶ୍ଚିତ ହେବାଲାଗି ଚାହୁଁଥିଲା।

: ସାର୍। ତଳବନ୍ଧର ପୁଷ୍ପାଞ୍ଜଳି ଦାସ, ଏବେ ମହାନ୍ତି। ସେ କହୁଥିଲା ଆପଣଙ୍କୁ ଚିହ୍ନେ।

ଅନୁପମ ଖୁସି ହେଲା। ଅରବିନ୍ଦ କହିଲା ଯେ ପୁଷ୍ପାଞ୍ଜଳି ଅନୁପମଙ୍କୁ ଚିହ୍ନେ। ଅନୁପମ ପୁଷ୍ପାଞ୍ଜଳିକୁ ଚିହ୍ନିପାରେ, ନ ଚିହ୍ନିପାରେ। ତା' ମନ ଭିତରେ ପୁଷ୍ପାଞ୍ଜଳି ସମ୍ପର୍କରେ ଅଧିକ କଥା ଜାଣିବାର ଆଗ୍ରହ ଉଙ୍କି ମାରୁଥିଲା। ପୁରୁଣା ଦିନର ସ୍ମୃତିସବୁ କାର୍ତ୍ତିକ ଶେଷର ପତଳା ଶୀତ ପରି ତାକୁ ଉଲୁସେଇ ଦେଉଥିଲା। କିନ୍ତୁ ସେ ତା'ର ଉତ୍ସାହ ଉପରେ ନିୟନ୍ତ୍ରଣ ରଖୁଥିଲା ଯଥାସାଧ୍ୟ। ଏତେ ବେଶି ଦୁର୍ବଳ ହୋଇପଡ଼ିବା ଠିକ୍ ନୁହେଁ - କେହି ତାକୁ ଭିତରୁ କହୁଥିଲା।

: କ'ଣ କାମ ଥିଲା ? - ଶୀତଳ ସ୍ୱରରେ ପଚାରିଲା ଅନୁପମ।

: ସାର୍, ସାର୍! ଅରବିନ୍ଦ କହିଲା ଓ ତା' ବ୍ୟାଗ୍ ଭିତରୁ ପୁଳାଏ କାଗଜ ବାହାର କଲା। ସେ କାଗଜଗୁଡ଼ିକ ଉପରେ ଅନେକ ଦପ୍ତର, ଅନେକ ଅଧିକାରୀ, ଅନେକ ମୋହର ଓ ଦସ୍ତଖତର ଚିହ୍ନ- ଅରବିନ୍ଦର ଚେହେରା ଉପରେ ବୟସ ଏବଂ ଅଭାବର ଚିହ୍ନ ପରି। ଅନୁପମକୁ ଖୁସି ଲାଗିଲା। ସେ ଅନୁଭବ କରୁଥିଲା, ଅନ୍ୟକୁ ଦୁଃଖୀ କିମ୍ବା ଦୟନୀୟ ଦେଖିଲେ ଯେଉଁ ପ୍ରକାର ସୁଖ ମିଳେ, ନିଜେ ଖୁସି ହେଲେ ସେ ପ୍ରକାର ସୁଖ ମିଳେ ନାହିଁ। କିଛି ସମୟ ଅରବିନ୍ଦକୁ ଗୋଟେ ବିବ୍ରତ ଆଶ୍ରୟପ୍ରାର୍ଥୀ ମୁଦ୍ରାରେ ଦେଖିବା ପରେ ସେ ଦୟାବାନ ଭୂମିକାକୁ ଓହ୍ଲେଇବାକୁ ଚାହୁଁଥିଲା। କାରଣ, ଅରବିନ୍ଦର ପତ୍ନୀ ପୁଷ୍ପାଞ୍ଜଳି ଏକଦା ତା'ର ପରିଚିତା ନ ଥିଲା, ଥିଲା ବାଗ୍‌ଦତ୍ତା।

ସେ ପଚାରିଲା, ସମସ୍ୟାଟି କ'ଣ ?

ଅରବିନ୍ଦ କୋଉ ବିନ୍ଦୁରୁ ତା'ର ସମସ୍ୟାଟି ଆରମ୍ଭ କରିବ ତାହା ଜାଣିପାରୁ ନ ଥିଲା। ଅନୁପମଙ୍କ ରୋକ୍‌ଠୋକ୍ କଥାବାର୍ତ୍ତା ସୂଚେଇ ଦେଉଥିଲା ଯେ ସେ ତାକୁ ବେଶି ସମୟ ଦେବାକୁ ଚାହାନ୍ତି ନାହିଁ। ସେକଥା ସେ ଆଶା ବି କରୁ ନ ଥିଲା। ତା'ର କାମ ହେଉ କି ନ ହେଉ ସେ ଯେ ଜଏଣ୍ଟ୍ ସେକ୍ରେଟେରୀଙ୍କର ସାକ୍ଷାତ ପାଇଛି ସେଇକଥାଟି ଲାଗି ନିଜକୁ ଭାଗ୍ୟବାନ ମନେ କରୁଥିଲା। ଅତୀତରେ କେତେଥର ସେ ପୁଷ୍ପାଞ୍ଜଳି ଉପରେ ତା'ର ଯୌବନର ପ୍ରେମ ନେଇ ବିରକ୍ତ ହୋଇଥିଲା। କଟୁକଥା ବି କହିଥିଲା। 'ହାକିମକୁ ଛାଡ଼ି ମୋ ପରି ଗୋଟେ ହାଇସ୍କୁଲ ହେଡମାଷ୍ଟରକୁ କାହିଁକି ବାହା ହେଉଥିଲ ?' ବୋଲି ଅପମାନଜନକ ପ୍ରଶ୍ନ ସୁଦ୍ଧା ପଚାରିଥିଲା। ମାତ୍ର ଆଜି ଏଇ ନିର୍ଦ୍ଦିଷ୍ଟ ଘଟଣାଟି ପାଇଁ ସେ ତା'ର ପତ୍ନୀ ନିକଟରେ କୃତଜ୍ଞତା ପ୍ରକାଶ କରୁଥିଲା।

କେତେଜଣ ହେଡମାଷ୍ଟର ଏମିତି ସଚିବାଳୟ ଭିତରକୁ ଆସି ଜଏଣ୍ଟ୍ ସେକ୍ରେଟେରୀଙ୍କୁ ଭେଟିବାର ସୌଭାଗ୍ୟ ପାଇଥାଆନ୍ତି !

ଅରବିନ୍ଦ ପାଇଁ କଫି, କାଜୁ ଓ ବିସ୍କୁଟ୍ ଆସି ସାରିଥିଲା । ଜଏଣ୍ଟ୍ ସେକ୍ରେଟେରୀଙ୍କ ପାଇଁ କଫି । ଏଇଟା ଅନୁପମ ଦପ୍ତରର ନିୟମ । କାହା ପାଇଁ କେବଳ ଗିଲାସେ ପାଣି ଆସିବ, କାହା ପାଇଁ ଚା' କିମ୍ବା କଫି ଏବଂ ଆଉ କାହା ଲାଗି କଫି, କାଜୁ ଓ ବିସ୍କୁଟ୍ ଆସିବ ସେକଥା ତା'ର ପି.ଏ. ଜାଣନ୍ତି । କହିବାକୁ ପଡ଼େ ନାହିଁ । ଆପେ ଆପେ ସେସବୁ ଆସିଯାଏ ।

ଅରବିନ୍ଦ କୃତକୃତ୍ୟ ହୋଇ କହିଲା, ଦଶବର୍ଷ ହେଲା ତା'ର ଚାକିରିର ସ୍କେଲ୍‌ରେ ଥିବା ତ୍ରୁଟିବିଚ୍ୟୁତି ସମାଧାନ ହେଉ ନ ଥିବାରୁ ସେ ଅନ୍ୟ ହେଡମାଷ୍ଟରଙ୍କଠାରୁ କମ୍ ଦରମା ପାଉଥିଲା । ଏ ନେଇ ସେ ହାଇକୋର୍ଟରେ କେସ୍ କରି ଜିଣିଥିଲା । ମାତ୍ର ତା' ସତ୍ତ୍ୱେ ସରକାର ତା' ଦୁଃଖ ଶୁଣୁ ନାହାନ୍ତି । ଆନନ୍ଦ ଘଡ଼େଇଙ୍କଠାରୁ ଜୟରାମ ଜେନା ଦେଇ ସେ ମାନଗୋବିନ୍ଦ ଦାସଙ୍କ ପର୍ଯ୍ୟନ୍ତ ତିନି ତିନି ଜଣ ଶିକ୍ଷାମନ୍ତ୍ରୀଙ୍କ ଅଭିଯୋଗ ପ୍ରକୋଷ୍ଠକୁ ପ୍ରାୟ ପଚାଶ ଥର ଦଉଡ଼ିଥିବ ଗଲା ଦଶ ବର୍ଷ ଭିତରେ, ପନ୍ଦର କୋଡ଼ିଏ ହଜାର ଟଙ୍କା ବି ଖର୍ଚ୍ଚ କରିଥିବ, କିନ୍ତୁ କେହି ତା' ଦୁଃଖ ଶୁଣୁ ନାହାନ୍ତି । ନୂଆ ଦରମା ହାର ଲାଗୁ ହେଲେ ସେ ବକେୟା ଦରମା ବାବଦକୁ ଲକ୍ଷେ କି ଲକ୍ଷେ କୋଡ଼ିଏ ହଜାର ଟଙ୍କା ପାଆନ୍ତା । ଘରେ ବାପା ଶଯ୍ୟାଶାୟୀ, ସେ ନିଜେ ଅସୁସ୍ଥ ରହୁଛି ଅଧାଦିନ । ଦୟାବାନ ଜଏଣ୍ଟ୍ ସେକ୍ରେଟେରୀ ଯଦି ଏତକ ବିଚାର କରନ୍ତେ ତାହାହେଲେ ସେ ଓ ତା'ର ପରିବାର କୃତଜ୍ଞ ରହନ୍ତେ । ପୁଷ୍ପାଞ୍ଜଳିର ପରାମର୍ଶକ୍ରମେ ସେ ଅନୁପମଙ୍କୁ ଭେଟୁଥିଲା ।

ଏତକ କହିସାରି ଅରବିନ୍ଦ ନିରବ ରହିଲା ।

ଅନୁପମ ତା' ଆଡ଼କୁ ଚାହିଁଥିଲେ ବି ଅନ୍ୟମନସ୍କ ଥିବାରୁ ଶେଷବାକ୍ୟଟି ଶୁଣି ପାରି ନ ଥିଲା । ପ୍ରକୃତରେ ସେ ପୁଷ୍ପାଞ୍ଜଳିର କଥା ହିଁ ଭାବୁଥିଲା । ଅରବିନ୍ଦର ସ୍ତ୍ରୀ ପୁଷ୍ପାଞ୍ଜଳି ନୁହେଁ, ତା'ର ବିଗତ ଦିନର ପ୍ରଣୟିନୀ ପୁଷ୍ପାଞ୍ଜଳିର କଥା । ସେଇ ଗମ୍ଭୀର ଓ ଆଦର୍ଶବାଦୀ ପୁଷ୍ପାଞ୍ଜଳି, ଯିଏ ଅନୁପମ ଭିତରେ ଉପରକୁ ଉଠିବାର ବାରୁଦ ଖଞ୍ଜି ଦେଇଥିଲା ଏବଂ ଉପରକୁ ଉଠିବା ପରେ ଅନୁପମ ଯାହାକୁ ଭୁଲିଯାଇଥିଲା ।

ପୁଷ୍ପାଞ୍ଜଳିର ସ୍ମୃତି ତା' ଭିତରେ ଗୋଟେ ଅଦ୍ଭୁତ ପ୍ରକାର ବିଷାଦ ଭାବ ଯେ କାହିଁକି ସୃଷ୍ଟି କରୁଥିଲା ଅନୁପମ ବୁଝିପାରୁ ନ ଥିଲା । ବୋଧହୁଏ ସେ ଭାବୁଥିଲା, ପୁଷ୍ପାଞ୍ଜଳିକୁ ସେ ଛାଡ଼ି ଆସିବା ପରେ ମଧ୍ୟ ପୁଷ୍ପାଞ୍ଜଳି ସେଇଠି ପାଷାଣୀ ଅହଲ୍ୟା ପରି ତା' ଅପେକ୍ଷାରେ ପଡ଼ି ରହିଥାଆନ୍ତା । ବୋଧହୁଏ ସେ ଭାବୁଥିଲା, ସିଏ ମିତାଲିକୁ

ବିବାହ କରି ସୁଖରେ ଘରସଂସାର କରୁଥିଲେ ସୁଦ୍ଧା, ତଳବନ୍ଧର ପୁଷ୍ପାଞ୍ଜଳି ଅରବିନ୍ଦକୁ ବାହା ନ ହୋଇ ସେମିତି ଅବିବାହିତା ରହିଯାଇଥାଆନ୍ତା। ତେବେ ତା' ପାଇଁ ଗୋଟିଏ ଆଶ୍ୱସ୍ତିର ବିଷୟ ଥିଲା ଯେ ପୁଷ୍ପାଞ୍ଜଳି ତା' ପରି କି ମିତାଲି ପରି ସୁଖୀ ନ ଥିଲା। ଅରବିନ୍ଦ ମଧ୍ୟ ଅନୁପମ ପରି ପ୍ରଭାବଶାଳୀ ନ ଥିଲା। ଏଇ ଉପଲବ୍ଧି ଅନୁପମକୁ ଅନେକ ଆନନ୍ଦ ଦେଉଥିଲା।

ଅରବିନ୍ଦ ତା' କଥାତକ କହିସାରି ନିରବରେ ବସିଥିଲା। ଅନୁପମକୁ ଅରବିନ୍ଦର ଚେହେରାଟି ଗୋଟେ ପ୍ରତିବାଦହୀନ ବଳଦର ଚେହେରା ପରି ଦିଶୁଥିଲା। ଏଇପରି ଲୋକ କାହା ଉପରକୁ ହାତ ଉଠାନ୍ତି ନାହିଁ, କାହା ବିରୋଧରେ ଚିତ୍କାର କରନ୍ତି ନାହିଁ। ଭାଗ୍ୟ ଉପରେ ଭରସା କରି ଦରଖାସ୍ତ ଲେଖନ୍ତି, କଚେରି ଦଉଡ଼ନ୍ତି ଏବଂ ଦି' ଆଡୁ ନିରାଶ ହେଲେ ନଡ଼ିଆ, କଦଳୀ ନେଇ ମନ୍ଦିରକୁ ଧାଆଁନ୍ତି।

ଅନୁପମ କହିଲା, 'ମୋତେ ଏଗୁଡ଼ିକର ଜେରକ୍ସ କପି ଦେଇଯାଆନ୍ତୁ। ମୁଁ ଦେଖେ କ'ଣ କରିପାରିବି। ଆପଣ ଆସନ୍ତା ସପ୍ତାହରେ ଆସିବେ।'

ଅରବିନ୍ଦ ଉଠିଲା। କହିଲା, ''ଆପଣଙ୍କ ବିଷୟରେ ମୁଁ ଅନେକ କଥା ଶୁଣିଛି ସାର୍। ଆପଣ ତ ସେ ଅଞ୍ଚଳର ସବୁଠୁଁ ବ୍ରିଲିଆଣ୍ଟ ଛାତ୍ର ଥିଲେ, ସବୁଠୁ ଯୋଗ୍ୟ ଖେଳାଳି ବି। ପୁଷ୍ପାଞ୍ଜଳି ଆପଣଙ୍କ ବିଷୟରେ ଅନେକଥର କହିଛି। ଆଜି ମୁଁ ନିଜେ ଅନୁଭବ କରୁଛି, ଆପଣ କିପରି ଦୟାବାନ୍। ମୁଁ ଆସୁଛି ସାର୍! ଆପଣଙ୍କୁ ମୋ କଥା ଲାଗିଲା।''

ଅଣ୍ଟାଭାଙ୍ଗି, ବେକ ନୁଆଁଇ, ଚଟାଣ ସହ ଦେହର ଉପର ଅଂଶକୁ ଗୋଟିଏ ସମାନ୍ତରାଳ ରେଖାରେ ରଖି ଅରବିନ୍ଦ ନମସ୍କାର କଲା ଓ ଅନୁପମ କୋଠରିରୁ ବାହାରିଗଲା। ଅନୁପମ ମନେ ମନେ ଖୁବ୍ ଖୁସି ହେଲା। ପୁଷ୍ପାଞ୍ଜଳି ଯେ ତା' ବିଷୟରେ ଏଭଳି କଥାମାନ ବରାବର ତା' ସ୍ୱାମୀକୁ କହିଥାଏ ସେଇଟି ତାକୁ ବେଶି ଆନନ୍ଦ ଦେଉଥିଲା। ମୁହୂର୍ତ୍ତକ ପାଇଁ ସେ ପୁଷ୍ପାଞ୍ଜଳି ଜାଗାରେ ତା' ସ୍ତ୍ରୀ ମିତାଲିକୁ ରଖି ଚିନ୍ତା କଲା। ମିତାଲି ଯଦି ତା' ଘରେ ଥାଇ, ପିଛିଲା ଦିନର କୌଣସି ପରିଚିତ ପୁରୁଷ ସମ୍ପର୍କରେ ଏପରି ପ୍ରଶଂସା କରନ୍ତା, ତାହାହେଲେ ସେ କ'ଣ ସେସବୁ ବରଦାସ୍ତ କରିପାରନ୍ତା ? ନା, କରିପାରନ୍ତା ନାହିଁ। ଅରବିନ୍ଦ କିନ୍ତୁ ବରଦାସ୍ତ କରେ। ବିଚରା ସ୍କୁଲମାଷ୍ଟର !

ପୁଷ୍ପାଞ୍ଜଳିଠୁଁ ବିଦାୟ ଆଣିବା ଦିନ ତାକୁ ବେଶି କିଛି କହିବାକୁ ପଡ଼ି ନ ଥିଲା। ଗୋଟେ ମୁଗ୍ଧ ଓ ଅନ୍ଧ ପ୍ରଶଂସକ ପରି ପୁଷ୍ପାଞ୍ଜଳି ତାକୁ ବାଟ ଛାଡ଼ି ଦେଇଥିଲା। ଯେଉଁଥିରେ ଅନୁପମ ଉପରକୁ ଉଠିବ, ସେଇଥିରେ ପୁଷ୍ପାଞ୍ଜଳିର ଆନନ୍ଦ। ନିଜ ହାତରେ ସେ ଅନୁପମର ସବୁଯାକ ଚିଠି, ଫଟୋ ଓ ଉପହାର ନୂଆନଈରେ ଉଜେଇଁ ଦେଇଥିଲା।

କେତେ ନିର୍ବୋଧ ଝିଅ ପୁଷ୍ପାଞ୍ଜଳି ! ଅନୁପମ ମନେ ମନେ ପୁଷ୍ପାଞ୍ଜଳିର ନିର୍ବୋଧତାକୁ ପରିହାସ କରୁଥିଲା। ସବୁଥର ପରି ସେଥର ମଧ୍ୟ ଅନୁପମ ନିଜର କପଟ ଅନୁରାଗ, ରହସ୍ୟମୟ ଠାଣି ଓ ଅଧାକୁହା ଶବ୍ଦମାନଙ୍କ ଆଢୁଆଳରେ ନିଜର ଅସଲ ଚେହେରାକୁ ଛପେଇ ପାରିଥିଲା। ପୁଷ୍ପାଞ୍ଜଳି ତା'ର ପ୍ରକୃତ ଚେହେରାକୁ ଚିହ୍ନିପାରି ନ ଥିଲା।

ଅନୁପମ ଏବେ ତା' ଘରକୁ ଫେରୁଥିଲା। ସବୁଦିନେ ଯେଉଁ ବାଟଦେଇ ଘରକୁ ଯାଏ ସେଇ ବାଟରେ ସେ ଫେରୁଥିଲା। ଦୁଇକଡ଼େ ବଡ଼ ବଡ଼ କୋଠାଘର, ନୂଆ ତିଆରି ହେଉଥିବା କଳିଙ୍ଗବିହାର। ମାଇଲ ମାଇଲ ବ୍ୟାପି ଖାଲି ଇଟାକାନ୍ଥ, ଇଟା ପାଚେରି। ଥାକ ଥାକ ଇଟା, ଗଦା ଗଦା ଇଟା। ଆଗେ କଟକରୁ ଭୁବନେଶ୍ୱର ଆସୁଥିଲେ ଖପୁରିଆ ଛକଠୁଁ ରସୁଲଗଡ଼ ପର୍ଯ୍ୟନ୍ତ ଦୁଇକଡ଼େ ସବୁଜ ସୁନ୍ଦର ଧାନକ୍ଷେତ ଦେଖିବାକୁ ମିଳୁଥିଲା। ନଈକଡ଼ରେ କାଶତଣ୍ଡୀ, କାଚକେନ୍ଦୁ ପୋଖରୀରେ ନାଲିକଇଁ, କେନାଲ କଡ଼ରେ ଗ୍ରାମ୍ୟ କିଶୋରୀଙ୍କ ସ୍ନାନ ପର୍ବ ସବୁ ଦିଶୁଥିଲା ତଳବନ୍ଧ ଗାଁ ପରି। କିନ୍ତୁ ଏବେ ଦୁଇକଡ଼େ ଇଟାକାନ୍ଥ, ପଥର ପାଚେରି, 'ଇଏ ଆମ ଜାଗା' ଘୋଷଣା କରୁଥିବା ଗୋଟେ ଗୋଟେ ପଥର ଖୁଣ୍ଟ। ନଈ କଡ଼େ କଡ଼େ ଅନେକ ଇଟାଭାଟି। ସେହି ଭାଟିରେ ମାଟି ପୋଡ଼ାଯାଇ ଇଟା ତିଆରି ହୁଏ। ଲାଲ୍, କଷରା ଇଟା, ଟାଣ ଅଙ୍ଗାର ଇଟା।

ଭାଟିରେ ପୋଡ଼ା ନ ହେଲାଯାଏ ମାଟି ଇଟାର ଆକୃତି ବଦଳାଇ ହୁଏ। ଶୁଖିଲା ମାଟିରେ ପାଣି ଆଞ୍ଜୁଳାଏ ପକେଇଦେଲେ ତାହା ପୁଣି ବତୁରିଯାଏ। କଞ୍ଚାମାଟି ନିର୍ଦ୍ଦିଷ୍ଟ ଜାଗା ଖୋଜେ ନାହିଁ। ଯେଉଁଠି ରଖିଦେଲେ ଲୋଚାକୋଚା ହୋଇ ଖାପିଯାଏ ମଫସଲୀ ଲୋକ ପରି। ଇଟା କିନ୍ତୁ ଲୋଚାକୋଚା ହୋଇ ବସିପାରେ ନାହିଁ। ଇଟା ପାଇଁ ସ୍ୱତନ୍ତ୍ର ଆକୃତିର ଜାଗା ଲୋଡ଼ା।

ମନେପଡୁଥିଲା ଭଦ୍ରକ-ଚାନ୍ଦବାଲି ରାସ୍ତାକଡ଼ର ଗାଁ, ତଳବନ୍ଧର କଥା। ଖେରଙ୍ଗ ପାଖରୁ ଘଟପୁର ଦେଇ ଗୋଟେ ଅନ୍ୟମନସ୍କ ସଡ଼କ ସେଇ ଗାଁ ମୁହାଁ ଦିନରାତି ଧାଉଁଥାଏ। ନୂଆନଈ ଆଡ଼ିରେ କେତକୀ ଫୁଲ। ଶରତର କାଶତଣ୍ଡୀ ନୂଆନଈ ପଠାରେ ନିତ୍ୟରାସର ମାୟା ସୃଷ୍ଟି କରେ। କୁମାର ପୂର୍ଣ୍ଣିମା ରାତିରେ ତଳବନ୍ଧ ଦିଶେ ମାୟାଛନ୍ନ ସୁନୀଳ ଉପତ୍ୟକା ପରି। ଉପରେ ମେଘମୁକ୍ତ ଆକାଶ, ମାଟି ଉପରେ ଅସରନ୍ତି ଧାନକ୍ଷେତ, ମଝିରେ କାଶତଣ୍ଡୀ ଓ କିଆଫୁଲ ବାସ୍ନା। ଅନୁପମର ପ୍ରତିଟି ଲୋମକୂପ ଅତୀତର ସ୍ମୃତିରେ ଉତ୍ତେଜିତ ହୋଇ ଉଠୁଥିଲା।

ବାରମ୍ବାର ସେଇ ମାମୁଘର ଗାଁ ତଳବନ୍ଧର କଥା ମନେପଡୁଥିଲା ଏବଂ ବାରମ୍ବାର ମନେପଡୁଥିଲା ପୁଷ୍ପାଞ୍ଜଳି। ଦୀର୍ଘଦେହୀ ଶ୍ୟାମଳୀ ପୁଷ୍ପାଞ୍ଜଳି। ହାତପାଆନ୍ତାରେ ଯାହା ପଡ଼େ ପୁଷ୍ପାଞ୍ଜଳି ପଢ଼ି ପକାଏ। ପଢ଼ିବା, ଭାବିବା ଏବଂ ପଢ଼ିବା- ପୁଷ୍ପାଞ୍ଜଳିର ଏଇ

ଥିଲା ମୁଖ୍ୟ କାମ। ସେଥିପାଇଁ ଅନୁପମ ପୁଷ୍ପାଞ୍ଜଳି ଆଗରେ କଥାବାର୍ତ୍ତା କଲାବେଳେ ସଚେତନ ହୋଇଯାଉଥିଲା। ସାଧାରଣ ନାରୀର ବିଳାସ ବ୍ୟସନ ଆଗ୍ରହ ପୁଷ୍ପାଞ୍ଜଳିର ନ ଥିଲା। ଅଦ୍ଭୁତ ଭାବେ ସରଳ ଏବଂ ଅକପଟ ଥିଲା ଝିଅଟି। ଗହଣା ଓ ଦାମୀ ଉପହାରକୁ ଘୃଣା କରୁଥିଲା ସେ। କହୁଥିଲା, ଏସବୁ ଉପହାର ପ୍ରେମ ନୁହେଁ। ପ୍ରେମ ଏସବୁ ଭିତରେ ନ ଥିଲା କୌଣସି ଦିନ। ପ୍ରେମ କେବଳ ଚେତନାରେ ଥାଏ, ଭାବରେ ଥାଏ, ବସ୍ତୁରେ ନୁହେଁ।

: ଏମିତି କ'ଣ ହୁଏ ନାହିଁ? ଜୀବନର ପ୍ରାଥମିକତା କ'ଣ ବଦଳି ଯାଏ ନାହିଁ ଭିନ୍ନ ଅବସ୍ଥାରେ? ଏଥିରେ ନୂଆ କଥା କ'ଣ - ଅନୁପମ ନିଜକୁ ନିଜେ ଉତ୍ତର ଦେଉଥିଲା। ସେ ଗ୍ଲାନିମୁକ୍ତ ହେବାକୁ ଚାହୁଥିଲା। ସବୁ ସମ୍ପର୍କ ମିଶାଣ ହେବା ଦରକାର, ଫେଡ଼ାଣ ନୁହେଁ। ମଣିଷର ଦୃଷ୍ଟି ସବୁବେଳେ ଉପରକୁ ରହିବା ଆବଶ୍ୟକ। ଯାହା ସହ ସମ୍ପର୍କ ଯୋଡ଼ିଲେ ଜୀବନ ଶିଢ଼ିର ଉପରକୁ ଉଠିହେବ ତା' ସହ ସମ୍ପର୍କ ଯୋଡ଼ାଯିବା ଦରକାର। ତାହା ନ ହେଲେ ଅନ୍ୟମାନେ ତୁମକୁ ପଛରେ ପକେଇ ଚାଲିଯିବେ, ତୁମେ ମଝି ରାସ୍ତାରେ ଠିଆ ହୋଇଥିବ। ବିଲ୍‌କୁଲ ଏକୁଟିଆ।

ଅନୁପମ ପୁଷ୍ପାଞ୍ଜଳିର ଭଲପାଇବା, ସେମାନଙ୍କର ଯୌଥ ଯୋଜନା ଓ ତଳବନ୍ଧର ସ୍ମୃତିକୁ ଭୁଲିଯିବାକୁ ଏକରକମ ବାଧ୍ୟ ହୋଇଥିଲା। ପ୍ରଜାପତି ପାଳଟି ସାରିବା ପରେ ସଁବାଳୁଆର ସ୍ମୃତିକୁ ନେଇ ବଞ୍ଚିବାରେ କିଛି ଯୁକ୍ତି ନ ଥାଏ।

କିନ୍ତୁ ଆଜି ପୁଷ୍ପାଞ୍ଜଳିର କଥା ତାକୁ ଏତେ ଅନ୍ୟମନସ୍କ କାହିଁକି କରୁଥିଲା ସେକଥା ସେ ଜାଣିପାରୁ ନ ଥିଲା। ସିଏ ମଝିରେ ମଝିରେ ନିଜକୁ ଦୁର୍ବଳ ଅନୁଭବ କରୁଥିଲା। ଗୋଟେ ପ୍ରକାର ଗ୍ଲାନିବୋଧ ପଉଷ କୁହୁଡ଼ି ପରି ତାକୁ ଚାରିଆଡୁ ଘେରିଯାଉଥିଲା।

ସେ ରାସ୍ତା ଦି' ପାଖକୁ ଚାହିଁଲା। କେହି କେଉଁଠି ତାକୁ ଚାହିଁ ନ ଥିଲେ। ସେ ନିଜେ ତା'ର କାର୍ ଚଳଉଥିଲା। ମନକୁ ମନ କହୁଥିଲା, ଏମିତି ହିଁ ହୁଏ। ଜୀବନ ଗଢ଼ିବା ସାଙ୍ଗେ ସାଙ୍ଗେ ମଣିଷର ପ୍ରାଥମିକତା ବଦଳି ଚାଲେ। ପିଲାଦିନର କଙ୍କି ପ୍ରଜାପତିଙ୍କୁ ନେଇ ବୟସ୍କ ମଣିଷ ଜୀବନ ଜିଏଁନା। ଜୀବନ ପାଇଁ କଙ୍କି ପ୍ରଜାପତି ଯେମିତି ସତ, ଗୋଲାପୀ କାଗଜ କି ନୀଳ କଲମ ସେମିତି ସତ, ଆୟୁର୍ବେଦ ଶାସ୍ତ୍ର, କୋଷ୍ଠୀଗଣନା ଓ ମନ୍ଦିର ଦର୍ଶନ ମଧ୍ୟ ସତ୍ୟ। ଯୌବନର ପ୍ରୟୋଜନ, ପରିପୂର୍ତ୍ତି ଓ ଆବେଗିକ ଶୂନ୍ୟତାର ପୂରଣ ପାଇଁ ସେଦିନ ପୁଷ୍ପାଞ୍ଜଳିର ପ୍ରେମ ଜରୁରି ଥିଲା; କିନ୍ତୁ ମିତାଲିର ପରିବାର ତାକୁ ଯେମିତି ରାସ୍ତା ଉପରୁ ନେଇ ପ୍ରାଚୁର୍ଯ୍ୟ ଆଉ ପ୍ରତିଷ୍ଠାର ଅଟ୍ଟାଳିକା ଉପରେ ଥୋଇଦେଲେ, ପୁଷ୍ପାଞ୍ଜଳିର ପରିବାର ସେମିତି କଦାପି ପାରି ନ ଥାନ୍ତେ।

ଅନୁପମ ଗାଡ଼ିର ଷ୍ଟିଅରିଂ ମୋଡ଼ିଲା। ଏଇଠୁ ଡାହାଣହାତି ଗଲେ ତା' ଘର। ସେ ଚିନ୍ତାକଲା, ତା' ପରି ଗୋଟେ ଯୋଗ୍ୟ ପୁରୁଷର ପ୍ରେମିକା ପରିଚୟ କ'ଣ ପୁଷ୍ପାଞ୍ଜଳିର ବଞ୍ଚିବା ଲାଗି ଯଥେଷ୍ଟ ନୁହେଁ। ଗୋଟେ ସ୍କୁଲ୍‌ମାଷ୍ଟରର ପତ୍ନୀ ହେବାର ବର୍ତ୍ତମାନଠୁଁ, ପ୍ରଭାବଶାଳୀ ହାକିମର ପ୍ରେମିକା ହେବାର ଅତୀତ ତ ବହୁଗୁଣ ଭଲ। ଅନୁପମ ଭିତରେ ଭିତରେ ଗୋଟେ ବାଇଶି ତେଇଶି ବର୍ଷର ତରୁଣ ପାଲଟିଯାଉଥିଲା। ତା'ର ରକ୍ତପ୍ରବାହ ଚଞ୍ଚଳ ହୋଇ ଉଠୁଥିଲା। ଝାପ୍‌ସା ଅନ୍ଧାର ଭିତରେ ଗୋଟେ ତରୁଣୀର ନିଭୃତ ଅଞ୍ଚଳକୁ ଛୁଇଁଦେବାର ଉତ୍ତେଜନା ତା' ଭିତରେ ପୁଣି ଜୀବନ୍ୟାସ ନେଉଥିଲା। ପୁଷ୍ପାଞ୍ଜଳିକୁ ଛୁଇଁବାର ସେଇ ଉତ୍ତେଜନା ସେ ମିତାଲି ପାଖରୁ କେଉଁଦିନ ପାଇ ନାହିଁ। ମିତାଲି ଗୋଟେ ଶୀତଳ ନରମ ବିଛଣା। ତା' ପାଖେ ଆବେଗ, ଭାବପ୍ରବଣତା, ପ୍ରେମ ଏସବୁର କିଛି ଅର୍ଥ ନାହିଁ। ତା' ଜୀବନରେ ଗୁରୁତ୍ୱପୂର୍ଣ୍ଣ ବଡ଼ ବଙ୍ଗଳା, ଦାମୀ ଗାଡ଼ି, ହୀରା ଗହଣା, ୱାର୍ଡରୋବ ବୋଝେଇ ଶାଢ଼ି ଓ ପୋଷାକ; ଆଙ୍ଗୁଳି ହଲେଇଲେ ଉପସ୍ଥିତ ହେଉଥିବା ଦି' ତିନିଜଣ ପରିଚାରକ। ତା' ବାପା ଏମିତି ଥିଲେ। ମିତାଲି ସେମିତି।

ଅନୁପମ ସେ ରାତି ଓ ପରବର୍ତ୍ତୀ ପାଞ୍ଚଟି ଦିନ ପୁଷ୍ପାଞ୍ଜଳି ମନସ୍କ ରହିଲା। ମନେ ମନେ କଳ୍ପନା କରୁଥିଲା, ତା' ବିଷୟରେ ପୁଷ୍ପାଞ୍ଜଳି କ'ଣ କ'ଣ ସବୁ ତା' ସ୍ୱାମୀକୁ କହିଥିବ। ସେ ଜାଣିପାରୁଥିଲା, ଅନୁପମକୁ ପାଗଳୀ ପରି ଏକଦା ଭଲପାଉଥିବା କଥା କଦାପି ପୁଷ୍ପାଞ୍ଜଳି ତା' ସ୍ୱାମୀକୁ କହି ନ ଥିବ। ସେତିକି ସାହସୀ ଓ ସ୍ପଷ୍ଟବାଦୀ କୌଣସି ଝିଅ ହୋଇପାରନ୍ତା ନାହିଁ। ତାହାହେଲେ କ'ଣ କହୁଥିବ, ଅନୁପମଙ୍କ ଘରୁ ତା' ପାଖକୁ ବାହାଘର ପ୍ରସ୍ତାବ ଯାଇଥିଲା, ଅନୁପମ ବି ତାକୁ ବାହା ହେବାକୁ ଚାହୁଥିଲା ନିଷ୍ଠାର ସହ, ଅଥଚ ସେ ମନା କରିଦେଲା। କଥାଟା ଚିନ୍ତାକରି ଅନୁପମ ହସିଲା। ନିଜର ବଡ଼ପଣ ଦେଖେଇବା ପାଇଁ ଅନେକ ଝିଅ ଏମିତି କହନ୍ତି। ମିତାଲି ତ କହେ, ସେ ଆଠ ଆଠ ଜଣ ଯୁବକଙ୍କ ପ୍ରସ୍ତାବ ମନକୁ ପାଉ ନ ଥିବା ଚପଲ ପରି ପ୍ରତ୍ୟାଖ୍ୟାନ କରିଦେଇଥିଲା। ପୁଷ୍ପାଞ୍ଜଳି କ'ଣ ତା' ବିଷୟରେ ଅରବିନ୍ଦକୁ ଏମିତି କହିଥିବ?

ପୁଷ୍ପାଞ୍ଜଳିର ଆଖିଯୋଡ଼ିକ ଅନୁପମ ଆଗରେ ନାଚିଗଲା। ନୀଳ ପୋଖରୀ ପରି ଗଭୀର ପୁଷ୍ପାଞ୍ଜଳିର ଆଖିଯୋଡ଼ିକ। ନା, ପୁଷ୍ପାଞ୍ଜଳି ସେମିତି କିଛି କହି ନ ଥିବ। ତାହା ତା'ର ସ୍ୱଭାବ ନୁହେଁ। ତାହାହେଲେ କ'ଣ କ'ଣ କହୁଥିବ ଅନୁପମ ବିଷୟରେ? ପୁଷ୍ପାଞ୍ଜଳି-ଅରବିନ୍ଦଙ୍କ ଦାମ୍ପତ୍ୟ ଆଳାପ ଜାଣିବାକୁ ଭିତରେ ଭିତରେ କୌତୂହଳୀ ହୋଇପଡୁଥିଲା ଅନୁପମ।

ପରଦିନ ଅରବିନ୍ଦ ଆସିଲା। ଗତ ବୁଧବାର ତା' ସହ ଅନୁପମର ଦେଖା

ହୋଇଥିଲା, ଆଜି ପୁଣି ବୁଧବାର। ଅନୁପମ ଜାଣି ଜାଣି ତା' ଅଫିସ୍‌କୁ ଆଜି ସୁଟ୍ ପିନ୍ଧି ଆସିଥିଲା, ଗୋଟେ ନୀଳରଙ୍ଗର ଟାଇ ବି ଭିଡ଼ିଥିଲା। ଅରବିନ୍ଦର ଉପସ୍ଥିତି ପାଖରେ ତା'ର ବ୍ୟକ୍ତିତ୍ୱ, ଗୋଟେ ଝୁମ୍ପୁଡ଼ି ପାଖରେ ଅଟ୍ଟାଳିକା ପରି ବାରି ହୋଇପଡୁଥିଲା। ଅରବିନ୍ଦ ଗତ ଥର ପରି, ମେଞ୍ଚାଏ କାଦୁଅ ଭଳି ଲୋଚାକୋଚା ହୋଇ ବସିଥିଲା। କିନ୍ତୁ ଅନୁପମ ବସିଥିଲା ସିଧାସଳଖ, ଇଟା ପରି।

ଇଟା ଆଉ ମାଟି ଭିତରେ ଫରକ କ'ଣ କହିଲେ ଅରବିନ୍ଦ ବାବୁ? - ପ୍ରଶ୍ନଟା ଭାବୁ ଭାବୁ ଅନୁପମ ପଚାରିଦେଇଥିଲା।

ଅରବିନ୍ଦ ଉତ୍ତର ଦେବାକୁ ପାଟି ଖୋଲୁଥିଲା। ଅନୁପମ ଅପେକ୍ଷା କରୁଥିଲା; ଅରବିନ୍ଦ କହିବ, ମାଟିର ବ୍ୟକ୍ତିତ୍ୱ ନାହିଁ, ଲୋଚାକୋଚା, ଲତପତ, ଯେଉଁଠି ଯେମିତି ଦରକାର ସେଇଠି ସେମିତି ଆକୃତି ନେଇଯାଏ। ମାତ୍ର ଇଟା ସଳଖ, ସୁନ୍ଦର ଓ ମଜଭୁତ। ଇଟାର ଟାଣପଣ ମାଟିପାଖରୁ କେମିତି ବା ମିଳିବ?

କିନ୍ତୁ ଅରବିନ୍ଦ କହିଲା, ''ମାଟି ଦିନେ ଇଟା ପାଲଟି ପାରେ, କିନ୍ତୁ ଯେତେ ଚାହିଲେ ବି ଇଟା ଆଉ ମାଟିର ଅବସ୍ଥାକୁ ଫେରେ ନାହିଁ। କାଠ, କୋଇଲା, ନିଆଁ ଓ ଅଙ୍ଗାରରେ ମାଟିର ସବୁ ନରମପଣ ପୋଡ଼ି କଠିନ ହୋଇଯାଏ।''

: ଓଃ! ଠିକ୍, ଇଏ ବି ଗୋଟାଏ ବ୍ୟାଖ୍ୟା। ଆପଣ କ'ଣ ସାହିତ୍ୟ ପଢ଼ାନ୍ତି? - ଅନୁପମ ଶୀତଳ ସ୍ୱରରେ ପଚାରିଲା।

: ନା, ମୁଁ ଗଣିତ ପଢ଼ାଏ ସାର୍। - ଅରବିନ୍ଦ ସବୁଥର ପରି ଏଥର ବି ଉତ୍ତର ଦେଲାବେଳେ ଚଉକିରୁ ଉଠି ପଡ଼ିଲା।

ଅନୁପମ ତା' ଟେବୁଲ୍ ଡ୍ରୟାର୍ ଭିତରୁ ଅରବିନ୍ଦର ଅର୍ଡରଟା ବାହାର କରି ତା' ହାତକୁ ବଢ଼େଇଦେଲା। ଏଇ ନିଅନ୍ତୁ, ଆପଣଙ୍କ ଅର୍ଡର। ଟ୍ରେଜେରୀକୁ ବି କପି ପଠାଯାଇଛି। ଭାବୁଛି, ଆଉ କିଛି ସମସ୍ୟା ହେବ ନାହିଁ। ଯଦି ହୁଏ, ତାହାହେଲେ ମୋତେ ଭେଟିବେ।

ଏବେ ଅରବିନ୍ଦ କୃତଜ୍ଞତାରେ ତରଳି ପଡ଼ିବ। ନିଆଁ ଧାସରେ ମହମ ତରଳିବା ପରି ତରଳି ତଳକୁ ବୋହିଯିବ। ଅନୁପମ ଉପରେ ଅନ୍ୟମନସ୍କ ଓ ଭିତରେ ଅତିମନସ୍କ ମୁଦ୍ରା ନେଇ ତାକୁ ଚାହୁଁଥିଲା। ସତେ କି କହୁଥିଲା, ପୁଷ୍ପାଞ୍ଜଳିକୁ ଯାଇ କହିବେ। ଅନୁପମ ଚାହିଲେ ସପ୍ତାହକ ଭିତରେ ସେଇ କାମ କରିପାରେ, ଯାହା ଅରବିନ୍ଦ ଦଶ ବର୍ଷ କାଳ ଲାଗି ଲାଗି କରି ପାରି ନ ଥିଲା।

ଅରବିନ୍ଦ ଉଠୁଥିଲା। କନକନ ହେଉଥିଲା କ'ଣ କହିବ ବୋଲି। ଅନୁପମ ବି ଚାହୁଥିଲା; ଅରବିନ୍ଦ କହୁ, ପୁଷ୍ପାଞ୍ଜଳି ତା' ବିଷୟରେ କ'ଣ କ'ଣ କହେ ସେଇକଥା

କହୁ। ସ୍ତ୍ରୀଠୁଁ ଶୁଣି ଶୁଣି କି ବିରଳ ବ୍ୟକ୍ତିତ୍ୱର ଅଧିକାରୀ ରୂପେ ଅରବିନ୍ଦ ଅନୁପମକୁ ଜାଣିଥିଲା ତାହା ବି କହୁ। ଏବେ ତା'ର ଅସଲ ବ୍ୟକ୍ତିତ୍ୱ ତା' ଧାରଣାର ଭାବମୂର୍ତ୍ତିକୁ ଟପିଗଲା କି ନାହିଁ ସେ କଥା ବି ଅରବିନ୍ଦ କହିବା ଦରକାର।

ସେଇ କୋଠରି ଭିତରେ ଅରବିନ୍ଦ ଓ ଅନୁପମଙ୍କ ଭିନ୍ନ ଆଉ କେହି ନ ଥିଲେ। କେବଳ ଏୟାରକଣ୍ଡିସନର ଓ ପଙ୍ଖାର ଶବ୍ଦ ଶୁଭୁଥିଲା। ଅରବିନ୍ଦ ବସ୍‌ର କଣ୍ଡକ୍ଟର ଧରୁଥିବା ବ୍ୟାଗ୍ ପରି ତା' ବ୍ୟାଗ୍‌ରୁ ଗୋଟେ ଲଫାପା ବାହାର କରି ଅନୁପମକୁ ସଂଭ୍ରମର ସହ ବଢ଼େଇ ଦେଲା।

ଚିଠି ? ପୁଷ୍ପାଞ୍ଜଳି ଲେଖିଥିବ। ଅନୁପମ ଲଫାପାଟି ଖୋଲି ତା' ଭିତର କାଗଜକୁ ବାହାର କରି ଆଣିବାକୁ ଉଦ୍‌ଗ୍ରୀବ ହୋଇପଡୁଥିଲା।

: ଇଏ କ'ଣ ? ଚିତ୍କାର କରି ଉଠିଲା ଅନୁପମ। ତା'ର ଗୋଟିଏ ହାତରେ ପାଞ୍ଚଟି ହଜାରେ ଟଙ୍କିଆ ନୋଟ୍ ଓ ଆର ହାତରେ ଖାଲି ଲଫାପାଟି ଥିଲା।

ଅରବିନ୍ଦ ଡରିଗଲା। ପୁଷ୍ପାଞ୍ଜଳି ଠିକ୍ କହିଥିଲା। ତା'ର ଦଶ ହଜାର ଆଣିବାର ଥିଲା। ମାତ୍ର ଅସାମର୍ଥ୍ୟ ଯୋଗୁଁ ସେ ସେତକ ଯୋଗାଡ଼ କରିପାରି ନ ଥିଲା। ବୁଡ଼ିଗଲା ଲୋକ କୁଟାଖିଅକୁ ଆଶ୍ରା କରିବା ପରି ସେ କହିଲା, ''ପୁଷ୍ପାଞ୍ଜଳି କହିଥିଲା ସାର୍, ଆର ସପ୍ତାହକୁ ମୁଁ ଅବଶିଷ୍ଟ ପାଞ୍ଚ ହଜାର ଆଣି ଦେଇଯିବି। ଏବେ ମୋ ପାଖରେ ଆଉ କିଛି ନାହିଁ ସାର୍।''

: ଷ୍ଟପ୍ ଇଟ୍। ଆପଣ ମୋତେ କ'ଣ ଭାବୁଛନ୍ତି କି ? – ଅନୁପମ ଚିତ୍କାର କଲା।

: ନା ସାର୍। ଆପଣ ପିଲାଦିନେ ଯେମିତି ଥିଲେ, ଏବେ ବି ସେମିତି ଅଛନ୍ତି ବୋଲି ପୁଷ୍ପାଞ୍ଜଳି କହେ। ମୋତେ ବିଶ୍ୱାସ କରନ୍ତୁ, ମୁଁ ଆର ସପ୍ତାହରେ ଆସି ଅବଶିଷ୍ଟ ଦେଇଯିବି। ମୁଁ ଠକିବି ନାହିଁ ସାର୍!

ଅନୁପମ କ'ଣ କହିବ, ନ କହିବ ଚିନ୍ତା କରିପାରୁ ନ ଥିଲା। ତା'ର ପ୍ରତିଟି ଚିତ୍କାର ଯେ ତା' ସମ୍ପର୍କରେ ଅରବିନ୍ଦ ମନ ଭିତରେ ପୁଷ୍ପାଞ୍ଜଳି ତିଆରି କରିଥିବା ଧାରଣାକୁ ଆହୁରି ଦୃଢ଼ କରିବ, ଏଇ ଭୟ ତାକୁ ନିରୁତ୍ତର କରି ଦେଉଥିଲା।

ଅରବିନ୍ଦ ଅଫିସ୍ ଅର୍ଡର କାଗଜଖଣ୍ଡିକ ପକେଟରେ ପୂରେଇ, ଗଲାଥର ପରି ନମସ୍କାର କରି ଅନୁପମର କୋଠରିରୁ ବାହାରି ଯାଉଥିଲା। ଅନୁପମ କିଛି କହିପାରୁ ନ ଥିଲା କି କରିପାରୁ ନ ଥିଲା। ଦାମୀ କାର୍ପେଟ୍ ବିଛା ତା'ର ଶୀତଳ କୋଠରି ଭିତରେ ପରିତ୍ୟକ୍ତ ଇଟାଗଦାର ନିରବତା ଛାଇ ଯାଇଥିଲା।

■

ଅହଲ୍ୟାର ବାହାଘର

ଅହଲ୍ୟା ନଡ଼ିଆ ତେଲର ଶିଶିଟିଏ ଧରି ପାଣି ଖାଇଯାଇଥିବା ତା' ଗୋଡ଼ ଆଙ୍ଗୁଳି ସନ୍ଧିରେ ତେଲ ଲଗେଇବାକୁ ବସିଥିଲାବେଳେ ଗଛଡାଳରୁ ମାଙ୍କଡ଼ କୁଦାଟେ ମାରିବା ପରି ବନମାଳୀ କୁଦାଟିଏ ମାରି କହିଲା, "ମହାନ୍ତି ଘର ବାହାଘର ଦେଖି ଯିବୁ ନାହିଁ କି ଲୋ ଅହଲ୍ୟା ?"

ଅହଲ୍ୟା ଚମକିପଡ଼ି ନିଜ ଛାତିକୁ ଛେପ ନେଣ୍ଡାଏ ଥୁ ଥୁ କଲା ଓ ଚିଡ଼ିଯାଇ କହିଲା, "ସବୁବେଳେ ତୁ ମାଙ୍କଡ଼ ପରି କାହିଁକି ହଉ କିରେ ? ମୁଁ ଚମକି ପଡ଼ିଲି।"

: ଚମକେଇଲା କଥା କହି ନାହିଁ ଲୋ ଅହଲ୍ୟା। ସେ କଥା ଶୁଣିଲେ ତୁ ସତରେ ବସିଲା ଠାଆରୁ ଉଠିପଡ଼ିବୁ।

: ଆଁ, ସତରେ ! କ'ଣ ବା ସେକଥା ? କହିଲୁ... କହିଲୁ...। ଅହଲ୍ୟା ବନମାଳୀର କଥା ଶୁଣିବାଲାଗି ବ୍ୟସ୍ତ ହୋଇପଡୁଥିଲା।

ବନମାଳୀ ତୁଣ୍ଡ ଖୋଲୁଥିଲା। ସେତିକିବେଳେ

ପାଣିକଳ ଖୋଲିବା ପରି ଘାଗଡ଼ା ଗଳାରେ ମାନିଦେଈର ଶାଶୂବୁଢ଼ୀ ଡାକ ପକେଇଲେ, "ହଇରେ ସଦାବର୍ତ୍ତିଆ ବନା ! କୁଆଡ଼େ ଯାଇ ପଶିଲୁ" ଓ ବନମାଳୀ "ହେଇଲୋ ବୁଢ଼ୀ ଡାକିଲାଣି" କହି ଦଉଡ଼ି ପଳେଇଗଲା ।

ଅହଲ୍ୟା ପାଣିଖିଆ ଗୋଡ଼ରେ ତେଲ ଲଗାଇଲା । ସବୁଯାକ ଆଙ୍ଗୁଳିସନ୍ଧି ପାଣି ଖାଇ ଖାଇ ପେଯ ପରି ଧଳା ହେଇଯାଇଛି । ହାତ ଆଙ୍ଗୁଳିଗୁଡ଼ାକ ଶେଥା ଦିଶୁଛି । ସେ ଦି' ହାତରେ ଭଲକରି ତେଲ ବୋଳିଦେଲା । ସବୁବେଳେ ତା'ର ପାଣି ସାଙ୍ଗରେ କାମ । ବର୍ଷକ ବାରମାସ ସକାଳୁ ରାତି ଅଧଯାଏ ପାଣିରେ କାମ କଲେ ହାତ ପାଦର ଏହି ଦଶା ନ ହୋଇ ଆଉ କ'ଣ ହେବ ? – ଅହଲ୍ୟା ମନକୁ ମନ କହିଲା ।

ମହାନ୍ତି ଘରପଟୁ ମାଇକ୍‌ରେ ଗୀତ ଶୁଭୁଥିଲା । ଆଜି ତାଙ୍କ ଝିଅର ବାହାଘର । ରାତିକୁ ବର ଆସିବ । ମହାନ୍ତି ଘର ବୁଢ଼ୀ ତିନି ତିନି ଥର କହିଯାଇଛନ୍ତି । ଆଜି ମହାପାତ୍ର ବାବୁଙ୍କ ଘରେ ରୋଷେଇ ହେବ ନାହିଁ । ସମସ୍ତେ ତାଙ୍କ ଘରେ ଖାଇବେ । ବୁଢ଼ୀଙ୍କ ପାଇଁ ସେ ଅଲଗା ବାସନରେ ଖାଇବାତକ ପଠେଇଦେବେ । ଭାରି ଭଲ ମଣିଷ ମହାନ୍ତିଘର ବୁଢ଼ୀ । କାଲିରୁ ଆଜି ଭିତରେ ତିନି ତିନି ଥର ବାତିନି ଦେଇଗଲେଣି ।

ବନମାଳୀ କହୁଥିଲା, "ଇଏ ତ ରୀତି । ତିନି ଥରରୁ କମ୍ ଡାକିଲେ ଆମ ବାବୁ କ'ଣ ସେଠିକି ଯିବେ ? ସହର ବଜାରରେ ସିନା କିଏ ଥରେ ଅଧେ ଡାକିଦେଲେ କୁଣିଆଁ ଯାଇ ହାଜର । ଇଏ ପରା ଗାଁ ।"

ସଞ୍ଜାକୁ ରୋଷେଇ ନାହିଁ । ସେଇଥିପାଇଁ ଅହଲ୍ୟାକୁ କାମ ଜଞ୍ଜାଳରୁ ଫୁରୁସତ ମିଳିଛି । ନ ହେଲେ କୋଉଠି ନିଦକରେ ଏମିତି ବସିଥାଆନ୍ତା ?

ମାଇକ୍‌ର ଗୀତ ଗୋଟିଏ ପରେ ଗୋଟିଏ ବଦଳୁଥିଲା । ଅହଲ୍ୟା ଉଠିଯାଇ ଝରକା ଫାଙ୍କରେ ମହାନ୍ତି ଘରକୁ ଅନେଇଲା । କେଡ଼େ ସୁନ୍ଦର ଦିଶୁଛି ସେଇ ପୁରୁଣା ଘରଟି ! ନୂଆ ରଙ୍ଗ ଦିଆଯାଇଛି ବାହାରପଟେ । ଦାଣ୍ଡପଟେ କଦଳୀଗଛ ପୋତା ହେଇଛି । ଆମ୍ବଡାଳ ଝୁଲୁଛି । ସେପଟକୁ ପିପିଲି ଚାନ୍ଦୁଆରେ ବାହାବେଦି ସଜା ହେଇଛି । ନାଲି, ହଳଦିଆ, ବାଇଗଣୀ ଓ ଗୋଲାପୀ ରଙ୍ଗର କାଗଜ ଫୁଲ ଚାରିଆଡ଼େ ଝୁଲା ହେଇଛି । ମହାନ୍ତି ଘର କାନ୍ଥରେ ଚିତ୍ର ଅଙ୍କାଯାଇ 'ଶୁଭବିବାହ' ଲେଖାଯାଇଛି । ତା' ତଳକୁ ଯୋଡ଼ି ମହୁରି ଓ ନାଗରାର ଚିତ୍ର ।

ଅହଲ୍ୟା ଧୀର ପାଦରେ ବାଡ଼ିପଟକୁ ଗଲା । ମାନିଦେଈ ଘରର ଖଞ୍ଜାଟି ବହୁତ ବଡ଼ । ଆଗପଟକୁ ପକ୍କା ଘର, ତା' ପଛକୁ ଆଜ୍‌ବେଷ୍ଟସ୍ ଛାଉଣି ଭଣ୍ଡାର ଘର ଓ ରୋଷେଇଘର । ସବା ପଛକୁ ଚାଳଛପର ଘର ଦି'ଧାଡ଼ି । ଏପଟେ ଗୋରୁ ଗୁହାଳ,

ଜାଳ କାଠ ରହିବା ଜାଗା ଓ ସେପଟକୁ ଅହଲ୍ୟା ରହିବା ଘର। ଏଇଠି ଅହଲ୍ୟା ରାତିରେ ପାଞ୍ଚ ଛଅ ଘଡ଼ି ଶୁଏ। ଅବଶିଷ୍ଟ ସମୟ ଆଗପଟ ଖଞ୍ଜାରେ କାମ କରୁଥାଏ।

ଘଳଛପର ଘର ପଛକୁ ମହାପାତ୍ର ଘରର ବାଡ଼ି। ବାଡ଼ି ମଝିରେ ଛୋଟ ପୋଖରୀ। ପୋଖରୀରେ କଇଁଫୁଲ, କୂଳରେ ସୁନୁସୁନିଆ ଓ କଳମ ଶାଗ। ସେପଟେ ଖରାଦିନିଆ ପୋଇ, କଖାରୁ। ଏସବୁ ଅହଲ୍ୟା ଲଗେଇଛି, ସବୁଦିନେ ପାଣିଦେବା ବି ତା'ର କାମ। ପୋଖରୀ ସେପଟେ ଆମ୍ବତୋଟା, ଫଳ ବଗିଚ୍ଚ। ଏହା ଭିତରକୁ ପଶିଗଲେ ଦାଣ୍ଡପଟର ଗୋଳଚହଳ କିଛି ଶୁଭେ ନାହିଁ। ଆମ୍ବତୋଟା ଭିତରଟା ଏକଦମ୍ ଶୂନ୍‌ଶାନ୍।

କୋଉଠି ଗୋଟେ କୋଇଲି କୁହୁକୁହୁ ରାବି ଉଠିଲା। କୋଇଲି କାଳେ ଏହି ସୁରରେ ଗୀତ ଗାଏ। ଅନ୍ୟ ଦିନ ହୋଇଥିଲେ ଅହଲ୍ୟା ସିଆଡ଼କୁ ଧ୍ୟାନ ଦେବା ଲାଗି ସମୟ ପାଇ ନ ଥାନ୍ତା। ଆଜି କିନ୍ତୁ କୋଇଲିର ଗୀତଟା ତା'ର ଅତି ପାଖରେ ଶୁଭିଗଲା। ସେ ଚ଼ହିଁଲା, କୋଉଠି ବସି କୋଇଲି ଗୀତ ଗାଉଛି ?

ଯେତେ ଯୁଆଡ଼େ ଅନେଇଲେ ବି ଅହଲ୍ୟା କୋଇଲିକୁ ଦେଖିପାରିଲା ନାହିଁ। ଖାଲି ତା'ର ଉଚ୍ଚାଟ ଗୀତ ଶୁଣିପାରିଲା କାନରେ। ଆହା, କେଡ଼େ ସୁନ୍ଦର କୋଇଲିର ସ୍ୱର ! ଅହଲ୍ୟା ମନକୁ ମନ କହିଲା।

ପୋଖରୀପଟୁ ଧୀର ଶୀତଳ ପବନ ବୋହି ଆସୁଥିଲା। ଛାଇଲେଉଟା ବେଳ ହେଲାଣି। ଖରାର ଟାଣ କେତେବେଳୁ କ୍ଷୀଣ ହୋଇଗଲାଣି। ଅହଲ୍ୟା ଗୋଟେ ଗଛକୁ ଆଉଜି ବସିପଡ଼ିଲା।

ଦକ୍ଷିଣା ପବନ ଛୁଆଁରେ ଆମ୍ବଗଛର ପତ୍ରମାନ ଝୁଲଣରେ ଝୁଲିଲା ପରି ଦୋହଲି ଯାଉଥିଲେ। କଷି ଆମ୍ବର ବାସ୍ନା ସେ ପବନ ଦେହରେ ଅବା ଅତର ଛିଞ୍ଚି ଦେଉଥିଲା। ଅହଲ୍ୟା ବୁଝି ନ ପାରିଲେ ବି ତାକୁ ଏମିତି ବସିବାକୁ ଭଲ ଲାଗୁଥିଲା। କ୍ରମେ ତା'ର ଥକିଲା ଆଖି ଯୋଡ଼ିକ ମୁଦିହେଇ ଆସୁଥିଲା।

କେଉଁ ଦିନଠାରୁ ଆସି ଅହଲ୍ୟା ଏଠି ମହାପାତ୍ର ଘରେ ରହିଲାଣି ତା'ର ହିସାବ ତାକୁ ପଚାରିଲେ ସୁଦ୍ଧା ସେ ଦେଇପାରିବ ନାହିଁ। ଗୋଟାଏ ଯୁଗ ହେବଣି, ମାନିଦେଈ ବାହାଘର ବେଳେ ସେ ଆସିଥିଲା ଏ ଘରକୁ ମାନି ଅପାର ଭାରଥୋର, ଖଟ ଆଲମାରି, ଚକି-ଶିଳ, କୁଲା-ବାଉଁଶିଆ, ମିଠେଇ ଝୁଡ଼ି ଓ ଲୁଗା ଟ୍ରଙ୍କ ସାଙ୍ଗରେ ଆଉ ଗୋଟାଏ ଜିନିଷ ହୋଇ। ସେବେଳକୁ ତା'ର କେତେ ବା ବୟସ ହୋଇଥିଲା ? - ଏଇ ଦଶ କି ଏଗାର। ତା'ର ମନେ ନାହିଁ। ଅହଲ୍ୟାର କେବଳ ମନେଅଛି, ଦିନେ ସକାଳୁ ସକାଳୁ ତା' ବୋଉ ଆଣି ତାକୁ ମାନିଦେଈଙ୍କ ପାଖରେ ଛାଡ଼ିଦେଇ ଯାଇଥିଲା। ମାନିଦେଈଙ୍କ ବୋଉ କ'ଣ କହିଥିଲେ କେଜାଣି ସେକଥା ଶୁଣି ଅହଲ୍ୟାର ନାକକାନ୍ଦୁରୀ

ବୋଉ ଢେର୍ ସମୟ ସକେଇ ହୋଇ କାନ୍ଦିଥିଲା ଓ "ବାପଛେଉଣ୍ଡ ଝିଅଟା ତୁମକୁ ଲାଗିଲା ମା' ସାଆନ୍ତାଣୀ" କହି ଅହଲ୍ୟାକୁ ଢେର୍ ଆଉଁଶିଥିଲା। ତା'ପରେ ଦି'ଜଣ ଯାକ ଆହୁରି କ'ଣ କଥାବାର୍ତ୍ତା ହୋଇଥିଲେ, ସେକଥା ଅହଲ୍ୟାର ମନେ ନାହିଁ। ସେତେବେଳେ ସିଏ ଏସବୁ କଥାବାର୍ତ୍ତା ଶୁଣିବା ଅପେକ୍ଷା ମାନିଦେଈର ବୋଉ ତାକୁ ଖାଇବା ଲାଗି ଦେଇଥିବା ମିଠେଇ ସୁଆଦକୁ ବେଶି ଗୁରୁତ୍ୱ ଦେଇଥିଲା।

ସେହିଦିନ ଅହଲ୍ୟାକୁ ତା' ବୋଉ ସେଇଠି ଛାଡ଼ିଯାଇଥିଲା। ଅହଲ୍ୟା ମାନିଦେଈଙ୍କ ଘରେ ରହିଥିଲା। ବେଳେବେଳେ ବୋଉର କଥା ମନେପଡ଼ିଲେ ବି ଅହଲ୍ୟା ମନଦୁଃଖ କରୁ ନ ଥିଲା। କାରଣ ତାଙ୍କ ଘରେ ତା' ବୋଉ ବରାବର ତାକୁ ଗାଳିମନ୍ଦ କରୁଥିଲା ଓ କୌଣସି କାମରେ ଟିକିଏ ଉଚ୍ଛୁର କଲେ କି ହାତରୁ ଥାଳି ଗିନା ଖସିପଡ଼ିଲେ ତାକୁ ମାରଧର କରୁଥିଲା।

ଅହଲ୍ୟା ଆଖିବୁଜି ଦେଲା। ଏସବୁ କଥା କୋଉ ଯୁଗର ହେଲାଣି। ସେ ସେକଥାଗୁଡ଼ା ମନେପକେଇବା ଲାଗି ଚାହୁ ନ ଥିଲା। ଏବେ ମହାନ୍ତିଘର ବାହାଘର କଥା ବରଂ ତା'ର ବେଶି ମନେପଡୁଥିଲା। ମନେପଡୁଥିଲା ବନମାଳୀ ଅଧା ଛାଡ଼ିଯାଇଥିବା ଚମକେଇଲା ଭଳି କଥାର ଅବଶିଷ୍ଟ ଅଂଶ।

ଏମିତି ଭାବୁ ଭାବୁ ଅହଲ୍ୟାର ଆଖି ବୁଜି ହୋଇଯାଉଥିଲା। ଏବେ ତା' ଆଖି ସାମ୍ନାରେ ଗୋଟେ ଦୃଶ୍ୟ ନାଚିଯାଉଥିଲା। ସେ ଦୃଶ୍ୟ ଥିଲା ଗୋଟେ ଝିଅର ବାହାଘର ଦୃଶ୍ୟ।

ନିର୍ବନ୍ଧ ପାଇଁ ଉଭୟ ପକ୍ଷର ମୁରବି ଓ ବ୍ରାହ୍ମଣ ବାରିକ ଆସିଥିଲେ। ଥାଳିରେ ଆସିଥିଲା ଗହଣା ଓ ଶାଢ଼ି। ତା' ସାଙ୍ଗରେ ନଡ଼ିଆ ଓ ମହାପ୍ରସାଦ। ସେଦିନ ତିଥି ସ୍ଥିର ହେଲା।

ପନ୍ଦର ଦିନ ରହିଲା ବାହାଘର। ଝିଅଘର ଲୋକେ ଖୁବ୍ ବ୍ୟସ୍ତ। ନିଃଶ୍ୱାସ ନେବା ପାଇଁ ସୁଦ୍ଧା ଫୁରୁସତ୍ ନାହିଁ।

ବାହାଘର ଆଠ ଦିନ ଅଛି, ଅନୁକୂଳ ଆରମ୍ଭ ହେଲା। ବନ୍ଧୁବାନ୍ଧବଙ୍କ ଘରକୁ ହଳଦୀ ପାଣିରେ ଧୁଆ ହୋଇଥିବା ଗୁଆ ପଠାଯିବ। ଗାଁ ଠାକୁରାଣୀଙ୍କ ପାଖରେ ପୂଜା ହୋଇ ଆସିଛି ଡାଲାରେ ଗୋଟାଗୁଆ।

ଆଜି ଜାଇରଗଡ଼ା। ଚାଉଳପତ୍ରଠୁଁ ଆରମ୍ଭ କରି ସବୁ ଜିନିଷପତ୍ର ପାଇଁ ବନ୍ଦୋବସ୍ତ ଆଜିଠୁଁ ଆରମ୍ଭ ହେଲା। ଘରର ପରିବେଶ କ୍ରମେ ଜଞ୍ଜାଳିଆ ହୋଇପଡୁଛି। ସବୁଠି ବ୍ୟସ୍ତତା, ବ୍ୟଗ୍ରତା।

ଝିଅଟିକୁ ଏବେ ସାହିପଡ଼ିଶାଙ୍କ ଘରୁ ଡାକରା ଆସୁଛି। ତାକୁ କ'ଣ ସବୁ ଖାଇବାକୁ

ଭଲ ଲାଗେ ବୋଲି ପଚରା ହେଉଛି। ସିଏ ଆଉ ଗତକାଲିର ସାଧାରଣ ଝିଅ ନୁହେଁ। ଏବେ ସେ ଅସାଧାରଣ, ତା'ର ଚାହିବା ନ ଚାହିବାକୁ ଗୁରୁତ୍ୱ ଦେଉଛନ୍ତି ସମସ୍ତେ।

ଆଜି ମଙ୍ଗଳପାକ। ଭଣ୍ଡାରୁଣୀ ଆସି ତା' ଦାୟିତ୍ୱ ବୁଝୁଛି। ନୂଆ ହାଣ୍ଡିରେ ଅରୁଆ ଚଉଳର ଭାତ ରାନ୍ଧିବେ ଭାଉଜ। ହୁଳହୁଳିରେ ଅଗଣା ଉଛୁଳୁଛି। ବଡ଼ବଡୁଆଙ୍କୁ ଭୋଗ ଲଗାଯାଉଛି। ବାହାଘର ତ ଆରମ୍ଭ ହୋଇଗଲା ଜାଣ।

ବାହାଘର ଦିନ ବରଧରା ଯିବ ବର ଗାଁକୁ। ସାଙ୍ଗରେ ବ୍ରାହ୍ମଣ, ବାରିକ ଓ ଶଙ୍ଖୁଆ। ବର ପାଇଁ ଅଳଙ୍କାର ନେଇକି ଯିବେ; ବରଧରା ବାହାରିବ। ସୁନା ମୁଦିଟାକୁ ସମସ୍ତେ ଥରକୁ ଥର ଦେଖୁଛନ୍ତି। ଏବେ ବରଧରା ଗଲେ ରାତିକି ବରକୁ ସାଙ୍ଗରେ ନେଇ ସେ ଫେରିବ।

ଘରଟା ସାଜିସୁଜି ହୋଇ ବୋହୂଟେ ପରି ଦିଶୁଛି। ଚାରିଆଡ଼େ କଦଳୀପତ୍ର ଓ ଆମ୍ବପତ୍ର। ଦାଣ୍ଡଦୁଆରେ ଶୁଭ କଳସ ବସିଛି। ଚିତ୍ର ବିଚିତ୍ର ହେଇଛି ଦାଣ୍ଡଅଗଣା।

ବାହାଘର ଆଗରୁ କନିଆର କୋଇଲିବୁଡ଼ ଗାଧୁଆ। ବାଡୁଅପାଣିରେ ଗାଧୋଉଛି ଝିଅଟି। ଆଜିଠୁଁ ଜୀବନର ଗୋଟାଏ ପରବ ସରିଗଲା। ପଛରେ ରହିଗଲା ବୋହୂବୋହୂକା ଖେଳ, ଖପରାଡିଆଁ ଓ ରଜଝୁଲଣ। ଏଣିକି ସେ ବୋହୂ ହେବ। ନୂଆ ଜୀବନ ଆରମ୍ଭ କରିବ। ସରିଗଲା ଶାଁବାଳୁଆର ଆୟୁଷ। ହଳଦୀ ଲଗେଇ ଗାଧୋଇଲା ଝିଅଟି। ସାତଜଣ ଅହ୍ୟ ସ୍ତ୍ରୀ ହୁଳହୁଳି ଦେଇ ତାକୁ ଗାଧୋଇଦେଲେ। ପାଲଟାଲୁଗାକୁ ଭଣ୍ଡାରୁଣୀ ନେବ, ସେଇଟା ତା'ର ପ୍ରାପ୍ୟ। ଝିଅ ପିନ୍ଧୁଛି ମଙ୍ଗଳଓଡ଼ା। ଏହି ଲୁଗା ପିନ୍ଧି ସେ ଯିବ ବେଦୀକୁ।

ବର ଆସିଲାଣି ବୋଧହୁଏ। ଗାଁମୁଣ୍ଡର ଅନ୍ଧାର ଆକାଶ ହଠାତ୍ ଲକ୍ଷେ ଦୀପାଳିର ଉଜ୍ଜ୍ୱଳପଣରେ ଝଲସି ଉଠୁଛି। ବାଣ ଫୁଟୁଛି, ରୋଶଣି ଜଳୁଛି, ବାଜା ବାଜୁଛି, ସାହାନାଇରେ ନୂଆ ନୂଆ ସୁର ଦେଉଛି ବ୍ୟାଣ୍ଡ୍ ମାଷ୍ଟର।

କନିଆ ଘରେ ବ୍ୟସ୍ତତା ବଢ଼ିଗଲା। ଏବେ ଜ୍ୱାଇଁବରଣ ପାଇଁ ପ୍ରସ୍ତୁତ ହେବାକୁ ପଡ଼ିବ। ବରଯାତ୍ରୀମାନଙ୍କ ଚର୍ଚ୍ଚା ପାଇଁ ଆଗରୁ ହୁସିଆର ନ ରହିଲେ ଅସଲ ବେଳକୁ ସବୁ ବିଭ୍ରାଟ ହୋଇଯିବ।

ଗାଁ ଦାଣ୍ଡ ଦୁଲୁକେଇ ବର ଆସୁଛି। ସାଙ୍ଗରେ ବରଯାତ୍ରୀ। ଆଗେ ଆଗେ ଟୋକାଟାକଳା, ପଛକୁ ମୁରବି ମଣିଷ। ଝିଅର ସାଙ୍ଗ ସଙ୍ଗାତମାନେ ଧାରା ବିବରଣୀ ଦେଉଛନ୍ତି ଝିଅଟିକୁ। ଉପବାସର କଷ୍ଟ କିଛି ଲାଗୁ ନାହିଁ। କେବଳ ଉତ୍କଣ୍ଠା - କ'ଣ ହେବ, କ'ଣ ହେବ? ଦହି ସରବତ ଟିକକ ପିଇବାଲାଗି ସୁଦ୍ଧା ଇଚ୍ଛା ହେଉ ନାହିଁ।

ନୋଇଁ ନୋଇଁ କନିଆ ଯାଉଛି ବେଦୀ ଉପରକୁ। ଲବଣଚଉଁରୀ ମନ୍ତ୍ର

ବୋଲାଯାଉଛି। ହୋମ, ଦୋଳମୁକୁଟ ପିନ୍ଧା ଓ ଶେଷରେ ହାତଗଣ୍ଠି। ନୂଆହାତର ଛୁଆଁରେ ଉଲୁସି ଯାଉଛି ଦେହହାତ, ଫଗୁଣ ପବନରେ ଗଛ ଉଲୁସି ଗଲା ପରି।

କଉଡ଼ି ଖେଳ ବେଳକୁ ପଛେଇ ଯାଉଛି ଝିଅଟି। ମୁଠା ଖୋଲୁ ନାହିଁ। କନିଆର ସାନଭାଇ ସାହାଯ୍ୟ କଲା କି? ହେଇଥିବ - ସେ ଯେଉଁ ହସ ଆଉ ପାଟିଗୋଳ! ଝିଅଟି ଲାଜରେ ଝାଉଁଳି ପଡ଼ିଛି।

ଖଇହୋମ ସରିଗଲା। ସରିଗଲା ସମୁଦୀ ମେଳଣ, ବନ୍ଦାପନା ବି। ଏବେ ଗାଧୁଆପାଧୁଆ। ନୂଆ ସାଜସରଞ୍ଜାମ ସବୁ ଥୁଆ ହେଇଛି। ଗାଧୁଆ ପରେ ଦହିପଖାଳ ଖିଆ ଆଉ ତା'ପରେ ଝିଅବିଦା।

ବିରାଟ ବରଗଛଟେ ଅବା ଝଡ଼ରେ ଉପୁଡ଼ି ପଡୁଛି। ଭାଙ୍ଗିଯାଉଛି ଲୁହର ବନ୍ଧ। କରୁଣ କାନ୍ଦଣାରେ ସବୁ ଶବ୍ଦ ଓ କୋଳାହଳ ବୁଡ଼ିଯାଉଛି। ନିଜ କଳିଜାକୁ କାଟି ପର ହାତକୁ ଟେକିଦେଲା ପରି ଝିଅକୁ ଟେକି ଦେଉଛନ୍ତି ଘରଲୋକେ।

ଗହୀର ବିଲ, ପିଚୁ ରାସ୍ତା ଓ ନାଲି ସଡ଼କ ଦେଇ ସବାରି ଆଗଉଛି ପୁଅ ଘରକୁ। ଝିଅଟି ସେଇ କାଠ ସବାରିର ଫାଙ୍କରୁ ଶେଷଥର ପାଇଁ ଦେଖି ନେଉଛି ନିଜ ଗାଁକୁ। ଥାଅରେ ଗାଁର ପୋଖରୀ ତୁଠ, କଦମ୍ବ ଗଛ, ତମେମାନେ ସମସ୍ତେ ଭଲରେ ଭଲରେ ଥାଅ। ଥାଅରେ ମଥା ଉପରର ତାରା ଓ ପାଣି ତଳର କୁନି ମାଛ, ସମସ୍ତେ ଖୁସି ଖୁସିରେ ଥାଅ, ମୁଁ ଯାଉଛି। ଅବରୁଦ୍ଧ ଝରଣାଟିଏ କୁଳୁକୁଳୁ କରି ଗଡ଼ିଗଲା ପରି ଆଖିକୋଣରୁ ଟୋପାଟୋପା ଲୁହ ନିଗିଡ଼ି ଯାଉଛି। ସବୁ କିଛି ଦିଶୁଛି ଜାଲୁଜାଲୁଆ। ଘୁଞ୍ଚିଯାଉଛି ଗାଁର ତାଳବଣ, ଧାନ କ୍ଷେତ ଓ ନଈକୂଳ। ପାଖେଇ ଆସୁଛି ନୂଆ ଗାଁ, ନୂଆ ଘର, ନୂଆ ସଂସାର।

ସବାରି କବାଟ ଖୋଲି ବନ୍ଦାପନା ପରେ ହାତଧରି ସଙ୍ଗୋଳି ନିଅନ୍ତି ବଡ଼ଯାଆ। ଧୀର ପାଦରେ ଝିଅଟି ଓହ୍ଲାଇ ଆସେ 'ମାଛିକୁ ମଅ ନ କହିବା' ଢଙ୍ଗରେ। ଘର ଦରଜା ପାଖେ ବାଟ ଜଗିଥାଏ ନଣନ୍ଦ। ସିଏ ତା'ର ପାଉଣା ନ ପାଇଲେ ଭାଉଜଙ୍କୁ ଘର ଭିତରକୁ ଛାଡ଼ିବ ନାହିଁ। ତାକୁ ତା' ପାଉଣା ଦେଇଦିଏ ନୂଆବୋହୂ। ନୂଆ ଲୁଗାର ଝଦର ତଳେ ନୋଇଁନୋଇଁ ବୋହୂ ଘର ଭିତରକୁ ପଶେ। ସାଙ୍ଗରେ ଆଣିଥାଏ ଗୁଡ଼ କଂସା ଓ ଶିଉଳି ବାଟି। ଘର ଚଟାଣରେ ଚିତା ଲେଖି ଲେଖି ଭିତରକୁ ଯାଏ। ଅବିର ପାଦରେ ଲକ୍ଷ୍ମୀ ପାଦ ଆଙ୍କି ନୂଆ ସଂସାରକୁ ପଶେ। ଜେଜେମା ତାଙ୍କ କୋଳରେ ବସେଇ ବର କନ୍ୟାଙ୍କୁ ବିରିଝଉଳରେ ଖେଳାନ୍ତି। ଏଣିକି ଏଇ ସଂସାର, ତେଲ ଲୁଣ ଓ ବିରିଝଉଳର ଜୀବନ।

ଗୁଡ଼ ଓ ଗୁଆ ମିଶେଇ ସାତଜଣ ସଧବା ସ୍ତ୍ରୀଙ୍କୁ ବାଣ୍ଟିଦିଏ ବୋହୂ। ସମସ୍ତଙ୍କ

ଘରକୁ ମିଠା ପଠାଯାଏ। ଚତୁର୍ଥୀ ଆସେ। ନୂଆ ଗୋତ୍ରକୁ ଗ୍ରହଣ କରି ଝିଅଟି ପିତୃଶ୍ରାଦ୍ଧ ଦିଏ। ଲଜ୍ଜା ହୋମରେ ଲଜ୍ଜାକୁ ସ୍ୱାହା କରିଦିଏ ବୋହୂ ଦାମ୍ପତ୍ୟର ଯଜ୍ଞ କୁଣ୍ଡରେ।

ହାଣ୍ଡିଶାଳକୁ ପଶିବା ଆଗରୁ ସୂର୍ଯ୍ୟଙ୍କୁ ଟେକିଦିଏ ପାଣି ପିତଳ ଗଡ଼ୁରେ।

କାହାର ଡାକ ଶୁଣି ଝିଅର ପାଦ ଉପରେ ଖସିପଡ଼ିଲା ପାଣିଗଡ଼ୁଟି। ସେ 'ଉଃ' କହି ନୋଇଁ ପଡ଼ିଲା। ଅହଲ୍ୟାର ଆଖି ଖୋଲିଗଲା। ଚାରିଆଡ଼କୁ ଚାହିଁଲା ସେ। କେହି କେଉଁଠି ନାହିଁ। କିଏ କାହିଁକି ସୂର୍ଯ୍ୟଙ୍କୁ ପାଣି ଟେକିଦେଉଥିଲା? କେଉଁଠୁ ବିଦାୟ ନେଇ ଆସୁଥିଲା ଝିଅଟି? ଚାରିପଟ ଶୂନ୍‌ଶାନ୍। ସୂର୍ଯ୍ୟ ଯିବାକୁ ବାହାରିଲେଣି। ଏତେବେଳେ କ'ଣ ସେ ଛାଇନିଦରେ ସ୍ୱପ୍ନ ଦେଖୁଥିଲା?

ସ୍ୱପ୍ନରେ ଡାକୁଥିବା ଲୋକଟି କ'ଣ ଥିଲା ଝିଅର ବର? ଯାହା ହାତ ଧରି ଝିଅଟି ପର ଗାଁକୁ ବୋହୂ ହୋଇ ଆସିଥିଲା।

ଅହଲ୍ୟା ଲାଜରେ ଜିଭ କାମୁଡ଼ି ଦେଲା।

'କିଲୋ, ମୁହଁ ସଞ୍ଜଟାରେ ସେ ଆମ୍ବତୋଟାରେ କଉଁ ନାଗର ସାଙ୍ଗରେ ଫୁସୁରୁଫାସର ହେଉଥିଲୁ ବା?'

ବୁଢ଼ୀ ଅହଲ୍ୟାକୁ ଡାକୁଥିଲେ। ମାନିଦେଈର ଶାଶୂ। ଅହଲ୍ୟା କିଛି ଜବାବ ଦେଲା ନାହିଁ।

ତା' ଆଖି କୋଣରେ ତଥାପି ଲୁହ ଟୋପାଏ ଅବା ଲାଗି ରହିଥିଲା ପରି ସେ ଲୁଗା କାନିରେ ମୁହଁ ପୋଛିଦେଲା। ଗୋଟେ ଦୀର୍ଘଶ୍ୱାସ ଛାଡି ଥରେଇ ପଦାକୁ ବାହାରି ଆସିଲା। ସତରେ ସଞ୍ଜ ହେଇଗଲାଣି। ଚଉଁରା ମୂଳେ ସଞ୍ଜ ଦିଆହୋଇ ନାହିଁ।

ଅହଲ୍ୟା ସଦର ଖଞ୍ଜାକୁ ଫେରି ଆସିଲା। ଏଇ ତା'ର କର୍ମଭୂମି। ଏଇଠି ସକାଳ କୁଆ କାଆ କରିବାଠୁଁ ନେଇ ପୁଣି ଅଧରାତିର ପେଚା ରଡ଼ିବା ଯାଏ ତା'ର କାମ।

ସୂର୍ଯ୍ୟ ଉଇଁବା ଆଗରୁ ଅହଲ୍ୟା ଉଠିପଡ଼େ। ତା' ଚାଳଛପର ଘରଟାରେ ଖଣ୍ଡିଏ ଶଉପ ଚଟେଇ, ଦି'ଖଣ୍ଡ ଲୁଗା, ଦି'ହଳ ସାୟା, ବ୍ଲାଉଜ, ଖଣ୍ଡେ ଆରଶି ଓ ପାନିଆ। ଗୋଟେ କନ୍ଥା, ଦିଇଟା ଚାଦର, ଖଣ୍ଡେ କମ୍ବଳ, ଗୋଟେ ଟିଣ ଟ୍ରଙ୍କ ଓ ଝୁଲା। ଏଇ ଘରଟା ଆଜିକି କୋଡ଼ିଏ ବରଷ ହେଲା ତା'ର ବାସଭୂଇଁ।

ଅହଲ୍ୟାର କାମ ଆରମ୍ଭ ହୁଏ। ବିଛଣାରୁ ଉଠି ରାତି ପାହିବା ଆଗରୁ ଦାଣ୍ଡ ଖଞ୍ଜାଠାରୁ ବାଡ଼ିପଟ ଯାଏ ଓଳେଇ ଆଣେ ସେ। ଘରଓଳା କାମଟି ପୁଣି ସହଜ ନୁହେଁ। ବାଡ଼ିପଟ ଓଳେଇବା ପାଇଁ ପହଁରାଖଡ଼ିକା, ଘର ଭିତର ପାଇଁ ଫୁଲଝାଡୁ ଆଉ ବୁଢ଼ୀଙ୍କ ଠାକୁର ଘର ଓ ରୋଷେଇ ଘର ପାଇଁ ଅଲଗା ପିଞ୍ଛ ଝାଡୁ। ଏଥିରେ ଟିକିଏ ଓଲମ ବିଲମ ହୋଇଗଲେ ବୁଢ଼ୀ ପ୍ରଳୟ କରିଦିଅନ୍ତି। ସବୁଯାକ ଘର ଅଗଣା

ଓ ବାରନ୍ଦା ଅହଲ୍ୟାକୁ ହିଁ ଓଳେଇବାକୁ ପଡ଼େ। ଝାଡୁବଦଳ ଭୁଲ୍ ଅହଲ୍ୟାର ହୁଏ ନାହିଁ। ସବୁଦିନ ସେଇ ଏକା ପ୍ରକାରର କାମ କରି କରି ତା' ହାତପାଦ କାନ୍ଥ ଘଡ଼ିର ଘଣ୍ଟାକଣ୍ଟା ଆଉ ମିନିଟ୍ କଣ୍ଟା ପରି ଅଭ୍ୟସ୍ତ ହୋଇଗଲାଣି। ଘରଓଳା ପରେ ବାସନ ମଜା। ଗଲା ରାତିର ବାସନତକ କୂଅ ପାଖରେ ଗଦା ହୋଇଥାଏ। ତାକୁ ସବୁ ମାଜି ନ ଦେଲେ ସକାଳ କୁଆ ଅଇଁଠା କୁଇଁଠା ଉଠେଇ ବାରଆଡ଼େ ପକେଇବେ। ବାସନକୁସନ ମାଜିସାରି ଅହଲ୍ୟା ସେଗୁଡ଼ିକୁ ରୋଷେଇଘରେ ନେଇ ଥୁଏ। ସଫା କନାରେ ପୋଛି ସଜାଡ଼ି ରଖିଦିଏ। ଏତକ କାମ ସାରିଲା ପରେ ସେ ଗୋରୁ ଗୁହାଳ କଥା ବୁଝେ। ସେମାନଙ୍କୁ ବାହାରେ ଆଣି ବାନ୍ଧିଦିଏ, କୁଣ୍ଡା ତୋରାଣି ଦିଏ, ନଡ଼ା ନ ହେଲେ ଘାସ ଖାଇବା ପାଇଁ ଥୋଇଦିଏ। ଗୋରୁମାନଙ୍କ କଥା ସରିଲା ପରେ ଅହଲ୍ୟା ନିଜେ ତା' କାମ ସାରି ଗାଧୋଇପଡ଼େ। ତା'ପରେ ଠାକୁରଙ୍କ ପାଇଁ ଫୁଲତୋଳା। ରୋଷେଇଘରେ ଚୁଲି ଲଗେଇ କେଟ୍‌ଲିରେ ଚା ବସାଏ। ସେତିକିବେଳକୁ ସୂର୍ଯ୍ୟ ଉଠନ୍ତି, ଘରର ଲୋକମାନେ ବି ଧୀରେ ଧୀରେ ବିଛଣା ଛାଡ଼ନ୍ତି।

ଏହାପରେ ସକାଳ ଜଳଖିଆ ପାଇଁ ବନ୍ଦୋବସ୍ତ। ଅହଲ୍ୟାର ହାତପାଦ ଚଞ୍ଚଳ ହୋଇଉଠେ। ମାନିଦେଈଙ୍କ ସାନ ପୁଅଝିଅ ସ୍କୁଲ୍‌କୁ ଯିବେ, ବଡ଼ ଝିଅ ଯିବେ ପାଖ କଲେଜକୁ, ଦିଅର ହାଟକୁ, ବାବୁ ଖାଇସାରି କଚେରି ବାହାରିଯିବେ।

ଯିଏ ଯାହାର ରାସ୍ତାରେ ବାହାରି ଗଲା ପରେ ଦ୍ୱିପହର ରୋଷେଇ କାମରେ ଅହଲ୍ୟା ଲାଗିଯାଏ। ଦଶ ପରାଣୀ କୁଟୁମ୍ବର ରୋଷେଇ। ପରିବାପତ୍ର କଟା, ବେସର ବଟା ଏସବୁ ନିତିଦିନିଆ କାମ। ସପ୍ତାହରେ ପାଞ୍ଚଦିନ ମାଛ ମାଉଁସ। ତାକୁ ଧୁଅ, କେଳାଅ, କଷ, ରାନ୍ଧ। କିନ୍ତୁ ଅହଲ୍ୟାକୁ କୌଣସି କଥା ବଳେଇଯାଏ ନାହିଁ।

ମାନିଦେଈଙ୍କ ପାଇଁ ଅହଲ୍ୟାର ସବୁଠୁ ବେଶି ଆଦର। ମାନିଦେଈ ନ ଥିଲେ ତା'ର ଅସ୍ତିତ୍ୱ ନ ଥାନ୍ତା। ତା'ର ମନେଅଛି, ମାନିଦେଈଙ୍କ ସାଙ୍ଗରେ ଏ ଘରକୁ ଆସିଲାବେଳେ ସେ ଛୋଟିଆ ନଡ଼ବଡ଼ିଆ ଝିଅଟେ ଥିଲା। ମାନିଦେଈ ଶାଶୂଘର ଲୋକେ ତାକୁ ଦେଖି ଚିଡ଼େଇଥିଲେ, ଏଡ଼େ ବକଟେ ଛୁଆ- କୁକୁର ଛୁଆ କି ବିଲେଇ ଛୁଆ ପରି, ଇଏ କ'ଣ ଘରବାଡ଼ି କାମ କରିପାରିବ? କିନ୍ତୁ ଅହଲ୍ୟା ସେମାନଙ୍କ କଥା ଶୁଣି ନ ଥିଲା। ମାନିଦେଈର ଶାଶୂ ଦେଇଥିବା ତେନ୍ତୁଳି ଆଚାର ଓ ପଖାଳ କଂସାଏ ଖାଇଦେଇ ସେ ସିଧା ସିଧା ଅଇଁଠା ବାସନ କୁଢ଼ା ହୋଇଥିବା କୂଅ ମୂଳକୁ ଯାଇଥିଲା। ଟିକିଏ ସାବୁନ ପାଉଡର ଲଗେଇ ସାଙ୍ଗେ ସାଙ୍ଗେ ମାଜି ସଫା କରିଦେଇଥିଲା ବାସନ କୁସନ। ତା' କାମ ଦେଖି ମାନିଦେଈର ଶାଶୂ ଖୁସି ହୋଇଯାଇଥିଲେ।

ମାନିଦେଈ ବାପଘରେ ଭାରି ଗେହ୍ଲୀ ଥିଲେ। ସବୁବେଳେ ବହିପଢ଼ା ନ ହେଲେ ରେଡିଓ ଶୁଣା। ବାପା-ମାଆଙ୍କର ଗୋଟିଏ ଝିଅ ବୋଲି କେହି ତାଙ୍କୁ କିଛି କହୁ ନ ଥିଲେ କି ସିଏ ନିଜେ ରୋଷେଇବାସ କାମ ଶିଖୁ ନ ଥିଲେ। ସବୁବେଳେ ଅହଲ୍ୟାକୁ ଲୋଡୁଥିଲେ। ମାନିଦେଈର ବୋଉ ଚିଡ଼ଉଥିଲେ, ଅହଲ୍ୟା ମାନିର ହାତବାରିସି।

ହାତବାରିସି ଅହଲ୍ୟା ମାନି ସାଙ୍ଗରେ ଶାଶୂଘରକୁ ଆସିଲା ଦିନ ମାନିଦେଈର ବୋଉ ଅହଲ୍ୟାକୁ କହିଥିଲେ, "ତୁ ତ ଜାଣୁ, ମାନି କିଛି କାମକାର୍ଯ୍ୟ ଶିଖିନାହିଁ। ତୁ ମୋ ଝିଅ କଥା ବୁଝିବୁ। ତାହାହେଲେ ସିଏ ତୋ କଥା ବୁଝିବ। ତୋ ଘର ବସେଇ ଦେବ ତୁ ବଡ଼ ହେଲେ।"

ଘର ବସିବାର ଅର୍ଥ କଣ ସେଦିନ ବୁଝି ନ ଥିଲା ଅହଲ୍ୟା। ସେକଥା ବୁଝିଲା ଅନେକ ଅନେକ ଦିନ ପରେ। କିନ୍ତୁ ମାନିଦେଈର କଥା ମାନିବାରେ ସେ ସାମାନ୍ୟ ତ୍ରୁଟି କରି ନ ଥିଲା। ଆଜି ବି କରେ ନାହିଁ।

ଦି'ପହର ଖିଆପିଆ ପରେ ଲୁଗାପଟା ସଫା କାମରେ ଲାଗିଯାଏ ଅହଲ୍ୟା। ସଞ୍ଜବୁଡ଼େ ସେସବୁ ଖରାରୁ ତୋଳିଆଣେ। ଛାତ ଉପରେ ଆଚ୍ଚର, ବଡ଼ି, ଚାଉଳ କି ଆଉ କ'ଣ ଶୁଖାଯାଇଥିଲେ ଗୋଟେଇ ଆଣେ। ମସଲା କୁଟିଦିଏ, ଚାଉଳ ବାଟିଦିଏ ପିଠା ପାଇଁ। ପୁଣି ଥରେ ବାସନଧୁଆ ସରିଲା ପରେ ଘରଓଳା କାମ। ସଞ୍ଜବେଳେ ଲୁଗା ପାଲଟି ସଞ୍ଜବତି ଜାଳିଦିଏ ଅହଲ୍ୟା। ସଞ୍ଜବତିର କୃପଣ ଆଲୁଅରେ ତୁଳସୀ ଚଉଁରା ଝଲସିଉଠେ। ଅହଲ୍ୟା ଆସି ଗୋଟିଏ ପରେ ଗୋଟିଏ ଘରେ ବତି ଜଳାଏ। ସେତିକିବେଳେ ରାତି ରୋଷେଇର ବରାଦ ନେଇଯାଏ ଅହଲ୍ୟା।

ରାତିର ରୋଷେଇ ସରି ଖିଆପିଆ ସରିଗଲା ବେଳକୁ ଅନେକ ବେଳ ହୋଇଯାଇଥାଏ। ଅହଲ୍ୟାର ହାତପାଦ ସବୁ କିଟିକିଟି କରେ। ମୁଣ୍ଡ ବିନ୍ଧେ, ପେଟ ଫମ୍ପେଇ ଯାଏ; ମାତ୍ର ଅହଲ୍ୟାର ସେସବୁ ପ୍ରତି ଧ୍ୟାନ ଦେବା ଲାଗି ସମୟ ନ ଥାଏ। ଶୀତଦିନେ କି ବର୍ଷାଦିନେ ପୁଣି ତା'ର କାମ ଦି'ଗୁଣା ହୋଇଯାଏ। ଲୁଗାପଟା ଶୁଖାଠୁଁ ନେଇ ମେଘ ଦାଉରୁ ଜାଳକାଠ ବଞ୍ଚେଇ ରଖିବା ତା' ପାଇଁ କାଠିକର ପାଠ ହୋଇଯାଏ।

ତଥାପି ଏବେ ଅହଲ୍ୟା ନିଜ କାମକୁ ହାଲୁକା ମନେ କରେ। ମାନିଦେଈର ଝିଅ ବଡ଼ ହୋଇଗଲାଣି। ଗୋଟେ ପୁଅ, ଦି'ଟା ଝିଅ। ବଡ଼ଝିଅ ମୀନା କଲେଜ ଗଲେଣି, ପୁଅ ମାଇନର ସ୍କୁଲ୍ ଓ ସାନଝିଅ ହାଇସ୍କୁଲ୍‌ରେ। ସେମାନେ ସାନ ଥିଲାବେଳେ ଅହଲ୍ୟାର ଜଞ୍ଜାଳ ବହୁତ ଥିଲା। ଗାଧୋଇବା, ଖୁଆଇବାଠୁଁ ନେଇ ପୋଷାକ ପିନ୍ଧେଇ ସ୍କୁଲ୍‌କୁ ପଠେଇବା ପାଇଁ ତାଙ୍କ ପଛେ ପଛେ ଧାଇଁବାକୁ ପଡୁଥିଲା ଅହଲ୍ୟାକୁ।

ଅହଲ୍ୟା ନିଜେ ମା' ହୋଇନାହିଁ, ସଂସାର କରିନାହିଁ, କିନ୍ତୁ ପିଲାଙ୍କ ଦାୟିତ୍ୱ କିପରି ନେବାକୁ ହୁଏ କହିଲେ ସିଏ ତା' ଉପରେ ଦି'ଘଣ୍ଟା ଭାଷଣ ଦେଇଦେବ। ଛୋଟ ପିଲାଙ୍କ ମୁହଁ ଦେଖି ସେ ତାଙ୍କ ପେଟ ଚିହ୍ନିପାରେ।

ପିଲାମାନେ ସାନ ଥିଲାବେଳେ ପିଲାଏ ଖାଇବା ପାଇଁ ହଇରାଣ କରନ୍ତି। ମାନିଦେଈ ଥକିପଡ଼ି କହେ, "ଅହଲ୍ୟା, ତୁ ଏମାନଙ୍କୁ ନେଇ ବୁଝ। ମୁଁ ପାରିବି ନାହିଁ।" ଅହଲ୍ୟା ଗୋଟେ ବଡ଼ଥାଳିରେ ଭାତ ଓ କଂସାରେ ତରକାରି ବାଢ଼ିଆଣେ। ପିଲାମାନଙ୍କ ଡେଣା ଭିଡ଼ିଆଣି ସାମ୍ନାରେ ବସାଏ। ଅଦ୍ଭୁତ ଅଧିକାରପଣରେ ଯା' ପାଟିରେ ଗୁଣ୍ଡାଏ ତ ତା' ପାଟିରେ ଗୁଣ୍ଡାଏ ଠେଲିଦିଏ। ଭାତ ପଛକୁ ତରକାରି। ତିନି ତିନିଟା ପିଲା ବସିଥିଲେ ବି କାହାରି ପାଟି ଖାଲିପଡ଼େ ନାହିଁ। କେହି ଖାଇବାରେ ହେଳା କଲେ ଅହଲ୍ୟା ତା' ପିଠିରେ ଛୋଟିଆ ଖୁନ୍ଦାଟିଏ ଖୁନ୍ଦିଦିଏ। ନ ହେଲେ କହେ, "ଏଥର ପିଲାଧରାବାଲା ଆସିଲେ, ସିଏ ବୁଢ଼ୀମାଆଙ୍କୁ କହି ତାକୁ ପିଲାଧରା ମୁଣାରେ ଦେଇଦେବ।"

ପିଲାଏ ସବୁବେଳେ ଅହଲ୍ୟା ପାଖେ ପାଖେ ରହନ୍ତି। ଅହଲ୍ୟା ସେମାନଙ୍କୁ କାଠଘୋଡ଼ାଠୁଁ ନେଇ କଲୁରେଇବେଣ୍ଟ, ବୁଢ଼ୀ ଅସୁରୁଣୀ, ରାଜା ରାମଚନ୍ଦ୍ର, ନଳ ଦମୟନ୍ତୀ ଓ ତଅପୋଇ କଥା କହେ। ବଉଳାଗାଈ ଗୀତ ବୋଲି ଶୁଣାଏ। ପିଲାଏ ସେ ଗପ-ଗୀତ ଶୁଣୁଶୁଣୁ ଖାଇବା ଖାଇଦିଅନ୍ତି, ନିଦରେ ଶୋଇପଡ଼ନ୍ତି। ଅହଲ୍ୟା ଟିପେ ଟିପେ ସୋରିଷତେଲ ଆଣି ପିଲାମାନଙ୍କ ଗୋଡ଼ଭଣ୍ଡାରେ ଲଗେଇଦିଏ। କହେ, "ଦିନସାରା ଧୂଳିବାଲିରେ ଖେଳି ଏଗୁଡ଼ା ଭୂତ ପରି ଦିଶୁଛନ୍ତି।"

ନିଜେ ଅହଲ୍ୟା ପାଠ ପଢ଼ିନାହିଁ, କିନ୍ତୁ ଶୁଣି ଶୁଣି ଅନେକ ଗୀତ, ଗପ ଓ କାନ୍ଦଣା ମୁଖସ୍ଥ କରିଛି। ସାହିପଡ଼ିଶାର ଝିଅଝିଆଣୀମାନେ କାନ୍ଦଣା ଶିଖିବା ପାଇଁ ଅହଲ୍ୟା ପାଖକୁ ଆସନ୍ତି। ଆସନ୍ତି ବି ଆଚାର ତିଆରି, ବଡ଼ିପରା, ବେଣୀବନ୍ଧା ଆଉ ରାନ୍ଧଣା ଶିଖିବା ପାଇଁ।

ଅହଲ୍ୟା ତରତର ପାଦରେ ଆସୁଥିଲା।

ମାନିଦେଈର ଶାଶୂ ପାଟି କରୁଥିଲେ, ତାଙ୍କର ଠାକୁରଘର ଏଯାଏଁ ଓଳା ହୋଇନାହିଁ। ଅହଲ୍ୟା କ'ଣ କହିବ ବୋଲି ଯାଉଥିଲା, ସେତିକିବେଳେ ବନମାଳୀ ଆସି ପହଞ୍ଚିଗଲା। ବୁଢ଼ୀ ଏଥର ଅହଲ୍ୟାକୁ ଛାଡ଼ି ବନମାଳୀକୁ କହିଲେ, "ହଇରେ ଭଣ୍ଡାରି ଟୋକା, ଦିନସାରା ଟୋ ଟୋ ବୁଲୁଛୁ। ତୋତେ ପରା କହିଥିଲି, ପାନଗୁଆ ସରିଯାଇଛି, ଆଣିଦେବୁ।"

ବନମାଳୀର ଅସଲ ଦାୟିତ୍ୱ ହାଟ ଦୋକାନରେ। କେତେବେଳେ କେମିତି ଏପଟେ ମାଡ଼ିଆସେ।

ଅହଲ୍ୟା ମହାନ୍ତିଘର ଆଡ଼େ ଆଉ ଥରେ ଚାହିଁଲା। ଆଲୁଅ ଜଳିଲାଣି, ଭିଡ଼ ଜମିଲାଣି। ସିଏ ବାହାଘରର ଦୃଶ୍ୟ ଦେଖିବା ଲାଗି ତରତର ପାଦରେ ଯିବାବେଳେ କହିଲା, "ମୁଁ ସାଙ୍ଗେ ସାଙ୍ଗେ ଠାକୁର ଘର ଓଳେଇ ଦଉଛି ମା'।"

ଗଲାସନ ମହାନ୍ତିଘର ବଡ଼ ଝିଅର ବାହାଘର ହେଇଥିଲା। ସେ ବାହାଘର ସରିବାର ପନ୍ଦର ଦିନ ପରେ ଯେ ମାନିଦେଈ ନଣନ୍ଦର ବାହାଘର ଠିକ୍ ହୋଇଯିବ ସେକଥା ଅହଲ୍ୟା ଆଦୌ ଚିନ୍ତା କରିପାରି ନ ଥାନ୍ତା। ଯେଉଁଦିନ ସେ ଏକଥାଟି ଶୁଣିଲା ସେଦିନ ତା' ମନ ଖୁସିରେ ନାଚି ଉଠିଲା। ଅନେକ ସମୟ ସେ ପିଣ୍ଡାର ଖୁଣ୍ଟଟାକୁ ଧରି ଚକାଭଉଁରି ଖେଳିଲା ଓ ତା'ପରେ ବସିପଡ଼ି ବାହାଘରର ଚିତ୍ର ଦେଖିବାକୁ ଲାଗିଲା।

ସେତିକିବେଳେ ନିଜର କଥା ମନେପଡ଼ିଲା ଅହଲ୍ୟାର।

କେହି ନ କହିଲେ ବି ସେ ଜାଣିପାରୁ ନ ଥିଲା, ତା'ର ବୟସ ଚଉତିରିଶ କି ପଇଁତିରିଶ ହେବଣି। କେଉଁଦିନ ମାନିଦେଈ ତା'ହେଲେ ଅହଲ୍ୟାର ଘରସଂସାର ବସେଇବ? ଏକଥା ଭାବୁ ଭାବୁ ସେ ମନକୁ ଦୃଢ଼ କରିଥିଲା। ଯେମିତି ହେଉ ପଛକେ ସେ ମାନିଦେଈଙ୍କୁ ଏକଥା ପଚାରିବ।

ଅହଲ୍ୟାକୁ ପାଖରେ ଦେଖୁ ଦେଖୁ ମାନିଦେଈଙ୍କର ମନେପଡ଼ିଥିଲା, କାଲିରୁ ତାଙ୍କ ବିଛଣା ଚାଦର ସଫା ହେଇଥିଲା, ଏଯାଏଁ ଇସ୍ତ୍ରି ହେଇନାହିଁ। ଅହଲ୍ୟାର କଥା ତା' ପାଟିରେ ରହିଗଲା। ସେ ଇସ୍ତ୍ରି କରିବାକୁ ଚାଲିଗଲା।

ମହାପାତ୍ର ଘରର କାମ ଜଞ୍ଜାଳ ଭିତରେ ବେଳେ ବେଳେ ଯେ ଅହଲ୍ୟା ଥକି ନ ପଡ଼େ ନୁହେଁ। ବେଳେ ବେଳେ ତା'ର ଦେହହାତ କଟକଟ କରିଉଠେ। ସେତେବେଳେ ସମସ୍ତେ ଅହଲ୍ୟାର ଦେହ-ପା' ନେଇ ସଚେତନ ହୋଇଉଠନ୍ତି। ମାତ୍ର ଆହା ଚୁ-ଚୁ କଲେ ଘରକାମ ଉଠେ ନାହିଁ। ପାଣି କଳସୀ ଟେକିବା କଥା କହିଲେ ଇଏ ତା' ମୁହଁକୁ ତ ସିଏ ତା' ମୁହଁକୁ ଅନାନ୍ତି। ରୋଷେଇଘରେ ବିରାଡ଼ି ବୁଲେ, ପିଲାଙ୍କ ଜଳଖିଆ ତିଆରି ହୁଏ ନାହିଁ। ବୁଢ଼ୀଙ୍କ ଠାକୁର ଭକ୍ତି ଫୁଲତୋଳା ପାଖରେ ଅଟକିଯାଏ।

ମାନିଦେଈ ବ୍ରହ୍ମାସ୍ତ୍ର ପ୍ରୟୋଗ କରନ୍ତି। ନିଜ ପିନ୍ଧାଲୁଗାକୁ ଅଣ୍ଟାରେ ଗୁଡ଼େଇ ଝାଡୁଟେ ଧରି ଘର ଓଳେଇବାକୁ ବାହାରନ୍ତି। ସେ ଦୃଶ୍ୟ ଅହଲ୍ୟା ଦେଖିପାରେ ନାହିଁ। ସିଏ କତରାଲଗା ଅବସ୍ଥାରୁ ଧାଇଁ ଆସେ। କମ୍ବଳଟାକୁ ଫୋପାଡ଼ି ଦେଇ

ମାନିଦେଈଙ୍କ ହାତରୁ ଝାଡୁଟା ଛଡ଼େଇ ନିଏ। ତା' ମା' ମାନିଦେଈର ବୋଉକୁ ଦେଇଥିବା କଥା ମନେପଡ଼େ। ସେ ବଞ୍ଚି ଥାଉଁ ଥାଉଁ ମାନିଦେଈକୁ କାମ କରିବାକୁ ଦେବ ନାହିଁ। ସେଇ ତା'ର ବାପ ମା' ସବୁ। ତା'ର ବର୍ତ୍ତମାନ, ଭବିଷ୍ୟତ। ଡେରି ହେଲେ ପଛେ ହେଉ, ସେଇ ମାନିଦେଈ ତ ତା' ଘରସଂସାର ବସେଇଦେବ ବୋଲି କଥା ଦେଇଛି।

ରୋଗକଥା ଭୁଲି ନିଜ ଘର ସଂସାରର ଚିତ୍ର ଦେଖିବାରେ ଲାଗିଯାଏ ଅହଲ୍ୟା। କେମିତି ହେଇଥିବ ସେ ଘର, କିପରି ମଣିଷ ହୋଇଥିବ ତା'ର ବର, ତାର ଶାଶୂ-ଶ୍ୱଶୁର, ଦିଅର ଓ ନଣନ୍ଦ ? ସେମାନଙ୍କ ଘରଦ୍ୱାର, କ୍ଷେତଖଳା, ବାଡ଼ିବଗିଚ୍ଛ- ସବୁକଥାର ଗୋଟି ଗୋଟି ଚିତ୍ର ଆଙ୍କିଯାଏ ଅହଲ୍ୟା। ହାତର ଝାଡୁ ଘର ଓଳଉଥାଏ, ସାବୁନ ଲୁଗା ସଫା କରୁଥାଏ, ପାଦ ବଗିଚ୍ଛର ମାଟି ସମତୁଲ କରୁଥାଏ, ମାତ୍ର ମନ ନୂଆ ସଂସାରର ଚିତ୍ର ଆଙ୍କୁଥାଏ।

କେତେ ଯେ ସ୍ୱପ୍ନ ଅହଲ୍ୟାର ! ଆକାଶରେ ଏତେ ତାରା ବି ନ ଥିବେ।

ମାନିଦେଈ ନଣନ୍ଦର ବାହାଘର ପାଇଁ ଗଲାସନ ସମସ୍ତେ ବ୍ୟସ୍ତ ଥିଲେ। ଶାଶୂଙ୍କଠୁଁ ନେଇ ସାନ ପିଲାଙ୍କ ଯାଏ। ବୁଢ଼ୀ ବେଶି ବ୍ୟସ୍ତ ହେଉଥିଲେ, କାରଣ ଏଇ ତାଙ୍କର ଶେଷ ଝିଅ। ତା' ବାହାଘରରେ କୌଣସି ତ୍ରୁଟି ରଖିବାକୁ ସେ ଚ୍ଛୁ ନ ଥିଲେ।

ବାହାଘର ସରିଗଲା। ଚଉଠି, ଅଷ୍ଟମଙ୍ଗଳା, ବାରତିଥି, ସାବିତ୍ରୀ, ରଜ ସବୁ ସରିଗଲା। ସବୁଥର ପର୍ବପର୍ବାଣି ଆସିଲେ ଅହଲ୍ୟାର ଜଞ୍ଜାଳ ବଢ଼େ। ଗରମ କଡ଼େଇର ତେଲ ଛିଟାରେ ହାତ ଫୋଟକା ହୁଏ, ପାଣି ସରସର ହାତ ପାଦରେ ପାଣିକନ୍ଦା ହୁଏ। ଚୁଲି ପାଖରେ ବସି ବସି ଅଣ୍ଟା ଧରେ। କିନ୍ତୁ କାମ ଜଞ୍ଜାଳରୁ ଫୁରୁସତର ରାସ୍ତା ନ ଥାଏ। ଅଧରାତିକୁ, ନୁଆଁଣିଆ ଚ୍ଛଳଛପର ଘରେ ଶଉପ ପାରି ଫାଁ ଗାଳି ପଡ଼ିଯାଏ ଅହଲ୍ୟା। ଅମୁହାଁ ଘରଟାର ଭିତର ଗୁମୁରୁଥାଏ, ତା' ଭିତରେ ଅହଲ୍ୟାର ଅପୂର୍ଣ୍ଣ ଇଚ୍ଛା ସବୁ ମିଶିମାଶି ତାକୁ ରୁନ୍ଧି ଦେଉଥାଆନ୍ତି। ଅହଲ୍ୟା ସେଇ ଗୁମ୍‌ସୁମ୍ ଘର ଭିତରେ ଆଖି ବୁଜିଦିଏ।

ଗଲାଥର ମାନିଦେଈ ନିଜଆଡୁ କହିଥିଲେ, "ସବୁ କାମ ସରିଆସିଲାଣି। ନଣନ୍ଦ ବିଦା ହୋଇଗଲେ। ଏବେ ମୀନା ବାହାଘର ସରିଗଲେ ଅହଲ୍ୟା ଫୁଲନୋଳ ପିନ୍ଧିବ। ତା' ଘରସଂସାର ସେ ବସେଇବ।"

ଅହଲ୍ୟା ଏଇ କଥା ପଦକ ଶୁଣିବା ପାଇଁ କେତେ ବର୍ଷ ଅପେକ୍ଷା କରି ନ ଥିଲା ! ବୟସ ଗଡ଼ି ଯାଇଥାଉ ପଛକେ, ସବୁ ଆଶା ସରିନାହିଁ।

ସେ ମୀନାର ମୁହଁକୁ ଅନେଇଲା। ମାନିଦେଈର ବଡ଼ଝିଅ। ମାନିଦେଈ ବାହା

ହେବାର ଦି'ବର୍ଷ ପରେ ମୀନାର ଜନ୍ମ। ଅହଲ୍ୟା ତା'ଠୁଁ ବାର ତେର ବର୍ଷ ବଡ଼ ହେବ। ବାହା ହୋଇଥିଲେ ତା'ର ବି ହୁଏତ ଦଶବର୍ଷର ପୁଅ କି ଝିଅଟିଏ...।

ଆଗକୁ ଆଉ ସେ ଚିନ୍ତା କରେ ନାହିଁ। ଅହଲ୍ୟାକୁ ତା' ବୋଉ କହିଥିଲା, ଆଗତ ଚିନ୍ତା କଲେ ଈଶ୍ୱର ରାଗିଯାଆନ୍ତି। ମଣିଷର ଯୋଜନାକୁ ଭଣ୍ଡୁର କରିଦିଅନ୍ତି ସେଇ ରାଗରେ।

ଏ ବର୍ଷ ମୀନା ପାଇଁ ପାତ୍ର ଖୋଜା ଚାଲିଛି। ସେଦିନ ମହାନ୍ତିଘର ବୁଢ଼ା ଡାକିବାକୁ ଆସିଥିଲାବେଳେ କଥା ପଡ଼ିଥିଲା। ଗଲାବର୍ଷ ତ ଆଗପଛ ହୋଇ ଦି' ସାହିର ଦି' ଝିଅ ଗଲେ। ଏଥର ବି ଦେଖ, କାଲେ ମୀନା ବାହାଘର ଆମ ଝିଅ ବାହାଘର ପରେ ପରେ ଠିକଣା ହେଉଛି !

ବାବୁ ତାଙ୍କୁ କିଛି କହି ନ ଥିଲେ। ଉପରକୁ ଅନେଇ କହିଥିଲେ, 'ସବୁ ଜଗନ୍ନାଥଙ୍କ ଇଚ୍ଛା।'

ଅହଲ୍ୟା ଲୁଗା ବଦଳେଇ ଧୁଆପୋଛା ହେଲା। ବାହାଘରର ସ୍ୱପ୍ନକୁ ପାଲଟା ଲୁଗା ସାଙ୍ଗରେ ବଦଳେଇଦେଲା। କୂଅପାଣିରେ ଧୋଇ ଛଡ଼େଇ ଦେଲା ସ୍ୱପ୍ନ ବେଦିର ସବୁତକ ହୋମବାସ୍ନା। ତୁଳସୀ ଚଉଁରା ପାଖେ ସଞ୍ଜବତି ଜାଳିଲାବେଳେ ସେ ପ୍ରାର୍ଥନା କଲା, "ମା' ବୃନ୍ଦାବତୀ, ଆମ ମୀନାର ବାହାଘର ଭଲ ଜାଗାଟିରେ ଲାଗିଯାଉ।"

ବୃନ୍ଦାବତୀ କ'ଣ ଉତ୍ତର ଦେଲେ ଅହଲ୍ୟା ଜାଣେ ନାହିଁ। ସଞ୍ଜବତିକୁ ଥରେଇ ଦେଇ ଦଲକାଏ ପବନ ବହିଗଲା। ଅହଲ୍ୟା ପଣତକାନି ବେକରେ ଗୁଡ଼େଇ ଓଳଗି ହେଲା।

ସେ କୂଅ ପାଖ ପଥର ଉପରେ ଆସି ବସିପଡ଼ିଲା। ଆଜି ରୋଷେଇ ବନ୍ଦ। ଆଉ ଟିକକୁ ସମସ୍ତେ ମହାନ୍ତିଘର ଭୋଜି ଖାଇବାକୁ ଯିବେ। ମାନିଦେଇ ତାଙ୍କ ଝିଅକୁ ସୁନାମୁଦି ଦେଇ ବନ୍ଦେଇବେ।

ପଥର ଉପରେ ନଖରେ ଗାର ଟାଣୁଥିଲା ଅହଲ୍ୟା। ତାକୁ ବି ମାନିଦେଇ ଦେବେ ସୁନାହାର, ସୁନାମୁଦି। ଅନେକଥର ସେକଥା ତାକୁ ସେ କହିଛନ୍ତି। ସେ ବି ଗଢ଼ିବ ଗୋଟେ ନୂଆ ଘରକରଣା, ନୂଆ ସଂସାର।

କୂଅମୂଳର ପଥରଟା ଅନେକ ଦିନୁ ଏଇଠି ପଡ଼ିଛି। ତା' ଚାରିପାଖେ ଘାସ ଡଙ୍କେଇଛି। ତଳର ଘାସଗୁଡ଼ାକ ଯାହା ମରିଯାଉଛି। ଏହାରି ଉପରେ ଅହଲ୍ୟାର ଲୁଗାକଚା, ଗାଧୁଆ, ବସାଉଠା ସବୁ।

କେଉଁଦିନୁ ପଥରଟା ଏଠି ପଡ଼ିଛି କେଜାଣି ! ବୋଧହୁଏ ଅହଲ୍ୟା ଏ ଘରକୁ ଆସିବା ଆଗରୁ।

॥ ଦୁଇ ॥

ଶୁଭ କାଉଟି ଅଧକାନ୍ଥି ଉପରେ ବସି ସକାଳ ପହରୁ କା କା କରୁଥିଲା। ଅହଲ୍ୟା ରୋଷେଇଘରୁ ମୁଠାଏ ଚାଉଳ ନେଇ ତିନି କୁଢ଼ କରି ରଖିଦେଲା। ଶୁଭ କାଉ ଉଡ଼ିଆସି ଗୋଟାଏ କୁଢ଼ରୁ ଚାଉଳ ଖୁମ୍ପେ ନେଇ ଉଡ଼ିଗଲା। ଅହଲ୍ୟା କହିଲା, "ଆଜି କୁଣିଆଁ ଆସିବେ।"

ଦିନ ଏଗାରଟା ପାଖାପାଖି କୁଣିଆଁ ଆସି ପହଞ୍ଚିଥିଲେ। ସେମାନେ ଥିଲେ ଚାରିଜଣ। ଜଣେ ବୁଢ଼ାଲୋକ, ଆଉ ତିନିଜଣଙ୍କ ବୟସ ତାଙ୍କଠାରୁ କମ୍।

ଅହଲ୍ୟା ସେମାନଙ୍କୁ ଚା, ସର୍ବତ ଦେଲା।

ଖରାବେଳ ଖାଇବା ପାଇଁ ରୋଷେଇବାସର ବରାଦ ଦେଲା ମାନିଦେଈ।

ବଡ଼ମାଛ କାଟି ଝୋଳ କଲା ଅହଲ୍ୟା। ନଡ଼ିଆ ପକେଇ ଡାଲ୍‌ମା, ଗୋଟା ଭେଣ୍ଡି ଓ ବାଇଗଣ ଭଜା, ଖଜୁରି ଖଟା, ଚୁନାମାଛ ଚୁଡୁଚୁଡ଼ା ଓ ବଡ଼ିଭଜା।

କୁଣିଆଁ ଫେରିଗଲେ। ଯିବାବେଳକୁ ସମସ୍ତେ ଖୁସି ଖୁସି ଦିଶୁଥିଲେ।

ମାନିଦେଈ ଅହଲ୍ୟାର ହାତ ଧରି କହିଲା, "ବଡ଼ ଭାଗ୍ୟ ଲୋ ଅହଲ୍ୟା, ପାଟପୁରର ଦାସମହାପାତ୍ର ଘରେ ମୀନାର ବାହାଘର ଠିକଣା ହେଲା।"

ଅହଲ୍ୟା ଖୁସିରେ କାନ୍ଦି ପକେଇଲା। ଦଉଡ଼ିଯାଇ ଖବରଟା ସାହିପଡ଼ିଶାରେ ଦେଇ ଆସିଲା। ମାନିଦେଈର ଶାଶୂ କହିଲେ, "କିଲୋ ଏମିତି ଧପାଲୁଛୁ କାହିଁକି ? ମୀନା ବାହାଘର ସାଙ୍ଗରେ ତୁ ବି ବାହା ହୋଇପଡ଼ିବୁ ନା କ'ଣ ?"

ସେଦିନ ତା' ଶଉପ ଚଟେଇ ଉପରେ ଚିତ୍ ହୋଇ ଶୋଇ ଅହଲ୍ୟା ଅନେକ ରାତି ପର୍ଯ୍ୟନ୍ତ କ'ଣ ସବୁ ଭାବିହେଲା। ଯେତେ ଚେଷ୍ଟା କଲେ ବି ନିଦ ହେଲା ନାହିଁ। ସେ ଏମିତି ଚିନ୍ତିତ ହୋଇ ପଡୁଥିଲା ଯେମିତିକି ତା' ହାତରେ ସମୟ କମ୍ ଓ କାମ ବେଶି। କେଉଁଟା ଆଗେ କରିବ ଓ କେଉଁଟା ପଛେ କରିବ ସେକଥା ସେ ସ୍ଥିର କରିପାରୁ ନ ଥିଲା। ଖୋଲା ଦୁଆରବାଟେ ହାବୁକା ହାବୁକା ପବନ ବୋହି ଆସୁଥିଲା। ସେ ପବନ ତାକୁ ଶୁଆଇ ଦେଉ ନ ଥିଲା, ବରଂ ଚିଆଁଇ ଦେଇଯାଉଥିଲା।

କେତେ ବର୍ଷ ଯେ ଏହି ଘରଟା ଭିତରେ ସେ ବିତେଇ ଦେଲାଣି ! ଏବେ ତା'ର ଭାଗ୍ୟ ଫିଟିବ। ସେ ଏଠୁ ମୁକ୍ତି ପାଇବ। ନୂଆକରି ତା'ର ଛୋଟିଆ ସଂସାର ଗଢ଼ିବ। ସେ ସଂସାରରେ ବଡ଼ଘର ନ ଥାଉ, ନ ଥାଉ ବଡ଼ ବାଡ଼ିବଗିଚା, ଗାଈଗୋରୁ, ଧାନ-ବିରି। ସେ ଭାଙ୍ଗିପଡ଼ିବ ନାହିଁ। ଘରଚଟିଆ ଚଢ଼େଇ ପରି କୁଟାକାଠି ଗୋଟେଇ ପଲାଟିଏ ଗଢ଼ିବ। ସେଇ ପଲା ଭିତରେ ଜାଉ ତିଅଣ ରାନ୍ଧି

ତା' ବର ଓ ପିଲାଙ୍କୁ ଖୁଆଇବ। ସେଇ ଭଲ, ସେଇଥିରେ ତା'ର ଶାନ୍ତି। ତା'ର ଆତ୍ମା ମୋକ୍ଷ ପାଇଯିବ।

ମୀନାର ବାହାଘର ପାଇଁ ନିର୍ବନ୍ଧ ଧରାହେଲା।

ତା'ପରେ ଅନୁକୂଳ। ମଙ୍ଗଳପାକ। ବରଧରା ଗଲା ବର ପାଇଁ। ବର ଆସିଲା। ବେଦି ଉପରକୁ ଧୀର ପାଦରେ ଗଲା ମୀନା। ହାତଗଣ୍ଠି ପଡ଼ିଲା ବର ସାଙ୍ଗରେ।

ସାରା ଗାଁଟାଯାକ ବାହାଘର ଦେଖି ତାଟକା ହେଲେ। କ'ଣ ଯାନିଯୌତୁକ ନ ଦେଉଛନ୍ତି ମହାପାତ୍ର ବାବୁ!

ସମୁଦୀ ମେଳଣ ସରିଗଲା। ଏବେ ବରକନ୍ୟା ଦହିପଖାଳ ଖାଇବେ। ଦିନସାରା ଉପବାସ, ତା' ସାଙ୍ଗକୁ ହୋମନିଆଁ ତାତି।

ଅହଲ୍ୟାର ଗୋଡ଼ ତଳେ ଲାଗୁ ନ ଥାଏ। ସମସ୍ତେ ସବୁ କାମରେ ତାକୁ ଲୋଡୁଥାନ୍ତି। ସିଏ ଯେମିତି ଘରର ପରିଚାରିକା ନୁହେଁ, କର୍ତ୍ତ୍ରୀ।

କେଉଁ ଏକ ଅଦ୍ଭୁତ ଉତ୍କଣ୍ଠାରେ ଅହଲ୍ୟା ନିଜ ଦେହର ଶ୍ରମକୁ ଭୁଲିଯାଉଥାଏ। ସେ ନ ଚାହିଲେ ବି ବାରମ୍ବାର ମୀନା ଜାଗାରେ ସିଏ ନିଜେ ବେଦି ଉପରେ ବସିଥିବା ପରି ତାକୁ ଦେଖାଯାଉଥାଏ। ସେ ଲାଜରେ ଆଖି ବୁଜି ଦେଉଥାଏ।

ବର ଗାଡ଼ି ଦାଣ୍ଡରେ ଠିଆ ହୋଇଛି।

ଆଉ ଅଧଘଣ୍ଟା ପରେ ବରକନ୍ୟା ବିଦା ହେବେ।

ଅହଲ୍ୟା ପଣତକାନିରେ ଲୁହ ପୋଛୁଥିଲା। ମାନିଦେଈ ଥରକୁ ଥର ମୂର୍ଚ୍ଛା ଯାଉଥିଲା। କାଲିଠୁଁ ଏ ଘର ଅଲଗା ଲାଗିବ।

ମାନିଦେଈଙ୍କ ବର ତାକୁ ଖୋଜି ଖୋଜି ଆସି ତା' ପାଖରେ ଛିଡ଼ାହେଲେ। ଡାକିଲେ, "ତୁ କୁଆଡ଼େ ଗଲୁ କିଲୋ ଅହଲ୍ୟା, ମାନି ଖୋଜୁଛି ପରା।"

ମାନିଦେଈ ଖଟ ଉପରେ ଅସାଡ଼ ହୋଇ ପଡ଼ିଥିଲା।

ଅହଲ୍ୟା ଯାଇ ଡାକିଲା, "ମୋତେ ଖୋଜୁଥିଲ ଦେଈ ?"

ମାନିଦେଈ ଉଠି ବସିଲା। ଆଖିରୁ ଲୁହ ପୋଛି ଅହଲ୍ୟାର ହାତ ଧରି ପକେଇ କହିଲା, "ତୁ ଏଇ ହାତରେ ମୀନାକୁ ବଢ଼େଇଛୁ। ତାକୁ ଚାଲି ଶିଖେଇଛୁ ତୁ, ଦଉଡ଼ା ଶିଖେଇଛୁ ତୁ।"

: ଇଏ କ'ଣ ଗୋଟାଏ ବଡ଼ କଥା ?

: ତୋ ଋଣ ମୁଁ ଏ ଜୀବନରେ ଶୁଝିପାରିବି ନାହିଁ ଲୋ ଅହଲ୍ୟା, ଜୀବନରେ ଶୁଝିପାରିବି ନାହିଁ।

ଅହଲ୍ୟା କିଛି କହିଲା ନାହିଁ। ମାନିଦେଈ କାହିଁକି ଶୁଝିପାରିବେ ନାହିଁ। ସେ ତ ଆଉ କିଛିଦିନ ପରେ ସୁଧମୂଳ ସବୁ ପରିଶୋଧ କରିଦେବେ।

ବାହାରପଟୁ ବାବୁଙ୍କ ଡାକ ଶୁଭିଲା, "ଅହଲ୍ୟା ସଜ ହେଲାଣି ନା ନାହିଁ? ତାକୁ ଆଗରୁ କିଛି କହି ନ ଥିଲ କି?"

ମାନିଦେଈ ଉତ୍ତର ଫେରେଇଲେ, "ହଁ, ହଁ ସେ ଯାଉଛି" ଓ ଅହଲ୍ୟାକୁ କହିଲେ, "ମୋ ବୋଉ ମୋତେ ତୋ ଜିମାରେ ଦେଲା ପରି ମୁଁ ଆଜି ମୋ ମୀନାକୁ ତୋଅରି ଜିମାରେ ଦେଉଛି। ତୁ ତା' ସଂସାର ସମ୍ଭାଳି ନେଲେ ସିଏ ତୋ ସଂସାର ଗଢ଼ିଦେବ।" ତା'ପରେ ମୁଣ୍ଡ ପାଖରେ ଥୁଆ ହୋଇଥିବା ଶାଢ଼ି ଥାକରୁ ଗୋଟେ ନୂଆ ଶାଢ଼ି ଅହଲ୍ୟା ହାତକୁ ବଢ଼େଇ ଦେଇ କହିଲେ, "ନେ, ଏଇଟା ପିନ୍ଧ। ଘରୁ ବାହାରି ଗଲାବେଳେ ପୁରୁଣା ପୁରୁଣି ପିନ୍ଧି ଯାଆନ୍ତି ନାହିଁ।"

ଅହଲ୍ୟା ଚମକି ପଡ଼ିଲା। ତା' ପାଦତଳୁ ଘରଟାର ଚଟାଣ ସତେ କି ଦୁଇ ହାତ ତଳକୁ ଖସିଗଲା। ସେ କିଛି କହିପାରିଲା ନାହିଁ।

ମାନିଦେଈ କହୁଥିଲେ, "ମୁଁ ସିନା ପେଟ ଚିରି ତାକୁ ଜନ୍ମ ଦେଇଛି, କିନ୍ତୁ ତୁ ତ ତା'ର ସବୁ ଅଳି ଅର୍ଦଳି ସହିଛୁ। ତୋ ବିନା ସେ ପାହୁଣ୍ଡେ ବାଟ ବି ଚାଲିପାରିବ ନାହିଁ। ସିଏ ତୋତେ ଲାଗିଲା ଲୋ ଅହଲ୍ୟା।" ତା'ପରେ ସେ ପୁଣି କାନ୍ଦିଲେ।

ଅହଲ୍ୟାକୁ ଆଉ କିଛି ଶୁଭୁ ନ ଥିଲା। ଦାଣ୍ଡ ଅଗଣାର ଗୋଳଚହଳ, କନ୍ଦାକଟା, ପାଟିତୁଣ୍ଡ କିଛିହେଲେ ଶୁଭୁ ନ ଥିଲା। ସେ ଦଉଡ଼ି ଦଉଡ଼ି ତା' ଚାଳିଆ ଘରକୁ ପଳେଇ ଆସି କବାଟଟା ଆଉଜେଇ ଦେଲା। ଅନ୍ଧାରିଆ ଘରଟା ଭିତରେ ଖାଲି ସିଏ ଓ ତା'ର ବର୍ଷ ବର୍ଷର ଅବସୋସ। ତାର' ଲୁହ ଆଉ ଦୀର୍ଘଶ୍ୱାସ। ସେ କାନ୍ଥକୁ ଆଉଜି ଅସରା ପରେ ଅସରା କାନ୍ଦି ଚାଲିଲା। ତା' ଲୁହରେ ଚାଳଘରର ମାଟିକାନ୍ଥ ବତୁରି ଗଲେ ବି ତା' ମନସାଧ ମେଣ୍ଟୁ ନ ଥିଲା।

ଶଉପ ଚଟିଆ ଉପରେ ତା'ର ଲୁଗାପଟା, ଅଇନା ଓ ପାନିଆ। ଘରର କୋଣକୁ ଗୋଟିଏ ଭଙ୍ଗା ଟ୍ରଙ୍କ। କେବେ ବି ଚାବି ପଡୁ ନ ଥିବା ସେଇ ଟ୍ରଙ୍କ ଭିତରେ ତା'ର ଦୁନିଆଯାକର ସ୍ୱପ୍ନ।

: ଅହଲ୍ୟା, ଅହଲ୍ୟା – ବନମାଳୀ ଡାକୁଥିଲା।

ଆଖିର ଲୁହକୁ ପଣତ କାନିରେ ପୋଛି ଅହଲ୍ୟା ଜବାବ ଫେରେଇଲା, "କ'ଣ?"

: ସିଆଡ଼େ ସମସ୍ତେ ପରା ତୋତେ ଖୋଜୁଛନ୍ତି। ବରକନ୍ୟା ବାହାରିଲେଣି।

ବରକନିଆ ଗାଡ଼ି ପଛରେ ଛିଡ଼ା ହୋଇଥିଲା ଗୋଟିଏ ମିନି ଟ୍ରକ୍। ତାଆରି ଡାଲାରେ ମୀନା ବାହାଘରର ଯାନି ଯଉତୁକ; ଖଟଠୁଁ ନେଇ ଶିଳଚକି, ଆଲମାରିଠୁଁ ନେଇ ଗିଲାସ ଓ ବାସନକୁସନ, ଟିଭି, ଫ୍ରିଜ୍, ଲୁଗାଧୁଆ ମେସିନ୍। ଘରର ଲୋକେ

ଝିଅ ବିଦାୟ ବେଳର କାନ୍ଦଣା କାନ୍ଦୁଥିଲେ। ସାହିପଡ଼ିଶା ଓ କୁଣିଆଁମାନେ ଯାନି ଯଉତୁକର କୁଢ଼କୁ ପ୍ରଶଂସା କରୁଥିଲେ। ତାଆରି ଭିତରେ, ସମସ୍ତଙ୍କର ଅଲକ୍ଷ୍ୟରେ, ଗୋଟେ କନା ଝୁଲାରେ ନିଜର ଲୁଗାପଟା ଦି'ଖଣ୍ଡ ପୂରେଇ ଡ୍ରାଇଭର ପାଖ ସିଟ୍‌ରେ ଦୂରଛଡ଼ା ହୋଇ ବସିଲା ଅହଲ୍ୟା; ସତେ କି ସେ ରକ୍ତମାଂସର ମଣିଷ ନୁହେଁ କାଠ ପଥରର ଗୋଟାଏ ଜିନିଷ। ପୁରୁଣା ଲୁଗା ଉପରେ ନୂଆ ଶାଢ଼ିଟାକୁ ଖାଲି ସେ ଢାଙ୍କି ଦେଇଥିଲା।

ଗାଡ଼ି ଆଗକୁ ଗଡ଼ି ଚାଲିଲା।

ପଛରେ ରହିଗଲା ମହାପାତ୍ର ଘର। ସଦର ଦରଜାର ଚଉଁରା। ବାଡ଼ିପଟର କୂଅ। କୂଅମୂଳର ପୁରୁଣା ପଥର। ପୁରୁଣା ପଥର ତଳେ ଗୋଟେ ଯୁବତୀ ଝିଅର ମଉଳା ଉଜୁଡ଼ା ସ୍ୱପ୍ନ ପରି ଗୋଛାଏ ମଳା ଘାସ, ଯାହାର କଥା କେହି ବୁଝନ୍ତି ନାହିଁ।

■

ନିଜ ନିଜର ଆକାଶ

ଯେତେବେଳେ ଶଶାଙ୍କ ଜାଣିଜାଣି ରାଜଶ୍ରୀକୁ ଏଡ଼ାଇଯିବାଲାଗି ବିମାନର ସାମ୍ନା ଦ୍ୱାରବାଟେ ଓହ୍ଲାଇବାକୁ ଯାଉଥିଲା ସେତିକିବେଳେ, ବେଶ୍ ବଡ଼ ପାଟିରେ ଓ ସମସ୍ତେ ଶୁଣିପାରିଲା ଭଳି, ରାଜଶ୍ରୀ ଡାକିଲା - ଶଶାଙ୍କ, ଟିକେ ଅପେକ୍ଷା କରିବ।

ଶଶାଙ୍କ ତା' ଅଫିସ୍ କାମରେ ଭୁବନେଶ୍ୱରରୁ ଦିଲ୍ଲୀ ଆସିଥିଲା। ବିମାନର ସମ୍ନାପଟେ ବାହାରୁଥିବା ଯାତ୍ରୀମାନେ ଏରୋବ୍ରିଜ୍‌ରେ ଯାଉଥିଲେ ଏବଂ ପଛପଟେ ବାହାରୁଥିବା ଯାତ୍ରୀମାନେ ତଳକୁ ଓହ୍ଲାଇବା ପରେ ଏୟାର୍‌ଲାଇନ୍‌ସର ବସ୍ ଯୋଗେ ଯାଉଥିଲେ। ଶଶାଙ୍କର କୌଣସି ଓଜନିଆ ବ୍ୟାଗ୍ ନ ଥିବାରୁ ସେ ସିଧା ଟ୍ୟାକ୍ସି ଷ୍ଟାଣ୍ଡ୍‌କୁ ଚାଲିଯାଇଥାଆନ୍ତା। ମାତ୍ର ଏବେ ରାଜଶ୍ରୀ ଲାଗି ତାକୁ ଅପେକ୍ଷା କରିବାକୁ ପଡ଼ିବ, ଯେଉଁଟା ସେ ଚାହୁଁ ନ ଥିଲା।

ରାଜଶ୍ରୀ ସାଙ୍ଗରେ ତାହାର ଶେଷ ଦେଖା ହୋଇଥିଲା

ପ୍ରାୟ ଆଠବର୍ଷ ତଳେ। ସେଇ ଦେଖାଚାହାଁ ପୁଣି ଥିଲା ଖୁବ୍ ସଂକ୍ଷିପ୍ତ। ସେତେବେଳକୁ ରାଜଶ୍ରୀ ଆଇଏଏସ୍‌ରେ ଯୋଗ ଦେଇସାରିଥିଲା ଏବଂ ତାକୁ ହାଇଦ୍ରାବାଦରେ ନିଯୁକ୍ତି ମିଳିଥିଲା। ତାହାର ସ୍ୱାମୀ ମଧ୍ୟ ଥିଲେ ଆଇଏଏସ୍ ଏବଂ ଉଭୟେ ଆନ୍ଧ୍ରପ୍ରଦେଶ କ୍ୟାଡର୍ ବାଛିଥିଲେ। ବାଣୀବିହାରରେ ଶଶାଙ୍କ ରାଜଶ୍ରୀଠାରୁ ଭଲ ଛାତ୍ର ଥିଲେ ମଧ୍ୟ କ୍ୟାରିୟର୍ ପ୍ରତିଯୋଗିତାରେ ସେ ରାଜଶ୍ରୀଠାରୁ ଢେର୍ ପଛରେ ପଡ଼ିଯାଇଥିଲା। ପ୍ରଥମେ ଆଇଏଏସ୍ ସ୍ୱପ୍ନ ଏବଂ ତା'ପରେ ଅନ୍ୟାନ୍ୟ ଭାରତୀୟ ସର୍ଭିସ୍‌ରୁ ଖସି ଖସି ଶେଷରେ ଶଶାଙ୍କ ଓଏଏସ୍‌ରେ ଯୋଗ ଦେଇଥିଲା। ସେତେବେଳେ ତାକୁ ଲାଗିଥିଲା ତା' ନିଜର ଜୀବନଟା ବିଫଳତାର ଗୋଟେ ଲମ୍ବା ତାଲିକା। ଅଥଚ ରାଜଶ୍ରୀର ଜୀବନ ଥିଲା ତାହାଠାରୁ ଠିକ୍ ଓଲଟା। ତା' ପାଖରେ ସବୁ ଥିଲା ଓ ସବୁ ଅଛି – ଧନୀ ବାପର ଝିଅ, ସୁନ୍ଦର ଚେହେରା, ଆକର୍ଷଣୀୟ ବ୍ୟକ୍ତିତ୍ୱ, ମନଲାଖି ବର ଏବଂ ଦେଶର ସବୁଠୁ ଭଲ ଚାକିରି। ଏସବୁ କଥା ଚିନ୍ତା କରି ସେ ନିଜେ ମନେମନେ ରାଜଶ୍ରୀ ପାଖରୁ ଦୂରେଇ ଯିବାକୁ ସ୍ଥିର କରିଥିଲା, ଯଦିଓ ସେ ଓ ରାଜଶ୍ରୀ ଉଭୟେ ଖୁବ୍ ଭଲ ବନ୍ଧୁ ଥିଲେ। ସଫା କଥାରେ କହିବାକୁ ଗଲେ ରାଜଶ୍ରୀ ଆଗରେ ତାକୁ ବଡ଼ ନ୍ୟୂନ ଲାଗୁଥିଲା ଏବଂ ମନେହେଉଥିଲା ଯେ ସେ ଗୋଟେ ଆଦର୍ଶ ବିଫଳ ମଣିଷ। ସେଥିପାଇଁ ସେ ଗଲାଥର ଦେଖାସାକ୍ଷାତବେଳେ ମିଛ କାମର ବାହାନା କରି ତରବରରେ ପଳେଇଯାଇଥିଲା ଏବଂ ଆଜି ମଧ୍ୟ ତାକୁ ଏଡ଼ାଇଯିବାକୁ ବସିଥିଲା। ତା' ସାଙ୍ଗଙ୍କୁ ରାଜଶ୍ରୀ ସମ୍ପର୍କରେ ଶୁଣିଥିବା 'ସ୍କାଣ୍ଡାଲ୍' ମଧ୍ୟ ଗୋଟେ ବଡ଼ କାରଣ ଥିଲା।

ଶଶାଙ୍କ ଲଗେଜ୍ ବ୍ୟାଗ୍ ଆସୁଥିବା କନ୍‌ଭେୟର୍ ବେଲ୍‌ଟ୍ ପାଖରେ ଠିଆହୋଇ ରାଜଶ୍ରୀକୁ ଅପେକ୍ଷା କରୁଥିଲା। ତାକୁ ଆଶ୍ଚର୍ଯ୍ୟ ଲାଗୁଥିଲା ଯେ ପାଖାପାଖି ଚାଳିଶ ବର୍ଷ ବୟସରେ ବି ରାଜଶ୍ରୀ ସେତିକି ସୁନ୍ଦରୀ ଦିଶୁଛି, ଯେତିକି ସୁନ୍ଦରୀ ଥିଲା ବାଣୀବିହାରରେ ଏମ୍.ଏ. ପଢ଼ିବାବେଳେ। ତା'ର ଲମ୍ବା କେଶଗୁଡ଼ାକ ସିଧାସିଧା ଓହଳିଥିଲା ତା'ର ଅଣ୍ଟା ପର୍ଯ୍ୟନ୍ତ ଏବଂ ମୁହଁ ଦିଶୁଥିଲା ଚକ୍‌ଚକ୍ ସତେଜ। ଦେହର କୋଉଠି ତ ଟିକେ କାହିଁ ଅଧିକା ମାଂସ ଲାଗି ନ ଥିଲା। ନିଜର ସ୍ୱାସ୍ଥ୍ୟ ପ୍ରତି ପ୍ରଚୁର ଯତ୍ନ ନେଉଥିବ ରାଜଶ୍ରୀ।

ହଁ ନେବନାହିଁ କାହିଁକି? ଅନ୍ୟର ଦୃଷ୍ଟି ଆକର୍ଷଣ କରିବାରେ ରାଜଶ୍ରୀ ସବୁଦିନେ ସଫଳ ଥିଲା, ଏବେ ବି ସଫଳ ଥିବ। ଯିଏ ନିଜ ସ୍ୱାମୀ ଥାଉ ଥାଉ ଅନ୍ୟ ପୁରୁଷବନ୍ଧୁ ସାଙ୍ଗରେ ରହିବାଟାକୁ ପାପ କି ଅନୁଚିତ ବୋଲି ଭାବୁନାହିଁ ସିଏ ତ ନିଜ ଚେହେରାକୁ ସବୁବେଳେ ସଜେଇ ରଖିବ ନିଶ୍ଚୟ। ତା' ଭଳି ଉଚ୍ଚ ଶ୍ରେଣୀର ମହିଳାମାନେ ସବୁବେଳେ ପ୍ରଜାପତି ଭଳି ସୁନ୍ଦର ଦିଶିବା ଲାଗି ଉଦ୍ୟମ କରିଥାନ୍ତି। ଏକଥା ଭାବିଲାବେଳକୁ କିଛି ପରିମାଣରେ ଘୃଣା ଏବଂ କିଛି ପରିମାଣର ଈର୍ଷାରେ ଶଶାଙ୍କର ମୁହଁ ସଙ୍କୁଚିତ ହୋଇଯାଉଥିଲା।

ଦିନେ କିନ୍ତୁ ରାଜଶ୍ରୀକୁ ଶଶାଙ୍କ ଖୁବ୍ ଶ୍ରଦ୍ଧା କରୁଥିଲା। ସେ ଶ୍ରଦ୍ଧା ଠିକ୍ ଅର୍ଥରେ ଅବଶ୍ୟ ଭଲ ପାଇବା ନୁହେଁ। ସେତେବେଳକୁ ସେ ବାସନ୍ତୀକୁ ଭଲପାଇ ବସିଥିଲା; ମାତ୍ର ରାଜଶ୍ରୀର ସାନ୍ନିଧ୍ୟ ତାକୁ ଯଥେଷ୍ଟ ଉତ୍ସାହିତ କରୁଥିଲା। କେମିତି ଗୋଟେ ସମ୍ମୋହନ ଶକ୍ତି ଥିଲା ରାଜଶ୍ରୀର ବ୍ୟକ୍ତିତ୍ୱରେ।

ଦିନେ ଶଶାଙ୍କ ଲାଇବ୍ରେରିରୁ ବହି ନେଇ ଫେରୁଥିଲା। ପାଖ କୃଷ୍ଣଚୂଡ଼ା ଗଛର ଛାଇରେ ତାକୁ ଅପେକ୍ଷା କରୁ କରୁ ରାଜଶ୍ରୀ ଯେ ମୁରୁକି ମୁରୁକି ହସୁଥିଲା, ସେକଥା ସେ ଜାଣିପାରି ନ ଥିଲା। ରାଜଶ୍ରୀ ତାକୁ ସିଧାସଳଖ ବାସନ୍ତୀ କଥା ପଚାରିଥିଲା। ପ୍ରଥମେ ପ୍ରଶ୍ନଟି ଶୁଣି ଶଶାଙ୍କ ଆଶ୍ଚର୍ଯ୍ୟ ହୋଇଥିଲା। ତା'ର ପ୍ରେମକଥା ରାଜଶ୍ରୀ ଜାଣିଲା କେମିତି ? ସିଏ ତ ଏସବୁ କଥା ଏଠି ଡିପାର୍ଟମେଣ୍ଟ୍‌ରେ କାହାରି ସାଙ୍ଗେ ଆଲୋଚନା କରି ନ ଥିଲା। ରାଜଶ୍ରୀ କହିଥିଲା, "ତୁମକୁ ଛାଡ଼ିଦେଲେ, ଆମ ଡିପାର୍ଟମେଣ୍ଟ୍‌ର ଅନ୍ୟ ସମସ୍ତେ ସେକଥା ଜାଣନ୍ତି। ତୁମ ବାନ୍ଧବୀର ଭାଇ କୁଆଡ଼େ ତୁମକୁ ହତ୍ୟା କରିବ ବୋଲି ଘୋଷଣା କରିଛି। ତୁମରି ଭଦ୍ରକିଆ ବନ୍ଧୁ ନୀଳାଦ୍ରି କହୁଥିଲା।"

ନିଜ କଲେଜପଢ଼ା ଦିନର ପ୍ରେମ କାହାଣୀ ମନେପଡ଼ି ଶଶାଙ୍କକୁ ଆଜି ହସ ଲାଗିଲା। କିଏ ଜାଣେ, ବାସନ୍ତୀ ଆଜି କୋଉଠି ଥିବ? ଯୋଉଠି ଥାଉ, ଭଲରେ ଥାଉ। ହଁ, ସେଦିନ ରାଜଶ୍ରୀ ତାକୁ ଚମକେଇଦେବା ଭଳି ପଚାରିଥିଲା, "ତମର ପ୍ରେମ କାହାଣୀ କେତେବାଟ ଗଲା ?"

ଶଶାଙ୍କ ମୁହଁ ଶୁଖେଇ ଉତ୍ତର ଦେଇଥିଲା, "ମୋ ଜୀବନ ତ ସେଇପରି। ଯହିଁରେ ହାତଦେଲେ ତହିଁରେ ବିଫଳ ହୁଏ। ନୀଳାଦ୍ରିକୁ ଏସବୁ ଆଲୋଚନା କରିବା ପାଇଁ ଖରାପ ଲାଗିଲା ନାହିଁ !"

: ଆହା-ହା, କେଡ଼େ କରୁଣ ଓ ବିଷଣ୍ଣ ଶୁଭୁଛ ତୁମେ। ଭରସା ରଖ, ସେ ଝିଅଟି ଯଦି ତୁମକୁ ପ୍ରକୃତରେ ଭଲ ପାଉଥିବ, ତାହାହେଲେ ତୁମ ପ୍ରେମ ନିଶ୍ଚୟ ସଫଳ ହେବ। ତା' ଭାଇ କିଛି କରିପାରିବ ନାହିଁ। ହଉ, ନୀଳାଦ୍ରିକୁ ତମେ କିଛି ପଚାରିବ ନାହିଁ। ନ ହେଲେ ସେ ଅଧିକ ଉତ୍ସାହିତ ହୋଇପଡ଼ିବ ଓ ଅଧିକ ପ୍ରଚାରିତ କରିବ।

ଆଜି ବାସନ୍ତୀର କଥା ଗୁଡ଼େଇତୁଡ଼େଇ ମନେପଡୁଥିଲା ଶଶାଙ୍କର। ବିଚାରୀ ତାକୁ ଖୁବ୍ ଭଲପାଉଥିଲା। ବାହାଘର ଆଗରୁ ବିକଳ ହୋଇ ଚିଠି ଲେଖିଥିଲା, "ତୁମେ ନ ଆସିପାରିଲ ନାହିଁ ମୋତେ ଠିକଣା ବତାଅ, ମୁଁ ଯାଇ ତମ ପାଖରେ ପହଞ୍ଚିଯିବି। ନ ହେଲେ ଆମ ଘରଲୋକ ମୋର ବାହାଘର କରିଦେବେ। ଦୟାକରି ମୋ ସାନକୁହା ମାନିବ। ଚିଠିର ଉତ୍ତର ଦେବ।"

ନା, ପାରିଲା ନାହିଁ ଶଶାଙ୍କ। ନା ସେତେବେଳେ ଚାକିରିଟି ଯୋଗାଡ଼ କରିପାରିଥିଲା

ନା ଭୟକୁ ଅତିକ୍ରମ କରିପାରିଥିଲା। ବିଧବା ମାଆର ଦୁଃଖ ପୁଣି ବେଡ଼ି ହୋଇ ତା' ହାତ ପାଦକୁ ଛନ୍ଦି ଦେଇଥିଲା। ବାସନ୍ତୀ ଅପେକ୍ଷା କରି କରି ଅନ୍ୟକୁ ବାହା ହୋଇଗଲା। ଶଶାଙ୍କ ଭୀରୁ ପରି ମୁହଁ ଲୁଚେଇ କାନ୍ଦିଲା ଓ ତକିଆକୁ ଭିଜେଇ ସେମିତି ରହିଗଲା।

: ଆସ ଶଶାଙ୍କ। ଓଡ଼ିଶା ଭବନ ଯିବ ତ? ରାଜଶ୍ରୀ ପଚାରୁଥିଲା।

: ଆପଣ କେମିତି ଜାଣିଲେ? - ଶଶାଙ୍କ ଉତ୍ତର ଦେଲା।

: ଆପଣ? - ବଡ଼ ବଡ଼ ଆଖିକରି ରାଜଶ୍ରୀ କହିଲା। ଶଶାଙ୍କ ଟିକେ ଲାଜେଇଗଲା। ରାଜଶ୍ରୀ ଯୋଡ଼ିଲା- "ଓଡ଼ିଶାର ଅଫିସରମାନେ ଦିଲ୍ଲୀ ଆସିଲେ ତ ସେଇ 'ଭବନ' କି 'ନିବାସ'ରେ ରହନ୍ତି। ହଁ, ଜଣେ ଅଧେ ଏଠି ରୁମ୍ ବୁକିଙ୍ଗ୍ କରାଇ ଭଲ ହୋଟେଲ୍‌କୁ ବି ପଳାନ୍ତି। ତମର ସେମିତି କିଛି ଯୋଜନା ନାହିଁ ତ?

ଓହୋ, କି ଭୟଙ୍କର ଭାବେ ଖୋଲାମେଲା ଏ ଝିଅଟି! ଟିକିଏ ବି ବଦଳି ନାହିଁ। ଶଶାଙ୍କ ରାଜଶ୍ରୀ କଥାର ଇଙ୍ଗିତ ବୁଝିପାରୁଥିଲା।

: ଚାଲ, ମୁଁ ତୁମକୁ ଚାଣକ୍ୟପୁରୀରେ ଛାଡ଼ିଦେଇ ଯିବି। ବାଟରେ କଥା ହେଇ ଯିବା। ଢେର୍‌ଦିନ ହେଲା ତମକୁ ଖୋଜୁଥିଲି। - ରାଜଶ୍ରୀ ଟ୍ୟାକ୍ସି ପାଖକୁ ଯାଉ ଯାଉ କହୁଥିଲା।

ଶଶାଙ୍କ ଆଉ ଥରେ ପ୍ରତିବାଦ ଜଣାଇଲା। କହିଲା, 'ନାଇଁ, ମୁଁ ଚାଲିଯିବି।'

ଏଥର ଶଶାଙ୍କ ଆଖିକୁ ସିଧାସିଧା ଅନେଇ ରାଜଶ୍ରୀ କହିଲା, "ପରିଷ୍କାର ଭାବେ କହୁନ କାହିଁକି, ତୁମେ ମୋତେ ଏଡ଼େଇ ଯିବାକୁ ଚାହୁଁଛ।"

ଶଶାଙ୍କ ଚମକିପଡ଼ିଲା। ତା' ମନକଥାଟି ରାଜଶ୍ରୀ ଜାଣିଲା କେମିତି? ସେ କହିଲା, "ନା, ନା, ସେକଥା ଆଦୌ ନୁହେଁ। ଚାଲ, ଏକାଠି ଯିବା।"

ଗାଡ଼ିରେ ନିଜର ବ୍ୟାଗ୍ ରଖିବାକୁ ଡ୍ରାଇଭର୍ ହାତକୁ ବଢ଼େଇ ଦେଉ ଦେଉ ରାଜଶ୍ରୀ କହିଲା, "ଶେଷଥର ତୁମ ସହ କେବେ ଦେଖା ହୋଇଥିଲା ମନେଅଛି?"

: ହଁ ଅନେକ ଦିନ ହେଇଗଲାଣି।

: ଦିନ ନୁହେଁ, ବର୍ଷ। ଦି'ହଜାର ସାତ ମଇ ଛଅ ତାରିଖ ସନ୍ଧ୍ୟାରେ।

: ଆଶ୍ଚର୍ଯ୍ୟ। ଆପଣ, ନା ତୁମର ତାରିଖ ବି ମନେଅଛି। କି ପ୍ରଖର ସ୍ମୃତିଶକ୍ତି!

: ସେଦିନ ମୋର ଦ୍ୱିତୀୟ ବିବାହ ବାର୍ଷିକୀ ଥିଲା। - ରାଜଶ୍ରୀ ଥଣ୍ଡା ସ୍ୱରରେ କହିଲା।

ସେମାନେ କାର୍ ଭିତରେ ବସିଥିଲେ। ରାଜଶ୍ରୀ ଡ୍ରାଇଭରକୁ ପଚାରୁଥିଲା, "କେତେ ସମୟ ହେଇଛି? ଆମେ ଟିକିଏ 'ଏମ୍‌ସ' ବାଟ ହେଇ ଯାଇପାରିବା?"

: ହଁ, ମାଡାମ୍। - ଡ୍ରାଇଭର୍ ଜବାବ ଦେଲା।

ରାଜଶ୍ରୀ ଏଥର ଶଶାଙ୍କକୁ ପଚାରିଲା, "ବାଣୀବିହାରରେ ଆମର ଶେଷ ବର୍ଷ ଡ୍ରାମା କଥା ତୁମର ମନେଅଛି ? ତୁମେ ତ ସେତେବେଳେ ସମ୍ପୂର୍ଣ୍ଣ ବିଷାଦଯୋଗରେ ଥିଲ । ଆଚ୍ଛା, ତାଙ୍କ ନାଁ କଅଣଟି, ସେ ଏବେ କୋଉଠି ?"

କିଛି ନ ଜାଣିଲା ପରି ଶଶାଙ୍କ ପଚାରିଲା, "କିଏ ? କାହା କଥା କହୁଛ ?"

: ତୁମ ବାନ୍ଧବୀ । ଯାହାଙ୍କ ପାଇଁ ହଜାରେ ଗୋଲାପ ପାଖୁଡ଼ାରେ ଅଭିନନ୍ଦନ ପତ୍ରଟେ ବନେଇଥିଲ ରାତି ଅନିଦ୍ରା ରହି ।

ବାସନ୍ତୀ । ବାସନ୍ତୀ କଥା ପଚାରୁଥିଲା ରାଜଶ୍ରୀ - ଶଶାଙ୍କ ଜାଣିପାରିଲା । ସେ ହସିବାର ଅଭିନୟ କରି ଗୋଟେ ଓଡ଼ିଆ ଗୀତର ଧାଡ଼ିଟେ ଗାଇଲା, "କୋଉଟା ବା ହେଲା ଏଇ ଜୀବନରେ ଭଲ ପାଇବା ବି ହେଲା ନାହିଁ ।"

: ଓହୋ, କି ଦୁଃଖ କାହାଣୀ । ମାତ୍ର ଭୁଲ୍‌ଟା ତୁମଆଡୁ ହୋଇଥିବ । କ୍ଷମାକରିବ, ମୁଁ ଅନୁମାନ କରୁଛି । ପ୍ରକୃତ କଥା ତ ମୁଁ ଜାଣେନାହିଁ ।

ପଛଦିନର ସେହିସବୁ ଦୁଃଖକଥାକୁ ଆଉ ଥରେ ଆଲୋଚନା କରିବା ପାଇଁ ଶଶାଙ୍କୁ ଚାହୁ ନ ଥିଲା । ପୁରୁଣା କ୍ଷତକୁ ଉଖାରି ଘାଆଟିକୁ ତାଜା କଲେ ରକ୍ତ ସିନା ବାହାରେ, ଲାଭ କିଛି ହୁଏ ନାହିଁ । ସେ କହିଲା, "ଥାଉ ସେକଥା, ଆଉଦିନେ । ତୁମେ ବରଂ ତୁମକଥା କୁହ । କେମିତି ଚାଲିଛି ଜୀବନ ?"

: ଭଲ । ଶଶାଙ୍କର ପ୍ରଶ୍ନଟିକୁ ଏଡ଼ାଇଗଲା ଭଳି ରାଜଶ୍ରୀ ସଂକ୍ଷିପ୍ତ ଉତ୍ତର ଦେଲା ।

ଶଶାଙ୍କ ରାସ୍ତା ଦି'ପଟର ଦିଲ୍ଲୀକୁ ଚାହିଁ ଦେଖୁଥିଲା । କିଛି ସମୟ ତଳେ ଶ୍ରାବଣର ଅସରାଏ ବର୍ଷା ହୋଇ ଛାଡ଼ିଯାଇଛି । ଅପରାହ୍ଣର ରାସ୍ତା, ଗଛବୃଛ ଏବଂ କୋଠାବାଡ଼ିଗୁଡ଼ିକ ସଫାସୁନ୍ଦର ଦିଶୁଥିଲେ । ଗାଡ଼ି ଭିତରେ ଏୟାରକଣ୍ଡିସନର୍ ଚାଲୁଥିବାରୁ କାଚ ବନ୍ଦ ଥିଲା । ରାଜଶ୍ରୀ ଲଗେଇଥିବା ମିଠା ପର୍‌ଫ୍ୟୁମ୍‌ର ବାସ୍ନା ଗାଡ଼ି ଭିତରଟାକୁ ମହକେଇ ଦେଉଥିଲା । ତାହାର ବେଶପୋଷାକ ଓ ବ୍ୟକ୍ତିତ୍ୱ ପାଖରେ ନିଜକୁ ଖୁବ୍ ଛୋଟ ମନେ କରୁଥିଲା ଶଶାଙ୍କ ।

: ତୁମେ ଆମ ଡ୍ରାମାରେ ରାବଣ ହେଇଥିଲ, ମନେଅଛି ?

ଶଶାଙ୍କ ହସିଲା । ତା'ର ମନେଅଛି, ପୃଥୁଳ ଚେହେରା ଯୋଗୁଁ ସେତେବେଳେ ନାଟକର ନିର୍ଦ୍ଦେଶକ ତାକୁ ରାବଣ ଭୂମିକା ଲାଗି ବାଛିଥିଲେ, ଯଦିଓ ତା'ର ରାମଚନ୍ଦ୍ର ହେବାର ଇଚ୍ଛା ଥିଲା ।

ସେ କହିଲା, "ମନେଅଛି, ଆଉ ତମେ ସୀତା ହୋଇଥିଲ ।"

: ହଁ, ସୀତା ।

: ମାଡାମ୍, ଏମ୍‌ସ । - ଡ୍ରାଇଭର ମନେପକେଇଦେଲା ।

: ଓହୋ, ଆମେ ପହଞ୍ଚିଗଲେଣି । ଆଚ୍ଛା ଶଶାଙ୍କ, ମୋର ଏଠି ପନ୍ଦର ମିନିଟ୍‌ର କାମ ଅଛି । ତମର କିଛି ଆପତ୍ତି ନାହିଁ ତ ?

ଶଶାଙ୍କ ରାଜଶ୍ରୀଠୁଁ ଛାଡ଼ ପାଇବା ଲାଗି ଏମିତି ସୁଯୋଗ ଖୋଜୁଥିଲା । ସେ କହିଲା, "ମୋର ଡେରି ହେଇଯିବ ।"

: ଓହୋ, ତାହାହେଲେ ଚାଲ । ମୁଁ ବରଂ ପରେ ଆସିବି । ଗାଡ଼ିରୁ ଓହ୍ଲେଇଯାଇଥିବା ରାଜଶ୍ରୀ ପୁଣି ଫେରିଆସିଲା ଗାଡ଼ିକୁ ।

ସୌଜନ୍ୟ ଦୃଷ୍ଟିରୁ ଶଶାଙ୍କ ପଚାରିଲା, "ଏବେ ତୁମର ପୋଷ୍ଟିଙ୍ଗ୍ କୋଉଠି ? ହାଇଦ୍ରାବାଦ ନା ଦିଲ୍ଲୀରେ ?"

ରାଜଶ୍ରୀ କହିଲା, "ତୁମେ ବୋଧହୁଏ ଖବର ରଖିନ, ମୁଁ ସିଭିଲ୍ ସର୍ଭିସ୍‌ରୁ ଇସ୍ତଫା ଦେଇଦେଇଛି । ଏବେ ମୁଁ ଅଧ୍ୟାପନା କରୁଛି । ଏଇଠି, ଦିଲ୍ଲୀ ୟୁନିଭର୍‌ସିଟିରେ ।

ଶଶାଙ୍କକୁ ଲାଗିଲା, ପାଖରେ କଅଣ ଗୋଟାଏ ବିସ୍ଫୋରଣ ହେଲା କି କଅଣ ! ସେ ଝରକା କାଚବାଟେ ବାହାରକୁ ଚାହିଁଲା । ଟ୍ୟାକ୍ସି ଡ୍ରାଇଭର୍ ବିପରୀତ ଦିଗକୁ ଅନେଇ କହିଲା, 'ଆକ୍ସିଡେଣ୍ଟ୍ ।'

: ରକ୍ଷା ହେଇଛି, ଆମେ ଏପଟେ ଅଛନ୍ତି । ଚାଲ, ଶୀଘ୍ର ଚାଲିଯିବା । - ରାଜଶ୍ରୀ ଟ୍ୟାକ୍ସି ଡ୍ରାଇଭର୍‌କୁ କହିଲା ।

ଓଡ଼ିଶା ନିବାସରେ ପହଞ୍ଚିବା ପର୍ଯ୍ୟନ୍ତ ଶଶାଙ୍କ ଆଉ କିଛି ପଚାରି ପାରି ନ ଥିଲା ରାଜଶ୍ରୀକୁ । ରାଜଶ୍ରୀ ମଧ୍ୟ କିଛି କହି ନ ଥିଲା । ମଝିରେ ସେ ତା'ର ଲମ୍ବା ବାଳକୁ ଗୋଟିଆଗୋଟି କରି ଅପୂର୍ବ ଠାଣିରେ ଗୋଟେ ଜୁଡ଼ା ବାନ୍ଧିଥିଲା ଏବଂ ସେଥିରେ ଗୋଟେ ପ୍ରଜାପତି ଢଙ୍ଗର କ୍ଲିପ୍ ଲଗେଇଦେଇଥିଲା । ତା'ପରେ ନିଜ ମୋବାଇଲ୍‌ର ଏସ୍‌ଏମ୍‌ଏସ୍ ପଢ଼ିଥିଲା ଓ ସେସବୁର ଉତ୍ତର ଦେଇଥିଲା ।

ଓଡ଼ିଶା ନିବାସ ପୋର୍ଟିକୋରେ ଟ୍ୟାକ୍ସି ପହଞ୍ଚିଯାଇଥିଲା । ଶଶାଙ୍କ ତା' ବ୍ୟାଗ୍ ଧରି ଓହ୍ଲେଇଗଲା । ପାହାଚ ଚଢ଼ିବାକୁ ଯିବାବେଳେ ପଛରୁ ରାଜଶ୍ରୀ ଡାକି କହିଲା, "ରୁହ, ମୁଁ ତମକୁ ମୋର ଭିଜିଟିଂ କାର୍ଡ ଦଉଛି । ଯଦି ଇଚ୍ଛାହୁଏ ମୋତେ ଫୋନ୍ କରିବ । ତୁମ ସହ କିଛି କଥା ଅଛି । ନ ହେଲେ ବି ମୁଁ କିଛି ଭାବିବି ନାହିଁ । ଜାଣିବି, ଅନ୍ୟମାନଙ୍କ ପରି ତୁମେ ବି ମୋ ସହ ସମ୍ପର୍କ ରଖିବାକୁ ଚାହୁଁନ ।"

ଶଶାଙ୍କ ରାଜଶ୍ରୀ ହାତରୁ ତା' କାର୍ଡ ନେଲା । ଟ୍ୟାକ୍ସି ଡ୍ରାଇଭର୍ ଟିକିଏ ଆଗକୁ ଯାଇ ଗାଡ଼ି ବୁଲେଇ ଆଣିଲା । ଟ୍ୟାକ୍ସିଟି ଆଖି ଆଢୁଆଳକୁ ଯିବା ପର୍ଯ୍ୟନ୍ତ ଶଶାଙ୍କ ତା' ବ୍ୟାଗ୍‌ଟି ଧରି ସେଇଠ ଛିଡ଼ାହୋଇ ରହିଲା । ସେ ବିଶ୍ୱାସ କରିପାରୁ ନ ଥିଲା ଯେ ରାଜଶ୍ରୀ ସିଭିଲ୍ ସର୍ଭିସ୍‌ରୁ ଇସ୍ତଫା ଦେଇଦେଇଛି । ଖୁବ୍ କମ୍‌ରେ ତା'ର ଆହୁରି କୋଡ଼ିଏ ବର୍ଷର

ଚାକିରି ଥିଲା । କାହିଁକି ସେ ଇସ୍ତଫା ଦେଇଦେଲା ? କାରଣଟା ଜାଣିବାଲାଗି ତା' ମନରେ ଆଗ୍ରହ ହେଉଥିଲା । ରାତି ଖାଇବା ସାରି ବିଛଣାରେ ଗଡ଼ିବା ପର୍ଯ୍ୟନ୍ତ ତା'ର ସେଇ କଥା ବାରମ୍ବାର ମନେପଡୁଥିଲା । ତାହା ସାଙ୍ଗକୁ ମନେ ପଡୁଥିଲା ପଛ ଦିନର ସ୍ମୃତି ।

ସେତେବେଳେ ଶଶାଙ୍କ ଖୁବ୍ ଉଦ୍‌ବେଗ ଭିତରେ ରହୁଥିଲା । ଘରର ଆର୍ଥିକ ସମସ୍ୟା ତା'ର ଉଦ୍‌ବେଗକୁ ବଢ଼ଉଥିଲା ସିନା କମେଇବାର ନାଁ ନେଉ ନ ଥିଲା । ଅବଶ୍ୟ, ଅଭାବ ଜିନିଷଟି ସବୁବେଳେ ତା' ପାଖେ ପାଖେ ଥିଲା । ବାସନ୍ତୀ ସାହାଯ୍ୟ କରି ନ ଥିଲେ ସେ ତ ମୂଳରୁ ବାଣୀବିହାରରେ ନାଁ ଲେଖେଇ ପାରି ନ ଥାନ୍ତା । ଯୋଉଦିନ ସଞ୍ଜବେଳେ, ବାସନ୍ତୀ ତାକୁ 'ଜଳଖିଆ ପ୍ୟାକେଟ୍' କହି ତା' ନିଜର ସଞ୍ଚିତ ବାରଶହ ଟଙ୍କା ଶଶାଙ୍କ ହାତରେ ଗୁଞ୍ଜି ଦେଇଥିଲା ସେଦିନ ଶଶାଙ୍କ ତା' ବୋଉ କହିଥିବା କଥାଟିକୁ ଆଉ ଥରେ ମନେପକେଇଥିଲା । ବୋଉ କହିଥିଲା, "ତୋର ଦୁର୍ଗାଷ୍ଟମୀ ତିଥିରେ ଜନ୍ମ, ଦେଖିବୁ ବିପଦବେଳେ କେହି ନା କେହି ନାରୀଟିଏ ଆସି ତୋତେ ସାହାଭରସା ହେବ ।"

ଖାଲି ସେଇଥର ନୁହେଁ, ଜୀବନରେ ଅନେକ ଥର ଏକଥାର ସତ୍ୟତା ଅନୁଭବ କରିଛି ଶଶାଙ୍କ । ଆର୍ଥିକ, ମନସ୍ତାତ୍ତ୍ୱିକ ଏବଂ ଆବେଗିକ କ୍ଷେତ୍ରରେ ଏମିତି ଯଥେଷ୍ଟ ସାହାଯ୍ୟ ସେ କୌଣସି ନା କୌଣସି ନାରୀଠାରୁ ପାଇଆସିଛି । ଚାକିରି କ୍ଷେତ୍ରରେ ସୁଦ୍ଧା ଏ କଥାଟି ସତ । ଏଇ ରାଜଶ୍ରୀ ତ ଦୁଇ ତିନିଥର ତା'ର ମେସ୍ ଖର୍ଚ୍ଚ ଭରଣା କରିଥିବ ।

ବାଣୀବିହାରରେ ପଢ଼ିବାବେଳେ ରାଜଶ୍ରୀ ସଭିଙ୍କର ଆକର୍ଷଣର କେନ୍ଦ୍ରବିନ୍ଦୁ ଥିଲା । ପ୍ରଥମ କଥା ହେଲା ସେ ଦେଖିବାକୁ ଖୁବ୍ ସୁନ୍ଦରୀ, ଦ୍ୱିତୀୟରେ ତାଙ୍କ ଡିପାର୍ଟମେଣ୍ଟ୍‌ରେ ସେଇ ଏକମାତ୍ର ଛାତ୍ରୀ ଯିଏ କାର୍‌ରେ ବାଣୀବିହାରକୁ ଆସୁଥିଲା । ତୃତୀୟ କଥା ଥିଲା, ରାଜଶ୍ରୀର ବାପା ଥିଲେ ରାଜ୍ୟର ଜଣାଶୁଣା ଠିକାଦାର ।

ଅବିଗୁଣ ଭିତରେ ଗୋଟିଏ ଥିଲା ରାଜଶ୍ରୀର – ନିର୍ମମ ସ୍ପଷ୍ଟବାଦିତା । କୌଣସି କଥାକୁ ସେ ସହଜରେ ଗ୍ରହଣ କରିପାରୁ ନ ଥିଲା । ଅଧ୍ୟାପକ ଅଧ୍ୟାପିକା ହୁଅନ୍ତୁ କି ସାଙ୍ଗ ସହପାଠୀ, କେହି କିଛି କହିଲେ ସିଏ ସାଙ୍ଗେ ସାଙ୍ଗେ ତା'ର ଜବାବ ଦେଉଥିଲା । ସେଥିପାଇଁ ତାକୁ କେହି କିଛି କହୁ ନ ଥିଲେ । ରାଜଶ୍ରୀ ଥିଲା ପୁଣି ନେତ୍ରୀ ସ୍ୱଭାବର । ଡିପାର୍ଟମେଣ୍ଟ୍‌ର କେହି କାହାକୁ ଆକ୍ଷେପ କଲେ କି କାହାକୁ ବାଧିଲା ଭଳି କିଛି କହୁଥିଲେ ରାଜଶ୍ରୀ ନେତ୍ରୀ ପରି ସେଠି ପହଞ୍ଚି ସେ ଘଟଣାରେ ହସ୍ତକ୍ଷେପ କରୁଥିଲା । ତାହାର ଢଙ୍ଗରଙ୍ଗ ଦେଖି ପୁଅପିଲାମାନେ ମଧ୍ୟ ଶଙ୍କି ଯାଉଥିଲେ ।

ଏତେସବୁ ଗୁଣ ସତ୍ତ୍ୱେ ରାଜଶ୍ରୀ କାହାରି ପ୍ରେମରେ ପଡ଼ି ନ ଥିଲା କି ତାହାର ସେଭଳି ଅନ୍ତରଙ୍ଗ ବନ୍ଧୁ କେହି ନ ଥିଲେ । ଏଇ କଥାଟି ମଝିରେ ମଝିରେ ଶଶାଙ୍କ ଓ

ତା'ର ସାଙ୍ଗମାନଙ୍କ ମେଳରେ ଚର୍ଚ୍ଚାର ବିଷୟ ହେଉଥିଲା। ନୀଳାଦ୍ରି କହୁଥିଲା, "ରାଜଶ୍ରୀର ବ୍ୟକ୍ତିତ୍ୱ ଏତେ ଶକ୍ତିଶାଳୀ ଯେ ତାକୁ କୌଣସି ପୁଅ ପ୍ରଭାବିତ କରିବା କଷ୍ଟ। ତାହାଛଡ଼ା ପ୍ରେମିକା ହେବା ପାଇଁ ହେଲେ ଫୁଲଲଟା ପରି ଟିକିଏ କୋମଳ ହେବା ଦରକାର। ଶାଳଗଛ ପରି ମହାଦ୍ରୁମ ହେଲେ ପ୍ରେମ କେମିତି ହେବ?" ଅନ୍ୟମାନେ ନୀଳାଦ୍ରି କଥାରେ ରାଜି ହୋଇଥିଲେ। ସେମାନେ ଅନୁଭବ କରୁଥିଲେ ଯେ ରାଜଶ୍ରୀ ଆବଶ୍ୟକ ଠାରୁ ଅଧିକ ଯୁକ୍ତିପ୍ରବଣା ଏବଂ ଦୃଢ଼ମନା। ସେମିତି ଝିଅକୁ କେହି ପୁଅ ପ୍ରେମ କରିବାକୁ ସାହସ କରିବ ନାହିଁ।

ସାଙ୍ଗ ମହଲରେ ତାକୁ ନେଇ ହେଉଥିବା ଚର୍ଚ୍ଚା କେମିତି କେଜାଣି ରାଜଶ୍ରୀ ପାଖରେ ଯାଇ ପହଞ୍ଚିଯାଉଥିଲା। ମାତ୍ର ସେ ବିଚଳିତ ହେଉ ନ ଥିଲା। ଅଧିକ ଉତ୍ସାହରେ ବରଂ ତାହାର ଉଗ୍ର ଭାବମୂର୍ତ୍ତିକୁ ଆହୁରି ଉଗ୍ର କରି ଗଢ଼ି ତୋଳୁଥିଲା। ସେଥର ବିନୋଦ ଛାତ୍ର ସଂସଦର ସଭାପତି ପଦ ପାଇଁ ନିର୍ବାଚନ ଲଢୁଥିଲା। ସିଏ ବି ଥିଲା ଶଶାଙ୍କର ବନ୍ଧୁ ଗୋଷ୍ଠୀର ନିୟମିତ ସଦସ୍ୟ। ଓଡ଼ିଶାରେ ଜାତିପାତି ବିଭେଦ ନାହିଁ ବୋଲି ଜାଣିଥିବା ସତ୍ତ୍ୱେ ବିନୋଦ ନିଜକୁ ନିଜେ ଯଦୁପତି ଶ୍ରୀକୃଷ୍ଣଙ୍କ ବଂଶଧର ବୋଲି ଦାବି କରି ସହପାଠୀଙ୍କ ସମର୍ଥନ ମାଗିଥିଲା। ସେତେବେଳେ କଟକର ଜଣେ କ୍ରୀଡ଼ା ସଂଗଠକ ନିଜକୁ ଯାଦବ ସଂପ୍ରଦାୟର, ଆଉ ଜଣେ ଆଇଏଏସ୍ ଅଫିସର୍ ଓଡ଼ିଶା ଖଣ୍ଡେଇତ ସମ୍ମିଳନୀର ଏବଂ ଅନ୍ୟଜଣେ ବଡ଼ ପ୍ରଶାସକ କରଣକୁଳର ମୁଖପାତ୍ର ପରିଚୟକୁ ଓଡ଼ିଶାର ସାଧାରଣ ଜୀବନରେ ପ୍ରଚାରିତ କରିବାର ଉଦ୍ୟମ କରୁଥାଆନ୍ତି। ଏ କଥାଟି ରାଜଶ୍ରୀ ଏବଂ ଶଶାଙ୍କ ପରି ହେତୁବାଦୀ ଛାତ୍ରଛାତ୍ରୀଙ୍କୁ ବିରକ୍ତ କରୁଥାଏ। ମଣିଷ ତ ମଣିଷ, ଯାଦବ, ଖଣ୍ଡେଇତ, କରଣ ଓ ବ୍ରାହ୍ମଣ ଏସବୁ କ'ଣ? ମଣିଷ ସମାଜ ଗଢ଼ିଉଠିବାର ବହୁପରେ ଆସିଥିବା ଜାତିପ୍ରଥାକୁ ନେଇ ଶିକ୍ଷିତ ମଣିଷମାନେ କାହିଁକି ଏତେ ଭାବପ୍ରବଣ? ଏହି ରାଗତକ ମନରେ ଥିବା ବେଳେ ବିନୋଦ ଆସି ତାଙ୍କ ଡିପାର୍ଟମେଣ୍ଟରେ ପହଞ୍ଚିଥିଲା – ଭାଷଣ ଦେବ। ନିଜକୁ ସେ ଶ୍ରୀକୃଷ୍ଣଙ୍କର ପ୍ରତିନିଧି ଭାବେ ପରିଚୟ ଦେଇ ଶ୍ରୀକୃଷ୍ଣ ଯଦୁକୁଳର ଯେମିତି ବିକାଶ କରିଥିଲେ ସିଏ ମଧ୍ୟ ତାଙ୍କ ବିଶ୍ୱବିଦ୍ୟାଳୟର ସେମିତି ବିକାଶ କରିବ ବୋଲି ତା' ଭାଷଣରେ କହିଥିଲା।

ରାଜଶ୍ରୀ ସେତେବେଳେ ଲାଇବ୍ରେରିରେ ଥିଲା। ବିନୋଦ ତାଙ୍କ ଡିପାର୍ଟମେଣ୍ଟରେ ଭାଷଣ ଦେଉଥିବା କଥା ଶୁଣି ସେ ଝଡ଼ ପରି ଆସି ପହଞ୍ଚିଯାଇଥିଲା। ବିନୋଦର ଭାଷଣ ସରିବା ପରେ ପିଲାମାନେ ତାଳି ଦେଇଥିଲେ। ଛାତ୍ରଛାତ୍ରୀମାନେ ଅନୁଭବ କରିଥିଲେ ଯେ ଭାରତର ଯାଦବ ସଂପ୍ରଦାୟକୁ ଶ୍ରୀକୃଷ୍ଣ ହିଁ ନୂଆ ପରିଚୟ ଦେଇଥିଲେ, ତେଣୁ ଶ୍ରୀକୃଷ୍ଣ ସେଇ ସଂପ୍ରଦାୟର ଅବିସଂବାଦିତ ନେତା। ଛାତ୍ରଛାତ୍ରୀଙ୍କ କରତାଳି

ଥମିଯିବା ପରେ, ପଛରେ ଠିଆ ହୋଇଥିବା ରାଜଶ୍ରୀ ନିଜେ ତାଳି ଦେଇ ଦେଇ ଆଗକୁ ଯାଇଥିଲା ଏବଂ ତା' ଭାଷଣ ଆରମ୍ଭ କରିଥିଲା ।

ଶଶାଙ୍କର ଏବେ ବି ରାଜଶ୍ରୀ ଭାଷଣର ସାରାଂଶ ମନେଅଛି । ରାଜଶ୍ରୀ କହିଥିଲା, "ବିନୋଦ ବରଂ ଶ୍ରୀକୃଷ୍ଣଙ୍କ ବଦଳରେ ନିଜକୁ ଯାଦବ କୁଳର ନେତା ଭାବେ ଘୋଷଣା କରିଥିଲେ ମୁଁ ବେଶି ଖୁସି ହୋଇଥାଆନ୍ତି । ତାହା ବଦଳରେ ସେ ଜଣେ କୂଟନୀତିଜ୍ଞ ଓ ସୁବିଧାବାଦୀଙ୍କୁ କାହିଁକି ତାଙ୍କ କୁଳର ନେତା ଭାବରେ ଗ୍ରହଣ କରୁଛନ୍ତି ?"

: କୂଟନୀତିଜ୍ଞ ? ସୁବିଧାବାଦୀ ? କିଏ, ଶ୍ରୀକୃଷ୍ଣ ? ଭାରତୀୟ ସଂସ୍କୃତିରେ ସବୁଠାରୁ ଉଜ୍ଜ୍ୱଳ ପୁରୁଷ ଭାବେ ପରିଚିତ ଭଗବାନ ଶ୍ରୀକୃଷ୍ଣଙ୍କୁ ସୁବିଧାବାଦୀ ଆଖ୍ୟା ଦେବା ପାଇଁ ରାଜଶ୍ରୀର ସଙ୍କୋଚ ହେଉ ନାହିଁ - ଏଇପରି ଏକ ଅବିଶ୍ୱାସର ଭାବ ସଭିଙ୍କ ଚେହେରାରେ ଖେଳିଯାଇଥିଲା । ଶଶାଙ୍କ ମଧ୍ୟ ବିସ୍ମିତ ହୋଇଥିଲା ।

ସେମାନଙ୍କୁ ବେଶି ସମୟ ଅପେକ୍ଷା କରିବାକୁ ପଡ଼ି ନ ଥିଲା । ରାଜଶ୍ରୀ ଟିକିଏ ରହି ତା' ଭାଷଣ ପୁଣି ଆରମ୍ଭ କରିଥିଲା । ସେ କହିଥିଲା, "ସମଗ୍ର ଭାରତବର୍ଷ ଯାଦବ କୁଳର ପ୍ରତିନିଧି ଭାବରେ ଗ୍ରହଣ କରୁଥିବା ଶ୍ରୀକୃଷ୍ଣ କ'ଣ ନିଜେ ଜଣେ ଯାଦବ ଥିଲେ ? ନା, ସେ ଥିଲେ କ୍ଷତ୍ରିୟ । କାରଣ ତାଙ୍କ ବାପା ଥିଲେ ରାଜା ବସୁଦେବ । ଯାଦବମାନଙ୍କୁ ବିନା ଯୁଦ୍ଧରେ ଶ୍ରୀକୃଷ୍ଣ ଜିଣିନେଇଥିଲେ, ତାଙ୍କ ଛଳପ୍ରେମ ଓ ଆଦର ଜରିଆରେ । ସେ ଯଦି ବାସ୍ତବରେ ଶ୍ରୀରାଧାଙ୍କୁ ଏତେ ଭଲ ପାଉଥିଲେ, ତାହାହେଲେ, ରାଜା ହେବା ପରେ ତାଙ୍କୁ ବିବାହ କଲେ ନାହିଁ କାହିଁକି ? ସିଏ ପରା ବିପ୍ଳବୀ ଓ ସଂସ୍କାରକ ଥିଲେ । କାହିଁକି ଆଉ କେବେ ଥରେ ଫେରିଲେ ନାହିଁ ତାଙ୍କର ଆଦରର ଗୋପପୁରକୁ । ଯେଉଁ ଗୋପପୁରର ଗୋପୀମାନେ ତାଙ୍କୁ ଜୀବନଠାରୁ ବଳି ଭଲ ପାଉଥିଲେ, ଆଖିର ପିତୁଳା ପରି ପ୍ରେମ କରୁଥିଲେ ସେମାନଙ୍କୁ ସେ ସମ୍ପୂର୍ଣ୍ଣ ଭୁଲିଗଲେ କିପରି ?

"ଶ୍ରୀକୃଷ୍ଣଙ୍କ ସମଗ୍ର ଜୀବନ ଗଣ ଉପରେ ଜଣର ପ୍ରତିଷ୍ଠା ନିମନ୍ତେ ନିରବଚ୍ଛିନ୍ନ ଉଦ୍ୟମ । ଯେଉଁ ଗନ୍ଧମାର୍ଦ୍ଦନକୁ ସମଗ୍ର ଗୋପପୁରବାସୀ ହଟାଇପାରିଲେ ନାହିଁ ତାକୁ କାଣି ଆଙ୍ଗୁଳିରେ ଉଠାଇ କଅଣ ପ୍ରମାଣିତ କରିଥିଲେ ଶ୍ରୀକୃଷ୍ଣ ? ସେ ସୁପରମ୍ୟାନ୍, ସେ ମହାପୁରୁଷ । ସିଏ ନିଜେ ପ୍ରସିଦ୍ଧ ହେବେ - ଏଇଆ ତ ଶ୍ରୀକୃଷ୍ଣଙ୍କ ଜୀବନ କାହାଣୀ । ବିନୋଦ କ'ଣ କଳେବଳେ କଉଶଳେ ଏଇଆ କରିବାକୁ ଚାହାନ୍ତି ?"

ଡିପାର୍ଟମେଣ୍ଟରେ ଅଧିକାଂଶ ଛାତ୍ରଛାତ୍ରୀ ରାଜଶ୍ରୀ ଯୁକ୍ତି ସହିତ ଏକମତ ନ ଥିଲେ । ଶ୍ରୀକୃଷ୍ଣ ଏବଂ ଭାରତୀୟ ପୁରାଣର କାହାଣୀକୁ ନେଇ ସେମାନଙ୍କର ମନ ଭିତରେ ବର୍ଷ ବର୍ଷ ଧରି ଯେଉଁ ଧାରଣା ରହିଥିଲା, ରାଜଶ୍ରୀର ଯୁକ୍ତି ତାହାର ବିରୋଧାଚରଣ

କରୁଥିଲା। ମାତ୍ର ସେମାନେ କେହି ପ୍ରକାଶ୍ୟରେ ପ୍ରତିବାଦ କରି ନ ଥିଲେ। ଶଶାଙ୍କ ଏବଂ ଆଉ କେତେଜଣ କିନ୍ତୁ ରାଜଶ୍ରୀର ଯୁକ୍ତିରେ ଉତ୍ସାହିତ ହୋଇ ତାଳି ଦେଇଥିଲେ। ସବୁଠାରୁ ବଡ଼କଥା, ନିଜେ ବିନୋଦ ସୁଦ୍ଧା ରାଜଶ୍ରୀର ଯୁକ୍ତିରେ ପ୍ରଭାବିତ ହୋଇଯାଇଥିଲା। ସିଏ ଆଉ କିଛି ନ କହି ତାହାର ସମର୍ଥକମାନଙ୍କୁ ନେଇ ନିରବରେ ଶ୍ରେଣୀକକ୍ଷରୁ ଚାଲିଯାଇଥିଲା।

ସେହି ଘଟଣା ପରେ ପ୍ରଫେସର୍ ପରିଡ଼ା ରାଜଶ୍ରୀକୁ ଖୁବ୍ ଭର୍ତ୍ସନା କରିଥିଲେ। ଭାରତୀୟ ସଂସ୍କୃତିକୁ ଏଭଳି କଦର୍ଥ କରିବା ଶିକ୍ଷାର ଉଦ୍ଦେଶ୍ୟ ନୁହେଁ ବୋଲି ସେ ଚଢ଼ାଗଳାରେ କହିଥିଲେ। ରାଜଶ୍ରୀ ନମ୍ର ଅଥଚ ଦୁର୍ବିନୀତ ଠାଣିରେ କହିଥିଲା, "ବିଶ୍ୱାସ ଏବଂ ଧାରଣାକୁ ପ୍ରଶ୍ନ କରିବା ଶିକ୍ଷାର ପ୍ରକୃତ ଉଦ୍ଦେଶ୍ୟ। ତାହା ନ ହେଲେ ମଣିଷ ଯେଉଁଠି ଅଛି ସେଇଠି ରହିଥିବ। ମୁଁ ଗୋଟିଏ ପ୍ରସଙ୍ଗରେ ପୁରାଣକୁ "ଚ୍ୟାଲେଞ୍ଜ୍" କରିଛି, ତାହାଠାରୁ ବଳଶାଳୀ ଯୁକ୍ତି କେହି ଦର୍ଶାଇଦେଲେ ମୁଁ ମୋ ମତ ପ୍ରତ୍ୟାହାର କରିନେବି। ମୁଁ ଯୁକ୍ତି ବାଢ଼ିଛି, ବିତଣ୍ଡା କଥା କିଛି କହିନାହିଁ।"

ସେଇ ରାଜଶ୍ରୀ। ଧନୀ ବାପର ମେଧାବୀ କନ୍ୟା, ସୁନ୍ଦରୀ ଓ ଗୁଣବତୀ ନାରୀ। ସିଏ ହଠାତ୍ ସିଭିଲ୍ ସର୍ଭିସ୍‌ରୁ କାହିଁକି ଇସ୍ତଫା ଦେଇଦେଲା ? ତାହାପରି ଦୃଢ଼ ଚରିତ୍ରର ଝିଅ କଅଣ ପ୍ରଚଳିତ ବ୍ୟବସ୍ଥାର ମୁକାବିଲା କରିପାରିଲା ନାହିଁ ?

ନା, ରାଜଶ୍ରୀ କଦାପି ହାରିଯାଇ ନ ଥିବ। ହାରିବା ତାହାର ସ୍ୱଭାବରେ ନ ଥିଲା।

ଶଶାଙ୍କ କାନ୍ଥଘଣ୍ଟାକୁ ଅନେଇଲା। ରାତି ବାରଟା ବାଜିବ। କାଲି ସକାଳକୁ ଓକିଲଙ୍କ ପାଖକୁ ଯିବ, ରେସିଡେଣ୍ଟ୍ କମିସନରଙ୍କ ପାଖରୁ ଚିଠି ସଂଗ୍ରହ କରିବ, ତାହାପରେ ତା' ଡିପାର୍ଟମେଣ୍ଟ୍‌ର ସେକ୍ରେଟାରିଙ୍କ ପୁତୁରା ଲାଗି ଦରିଆଗଂଜରୁ ଡାକ୍ତରୀ ପ୍ରବେଶିକା ପରୀକ୍ଷା ପାଇଁ ବହିକିଣା। ଅନେକ କାମ। ସେ ଲାଇଟ୍ ଲିଭେଇଦେଇ ଶୋଇବାକୁ ଚେଷ୍ଟା କଲା।

● ●

ରାତିରେ ଖୁବ୍ ବର୍ଷା ହେଇଛି- ବିଛଣାରୁ ଉଠି ବାଥ୍‌ରୁମ୍‌କୁ ଯିବା ବାଟରେ ଶଶାଙ୍କ ବାହାରକୁ ଅନେଇ ମନକୁ ମନ କହିଲା। ସେତିକିବେଳେ ଟି-ପୟ ଉପରେ ଥିବା ରାଜଶ୍ରୀର ଭିଜିଟିଂ କାର୍ଡ ଉପରେ ତା'ର ଦୃଷ୍ଟି ପଡ଼ିଲା। ଆଉ ଥରେ ରାଜଶ୍ରୀର କଥା ମନେପଡ଼ିଗଲା। ଏଥର ବାଣୀବିହାରର ନାଟକ ଅଭିନୀତ ହେଉଥିବା ସେଇ ସନ୍ଧ୍ୟାର କଥା।

ପୁଅ ଏବଂ ଝିଅମାନଙ୍କ ଲାଗି ଦିଇଟା ଅଲଗା ଅଲଗା ଗ୍ରୀନ୍‌ରୁମ୍ ହୋଇଥିଲା। ସବୁଠୁ ବେଶି ମେକ୍‌ଅପ୍ ଦରକାର ପଡୁଥିଲା ରାବଣ ଭୂମିକାରେ ଅଭିନୟ କରୁଥିବା ଶଶାଙ୍କର। ଦିଇଟା ଦୃଶ୍ୟରେ ତା' କାନ୍ଧ ଉପରେ ଲଗାଯାଇଥିଲା କାର୍ଡବୋର୍ଡର ତିଆରି ନଅଟା ମୁଣ୍ଡ। ସେଗୁଡ଼ା ତାକୁ ପାହାଡ଼ ପରି ଓଜନିଆ ଲାଗୁଥିଲା। ମଝିରେ ତା'ର ଦୃଶ୍ୟ ନ ଥିବାବେଳେ ସେ ନକଲି ମୁଣ୍ଡତକ ଉତାରିଦେଇ ପର ଦୃଶ୍ୟର ସଂଳାପ ଘୋଷୁଥିଲା। ସେମିତି ସଂଳାପ ଘୋଷୁ ଘୋଷୁ ସେ କେତେବେଳେ ପହଞ୍ଚିଯାଇଥିଲା ଆର ଗ୍ରୀନ୍ ରୁମ୍ ପାଖରେ ତାହାର ଖିଆଲ ନ ଥିଲା। ଝରକାର ପରଦା ଫାଙ୍କରେ ଦିଶୁଥିଲା ଭିତରର ଦୃଶ୍ୟ। ରାଜଶ୍ରୀ ସେତେବେଳେ ଖାଲି ବ୍ରା'ଟିଏ ପିନ୍ଧି ଗେରୁଆ ରଙ୍ଗର ଶାଢ଼ିଟେ ପିନ୍ଧିବାର ଚେଷ୍ଟା କରୁଥିଲା। ତା'ର ଜଣେ ବାନ୍ଧବୀ ତାକୁ ସେଥିରେ ସାହାଯ୍ୟ କରୁଥିଲା। ମାର୍ବଲରେ ତିଆରି ଗ୍ରୀକ୍ ଦେବୀ ପରି ଅଦ୍ଭୁତ ଭାବରେ ସୁନ୍ଦରୀ ଦିଶୁଥିଲା ରାଜଶ୍ରୀ। ତାକୁ ଦେଖୁ ଦେଖୁ ଉତ୍ତେଜନାରେ ଶିହରି ଉଠିଥିଲା ଶଶାଙ୍କ। ତାହାର ରକ୍ତ ଟକମକ ହୋଇ ଫୁଟିଥିଲା। ଆଉ କେହି ଦେଖିବା ଆଗରୁ ସେ ସେହି ଜାଗାରୁ ଚୁପ୍‌ଚାପ୍ ଚାଲି ଆସିଥିଲା। ସେଦିନ ନାଟକ ଶେଷ ହେବା ପର୍ଯ୍ୟନ୍ତ ସେ ଆଉ ସ୍ୱାଭାବିକ ହୋଇପାରି ନ ଥିଲା। ନକଲି ଚୁଟି, କାର୍ଡବୋର୍ଡର ମୁଣ୍ଡ ଓ ନକଲି ନିଶ ପଛରେ ତା'ର ଅସ୍ୱାଭାବିକ ମୁହଁ ଲୁଚିଯାଇଥିଲେ ବି ଛାତି ଭିତରଟା କେମିତି ଧଡ଼ପଡ଼ ହେଉଥିଲା ଶେଷ ପର୍ଯ୍ୟନ୍ତ।

ପରଦିନ ସକାଳେ ରାଜଶ୍ରୀ ତାକୁ ଅଭିନନ୍ଦନ ଜଣାଇଲାବେଳେ ଶଶାଙ୍କ କେବଳ କହିଥିଲା, "ନମ୍ରତା କେତେ ନିର୍ମମ ହେଇପାରେ ସେ କଥାଟି ତୁମ ପାଖରୁ ଶିଖିବା କଥା। ନାଟକ ତ ରାମଚନ୍ଦ୍ର ଓ ସୀତାଙ୍କର ଥିଲା, ରାବଣ ସେଠି ଖଳନାୟକ। ମୋର ବରଂ ତୁମକୁ ଅଭିନନ୍ଦନ ଜଣାଇବା କଥା।"

ସେତିକିବେଳେ ରାଜଶ୍ରୀ ତାକୁ ଜଣେଇଥିଲା, ସେହି ସେମିଷ୍ଟର ପରେ ସିଭିଲ୍ ପରୀକ୍ଷାର ପ୍ରସ୍ତୁତି ପାଇଁ ସେ ଦିଲ୍ଲୀ ଚାଲିଯିବ।

ପରୀକ୍ଷା ପରେ ଶଶାଙ୍କ ଚାଲିଯାଇଥିଲା ଭଦ୍ରକ ଏବଂ ରାଜଶ୍ରୀ ଦିଲ୍ଲୀ। ମଝିରେ ରାଜଶ୍ରୀ ପାଖକୁ ଦିଇଟି ଅଭିନନ୍ଦନପତ୍ର ପଠେଇଥିଲା ଶଶାଙ୍କ। ଥରେ ରାଜଶ୍ରୀର ଆଇଏଏସ୍ ଖବର ପାଇବା ପରେ ଏବଂ ଆଉ ଥରେ ତା' ବାହାଘର ସମୟରେ।

: ନା, ରାଜଶ୍ରୀକୁ ଆଉ ଥରେ ଭେଟିବାକୁ ପଡ଼ିବ - ଶଶାଙ୍କ ନିଜକୁ ନିଜେ କହିଲା। ନ ଭେଟି ଚାଲିଗଲେ ସେ ନିଶ୍ଚୟ ଭାବିବସିବ, ଶଶାଙ୍କ ତାକୁ ଏଡ଼େଇଯିବାକୁ ଚାହୁଁଛି। ସେଇଟା ଉଚିତ ହେବ ନାହିଁ। ରାଜଶ୍ରୀ ଯେ କେବଳ ତାହାର ସହପାଠୀ ଥିଲା ତାହା ନୁହେଁ, ତା'ର ବିପଦ ଆପଦରେ ସେ ତାକୁ ସମର୍ଥନ ଯୋଗାଉଥିଲା। ଏତେଟା ଅକୃତଜ୍ଞ ହେବା ତା' ପକ୍ଷେ ଉଚିତ ହେବ ନାହିଁ।

ଦିନଟା ଶଶାଙ୍କର ବ୍ୟସ୍ତତାରେ ବିତିଲା, ଯେମିତି ସେ ଆଶଙ୍କା କରିଥିଲା। ଓକିଲ ଏବଂ ରେସିଡେଣ୍ଟ୍ କମିସନରଙ୍କ କାମ ସରିବା ପରେ ଦରିଆଗଂଜରୁ ବହି ଆଣିବାଲାଗି ସେ ଚାଲିଗଲା। ବହିକିଣା କାମ ସାରି ଓଡ଼ିଶା ନିବାସ ଫେରୁ ଫେରୁ ସଂଜ ସାତଟା।

ଶଶାଙ୍କ ଭାବିଲା, ରାଜଶ୍ରୀର ଘରକୁ ଯିବା ଆଗରୁ ତାକୁ ଫୋନ୍‌ଟେ କରିବା ଦରକାର। ସେ ମୋବାଇଲ୍ ଫୋନ୍ ବାହାର କରିବା ବେଳକୁ ସେଇଟି ସେପର୍ଯ୍ୟନ୍ତ 'ସାଇଲେଣ୍ଟ୍ ମୋଡ୍'ରେ ଥିଲା। ସାତଟା ମିସ୍ କଲ୍, ତା' ଭିତରୁ ଦୁଇଟି ରାଜଶ୍ରୀର।

ସେ ଆଉ ଫୋନ୍ ନ କରି ଟ୍ୟାକ୍ସିଟେ ଡାକିଲା ଏବଂ ତାକୁ କହିଲା, "ଚାଲ, ସରୋଜିନୀ ନଗର।"

ରାଜଶ୍ରୀର ଘର ପାଇବାଲାଗି ଶଶାଙ୍କକୁ ବେଶି ଅସୁବିଧା ହେଲା ନାହିଁ। ଟ୍ୟାକ୍ସିଟିକୁ ବିଦା କରିବା ଆଗରୁ ଶଶାଙ୍କ ଆଉ ଥରେ ରାଜଶ୍ରୀ ଦେଇଥିବା ଭିଜିଟିଂ କାର୍ଡରେ ଲେଖାଥିବା ଘର ନମ୍ବର ସହ ସେ ପହଞ୍ଚିଥିବା ଠିକଣା ମିଳେଇ ଦେଖିଲା। ଠିକ୍ ଅଛି।

କଲିଂବେଲ୍ ଶୁଣୁଶୁଣୁ ରାଜଶ୍ରୀ ଧାଇଁଆସି କବାଟ ଖୋଲିଦେଲା। ଏବେ ରାଜଶ୍ରୀ ଘରର ଡ୍ରଇଂରୁମ୍‌ରେ ଶଶାଙ୍କ। ରାଜଶ୍ରୀ ପଚାରୁଥିଲା, ''ଘର ପାଇବାରେ ଅସୁବିଧା ହେଲା ନାହିଁ ତ?''

: ଆରେ ନା, ଦିଲ୍ଲୀର ଟ୍ୟାକ୍ସି ଡ୍ରାଇଭରମାନେ ତ ପାସେଞ୍ଜରଙ୍କୁ ମଙ୍ଗଳ ଗ୍ରହରେ ନେଇ ସୁଦ୍ଧା ପହଞ୍ଚେଇଦେଇ ପାରିବେ। ତୁମ ଘର ମୁଖ୍ୟ ରାସ୍ତାରେ, ପାଇବାରେ ଅସୁବିଧା କଅଣ?

: ତୁମେ ବସ। ମୁଁ ତୁମ ପାଇଁ ପାଣି ଆଣେ। – ଆଞ୍ଜୁଳାଏ ମୃଦୁ ବାସ୍ନା ଖେଳେଇ ଦେଇ ରାଜଶ୍ରୀ ପାଣି ଆଣିବା ପାଇଁ ଭିତରକୁ ଚାଲିଗଲା।

ଶଶାଙ୍କ ଏପଟ ସେପଟ ହୋଇ ରାଜଶ୍ରୀ ଆପାର୍ଟମେଣ୍ଟ୍‌ର ଡ୍ରଇଂରୁମ୍‌କୁ ଚାହୁଁଥିଲା। ସେ ଆଶ୍ଚର୍ଯ୍ୟ ହେଉଥିଲା ଯେ, ରାଜଶ୍ରୀ ପରି ଗୋଟେ ଧନୀ ଘରର ଝିଅର ଡ୍ରଇଂରୁମ୍ ଏତେ ସାଧାରଣ ଏବଂ ଆସବାବପତ୍ରହୀନ ଦିଶୁଛି କେମିତି? ପୁଣି ତା' ବର କାହାନ୍ତି? ଚାକର ବାକର ବି କେହି ଦିଶୁ ନ ଥିଲେ। ଡ୍ରଇଂରୁମ୍‌ଟିରେ ଚାରିଜଣ ବସିବା ଭଳି ବେତର ସୋଫାସେଟ୍, ମଝିରେ ଗୋଟେ ଟି-ପୟ। ଟିକିଏ ଦୂରରେ ଡାଇନିଂ ଟେବୁଲ୍ ଓ ଟେବୁଲ୍ ଚାରିପଟେ ଚାରିଟି ଚେଆର୍। ମଝିକାନ୍ଥରେ ଗୋଟେ ବଡ଼ ପେଣ୍ଟିଙ୍ଗ୍। ସେ ପେଣ୍ଟିଂଟିକୁ ଅନେଇ ଚମକିପଡ଼ିଲା। ସେଇଟି ଥିଲା ରାବଣର ବିରାଟ ଚିତ୍ର! ଆଧୁନିକ ଚିତ୍ର ହୋଇଥିବାରୁ ହଠାତ୍ ତାହା ଗଛଟିଏ ପରି ଦିଶୁଛି, ମାତ୍ର ଟିକିଏ ନିରୀକ୍ଷଣ କଲେ, ଗଛର ଶାଖାପରି ଦିଶୁଥିବା ଡାଳଗୁଡ଼ିକ ଯେ ରାବଣର ଦଶଟି ମୁଣ୍ଡ ସେକଥା ପରିଷ୍କାର ବୁଝିହେଉଛି। ରାଜଶ୍ରୀର ରୁଚି ଶଶାଙ୍କଙ୍କୁ ରହସ୍ୟମୟ ଲାଗିବାକୁ ଆରମ୍ଭ

କରୁଥିଲା। କେହି କ'ଣ କେବଳ ରାବଣର ଛବିକୁ ଏମିତି ଡ୍ରଇଂରୁମ୍‌ରେ ଟାଙ୍ଗେ ? ବାମ ଆଖି ଫେରାଇ ଆଣି ସେ ଡାହାଣ ପଟକୁ ଚାହିଁଲା। କାନ୍ଥ କଡ଼ରେ ଗୋଟେ ଲମ୍ବା ଟେବୁଲ୍ ଓ ଟେବୁଲ୍ ଉପରେ ପାହାଡ଼ ପରି ଗୋଛାଏ ବହିପତ୍ର।

ରାଜଶ୍ରୀ ପାଣି ଗିଲାସ ଆଣି ଟି-ପୟ ଉପରେ ରଖିଦେଲା। ଶଶାଙ୍କ ଆଉ ଥରେ ଚାହିଁଥିଲା ରାବଣର ସେଇ ଚିତ୍ରଟି ଆଡ଼େ।

ରାଜଶ୍ରୀ କହିଲା, ''ଭଲ ଲାଗୁଛି ? ତମେ ତ ରାବଣ।''

: ହଁ – ନା, ହଁ।

ରାଜଶ୍ରୀ କହିଲା, ''ଚା ନା କଫି ପିଇବ ? ବାଣୀବିହାର ଦିନ ପରି କହିବ ନାହିଁ ଯେ 'ଯାହାହେଲେ' ଚଳିବ। ମୁଁ ଚା କି କଫି ଦେଇପାରିବି, 'ଯାହାନୁହେଁ' ଦେଇପାରିବି ନାହିଁ।

ଶଶାଙ୍କ ହସିଲା। ରାଜଶ୍ରୀ ବଦଳି ନାହିଁ।

: ଚା। ଶଶାଙ୍କ କହିଲା।

ରାଜଶ୍ରୀ ପୁଣିଥରେ ରୋଷେଇଘରକୁ ଚାଲିଗଲା। ଶଶାଙ୍କ ଉଠିଯାଇ ବହିପତ୍ର ଥାକ ପାଖକୁ ଗଲା। ସବା ଉପରେ ଗୋଟେ ଦର୍ଶନର ମୋଟା ବହି ଥୁଆଯାଇଥିଲା। ସେଇଟିକୁ ଖୋଲି ପୃଷ୍ଠା ଓଲଟାଇଲା।

ରାଜଶ୍ରୀ ଫେରିଆସିଥିଲା। ଶଶାଙ୍କ ହାତକୁ ଚା କପ୍‌ଟେ ବଢ଼େଇ ଦେଇ ସେ ନିଜେ ଗୋଟେ ଚା କପ୍ ଧରିଲା ଓ କହିଲା, ''ଶଶାଙ୍କ, ଯାହା ପଚାରିବି ସତ କହିବ ?''

: ଆରେ ହଁ। ମିଛ କହିବି କାହିଁକି ? ପଚାର। ଏତେ ଅବିଶ୍ୱାସ କାହିଁକି ?

: ମୋତେ ନେଇ ଭୁବନେଶ୍ୱରରେ କଅଣ ସବୁ ଚର୍ଚ୍ଚା ଚାଲେ ?

ଶଶାଙ୍କ ଏ ପ୍ରକାର ସିଧାସଳଖ ପ୍ରଶ୍ନ ପାଇଁ ପ୍ରସ୍ତୁତ ନ ଥିଲା। ରାଜଶ୍ରୀକୁ ନେଇ ଭୁବନେଶ୍ୱରରେ ଯେଉଁ ଚର୍ଚ୍ଚା ଚାଲେ ସେସବୁ ସେ ତାକୁ କହି ପାରିବ ନାହିଁ। ସେ ପ୍ରଶ୍ନଟାକୁ ବାଆଁରେଇ ଦେବା ଲାଗି କହିଲା, ''ତୁମେ ତ ଆନ୍ଧ୍ର କ୍ୟାଡରବାଲା। ତୁମକୁ ନେଇ ଓଡ଼ିଶାରେ କାହିଁକି ଚର୍ଚ୍ଚା ହେବ ?''

: କିନ୍ତୁ ସାଙ୍ଗମାନେ ତ କଥା ହେଉଥିବେ।

: ସତ କହିବାକୁ ଗଲେ, ମୋ ସହ ସେ ବିଷୟରେ କେହି କଥା ହୁଅନ୍ତି ନାହିଁ। ତା'ଛଡ଼ା ତୁମ ସହ ତ ଅନେକଦିନ ହେଲା ଦେଖାସାକ୍ଷାତ ହୋଇନାହିଁ।

ପୁଣିଥରେ ସଂଶୋଧନ କଲା ରାଜଶ୍ରୀ, ''ଅନେକ ବର୍ଷ।''

: ହଁ, ଅନେକ ବର୍ଷ।

ରାଜଶ୍ରୀ ଏଥର ଶଶାଙ୍କ ମୁହଁକୁ ସିଧାସଳଖ ଚାହିଁଲା। କି ତୀବ୍ର ରାଜଶ୍ରୀର ଆଖିଯୋଡ଼ାକ ! ଗୋଟାଏ ମୁହୂର୍ତ୍ତ ସୁଦ୍ଧା ସେ ଆଖିର ସାମ୍ନା କରିବା କଷ୍ଟ।

ରାଜଶ୍ରୀ କହୁଥିଲା, ''ମୁଁ କିନ୍ତୁ ତୁମକୁ ଅନେକଥର ଯୋଗାଯୋଗ କରିବାକୁ ଚେଷ୍ଟା କରିଛି, ମାତ୍ର ତୁମେ ଚାହିଁନ।"

ଶଶାଙ୍କ ରାଜଶ୍ରୀର ଆଖିକୁ ଆଡ଼େଇ ଯିବା ପାଇଁ ବହିଥାକ ଆଡ଼କୁ ଚାହିଁଥିଲା। ରାଜଶ୍ରୀର ଅଭିଯୋଗ ଶୁଣି ଉତ୍ତର ଦେଲା, ''କେବେ ? ମୁଁ ଜାଣିପାରିନି।''

ଝରକା ସେପଟେ ଦିଲ୍ଲୀର ଆଲୋକଗୁଡ଼ିକ ଆକାଶର ତାରା ପରି ଉଜ୍ଜ୍ୱଳ ଦିଶୁଥିଲେ। ମେଘପଖଳା ଶ୍ରାବଣର ଥଣ୍ଡା ପରିବେଶ ଭଲ ଲାଗୁଥିଲା ଶଶାଙ୍କକୁ। ଯାହା କେବଳ ସମସ୍ୟା ସୃଷ୍ଟି କରୁଥିଲା ତାହା ରାଜଶ୍ରୀର ସିଧାସଳଖ ପ୍ରଶ୍ନ।

ରାଜଶ୍ରୀ ପୁଣି ପଚାରିଲା, ''ତୁମର କାମ ହୋଇଗଲା ? କେବେ ଫେରିବ ?''

: କାଲି। - ସଂକ୍ଷେପରେ ଉତ୍ତର ଦେଲା ଶଶାଙ୍କ।

ରାଜଶ୍ରୀ ଦୀର୍ଘଶ୍ୱାସ ନେଲା।

ଚା କପ୍‌ଟି ଟି-ପୟ ଉପରେ ଥୋଇଦେଇ ଶଶାଙ୍କ ପଚାରିଲା, ''ତୁମର ବର ମହାଶୟଙ୍କୁ ଦେଖୁନି ତ ? କ'ଣ ବାହାରକୁ ଯାଇଛନ୍ତି ? ଆଉ ଲୋକବାକ କାହାକୁ ରଖିନ ? ସବୁ କାମ ନିଜେ କରୁଛ ନା କଅଣ ? ନା, ବର ସାହାଯ୍ୟ କରୁଛନ୍ତି ?''

ରାଜଶ୍ରୀ ହସିଲା। କହିଲା, ''ତିନିବର୍ଷ ହେଇଗଲାଣି, ଆମେ ଅଲଗା ରହୁଛୁ। ଛାଡ଼ପତ୍ର ବୋଲି ଭାବିନିଅ।''

ଆଉ ଥରେ ଚମକି ପଡ଼ିଲା ଶଶାଙ୍କ। କଲେଜ ପଢ଼ାଦିନେ ସବୁଠୁ ସଫଳ ଓ ସୌଭାଗ୍ୟବତୀ ଭାବୁଥିବା ରାଜଶ୍ରୀ ଏସବୁ କଅଣ କହୁଛି ? କାହିଁକି ଗୋଟିଏ ପରେ ଗୋଟେ ବିଫଳତାର ଖବର ତାକୁ ଦେଉଛି !

ରାଜଶ୍ରୀ କହିଲା, ''ଅନେକ ଦିନ ହେଲା କାହା ପାଖେ ନିଜକଥା କହିବି ବୋଲି ମୁଁ ଭାବୁଥିଲି। ମୁଁ ଲେଖାଲେଖି କରୁଥିଲେ ମୋ ଜୀବନ କଥା ଲେଖି ବହିଟେ ଛାପିଦେଇଥାଆନ୍ତି। ତାକୁ କେହି ପଢୁ ନ ପଢୁ ମୋ ମନଟା ହାଲୁକା ହୋଇଯାଇଥାଆନ୍ତା। ମୋ ସାଙ୍ଗମାନଙ୍କ ଭିତରେ ତୁମେ ଜଣେ, ଯାହା ପାଖରେ ମୁଁ ସବୁକିଛି ନିଃସଂକୋଚରେ କହିଥାଏ। ମାତ୍ର ତୁମେ ବି ଏମିତି ଆଡ଼େଇ ରହିଲ !''

ଶଶାଙ୍କ ପଚାରିଲା, ''ସତ କହିଲ, ହାଇଦ୍ରାବାଦର ସେ ଖଣି ବ୍ୟବସାୟୀଙ୍କ ସହ ତୁମର ସମ୍ପର୍କ ନେଇ ଯାହା ଶୁଣାଯାଏ ତାହା କ'ଣ ସତ ?''

ଏଥର ଅଣ୍ଟା ସଳଖ କରି ବସିଲା ରାଜଶ୍ରୀ। ପୁଣିଥରେ ସେଇ ଚମତ୍କାର ଠାଣିରେ ଲମ୍ବାବାଳ ଗୋଛାକୁ ଉପରକୁ ଉଠେଇ ଜୁଡ଼ା ବାନ୍ଧିଲା। ହାତ ଦିଇଟି ଉପରକୁ

ଟେକିଥିବାବେଳେ ତା'ର ଉଚ୍ଚା ଛାତି ଆହୁରି ଉଚ୍ଚା ଦିଶୁଥିଲା। ତା' ଆଖି ସାଙ୍ଗରେ ଶଶାଙ୍କର ଆଖି ମିଶିଯିବା କ୍ଷଣି ଶଶାଙ୍କ ଚଟ୍‌କରି ଅନ୍ୟ ଆଡ଼କୁ ଆଖି ବୁଲେଇ ନେଲା।

ରାଜଶ୍ରୀ କହିଲା, ''ତୁମେ ପୁଅମାନେ ଭାବ, ନାରୀଟିଏର କେବଳ ଦିଇଟି କଥା ଦରକାର। ଗୋଟେ ଘର, ଆଉ ଗୋଟେ ବର। ମୋ ବାପା ମଧ୍ୟ ସେଇଆ ଭାବୁଥିଲେ। ସେଥିପାଇଁ ସେ ଭୁବନେଶ୍ୱର ଓ କଟକରେ ପାଞ୍ଚଟି ଘର ତୋଳିଥିଲେ। ସେଇ ଘରଗୁଡ଼ିକ କଥା ବୁଝୁ ବୁଝୁ ତାଙ୍କ ପାଖରେ ଆଉ ସମୟ ବଳୁ ନ ଥିଲା। ମୋ ବୋଉ ପାଇଁ ବାପା ଦିନରେ ଘଣ୍ଟାଏ ସମୟ ଦେଇପାରୁ ନ ଥିଲେ। ସେଥିପାଇଁ ମୁଁ ପଢ଼ିବା ଦିନରୁ ସ୍ଥିର କରିଥିଲି କୌଣସି ଧନୀ ଠିକାଦାର କି ବ୍ୟବସାୟୀ ବରକୁ ବାହା ହେବି ନାହିଁ, ଚାକିରିଆ ବର ବାହାହେବି। ଯାହା ଦରମା ମିଳିବ, ସେଇଥିରେ ଦିହେଁ ଚଳିବୁ। ମାତ୍ର ହେଲା ନାହିଁ।

"ମସୌରୀରେ ଟ୍ରେନିଂ ନେଲାବେଳେ ଯାଙ୍କ ସାଙ୍ଗରେ, ଶରତଚନ୍ଦ୍ରନ୍‌ଙ୍କ ସାଙ୍ଗେ ପରିଚୟ ହେଲା। ସାଧାରଣ ପରିବାରରୁ ସେ ଆସିଥିଲେ, ଭଲ ପାଠ ପଢ଼ିଥିଲେ। ଭାବିଥିଲି, ମୁଁ ଉପଯୁକ୍ତ ଜୀବନସାଥୀ ପାଇଗଲି। ମାତ୍ର...।'' ରାଜଶ୍ରୀ ଅଟକିଗଲା।

ଶଶାଙ୍କ ପଚାରିଲା, ''ମାତ୍ର ?''

ମୋ ବାପାଙ୍କର ପ୍ରଚୁର ସମ୍ପତ୍ତି ଥାଇ ସୁଦ୍ଧା ସେ ଆହୁରି ସମ୍ପତ୍ତି ଠୁଳ କରିବାକୁ ଚାହୁଥିଲେ। ଶରତଚନ୍ଦ୍ରନ୍ ଅଭାବ ଭିତରୁ ଆସିଥିବା ଯୋଗୁଁ ଖୁବ୍ ଧନୀ ହେବାକୁ ଚାହୁଥିଲେ। ସରଳ ଭାଷାରେ କହିଲେ ସେ ଥିଲେ ଗୋଟେ କାଲ୍‌କୁଲେଟର୍ ମେସିନ୍। ସେୟାର୍ ମାର୍କେଟ୍, ସୁଧ, ଲାଭକ୍ଷତି ହିସାବ ଏସବୁ ତାଙ୍କର ପ୍ରିୟ କାମ ଥିଲା।

ଶଶାଙ୍କ କିଛି କହିଲା ନାହିଁ। ଅଧିକାଂଶ ଧନୀ ପରିବାରର କାହାଣୀ ଇଏ। ଟଙ୍କା, ପଇସା ଓ ଧନସମ୍ପତ୍ତିର ମୋହ ଆଧୁନିକ ମଣିଷ ପକ୍ଷେ ଏଡ଼ିପାରିବା କେବଳ କଷ୍ଟ କାହିଁକି, ଏକପ୍ରକାର ଅସମ୍ଭବ।

ରାଜଶ୍ରୀ କହୁଥିଲା, "ସେତିକିବେଳେ ମୋର ଏହି ଖଣି ବ୍ୟବସାୟୀଙ୍କ ସହ ଦେଖାହେଲା। କର୍ଣ୍ଣାଟକ ଓ ହାଇଦ୍ରାବାଦରେ ତାଙ୍କର ଖଣି ବ୍ୟବସାୟ। ଓଡ଼ିଶାର କେନ୍ଦୁଝରରେ ବି ତାଙ୍କର ବ୍ୟବସାୟ ଅଛି। ଖୁବ୍ ବଡ଼ ବ୍ୟବସାୟୀ, ଅଥଚ ତାଙ୍କର ସଉକ ଚିତ୍ର ଆଙ୍କିବା ଓ କବିତା ଲେଖିବା। ବ୍ୟବସାୟ ତା' ରାସ୍ତାରେ ଚାଲେ, ସିଏ ତାଙ୍କ ରାସ୍ତାରେ।"

: ତୁମେ ତାଙ୍କରି ଉଡ଼ାଜାହାଜରେ ସବୁବେଳେ ବୁଲ ? - ଶଶାଙ୍କ ପାଟିରୁ ଏ ପ୍ରଶ୍ନଟା ବାହାରି ପଡ଼ିଲା, ଯଦିଓ ସେ ଏହିଟି ପଚାରିବାକୁ ଚାହୁ ନ ଥିଲା।

ରାଜଶ୍ରୀ ହସିଲା। କହିଲା, ''ତୁମେ ତ ସବୁ ଜାଣିଛ, ଅଥଚ ଟିକିଏ ଆଗରୁ କହୁଥିଲ ଯେ ମୋ ବିଷୟରେ ତୁମେ କିଛି ଜାଣିନ, କିଛି ଶୁଣିନ।''

ଶଶାଙ୍କ ନିରବ ରହିଲା।

: ହଁ, ମୁଁ ତାଙ୍କ ଏରୋପ୍ଲେନ୍ ଏବଂ ହେଲିକପ୍ଟରରେ ବହୁତ ବୁଲିଛି। ଭାରତର ସବୁ ଜାଗାକୁ ସେ ମୋତେ ବୁଲେଇ ନେଇଛନ୍ତି। ଅଥଚ, ତୁମେ ବିଶ୍ୱାସ କରିପାରିବ ନାହିଁ, ସେ କେବେହେଲେ ମୋ ସହ କୌଣସି ଶାରୀରିକ ସମ୍ପର୍କ ରଖିବାକୁ ଚାହି ନାହାନ୍ତି। ଆମ ଭିତରେ ଯଦି କିଛି ସମ୍ପର୍କ ଥାଏ, ତାହା କେବଳ ଦୁଇ ବନ୍ଧୁଙ୍କ ଭିତରେ ସମ୍ପର୍କ।

: କ୍ଷମା କରିବ। ସ୍ୱାମୀ ଥାଉ ଥାଉ, ଅନ୍ୟ ଜଣେ ପୁରୁଷ ବନ୍ଧୁଙ୍କ ସହ ଏଭଳି ବୁଲିବାଟା ନିଶ୍ଚୟ ସମାଜ ପାଇଁ ଗ୍ରହଣଯୋଗ୍ୟ ନୁହେଁ। ଭାରତ ଗୋଟେ ରକ୍ଷଣଶୀଳ ଦେଶ। – ଶଶାଙ୍କ ଟିକିଏ ଉଚ୍ଚ ସ୍ୱରରେ କହିଲା।

: କାହିଁକି ନୁହେଁ? କାରଣ ମୁଁ ଗୋଟେ ଝିଅ, ଏଇଆ ତ? ମୋ ସ୍ୱାମୀ ତ ମାସ ମାସ ଧରି ବାହାରେ ବୁଲନ୍ତି। ତାଙ୍କ ସହ ତାଙ୍କର ମହିଳା ସହକର୍ମୀ ମଧ୍ୟ ଯାଆନ୍ତି। କାହିଁ, ମୁଁ ତ କିଛି ଅଭିଯୋଗ କରେ ନାହିଁ। ଗୋଟେ ଜାଗାରେ ଜଣେ ପୁରୁଷ ଓ ନାରୀ ଏକାଠି ବସିବା ଅର୍ଥ କ'ଣ ଏକାଠି ଶୋଇବା?

ଶଶାଙ୍କ କଅଣ କହିବ ବୁଝିପାରୁ ନ ଥିଲା। ଗୋଟେ ପୁରୁଷ ଅଫିସର ଏବଂ ଗୋଟେ ମହିଳା ଅଫିସର ଭିତରେ ଯେ ଫରକ ଅଛି ସେ କଥାଟି ସେ କେମିତି ରାଜଶ୍ରୀକୁ ବୁଝେଇବ ସେ ଜାଣିପାରୁ ନ ଥିଲା। ମାତ୍ର ସେ ରାଜଶ୍ରୀ ସହ ଯୁକ୍ତି କରିବାକୁ ଚାହୁ ନ ଥିଲା।

ରାଜଶ୍ରୀ କହିଲା, ''ଆମ ସମାଜ ନାରୀ ସାଙ୍ଗରେ ଗୋଟେ ଛକିଶୂନ ଖେଳ ଖେଳେ। ଖେଳ ଆରମ୍ଭରୁ କିନ୍ତୁ ଦିଇଟା ସୁବିଧାଜନକ ଜାଗାରେ, ଘର ଆଉ ବର, ଏ ଦିଇଟି ଜାଗାରେ ଛକିଚିହ୍ନ ଲଗେଇ ଦେଇଥାଏ ସମାଜ। ଆଉ ନାରୀଟି ସେଇ ଛକିଚିହ୍ନ ପାଖରେ ଛନ୍ଦି ହେଇଯାଏ। ସେଇ ଘର ଆଉ ବର ଚାରିପାଖରେ ହିଁ ସେ ଘୂରେ। ସେଇ ତାହାର ଜୀବନ। ତାହାଠାରୁ ଦୂରକୁ ନ ଯିବା ଲାଗି ତା' ଆଗରେ ଟଣା ଯାଇଥାଏ ଲକ୍ଷ୍ମଣଗାର। ସେ ଗାର ଅଯୋଧ୍ୟାରେ ଟଣା ହୋଇପାରେ, ଦଣ୍ଡକାରଣ୍ୟରେ ମଧ୍ୟ ହୋଇପାରେ।

"ମୁଁ ସେଠି କଲେକ୍ଟର ଥିବାବେଳେ ଥରେ ତାଙ୍କର ମାଇନିଂ ଏରିଆ ଦେଖିବାକୁ ଯାଇଥିଲି। ସିଏ ମୋତେ ତାଙ୍କ ହେଲିକପ୍ଟରରେ ନେଇକି ଯାଇଥିଲେ। ସେଇଠୁ ଫେରିଲା ପରେ ମୋ ସ୍ୱାମୀ ଥଟ୍ଟା କରି କହିଲେ, ''ତୁମକୁ ରାବଣର ପୁଷ୍ପକ ବିମାନ ଭଲ ଲାଗିଗଲାଣି।'' ମୁଁ ସେଦିନ ତାଙ୍କ କଥା ଶୁଣି ଚମକିପଡ଼ିଥିଲି। ଜଣେ ସ୍ୱାମୀ କେମିତି ଏତେ ସଂକୀର୍ଣ୍ଣ ହୋଇପାରେ? କିନ୍ତୁ ଉତ୍ତର ଦେଇଥିଲି, "ଆଉ ଥରେ ରାମାୟଣ ପଢ଼। ସୀତାଙ୍କୁ ସମ୍ମାନ ଦେବାରେ ରାବଣ କିଛି ତ୍ରୁଟି ରଖିଯାଇନାହିଁ, ବରଂ

ରାମଚନ୍ଦ୍ର ଯେଉଁ ସ୍ୱାଚ୍ଛନ୍ଦ୍ୟ ଓ ନିରାପତ୍ତା ଦେଇ ନ ଥିଲେ, ସେସବୁ ଦେଇଥିଲା ରାବଣ। ରାବଣ ତ ଚାହିଁଥିଲେ ସୀତାଙ୍କ ଉପରେ ବଳାତ୍କାର କରି ପାରିଥାଆନ୍ତା। ମାତ୍ର ସେକଥା ସେ କରିନାହିଁ।''

: ସେଇଠୁ ?

: ମୋ ବର କହିଲେ, ସେ ସେମିତି ବହୁତ ଗପ-ଉପନ୍ୟାସ ପଢ଼ିଛନ୍ତି। ମୋ'ଠାରୁ ସେସବୁ ଜାଣିବାଲାଗି ତାଙ୍କର ଆଗ୍ରହ ନାହିଁ। ମୁଁ ସେହିଦିନ ସ୍ଥିର କରିନେଲି, ମୋତେ ଘର ଆଉ ବର - ଏ ଦୁଇଟି ଫାଶରୁ ମୁକୁଳିଯିବାକୁ ପଡ଼ିବ। ସେସବୁର ଚାହିଦା ପୂରଣ କରି କରି ମୁଁ ଥକି ପଡ଼ିଥିଲି। ମଣିଷର ଦୁଇଟି କଥା ସବୁଠାରୁ ବେଶି ଆବଶ୍ୟକ - ଟିକେ ସ୍ୱାଧୀନତା ଏବଂ ଟିକେ ସ୍ୱାଭିମାନ।

: ତଥାପି ତୁମେ ତାଙ୍କୁ ଆଉ ଗୋଟେ ସୁଯୋଗ ଦେବା ଦରକାର ଥିଲା। - ଶଶାଙ୍କ ମନ୍ତବ୍ୟ ଦେଲା।

: ଆଉ କେତେ ଦିନ ? ପାଞ୍ଚବର୍ଷ କାଳ ମୁଁ ବହୁତ ଚେଷ୍ଟା କରିଛି। କିନ୍ତୁ ପାରିଲି ନାହିଁ। କାହା ପାଇଁ ଜୀବନସାରା ଘୋଷାରି ହେବାଟାକୁ ମୁଁ ଗ୍ରହଣ କରିପାରି ନ ଥାନ୍ତି।

: କିନ୍ତୁ ସିଭିଲ୍ ସର୍ଭିସ୍‌ରୁ ଇସ୍ତଫା ଦେବା କଅଣ ଦରକାର ଥିଲା ? - ଶଶାଙ୍କ ପଚାରିଲା।

: ଥିଲା। ଗୋଟେ ସମୟରେ ମୋ ସ୍ୱାମୀ ବେନାମୀ ପିଟିସନ୍ ପକାଇଲେ - ମୁଁ ଖଣି ଲିଜ୍ କାରବାରରେ ମୋର ପରିଚିତ ଖଣି ମାଲିକଙ୍କୁ ଅହେତୁକ ଅନୁକମ୍ପା ଦେଖାଉଛି। ସରକାରଙ୍କର ଶହେ କୋଟି ଟଙ୍କାର ରାଜସ୍ୱ କ୍ଷତି କରାଇଛି। ମୁଁ ବୁଝିଗଲି, ସେ ପୁଣିଥରେ ମୋତେ ଫାଶରେ ପକେଇବାକୁ ଚାହୁଁଛନ୍ତି। ମୁଁ ରାମାୟଣର ସୀତା ନୁହେଁ ଯେ ଅଗ୍ନିପରୀକ୍ଷା ଦେଇଥାଆନ୍ତି। ତା' ଆଗରୁ ଚାକିରିରୁ ଇସ୍ତଫା ଦେଇ ଚାଲି ଆସିଲି।

: ତୁମ ବାପା ନିଶ୍ଚୟ ମନ କଷ୍ଟ କରିଥିବେ ? - ଶଶାଙ୍କ ପଚାରିଲା।

ଟି-ପୟ ଉପରୁ ଖାଲି କପ୍‌ଗୁଡ଼ିକ ନେଇ ଯାଉ ଯାଉ ରାଜଶ୍ରୀ କହିଲା, ''ହଁ। କାରଣ ଝିଅ ଆଇଏଏସ୍ ହେଇଥିବା ଯୋଗୁଁ ସେ ଗର୍ବ ଅନୁଭବ କରୁଥିଲେ। ଝିଅର ଦୁଃଖକଷ୍ଟ ତାଙ୍କ ପାଇଁ ସମସ୍ୟା ନ ଥିଲା। ତେବେ ବାପାଙ୍କଠାରୁ ବେଶି ଦୁଃଖ କରିଥିଲା ବୋଉ। ମୁଁ ଭଲ ପାଇ ବାହା ହୋଇଥିବାରୁ ସେ ମୋତେ ଦୋଷ ଦେଇଥିଲା। ମୁଁ କାହାକୁ କିଛି ଉତ୍ତର ଦେଇ ନ ଥିଲି। ଭାବିନେଲି, ମୋର ଭାଗ୍ୟ।''

ରାଜଶ୍ରୀ ରୋଷେଇଘରୁ ଫେରିଆସି ଶଶାଙ୍କକୁ ପଚାରିଲା, ''କଅଣ ଖାଇବ ? ଫୋନ୍ କରିଦେଲେ, ଏଇଠି ଗୋଟେ ଦୋକାନ ଅଛି, ସେ ପଠେଇଦେବ। ଚାଓମିନ୍ ଖାଇବ ?''

: ନା, ନା। ମୁଁ ଫେରିଯାଇ ଓଡ଼ିଶା ନିବାସରେ ଖାଇବି। ତୁମେ ମୋ ପାଇଁ ବ୍ୟସ୍ତ ହୁଅନାହିଁ। ତେବେ ରାଜଶ୍ରୀ, ଗୋଟେ କଥା ପଚାରିବି।

: ପଚାର। - ରାଜଶ୍ରୀ କହିଲା।

: ନିଜର ଭବିଷ୍ୟତ ସମ୍ପର୍କରେ ତୁମେ କଅଣ ଯୋଜନା କରିଛ ? ଆଗରେ ଯେ ଲମ୍ବା ଜୀବନ।

ରାଜଶ୍ରୀ ହସିଲା। ହସିଲାବେଳେ ତା'ର ଡାହାଣ ଗାଲ ଚିବୁକ ପାଖାପାଖି ଭଉଁରିଟିଏ ଖେଳିଯାଏ। ଆଜି ବି ଖେଳିଗଲା।

ହସ ବନ୍ଦ କରି ରାଜଶ୍ରୀ କହିଲା, ''ଏଇ ଆମେ କଥାବାର୍ତ୍ତା ହେବା ଭିତରେ ଭବିଷ୍ୟତର କିଛି ଅଂଶ ଅତୀତ ହେଇଗଲାଣି। ମୋତେ ଏବେ ଚାଳିଶ ବର୍ଷ। ଅଧ୍ୟାପନା କରୁଛି। ଯେତେବେଳେ ମନ ହେବ, ସେତେବେଳେ ଆଉ କୋଉଠିକୁ ବୁଲିବାକୁ ଚାଲିଯିବି। ଘର ଆଉ ବର ଏଇ ଦିଇଟା ନାରୀର ପାଦରେ ଦିଇଟା ଶିକୁଳି ବାନ୍ଧିଦିଏ। ପୃଥିବୀର ହଜାର ଲକ୍ଷ ଘର ଭିତରୁ ଗୋଟାଏ ବିନ୍ଦୁ ତାହାର ଘର, କୋଟି କୋଟି ଲୋକଙ୍କ ଭିତରେ ଗୋଟିଏ ଲୋକ ତାଆର ବର, ତାହାର ସବୁକିଛି- ଏଇ ଭାବନା ଟିକକ ତାକୁ ଗୋଟିଏ ଜାଗାରେ ଅଟକେଇ ରଖେ। ମାତ୍ର ତାହାର ଘର ଓ ବରକୁ ଛାଡ଼ି ଅବଶିଷ୍ଟ ପୃଥିବୀଟିଏ ଯେ ଅଛି, ସେଥିରେ ଅଛନ୍ତି ହଜାର ହଜାର ମଣିଷ। ଏଇ ଦେଖ, ଆକସ୍ମିକ ଭାବେ ଆଜି ତୁମ ସହ ଦେଖାହେଲା, ତମ ସହ ଗପସପ କରୁଛି। କାଲି ଆଉ କେହି ଭଲ ଲୋକ ଦେଖାହେଲେ ତାଙ୍କ ସହ ଗପିବି। ଏବେ ମୁଁ ହାଇଦ୍ରାବାଦରୁ ଫେରିଲି, ଆର ମାସରେ ଯିବି ଗ୍ୟାଙ୍ଗଟକ୍, ଯଦି ପାଗ ଭଲ ରହେ। ଏବେ ସବୁ ମଣିଷ ମୋର ପରିବାର, ସାରା ପୃଥିବୀ ମୋର ଦୁନିଆ।

: ଏମିତି କଅଣ ହୁଏ ? ତୁମ ପରେ ତୁମର ପିଲାଏ ଆସିଥାଆନ୍ତେ। ସେମାନଙ୍କ ଜରିଆରେ ତମେ ବଞ୍ଚିକି ରହିଥାଆନ୍ତ। ଝିଅରୁ ମାଆ ଓ ମାଆରୁ ଜେଜେମାଆ ହୋଇଥାଆନ୍ତ !

ରାଜଶ୍ରୀ ହସିଲା। କହିଲା, ''ତୁମେ ମୋ ବୋଉ ପରି କହୁଛ। ମୁଁ ବାହାହେବା ପରେ ମୋ ଗୋତ୍ର ବଦଳିଯାଇଛି। ଏବେ ପିଲାଟିଏ ଆସିଥିଲେ, ସିଏ ଶରତଚନ୍ଦ୍ରନ୍‌ଙ୍କ ବଂଶରକ୍ଷା କରିଥାଆନ୍ତା। ତାଙ୍କର ନାଆଁରେ ପିଣ୍ଡ ବାଢ଼ିଥାଆନ୍ତା। ମୋର କି ବଂଶରକ୍ଷା ? ଜେଜେମାଆ ହେବାଟା କଅଣ ଜୀବନର ଗୋଟେ ଲକ୍ଷ୍ୟ ?''

ଶଶାଙ୍କ ନିଜକୁ ନିରସ୍ତ୍ର ଅନୁଭବ କରୁଥିଲା। ଏଇ ଯୁକ୍ତିପ୍ରବଣା ଝିଅଟିକୁ କଥାରେ ପାରିହେବ ନାହିଁ। ଯେଉଁଦିନ ସେ ନିଜେ ଉପଲବ୍ଧି କରିବ, ସେଇଦିନ ଯାଇ ବୁଝିବ। ଆଜି ବୟସ ଅଛି, ଟଙ୍କାପଇସା ଅଛି - ତେଣୁ ବୁଝିପାରୁନାହିଁ।

ରାଜଶ୍ରୀ ତାକୁ ଚମକେଇଦେଲା ପରି କହିଲା, ''ମୁଁ ଖୁବ୍ ଶୀଘ୍ର ଦିଲ୍ଲୀ ଛାଡୁଛି। ଶିଲଂର ଗୋଟେ କଲେଜରେ ନିଯୁକ୍ତି ମିଳିଛି। ଶିଲଂ ଥଣ୍ଡା ଜାଗା, ସୁନ୍ଦର ଜାଗା। ତିନି ଚାରି ବର୍ଷ ସେଇଠି କଟେଇଦେବି ବୋଲି ଭାବିଛି।''

ଶଶାଙ୍କ କହିଲା, ''ଆଜି ସିନା ଏତେଆଡ଼େ ବୁଲୁଛ ? ଦେହପା' ଖରାପ ହେଲେ କିଏ ତୁମ କଥା ବୁଝିବ ?''

ରାଜଶ୍ରୀ କହିଲା, ''ପୁଅଝିଅ ଥିଲେ କଅଣ ଦଉଡ଼ି ଆସନ୍ତେ ? ମୁଁ କୋଡ଼ିଏ ଲକ୍ଷ ଟଙ୍କାର ହେଲ୍‌ଥ୍ ଇନ୍‌ସ୍ୟୁରାନ୍‌ସ୍ କରିଛି। ଯେକୌଣସି ଡାକ୍ତରଖାନା ମୋର ଚିକିତ୍ସା କରିବ।''

: ତଥାପି ?

ରାଜଶ୍ରୀ ହସିଲା। କହିଲା, ''ମୁଁ ବୁଝିପାରୁଛି, ତୁମେ ଯାହା କହିବାଲାଗି ଚାହୁଁଛ। ମଣିଷର ଗୋଟେ ଆବେଗିକ ନିରାପତ୍ତା ଦରକାର। ସକାଳୁ ରାତିଯାଏ ମୋବାଇଲ୍ ଫୋନ୍, କମ୍ପ୍ୟୁଟର୍, ଏସ୍‌ଏମ୍‌ଏସ୍, ଇଣ୍ଟରନେଟ୍, ଟିଭି, ଖବରକାଗଜ - ଖାଲି ଜିନିଷ ଆଉ ଜିନିଷ, ବସ୍ତୁ ଆଉ ବସ୍ତୁ। ମଣିଷ ଏହା ଭିତରେ ବିରକ୍ତ ହେଇଯିବ। ସେତେବେଳେ ଲୋଡ଼ିବ ଆଉ ଗୋଟେ ମଣିଷର ହାତଛୁଆଁ। ହୁଏତ ସେତେବେଳେ ପାହାଡ଼, ଝରଣା, ନଈ କି ଜଙ୍ଗଲ ତାହାର ମନକୁ ବୁଝେଇ ପାରିବ ନାହିଁ। ଏଇଆ ତ ?

ଶଶାଙ୍କ ମୁଣ୍ଡ ହଲେଇଲା।

ରାଜଶ୍ରୀ କହିଲା, ''ସେମିତି ଲୋକଟେ ମୁଁ ପାଇଛି। କିନ୍ତୁ ଦୁଃଖର କଥା, ସେ ଲୋକଟି ମୋତେ ଖାଲି ବନ୍ଧୁ ଭାବରେ ହିଁ ଦେଖିବାକୁ ଚାହେ। ତାହାଠୁ ଅଧିକ ନୁହେଁ।

: କିଏ ସେ ଭାଗ୍ୟବାନ ପୁରୁଷ ? ଶଶାଙ୍କ ପଚାରିଲା।

: ରାବଣ।

ଶଶାଙ୍କ ଆଉ ଥରେ ଚମକି ପଡ଼ିଲା। ରାବଣ କିଏ ? ରାଜଶ୍ରୀ ତା' ଆଡ଼କୁ ଇଙ୍ଗିତ କରୁଛି କି ? ସେ ମନେ ମନେ ଟିକିଏ ଗର୍ବ ଅନୁଭବ କଲା। ଭାବି ଆଶ୍ଚର୍ଯ୍ୟ ହେଲା ଯେ, ତାହାର ଅବିବାହିତ ରହିବା ଖବର ରାଜଶ୍ରୀ ଜାଣିପାରିଛି।

ରାଜଶ୍ରୀ କହିଲା, ''ମୋ ବର ତାଙ୍କୁ ରାବଣ କହନ୍ତି ତ, ସେଇଥିପାଇଁ ମୁଁ କହିଲି। ମିଷ୍ଟର ରାମଚନ୍ଦ୍ରନ୍ ସେଇ ରାବଣ। ଯାହାଙ୍କୁ ତମେ ଖଣି ବେପାରୀ ବୋଲି ଟିକେ ଆଗରୁ କହୁଥିଲ। କେତେ ଅଦ୍ଭୁତ କହିଲ ଏଇ ଜୀବନ ! ଏଠି ସୀତା ରାବଣକୁ ପ୍ରେମ ନିବେଦନ କରୁଛି, ଆଉ ରାବଣ ଛତ୍ରଭଙ୍ଗ ଦେଇ ଧାଇଁ ପଳଉଛି।'' - କହୁ କହୁ ରାଜଶ୍ରୀ ହସିଲା।

ଶଶାଙ୍କ ମୃଦୁ ଧକ୍କାଟିଏ ପାଇଲା। ମୁହୂର୍ତ୍ତକ ପାଇଁ ଲାଗିଲା, ତାକୁ ଯେମିତି କେହି ଗୋଟେ ଉଚ୍ଚା ଜାଗାରୁ ତଳକୁ ଠେଲିଦେଲା।

ରାଜଶ୍ରୀ କହୁଥିଲା, ''ଅଶୋକବନରେ ସୀତା ଦୁଃଖୀ ଥିଲେ ବି ତାଙ୍କ ସ୍ୱାଭିମାନ ସୁରକ୍ଷିତ ଥିଲା। ସେ ନିଶ୍ଚିନ୍ତ ଥିଲେ। ମାତ୍ର ଅଯୋଧ୍ୟାର ସୀତା ଅପମାନିତା ହୋଇ ରାଜ୍ୟ ଛାଡ଼ି ପଳେଇଥିଲେ। ପୃଥିବୀ ଦୁଇଫାଳ ହେଇଯିବା ଏବଂ ସେ ପାତାଳକୁ ପଶିଯିବା ସେଇ ଅନ୍ୟତ୍ର ପଳାଇଯିବାର ଉଦାହରଣ। ମୁଁ ମଧ୍ୟ ଲଣ୍ଡନ କି ଆମେରିକା ପଳେଇ ଯାଇପାରିଥାଆନ୍ତି। କିନ୍ତୁ ଯାଇପାରିଲି ନାହିଁ।''

ଶଶାଙ୍କ ହାତ ଘଣ୍ଟାକୁ ଚାହିଁଲା।

ରାଜଶ୍ରୀ କହିଲା, ''ତରତର ହେଉଛ, ଯିବ। ହଉ ଯାଅ। ତେବେ ତୁମେ ଭାବି ଆଶ୍ଚର୍ଯ୍ୟ ହେଉଥିବ ଯେ ତୁମକୁ ଏସବୁ କାହିଁକି କହିଲି। ପ୍ରକୃତରେ ଏସବୁ କଥା ନୀଳାଦ୍ରି ଜାଣେ, ସେ ମଝିରେ ମଝିରେ ମୋତେ ଫୋନ୍ କରେ। ତାହାଠୁଁ ଶୁଣିଥିଲି, ତୁମେ ବାହାହେଲ ନାହିଁ। କାରଣ ପଚାରିବାକୁ ଚାହୁଁନି, ତାହା ମୁଁ ଜାଣେ। ମାତ୍ର ସେଇଦିନୁ ମନେ ମନେ ତୁମକୁ ଖୋଜୁଥିଲି। ଖାଲି କଅଣ ବାହାହେଇ ମନର ମଣିଷଟିକୁ ପାଇହୁଏ? ଅଲଗା ରହି, ଦୂରରେ ରହି କିମ୍ବା ବାହା ନ ହେଇ ମଧ୍ୟ ଜଣକୁ ପାଖରେ ପାଇହୁଏ। କାଲି ସଂଯୋଗବଶତଃ ଦେଖା ହେଇଗଲା, ଭଲ ହେଲା। ନୀଳାଦ୍ରି କହୁଥିଲା, ମୋ ନାଁ ଶୁଣିଲେ କାଳେ ତୁମେ ଚିଡ଼ିଯାଅ। ମୁଁ କ'ଣ ଏଡ଼େ ଖରାପ?''

ଶଶାଙ୍କ ମୁହଁ ଲୁଚେଇବାକୁ ଚାହୁଁଥିଲା। ସେ ଆଶ୍ଚର୍ଯ୍ୟ ହେଉଥିଲା ଯେ ତାହାଠୁଁ ଏତେ ଦୂରରେ ଥାଇ ସୁଦ୍ଧା ରାଜଶ୍ରୀ ତାହାର ସବୁ ଖବର ରଖିଛି।

ସେ ଯିବା ପାଇଁ ଉଠିଲା। ରାଜଶ୍ରୀ ତାକୁ ଘର ଦୁଆରମୁହଁ ପର୍ଯ୍ୟନ୍ତ ଛାଡ଼ିବା ପାଇଁ ଗଲା। ଫୋନ୍ କରି ସେ ଶଶାଙ୍କ ପାଇଁ ଟ୍ୟାକ୍ସିଟାଏ ଡାକିଦେଇଥିଲା। ଦୁଆରବନ୍ଧ ପାଖରେ ପହଞ୍ଚିଥିବା ଶଶାଙ୍କକୁ ପଛରୁ ଆଉ ଥରେ ଡାକିଲା ରାଜଶ୍ରୀ।

ଶଶାଙ୍କ ଠିଆ ହେଇଗଲା।

ରାଜଶ୍ରୀ କହିଲା, "ତୁମର ମନେଅଛି ନା, ଥରେ ମୋତେ ଅଷ୍ଟ୍ରେଲିଆର ଗୋଟେ ଲୋକଗଳ୍ପ କହିଥିଲ। ଗୋଟେ ସମୟରେ ପୃଥିବୀ ଓ ଆକାଶ ପାଖାପାଖି, ଲାଗିକି ଥିଲେ। ଫଳରେ ପଶୁପକ୍ଷୀ ତ ଗୁରୁଣ୍ଡି ଗୁରୁଣ୍ଡି ଚାଲୁଥିଲେ, ମଣିଷ ବି ଗୁରୁଣ୍ଡି ଗୁରୁଣ୍ଡି ଘୁଷୁରୁଥିଲା। ଅଥଚ ସେ ଏହାର କିଛି ପ୍ରତିକାର କରୁ ନ ଥିଲା। ଏକଥା ଦେଖି ଚଢ଼େଇମାନେ ଦିନେ ନିଜ ନିଜ ଥଣ୍ଟରେ କାଠିକୁଟା ଯାହା ପାଇଲେ, ସେଥିରେ ଆକାଶକୁ ଟେକିବାରେ ଲାଗିଗଲେ। ଆଉ ଆକାଶ, ସତେ କି ଏମିତି ଏକ ସାମୂହିକ

ଉଦ୍ୟମକୁ ଅପେକ୍ଷା କରୁଥିଲା, ଚାହୁଁ ଚାହୁଁ ଉପରକୁ ଉଠିଗଲା। ଏହାପରେ ସୂର୍ଯ୍ୟ ଦିଶିଲେ, ଜହ୍ନ ଦିଶିଲା, ତାରା ଦିଶିଲେ। ପଶୁପକ୍ଷୀମାନେ ସ୍ୱାଚ୍ଛନ୍ଦ୍ୟ ଅନୁଭବ କଲେ। ସବୁଠୁ ସୁବିଧା ପାଇଲା ମଣିଷ। ସେମାନେ ପକ୍ଷୀମାନଙ୍କୁ ଧନ୍ୟବାଦ ଦେଲେ। ପକ୍ଷୀଗୁଡ଼ିକ କିନ୍ତୁ କହିଲେ, 'ତୁମରି ପରି ପରିସ୍ଥିତି ସହ ସନ୍ଧି କରିନେଉଥିବା ପ୍ରାଣୀଙ୍କଠାରୁ ଦୂରରେ ରହିବା ଭଲ। ଆମେ ଚାଲିଲୁ। ସେଇଠୁ ପକ୍ଷୀମାନେ ଆକାଶକୁ ଉଡ଼ିଗଲେ। ଗଲାବେଳେ ମଣିଷକୁ କହିଗଲେ, 'ଅନ୍ୟକୁ ଅପେକ୍ଷା ନ କରି ନିଜ ନିଜ ଆକାଶ ଗଢ଼ିବା ଶିଖ।"

ଶଶାଙ୍କ ଚୁପ୍‌ଚାପ୍ ଛିଡ଼ାହୋଇ ଶୁଣୁଥିଲା। ସିଏ ଯେ ଦିନେ ଏକଥା କହିଥିଲା, ରାଜଶ୍ରୀ ମନେପକେଇଦେଇ ନ ଥିଲେ ସେ ନିଜେ ସ୍ମରଣ କରିପାରି ନ ଥାନ୍ତା।

ରାଜଶ୍ରୀ କହିଲା, ''କାହାକୁ ଭଲ ପାଇ ସାରା ଜୀବନ ଅବିବାହିତ ରହିଯିବା କମ୍ କଥା ନୁହେଁ। ବାଣୀବିହାରରେ ସିନା ତୁମେ ରାବଣ ଅଭିନୟ କରୁଥିଲ, କିନ୍ତୁ ବାସ୍ତବ ଜୀବନରେ ତ ତୁମେ ରାମ ହେଇଗଲ। ଅଥଚ ଦେଖ, ମୁଁ ସୀତା ହେଇ ପାରିଲି ନାହିଁ।"

କଥା କହୁ କହୁ ରାଜଶ୍ରୀ ଶଶାଙ୍କ ପାଖକୁ ଲାଗିଆସିଥିଲା। କରମର୍ଦ୍ଦନ ଲାଗି ହାତ ବଢ଼େଇଥିଲା ସେ। ଶଶାଙ୍କ ରାଜଶ୍ରୀ ହାତ ସହ ନିଜ ହାତ ମିଳେଇଲା।

ଆଉ କେବେ ଦେଖାହେବ ଜାଣିନି। ଯେଉଁଠି ରୁହ ଭଲରେ ରୁହ। - ରାଜଶ୍ରୀ କହିଲା।

ଶଶାଙ୍କ ଉତ୍ତର ଦେଲା, ''ମୋତେ କ୍ଷମା କରିଦେବ। ତୁମକୁ ବୁଝିବାରେ ମୋର ଭୁଲ୍ ହୋଇଥିଲା।''

ଆଖି ବଡ଼ ବଡ଼ କରି ରାଜଶ୍ରୀ ଜବାବ ଦେଲା, ''ବନ୍ଧୁତାରେ ଦୋଷ କି କ୍ଷମାର ସ୍ଥାନ ନ ଥାଏ। ରହୁଛି, ଶୁଭରାତ୍ରି।''

ଟ୍ୟାକ୍ସିରେ ବସିବାବେଳେ ଶଶାଙ୍କ ଅନୁଭବ କଲା ଯେ ତା' ଆଖିଯୋଡ଼ିକ ଓଦାଓଦା ଲାଗୁଥିଲା।

■

ଭସାମେଘ

ଲାପଟପ୍ ଥିବା ବ୍ୟାଗ୍‌ଟାକୁ ଟେବୁଲ୍ ଉପରେ ଥୋଇଦେଇ ଶୋଇବାଘରର ଝରକାଟାକୁ ଖୋଲିଦେଲା ମୋନାଲିସା। ଭାବିଥିଲା ଦକ୍ଷିଣ ପଟ ଝରକାଦେଇ ଦଲକାଏ ସଞ୍ଜୁଆ ପବନ ବୋହି ଆସିବ। କିନ୍ତୁ ତା' ଜାଗାରେ ଆସିଲା ପଚା ଆଇଁଷିଣିଆ। ଗନ୍ଧ। ମୋନାଲିସାର ମନେପଡ଼ିଲା, ଦି' ଦିନ ତଳେ ସେପଟ ଗଳିର ବ୍ୟାଙ୍କ୍ ଅଫିସର ନରେନ୍ଦ୍ରବାବୁଙ୍କ ଘରେ ବାହାଘର ଭୋଜି ହୋଇଥିଲା। ଏ କଲୋନିରେ କୋଉଠି ଟିକିଏ ଫାଙ୍କା ଜାଗା ନାହିଁ, ମୋନାଲିସା ଘରର ଡାହାଣପଟ ଏଇ ପଡ଼ିଆଟିକୁ ଛାଡ଼ି। ସମସ୍ତେ ଏବେ ଏଇ ଜାଗାଟିକୁ ଅଳିଆଗଦା ଭାବେ ବ୍ୟବହାର କରୁଛନ୍ତି। ନରେନ୍ଦ୍ରବାବୁଙ୍କ ବାହାଘର ଭୋଜିର ଅଇଁଠା ଅଳିଆ ବି ଏଇଠି ପଡ଼ିଛି। ମୋନାଲିସା ମନେ ମନେ ବିରକ୍ତ ହେଲା। ଏ ଲୋକମାନେ ଲକ୍ଷେ ଦେଢ଼ଲକ୍ଷ ଟଙ୍କା ଖର୍ଚ୍ଚ କରି ଭୋଜି ଦେଉଛନ୍ତି, କିନ୍ତୁ ଟଙ୍କା କେଇଶହ ଖର୍ଚ୍ଚକରି ଅଳିଆତକ

ସଫା କରଉ ନାହାନ୍ତି ! ମ୍ୟୁନିସିପାଲିଟି ସଫେଇ କର୍ମଚାରୀ ତ ତିଥିବାର ନଦେଖି ଆସୁଥିବା ଅତିଥି । ଏମିତି କେତେଦିନ ଏସବୁ ପଡ଼ିରହିବ କିଏ ଜାଣେ ? ମୋନାଲିସା ନିରବ ପ୍ରତିବାଦରେ ଝରକା କବାଟ ପୁଣି ଆଉଜେଇ ଆଣିଲା ।

ଘରପଛର ଏହି ଛୋଟ ପଡ଼ିଆଟି ପ୍ରକୃତରେ ପଡ଼ିଆ । ନୁହେଁ, ଗୋଟିଏ ଘରବାରି ପ୍ଲଟ୍ । ପ୍ରାୟ ଆଠହଜାର ବର୍ଗଫୁଟର ଚାରିକୋଣିଆ ଜମିଟିଏ । ଭୁବନେଶ୍ୱର ଚନ୍ଦ୍ରଶେଖରପୁର ଅଞ୍ଚଳର ଜମି ଏବେ ସୁନା । ଏତିକି ଜମିର ମୂଲ୍ୟ ପଚାଶ ଲକ୍ଷ ଟଙ୍କାରୁ କମ୍ ହେବ ନାହିଁ । କିନ୍ତୁ ବିପତ୍ନୀକ ଘର ମାଲିକ ଅବସର ନେବା ପରେ ଆମେରିକା ପଳେଇଲେ । ତାଙ୍କର ଏକମାତ୍ର ପୁଅ ସେଇଠି । ତା'ର ଏଠିକି ଫେରିବାର ନାହିଁ । ତେଣୁ ଜମିଟା ଖାଲି ପଡ଼ିଛି । ଚାରି ବର୍ଷ ତଳେ, ମୋନାଲିସା ଓ ଅଭିଷେକ ଏଠିକି ଆସିବାବେଳେ, ଏଇ ଖାଲି ପଡ଼ିଥିବା ଜମିକୁ ନେଇ ନାନା ପ୍ରକାର ନିରର୍ଥକ କଳ୍ପନା କରୁଥିଲେ । କେତେବେଳେ ସେମାନେ ଭାବୁଥିଲେ ଯେ ଭବିଷ୍ୟତରେ ଏଠି ଗୋଟେ ଭବ୍ୟସୌଧ ହେବ, କିଛିମାସ ପରେ ସୌଧର ଜାଗା ନେଲା ଫୁଲବଗିଚା ଓ ତା'ପରେ କେବଳ ଗୋଟେ ସୁନ୍ଦର ଲନ୍ । କିନ୍ତୁ ବାସ୍ତବରେ ତା'ର ପରିଣତି ଯେ ତୁଚ୍ଛ ଅଳିଆଗଦା ହେବ ସେକଥା ମୋନାଲିସା କି ଅଭିଷେକ କାହାରି କଳ୍ପନାରେ ନ ଥିଲା ।

ମଣିଷର ଭାଗ୍ୟ ପରି ଜମିର ଭାଗ୍ୟ ।

କୋଉଠି ଅଳିଆଗଦା ଜାଗାରେ ସୌଧ ଠିଆ । ହୁଏ ତ କୋଉଠି ଖାନଦାନୀ ଫୁଲବଗିଚା ହୁଏ ଅଳିଆଗଦା । ସେମାନଙ୍କର ନିଜର ଏ ସହରରେ ଗୁଣ୍ଠେ ବୋଲି ଜମି ନାହିଁ, ଅଥଚ ଝରକା ସେପଟେ, ହାତପାଆନ୍ତାରେ ଅବ୍ୟବହୃତ ମୂଲ୍ୟବାନ ବଡ଼ ଜମିଖଣ୍ଡେ । ସେଇଟିକୁ ଚାହିଁ ସନ୍ତୁଳିହେବା ଭିନ୍ନ ସେମାନଙ୍କର ଅନ୍ୟ କ'ଣ ଚାରା ଅଛି ?

ଛାତ ଉପରେ ମୋନାଲିସାର ଶାଢ଼ି ଶୁଖୁଛି । ସେଇଟାକୁ ଆଣିବା ପାଇଁ ସେ ଛାତକୁ ଗଲା । ତା'ର ପାଦ ଶବ୍ଦ ଶୁଣି ଆଗରୁ ଛାତ ଉପରେ ଥିବା ଶାଶୂ ଚମକିପଡ଼ିଲେ । କଲେଜ ଯାଉଥିବା ଓ ନୂଆ ଶାଢ଼ି ପିନ୍ଧୁଥିବା କିଶୋରୀଟିଏ ଶାଢ଼ିର କାନି ସଜାଡ଼ି ଅଣ୍ଟାରେ ଖୋଷିଦେଲା ପରି ତା' ଶାଶୂ ଅଣ୍ଟାରେ ଖୋସିଦେଲେ ଓ ମୋନାଲିସା ଆଖିରେ ଆଖି ନ ମିଳେଇ ତଳକୁ ଚାଲିଗଲେ । ମୋନାଲିସାକୁ ଲାଗିଲା ତା' ଶାଶୂ ହସୁଥିଲେ । ତାଙ୍କର ଏମିତି ହସିବା ସେ ଆଗରୁ କେବେ ଦେଖି ନ ଥିଲା । ସେ ଶାଶୂ ଛିଡ଼ା ହୋଇଥିବା ଜାଗାକୁ ଯାଇ ଏପଟ ସେପଟ ଅନେଇଲା । ତାଙ୍କ ଘର ଓ ଚନ୍ଦ୍ରମା ଆପାର୍ଟମେଣ୍ଟ ମଝିରେ ବାରଫୁଟିଆ ପିଚୁରାସ୍ତା । ଚନ୍ଦ୍ରମା ଆପାର୍ଟମେଣ୍ଟ ପାଚିରି କଡ଼ରେ

ଗୋଟେ କୃଷ୍ଣଚୂଡ଼ା ଗଛ । ତା' ଦେହରେ ନାଲିନାଲି ଫୁଲ । ବ୍ୟସ୍ତ ଜୀବନଚର୍ଯ୍ୟା ଭିତରେ କିଛିଦିନ ହେବ ଗଛଟାକୁ ଏତେ ନିରେଖି ଦେଖି ନ ଥିଲା ମୋନାଲିସା । କିନ୍ତୁ ତା ଶାଶୂ ଏଇ କୃଷ୍ଣଚୂଡ଼ା ଗଛଟାକୁ ଦେଖି କଦାପି ହସି ନ ଥିବେ । ସେ ଆପାର୍ଟମେଣ୍ଟର ତୃତୀୟ ମହଲାର ସେଇ ବାଲ୍‌କୋନିକୁ ଚାହିଁଲା, ଯାହାର ଦରଜା ଖୋଲା ଥିଲା । ସାଢ଼େତିନି କି ଚାରି ବର୍ଷର ଛୋଟ ଝିଅଟିଏ ବାଲ୍‌କୋନି ବାଡ଼ାକୁ ଧରି ଛିଡ଼ା ହୋଇଥିଲା । ସେ ପିନ୍ଧିଥିଲା ଗୋଟେ ଗୋଲାପୀ ରଙ୍ଗର ଫ୍ରକ୍ । ଏଇ ସାନ ଝିଅଟିକୁ ଚାହିଁ ହସୁଥିଲେ କି ତାର ଶାଶୂ? ମୋନାଲିସାର ଆଖିରେ ଗୁଇନ୍ଦାର ଅନୁସନ୍ଧିତ୍ସା । ସେ ଶାଢ଼ିଟା ତାର ଉପରୁ ତୋଳି ପଛକୁ ଫେରୁଥିଲା, ସେତିକିବେଳେ ଆପାର୍ଟମେଣ୍ଟର ସେହି ଦରଜାରୁ ଜିନ୍ ପ୍ୟାଣ୍ଟ୍ ଓ ବ୍ୟାନିୟନ୍ ପିନ୍ଧା ଜଣେ ପ୍ରୌଢ଼ ବାହାରି ଆସି ଛୋଟ ଝିଅଟିକୁ କୋଳେଇ ଭିତରକୁ ପଶିଗଲେ । ସେତିକି ସମୟ ଭିତରେ ମୋନାଲିସା ଭଦ୍ରଲୋକଙ୍କୁ ଚିହ୍ନି ପାରିଲା । ଏଇ ମାସକ ଭିତରେ ସେ ଦି'ଥର ଏହି ଭଦ୍ରଲୋକଙ୍କୁ ଛାତ ଉପରେ ବୁଲିବାର ଦେଖିଛି । ମୋନାଲିସା ମନେପକେଇଲା, କୌଣସି ନା କୌଣସି କାମ ବାହାନାରେ ସେତେବେଳେ ତା' ଶାଶୂ ବି ଛାତ ଉପରେ ଥିଲେ ।

ମୋନାଲିସାର ମୁଣ୍ଡ ଭିତରଟା ଗୋଳମାଳିଆ ହୋଇଗଲା । ନିଜ ମନର ସନ୍ଦେହକୁ ବିବେକ ଗ୍ରହଣ କରୁ ନ ଥିଲା । ଖୁବ୍ ରକ୍ଷଣଶୀଳା ଶାଶୂ ତା'ର । ବେଶପୋଷାକ, କଥାବାର୍ତ୍ତା ଓ ଠାଣିବାଣୀରେ ଏତେ ସଂଯତ ଯେ ତାଙ୍କ ଆଗରେ ଛିଡ଼ାହେଲେ ମୋନାଲିସାକୁ ଲାଗେ ସିଏ ଶାଶୂ ଓ ଶାଶୂ ହେଉଛନ୍ତି ଘରର ନୂଆବୋହୂ । କିନ୍ତୁ ଶାଶୂଙ୍କର କାରଣହୀନ ହସ ତା'ର ସନ୍ଦେହ ଗଛ ମୂଳରେ ପାଣି ଢାଳି ଦେଇଥିଲା । ପଛପଟ ପଡ଼ିଆର ଆଇଁଷିଣିଆ ଗନ୍ଧଠାରୁ ଏହି ଅଭିଜ୍ଞତା ତାକୁ ଅଧିକ ସଙ୍କୁଚିତ କରିଦେଉଥିଲା । କି ପାପାଚାର! ଏଘରେ ଝିଅ ମିଠି ରହୁଛି । ତା' ମନ ଭିତରେ ଏ ଘଟଣା କି ଖରାପ ପ୍ରଭାବ ନ ପକେଇବ!

ଅଭିଷେକ ଘରକୁ ଆସୁ ଆସୁ ରାତି ଆଠଟା ।

ସ୍ୱାମୀ-ସ୍ତ୍ରୀ ଦିହେଁ କାମ କରନ୍ତି । ସକାଳ ନଅଟାରୁ ଦିହେଁ ବାହାରିଯାଆନ୍ତି । ଗଲାବେଳେ ଅଭିଷେକ ମୋନାଲିସାକୁ ସ୍କୁଟରରେ ନେଇ ତା' ଅଫିସ୍ ପାଖରେ ଛାଡ଼ିଦିଏ । ଫେରିବାବେଳେ କିନ୍ତୁ ମୋନାଲିସା ଅଟୋରିକ୍ସାରେ ଚାଲିଆସେ । ଅଭିଷେକର ଜଂଜାଳ କାମ, ସବୁଦିନେ ଫେରିବାବେଳକୁ ରାତି ଆଠଟା । ଝିଅ ମିଠି ତା' ସ୍କୁଲ୍ ବସ୍‌ରେ ଯାଆସ କରେ । ଶାଶୂ ସେ ଦାୟିତ୍ୱ ବୁଝନ୍ତି ।

ଅଭିଷେକକୁ ଖାଇବାକୁ ଦେଇସାରି ମୋନାଲିସା କହିଲା, "ଗୋଟେ ଜରୁରି କଥା ଅଛି । ତୁମେ ଟିକେ ଛାତ ଉପରକୁ ଚାଲିଲ ।"

ଅଭିଷେକ ଦୁଷ୍ଟ ହସଟିଏ ହସିଲା। ଅନେକ ଦିନ ହେଲା ସେ ଭୁଲିଯାଇଥିଲା ଯେ ସେମାନେ ରହୁଥିବା ଘରର ଗୋଟେ ଛାତ ଅଛି, ଯେଉଁଠି ଠିଆହୋଇ ଖୋଲାପବନ ସାଙ୍ଗରେ ମିଶିହୁଏ, ଅନାବନା କଥା ଭାବିହୁଏ ଏବଂ ନିଜର ପତ୍ନୀ ସହ କିଛି ଗୋପନ କଥାଭାଷା କରିହୁଏ।

ମୋନାଲିସାର ମୁହଁ ପଥର ପରି ଟାଣ ଓ କଠିନ। ଅଭିଷେକ ହସ ପୋଛି କହିଲା, "ତୁମେ ଚାଲ। ମୁଁ ଯାଉଛି।"

ରାତି ନଅଟା ହେଲାଣି। ଚଇତ୍ରର ପବନରେ ତଥାପି ଉଷ୍ମତା ରହିଥାଏ, ଲେଉଟିଯାଇଥିବା ପ୍ରିୟ ଅତିଥିର ଉଷୁମ ସ୍ମୃତି ପରି। ଛାତ ଉପରୁ ସହରକୁ ଚାହିଁଲା ଅଭିଷେକ। ପୂର୍ବତଟ ରେଳବାଇର ମୁଖ୍ୟ କାର୍ଯ୍ୟାଳୟର କାମ ସରିଆସିଲାଣି। ସେପଟକୁ ସ୍ୱସ୍ତିପ୍ଲାଜା ଓ ଜୟଦେବ ବିହାର ଛକ ଫ୍ଲାଇଓଭର। ଜାତୀୟ ରାଜପଥର ଦି'କଡ଼େ ଉଚ୍ଚା ଉଚ୍ଚା ଆଲୁଅ, ଦିପାବଳୀର ଦୀପ ପରି କିଏ ଯେପରି ସଜାଡ଼ି ଥୋଇଦେଇଛି। ଦିନର ସହରଠାରୁ ରାତିର ସହର କେତେ ଭିନ୍ନ!

ମୋନାଲିସା କହିଲା, "ସେପଟକୁ ଚାହଁ।"

ମ୍ୟୁନିସିପାଲିଟିର ବିଜୁଳି ବତିଟି ଥରେ ଜଳି ଥରେ ଲିଭିଯାଉଥାଏ। ଅଭିଷେକ ପଚାରିଲା, "କେଉଁ ପଟକୁ?"

ମୋନାଲିସା ନିରବ ଥିଲା। କେଉଁଠୁ ତା' କଥା ଆରମ୍ଭ କରିବ ସେ ସ୍ଥିର କରିପାରୁ ନ ଥିଲା। ତା' ଭିତରଟା ଗୋଟେ ପ୍ରଚଣ୍ଡ କ୍ରୋଧ ଓ ଲଜ୍ଜାରେ ମନ୍ଥି ହୋଇଯାଉଥିଲା।

ଅଭିଷେକ କହିଲା, "ଆରେ, ଏ ଗଛଟାକୁ ଦେଖୁଛ! ଗଲାବର୍ଷ ଝଡ଼ରେ ଏଇଟା ଅଧା ଉପୁଡ଼ି ଯାଇଥିଲା। ସେଇଟାରେ ପୁଣି ଫୁଲ ଫୁଟିଲାଣି। କି ଆଶ୍ଚର୍ଯ୍ୟ!

ମୋନାଲିସା ସତେ କି କଥା ଆରମ୍ଭ କରିବାର ଖିଅ ପାଇଯାଇଥିଲା। ଚଟ୍‌କରି ଯୋଡ଼ିଲା, "କିନ୍ତୁ ତୁମ ବୋଉଙ୍କ କାରବାରଠାରୁ ବେଶି ଆଶ୍ଚର୍ଯ୍ୟକର ନୁହେଁ।"

ଅଭିଷେକ ନିରବ ହୋଇଗଲା। ତା' ଆଖି ଫେରିଆସିଲା ଧାଡ଼ି ଧାଡ଼ି ବତିଖୁଣ୍ଟ, ପୂର୍ବତଟ ରେଳପଥର ମୁଖ୍ୟ ଦପ୍ତର, ସ୍ୱସ୍ତିପ୍ଲାଜା ଏବଂ ରାସ୍ତାକଡ଼ର କୃଷ୍ଣଚୂଡ଼ା ଗଛ ଡାଳରୁ। ଏପରିକି ଥରେ ଜଳି ଥରେ ଲିଭିଯାଉଥିବା ବିଜୁଳିବତିଟା ବି ତାକୁ ଦିଶୁ ନ ଥିଲା। ଏବେ କେବଳ ଗରମ ପବନ ଓ ପଛପଟର ଆଇଁଷିଣିଆ। ଗନ୍ଧ। ସେ ମୋନାଲିସାର ମୁହଁକୁ ଚାହିଁଲା। ଇଏ କି ଅଭିଯୋଗ ! ପୁଣି ବୋଉ ବିରୋଧରେ ! ତା' ବୋଉ ତ ମଣିଷ ନୁହେଁ, ଯନ୍ତ୍ରଟିଏ। ସକାଳ ଚାରିଟାରେ ବିଛଣାରୁ ଉଠିବାଠାରୁ ରାତି ଏଗାରଟାରେ ଶୋଇବାଯାଏ ସବୁଥିରେ ତା'ର କଠୋର ଶୃଙ୍ଖଳା। କାନ୍ଥଘଣ୍ଟାର

ପେଣ୍ଡୁଲମ୍ ପରି ତା'ର ସବୁ କାମ ନିୟନ୍ତ୍ରିତ। ଏ ଘରର ସବୁ କାମ ସେ ଏକାକୀ କରେ। କୌଣସି କଥାର କେବେ ପ୍ରତିବାଦ କରେ ନାହିଁ। ପ୍ରୟୋଜନ ନ ପଡ଼ିଲେ ସେ କାହାକୁ କିଛି କହେନାହିଁ। ତା'ର ଢଙ୍ଗରଙ୍ଗ ଏମିତି ଯେ ବାହାରର ଲୋକ ଜାଣିପାରିବ ନାହିଁ ଯେ ସେ ଏଘର ଶାଶୂ। ସେଇ ବୋଉ ପୁଣି କ'ଣ ଏମିତି କରିଛି ?

ଅଭିଷେକ ଛାତ ଉପରେ ଠିଆ ହୋଇଥିଲା। ଘରପିନ୍ଧା ଚପଲଟା ଭିତରେ ବାରମ୍ବାର ପାଦ ଭର୍ତ୍ତି କରୁଥିଲା ଓ ବାହାର କରୁଥିଲା। କିଛି ସମୟ ପରେ ସେ ମୁଣ୍ଡଟେକି ଉପରକୁ ଚାହିଁଲା। ଆକାଶରେ ମଳିଛିଆ ଜହ୍ନ।

ସେ କହିଲା, "କ'ଣ ହେଇଛି ? ସଫା ସଫା କହୁନ।" ମୋନାଲିସା କହିଲା, "ତମେ ଅନ୍ୟ ଜାଗାରେ ଘରଟେ ଖୋଜ। ଆମେ ଏଠୁ ଚାଲିଯିବା। ଏ ଜାଗାଟା ଆଉ ନିରାପଦ ନୁହେଁ।"

: କାହିଁକି ?

: ମୁଁ କହିପାରିବି ନାହିଁ- ମୋନାଲିସା ତଳକୁ ମୁହଁ କଲା।

ଅଭିଷେକ କହିଲା, "ଯାହା ମନ ଭିତରେ ଅଛି କହିଦିଅ। ନ ହେଲେ ତୁମେ ତ ଶାନ୍ତି ପାଇବ ନାହିଁ, ମୁଁ ବି ଉଦ୍‌ବେଗରେ ରହିବି। ବୋଉ କ'ଣ କଲା ? ସିଏ ତ ତା ଗୀତା-ଭାଗବତକୁ ନେଇ ସବୁବେଳେ ଥାଏ।"

ମୋନାଲିସା ତଥାପି ନିରବ ଥିଲା।

ଅଭିଷେକ ପାଦେ ଆଗେଇଯାଇ ମୋନାଲିସାକୁ କହୁଣିରେ ଟିକେ ଠେଲିଦେଲା। ସେଇ ଠେଲାରେ, ପିତା ବଟିକାଟିକୁ ଓଗାଳି ଦେଲାପରି ମୋନାଲିସା କହିପକେଇଲା, "ତୁମ ବୋଉ ପ୍ରେମ କରୁଛନ୍ତି। ଛି,ଚରିତ୍ର ବୋଲି ଗୋଟାଏ କିଛି ଜିନିଷ ଅଛି ନା ନାହିଁ! ଏ ବୟସରେ ପ୍ରେମ ?"

ହଠାତ୍ ଚଇତ୍ରର ପବନ ବୋହିବା ବନ୍ଦ ହୋଇଯାଇଥିଲା। ଚାରିପଟେ ଏବେ ଖାଲି ଉତ୍କଟ ଆଇଁଷିଣିଆ। ଗନ୍ଧ। ଏତେ ସମୟ ଧରି ଦପଦପ ହେଉଥିବା ବିଜୁଳିବତିଟା ବି ଏତିକିବେଳେ ଲିଭିଗଲା। ନିବୁଜ ଅନ୍ଧାରରେ ମୋନାଲିସାର ନିଷ୍ଚଳ ଚେହେରା ଅଭିଷେକକୁ ଗୋଟେ ଆତତାୟୀର ଚେହେରା ପରି ଭୟଙ୍କର ଦିଶୁଥିଲା।

ମୋନାଲିସା କହିଲା, 'ମୋତେ ଭୁଲ୍ ବୁଝିବ ନାହିଁ ଅଭିଷେକ। ସବୁ କଥାର ଗୋଟେ ସମୟ ଥାଏ। ଏ ବୁଢ଼ୀ ବୟସରେ ବୋଉ ଏମିତି କରିବେ ବୋଲି ମୁଁ କଦାପି ଆଶା କରୁ ନ ଥିଲି। କେତେଦିନ ହେଲା ମୁଁ ଲକ୍ଷ୍ୟ କଲିଣି ଏସବୁ। ଆଜିକାଲି ବୋଉଙ୍କର ଘର କାମରେ ମନ ନାହିଁ। ଯେତେବେଳେ ଦେଖ ଆସି ଛାତ ଉପରେ।'

ଫାଶୀ ଆଦେଶ ପାଇଥିବା ଆସାମୀ ପରି ଅଭିଷେକ ମୁହଁ ଓହଳେଇ ଛିଡ଼ା

ହୋଇଥିଲା । ମୋନାଲିସା ଜଣେ ପ୍ରତିକ୍ରିୟା- ନିରପେକ୍ଷ ବିଚାରପତି ପରି ତା' ରାୟର ବାକି ଅଂଶତକ ପଢ଼ିସାରି ତଳକୁ ଚାଲିଯାଇଥିଲା ।

ଛାତ ଉପରେ ଏବେ କେବଳ ଅଭିଷେକ । ମୋନାଲିସାର ବିବରଣୀରୁ ସେ ଭଦ୍ରଲୋକଙ୍କ ପରିଚୟ ଜାଣି ପାରିଥିଲା । ଚନ୍ଦ୍ରମା ଆପାର୍ଟମେଣ୍ଟର ଶହେ ଚଉରାଳିଶ ନମ୍ବର ଫ୍ଲାଟ୍‌ରେ ସେ ରହନ୍ତି । ବିପତ୍ନୀକ ତାମିଲ ଭଦ୍ରଲୋକ ଇଂଜିନିୟର ଚାକିରିରୁ ଅବସର ନେଇଛନ୍ତି । ଗୋରା, ଡେଙ୍ଗା ଓ ପତଳା । ସେ ଭଦ୍ରଲୋକଙ୍କର ମୁଣ୍ଡବାଳ ଧଳା, କିନ୍ତୁ ଫ୍ରେଞ୍ଚକଟ୍ ଦାଢ଼ି କଳା- ରଙ୍ଗର ସହଯୋଗରେ । ସବୁବେଳେ ଜିନ୍ ଓ ବ୍ୟାନିୟନ ପିନ୍ଧନ୍ତି । ଆଖି ଦୁଇଟି ଉଜ୍ଜ୍ୱଳ । ଏଠି ପ୍ରାୟ ବର୍ଷେ ହେବ ରହିଲେଣି । ମୋନାଲିସାର ଭାଷାରେ 'ଲୋକଟା ବାଜେ୍ୟ ଚରିତ୍ରର' ।

ଅଭିଷେକ ଉତ୍ତେଜିତ ହୋଇପଡୁଥିଲା । ମନକୁ ଚିନ୍ତା ଆସୁଥିଲା, ଏଇ ମୁହୂର୍ତ୍ତରେ ଯାଇ ସେ ଭଦ୍ରଲୋକଙ୍କୁ ତାଙ୍କଘରୁ ଘୋଷାଡ଼ି ଆଣନ୍ତା ଓ ରାସ୍ତା ଉପରେ ଛିଡ଼ା କରାଇ ଏପରି ଅପରାଧର କୈଫିୟତ ମାଗନ୍ତା । ମୋନାଲିସାର ଅପମାନ ସେ ବରଦାସ୍ତ କରିପାରୁ ନ ଥିଲା ।

ସେ ରାତିରେ ତାକୁ ଜମା ନିଦ ହେଲା ନାହିଁ । ବିଛଣାଟାରେ ପଡ଼ି ସେ ଏପଟ ସେପଟ ହେଲା । ରହିରହି ତା' ବୋଉ ଓ ସେ ତାମିଲ ଭଦ୍ରଲୋକର ଚେହେରା, ପରିଚିତ ଦୁଇ ଆ ।ସମୀଙ୍କ ଚେହେରା ପରି ତା ଆ ।ଖି ସାମ୍ନାରେ ନାଚିଯାଉଥିଲା ।

।।ଦୁଇ।।

ମୋନାଲିସାର ପାଟି ଶୁଣି, ପାହାନ୍ତାରେ ଲାଗିଆସିଥିବା ଅଭିଷେକର ନିଦ ହଠାତ୍ ଭାଙ୍ଗିଗଲା । ସେ ଉଠିପଡ଼ି ପଚାରିଲା କ'ଣ ହେଲା ?

ମୋନାଲିସା କହିଲା, "ବୋଉ ତାଙ୍କ ଶୋଇବାଘରେ ନାହାନ୍ତି ।"

ଅଭିଷେକ ଆଶ୍ଚର୍ଯ୍ୟ ହେଲା । କୁଆଡ଼େ ଗଲା ବୋଉ ? ଗତକାଲି ସେମାନଙ୍କ ଛାତ ଉପର କଥାବାର୍ତ୍ତା ବୋଉ ଶୁଣିଦେଇଛି କି ? ସେଇଥିପାଇଁ ଲାଜରେ କୁଆଡ଼େ ପଳେଇଗଲା କି ? ବଡ଼ ବିଚିତ୍ର ପରିସ୍ଥିତି ! ପ୍ୟାଣ୍ଟ୍‌ଟା ପିନ୍ଧୁ ପିନ୍ଧୁ ଅଭିଷେକ କହିଲା, "ତୁମେ ବ୍ୟସ୍ତ ହୁଅ ନାହିଁ । ମିଠିକୁ ପ୍ରସ୍ତୁତ କରାଅ । ମୁଁ ଦେଖେ, ହୁଏତ ଏଇ ମନ୍ଦିରକୁ ଯାଇଥିବ ।"

ଅଭିଷେକର ଅନୁମାନ ଠିକ୍ ଥିଲା । ବୋଉ ଶିବ ମନ୍ଦିର ପାହାଚରେ ଗୋଟେ ଖୁଣ୍ଟକୁ ଆଉଜି ବସିଥିଲା । ପିନ୍ଧିଥିଲା ତା'ର ପ୍ରିୟ ସୁନା ଜରିଦିଆ ଧଳାଶାଢ଼ି । ସବୁଦିନେ ଏମିତି ରଙ୍ଗହୀନ ସଫେଦ ଶାଢ଼ି ପିନ୍ଧେ ତା'ର ବିଧବା ବୋଉ । ପିଲାଦିନୁ ସେ ଏଇ ପ୍ରକାର ଶାଢ଼ିରେ ତା' ବୋଉକୁ ଦେଖି ଆସୁଛି । ପୃଥିବୀରେ କେତେ ରଙ୍ଗ, କେତେ

ଢଙ୍ଗ ମାତ୍ର ତା' ବୋଉର ପୃଥିବୀ କେବଳ ଧଳା। ପିଲାଦିନେ, ବିଧବାର ସମସ୍ୟା ବୁଝି ପାରୁ ନ ଥିବା ବୟସରେ ସେ ଅନ୍ୟ ମାଆମାନଙ୍କ ରଙ୍ଗିନ ଶାଢ଼ି ଦେଖିଲେ ଧାଇଁ ଆସି ତା' ବୋଉକୁ ସେହି ରଙ୍ଗର ଲୁଗା ପିନ୍ଧିବା ଲାଗି ଅଳି କରୁଥିଲା। ମାତ୍ର ଧୀରେ ଧୀରେ ସେ ବୁଝିଗଲା ଯେ ତା' ବୋଉ ରଙ୍ଗିନ ଶାଢ଼ି ପିନ୍ଧିପାରିବ ନାହିଁ!

ଅଭିଷେକ ଲକ୍ଷ୍ୟ କଲା, ବୋଉ ମୁଣ୍ଡ ଉପରେ ଲମ୍ବା ଓଢ଼ଣା ଟାଣିଛି। କଳାଧଳା ବାଳ ଦିଇଟା ଆଗକୁ ଉଡ଼ିଆସୁଛି ବାରମ୍ବାର। ସେ ପାଟି କରି ବୋଉକୁ ଡାକିବାଲାଗି ଯାଉଥିଲା। ଦେଖିଲା, ଚଉଡ଼ା ସିମେଣ୍ଟ ଖୁଣ୍ଟ ସେପଟେ ଆଉ ଜଣେ କିଏ ବସିଛନ୍ତି। ତାଙ୍କ ମୁହଁଏପଟକୁ ଦିଶୁ ନାହିଁ।

ଅଭିଷେକ ଧୀର ପାଦରେ ପାହାଚ ଚଢ଼ିଗଲା ଓ ଲୁଚିକି ଛିଡ଼ାହେଲା। ଖୁଣ୍ଟର ପଛପଟକୁ ଲମ୍ବିଆସିଥିବା ବୋଉର ବାମହାତ ପାପୁଲିକୁ ଡାହାଣ ହାତରେ ଧରିଥିଲେ ସେଇ ଇଂଜିନିଅର ପ୍ରୌଢ଼।

ମନ୍ଦିର ଗାତ୍ରର ଅଶ୍ଳୀଳ ମୂର୍ତ୍ତିଟେ ଦେଖିବାପରି ଅଭିଷେକ ଉତ୍ତେଜିତ ହୋଇପଡ଼ିଲା।

ବୋଉ କହୁଥିଲା, " ବାହାଘରବେଳକୁ ମୋତେ କୋଡ଼ିଏ ବର୍ଷ ହେଇଥିଲା, ଆଉ ତାଙ୍କୁ ଚାଳିଶ। ଆଶ୍ଚର୍ଯ୍ୟ ହୁଅନ୍ତୁ ନାହିଁ, ଆମେମାନେ କଟକ ସିଦ୍ଧବାବାଙ୍କ ଭକ୍ତ। ବାବା ଆମ ଦି'ଜଣଙ୍କର ବାହାଘର କରେଇଥିଲେ। ମୋ ବାପା-ବୋଉ ଝିଅର ବାହାଘର ନିଷ୍ପତ୍ତି ବାବାଙ୍କ ଉପରେ ଛାଡ଼ି ଦେଇଥିଲେ।"

ଭଦ୍ରଲୋକ ଦକ୍ଷିଣ ଭାରତୀୟ ଉଚ୍ଚାରଣରେ ପଚାରୁଥିଲେ, "ତମେ ରାଜି ନ ଥିଲ?"

: ମୋତେ ବାପାଙ୍କ ଅଫିସ୍‌ରେ କାମ କରୁଥିବା ପୁଅଟିଏ ଭଲ ପାଉଥିଲା। ଜାଣିଛ, ମୋତେ ସେ 'ଚଇତାଳି' ନାଁରେ ଡାକୁଥିଲା। ବାପା ଏକଥା ଜାଣିଗଲେ। ତା'ପରେ କ'ଣ ହେଲା କେଜାଣି, ପନ୍ଦର ଦିନରେ ବାପା ବାଲେଶ୍ୱରରୁ ନିଜର ଟ୍ରାନ୍‌ସଫର କରେଇ କୋରାପୁଟ ଚାଲିଗଲେ। ସେଇଠି ମୋ ବାହାଘର ହେଲା। ବାଇଶ ବର୍ଷରେ ଅଭିଷେକର ଜନ୍ମ। ଆଉ ତାକୁ ତିନିବର୍ଷ ହୋଇଥିଲା, ତା' ବାପା ଚାଲିଗଲେ।

: ତୁମେ ଏତେ ସୁନ୍ଦର। ପଚିଶ ବର୍ଷରେ ଝିଅମାନେ ତ ବାହା ହେଉଛନ୍ତି। ତୁମ ବାପା-ମା' ତୁମକୁ କାହିଁକି ଆଉ ଥରେ ବାହା କଲେ ନାହିଁ? ସେ ପୁଅଟି କୁଆଡ଼େ ଗଲା?

: ଜାଣିନି। ଆଉ ତ କେବେ ବାଲେଶ୍ୱର ଯାଇନି ମୁଁ।

: ଏମିତି ଏକଲା ରହିଗଲ?

: ମୁଁ ଏକଲା ହେଲି କେମିତି ? ମୋ ପୁଅ ପରା ମୋ ସାଙ୍ଗରେ ଥିଲା।

: ହୁଁ।

: ପିଲାଦିନେ ମୋ ପୁଅର ଦେହପା ଜମା ଭଲ ରହୁ ନ ଥିଲା। ସବୁବେଳେ ତାକୁ ଥଣ୍ଡା ଲାଗିରହୁଥିଲା। ମୋ ଶାଶୂ କହୁଥିଲେ, ମୋ ଦୃଷ୍ଟି କୁଆଡ଼େ ପୁଅ ଉପରେ ପଡୁଛି। ମୋ ପୁଅକୁ ତ ଆପଣ ଦେଖିଛନ୍ତି। ସୁନ୍ଦର ନୁହେଁ ?

: ହୁଁ।

: ମୁଁ ସିନା ପାରିଲି ନାହିଁ କିନ୍ତୁ ମୋ ପୁଅ ଭଲ ପାଇ ବାହା ହେଇଛି। ତା' ସ୍ତ୍ରୀ କୋଲ୍‌କାତାର ଝିଅ। ତା ବାପା ଆମ ଜାତିର ନୁହନ୍ତି। ଆମେ ଓଡ଼ିଆ ବ୍ରାହ୍ମଣ, ସେମାନେ ବଙ୍ଗାଳୀ ଶୂଦ୍ର। କିନ୍ତୁ ଅଭିକୁ ମୋ ବୋହୂ ଏତେ ଭଲପାଏ ଯେ ତାକୁ ଛାଡ଼ି ସେ ରହିପାରି ନ ଥାନ୍ତା। ମୋ ଦେଢ଼ଶୁର ଓ ତାଙ୍କ ଘରଲୋକେ ସମସ୍ତେ ମନା କରୁଥିଲେ। ମୁଁ ଅଭିକୁ କହିଲି, ତୁ ଏମିତି ଝିଅ ପାଇବୁ ନାହିଁ। କାହାକୁ କିଛି ବୁଝେଇବା ଦରକାର ନାହିଁ। ସିଧା ଯାଇ କୋଲ୍‌କାତାରେ ବାହାଘର ବ୍ୟବସ୍ଥା କର। କେହି ନ ଗଲେ ବି ମୁଁ ଯିବି।

: ତା'ପରେ ?

: ମୋ ବୋହୂ ମୋତେ କିଛି କହେ ନାହିଁ କି କାମଟେ କରିବାକୁ ଦିଏ ନାହିଁ। ରୂପ, ଗୁଣ ସବୁଥିରେ ସୁନ୍ଦର।

: ତୁମଠୁ ବି ?

: ହେ, ପିଲାଙ୍କ ପରି କ'ଣ କହୁଛନ୍ତି ? ବୁଢ଼ୀ ବୟସରେ ଆଉ କି ସୁନ୍ଦର, ଅସୁନ୍ଦର ! ମୋର ଗୋଟେ ଗୋଡ଼ ପରା ଗାତରେ ରହିଲାଣି।

କିଛି ସମୟ ଦିହେଁ ନିରବ ହୋଇଗଲେ।

ଅଭିଷେକ ଶୁଣୁଥିଲା।

ତା' ବୋଉର ବୟସ ପଞ୍ଚାବନ, ଆଉ ଭଦ୍ରଲୋକଙ୍କର ଷାଠିଏ ପାଖାପାଖି। କିନ୍ତୁ ଲାଗୁଥିଲା ଯେମିତି ବାଇଶ-ଚବିଶ ବର୍ଷର ପୁଅଝିଅ ଯୋଡ଼ିଏ କଥା ହେଉଛନ୍ତି।

: ତୁମ ହାତ ଓ କହୁଣିରେ ଏତେ ଗୁଡ଼ାଏ ଦାଗ କାହିଁକି ? - ଭଦ୍ରଲୋକ ପଚାରୁଥିଲେ।

ବୋଉ ଲୁଗାକାନିରେ କହୁଣିକୁ ଓ କହୁଣିସାରା ଗରମ ତେଲ ପଡ଼ିଥିବା ଚିହ୍ନକୁ ଲୁଚେଇଦେଲା। ଲୁଚେଇଦେଲା ତା'ର ପାଣିଖିଆ ପାଦଯୋଡ଼ିକୁ। କହିଲା, ରୋଷେଇକଲେ ଏମିତି ହୁଏ। ଆପଣ ପୁରୁଷପିଲା, ବୁଝି ପାରିବେ ନାହିଁ।'

: ମୋତେ ବି ରୋଷେଇ ଆସେ। କେବେ ସୁବିଧା ହେଲେ ତମକୁ ଅଣ୍ଡାଆଳୁ ରାନ୍ଧି ଖୁଆଇବି।

: ମୁଁ ଆଇଁଷ ଖାଏ ନାହିଁ।

: ଅଣ୍ଡା କ'ଣ ଆଇଁଷ ? କେବେଠୁ ଆଇଁଷ ଖାଅନି, ପିଲାଦିନୁ ?

: ନା, ଅଭିର ବାପା ଯିବାଦିନୁ। ଆମଘରେ ବିଧବାମାନେ ଆଇଁଷ ଖାଆନ୍ତି ନାହିଁ। ଅଥଚ ବାହାଘର ଆଗରୁ ମୋର ମାଛ ନ ହେଲେ ଗୁଣ୍ଡା ଉଠୁ ନ ଥିଲା।

: ଆଶ୍ଚର୍ଯ୍ୟ ! ତମର ଇଚ୍ଛା ହୁଏ ନାହିଁ ?

ବୋଉ କଥା ବଦଳେଇଲା। କହିଲା, 'ମୋ ପୁଅ ଗଲାବର୍ଷ କେରଳ ଯାଇଥିଲା। କହୁଥିଲା, ସେ ରାଇଜର ନୀଳକୁରୁଞ୍ଜି ଫୁଲ କୁଆଡ଼େ ବାରବର୍ଷରେ ଥରେ ଫୁଟେ ? ଏମିତି ଫୁଲ ସତରେ ଅଛି ? ଆପଣ ଦେଖିଛନ୍ତି ?'

ଭଦ୍ରଲୋକ ତା' ବୋଉର ହାତକୁ ଟିକିଏ ଟାଣିଦେଲା ପରି ଅଭିଷେକର ମନେ ହେଲା। କି ପବନରେ ବୋଉର ଲୁଗା ଟିକିଏ ଉଡ଼ିଗଲା !

ଭଦ୍ରଲୋକ ପଚାରୁଥିଲେ, "ତୁମେ କେରଳ ଗଲ ନାହିଁ ?"

: ସେମାନେ ସ୍ୱାମୀ-ସ୍ତ୍ରୀ ସାଙ୍ଗରେ ବୁଲିବେ, ହସିବେ, ଖେଳିବେ। ମୁଁ ବୁଢ଼ୀଟା ତାଙ୍କ ମଝିରେ କାହିଁକି କଣ୍ଟା ହେଇଥାନ୍ତି ? ଏମିତି ତ ମୋତେ ସେମାନେ ଜୀବନସାରା ପାଳୁଛନ୍ତି, ପୋଷୁଛନ୍ତି। ସହରବଜାର ଜାଗାରେ ଗୋଟେ ମଣିଷର ଦାୟିତ୍ୱ କ'ଣ କମ୍ !

: ତୁମେ ପରା ମା' ?

: କୂଳ ଛାଡ଼ିଗଲେ କି କରେ ନାଆ, କୋଳ ଛାଡ଼ିଗଲେ କି କରେ ମାଆ ? - ବୋଉ ଦୀର୍ଘଶ୍ୱାସ ନେଇ କହିଲା।

: ବୁଝିପାରିଲି ନାହିଁ।

: ପୁଅ ବଡ଼ ହେଲାଣି। ମୁଁ ନ ଥିଲେ କ'ଣ ତା' ସଂସାର ଅଚଳ ରହନ୍ତା ?

ଭଦ୍ରଲୋକ କହିଲେ, "ସବୁ ଭାରତୀୟ ନାରୀ ସମାନ। ତୁମେମାନେ ଦେବୀ ହେବାଲାଗି କାହିଁକି ଏତେ ଚେଷ୍ଟା କର ?

: ବୁଝିପାରିଲି ନାହିଁ - ବୋଉ କହିଲା।

ଭଦ୍ରଲୋକ କଥା ବଦଳେଇଲେ। କହିଲେ, "ଚାଲ ଯିବା। ତୁମ ନାତୁଣୀ ସ୍କୁଲ ଯିବ। ମୋ ଝିଅ ବି ଖୋଜୁଥିବ।"

: ସେ କ'ଣ କରେ ? ଦି'ଥର ଦେଖାହେଲାଣି, ପଚାରି ପାରିନି।

: ୟୁଟିଆଇ ବ୍ୟାଙ୍କ୍‌ରେ କାମ କରେ। ତା' ବର ରହେ ବାଙ୍ଗାଲୋରରେ। ଏଠି ନାତୁଣୀ, ଝିଅ ଆଉ ମୁଁ।

ସେମାନେ ଉଠୁଥିଲେ। କାଳେ ଅଭିଷେକ ଧରାପଡ଼ିଯିବ ସେଥିପାଇଁ ଚପା

ପାଦରେ ଆଗତୁରା ସେଠାରୁ ଚାଲିଆସିଲା । ତଥାପି ତାକୁ ଲାଗୁଥିଲା, ବୋଉ କାଳେ ତାକୁ ଦେଖି ଦେଇଥିବ । ତାକୁ ଟିକେ ଦୋଷୀ ଦୋଷୀ ଲାଗୁଥିଲା ।

ଅଭିଷେକକୁ ଦେଖିବାକ୍ଷଣି ମୋନାଲିସା ପଚାରିଲା, "ବୋଉଙ୍କୁ ପାଇଲ ?"

ଥଣ୍ଡା ସ୍ୱରରେ ଅଭିଷେକ କହିଲା, "ହଁ, ପାଖ ମନ୍ଦିରକୁ ଯାଇଥିଲା । ଆସୁଛି ।" ମୋନାଲିସା ମୁହଁ ମୋଡ଼ିଦେଲା ଓ ଖଣ୍ଡେ ଚଉଭାଙ୍ଗ କାଗଜ ତା' ହାତକୁ ବଢ଼େଇ କହିଲା, "ମନ୍ଦିର ? ଆଉ କିଛି ନା ! ନିଅ, ଏଇଟା ପଢ଼ ।"

ଅଭିଷେକ ସେଇ କାଗଜଟାକୁ ଧରି ତା' ଶୋଇବା ଘର ଭିତରକୁ ପଶିଗଲା । ସୁନ୍ଦର ଇଂରାଜୀରେ ଲେଖାଥିଲା ଛୋଟିଆ । ଚିଠି । ତଳେ ଦସ୍ତଖତ -ଭେଙ୍କଟରମଣ । ସେ ଭଦ୍ରଲୋକଙ୍କ ମୂଢ଼ତା ଦେଖି ଆଶ୍ଚର୍ଯ୍ୟ ହେଲା । ସେ ବୋଧହୁଏ ଜାଣନ୍ତି ନାହିଁ ଯେ ତା ବୋଉ ଇଂରାଜୀ ପଢ଼ି ଜାଣେନାହିଁ । ପୁଣି କ'ଣ ଭାବି ହସ ପୋଛିଦେଲା ଓଠରୁ । ତାମିଲ ଭଦ୍ରଲୋକ ଖଣ୍ଡି ଓଡ଼ିଆ । କହି ଜାଣୁଥିଲେ ବି ଲେଖି ଜାଣି ନ ଥିବେ । ସେ ଚିଠିଟା ପଢ଼ିଲା । ଲେଖାଥିଲା- ''ପୃଥିବୀର କୌଣସି ବିଶ୍ୱସ୍ତ ପ୍ରେମଚିଠି କେବେ ସାଇତା ହୋଇ ରହି ନାହିଁ । ଚିରା ହୋଇଛି, ଜଳାଯାଇଛି ନ ହେଲେ ପାଣିରେ ଭସେଇ ଦିଆଯାଇଛି । ତୁମେ ବି ଚିରିଦେବ । ବିଶ୍ୱସ୍ତ ପ୍ରେମଚିଠିକୁ ସାଇତି ରଖିଛି କେବଳ ଆକାଶର ଶୂନ୍ୟତା । ତୁମେ ଆକାଶକୁ ଚାହିଁଲେ, ତା'ର ଆଲୁଅ ଓ ଅନ୍ଧାରରେ ମୋର ଅଲିଖିତ ଶବ୍ଦମାନଙ୍କୁ ପଢ଼ିପାରିବ । ମୋର କେବଳ ଗୋଟିଏ ଦୁଃଖ, ତୁମକୁ ଆଗରୁ ଭେଟିପାରିଲି ନାହିଁ । ଏବେ ତ ଆମେ ବାପା-ମା', ଜେଜେ-ଜେଜେମା ! ଆମେ ଆଉ ଆମେ ହୋଇ ନାହୁଁ ।''

ଅଭିଷେକ ଦେହରେ ଗରମ ରକ୍ତର ପ୍ରବାହ । ସେ ଏଭଳି ଉତ୍ତେଜନାର କାରଣ ବୁଝି ପାରୁଥିଲା । ତେଣୁ ଚଞ୍ଚଳ ପାଦରେ ଗାଧୁଆପାଧୁଅ । କାମ ସାରି ଅଫିସ୍ ବାହାରିଲା । ବାଟସାରା ତା' ଆଖିସାମ୍ନାରେ ଗୋଟେ ପଚିଶ ବର୍ଷର ଯୁବତୀର ମୁହଁ ନାଚୁଥାଏ, ଯାହା ଦେହରେ ପ୍ରଚୁର ଯୌବନ, ପ୍ରଚୁର ସ୍ୱପ୍ନ, ପ୍ରଚୁର କ୍ଷୁଧା । କିନ୍ତୁ ସିଏ ଗୋଟିଏ ହାହାକାରମୟ ବାଲୁବନ୍ତ ଉପରେ ଠିଆ ହୋଇଛି । ତା' ଚାରିପଟେ ବୈଶାଖର ଧୂ ଧୂ ଖରା, ମରୀଚିକା, ନାଗଫେଣିର କଣ୍ଟା ଓ ଶ୍ମଶାନର ଶୂନ୍ୟତା । ସେ ବାଲି ଉପରେ ବର୍ଷା ତ ଦୂରର କଥା ବୁନ୍ଦାଏ ଶିଶିର ଟୋପାର ଶୀତଳ ସ୍ପର୍ଶ ସୁଦ୍ଧା ନାହିଁ । ଯୁବତୀଟି ସେମିତି ଅପେକ୍ଷା କରିକରି ବୁଢ଼ୀ ପାଲଟି ଯାଉଛି ଏବଂ ତା'ପରେ ଚଳପ୍ରଚଳ ହେଉଥିବା ଗୋଟେ ମୂର୍ତ୍ତି ।

ମେ-ଫେୟାର ହୋଟେଲ୍ ପାଖ ଦୋକାନରୁ ଯାଇ ଯୋଡ଼ିଏ ନାଲିଗୋଲାପ କିଣିଲା ଅଭିଷେକ । ଆଜି ସେ ବୋଉକୁ ଏ ଫୁଲ ଦିଇଟି ଉପହାର ଦେବ । ଦି'ଦିନ

ପରେ, ପନ୍ଦର ତାରିଖରେ ଚଇତ ପୂନେଇଁ। ବୋଉ କହେ ସେଇଦିନ ସେ ଜନ୍ମ ହୋଇଥିବା ଯୋଗୁଁ ତା' ନା ପୂର୍ଣ୍ଣିମା। କେବେ କୌଣସି ଦିନ ଅବଶ୍ୟ ତା' ବୋଉର ଜନ୍ମଦିନ ତାଙ୍କ ଘରେ କେହି ପାଳି ନାହିଁ। କିନ୍ତୁ ସେ ଏଥର ପାଳିବ। ଭେଙ୍କଟରମଣ ଅଙ୍କଲ୍‌ଙ୍କୁ ଯାଇ ତା' ବୋଉ ତରଫରୁ ନିମନ୍ତ୍ରଣ କରିଆସିବ।

ମୋନାଲିସା ଫେରିବା ଆଗରୁ ନିଜେ ଘରକୁ ଫେରିବାଲାଗି ଅଭିଷେକ ଦ୍ରୁତ ଗତିରେ ସ୍କୁଟର ଚଳଉଥିଲା। ତା' ଘର ପାଖରେ ଚନ୍ଦ୍ରମା ଆପାର୍ଟମେଣ୍ଟଟି ହୋଇଥିଲେ ବି ଚାରିବର୍ଷ ଭିତରେ ତା' ଭିତରକୁ କେବେ ସେ ପଶି ନ ଥିଲା। ଆପାର୍ଟମେଣ୍ଟ ଆଗରେ ଗୋଟାଏ ଟ୍ରକ୍‌ରେ କିଛି ଜିନିଷପତ୍ର ଲଦା ହେଉଥିଲା। ସେ ସ୍କୁଟରଟା ରଖିଦେଇ ତୃତୀୟ ମହଲାକୁ ଧାଇଁଲା।

ଶହେ ଚଉରାଳିଶ ନମ୍ବର ଫ୍ଲାଟ୍‌ଟି ମେଲା ଥିଲା ଓ ତା' ଭିତରୁ ସୋଫା, ଆଲମିରା ଓ ଅନ୍ୟ ଆସବାବପତ୍ର ବାହାର କରାଯାଉଥିଲା। ଅଭିଷେକ ପଚାରିଲା, "ଏଇଟା ଶ୍ରୀ ଭେଙ୍କଟରମଣଙ୍କ ଘର ?"

ଜିନିଷପତ୍ର ବୋହୁଥିବା ଲୋକମାନେ କିଛି କହିଲେ ନାହିଁ। ପଡ଼ୋଶୀ ଭଦ୍ରମହିଳା ତାଙ୍କ ଦୁଆରମୁହଁରୁ ଠିଆହୋଇ ଜିନିଷପତ୍ର ନିଆ-ଅଣା ଦେଖୁଥିଲେ। ଅଭିଷେକ ତାଙ୍କୁ ଲକ୍ଷ୍ୟକରି ଆଉ ଥରେ ତା' ପ୍ରଶ୍ନ ଦୋହରାଇଲା।

ଭଦ୍ରମହିଳା କହିଲେ, "ରାଜଲକ୍ଷ୍ମୀଙ୍କ ବାପାଙ୍କ କଥା କହୁଛନ୍ତି ?"

ଅଭିଷେକ କହିଲା, 'ଜାଣିନି, ଜିନ୍ ପ୍ୟାଣ୍ଟ, ଧଳା ବ୍ୟାନିୟନ, ଫ୍ରେଞ୍ଚକଟ୍ ଦାଢ଼ି...।"

: ହଁ। ସେ ରାଜଲକ୍ଷ୍ମୀଙ୍କ ବାପା।

: କୁଆଡ଼େ ଗଲେ ?

: ମାଡାମ୍‌ଙ୍କର ବାଙ୍ଗାଲୋର ବଦଳି ହୋଇଗଲା। ସେମାନେ ସମସ୍ତେ ଦି'ପହର ଫ୍ଲାଇଟ୍‌ରେ ଚାଲିଗଲେଣି। ଜିନିଷପତ୍ର ଟ୍ରାନ୍‌ସପୋର୍ଟ କଂପାନି ନେଉଛନ୍ତି।

ଅଭିଷେକ ଭାଙ୍ଗିପଡ଼ିଲା। ଅନେକ ନିଦାଘ ଶେଷରେ ଆସୁଥିବା ବର୍ଷା ଅସରାକ ଯେମିତି ବାଟଭାଙ୍ଗି ଫେରିଯାଇଥିଲା।

: ସେ ପଚାରିଲା, "କିଛି ଠିକଣା କି ଫୋନ୍ ନମ୍ବର ଦେଇ ଯାଇଛନ୍ତି ?"

: ନାଁ, ଗଲାବେଳେ ବାପ-ଝିଅ ରାଗିଲା ଭଳି ଦିଶୁଥିଲେ। ଖୁବ୍ ତରବରରେ ଥିଲେ ସେମାନେ। କହିଛନ୍ତି, ସେଠି ଜଏନ୍ କଲାପରେ ନୂଆ। ଫୋନ୍ ଜଣାଇବେ।"

ତା'ପରେ ଭଦ୍ରମହିଳା ଅଭିଷେକକୁ ପଚାରିଲେ, "ଆପଣ କ'ଣ ତାଙ୍କର ସଂପର୍କୀୟ ?"

: ଉଁ ! ନା, ହଁ। ମୁଁ ଆସୁଛି। - ଅଭିଷେକ ପ୍ରଶ୍ନଟିକୁ ଆ।ଡେଇ ବୁଲି ପଡିଲା।

ବୋଉ ତା' ଶୋଇବା ଘର ଝରକା ପାଖେ ଚୁପ୍‌ଚାପ୍ ବସିଥିଲା। ଧଳାଶାଢ଼ିର ବେହରଣରେ ସେ ଦିଶୁଥିଲା ଶାନ୍ତ ସମାହିତ ଗୋଟେ ମହମମୂର୍ତ୍ତି ପରି, ଯାହାର ଜୀବନ ଅଛି, ଇଚ୍ଛା ନାହିଁ।

ଅଭିଷେକ କ'ଣ କରିବ ବୁଝିପାରୁ ନ ଥିଲା। ଫୁଲଦୁଇଟି ତା' ବୋଉକୁ ଦେଇ ତାକୁ ଅଭିନନ୍ଦନ ଜଣେଇବ ନା ସେଗୁଡ଼ିକୁ ପାଚିରି ସେପଟ ଆଇଁଷିଣିଅ। ଅଳଆଗଦାକୁ ଫିଙ୍ଗିଦେବ ସେ ସ୍ଥିର କରିପାରୁ ନ ଥିଲା।

ମୋନାଲିସା ଆସି ତା' ପାଖରେ ଛିଡ଼ା ହୋଇଥିଲା। ଅଭିଷେକ ତାକୁ ଚାହିଁଲା ଓ କହିଲା, "ତୁମେ ଆଉ ଚିନ୍ତା କର ନାହିଁ। ସେମାନେ ଏଠୁ ବଦଳି ହୋଇ ଚାଲିଗଲେଣି।"

ମୋନାଲିସା ଦୀର୍ଘଶ୍ୱାସଟିଏ ନେଲା। ହସି ହସି କହିଲା,"ଓଃ, ମଣିଷ ରକ୍ଷା ପାଇଗଲା। କି ଅସ୍ୱସ୍ତିକର ପରିସ୍ଥିତି ସୃଷ୍ଟି ହୋଇଥିଲା କହିଲ ?"

ପ୍ରଥମଥର ପାଇଁ ଅଭିଷେକକୁ ଲାଗିଲା ଯେ ଜଣକର କରୁଣ କାହାଣୀ ଆଉ ଜଣକର ଆନନ୍ଦର କାରଣ ହୋଇପାରେ! କିନ୍ତୁ ସେ କିଛି କହିଲା ନାହିଁ। ଫୁଲ ଦିଇଟି ଧରି କେବଳ ବାହାରକୁ ଚାହିଁଥିଲା। ଝରକା ସେପଟ ଆକାଶରେ ଶୁଖିଲା ମେଘ ଦି'ଖଣ୍ଡ ଅସହାୟ ଭାବରେ ଭାସୁଥିଲେ। ତା'ର ଇଚ୍ଛା ହେଉଥିଲା ସେ ସେଇ ମେଘ ଦି'ଖଣ୍ଡକୁ ଯୋଡ଼ି ଦିଇଟି ମଣିଷ କରି ଦିଅନ୍ତା ଓ ସେମାନଙ୍କ ହାତରେ ଗୋଟେ ଗୋଟେ ନାଲି ଗୋଲାପ ଧରେଇ ଦିଅନ୍ତା।

ମୋନାଲିସା ତାକୁ ହଲେଇଦେଇ କହୁଥିଲା, 'ଦେଖିଲ,ଏ କଲୋନି ପିଲାଙ୍କୁ ଆଉ ପାରିହେବ ନାହିଁ। କୃଷ୍ଣଚୂଡ଼ା ଗଛ ଡାଳରୁ କେମିତି ସବୁଯାକ ଫୁଲ ଛିଣ୍ଡେଇ ନେଇଛନ୍ତି!'

■

ଜୀବନକୁ ଆଉ ଗୋଟେ ସୁଯୋଗ

ଦମୟନ୍ତୀ ଭିତର ଘରଆଡ଼େ ଥରେ ଚାହିଁଦେଇ ମୁହଁ ବୁଲେଇ ନେଲେ ।

ଆଇଁଷିଣିଆ ଗନ୍ଧଭଥିଲା ଗେଣ୍ଡାପରି ନିଶ୍ଚଳ ରାତି । ଭାବିଲେ, ପ୍ରଥମ ଦୁର୍ଯୋଗ ବେଳକୁ ପାଖରେ ବାପା ଥିଲେ । ତାଙ୍କରି କୋଳରେ ମୁହଁ ଗୁଞ୍ଜି ସେ ଚରମ ଅପମାନ ଦାଉରୁ ରକ୍ଷା ପାଇଯାଇଥିଲେ ସେଦିନ । ଦ୍ୱିତୀୟ ଥର ବେଳକୁ ଝିଅ ନିବେଦିତା ଥିଲା । ବୟସରେ ସାନ ହେଲେ ବି ସାହସ ଦେଇଥିଲା ଦମୟନ୍ତୀଙ୍କୁ । ତାଆରି ଛୋଟଛୋଟ ପାପୁଲିରେ ମୁହଁ ଗୁଞ୍ଜି ଦମୟନ୍ତୀ ଦ୍ୱିତୀୟ ଅପମାନକୁ ବରଦାସ୍ତ କରିନେଇଥିଲେ । ମାତ୍ର ଆଜି ପାଖରେ ବାପା ନାହାନ୍ତି, ଝିଅ ଦୂରରେ । ଏକାକୀ କେମିତି ସେ ଏଇ ଝଡ଼କୁ ସାମ୍ନା କରିବେ ? ଲାଗୁଥିଲା, ଏଇ ଅପମାନ ତାଙ୍କର ସମଗ୍ର ବ୍ୟକ୍ତିତ୍ୱ ଏବଂ ଅସ୍ତିତ୍ୱକୁ ମୋଡ଼ି ମକଚି ଧରାଶାୟୀ କରିଦେବ ।

ଦମୟନ୍ତୀ କବାଟଟା ଆଉଜେଇ ଆଣିଲେ । ଚଉକି

ଉପରୁ ଉଠିଯାଇ ଆଲୁଅଟା ଲିଭେଇଦେଲେ ବି। ଘର ଭିତରେ ଏବେ ଗାଢ଼ ଅନ୍ଧାର। ଘୁଞ୍ଚିଯାଇ ଝରକା ପାଖରେ ବସିଲେ। ଶ୍ରାବଣ ଆକାଶରେ ମେଘ ନାହିଁ। କେମିତି ଗୁମୁସୁମୁ ଲାଗୁଛି ଘର ଭିତରଟା। ଇଚ୍ଛା ହେଉଥିଲା, ବାହାରକୁ ଯାଇ ଘେରାଏ ଘୂରି ଆସନ୍ତେ। ମାତ୍ର ଭୟ ଲାଗୁଥିଲା, ବାହାରେ ସେଇ ଅପମାନ ତା'ର କୁତ୍ସିତ ଚେହେରା ନେଇ କାଳେ ଛିଡ଼ା ହୋଇଥିବ।

ଦମୟନ୍ତୀ ଅଧ୍ୟାପିକା ଥିଲେ, ଗତ ମାର୍ଚ୍ଚରେ ଅବସର ନେଇଛନ୍ତି। ଚାକିରି କାଳ ଭିତରେ ସେ ରାଜ୍ୟର ସାତ ସାତଟି ଜିଲ୍ଲା ବୁଲିଛନ୍ତି। ଯୁଆଡ଼କୁ ଯାଆନ୍ତି, ତାଙ୍କ ଆଗରୁ ତାଙ୍କ ବଦନାମ ଯାଇ ସେ ଜାଗାରେ ପହଞ୍ଚି ସାରିଥାଏ। କାହାକୁ ନପଚାରିଲେ ବି ସେ ଜାଣିପାରନ୍ତି, ତାଙ୍କୁ ଉପଲକ୍ଷ୍ୟ କରି ଅଧ୍ୟାପକ-ଅଧ୍ୟାପିକା ଓ ଛାତ୍ରଛାତ୍ରୀମାନେ ଫୁସୁରୁଫାସର ହୁଅନ୍ତି। ତା ଭିତରୁ ଅଳ୍ପ ସତ, ଅଧିକାଂଶ ଅତିରଂଜନ। ମାତ୍ର ଦମୟନ୍ତୀ ସେସବୁର ପ୍ରତିବାଦ କରିବାକୁ ଚାହାନ୍ତି ନାହିଁ। କିଛି ନ ଶୁଣିଲା ପରି ବହି କି ଖବରକାଗଜ ଭିତରେ ମୁହଁ ଲୁଚେଇ ନିଅନ୍ତି।

କେତେ କେତେ ଲୋକଙ୍କୁ ସେ ସଫେଇ ଦେଇଥାଆନ୍ତେ! କେତେ କେତେ ଲୋକଙ୍କୁ ବା ଯାଇ ନେହୁରା ହୋଇ କହିଥାଆନ୍ତେ ଯେ ଗୋଟିଏ ଅସହାୟା ଭଦ୍ରମହିଳା ସମ୍ବନ୍ଧରେ ଏଭଳି କଥା ଗପନ୍ତୁ ନାହିଁ। କହିଥିଲେ ବି କ'ଣ ସେଇ ଲୋକମାନେ ତାଙ୍କ କଥା ଶୁଣି ଥାଆନ୍ତେ! ପରଚର୍ଚ୍ଚା କରି ଯେଉଁ ଉତ୍ତେଜନା ମିଳେ ତାହାର ବିକଳ୍ପ ନିରବତାରୁ ତ ମିଳନ୍ତା ନାହିଁ!

ଅବସର ପରେ କଟକ ତୁଳସୀପୁରର ଏଇ ଫ୍ଲାଟ୍ ଘରଖଣ୍ଡିକ ତାଙ୍କର ଆଶ୍ରୟସ୍ଥଳ। ପ୍ରଥମେ ଭାବିଥିଲେ, ବୃନ୍ଦାବନ କିମ୍ବା ହରିଦ୍ୱାର ଚାଲିଯିବେ। କିନ୍ତୁ ଝିଅ ଜିଦ୍ କଲା, ସେମିତି କଲେ ମାନସିକ ସ୍ତରରେ ସେ ବିପନ୍ନ ହୋଇପଡ଼ିବ। ଦମୟନ୍ତୀ ତା'ର ଉଭୟ ମାଆ ଆଉ ବାପା। ଝିଅର କଥା ସେ କାଟିପାରିଲେ ନାହିଁ। ଯାଉ ଦି' ତିନିଟା ବର୍ଷ, ଝିଅକୁ ବୁଝେଇଦେବେ।

କେତେ ବର୍ଷ ? ଚାଳିଶ ବର୍ଷ। ହଁ ଚାଳିଶ ବର୍ଷ ଚାରିମାସ ହେଇଗଲାଣି। ଦିନ ଆଉ ଘଣ୍ଟା ମିନିଟ୍ ହିସାବ କଲେ ଆଖି ପାଇବ ନାହିଁ। ଉପେକ୍ଷା, ଅନାଦର ଓ ଅପମାନକୁ ତେଲ-ହଳଦୀ ପରି ଦେହରେ ବୋଳିହେଇ ସେ ଏତେଗୁଡ଼ାଏ ଦିନ ବିତେଇ ଦେଲେଣି। ସହକର୍ମୀମାନେ କେତେ କ'ଣ ପ୍ରସାଧନ ନେଇ କଲେଜକୁ ଆସନ୍ତି। ମାତ୍ର ଦମୟନ୍ତୀଙ୍କୁ କୌଣସି ପ୍ରସାଧନ ବ୍ୟବହାର କରିବାକୁ ପଡ଼େନାହିଁ। ଚାଳିଶ ବର୍ଷ ତଳର ଅପମାନ ତ ଦେହରୁ ଓହ୍ଲେଇ ନଥାଏ, ଆଉ ନୂଆ ପ୍ରସାଧନର ପ୍ରୟୋଜନ କୋଉଠି ?

କୃଷ୍ଣପକ୍ଷ ଆକାଶରେ ତାରାମାନେ ଉଜ୍ଜ୍ୱଳି ଉଠୁଛନ୍ତି, ନିଃସଙ୍ଗତା ଭିତରେ ମଣିଷ

ମନର ଦୁଃଖ ଉକୁଟି ଉଠିଲା ପରି। ଦମୟନ୍ତୀ ଅନୁମାନ କଲେ, ରାତି ଗୋଟାଏ ବାଜିବଣି। ଅଥଚ ତାଙ୍କ ଆଖିକୁ ନିଦ ଆସୁନାହିଁ। ଶୋଇବା ଘରୁ ଲୋକଟାର ଘୁଙ୍ଘୁଡ଼ି ଶବ୍ଦ ଏପଟକୁ ଶୁଭିଯାଉଛି। ମନେ ହେଉଛି, ଅନେକ ରାତି ହେଲା ବୋଧହୁଏ ଲୋକଟା ଶୋଇ ନାହିଁ।

ମୋବାଇଲ୍‌ରେ ମେସେଜ୍‌ଟିଏ ଆସିଲା। ସେ ଖୋଲି ପଢ଼ିଲେ, ଝିଅ ନିବେଦିତା ପଚାରୁଛି - ସେ ଭଦ୍ରଲୋକ ଘରୁ ଗଲେଣି ନା ନାହିଁ?

ଦମୟନ୍ତୀ ଫୋନ୍‌ଟାକୁ ରଖିଦେଲେ। ବିଚାରୀ ଝିଅଟା ଏତେ ରାତିଯାଏ ଶୋଇନାହିଁ।

ଚାଳିଶ ବର୍ଷ ତଳର ସେଇ ଅପରାହ୍ନ ମନେପଡ଼ିଲା, ଯେଉଁଦିନ ତରୁଣ ଦୁର୍ଗାମାଧବ ଆସିଥିଲେ ତାଙ୍କର ଜୀବନକୁ। ଦମୟନ୍ତୀଙ୍କୁ କୋଡ଼ିଏ ପୂରିଥାଏ, ଦୁର୍ଗାମାଧବଙ୍କୁ ପଚିଶ। ବାପାଙ୍କର ପୁରୁଣା ଛାତ୍ର ଥିଲେ ଦୁର୍ଗାମାଧବ। ସେତେବେଳେ କଲେଜ ପଢ଼ାସାରି ସେ ଗୋଟେ ଘରୋଇ କଲେଜରେ ଚାକିରି କରୁଥିଲେ।

କି ଯେ ସମ୍ମୋହକ ଚିଠିସବୁ ଦୁର୍ଗାମାଧବଙ୍କର! ପ୍ରତି ସପ୍ତାହରେ ଗୋଟିଏ। ଇଂରାଜି ଛାତ୍ର ଦୁର୍ଗାମାଧବଙ୍କ ଚିଠିରେ କୋଉଦିନ ଦମୟନ୍ତୀ କ୍ଲିଓପାଟ୍ରା ପାଲଟୁଥିଲେ ତ କେଉଁଦିନ ହେଲେନ୍। ଦିନ ଦିନ, ରାତି ରାତି, ଦମୟନ୍ତୀ ଖାଲି ଦୁର୍ଗାମାଧବଙ୍କ କଥା ହିଁ ଚିନ୍ତା କରୁଥିଲେଏବଂ ଦୁର୍ଗାମାଧବ ଦମୟନ୍ତୀଙ୍କ କଥା।

ଶଅଁବାଳୁଆରୁ ପ୍ରଜାପତି ହୋଇଯାଇଥିଲା ସେମାନଙ୍କର ପ୍ରେମ। ଦମୟନ୍ତୀ ଗୋଟେ ଚଇତ୍ର ସନ୍ଧ୍ୟାରେ ପ୍ରସ୍ତାବ ଦେଇଥିଲେ- ଚାଲ, ଆମେ ବାହା ହୋଇଯିବା। ଦୁର୍ଗାମାଧବ ସେ ପ୍ରସ୍ତାବର ଅର୍ଥ କ'ଣ ବୁଝିଲେ କେଜାଣି ହସି ହସି କୋଳେଇ ନେଇଥିଲେ ଦମୟନ୍ତୀଙ୍କୁ। 'ଆଜି ବାହାହେବା' କହୁ କହୁ ଚିଠିର ଲଫାପା କାଢ଼ି ଫିଙ୍ଗିଦେବା ପରି ଦମୟନ୍ତୀଙ୍କ ଦେହରୁ ସବୁତକ ପୋଷାକ ଖୋଲି ଫିଙ୍ଗି ଦେଇଥିଲେ। ସେଦିନ ପ୍ରତିଶ୍ରୁତିର ପାଞ୍ଚଟି ଶବ୍ଦ କହି ଦୁର୍ଗାମାଧବ ଫେରିଯାଇଥିଲେ ଶାନ୍ତିନିକେତନ, ଯେଉଁଠି ସେ ଗବେଷଣା ଲାଗି ମାସକ ତଳେ ଭର୍ତ୍ତି ହୋଇଥିଲେ।

ରାତିର ଚଢ଼େଇଟିଏ ଡେଣା ଫଡ୍ ଫଡ୍ କରି ଉଡ଼ିଗଲା। ଦମୟନ୍ତୀ ଚମକିପଡ଼ିଲେ। ଟିକିଏ ରହି ପୁଣି ପଛକୁ ଫେରିଗଲେ। ଭୂଗୋଳର ଦୂରତା ନା ମନର ଦୂରତା ଯୋଗୁଁ କେଜାଣି, ଚିଠି ଆସିବା ଅନିୟମିତ ହୋଇପଡ଼ିଲାଣି ସେତେବେଳକୁ। ଗୋଟିଏ ଗୋଟିଏ ମୁହୂର୍ତ୍ତ ଦମୟନ୍ତୀଙ୍କୁ ବର୍ଷଟାଏ ପରି ଲାଗୁଥାଏ। ନିଜର ପ୍ରଣୟୀ ଆଗରେ ଉଲଗ୍ନ ରାତିସବୁ ଉପହାର ଦେବାପରେ ତାଙ୍କ ପାଖରେ ଅଧିକ କିଛି ଦେବାପାଇଁ ନଥାଏ, ଉଦ୍‌ବେଗ ଭିନ୍ନ। ମାତ୍ର ଦୁର୍ଗାପ୍ରସାଦ ଆସିଲେ ନାହିଁ, ଚିଠି ବି ଆସିଲା ନାହିଁ।

ଆସିଲା ଅପମାନ। ଉପେକ୍ଷାର ଝଡ଼ ତୋଫାନ।

ନିଜ ଜୀବନର ସେହିସବୁ ଅପମାନଜନକ ଅନୁଭବକୁ ଆଉ ଥରେ ମନେ ପକେଇବାକୁ ଚାହୁଁ ନଥିଲେ ଦମୟନ୍ତୀ। ପିଲାଦିନୁ ମାଆକୁ ହରେଇଥିଲେ। ବାପା ହିଁ ଥିଲେ ସବୁକିଛି। ତାଙ୍କ ଅଞ୍ଚଳର ନୀତିବାନ୍ ଆଦର୍ଶ ଶିକ୍ଷକ ତାଙ୍କ ବାପା। ସେହି ନୀତିବାନ୍ ଶିକ୍ଷକଙ୍କ କନ୍ୟା ଦମୟନ୍ତୀ ବିବାହ ପୂର୍ବରୁ ଅନ୍ତଃସ୍ୱତ୍ତ୍ୱା ହେବା ସେ ଅଞ୍ଚଳର ସବୁଠାରୁ ଗୁରୁତ୍ୱପୂର୍ଣ୍ଣ ଖବର ପାଲଟିଯିବା ଥିଲା ଅବଧାରିତ। ସେଦିନ ବାପାଙ୍କର ସେ ଯେଉଁ ବିକଳ ଅବସ୍ଥା ! ଦମୟନ୍ତୀଙ୍କ ଆଖିରୁ ଆଉ ଅସରାଏ ଲୁହ ବୋହିଗଲା। ସେ ଶାଢ଼ି କାନିରେ ନିଜ ଦୁଇ ଆଖିର ଲୁହ ପୋଛିଦେଲେ।

ଦୁର୍ଗାମାଧବଙ୍କ ସବୁତକ ପ୍ରେମଚିଠି ଓ ନିଜ ଝିଅକୁ ସାଙ୍ଗରେ ଧରି ଅସହାୟ ବାପା ତା'ର ସେଦିନ ବାହାରି ପଡ଼ିଥିଲେ ଶାନ୍ତିନିକେତନ। ଝିଅକୁ ତା ବର ହାତରେ ବାହାଦେବେ, ନଚେତ୍ ତାକୁ ଗଙ୍ଗାନଦୀକୁ ଠେଲିଦେଇ ନିଜେ ସେଇ ପାଣିକୁ ଡେଇଁପଡ଼ିବେ - ଏଇ ଥିଲା ତାଙ୍କର ସଂକଳ୍ପ।

ଶାନ୍ତିନିକେତନରେ ଦୁର୍ଗାମାଧବଙ୍କ ଦ୍ୱିତୀୟ ଅବତାର ଦେଖିଥିଲେ ଦମୟନ୍ତୀ। ସେମାନଙ୍କୁ ଦେଖି କପଟ ଆଦରରେ ଅଭ୍ୟର୍ଥନା କରିଥିଲେ ସେ। ନିଜ କୋଠରିକୁ ଡାକି ନେଇ ସେମାନଙ୍କୁ ବସେଇଥିଲେ। ତା'ପରେ ପାଖ ହୋଟେଲ୍‌କୁ ନେଇ ଲଞ୍ଚ୍ ଖୁଆଇଥିଲେ। ତାଆରି ଭିତରେ ବାପାଙ୍କ ବ୍ୟାଗ୍ ଭିତରୁ ନିଜେ ଲେଖିଥିବା ପ୍ରେମ ଚିଠିର ବିଡ଼ାଟିକୁ ଚତୁରତାର ସହ ବାହାର କରିନେଇ ଯାଇଥିଲେ ଦୁର୍ଗାମାଧବ।

ହୋଟେଲ୍‌ରୁ ଖାଇସାରି ଫେରିବା ପରେ, ଦମୟନ୍ତୀଙ୍କ ବାପା ଯେତେବେଳେ ବାହାଘର ପ୍ରସଙ୍ଗ ଉଠେଇଲେ, ସେତେବେଳେ ଦୁର୍ଗାମାଧବ ସ୍ପଷ୍ଟ ଭାବେ କହିଲେ, 'ମୁଁ ଶାନ୍ତିନିକେତନର ସୁଲକ୍ଷଣାଙ୍କୁ ଭଲପାଏ। ଆପଣଙ୍କ ଝିଅ ମୋର କେବଳ ଜଣେ ସାଙ୍ଗ।''

ବାପା ଉଠିଯାଇ ତାଙ୍କ ବ୍ୟାଗ୍ ଭିତରୁ ପ୍ରେମଚିଠି ବିଡ଼ାକ ଖୋଜିଥିଲେ।

ମାତ୍ର ସେସବୁ ସେଠି ନଥିଲା।

ସେତେବେଳେ ଦମୟନ୍ତୀ ଭାବିଥିଲେ, ଟିକିଏ ବିଷ ମିଳିଥିଲେ ସେ ସେତକ ଗିଳିଦେଇ ଚୁପ୍‌ଚାପ୍ ଶୋଇଯାଇଥାଆନ୍ତେ। ଏପରି ଅପମାନ ବରଦାସ୍ତ କରିବା କୌଣସି ନାରୀ ପକ୍ଷେ ସମ୍ଭବ ନଥିଲା। ମାତ୍ର ତା ବାପା ତା ପରି ଦୁର୍ବଳ ନଥିଲେ। ଅଥବା ଝିଅର ଦାୟିତ୍ୱ ତାଙ୍କୁ ଦୁଃସାହସୀ କରିଦେଇଥିଲା। ବସିବା ଜାଗାରୁ ଉଠିପଡ଼ି ସେ ଦୁର୍ଗାମାଧବଙ୍କ ହାତ ଭିଡ଼ି ଭିଡ଼ି ସିଧା କୁଳପତିଙ୍କ ଦପ୍ତରକୁ ନେଇଯାଇଥିଲେ। ଚାରିପଟେ ଦୁର୍ଗାମାଧବଙ୍କ ସହପାଠୀ, ବିଶ୍ୱବିଦ୍ୟାଳୟର ଅଧ୍ୟାପକ। ଦୃଶ୍ୟଟା କୌଣସି ନାଟକର ଦୃଶ୍ୟ ଅପେକ୍ଷା କମ୍ ରୋମାଞ୍ଚକର ନଥିଲା।

ଦମୟନ୍ତୀ ଦୀର୍ଘଶ୍ୱାସ ନେଲା।

ବାପା ଜିତିଥିଲେ। ସତ୍ୟ ହିଁ ତାଙ୍କୁ ଜିତେଇଥିଲା।

ଦୁର୍ଗାମାଧବଙ୍କୁ କୁଳପତି କହିଥିଲେ, ''ମୁଁ ମଧ୍ୟ ଗୋଟେ ଝିଅର ବାପା। ପୃଥିବୀର କୌଣସି ବାପା ନିଜ ଝିଅକୁ ନେଇ ଏପରି ମିଛ କହିବେ ନାହିଁ। ତୁମେ ଦମୟନ୍ତୀଙ୍କୁ ବିବାହ କର।''

ବୃତ୍ତି ଓ ନିଯୁକ୍ତି ହରେଇବା ଭୟରେ ଦୁର୍ଗାମାଧବ ରାଜି ହୋଇଥିଲେ। ସେଇଠି, ଶାନ୍ତିନିକେତନରେ ବାହାଘର ହୋଇଥିଲା ସେହିଦିନ। ସେ ବାହାଘର ପିଲାଙ୍କ ଧୂଳିଖେଳର ବାହାଘର ପରି ହିଁ ଥିଲା।

ଦଶଟା ଦିନ ଶାନ୍ତିନିକେତନରେ ରହି ବାପାଙ୍କ ସାଙ୍ଗରେ ଫେରିଆସିଥିଲେ ଦମୟନ୍ତୀ। ଫେରିବା ବେଳେ ତାଙ୍କ ସାଙ୍ଗରେ ବାହାଘରର ମଧୁର ଅନୁଭବ ନଥିଲା, ଥିଲା ତାଙ୍କ ସ୍ୱାମୀ ସୁଲକ୍ଷଣାଙ୍କୁ ଭଲ ପାଉଥିବାର କଠୋର ବାସ୍ତବତା। ସେ ବାପାଙ୍କ କୋଳରେ ମୁହଁ ଗୁଞ୍ଜି ସେଦିନ ଭୋ-ଭୋ ହୋଇ କାନ୍ଦିଥିଲେ ଏବଂ ବାପା ତାଙ୍କର ମୁଣ୍ଡ ଆଉଁଶି ଦେଉ ଦେଉ କହିଥିଲେ, ''କେଉଁ ଦୁଷ୍ଟଗ୍ରହର ଆଖି ପଡ଼ିଗଲା ମୋର ବୁଦ୍ଧିମତୀ ଝିଅ ଉପରେ।''

ଦମୟନ୍ତୀ ନିଜ ଜୀବନ ଆଲ୍‌ବମ୍‌ର ଫଟୋଗୁଡ଼ିକୁ ତରବରରେ ଓଲଟେଇ ଦେଉଥିଲେ। ଯେତେ ତରବରରେ ଲେଉଟେଇଲେ ବି ଅନ୍ଧାର ଭିତରେ ସେହିସବୁ ଚିତ୍ର ବେଶ୍ ପ୍ରାଞ୍ଜଳ ଭାବେ ତାଙ୍କୁ ଦିଶିଯାଉଥିଲା।

ଏକା ଏକା ଝିଅ ନିବେଦିତାକୁ ବଢ଼େଇଲେ ସେ। ସେ ସ୍କୁଲ୍ ଗଲା, ତା'ପରେ କଲେଜ। ଗୀତ ଓ ନାଚ ଶିଖିଲା। କୌଣସି ଦିନ ମାଆକୁ ସେ ଅସ୍ୱସ୍ତିକର ପ୍ରଶ୍ନ ପଚାରି ନାହିଁ। ସତେ କି ଗର୍ଭ ଭିତରେ ଥାଇ ମାଆର ଦୁଃଖକୁ ବୁଝି ପାରିଛି ନିବେଦିତା।

ଦୂରରେ ଥାଇ ଦୁର୍ଗାମାଧବଙ୍କ ସଂପର୍କରେ ସବୁ ଖବର ରଖନ୍ତି ଦମୟନ୍ତୀ। ଏକଥା ବି ଜାଣନ୍ତି, ମିଛ କହି ସେ ସୁଲକ୍ଷଣାଙ୍କୁ ବାହା ହୋଇଛନ୍ତି। ସେଦିନ ଦମୟନ୍ତୀ ଚାହିଁଥିଲେ କଲିକତାରେ ପହଞ୍ଚି ଆଉ ଗୋଟେ ନାଟକ ସୃଷ୍ଟି କରିପାରିଥାଆନ୍ତେ; ମାତ୍ର କାହିଁକି କେଜାଣି, ଇଚ୍ଛା ହୋଇନଥିଲା।

ଖବର ପହଞ୍ଚେ, ଦୁର୍ଗାମାଧବ ଦିଲ୍ଲୀରେ ବଡ଼ ଚାକିରି କରିଛନ୍ତି। ପୁଅଟିଏ ଅଛି ତାଙ୍କର। କଲିକତା ଫେରି ସଲ୍‌ଟ ଲେକ୍‌ରେ ଫ୍ଲାଟ୍ କିଣିଛନ୍ତି। ସୁଲକ୍ଷଣା ଓ ସେ ଗୋଟିଏ ଦପ୍ତରରେ କାମ କରୁଛନ୍ତି। ସୁଲକ୍ଷଣା ବଡ଼ ଅଫିସର, ପୁଣି କଲିକତାର ଜଣାଶୁଣା ନର୍ତ୍ତକୀ।

ଛାତି ଭିତରେ ରୁଗୁରୁଗୁ ହୁଏ ଈର୍ଷା। ମାତ୍ର ଦମୟନ୍ତୀ ସଚେତନ ହୋଇପଡ଼ନ୍ତି।

କାଳେ କିଏ ସେକଥା ଜାଣି ପାରିଲା କି ଭାବି ପ୍ରକୃତିସ୍ଥ ହୁଅନ୍ତି। ଦୁର୍ଗାମାଧବଙ୍କ ସହ ଆଉ ଥରେ ଏ ଜୀବନରେ ସାମ୍ନାସାମ୍ନି ହେବାକୁ ନପଡୁ, ଏତିକି କାମନା କରନ୍ତି।

ମାତ୍ର ସାମ୍ନାସାମ୍ନି ହେବାକୁ ପଡ଼ିଲା। ଅପମାନିତ ହେବାକୁ ପଡ଼ିଲା ଦମୟନ୍ତୀଙ୍କୁ। କାରଣ ସେଥର ତାଙ୍କର ନୁହେଁ, ତାଙ୍କ ଝିଅର ସମ୍ମାନ ହିଁ ଥିଲା ମୁଖ୍ୟ ପ୍ରସଙ୍ଗ।

ନିବେଦିତାର ବାହାଘର ଆଗରୁ, ଠିକଣା ସଂଗ୍ରହ କରି ଦୁର୍ଗାମାଧବଙ୍କୁ ଦମୟନ୍ତୀ ଚିଠି ଲେଖିଥିଲେ-- ''ଜୀବନରେ ଏତେ ଟିକେ ସୁଖ ଦେଲନାହିଁ, ଚିନ୍ତା ନାହିଁ। ଟଙ୍କା ଶହେଟା କୋଉଦିନ ହାତଖର୍ଚ୍ଚ ପାଇଁ ପଠେଇଲ ନାହିଁ, ଅବସୋସ ନାହିଁ। ବୁଢ଼ା ଶ୍ୱଶୁର ଏହି କଥାକୁ ଝୁରି ଝୁରି ମରିଗଲେ, ଥରୁଟେ ସୁଦ୍ଧା ଆସିଲ ନାହିଁ। ମାତ୍ର ତୁମ ଝିଅର ବାହାଘର ଠିକ୍ ହୋଇଛି। ନିଜେ ଆସି କନ୍ୟାଦାନ କରିଯିବ। ବାହାର ଲୋକଙ୍କ ଆଗରେ, ଝିଅ ମୋର ହଟହଟା ହେବ, ମୁଁ ସେ ଅପମାନ ବରଦାସ୍ତ କରି ପାରିବି ନାହିଁ।''

ଦମୟନ୍ତୀ ଭାବିଥିଲେ, ଏ ଚିଠି ପାଇ ଦୁର୍ଗାମାଧବ ନିଶ୍ଚୟ ଆସିବେ।

ମାତ୍ର ତାଙ୍କର ଧାରଣା ଭୁଲ୍ ଥିଲା।

ସେଥିପାଇଁ ତାଙ୍କୁ ଶେଷରେ ଯିବାକୁ ପଡ଼ିଲା କଲିକତା।

ସାମ୍ନା କରିବାକୁ ପଡ଼ିଲା ସଉତୁଣୀଙ୍କୁ।

ବାଧହୋଇ ଦୁର୍ଗାମାଧବ ଝିଅ ବାହାଘରକୁ ଆସିଲେ। ମନରେ ଭୟ ଥିଲା, କାଳେ ଦମୟନ୍ତୀ ଥାନା କି କୋର୍ଟକୁ ଚାଲିଯିବେ। ଓଡ଼ିଶା ଆସି ଅଘିରାକୁ ବାଇଗଣ ଫିଙ୍ଗିଲା ପରି କନ୍ୟାଦାନ ଦାୟିତ୍ୱଟା ସାରିଦେଇ ସେହିଦିନ କଲିକତା ଫେରିଗଲେ।

ପଦୁଟେ କଥା ସୁଦ୍ଧା ସେ କହିଲେ ନାହିଁ ଦମୟନ୍ତୀଙ୍କୁ କି ନିବେଦିତାକୁ।

ସେହିଦିନ ଦମୟନ୍ତୀ 'ଛି' କରିଦେଇଥିଲେ ତାଙ୍କର ସଂପର୍କକୁ। ଆଉ ନୁହେଁ। ତାଙ୍କର ଯାହା କିଛି ହେଲେ ସୁଦ୍ଧା ସେ ଦୁର୍ଗାମାଧବଙ୍କ ନାଁ ଉଚ୍ଚାରଣ କରିବେ ନାହିଁ ଜୀବନରେ। ଅଥଚ ପୁଣି ଥରେ ଭାଗ୍ୟ ଆଣି ଦୁହିଙ୍କୁ ମୁହାଁମୁହିଁ ଛିଡ଼ା କରେଇବ, ଏକଥା ସେ କଦାପି ଭାବି ନଥିଲେ।

ଦୁର୍ଗାମାଧବ ଅବସର ନେବା ଆଗରୁ ସୁଲକ୍ଷଣା ଚାଲିଗଲେ। ମରିବା ଆଗରୁ ଦୀର୍ଘଦିନ କୋମାରେ ପଡ଼ିରହିଲେ ସେ। ମାଆଙ୍କୁ ମିଛ କହି ବାହା ହୋଇଥିବାରୁ ପୁଅ ବୋହୂ କୌଣସି ଦିନ ଭଲ ପାଉ ନଥିଲେ ଦୁର୍ଗାମାଧବଙ୍କୁ। ଦମୟନ୍ତୀ ଖବର ପାଇଲେ, ଅବସରର ଟଙ୍କାତକ ମିଳିଯିବା ପରେ ପୁଅବୋହୂ ସେଇ ଟଙ୍କାରେ ଆଉ ଖଣ୍ଡିଏ ଫ୍ଲାଟ୍ କିଣିନେଲେ। ତା'ପରେ ଦିନେ ଅସୁସ୍ଥ ଦୁର୍ଗାମାଧବଙ୍କୁ, ଚିକିତ୍ସା କରିବା ଆଳରେ ସେମାନେ ଭର୍ତ୍ତି କରିଦେଲେ ପାଗଳ ଗାରଦରେ!

ଖବରଟା ଶୁଣି ଦମୟନ୍ତୀ ଏତେ ଖୁସି ହୋଇଥିଲେ ଯେ ମନ ହୋଇଥିଲା କାଳିସୀ ପରି ମୁଣ୍ଡବାଳ ଖୋଲି ଘରଟା ଭିତରେ ଥେଇ ଥେଇ ନାଚିଥାଆନ୍ତେ।

ଦୁର୍ଗାମାଧବ ପାଗଳ ଗାରଦରେ ଥିବା ଭିତରେ ହିଁ ପୁଅବୋହୂ ଆଗରୁ କରିନେଇଥିବା 'ପାୱାର ଅଫ୍ ଆଟର୍ନି' ବଳରେ ପୁରୁଣାଘରଟାକୁ ବିକି ଦେଇଥିଲେ ସେଇ କଲିକତାର ଇଷ୍ଟେଟ ବେପାରୀଙ୍କୁ ଏବଂ କାହାକୁ କିଛି ନଜଣାଇ ନିଜ ନୂଆ ଫ୍ଲାଟ୍‌କୁ ଚାଲିଯାଇଥିଲେ। ଦମୟନ୍ତୀ ଖୁସି ହେଇଥିଲେ, ଆଶ୍ଚର୍ଯ୍ୟ ବି। ଇତିହାସ ଏହିପରି ବୋଧହୁଏ ନିଜକୁ ନିଜେ ପୁନରାବୃତ୍ତି କରେ!

ଯେଉଁଦିନ ଏ ସମ୍ପର୍କରେ ତାଙ୍କ କଲେଜର ପ୍ରିନ୍‌ସିପାଲଙ୍କଠାରୁ ଦମୟନ୍ତୀ ଖବରଟା ଶୁଣିଲେ ସେଦିନ ମୁହୂର୍ତ୍ତକ ଲାଗି ମୂକ ହୋଇ ଯାଇଥିଲେ ସେ ଲମ୍ବା, ଚଉଡ଼ା, ଶିକ୍ଷିତ ଓ ଦୁଃସାହସୀ ମଣିଷଟାଏ ପାଗଳ ଗାରଦ ଭିତରେ ସଢୁଛି। ଲୁଗାପଟା ଲୋଚାକୋଚା, ମୁହଁରେ ରୁଢ଼ ଭର୍ତ୍ତି, ମୁଣ୍ଡବାଳ ଫୁରୁଫୁରୁ। ପାଖରେ ବୋଲହାକ କରିଦେବା ପାଇଁ ସୁଦ୍ଧା କେହି ନାହାନ୍ତି! ଏସବୁ ଚିନ୍ତାକରି ସେ ଆଶ୍ଚର୍ଯ୍ୟ ହୋଇଥିଲେ।

ସେ ପ୍ରିନ୍ସିପାଲ୍‌ଙ୍କୁ ପଚାରିଥିଲେ, 'ମୋତେ ଏସବୁ କଥା କହୁଛନ୍ତି କାହିଁକି ?'' ଏବଂ ସେଠାରୁ ଉଠି ଚାଲିଆସିଥିଲେ। ମାତ୍ର ଘରକୁ ଫେରି ସ୍ଥିର ହୋଇ ବସିପାରି ନଥିଲେ।

ନିବେଦିତା ଫୋନ୍‌ରେ କହିଥିଲା, 'ମୋ ପାଖକୁ ଚାଲିଆ। ଏକାକୀ ରହିଲେ ମୁଣ୍ଡ ଭିତରକୁ ନାନା ଚିନ୍ତା ପଶିଆସେ। ଏଇଠି ମୋ ପାଖରେ ରହିବୁ। ତୋ ଜ୍ୱାଇଁ ତୋତେ ମୋଠାରୁ ବେଶି ଆଦର କରିବେ। ତା'ଛଡ଼ା, ତୋର ତ ପେନ୍‌ସନ୍ ଅଛି।''

ଝିଅ ପାଖକୁ ନା ହରିଦ୍ୱାର, ଝିଅ ପାଖକୁ ନା ବୃନ୍ଦାବନ! ଏମିତି ଚିନ୍ତା କରନ୍ତି ଦମୟନ୍ତୀ। ବେଳେବେଳେ ସ୍ଥିର କରି ନପାରିଲେ କଏନ୍‌ଟିଏ ଧରି 'ହେଡ୍', ନା ଟେଲ୍' କହି ଟସ୍ ପକାନ୍ତି। ସେତେବେଳେ ନିଜର ଜୀବନ ଉପରେ ଦୟା ଆସେ, କ୍ରୋଧ ବି। କାହାର ବା ସେ କି ଅପରାଧ କରିଥିଲେ? ବିନା କାରଣରେ ଏମିତି ଗୋଟେ ତେଲୁଣିପୋକର ନିଉଛୁଣା ଜୀବନ ପରି ବିତିଗଲା କାହିଁକି ତାଙ୍କର ଜୀବନ!

ଆଜି ସଞ୍ଜବୁଢ଼େ ସେ କାଠଯୋଡ଼ି ନଈ ଆଡ଼କୁ ଚାହିଁ ଘର ସାମ୍ନାରେ ବସିଥିଲେ। କାମବାଲୀଟି ଆସି ନଥିଲା। ତାକୁ ହିଁ ଅପେକ୍ଷା କରୁଥିଲେ ଦମୟନ୍ତୀ। ସେତିକିବେଳେ କାଠଯୋଡ଼ି ପୋଲ ଆଡୁ ଛୋଟେଇ ଛୋଟେଇ ଆସିଥିଲା ବୁଢ଼ାଟିଏ, ଯିଏ ଏବେ ତାଙ୍କ ମେଲାଘରେ ଶୋଇଛି।

ଭୂତ ଦେଖିବା ପରି ଡରି ଯାଇଥିଲେ ଦମୟନ୍ତୀ। ମାତ୍ର ଲୋକଟିର ତୁଣ୍ଡରେ

ନିଜର ନାଁ ଶୁଣି ସେ ଦମ୍ଭ ପାଇଥିଲେ। ବହୁ ପରିଶ୍ରମ କରି ସେ ଲୋକଟିକୁ ଚିହ୍ନିବାକୁ ଚେଷ୍ଟା କରିଥିଲେ।

ସେତିକିବେଳେ ଲୋକଟି ତାଙ୍କୁ ଦେଇଥିଲା ତୃତୀୟ ଅପମାନ। ଖୁଁ ଖୁଁ କାଶୁ କାଶୁ ଲୋକଟି କହିଥିଲା, 'ମୁଁ ତୁମକୁ ବହୁତ ଭଲପାଏ ଦମୟନ୍ତୀ। ସେଇଥିଲାଗି ତମ ପାଖକୁ ଚାଲିଆସିଲି।''

ଆଉ ଟିକକରେ ଦୁର୍ଗାମାଧବ ତାକୁ ଛୁଇଁଦେଇଥାଆନ୍ତେ। ଦମୟନ୍ତୀ ପଛକୁ ଘୁଞ୍ଚି ଆସିଥିଲେ, ନିଃଶବ୍ଦରେ।

ଏବେ କଙ୍କାଳସାର ଦୁର୍ଗାମାଧବ ଘୁଙ୍ଗୁଡ଼ି ମାରି ଶୋଇଛନ୍ତି। ଦମୟନ୍ତୀ ଜାଣିସାରିଛନ୍ତି ଏହି ରୋଗିଣା ଲୋକଟିର ଏ ପୃଥିବୀରେ ଆଉ କୁଆଡ଼କୁ ଯିବାଲାଗି ରାସ୍ତା ନାହିଁ। ଜୀବନରେ ଉପରକୁ ଉଠିବାର ଝୁଙ୍କ୍‌ରେ ନିଜ ଗାଁ, ପରିବାର, ପତ୍ନୀ ଓ କନ୍ୟା ସମସ୍ତଙ୍କୁ ଛାଡ଼ିଥିଲେ। ଯେଉଁମାନେ ଥିଲେ, ସେମାନେ ଦୁର୍ଗାମାଧବଙ୍କୁ ଛାଡ଼ି ଚାଲିଯାଇଛନ୍ତି।

ଦମୟନ୍ତୀ ଭାବିଥିଲେ, ପାଗଳା କୁକୁରକୁ ଘଉଡ଼େଇ ଦେବାପରି ଦୁର୍ଗାମାଧବଙ୍କୁ ଘଉଡ଼େଇ ଦେବେ। ପାଟି ଖୋଲିଥିଲେ ବି। ମାତ୍ର ଶବ୍ଦମାନ ଅସହଯୋଗ କରିଥିଲେ। ନିଜ କାନରେ ଶୁଣିଲେ, ସେ କହୁଛନ୍ତି - ବସିଯାଅ। ମୁଁ ପାଣି ଆଣି ଦେଉଛି।

ଦୁର୍ଗାମାଧବଙ୍କର ବିଶ୍ୱାସଘାତକତାକୁ ସହିନେବା ତାଙ୍କ ପକ୍ଷେ କଷ୍ଟ ହୋଇଥିଲା। ଅପମାନକୁ ସୁଦ୍ଧା। ମାତ୍ର ସେସବୁ ଆଜି ସଞ୍ଚାର ମିଛ ତୁଳନାରେ ତଥାପି ଥିଲା ଗୁରୁତ୍ୱହୀନ।

ଦମୟନ୍ତୀଙ୍କର ମନେପଡୁଥିଲା, ପେଟ ଭିତରେ ନିବେଦିତାକୁ ଧରି ଶାନ୍ତିନିକେତନର ବାହାବେଦିରେ ବସିବାର ସେ ଲଜ୍ଜାଜନକ ଦୃଶ୍ୟ। ଅପମାନ ଓ ଦୁଃଖରେ ଜୁଡୁବୁଡୁ ତାଙ୍କ ବୁଢ଼ା ବାପାଙ୍କର ରୋଗ ବିଛଣାରେ ପଡ଼ି ଅସ୍ତବ୍ୟସ୍ତ ହେଉଥିବାର ସେ ଅଭିଜ୍ଞତା। ନିବେଦିତାର ବାହାଘରରେ କନ୍ୟାଦାନ ଲାଗି ଆସିବା ପାଇଁ ଦୁର୍ଗାମାଧବଙ୍କ ଆଗରେ ତାଙ୍କର ବିକଳ ନିବେଦନ।

ମନେପଡୁଥିଲା ଗଲା ଚାଳିଶବର୍ଷର କଙ୍କଡ଼ାବିଛା ଓ ନାଗସାପର ଦଂଶନ ପରି ବିଷାକ୍ତ ରାତି, ସଂସାରଯାକର ଉଲୁଗୁଣା, ଟିଟିକାରି, ଥଟ୍ଟା-ପରିହାସ।

ତାଙ୍କର ଇଚ୍ଛା ହେଉଥିଲା ସେ ଧାଇଁଯାଇ ଦୁର୍ଗାମାଧବଙ୍କ ଗଳା ଟିପି ଧରନ୍ତେ।

ଖୁଁ ଖୁଁ ହୋଇ ଦୁର୍ଗାମାଧବ କାଶୁଥିଲେ। ସେ କାଶ ବନ୍ଦ ହେବାର ନୁହେଁ। ବିକଳରେ ଗଁ ଗଁ ହେଉଥିଲେ। ସତକୁ ସତ ଯେମିତି କିଏ ତାଙ୍କର ଗଳା ଟିପି ଧରିଛି।

ଦମୟନ୍ତୀ ଜାଣନ୍ତି, ଦୁର୍ଗାମାଧବଙ୍କର ମଧୁମେହ, ଉଚ୍ଚ ରକ୍ତଚାପ, ଯକ୍ଷ୍ମା ଏବଂ

ଉନ୍ମାଦ ରୋଗ। ତା' ସାଙ୍ଗକୁ ପାର୍କିନସାନ ବେମାରି। ଡାହାଣ ହାତଟା ଅନବରତ ବାହାମୂଳରୁ ନେଇ ପାପୁଲି ପର୍ଯ୍ୟନ୍ତ ଥରୁଛି।

ଚଉକିରୁ ଉଠିଲେ। ମନକୁ ମନ କହିଲେ, ନିରାଶ୍ରୟ ବୁଢ଼ାଟି କୁଆଡ଼େ ଯିବ?

ପୁଣି ସେଇ କାଶ। ଏଥର ଗୋଡ଼ ଛାଟୁଛନ୍ତି ଦୁର୍ଗାମାଧବ। ବୋଧହୁଏ 'ଫିଟ୍‌ସ' ପଡ଼ିଗଲା। ଏବେଳେ ଔଷଧ କି ଇଞ୍ଜେକ୍‌ସନ୍‌ଟିଏ ନିହାତି ଦରକାର। ନହେଲେ ରୋଗୀ ମରିଯାଏ। ଝିଅ ନିବେଦିତା ଆଉଥରେ ସେଇ 'ମେସେଜ୍' ପଠେଇଲା- 'ଲୋକଟି ଗଲାଣି ନା ନାହିଁ? ସମସ୍ତେ ଭୁଲ୍ କରନ୍ତି ମା', ବୋକାମାନେ କିନ୍ତୁ ତାହାର ପୁନରାବୃତ୍ତି କରନ୍ତି।'

ଦୂରରେ ଥାଇ ଝିଅ ମାଆର କଥା ଭାବି ଛଟପଟ ହେଉଛି।

ମେଲାଘରେ ଦୁର୍ଗାମାଧବ ଛାଟିପିଟି ହେଉଛନ୍ତି।

ଦମୟନ୍ତୀ କ'ଣ କରିବେ?

ମୁଣ୍ଡ ଭିତରେ ହଜାରେ ପ୍ରଶ୍ନ, ହଜାରେ ଦ୍ୱନ୍ଦ୍ୱ।

ପୁଣି ଗାଁ ଗାଁ ଓ ଛାଟିପିଟି ହେବାର ଶବ୍ଦ।

ଓହୋ, ଆଉ ନୁହେଁ। ଲୋକଟି ବୋଧହୁଏ ଏଇଠି ମରିବ ବୋଲି ଆସିଛି!

ଦମୟନ୍ତୀ ମୋବାଇଲ୍ ଫୋନ୍ ଉଠେଇଲେ। ଝିଅକୁ ଉତ୍ତର ଦେଲେ, ''ବହୁତ ଭାବିଲି ଧନ, ସ୍ଥିର କଲି, ଜୀବନକୁ ଆଉ ଗୋଟେ ସୁଯୋଗ ଦିଏ। ମୋତେ ଭୁଲ୍ ବୁଝିବୁ ନାହିଁ।''

ପାଣି ଗିଲାସେ ଧରି ମେଲାଘରକୁ ଦଉଡ଼ି ଗଲେ ଦମୟନ୍ତୀ।

■

ଫୁଲନୋଳ

ଗୋଟେ ବିଲୁଆ ପରି ବେକ ଲମ୍ୱେଇ ନୀଳାମ୍ବର ପଚାରୁଥିଲା, ‘‘ଭାଉଜ, ଘରେ ଅଛ ?’’

ତା’ ପାଟି ଶୁଣି ସୁକାନ୍ତି ଚମକିପଡ଼ିଲା। ଏ ଲୋକଟା ତା’ ପିଛା ଛାଡ଼ିବ ନାହିଁ। ସେ ଚଉଁରା ମୂଳେ ସଞ୍ଜବତି ଜଳେଇବା ପାଇଁ ଲୁଗା ବଦଳଉଥିଲା। କାନ୍ଥଦେହକୁ ଆଉଜିଯାଇ ଉତ୍ତର ଦେଲା, ‘‘ମୁଁ ସଞ୍ଜ ଦେବାକୁ ଯାଉଛି। କାଲି ସକାଳେ କଥାହେଲେ ହଅନ୍ତାନେଇଁ!’’

ଆଡ଼ରୁଷା ଦେଲା ପରି ନୀଳାମ୍ବର କହିଲା, ‘‘କୋଉକଥା ହଉନାହିଁ ଯେ ଏଇ କଥାଟା ଅଟକିଯିବ! କିନ୍ତୁ ଢେର୍ ଉଛର ହେଇଗଲାଣି। କିଛି ଗୋଟାଏ ଫଇସଲା କର। ମୋ ଛଡ଼ା ଗାଁର ସମସ୍ତେ ସାହାଯ୍ୟ ଟଙ୍କା ଆଣି ସାରିଲେଣି। ତମ ଭଲକୁ ମୁଁ ଦଉଡୁଥିଲି। ତମେ ନିଜେ ଡେରି ଡେରି କରୁଛ। ହଉ, ଯାହା କରୁଛ କର, ପଛକୁ ମୋତେ ଦୋଷ ଦେବନାହିଁ।’’ -

ସୁକାନ୍ତିକୁ ଶେଷକଥା ଶୁଣେଇଲା ପରି ଏତକ କହି ନୀଳାମ୍ବର ପୁଣି ଅନ୍ଧାର ଭିତରେ ହଜିଗଲା।

ସେ ଚାଲିଗଲା ପରେ ଗୋଟେ ଦୀର୍ଘଶ୍ୱାସ ଛାଡ଼ିଲା ସୁକାନ୍ତି। ବ୍ଲାଉସ୍‌ର ବୋତାମଗୁଡ଼ା ଚଟ୍‌କିନା ବନ୍ଦକରି ଶାଢ଼ିଟା ବେଢ଼େଇଦେଲା। କେତେଥର ସେ ଲକ୍ଷ୍ୟ କଲାଣି, ତା' ଦେହମୁଣ୍ଡକୁ ଡାଆଣା ପରି ଅନାଏ ନୀଳାମ୍ବର। 'ଭାଉଜ, ଭାଉଜ' କହି ତା' କାନ୍ଧକୁ, ତା' ପିଠିକି ଅକାରଣରେ ଛୁଇଁଦିଏ। ସେତେବେଳେ ଗରମ ଲୁହାର ଚେଙ୍କ ଲାଗିଲା ପରି ତା' ଦେହ ଜଳିଉଠେ। କିନ୍ତୁ କିଛି କହିପାରେ ନାହିଁ ସୁକାନ୍ତି। ତାକୁ ଟିକିଏ ସାହାଯ୍ୟ କରୁଛି ବୋଲି ଲୋକଟା ତାକୁ ବହୁତ ବିରକ୍ତ କରୁଛି। କିନ୍ତୁ କ'ଣ କରିବ ସେ! କେହି ଜଣେ ପରିଚିତ ନ ଥିଲେ ଏକାକୀ ମାଇପି ଲୋକ ଏ ଗାଁରେ ଚଳିବା କଷ୍ଟ।

ଚଉଁରା ମୂଳେ ସଞ୍ଜବତି ଜାଳିଦେଲା ସୁକାନ୍ତି। ମଥା ଉପରକୁ ଓଢ଼ଣାଟାଣି ଆଣିଲା। ଲୁଗାର କାନିକୁ ବେକରେ ଗୁଡ଼େଇ ମୁଣ୍ଡିଆ ମାରିଲା ସେ। ମନକୁମନ ଗୁଣୁଗୁଣେଇ ହେଲା - ମୋତେ କାହିଁକି ତାଙ୍କ ସାଙ୍ଗରେ ନେଇଗଲ ନାହିଁ! ଏଇ ଭଙ୍ଗାଡିହ ଉପରେ ବିଲୁଆ, କୁକୁରଙ୍କ ନାଚ ଦେଖିବାକୁ କାହିଁକି ମୁଁ ବଞ୍ଚିରହିଛି!

ଅନେଶତ ବାତ୍ୟାକୁ ଦି'ବର୍ଷ ପୂରିବ ଆଉ ମାସ ଦିଇଟାରେ। ଏଡ଼େ ବଡ଼ ଗାଁଟା ସତେ କି ମଶାଣି ପଦା ହେଇଗଲା। ଦିଇଶହ ଘରରୁ ବର୍ତ୍ତିଯାଇଛନ୍ତି ମାତ୍ର ବାଇଶଟା ପରିବାରର ଲୋକେ। କୋଉ ପରିବାରର ଗୋଟେ, କୋଉ ପରିବାରର ହଳେ, ଆଉସବୁ ତ ଭାସିଗଲେ। ସମୁଦ୍ରର ଜୁଆର ଘର, ବାଡ଼ି, ବଗିଚା, ତୋଟା ସବୁକୁ ପୋଛିନେଇ ଖାଲି କାଦୁଆ ଡିହମାନ ରଖିଯାଇଥିଲା। ଯାକୁ କ'ଣ କିଏ କହିବ, ପୁରୁଣା ମୌରସୀ ଗାଁ ରାଇପୁର! ସୁକାନ୍ତି ଦେଖୁ ଦେଖୁ ତା' ଆଖିଆଗରେ ଶାଶୂ, ଶ୍ୱଶୁର ଓ ସ୍ୱାମୀ ବ୍ରଜକିଶୋର ପାଣିସୁଅରେ ଭାସିଗଲେ! ସିଏ ଅଟକିଗଲା ଗୋଟିକିଆ ଗଛ ଡାଳରେ ଲାଖି! ଅନ୍ଧାର ଭିତରେ ମିଶିଗଲା ତା'ର ଦଶ ବର୍ଷର ଘରକରଣା, ତା' ମଥାର ସିନ୍ଦୂର। ଭାସି ଭାସି ସେ ଯାଇ ଲାଖିଥିଲା ଗାଁଠାରୁ ତିନିକୋଶ ଦୂରରେ! ପ୍ରଥମେ ତ ସେ ବୁଝିପାରି ନ ଥିଲା, କ'ଣ ସବୁ ଘଟିଯାଇଥିଲା। ଯେତେବେଳେ ବୁଝିଥିଲା, ସେତେବେଳେ ତା' ମୁଣ୍ଡ ଘୂରେଇ ଦେଇଥିଲା। ତା'ପରେ ଖାଲି କାନ୍ଦ ଆଉ କାନ୍ଦ, ସମୁଦ୍ର ଲହଡ଼ିର ଶବ୍ଦ ଭିତରେ ଏକୁଟିଆ ନିଆଶ୍ରୀ ସ୍ତ୍ରୀଲୋକଟାର ବାହୁନା ... ମୋତେ କିଆଁ ନେଇଗଲୁ ନାହିଁରେ ଯମ! ମୁଁ କଅଣ କରିବିରେ ଦଇବ ବିଧାତା! ମୋତେ କାହିଁକି ବଞ୍ଚେଇ ରଖିଲୁଲୋ ମାଆ ମଙ୍ଗଳା.....!

ବାତ୍ୟା ପରେ ରାଇପୁର ଗାଁଟା ଦିଶୁଥିଲା ଗୋଟେ ପରିତ୍ୟକ୍ତ ମଶାଣି ଭୂଇଁ।

ଚାରିଆଡ଼େ ପଚପଚ ପଙ୍କ କାଦୁଅ, ଭଙ୍ଗାଘରର କାଠ, ବାଉଁଶ, ଉପୁଡ଼ି ପଡ଼ିଥିବା ଗଛ ହିଡ଼ ମୂଳରେ ଶଢୁଥିବା ଗାଈ ବାଛୁରୀଙ୍କ ମଲାଦେହ। ସୁକାନ୍ତି ଥରେ ତା' ଚାରିପଟକୁ ଅନେଇଦେଇ ଆଖିବୁଜି ଦେଇଥିଲା। ଚାରିଆଡ଼ ଦିଶୁଥିଲା ଯେମିତି ନର୍କ। ସେତେବେଳେ ତା'ର ପେଟ ଜଳୁଥିଲା ଭୋକରେ। କିନ୍ତୁ ଭାତ, ରୁଟି ଅପେକ୍ଷା ସେ ଲୋଡୁଥିଲା ଟିକିଏ ବିଷ। ସେଇ ବିଷ କେବଳ ଦେଇଥାଆନ୍ତା ସବୁ ନିର୍ଯାତନାରୁ ମୁକ୍ତି। ସେ ତ୍ରାହି ପାଇଯାଇଥାଆନ୍ତା!

ତାକୁ ଉଦ୍ଧାରିଥିବା ଲୋକେ ପଚାରିଥିଲେ- କୋଉ ଗାଁର ବୋହୂ ତମେ? କୋଉ ଗାଁର ଝିଅ? କିଛି ମନେପଡୁଛି? ତା'ପରେ ତାକୁ ରାନ୍ଧଣା ଭାତ ଡାଲମା ବଣ୍ଟା ହେଉଥିବା କ୍ୟାମ୍ପ୍‌କୁ ନେଇଯାଇଥିଲେ ସେମାନେ। ସେଇଠି ସାତଦିନ ରହି ସେ ପଲିଥିନ୍, କମ୍ବଳ, ହାଣ୍ଡି ଓ ଡେକ୍‌ଚି ଧରି ଫେରିଥିଲା ଏଇଠିକି, ଯୋଉଠି ଦିନେ ତା'ର ହସିଲା ଖୁସିଲା ଘର ଥିଲା, ପରିବାର ଥିଲା।

ଧୀରେ ଧୀରେ ଅନ୍ୟମାନେ ରାଇପୁରକୁ ଫେରିଥିଲେ। ମଲିକ ଘର ବୋହୂ, ମହାନ୍ତି ଘରର ବୁଢ଼ୀ, ସାମଲ ଘରର ଦେଢ଼ଶୁର ସନା ଓ ଭାଇବୋହୂ ମାଳତୀ - ବାଇଶଟା ପରିବାରର ମାତ୍ର ଛବିଶଟା ଲୋକ।

ଏତେ ଦୁଃଖ ଭିତରେ ବି ମହାପାତ୍ର ବୁଢ଼ାଟାକୁ ଦେଖି ସୁକାନ୍ତିର ଦେହ ଜଳିଯାଇଥିଲା। ଏ ବୁଢ଼ାଟା ବଞ୍ଚିଛି! ଯାକୁ କିଆଁ ଯମ ନେଇଗଲା ନାହିଁ! ଯମ ବି ସୁଦ୍ଧା କ'ଣ ଯାକୁ ଛୁଇଁଲା ନାହିଁ! ସୁକାନ୍ତିର ମନଟା ଏକଦମ୍ ବିକ୍ଷେଇ ଉଠିଥିଲା।

ମହାପାତ୍ର ଘର ସାଙ୍ଗରେ ବ୍ରଜକିଶୋର ପରିବାରର ଶତ୍ରୁତା ତିନି ପୁରୁଷର। ବ୍ରଜ କହେ, ମହାପାତ୍ର ବୁଢ଼ାର ଗୋସବାପା ତା' ଗୋସବାପାକୁ ସୁଆନ୍ତି ଭୁସି ମାରିଦେଇଥିଲା ବଣିଆସାହି ଧାନକଟା ଗଣ୍ଡଗୋଳ ସମୟରେ। ଢେର୍ ଆଗରୁ ସେଇ ଜମି ଖଣ୍ଡକ ଲାଗି ଉଭୟ ପରିବାର ଭିତରେ ମାଲିମକଦ୍ଦମା ଚାଲିଥିଲା। ମହାପାତ୍ର ଘରର ସମ୍ବଳ ବେଶି। ଲୋକବାକ ବି ବେଶି। ସେ ବର୍ଷ ଅଶିଣ ପବନରେ ବଣିଆସାହି ଜମିର ଧାନଗଛଗୁଡ଼ାକ ପାଚିଲା ଧାନକେଣ୍ଡା ଦୋହଲାଇବାବେଳକୁ ଗାଁରେ ଲାଗିଥିଲା ସାଂଘାତିକ କଳିକଜିଆ। ପୂରା ଗାଁଟି ଦୁଇଭାଗ ହୋଇଯାଇଥିଲା। ଭାଗେ ମହାପାତ୍ର ପଟେ, ଭାଗେ ପରିଡ଼ାଘର ପଟେ। ଶହେଚଉରାଳିଶ ଆଇନକୁ ଖାତିର ନ କରି ଏଇ ମହାପାତ୍ର ଘରର ଲୋକେ ବିଲରେ ପଶିଥିଲେ। ଚାହୁଁଚାହୁଁ ଲମ୍ବା କିଆରିର ଧାନ କାଟିଥିଲେ ତାଙ୍କ ଲୋକେ। ବ୍ରଜର ଗୋସବାପ ଏ ଅନ୍ୟାୟ ସହିପାରି ନ ଥିଲେ। ଦେହରୁ ଝାଳ ନିଗାଡ଼ି ଯୋଉ ଫସଲ ଚାଷ କରିଥିଲେ ତାକୁ ଆଖିଆଗରେ କାଟି ନେଉଥିଲେ ତାଙ୍କର ଭଗାରି। ସେ ଧାଇଁଯାଇ ଗୋଟେ ଠେଙ୍ଗାରେ ପାହାରଟାଏ କଷି

ଦେଇଥିଲେ ସବା ଆଗରେ ଧାନ କାଟୁଥିବା ଲୋକଟା ଉପରେ। କୋଉଠି ସେଇ ଧାନବିଲରେ ଟେଣ୍ଟା, ସୁଆନ୍ତି ଲୁଚେଇ ରଖିଥିଲା ସିଏ ଜାଣେ, ଏଇ ନରୋତ୍ତମ ମହାପାତ୍ରର ଗୋସବାପ ସୁଆନ୍ତିଟେ ଧରି ମାଡ଼ି ଆସିଥିଲା ଓ ଅନ୍ୟମାନେ 'ରହ, ରହ' କହୁ କହୁ ଭୁସି ଦେଇଥିଲା ପରିଡ଼ା ବୁଢ଼ାଙ୍କ ଛାତିରେ !

ଏଇକଥାଗୁଡ଼ାକ କହିବାବେଳେ ବ୍ରଜ ପରିଡ଼ାର ନାକପୁଡ଼ା ଫଁ ଫଁ କରିଉଠେ। ଷାଠିଏ ବର୍ଷ ତଳର ଘଟଣା ତା' ଆଖିଆଗରେ ନାଚିଯାଏ। ନିଜ ବାପାଙ୍କଠାରୁ ଶୁଣିଥିବା କଥାଗୁଡ଼ାକ ସେ କହିବସେ ସୁକାନ୍ତିକୁ - ସେପଟେ ବିଲରେ ପଡ଼ିଛି ପାଚିଲାଧାନ କଳେଇ, ତା' ଉପରେ ବୁଢ଼ାଙ୍କ ଛାତିର ପିଚ୍‌ପିଚ୍ ରକ୍ତ। ସଭିଏଁ ଧାନକଟା ଛାଡ଼ି କିଏ କୁଆଡ଼େ ଧାଇଁ ପଳେଇଥିଲେ। ଛଅମାସ ପର୍ଯ୍ୟନ୍ତ ଗାଁଟା ଗାଁ ହୋଇ ରହି ନ ଥିଲା। ସବୁଦିନେ ପୁଲିସ, ପିଆଦା। ନ୍ୟାୟ, ନିଶାପ। ଗାଁଟା ଗୋଟେ କୁରୁକ୍ଷେତ୍ର ପାଲଟିଯାଇଥିଲା। ତାହାପରଠାରୁ ମହାପାତ୍ର ଘର ସାଙ୍ଗେ ପରିଡ଼ା ଘରର କଥାବାର୍ତ୍ତା, ଡକାହକା, ଯା-ଆସ ସବୁ ବନ୍ଦ। ସେ ଘରର ଲୋକଙ୍କୁ ଦେଖିଲେ ବ୍ରଜକିଶୋରର ଘରଲୋକେ ଆଡ଼େଇ ଯାଆନ୍ତି, ବ୍ରଜକିଶୋରଙ୍କ ଘର ଲୋକଙ୍କୁ ଦେଖିଲେ ମହାପାତ୍ର ଘରର ଲୋକେ ଆଡ଼ ହୋଇଯାଆନ୍ତି।

ମହାପାତ୍ର ବୁଢ଼ା ବଞ୍ଚିଯାଇଥିଲେ ବି ତାଙ୍କ ପରିବାରର ଦଶଜଣଯାକ ପାଣିରେ ଭାସିଯାଇଥିଲେ। ତା' ସ୍ତ୍ରୀ, ଦି' ପୁଅ, ଦି' ବୋହୂ, ନାତି ଓ ନାତୁଣୀ ସମସ୍ତେ ସମୁଦ୍ରପାଣିରେ ଭାସିଯାଇଥିଲେ। ଏଡ଼େ ବଡ଼ ଖଞ୍ଜାଟା ଏକଦମ୍ ଶୂନ୍‌ଶାନ୍ ହେଇଯାଇଥିଲା। ସଞ୍ଜବୁଡ଼େ ସୁକାନ୍ତି ଲକ୍ଷ୍ୟ କରି ଦେଖେ, ମହାପାତ୍ର ବୁଢ଼ା ଶୂନ୍ୟ ଆକାଶକୁ ଚାହିଁ ଛାତିକୁ ଦୁଇ ହାତମୁଠାରେ ବାଡ଼ାଏ, ଘରଡିହ ଉପରେ ତିଆରିଥିବା ଦି'ବଖରା ପଲାଘରେ ଏପଟ ସେପଟ ହୋଇ କାହାକୁ ଖୋଜୁଥାଏ !

ମୁହୂର୍ତ୍ତକ ପାଇଁ ସୁକାନ୍ତିର ମନଟା ନରମିଯାଏ। ମନେପଡ଼େ ତା' ନିଜର ଘରକରଣା। ଏଇ ମଣିଷର ଜୀବନ ! କାଲି, ଶାଶୂ ଶ୍ୱଶୁରଙ୍କ ପାଟିରେ ଘର କମ୍ପୁଥିଲା। ଘରେ ଗାଈ, ବଳଦ, ଧାନ, ମୁଗ, ବିରି, ଛେଳି, କୁକୁଡ଼ା ! ଆଜି ଖାଲି ଫୁଙ୍ଗୁଳା ନଙ୍ଗଳା ଘରଡିହ ଆଉ ତା' ଚାରିପଟେ ନିଶୂନ୍ ନିର୍ଜନତା। ତୁହାଇ ତୁହାଇ ମନେପଡ଼େ ବ୍ରଜ, ତା'ର ଚଉଡ଼ା ଛାତି ଉପରେ ମୁଣ୍ଡରଖି ଶୋଇବାର ସେହି ଉଷୁମ ନିରୋଳା ଅନୁଭବ।

କିଏ ଜଣେ ସତ କହିଥିଲା, ଯେଉଁମାନେ ଚାଲିଗଲେ, ସେମାନେ ତରିଗଲେ। ଏ କଷ୍ଟ, ଯନ୍ତ୍ରଣାରୁ ଉଦ୍ଧାର ପାଇଗଲେ ସେମାନେ। ଏଠି ଯେଉଁମାନେ ରହିଗଲେ ସେଇମାନେ ଜାଣ ଅଭାଗା। ଆଖିର ଲୁହ ଓ ଦୀର୍ଘଶ୍ୱାସକୁ ନେଇ ଲମ୍ବା ଜୀବନ

ଜିଇବା ଯେ କେଡ଼େ କଷ୍ଟ ! ପ୍ରତିଦିନ, ପ୍ରତି ମୁହୂର୍ତ୍ତରେ ସେଇ କଥାଗୁଡ଼ାକ ମନେପଡ଼େ। ଭୁଲି ହୁଏ ନାହିଁ ଆଦୌ। ଏଥିରେ ମଣିଷ ବଞ୍ଚେ କେମିତି ?

ସୁକାନ୍ତିର ମନେ ପଡୁଥିଲା। ବାତ୍ୟା ପରେ ପରେ କେତେଥର ସେ ଆତ୍ମହତ୍ୟା କରିବାକୁ ଚାହିଥିଲା। କିନ୍ତୁ ପାରିଲା କୋଉଠି ? କଟକରୁ ଆସିଥିବା ସେଇ ବୁଢ଼ୀର ମଞ୍ଜି ପୁଡ଼ିଆଟା ତାକୁ ନୂଆ ବିଶ୍ୱାସ ଦେଇଥିଲା। କାହିଁକି କେଜାଣି, ପୁଣି ଥରେ ବଞ୍ଚିବାକୁ କିଏ ତା' ଭିତରୁ ତାକୁ ଭରସା ଦେଇଥିଲା।

ବାତ୍ୟା ବୋହିଯିବାର ତିନିମାସ ପୂରିଥାଏ। ପଲିଥିନ୍ ବେଢ଼ା ପଲାଘରେ ରହୁଥାଏ ସୁକାନ୍ତି। ସକାଳେ ଭାତଗଣ୍ଡେ ଫୁଟେଇ ଖାଇଦିଏ, ତା'ପରେ ଆକାଶକୁ ଚାହିଁ ବସିରହେ ଘରପିଣ୍ଡାରେ। କାହା ସାଙ୍ଗେ କଥାଭାଷା ହେବାକୁ ମନ ହୁଏ ନାହିଁ। ଛାତି ଭିତରଟା ଖାଲି ହାହାକାର କରି ଉଠେ।

କଟକରୁ ଆସିଥିଲେ ଗୋଟେ ରିଲିଫ୍ ଦଳ। ସଭିଏଁ ସ୍ତ୍ରୀଲୋକ। ଗାଁଲୋକଙ୍କୁ କିଏ ପାଉଁରୁଟି, କିଏ କମ୍ବଳ ତ ଆଉ କିଏ ଲଣ୍ଠନ ଦଉଥିଲା। ସୁକାନ୍ତି ବସିଥିଲା ତା' ପିଣ୍ଡା ଉପରେ। ତା' ଘରଆଗ ଦେଇ ଯାଉଥିବା ରିଲିଫ୍ ଦଳର ବୁଢ଼ୀ ଜଣକ ସେଇଠି ଅଟକିଥିଲେ। ପାଖକୁ ଆସି ତାକୁ ଆଉଁଶି ଦେଇ ପଚାରିଥିଲେ, "ତମର କ'ଣ ଦରକାର ?"

ସୁକାନ୍ତି କାନ୍ଦି ପକେଇଥିଲା। ତା' ପାଟିରୁ କଥା ପଦେ ବାହାରି ନ ଥିଲା।

ବେଶ୍ କିଛି ସମୟ ବସିରହିବା ପରେ ତା' ହାତରେ ଗୋଟେ କ'ଣ ପୁଡ଼ିଆ ଗୁଞ୍ଜିଦେଇ ସେ ଚାଲିଯାଇଥିଲେ। ରାତିରେ ଶୋଇବାକୁ ଗଲାବେଳେ ସେଇ ପୁଡ଼ିଆ ଖୋଲି ଦେଖିଥିଲା ସୁକାନ୍ତି - ମଞ୍ଜିଗୁଡ଼ାଏ। ସେ ରାଗରେ ସେଗୁଡ଼ାକୁ ବାଡ଼ିପଟକୁ ଫିଙ୍ଗି ଦେଇଥିଲା।

ତା' ପରଦିନ ସକାଳେ ନୀଳାମ୍ବର ଆସିଥିଲା। ତାଆର ସ୍ତ୍ରୀ ଭାସିଯାଇଥିଲା, ବଢ଼ିପାଣିରେ ଭାସିଯାଇଥିଲା ତା'ର ମାଆ। ତା' ଡିହରେ ସିଏ ଏକଲା, ଏପଟେ ସୁକାନ୍ତି ଡିହରେ ସୁକାନ୍ତି ଏକାକିନୀ।

ନୀଳାମ୍ବର କହିଥିଲା, "ତୁମେ ବ୍ୟସ୍ତ ହୁଅନାହିଁ ଭାଉଜ, ସରକାରୀ ସାହାଯ୍ୟ କଥା ସବୁ ମୁଁ ବୁଝିଦେବି। ଘରଭଙ୍ଗା ସାହାଯ୍ୟ, ଗାଈଛେଳି ସାହାଯ୍ୟ ଆଉ ତମଘରୁ ତିନି ପରାଣୀ ଯାଇଛନ୍ତି - ସେ ବାବଦକୁ ସାହାଯ୍ୟ। ତମର କେହି ନାହିଁ କି ମୋର କେହି ନାହିଁ। ମୁଁ ଚାଉଳ ଆଣି ଦେବି, ମୋ ଲାଗି ତମେ ଗଣ୍ଡେ ଭାତ ଫୁଟେଇଦେବ। ତମ ପାଇଁ ମୁଁ ସାରାଜୀବନ ଅଛି।

ନୀଳାମ୍ବରର ମୁହଁଟି ଦେଖି ସୁକାନ୍ତି ଟିକେ ନରମି ଯାଇଥିଲା। ଏତିକି ଭରସା

ଦେବା ପାଇଁ ବା କିଏ ଥିଲା ଗାଁରେ ? ସାମ୍ନା ଡିହରେ ମହାପାତ୍ର ବୁଢ଼ା, ଶତ୍ରୁ । ସିଏ ତ ଭାବୁଥିବ, ସୁକାନ୍ତିଟା ମରିଯାଇଥିଲେ ସେ ନିଷ୍କଣ୍ଟକ ଏ ଘରଡିହ ଭୋଗ କରିଥାନ୍ତା ।

ନୀଳାମ୍ବର କହିଥିଲା, "ବୁଢ଼ା ପାଗଳା ହେଇଯାଇଥିଲା । ଦିନରାତି ଖାଲି ଏଣୁତେଣୁ ବକୁଥିଲା । ଏବେ ସରକାରୀ ସାହାଯ୍ୟ ପାଇବ ବୋଲି ଶୁଣିଲାରୁ ଟିକେ ଚେଙ୍ଗା ଦିଶୁଛି । ମୋତେ ପରା ଦିନେ ଡାକିକି ପଚାରୁଥିଲା, ଜଣପିଛା ସରକାର କେତେ ଟଙ୍କା ଦେବେ ?"

ସେଦିନ ଅସରାଏ ବର୍ଷା ବର୍ଷିଥିଲା । ନୀଳାମ୍ବର ପିଣ୍ଡା ଉପରେ ବସି ଅନେଇଥିଲା ସୁକାନ୍ତିକୁ । ପୂରିଲା ପୂରିଲା ଦେହହାତ, ବ୍ଲାଉସ୍ ଆଉ ଅଣ୍ଟାଶାଢ଼ି ମଝିରେ ଗୋରା ତକତକ ପେଟ ମାଉଁସ, ଲାଲ୍ ଲାଲ୍ ଓଠ, ଲମ୍ବା ବାଳ, ଅଣ୍ଟାତଳ ପଛପଟ ଚଉଡ଼ା - ସତେ କି କି ଦଇବ ଢେର୍ ପରିଶ୍ରମ କରି ସୁକାନ୍ତିକୁ ଡଉଲଡାଉଲ କରି ଗଢ଼ିଦେଇଛି । ତା' ଛାତିକୁ ଅନେଇଲେ ନୀଳାମ୍ବର ଦେହ ଭିତରେ ଗରମ ପାଣିର ସୁଅଟାଏ ଶିରାପ୍ରଶିରା ତତେଇ ବୋହିଯାଏ । ତା' ସ୍ତ୍ରୀ ତିଳୋତ୍ତମାର ମୁହଁ ଫିକା ପଡ଼ି କୁଆଡ଼େ ହଜିଯାଏ । ଯୋଜନା କରେ, ସିଏ ସୁକାନ୍ତିକୁ ବାହା ହେବ । ସେଥିପାଇଁ ଯାହା ଲୋଡ଼ା, ତାହା କରିବ ।

ମଞ୍ଜିଗୁଡ଼ାକ ବାଡ଼ିପଟକୁ ଫିଙ୍ଗିଦେବାର ଦଶଟା ଦିନ ପରେ ସୁକାନ୍ତି ଦିନେ ସକାଳୁ ଦେଖିଥିଲା, ସେଥିରୁ ଶାଗୁଆ ଶାଗୁଆ ହୋଇ ଗଛ ଉଠିଥିଲେ । ସେ ଆଶ୍ଚର୍ଯ୍ୟ ହୋଇଥିଲା । ଏତେ ଅନାଦର ଭିତରେ ବି କ'ଣ ଜୀବନ ବଞ୍ଚେ ? ତାହା ପରଠାରୁ ସେ ଗଛଗୁଡ଼ାକରେ ଯତ୍ନ ନେବାରେ ସମୟ ଦେଇଥିଲା । ଏବେ ତା' ବାଡ଼ିରେ ଅମୃତଭଣ୍ଡା, ସଜନାଗଛ- ତା' ପଛକୁ ଲାଉ, କଖାରୁ, ଜହ୍ନି, କାକୁଡ଼ି, କଞ୍ଚାଲଙ୍କା.... । ସେ ମନେ ମନେ ସେଇ ବୁଢ଼ୀଲୋକଟିକୁ ଜୁହାର ହେଇଥିଲା । ନା, ଗଛଗୁଡ଼ାକ ପାଇଁ ନୁହେଁ, ତାହାଠୁଁ ବଡ଼ ଗୋଟେ ଶିକ୍ଷା ପାଇଁ । ଏଇ ଶାଗୁଆ ଗଛ ପୁଞ୍ଜାକ ତ ସୁକାନ୍ତିକୁ ଶିଖେଇଥିଲେ - ଜୀବନ ମରେ ନାହିଁ, ଜୀବନ ସରେ ନାହିଁ । ଯୋଉଠି ମରିଗଲା କି ସରିଗଲା ବୋଲି ଭାବିବ, ପୁଣି ସେଇଠୁ ଆରମ୍ଭ ହେବ ନୂଆ ଜୀବନ, ନୂଆ ଶାଗୁଆ ପଣ, ନୂଆ ସବୁଜପଣ ।

ରାତି କେତେ ହେବ କେଜାଣି !

ଆକାଶର ତାରାମାନଙ୍କୁ ଅନେଇ ସୁକାନ୍ତି ବସିରହିଥିଲା ।

ତା' ଆଖିକୁ ନିଦ ଆସୁ ନ ଥିଲା । ରାସ୍ତା ସେପଟେ ମହାପାତ୍ର ବୁଢ଼ାର ଘର । ସେଇଠି ବୁଢ଼ା ଏକୁଟିଆ ରହୁଛି । ସୁକାନ୍ତି ଲକ୍ଷ୍ୟ କରିଛି, ବୁଢ଼ା ନିଜେ ଚୁଲି ଲଗେଇ ରୋଷେଇ କରେ । ଖାଇଦେଇ କବାଟ କିଳିନିଏ । ଦିନସାରା ମହାଦେବ ମନ୍ଦିର

ବେଢ଼ାରେ ୟା ତା' ସାଙ୍ଗରେ ଗପସପ କରି ସଞ୍ଜବୁଡ଼େ ଘରକୁ ଫେରେ।

ଥରେ ତା'ର ମନ ହେଇଥିଲା, ବୁଢ଼ାଟାକୁ ଦିଇଟା ପନିପରିବା ଦେଇ ଆସନ୍ତା! ପୁରୁଣା ବିବାଦର ଫଇସଲା ତ କରିଦେଇଯାଇଛି ମହାବାତ୍ୟା। ନିର୍ବଂଶିଆ ହେଇଯାଇଛି ମହାପାତ୍ର ବୁଢ଼ା। ତା'ର ଗର୍ବ, ଅହଙ୍କାର ସବୁ ଚୂନା ଚୂନା ହେଇଯାଇଛି।

ମାତ୍ର ପାଦ ଯୋଡ଼ିକ ଉଠେ ନାହିଁ।

ସୁଲୁସୁଲିଆ ଭୋଦେଇ ପବନ ବୋହୁଥିଲା। ଆଜି ପୂର୍ଣ୍ଣିମା କି କଅଣ! ନ ହେଲେ ଚାନ୍ଦଟା ଏତେ ଗୋଲିଆ ଦିଶୁଛି କାହିଁକି? ପୁଣିଥରେ ମନେପଡ଼ିଲା ବ୍ରଜ। ନିଜ ଛାତିରେ ହାତଛନ୍ଦି କାନ୍ଦି ଉଠିଲା ସୁକାନ୍ତି।

●

ସାଇକେଲ୍ ଘଣ୍ଟି ଟିଣ୍ ଟିଣ୍ କରି ଡାକୁଥିଲା ନୀଳାମ୍ବର। ବ୍ଲକ୍ ଅଫିସ୍‌କୁ ଯିବ। ପଲାଘରର କବାଟଟାକୁ ଆଉଜେଇ ଆଣୁ ଆଣୁ ସୁକାନ୍ତି କହିଲା, ''ମୋ ପାଖରେ ଆଉ କିଛି କାଗଜପତ୍ର ନାହିଁ।''

ନୀଳାମ୍ବର କହିଲା, ''ମୁଁ ପରା ଅଛି। ତୁମର ଚିନ୍ତା କ'ଣ? ଆସ। ରାଜନୀତିଆ ଲୋକଗୁଡ଼ାକୁ ସିନା ତମେ ଶାଗୁଣା ବୋଲି କହୁଛ ଭାଉଜ, କିନ୍ତୁ ସେମାନେ ନ ଥିଲେ ଆମ କାମ କିଏ କରନ୍ତା! ଗଞ୍ଜାମରୁ ନେଇ ବାଲେଶ୍ୱର ପର୍ଯ୍ୟନ୍ତ ଅଧା ଓଡ଼ିଶା ତ ଭାସିଯାଇଛି। ଲୋକେ କାଗଜପତ୍ର ଆଣିବେ କୁଆଡୁ? ସରକାର ସେସବୁ ମାପିଂ କରି ଦେଇଛନ୍ତି। ମୁଁ ଅଛି, ତୁମ ପାଇଁ ସାକ୍ଷୀ ପଡ଼ିବି।

ସୁକାନ୍ତି ଦୀର୍ଘଶ୍ୱାସ ନେଲା। ସତକଥା, ନୀଳାମ୍ବର ନ ଥିଲେ ସିଏ ଏଇ କାଗଜପତ୍ର କାମରେ ବଡ଼ ହଇରାଣ ହୁଅନ୍ତା।

ତମର ମଙ୍ଗଳ ହେଉ ନୀଳାମ୍ବର। - ସୁକାନ୍ତି କହିଲା।

: ମୋ ମଙ୍ଗଳ ତ ତମ ପାଖରେ ଅଛି ଭାଉଜ। - ହସି ହସି ଉତ୍ତର ଦେଲା ନୀଳାମ୍ବର। ତା'ପରେ ବଡ଼ ଗୁରୁତ୍ୱପୂର୍ଣ୍ଣ ଖବରଟେ ଦେଲା ପରି କହିଲା, ''ଜାଣିଲନା, କାଲି ସନାତନ ବାହା ହଉଛି ମାଳତୀକୁ।''

: କିଏ ମାଳତୀ? ମାଳତୀ ସାମଲ। ଆରେ ସିଏ ପରା ଭାଗବତର ଭାଇବୋହୂ। ଦେଢ଼ଶୁର ଭାଇବୋହୂ ମୁହଁ ଚାହାଁଚୁହିଁ ପାପ। ସେମାନେ ବାହାହେବେ କେମିତି? କି ପାପ କଥାଗୁଡ଼ାକ କହୁଛ?

ନୀଳାମ୍ବର ହସିଲା। ଟିକିଏ ପରେ କହିଲା, ''ଏ ବାତ୍ୟା ଆଉ ବନ୍ୟା ସବୁ ଭେଦଭାବ ଦାଗ ନିଭେଇ ଦେଇଛନ୍ତି। ତାହାଛଡ଼ା, ଦିହେଁ ବାହା ହେଇଗଲେ ଘରର

ସବୁ ମଲାଲୋକଙ୍କ କ୍ଷତିପୂରଣ ଦିହେଁ ପାଇବେ। ନ ହେଲେ ଭାଗବଣ୍ଟୁରା ହେଇଯିବ ନାହିଁ? ବୁଝିପାରୁଛ!''

: ତାହା ବୋଲି ଦେଢ଼ଶୁର ଭାଇବୋହୂ... ?

: କ୍ଷତି କ'ଣ? ବରଂ ଭଲ। କେହି କାହା ମୁହଁ ଭଲକରି ଦେଖି ନ ଥିବେ। ସେଥିରେ ନୂଆ ଆଗ୍ରହ ଓ ଉତ୍ତେଜନା ଆସିବ। ନୀଳାମ୍ବର କହୁ କହୁ ହସିଲା। ତା' ହସର ଅଶ୍ଳୀଳ ଇଙ୍ଗିତ ସୁକାନ୍ତିକୁ ମୋଟେ ଭଲ ଲାଗିଲା ନାହିଁ। ସେ ଚେଷ୍ଟା କରି ସୁଦ୍ଧା ଦେଢ଼ଶୁର-ଭାଇବୋହୂ ବାହାଘର କଥାଟାକୁ ଗ୍ରହଣ କରିପାରୁ ନ ଥିଲା।

ନୀଳାମ୍ବର କହିଲା, ''ହେଇ, ସେଇ ମନ୍ଦିର ପାଖରେ ଅପେକ୍ଷା କର। ମୁଁ କାଗଜପତ୍ର ଠିକଣା କରି ତମକୁ ଡାକିନେବି। ଆଉ କେହି ଡାକିଲେ ଯିବ ନେଇଁ। ସବୁ ଦଳର କୁଜିନେତା ଏବେ ଏଠି ଏକାଠି। ଲୋକଙ୍କ କାମ କରେଇ ଦେବା ବାହାନା କରି ରାଜନୀତି ପୂରଉଛନ୍ତି। କିନ୍ତୁ...

: ପୁଣି କିନ୍ତୁ କଅଣ ନୀଳାମ୍ବର? ସଫା କହୁନ।

: ଅସଲ କଥାଟା ତ ତମେ ଏଯାଏଁ ସ୍ଥିର କଲନାହିଁ! ମୁଁ କ'ଣ କରିବି, ବୁଝିପାରୁନି।

: କୋଉ କଥା? - ନ ବୁଝିପାରିଲା ପରି ସୁକାନ୍ତି ପଚାରିଲା।

: ଆମ ଦିହିଙ୍କ କଥା। ସଦାଦିନେ କ'ଣ ତମେ ସେପଟ ପଲାରେ ଏକୁଟିଆ ଆଉ ମୁଁ ଏପଟ ପଲାରେ ଏକୁଟିଆ ପଡ଼ିଥିବି? ସଦାଦିନେ ତମ ଘରକୁ ଯା-ଆସ କଥାଟାକୁ ପୁଣି ଗାଁ ଲୋକ ଠିକ୍ ଅର୍ଥରେ ନେବେ ନାହିଁ। ସେଇକଥାକୁ ମୁଁ ତମକୁ ବାରଥର କହିସାରିଲିଣି, ହେଲେ ତୁମେ ବୁଝିପାରୁନାହଁ କି ବୁଝି ଅବୁଝା ରହୁଛ ତୁମେ ଜାଣିଥିବ। ଆମେ ଦିହେଁ ବାହା ହେଇଗଲେ...

: ନୀଳାମ୍ବର! ବଡ଼ ପାଟିରେ କହିଥିଲା ସୁକାନ୍ତି। ତା' ପାଟି ଶୁଣି ନୀଳାମ୍ବରର କଥା ଅଧାରେ ବନ୍ଦ ହେଇଗଲା। କିନ୍ତୁ ସେ ଅଟକିଲା ନାହିଁ। କହିଲା, ''ତାହାହେଲେ ତୁମେ କ'ଣ କରିବ?''

: ମୁଁ ନିରୁପାୟ ବୋଲି କ'ଣ ମୋର ମନ ନାହିଁ!

: ସେଇକଥା ତ କହୁଛି। ତମ ମନରେ କ'ଣ ଅଛି କହୁନ? ଆଉ କ'ଣ ମହାପାତ୍ର ବୁଢ଼ାକୁ ବାହାହେବ? ଯାଉନ, ସିଏ ତ ଦଶଜଣଙ୍କ କ୍ଷତିପୂରଣ ପାଇବ!

: ଏମିତି କ'ଣ କହୁଛ ନୀଳାମ୍ବର! ଟିକେ ଆଗପଛ ଭାବିକି କୁହ।

ନୀଳାମ୍ବର ରାଗିଯାଇଥିଲା। ପାଖାପାଖି ବର୍ଷେ ହେଲା ସୁକାନ୍ତି ତା' ସହ ଏମିତି ଲୁଚକାଳି ଖେଳୁଛି। ଆଉ ସେ ସମ୍ଭାଳି ପାରୁନାହିଁ। ସେ ଗଳା ନରମ କରି କହିଲା,

''ଦେଖ, ତୁମେ ପାଇବ ଦି'ଜଣଙ୍କ କ୍ଷତିପୂରଣ, ମୁଁ ପାଇବି ତିନିଜଣଙ୍କର। ସବୁ ମିଶିଗଲେ ଢେର୍ ଟଙ୍କା ହେଇଯିବ। ରାଇପୁରରେ ତ ଦେଢ଼ଶୁର-ଭାଇବୋହୂ ଫୁଲନୋଳ ପିନ୍ଧିଲେଣି, ଆମର କ'ଣ ଅସୁବିଧା ହେଇଛି। ଆମେ କୋଠାଘର ପାଇବା, ନୂଆ ସଂସାର କରିବା!

ସୁକାନ୍ତି ଏ ବିଷୟରେ ଆଦୌ ଆଲୋଚନା କରିବାଲାଗି ଚାହୁଁ ନ ଥିଲା। ନୀଳାମ୍ବରର ଚେହେରାଟା ସବୁଦିନେ ତାକୁ ଧୂର୍ତ୍ତ ବିଲୁଆର ମୁହଁ ପରି ଦିଶେ। ତା' ବର ବ୍ରଜର ମୁହଁ ପାଖରେ ଏ ମୁହଁଟା ବିଲ୍‌କୁଲ୍ ଖାପ ଖାଏନାହିଁ। ସେ କହିଲା, ''ମୋତେ ଦି'ଦିନ ସମୟ ଦିଅ।''

: ଦି'ଦିନ ଭିତରେ କାହାକୁ ପଚାରିବ? ତମର ତ ଶାଶୂଘରେ କି ବାପଘରେ କେହି ହେଲେ ପରିଚିତ ନାହାନ୍ତି। ହଉ, ତମେ ଯଦି କହୁଛ, ଦି'ଦିନ ନିଅ। କିନ୍ତୁ, କାଲି ସଞ୍ଜକୁ ମୋତେ ସ୍ଥିର ନିଧାର୍ଯ୍ୟ କରିବ। ଆଉ ନିଅ, ଏ ପୁଡ଼ିଆଟା ସାଇତି ରଖିଥିବ। କାଲି ସଞ୍ଜକୁ ତମେ ଚାହିଲେ ଯାକୁ ପାଖରେ ରଖିବ, ନ ହେଲେ ମୋତେ ଫେରେଇବ।

ସେତେବେଳକୁ ଆଉ ତିନି ଚାରିଜଣ ମନ୍ଦିର ବେଢ଼ାରେ ଜମିସାରିଥିଲେ। ସେମାନେ ନୀଳାମ୍ବରର କଥା ଶୁଣି ସବୁ ବୁଝିପାରୁଥିଲେ। ସୁକାନ୍ତିକୁ ଲାଜ ମାଡ଼ିଲା। ସେ ଦେହର ଲୁଗାକୁ ସଜାଡ଼ି ସେଠୁ ପଳେଇ ଆସିଲା। ତା' ଦେହହାତ ରାଗରେ ଜଳୁଥିଲା। ହାତରେ ନୀଳାମ୍ବର ଦେଇଥିବା ବଡ଼ ପୁଡ଼ିଆଟାଏ।

ପଛରୁ ନୀଳାମ୍ବର ସେ ଲୋକମାନଙ୍କୁ କହୁଥିଲା, ''ଏଠି କ'ଣ ଶୁଣୁଛ ଶୁଣେ! ପରକଥାରେ ନାକ ଗଳାଇବା ଖୋଇ ତମର ଗଲା ନାହିଁ।''

ସୁକାନ୍ତି ତା' ବସାକୁ ଫେରିଆସିଲା। ମୁଣ୍ଡଟା ଟିଣ୍‌ଟିଣ୍ କରି ବିନ୍ଧୁଥିଲା। ନୀଳାମ୍ବର ସତକଥା କହୁଥିଲା। ଏକୁଟିଆ ଜୀବନ ଜିଇବା କଷ୍ଟ। ସକାଳୁ ରାତି ପର୍ଯ୍ୟନ୍ତ ଖାଲି ଗଣ୍ଡିଏ ଖାଇବା ଓ ରାନ୍ଧିବା ଚିନ୍ତା। ଚାଷବାସ କଥା ତ ଆହୁରି ତିନିବର୍ଷ ପର୍ଯ୍ୟନ୍ତ ସପନ। ଜମିରେ ଲୁଣି ମାଡ଼ିଯାଇଛି। ସେ ଚଳିବ କେମିତି? ନୀଳାମ୍ବରକୁ ବାହା ହେଇଗଲେ ଦାୟିତ୍ୱ ଅଧା ଅଧା ହୋଇଯାଆନ୍ତା!

ସେ ଦୀର୍ଘଶ୍ୱାସ ନେଲା।

ପୁଣି ଭାବିଲା, କେବଳ ଏଇ ପେଟ ଚାଖଣ୍ଡକ ପାଇଁ କ'ଣ ସେ ଅଧା ଜୀବନ ଗୋଟେ ଡାଆଣା ମଣିଷ ସାଙ୍ଗରେ ଘର କରିବ? ତା' ଟଙ୍କା ପଇସାତକ ନେଇ ଯଦି ନୀଳାମ୍ବର ତାକୁ ଛାଡ଼ି ପଳାଏ? ସେ ପୁରୁଷ ପିଲା, ତା' ପାଇଁ ସୁରଟ କି କଲିକତା ପଳେଇଯିବା ଅସମ୍ଭବ ନୁହେଁ। ସେତେବେଳେ ସିଏ କଅଣ କରିବ?

ଏତେବେଳେ ତା'ର ନୀଳାମ୍ବରର ଆଉ ପ୍ରସ୍ତାବ ମନେପଡ଼ିଲା। ମହାପାତ୍ର ବୁଢ଼ା ! ସୁକାନ୍ତି ହସିବ ନା କାନ୍ଦିବ ଜାଣିପାରିଲା ନାହିଁ। ବୁଢ଼ାଟାକୁ ଅଶୀ ପାଖାପାଖି ନିଶ୍ଚୟ ହେବ। ତା' ବୟସର ଲୋକ କିଏ କୁଆଡ଼େ ଗଲେଣି। ଯା' ଆୟୁଷ ଟାଣ, ଏତେଦିନ ପର୍ଯ୍ୟନ୍ତ ଅଛି। ନ ହେଲେ ତ କୋଉଦିନୁ ଆଖି ବୁଜନ୍ତାଣି !

ରାତିସାରା ସୁକାନ୍ତିକୁ ନିଦ ହେଲା ନାହିଁ। ତୁହାଇ ତୁହାଇ ପଛକଥାଗୁଡ଼ାକ ମନେ ପଡୁଥିଲା ଗୋଟିକ ପରେ ଗୋଟିଏ। ଅଶିଣ ମାସର ସେଇ ସଞ୍ଜ, ଧୀରେ ଧୀରେ ପବନ ବଢୁଥିଲା, ତା'ପରେ ମଡ଼ମାଡ଼, ଧୁସ୍‌ଧାସ ହୋଇ ଗଛଗୁଡ଼ାକ ଭାଙ୍ଗିପଡ଼ିଲା, ପବନ ଉଡ଼େଇ ନେଉଥିଲା ଛଣଛପର ଛାତ। ପରଦିନ ସକାଳକୁ ଗାଁଟା ଗୋଟାପଣେ ମୂଳରୁ ଦୋହଲୁଥିଲା। ସତେ କି କିଏ ଗାଁଟାକୁ ତାଡ଼ି ଉପାଡ଼ି ଦେଉଛି। ପବନ ଥମିଗଲା ପରେ ଲୁଣାପାଣି ମାଡ଼ି ଆସିଲା। ଭସେଇ ନେଇଗଲା ଘରଦ୍ୱାର, ଗାଈ, ବଳଦ, ଛେଳି-ମେଣ୍ଢା ଓ ସବୁ ସ୍ୱପ୍ନ।

ଡରିଯାଇ ସୁକାନ୍ତି ନିଦରୁ ଉଠିପଡ଼ିଲା। ଖୋଜିହେଲା ତା' ଦି' ପାଖ। ନା, କେହି ନାହିଁ। ଖାଲି ମସିଣା ଉପରେ ସେ ପଡ଼ିରହିଛି। ସ୍ୱପ୍ନ ଦେଖୁଥିଲା ସୁକାନ୍ତି। ଭୟଙ୍କର ସ୍ୱପ୍ନ।

କାଲି ବ୍ଲକ୍ ଅଫିସ୍ ପାଖରେ ଗାଁଲୋକେ କଥା ହେଉଥିଲେ, ଏକା ମହାପାତ୍ର ବୁଢ଼ା ପାଇବ ଦଣଜଣଙ୍କର କ୍ଷତିପୂରଣ। କିଏ କହୁଥିଲା, ବୁଢ଼ା କୋଡ଼ିଏ କି ତିରିଶ ଲକ୍ଷ ଟଙ୍କା ପାଇବ। ଏତେ ଟଙ୍କା କଅଣ କରିବ ବୁଢ଼ା ?

କାହିଁକି କେଜାଣି ବାରମ୍ବାର ମହାପାତ୍ର ବୁଢ଼ାର କଥା ମନେପଡୁଥିଲା। ବୁଢ଼ା ଏକୁଟିଆ କଦାପି ଚଳିପାରିବନାହିଁ। ଯିଏ ବୁଢ଼ାକୁ ବାହା ହେବ ତାହାର ଲାଭ ଆଉ ଲାଭ। ସବୁଯାକ ଟଙ୍କା, ଜମି ସେ ଭୋଗ କରିବ। ପୁଣି ବୁଢ଼ାଟାର ବା କେତେ ଦିନ ! ବୁଢ଼ା ଆଖିବୁଜିଲା ପରେ ତା' ନୂଆ ସ୍ତ୍ରୀ ଯାହା ଚାହିବ ତାହା କରିବ। କେତେ ଲାଭ ହବ ତାଆର ?

ଏକଥା ଚିନ୍ତା କରି ସେ ଚମକିପଡ଼ିଲା। ଛି, ଏସବୁ ଲୋଭ।

କ୍ଷତି କଅଣ - କିଏ ଜଣେ ତା' ଭିତରୁ କହୁଥିଲା। ଏ ଜୀବନରେ ଲୋଭ ହିଁ ମୂଳକଥା। ଲୋଭ ନ ଥାଇ ଜୀବନ କାହିଁ ? ବଞ୍ଚିବ, ଘରସଂସାର କରିବ, ଧନସମ୍ପତ୍ତି ଅର୍ଜନ କରିବ - ଏଇ ତ ଜୀବନ !

ସୁକାନ୍ତି ଭିତରୁ ଆଉ ଗୋଟେ ସ୍ତ୍ରୀ ଲୋକ ତାକୁ କଅଣ କହୁଥିଲା। କାନଡେରି ତା' କଥାକୁ ଶୁଣିଲା ସେ। ସେକଥା ମନକୁ ମନ ଗୁଣୁଗୁଣେଇ ସେ ହସିଦେଲା।

ଭିତରର ସ୍ତ୍ରୀଲୋକଟା କହୁଥିଲା, ''ଆଉ ଡେରି କର ନାହିଁ। ନ ହେଲେ

ପସ୍ତେଇବୁ। ଏମିତି ଭଲ ଯୋଗ କ'ଣ ସବୁବେଳେ ଆସେ। ନ ହେଲେ ବିଲୁଆଟା ତତେ ଭିଡ଼ିନେବ। ଝୁଣିଝାଣି ଖାଇବ ଜୀବନସାରା।''

ସୁକାନ୍ତି ଉଠିପଡ଼ିଲା। ବାଡ଼ିପଟକୁ ଯାଇ ଗାଧୁଆପାଧୁଆ କାମ ସାରିଦେଲା। ଅନେଇଲା, ତା'ର ଛନଛନିଆ କାକୁଡ଼ିବାଡ଼ିକୁ। ପୁଞ୍ଜାଏ କାକୁଡ଼ି ତୋଳି ଆଣିଲା। ଭଲ ଲୁଗା ଖଣ୍ଡେ ପିନ୍ଧି ମୁଣ୍ଡଟା କୁଣ୍ଡେଇ ପକାଇଲା। ଦିନ ଫିଟିବାକୁ ଆହୁରି ଡେରି ଅଛି। ତା' ଦେହରେ ପୁଳାଏ ଉତ୍ତେଜନା।

ଏଥର ସେ କୂଅମୂଳ ଟଗର ଗଛପାଖକୁ ଯାଇ ପୁଞ୍ଜାଏ ଟଗର ଫୁଲ ତୋଳିଲା। ଗୋଟେ ଭୋଗେଇରେ ସେ ଫୁଲତକ ରଖିଲା। ତା' ଉପରେ ନୀଳାମ୍ବର ଦେଇଥିବା ସେ ବଡ଼ ପୁଡ଼ିଆ। ଆଉ ଗୋଟା ଥାଳିରେ ପାଞ୍ଚଟା କାକୁଡ଼ି।

ଘର ଦୁଆର ମୁହଁରେ ଛିଡ଼ାହେଲା ସୁକାନ୍ତି। ମହାପାତ୍ର ଘର ଆଡ଼େ ଅନେଇଲା। ସବୁଦିନ ପରି ନରୋତ୍ତମ ମହାପାତ୍ର ସକାଳ ସ୍ନାନ ପରେ ମନ୍ତ୍ର ବୋଲି ବୋଲି ଘରକୁ ଫେରୁଥିଲେ। ସୁକାନ୍ତି ଅପେକ୍ଷା କଲା। ନରୋତ୍ତମ ମହାପାତ୍ର କବାଟ ଖୋଲି ତାଙ୍କ ଘର ଭିତରକୁ ଗଲେ। ଘର ଭିତରୁ ପାଣିଢାଳ ଆଣି ଗୋଡ଼ ଧୋଇଲେ। ସୁକାନ୍ତି ମୁଣ୍ଡରେ ଓଢ଼ଣା ଓ ଜିନିଷତକ ଧରି ଯାଇ ତାଙ୍କ ପଛେ ପଛେ ସିଧା ପହଞ୍ଚିଗଲା ମହାପାତ୍ର ଘର ଅଗଣାରେ।

ନରୋତ୍ତମ ମହାପାତ୍ର ପଚାରିଲେ, ''କିଏ ?''

ସୁକାନ୍ତି ଓଢ଼ଣା ଖସେଇଦେଲା।

ନରୋତ୍ତମ ମହାପାତ୍ର ଚମକି ପଡ଼ିଲେ। ବ୍ରଜ ପରିଡ଼ାର ସ୍ତ୍ରୀ ତାଙ୍କ ଘରେ। ଇଏ ତ ଲଙ୍କାରେ ହରିଶବ୍ଦ ! ପାଦରୁ ମୁହଁଯାଏ ଅନେଇଲେ। କେଡ଼େ ସୁନ୍ଦର ଦିଶୁଛି ସୁକାନ୍ତି। ତା' ମୁହଁର ଜ୍ୟୋତିରେ ଘର ଭିତରର ଅନ୍ଧାର ଉଦିଆ ଦିଶୁଛି। ଏହି ବୟସରେ ପୁଣି ଝିଅଟାକୁ ବିଧବାଯୋଗ ଥିଲା !

ସୁକାନ୍ତି ମୁଣ୍ଡିଆ ମାରି ଭୂମିଷ୍ଠ ପ୍ରଣାମ କଲା।

ନରୋତ୍ତମ କହିଲେ, ''ଦୀର୍ଘଜୀବୀ ହୁଅ।''

ଏଥର ସୁକାନ୍ତି ଫୁଲଗୁଡ଼ାକ ମହାପାତ୍ରଙ୍କ ପାଦତଳେ ରଖିଦେଲା। ତା' ସାଙ୍ଗରେ କାକୁଡ଼ିଭର୍ତ୍ତି ଥାଳି ଏବଂ ସବା ଶେଷରେ ଜରିଗୁଡ଼ା ସେଇ ବଡ଼ ପୁଡ଼ିଆ, ଯାହା କାଲି ତାକୁ ନୀଳାମ୍ବର ଦେଇଥିଲା।

ଆଶ୍ଚର୍ଯ୍ୟ ହୋଇ ନରୋତ୍ତମ ମହାପାତ୍ର ଟିକେ ପଛକୁ ଘୁଞ୍ଚିଆସିଲେ। ଧୀର ଗଳାରେ ପଚାରିଲେ, ''ଇଏ କଅଣ କରୁଛ ?''

ସୁକାନ୍ତି କହିଲା, ''ବଢ଼ିପାଣି ଏତେ ସବୁ ଧୋଇଦେଲା, ଆମ ମନର ବିଷ

ଟିକକ କ'ଣ ଧୋଇପାରିବ ନାହିଁ? ବହୁ ଭାବିଚିନ୍ତି ତମ ଶରଣକୁ ଆସିଛି। ଏଣିକି ତମ ଇଚ୍ଛା।''

ନରୋତ୍ତମ କହିଲେ, ''ରହ ଟିକିଏ।''

ତା'ପରେ ସେ କଳାଜରିର ପ୍ୟାକେଟ୍‌ଟା ଖୋଲିଲେ। ତା' ଭିତରେ ଯାହା ଥିଲା ତାକୁ ଦେଖି ସେ ଖତଗଦାରେ ହୀରାମୁଣ୍ଡା ଦେଖିଲା ଭଳି ଚମକି ପଡ଼ିଲେ। ଭିତରେ ଥିଲା ଦିଇଟା ଫୁଲନୋଳ - ଗୋଟେ ବର ପାଇଁ, ଗୋଟେ କନିଆ ପାଇଁ।

ନରୋତ୍ତମଙ୍କ ଓଠରେ ହସ। ପୁରୁଷର ହସ। କହିଲେ, ''ଭାବିଚିନ୍ତି ଏସବୁ କରୁଛୁ ତ! ମୋର ଆଉ କେତେ ଦିନ?''

ସୁକାନ୍ତି କହିଲା, ''ବହୁତ ଭାବିଚିନ୍ତି ସ୍ଥିର କରିଛି। ଆମଠୁ ସାତ ସାନ ସବୁ ଆମ ଆଗରୁ ଚାଲିଗଲେଣି। କିଏ କେତେବେଳେ ଯିବ ସେକଥା ଦଇବ ଜାଣେ। ଯେତକି ଦିନ ଥିବି, ତମର ସେବା କରୁଥିବି।''

ନରୋତ୍ତମ କିଛି କହିପାରିଲେ ନାହିଁ। ଘର ଭିତରକୁ ଯାଇ ସୁନା ହାରଟିଏ ଆଣି ସୁକାନ୍ତି ହାତକୁ ବଢ଼ାଇ ଦେଲେ। ସୁକାନ୍ତି ହାତ ନ ଦେଖାଇ ନିଜର ଗଳା ବଢ଼େଇଦେଲା।

ତା' ଦେହ ଉତ୍ତେଜନାରେ କମ୍ପୁଥିଲା। କେମିତି ଯେ ସେ ଏତକ କାମ କରିପାରିଲା ସେକଥା ଭାବି ସେ ଆଶ୍ଚର୍ଯ୍ୟ ହଉଥିଲା।

ସେଦିନ ସଞ୍ଜବେଳେ, ନରୋତ୍ତମ ମହାପାତ୍ର ମନ୍ଦିରରୁ ଫେରିବା ବାଟରେ ନୀଳାମ୍ବର ଘରପାଖେ ଅଟକି ତାକୁ ଡାକିଲେ। ''ନୀଳାମ୍ବର, ବାବା ଟିକେ ଶୁଣିବ!''

ନୀଳାମ୍ବର ଆସିଲା। ପଚାରିଲା, ''କ'ଣ କହିବ ମଉସା?''

ମହାପାତ୍ରେ ତା' ହାତରେ ପାଞ୍ଚଶହ ଟଙ୍କିଆଟେ ବଢ଼େଇଦେଇ କହିଲେ, ''ଫୁଲନୋଳ ପଇସା। ସୁକାନ୍ତି କହୁଥିଲା, ତମେ କିଣି ଆଣିଥିଲ। ବଡ଼ ସାହାଯ୍ୟଟେ କଲ। ଆର ବୁଧବାର ଦିନ ଆମେ ଦିହେଁ ଗାଁ ମନ୍ଦିରରେ ବାହା ହଉଛୁ, ଆସିବ।''

ନୀଳାମ୍ବର ଚମକି ପଡ଼ିଲା। ସତେ କି ଏଇ ପାଖରେ କୋଉଠି ଚଡ଼ଚଡ଼ିଟେ ପଡ଼ିଥିଲା। ତା' ହାତରେ ପାଁଶହ ଟଙ୍କିଆ ନୋଟ୍; ମାତ୍ର ମୁହଁରେ କୌଣସି ଭାବ ନ ଥିଲା। ତା' ଚେହେରା ଦିଶୁଥିଲା, ମହାବାତ୍ୟାରେ ବିପର୍ଯ୍ୟସ୍ତ ଚାଳଛପର ଘରର ଚେହେରା ପରି। ସେ ଚାହୁଥିଲା, ପାଟି ଖୋଲି କିଛି କହିବ; କିନ୍ତୁ ଯେତେ ଚେଷ୍ଟା କଲେ ବି ତା' ପାଟି ଖୋଲୁ ନ ଥିଲା।

ନରୋତ୍ତମ ମହାପାତ୍ର ବଡ଼ ବଡ଼ ପାହୁଣ୍ଡ ପକେଇ ଆଗେଇ ଯାଉଥିଲେ। ଏବେ ତାଙ୍କ ଆଗରେ ଗୁଡ଼ାଏ କାମ।

■

ଝିଅ ଫେରିଛି

ଯାହାର ମୁଣ୍ଡ ଫାଟିଯାଏ, ତାହାର ରକ୍ତ ଝରେ; କିନ୍ତୁ ଯାହାର କପାଳ ଫାଟିଯାଏ ତାହାର ରକ୍ତ ଝରୁ ନ ଝରୁ, ଆଖିରୁ ନିଶ୍ଚୟ ଲୁହ ଝରେ। ରାଧାକାନ୍ତ ବୁଝିପାରୁଥିଲା, ଆଜି ତା'ର ମୁଣ୍ଡ ଓ କପାଳ ଦିଇଟିଯାକ ଫାଟିଛି। ମୁଣ୍ଡର କ୍ଷତଟା ହୁଏତ ଶୁଖିଯାଇପାରେ, ମାତ୍ର କପାଳ ଆଉ ଏ ଜନ୍ମରେ ସଜାଡ଼ି ହେବ ନାହିଁ। ତାକୁ ସେ ନିଜେ ନିଜ ହାତରେ ଉଜାଡ଼ି ଦେଇଛି ପଚିଶ ବର୍ଷ ତଳୁ। ଯେଉଁ ମଣିଷ ନିଜ ପାଦରେ କୁରାଢ଼ି ଚୋଟ ମାରିଥାଏ ସେ ଆଉ କାହାକୁ ବା ଦୋଷ ଦେବ !

ପଚିଶ ବର୍ଷ ତଳର ସେଇ ଅନ୍ଧାରିଆ ସଞ୍ଜର ଚିତ୍ର ତା' ଆଖିଆଗରେ ନାଚି ଯାଉଥିଲା। କରୁଣା ନର୍ସିଂହୋମ୍‌ର ବିଜୁଳି ଯୋଗାଣ କଟିଯାଇଚି ପନ୍ଦର ମିନିଟ୍ ପାଇଁ। ଚାରିଆଡ଼ ଅନ୍ଧାର। ଜେନେରେଟର୍ ଚାଲିବା ଆଗରୁ, ସେଇ ଅନ୍ଧାର ଭିତରେ ଚାରିଟି ହାତ ସକ୍ରିୟ ହେଉଛନ୍ତି। ଘର ଭିତରେ

ଥିବା ଦୁଇଟି ହାତ ଗୋଟେ ନାରୀର, ଆଉ ହାତ ଯୋଡ଼ିକ ଏପଟେ ଠିଆ ହୋଇଥିବା ପୁରୁଷର। ଦିହେଁ ଖୁବ୍ ସନ୍ତର୍ପଣରେ ନିଜ ନିଜ କାମ ଶେଷ କରି ଲମ୍ବା ନିଃଶ୍ୱାସ ନେଉଛନ୍ତି। ନାରୀଟି ବାହାରି ଆସୁଛି ଘର ଭିତରୁ। ପୁରୁଷଟି ଗୋଟାଏ ମୋଟା ଲଫାପା ବଢ଼େଇ ଦେଉଛି ତା' ହାତକୁ। ଆଲୁଅ ଆସିବା ବେଳକୁ ପୃଥୁଳ ନାରୀଟି ମୁରୁକି ହସି କହୁଛି, ''ଏବେ ଯାଆନ୍ତୁ। ମିଠେଇ ବାଣ୍ଟିବେ।''

ଉମାକାନ୍ତ ନିଜର ହାତ ପାପୁଲିକୁ ଅନେଇଲା। ତା'ର ସଫା ହାତରେ ରକ୍ତ ଦାଗ ଆସିଲା କେଉଁଠୁ? ଇଏ କ'ଣ ସେଇ ରକ୍ତ ଯାହା ପଚିଶ ବର୍ଷ ହେଲା ତା'ର ଯୋଡ଼ାକ ଯାକ ହାତରେ ଲାଗିକି ରହିଛି? ନା, ନା, ସେଇଟା କେମିତି ସମ୍ଭବ ହେବ? ସିଏ ଯେ ପ୍ରତିଦିନ ପାଞ୍ଚଥର ଦାମୀ ତରଳ ସାବୁନରେ ହାତ ଧୁଏ, ଧଳା ତଉଲିଆରେ ଓଦା ହାତକୁ ପୋଛେ! ତା' ହାତରେ ରକ୍ତର ଚିହ୍ନ ରହିବ କେମିତି? ତା'ଛଡ଼ା ସିଏ ତ କେବେ କାହାରିକୁ ହତ୍ୟା କରିନାହିଁ?

ହଁ ତୁ ହତ୍ୟା କରିଛୁ। - କିଏ ଯେମିତି ଉମାକାନ୍ତ ଭିତରୁ ଚିତ୍କାର କରି ଉଠିଲା। 'ହାଡ଼ମାଂସର ପ୍ରାଣୀକୁ ହତ୍ୟା କଲେ, ସେ ରକ୍ତର ଦାଗ ଦିନକରେ ଛାଡ଼ିଯାଏ, ମାତ୍ର ବିଶ୍ୱାସକୁ ହତ୍ୟା କରିବାର ଦାଗ ମାସ, ବର୍ଷ ଓ ଯୁଗ ବିତିଯିବା ସତ୍ତ୍ୱେ ଛାଡ଼େ ନାହିଁ।'

ଉମାକାନ୍ତ ଅନ୍ଧାର ଭିତରେ ପୁଣି ତା' ହାତକୁ ଚାହିଁଲା ଓ ଚମକି ପଡ଼ିଲା। ସତରେ, ଏ ରକ୍ତ ଦାଗ ଏମିତି ତାଜା ଦିଶୁଛି କେମିତି?

ସେ ଚାଲିବା ବନ୍ଦ କରି ଗୋଟେ ଗଛ ତଳେ ଠିଆହେଲା। ଗତକାଲିରୁ ମୁଣ୍ଡରେ ବ୍ୟାଣ୍ଡେଜ୍ ବନ୍ଧା ହୋଇଛି। ଡାକ୍ତର କହିଛନ୍ତି, ସାତଦିନ ଏ ବ୍ୟାଣ୍ଡେଜ୍ ରହିବ। ସେଇ ବ୍ୟାଣ୍ଡେଜ୍‌କୁ ଛିଣ୍ଡେଇ ଦେଇଛି ସେ ଉତ୍ତେଜନାରେ। ସେଇଠୁ ରକ୍ତ ଝରୁଛି।

ଗତକାଲି ଡାକ୍ତର ମିଶ୍ର ପଚାରିଥିଲେ, ''ଏମିତି କେମିତି ହେଲା?''

ଉମାକାନ୍ତ କ'ଣ କହିବ ବୁଝି ପାରି ନ ଥିଲା। ସେ ଇଆଡ଼େ ସିଆଡ଼େ ଚାହିଁଥିଲା। ଡାକ୍ତରଙ୍କ ଚ୍ୟାମ୍ବର୍ କାନ୍ଥରେ ମଣିଷ ଶରୀରର ଚିତ୍ରସବୁ ଟଙ୍ଗା ଯାଇଥିଲା। ସେଥିରୁ ଗୋଟିକରେ ଥିଲା ମେରୁ ହାଡ଼ ସହ ଖଞ୍ଜା ହେଇଥିବା କଙ୍କାଳର ଫଟୋ। ସେ ସିଆଡ଼କୁ ଚାହିଁଥିଲା। ଡାକ୍ତର ମିଶ୍ର ମନ୍ତବ୍ୟ ଦେଇଥିଲେ, ''ରକ୍ଷା ହୋଇଛି, ଆଘାତଟା ଅଜାଗାରେ ବାଜି ନାହିଁ। ନ ହେଲେ ସେଇଟି ମାରାତ୍ମକ ହୋଇଯାଇଥାଆନ୍ତା।'' ତା'ପରେ ସେ ପରିହାସରେ ପଚାରିଥିଲେ, ''ଆପଣଙ୍କୁ କିଏ ବାଡ଼େଇଲା ନା କ'ଣ?''

ଉମାକାନ୍ତ ଚମକି ପଡ଼ିଥିଲା। ଲୋକଟି ଡାକ୍ତର ନା ପୁଲିସ୍?

ସେହି କଥା ମନେପଡ଼ି ତା' ଆଖିରୁ ଏବେ ଲୁହ ଗଡ଼ି ଆସିଲା। ଚାରିଆଡ଼କୁ ଅନେଇ ଦେଖିଲା, କେହି ତାକୁ ଦେଖୁନି ତ! ହାତଘଣ୍ଟାକୁ ଚାହିଁଲା, ରାତି ବାରଟା

ହେଲାଣି। ଏତେବେଳକୁ ଅପର୍ଣ୍ଣା ତାକୁ ଖୋଜି ଖୋଜି ଥକିଯିବଣି। ବ୍ୟସ୍ତ ହୋଇ ବାରମ୍ବାର ତା' ମୋବାଇଲ୍‌କୁ ଫୋନ୍ କରୁଥିବ; ଉମାକାନ୍ତ ଜାଣିଜାଣି ମୋବାଇଲ୍ ଫୋନ୍‌ଟାକୁ ସାଙ୍ଗରେ ଆଣିନାହିଁ। ମେଲାଘରର ଟି-ପୟ ଉପରେ ସେ ସେଇଟିକୁ ଛାଡ଼ିଦେଇ ଆସିଛି। ଥାଉ, ତା'ର ଆଉ ମୋବାଇଲ୍ ଫୋନ୍ ସାଙ୍ଗରେ ବା ସଂପର୍କ କ'ଣ ?

ତା'ର ପୁଣି ପଚିଶ ବର୍ଷ ତଳର ସେଇ ସଞ୍ଜ କଥା ମନେପଡ଼ିଲା। ବାସ୍ତବରେ, ସେଦିନର ସେଇ ଘଟଣାଟିକୁ ସେ କୌଣସି ଦିନ ଭୁଲିପାରିନାହିଁ। ସେଦିନ କିନ୍ତୁ ଭାବିଥିଲା ସମୟକ୍ରମେ ସବୁକଥା ଭୁଲି ହୋଇଯିବ। ଅନ୍ଧାର ଭିତରେ ଘଟିଥିବା ଏ ଘଟଣା ସବୁରି ଦୃଷ୍ଟି ଆଢୁଆଳରେ ରହିଯିବ ଚିରଦିନ ଲାଗି। ଯେହେତୁ ଘଟଣାଟି ସଂପର୍କରେ ଅପର୍ଣ୍ଣା କିଛି ଜାଣେ ନାହିଁ କି ଜାଣନ୍ତି ନାହିଁ ଯୋଗମାୟାର ମାଆ-ବାପା, ତେଣୁ ଆଉ କେହି କିଛି ବିନ୍ଦୁ ବିସର୍ଗ ପାଇବେ ନାହିଁ ବୋଲି ଉମାକାନ୍ତ ଭାବିଥିଲା।

ଯୋଗମାୟା !

ଗୋଟେ କଅଁଳା କୁନି ଝିଅର ନିରୀହ ଆଖି ଯୋଡ଼ାକ ଉମାକାନ୍ତ ଆଖି ଆଗରେ ଝଲସି ଉଠିଲା। ତା' ହାତରୁ ନର୍ସିଂହୋମ୍‌ର ଚିହ୍ନଟ ଟ୍ୟାଗ୍‌ଟା ବାହାର କରିଆଣି ପୁଅ ହାତରେ ଗଳେଇଲାବେଳେ ସେ କୁଆଡ଼େ ଡାହାଣ ହାତ ଆଙ୍ଗୁଳିରେ ନର୍ସର ହାତକୁ ଆଉଁଶି ପକାଇଥିଲା। ସତେ କି ସେ କହୁଥିଲା, ଏମିତି କରନାହିଁ।

ଉମାକାନ୍ତର ଆଖି ଲୁହରେ ଜାଲିଜାଲିଆ ହୋଇଗଲା। ସେ ମନକୁ ମନ କହିଲା, 'ମୁଁ ପ୍ରକୃତ ଦୋଷୀ, ମୁଁ ଅପରାଧୀ। ଦୁର୍ଗାକୁ ଛାଡ଼ି ମହିଷାସୁରକୁ ମୁଁ ବରଣ କରି ଆଣିଥିଲି ମୋ ଘରକୁ। ମୁଁ ଶାସ୍ତି ପାଆନ୍ତି ନାହିଁ, ଆଉ କିଏ ପାଆନ୍ତା ?''

ଗୋଟାଏ ମାଲ୍‌ଗାଡ଼ି କର୍କଶ ଶବ୍ଦ କରି କଟକ ଷ୍ଟେସନ୍‌ର ପ୍ଲାଟ୍‌ଫର୍ମ ଅତିକ୍ରମ କରିଗଲା।

ଉମାକାନ୍ତ ଭାବି ହେଉଥିଲା, ପୁଅ ଦେବଦତ୍ତର ପାଠପଢ଼ା, ତାଲିମ ଓ ଲାଳନପାଳନରେ ସିଏ କିମ୍ବା ଅପର୍ଣ୍ଣା କେହି କିଛି ଅବହେଳା କରିନାହାନ୍ତି। ନର୍ସରି କ୍ଲାସ୍‌ଠାରୁ ଏମ୍.ବି.ଏ ପଢ଼ା ପର୍ଯ୍ୟନ୍ତ ସବୁବେଳେ ତାକୁ ସେମାନେ ଭଲ ଶିକ୍ଷାନୁଷ୍ଠାନରେ ପଢ଼େଇଛନ୍ତି। ଏକମାତ୍ର ପୁଅର ଖୁସି ପାଇଁ ବାପା-ମା' ଉଭୟେ ଯାହା ସମ୍ଭବ ତାହା କରିଛନ୍ତି; ମାତ୍ର ସବୁ ପ୍ରକାର ଯତ୍ନ ଆଉ ଆଦର ସତ୍ତ୍ୱେ ଦେବଦତ୍ତ ମଣିଷଟିଏ ହେଲା ନାହିଁ।

ମୁଣ୍ଡଟା ଓଜନିଆ ଲାଗୁଛି। ଉମାକାନ୍ତ ପ୍ଲାଟ୍‌ଫର୍ମର ଅନ୍ଧାରିଆ ଜାଗାଟିଏ ଦେଖି ଟିକିଏ ବସିପଡ଼ିଲା। ଦେବଦତ୍ତ କାଲି କ୍ରିକେଟ୍ ବ୍ୟାଟ୍‌ରେ ତା' ମୁଣ୍ଡଟାରେ ଶକ୍ତ

ପାହାରେ ଦେଇଛି। ପାଖରେ ଠିଆ ହୋଇଥିବା ଅପର୍ଣ୍ଣା ଜୋର୍‌ରେ ଚିତ୍କାର କରିବାରୁ ପାଗଳଟି ଟିକେ ଶଙ୍କିଗଲା। ତା' ନ ହେଲେ, ଯେମିତି ଭୟଙ୍କର ଭାବରେ ସେ ବ୍ୟାଟ୍‌ଟି ଉଞ୍ଚେଇଥିଲା, ତହିଁରେ ଉମାକାନ୍ତର ମୁଣ୍ଡ ମଝିରୁ ଫାଟି ଦି' ଫାଳ ହୋଇଯାଇଥାଆନ୍ତା।

ଉମାକାନ୍ତ ପୁଅକୁ ଟାଣ ଗଳାରେ କେବଳ ପଚାରିଥିଲା, 'ସେ ଝିଅଟି ଯାହା କହୁଛି, ସତ କି? ତୁ ଏଭଳି କାମ କେମିତି କରିପାରିଲୁ?''

ବାସ୍। ସେତିକିରେ ପଚିଶ ବର୍ଷର ପୁଅ ଖଟତଳୁ କ୍ରିକେଟ୍ ବ୍ୟାଟ୍ ଭିଡ଼ିଆଣି ବାପାକୁ ପିଟିପକାଇଥିଲା।

ଧିକ୍ ଏ ଜୀବନ! -ଉମାକାନ୍ତ ମନକୁ ମନ କହିଲା। ତା'ର ପଛକଥାଗୁଡ଼ିକ ମନେପଡୁଥିଲା। ସେଦିନ 'କରୁଣା ନର୍ସିଂହୋମ୍'ରେ କୈଳାସ ମହାନ୍ତିର ସ୍ତ୍ରୀ ଏବଂ ଅପର୍ଣ୍ଣା ଉଭୟେ ପାଞ୍ଚ ମିନିଟ୍ ବ୍ୟବଧାନରେ ପିଲା ଜନ୍ମ କରିଥିଲେ। ପୁଅ ଜନ୍ମ ବେଳକୁ କୈଳାସ ମହାନ୍ତି ନର୍ସିଂହୋମ୍‌ରେ ପହଞ୍ଚିପାରି ନ ଥିଲା। ତା' ସ୍ତ୍ରୀ ନିସ୍ତେଜ ହୋଇ ପଡ଼ିଥିଲା ବିଛଣାରେ। ସେଇ ସୁଯୋଗ ନେଇ ବହୁଦିନୁ ଲାଳିତପାଳିତ ଲୋଭଟିକୁ ଉମାକାନ୍ତ ଚରିତାର୍ଥ କରିଥିଲା ନର୍ସର ସାହାଯ୍ୟରେ। କୈଳାସ ମହାନ୍ତିର ପୁଅଟିକୁ ବଦଳ କରିଆଣି ନିଜର ଝିଅଟିକୁ ସେହି ଜାଗାରେ ରଖାଇଦେବା ବ୍ୟବସ୍ଥା ଉମାକାନ୍ତ କରିଥିଲା।

ବୁଦ୍ଧିମତୀ ନର୍ସ ଜଣକ ତାକୁ ଉତ୍ସାହିତ କରିବାଲାଗି କହିଥିଲା, ''ପୁଅଟା କାର୍ତ୍ତିକେୟ ପରି ସୁନ୍ଦର ହୋଇଛି। ଯେତେ ଯାହା ଯିଏ କହୁ, ପୁଅ ପୁଅ, ଝିଅ ଝିଅ। ଶାଶୂଘରକୁ ଯିବାକ୍ଷଣି ଝିଅ ଗଲା ଯେ ଗଲା।''

ନର୍ସର କଥା ଶୁଣି ଉମାକାନ୍ତ ବଳବନ୍ତରାୟ ଚମକି ପଡ଼ିଥିଲା। ଆଗରୁ ତାକୁ ଡାକ୍ତର କହିଥିଲେ, ''ଅପର୍ଣ୍ଣା ଦ୍ୱିତୀୟ ଗର୍ଭଧାରଣ କରିପାରିବେ ନାହିଁ। ପ୍ରଥମ ପିଲାଟା ସୁସ୍ଥସବଳ ଭାବେ ଜନ୍ମ ହେଉ, ସେଇଟା ଆପଣଙ୍କ ପ୍ରତି ଈଶ୍ୱରଙ୍କର ଆଶୀର୍ବାଦ ହେବ।'' ଗୋଟିଏ ମୁହୂର୍ତ୍ତର ଆଶଙ୍କା ତା' ବିବେକକୁ ଦୋହଲାଇ ଦେଇଥିଲା। ପୁଅଟିଏ କୋଳକୁ ନ ଆସିଲେ ତା'ର ଏଡ଼େ ବଡ଼ ବ୍ୟବସାୟ ଧୂଳିସାତ୍ ହୋଇଯିବ! କିଏ ତା' ବଂଶରେ ରହିବ ତା'ର ଶ୍ରାଦ୍ଧ ଦେବା ପାଇଁ? କିଏ ତା' ଅନ୍ତେ ତା' ପରିବାରର ନାଁ ରଖିବ? ତା' ପରେ କ'ଣ ବଳବନ୍ତରାୟ ବଂଶର ନାଁ ବୁଡ଼ିଯିବ?

ନର୍ସ ଜଣକ ଉମାକାନ୍ତର ମନକଥାକୁ ପଢ଼ିପାରିଲା ପରି କହିଥିଲା, ''ଚିନ୍ତା କରନ୍ତୁ ନାହିଁ, ମୁଁ ଆପଣଙ୍କ ମନର କଥା ବୁଝି କାମରେ ଲଗେଇ ଦେଇଛି। ଏବେ ମୋ କଥା ଆପଣ ବୁଝିବେ।'' ଉମାକାନ୍ତ ଯନ୍ତ୍ରଟେ ପରି ପକେଟ୍‌ରୁ ଲଫାପାଟି ବାହାର

କରି ନର୍ସ ହାତକୁ ବଢ଼େଇ ଦେଇଥିଲା। ସାଂଗେ ସାଂଗେ ଉମାକାନ୍ତଙ୍କର 'ପୁଅ ହୋଇଛି' କଥା ନର୍ସିଂହୋମ୍ ସାରା ପ୍ରଚାର ହୋଇଯାଇଥିଲା।

ସିଜେରିଆନ୍ ଅପରେସନ୍ ହୋଇଥିବା ଯୋଗୁଁ ଉଭୟ ମା' ଓ ଛୁଆ ପାଞ୍ଚଦିନ ଲେଖାଏଁ ନର୍ସିଂହୋମ୍‌ରେ ରହିଥିଲେ। ଷଷ୍ଠ ଦିନ ଉମାକାନ୍ତ ତା' ସ୍ତ୍ରୀକୁ ଆଣିବାଲାଗି ଗଲାବେଳକୁ ତା' ଝିଅକୁ ନିଜର ଝିଅ ଭାବେ ଗ୍ରହଣ କରି କୈଳାସ ମହାନ୍ତି ଘରକୁ ଯାଉଥିଲା। ସେ ଦୃଶ୍ୟ ଦେଖି ଉମାକାନ୍ତ ଖୁବ୍ ଆଶ୍ୱସ୍ତ ହୋଇଥିଲା। ପିଲା ଅଦଳବଦଳ କଥାଟା ଯେ କେହି ସନ୍ଦେହ କରିନାହାନ୍ତି, ଏପରିକି କୈଳାସ ମହାନ୍ତିର ପତ୍ନୀ ସୁଦ୍ଧା ନୁହେଁ - ସେଇଟା ଥିଲା ତା'ର ଆଶ୍ୱସ୍ତିର କାରଣ।

ଏକଥା କେହି ଜାଣନ୍ତି ନାହିଁ। ଏ ଷଡ଼୍‌ଯନ୍ତ୍ରକୁ କେବଳ ଚାରିଜଣ ଦେଖିଥିଲେ। ତାଙ୍କ ଭିତରୁ ଯୋଡ଼ିଏ ଥିଲେ ସଦ୍ୟଜାତ ଶିଶୁ, ଯେଉଁମାନଙ୍କ ପାଖରେ କହିବାର ଶକ୍ତି ନ ଥିଲା; ଆଉ ଦି' ଜଣ ହେଲେ ନର୍ସ ରାଧାରାଣୀ ଏବଂ ନିଜେ ଉମାକାନ୍ତ। ଉମାକାନ୍ତ ଖବର ରଖିଛି, ରାଧାରାଣୀ ପାଞ୍ଚବର୍ଷ ତଳୁ ଆଖିବୁଜି ସାରିଲାଣି। ଏବେ ଏ ଘଟଣାର ଏକମାତ୍ର ସାକ୍ଷୀ କହିଲେ ସିଏ ନିଜେ।

ଉମାକାନ୍ତ ସେଦିନ ଘରକୁ ଫେରିବା ବାଟରେ କୈଳାସ ମହାନ୍ତିର ଝିଅ ଓ ନିଜର ପୁଅ ସଂପର୍କରେ ଦି' ପ୍ରକାର ଭବିଷ୍ୟତ କଳ୍ପନା କରିଥିଲା। ବ୍ଲକ୍ ଅଫିସ୍ କିରାଣି କୈଳାସ ମହାନ୍ତିର ଝିଅ ସରକାରୀ ସ୍କୁଲ୍‌ରେ ପଢ଼ିବ, କଷ୍ଟେମଷ୍ଟେ ମାଟ୍ରିକ୍ ପାସ୍‌କରି କୌଣସି ସରକାରୀ କଲେଜରେ ବି.ଏ କରିବ ଏବଂ ତା'ପରେ ହୁଏତ ବି.ଏଡ୍ ସାରି ମାଷ୍ଟ୍ରାଣୀ ହେବ। ଝିଅଟି ବଡ଼ ହେଲାପରେ କୈଳାସ ମହାନ୍ତି ନିଜ ପରି ଗୋଟେ କିରାଣି ଦେଖି ତା' ହାତରେ ଝିଅକୁ ଛନ୍ଦିଦେବ। ସେଇଠି ସେ ଝିଅର ଭବିଷ୍ୟତ ସରିଯିବ।

ମାତ୍ର ଉମାକାନ୍ତର ପୁଅ ଜୀବନସାରା ଖାଲି ଉପରକୁ ଉଠୁଥିବ। ସେ ଉଠାଣର ଶେଷ ନାହିଁ। ବଳବନ୍ତରାୟ କନ୍‌ଷ୍ଟ୍ରକ୍‌ସନ୍ ଓ ବଳବନ୍ତରାୟ ଅଟୋମୋବାଇଲ୍‌ସ୍ କମ୍ପାନି ସାଙ୍ଗରେ ଯୋଡ଼ାହେବ ଆଉ ପୁଞ୍ଜାଏ କମ୍ପାନିର ନାଁ। ତା' ପୁଅକୁ ସେ ଆମେରିକାର କୌଣସି ବିଜିନେସ୍ ସ୍କୁଲ୍‌କୁ ପାଠ ପଢ଼ିବା ଲାଗି ପଠେଇବ। ସେଇଠୁ ଫେରିବା ପରେ ତା'ର ବାହାଘର କରେଇବ, ଓଡ଼ିଶାର କୌଣସି କ୍ଷମତାସୀନ ଓ ପ୍ରଭାବଶାଳୀ ରାଜନେତାଙ୍କ ଝିଅ ସାଙ୍ଗରେ। 'ପଲିଟିକ୍ସ' ଓ 'ବିଜିନେସ୍' ଦିଇଟିର ବାହାଘର ନ ହେଲେ ସୌଦାଗର ସାମ୍ରାଜ୍ୟ ନିର୍ମାଣ ସହଜ ନୁହେଁ।

ଉମାକାନ୍ତ ତା' ପୁଅର ବାହାଘର ସ୍ଥିର କରିଥିଲା। ଶାସକ ଦଳର ବିଧାୟକ ଦିବ୍ୟସିଂହ ମଣ୍ଡଗଜରାୟଙ୍କର ଗୋଟିଏ ଝିଅ। ସିଏ ମଧ୍ୟ ଏମ.ବି.ଏ ପଢ଼ିଛି। ପ୍ରାରମ୍ଭିକ

କଥାବାର୍ତ୍ତା ସରିଥିଲା। ପ୍ରସ୍ତାବ ପଡ଼ିବା ଦିନ ସେ ନିଜେ ଏକଥା ପୁଅକୁ ଜଣାଇଥିଲା। ଝିଅପକ୍ଷ ମଧ୍ୟ ଆସି ଦେବଦତ୍ତକୁ ଦେଖିଯାଇଥିଲେ। ଦେବଦତ୍ତ ଓ ଅପର୍ଣ୍ଣା ଯାଇ ଝିଅକୁ ମୁଦି ପିନ୍ଧାଇ ଆସିଥିଲେ।

ଅଥଚ, ତା' ପିଠି ପଛରେ ଦେବଦତ୍ତ ଏମିତି ଗୋଟେ କାଣ୍ଡ କରିବସିଥିବ ବୋଲି ସିଏ କିପରି ଜାଣନ୍ତା? କେବେ ଘଡ଼ିଏ ବାପା ପାଖରେ ବସି ଦେବଦତ୍ତ ତ କିଛି କହେ ନାହିଁ! ଯେତେବେଳେ ପାଖକୁ ଆସେ ଗୋଟିଏ କଥା- ଟଙ୍କା ଦିଅ। କ୍ରେଡିଟ୍ କାର୍ଡ ପାଇବାଦିନୁ ସେତକ ପାଇଁ ଆଉ ତାକୁ ଆସିବାକୁ ପଡୁନାହିଁ। ତା' ପାଖେ ସମୟ କାହିଁ ଯେ ସେ ବାପ ସହ କଥାହେବ? ବାପାକୁ ଜଣେଇବ ତା' ନିଜର ଖବର!

କୈଳାସ ମହାନ୍ତିର ଝିଅ ବି ଜଣାଏନି ତା' ଖବର କିଛି ଉମାକାନ୍ତକୁ। ମାତ୍ର ସେ ଖବର ସବୁ ଟିକିନିଖି ଭାବେ ଉମାକାନ୍ତ ପାଖରେ ପହଞ୍ଚିଯାଏ, ସେ ଚାହୁଁ କି ନ ଚାହୁଁ।

ଝିଅର ଜନ୍ମ ପରେ ପରେ କୈଳାସ ମହାନ୍ତିର ବଦଳି ହୋଇ ଯାଇଥିଲା ବାରିପଦା। ଖବରଟା ପାଇବା ପରେ ଉମାକାନ୍ତ ଖୁବ୍ ଶାନ୍ତିରେ ନିଃଶ୍ୱାସ ମାରିଥିଲା। ସବୁଦିନ ଲାଗି ତା' ମୁଣ୍ଡ ଉପରୁ ଅବା ଚିନ୍ତାଟିଏ ଚାଲିଯାଇଥିଲା। ମାତ୍ର ଚଉଦ ବର୍ଷ ପରେ ରାମଚନ୍ଦ୍ର ବଣରୁ ଫେରିବା ପରି, ପୁଣି କୈଳାସ ମହାନ୍ତି ଫେରିଆସିଲା।

୨୦୦୨ ମସିହା ଏପ୍ରିଲ୍ ମାସ। ସନ୍ଧ୍ୟାବେଳେ ଟେଲିଭିଜନ୍‌ଟା ଖୋଲି ଉମାକାନ୍ତ ଡ୍ରଇଂ ରୁମ୍‌ରେ ବସିଥିଲା। ସେତିକିବେଳେ କୈଳାସ ମହାନ୍ତିର ଫଟୋଟା ଟେଲିଭିଜନ୍ ପରଦା ଉପରେ ଭାସିଉଠିଲା। ଉମାକାନ୍ତ ହଠାତ୍ ଚମକି ପଡ଼ିଥିଲା। କିନ୍ତୁ ତାହାର ଚମକିବା ଅଧିକ ସମୟ ରହି ନ ଥିଲା। ପରେ ପରେ କୈଳାସ ମହାନ୍ତିର ଝିଅ ଯୋଗମାୟାର ଫଟୋ ଭାସିଉଠିଥିଲା, ଯିଏ ସମଗ୍ର ରାଜ୍ୟରେ ମାଟ୍ରିକ୍ ଟପର୍ ହୋଇଥିଲା। ବାରମ୍ବାର ଘୋଷକ ଘୋଷଣା କରୁଥିଲେ, ''ବିନା ଟିଉସନ୍, ବିନା କୋଚିଂରେ ଯୋଗମାୟା ଅଠାନବେ ପ୍ରତିଶତ ନମ୍ବର ରଖି ହୋଇଛନ୍ତି ସାରା ରାଜ୍ୟର ଟପର୍!'' ଟି.ଭି. ପରଦା ଉପରେ ବାପ-ଝିଅ ମିଠା ଖୁଆଖୋଇ ହେଉଥିଲେ। ଝିଅର ମାଆ ପରଦା ପାଖରେ ଠିଆହୋଇ ବାପଝିଅଙ୍କୁ ଚାହୁଁଥିଲେ ଗର୍ବ ଓ ଆନନ୍ଦ ମିଶା ଆଖିରେ।

ଉମାକାନ୍ତ ରିମୋଟ୍‌ଟା ଟିପି ଟେଲିଭିଜନ୍ ବନ୍ଦ କରିଦେଲାବେଳକୁ ପଛରେ ଠିଆ ହୋଇଥିବା ଅପର୍ଣ୍ଣା ମନ୍ତବ୍ୟ ଦେଇଥିଲା, 'ଝିଅଟି ରୂପ-ଗୁଣ ସବୁଥିରେ ସୁନ୍ଦର।''

ଉମାକାନ୍ତ ବେତ୍ରାହତ ପରି ସେଠାରୁ ଉଠି କ୍ଲବ୍‌କୁ ଚାଲିଯାଇଥିଲା।

ସେଇଦିନୁ ଯୋଗମାୟାର ମୁହଁ ତା' ଆଖି ଆଗରେ ଲାଖିରହିଛି, ଗୋଟେ ସ୍ଥିରଚିତ୍ର ପରି। ସେ ଯୁଆଡ଼େ ଯାଇଛି, ଯାହା ବି କରିଛି, ସବୁବେଳେ ଯୋଗମାୟାର ମୁହଁଟି ତା' ଆଖି ଆଗରେ ନାଚିଛି। ଯୋଗମାୟା ଯୁକ୍ତ ଦୁଇ ବିଜ୍ଞାନରେ ଟପର୍ ହେଲା ଏବଂ ତା'ପରେ ଏମ୍.ବି.ବି.ଏସ୍‌ରେ। ଶେଷକୁ ସେ ଅଲ୍ ଇଣ୍ଡିଆ ଇନ୍‌ଷ୍ଟିଚ୍ୟୁଟ୍ ଅଫ୍ ମେଡିକାଲ୍ ସାଇନ୍‌ସେସ୍ ପରୀକ୍ଷାରେ ଟପର୍ ହୋଇ ଦିଲ୍ଲୀରେ ପିଜି କଲା। ଏବେ ଛଅମାସର କମନ୍‌ୱେଲଥ୍ ଟ୍ରେନିଂ ଲାଗି ଯୋଗମାୟା ଯାଉଛି ଲଣ୍ଡନ।

ଗତକାଲିର ସେଇ ଖବରଟିକୁ ଖବରକାଗଜରୁ ଚିରି ଚଉଭାଙ୍ଗ କରି ପକେଟ୍‌ରେ ରଖିଥିଲା ଉମାକାନ୍ତ। ତାକୁ ଆଉ ଥରେ ବାହାର କଲା। ଅନ୍ଧାରରେ ବି ସେ ଜାଣିପାରୁଥିଲା ଯୋଗମାୟା ଫଟୋରେ ହସୁଛି।

ଯୋଉଦିନ ସକାଳ ଖବରକାଗଜରେ ଯୋଗମାୟାର କୃତିତ୍ୱର ବିବରଣୀ ପ୍ରକାଶ ପାଉଛି, ସେଇଦିନ ଦେବଦତ୍ତର କ୍ରିକେଟ୍ ବ୍ୟାଟ୍ ମାଡ଼ରେ ତା'ର ମୁଣ୍ଡ ଫାଟୁଛି, ଭାଗ୍ୟର ନିଷ୍ଠୁର ପରିହାସ ଭିନ୍ନ ଏହା ଆଉ କ'ଣ ହୋଇପାରେ? ଉମାକାନ୍ତ ଯୋଗମାୟାର ଫଟୋ ଥିବା କାଗଜ ଖଣ୍ଡିକ ନେଇ ବତିଖୁଣ୍ଟ ପାଖକୁ ଗଲା। ଡାକ୍ତରମାନେ କହନ୍ତି, ମଣିଷର ଆଖି ଯୋଡ଼ିକ ଜନ୍ମବେଳେ ଯେତିକି ବଡ଼ ଥାଏ, ମଲାବେଳକୁ ବି ସେତିକି ବଡ଼ ଥାଏ। ଅନ୍ୟ ସବୁ ଅଙ୍ଗପ୍ରତ୍ୟଙ୍ଗର ବୃଦ୍ଧି ହୁଏ, ମାତ୍ର ଆଖିର ନୁହେଁ। ଏଇ ଆଖି ଯୋଡ଼ିକକୁ ସେଦିନ ସେ ନର୍ସିଂହୋମ୍‌ରେ ଦେଖିଥିଲା। କୈଳାସ ମହାନ୍ତି ତା' ସ୍ତ୍ରୀ ଓ ପିଲାଙ୍କୁ ନେଇ ରିକ୍ସାରେ ବାହାରୁଥିଲା ବେଳେ ସେ ଚୋରଙ୍କ ପରି ମୁହଁ ଲୁଚେଇ ଚାଲିଆସୁଥିଲା। ସେତିକିବେଳେ ଯୋଗମାୟାର ଆଖି ଯୋଡ଼ିକ ଉପରେ ତାହାର ନଜର ପଡ଼ିଥିଲା।

ଉମାକାନ୍ତ ବତିଖୁଣ୍ଟ ପାଖରେ ବସି ଭୋ ଭୋ କାନ୍ଦିବାକୁ ଲାଗିଲା। ଏଇ ମୁହୂର୍ତ୍ତରେ ନିଜର କ୍ଷମତା, ସଂପତ୍ତି, ବୁଦ୍ଧି ଏବଂ ବିଦ୍ୟା ସବୁ କିଛି ତାକୁ ନିରର୍ଥକ ମନେ ହେଉଥିଲା। ସେ ମନକୁ ମନ କହିଲା, ଏଭଳି ଜୀବନ ରଖି ଲାଭ ନାହିଁ। ଏଣିକି ସେ ବଞ୍ଚିରହିଲେ ବି ପ୍ରତିଦିନ ମରିବ; ଆଉ ମରିବା ପାଇଁ ବଞ୍ଚିରହିବାରେ କି ପୌରୁଷ? ନିଜ ଘରେ, ଦେବଦତ୍ତ ହାତରୁ ମାଡ଼ଖାଇଲା। ଯେଉଁ ଜାଗାରେ ତା' ବାହାଘର ନିର୍ବନ୍ଧ କରିବାକୁ ସେ ଚାହୁଁଛି ସେଠି ସେ ବାହାଘର କରିପାରିବ ନାହିଁ। ଭିତରେ ଭିତରେ ଯୋଗମାୟାର ଅଭିଶାପ ତାକୁ ଖାଇଯାଉଥିବ। ଏଭଳି ବଞ୍ଚିବା ଅପେକ୍ଷା ରେଳଇଞ୍ଜିନ୍ ଆଗରେ ମୁଣ୍ଡପତେଇ ମରିଯିବା ଭଲ।

ପୁଣି ଗୋଟେ ଟ୍ରେନ୍ କଟକ ଷ୍ଟେସନ୍ ଅତିକ୍ରମ କରି ଚାଲିଗଲା। ଉମାକାନ୍ତ ବତିଖୁଣ୍ଟ ପାଖରୁ ଉଠିପଡ଼ି ମହାନଦୀ ଦିଗରେ ଚାଲିବାକୁ ଲାଗିଲା।

ଦେବଦତ୍ତର ବାହାଘର କଥା ସ୍ଥିର ହେଲା ପଅରି ଦିନ, ରବିବାର। ଗତକାଲି ସକାଳ ସାଢ଼େ ନଅଟାରେ ଉମାକାନ୍ତ ଯାଇ ତା' ଅଫିସ୍‌ରେ ପହଞ୍ଚିଥିଲା। ଦଶଟା ପାଖାପାଖି ହେବ, ଝିଅଟିଏ ତାକୁ ଭେଟିବାକୁ ଆସିଲା। ପ୍ରଥମେ ଉମାକାନ୍ତ ଭାବିଥିଲା, ଗାଡ଼ି କିଣିବା ଲାଗି ଆସିଥିବା ଗ୍ରାହକଟିଏ ହୋଇଥିବ। ସମୟେ ସମୟେ କିଛି ପରିଚିତ ଲୋକ ନ ହେଲେ ବଡ଼ବଡ଼ିଆ ଅଧିକ ରିହାତି ପାଇଁ ତା' ପାଖକୁ ଆସନ୍ତି।

ସେ ଝିଅଟିକୁ ବସିବାଲାଗି ଚଉକି ଦେଖେଇ ଦେଇଥିଲା। ମାତ୍ର ଝିଅଟି ଚଉକିରେ ନ ବସି ତା' ପାଖକୁ ଆସିଥିଲା ଓ ତା'ର ପାଦ ଛୁଇଁ ପ୍ରଣାମ କରିଥିଲା। ଉମାକାନ୍ତ ଟିକେ ଆଶ୍ଚର୍ଯ୍ୟ ହୋଇଥିଲା। କୌଣସି ଗ୍ରାହକ ଏମିତି ପ୍ରଣାମ କରନ୍ତି ନାହିଁ। ଇଏ ତାହାହେଲେ କ'ଣ ତା'ର କୌଣସି ସାଙ୍ଗର ଝିଅ ?

ସେ ପଚାରିଥିଲା, 'ମା', ମୁଁ ଚିହ୍ନିପାରୁନାହିଁ। ଟିକେ ପରିଚୟ ଦେଲ।''

ଝିଅଟି ସିଧା ସିଧା ପଚାରିଥିଲା, 'ଆପଣ ଦେବଦତ୍ତଙ୍କ ବାହାଘର ଦିବ୍ୟସିଂହ ମତ୍ତଗଜରାୟଙ୍କ ଝିଅ ସହ କରିବାଲାଗି ସ୍ଥିର କରିଛନ୍ତି ?''

ଉମାକାନ୍ତ ଆଶ୍ଚର୍ଯ୍ୟ ହୋଇଥିଲା। ଏ ଖବରଟା ସେ ତା' ନିଜର ସଂପର୍କୀୟମାନଙ୍କ ଭିତରେ କେବଳ ସୀମିତ ରଖିଥିଲା। ଅନ୍ୟ କାହାରିକୁ କହି ନ ଥିଲା। ସବୁକଥା ସ୍ଥିର ହେଲା ପରେ ସେ ଅନ୍ୟମାନଙ୍କୁ ଖବର ଦେଇଥାନ୍ତା। ଧୁମ୍‌ଧାମ୍‌ରେ ନିର୍ବନ୍ଧ ସାରିବା ପରେ, ହୋଟେଲ୍‌ରେ 'ମୁଦି ଦିଆନିଆ' ଭୋଜି ଆୟୋଜନ ହେବ; ମାତ୍ର ଏ ଝିଅଟି କେମିତି ସେ କଥା ଆଗରୁ ଜାଣିପାରିଲା ?

ସେ ଉତ୍ତର ଦେଲା, 'ହଁ; ମାତ୍ର ତୁମେ କେମିତି ଜାଣିଲ ? ତମେ କ'ଣ ଦିବ୍ୟସିଂହ ବାବୁଙ୍କ ଝିଅର ସାଙ୍ଗ ?''

ଝିଅଟି ଟିକିଏ ଏପଟ ସେପଟ ଚାହିଁଥିଲା। କୋଠରି ଭିତରେ ସେ ଦି'ଜଣଙ୍କ ଭିନ୍ନ ଆଉ କେହି ନଥିଲେ। ତା'ପରେ ଆଖି ତଳକୁ କରି ଯାହା କହିଥିଲା ତହିଁରେ ଉମାକାନ୍ତର ବୁଦ୍ଧିବୃତ୍ତି ହଜିଯାଇଥିଲା। ସେ କହିଥିଲା, 'ମୋ ନାଁ ତନୁଶ୍ରୀ। ତିନିବର୍ଷ ହେଲା ଦେବଦତ୍ତ ଓ ମୁଁ ପରସ୍ପରକୁ ଭଲ ପାଉଛୁ। ଆମେ ଦିହେଁ ବାହା ହେବୁ ବୋଲି ସ୍ଥିର କରିଥିଲୁ। ମୋତେ କହିବାକୁ ଲାଜ ଲାଗୁଛି ଯେ ମୁଁ ଏବେ ଦୁଇ ମାସର ଅନ୍ତଃସତ୍ତ୍ୱା। ଅଥଚ ଦେବଦତ୍ତ ମୋତେ ଏବେ କିଛିଦିନ ହେଲା ଧରାଛୁଆଁ ଦେଉନାହାନ୍ତି। ଗତକାଲି ମୁଁ ତାଙ୍କ ସାଙ୍ଗମାନଙ୍କଠାରୁ ଖବର ପାଇଲି, ଆପଣ ତାଙ୍କ ବାହାଘର ଅନ୍ୟତ୍ର ଠିକ୍ କରିଛନ୍ତି। ଆପଣ ମୋତେ ନ୍ୟାୟ ଦେବେ, ଏଇ ଆଶାରେ ମୁଁ ଆସିଛି।''

ଉମାକାନ୍ତର ମୁହଁ ଶୁଖିଯାଇଥିଲା ଓ ମୁଣ୍ଡ ଘୂରିବାକୁ ଆରମ୍ଭ କରିଥିଲା। ସେ ନିଜ କାନକୁ ସୁଦ୍ଧା ବିଶ୍ୱାସ କରିପାରି ନ ଥିଲା। ବିକଳରେ ଟେବୁଲ୍ ଉପରୁ ପାଣି ଗିଲାସ ଉଠେଇ ସବୁତକ ପାଣି ଏକାଥରକେ ଢକଢକ କରି ପିଇ ଦେଇଥିଲା।

ତନୁଶ୍ରୀ ତା'ର ଭ୍ୟାନିଟି ବ୍ୟାଗ୍‌ରୁ କିଛି ଫଟୋ ବାହାର କରି ଉମାକାନ୍ତ ହାତକୁ ବଢ଼େଇ ଦେଇଥିଲା। ସେଗୁଡ଼ିକ ସବୁ ଦେବଦତ୍ତ ଓ ତନୁଶ୍ରୀର ଯୁଗଳ ଫଟୋ ଥିଲା।

ତନୁଶ୍ରୀ କହିଥିଲା, ''ମୋ ବାପାଙ୍କୁ ଆପଣ ଜାଣିଥିବେ, ପୁଲିସ୍ ଆଇଜି ଆର୍.କେ. ସିଂହ। ତାଙ୍କୁ ମୁଁ କିଛି କହିନାହିଁ; ମାତ୍ର ମୋ ମାଆ ସବୁ ଜାଣିସାରିଲେଣି। ମୋତେ ଆପଣ ନିଶ୍ଚୟ ନ୍ୟାୟ ଦେବେ ଅଙ୍କଲ୍।''

ସେ ଯିବାକୁ ଉଠିଥିଲା।

ଉମାକାନ୍ତ ଚଉକିରୁ ଉଠି ଠିଆହୋଇ ପଡ଼ିଥିଲା। ହାତଯୋଡ଼ି କହିଥିଲା, 'ମା, ଗୋଟେ କଥା ଶୁଣ, ଦେବଦତ୍ତର ବାହାଘର ମୁଁ ପ୍ରାୟ ସ୍ଥିର କରିସାରିଛି। ମୋ ଇଜ୍ଜତ କଥା ଟିକେ ଚିନ୍ତା କର।''

ଉମାକାନ୍ତର ଉତ୍ତର ଶୁଣି ଟିକିଏ ଆଗରୁ ଅସହାୟ ଦିଶୁଥିବା ତନୁଶ୍ରୀର ମୁହଁ କଠୋର ହୋଇଯାଇଥିଲା। ସେ କହିଥିଲା, ''ଆପଣ ନିଜର ଇଜ୍ଜତ ଲାଗି ଖୁବ୍ ଚିନ୍ତିତ; କିନ୍ତୁ ମୋର କ'ଣ କୌଣସି ଇଜ୍ଜତ ନାହିଁ ? ଆପଣ ଦି'ଦିନ ଭିତରେ ଆପଣଙ୍କ ନିଷ୍ପତ୍ତି ମୋତେ ଶୁଣାନ୍ତୁ, ନହେଲେ ମୁଁ କମିସନ ଓ କୋର୍ଟର ଆଶ୍ରୟ ନେବାକୁ ବାଧ୍ୟ ହେବି। ଦେବଦତ୍ତ ଭଳି ଗୋଟେ ଲୋଫର୍‌କୁ ସିଧା କରିବା ଲାଗି ମୁଁ ମିଡିଆ ଆଗରେ ବଦନାମ୍ ହେବାକୁ ସୁଦ୍ଧା ଡରିବି ନାହିଁ।''

ତନୁଶ୍ରୀ ଚାଲିଯାଇଥିଲା।

ସେ ଗଲା ପରେ ଉମାକାନ୍ତକୁ ଲାଗିଥିଲା ତା'ର ବାତାନୁକୂଳିତ କୋଠରିଟାରେ ଗ୍ରୀଷ୍ମର ଝାଞ୍ଜି ବୋହୁଛି। ସେ ଚଉକି ଉପରେ ଦେହ ଅଜାଡ଼ି ଦଶ ମିନିଟ୍ କାଳ ଗୁମ୍ ହୋଇ ବସିଥିଲା।

ଉମାକାନ୍ତ ଘରକୁ ଆସି ସେଇ କଥାଟି କେବଳ ତା' ପୁଅକୁ ପଚାରିଥିଲା - ତନୁଶ୍ରୀ ଯାହା କହୁଛି ସତ ନା ମିଛ ? ସେ କଦାପି ଆଶା କରି ନ ଥିଲା ଯେ ତାଆରି ପୁଅ ଦିନେ ତାକୁ ଏମିତି ମଝି ରାସ୍ତାଟାରେ ଲଙ୍ଗଳା କରି ଛିଡ଼ା କରେଇବ। ପ୍ରସ୍ତାବ ପକେଇବା ଆଗରୁ ସେ ବାରମ୍ବାର ଅପର୍ଣ୍ଣା ଓ ଦେବଦତ୍ତଙ୍କୁ ବସେଇ ଏକଥା ପଚାରିଥିଲା। ସେମାନେ ତାକୁ ଆଗେଇବା ଲାଗି କହିଲା ପରେ ହିଁ ସେ ଦିବ୍ୟସିଂହ ବାବୁଙ୍କ ସାଙ୍ଗେ ପ୍ରସ୍ତାବ ବଢ଼େଇଥିଲା। ଏବେ ସେ ପ୍ରସ୍ତାବ ଭାଙ୍ଗିଗଲେ, ଦିବ୍ୟସିଂହ ବାବୁ ଅପମାନିତ

ହେବେ। ସିଏ ଶାସକ ଦଳର ନାମୀ ବିଧାୟକ। ତାଙ୍କ ଝିଅ ସାଙ୍ଗେ ପ୍ରସ୍ତାବ ଭାଙ୍ଗିବା କଥାକୁ ସେ ଆଦୌ ସହଜ ଭାବରେ ନେବେ ନାହିଁ। ତାଙ୍କ ଜାଗାରେ ଉମାକାନ୍ତ ଥିଲେ ମଧ୍ୟ ଏପରି ଘଟଣାକୁ ସହଜରେ ନେଇ ନଥା'ନ୍ତା। ଏହାପରେ ଦିବ୍ୟସିଂହ ଦେବ ଯେଉଁ ଉଗ୍ରମୂର୍ତ୍ତି ଧାରଣ କରିବେ, ସେଥିରେ ଉମାକାନ୍ତର ବ୍ୟବସାୟ ପ୍ରଭାବିତ ହେବ। ତେଣେ ତନୁଶ୍ରୀର ଧମକକୁ ଏଡ଼ାଇ ବାହାଘର ଆୟୋଜନରେ ଆଗେଇଲେ, ନିଜର ଇଜ୍ଜତ ହାଟରେ ପଡ଼ି ଘାଟରେ ଗଡ଼ିବ।

ପୂର୍ବଦିନ ରାତିରେ ବୋଧହୁଏ ଗୁଡ଼ାଏ ମଦ ପିଇ ଫେରିଥିଲା ଦେବଦତ୍ତ। ଦିନ ସାଢ଼େ ଏଗାରଟା ଯାଏ ତା'ର ନିଦ ଭାଙ୍ଗି ନଥିଲା। ଉମାକାନ୍ତ ତାକୁ ନିଦରୁ ଉଠେଇ ବଡ଼ ପାଟିରେ ପ୍ରଶ୍ନଟି ପଚାରିଥିଲା। ସେତିକିରେ ଦେବଦତ୍ତ ଉଠିପଡ଼ି ଖଟତଳୁ କ୍ରିକେଟ୍ ବ୍ୟାଟ୍‌ଟା ଘୋଷାରି ଆଣିଥିଲା ଏବଂ କଷି ଦେଇଥିଲା ପାହାର ପରେ ପାହାର, ଉମାକାନ୍ତର ମୁଣ୍ଡ ଉପରେ।

ଉମାକାନ୍ତ 'ମରିଗଲି' କହି ମୁଣ୍ଡଟାକୁ ଧରି ବସିପଡ଼ିଥିଲା। ଅପର୍ଣ୍ଣା ଦଉଡ଼ିଯାଇ ବରଫ ଆଣିଥିଲା ଫ୍ରିଜ୍‌ରୁ। ସେଇ ସୁଯୋଗରେ ଘରୁ ପଳେଇଥିଲା ଦେବଦତ୍ତ।

ଉମାକାନ୍ତ ଆଖିର ଲୁହ ପୋଛିଲା। ଭାବିଲା, ବିଚାରୀ ଅପର୍ଣ୍ଣାର ବା ଦୋଷ କ'ଣ ? ସିଏ ତ ଜାଣେ ନାହିଁ ଯେ, ଦେବଦତ୍ତ ତା' ଗର୍ଭର ଛୁଆ ନୁହେଁ। ସେ ଦୃଷ୍ଟିରୁ ଉମାକାନ୍ତ ସବୁଠୁ ବେଶି ଦୋଷ କରିଛି ଅପର୍ଣ୍ଣା ପାଖରେ। ଯୋଗମାୟାଠାରୁ ଅଧିକ କଷ୍ଟ ପାଇବ ଅପର୍ଣ୍ଣା, ଯଦି ସେ କୌଣସି ଦିନ ଜାଣେ ଯେ ଦେବଦତ୍ତ ତା'ର ଜନ୍ମକଲା ପୁଅ ନୁହେଁ। ଯିଏ ଯେଉଁଠି ଅଛନ୍ତି, ସେଇଠି ରହନ୍ତୁ। ସିଏ ହିଁ ଚାଲିଯିବ। ତା'ର ଏ ଦୁନିଆରେ ସ୍ଥାନ ନାହିଁ।

ପୁଅଟିଏ ଲାଗି ସେ କାହିଁକି ଏତେ ବିକଳ ହେଉଥିଲା– ନିଜକୁ ନିଜେ ପଚାରୁଥିଲା ଉମାକାନ୍ତ। ଏଭଳି ପୁଅ ତା'ର କି କୁଳରକ୍ଷା କରିବ ? ଯେଉଁ ପୁଅ ବାପାମାଆଙ୍କୁ ବଞ୍ଚିଥିବାବେଳେ ଏଭଳି ତିଳତିଳ କରି ମାରିବାର ବନ୍ଦୋବସ୍ତ କରେ, ମଲା ପରେ ସେ କିଭଳି ବା ସେମାନଙ୍କୁ ବଞ୍ଚେଇ ରଖିବ ?

କାଳେ କାଳେ ଯୋଗମାୟାମାନେ କେତେ କେତେ ଆଶା ଭରସା ନେଇ ମାଆ ଗର୍ଭକୁ ଆସନ୍ତି; ମାତ୍ର ପୁତ୍ରମୋହ ପାଇଁ ବାପାମାନେ ତାଙ୍କୁ ବଢ଼େଇ ଦିଅନ୍ତି କଂସର ହାତକୁ। କଂସ ସେମାନଙ୍କୁ ମାରିପାରେ ନାହିଁ। ଯୋଗମାୟାମାନେ ବିଜୁଳି କନ୍ୟା ହୋଇ ତା' ହାତରୁ ଖସିଯାଆନ୍ତି। ସେମାନେ ଅତିକ୍ରମି ଯାଆନ୍ତି ଦାରିଦ୍ର୍ୟ, ଲାଞ୍ଛନା, ଉପେକ୍ଷା ଏବଂ ଅନାଦରକୁ। ଅନ୍ଧାରର ବୁକୁ ଚିରି ପ୍ରଭାତର ସୂର୍ଯ୍ୟ ପରି ସେମାନେ ଝଟକିଉଠନ୍ତି, ନିଜ ନିଜ ପ୍ରତିଭାର ଦୀପ୍ତିରେ।

ଉମାକାନ୍ତ ଶେଷଥର ଲାଗି ତା'ର ପ୍ରିୟ କଟକ ସହର ଉପରେ ଦୃଷ୍ଟି ବୁଲେଇ ଆଣିଲା।

ରାତି ପାହିବା ପାହିବା ହେଲାଣି। ଆଉ ଡେରି କରି ଲାଭ ନାହିଁ। ଅନ୍ଧାର ଥାଉ ଥାଉ ସେ ମରିଯିବା ଦରକାର। ପ୍ଲାଟ୍‌ଫର୍ମ ପାଖରୁ ସେ ଆଉ ଟିକେ ଦୂରକୁ ଚାଲିଗଲା। ଏଇଠି ତାକୁ କେହି ଦେଖି ପାରିବେ ନାହିଁ। ସିଆଡୁ ନଈର ପୋଲ ପାର୍ ହୋଇ ଟ୍ରେନ୍ ଆସିବାକ୍ଷଣି ସେ ଚାଲିଯିବ ରେଳଧାରଣା ଉପରକୁ। ତା'ପରେ ତା'ର ସବୁ କଷ୍ଟ ସରିଯିବ।

ଗୋଟାଏ ଉଜ୍ଜ୍ୱଳ ଆଲୁଅ ଦୋହଲି ଦୋହଲି ରେଳ ଧାରଣା ଉପରେ ପଡୁଥିଲା। ତା' ସହିତ ଟ୍ରେନ୍ ଇଞ୍ଜିନ୍‌ର ଶବ୍ଦ। ହଁ, ଟ୍ରେନ୍‌ଟିଏ ଆସୁଛି। ଉମାକାନ୍ତ ଘାସବୁଦା, ଅଳିଆ ଓ ପ୍ଲାଷ୍ଟିକ୍ ବୋତଲଗୁଡ଼ାକୁ ଡେଇଁ ରେଳ ଧାରଣା ଆଡ଼କୁ ଆଗେଇଲା। ହଠାତ୍ ତା' ପାଦଟା ଗୋଟାଏ ନରମ ବୁଜୁଳାରେ ବାଜିଗଲା ଏବଂ ତା'ପରେ ସେ ଶୁଣିଲା ଗୋଟେ ସଦ୍ୟଜାତ ଛୁଆର ବିକଳ କୁଆଁ କୁଆଁ ଚିତ୍କାର।

ଉମାକାନ୍ତ ଚମକି ପଡ଼ିଲା। ଏଭଳି ପରିସ୍ଥିତି ପାଇଁ ସେ ପ୍ରସ୍ତୁତ ନ ଥିଲା। ସେ ନୋଇଁପଡ଼ି ଦେଖିଲା ବେଳକୁ ଗୋଟେ ଶାଢ଼ିରେ ଗୁଡ଼ାହୋଇ ଶୋଇଛି ସଦ୍ୟଜାତ ଛୁଆଟାଏ।

ଉମାକାନ୍ତ ଆଗକୁ ଚାହିଁଲା। ରେଳ ଇଞ୍ଜିନ୍ ଆଉ ଦି' ତିନି ଶହ ମିଟର ହାତ ଦୂରରେ। ସେ କ'ଣ ଛୁଆଟାକୁ ଟେକିଆଣିବ? ନା ଛୁଆଟି ସହ ସେମିତି ଛିଡ଼ାହୋଇ ରହିବ ରେଳ ଧାରଣା ଉପରେ! କାହାର ଧକ୍‌କା ଖାଇବା ପରି ସେ ପଛକୁ ଫେରି ଆସିଲା। ମାଲ୍‌ଗାଡ଼ିଟା କାନଫଟା ଚିତ୍କାର କରି ଉମାକାନ୍ତକୁ ଅତିକ୍ରମ କରିଗଲା।

ଏବେ ଉମାକାନ୍ତ ଏବଂ ତା' ଦୁଇ ହାତର ଆଲିଙ୍ଗନରେ ଗୋଟେ କୁନି ଝିଅ। କୋଉ ହତଭାଗିନୀ ମା' କିମ୍ବା ତାଆରି ପରି ଅପରାଧୀ ବାପ ଫିଙ୍ଗିଦେଇ ଯାଇଥିବା ଝିଅ ଇଏ, ସେକଥା ଉମାକାନ୍ତ ଜାଣେ ନାହିଁ।

ସେ କିଛି ଚିନ୍ତା କରିପାରୁ ନ ଥିଲା। ତା' ପରି ଗୋଟିଏ ଲୋକ, ଯିଏ ସବୁ ମାୟାମୋହ କଟେଇ ମରଣ ଆଗକୁ ମୁଣ୍ଡ ବଢ଼େଇବା ଲାଗି ଯାଉଥିଲା, ତାକୁ ଈଶ୍ୱର କାହିଁକି ଏମିତି ପରୀକ୍ଷାରେ ପକାଇଲେ? ସେ ଆଉ ଥରେ ବତିଖୁଣ୍ଟ ପାଖକୁ ଲାଗି ଆସିଲା। ଆଲୁଅରେ ଦେଖିଲା, ଗୋରା ଟକଟକ ଡଉଲଡାଉଲ ଝିଅଟିଏ। ତା' ଆଖିଯୋଡ଼ିକ ଅନେକ ବର୍ଷ ତଳେ ସେ ଦେଖିଥିବା ଯୋଗମାୟାର ଆଖି ପରି ବଡ଼ ବଡ଼ ଦିଶୁଥିଲା।

ମହାନଦୀ ଆଡୁ ଦମକାଏ ଥଣ୍ଡା ପବନ ବୋହିଆସି ଉମାକାନ୍ତକୁ ଗାଧୋଇ

ଦେଲା। ଗୋଟିଏ ମୁହୂର୍ତ୍ତରେ ସେ ସ୍ଥିର କରିନେଲା, ଏଇ କୁନି ଝିଅଟି ତା' ପ୍ରଶ୍ନର ଉତ୍ତର ହୋଇ ଆସିଛି। ପଚିଶ ବର୍ଷ ତଳର ଅପରାଧର ପ୍ରାୟଶ୍ଚିତ୍ତ କରିବା ଲାଗି ଜୀବନ ଆଉ ଗୋଟେ ଅବକାଶ ଦେଇଛି ତାକୁ।

ଉମାକାନ୍ତ ପ୍ଲାଟ୍‌ଫର୍ମ ମୁହାଁ ଧାଇଁଲା। ତା' ମୁଣ୍ଡର ଦରଜ ଆଉ ତାକୁ କଷ୍ଟ ଦେଉ ନ ଥିଲା। ପିଲାଟା ମୁହଁରେ ଟିକେ ଆଧାର ଦେବା ଦରକାର।

ପ୍ଲାଟ୍‌ଫର୍ମର ଟେଲିଫୋନ୍ ବୁଥ୍‌ରୁ ଅପର୍ଣ୍ଣାର ମୋବାଇଲ୍‌କୁ ଫୋନ୍ ଲଗେଇଲା ଉମାକାନ୍ତ। ଉମାକାନ୍ତର ସ୍ୱର ଶୁଣୁ ଶୁଣୁ ଅପର୍ଣ୍ଣା ସେପଟେ କାନ୍ଦି ପକେଇଲା। ପଚାରିଲା, ''କୁଆଡ଼େ ଅଛ ତୁମେ ? ରାତିସାରା ମୁଁ ଅନିସା କରିଛି। ସବୁ ଜାଗାକୁ ଫୋନ୍ କରି ଥକିଗଲିଣି। ତୁମେ କୋଉଠୁ କହୁଛ ?'' ଉମାକାନ୍ତ ଧୀର ଗଳାରେ କହିଲା, 'ଶୁଣ, ଡ୍ରାଇଭର୍ ତ ଆସି ନ ଥିବ। ତୁମେ କାର୍ ନେଇ ଏଇ କଟକ ଷ୍ଟେସନ୍‌ର ଏକ ନମ୍ବର ପ୍ଲାଟ୍‌ଫର୍ମକୁ ଆସ। ବହୁତ କଥା କହିବାର ଅଛି ତମକୁ, ଫୋନ୍‌ରେ ସେସବୁ କହିପାରିବି ନାହିଁ।''

ଫୋନ୍ ରଖିଦେଇସାରି ଉମାକାନ୍ତ କୁନି ଝିଅଟିକୁ ଚାହିଁଲା। ପିଲାଟିର କାନ୍ଦ ବନ୍ଦ ହୋଇଯାଇଥିଲା। ସେ ତାକୁ ତା' ଛାତିରେ ଜଡ଼େଇଧରି କହିଲା, 'ଟିକିଏ ଅପେକ୍ଷା କର, ତୋ ମାଆ ଆସୁଛି।''

■

ଶିକୁଳି

ଶ୍ରାବଣର ରାତି ଉତ୍ତପ୍ତ ଜ୍ୟେଷ୍ଠର ରାତି ପରି ଅସ୍ୱସ୍ତିକର ମନେ ହେଉଥିଲା। ଘରର ଆଲୋକିତ କାନ୍ଥ ଦିଶୁଥିଲା ଅନୁତାପର ରଙ୍ଗ ପରି ମଳିନ ଓ ନିଷ୍ପ୍ରଭ। ଗୋଟିଏ ଗୋଟିଏ ମୁହୂର୍ତ୍ତ ଗୋଟେ ଗୋଟେ ବର୍ଷ ପରି ଦୀର୍ଘ ମନେ ହେଉଥିଲା। ଅନୁରାଧା କ'ଣ କହି ଅପର୍ଣ୍ଣାକୁ ବୁଝେଇବେ, ଭାବି ପାରୁ ନ ଥିଲେ।

ସେ ଆଉଥରେ ଯାଇ ଅପର୍ଣ୍ଣା କୋଠରିର ବନ୍ଦ ଦରଜା ଦେଇ ଉଙ୍କିମାରିଲେ। ତାଙ୍କୁ ଖୁବ୍ ଅସହାୟ ଲାଗୁଥିଲା। ଯୋଉ ଝିଅଟି ସାନଥିବାବେଳେ ତାଙ୍କୁ ସରଳ ଓ ସାଦାସିଧା ଲାଗୁଥିଲା ଏବେ ବଡ଼ ହେଲାପରେ ସେଇ କେମିତି ଅବୁଝା ଓ ରହସ୍ୟମୟୀ ଲାଗୁଥିଲା।

ଅନୁରାଧା ଜାଣନ୍ତି, ଅପର୍ଣ୍ଣା ଓ ଅମରେଶ ଉଭୟେ ପରସ୍ପରକୁ ଭଲ ପାଉଛନ୍ତି। ଅମରେଶ ଭଲ ଛାତ୍ର, ନାମୀ ହସ୍‌ପିଟାଲ୍‌ରେ ଡାକ୍ତର। ପ୍ରଶସ୍ତମନା ଏବଂ ଉଦାର। ତା'

ସହ ବାହାଘର ପ୍ରସ୍ତାବକୁ ଭାଙ୍ଗିଦେବା ଆଦୌ ବୁଦ୍ଧିମାନର କାମ ନୁହେଁ। ଅଥଚ ଅପର୍ଣ୍ଣା ସେଇଆ କରିବାକୁ ଯାଉଛି। ସେଥିପାଇଁ ସେ ଯେଉଁ ଯୁକ୍ତି ଦେଖଉଛି ସେଇଟା ଖାଲି ଅମରେଶ ପାଇଁ ନୁହେଁ, ଅନୁରାଧାଙ୍କ ପାଇଁ ମଧ୍ୟ ଅପମାନଜନକ। ଏ କଥା ଯିଏ ଶୁଣିବ ସିଏ ଭାବିବ ମାଆଟା ସ୍ୱାର୍ଥପର! ଝିଅଟିକୁ ବୁଝେଇ ରାଜି କରିପାରିଲା ନାହିଁ! ଅପର୍ଣ୍ଣାର କିନ୍ତୁ ଗୋଟିଏ ଜିଦ୍, ସେ ବାହାହେବ ନାହିଁ। ମାଆ ପାଖରେ ରହିବ। ମାଆର ଦାୟିତ୍ୱ ନେବା ପାଇଁ କେହି ନ ଥିବାରୁ ସେ ବାହା ହେବ ନାହିଁ।

ଗଲା ପାଞ୍ଚ ବର୍ଷ ଭିତରେ ଅପର୍ଣ୍ଣାର ବାହାଘର ପାଇଁ ଆସିଥିବା ଏଇଟି ଥିଲା ତୃତୀୟ ପ୍ରସ୍ତାବ। ଆଗରୁ ଏକା ଯୁକ୍ତି ଦେଖାଇ ଦି' ଦିଇଟା ପ୍ରସ୍ତାବକୁ ଅପର୍ଣ୍ଣା ଭାଙ୍ଗି ଦେଇଛି। ସେତେବେଳେ ଅନୁରାଧା ବ୍ୟସ୍ତ ହୋଇଛନ୍ତି ସତ, ଆଜି ଭଳି ଏତେ ବ୍ୟତିବ୍ୟସ୍ତ ହୋଇନାହାନ୍ତି। କିନ୍ତୁ ଅମରେଶ ସହ ପ୍ରସ୍ତାବଟି ଭାଙ୍ଗିଯିବାକୁ ସେ ଦେବେ ନାହିଁ। ଭଲ ଘର, ଉଚ୍ଚ ପ୍ରତିଷ୍ଠା ଏବଂ ବଡ଼ ଚାକିରି ଗୋଟେ ପଟେ, ଭଲ ମଣିଷଟେ ମିଳିବା ଆଉ ଗୋଟେ ପଟେ। ଘର, ପ୍ରତିଷ୍ଠା କି ଉପାର୍ଜନ ନ ଥିଲେ ପଛକୁ ମିଳିପାରିବ। ମାତ୍ର ମଣିଷଟେ ଭଲ ହୋଇ ନ ଥିଲେ, ସବୁ କିଛି ଥାଇ ମଧ୍ୟ କିଛି ନ ଥିଲା ପରି। ସବୁଠାରୁ ବଡ଼କଥା ହେଉଛି ପୁଣି ଅମରେଶ କେବଳ ଅପର୍ଣ୍ଣାକୁ ଭଲ ପାଉ ନାହିଁ, ଅପର୍ଣ୍ଣା ବି ଭଲ ପାଉଛି ଅମରେଶକୁ।

ଅପର୍ଣ୍ଣାକୁ ପାଞ୍ଚ ବର୍ଷ ହୋଇଥିଲା, ଅନୁରାଧା ଛାଡ଼ପତ୍ର ଦେଇଥିଲେ ମନୋଜଙ୍କୁ। ମୁକ୍ତ ହୋଇଯାଇଥିଲେ ବିବାହ ବନ୍ଧନରୁ। ଆଉ ମନୋଜଙ୍କୁ ବରଦାସ୍ତ କରିବା ସମ୍ଭବ ହେଲା ନାହିଁ। ଅନେକ ଦୁଃଖ କଷ୍ଟ ସେ ସହିଥିଲେ, ଅପମାନ ଓ ଅବିଚାରକୁ ଆଖିବୁଜି ଦେଇଥିଲେ; ମାତ୍ର ଯେଉଁଦିନ ମନୋଜ ସ୍ତ୍ରୀ ଉପରେ ରାଗ ସୁଝେଇବାକୁ ଯାଇ ପାଞ୍ଚ ବର୍ଷର ଝିଅ ଅପର୍ଣ୍ଣା ଉପରକୁ ହାତ ଉଠେଇଲେ, ସେଦିନ ଅପର୍ଣ୍ଣାଙ୍କର ସବୁ ମାୟା କଟିଗଲା, ସଂପର୍କର ସବୁ ଦଉଡ଼ି ଛିଣ୍ଡିଗଲା। ଦି' ଚାରିଖଣ୍ଡ ଲୁଗାପଟା ଓ ଅପର୍ଣ୍ଣାକୁ ଧରି ସେ ଆଖିବୁଜି ସେଇ ଘରୁ ବାହାରି ଆସିଥିଲେ। ଅପର୍ଣ୍ଣାର କୁନିକୁନି ପାପୁଲି ଯୋଡ଼ିକ ସେଦିନ ଅନୁରାଧାଙ୍କୁ ଏତେ ସାହସ ଦେଇଥିଲା ଯେ ସେ ଆଉସବୁ କଥାକୁ ପଛରେ ପକେଇ ଦେଇଥିଲେ। ବଡ଼ଘର, ସ୍ୱଚ୍ଛଳ ଘରକରଣା କିମ୍ବା ଶାଶୂଘରର ସମ୍ଭ୍ରାନ୍ତ ପରିଚୟ କୌଣସିଟି ତାଙ୍କୁ ପଛରୁ ଟାଣି ଅଟକେଇ ପାରି ନ ଥିଲା।

ସାତ ବର୍ଷର ଘରକରଣା ସାତ ମିନିଟ୍‌ରେ ଭାଙ୍ଗିଯାଇଥିଲା- ତାସ୍‌ର ଘର ପରି। ବାପା-ମାଆ କିଛି ଦିନ ବୁଝାଇଲେ, ଭାଇ-ଭାଉଜ କହିଥିଲେ କୋର୍ଟରେ କେସ୍ ଲଢ଼ିବେ, ସାଙ୍ଗମାନେ ସାହସ ଦେଇଥିଲେ; ମାତ୍ର ଅନୁରାଧା ସେମାନଙ୍କର କଥାକୁ ଶୁଣି ନ ଥିଲେ। ସେତେବେଳେ ତାଙ୍କ ପୃଥିବୀର କେନ୍ଦ୍ରରେ ଥିଲା କେବଳ ପାଞ୍ଚବର୍ଷର

ଝିଅ ଅପର୍ଣ୍ଣା - ଆଉ କେହି ନୁହେଁ। ଜୀବନ ବଞ୍ଚିବା ଲାଗି ଗୋଟିଏ ଲକ୍ଷ୍ୟ ଦରକାର। ସେଇ ଲକ୍ଷ୍ୟଟି ଥିଲା ଝିଅ ଅପର୍ଣ୍ଣା।

ସ୍ୱାମୀ ମନୋଜଙ୍କର କିଛି ଅଭାବ ନ ଥିଲା। ପାରିବାରିକ ସ୍ୱଚ୍ଛଳତା, ବାପା-ମାଆଙ୍କର ପ୍ରତିଷ୍ଠା ଓ ନିଜର ଉପାର୍ଜନ ବେଶ୍ ଥିଲା; ମାତ୍ର ସବୁବେଳେ ସେ ଭାବୁଥିଲେ ଯେ ସମସ୍ତେ ଅନୁରାଧାଙ୍କୁ ତାଙ୍କ ଅପେକ୍ଷା ବେଶି ଗୁରୁତ୍ୱ ଦେଉଛନ୍ତି। ସେଥିପାଇଁ ସେ ଅନୁରାଧାଙ୍କର ଛୋଟ ଛୋଟ ସଫଳତାକୁ ବରଦାସ୍ତ କରି ପାରୁ ନ ଥିଲେ। ତାଙ୍କରି ପାଇଁ ଅନୁରାଧା ବାହାଘର ଆଗରୁ କରୁଥିବା ଅଧ୍ୟାପନା ଚାକିରି ଛାଡ଼ିଦେଲେ, ବାହାରକୁ ନ ଯାଇ ଘରକୋଣରେ ବସି ରୋଷେଇ କଲେ, ମନୋଜଙ୍କ ଜାମାପଟା ଇସ୍ତ୍ରି କଲେ, ତାଙ୍କ ଲୁଗାପଟା ଧୋଇଲେ ଓ ନିଜର ପରିଚୟକୁ ନିଜେ ହିଁ ସମାଧି ଦେଇଦେଲେ ଘରର ଚାରିକାନ୍ଥ ଭିତରେ। ତଥାପି ମନୋଜଙ୍କୁ ବୁଝେଇ ପାରିଲେ ନାହିଁ। ଛୋଟିଆ ଛୋଟିଆ କଥାରେ ମନୋଜ ତାଙ୍କୁ ଅପମାନ ଦେଲେ, ତାଙ୍କ ଉପରକୁ ହାତ ଉଠେଇଲେ ଏବଂ ଶେଷରେ ତାଙ୍କର ଚରିତ୍ରକୁ ମଧ୍ୟ ସନ୍ଦେହ କଲେ।

ରାତି ରାତି ନିରବରେ ବସି ଅନୁରାଧା କାନ୍ଦିଛନ୍ତି। 'ରାଜଯୋଟକ' ଶବ୍ଦର ଅର୍ଥ ଖୋଜି ଖୋଜି ନିରାଶ ହୋଇଛନ୍ତି। ଝିଅକୁ କୋଳ ଭିତରେ ପୂରେଇ କହିଛନ୍ତି, 'ସବୁ ପଛକେ ମୋର ଚାଲିଯାଉ, ତୁ ବ୍ୟସ୍ତ ହଅନା। ତୋତେ ମୁଁ ଏ ପୃଥିବୀକୁ ଆଣିଛି। ସବୁଦିନେ ତୋ ପାଖେ ପାଖେ ରହିଥିବି।''

ମନୋଜ ତାଙ୍କଠାରୁ ଦଶ ବର୍ଷ ବଡ଼। ରାଜନୀତି ବିଜ୍ଞାନରେ ଅଧ୍ୟାପକ ଥିଲେ ସେ। ଅନୁରାଧା ମଧ୍ୟ ଏକା କଲେଜରେ ଅଧ୍ୟାପିକା ଚାକିରି କରିଥିଲେ। ଉଭୟେ ସେ ବର୍ଷ ଦିଲ୍ଲୀ ଯାଇ ଇନ୍ଦିରା ଗାନ୍ଧୀ ମୁକ୍ତ ବିଶ୍ୱବିଦ୍ୟାଳୟର ରିଡର୍ ପଦ ପାଇଁ ଇଣ୍ଟରଭ୍ୟୁ ଦେଇଥିଲେ। ଦୁର୍ଭାଗ୍ୟକୁ ଅନୁରାଧା ମନୋନୀତ ହୋଇଗଲେ; ମାତ୍ର ମନୋଜ ହୋଇପାରିଲେ ନାହିଁ। ସେଇ ଘଟନା ପରଠାରୁ ମନୋଜଙ୍କ ହାବଭାବ ଏକଦମ୍ ବଦଳିଗଲା। ଅନୁରାଧାର ଛାଇଟିକକୁ ମଧ ସେ ସହି ପାରିଲେ ନାହିଁ। ସ୍ୱାମୀ-ସ୍ତ୍ରୀର ସଂପର୍କ କଟିଗଲା। ତାଙ୍କର ଏ ମାନସିକତାକୁ ବୁଝି ପାରି ଅନୁରାଧା ଦିଲ୍ଲୀ ଚାକିରିରେ ଯୋଗ ଦେଲେ ନାହିଁ, ଯଦିଓ ସେଇ ଚାକିରିଟି ପାଇବା ପାଇଁ ସେ ପ୍ରଚୁର ପରିଶ୍ରମ କରିଥିଲେ।

ସେଦିନୁ ଅନେକ ସମୟରେ ଅନୁରାଧା ଭାବେ - ଏମିତି କାହିଁକି ହୁଏ ? ସ୍ୱାମୀର ଟିକି ଟିକି ସଫଳତାରେ ଉଲ୍ଲସିତ ହୋଇ ସ୍ତ୍ରୀଟି ଠାକୁରଠାକୁରାଣୀଙ୍କୁ ପୂଜା କରେ, ସାଇପଡ଼ିଶାରେ ମିଠେଇ ବାଣ୍ଟେ, ଜାମାପ୍ୟାଣ୍ଟ୍ କିଣିଆଣି ସ୍ୱାମୀକୁ ଉପହାର ଦିଏ, ଭଲ ଭଲ ଜିନିଷ ରୋଷେଇ କରି ଖାଇବାକୁ ଦିଏ, ବାପଘର ଓ ଶାଶୂଘରର ସଂପର୍କୀୟମାନଙ୍କୁ

ଫୋନ୍ କରି ଖୁସି ଖବର ବାଣ୍ଟେ, ଗେହ୍ଲେଇ ହୋଇ ସ୍ୱାମୀର ବେକରେ ଓହଳି ପଡ଼େ; ଅଥଚ ସ୍ତ୍ରୀର ଉଲ୍ଲେଖନୀୟ ସଫଳତାରେ ସୁଦ୍ଧା ସ୍ୱାମୀ ଟିକିଏ ଖୁସି ହୁଏ ନାହିଁ, ଓଲଟି ଶତ୍ରୁ ପରି ହିଂସ୍ର ହୋଇଉଠେ ? ଇଏ କି ପ୍ରକାର ଏକପାଖିଆ ସଂପର୍କ !

ଆସନ୍ତା ଦୁର୍ଗାଷ୍ଟମୀକୁ ଛବିଶ ପୂରି ସତେଇଶ ଚାଲିବ ଅପର୍ଣ୍ଣାକୁ। ବାଇଶ ବର୍ଷ ବିତିଗଲାଣି ଏହା ଭିତରେ। ଏ ବାଇଶଟି ବର୍ଷ ବାଇଶଟି ଯୁଗ ପରି ଲାଗିଛି ଅନୁରାଧାଙ୍କୁ। ଗୋଟିଏ ଗୋଟିଏ ମୁହୂର୍ତ୍ତ ଦେଇ ସେ ବୁଝିଛନ୍ତି ଏକଲା ସ୍ତ୍ରୀ ଲୋକଟିଏ ସମାଜରେ ବଞ୍ଚିବା କେତେ ଦୁଃଖଦାୟକ !

ସମୟେ ସମୟେ ମଧ୍ୟ ଭାବିଛନ୍ତି, ଅପର୍ଣ୍ଣାର ଦାୟିତ୍ୱ କଷ୍ଟକର ହୋଇଥିଲେ ବି ତାଙ୍କ ପାଇଁ ଆଶୀର୍ବାଦ ହୋଇଛି। ବଞ୍ଚିବା ପାଇଁ ଗୋଟେ ଅବଲମ୍ବନ ଦରକାର। ଯାତ୍ରା ଜାରି ରଖିବା ପାଇଁ ପ୍ରୟୋଜନ ଗୋଟେ ଲକ୍ଷ୍ୟ। ସେଇ ଲକ୍ଷ୍ୟଟି ନ ଥିଲେ ପାହୁଣ୍ଡେ ପାଦ ଆଗକୁ ପକେଇବା ଲାଗି ଆଗ୍ରହ ଆସିବ ନାହିଁ। ଯଦି ଅପର୍ଣ୍ଣାର ଦାୟିତ୍ୱ ନ ଥାନ୍ତା ତାହାହେଲେ କ'ଣ ସେ ଏତେ ବାଟ ଆଗକୁ ଆସି ପାରିଥାଆନ୍ତେ !

ମନୋଜଙ୍କ ପାଖରୁ ଦୂରେଇ ଆସିବା ପରେ ନିଜ ବାପାମାଆ କିମ୍ବା ଭାଇଭାଉଜଙ୍କ ଉପରେ ନିର୍ଭର କରିନାହାନ୍ତି ଅନୁରାଧା। ନିଜ ଉଦ୍ୟମରେ ଦରଖାସ୍ତ ପକେଇଛନ୍ତି ଅଲଗା ଅଲଗା ସହରରେ। ଦୂରକୁ ଚାଲି ଆସିବାକୁ ଚାହିଁଛନ୍ତି ନିଜର ପରିଚିତ ପରିଧିରୁ। ହାଇଦ୍ରାବାଦରେ ଆସି ନୂଆ ଚାକିରିରେ ଯୋଗ ଦେଇଛନ୍ତି। ଅଧାରୁ ଛାଡ଼ି ଦେଇଥିବା ଗବେଷଣା କାମ ପୁଣି ଆରମ୍ଭ କରିଛନ୍ତି। ଛାତ୍ରମାନଙ୍କୁ ଗବେଷଣା କାମରେ ସାହାଯ୍ୟ କରିଛନ୍ତି। ନିଜେ ଦୁଇ ଖଣ୍ଡ ବହି ଲେଖିଛନ୍ତି- ଭାରତୀୟ ଦର୍ଶନକୁ ନେଇ। ଭିନ୍ନ ଭିନ୍ନ ସେମିନାରରେ ଯୋଗ ଦେଇଛନ୍ତି ଓ ଆନ୍ତର୍ଜାତିକ ସମ୍ମିଳନୀରେ ଯୋଗ ଦେବା ପାଇଁ ନିମନ୍ତ୍ରଣ ପାଇଛନ୍ତି।

ଅନୁରାଧା ଜାଣନ୍ତି, ସବୁ ଶ୍ରେୟ ଅପର୍ଣ୍ଣାର। ତାଆରି ସରଳ ନିଷ୍ପାପ ଚେହେରାକୁ ମନ ପୂରେଇ ଥରେ ଦେଖିଦେଲେ ତାଙ୍କ ଭିତରେ ସିଂହୀର ବଳ ଆସିଯାଏ। ତାକୁ କୋଳରେ ପୂରେଇ ଘଡ଼ିଏ ଶୋଇଗଲେ ସାତସିନ୍ଧୁ ଲଂଘିଯିବାର ପ୍ରେରଣା ମିଳିଯାଏ। ସେଇ ତାଙ୍କ ଜୀବନର ଧ୍ରୁବତାରା – ଯାହାକୁ ଦୃଷ୍ଟିରେ ରଖି ସେ ଚାଲିଛନ୍ତି, ବାଇଶ ବର୍ଷ ହେଲା।

ମନୋଜ ଅବଶ୍ୟ ଏହି ବର୍ଷଗୁଡ଼ିକରେ ନିରବ ରହିନାହାନ୍ତି। କେଉଁ ନା କେଉଁ ବାହାନାରେ ହାଇଦ୍ରାବାଦ ଆସି ଅନୁରାଧାଙ୍କ ବିଭାଗରେ ପହଞ୍ଚିଛନ୍ତି। ପ୍ରଫେସରମାନଙ୍କୁ ଭେଟି ମିଛ କାହାଣୀ ଶୁଣେଇଛନ୍ତି। ଅନୁରାଧା କେମିତି ନିଜର ଉଚ୍ଚାକାଂକ୍ଷା ପାଇଁ ତାଙ୍କୁ ଉପେକ୍ଷା ଓ ଅନାଦର କରିଛନ୍ତି ସେ ବିଷୟରେ ନୂଆ ନୂଆ ତଥ୍ୟ ଉଦ୍ଭାବନ କରିଛନ୍ତି। ନିଜର ବିକଳ ସ୍ଥିତିର ଦୁଃଖ କଥା କହି ସଂଗ୍ରହ କରିଛନ୍ତି ଅନୁକମ୍ପା ଓ

ସହାନୁଭୂତି । ବିଶିଷ୍ଟ ଓଡ଼ିଆମାନଙ୍କୁ ଭେଟି ସମାନ ଅଭିଯୋଗ କରିଛନ୍ତି ଅଲଗା ଅଲଗା ଶବ୍ଦରେ । ସେଥିପାଇଁ ପ୍ରତିଥର ମନୋଜ ଆସି ଫେରିଗଲା ପରେ କିଛି କିଛି ସହଯୋଗୀ, ପ୍ରଫେସର ଏବଂ ପରିଚିତ ବ୍ୟକ୍ତି ଏ ସଂପର୍କରେ ଅନୁରାଧାଙ୍କୁ ପଚାରନ୍ତି । ବୁଲେଇ ବଙ୍କେଇ ପରାମର୍ଶ ଦିଅନ୍ତି- ଅନୁରାଧାର ପୁଣିଥରେ ମନୋଜ ପାଖକୁ ଫେରିଯିବା ଉଚିତ । ନ ହେଲେ ଦୁହିଙ୍କ ଝଗଡ଼ା ଭିତରେ ପିଲାଟିର କ୍ୟାରିୟର୍ ନଷ୍ଟ ହେଇଯିବ ।

ସେତେବେଳେ ଅନୁରାଧା କିଛି କହନ୍ତି ନାହିଁ । ନିରବରେ ଶୁଣି ଯାଆନ୍ତି । କେବଳ ଗୋଟିଏ କଥା ଚିନ୍ତା କରନ୍ତି, ଯେଉଁ ପୁରୁଷଟି ଅନୁରାଧାଙ୍କୁ ଜିଣିବାଲାଗି ଏଭଳି ଉପାୟରେ ସହାନୁଭୂତି ଗୋଟେଇ ଚାଲିଛନ୍ତି ସିଏ ପ୍ରକୃତରେ କେଡ଼େ ନିର୍ବୋଧ ! ଗୋଟେ ନାରୀର ହୃଦୟ ତ ଏତେ ଟିକେ ଶୂନ୍ୟସ୍ଥାନ । ତାକୁ ଜିଣିବା ପାଇଁ ପୃଥିବୀସାରା ଘୂରିବୁଲିବା ଅର୍ଥହୀନ । ପୁଣି ଜଣକୁ ଜିଣିବା ପାଇଁ ତା ବିରୋଧରେ କୁତ୍ସାରଟନା କ'ଣ ସବୁଠାରୁ ଉତ୍କୃଷ୍ଟ ମାଧ୍ୟମ ?

କିନ୍ତୁ ଏସବୁ କାହାକୁ ଯାଇ କହନ୍ତି ନାହିଁ ଅନୁରାଧା । ସାତ ବର୍ଷର ଦାମ୍ପତ୍ୟ ଭିତରେ ସୁଖକର ସେଭଳି କିଛି ଅନୁଭବ ନଥିଲା ତାଙ୍କର । ଯେତେବେଳେ ବି ଆଖି ବୁଜିଦେଇ ସେ ଭାବିଛନ୍ତି, ଦିଶିଛି ଗୋଟେ ରକ୍ତଚକ୍ଷୁ କାପାଳିକର ଚେହେରା - ଯିଏ ଛେଳିକୁ ବଳିକାଠକୁ ଭିଡ଼ିଭିଡ଼ି ନେବାପରି ଅନୁରାଧାଙ୍କର ଚୁଟି ଧରି ଭିଡ଼ି ନେଉଛି କାନ୍ଥପାଖକୁ ଏବଂ ସେଇଥିରେ କଚି ଦେଉଛି ତାଙ୍କର ମୁଣ୍ଡ ! ତା'ର ଆଘାତରେ ଅନୁରାଧାଙ୍କ କପାଳର ରକ୍ତ ମଥାର ସିନ୍ଦୂରକୁ ଧୋଇ ଦେଇଛି । କ'ଣ ବା ଥିଲା ଅନୁରାଧାଙ୍କର ଅପରାଧ ?

- କାହିଁକି ପ୍ରଫେସର ଆଜି ତୁମ କଥା ପଚାରୁଥିଲେ ?

- ତୁମର ପିଏଚ୍‌ଡି ଗାଇଡ୍ ଥିଲେ ଆମ ଇଣ୍ଟର୍ଭ୍ୟୁର ସଦସ୍ୟ, ତୁମେ କାହିଁକି ସେକଥା ମୋତେ କହିଲ ନାହିଁ ?

- ମୋ ପାଇଁ କାହିଁକି ସୁପାରିସ କଲ ନାହିଁ ତୁମ ଗାଇଡ୍‌ଙ୍କ ପାଖରେ ?

- ଏତେ ବହି ତୁମେ କାହିଁକି ପଢୁଛ ?

- ତୁମ ପାଖକୁ କାହିଁକି ଏତେ ଫୋନ୍ ଆସୁଛି ?

- କବାଟ ଖୋଲିବାରେ କାହିଁକି ଏତେ ଡେରି ହେଲା ?

- ତୁମକୁ ସେ ଅଧ୍ୟାପକ ଚିହ୍ନିଲା କେମିତି ?

କାହିଁକି, କିଏ, କେମିତି, କେଉଁଠି - ପ୍ରଶ୍ନର ସୀମା ନାହିଁ ।

ତେଣିକି ଅନୁରାଧା ଉତ୍ତର ଦିଅନ୍ତୁ କି ନ ଦିଅନ୍ତୁ, ଶାସ୍ତି ଅବଧାରିତ । ପ୍ରତି ପ୍ରଶ୍ନୋତ୍ତର ଶେଷରେ ଗୋଟିଏ କାର୍ଯ୍ୟକ୍ରମ - ବିଧା, ଗୋଇଠା ଓ ପାହାର !

ସବୁଯାକ ସହିଥିଲେ ଅନୁରାଧା। ଏହାଠାରୁ ଆହୁରି କଷ୍ଟକର କଥା ସବୁ ସେ ପଢ଼ିଥିଲେ ଖବରକାଗଜରୁ, ଶୁଣିଥିଲେ ମାଆ ପାଖରୁ। କୋଉଠି ସ୍ୱାମୀଟିଏ ପ୍ରତି ରାତିରେ ସ୍ତ୍ରୀ ଦେହରୁ ସିରିଞ୍ଜ୍‌ରେ ରକ୍ତ ଟାଣିଲାଣି ତ କୋଉଠି ସୁନ୍ଦରୀ ସ୍ତ୍ରୀକୁ ଅସୁନ୍ଦରୀ କରିବା ପାଇଁ ସ୍ୱାମୀ ଏସିଡ୍ ଫିଙ୍ଗିଲାଣି। କୋଉଠି ନିଜ ସ୍ତ୍ରୀକୁ ବଦନାମ କରିବାଲାଗି ବେନାମି ଚିଠି ଲେଖିଲାଣି ତା'ର ସ୍ୱାମୀ ତ କୋଉଠି ଜୀବନରୁ ମାରିଦେବାଲାଗି ରଚିଲାଣି ଷଡ଼ଯନ୍ତ୍ର। ହୁଏତ ମନୋଜଙ୍କର ଅତ୍ୟାଚାର ସହି ସହି ଅନୁରାଧା ବି ରହିଯାଇଥାନ୍ତେ ଅବଶିଷ୍ଟ କିଛି ବର୍ଷ। ମାତ୍ର ପାରିଲେ ନାହିଁ। ମାଆର ଆଖି ସାମ୍ନାରେ ତା'ର କୁନି ଝିଅକୁ କେହି ଘୋଷାରି ନେଇ ତାକୁ ପିଟି ପକେଇବ ଏ କଥାକୁ ସେ ସହିପାରିଥାନ୍ତେ କେମିତି ?

ଅନୁରାଧାଙ୍କ ଆଖିରୁ ଲୁହ ନିଗିଡ଼ି ଆସୁଥିଲା। ସେ ତାକୁ ପଣତକାନିରେ ପୋଛିଦେଲେ। ତାଙ୍କର ମନେ ପଡୁଥିଲା, ବାପଠାରୁ ମାଡ଼ ଖାଇବା ପରେ ଅପର୍ଣ୍ଣା କେମିତି ଆତଙ୍କରେ ମୂର୍ଚ୍ଛା ହୋଇଯାଇଥିଲା। ସେଇ ଭୟଟା ବସା ବାନ୍ଧି ତା' ମନରେ ରହିଯାଇଥିଲା ଅନେକ ବର୍ଷ। କୌଣସି ଅପରିଚିତ ଲୋକକୁ ଦେଖିଲାକ୍ଷଣି ସେ ଧାଇଁଆସି ମାଆ କୋଳରେ ମୁହଁ ଗୁଞ୍ଜି ଦେଉଥିଲା। ନିଜେ ନିଜେ କବାଟ କିଳି ଦେଉଥିଲା ଘରର। ତାହାର କଥାଗୁଡ଼ାକ ଅସଂଲଗ୍ନ ହୋଇଯାଉଥିଲା ଓ ସେ ଭୟରେ ସାଙ୍କୁଡ଼ି ଯାଉଥିଲା। ପ୍ରତିଥର କଥା କହିବାକୁ ପାଟି ଖୋଲିଲେ ଖନି ବାଜୁଥିଲା ପାଟି।

ଅନୁରାଧା ଦୀର୍ଘଶ୍ୱାସ ନେଲେ।

କି ବିଚିତ୍ର ତା'ର ଜୀବନ ? ଅଥଚ ବାହାଘର ଆଗରୁ ସେ କେତେ ସୁନ୍ଦର ସ୍ୱପ୍ନ ସବୁ କଳ୍ପନା କରି ନ ଥିଲେ ! ମନୋଜଙ୍କୁ ନେଇ କେତେ କଥା ଭାବି ନ ଥିଲେ ! ଛୋଟ ହୋଇ ନିଜର ଘରଟିଏ ତୋଳିବେ ସିଏ ଓ ମନୋଜ। ସେଇଠି ସେ ତାଙ୍କର କୁମାରୀ ଦିନର ସ୍ୱପ୍ନ ସବୁକୁ ଚିତ୍ର କରି କାନ୍ଥରେ ଟାଙ୍ଗିବେ। ଝିଅ ପାଠ ପଢ଼ିବ ଭଲ ସ୍କୁଲ୍‌ରେ। ତାକୁ ସେ ନାଚ ଓ ଗୀତ ଶିଖେଇବେ। ନିଜେ ଯେଉଁ ଯେଉଁ ସୁବିଧା ପାଇନାହାନ୍ତି ସେ ସବୁ ଯୋଗେଇ ଦେବେ ତାଙ୍କ ଝିଅକୁ। ମନୋଜ ଓ ସେ ଝିଅକୁ ସାଙ୍ଗରେ ଧରି ସପ୍ତାହାନ୍ତ ଛୁଟିରେ ବୁଲିଯିବେ ନୂଆ ନୂଆ ଜାଗା। ନୂଆ ନୂଆ ବହି ଅଧ୍ୟୟନ କଲାପରି ନୂଆ ନୂଆ ଜାଗା ଭ୍ରମଣରେ ମଣିଷର ଅଭିଜ୍ଞତା ପରିପୁଷ୍ଟ ହୁଏ, ଆତ୍ମବିଶ୍ୱାସ ବଢ଼େ, ନୂଆ ନୂଆ ସଂପର୍କ ଗଢ଼ିଉଠେ। ସେମାନେ ଗୋଟେ ଅର୍ଥପୂର୍ଣ୍ଣ ଜୀବନ ଜିଇବେ।

ମାତ୍ର ସେମିତି କିଛି ହେଲା ନାହିଁ।

କଳ୍ପନାର ଗୁଡ଼ି ଆକାଶକୁ ଉଠିବା ଦୂରର କଥା, ମୂଳରୁ ମାଟି ଉପରୁ ଉଠିଲା ନାହିଁ। ଉଠିବାକୁ ଚାହିଁଲା ବେଳକୁ ମୁହଁମାଡ଼ି ତଳେ ପଡ଼ିଗଲା।

ତଥାପି ଅନୁରାଧା ଦୁଃଖ କରନ୍ତି ନାହିଁ। ନ ଦେଇପାରିଲେ ନାହିଁ ପଛକେ ଭଲ ଗୋଟେ ଶୈଶବକୁ, ସ୍ନେହପୂର୍ଣ୍ଣ କୈଶୋରଟେ ଅନ୍ତତଃ ଅପର୍ଣ୍ଣାକୁ ଦେଇପାରିଛନ୍ତି। ଡାକ୍ତର ରମାପଦ ରାୟଙ୍କୁ ଅଶେଷ ଧନ୍ୟବାଦ, ସେ ବହୁ ଚେଷ୍ଟା କରି ତାଙ୍କ ଝିଅକୁ ମାନସିକ ଭୟରୁ ମୁକ୍ତ କରାଇଛନ୍ତି। ତାହା ନ ହେଲେ, ଜୀବନସାରା ଗୋଟେ ଭୟ-ଭୂତ ଝିଅ ମୁଣ୍ଡରେ ବସା ବାନ୍ଧି ରହିଯାଇଥାଆନ୍ତା।

ସେଇ ଝିଅ ଅପର୍ଣ୍ଣା, ଏବେ ଏମ୍‌ବିବିଏସ୍ ସାରି ଆପୋଲୋ ହସ୍‌ପିଟାଲ୍‌ରେ ଜୁନିଅର୍ ରେସିଡେଣ୍ଟ୍ ଅଛି। ନିଜକୁ ନିଜେ ପ୍ରସ୍ତୁତ କରୁଛି ପି.ଜି ପାଇଁ।

ଅପର୍ଣ୍ଣା ମନରେ ଆତ୍ମବିଶ୍ୱାସ ଓ ସାହସ ସୃଷ୍ଟି କରିବା ପାଇଁ ଦିନ ଦିନ, ରାତି ରାତି ଝିଅ ସହ ଗପ କରିଛନ୍ତି ଅନୁରାଧା। ତାକୁ ବୁଝେଇଛନ୍ତି, ସମୁଦ୍ରରେ ତିମି କି ମଗର ଅଛନ୍ତି ବୋଲି ସାନ ମାଛ କ'ଣ ବାଲି ଉପରେ ଆସି ଘର କରି ରହିବ ? ସିଏ ବି ରହିବ ପାଣିରେ। ଧୀରେ ଧୀରେ ବୁଝିଯିବ, କୋଉଠି ଲହଡ଼ିର ଭୟ କମ୍, କୋଉଠି ତିମି-ମଗରଙ୍କ ଉପଦ୍ରବ କ୍ଷୀଣ। ମଣିଷ ବି ସେଇ ସାନମାଛ ପରି। ଝଡ଼ଝଞ୍ଜା, ବିପଦ, ଆପଦ ଆସିବ; କିନ୍ତୁ ତା' ଭିତରେ ଲକ୍ଷ୍ୟ ସ୍ଥିର ରଖି ଆଗକୁ ପାଦ ବଢ଼େଇବାକୁ ହେବ।

ଅପର୍ଣ୍ଣା ଧୀରେ ଧୀରେ ସବୁକଥା ବୁଝିଛି। ନିଜ ପାଦରେ ନିଜେ ଠିଆ ହୋଇଛି। ମାଆର ଦାୟିତ୍ୱକୁ ନିଜ କାନ୍ଧରେ ବୋହିନେବା ପାଇଁ ସୁଦ୍ଧା ନୋଇଁ ପଡ଼ିଛି।

: ତୁମେ କାହିଁକି ଆଉଥରେ ବାହା ହେଲ ନାହିଁ ମା' ? ତୁମକୁ ତ ସେତେବେଳେ ତିରିଶ କି ଏକତିରିଶ ବର୍ଷ ହୋଇଥିବ - ଅପର୍ଣ୍ଣା ପଚାରେ।

ପ୍ରଥମେ ପ୍ରଥମେ ଏ ପ୍ରଶ୍ନକୁ ଏଡ଼େଇଦେବାକୁ ଚାହିଁଛନ୍ତି ଅନୁରାଧା। ମାତ୍ର ତା'ପରେ ପାଟିରୁ ସତକଥାଟି ବାହାରି ଆସିଛି। କହିଦେଇଛନ୍ତି- ତୋଅରି ପାଇଁ।

ଆଜି ମନେ ପଡୁଛି ଦେବବ୍ରତଙ୍କ କଥା। ମନୋଜଙ୍କୁ ଛାଡ଼ପତ୍ର ଦେବାର ବର୍ଷକ ପରେ ତାଙ୍କ ସହ ଦେଖା ହୋଇଥିଲା ପଣ୍ଡିଚେରୀରେ। ପ୍ରଭାବଶାଳୀ ବ୍ୟକ୍ତିତ୍ୱ, ଗଭୀର ଅଧ୍ୟୟନ ଏବଂ ସଂଭ୍ରାନ୍ତ ଆଚରଣ। ସେହି ବର୍ଷର ସେମିନାର୍‌ରେ ଦେବବ୍ରତ ସନ୍ଦର୍ଭଟିଏ ପଢ଼ିଥିଲେ। ଆଜି ସୁଦ୍ଧା ଅନୁରାଧାଙ୍କର ମନେଅଛି। ଦେବବ୍ରତଙ୍କର ସେଇ ସନ୍ଦର୍ଭର ପ୍ରସଙ୍ଗ ଥିଲା 'ବିଭକ୍ତ ବ୍ୟକ୍ତିତ୍ୱ'। ତାଙ୍କ ଭାଷଣ ଶୁଣି ସାରିବା ପରେ ଅନୁରାଧା ହାରିଗଲା ପରି ଅନୁଭବ କରିଥିଲେ। ତାଙ୍କ ନିଜର ପ୍ରବନ୍ଧ ପାଣିଚିଆ ମନେ ହୋଇଥିଲା। ଅଥଚ ତା' ଭାଷଣ ଶୁଣି ସାରିବା ପରେ ଦେବବ୍ରତ ନିଜ ଚଉକିରୁ ଉଠିଆସି ଓଲଟି କହିଥିଲେ, 'ଭଲ ହୋଇଛି, ମୁଁ ଆପଣଙ୍କ ଆଗରୁ ମୋ କଥା କହିସାରିଛି। ତାହା ନ ହେଲେ, ସତ କହୁଛି, ମୁଁ ଆଦୌ ଭାଷଣ ଦେବାକୁ ଉଠି ନ ଥା'ନ୍ତି।' ସେଇ ଦେବବ୍ରତଏବେ ପଣ୍ଡିଚେରୀ ବିଶ୍ୱବିଦ୍ୟାଳୟରେ ଦର୍ଶନ ବିଭାଗ ମୁଖ୍ୟ। ଅନେକ ଦିନ ପରେ ଅନୁରାଧା ଜାଣିଥିଲେ,

ଦେବବ୍ରତ ଅବିବାହିତ। କୌତୂହଳୀ ହୋଇ ଥରେ ସେ ଗୋଟେ ଚିଠି ଲେଖିଥିଲେ। ଉତ୍ତରରେ ଦେବବ୍ରତ ଲେଖିଥିଲେ, କେବଳ ସନ୍ତାନ ଜନ୍ମ ପାଇଁ ବିବାହ କରିବାର ପକ୍ଷପାତୀ ସେ ନୁହନ୍ତି। ତାଙ୍କ ମନ ସହ ମନ ମିଳିଲା ଭଳି ସାଥୀଟିଏ ପାଇନାହାନ୍ତି, ଯେଉଁଦିନ ପାଇବେ ସେଦିନ ବାହା ହେବେ। ବାହା ହେବା ପାଇଁ ବୟସ-ସୀମାକୁ ସେ ସ୍ୱୀକାର କରନ୍ତି ନାହିଁ। ଯୌବନ ଓ ବାର୍ଦ୍ଧକ୍ୟ ସବୁ ମଣିଷର ମାନସିକ ଅବସ୍ଥା ଉପରେ ନିର୍ଭରଶୀଳ।

କ'ଣ ଗୋଟିଏ ଶବ୍ଦ ହେଲା।

ଅନୁରାଧା ଅନୁମାନ କଲେ, ଅପର୍ଣ୍ଣା କଡ଼ ଲେଉଟଉଛି। ହୁଏତ ଭୋକ ଲାଗିବଣି। ଜିଦ୍ ଯୋଗୁଁ ଖାଇବା ଟେବୁଲ୍ ପାଖକୁ ଆସୁନାହିଁ। ଟେବୁଲ୍ ଉପରେ ଉଭୟଙ୍କର ଖାଇବା ସଂଜ ପହରୁ ବଢ଼ା ହୋଇ ଥଣ୍ଡା ହେଉଛି।

ନିଜ ଫ୍ଲାଟ୍‌ର ବାଲ୍‌କୋନିକୁ ଆସି ହାଇଦ୍ରାବାଦ ସହରକୁ ଚାହିଁଲେ ଅନୁରାଧା। ଚାରିଆଡ଼େ ଆଲୋକର ବନ୍ୟା, ଅଥଚ ତାଙ୍କ ନିଜ ଭିତରେ ଅମାବାସ୍ୟାର ଅନ୍ଧାର। ସେ କ'ଣ କରିବେ ? କେମିତି ଅପର୍ଣ୍ଣାକୁ ବୁଝେଇବେ ଯେ ଗୋଟିଏ ଭୁଲ୍‌ର ପ୍ରତିକାର ଆଉ ଗୋଟିଏ ଭୁଲ୍ ନୁହେଁ। କେବଳ ଦିଇଟି କାହିଁକି, ଶହେଟି ଭୁଲ୍ ମିଶି ସୁଦ୍ଧା ଗୋଟିଏ ଭୁଲ୍‌ର ସଂଶୋଧନ କରିପାରନ୍ତି ନାହିଁ।

ଚକ୍ କରି ବିଜୁଳିର ରେଖାଟିଏ ଟାଣି ହୋଇଗଲା ଆକାଶ ଦେହରେ। କିଛି ସମୟ ଛାଡ଼ି ଘଡ଼ଘଡ଼ିଟିଏ। ହୁଏତ କେଉଁଠି ବର୍ଷା ଓହ୍ଲାଉଥିବ। ସେ ଅପର୍ଣ୍ଣାର ଦରଆଉଜା କବାଟକୁ ଠେଲିଦେଇ ଭିତରକୁ ପଶିଗଲେ। ସ୍ୱିଚ୍ ଟିପି ଆଲୁଅ ଜଳେଇଦେଲେ। ପିଲାଦିନୁ ଘଡ଼ଘଡ଼ିକୁ ଅପର୍ଣ୍ଣାର ଡର। ପ୍ରଶସ୍ତ କୋଠରି ସାରା ମୋଟା ମୋଟା ବହି ଖେଳେଇ ପଡ଼ିଛି। ଟେବୁଲ୍, ଖଟ, ଚେଆର୍ ସବୁଠି ବହି, ଏପରିକି ଶୋଇବା ଖଟର ଅଧାରୁ ଅଧିକ ଆବୋରି ବସିଛି ବହିଖାତା।

ସେ ଧୀରେ ଝିଅର ପିଠିକୁ ଛୁଇଁଲେ। ଡାକିଲେ, ''ଚାଲ୍ ଖାଇବୁ, ମୁଁ ତୋ'ର ସବୁ କଥାରେ ରାଜି।''

ଅପର୍ଣ୍ଣା ଡବ ଡବ କରି ମାଆଙ୍କ ମୁହଁକୁ ଚାହିଁଲା। ଏତେ ଶୀଘ୍ର ତା କଥାରେ ମାଆ ରାଜି ହୋଇଯିବେ, ବୋଧହୁଏ ଏମିତି ବିଶ୍ୱାସ ତା'ର ହେଉ ନ ଥିଲା। ସେ ଆଉଥରେ ସେଇ କଥା ଶୁଣିବ ବୋଲି ଅପେକ୍ଷା କଲା। ଏଥର ଅନୁରାଧା ପୁନରାବୃତ୍ତି କଲେ, 'ତୋ କଥାରେ ମୁଁ ରାଜି। ଚାଲ୍, ଯାହା କହିବୁ ମୁଁ ସେଇଆ କରିବି।''

କିନ୍ତୁ ଅପର୍ଣ୍ଣା କହିଲା, ''ଘଡ଼ଘଡ଼ି ଶୁଣିଲାକ୍ଷଣି ଝିଅ କଥା ମନେ ପଡ଼ିଥିବ,' ନାଇଁ ?'' ଅନୁରାଧା କିଛି କହିଲେ ନାହିଁ। ଖାଲି କହିଲେ, ''ସବୁଯାକ ଥଣ୍ଡା ହେଇଗଲାଣି। ମୁଁ ଯାଇ ଟିକେ ଗରମ କରିଦିଏ।''

ଅପର୍ଣ୍ଣା କହୁଥିଲା, 'ମା' ତୋତେ ଏକାକୀ ଛାଡ଼ିଗଲେ ମୁଁ ଅପରାଧବୋଧରେ ଘାଣ୍ଟି ହେବି ଜୀବନସାରା।'

: କିନ୍ତୁ... ?

: ପୁଣି କିନ୍ତୁ କ'ଣ ?

: ମଣିଷ ପକ୍ଷେ ସବୁଠାରୁ ବଡ଼ ବୋଝ କ'ଣ ତାହା ତୁ ଜାଣୁ। ଏଇ ସହାନୁଭୂତି, ଅନୁକମ୍ପା। ମଣିଷ ଘୃଣାକୁ ନେଇ ବଞ୍ଚିଯାଇପାରେ; ମାତ୍ର ଅନୁକମ୍ପାକୁ ବୋହି ପାହୁଣ୍ଡେ ଯିବା କଷ୍ଟକର - ଅନୁରାଧା ଉତ୍ତର ଦେଲେ।

: ସେଇଟା ମୋର କର୍ତ୍ତବ୍ୟ। ଦିନେ ମୁଁ ଏକଲା ଥିଲି ବୋଲି ତୁମେ ସଂସାର ବସେଇଲ ନାହିଁ। ବାର ଲୋକଙ୍କ ବାର କଥା ସହି ନିଜ ନିଷ୍ପତ୍ତିରେ ଅଟଳ ରହିଲ। ଆଜି ତୁମକୁ ଏମିତି ଛାଡ଼ି ମୁଁ କୋଉଠି ନିଶ୍ଚିନ୍ତରେ ଯାଇ ରହିପାରିବି ନାହିଁ।

: ସେଇଥିପାଇଁ ତୁ ନିଜେ ନିଜେ ଦିଇଟା ବାହାଘର ଭାଙ୍ଗିଦେଲୁ! ସେଇଟା କ'ଣ ତୋ ପକ୍ଷେ ଠିକ୍ ହେଇଛି ?

- ମାନେ ?

- ତୁ ବୁଝିପାରୁଥିବୁ। - ଅନୁରାଧା କହିଲେ।

ଅପର୍ଣ୍ଣା କୌତୂହଳୀ ଦୃଷ୍ଟିରେ ମାଆଙ୍କ ମୁହଁକୁ ଚାହିଁଥିଲା। ସିଏ ଯେ ବେନାମୀ ଚିଠି ଲେଖି ପ୍ରସ୍ତାବ ଯୋଡ଼ାକ ଭାଙ୍ଗି ଦେଇଥିଲା, ସେ କଥା ତା' ମାଆ ଜାଣିଲେ କେମିତି ?

ଅନୁରାଧା କହିଲେ, 'ପ୍ରତି ମାଆର ଗୋଟେ ଷଷ୍ଠେନ୍ଦ୍ରିୟ ଥାଏ। ସେଇ ବଳରେ ସେ ତା ପିଲାଙ୍କର ସବୁକଥା ବୁଝିପାରେ। ପ୍ରଥମେ ଅବଶ୍ୟ ମୁଁ ଭାବିଥିଲି ଏସବୁ କାମ ମନୋଜ କରିଥିବେ, ମାତ୍ର ସତଟା ଜାଣିବା ପାଇଁ ମୋତେ ବେଶି ବିଳମ୍ବ ଲାଗିଲା ନାହିଁ। ସୁନାଝିଅଟା ପରା, ଅମରେଶ ଖାଲି ତୋତେ ଭଲ ପାଉନାହାନ୍ତି, ତୁ ମଧ୍ୟ ତାଙ୍କୁ ଭଲପାଉ। ଗୋଟେ ବୁଢ଼ୀର ସଂକ୍ଷିପ୍ତ ଭବିଷ୍ୟତର ଦ୍ୱାହି ଦେଇ ତୁ ଦିଇଟି ଜୀବନ ନଷ୍ଟ କରିଦେଏନା।'' ଶେଷବେଳକୁ ଅନୁରାଧାଙ୍କ ସ୍ୱର ବିକଳ ଶୁଭିଲା।

ଅପର୍ଣ୍ଣା କିନ୍ତୁ ଅବିଚଳିତ ଥିଲା।

ଏଥର ଅନୁରାଧା କହିଲେ, 'ଠିକ୍ ଅଛି। ମୋତେ ଦିନ ଦିଇଟା ସମୟ ଦେ। ମୋ ନିଷ୍ପତ୍ତି ତୋତେ ଶୁଣେଇବି।''

●●

ଘର ଭିତରକୁ ପଶି ଆସୁ ଆସୁ ଜଣେ ଅପରିଚିତ ଭଦ୍ରଲୋକଙ୍କ ସ୍ୱର ଶୁଣି ଅପର୍ଣ୍ଣା ଟିକିଏ ଆଶ୍ଚର୍ଯ୍ୟ ହେଲା। ଏହା ଆଗରୁ କେହି ଯେ ତାଙ୍କ ଘରକୁ ଆସିନାହାନ୍ତି

ସେ କଥା ନୁହେଁ, ମାତ୍ର କାହା ସାଙ୍ଗରେ ତା ମାଆ ଏମିତି ହସି ହସି କଥାବାର୍ତ୍ତା ହେବା ଏଇ ପ୍ରଥମ। ସତ କହିବାକୁ ଗଲେ ଅନେକ ବର୍ଷ ଧରି ସେ ତା ମାଆଙ୍କ ଖୋଲା ହସ ଦେଖିନାହିଁ। ତା' ସଫଳତାରେ ଯେତେବେଳେ ବି ମାଆ ହସିଛନ୍ତି, ସବୁବେଳେ ଦରଫୁଟା ହସ। ସେ ହସ ଚାରିପାଖେ କେମିତି ଗୋଟେ ବିଷାଦର ବଳୟ ବେଢ଼ିକି ଥାଏ। ମାତ୍ର ଆଜି ତା'ର ମାଆର ହସ ଶୁଭୁଥିଲା, ଉଚ୍ଛଳ ଝରଣାର କୁଳୁକୁଳୁ ତାନ ପରି। ସେ ଆଶ୍ଚର୍ଯ୍ୟ ହେଲା।

ଅନୁରାଧା ଝିଅକୁ ଦେଖି ଉଠିପଡ଼ିଲେ। ଭଦ୍ରଲୋକଙ୍କ ସହ ପରିଚୟ କରେଇ ଦେଲେ, ''ମୋ ଝିଅ ଅପର୍ଣ୍ଣା।''

ଅତିଥି ଦେବବ୍ରତ କହିଲେ, 'ଅପର୍ଣ୍ଣାଙ୍କୁ ଦେଖି ଲାଗୁଛି, ମୁଁ ତାଙ୍କୁ ଆଗରୁ କୋଉଠି ଭେଟିଛି। ମୋର ଯଦି ଠିକ୍ ମନେ ପଡୁଥାଏ, ତାହାହେଲେ 'ଆପୋଲୋ'ରେ...।''

ଅପର୍ଣ୍ଣା ନମସ୍କାର ହେଲା ଏବଂ ହସି ହସି କହିଲା, 'ମୁଁ ସେଇ ହସ୍‌ପିଟାଲ୍‌ରେ କାମ କରେ। ମୋତେ ବି ଲାଗୁଛି ଆପଣଙ୍କୁ ଦେଖିଲା ପରି।''

: ପୃଥିବୀଟା କେଡ଼େ ଛୋଟ! - ଦେବବ୍ରତ କହିଲେ।

: 'ମୁଁ ଟିକେ ଆସୁଛି' କହି ଅପର୍ଣ୍ଣା ତା କୋଠରିକୁ ଲୁଗାପଟା ବଦଳେଇବା ଲାଗି ଚାଲିଗଲା। ଦେବବ୍ରତ ପୁଣିଥରେ ହସିଦେଲେ। ଆଉ ଥରେ ପ୍ରାଣଖୋଲା ହସ ହସିଲେ ଅନୁରାଧା। ହସୁ ହସୁ କହିଲେ, 'ଆପଣ ବସନ୍ତୁ। ମୁଁ ଖାଇବା ବ୍ୟବସ୍ଥା କରୁଛି।''

ଅନୁରାଧା ରୋଷେଇ ଘରକୁ ଯିବା ବାଟରେ ଅପର୍ଣ୍ଣାର କୋଠରି ସାମ୍ନା ଦେଇ ଗଲେ। ତାଙ୍କୁ ଶୁଭିଲା, ଝିଅ କାହା ସାଙ୍ଗେ ମୋବାଇଲ ଫୋନ୍‌ରେ କଥା ହେଉଛି। ଆରପଟର ଲୋକଟି ଯେ ଅମରେଶ, ସେ କଥା ବୁଝିବା ପାଇଁ ତାଙ୍କୁ କଷ୍ଟ ହେଲା ନାହିଁ।

ବୁଲିପଡ଼ି ଆଉ ଥରେ ସୋଫା ଆଡ଼କୁ ଚାହିଁଲେ। ଦେବବ୍ରତ ଟି-ପୟ ଉପରୁ ଆଲବମ୍‌ଟି ଉଠେଇ ନେଇ ଦେଖୁଥିଲେ। ତାଙ୍କ ଆଡ଼କୁ ଚାହିଁଦେଲା କ୍ଷଣି ଅନୁରାଧାଙ୍କ ବେକ ମୂଳରୁ ଝାଳ କଣ୍ଟି ଆସୁଥିଲା। ମନେ ହେଉଥିଲା ସେ ଏକାବନ ବର୍ଷର ପ୍ରୌଢ଼ା ନୁହନ୍ତି, ଏକୋଇଶ ବର୍ଷର ଯୁବତୀଟିଏ।

ରାତି ଆଠଟା ହେବ। ସମସ୍ତେ ଖାଇ ସାରିଲେଣି। ଦେବବ୍ରତ ବି ଫେରିଗଲେଣି ତାଙ୍କ ହୋଟେଲ୍‌କୁ।

ଅନୁରାଧା ଅନୁଭବ କଲେ, ଦେବବ୍ରତଙ୍କୁ ଭେଟିଲା ବେଳେ ଅପର୍ଣ୍ଣା ଯେତିକି ଉତ୍ସାହିତ ଦିଶୁଥିଲା, ଏବେ ସେତିକି ଦିଶୁନାହିଁ। ଉପରକୁ ଯଦିଓ ସେ ହସି ହସି କଥା କହୁଛି; ମାତ୍ର ଭିତରେ କିଛି ଗୋଟାଏ ଲୁଚଉଛି।

ଅନୁରାଧା କହିଲେ, 'ତୋ କଥା ମାନି ମୁଁ ଏ ନିଷ୍ପତ୍ତି ନେଲି। ଆମେ ତ ଆଉ ଏ ବୟସରେ ବାହାହେବୁ ନାହିଁ। ଏକାଠି ରହିବୁ। ତେବେ ସେଥିପାଇଁ ବନ୍ଧୁମାନଙ୍କୁ ଗୋଟେ ଭୋଜି ଦେବାକୁ ପଡ଼ିବ। ଦେବବ୍ରତ ସବୁ କଥାରେ ରାଜି। ତୁ ଚାହୁଁଥିଲୁ ମୋର ଦାୟିତ୍ୱ କାହା ଉପରେ ଦେଇସାରିଲା ପରେ ତୁ ବାହାହେବୁ। ସେ କଥାର ସମାଧାନ ହୋଇଗଲା। ଦେବବ୍ରତ ଚାହୁଁଛନ୍ତି ଏଇ ମାସ ତିରିଶ ତାରିଖରେ ଆମେ ସେହି ଭୋଜିଟି ଦେବୁ। ଜୁନ୍ ମାସ ଯାଏ ବାହାଘର ତିଥି ଅଛି। ତେଣୁ ତୁମେ ଦିହେଁ ତୁମର ବାହାଘର ତାରିଖ ସ୍ଥିର କର।'

ଅପର୍ଣ୍ଣା ସବୁ ଶୁଣୁଥିଲା। କିନ୍ତୁ କିଛି କହିପାରୁ ନ ଥିଲା।

ଅନୁରାଧା ଝିଅଟିକୁ ଏକଲା ଛାଡ଼ିଦେଇ ଶୋଇବା ପାଇଁ ଚାଲିଗଲେ। ଗଲାବେଳେ କହିଲେ, 'କାଲି ମୋର ଯୋଡ଼ାଏ ଯୋଡ଼ାଏ କ୍ଲାସ୍ ଅଛି, ମୋତେ ସକାଳୁ ଉଠିବା ପାଇଁ ପଡ଼ିବ।''

ଅପର୍ଣ୍ଣାର ମୁଣ୍ଡ ଭିତରେ ଭୀଷଣ ଝଡ଼। ଗୋଟିଏ ପଟେ ତା'ର ମାଆ, ଆରପଟେ ଅମରେଶ। ସେ କାହା କଥା ଶୁଣିବ?

ସେ ଆଶ୍ଚର୍ଯ୍ୟ ହେଉଥିଲା ଯେ ଅମରେଶ ତା କଥା ଶୁଣୁ ଶୁଣୁ କାହିଁକି ଉତ୍କ୍ଷିପ୍ତ ହୋଇପଡ଼ିଲା। ସଫା ସଫା କହିଦେଲା, ''ମୋ ବାପା-ମାଆ ଖୁବ୍ ରକ୍ଷଣଶୀଳ। ସେମାନେ ଖାଲି ବୋହୂକୁ ଦେଖିବେ ନାହିଁ, ବୋହୂର ପରିବାରକୁ ମଧ୍ୟ ଦେଖିବେ। ତୁମ ମାଆଙ୍କ ଛାଡ଼ପତ୍ର କଥାଟିକୁ କୌଣସି ପ୍ରକାରେ ବୁଝେଇ ମୁଁ ରାଜି କରେଇଛି; ମାତ୍ର ଏଇ ପରିଣତ ବୟସରେ ସେ ଆଉ ଜଣେ ଭଦ୍ରଲୋକଙ୍କ ସହ ଯାଇ ଏକାଠି ରହିବେ, ସେଇ କଥାଟିକୁ ବାପା-ମା' ଆଦୌ ଗ୍ରହଣ କରିପାରିବେ ନାହିଁ। ହଁ, ସେ ଯଦି ତୁମ ବାପାଙ୍କ ପାଖକୁ ଫେରିଯାଉଥାଆନ୍ତେ ତାହାହେଲେ ଭିନ୍ନ କଥା ହୋଇଥାଆନ୍ତା; ମାତ୍ର ଆଉଜଣେ ଭଦ୍ରଲୋକଙ୍କ ସହ ...। ନା, ନା, ଅସମ୍ଭବ। ତୁମକୁ ଦିଇଟି କଥା ଭିତରୁ ଗୋଟିଏକୁ ଗ୍ରହଣ କରିବା ପାଇଁ ପଡ଼ିବ। ନିଜର ବାହାଘର ନା ତୁମ ମାଆଙ୍କ ବାହାଘର।''

ଅମରେଶର କଥାଗୁଡ଼ାକୁ ଇଂଜେକ୍‌ସନ୍ ଫୋଡ଼ିଲା ପରି ଏମିତି ଫୋଡ଼ି ହୋଇଯାଇଥିଲା ଯେ ଫୋନ୍ ରଖିବାବେଳକୁ ଅପର୍ଣ୍ଣା ଦୁର୍ବଳ ହୋଇପଡ଼ିଥିଲା।

କିନ୍ତୁ ତା ମାଆଙ୍କର କ'ଣ ହେବ?

ସେ ଯଦି ଦେବବ୍ରତଙ୍କ ସହ ତା' ମାଆଙ୍କର ସଂପର୍କକୁ ପ୍ରତ୍ୟାଖ୍ୟାନ କରିଦିଏ ତାହାହେଲେ ତା' ମାଆଙ୍କର ମନ ଭାଙ୍ଗିଯିବ। ଏଇଥିପାଇଁ ମାଆ ତାକୁ ସବୁବେଳେ ବାରଣ କରୁଥିଲେ। କଳ୍ପନାରେ ଯେଉଁ ଦୃଶ୍ୟ ଯେତିକି ସୁନ୍ଦର ଦିଶେ, ବାସ୍ତବରେ

ପରିଣତ ହେଲାବେଳକୁ ତାହା ସେତିକି ଜଟିଳ ହୋଇଯାଏ। ମାଆ ହୁଏତ ସେ କଥା ବୁଝିଥିବାରୁ ତାକୁ ବାରମ୍ବାର ବୁଝଉଥିଲେ; ମାତ୍ର ସିଏ ନିଜେ ଏଭଳି ଏକ ରାସ୍ତା ବାଛିନେବା ପାଇଁ ମାଆଙ୍କୁ ବାଧ୍ୟ କରିଥିଲା।

ନିଜ ଶୋଇବା ଘରେ କବାଟ କିଳିଦେଇ ଅନୁରାଧା ଏପଟ ସେପଟ ହେଉଥିଲେ। ସତେ କି ସେ ଝିଅର ମନକଥା ସବୁ ଟିକିନିଖି ଜାଣିପାରୁଥିଲେ। ପୁଣି ଭାବୁଥିଲେ ଦେବବ୍ରତଙ୍କ କଥା। ଯେଉଁ ପୃଥିବୀରେ ମନୋଜଙ୍କ ପରି ମଣିଷ ଅଛନ୍ତି ସେଇ ପୃଥିବୀରେ ବି ଅଛନ୍ତି ଦେବବ୍ରତଙ୍କ ପରି ପୁରୁଷ। ନ ହେଲେ ଦେବବ୍ରତଙ୍କ ସହ ତାଙ୍କର ବା କି ସଂପର୍କ ? ତା'ର ଗୋଟିଏ ଫୋନ୍ ପାଇ ସେ ପଣ୍ଡିଚେରୀରୁ ହାଇଦ୍ରାବାଦ ପଳେଇ ଆସିଛନ୍ତି !

ଦେବବ୍ରତଙ୍କୁ ଯେତେବେଳେ ସେ ଅପର୍ଣ୍ଣାର ମନର ଦ୍ୱନ୍ଦ୍ୱର କଥା କହିଥିଲେ ସେତେବେଳେ ସବୁ ବୁଝିପାରିବା ପରି ଦେବବ୍ରତ କହିଥିଲେ, "ଅପର୍ଣ୍ଣାଙ୍କୁ ଗୋଟେ 'ସକ୍ ଟ୍ରିଟ୍‌ମେଣ୍ଟ' ଦରକାର। କେବଳ ପୋଥିପାଠ ଯେ ଭାରତୀୟ ସମାଜକୁ ସାମ୍ନା କରିବା ପାଇଁ ଯଥେଷ୍ଟ ନୁହେଁ, ସେଇଟା ସେ ବୁଝିବା ଆବଶ୍ୟକ।"

ବାହାରେ ରାତି ବଢୁଥିଲା।

ଅନୁରାଧାଙ୍କ ଆଖି ଯୋଡ଼ିକରେ କିନ୍ତୁ ନିଦ ନ ଥିଲା। ମନୋଜଙ୍କୁ ଛାଡ଼ପତ୍ର ଦେବା ଦିନର ରାତି ପରି ଆଜି ରାତି ଲାଗୁଥିଲା ଉଦ୍‌ବେଗପୂର୍ଣ୍ଣ। ସେ ସକାଳକୁ ଅପେକ୍ଷା କରୁଥିଲେ। ଦେବବ୍ରତଙ୍କୁ ବହୁତ ଅନୁରୋଧ କରିଛନ୍ତି, ହାଇଦ୍ରାବାଦ ଛାଡ଼ିବା ଆଗରୁ ଆଉ ଥରେ ତାକୁ ଭେଟିକି ଯିବେ। ଆଉ ଥରେ ମନ ପୂରେଇ ତାଙ୍କୁ ଦେଖିନେବା ପାଇଁ ଅନୁରାଧାଙ୍କର ବହୁତ ଲୋଭ।

ପରଦିନ ସକାଳେ ଅପର୍ଣ୍ଣା କହିଲା, 'ମା', ଅମରେଶଙ୍କୁ କାଲି ଫୋନ୍ କରିଥିଲି।''

: ଆଚ୍ଛା ! ସେ କ'ଣ କହିଲେ। ନିଶ୍ଚୟ ରାଜି ହୋଇଯାଇଥିବେ। - ଗମ୍ଭୀର ସ୍ୱରରେ କହିଲେ ଅନୁରାଧା।

: ତାଙ୍କ ବାପା ଓ ମା' ଖୁବ୍ ରକ୍ଷଣଶୀଳ- ସେଇକଥା ସେ କହୁଥିଲେ।

: ତାହାହେଲେ, ଏ ବାହାଘର ପ୍ରସ୍ତାବ ବି ଭାଙ୍ଗିଦେବାକୁ ଚାହୁଁଥିବୁ !

: ହଁ.... ନା। ଅପର୍ଣ୍ଣା ଗୁଣୁଗୁଣୁ ହେଲା।

: ଏମିତି କେତେ ମହଣ ଦୟା ଅନୁକମ୍ପାର କରଜ ତୁ ମୋର ଦୁର୍ବଳ କାନ୍ଧ ଉପରେ ଲଦୁଥିବୁ ଅପର୍ଣ୍ଣା ? ସମୁଦାୟ ଘଟନାକୁ ତୁ ସବୁବେଳେ ନିଜ ଦୃଷ୍ଟିକୋଣରୁ ଦେଖୁଛୁ। ଥରେ ମୋ ଜାଗାରେ ଠିଆ ହୋଇ କାହିଁକି ସେସବୁ ଦେଖିବାଲାଗି ଚେଷ୍ଟା କରୁନାହୁଁ? - ଅନୁରାଧାଙ୍କ ସ୍ୱର ତୀକ୍ଷ୍ଣ ଶୁଭୁଥିଲା।

: ମୁଁ ଆସିପାରେ କି ? - ହସି ହସି ଦେବବ୍ରତ ଦରଆଉଜା କବାଟ ସେପାଖରୁ କହୁଥିଲେ ।

ଅପର୍ଣ୍ଣା ଓ ଅନୁରାଧା ଉଭୟେ ସ୍ୱାଭାବିକ ଦିଶିବାଲାଗି ଚେଷ୍ଟା କଲେ । ଅନୁରାଧା କହିଲେ, 'ଆସନ୍ତୁ, ଏବେ ମୁଁ ଆପଣଙ୍କ କଥା ଭାବୁଥିଲି ।''

ଦେବବ୍ରତ କହିଲେ, 'ମୋର ଏୟାର୍‌ପୋର୍ଟ ଯିବା ସମୟ ହୋଇଗଲାଣି । ଭାବିଲି, ଅପର୍ଣ୍ଣାକୁ ଆଉଥରେ ଭେଟିଦେଇ ଯାଏ ।''

ଅପର୍ଣ୍ଣା ସୋଫାରେ ବସିଲା, ଦେବବ୍ରତ ବି ।

ଅନୁରାଧା ପାଣି ଗିଲାସେ ଆଣିବା ପାଇଁ ଫ୍ରିଜ୍ ପାଖକୁ ଗଲେ । ଦେବବ୍ରତ କହିଲେ, 'ଶୁଣ୍ ମା', ତୋତେ ଛାଡ଼ିଦେଲେ ଯେ ତୋ ମାଆଙ୍କର ଆଉକିଛି ଅବଲମ୍ବନ ନାହିଁ- ଏଇଟା ଭାବିବା ଭୁଲ୍ । ସେ ଜଣେ ପ୍ରଫେସର୍ । କାଲି ଭାଇସ୍‌ଚାନ୍‌ସଲର୍ ହୋଇପାରନ୍ତି । ଅବସର ପରେ ନୂଆ କିଛି କାମ ତାଙ୍କୁ ମିଳିଯାଇପାରେ । ତାଙ୍କୁ ମଧ୍ୟ ତାଙ୍କର 'ସ୍ୱାଧୀନତା' ଦରକାର ।

"ପୁଣି ସବୁ କରଜଠୁଁ ବଳି ବଡ଼ କରଜ ପିଲାମାନଙ୍କ ସହାନୁଭୂତି । ସେଇଟା ବାପମାଆଙ୍କୁ ଭିତରେ ଭିତରେ କୋରି ମାରିଦିଏ । ବଢ଼ିଲା ଝିଅଟିର ଦାୟିତ୍ୱ ଖୁବ୍ ବେଶି, ଅନ୍ତତଃ ଆମ ଦେଶରେ । ତୁମେ ବାହା ନ ହେବା ପର୍ଯ୍ୟନ୍ତ ମାଆ ଅନ୍ୟମାନଙ୍କ ପାଖରେ ସ୍ୱାଭାବିକ ହୋଇପାରିବେ ନାହିଁ । ତାଙ୍କର ନିର୍ଦ୍ଦୟ ସ୍ୱାମୀ ସାତଟା ବର୍ଷ ତାଙ୍କୁ କଷ୍ଟ ଦେଇଥିଲେ, ମାତ୍ର ତୁମେ ତ ତାଙ୍କୁ ଜୀବନସାରା କଷ୍ଟ ଦେଇଚାଲିବା ଯୋଜନା କରୁଛ ? ସଂପର୍କକୁ ଶିକୁଳି କରିଦେଉଛ କାହିଁକି ?"

ଅପର୍ଣ୍ଣା ଏଥର ମୁହଁ ଖୋଲିଲା । କହିଲା, 'ଅମରେଶଙ୍କ ପରିବାର ଆପଣ ଦିହିଙ୍କ ଏକାଠି ରହିବା ...'

ଦେବବ୍ରତ ହୋ-ହୋ ହୋଇ ହସିଲେ । ଅନୁରାଧା ପାଣି ଆଣି ଫେରିଆସିଥିଲେ । ଦେବବ୍ରତ କହିଲେ, 'ସେଇଟା ଗୋଟେ ମିଛ ଥିଲା । ମୁଁ ତ ଆସନ୍ତା ଶନିବାରଠୁଁ ଛଅ ବର୍ଷ ପାଇଁ ଆମେରିକା ଯାଉଛି । ମୁଁ ମୁକ୍ତ ବିହଙ୍ଗ । ଏ ବୟସରେ କାହିଁକି ପୁଣିଥରେ ପିଞ୍ଜରାରେ ପଡ଼ିବା ପାଇଁ ଯିବି ? ଭଲ ହେଲା ଯେ ତୁମ ମାଆ ମୋତେ ମନେ ପକେଇଲା ବେଳେ ମୁଁ ପଣ୍ଡିଚେରୀରେ ଥିଲି । ନ ହେଲେ ଏହି ଭୂମିକାରେ ଅବତୀର୍ଣ୍ଣ ହେବା ପାଇଁ ତୁମ ମାଆ କାହାକୁ ଡାକିଥାଆନ୍ତେ ?'

ଲାଜରେ ଅପର୍ଣ୍ଣାର ମୁହଁ ଲାଲ୍ ଦିଶୁଥିଲା । ସେ ସୋଫାରୁ ଉଠି ତା' କୋଠରିକୁ ଚାଲିଯିବା ପାଇଁ ବାହାରୁଥିଲା ।

ଦେବବ୍ରତ କହିଲେ, "ଏ କାହାଣୀକୁ ଏଇଠି ରଖିବ ମା' । ଅମରେଶଙ୍କ ଭିନ୍ନ

ଅନ୍ୟ କାହାକୁ କହିବ ନାହିଁ। ଭାରତୀୟ ମାଆମାନଙ୍କର ଗୋଟିଏ ସମସ୍ୟା- ସେମାନେ ତାଙ୍କ ଜୀବନତକ ପୁଅଝିଅଙ୍କ ପାଇଁ ଅଜାଡ଼ିଦେବେ ସିନା, ପ୍ରତିଦାନରେ ତାଙ୍କଠାରୁ କଉଡ଼ିକର କିଛି ଗ୍ରହଣ କରିବେ ନାହିଁ। ତୁମେ ତ ଡାକ୍ତର, ଜାଣିଛ। ଗୋଟେ ସମର୍ଥ ପୁରୁଷ ଯେତିକି ଯନ୍ତଣା ସହିପାରେ; ସନ୍ତାନ ପ୍ରସବ ବେଳେ ବିଚାରୀ ମାଆକୁ ସହିବାକୁ ପଡ଼େ ତାହାଠାରୁ ଶହେ ଗୁଣ ଯନ୍ତଣା। ମଣିଷର କୋଡ଼ିଏଟି ଜାଗାର ହାଡ଼ ଭାଙ୍ଗି ଚୂନା ହେଇଗଲେ ତାକୁ ଯେତିକି କଷ୍ଟ ହୁଏ, ମାଆଟିକୁ ସେତିକି କଷ୍ଟ ହୁଏ ନିଜ ସନ୍ତାନକୁ ଆଲୋକକୁ ଆଣିବା ବେଳେ। ତୁମେ ମାଆ ହେବା ପରେ ଏ କଥା ବୁଝିପାରିବ। ହେଉ, ମୁଁ ଆସୁଛି। ତୁମ ବାହାଘରକୁ ତ ଆସିପାରିବି ନାହିଁ। ଏବେଠାରୁ ସୁଦୀର୍ଘ ଓ ସୁଖମୟ ଦାମ୍ପତ୍ୟ ପାଇଁ ଶୁଭେଚ୍ଛା ଜଣଉଛି।''

ଅପର୍ଣ୍ଣା ନିଜକୁ ରୋକିପାରିଲା ନାହିଁ। ଧାଇଁ ଯାଇ ଦେବବ୍ରତଙ୍କ ପାଦ ଛୁଇଁ ପ୍ରଣାମ କଲା।

ଅନୁରାଧା ଦେବବ୍ରତଙ୍କୁ ବାଟୋଇ ଦେଉ ଦେଉ କହିଲେ, 'ତୁମ ବାପା ମା' ତୁମ ନାଁ ଦେବବ୍ରତ ବଦଳରେ ଦେବଦୂତ ଦେବା ଉଚିତ ଥିଲା।'

ଦେବବ୍ରତ କେବଳ ହସିଦେଲେ।

ଅନୁରାଧା ହାତ ଯୋଡ଼ିଲେ। ଦେବବ୍ରତଙ୍କ ଟ୍ୟାକ୍ସି ତାଙ୍କୁ ନେଇ ଟ୍ରାଫିକ୍ ଭିଡ଼ ଭିତରେ ମିଶିଗଲା। ହଠାତ୍ ଅନୁରାଧା ଅନୁଭବ କଲେ ତାଙ୍କ ଛାତି ଭିତରେ ଯେମିତି ଗୋଟାଏ ବିରାଟ ଶୂନ୍ୟତା ସୃଷ୍ଟି ହେଇଛି। ସେ ଶାଢ଼ିର କାନିକୁ କାନ୍ଧ ଉପରକୁ ଭିଡ଼ି ଆଣିଲେ। ଦୁଇ ହାତରେ ମୁଣ୍ଡବାଳ ସଜାଡ଼ିଦେଲେ। ଆଖି ତଳକୁ ନିଗିଡ଼ି ଆସୁଥିବା ଲୁହ ଦି' ଟୋପାକୁ ମଝିବାଟରୁ ଅଟକେଇଦେଲେ।

କବାଟ ବନ୍ଦ କରି ସେ ବୁଲିପଡ଼ିବା ବେଳକୁ ଦେଖିଲେ ଅପର୍ଣ୍ଣା ମୂର୍ତ୍ତିଟିଏ ପରି ଛିଡ଼ା ହୋଇଛି। ତା' ଆଖିରେ ଆଖି ମିଶିବାକ୍ଷଣି ସେ ଧାଇଁ ଆସି ଅନୁରାଧାଙ୍କ ଛାତିରେ ମୁହଁ ଗୁଞ୍ଜି କାନ୍ଦି ପକେଇଲା। ଅନୁରାଧା ତାକୁ ବୋଧ କରି ଦେଉ ଦେଉ କହିଲେ, "ଭଲ ହେଲା, ତୁ ନିଜେ ତୋ ଶିକୁଳିରୁ ମୋତେ ମୁକ୍ତ କରିଦେଲୁ।''

■

ସୁଦାମ ଜେନା ଗଲା କୁଆଡ଼େ ?

ସବୁବେଳେ ଗଛଟେ ପରି ସ୍ଥିର ଦିଶୁଥିବା ସୁଦାମ ଜେନା ଏଇ ଦେଢ଼ମାସ ହେଲା ଚଢ଼େଇ ପରି ଚଞ୍ଚଳ ଦିଶୁଥିଲା। ତାକୁ ଲକ୍ଷ୍ୟ କରୁଥିବା 'ଗରୁଡ଼୍ ଟେଲିଭିଜନ୍ କଂପାନି'ର ଡ୍ରାଇଭର ଓ ପିଅନମାନେ ଟିପ୍ପଣୀ ଦେଉଥିଲେ, "ଏସବୁ ଡଲାରର ମହିମା। ବୁଢ଼ା ସୁଦାମ ଜେନା ଦିହରେ ସତେ କି ନୂଆ କେନା କେନେଇଛି। ସିଏ ଆଜିକାଲି ଆଉ ଚାଲୁ ନାହିଁ, ଦଉଡୁଛି !"

ଏମିତି ଟିପ୍ପଣୀ ଶୁଣିଲେ ସୁଦାମ ଲାଜରେ ହସିଦିଏ। ତା'ର ସେ ହସଟା ଥୁଣ୍ଟାଗଛ ଗଣ୍ଡିରେ ମେଞ୍ଚାଏ ସିନ୍ଦୂର ବୋଳିଦେଲା ପରି ଅଦ୍ଭୁତ ଦିଶେ। ଅନ୍ୟମାନେ ତାକୁ ବୁଢ଼ା ବୋଲି କହୁଥିଲେ ବି ତା' ବୟସ ଯେ ପଚାଶ ଛୁଇଁନି, ସେକଥା ସେ ଜାଣେ। ଆରବର୍ଷ ଦୋଳ ପୂନେଇଁ ଦି' ଦିନ ଥାଇ ତାକୁ ପଚାଶ ପଶିବ। ସେ କହେ ସଂସାର ଜ୍ୱାଳା ତାକୁ ଏମିତି ଅକାଳରେ ବୁଢ଼ା କରିଦେଲା।

ସୁଦାମ ଜେନାର ଘର ଜଟଣୀ ଷ୍ଟେସନ୍‌ଠାରୁ ଛଅ ମାଇଲ୍ ଦୂର ରଙ୍ଗବଲ୍ଲଭ ଗାଁରେ। ସକାଳ ପାଞ୍ଚଟାରୁ ସେ ବିଛଣା ଛାଡ଼େ। ନିଜ କାମଦାମ ସାରି ଗାଁ ସଡ଼କ ଓ ପୋଖରୀ ହୁଡ଼ାରୁ ଜାଳକାଠ ଦି'ଗଅରିଖଣ୍ଡ ଯୋଗାଡ଼ କରେ। ସେତକ ତା' ସ୍ତ୍ରୀ ପାଖରେ ଫୋପାଡ଼ି ଦେଇ ପୁଣି ପୋଖରୀକୁ ଦଉଡ଼େ। ଦଳଭର୍ତି ପୋଖରୀର ପାଣିକୁ ଦୂରକୁ ଘଉଡ଼େଇଲା ପରି ଆଡ଼େଇ ଦିଏ ଓ ଦି'ବୁଡ଼ ମାରି ଘରକୁ ଆସେ। ତା' ସ୍ତ୍ରୀ ତାକୁ ଗୋଟେ ଟିଣ କଂସାରେ ଅଧକଂସା ଚୁଡ଼ା ବାଢ଼ିଦିଏ। ଟିକିଏ ଆଗରୁ ବତୁରା ଚୁଡ଼ା ଦେହରେ ଟିପେ ଲୁଣ ଓ ଚାମୁଚେ ଚିନି ପକେଇ ଜୋର୍‌ରେ ଚକଟି ଦିଏ ସୁଦାମ। ଡାହାଣ ହାତରେ ଚୁଡ଼ା ଓ ବାଁ ହାତରେ ଗୋଟେ ଓଲି ପିଆଜ। ସମୟେ ସମୟେ କଞ୍ଚାଲଙ୍କାଟେ ବି ତା'ର ଲୋଡ଼ାପଡ଼େ। ସେତେବେଳକୁ ତା'ର ପୁଅ ଦିଇଟି ତଥାପି ଶୋଇଥାଆନ୍ତି। ବଡ଼ଟି ଦି'ବର୍ଷ ହେଲା ମାଟ୍ରିକ୍ ଫେଲ୍, ସାନଟି ଏଥର ମାଟ୍ରିକ୍ ପରୀକ୍ଷା ଦେବ। ତାଙ୍କ ପଛକୁ ଝିଅ ଯୋଡ଼ିଏ। ସେମାନେ ପୁଅଙ୍କ ଅପେକ୍ଷା ସଅଳ ଉଠନ୍ତି। ଜଣେ ମାଆକୁ ପାଣି ଆଣିଦିଏ। ଆଉ ଜଣେ ଛେଳି ଜଗିବାକୁ ଯାଏ। ତରବରରେ ସୁଦାମ ଖାଇବା ସାରିବା ବେଳକୁ ତା' ସ୍ତ୍ରୀ କହେ, 'ରୁହ, ଲାଉ ସନ୍ତୁଳାଟା ସାରିଦିଏ, ଟିକେ ଖାଇଦେଇ ଯିବ।'

ସୁଦାମ ମୁହଁ ହାତ ଧୋଉ ଧୋଉ କହେ, 'ଥାଉ, ପିଲାଏ ଖାଇବେ।' ତା'ପରେ ସ୍ତ୍ରୀକୁ କିମ୍ବା ନିଜକୁ ବୁଝେଇବା ପାଇଁ କେଜାଣି ଯୋଡ଼େ, 'ଆମ ଅଫିସ୍‌ରେ ଆଜି 'ଫିଷ୍ଟ୍' ଅଛି ପରା!'

ସୁଦାମ ମିଛ କହେ। ତା' ସ୍ତ୍ରୀ ବି ଏକଥା ଜାଣେ। ଦିହେଁ ଦିହିଁଙ୍କ ମୁହଁକୁ ଚାହାନ୍ତି। କେହି କିଛି କହନ୍ତି ନାହିଁ। ଅଫିସ୍‌ରେ କୌଣସି ଭୋଜି ଥିଲେ, ସୁଦାମ ଜେନା ସେଥିରୁ କିଛି ବଳେଇ ଘରକୁ ଆଣେ। ସେଗୁଡ଼ା ସମସ୍ତଙ୍କୁ କୁଳାଏ ନାହିଁ। ଖାଲି ଭୋଗ ଖାଇବା ପରି ସମସ୍ତେ ଟିକିଏ ଟିକିଏ ପାଟିରେ ମାରନ୍ତି।

ସୁଦାମ ଜେନା ଚଟାପଟ୍ ତା'ର ନେଳଆ ଜାମା ପ୍ୟାଣ୍ଟ ପିନ୍ଧିପକାଏ। ଏଇଟା ତା' କଂପାନି ପୋଷାକ। ପିନ୍ଧିଲାବେଳେ ଅନୁଭବ କରେ ଜାମାଟା ମଇଳା ହେଇ ଝାଳୁଆ ଗନ୍ଧଉଛି। ଆଉ କେଉଁ ବିଭାଗ ହୋଇଥିଲେ ଚିନ୍ତା ନାହିଁ। ତା'ର ଡ୍ୟୁଟି କଂପାନିର ଏମ୍‌ଡିଙ୍କ ଦପ୍ତରରେ। ସିଏ ଇଂଲଣ୍ଡ ଫେରନ୍ତା ଟୋକାଲୋକ। ଝାଳଗନ୍ଧ, ମଇଳା ପୋଷାକ, ପାନଖିଆ। ଦାନ୍ତ କି ବିଡ଼ିଗନ୍ଧ ବାରିଲେ ନିଆଁ ହୋଇଯାଆନ୍ତି। ସୁଦାମ କୁନ୍ଥୁ କୁନ୍ଥୁ ହେଲା। କିନ୍ତୁ ପୋଷାକ କହିଲେ ଏଇ ହଳକ। ମନକୁମନ କହିଲା, ହଁ, ଆଜି ଦିନଟା ସେ ଚଳେଇ ଦେବ। ଏମ୍‌ଡିଙ୍କର ଦିଲ୍ଲୀ ଯିବାର ଥିଲା। ଯାଇଥିଲେ ଭଲ, ନ ଯାଇଥିଲେ ଚିନ୍ତା ନାହିଁ। ଆଜି ଦିନଟା ବୁଦ୍ଧି ବାହାର କରି ତାଙ୍କ ପାଖାପାଖି ହେବ ନାହିଁ। ରାତିକୁ ଫେରିଲେ ଭଲକି ସାବୁନ ଲଗେଇ ସଫା କରିଦେବ।

ସୁଦାମ ଜଟଣୀ ଷ୍ଟେସନ୍‌ମୁହାଁ ସାଇକେଲ୍ ଚଲଉଥିଲା। ଡେରିହେଲେ ଟ୍ରେନ୍ ଛାଡ଼ିଦେବ। ଡିଏମ୍‌ୟୁ ଛାଡ଼ିଦେଲେ ଅଫିସ୍‌ରେ ପହଞ୍ଚିବାବେଳକୁ ଡେରି। ସୁଦାମ ସବୁଦିନ ଡିଏମ୍‌ୟୁରେ ଆସେ। ଟିଟିଇଙ୍କୁ ଖୋସାମତ କରି ସମୟେ ସମୟେ ରିଜର୍ଭ ଡବାରେ ପଶିଯାଏ। କେହି ଟାଣଆଖିରେ ଅନେଇଲେ ସୁଦାମ ଦାନ୍ତ ଦି'ଭାଡ଼ି ଦେଖେଇ ନେହୁରା ହୁଏ। ଟିଟିଇ କହନ୍ତି, 'ତୁମଭଳି ଲୋକଙ୍କ ଯୋଗୁଁ ଏ ଦେଶରେ କିଛି ହୋଇପାରୁ ନାହିଁ।' ସୁଦାମ ତାଙ୍କୁ ସମର୍ଥନ କଲା ପରି ପୁଣି କିସ୍ତିଏ ହସ ହସିଦିଏ।

ଭିଡ଼ ଭିତରେ ସୁଦାମ ନିଜ ପାଦଯୋଡ଼ିକ ଲାଗି ଜାଗାଟେ କରିନିଏ। ଛଅ ମାଇଲ୍ ସାଇକେଲ୍‌ଚଲା ଯୋଗୁଁ ତା' ବେକ, କାଖ ଓ ଛାତିରେ ଝାଳ ସାଲୁବାଲୁ ହେଉଥାଏ। ସେ ପୁଣି ମାଲିକଙ୍କ କଥା ଭାବେ। ତା' ଦେହର ଝାଳଗନ୍ଧ ତାକୁ ସେତେବେଳେ ନଳା କଡ଼ର ଘୁଷୁରି ପରି ଗନ୍ଧାଏ। ସେ ଆହୁରି ସଙ୍କୁଚିତ ହୋଇଯାଏ।

ଭୁବନେଶ୍ୱର ରେଳ ଷ୍ଟେସନ୍‌ରୁ ପଟିଆ। ସୁଦାମ ଅଟୋଷ୍ଟାଣ୍ଡକୁ ଦଉଡ଼େ। ଷ୍ଟେସନ୍‌ରୁ ବାଣୀବିହାର ସେୟାର ଅଟୋରିକ୍ସାରେ। ସେଠୁ ଚାଲି ଚାଲି ଜୟଦେବ ବିହାର ଛକ। ଜୟଦେବ ବିହାର ପାଖରୁ ପଟିଆ, ଟାଉନ୍ ବସ୍‌ରେ। ସୁଦାମ ଅଫିସ୍‌ରେ ପହଞ୍ଚିଲାବେଳକୁ ସାଢ଼େ ଦଶଟା ହୋଇଯାଏ। ମାଲିକଙ୍କ ପି.ଏ. ସୁନୀତା ମାଡାମ, ସୁଦାମର ଦଣ୍ଡବତର ଜବାବ ନ ଦେଇ କାନ୍ଥ ଘଣ୍ଟାକୁ ଇସାରା କରନ୍ତି, 'ପୁଣି ଡେରି !'

ସୁଦାମ ଜେନା ତରବରରେ ଦ୍ୱିପହର ଖିଆ ଲାଗି ଆଣିଥିବା ପଖାଳ, ପିଆଜ ଓ କଞ୍ଚାଲଙ୍କା ଥିବା ତା'ର ଟିଫିନ୍ ବ୍ୟାଗ୍‌କୁ ଶିଡ଼ିପାଖ ଜୋତାଷ୍ଟାଣ୍ଡ ପାଖରେ ରଖୁ ରଖୁ କହେ, "ମାଡାମ୍, ଟାଉନ ବସ୍..।"

ସୁନୀତା ମାଡାମ୍‌ଙ୍କର ସୁଦାମ ଜେନାର କଥା ଶୁଣିବାକୁ ଇଚ୍ଛା ନ ଥାଏ। କଫି କପେ ପାଇଁ ତାଙ୍କ ଜିଭ ବ୍ୟସ୍ତ ହେଉଥାଏ। ମ୍ୟାନେଜିଂ ଡାଇରେକ୍ଟର ଅଫିସକୁ ନ ଆସିଥିବା ସମୟତକ ତାଙ୍କପାଇଁ ସବୁଠୁ ସୁନ୍ଦର ମୁହୂର୍ତ୍ତ। ସେଇ ସମୟତକ ସିଏ ଏ ଦପ୍ତରର କର୍ତ୍ତ୍ରୀ। ଡ୍ରାଇଭର, ପିଅନ, କିରାଣି- ସମସ୍ତେ ତାଙ୍କ ଅଧୀନରେ। ସୁଦାମ ଫ୍ଲାସ୍କଟା ଧରି କଫି ଆଣିବା ଲାଗି କ୍ୟାଣ୍ଟିନ୍‌କୁ ଦଉଡ଼େ।

ସୁଦାମ ଗୋଟେ ବାଉଁଶଗଛ। ବାଉଁଶଗଛ ଯେମିତି ପବନ ବୋହିବାମାତ୍ରେ ନୋଇଁପଡ଼େ, ସୁଦାମ ସେମିତି ତା' ସାମ୍ନାରେ କାହାକୁ ଦେଖିଲାକ୍ଷଣି, ଅଣ୍ଟାଭାଙ୍ଗି ନମସ୍କାରଟିଏ କରେ। ଏଇଟା ତା'ର ସ୍ୱଭାବ। ଯେମିତି କିଛି ଲୋକ ରାସ୍ତା ଉପରେ ବିଲେଇ ଦେଖିଲେ ଚଟ୍‌କରି ଗାଡ଼ିର ବ୍ରେକ୍ କଷିଦିଅନ୍ତି ସେମିତି ସାମ୍ନାରେ ପ୍ୟାଣ୍ଟ ସାର୍ଟ ପିନ୍ଧାବାଲା କାହାକୁ ଦେଖିବାକ୍ଷଣି ସୁଦାମ ତତ୍‌କ୍ଷଣାତ୍ ଅଣ୍ଟା ବଙ୍କେଇ ନମସ୍କାର କରେ। ତା'ର ଏ ଢଙ୍ଗ ଦେଖି କିଛି ଲୋକ ହସନ୍ତି। ମାତ୍ର ସୁଦାମ ଅପ୍ରସ୍ତୁତ ହୁଏ

ନାହିଁ । ତା'ର ବିଶ୍ୱାସ ଏ ବଡ଼ ବଡ଼ ଲୋକଙ୍କ ଭିତରୁ କେହି ଜଣେ ଚାହିଁଲେ ତା' ଭାଗ୍ୟ ବଦଳିଯିବ । ଦି' ବର୍ଷ ତଳେ ସୁଦାମ ଜେନା ଜଟଣୀ ରେଳ ଷ୍ଟେସନ୍‌ରେ ବାଦାମ, ଚନାଚୁର ବିକୁଥିଲା । ସେଥିରେ ତା'ର ଲାଭତକ ଗରାଖଙ୍କ ଚାଖଣାରେ ଚାଲି ଯାଉଥିଲା । ସୁରବାବୁ ଦୟାକରି ତାକୁ ଆଣି ଏହି ଟିଭି ସଂସ୍ଥା 'ଗରୁଡ଼ ଟେଲିଭିଜନ୍‌ରେ' ରଖେଇ ଦେଇଛନ୍ତି ।

ସେ ସୁନୀତା ମାଡାମ୍‌ଙ୍କୁ କଫି କପେ ଦେଲା ଓ ତାଙ୍କ ଟେବୁଲ ଝାଡ଼ିଝୁଡ଼ି ସଫା କରିଦେଲା । ସୁନୀତା ଅଫିସ୍‌ରେ ପହଞ୍ଚିବାକ୍ଷଣି ତାଙ୍କ ଚିହ୍ନା ପରିଚୟଙ୍କୁ ଆଠ ଦଶଟା ଟେଲିଫୋନ୍ କରନ୍ତି । କପେ କଫି ପିଅନ୍ତି ଓ ବାଥ୍‌ରୁମ୍ ଯାଇ ଲୁଗାପଟା ସଜାଡ଼ି ନିଅନ୍ତି । ଆଜି ଏମ୍‌ଡି ତଥା କଂପାନିର ମାଲିକ ଦିଲ୍ଲୀ ଯାଇଛନ୍ତି । ଅଫିସ୍‌ରେ ଭିଡ଼ ଟିକିଏ କମ୍ ରହିବ । ସୁଦାମ ଶିଡ଼ି ପାଖକୁ ଯାଇ ତା' ପକେଟ୍‌ରୁ ଜରି ପୁଡ଼ିଆଟିଏ ବାହାର କଲା । ତା' ଭିତରେ ଅନେକ ଦିନର ପୁରୁଣା କାଗଜପତ୍ର ଅଛି । କେତେଟା ଫୋନ୍ ନମ୍ବର ଓ ଠିକଣା ଲେଖା କାଗଜ ମଧ୍ୟ ଅଛି । ସେଇ ପୁରୁଣା, ଲୋଚାକୋଚା ଓ ମଳିଛିଅ । ଚଉଭାଙ୍ଗ କାଗଜ ଖୋଳରୁ ସେ ଦଶଟଙ୍କା ପରି ଦିଶୁଥିବା ଗୋଟେ ନୋଟ୍ ବାହାର କଲା । ଏଇଟା ତାକୁ ମାଇକେଲ୍ ସାହେବ ଦେଇଛନ୍ତି । ଠିକ୍ ଟଙ୍କା ପରି ଦିଶୁଛି, କିନ୍ତୁ ଟଙ୍କା ନୁହେଁ । ସିଏ ପ୍ରଥମେ ଏହାକୁ ନୂଆ ଛପା ହୋଇଥିବା ଦଶଟଙ୍କା ବୋଲି ଭାବିଥିଲା । ମାତ୍ର କ୍ୟାଣ୍ଟିନ୍‌ରେ ଖାଉଥିବା ଶତପଥୀ ସାର୍ କହିବାରୁ ସେ ଜାଣିଲା, ଇଏ ଦଶଟଙ୍କା ନୁହେଁ, ଦଶ ଡଲାର । ଟଙ୍କା ପରି ଦିଶୁଥିଲେ ବି ଇଏ ଟଙ୍କାଠାରୁ ଦାମୀ, ଯାର ମୂଲ୍ୟ ଚାରିଶହ ଟଙ୍କାରୁ ବେଶି । ସୁଦାମ ଏକଥା ଶୁଣି ତା' କାନକୁ ବିଶ୍ୱାସ କରି ପାରି ନ ଥିଲା । କିନ୍ତୁ ସମସ୍ତେ ଏକା କଥା କହିବାରୁ ସେ ବିଶ୍ୱାସ କଲା ।

ମାଇକେଲ୍ ସାହେବ ତାକୁ ପ୍ରଥମ ଦେଖାରେ ଏତେଗୁଡ଼ାଏ ଟଙ୍କା କାହିଁକି ଦେଲେ ? ଯେତେ ଯେତେଥର ସୁଦାମ ଏକଥା ଭାବେ ସେତେ ସେତେ ଥର ତା'ର ସେଦିନ କଥା ମନେପଡ଼େ । ସେ ଶୁଣିଥିଲା, ତାଙ୍କ ଟେଲିଭିଜନ କଂପାନିରେ ବାହାର ଦେଶର ଲୋକେ ଧନ ଖଟେଇବେ । ଆଜିକାଲି ଧଡ଼ା -ମୁକୁଳା ବଣିଜ ବ୍ୟବସ୍ଥା । ଆଗପରି ଏତେ କାଇଦା କଟକଣା ନାହିଁ । ବାହାର ଦେଶରୁ ସେଓ ଆସୁଛି, ଚିନି ଆସୁଛି, ସାର ଆସୁଛି, ଯନ୍ତ୍ରପାତି ଆସୁଛି, ଡଲାର ଆସିବ । ପ୍ରଥମେ ଯେଉଁଦିନ ସୁଦାମ ଏକଥା ଶୁଣିଲା, ସେଦିନ ସେ ତା ନିଜ କାନକୁ ବିଶ୍ୱାସ କରିପାରିଲା ନାହିଁ । କଂପାନି ତ ତା' ମାଲିକଙ୍କର, ତାଙ୍କ ପରିବାର ଲୋକ ଟଙ୍କା ଖଟେଇ କଂପାନି ଗଢ଼ିଛନ୍ତି । ଅଭାବ ପଡ଼ିଲେ ବ୍ୟାଙ୍କ୍‌ରୁ ଋଣ ଆସେ । କେତେ କୋଟି ଟଙ୍କା ଋଣ ଆସିଛି ସେ

ଜାଣେନି, ମାତ୍ର ତାଙ୍କ ଆକାଉଣ୍ଟ୍ସ ବିଭାଗର ମଲ୍ଲିକ ବାବୁ ଜାଣନ୍ତି। ତାହାହେଲେ ଫରେନ୍‌ବାଲା ଆସି ଏଠି କାହିଁକି ଟଙ୍କା ଖଟେଇବେ ? ସେ ଜାଣିପାରୁ ନ ଥିଲା। ପ୍ରଥମେ ମାଲିକଙ୍କ ଡ୍ରାଇଭର ସୁଲେମାନ୍‌କୁ ପଚାରିଲା। ତା'ର ସୁଦାମ ଉପରେ ସବୁବେଳେ ରାଗ। ପ୍ରତି ମାସ କଂପାନି ମିଟିଙ୍ଗ୍ ସମୟରେ ଭୋଜି ହୁଏ। ସୁଲେମାନ ଆସି ଆଗେ ପ୍ଲେଟ୍ ଉଠେଇବ। ସୁଦାମ କହେ, "ବାବୁମାନେ ଖାଇ ସାରନ୍ତୁ, ତୁମେ ଖାଇବ।" ସୁଲେମାନ ତା' କଥା ଶୁଣିବ କ'ଣ, ଓଲଟି ତାକୁ ନାଲି ଆଖି ଦେଖାଏ। କୁହେ, "ରହ ଆଜି ତୋ ନାଁରେ ସାର୍‌ଙ୍କୁ କହୁଛି। ମୁଁ ଆଗରୁ ନ ଖାଇଲେ, ସାର୍‌ଙ୍କୁ ନେବି କେମିତି ? ସେ ତ ଖାଇ ସାରୁ ସାରୁ ବ୍ୟାଙ୍କ୍ ଯିବେ।" ସୁଦାମ ନିଜ ଭୁଲ୍ ବୁଝିପାରେ। ରାଗିବା ବଦଳରେ ସୁଲେମାନର ହାତ ଓଠ ଧରେ। ସତ କଥା, ସୁଲେମାନ ମାଲିକଙ୍କ ପାଖଲୋକ। ତାଙ୍କୁ ଗାଡ଼ିରେ ନେଇକି ଯିବାବେଳେ ଯଦି ତା' ନାଁରେ ଏଣୁତେଣୁ ଦି'ପଦ କହିଦିଏ ତାହାହେଲେ ସୁଦାମର ଚାକିରି ଚାଲିଯିବ।

ସେଇ ସୁଲେମାନ କହିଲା, 'ଫରେନ୍ ଟଙ୍କା ଖଟାଯିବ ଆମ ଟିଭି କଂପାନିରେ। ତାଙ୍କ ଭିତରୁ ଜଣେ ଆସି ଡାଇରେକ୍ଟର ହେବେ। ଆମ ମାଲିକ ଆଗପରି ରହିବେ, ମାତ୍ର ସେମାନଙ୍କୁ ପଚାରି ବଡ଼ ବଡ଼ ଖର୍ଚ୍ଚ କରିବେ।'

ସୁଦାମ ତଥାପି ବୁଝି ପାରିଲା ନାହିଁ। ଫରେନ୍‌ବାଲାଏ ଏଠିକି କାହିଁକି ଆସିବେ ? ଦେଶ ପରା ସ୍ୱାଧୀନ ହେଲାଣି। ତା'ଛଡ଼ା, ଆସିବେ ଯଦି ଦିଲ୍ଲୀ, ବମ୍ବେ ନ ଯାଇ ଏ ଭୁବନେଶ୍ୱରକୁ ଆସିବା କି ଦରକାର ? ସେ ବୁଝି ପାରି ନ ଥିଲା। ଏ ଘଟଣାର କିଛି ଦିନ ପରେ ମାଇକେଲ୍ ସାହେବ ଆସିଲେ। ତାଙ୍କ ସାଙ୍ଗରେ ଥିଲେ ଆଉ ଜଣେ ଲଣ୍ଡା ଲୋକ। ମାଇକେଲ୍ ସାହେବ ବି ଲଣ୍ଡା। ସେମାନେ ମୁଣ୍ଡରେ ଚୁଟି ରଖନ୍ତି ନାହିଁ। ଟିକିଏ ବଢ଼ିଲାକ୍ଷଣି କାଟି ଦିଅନ୍ତି। ଲମ୍ବା ଚଉଡ଼ା ଚେହେରା। ଦି'ଜଣ ଦି' ଭାଇ ପରି ଦିଶୁଥାନ୍ତି। ମାତ୍ର ସାନ ବାବୁଟି ଘର ଏଇ ଭାରତରେ। ମାଇକେଲ୍ ସାହେବଙ୍କ ଘର ଆମେରିକାରେ।

କଂପାନିର ସମ୍ମିଳନୀ ହଲ୍‌ରେ ଗୁରୁତ୍ୱପୂର୍ଣ୍ଣ ବୈଠକ ହେଲା। ବାବୁମାନେ ନିଜ ନିଜ କମ୍ପ୍ୟୁଟରରେ ଛବି ଦେଖେଇଲେ। ତା' ଏମିତି କହିଲେ, ଏ କଂପାନି ସାରା ଓଡ଼ିଶାର ତେରଟା କଂପାନି ଭିତରୁ ଶ୍ରେଷ୍ଠ ଟିଭି କଂପାନି।' ମାଇକେଲ ସାହେବଙ୍କ ସାଙ୍ଗ କହିଲେ, "ଭାରତରେ ଟେଲିଭିଜନ୍ ବ୍ୟବସାୟ ହୁ ହୁ ହୋଇ ବଢୁଛି। ଆହୁରି ବଢ଼ିବ। ଖବରକାଗଜ ବ୍ୟବସାୟ କମିପାରେ, ଟେଲିଭିଜନ୍ ବ୍ୟବସାୟ ବଢ଼ିଚାଲିବ। ଲୋକେ ଟେଲିଭିଜନ୍‌ରେ ସିରିଏଲ୍ ଦେଖିବେ, ଖବର ଜାଣିବେ, ନାଚଗୀତ ଓ ଖେଳ ଦେଖିବେ, ଟେଲିଭିଜନ୍‌ରୁ ପ୍ରବଚନ ଶୁଣିବେ, ରାଶିଫଳ ଓ ବାସ୍ତୁଶାସ୍ତ୍ରର ଚର୍ଚ୍ଚା ଶୁଣିବେ।

ସକାଳୁ ଅଧରାତି ଓ ପୁଣି ସକାଳ ପର୍ଯ୍ୟନ୍ତ ଓଡ଼ିଶା ଲୋକଙ୍କ ଯେତେ ଚାହିଦା ସବୁ ଗରୁଡ଼ ଟେଲିଭିଜନ୍ ପୂରଣ କରିବ।'' ମାଇକେଲ ସାହେବ କହିଲେ, ''ଷ୍ଟକ୍ ଏକ୍ସଚେଞ୍ଜ୍ ଆପଣଙ୍କ କଂପାନିର ମୂଲ୍ୟ ସ୍ଥିର କରିଛି ଶହେ ମିଲିୟନ ଡଲାର। ଆପଣ ସେଥିରୁ ପଚିଶ ଭାଗ ସେୟାରରେ ଫରେନ୍ ଇନଭେଷ୍ଟମେଣ୍ଟ କରନ୍ତୁ। ଏଠିକା ବ୍ୟାଙ୍କ୍ ଋଣ ଶୁଝିସାରିବା ପରେ ବି ଆପଣଙ୍କ ପାଖରେ ଭଲ ପୁଞ୍ଜି ରହିବ। ତାକୁ ଟେଲିଭିଜନ୍‌ରେ ଖଟେଇ ଆହୁରି ଲାଭ କରିବେ। ବିଦେଶରୁ ନୂଆ ଯନ୍ତ୍ରପାତି ମଗେଇବେ। ସାରା ଭାରତରେ ଆପଣଙ୍କ ଟିଭି ଚ୍ୟାନେଲ୍ ପ୍ରସିଦ୍ଧ ହୋଇଯିବ। ଆପଣଙ୍କର 'ବିଗ୍ ମନି' ଦରକାର।''

ସୁଦାମ ଜେନା ଚା-ପାଣି ଦେବାଲାଗି ସେ ହଲ୍‌କୁ ପଶେ। ସୁନୀତା ମାଡାମ୍ ଖାଇବା ପିଇବା ଖବର ସବୁ ବୁଝନ୍ତି। ସୁଦାମ ଖାଲି କବାଟ ଠେଲି ହଲ୍ ଭିତରକୁ ପଶେ ଓ ଟେବୁଲ୍ ଉପରେ ଚା କି କଫି କପ୍ ରଖିଦେଇ ଫେରିଆସେ। ସେଇ ସେତିକି ସମୟ ଭିତରେ ହଲ୍‌ର ଶୀତଳ-ଅଣ୍ଡା ପବନ ଓ ଗରମ ଗରମ ଆଲୋଚନା କିଛି କିଛି ଶୁଣେ। ତା' କଂପାନି ଏତେ ବଡ଼ ସଂସ୍ଥା! ତା' ମୂଲ୍ୟ ମାତ୍ର ଶହେ ମିଲିୟନ ଡଲାର ଶୁଣି ସେଦିନ ସେ ଚିନ୍ତାରେ ପଡ଼ିଯାଇଥିଲା। କିନ୍ତୁ ପରେ ହିସାବ ବିଭାଗର ଦାଶ ସାର୍ ବୁଝେଇଲେ, ଶହେ ମିଲିୟନ ଡଲାର ମାନେ ପାଖାପାଖି ଚାରିଶହ କୋଟି ଟଙ୍କା। ସେତେବେଳେ ସୁଦାମର ଆଖି ଖୋଷି ହୋଇଯାଇଥିଲା ଓ ମନ ଖୁସି ହୋଇଥିଲା। ବାପ୍‌ରେ,ଏତେ ଟଙ୍କା! ସେ ମାଇକେଲ୍ ସାହେବଙ୍କୁ କୋକାକୋଲା ଦେଇ ଆସିଥିଲା। କାନ କୁଣ୍ଡେଇ କୁଣ୍ଡେଇ ଯାଇ କହିଲା, "ପି ଦିଜିଏ। ଥଣ୍ଡା ହୋଏଗା।"

ସେଦିନ ତା' କଥା ଶୁଣି ସମସ୍ତେ ହସିଥିଲେ। ସୁଦାମ ଜେନା ନିଜର ଭୁଲ୍ ବୁଝି ପାରିଥିଲା। ଅଧିକାଂଶ ସମୟରେ ସେ ତା' ମାଲିକଙ୍କୁ କଫି ଦିଏ। ଟେଲିଫୋନ୍ କି କଂପ୍ୟୁଟର ସାଂଗରେ ବ୍ୟସ୍ତ ରହି ସେ କଫି ପିଇବା କଥା ଭୁଲିଗଲେ, ସୁଦାମ ଜେନା କହେ, 'ପି ଦିଅନ୍ତୁ, ଥଣ୍ଡା ହେଇଯିବ।" ଏଇଟା ତା'ର ଅଭ୍ୟାସରେ ପଡ଼ିଯାଇଥିଲା।

ସେ ଜାଣି ପାରି ନ ଥିଲା ଯେ ସେଦିନ ଗରମ କଫି ନୁହେଁ, ଥଣ୍ଡା କୋକାକୋଲା ଦିଆଯାଇଥିଲା।

ଦ୍ୱିପହର ଲଞ୍ଚରେ ସମସ୍ତଙ୍କପାଇଁ ବିରିଆନି ଆସିଥିଲା। ବଡ଼ ହୋଟେଲ୍‌ରୁ ସୁଆଦିଆ। ବିରିଆନି ଅଣାଯାଇଥିଲା। ମାଇକେଲ୍ ସାହେବ ଓ ତାଙ୍କ ସାଙ୍ଗ ଖାଇ ପିଇ ଖୁସି ହୋଇଗଲେ କଂପାନିକୁ ଶୀଘ୍ର ଆସିବ ଫରେନ୍ ଡଲାର। ସେଥିପାଇଁ ତା' ମାଲିକ

ଦିନରାତି ଚିନ୍ତିତ। ଶୀଘ୍ର ଶୀଘ୍ର ଡଲାର ନ ଆସିଲେ ନୂଆ ଷ୍ଟୁଡିଓର କାମ ଅଟକିଯିବ। ଫରେନ୍‌ରୁ ଯନ୍ତ୍ରପାତି ଆସି ପାରିବ ନାହିଁ। ସୁଦାମ ଜେନା ଏକଥା ଭାବି ଖୁବ୍ ବ୍ୟସ୍ତ ହୋଇ ପଡୁଥିଲା।

: କି ବାସ୍ନା ବିରିଆନିର ! କେମିତିକା ସରୁ ସରୁ ଚାଉଳ, ତା' ଭିତରେ ବଡ଼ ବଡ଼ ଖଣ୍ଡ ନରମ ମଟନ୍। ପ୍ଲେଟ୍‌ରେ ବାଢ଼ିବାକ୍ଷଣି ଖଣ୍ଡମଣ୍ଡଳ ବାସ୍ନାରେ କମ୍ପି ଯାଇଥିଲା। ସୁଦାମର ମନ ହେଉଥିଲା ଏଥିରୁ ଆଠ ଦଶ ପ୍ଲେଟ୍ ନେଇ ଶିଢ଼ି ତଳେ ବସିପଡ଼ନ୍ତା ଓ ଗାଉଁ ଗାଉଁ କରି ଗିଳିପକାନ୍ତା। କିନ୍ତୁ ଚାରିଆଡ଼େ ଲୋକ ହାଉଯାଉ। ପୁଣି ଏସବୁ ବଡ଼ ବଡ଼ ସାର୍‌ଙ୍କ ପାଇଁ ଆସିଛି। ତା' ଭଳି ପିଅନ ପାଇଁ ନୁହେଁ। ଖାଉଥିବାବେଳେ ଧରା ପଡ଼ିଗଲେ ଗାଳି ଶୁଣିବ, ଚାକିରି ଯିବ। ସେ ବଡ଼ କଷ୍ଟରେ ନିଜ ଲୋଭ ସମ୍ଭାଳି ଥିଲା। ଏଥିରୁ ଯଦି କିଛି ବଳିବ, ତାକୁ ପ୍ରଥମେ ଅଫିସ୍‌ର ଆକାଉଣ୍ଟସ୍ ସେକ୍ସନ୍ କିରାଣି ଖାଇବେ। ସବାଶେଷକୁ ତା' ପାଳି ପଡ଼ିବ। କିନ୍ତୁ ସେତେବେଳେକୁ କ'ଣ ମାଉଁସ ଥିବ ?

ସେଦିନ ତା'ର ପଖାଳ-ତେନ୍ତୁଳି, ଚୁଡ଼ା-ପିଆଜ, ରୁଟି କି ଲାଉ ସନ୍ତୁଳା ଥିବା ଟିଣ ଟିଫିନ କ୍ୟାରିୟରଟା ଏ ଚକମକ ବିରିଆନି ପ୍ଲେଟ୍ ପାଖରେ ସେତିକି ବିକଳିଆ। ଦିଶୁଥିଲା ଯେମିତି ସିଏ ନିଜେ ଦିଶେ ତା' ମାଲିକଙ୍କ ଆଗରେ। ତାଙ୍କର ମର୍ସିଡିଜ୍ ଗାଡ଼ି, ଚାରିମହଲା କୋଠାଘର, ତା' ଭିତରେ ପ୍ରକାଣ୍ଡ ଥଣ୍ଡା କାଚଲଗା ଅଫିସ୍, ଘର ଆଗରେ ଟିକେ ଟିକେ ଚୁଟି ଉଠିଥିବା ପରି କଅଁଳିଆ ଶାଗୁଆ ଲନ୍ ଓ ଫୁଲ ବଗିଚା। ତାଙ୍କ ଘର, ଅଫିସ ଏପରିକି ଗାଡି ଭିତରେ ଅତରର ମହମହ ବାସ୍ନା। ସୁଦାମର ଧଡ଼ଡ଼ା ସାଇକେଲ୍, ଝୁଡ଼ି ଚାଳଘର, ଠାକରାଗାଲ ଚେହେରା ଓ ଝାଳଗନ୍ଧୁଆ। ଦେହ ସବୁ ଅସୁନ୍ଦର। ସୁଲେମାନ କହେ, 'ଦୁନିଆର ସବୁ ଖୁଦାକୀ ମେହରବାନି।' ମଲ୍ଲିକବାବୁ କହନ୍ତି, 'ପୂର୍ବଜନ୍ମର ଫଳ।'

ସୁଦାମ ଜେନା ମାଇକେଲ୍ ସାହାବଙ୍କୁ ନେଇ ବିରିଆନି ପ୍ଲେଟ୍ ଦେଇଥିଲା। ତା'ର ଚିନ୍ତା, କେତେ ସମୟ ଭିଡିଓ ଚିତ୍ର ଦେଖେଇ ଓ ବକର ବକର ହୋଇ ସାହାବ ଥକି ପଡ଼ିବେଣି। ଭୋକରେ ତାଙ୍କ ପେଟ ଜଳିବଣି। ଏଡ଼େ ବଡ଼ ଡେଙ୍ଗା ଚଉଡ଼ା ଚେହେରା, ପେଟ ବି ବଡ଼ ହେଇଥିବ। ଭଲକରି ନ ଖାଇଲେ କାମ କରିବେ କେମିତି ! ସେ ଗୋଟେ ଟ୍ରେରେ ତିନିଟା ଉଛୁଳୁମୁଛୁଳୁ ବିରିଆନି ପ୍ଲେଟ୍ ଧରିଥିଲା। ଗୋଟେ ମାଇକେଲ୍ ସାହେବଙ୍କ ପାଇଁ, ଗୋଟେ ତାଙ୍କ ଲଣ୍ଡାମୁଣ୍ଡିଆ ସାଙ୍ଗ ପାଇଁ ଓ ଆରଟି ତା' ମାଲିକଙ୍କ ପାଇଁ। ଆଗତୁରା ପ୍ଲେଟ୍ ତିନିଟା ବାଢ଼ିକି ନେଇ ନ ଗଲେ ପଛକୁ ଭଲ ମାଉଁସ ରହିବ ନାହିଁ। ସମସ୍ତେ ଖାଇପିଇ ସଫା କରିଦେବେ। ତା' ମାଲିକ ଅଫିସ୍

ପାଇଁ ଦିନରାତି ଖଟୁଛନ୍ତି । ଆଜି ବମ୍ବେ, କାଲି ଦିଲ୍ଲୀ ତ ପଅରି ଦିନ କଲିକତା ଘୂରୁଛନ୍ତି । ସବୁବେଳେ କାଲ୍‌କୁଲେଟର ମେସିନ୍ ଧରି ହିସାବ କରୁଛନ୍ତି- ରହିଲା କେତେ, ଗଲା କେତେ । ହିସାବ ବିଭାଗ ବାଲାଙ୍କ ଉପରେ ସଦାବେଳେ ବିରକ୍ତ । ରଜା ପରି ଚେହେରା ତାଙ୍କର, ହେଲେ କେତେବେଳେ ମୁହଁରେ ଟିକେ ଖୁସି ନାହିଁ । ସବୁ ଏଇ ଅଫିସ୍‌ବାଲାଙ୍କ ହେଳା ଯୋଗୁଁ । ସେଥିପାଇଁ ମାଲିକଙ୍କ ଉପରେ ତା'ର ଖୁବ୍ ମାୟା । ବରାବର ତା'ର ମନହୁଏ, ଟିକିଏ ଯାଇ ତାଙ୍କୁ ତାଙ୍କ ଦୁଃଖସୁଖ ପଚାରନ୍ତା, ପାଦ ଦିଇଟା ଘଷି ଦିଅନ୍ତା କି ମୁଣ୍ଡଟା ଚିପି ଦିଅନ୍ତା । ବେଳେବେଳେ ସାହସ କରି ତାଙ୍କ ଥଣ୍ଡା ରୁମ୍‌କୁ ପଶିଯାଇ ସୁଦାମ କାନ୍ଥ କଡ଼ରେ ଠିଆ ହୁଏ । ମାତ୍ର ମାଲିକ ତାକୁ ଅନେଇବାକ୍ଷଣି ତା'ର ଦେହ ହାତ ଥରେ । ତରବରରେ କେମିତି ସେଠୁ ପଳେଇ ଆସିବ ସେ କଥା ଭାବି ତା' ମୁଣ୍ଡ ଝାଇଁଝାଇଁ ହୋଇଯାଏ । ସେ କାନମୁଣ୍ଡ ଆଉଁଶି ଫେରିଆସେ ।

ଇଡିୟଟ୍! - ମାଲିକ ଚିତ୍କାର କରିଉଠିଲେ ।

ସୁଦାମ ଜେନା ଚମକି ପଡ଼ିଥିଲା । ତା' ହାତର ବିରିଆନି ପ୍ଲେଟ୍ ହଲିଯାଇଥିଲା । କିନ୍ତୁ ସେ ବୁଝି ପାରିଲାନି, ମାଲିକ ହଠାତ୍ ରାଗିଲେ କାହିଁକି ? ତା'ର ଭୁଲ୍ ରହିଲା କେଉଁଠି !

ମାଲିକ ବି ସଚେତନ ହୋଇଗଲେ । ବାହାର ଲୋକ ଅଛନ୍ତି । କ'ଣ ଭାବିବେ ? ସେ ଜାମା ବଦଳେଇବା ପରି ଚଟ୍ କରି ମୁହଁର ରଙ୍ଗ ବଦଳେଇ ଦେଲେ । ଆଖି ଇସାରାରେ ବିରିଆନି ପ୍ଲେଟ୍‌ଗୁଡ଼ିକୁ ଦେଖେଇଦେଲେ । ସୁଦାମ ଜେନା ବୁଝିଗଲା - ମାଇକେଲ୍ ସାହେବଙ୍କୁ ଆଉ ଦି' ଖଣ୍ଡ ମଟନ୍ ଦେବା ପାଇଁ ସାର୍ କହୁଛନ୍ତି । ସେ ଧାଇଁଯାଇ ଗୋଟେ ସାନ ପ୍ଲେଟ୍‌ରେ ଚାରିଖଣ୍ଡ ମଟନ୍ ଆଣି ତାଙ୍କ ପ୍ଲେଟ୍‌ରେ ଥୋଇଦେଲା ଦେଉଳ ଉପରେ ମୁଣ୍ଡି ମାରିବା ପରି ଓ ପାଖରେ ଛିଡ଼ାହୋଇ କାନ କୁଣ୍ଡେଇଲା । ହସି ହସି ଖଣ୍ଡେ ମଟନ୍ ମାଲିକଙ୍କ ପ୍ଲେଟ୍‌ରେ ସୁଦ୍ଧା ବାଢ଼ିଦେଲା । ସେତେବେଳେ ମାଇକେଲ ସାହେବ ତା' କଂପାନିର ଅତିଥି ନୁହେଁ ବରଂ ତା' ନିଜ ଘରର କୁଣିଆ ପରି ଲାଗୁଥିଲେ । ଆହା, କେତେ ଦୂର ଦେଶର ଲୋକ । ଚାକିରି ପାଇଁ ଘରଦ୍ୱାର ଛାଡ଼ି ଦେଶ ବିଦେଶ ବୁଲୁଛନ୍ତି ପରା ! ଏଥର ସେ ତା' ମାଲିକଙ୍କ ମୁହଁକୁ ଅନେଇଲା । ସେ ଜାଣିଥିଲା, ତା' ମାଲିକ ତା' ବୁଦ୍ଧିକୁ ପ୍ରଶଂସା କରୁଥିବେ । ତାଙ୍କ ମୁହଁରେ ଚିରୁଡ଼ାଏ ହସ ଦେଖିବା ପାଇଁ ସେ ଉହଳ ବିକଳ ହେଉଥିଲା । ଭାବୁଥିଲା ପେଟ ନ ପୂରିଲେ କି ପାଠ, କି କାମ ! ସେ ସେଇମିତି ହସି ହସି ମାଲିକଙ୍କୁ ପଚାରିଲା, 'ଆଉ ଟିକିଏ କଟମ୍ବର ଆଣିଦେବି ?"

କଠୋର ଚାହାଣିରେ ତା' ମାଲିକ ସୁଦାମକୁ ଅନେଇଲେ ଓ ଦାନ୍ତ କଡ଼ମଡ଼ କରି ଧୀର ଗଳାରେ କହିଲେ, "ଗେଟ୍ ଆଉଟ୍ ରାସ୍କେଲ୍ ।"

ସୁନୀତା ମାଡାମ୍ ମାଲିକଙ୍କ ଠାର ବୁଝିପାରନ୍ତି। ସେ ସାଙ୍ଗେ ସାଙ୍ଗେ ସେଠିକି ଧାଇଁ ଆସିଲେ। ସୁଦାମକୁ ସରୁ ଧକ୍କାଟେ ଦେଇ ହଲ୍‌ରୁ ବିଦା କରିଦେଲେ ଓ ଧାଇଁଯାଇ ଗୋଟେ ବଡ଼ ପ୍ଲେଟ୍ ନେଇ ଆସିଥିଲେ। ତିନିଙ୍କ ପ୍ଲେଟ୍‌ରୁ ଅଧାଅଧା ବିରିଆନି ବାହାର କରି ସେଇ ପ୍ଲେଟ୍‌ରେ ରଖିଥିଲେ ଓ ହସିହସି ଦୁଃଖ ପ୍ରକାଶ କରିଥିଲେ।

ସୁଦାମକୁ କାନ୍ଦ ମାଡ଼ିଥିଲା। ସେ ବୁଝିପାରି ନ ଥିଲା ତା'ର ଭୁଲ୍ ରହିଲା କେଉଁଠି? ବାହାରକୁ ଆସିବା ପରେ ତାକୁ ଆକାଉଣ୍ଟସ୍ ବିଭାଗର ମନୋଜବାବୁ କହିଲେ, "ହଇବେ ଓଲୁ, ତୁ କ'ଣ ଜାଣିନୁ ସାର୍‌ଙ୍କର ଡାଇବେଟିସ୍ ଓ ହାଇବ୍ଲଡ୍‌ପ୍ରେସର। ସେ କ'ଣ ତୋ ଭଳିଆ ପେଟ ବିକଳିଆ ହୋଇଛନ୍ତି ଯେ ତୁ ତାଙ୍କୁ ବିଲେଇ ଡେଇଁ ନପାରିଲା ଭଳିଆ ବିରିଆନି ବାଢ଼ିଦେଲୁ! ଡାକ୍ତର ତାଙ୍କ ପାଇଁ ପରା ଚିଠା ଥୋଇଛନ୍ତି, ସେ କ'ଣ କ'ଣ ଖାଇବେ ଆଉ କ'ଣ କ'ଣ ନ ଖାଇବେ। ତାଙ୍କ ପରି ଲୋକ କ'ଣ ଏତେ ମଟନ୍ ଖାଆନ୍ତି! ଗୁଡ୍‌ବକ୍। ତା'ଛଡ଼ା ଅତିଥିମାନଙ୍କୁ କ'ଣ ଏତେ ଏତେ ଦିଆଯାଏ? ଏଭଳି ଆଲୋଚନା ବେଳେ ଲଞ୍ଚ୍ ଗୋଟାଏ କେବଳ ରୀତି। ତୁ ନ ବୁଝି ନ ଶୁଝି ପଖାଳକଂସା ପରିକା ନେଇ ବାଢ଼ିଦେଲୁ। କି ବୁଦ୍ଧି!"

ସୁଦାମ ତଥାପି ବୁଝି ପାରିଲା ନାହିଁ। ମାଉଁସ ଭାତ ଟିକିଏ ପାଇଁ ତା' ପିଲାଏ କେତେ ବିକଳ ହୁଅନ୍ତି! କେଉଁ ଯୁଗ ହେଲାଣି, ତା' ଘରକୁ ମାଉଁସ ଟିକିଏ ପଶି ନାହିଁ। ଆଉ ଏ ସୁଆଦିଅ। ବିରିଆନି! ଏସବୁ ଯେତେ ଖାଇଲେ ତ ପେଟ ପୂରିବ ନାହିଁ କି ମନ ବୁଝିବ ନାହିଁ। ଅଥଚ ଏସବୁ ଖାଇବାଲାଗି ସୁଦ୍ଧା ବାବୁମାନଙ୍କର ଭୋକ ନାହିଁ? ସେମାନଙ୍କର ସେ କି ଭୋକ!

ମାଲିକଙ୍କ ଗାଳି ଓ ସୁନୀତା ମାଡାମ୍‌ଙ୍କ ଧକ୍କା ପରେ ସୁଦାମ ଜେନା ପଳେଇ ଆସି କବାଟ ଏପଟେ ଗୋଟେ ଟୁଲ୍ ପକେଇ ବସି ରହିଥିଲା। ମିଟିଂ ଜାଗାକୁ ଯିବାଲାଗି ତା'ର ଟୋପାଏ ସୁଦ୍ଧା ସାହସ ଆଉ ନ ଥିଲା। ସେ ଜାଣିପାରିଥିଲା, ମାଲିକ ରାଗିଯାଇଛନ୍ତି। ମାଇକେଲ ସାହେବ ଥିଲେ ବୋଲି ମନ ଭରି ତାକୁ ଗାଳିଦେଇ ପାରି ନାହାନ୍ତି। ସେ ଯିବା ପରେ ତା' ଉପରେ ପୁଣି ପରସ୍ତେ ଗାଳି ହେବ।

ମିଟିଂ ସରିଥିଲା।

ମାଇକେଲ ସାହେବ ହସି ହସି ତା' ମାଲିକଙ୍କ ସହ ହ୍ୟାଣ୍ଡସେକ୍ କରୁଥିଲେ। ଦିହିଙ୍କ ଭିତରେ ଡାଏରି ପରି ଦିଇଟା ଫାଇଲ୍ ଅଦଳବଦଳ ହେଲା। କାଚ କବାଟ ଏପଟରୁ ସୁଦାମ ସବୁ ଦେଖି ପାରୁଥିଲା। ସେମାନେ ଭିତରୁ ବାହାରୁଥିବା ଦେଖି, ସୁଦାମ ଛାରପୋକଟେ ଖଟ ସନ୍ଧିରେ ଲୁଚିଗଲା ପରି ଶିଡ଼ି କୋଣରେ ଲୁଚିଯାଇଥିଲା ମାତ୍ର ମାଇକେଲ ସାହେବଙ୍କ ଦୃଷ୍ଟି ଖୁବ୍ ତେଜ। ସେ ଚିହ୍ନା ପରିଚିତ ସଙ୍ଗାତ ପରି ତା'

ହାତ ଧରି ତାଙ୍କ ପାଖକୁ ଭିଡ଼ିନେଲେ ଓ ତା' ଡାହାଣ ପାପୁଲିକୁ ନିଜ ହାତରେ ମୁଠେଇ ଧରି ଚରିପାଞ୍ଚଥର ଜୋର୍‌ଜୋର୍‌ରେ ହଲେଇଥିଲେ। ତା'ପରେ ଠୋ ଠୋ ଇଂରାଜିରେ ତିନିଚାରି ପଦ ତାକୁ କହିଲେ, ଯାହାର ଗୋଟେ ଅକ୍ଷର ବି ସୁଦାମ ଜେନା ବୁଝି ପାରି ନ ଥିଲା। ସେଇଠୁ ହସି ହସି ମାଇକେଲ୍ ସାହେବ ତାଙ୍କ କୋଟ୍ ପକେଟ୍ ପର୍ସରୁ ଏଇ ଡଲାର ନୋଟ୍ ବାହାର କରି, ସୁଦାମ ମନା କରୁ କରୁ, ତା' ଜାମାର ଛାତି ପକେଟ୍‌ରେ ଗୁଞ୍ଜି ଦେଇଥିଲେ। ଭୟ ଓ ଲାଜରେ ସୁଦାମ ଶଢ଼ି ଯାଇଥିଲା। ସେ ଟିକିଏ ଉପରକୁ ମୁହଁ ଟେକି ତା' ମାଲିକଙ୍କ ମୁହଁକୁ ଚାହିଁଥିଲା। ସାରା ପୃଥିବୀ ଭିତରେ ସେଇ ଗୋଟିକ ମୁହଁ ତା' ପାଇଁ ଗୁରୁତ୍ୱପୂର୍ଣ୍ଣ। ସବୁରି ମୁହଁ ଯାହା ଯେମିତି ଦିଶୁଛି ଦିଶୁ, ତା' ମାଲିକ ମୁହଁରେ ହସ ଫୁଟୁ। ମାତ୍ର ମାଲିକଙ୍କ ଗୋରା ମୁହଁ ରଢ଼ନିଆଁ ପରି ଜଳୁଥିଲା।

ସୁଦାମ ଛୋଟ ତଉଲିଆରେ ଟେବୁଲ୍ ଓ ଚଉକି ଝାଡ଼ିସାରି ସୁନୀତା ମାଡାମ୍‌ଙ୍କୁ ପଚାରିଲା, "ଆପଣେ ସାର୍‌ଙ୍କୁ ସେଦିନ ବୁଝେଇଦେଲେ ବୋଲି ସିନା। ନ ହେଲେ...।'

ସୁନୀତା ମାଡାମ୍ ଏଭଳି ଗୋଟେ ମଳିଛିଅ। ଲୋକ ସହ କଥାବାର୍ତ୍ତା ହେବାକୁ ଆଦୌ ଚାହୁଁ ନ ଥିଲେ। ସେ କହିଲେ, 'ତୁ ଯା, ଆକାଉଣ୍ଟ ସେକ୍ସନରୁ ଆଜିର ରିପୋର୍ଟଟା ଆଗେ ନେଇଆ।"

ସୁଦାମ ଜେନା କାନମୁଣ୍ଡା ଆଉଁଶି ଦୂରକୁ ଘୁଞ୍ଚିଗଲା। ତା' ମନ ଭିତରେ ଗୋଟିଏ ଚିନ୍ତା - ମାଲିକଙ୍କ ମିଜାଜ ଥଣ୍ଡା ରହୁ। ସେ ମନେ ମନେ ଡାକିଲା, 'ହେ ଲିଙ୍ଗରାଜ ମହାପ୍ରଭୁ, ସାର୍‌ଙ୍କ ଦିଲ୍ଲୀ କାମଟା ସୁରୁଖୁରୁରେ ହୋଇଯାଉ।'

॥ ଦୁଇ ॥

ଗତ ବୈଠକର ଦି' ମାସ ପରେ ଗରୁଡ଼ ଟେଲିଭିଜନ୍‌ରେ ବିଦେଶୀ ପୁଞ୍ଜି ବିନିଯୋଗ ପ୍ରସ୍ତାବ ଚୂଡ଼ାନ୍ତ ହୋଇଗଲା। ଆମେରିକାର 'ଫେଥ୍‌ଫୁଲ୍ ଫାଇନାନ୍‌ସ' ଓଡ଼ିଶାର 'ଗରୁଡ଼ ଟେଲିଭିଜନ୍' କଂପାନିର ପଚିଶ ଭାଗ ଅଂଶଧନ କିଣିନେଲା ଓ ତା' ବଦଳରେ କଂପାନିକୁ ଶହେପଚିଶ କୋଟି ଟଙ୍କା ମିଳିଲା। ଗୋଟିଏ ସର୍ତ୍ତ ରହିଲା, 'ଫେଥ୍‌ଫୁଲ୍ ଫାଇନାନ୍‌ସ' କଂପାନିର ଜଣେ ପ୍ରତିନିଧି ଏଠା ଟେଲିଭିଜନ୍ କଂପାନିର ନିର୍ଦ୍ଦେଶକ ପରିଷଦର ସଦସ୍ୟ ରହିବେ। କଂପାନି କୌଣସି ବଡ଼ ଖର୍ଚ୍ଚ କରିବା ଆଗରୁ ସେଇ ପ୍ରତିନିଧିଙ୍କ ମତାମତ ଲୋଡ଼ିବ।

ଦି' ମାସ ଭିତରେ ଟେଲିଭିଜନ୍ କଂପାନି ଦପ୍ତରର ଚେହେରା ବଦଳିଗଲା।

ଅଧା ତିଆରି ପଡ଼ିଥିବା ତିନି ମହଲା ପ୍ରକାଣ୍ଡ ଅଫିସ୍ କାମ ଶେଷ ହୋଇଗଲା ପରେ ତାହା ଗୋଟେ ଛୋଟ ରାଜ୍ୟର ସଚିବାଳୟ ପରି ଦିଶିଲା। ସାମ୍ନାରେ ଥିବା ଅପନ୍ତରା ଜାଗାରେ ପ୍ରକାଣ୍ଡ ଲନ୍ ଓ ବଗିଚା ତିଆରି ହେଲା। କଂପାନିର ଏମ୍‌ଡି ନିଶିକାନ୍ତ ମର୍ଦ୍ଦରାଜଙ୍କର ଚମତ୍କାର ବୁଦ୍ଧି। ବିଦେଶୀ ଋଣ ମିଳିବା ପରେ ସେ ଏଠାକାର ବ୍ୟାଙ୍କ୍‌ର ଋଣସବୁ ଶୁଝିଦେଲେ। ଏଠିକା କରଜର ସୁଧହାର ବେଶି ଥିଲା। ତାଙ୍କ କଂପାନିର ମୁଖ୍ୟ କାର୍ଯ୍ୟାଳୟ ଭିତରଟାକୁ ବିଦେଶୀ କଂପାନିର ଦପ୍ତର ପରି ସେ ସଜାଇଦେଲେ। ସେ ଦପ୍ତରରେ ଚଳପ୍ରଚଳ ହେବାଲାଗି ନୂଆ ନିୟମକାନୁନ ସ୍ଥିର ହେଲା। ସମସ୍ତଙ୍କପାଇଁ ନୂଆ ପୋଷାକ, ନୂଆ ଜୋତା, ନୂଆ କମ୍ପ୍ୟୁଟର, ନୂଆ କ୍ୟାମେରା, ନୂଆ ଗାଡ଼ି ଓ ନୂଆ ଦରମା ପ୍ୟାକେଜ୍। ନିଜେ ଏମ୍‌ଡି ଜଣ ଜଣକୁ ଡାକି ବୁଝେଇ କହିଲେ, ‘‘ପଛକଥା ଭୁଲିଯାଅ, ଆଗକୁ ଅନାଅ। ଆଗରେ ତୁମର ଉଜ୍ଜ୍ୱଳ ଭବିଷ୍ୟତ। ତୁମ କାମ ଏଇଆ, ତୁମେ ପାଇବ ଏଇଆ। ସେ ଖୋଲାଖୋଲି କହିଲେ, ‘ଜର୍ମାନର କୌଣସି କର୍ମଚାରୀ ତା’ ସହକର୍ମୀ କେତେ ଦରମା ପାଏ ସେକଥା ଜାଣେ ନାହିଁ କି ପଚାରେ ନାହିଁ । ସେ ଦେଶରେ ଦରମାପତ୍ର କଥା ଖୋଲାଖୋଲି ଆଲୋଚନା ହୁଏ ନାହିଁ। ଭାରତର ସରକାର ଓ ଟ୍ରେଡ୍ ୟୁନିୟନ୍ ମିଶି ସବୁ ନଷ୍ଟ କରିଛନ୍ତି। ଫଳରେ ଧୂଆମୂଳା, ଅଧୁଆ ମୂଳା ଏଠି ସବୁ ସମାନ। କିନ୍ତୁ ତାଙ୍କ ‘ଗରୁଡ଼ ଟେଲିଭିଜନ’ କଂପାନିରେ ସେ କଥା ଆଉ ଚଳିବ ନାହିଁ। ଯେଉଁଗୁଡ଼ାକ ଅଦରକାରୀ, ତାଙ୍କ ବୋଝ ଏ କଂପାନି ଆଉ ବୋହି ଭାରାକ୍ରାନ୍ତ ହେବ ନାହିଁ।’’ ଏ ଆଲୋଚନା ପରେ, ଅଗଷ୍ଟ ପନ୍ଦର ତାରିଖ ପୂର୍ବଦିନ କିଛି ପୁରୁଣା କର୍ମଚାରୀଙ୍କ ତାଲିକା ବାହାରିଲା। ସେମାନେ ସ୍ୱେଚ୍ଛାମୂଳକ ଅବସର ନେବାପାଇଁ ମନସ୍ଥିର କରି କଂପାନିକୁ ଜଣେଇ ଦେଇଥିବା ପର୍ସନେଲ୍ ବିଭାଗ କହିଲା। କଂପାନି ତାଙ୍କର ସେବା କାଳ ଓ ନିଷ୍ଠାକୁ ବିଚାରକୁ ନେଇ ଅଲଗା ଅଲଗା କ୍ଷତିପୂରଣ ପ୍ୟାକେଜ୍ ପ୍ରସ୍ତୁତ କରିଥିଲା। ତାକୁ କୁହାଯାଉଥିଲା ‘ଗୋଲ୍‌ଡେନ୍ ହାଣ୍ଡସେକ୍।” ଏହା ପଛରେ କୁଆଡ଼େ ମାଇକେଲ୍ ସାହେବଙ୍କ ପ୍ରସ୍ତାବ ଗୁରୁତ୍ୱପୂର୍ଣ୍ଣ ଥିଲା। ସେ କହୁଥିଲେ ‘ଡେଡ୍ ଉଡ୍’ ଓ ‘ନନ୍ ପର୍ଫର୍ମିଂ ଆସେଟ୍ ବା ସଂକ୍ଷେପରେ ‘ଏନ୍‌ପିଏ’ ମାନଙ୍କୁ ନେଇ କଂପାନି ଆକାଶ ଛୁଇଁ ପାରିବ ନାହିଁ।

ଆଜି ସେପ୍ଟେମ୍ବର ପାଞ୍ଚ ତାରିଖ। ପୁଞ୍ଜି ଲଗାଣ ପରେ ମାଇକେଲ ସାହେବ ପ୍ରଥମ ଗସ୍ତରେ ଆସିବେ। ତାଙ୍କର ସେହି ପ୍ରଥମ ଗସ୍ତ ପରଠାରୁ ସେ ଆମେରିକାରୁ ଥାଇ ବରାବର ଏମ୍‌ଡିଙ୍କ ସହ ଟେଲିଫୋନ୍‌ରେ କଥାବାର୍ତ୍ତା ହେଉଥିଲେ। ମାତ୍ର ଶେଷ ପର୍ଯ୍ୟାୟ ଅଂଶଧନ ଦେବା ପରେ ସେ ଆଉ ଥରେ ଦେଖିବାକୁ ଚାହାନ୍ତି, ତାଙ୍କ ପ୍ରସ୍ତାବଗୁଡ଼ିକୁ ଠିକଣା ଢଙ୍ଗରେ କାର୍ଯ୍ୟକାରୀ କରାଯାଉଛି କି ନାହିଁ।

ଗରୁଡ଼ ଟେଲିଭିଜନ୍‌ର ନୂଆ ଅଫିସ୍‌ର ଚେହେରା ସହିତ ଅଫିସରମାନଙ୍କ ଚରିତ୍ର ମଧ୍ୟ ବଦଳିଯାଇଥିଲା । ଆଗପରି କେହି ବଡ଼ ପାଟିରେ କଥାବାର୍ତ୍ତା କରୁ ନ ଥିଲେ । ଘନଘନ ଚନାଚୁର, ବାଦାମଖିଆ, ଚା-କଫି ପିଆ କି ଥଟ୍ଟା ପରିହାସ ଏବେ ଆଉ ଦେଖିବାକୁ ମିଳୁ ନ ଥିଲା । ସଂପୂର୍ଣ୍ଣ ଏୟାରକଣ୍ଡିସନ୍‌ଡ ଦପ୍ତର ଭିତରେ ଏକ୍‌ଜିକ୍ୟୁଟିଭ୍‌ମାନେ ବେକରେ ଟାଇ ଭିଡ଼ି କାମ କରୁଥିଲେ ଓ ସମସ୍ତେ ସ୍ମାର୍ଟ ଦିଶୁଥିଲେ । ମିଟିଂ ବା ସେମିନାର୍‌ରେ କାଗଜ କଲମର ବ୍ୟବହାର ନିଷିଦ୍ଧ ହୋଇଯାଇଥିଲା । ସମସ୍ତେ କମ୍ପ୍ୟୁଟର ଓ ଏଲ୍‌ସିଡି ଜରିଆରେ ନିଜ ନିଜ ମତ ରଖୁଥିଲେ ।

ମାଇକେଲ୍ ସାହେବ ଆସିଲେ । ତାଙ୍କୁ କଂପାନିର ମାଲିକ ଓ ଜେନେରାଲ ମ୍ୟାନେଜରମାନେ ସାଙ୍ଗରେ ନେଇ ତଳୁ ଉପର ଯାଏ ପୂରା ଅଫିସ୍ ବୁଲେଇ ଦେଖେଇଲେ । ତା'ପରେ ନୂଆ ସମ୍ମିଳନୀ କକ୍ଷରେ ବୈଠକଟିଏ ଡକାଗଲା । ସମସ୍ତଙ୍କ ମୁହଁରେ ଆଙ୍କିଦେଲା ପରି ମାପଚୁପ ହସ । ଟିକିଏ ବେଶି ନାହିଁ, ଟିକିଏ କମ୍ ନାହିଁ । ମାଇକେଲ୍ ସାହେବ ସେମାନଙ୍କ ପାଇଁ ସ୍ୱର୍ଗର ଦେବଦୂତ-ଏହିପରି ଦୃଷ୍ଟିରେ ସେମାନେ ତାଙ୍କୁ ଅନଉଥିଲେ ।

ମାଇକେଲ୍ ସାହେବ ସମସ୍ତଙ୍କୁ ଚାହିଁ କଢ଼ଫୁଟା ହସରେ ମୁରୁକି ହସିଲେ । ତା'ପରେ ଇଂରାଜିରେ କହିଲେ, ତାଙ୍କ ପାଇଁ ଏହା ଗୋଟେ ଅଭୁଲା ଦିନ । ସେ ଇଣ୍ଡିଆର 'ଗରୁଡ଼ ଟେଲିଭିଜନ୍'କୁ କିଛି ସାହାଯ୍ୟ କରିପାରିଛନ୍ତି । ସେଥିପାଇଁ ସେ କେତେ ଖୁସି ତାହା ଶବ୍ଦରେ କହିପାରିବେ ନାହିଁ । ତାଙ୍କୁ ଏ ସୁଯୋଗ ଦେଇଥିବାରୁ ସେ ସେୟାର ହୋଲ୍‌ଡରମାନଙ୍କ ପକ୍ଷରୁ ଏମ୍.ଡି. ନିଶିକାନ୍ତ ମର୍ଦ୍ଦରାଜଙ୍କୁ ଅଭିନନ୍ଦନ ଜଣାଇବାକୁ ଚାହାନ୍ତି ।

ତା'ପରେ ସେ କହିଲେ, 'ମୋ ବାପା ଜର୍ମାନର ଲୋକ ଓ ମୋ ମା' ଭାରତର । ସେମାନେ ଆମେରିକାରେ ଯାଇ ବସବାସ କଲେ । ମୁଁ ସାତବର୍ଷର ହୋଇଥିଲି, ମୋ ମାଆଙ୍କୁ ଗୋଟେ ଆକ୍ସିଡେଣ୍ଟ୍‌ରେ ହରେଇଲି । ସେ ମୋତେ ବହୁତ ଭଲ ପାଉଥିଲେ ।" ମାଇକେଲ ସାହେବ ଭାବପ୍ରବଣ ହୋଇଉଠିଲେ । ତାଙ୍କର ସାତଫୁଟିଆ ଚେହେରା, କବାଟ ପରି ଚଉଡ଼ା ଛାତି ଓ ଚିକ୍ ଚିକ୍ କରୁଥିବା ସୁନାରଙ୍ଗ ଫ୍ରେମର ଚଷମା ସେପଟେ ଦି' ଟୋପା ଲୁହ ଦିଶୁଥିଲା । ହଲ୍ ସାରା ସମସ୍ତେ ନିରବ । ଏତେ ନିରବ ଯେ, କାଗଜ ଖଣ୍ଡେ ଖସି ପଡ଼ିଲେ ଘଣ୍ଟା ପିଟିଲା ପରି ଶବ୍ଦ ହେବ । ସତେ କି ସମସ୍ତେ କାନ୍ଦି ପକେଇବେ । ମାଇକେଲ୍ ସାହେବ କହିଲେ, "ମୁଁ ଏଇଠିକୁ ଆସି ମୋ ମାଆଙ୍କୁ ପାଇଲି । ତାହା ହିଁ ବିଶେଷ କାରଣ, ଯେଉଁଥିପାଇଁ ମୁଁ ନିଜେ ଆଉ ଥରେ ଏଠିକୁ ଆସିବାକୁ ସ୍ଥିର କଲି ।" ମାଇକେଲ୍ ସାହେବ ପୁଣି ଟିକିଏ ନିରବ ରହିଲେ ଓ ମ୍ୟାନେଜିଂ

ଡାଇରେକ୍ଟରଙ୍କୁ କହିଲେ, "ଆପଣ ମୋ ମାଆକୁ ଦେଖିବାକୁ ଚାହାନ୍ତି ? ଦୟାକରି ତାଙ୍କୁ ଡାକନ୍ତୁ । ପ୍ଲିଜ୍ ୱେଲକମ୍ ମିଷ୍ଟର ସୁଦାମ୍ ଜାନା ।"

ସମସ୍ତେ ପରସ୍ପରର ମୁହଁକୁ ଚାହିଁଲେ । ସୁଦାମ ଜାନା ମାନେ ଦରବୁଢ଼ା ପିଅନ ସୁଦାମ ଜେନା ? ସେ କିପରି ମାଇକେଲ୍ ସାହେବଙ୍କର ମା' ହେଲା ? କି ଆଶ୍ଚର୍ଯ୍ୟ ! ଏ ଗୋରା ସାହେବ ସେଇ ମଳିଛିଅ । ଲୋକଟାକୁ ଏତେ ଗୁରୁତ୍ୱ ଦେଉଛି କାହିଁକି ? କି ରହସ୍ୟ ଅଛି ଏହା ଭିତରେ ?

ଗରୁଡ଼ ଟେଲିଭିଜନର ଏମ୍.ଡି. କିନ୍ତୁ ନିରବରେ ମୁହଁ ତଳକୁ କରି ବସିଥିଲେ । ଭିତରେ ଭିତରେ ସେ ଟିକିଏ ଅପ୍ରସ୍ତୁତ ବୋଧ କରୁଥିଲେ । ଅନ୍ୟମାନେ ସମସ୍ତେ ନିରବରେ ବସିଥିଲେ । ମାଇକେଲ୍ ସାହେବ କହୁଥିଲେ, ଗତଥର ସୁଦାମ ଜାନା ଯେମିତି ଶ୍ରଦ୍ଧାର ସହ ତାଙ୍କୁ ଖାଇବା ପରଶୁଥିଲେ, ତାଙ୍କ ମାଆଙ୍କ ପରେ, ଏମିତି ଶ୍ରଦ୍ଧା ସେ କାହାରି ଚେହେରାରେ ଦେଖି ନାହାନ୍ତି, ଏପରିକି ତାଙ୍କ ପତ୍ନୀ କିମ୍ବା ସେକ୍ରେଟେରୀଙ୍କ ପାଖରେ ବି ନୁହେଁ । "ହି ଇଜ୍ ସଚ୍ ଏ ନୋବଲ୍ ସୋଲ୍ ।"

ସେ ସୁଦାମ ଜେନାଙ୍କୁ ଭେଟିବାଲାଗି ପ୍ରକୃତରେ ବ୍ୟସ୍ତ ହେଉଥିଲେ ।

ମାତ୍ର ଗରୁଡ଼ ଟେଲିଭିଜନ୍ କଂପାନିର ଏମ୍‌ଡି କିମ୍ବା ଅନ୍ୟ କେହି ତାଙ୍କୁ କହିବାକୁ ସାହସ ଜୁଟାଇ ପାରୁ ନ ଥିଲେ ଯେ କଂପାନିର ନବକଳେବର ପରେ ପରେ ଯେଉଁ କେତେକ 'ଡେଡ୍ ଉଡ୍'ଙ୍କୁ ହଟେଇ ଦିଆଯାଇଛି, ତା'ର ସବା ପ୍ରଥମ ତାଲିକାରେ ସୁଦାମ ଜେନାର ନାଁ ଥିଲା । ତା'ର ଚେହେରା ସୁନ୍ଦର ନ ଥିଲା କି ସେ ସ୍ମାର୍ଟ ନ ଥିଲା । ସେ ଭଲ ଭାବେ ଇଂରାଜି କହିପାରୁ ନ ଥିଲା କି ପରିବର୍ତ୍ତନ ସହ ତାଳ ମିଳେଇ ପାରୁ ନ ଥିଲା । ସବୁଠାରୁ ବଡ଼ ଅପରାଧ ହେଲା, ସେ ମାଇକେଲ ସାହେବଙ୍କ ଲଞ୍ଚ୍ ପାର୍ଟିରେ ଠିକଣା ଭାବରେ ବିରିଆନି ପରଶି ନ ପାରି ମ୍ୟାନେଜିଂ ଡାଇରେକ୍ଟରଙ୍କୁ ଅସ୍ୱସ୍ତିକର ପରିସ୍ଥିତିରେ ପକେଇଥିଲା ।

ମାଇକେଲ୍ ସାହେବ ଅପେକ୍ଷା କରିକରି ବ୍ୟସ୍ତ ହୋଇପଡୁଥିଲେ । ତାଙ୍କ ମୁହଁର ଉତ୍ସାହ ଧୀରେ ଧୀରେ ଫିକା ପଡ଼ିଆସୁଥିଲା ।

■

ବିଦେଶ

ଇତିଶ୍ରୀର କଳ୍ପନାରେ ତା' ବାପଘର ଗାଁ ପାଟପୁରର ଚିତ୍ର ଗୋଟେ ପାଳଛତୁ ବୁଦା ପରି ଦିଶିଗଲା। ଗାଁ ମଝିରେ ସାମଲଘର ବାଡ଼ିରେ ବିରାଟ ବଡ଼ ତେନ୍ତୁଳିଗଛ ଏବଂ ତା' ଦି' ପାଖକୁ ସାହିଟାର ଅଧାଅଧି ପର୍ଯ୍ୟନ୍ତ ଡାଳ ମେଲେଇଥିବା ଦିଇଟା ବଡ଼ ଚାକୁଣ୍ଡାଗଛ। ସେମାନଙ୍କର ସ୍ପର୍ଧା ପାଖରେ ଆତ୍ମସମର୍ପଣ କରିଥିବା ପରି ଗାଁର କୌଣସି ଗଛ ସେମାନଙ୍କୁ ଉଚ୍ଚତାରେ ଟପି ନାହାନ୍ତି। ସେଇ ତିନିଟା ଗଛର ଦି'ପଟକୁ ଲମ୍ବିଯାଇଛି ଗାଁର ଘର ଗୁଡ଼ିକ, ଯାହା ଦୂରରୁ ଦିଶେ ଛୋଟ ଛୋଟ କଢ଼ ଛତୁ ପରି।

ଇତିଶ୍ରୀ ଗାଁରେ ପହଞ୍ଚିବା ଲାଗି ବ୍ୟସ୍ତ ହେଉଥିଲା। ଗୋଟେ ଯୁଗ ହୋଇଗଲାଣି ସେ ପାଟପୁର ଆସି ନାହିଁ। ବୋଉ ଚାଲିଗଲା, ଇତିଶ୍ରୀ ଆସି ପାରିଲା ନାହିଁ। ସେଇ ଅବସୋସଟି ମହଣେ ଓଜନର ପଥର ପରି ତା' ଛାତି ଉପରେ ଲଦାହୋଇ ରହିଛି। ଏଠି ବୋଉର ଚାଲିଯିବା

ଦିନ, ସେପଟେ ଝିଅ ସ୍ୱାତୀର ଜନ୍ମ। ସେଇକଥା ଜଣେଇ ଇତିଶ୍ରୀ ବାପାଙ୍କୁ ଏରୋଗ୍ରାମ ପଠାଇଥିଲା। ଉତ୍ତରରେ ବାପା ଲେଖିଥିଲେ, ''ତୋ ବୋଉ ତୋ'ର ଝିଅ ହୋଇ ପୁଣି ଫେରିଆସିଛି। ଜମା ବ୍ୟସ୍ତ ହେବୁ ନାହିଁ କି ନିଜକୁ ଦୋଷ ଦେବୁ ନାହିଁ। ଏଇଠି ପାଖରେ ଥିବା ପୁଅ ମା' ପାଖରେ ପହଞ୍ଚିପାରିଲେ ନାହିଁ। ତୁ ତ ସାତ ଦରିଆ ସେପାରିରେ ଅଛୁ।''

ସେଦିନ ବାପାଙ୍କର ଚିଠି ପଢୁ ପଢୁ ଇତିଶ୍ରୀ ଆଖିରୁ ଲୁହଧାର ଝରି ଯାଇଥିଲା। ଚିଠିର ଅକ୍ଷର ଅସ୍ପଷ୍ଟ ହୋଇଯାଇଥିଲା ଆଖି ଲୁହରେ। ସେଇ ଚିଠିର ଶବ୍ଦ ଫାଙ୍କରୁ ତାକୁ ତା' ବୋଉର ମୁହଁଟି ବାରମ୍ବାର ଦିଶିଯାଇଥିଲା। ତା' ସାଙ୍ଗରେ ନିଜ ଝିଅ ସ୍ୱାତୀ ଉପରେ ଆସୁଥିଲା ଅଭିମାନ - ଆଉ ବେଳ ପାଇଲୁ ନାହିଁ ଆସିବା ପାଇଁ? ଯୋଉଦିନ ଆଈ ଚାଲିଯାଉଛି, ସେଇଦିନ ଆସିଲୁ! ତୋ ଲାଗି ତା' ମଲା ଖବର ବି ଠିକଣା ବେଳରେ ମୁଁ ପାଇଲି ନାହିଁ।

ବାପା ତା'ର ମନକଥା ଜାଣିବା ପରି ପୁଣି ଚିଠି ପଠେଇଥିଲେ - ଦି' ଚାରିଦିନ ଆଗରୁ ଖବର ପାଇଥିଲେ ବି ତୁ କ'ଣ ସେ ଅବସ୍ଥାରେ ଆସି ପାରିଥାଆନ୍ତୁ ମା'? ଯାହାର ଯିବା କଥା ଗଲା, ଗଲାଲୋକ ପାଇଁ ଆସିଲା ପିଲାକୁ କାହିଁକି ଦୋଷ ଦେବୁ?

ଏୟାରପୋର୍ଟରୁ ପାଟପୁର ଦିଇଶ' କୋଡ଼ିଏ କିଲୋମିଟର ଦୂର। ଇତିଶ୍ରୀ ବ୍ୟସ୍ତ ହୋଇ ପଡୁଥିଲା। ଖୁବ୍ କମ୍‌ରେ ପାଞ୍ଚଘଣ୍ଟା ଲାଗିଯିବ, ସିଏ ପୁଣି ଗଦିଛକରୁ ଘଣ୍ଟେଶ୍ୱର ପର୍ଯ୍ୟନ୍ତ ରାସ୍ତା ଯଦି ଭଲ ଥାଏ। ସେ ଅନୁମାନ କଲା, ଗାଁରେ ପହଞ୍ଚିବାବେଳକୁ ଦି'ପହର ଗୋଟାଏ ବାଜିବ। ପୁଣି ବାପାଙ୍କ ଚିଠି ପ୍ରସଙ୍ଗ ମନେପଡ଼ିଲା। ଇତିଶ୍ରୀ ଘର ଛାଡ଼ି ହଷ୍ଟେଲରେ ରହିବାଦିନୁ ବାପା ତା' ପାଖକୁ ପ୍ରତି ମାସରେ ଅନ୍ୟୁନ ଦି'ଖଣ୍ଡ ଚିଠି ଲେଖନ୍ତି। ଲମ୍ବା ଲମ୍ବା ଚିଠି, ଓଡ଼ିଆରେ। ବହୁତ ଦିନ ପରେ ଇତିଶ୍ରୀ ବୁଝିପାରିଲା, ସେ ଭଲ ଭାବେ ହାତଲେଖା ଓଡ଼ିଆ ପଢ଼ିପାରୁଛି କି ନାହିଁ, ସେଇଟା ପରୀକ୍ଷା କରିବା ପାଇଁ ବାପା ତାକୁ ଲମ୍ବା ଲମ୍ବା ଚିଠି ଲେଖୁଥିଲେ। ବାପା କହନ୍ତି, ଯେତେ ଯାହା ଭାଷା ଲେଖିପଢ଼ି ଜାଣିଲେ ବି ଜଣେ ତା' ମାତୃଭାଷା ଭଲ ଭାବେ ଜାଣିବା ଦରକାର।

ଇତିଶ୍ରୀ ଘରକୁ ଗଲେ ବୋଉ କହିବ, 'ଲକ୍ଷ୍ମୀପୁରାଣ ପଢ଼। ଜନ୍ମାଷ୍ଟମୀ ଦିନ ଦଶମ ସ୍କନ୍ଧ ଭାଗବତରୁ ଗୋପଲୀଳା ପାଞ୍ଚ ଅଧ୍ୟାୟ ପଢ଼ିକି ଶୁଣା।' ବାପା କହିବେ, ଗୀତାର 'ବିଷାଦ ଯୋଗ' ପଢ଼ିଲୁ ମା'। ଇତିଶ୍ରୀ ସ୍ୱର ଦେଇ ପୁରାଣ ପଢ଼ିପାରେ ବୋଲି ବାପା-ବୋଉଙ୍କର କି ଆନନ୍ଦ! ଭାଇମାନଙ୍କୁ ଶୁଣେଇ ଶୁଣେଇ ବାପା କହନ୍ତି, 'ମୋ ଝିଅକୁ ଦେଖ। କେଡ଼େ ସୁନ୍ଦର ସ୍ୱରରେ ପୁରାଣ ପଢୁଛି। ଶୁଣିଲା ଲୋକର ଆଖିରେ ଲୁହ ଆସିଯିବ। ତୁମେମାନେ ତ ବାଗୁଡ଼ିଡ଼ିଆଁ-ମାଛଧରାରେ ବ୍ୟସ୍ତ ରହିଲ।

ହେବ କ'ଣ ?' ଦୂରରେ ଥିବା ବେଳେ ବୋଉର କଥାଗୁଡ଼ାକ ଇତିଶ୍ରୀର ବାରମ୍ବାର ମନେପଡ଼େ। ପୁରାଣ କି ପ୍ରବଚନ ଶୁଣିବା ବେଳେ ମୁଣ୍ଡରେ ଓଢ଼ଣା ଦେଇ ସେ ବସିଥିବ। ଦି'ହାତ ଯୋଡ଼ି ବାରମ୍ବାର ମୁଣ୍ଡରେ ଲଗଉଥିବ। 'ଲକ୍ଷ୍ମୀପୁରାଣ' ଶୁଣିବାବେଳେ ଗୁଣୁଗୁଣୁ ହୋଇ କହୁଥିବ, ''ବଡ଼ ଠାକୁରେ, ଏମିତି କଲ ? ଲକ୍ଷ୍ମୀ ପରା ଘରଣୀଙ୍କୁ ଶିରୀ ଦେଉଳରୁ ବାହାର କରିଦେଲ ?'' ପୁଣି ଜଗନ୍ନାଥ-ବଳଭଦ୍ର ପରାଭବ ପାଇବା ପ୍ରସଙ୍ଗ ଆସିଲେ ତା' ମୁହଁ ଉତ୍ସାହିତ ଦିଶିବ। କିଛି ମନ୍ତବ୍ୟ ଦିଏନା ସିନା, ମନେ ମନେ ଖୁସି ହୁଏ ବୋଉ। ସତେ କି ଲକ୍ଷ୍ମୀଙ୍କର ସଫଳତାରୁ କାଣିଚାଏ ତା'ର ପ୍ରାପ୍ୟ !

ମନ୍ତେଇ କୂଳ ପାଟପୁର ଇତିଶ୍ରୀର ବାପଘର ଗାଁ। ସେଇଠି ସେ ଜନ୍ମ ହେଇଛି, କିନ୍ତୁ ପାଠ ପଢ଼ିଛି ସହରରେ। ବାପା ସେତେବେଳେ କଟକରେ ଚାକିରି କରୁଥିଲେ। କଟକରୁ ବାପା ଗଲେ ଭୁବନେଶ୍ୱର। ସିଏ ଓ ବୋଉ ଗଲେ ବାପାଙ୍କ ସାଙ୍ଗରେ। ତା'ର ପ୍ଲସ୍‌ଟୁ ପଢ଼ା ସରିବା ବେଳକୁ ବାପାଙ୍କର ଚାକିରିରୁ ଅବସର। ବାପା ଗାଁକୁ ଫେରିଗଲେ। ଇତିଶ୍ରୀ ମେଡିକାଲ୍ ପଢ଼ିବାଲାଗି ଗଲା ବାଙ୍ଗାଲୋର ଏବଂ ପଢ଼ା ସରୁ ନସରୁଣୁ ବାହାଘର ହେଇଗଲା। ବାହାଘର ପରେ ନୀଳଲୋହିତଙ୍କ ସାଂଗରେ ଯୋଉଦିନ ସେ ଆମେରିକା ଯାଉଥିଲା, ବଡ଼ ଭାଇ ସାଂଗରେ ବାପା-ବୋଉ ବି ଆସିଥିଲେ ଭୁବନେଶ୍ୱର ଏୟାରପୋର୍ଟ। ବୋଉର କାନ୍ଦ ବନ୍ଦ ହେଉ ନଥିଲା। ଶେଷକୁ ଇତିଶ୍ରୀ ରାଗିଲା ପରି କହିଥିଲା, ''ବାହାଦେଲା ବେଳେ ସେଇ ସର୍ତ୍ତ ରଖିଲୁ ନାହିଁ ? 'ଆମେରିକା' ନାଁ ଶୁଣି ତ ସମସ୍ତେ ଉଚ୍ଛନ୍ନ ହେଇପଡ଼ିଲ, କେତେ ଶିଘ୍ର ଝିଅକୁ ବିଦା କରିଦେଲେ କାମ ସରିବ। ଏବେ କାନ୍ଦୁଛୁ କାହିଁକି ?''

ମାତ୍ର ବୋଉ ବୁଝି ନ ଥିଲା। ଇତିଶ୍ରୀକୁ କୁଣ୍ଢେଇ ସାନପିଲାଙ୍କ ପରି ସେ କାନ୍ଦିଥିଲା। ସେଦିନ ଏୟାରପୋର୍ଟରେ ସମସ୍ତେ ବୋଉକୁ ଘୂରି ଘୂରି ଦେଖୁଥିଲେ। କିନ୍ତୁ ବୋଉର ଲୁହ ବନ୍ଦ ହୋଇ ନ ଥିଲା। ସିକ୍ୟୁରିଟି ଚେକିଂ ଧାଡ଼ିରୁ ପଛକୁ ଅନେଇ ଇତିଶ୍ରୀ ଦେଖିଥିଲା, ବୋଉ ସେଇମିତି ମୂର୍ତିଟେ ପରି ଠିଆହୋଇ ତାକୁ ଚାହିଁ ରହିଥିଲା।

ଇତିଶ୍ରୀ ଆଖିରେ ଆଉଥରେ ଲୁହ ଉକୁଟି ଉଠିଲା।

ବୋଉ ବୋଧହୁଏ ଜାଣିପାରିଥିଲା, ତା' ଝିଅ ସାଂଗରେ ତା'ର ସେଇ ଶେଷ ଦେଖା। ନ ହେଲେ ସେ ଏକଲୟରେ ତାକୁ ସେଦିନ ଏମିତି ଚାହିଁଥିଲା କାହିଁକି ? ଏତେ ସମୟ କାହିଁକି ବା କୋଳଛୁଆକୁ କୁଣ୍ଢେଇ ଧରିବା ପରି ସେଦିନ ତାକୁ କୁଣ୍ଢେଇ ଧରିଥିଲା ?

ଏବେ ସାନଭାଇ ଲେଖିଥିଲା, ''ବାପାଙ୍କ ଦେହ ଭଲ ରହୁନାହିଁ। ମଝିରେ

ମଝିରେ ବ୍ଲଡ୍‌ପ୍ରେସର ଖୁବ୍ ବଢ଼ିଯାଉଛି। ସେ ଖାଲି ତୋଅରି କଥା ବାରମ୍ବାର ଗପି ହେଉଛନ୍ତି। ପାରିବୁ ଯଦି ଥରେ ଆସି ବୁଲିଯିବୁ।''

ବାପା-ଭାଇଙ୍କ ଠାରଭାଷା ଇତିଶ୍ରୀ ବୁଝେ। ତାଙ୍କ ଗାଁରେ ମଣିଷମାନେ କତରାଲଗା ହେଲେ ଚିଠି ଯାଏ, 'ଦେହ ଅସୁଖ। ଆସି ଦେଖିଗଲେ ଭଲ ହେବ।' ସେଥିପାଇଁ ସାନଭାଇର ଚିଠି ପାଇ ସେ ଡରି ଯାଇଥିଲା। ବୋଉ ମରିବାର ଅଭିଜ୍ଞତା ମନେ ପଡ଼ିଥିଲା ଇତିଶ୍ରୀର, ସେ ଛାଟିପିଟି ହୋଇ ଚାଲିଆସିଲା। ନୀଳଲୋହିତ କହୁଥିଲେ, 'ଗୋଟେ ସପ୍ତାହ ଅପେକ୍ଷା କର, ସ୍ୱାତୀ ଓ ମୁଁ ତୁମ ସାଙ୍ଗରେ ଯିବୁ।' ମାତ୍ର ଇତିଶ୍ରୀ ଶୁଣିଲା ନାହିଁ। ରୋକ୍‌ଠୋକ୍ କହିଲା, 'ବେଳେବେଳେ ଗୋଟିଏ ଦିନ ବି ଗୋଟିଏ ଜନ୍ମର ଡେରି ହେଇଯାଇପାରେ। ବୋଉ ଚାଲିଗଲା, ତାକୁ ଦେଖିପାରିଲି ନାହିଁ। ବାପାଙ୍କ ବେଳକୁ ସେଇଆ ହେଲେ ମୁଁ ନିଜକୁ କ୍ଷମା ଦେଇପାରିବି ନାହିଁ। ତୁମେ ବାପ-ଝିଅ ସପ୍ତାହେ ପରେ ଆସ ବା ନଆସ, ମୁଁ ଚାଲିଲି।'

ରାସ୍ତା ଧାରରେ ବଡ଼ ପଦ୍ମ ପୋଖରିଟିଏ। ଇତିଶ୍ରୀ ଗାଡ଼ିର କାଚ ଖସେଇ ଫୁଲଗୁଡ଼ିକୁ ଅନେଇଲା। କେତେ ମୋହମୟ ଓ ସୁନ୍ଦର ଲାଗୁଛି ନିଜ ଜନ୍ମଭୂମି! କେତେ ଅନ୍ତରଙ୍ଗ ଏ ରାଜ୍ୟର ପାଣିପବନ। ବିଦେଶରେ ଯେତେ ପ୍ରାଚୁର୍ଯ୍ୟ କି ବିଳାସରେ ରହିଲେ ବି ନିଜ ଦେଶ ପରି ତାହା ଆପଣାର ଲାଗେ ନାହିଁ। ଏଠି କିଛି ନ ଥିବା ଲୋକ ବି ତା' ଦେଶକୁ ଭାବେ ତା' ନିଜର। ଗାଁରେ ପହଞ୍ଚିବା ପାଇଁ ତା' ମନ ଅସ୍ଥିର ହୋଇପଡୁଥିଲା।

ବାଙ୍ଗାଲୋରରେ ପଢ଼ିବା ବେଳେ ବରାବର ମନ ଏମିତି ଅସ୍ଥିର ହେଉଥିଲା। ଘରକୁ ଆସିବା ବେଳ ପାଖେଇ ଆସିଲେ ମନହୁଏ, ଦୁଇ କାନ୍ଧରେ ଦିଇଟି ଡେଣା ଲାଗିଯାଆନ୍ତା କି? ମାତ୍ର ତାହା ହେଉ ନ ଥିଲା। ସେତେବେଳେ ଭୁବନେଶ୍ୱରକୁ ଫ୍ଲାଇଟ୍ ଦୂରର କଥା, ସିଧା ଟ୍ରେନ୍ ବି ନ ଥିଲା। ମାଡ୍ରାସ ଦେଇ ସେ ଘରକୁ ଆସୁଥିଲା ଓ ଯାଉଥିଲା। ଏବେ ପିଲାମାନଙ୍କ ଯା'-ଆସ ଲାଗି ଫ୍ଲାଇଟ୍ ସୁବିଧା ହୋଇଗଲାଣି।

ସେସବୁ ଦିନରେ ଘରକୁ ଫେରିବା କ୍ଷଣି ଇତିଶ୍ରୀର ହୁକୁମ ଆରମ୍ଭ ହୋଇଯାଏ। କୋଉଦିନ ବୋଉ କ'ଣ ରାନ୍ଧିବ, ତା'ର ରୀତିମତ ଗୋଟେ ତାଲିକା ସେ ମନେ ମନେ ପ୍ରସ୍ତୁତ କରି ଆଣିଥାଏ। ଲୀଳାବତୀ ଅରୁଆ ଭାତ ସାଂଗକୁ ଇଲିଶି ମାଛ ଝୋଳ ହେବ ଦହି ଓ ଧଳା ସୋରିଷବଟା ସାଂଗରେ, ମହୁରାଳି ମାଛର ଚୁଡୁଚୁଡ଼ା, ଭେଣ୍ଡି-କଖାରୁ-ସାରୁ ପଡ଼ି ଦହିକଡ଼ି, ପତଳା ଚାଉଳବଟା ଦେଇ କଖାରୁ ଫୁଲ ଭଜା, ଚୋପା ନଛଡ଼ା ଆଳୁ ସାଂଗରେ ରୋହୀ ମାଛ ଝୋଳ, ରସୁଣ-କଞ୍ଚାଲଙ୍କା ସାଂଗରେ ଚିଙ୍ଗୁଡ଼ି ଛେଚା, କଳମ ଶାଗ ଭଜା ସାଂଗରେ କଞ୍ଚାଲଙ୍କା, ଘିଅଛୁଙ୍କରେ ଗାଁ ମୁଗ ଡାଲି, ମାଛ

ମଞ୍ଜି ବରା, ସୋରିଷ ବାଟଣଦିଆ ଗୋଟା ଭେଣ୍ଡି ଭଜା, ଗରମ ଗରମ ବାଇଗଣ ପୋଡ଼ା, ବଡ଼ିଚୁରା, କଖାରୁ ପତ୍ର ପୁଟୁଳାରେ ଛତୁପୋଡ଼ା, ମେଣ୍ଟିବନ୍ତଳ କଦଳୀ ଓ ଆଳୁ ଗୋଲ ଗୋଲ ହୋଇ ଭଜା ହେବ - କଡ଼େଇରୁ ଓହ୍ଲା ହେବାବେଳକୁ ଛିଞ୍ଚାଯିବ ଲଙ୍କା-ଜିରାଗୁଣ୍ଡ, ରବିବାର ଦିନ ଦି'ପହରେ କଙ୍କଡ଼ା ଝୋଳ, ରାତିରେ ଅଣ୍ଡା-ଆଳୁ ତରକାରି....। ଏହାପରେ ବୋଉ ଓ ଭାଉଜମାନେ ଆଉ ଯାହା ମିଶେଇବାର କଥା ମିଶାନ୍ତୁ, ଇତିଶ୍ରୀର ଆପତ୍ତି ନାହିଁ।

ରୋଷେଇଘରେ ଇତିଶ୍ରୀ ଏସବୁ ବଡ଼ ପାଟିରେ ବୋଉକୁ ବରାଦ କଲାବେଳେ, ସେସବୁ ଶୁଣି ବାପା କହନ୍ତି, 'ସାଂଗରେ ବୋଉକୁ ତୋ ହଷ୍ଟେଲ୍ ନେଇଯା, ସୁବିଧା ହେବ।'

ଭାଉଜମାନଙ୍କ ଆଡ଼େ ଇସାରା କରି ଇତିଶ୍ରୀ କହେ, ''ବୋଉ କେବଳ ନିର୍ଦ୍ଦେଶନା ଦେବ, ସିଏ କ'ଣ ସବୁଯାକ ରାନ୍ଧିବ ନା କ'ଣ ? ସିଏ ଯଦି ସବୁ କରିବ, ଏମାନେ ସବୁ କ'ଣ କରିବେ ?''

ବଡ଼ଭାଉଜ ହସି ହସି କହନ୍ତି, ''ଆମର ରାନ୍ଧିଦେବାରେ ଅସୁବିଧା ନାହିଁ। ହେଲେ ବୋଉ ବୁଝିବେ ନାହିଁ। ଝାଳନାଳ ହୋଇ ଚୁଲି ପାଖରେ ହନ୍ତସନ୍ତ ନ ହେଲେ ସେ ଭାବିବେ, ଝିଅର ଯତ୍ନରେ ତାଙ୍କର ଖୁଣ ରହିଗଲା।'' ତୁମେ ହଷ୍ଟେଲ୍ ଗଲା ପରେ ବି ଏଠି କହୁଥିବେ, ''ନିଆଁଲଗା ମନ, ଝିଅ କହିଥିଲା ଥରେ ଓଉ ଖଟା କରିବା ପାଇଁ, ମୁଁ ଭୁଲିଗଲି।''

ବୋଉ ହସେ। ଭାଉଜଙ୍କୁ କହେ, ''ସେ କଥା ନୁହେଁ ଲୋ। ତା'ର ଟିକିଏ ଲୁଣ କି ରାଗ ଓଲମ ବିଲମ ହୋଇଗଲେ ଚଳିବ ନାହିଁ। ମୋ ପୁଅମାନେ ପଛେ ଖାଇଦେଇ ଯିବେ, ଇଏ ସିଧା ସିଧା ସେ ତରକାରିକୁ ଠେଲିଦେବ। ଜମାରୁ ତ ପାଟିରେ ଛୁଆଁଇବ ନାହିଁ। ହଷ୍ଟେଲ୍‌ରେ ପଛେ ପାଣିଆ ସମ୍ବର ଆଉ ଭାତ ଖାଉଥିବ, ଘରେ ତା'ର ଟିକିଏ କମ୍-ବେଶି ଚଳିବ ନାହିଁ।''

ସମସ୍ତେ ହସିଉଠନ୍ତି। ଘରଟା ହସରେ ଉଛୁଳି ଉଠେ। ଇତିଶ୍ରୀକୁ ଲାଜମାଡ଼େ। ସେ ଧାଇଁଯାଇ ବାପାଙ୍କ କୋଳରେ ମୁହଁ ଗୁଞ୍ଜିଦିଏ। ବାପା ସମସ୍ତଙ୍କୁ ଆକଟ କଲାପରି କହନ୍ତି, 'କାହିଁକି ସମସ୍ତେ ମୋ ଝିଅ ସାଂଗରେ ଲାଗିଛ ?'

ଦଶଖଣ୍ଡି ମୌଜାରେ ପାଟପୁର ମାନଗୋବିନ୍ଦ ମହାପାତ୍ରଙ୍କ ପରିବାରକୁ ଉଦାହରଣ ଭାବେ ଗ୍ରହଣ କରାଯାଏ। ଚାରିପୁଅ ଓ ଗୋଟେ ଝିଅଙ୍କୁ ନେଇ ମାନଗୋବିନ୍ଦଙ୍କ ସୁଖୀ ପରିବାର। ସମସ୍ତେ ଏକାଠି ରହନ୍ତି, ଏକାଠି ବସନ୍ତି, ଏକାଠି ଖାଆନ୍ତି।

ଘଣ୍ଟେଶ୍ୱର ହାଟରୁ ଫେରି ବାପା ତାଙ୍କ ପିଲାମାନଙ୍କ ସୁଗୁଣର ଚର୍ଚ୍ଚା ବୋଉକୁ

କହନ୍ତି। ପିଲାମାନଙ୍କୁ ଶୁଣେଇ ଶୁଣେଇ କହନ୍ତି - କୌଣସି ଦିନ ଘର ମଝିରେ କାନ୍ଥ ଉଠିବ ନାହିଁ କି ବିଲ ମଝିରେ ହିଡ଼ ପଡ଼ିବ ନାହିଁ। ଆଉ ଯାହା କରୁଛ କର।

ଭାଇମାନେ ସମସ୍ତେ ସମର୍ଥ। ଗାଁରେ ଏପାରି ସେପାରି ହୋଇ ଇତିଶ୍ରୀଙ୍କର ପଚିଶ ଏକର ଜମି, ପୋଖରିରେ ମାଛ, ନଡ଼ିଆ ଗଛରେ ନଡ଼ିଆ, ଗୁହାଳରେ ଗାଈବଳଦ। ତେବେ ସାନ ଭାଇଟିକୁ ଛାଡ଼ିଦେଲେ ଆଉ କେହି ବେଶି ପାଠ ପଢ଼ିଲେ ନାହିଁ। ଚାକିରି କଲେ ନାହିଁ କେହି। ସାନଭାଇ ଏମ୍‌ଏ ପାସ୍ କରି ବିଏଡ୍ ଟ୍ରେନିଂ ନେଇଥିଲେ। ଗାଁ ପାଖ ସ୍କୁଲ୍‌ରେ ହେଡ୍‌ମାଷ୍ଟର।

ବାପା କହନ୍ତି, ‘ଆମର ଚାକିରି ବାକିରି ଦରକାର ନାହିଁ। ବଞ୍ଚିଥିବା ଯାଏ ମୋ ପିଲାମାନଙ୍କୁ ମୁଁ ଭାତ ଯୋଗାଉଥିବି। ଗଲା ପରେ ବି ସେମାନଙ୍କର ଭାତ ସମସ୍ୟା ହେବ ନାହିଁ।’’

ବୋଉ ଯୋଡ଼େ, ‘ମୁଁ ତରକାରି ଯୋଗେଇଦେବି।’

ଭାଇମାନେ ହସନ୍ତି।

ଇତିଶ୍ରୀ ବୋଉ ତରଫରୁ ଯୁକ୍ତିକରେ, ‘ତୁମେମାନେ ହସୁଛ କାହିଁକି? ବୋଉ କ’ଣ ଭୁଲ୍ କହିଲା କି? ବାପାଙ୍କ ଜମିରୁ ଯେମିତି ସୋଲା, ପାଟିଣି କି ଲୀଳାବତୀ ଧାନ ଆସୁଛି, ବୋଉ ବାଡ଼ିରୁ ସେମିତି ଜହ୍ନି, କଖାରୁ, ଛତୁ ଓ ବାଇଗଣ ଆସୁଛି। ସକାଳୁ ସଂଜ ଯାଏ ତ ବୋଉ ରୋଷେଇ ଘରେ ନ ହେଲେ ତା’ ବାଇଗଣ ବାଡ଼ିରେ ଥାଏ। ସେ କ’ଣ ଖରାପଟା କହିଲା, ଶୁଣେ?’’

ଭାଇମାନେ ଚୁପ୍ ହୋଇଯାଆନ୍ତି।

ବଡ଼ଭାଇ କହେ, ‘ବୋଉ, ଭଲ ଚଣାଖିଆ ଓକିଲଟେ ପାଇଛୁ।’

ଇତିଶ୍ରୀ କିନ୍ତୁ ଛାଡ଼େ ନାହିଁ।

ସିଏ ଯେବେ ବି ଗାଁକୁ ଯାଇଛି, ବୋଉକୁ ସକାଳୁ ଦ୍ୱିପହର ଯାଏ ଘରପଛ ବାଇଗଣ ବାଡ଼ିରେ ନହେଲେ ରୋଷେଇ ଘରେ ଭେଟିଛି। ବୋଉର ବାଡ଼ି ଗୋଟେ ବଡ଼ ପରିବା ଦୋକାନ। କୋଉଠି କଖାରୁ, କୋଉଠି ପୋଇ, କୋଉଠି ଜହ୍ନି ଓ କୋଉଠି ଲାଉ ଲଟା। ବର୍ଷାଦିନେ କଲରା, ଛଚିନ୍ଦ୍ରା ଓ କାକୁଡ଼ି ପାଇଁ ବୋଉ ମଞ୍ଚା ବାନ୍ଧିଥାଏ। ସେଇ ଭାଡ଼ି ତଳୁ ଲମ୍ବା ଲମ୍ବା ଛଚିନ୍ଦ୍ରା ଓ କଖାରୁ ଝୁଲିଥାଆନ୍ତି। ବାଡ଼କଡ଼କୁ ସୁକୁମାରିଆ କାକୁଡ଼ି ଲଟା, ସବୁଦିନେ ଯୋଡ଼େ, ଚାରିଟି ଫଳିଥିବ। ଏପଟେ ବୋଉର ଲଙ୍କାଗଛ। ସମୟେ ସମୟେ ସମସ୍ତଙ୍କୁ ବାଢ଼ିଦେଇ ସାରିବାବେଳକୁ ବୋଉ ପାଇଁ କଡ଼େଇରେ ତରକାରି ନ ଥାଏ। ସେଥିପାଇଁ କାହାକୁ କିଛି କହେନି ବୋଉ। ଚଟ୍‌କିନା

ଯାଇ ବାଡ଼ିରୁ ଗୋଟେ କାକୁଡ଼ି ଓ ଯୋଡ଼ାଏ କଞ୍ଚାଲଙ୍କା ତୋଳିଆଣେ। ସେଇ ତା'ର ତରକାରି। ବୋହୂମାନଙ୍କୁ ବି ଏକଥା ଜଣେଇବାକୁ ସେ ଦିଏ ନାହିଁ।

ବୋଉ ବାଡ଼ିର ଲଙ୍କା ଗଛରେ ବର୍ଷସାରା ଲଙ୍କା ଫଳେ।

ବୋଉ କହେ, ''ଇଏ ଆରଜନ୍ମରେ ମୋଠୁଁ କରଜ ନେଇଥିଲା। ତାକୁ ଇ ସୁଝୁଛି।''

ଇତିଶ୍ରୀ ହସେ। ତାଆରି ପାଖରେ ବୋଉ ସବୁ ମନକଥା ଖୋଲିକି କହେ।

ମହାପାତ୍ର ଘରର ଗୋଟିଏ ନିୟମ, ଖାଇବାବେଳେ ସମସ୍ତେ ଏକାଠି ବସି ଖାଇବେ। ଆଗେ ବାପା, ପୁଅ ଓ ଝିଅ, ତା'ପରେ ବୋଉ ଓ ବୋହୂମାନେ। ବଡ଼ ଭାଇମାନଙ୍କର ପିଲାପିଲି ହେବାପରେ ସେମାନେ ପ୍ରଥମ ତାଲିକା ସାଂଗରେ ମିଶିଥିଲେ। ଗୋଟିଏ ଜାଗାରେ ରୋଷେଇ, ଗୋଟିଏ ଜାଗାରେ ଖିଆପିଆ।

ସାତବର୍ଷ ପରେ ଇତିଶ୍ରୀ ପ୍ରଥମଥର ପାଇଁ ତା' ନିଜ ଗାଁକୁ ଆସୁଥିଲା। ଆମେରିକା ଯିବାର ବର୍ଷକ ପରେ ଆସିଥିଲା, ନୀଳଲୋହିତଙ୍କ ବ୍ରହ୍ମଗିରି ଘରକୁ। ବ୍ରହ୍ମଗିରିରୁ ଭୁବନେଶ୍ୱର ଆସି ସେ ଫେରିଯାଇଥିଲା। ସେପଟରୁ ଜରୁରି ଡାକରା ଆସିଲା ନୀଳଲୋହିତଙ୍କୁ। ସେଠି ସେ କାମ କରୁଥିବା ବ୍ୟାଙ୍କ୍‌ଟା ଦେବାଳିଆ ହୋଇଯାଇଥିଲା। ତାଙ୍କ ମନ ଖରାପ ହୋଇଥିଲା। ବାଧ୍ୟହୋଇ ସେମାନେ ଫେରିଗଲେ। ଇତିଶ୍ରୀର ନିଜ ଗାଁକୁ ଆସିବା ସ୍ୱପ୍ନ ଅଧୁରା ରହିଗଲା।

ଆମେରିକାର ନ୍ୟାସ୍‌ଭିଲ୍‌ରେ ରହୁଛି ଇତିଶ୍ରୀ। ସେଇଠି ନୀଳଲୋହିତଙ୍କ ସଫ୍‌ଟୱେୟାର୍ ଚାକିରି। ସିଏ ନିଜେ ବି କାମ କରୁଛି ରୋଜଭେଲି ହସ୍‌ପିଟାଲ୍‌ରେ। ସ୍ୱାତୀ ତାଙ୍କର ଗୋଟିଏ ବୋଲି ଝିଅ। ତାକୁ ଚାରିବର୍ଷ ପୂରିବ।

ବୋଉ ଚାଲିଯିବା ପରେ ଘରଟା କେମିତି ଅଲଗା ଦିଶୁଥିବ। ତା' ଭିତରକୁ ପଶିଗଲା କ୍ଷଣି ତ ବୋଉର କଥା ମନେପଡ଼ିବ। କେମିତି ସେ ବାପାଙ୍କୁ ସାମ୍ନା କରିବ କେଜାଣି – ଇତିଶ୍ରୀ ନିଜକୁ ଭିତରେ ଭିତରେ ପ୍ରସ୍ତୁତ କରୁଥିଲା।

ଚାରିଭାଇଙ୍କର ଗୋଟିଏ ଗୋଟିଏ ପୁଅ ଝିଅ। ବାପାଙ୍କୁ ମିଶେଇ ପୂରା ସତର ଜଣ। ସାଂଗରେ ପୁଣି ସନା ମଉସା, ସେ ମିଶିଲେ ଅଠର ଜଣ। ବୋଉ ଥିବାଦିନୁ ବୋହୂମାନଙ୍କ ଭିତରେ ବିଭାଗ ବାଣ୍ଟିଦେଇଛି। କିଏ ରୋଷଇ କରିବ, କିଏ ପରିବା କାଟିବ, କିଏ ପିଲାଙ୍କୁ ସମ୍ଭାଳିବ, କିଏ ପିଲାମାନଙ୍କୁ ସ୍କୁଲ ପଠେଇବ ଓ କିଏ ଗାଈଗୋରୁଙ୍କ କଥା ବୁଝିବ। ବାଡ଼ି ଦାୟିତ୍ୱ ବୋଉ ଓ ସନା ମଉସାଙ୍କର।

ବାପା ଘରର ସଦର ପିଣ୍ଡା ଉପରେ ବସି ଗଲାଆଇଲା ଲୋକଙ୍କ ସାଂଗେ କଥାଭାଷା ହେଉଥିବେ ଓ ଥରକୁ ଥର ଡାକ ପକଉଥିବେ – ଚା' ପଠାଅ, ପାଣି ଦି' ଗିଲାସ ପଠାଅ ଏବଂ ଶେଷକୁ 'ଆଜି କ'ଣ ରୋଷେଇ ସରିବ ନାହିଁ କି ?'

ଗାଁ ମଝିରେ ବଡ଼ ତେନ୍ତୁଳି ଗଛଟା ପରି ତାଙ୍କର ପରିବାର। ତେନ୍ତୁଳି ଗଛର ଶାଖାପ୍ରଶାଖା ଚଢ଼େଇମାନଙ୍କ କୋଳାହଳରେ ପୂରି ଉଠିବା ପରି ମହାପାତ୍ର ପରିବାରର ଘର ଅଗଣା ପିଲାମାନଙ୍କ କୋଳାହଳରେ ପୂରିଉଠେ। ବଡ଼ପୁଅ ଜମିକଥା ବୁଝିଲେ ବଡ଼ ମଝିଆଁ ତେଜରାତି ଦୋକାନ କଥା ବୁଝେ। ତଳ ଦି' ଭାଇ ଟ୍ରାକ୍ଟର ଓ ଅଟାକଳ ଦାୟିତ୍ୱ ବୁଝନ୍ତି। ସାନଭାଇ ନିଜ ଚାକିରି ସାଂଗରେ ପୁଅ ପୁତୁରା ଓ ଝିଆରୀମାନଙ୍କ ପଢ଼ାପଢ଼ିର ଦାୟିତ୍ୱ ତୁଲାନ୍ତି।

ଗୋଲାକାର ହୋଇ ମହାପାତ୍ର ପରିବାରର ମୌରସୀ ଖଞ୍ଜା। ମଝିରେ ଛୋଟ ହଲ୍‌ଟେ ପରି ପ୍ରଶସ୍ତ ରୋଷେଇଘର। ସେ ରୋଷେଇ ଘରର ଦି'ପଟେ ପ୍ରକାଣ୍ଡ ଦିଇଟା ଅଗଣା। ସଦର ଅଗଣାରେ ପିଲାଙ୍କ ଖେଳକୁଦ। ବାଡ଼ିପଟ ଅଗଣାରେ ଧାନ ଓ ବଡ଼ି ଶୁଖାଯାଏ, ଲଙ୍କା-ହଳଦୀ ସାଙ୍ଗକୁ ପିଠଉ ପାଇଁ ଚାଉଳ ବି ଶୁଖାଯାଏ ସେଇଠି। ଭାଉଜମାନେ ସେଇଠି ବସି ପରିବା କାଟୁକାଟୁ ଗପ ଯୋଡ଼ନ୍ତି - ଢେଙ୍କିଶାଳରୁ ଢେଙ୍କାନାଳ।

ବଡ଼ ପରିବାରଟି ହୋଇଥିବାରୁ ଇତିଶ୍ରୀଙ୍କ ଘରକୁ ସବୁଦିନେ କୁଣିଆମାନଙ୍କ ଯା'-ଆସ ଚାଲିଥାଏ। ଆଜି ଏ ଭାଉଜଙ୍କ ବାପଘରୁ କେହି ଆସିଲେଣି ତ କାଲି ସେ ଭାଉଜଙ୍କ ଘରୁ। ନିଜର ତେଜରାତି ଦୋକାନ ଥିବାରୁ ଚା'-ଚିନି କି ଡାଲି-ଆଳୁର ସମସ୍ୟା ପଡ଼େ ନାହିଁ। ଅତିଥି ଅଭ୍ୟାଗତଙ୍କ ଚର୍ଚ୍ଚାରେ ବି ହେଳା ହୁଏ ନାହିଁ।

ଘରକୁ ଆସିଥିବା କୁଣିଆମାନେ ସବୁଠୁଁ ବେଶି ଇତିଶ୍ରୀକୁ ପ୍ରଶଂସା କରନ୍ତି। ସେ ଘରେ ଥାଉ ବା ନଥାଉ, ତା' ବିଷୟରେ ଚର୍ଚ୍ଚା ହୁଏ। ଝିଅଟେ ହେଇଥିଲେ ବି ତାକୁ ଡାକ୍ତରୀ ପାଠ ପଢ଼େଇଥିବାରୁ ଇତିଶ୍ରୀର ବାପାଙ୍କୁ ମଧ୍ୟ କୁଣିଆମାନେ ପ୍ରଶଂସା କରନ୍ତି। ବାପା ହସି ହସି କହନ୍ତି, 'ସିଏ ତ ମୂଳରୁ ବୃତ୍ତି ପାଇ ପାଇ ଗଲା। ମୋ'ର ଅଧୁଲାଟିଏ ଖର୍ଚ୍ଚ ହୋଇନାହିଁ। ଏଇ ବାଙ୍ଗାଲୋରରେ ଡାକ୍ତରୀ ପଢ଼ିବାବେଳକୁ ଯାହା ତିନିଚାରି ଲକ୍ଷ ତା' ପାଇଁ ଖର୍ଚ୍ଚ ହେଇଥିବ। ସେସବୁ ମୁଁ ଆଉ ତା' ବୋଉ ଫିଜିସିଆନ୍ ସାମ୍ପଲ୍ ଆଣି ଆଣି ତା'ଠାରୁ ଆଦାୟ କରି ଦେବୁ ନାହିଁ କି?''

କୁଣିଆ ହସନ୍ତି। ବାପା ବି।

ଇତିଶ୍ରୀ ଭାବେ, ଭାଇମାନେ ଚାକିରିବାକିରି ନକରି ଭଲ ହୋଇଛି। ସମସ୍ତେ ଅନ୍ତତଃ ବାପା ବୋଉଙ୍କ ପାଖରେ ଅଛନ୍ତି। ତାଙ୍କ ଗାଁର ଅନେକ ପରିବାର, ଯୋଉଠି ବାପା-ମାଆଙ୍କର ମାତ୍ର ଯୋଡ଼ିଏ ପୁଅ, ସେଠି ସେମାନେ ଭିନ୍ନେ ହୋଇଯାଉଛନ୍ତି। ମାତ୍ର ତାଙ୍କ ଘରେ ଭିନ୍ନେ ହେବା କଥା କେବେ ଉଠିନାହିଁ।

ବାପାଙ୍କ କ୍ଷେତର ଭାତ ଓ ବୋଉ ବାଡ଼ିର ବାଇଗଣ ସମସ୍ତଙ୍କୁ ଏକାଠି ବାନ୍ଧି ରଖିଛି। - ଇତିଶ୍ରୀ ମନକୁ ମନ କହିଲା।

ଆଉ ପାଞ୍ଚ କିଲୋମିଟରେ ରହିଲା ଘଣ୍ଟେଶ୍ୱର। ସେଇଠୁ ମାତ୍ର ଅଧଘଣ୍ଟାର ରାସ୍ତା ପାଟପୁର।

॥ ଦୁଇ ॥

ବଡ଼ ଭାଉଜ କହୁଥିଲେ, ''ଏତେଥର ଡାକିଲିଣି, ଟଙ୍କୁ ନାହାଁ। ହଉ, ଏଇଠିକି ଭାତ ତରକାରି ପଠେଇ ଦେଉଛି।''

ଇତିଶ୍ରୀ କିଛି ଉତ୍ତର ଦେଲା ନାହିଁ। ସେ ବାପାଙ୍କ ମୁହଁକୁ ଅନେଇ ବସିଥିଲା। ସେ ଆସିବା ବାଟରେ ଅନୁମାନ କରିଥିଲା ବାପା ଏକଲା ହୋଇପଡ଼ିଥିବେ, ମାତ୍ର ଏତେ ନିଃସଙ୍ଗ ହୋଇପଡ଼ିଥିବେ ବୋଲି ସେ କଳ୍ପନା କରି ନଥିଲା। ବାପା ଗୋଟେ ଶୀର୍ଣକାୟ କାଠମୂର୍ତ୍ତି ପରି ଦିଶୁଥିଲେ। ତାଙ୍କ ଆଖିରେ ଲୁହ ବାମ୍ଫେଇ ଉଠୁଥିଲା।

ଇତିଶ୍ରୀ ପଚାରୁଥିଲା, ''ଏମିତି ହେଲା କାହିଁକି? ମୋତେ କାହିଁକି ଜଣେଇଲ ନାହିଁ!''

ବୋଧହୁଏ କେଉଁଠୁ କଥାଟା ଆରମ୍ଭ କରିବେ ବାପା ତାହା ସ୍ଥିର କରିପାରୁ ନଥିଲେ। ଘରେ ପହଞ୍ଚୁ ପହଞ୍ଚୁ ପରିବର୍ତ୍ତନର ଆଭାସ ପାଇଯାଇଥିଲା ଇତିଶ୍ରୀ। କେହି କିଛି କହି ନ ଥିଲେ ବି, ସେ ଜାଣିପାରୁଥିଲା ଗୋଟେ ବଡ଼ ଧରଣର ଅଦଳବଦଳ ହୋଇଯାଇଛି ଏହା ଭିତରେ। ଭାଇ ଓ ଭାଉଜମାନଙ୍କୁ ପ୍ରଣାମ କଲାବେଳେ ହିଁ ସେ ସେଇ ପରିବର୍ତ୍ତନର ଚେହେରା ପଢ଼ିପାରିଥିଲା।

ଦିନ ଦିଇଟା ହେବ। ଭାଉଜମାନେ ଆଉ ଅପେକ୍ଷା କରି ପାରୁନଥିଲେ। ଜଣକ ପରେ ଜଣେ, ନିଜେ ରାନ୍ଧିଥିବା ତରକାରି ପଠେଇ ଦେଇଥିଲେ ଶ୍ୱଶୁରଙ୍କ କୋଠରିକୁ। ସେଇଠି ବାପଝିଅ ଖାଇବେ।

ବାପା କହିଲେ, 'ଖାଲି ଭାତଟି ସମସ୍ତଙ୍କ ଲାଗି ଏକାଠି ରନ୍ଧା ହେଉଛି। ନ ହେଲେ ସମସ୍ତେ ନିଜ ନିଜ ପିଲାଙ୍କ ଲାଗି ଅଲଗା ରୋଷେଇ କରୁଛନ୍ତି।'

ଇତିଶ୍ରୀ ସେଇଆ ଅନୁମାନ କରିଥିଲା। ଭାଉଜମାନଙ୍କ ଘରୁ ଧୂଆଁ ଉଠୁଥିଲା ଓ ତା' ସାଂଗେ ଅଲଗା ଅଲଗା ତରକାରିର ବାସ୍ନା। ବଡ଼ଭାଇଙ୍କ ଘରେ କିରୋସିନି ଷ୍ଟୋଭ୍, ଆର ଦି' ଭାଇଙ୍କ ଘରପିଣ୍ଡାରେ ଛୋଟ ଛୋଟ କାଠ ଚୁଲି ଏବଂ ସାନଭାଇଙ୍କ ଘର ଭିତରେ ଗ୍ୟାସ୍ ଚୁଲା। ଯେଉଁ ଘରେ ଦିନେ ହୋମଧୂଆଁ ପରି ଗୋଟିଏ ରୋଷେଇ ଘରୁ ସକାଳୁ ସଂଜଯାଏ ଧୂଆଁ ଉଠୁଥିଲା ଆଜି ସେଇଠି ଚାରିଚାରିଟା ଚୁଲି। ଇତିଶ୍ରୀ ଏଇଟିକୁ ଆଦୌ ଗ୍ରହଣ କରିପାରୁ ନଥିଲା। କ୍ଷେତ ମଝିରେ ହିଡ଼ ଉଠିବ ନାହିଁ ବୋଲି

ଚାଉଳତକ ଭାଗ ହେଉନାହିଁ। ନ ହେଲେ ତରକାରି ସମସ୍ତଙ୍କର ଅଲଗା। ହୁଏତ ବାପାଙ୍କ ପରେ ପରେ ଭାତ ଚାଉଳ ବି ବଦଳିଯିବ।

ବାପା ବସିଥିଲେ ତାଙ୍କ ଚଉକି ଉପରେ ନିଶ୍ଚଳ ହୋଇ, ମୁଣ୍ଡ ତଳକୁ କରି। ସେ ଦିଶୁଥିଲେ ହାରିଯାଇଥିବା ଜଣେ ସୈନିକ ପରି।

ଇତିଶ୍ରୀ ଆବାକାବା ହୋଇ ଭାଉଜମାନଙ୍କର ଗତିବିଧି ନିରୀକ୍ଷଣ କରୁଥିଲା। ତାକୁ ତାଙ୍କ ନିଜ ଘରଟା ଗୋଟେ ଅପରିଚିତ ରାଜ୍ୟ ପରି ମନେହେଉଥିଲା, ଯାହା ସହିତ ତା'ର ସାମାନ୍ୟତମ ପରିଚୟ ନାହିଁ।

କ୍ରମେ କ୍ରମେ ବାପାଙ୍କ କୋଠରିରେ ତରକାରି ଗିନାର ସଂଖ୍ୟା ବଢୁଥିଲା। ବାପା ଓ ଇତିଶ୍ରୀ ଖାଇବେ ବୋଲି ଚାରି ଭାଉଜ ନିଜ ନିଜ ରନ୍ଧା ତରକାରି ଆଣି ଥୋଇ ଦେଇଯାଉଥିଲେ। ତା' ଭିତରେ ତିନି ପ୍ରକାର ମାଛ ତରକାରି, ଦି' ପ୍ରକାର ଚୂନାମାଛ ଚୁଡୁଚୁଡ଼ା, ଆଳୁ କଦଳୀ ଭଜା, ଜହ୍ନିପୋସ୍ତ, ଚାରିପ୍ରକାର ଶାଗ, କଖାରୁ ଫୁଲ ଭଜା, ସଜନାଛୁଇଁ ଭଜା, ବଡ଼ିଚୁରା, ଗୋଟା ବାଇଗଣ ଭଜା ଓ ଆଳୁପୋଟଳ ଝୋଳ ସବୁ ଥିଲା। ନଣନ୍ଦଙ୍କୁ ଆଦର ଦେଖାଇବାରେ କୌଣସି ଭାଉଜ କାର୍ପଣ୍ୟ ଦେଖେଇ ନଥିଲେ।

ବାପା ଡାକୁଥିଲେ, 'ଚାଲ୍, ମା', ଗଣ୍ଡେ ଖାଇଦେବୁ। ମୁହଁ ଶୁଖି କଳା ପଡ଼ିଗଲାଣି। କହିଲୁ, ତୁ ଏତେ ଶୁଖିଯାଇଛୁ କାହିଁକି ? ଖିଆପିଆ ଠିକ୍ ଭାବେ କରୁନୁ ବୋଧହୁଏ ? ନା କାମ ଜଞ୍ଜାଳ ବଢ଼ିଯାଇଛି ? ଭଲା ଡାକ୍ତର ହେଲୁ ଯେ ଅଧାବୟସରେ ବୁଢ଼ୀଟେ ହେଇଗଲୁ।''

ଇତିଶ୍ରୀ କିଛି କହିଲା ନାହିଁ। ତା' ବାପା ସବୁଦିନେ ଏହିପରି। ସିଏ ଯେତେ ମୋଟୀ ହୋଇଥିଲେ ବି ତାକୁ 'ଝଡ଼ିଯାଇଛୁ' ବୋଲି କହିବେ। ବୋଉ ତ ନାହିଁ। ସିଏ ଥିଲେ, ଏତେବେଳକୁ 'ମୋ ଝିଅ କେମିତି ଶୁଖିଯାଇଛି' କହି ପରସ୍ତେ କନ୍ଦାକଟା କରି ସାରନ୍ତାଣି।

ସେ ଆଉ ଥରେ ସେଇ ପ୍ରଶ୍ନ ପଚାରିଲା, 'ଏମିତି ହେଲା କାହିଁକି ବାପା ?'

ବାପା ଧୀର ଗଳାରେ କହିଲେ, ''ବୋଉ ଯିବାର ବର୍ଷକ ପର୍ଯ୍ୟନ୍ତ ସବୁ ଠିକ୍‌ଠାକ୍ ଥିଲା। ତା'ପରେ ଦିନେ କିଏ ରୋଷେଇ କରିବ ବୋଲି ତୋ ଭାଉଜମାନଙ୍କ ଭିତରେ ଟଣାଓଟରା ଚାଲିଲା। ମୁଁ ବଡ଼ ପାଟିଟାଏ କଲି। ମୋ ଡରରେ କିଛିଦିନ ସମସ୍ତେ ସାଂଗରେ ଚଳିଲେ। କିନ୍ତୁ, ଦିନେ ଦେଖିବାବେଳକୁ ଗୋଟାଏ ବଦଳରେ ଦି' ଜାଗାରେ ରୋଷେଇ, ତା'ପରେ ତୁ ତ ଦେଖୁଛୁ।''

ଇତିଶ୍ରୀର କଳ୍ପନାର କାନ୍ଥରେ ପଛଦିନର ଚିତ୍ରସବୁ ଛବି ପରି ଝୁଲୁଥିଲେ। ବୋଉ

ଝାଳନାଳ ହୋଇ ରୋଷେଇ କରୁଛି ଓ ଭାଉଜମାନେ ତାକୁ ସାହାଯ୍ୟ କରୁଛନ୍ତି। ବୋଉ ସିନ୍ଥୀର ସିନ୍ଦୂର ଝାଳରେ ଅଧା ଧୋଇ ହୋଇଯାଇଛି, କିନ୍ତୁ ମୁଖମଣ୍ଡଳରେ ଅଦ୍ଭୁତ ପ୍ରଶାନ୍ତି। ସିଏ ଜାଣେ କୋଉ ପୁଅକୁ କ'ଣ ଖାଇବାକୁ ଭଲ ଲାଗେ, ଝିଅ ତାଙ୍କର କ'ଣ ଖାଇବ ଓ ବୋହୂମାନେ କ'ଣ ଖାଇବାକୁ ସୁଖ ପାଆନ୍ତି। ରୋଷେଇ ଘରଟାରେ ସକାଳୁ ସଂଜଯାଏ କିଛି ନା କିଛି ରନ୍ଧା ଚାଲିଥାଏ - କେତେବେଳେ ଚା' ଜଳଖିଆ, କେତେବେଳେ ପିଠା-ପରଟା, କେତେବେଳେ ଭାତ-ତରକାରି, ଆଉ କେତେବେଳେ ମୁଢ଼ି କି ଖଇଭଜା। ଆଜି ସେଇ ରୋଷେଇ ଘରଟାରେ କେବଳ ଗଣ୍ଡେ ଭାତ ଫୁଟାଯାଉଛି। ଅନ୍ୟ ସବୁ ତରକାରିପତ୍ର ରନ୍ଧାଯାଉଛି ନିଜ ନିଜ କୋଠରିରେ। ସେଦିନ ପରି ପିଲାମାନେ କେହି ଅଗଣାରେ ନାଚକୁଦ କରୁନାହାନ୍ତି। ସମସ୍ତେ ନିଜ ନିଜ ଘର ଭିତରୁ ଅନାଅନି ହେଉଛନ୍ତି। ଯେମିତି ଘରଟା ଶରଣାର୍ଥୀ ଶିବିର ଓ ସେମାନେ ଜଣେ ଜଣେ ପରାଶ୍ରିତ ବିଦେଶୀ।

ଇତିଶ୍ରୀ ଭିତରେ ଅସରନ୍ତି ଦୁଃଖ ଓ ଅଭିମାନ।

ବାପା କହିଲେ, 'ଆ ମା', ସବୁଗୁଡ଼ା ଥଣ୍ଡା ହେଇଯିବଣି। ଆ ଖାଇଦେବା।'

ଇତିଶ୍ରୀ କ'ଣ ଏଇଆ ଦେଖିବାଲାଗି ଧାଇଁ ଆସିଥିଲା ବିଦେଶରୁ! ଏହିପରି ନିଃସଙ୍ଗ, ଏକଲା, ଦୁଃଖୀ ଓ ଅସହାୟ ମୁଦ୍ରାରେ ତା' ବାପାଙ୍କୁ ଦେଖିବାକୁ ଆସିଥିଲା ସେ? ଏଭଳି ଗୋଟେ ବିଷାକ୍ତ ପରିବେଶରେ କେମିତି ବାପା ବିତେଇଦେଲେଣି ପାଞ୍ଚବର୍ଷ! ଏଠି ତ ପ୍ରତିଟି ମୁହୂର୍ତ୍ତ ବାପାଙ୍କ ପାଇଁ ଶରଶଯ୍ୟା ପରି ଯନ୍ତ୍ରଣାଦାୟକ ହେଉଥିବ! ଇତିଶ୍ରୀ ତା ବାପାଙ୍କୁ କିଛି ନ କହି ବାଡ଼ି ପଟକୁ ଧାଇଁଗଲା। ବାଡ଼ିପଟେ ଭିତର ଅଗଣାଠୁଁ ଆହୁରି ଅଧିକ ଆଶ୍ଚର୍ଯ୍ୟ ତାକୁ ଅପେକ୍ଷା କରି ରହିଥିଲା। ମାଛ କଟାହେବା ପରି ବୋଉର ବିପର୍ଯ୍ୟସ୍ତ ବାଡ଼ିଟା ଚାରିଗଡ଼ ହୋଇଯାଇଥିଲା। ମଝିରେ ତିନିଟା କଞ୍ଚା ବାଡ଼। ସେ ଧାଇଁଯାଇ, କାକୁଡ଼ିମନ୍ଦାରୁ ଗୋଟାଏ କାକୁଡ଼ି ଓ ପୁଞ୍ଜାଏ କଞ୍ଚାଲଙ୍କା ତୋଳି ଆଣିଲା। ଫେରିଆସିବାବେଳେ ତା' ଶାଢ଼ିକାନିଟା ଲାଖିଗଲା ଗୋଟିଏ ଲଙ୍କାଗଛରେ। ଇତିଶ୍ରୀ ଅନେଇଲା, ବୋଉ ଲଗଉଥିବା ଜାଗାରେ ଠିଆ ହେଇଛି ଆଉଗୋଟେ ଲଙ୍କା ଗଛ। ଶୁଭିଗଲା ବୋଉର କଥା, 'ଇଏ ପରା ଆର ଜନ୍ମରେ ମୋ ଟଙ୍କା ଖାଇ ସୁଝିନାହିଁ, ସେଥିପାଇଁ ଏ ଜନ୍ମରେ ସୁଝୁଛି।'' ଇତିଶ୍ରୀ ଶାଢ଼ିକାନିଟା ବାହାର କରି ଆଣୁ ଆଣୁ ସେଇ ଲଙ୍କା ଗଛଟାକୁ ଟିକିଏ ଆଉଁସି ଦେଲା।

ତାକୁ ଖୋଜିବା ପାଇଁ ବାପା ପଛେ ପଛେ ବାଡ଼ିପଟକୁ ଆସୁଥିଲେ। ବୟସ ଭାରରେ ଅଣ୍ଟା ନୋଇଁଗଲାଣି। ସିଧା ସିଧା ଚାଲିପାରୁ ନାହାନ୍ତି ସେ। ନିଜ ଘରେ ନିଜେ ପୁଣି ଅଲୋଡ଼ା।

ଇତିଶ୍ରୀ ତାଙ୍କ ହାତଧରି ଘର ଭିତରକୁ ନେଇଆସିଲା। ଭାତ ଥାଳିଟି ମଝିରେ ଥୁଆ ହୋଇଥାଏ। ତା' ବାପାଙ୍କ ଜମିର ନାଲି ଚାଉଳ ଭାତ। ସେଥିରୁ ପୁଞ୍ଜାଏ ଆଉ ଗୋଟେ ଥାଳିରେ ବାଢ଼ିନେଲା ଇତିଶ୍ରୀ ଓ ତୋଳି ଆଣିଥିବା କାକୁଡ଼ି, କଞ୍ଚାଲଙ୍କାକୁ ଧୋଇଦେଇ ତାଆରି ସାଂଗରେ ଶୁଖିଲା ଭାତଗୁଡ଼ିକୁ ଖାଇ ବସିଲା।

ଭାଉଜମାନେ ବାଢ଼ି ଦେଇଥିବା ତରକାରି ଗିନାଗୁଡ଼ାକ ସେମିତି ଥୁଆ ହୋଇଥିଲେ। ବାପା ସାନପିଲାଙ୍କ ପରି ବିନୟ ହେଉଥିଲେ, ''ମୋ ମାଆଟା ପରା, ସୁନାଟା ପରା, ଧନଟା ପରା, ଭାଉଜମାନେ କେତେ ଖୁସିରେ ରାନ୍ଧିଛନ୍ତି। ନେ ଖାଇଦେ। ଏକଥା ଜାଣିଲେ ସେମାନେ ମନ କଷ୍ଟ କରିବେ। ଦି' ଦିନର କୁଣିଆ ତୁ। କାହିଁକି ତାଙ୍କୁ କଷ୍ଟ ଦେବୁ, କହିଲୁ ମା' ଏବଂ ଶେଷକୁ ଧମକେଇଲା ପରି, ତୁ ନ ଖାଇଲେ ମୁଁ ବି ସେଗୁଡ଼ା ଖାଇବି ନାହିଁ।''

ଇତିଶ୍ରୀ ଶୁଣୁ ନ ଥିଲା କିଛି। ତା' ଭିତରେ ଝଡ଼ତୋଫାନ। ସେଥିରେ ତା' ମନ ଭିତରର ତେନ୍ତୁଳିଗଛ କଡ଼କଡ଼ କରି ଭାଙ୍ଗି ଯାଉଥିଲା। ଭାଙ୍ଗିଯାଉଥିଲା ସବୁ ଫୁଲ ଓ ଫଳ ଗଛ। ଚାଳ ଛପର ଘର ଉପରୁ ଲୋଟି ପଡୁଥିଲେ ପୋଇ-କଖାରୁ ଲଟା। ସବୁ ଭାଙ୍ଗିରୁଜି ଛାରଖାର ହୋଇଯାଉଥିଲା। ସେ ବାପାଙ୍କୁ ଅନେଇ ଉତ୍ତର ଦେଲା, 'ତୁମେ ତୁମ ବୋହୂମାନଙ୍କ ପରଷା ଖାଅ। ମୁଁ ଖାଇବି ନାହିଁ ସେଗୁଡ଼ା। ମୁଁ ଖାଲି ମୋ ବାପାଙ୍କ ବିଲର ଭାତ ଓ ବୋଉ ବାଡ଼ିର କାକୁଡ଼ି ଖାଇବି।''

ମାନଗୋବିନ୍ଦ କବାଟ ଆଉଜେଇ ଦେଲେ। ଅଦ୍ଭୁତ ଜିଦ୍‌ଖୋର ଝିଅ ତାଙ୍କର। ରାଗିଥିଲାବେଳେ କାହା କଥା ସେ ଶୁଣିବ ନାହିଁ। ଏକଥା ସେପଟକୁ ଶୁଭୁ ବୋଲି ସେ ଚାହୁଁ ନ ଥିଲେ। ରାଗ ଶାନ୍ତ ହେଲାପରେ ଝିଅକୁ ସେ ବୁଝେଇବେ।

କଞ୍ଚାଲଙ୍କାର ରାଗ ଇତିଶ୍ରୀର ଆଖିରୁ ଲୁହ ଗଡ଼େଇ ଦେଉଥିଲା। ମାତ୍ର ସେ ଲୁହ ପୋଛୁ ନ ଥିଲା। ଶୁଖିଲା ଭାତ ସାଂଗରେ କଞ୍ଚା କାକୁଡ଼ି ଚୋବେଇ ଚୋବେଇ ସେ ଭାତ ଖାଉଥିଲା।

ବାପା ପାଣି ଗିଲାସ ବଢ଼େଇ ଦେଲେ, 'ନେ ମୁନ୍ଦେ ପିଇଦେ।'

ଇତିଶ୍ରୀ ବାପାଙ୍କୁ ସିଧା ସିଧା ଚାହିଁ ପଚାରିଲା, ''ତୁମେ କୁହ, ମୋ ସାଂଗରେ ଯିବ ନା ନାହିଁ? ନ ହେଲେ ଯୋଉ ଚାରିଗୁଣ୍ଡା ଭାତ ଖାଇଛି ସେତିକି, ଆଉ ଖାଇବି ନାହିଁ। ତୁମେ ମୋତେ ଚିହ୍ନିଛ।''

ମାନଗୋବିନ୍ଦ ଡରିଗଲେ। ଇଏ କି ଅଗ୍ନି ପରୀକ୍ଷାରେ ତାକୁ ପକଉଛି ଝିଅ ତାଙ୍କର! ସେ କହିଲେ, 'ଏ ବୁଢ଼ା ବୟସରେ ବିଦେଶ ଯିବାଟା ...।''

: କୋଉଟା ବିଦେଶ ବାପା, ସେଇଟା ନା ଏଇଟା? ପାଟପୁରର ଏଇ ଘରଟା

ତୁମ ପାଇଁ କ'ଣ ଏବେ ବିଦେଶ ନୁହେଁ? ଯେଉଁଠି ପ୍ରତିଦିନ ତମ ଆଖି ଆଗରେ ଚାରି ଚାରିଟା ଜାଗାରେ ରୋଷେଇ, ଚାରି ଚାରିଟା ଜାଗାରେ ଖିଆପିଆ ସେଇଟା କ'ଣ ତୁମର ଦେଶ? ପ୍ରତିଦିନ ଏଇ ବିଦେଶର ଲାଞ୍ଛନା ତୁମେ କେମିତି ସହୁଛ ବାପା?

ମାନଗୋବିନ୍ଦ ବୁଝେଇବା ସ୍ୱରରେ କହିଲେ, ''ତୋ ବଡ଼ଭାଇ ଆସୁ। ସବୁ ପୁଣି ଠିକ୍ ହୋଇଯିବ। ତୁ ବ୍ୟସ୍ତ ହଅନା।'' ଇତିଶ୍ରୀ କିନ୍ତୁ ବଡ଼ ପାଟିରେ କଥା କହୁଥିଲା। ସେ ଜାଣିପାରୁଥିଲା ଦୁଆର ସେପଟେ ଥାଳିଗିନା ନେବା ପାଇଁ ସାନ ଭାଉଜ ଠିଆ ହୋଇଥିଲେ। ମାତ୍ର ତା'ର ସଙ୍କୋଚ ନ ଥିଲା। କହିଲା, 'ଠିକ୍ ହେବାର ହୋଇଥିଲେ ମୋ ଆସିବା ଆଗରୁ ତାହା ହୋଇ ସାରିଥାଆନ୍ତା। ଆଉ ଠିକ୍ ହେବନାହିଁ। ମୁଁ ଆପଣଙ୍କୁ ପଚାରୁଛି, ମାସରେ ଦିଇଟା ଲେଖାଁ ଚିଠି ଆପଣ ଲେଖନ୍ତି। ଯୋଉଦିନ ଏଠି ଆଉ ଗୋଟେ ଚୁଲି ଜଳିଲା ସେଦିନ କାହିଁକି ମୋତେ ଜଣେଇଲେ ନାହିଁ? କାହିଁକି? ମୁଁ କ'ଣ ଏ ଘରର କେହି ନୁହେଁ?''

ମାନଗୋବିନ୍ଦ ନିରବରେ ଝିଅ ମୁହଁକୁ ଅନେଇଥିଲେ। ଅବିକଳ ତା' ବୋଉର ମୁହଁ ଆଣିଛି ଇତିଶ୍ରୀ।

ଇତିଶ୍ରୀ କହିଲା, 'ମୁଁ ତୁମକୁ ପୁତ୍ ନର୍କରୁ ମୁକ୍ତି ଦେଇପାରିବି କି ନାହିଁ ଜାଣିନାହିଁ, ମାତ୍ର ତମକୁ ଏଇ ନର୍କରେ ଛାଡ଼ିଦେଇ ଯାଇ ପାରିବି ନାହିଁ। କୁହ, ମୋ ସାଂଗରେ ଯିବ ନା ନାହିଁ?''

: କିନ୍ତୁ ପିଲାମାନଙ୍କୁ ଛାଡ଼ି...! ମାନଗୋବିନ୍ଦ କହି ଆସୁଥିଲେ।

: ମୁଁ ତୁମର ପିଲା ନୁହେଁ? ପୁଅମାନଙ୍କୁ ଯେତିକି ସ୍ନେହ ଦେଇଛ, ମୋତେ କ'ଣ ସେତିକି ସ୍ନେହ ଦେଇନାହଁ ବାପା? ତାହାହେଲେ ତମ ଝିଅ କଥା ତୁମେ କେମିତି ଭୁଲିଗଲ? କାହିଁକି ତାକୁ ଜଣେଇଲ ନାହିଁ ଯେ ତୁମ ନିଜ ଘରେ ତୁମେ ବିଦେଶୀଟିଏ ପାଲଟିଯାଇଛ। କାହିଁକି? କ'ଣ ଏଇଥିପାଇଁ ଯେ 'ଦେଲା ନାରୀ, ହେଲା ପାରି' କଥାକୁ ତୁମେ ବି ବିଶ୍ୱାସ କର। ତୁମେ ବାପାର ଦାୟିତ୍ୱ ତୁଲେଇଛ, ମୋତେ ଝିଅର ଦାୟିତ୍ୱ ତୁଲେଇବା ଲାଗି କାହିଁକି ସୁଯୋଗ ଦେଉନାହଁ? ହେଇପାରେ, ମୋ'ର କିଛି ଛୋଟମୋଟ ସମସ୍ୟା ହେବ! କିନ୍ତୁ ସେଇ ତ ମୋର ଗୌରବ। ଏ ସମସ୍ୟା ମୋ ବାପାଙ୍କ ଦାୟିତ୍ୱ ନେବା ଯୋଗୁଁ ମୁଁ ଭୋଗୁଛି, ସେତକ ଅନୁଭବ କଲାବେଳେ ମୋ ଭିତରେ ଯେଉଁ ଗର୍ବ ହେବ, ସେଥିରୁ ମୋତେ କାହିଁକି ବଞ୍ଚିତ କରୁଛ ବାପା?

ମାନଗୋବିନ୍ଦ ମହାପାତ୍ର ଆଖିଲୁହ ଲୁଚେଇବା ଲାଗି ତଳକୁ ମୁହଁ ପୋତିଦେଲେ।

ଇତିଶ୍ରୀ ନିଜ ହାତରେ ଭାତ ଚକଟି ତାକୁ ଗୁଣ୍ଡାଟିଏ କରି ଧରିଥିଲା, ବାପାଙ୍କ ପାଟିରେ ଦେବ। ମାନଗୋବିନ୍ଦ କ'ଣ କହିବେ, ସ୍ଥିର କରି ପାରୁ ନ ଥିଲେ। ଇତିଶ୍ରୀ ବାପାଙ୍କ ପାଟିରେ ସେଇ ଭାତଗୁଣ୍ଡାଟି ଖୁଆଇଦେଲା, ଯେମିତି ସେ ପିଲା ଥିବାବେଳେ ବାପା ତା' ପାଟିରେ ଖୁଆଇ ଦେଉଥିଲେ। ମାନଗୋବିନ୍ଦଙ୍କ ଆଖିରୁ ଲୁହ ନିଗିଡ଼ି ଆସିଲା।

ଇତିଶ୍ରୀ ପୁଣି ପଚାରୁଥିଲା, ''ମୋ ପ୍ରଶ୍ନର ଉତ୍ତର ଦେଲ ନାହିଁ।''

ନିରସ୍ତ୍ର ମାନଗୋବିନ୍ଦ କହିଲେ, ''ହେଉ, ତୋ ଇଚ୍ଛା।''

ସେଇ ଅଇଁଠା ହାତରେ ଇତିଶ୍ରୀ ତା' ବାପାକୁ କୁଣ୍ଢେଇ ପକେଇଲା। ଆନନ୍ଦ ଓ ସ୍ନେହରେ ମାନଗୋବିନ୍ଦଙ୍କୁ ଗେଲ କରିଦେଇ କହିଲା, 'ମୋ ସୁନାବାପା। ଯେତେଦିନ ରହିବାକୁ ପଡୁ ପଛେ ତୁମକୁ ସାଙ୍ଗରେ ନନେଇ ଏଥର ମୁଁ ଯିବି ନାହିଁ।''

ବାପ ଝିଅଙ୍କର ଖିଆ ସରିଥିଲା। ଭାଉଜମାନଙ୍କ ତରକାରିଗୁଡ଼ା ସେମିତି ସେଇଠି ଥିଲା, ଅସ୍ପୃଶ୍ୟ ବିଦେଶୀ ଦ୍ରବ୍ୟ ପରି।

ଇତିଶ୍ରୀ ତା' ଶାଢ଼ି କାନିରେ ବାପାଙ୍କ ଓଦା ମୁହଁ ପୋଛି ଦେଲାବେଳେ କାନ୍ଥରେ ଟଙ୍ଗା ହୋଇଥିବା ବୋଉର ଫଟୋ ଉପରେ ତା' ନଜର ପଡ଼ିଲା। ମନକୁ ମନ କହିଲା, ''ତୋତେ ବି ସାଂଗରେ ନେଇକି ଯିବି ଯେ!''

■

ଏଇ ଲେଖକଙ୍କ କୃତି

ଉପନ୍ୟାସ:

୧. ଛାୟାସୌଧର ଅବଶେଷ
୨. ନିଜ ସାଙ୍ଗେ ନିଜର ଲଢ଼େଇ
୩. ଏଇଠୁ ଆରମ୍ଭ
୪. ଆପଣଙ୍କ ଆଜ୍ଞାଧୀନ
୫. କେତେ ରଙ୍ଗର ଜୀବନ
୬. ପଞ୍ଚପର୍ବ (ଉପନ୍ୟାସ ସମଗ୍ର: ଏକ)

କ୍ଷୁଦ୍ରଗଳ୍ପ:

୧. ଜୁଆର ଭଟ୍ଟା
୨. ଆଖଡ଼ା ଘର
୩. ସ୍ୱପ୍ନ ପାଇଁ ରାତି କାହିଁ
୪. ଭାରତବର୍ଷ
୫. ମାଟି କଣ୍ଢେଇ
୬. ମାୟା
୭. ଶେଷବାଜି
୮. ପୁନରାବୃତ୍ତି
୯. ଘର
୧୦. କାଗଜଡଙ୍ଗା
୧୧. ଅହଲ୍ୟାର ବାହାଘର
୧୨. ପିଛିଲା ପଚିଶ
୧୩. ମଥୁରାର ମାନଚିତ୍ର

୧୪. କଣ୍ଢା ଓ ଅନ୍ୟାନ୍ୟ ଗଳ୍ପ
୧୫. ଆକାଶ ଦିନେ ନୀଳ ଥିଲା
୧୬. ଅଣଲେଉଟା ଓ ଅନ୍ୟାନ୍ୟ ଗଳ୍ପ
୧୭. ଶ୍ରେଷ୍ଠଗଳ୍ପ
୧୮. ବାଘ ଓ ଅନ୍ୟାନ୍ୟ ଗଳ୍ପ

ଶବ୍ଦଚିତ୍ର:

୧. ଜୀବନର ଜଳଛବି
୨. ଚିହ୍ନାଚୌହଦି
୩. ଭିନ୍ନ ଭୂମିକା
୪. ପରିଚିତ ପରିଧି
୫. ଅସମର୍ଥ ଈଶ୍ୱର
୬. ହାତଲେଖା ଚିଠି
୭. ଜୀବନର ଜଳଛବି (ଜଳଛବି ସମଗ୍ର: ଏକ)
୮. ଈଶ୍ୱରଙ୍କ ଠିକଣା

ନାଟକ:

୧. ଅପରାଧ

କବିତା:

୧. ପାଉଁଶର ପାଣ୍ଡୁଲିପି

ପ୍ରବନ୍ଧ:

୧. ଓଡ଼ିଶା ଡାଏରି
୨. କାହାର ଓଡ଼ିଶା
୩. କଥାବାର୍ତ୍ତା
୪. କଥା ସରିନାହିଁ
୫. ରାଜଧାନୀ ରାଜନୀତି (୧ମ ଖଣ୍ଡ)
୬. ରାଜଧାନୀ ରାଜନୀତି (୨ୟ ଖଣ୍ଡ)
୭. କଥା ସରିନାହିଁ (୨ୟ ସଂକଳନ)

ସମ୍ପାଦନା:

୧. ପିଲାଦିନ
୨. ପ୍ରେମ
୩. ସୂର୍ଯ୍ୟାସ୍ତର ରଙ୍ଗ
୪. କର୍ମଯୋଗୀ ଫକୀରଚରଣ

୫. ଭଲ ଗଳ୍ପ: ଭୂମି ଓ ଭୂମିକା
୬. ସ୍ୱାଧୀନୋତ୍ତର ଓଡ଼ିଆ କ୍ଷୁଦ୍ରଗଳ୍ପ: ତିନି
୭. ଓଡ଼ିଆ ଗଳ୍ପ: କାଲି, ଆଜି ଓ ଆସନ୍ତାକାଲି
୮. ଜଗଦୀଶ ମହାନ୍ତିଙ୍କ ଶ୍ରେଷ୍ଠ ଗଳ୍ପ
୯. ନବଲେଖନ: ଓଡ଼ିଆ କ୍ଷୁଦ୍ରଗଳ୍ପ
୧୦. କଥାଟିଏ
୧୧. ସୁରେନ୍ଦ୍ର ଚୟନିକା
୧୨. ନିର୍ବାଚିତ କଥା
୧୩. ପ୍ରେମ କଥା

ଭ୍ରମଣ ଅନୁଭୂତି:

୧. ପ୍ରଥମ ପ୍ରବାସ
୨. ଦୁଇ ଦିଗନ୍ତ
୩. ଚିହ୍ନା ଅଚିହ୍ନା ଚୀନ୍

ଅନୁବାଦ:

୧. ଯଶପାଲ୍‌ଙ୍କ କାହାଣୀ
୨. ମିତ୍ର ମରଜାଣି
୩. ଭଗବାନ ରଜନୀଶ
୪. ସେହିସବୁ ପିଲାଦିନ
୫. ଗୋଟିଏ ଜୀବନ ଯଥେଷ୍ଟ ନୁହେଁ
୬. ଛେଳି ଚରାଇବାର ଦିନ
୭. ଶିବଗାମୀର ଆବିର୍ଭାବ (ଯନ୍ତ୍ରସ୍ଥ)

ଇଂରାଜୀ:

୧. ଦ ଲିଟିଲ୍ ମଙ୍କ୍ ଆଣ୍ଡ୍ ଅଦର ଷ୍ଟୋରିଜ୍
୨. କୋରାପୁଟ ଆଣ୍ଡ୍ ଅଦର ଷ୍ଟୋରିଜ୍
୩. ଦ ନେଲ୍ ଆଣ୍ଡ୍ ଅଦର ଷ୍ଟୋରିଜ୍
୪. ସେଡ଼୍‌ସ ଅଫ୍ ଲାଇଫ (ଉପନ୍ୟାସ)

ହିନ୍ଦୀ:

୧. ଦୂର୍ ଆକାଶ୍ କି ପଞ୍ଛି
୨. ମଥୁରା କା ମାନଚିତ୍ର
୩. ଝୁଠ୍ କା ପେଡ୍
୪. କାଣ୍ଡା ତଥା ଅନ୍ୟ କହାନୀୟାଁ

The writer, **Gourahari Das**, can be called a traveller. His journeys, both figurative and actual, both inward and outward, have made a writer of him. Born in 1960, in a back-of-the - beyond Indian village, Sandhagara near river Mantei he has come a long way. Real-life experiences acquired while growing up in an impoverished monastery sharpened his skills as a writer and endowed him with a sensibility laced with compassion and humour, which gives his creative being its distinctive character. His first book, *Juara Bhatta* (High Tide, Low tide), a short story collection, was published when he was only 21 years old. He has now as many as 70 books to his credit, which include novels, short-story collections, vignettes, travelogues, plays and essays. Gourahari has visited many countries across continents and leads a life full of activities. Many of his works have been translated into English, which include *The Little Monk and Other Stories, The Nail and Other Stories, Koraput and Other Stories* and *The Shades of Life.* He has received several awards such as Sahitya Akademi (India's national Akademi of letters) Award, Odisha Sahitya Akademi Award, Sangeet Natak Akademi Prize. He was also Senior Fellow of the Ministry of Culture of India and a Writer in Residency of Sahitya Akademi.

Gourahari lives in Bhubaneswar, India.

■

www.ingramcontent.com/pod-product-compliance
Lightning Source LLC
Chambersburg PA
CBHW031613100726
47898CB00006B/1780
* 9 7 8 1 6 4 5 6 0 0 1 7 6 *